KB182369

일본사상사연구

─습합 · 반습합 · 역습합의 일본사상─

李 光 來

景仁文化社

머 리 말

"왜 어떤 민족은 부적을 붙이기보다 아스피린을 복용하는가? 왜 어떤 민족은 나이프와 포크가 아닌 젓가락으로 식사하는가? 그들로 하여금 그렇게 행동하게 한 결정인(決定因)은 무엇인가? 물론 그에 대한 대답은 명료하다. 사람들의 행동은 그들이 각기 접한 문화적 전통에 따라 결정된다."

이것은 레슬리 화이트(Leslie A. White)가 『문화학』(*The Science of Culture*, 1969)의 서문에서 주장하는 글이다. 이에 대해 반대론자들은 그의 문화결정론(cultural determinism)이 숙명론적이고 '패배주의적'이라고 비판한다. 그들은 인간이 교육받은 것도 개인적인 것이지 (집단적 상징체계로서의) 문화가 아니라고 하여 개인의 교육과정을 강조한다. 그러나 이에 대해 화이트는 "교육도 따지고 보면, 문화가 한 세대나 사람으로부터 다른 데로 옮겨가는 과정에 붙여진 이름일 뿐"이라고 응수한다. 그 역시 인간이란 어떤 특정한 문화를 가지고 태어나는 것이 아니라 아무런 문화도 갖지 않은 채 태어나 성장하면서 특정한 문화를 익히며 행동한다고 생각하기 때문이다. 그러면서도 그는 "DNA가 우리를 어떤 종류의 인간으로 결정한다고 하여 그것이 운명론인가? 이런 사실을 아는 것이 패배주의인가?"라고 반문한다. 나아가 그는 우리를 둘러싸고 있는 것도 결정론들이라고까지 단정한다.

실제로 우리의 주변에는 신의(神意)에로 돌리는 의지결정론이나 천양무

궁(天壤無窮)의 신칙론(神勅論)을 포함하여 맑스의 토대결정론처럼 인간에
의해 만들어진 결정론들이 수없이 많다. 물론 그것들을 무조건 패배주의
적이라고 단정할 수는 없다. 그러나 화이트의 생각과는 달리 대개의 경우
그것들이 숙명론적임을 주장하기는 어렵지 않다. 예를 들어 수많은 일본
인들이 일본문화와 사상의 특징을 가리켜 '아시아의 박물관'·'문화적 종
착역'·'문화의 조립공장'·'문화의 용광로' 등으로 표현하는 의식의 이면
에서, 즉 그들의 잠재의식 속에서 결정론적 숙명론을 발견하기란 어렵지
않기 때문이다.

　이 책은 일본의 종교, 사상, 문화를 습합이라는 중층적 결정(overdeter-
mination), 즉 방법론적 결정론의 입장에서 연구한 일본사상사다. 또한 이
책은 문화적·사상적 처녀인구집단(virgin population)이었던 일본인들이 외
래사상을 중층적으로 습합하면서 일본의 사상을 결정해온 습합사상론이
기도 하다. 습합은 시간적(통시적)으로 이뤄질 뿐만 아니라 공간적(공시적)
으로도 이뤄진다. 전자를 중층적(重層的) 결정이라고 한다면 후자는 환경
적 결정이라고 할 수 있다. 또한 습합이란 본래 문화적 우세종에 의한 '문
화의 시냇물'(a stream of culture)과도 같은 것이다. 그러나 어느 때는 그것
이 교조적·이데올로기적으로 이뤄지기도 한다. 반습합이나 역습합의 경
우가 그러하다. 그러므로 이 책에서는 습합의 순리(順理)와 반리(反理), 그
리고 역리(逆理)를 통해 일본사상사를 재조명하는 투영도법(投影圖法)을
동원하려 한다.

　이 책이 잉태된지는 꽤 오래다. 그러나 천학나태(淺學懶怠)로 이제서야
세상에 나오게 되었다. 그것도 혼자의 힘이 아니라 많은 이들의 도움을 빌
리고 모아서 세상과 만나게 되었다. 우선 일본사상사학회의 많은 동학(同
學)·선배들의 후의와 배려에 보답하고 싶다. 특히 학회를 만든 故 宋彙七
선배님의 격려를 잊을 수 없다. 또한 西周研究會의 공동연구를 비롯하여
늘 별쇄본까지 보내주는 大阪市立大學의 코우사카 시로우(高坂史郎) 교수
의 세심한 배려에도 고마움을 전한다. 일본연구의 동반자인 강원대학교

사학과의 孫承喆 교수님에게는 학문적 연분의 정을 감사해야 한다. 매일 아침 茶와 談論의 시간을 허락해 주는 철학과의 南相鎬교수님에게도 감사의 마음을 글로써 남기고 싶다. 자료가 급히 필요할 때마다 신세져온 제자들, 도쿄대학 박사과정의 辛炫承 군과 白勝娟 양, 그리고 교토대학 박사과정의 李基原 군에게 이 기회에 고마움을 전한다. 머리말과 결론을 일본어로 옮겨준 첫 번째 일본인 제자 야규 마코토(柳生 眞, 松谷大學) 박사에게도 격려와 감사를 함께 보낸다. 끝으로 이 책을 <일본학연구 총서>에 기꺼이 넣어준 景仁文化社 韓政熙 사장님에 대한 감사와 아울러 출판의 수고를 맡아준 모든 분들에게도 고마움으로 답하고 싶다.

2005년 8월 1일

李 光 來

まえがき

　「なぜ、ある民族は護符をつけるよりアスピリンを服用するのか？ なぜ、ある民族はナイフとフォークではなく箸で食事するのか？ 彼らをしてそう行動させる決定因は何か？　もちろん、その答えは簡単である。人々の行動は彼らがそれぞれ接している文化的伝統によって決定される」

　これは、レスリー・ホワイト(Leslie A. White)が、『文化学』(*The Science of Culture*, 1969)の序文で主張する文である。これに対して反対論者は、彼の文化決定論(cultural　determinism)が宿命論的であり、「敗北主義的」であると批判する。彼らは、人間が教育を受けることも個人的なことであって、(集団的象徴体系としての)文化ではないといい、個人の教育課程を強調する。しかし、これに対してホワイトは、「教育も言ってみれば、文化がある世代や人から他の人に移される過程につけられた名前に過ぎない」と応酬する。彼もまた、人間とはある特定の文化を持って生まれるのではなく、いかなる文化も持たずに生まれ、成長すると共に特定の文化を身につけ、行動すると考えているからである。しかしながら彼は「DNAが、我々をある種類の人間に決定するとして、それが運命論であろうか？　このような事実を知ることが敗北主義だろうか？」と反問する。さらに彼は、われわれを取り巻いているものも決定論であるとまで断言する。

　実際に、われわれの周辺には、神意に帰す意思決定論や、天壤無窮の神勅論をはじめ、マルクスの土台決定論のように人間によって作られた決定論

も無数にある。もちろん、それらを無条件に敗北主義的だと断定することはできない。しかし、ホワイトの考えとは異なり、大概の場合はそれらが宿命論的であると主張するのは難しくない。たとえば、多くの日本人が日本文化の特徴を指して「アジアの博物館」「文化的終着駅」「文化の組立工場」「文化の溶鉱炉」などと表現する意識の裏面に、すなわち彼らの潜在意識の中に、決定論的宿命論を?見するのは難しくないからである。

　本書は、日本の宗教、思想、文化を習合という重層的決定(overdetermination)、すなわち方法論的決定論という、一種の文化決定論の立場で研究した日本思想史である。また、本書は文化的・思想的処女人口集団(virgin population)であった日本人が、外来思想を重層的に集合しつつ、日本の思想を決定してきた習合思想論でもある。習合は時間的(通時的)に成されるだけでなく、空間的(共時的)にも成される。前者を重層的決定とすれば、後者は環境的決定であるといえる。また、習合とは本来、文化的優勢種による「文化の流れ(a stream of culture)」のようなものである。しかし、ある時にはそれが教条的・イデオロギー的に成されることもある。反習合や逆習合といった場合がそれである。それゆえ、習合の順理と反理、そして逆理を通して日本思想史を再証明する投影図法を動員することにする。

　本書の着想を孕んだのはだいぶ前のことになる。しかし、桟学怠惰のために、今になってようやく世に出ることとなった。それも、一人の力ではなく、多くのひとびとの助けを借り、結集して、この世に生を享けた。まず、日本思想史学会の数多くの学友・先輩方の厚誼と配慮に応えたい。特に、学会を設立した故・宋彙七先輩の激励を忘れることはできない。また、西周研究会の共同研究をはじめ、いつも別刷本まで送ってくれた高坂史朗教授の細心の心遣いにも感謝の意を伝えたい。江原大学校史学科の孫承喆教授には、日本思想との学問的縁を結んでくれ、研究の動機を与えてくれた情誼に感謝せねばならない。資料が急に必要になるたびに世話になった弟子たち、東京大

学博士課程の辛炫承君と白勝娟嬢、そして京都大学博士課程の李基原君にも感謝を伝えたい。まえがきと結論を日本語に翻訳した、初の日本人弟子で松谷大学講師の柳生真博士にも、激励と感謝を共に贈りたい。最後に、本書が出版してもらえるよう助けてくれた、景仁文化社の韓政熙社長と編集部一同にも感謝申し上げる。

2005年8月1日

차 례

머리말

まえがき

습합과 습합사상

제1장

습합(褶合)이란 무엇인가

"질병의 감염(感染)은 5억년쯤 전 좀더 복잡해진 유기체가 최초의 화석 흔적을 남겼을 때부터 이미 어디에나 있었다. … 오늘날 거의 모든 유기체는 더 작은 무임 승객들로 충만한 것 같다. … 질병은 더 이상 한 종이 다른 종을 못살게 구는 생물학적 강도짓이 아니다. 오히려 감염은 고전적인 사건, 즉 생명의 근본현상이며 그것은 평화로운 공존을 향해 나아가는 경향을 띤다. 모든 생명체는 직접적이든 간접적이든 어느 정도는 다른 생명체를 이용하면서 살아간다. 생물은 단백질을 합성할 때만 생존이 가능하다."

(Arno Karlen, *Man and Microbes*, 1995)

Ⅰ. 두가지의 습합방식

1. 생득적 교섭방식으로서 습합

버넷(Sir Macfarlane Burnet)은 『감염성 질병의 자연사(*Natural History of Infectious Disease*, 1962)』에서 "질병의 본질을 연구할 때면 생명이 있는 존재

들의 모든 범주가 우리의 영역에 들어온다. 왜냐하면 한 때라도 기생생물의 숙주였거나 기생생물 자체가 아니었던 유기체는 없기 때문이다. 많은 것들이 이 두 가지 역할을 함께 한다. 감염성 질병이란 보편적이며, 어떻게 그것이 발생하였는지를 상상하려는 모든 시도는 불가피하게 우리를 생명의 가장 시초에로 이끌고 간다"[1]고 주장한다.

이처럼 생명의 존재와 더불어 시작된 질병의 감염 현상은 생명체의 원초적인 존재조건과도 같은 것이다. 다시 말해 감염이란 모든 유기체가 서로 이용하고 이용 당하는 기생생물의 보편적 생존 방식이다. 기생생물이건 그것의 숙주이건간에 단백질의 합성만이 생명체의 절대조건이기 때문일 것이다. 그러나 그것들간의 교섭방식인 감염은 타자의 배제나 패권적 독점이 아닌 타자와의 공존과 공생이다. 아노 카렌은 이를 가리켜 '상리공생(相利共生)의 관계'라고 부른다. 그에 의하면, "기생생물과 숙주 사이의 적응은 유행성, 풍토성, 공생이라고 불리는 단계에 걸쳐 있다. … 기생생물과 숙주가 더 잘 적응한다면 공생관계가 된다. 여기서 세균과 숙주는 상호 관용(mutual tolerance) 관계를 이루거나, 심지어는 상호이득(mutual benefit)이 되는 상리공생(commensalism) 관계가 된다."[2]

그러나 이러한 유기체들의 생물학적 존재=교섭방식은 인간들 개인이나 집단의 교섭방식과도 크게 다르지 않다. 단백질의 합성이 생물의 존재방식이듯이 모든 인간에게도 단백질의 합성과 같은 본질적이고 보편적인 생득적 존재방식이 있을 수 있다. 레비-스트로스는 그것에 대한 탐구를 철학의 과제로 삼기도 했다. 예를 들어, 그가 보기에 결혼과 여자의 교환에서 나타나는 '근친혼인의 금지'도 원시사회에서 뿐만 아니라 모든 사회가 지닌 일종의 '교환규칙'으로서 보편성을 소유하고 있는 상호성의 규

---

1) Sir Macfarlane Burnet, *Natural History of Infectious Disease*, Cambridge University Press, 1962, p.27.
2) Arno Karlen, *Man and Microbes*, 1995, Quantum Research Associates, Inc. pp.17~18.

칙3)이다. 이것은 자연이 있는 곳에 보편이 있고, 규칙이 있는 곳에 문화가 있음을 의미하는 것이기도 하다. 그는 여성을 교환하는 상징체계로서의 문화가 가시화되고 그것이 교환, 경제, 언어의 규칙을 통해 보편화된다고 생각한 것이다.

그러나 원시사회에서의 여성을 매개로 한 커뮤니케이션은 단순한 교환이 아니라 생존을 위한 교섭방식, 즉 상리공생의 방식이지만 이러한 문화적 이동과정에서는 필연적, 생득적으로 이(異)문화간의 습합 현상이 부수되는 것도 피할 수 없는 현상이다.

2. 이문화와의 융합방식으로서 습합

'褶合'이라는 단어가 처음 등장한 것은 『예기』(禮記)卷三에서다. 즉 "天子가 악사(樂師)에게 命하여 예악(禮樂)을 습합하게 한다"(乃命樂師褶合禮樂)하여 습합을 '조절(調節)'의 의미로서 사용한 것이 그 경우이다. 그러나 이 개념이 보편화된 것은 중국보다는 일본에서였다. 언제부터 누구에 의해서인지는 분명하지 않지만 일본문화 속에서 이것은 이 문화와의 융합현상을 설명하는 도구적 교섭개념으로서 이미 오래 전부터 폭넓게 통용되고 있었기 때문이다. 일본에서는 특히 신도와 불교, 또는 신도와 유교 사이에서 보았듯이 사상과 종교 등의 분야에서 두 개 이상의 교리나 사상을 절충하고 융합해왔다. 실제로 이 용어가 현실적으로 일반화되어 사용되기 시작한 것도 중세말 이른바 요시다신도(吉田神道)의 기초를 세운 요시다 카네토모(吉田兼俱)의 저서 『유일신도명법요집』(唯一神道明法要集)의 첫 머리에 신도에는 본적연기신도(本迹緣起神道), 원본종원신도(元本宗源神道), 양부습합신도(兩部褶合神道)의 세종류가 있다"는 기록부터였다.

오늘날 츠지 히데노리(辻日出典)는 습합을 가리켜 일본인의 마음(心)이라고까지 정의한다. 다시 말해, 습합지심(褶合之心), 곧 습심(褶心)이 일본

---

3) Claude Lévi-Strauss, Les structures élémentaires de la parenté, Plon, 1967, p.10.

인의 심리적 토대라는 것이다. 일본인의 심리의 저변에는 옛부터 기본적
으로 습심이 자리잡고 있었다는 것이다. 심지어 이를 두고 무의식의 근저
에 자리잡고 있는 일종의 국민적 습벽(習癖)이라고까지 표현하는 이도 있
다(折口信夫).

그런데 대개의 일본인들은 그 이유를 일본열도의 지리적 조건에서 찾
는다. 츠지 히데노리도 "일본열도는 문화가 진보된 대륙과 근접해 있다.
따라서 고대문화의 섭취에 매우 적극적이었으며, 게다가 섬나라라는 것이
다른 나라를 꺼리지 않고 스스로의 풍토와 국민성에 맞게 공들여 개조하
고 재편해왔다"고 주장한다.4) 그래서 일본의 종교는 다신교일 뿐만 아니
라 남에게 의존하지 않고 명확한 이론체계를 지니지 않은 신기(神祇) 신앙
이 존재하는 나라가 일본이기도 하다. 일본에서는 다신교와 불교의 융합
과 습합이 필연적이었던 이유도 거기에 있다.

더구나 일본열도는 그 위치와 독특한 지형, 기후, 풍토가 특이한 민족성
을 길러왔다고 주장하는 이가 적지 않다. 사계절의 뚜렷한 변화와 아름다
운 산과 들, 그리고 수많은 산들 사이에 점점이 늘어선 평지가 있는 지형
이 일본인 특유의 감정과 사고방식을 만들어냈다. 다시 말해 이와 같은 지
리적 조건이 일본인에게 타협을 허락하지 않는 엄격한 사고형태가 아니라
정감어린 감정과 융통성이 많은 사고방식을 갖게 했으며, 엄격하고 배타
적이기 보다 온후한 포용력을 존중하는 습합적 성향과 습심을 지니게 했
다는 것이다.

또한 이러한 성향과 정서가 만들어 온 일본문화의 구조를 야나기타 쿠
니오(柳田國男)는 '고드름'에 비유하는가 하면 야스모토 비덴(安本美典)은
'도가니'(坩堝)에 비유하기도 한다. 그 밖의 많은 이들도 일본문화와 문명
의 특징을 가리켜 '문화의 용광로'나 '문화의 조립공장', 또는 '문명의 십
자로'나 '문명의 종착역'이라고 부른다. 다시 말해 유라시아 대륙의 동쪽

---

4) 逵日出典,『神佛習合』, 臨川書店, 1986, 200~202쪽.

끝에 떠있는 작은 섬들의 집합체라는 지리적 특성과 조건으로 인해 일본은 문화와 문명의 이동 경로상 종착역이라는 것이다. 그것을 다양한 여러 가지 문화와 문명이 흘러들어와 녹아든 문화의 용광로라고 하는 것도 인도문명과 중국문명이 교섭하는 장소이자 근대화 과정에서 동·서양문명이 충돌하고 교차하는 십자로였기 때문이다. 이른 바 세계구세교(世界救世敎)의 초대 교조인 오카다 모키치(岡田茂吉)는 그런 의미에서 일본을 문화와 문명의 조립공장에 비유하기도 했다.

그러나 조립공장이나 용광로라는 비유적·상징적 용어보다도 더 정확한 의미로 일본·일본인·일본문화의 정체성을 한마디로 규정한다면, 그것은 이문화간의 교섭방식을 나타내는 방법적·도구적 개념인 '습합'일 것이다. 코단샤(講談社)의 『日本語大辭典』에서도 '褶合'을 "상이한 교의(敎義)·주의(主義)를 <u>절충하고 조화시키는 것</u>"이라고 하여 간단하지만 그것이 문화융합의 방식임을 적시하고 있다. 예를 들어, 일본 고유의 신기(神祇)신앙과 한반도에서 전래된 불교와의 절충·조화가 그것이다. 그로부터 오늘에 이르기까지 일본의 문화와 문명은 부단한 褶+合의 현장이고 역사였기 때문이다. 한마디로 말해 습합은 일본의 에피스테메(episteme)가 되었고 습심은 일본인의 에토스(ethos)가 된 것이다.

그러나 습합이 일본의 인식소(認識素)가 되었고 습심5)이 일본인의 정서가 되었다고 하더라도 습심의 발로와 정도, 그리고 방법의 차이에 따라 옛부터 (개인에 따라) 그러한 문화변용(acculturation) 현상을 습숙(褶熟)이나 습염(褶染)이라고도 불렀다. 예를 들어 오규 소라이(荻生徂徠)가 습합보다 습숙을 강조한 경우가 그러하다. 그는 주자학과 같이 심중에 이(理)를 세

---

5) 일본양명학의 개조(開祖)인 나카에 토우쥬(中江藤樹)도 『翁問答』에서 학문의 제일의(第一義)라고 할 수 있는 명덕(明德)을 밝히는 것은 <褶心>으로부터 생기는 것이지 범정(凡情)의 <습태>(褶態)에서 비롯되는 것이 아니라고 하여 그의 인성론에서도 습심의 중요성 강조한다. 『中江藤樹』, 日本思想大系 29, 岩波書店, 1974, 169쪽.

우고, 그것을 언설로 삼아 자기의 내외에 부연하는 것은 추상적 언사(言辭)의 범람만을 가져올 뿐이라고 생각했다. 그가 물(物)에 의한 배움(敎)을 강조한 것도 그 때문이었다. 특히 그는 육경(六經)에 있는 기술(記述)들을 상고(上古)의 物로 여겼을 뿐만 아니라 현재의 세상도 물로써 인식해야 한다고 생각했다.

오규 소라이는 이렇게 상고의 물(=六經)에 의해 배우고 익히는 방법을 가리켜 "습숙(習熟)하여 化하는 것"이라고 했다. 예를 들어 예라든가 인에 대한 기술은 그것 이외의 다른 설명적 언사로는 크게 소중히 할 수 없는 물=고언(古言), 고문사(古文辭)를 취하는 한편, 그것을 구송(口誦)하며 배우는 이가 몸으로 익히고, 마지막으로 그렇게 함으로써 그 기술이 지닌 문화적 배경과 사실을 모두 이해하는 방법이다. 다시 말해 古言을 통해 자기의 가슴속에 '마치 물이 있는 것 같이'로 이해하는 방법, 즉 습숙하여 화하는 방법이다. 또한 그것이 곧 고문사의 학이자 물에 의한 배움의 방법이었다.

오규 소라이는 육경을 배워서 그것이 마치 자신의 가슴 속에 있는 것처럼 몸에 익히는 방법을 습숙이라고 했다. 이것은 조선 후기의 실학자 최한기(崔漢綺)가 주장한 '습염'(習染)의 방법과도 다르지 않다. 최한기의 습염은 한마디로 말해 '배워서 익히고 물들임'을 뜻한다. 예를 들어, 그것은 "마치 빛이 형체가 있는 것이 아니라 신기(神氣)의 섬광을 빛으로 여기는 것처럼 … 마음도 형체가 없으며 사물의 이치를 추측하는 것을 마음으로 여긴다"고 하여 마음을 물질적 실체로서보다 추측의 인식활동으로서 파악하고 있다. 따라서 그는 그 마음이 곧 "습염(習染: 익히고 물들임)에 의한 추측과 스스로 얻은 지각"[6]을 의미한다.

이처럼 문화변용 현상으로서의 습합은 습심의 발로와 정도, 그리고 그 목적과 방법에 따라 그 표현형(phénotype)이 습숙일 수도 있고 습염일 수도

---

6) 崔漢綺, 『推測錄』卷2, '氣生聲色', 또는 『神氣通』卷1, '心性理氣之辨'.

있다. 또는 더 넓은 의미에서 이문화의 다양한 대상들을 '배워서 익히는' 과정이나 현상을 지시하는 syncretism(諸說複合主義)의 유사어들[7]을 열거한다면 습합의 외연, 즉 문화융합이나 변용의 범주는 더욱 넓어진다.

II. 왜 습합사(習合史)인가?

인류에 속하는 모든 개인은 생물학적인 자연환경(지형, 기후, 풍토, 인종)뿐만 아니라 초생물학적인 문화환경(언어, 신앙, 관습, 도구, 주거, 예술) 속에서 태어난다. 그가 태어난 자연과 문화는 그를 포용하고 그의 행위에 틀을 제공한다. 그러므로 일종의 행위의 틀로서 습합이라는 사회적 유전기제(social genetic mechanism) 속에서는 이미 자연적, 문화적 유전소질이 역사적으로 유형화되어 왔다.

1. 초생물학적 유전인자로서의 습합

영국의 맑스주의자인 존 루이스(J. Lewis)에 의하면, "역사를 만드는 것은 인간이다." 이처럼 맑스주의자들은 역사의 주체와 그 능동적(이데올로기적) 실천이야말로 모든 것의 근원이라고 주장한다. 그들은 주체가 있기 때문에 역사가 발전하며 변혁한다고 말한다. 그러나 과연 주체는 역사의 근거가 될 수 있을까? 그리고 그것이 역사발전의 자립적 실체일 수 있을까? 루이 알튀세르(L. Althusser)는 역사적 주체란 더 이상 없다고 단언한다. 그

---

7) 국어사전에 의해 습합의 유사어들을 열거하자면 아래와 같다.
　習染—버릇을 고칠 수 없을 만큼 깊숙이 감염됨. 『국어대사전』(민중서관).
　習熟—배워 익혀서 숙달함(proficiency, 민중서관).
　習業—학업, 예술, 기술 등을 배워 익힘(민중서관).
　習儀—나라의 의식에 관한 것을 미리 배워 익힘(민중서관).
　習禮—예법이나 예식을 미리 배워 익힘(민중서관).

에 의하면, 역사는 "거대한 자연적 – 인간적 체계로 운동하는 과정, 즉 '주
체없는 과정'(processus sans sujet)"이기까지 하다.[8] 주체가 관계를 만드는 것
이 아니라 관계가 주체를 구성한다. 사회적 메카니즘(social mechanism), 즉
사회적 구조가 주체를 구성한다.

이것은 문화의 역사에서도 다르지 않다. 그 역사속에서도 주체가 관계
를 만드는 것이 아니라 관계가 주체를 구성한다. 문화적 구조가 주체를 구
성한다. 개인(주체)은 누구나 그가 태어난 문화적 구조로부터 행위의 틀을
제공받기 때문이다. 유태인과 아랍인, 일본인과 중국인, 한국인과 몽골인,
아이누와 에스키모, 심지어는 미개인과 문명인 사이에 나타나는 행위의
차이도 생물학적 차이, 즉 해부학적, 생리학적 차이에서 비롯된다기보다
그들 각각의 문화적 구조에 기인한다. 이런 점에서 문화진화론자인 레슬
리 화이트(L. A. White)는 여러 인종이나 민족들 사이에 나타나는 행위의
차이에 대해서도 인간을 상수(constant)로, 그리고 문화를 변수(variable)로
하여 인식해야 한다고 주장한다.[9]

실제로 이러한 구조결정론적 역사인식은 일본문화의 역사에 대한 여러
가지 주장에서도 발견하기 어렵지 않다. 대표적인 예를 들면, 일본문화의
구조적 특징을 '고드름'에 비유하여 설명하려는 야나기타 쿠니오의 이른
바 고드름 문화론의 역사인식이 그러하다. 일본문화의 구조를 상징하는
문화고드름은 오랜 기간동안 다양한 유전소질들이 융합하고 중첩되어 습
합이라는 특징적인 사회적 유전기제를 역사속에 형상화했기 때문이다. 고
드름이라는 일본문화의 표현형(phénotype)속에는 이미 다양한 유전인자형
(génotype)이 차곡차곡 쌓이면서 새로운 역사를 더해 가고 있는 것이다.

이것은 일본의 종교문화를 외래종교들이 흘러들어와 고인 늪지에 비유
한 소설가 엔도 슈사쿠(遠藤周作)의 소지(沼地)문화론의 경우도 마찬가지

---

8) Louis Althusser, *Répons à John Lewis*, Maspero, 1973, p.24.
9) Leslie A. White, *The Science of Culture; A Study of Man and Civilization*, Farrar,
   Strauss and Giroux, 1969, p.124.

이다. 일본인의 복합적인 종교적 행위들은 종교늪지라는 문화적 구조로부
터 제공받은 습합의 틀에 기인한 것이기 때문이다. 실제로 일본문화사의
근간을 이루는 일본종교는 일찍이 여러 애니미즘(animism)의 복합을 통한
습합의 감각을 문화적으로 유전인자형화하여 역사속에 배치되어 있다.

　죠몬시대에서부터 야요이시대를 거쳐 저마다 다른 신을 모시는 여러
부족이나 민족들이 일본열도에 흘러들어와 그들 사이의 교류나 혼인을 통
한 혼혈이 일어나면서 신관의 습합이나 복합이 더욱 구체적으로 일어난
것이다. 예를 들어, 만물에 영혼이 깃들어 활동한다는 애니미즘적인 감각
이나 사고작용은 한반도에서 건너간 불교의 융통무애(融通無碍)의 정신과
만나면서 애니미즘적 복합=습합의 틀을 만들어갔다. 이때부터 일본의 종
교사는 줄곧 애니미즘이나 샤머니즘적인 상상력이 개재된 종교적 융합
(religious metamorphosis)의 역사를 나타내왔다고 해도 과언이 아니다.『고사
기』에서도 A를 보고 B를 고를 수 있는 논리이자 로고스인 진단, 또는 감
정의 방법을 통해 이러한 종교적 유연성(類緣性)을 발견하고 있다. 다시
말해 국신(國神)과 객신(客神), 神과 佛은 각각의 표리를 가진 것임에도 불
구하고 하나로 통합된 신격(神格)으로서 다양성 속에서 완전히 융합하여
오랜 역사속에 상호연관을 지닌 복잡한 그물망=사회적 유전기제를 이뤄
왔다.

　일본문화의 역사적 파노라마에서 초생물학적 습합의 史的 유형에 대한
언설은 이러한 고드름문화론이나 소지문화론에만 국한되지 않는다. 일종
의 풍토결정론이기도 한 문명교차로론이나 문명종착역론뿐만 아니라 도
가니문화론과 문화용광로론이나 조립문화론 등도 모두 습합을 일본문화
사의 초생물학적 유전인자로 전제한 것들이기 때문이다. 이처럼 일본의
문화를 고드름, 늪지, 용광로, 도가니, 조립물로 비유하는 것이나 일본을
문명의 교차로, 종착역에 비유하는 언설들의 근저에는 풍토결정론에 의해
획득된 사회적 유전소질로서의 습합사관(褶合史觀)이 자리잡고 있음을 부
인하기 어렵다. 습합, 즉 화습(和褶)은 일본문화의 역사적 결정요인으로서

초생물학적 유전인자이자 구조결정론적 문화사의 인식소인 것이다.

2. 생물학적 유전인자로서의 습합

앞에서 언급했듯이 일본열도는 초(超)생물학적인 文化의 종착역이지만 생물학적인 인종(人種)의 종착역이기도 하다. 생물학적 유전인자형론이나 유전자고고학, 또는 인구론의 관점에서 보면, 인종종착지로서의 일본열도에서는 지리적 여건으로 인해 일찍부터 여러 부족이나 민족의 이동에 따른 혼혈화 현상이 동아시아의 어떤 지역에서보다도 활발히 일어났기 때문이다.10)

지금부터 1만2천년 전까지만해도 일본은 유라시아대륙을 거쳐 한반도와, 그리고 열도의 남쪽까지 육로로 연결되었던 탓에 여러 부족과 민족, 등 인종의 이동이 용이했고, 그 이후에도 주변의 인종들이 바다를 건너 흘러 들어와 자연히 동아시아의 인종종착역이 되어왔다. 무엇보다도 일본열도에 사는 사람들의 체내에 있는 미토콘드리아 DNA를 분석한 호우라이 사토시(宝來聰)의 유전자고고학의 연구결과(『DNA人類進化學』(岩波書店,

---

10) 스즈키 나오(鈴木尚)는 일본인의 골격형태가 급격히 변화한 것은 죠몬시대에서 전환한 야요이시대와 봉건사회에서 근대문명사회로 전환한 메이지시대 등 두 번에 걸쳐 일어난 것이라고 주장한다. 그러나 메이지시대와는 달리 야요이시대의 급변은 식량이나 사회변동적 요인보다도 수많은 渡來人과 그들에 의해 계속된 혼혈이라는 유전적 요인이 결정적이었다. 즉 새로운 génotype에 의한 변화였다. 이른바 <야요이유신>이 일어난 것이다. BC. 3세기부터 7세기까지 진행된 이른바 '백만인 도래설'에 대해 하니하라 카즈로(埴原和郎)는 인구증가율로 보더라도 비정상적인 이동에 의한 혼혈현상이었다고 주장한다. 세계에서 여러 초기 농경문화를 가진 사람들의 인구증가율은 평균적으로 연간 0.1%였지만, (小山修三의 추정에 의하면) 죠몬말기에 8만여명에 불과했던 인구가 천년 사이에 5백수십만이 되어 연간 0.4%의 증가율을 나타냈다는 것이다. 이런 수치로 계산한다면 그 사이에는 백오십만 정도의 도래인이 한반도로부터 집단적·지속적으로 이주해왔기 때문이다.

1997)에 따르면, 혼슈(本州)에 사는 사람들 중에서 가장 많은 유전자형이 중국타입(25.8%)이고 그 다음이 한국타입(24.2%)이며, 오키나와(沖繩)타입은(16.1%), 아이누타입(8.1%), 일본고유타입(4.8%), 기타(21%) 등으로 나타났다.

한편 도쿄대학 의학부의 도쿠나가 가츠시(德永勝土)의 백혈구형에 의한 일본인의 기원을 밝히는 이른바 유전학적 génotype 조사(北京小兒病院, 中日友好病院과 공동)의 결과도 일본이 인종종착지였음을 뒷받침해준다. 소위 HLA(Human Leucocyte Antigen)이라는 인체의 단백질항원의 조합에 초점을 맞춰 일본과 인접국의 분포를 조사한 결과에 따르면, 일본인에게 가장 많은 A유전자 24型, B유전자 52型, DR유전자 24型의 분포는 ①중국북부→한반도 루트, ②한반도→일본연해 루트, ③중국남부→대만→오키나와 루트, ④중국남부→한반도→키타규슈 루트였으며, 그 가운데서도 ②, ④루트가 가장 많았던 주요 루트였음을 알 수 있다.[11]

이처럼 DNA그룹에 의한 유전학적 génotype의 분포와 루트의 해명은 일본인의 기원과 동아시아인의 이동경로를 밝혀주는 생물학적 근거이지만 그것은 여러 이동경로의 유일한 종착지에 이르기까지 문화적 유전인자의 운반체로서 생물학적 유전인자의 이동경로에 따른 문화적 습합경로를 밝힐 수 있는 중요한 근거자료가 되기도 한다. 한마디로 말해 génotype의 이동루트에 대한 해명은 문화운반자들(culture carriers)의 이동경로이자 문화적 습합루트에 대한 역사적 해명인 것이다.

이런 관점에서 생물학적 유전인자의 이동 종착지에서 나타나는 문화의 종착적 습합성을 입증할 수 있는 가장 대표적인 예를 도가니 문화론을 주장하는 야스모토 비덴(安本美典)은 일본어에서 찾는다. 그에 의하면, 많은 언어가 북에서도 남에서도 일본열도라는 도가니(坩堝) 속으로 흘러들어 수천년 동안 합쳐졌다. 인도유럽어는 어떤 어원에서 넘쳐나와 여러 지역

---

11)『朝日新聞』, 1990, 4월 16일자 ;『モンゴロイド』, 1990, No.4, 春季号.

을 지나면서 다양한 형태로 발전했지만 일본어는 많은 언어가 한 곳에서
혼합되는 형식으로 형성되었다. 즉, 인도유럽어는 하나의 조어(祖語)에서
많은 언어가 갈라져 성립된 형태인데 반해 일본어는 많은 언어가 흘러들
어 하나의 시내(川)를 이루는 형식이었다[12]는 것이다. 이것은 동아시아에
서 인종의 종착지인 일본이 문화의 종착지로서의 습합성, 이른바 '종착적
습합성'(終着的 褶合性)을 보여주는 대표적인 사례 가운데 하나이다. 야나
기타 쿠니오가 일본문화의 구조적 특징을 고대부터 계속되어온 계보에 새
로운 계보가 차곡차곡 더해온 하나의 고드름과 같다고 한 것도 이런 이유
에서였다.

　메이지 천황 시대의 이데올로기이었던 <계속은 힘>이라는 슬로건은
아무 것도 버리지 않고 계속 지녀온 것이 곧 일본적인 것이라는 의미이다.
신도(神道)에서 말하는 무스비(産靈)의 정신이기도 한 이것이 지금도 계속
해서 작용하며 미래의 일본도 이것에 의해 좌우될 것이라고 일본인들은
주장한다.

---

12) 安本美典, 『日本人と日本語の起源』, 每日新聞社, 1991, 141쪽.

제2장

습합사로서의 일본사상사

Ⅰ. 일본문화의 습합성

"문화는 나타나자마자 곧 분화(分化)되기 시작했다. 인류사의 가장 초기부터 지역집단들은 언어, 관습, 신앙, 그리고 무엇이든지 몸에 걸쳤다면 복식에서 나타나는 차이로 서로를 구분하였다. 이렇듯 어떤 의미에서 인류는 항상 문화를 의식하고 있었다고 말할 수 있다. … 어느 누구도 문화를 그 운반자인 인간(human carriers)으로부터 따로 떼놓고 생각하지 않는다. … 문화는 한 세대에서 다음 세대로 시간을 통해 자유롭게 흘러내리고, 공간적으로는 한 인종집단이나 환경에서 다른 집단이나 환경으로 전해지는 하나의 연속체, 즉 사건들의 흐름이라는 사실이 알려지게 되었다. 결국 문화의 결정인(決定因)은 <문화의 시냇물>(the stream of culture) 그 자체에 있다는 이해에 도달하게 되었다."

(Leslie A. White, *The Science of Culture*의 서문에서)

일본은 애당초부터 문화적으로 처녀인구집단(virgin population—어떠한 세균에도 감염된 적이 없어서 면역력이 없는 집단)이 아니었다. 일본인들이 베트남인, 중국인, 한국인과 마찬가지로 포크나 나이프로 식사하지 않고 젓가락을 사용하여 식사하는 것은 유전적 특징에 의한 것이 아니라 문화운반자로서의 인간이 오랫동안 그러한 젓가락 문화권에서 이동해옴으로써 자연스럽게 형성된 것이다. 한마디로 말해 그것은 유전적이라기보다 문화의 시냇물을 따라 흘러내려와 문화적으로 결정된 것이다. 레슬리 화이트에 의하면, 이처럼 문화는 상호작용하면서 새로운 순열, 조합, 그리고 종합을 이루어 내는 문화적 특성들(culture traits: 물적 대상, 행동, 관념)의 일단, 또는 흐름으로 구성되어 있다.

그런데 일본문화가 동아시아 문화에 있어서 융합과 습합의 성격을 어디보다 두드러지게 나타내는 것도 시냇물 흐름의 종착지적 특성 때문이다. 아놀드 토인비(A. Toynbee)는 세계사에서 저지당하지 않고 완성된 21개의 문명(또는 문화)을 비교 연구하면서 그것들간의 상호접촉을 통한 발전양태를 다음과 같이 두 가지로 구분한다. 문명의 이동경로상 통과지인 경우와 종착지인 경우가 그것이다. 아프카니스탄 문명처럼 지리적 여건으로 인해 사방으로 통하는 유형이 있는데 반해 한번 흘러들어오면 되돌아 나갈 곳이 없는 영국과 일본의 문명과 문화 같은 유형이 있다는 것이다. 그는 전자를 '통과역'에 비유하면서 후자를 '종착역'에 비유했다. 일본의 문명과 문화가 곧 종착역이고 종착지인 것이다.

일본문화의 이러한 특성을 직접 지적한 대표적인 외국인은 프랑스의 구조인류학자인 레비-스트로스이다. 그는 1988년 3월 9일 '국제일본문화연구센타'가 개최한 제1회 국제연구집회에서 '혼합과 독창의 문화—세계 속의 일본문화'(混合と獨創の文化—世界の中の日本文化)라는 제목의 강연을 하면서 일본을 일종의 화학적 증류장치인 람비키(rambiki)에 비유했다. 람비키가 여러 가지 화학물질을 혼합하여 에센스를 추출해내듯이 일본문화도 역사의 흐름을 따라 운반되어온 다양한 내용들을 증류시켜 적은 양이지만 그렇게 형성해왔다는 것이다. 그는 일본문화의 이러한 능력을 가리켜 차용과 종합, syncrétisme(혼합)과 originalité(독창)의 능력이라고도 평가

하여 일본문화의 종착적 습합성을 미화하기도 했다.[1]

일본문화의 종착적 습합성에 대해서는 이미 서론에서도 보았듯이 일본어의 형성과정에 대한 야스모토 비덴(安本美典)의 도가니론이 알기 쉬운 예이다. 그에 의하면, 많은 언어가 북에서도 남에서도 일본열도라는 도가니(坩堝) 속으로 흘러들어 수천년 동안 합쳐졌다.

인도유럽어는 하나의 어원에서 넘쳐나와 여러 지역을 지나면서 다양한 형태로 발전했지만 일본어는 반대로 여러 가지 언어가 한 곳으로 흘러들어와 혼합되는 형식으로 형성되었다. 즉, 인도유럽어는 라틴어에서 파생된 프랑스어, 이탈리아어, 에스파냐어 등에서 보듯이 하나의 조어(祖語)에서 많은 언어가 갈라져 성립된 형태인데 반해 일본어는 주변의 여러 언어가 흘러들어 하나의 시내(川)를 이루는 형식이었다고 하여 문화의 종착지로서의 습합성, 이른바 '종착적 습합성'(終着的 習合性)을 보여주고 있다는 것이다.

이른바 문화전파주의(文化傳播主義)나 문화의 전파메카니즘 이론에서 보면 이러한 문화는 전파경로상 다양한 문화요소가 발생지로부터 가장 멀리, 그리고 시간적으로 가장 나중에 결합되는 일종의 문화복합체(cultural complex)이다. 일본문화의 경우가 바로 그러하다. 다시 말해 문화요소의 복합이 이뤄지는 특정공간인 문화권(文化圈)이나 복합의 시간적 전후관계를 나타내는 문화층(文化層)의 형성[2]에서 일본문화의 습합양상은 언제나 종

---

1) 레비－스트로스, '混合と獨創の文化—世界の中の日本文化', 『中央公論』, 1988年 5月号, 74쪽. 그러나 레비－스트로스가 일본문화의 혼화적(混和的) 잡거성(雜居性)을 규정하기 위해 열거한 차용과 종합, 혼합과 독창이라는 용어들도 사실은 '습합'이라는 단어의 수사적 풀이에 지나지 않는다.

2) 新비엔나학파의 문화전파주의자인 프리츠 그뢰브너(Fritz Gröbner, 1877～1934)는 『민족학의 방법론』에서 공간적·시간적으로 떨어져 있는 문화 사이의 계보관계를 확인하기 위한 방법으로서 '문화권'과 '문화층'의 개념을 도입한다. 그는 공간적으로 전파되는 문화요소들의 복합이 이루어지는 특정공간을 가리켜 문화권이라고 부른다. 또한 그는 원칙적으로 하나로 모아

착적이었기 때문이다.

이상에서 보았듯이 습합은 일종의 문화변용(acculturation)이자 문화의 변형과 변성(cultural metamorphosis)을 통한 문화융합 현상이다. 그것은 문화적 지배소(cultural dominant＝文化素)에 의해 타율적으로 이뤄질 때도 있지만 문화소들간의 상호분유(mutual participation)와 공존의 필요성에 따라 자율적으로 이뤄지기도 하기 때문이다. 전자가 주로 위로부터의 습합이라면, 후자는 아래로부터의 습합이다. 전자가 대개 정치적 이데올로기나 통합원리로서 작용하는 문화소에 의해 이뤄진다면 후자는 사상·종교·예술·민속 같은 비정치적 문화소에 의해 이뤄진다. 물론 양자가 함께 작용하여 중층적·복합적 습합을 이루는 경우도 적지 않다. 서구문명이 헤겔적인 일원적 유기체인데 반해 일본문화는 다원적 계보들이 제각기 사회적 기능집단을 형성해 병립혼재하는 복잡한 그물망인 이유가 거기에 있다. 야나기타 쿠니오가 일본문화를 고대부터 계속되어온 계보에 새로운 계보가 차곡차곡 더해진 하나의 고드름과 같은 복합적인 구조라고 부른 이유도 마찬가지이다.

Ⅱ. 일본사상의 습합성

1. 중층적 결정방식으로서 습합

혹자는 일본을 가리켜 감정융합적 공동체라고 한다. 또한 일본인의 의식구조속에는 습합하려는 성향, 즉 습심이라는 '신내의식(身內意識)'이 일찍부터 작용해왔다고도 한다.[3] 그러면 이때 일본과 일본인, 그리고 일본

지는 습합이나 통합의 형식으로 이동하면서 기존의 것과 중복되거나 중층화하는 시간적 전후관계의 문화복합을 문화층이라고 부른다.

3) 德丸一守, 『神佛習合』, 文藝社, 1998, 26쪽.

의 종교와 사상 등 일본문화의 정체성을 규정하는 핵심개념으로서 습합과 그것을 설명하기 위한 도구개념으로서 융합은 어떤 의미연관을 가지는가?

융합은 본래 물질의 화학작용을 일컫는 단어이다. 사전적 의미로도 그것은 '녹아서 하나로 합침'이나 '융해해서 화합함'을 뜻한다. 영어로 화학적 '융합'을 의미하는 fusion도 라틴어의 '용해하다'(fundo)와 '융해'(fusus)에서 비롯된 것이다. 그러나 융합이 이처럼 용해(溶解)해서 합치는 융합작용(融合作用)만을 의미하지는 않는다. 그것은 '둘 이상의 자극물이 섞여서 합성된 지각이 생기는 일', 예를 들어 단것과 쓴 것이 섞여 초콜릿의 맛을 느끼게 하는 것과도 같다. 한마디로 말해 그것은 융합된 결과에 대한 지각작용(知覺作用)을 뜻하기도 한다. 습합이 융합을 그 도구적 개념으로 사용하는 것도 융합의 이러한 두 가지 의미 때문일 것이다.

그럼에도 불구하고 습합이 융합과 동의어일 수 없는 근본적인 이유는 그것이 물질의 화학작용을 설명하는 단어일 수 없다는 데 있다. 종교나 사상 같은 문화적 대상들의 결합작용은 초콜릿처럼 이질적인 물질이 녹아서 하나로 합치거나 융해해서 화합하는 정도의 화학작용을 기대할 수 없기 때문이다. 그것은 야나기타 쿠니오의 말처럼 이전의 계보에 새로운 계보가 차곡차곡 더해지면서 고드름을 형성해가는 것과도 같다. 그가 고드름 구조에 비유하여 일본문화의 특징을 규정하려는 것도 일본문화를 오랜 시간에 걸쳐 중첩되고 포개지면서 결정된 구조(overdetermined structure)라고 생각하기 때문이다. 즉 일본의 종교와 사상은 중층적 결정(overdetermination)을 융합양식으로 한 습합구조를 이뤄왔다는 것이다.

이러한 사고방식은 일본신화의 특징을 설명하는 미시나 아키히데(三品彰英)의 『일본신화론(日本神話論)』에서도 찾아볼 수 있다. 그의 주장에 따르면, 『기기』(記紀)의 토대가 되는 고천원(高天原)신화는 북방대륙으로부터 천상, 지상, 지하라는 삼단계의 세계관이 일본신화에 도입되면서 성립이 가능해졌다. 이미 기원전 4세기부터 한반도로부터의 도래인에 의해 형성되기 시작한 이른바 야요이(彌生)문화는 도작(稻作)과 철기(鐵器)의 유입

뿐만 아니라 북방의 여러 샤머니즘적 종교의식도 계속 유입되어 죠몬(繩文)문화와 습합되어갔다. 결국 이렇게 진행된 습합신화로서의 고드름=중층적 구조의 결정은 고천원신화로써 그 절정에 이르게 되었다. 다시 말해 『고사기』와 『일본서기』에 나타나는 이러한 신화들은 7세기초 스이코(推古)朝에 이르러 천상형(天上型)의 새로운 세계관이 수용됨으로써 신화적 문화습합(acculturation)이 이뤄진 결과이다.

기기신화에는 천손강림을 상징적으로 강조하는 여러 사건들이 장치되어 있다. 예를 들어, 오오쿠니누시노 미코토(大國主命)에 의해 천신의 아들인 니니기노 미코토(邇邇藝命)로 하여금 규슈 동남쪽에 내려와 새로운 신들을 대표하여 커다란 궁전(出雲大社)을 짓고 나라를 일으키게 되었다(國讓り)는 다음과 같은 기록이 있다. 즉 "여기는 카라쿠니(韓國)를 향해 있고 카사사의 곶에 곧장 통하며, 아침 해가 바로 비추는 땅, 저녁 해가 빛나는 곳이다. 그러니 정말 좋은 땅이다라고 말씀하시고 땅속 암반 깊숙이 튼튼한 기둥을 세워 하늘을 찌르는 듯한 웅장한 궁전을 지으셨다"가 그것이다.

그러나 고천원신화의 상징적 의미는 천손강림에만 있는 것이 아니다. 그 신화의 메시지는 신의 내원에보다는 오히려 융화라는 신화의 습합성을 강조하려 데 있을 수 있다. 고천원으로부터 도작과 거울(鏡)·구슬(玉)·칼(劍)이라는 세가지 신기(神器)를 지닌채 천손강림(天孫降臨)한 천신(天つ神)은 선주(先住)하는 국신(國つ神)과 대립→갈등→융화하면서 선주자의 문화를 파괴하는 것이 아니라 습합적으로 받아들여 새로운 습합신화를 형성한 것이 바로 기기신화이기 때문이다. 예를 들어, 천신계의 타케미카즈치노 카미(健御雷神)와 국신계의 타케미나카타노 카미(健御名方神)와의 관계나 진무(神武)천황과 야마토(大和) 토착민과의 관계가 그것이다.

이처럼 신화는 스스로 안으로의 자기발전 단계를 진행시키기도 하지만 타민족의 문화를 수용함으로써 내용이 점차 풍부해지는 이른바 '중층적 결정'이라는 복합적 단계를 거치면서 습합되기도 한다. 그러므로 미시나

아키히데가 일본신화에 대한 연구에서 내포적(內包的: intensive)방법뿐만
아니라 외연적(外延的: extensive) 방법도 동시에 활용되어야 한다[4]고 주장
하는 이유가 거기에 있다.

한편 그가 일본신화의 연구에서 이러한 두 가지 방법을 강조하는 것은
고천원신화에 이르는 습합과정에서 보듯이 일본문화에 나타나는 일반적인
습합의 양상을 두 가지로 나눌 수 있기 때문이기도 하다. 즉 일본의 문화습
합은 문화소의 내재화(內在化: immanence)와 분유화(分有化: participation)에
따라 동질적 문화소가 내재적으로 습합하는 경우가 있는가 하면 외래의 이
질적인 문화소를 수용하여 분유적으로 습합하는 경우도 있다. 예를 들어,
북방에서 들어온 샤머니즘적 종교의식이 시간이 지나면서 북방의 천상형
신화와 내재적 근친성에 따라 습합한다든지 이나리(稲荷)신앙이 다른 속
신과 습합하는 신신습합(神神習合)의 경우를 내재적 습합이라고 한다면,
그러한 종교의식과 신화에 기초한 신도(國神)가 한반도에서 들어온 전혀
이질적 종교인 불교(他神: あだしかみ)[5]와 습합하는 신불습합(神佛習合)의
경우는 분유적 습합이라고 할 수 있다.

2. 내재적 습합으로서 神神習合

기기신화(記紀神話)에서도 보듯이 일본문화의 특성을 길러낸 근간에는
원시적 종교의식과 신화적 세계관이 내재적으로 융합된 신신습합의 로고
스와 파토스가 자리잡고 있다. 대부분의 원시사회가 그러하듯 불교가 도

---

4) 三品彰英論文集 第1卷, 『日本神話論』, 平凡社, 1970, 199쪽.
5) 國神에 대비하여 他神인 佛을 幡神이라고도 쓴다. 그러나 이때 幡(ばん)은
   접신(接神)하는 물건인 빙대(憑代: よりしろ)를 의미하지만 불교에서는 본래
   그러한 발상을 어디에서도 찾아볼 수 없다. 굳이 비교하자면 그것은 佛像
   에 해당할 수 있다. 불상을 장식하는 供具를 가리켜 灌頂幡이라고 부르는
   것도 그런 의미에서이다. 그러므로 佛을 幡神이라고 부르려는 데에는 이미
   신도에서의 神의 依代의 의미가 습합되었다고 보아야 할 것이다.

래하기 이전 일본의 고대사회에서도 상당한 기간동안 신신습합의 프로세스가 진행되고 있었다. 사실상 신불습합의 문화도 이러한 신신습합의 하나의 갈래로서 파생된 것이나 다름없다. 이러한 신신습합을 다른 말로 표현하자면 이신동체설(異神同體說)이나 이명동신설(異名同神說)이라고 할 수 있다. 그것은 본래 기원도, 성립과정도, 이름도 다른 신들이 하나로 통합된 사태를 가리킨다.[6] 그러면 이러한 일이 왜 일어났을까?

1) 인종이동 수반설 –

그것은 어떤 신을 모시는 부족이나 민족과 그것과는 다른 신을 모시는 부족이나 민족들 사이의 교류나 혼혈이 일어났기 때문이다. 신관의 습합이나 복합이 민족이나 인종의 이동을 통해 더욱 구체적으로 일어난 것이다. 이것은 '야요이 유신'(彌生維新)이라고 부를 정도의 문화혁명이 도래인들에 의해 진행되어왔기 때문이다. 하니하라 카즈로(埴原和郎)가 주장하는 BC 3세기부터 7세기까지의 '백만인 도래설'—그 사이에 백오십만 정도의 도래인이 한반도로부터 집단적으로 이주해왔다는—만 보더라도 생물학적 유전인자의 이동에 의한 혼혈화와 그에 못지 않게 초생물학적 문화운반자들의 이동에 따른 문화적 융합현상이 얼마나 지속적이고 광범위하게 진행되었는지를 알 수 있다.

예를 들어, 5세기 후반에 대규모로 도래한 하타씨(秦氏)의 경우 고대씨족의 신사록(紳士錄)이라고 하는 『신찬성씨록』(新撰姓氏錄)에는 하타노이미키(秦忌寸) 등 24씨족이나 기록되어 있다. 그들은 야마토(大和) 정권의 국가조직이 급속히 정비되던 과정에 신라에서 건너와 정치·경제적으로 커다란 영향력을 행사했다. 『일본서기』유우랴쿠(雄略紀)천황 15년조(471)에 따르면, 하타씨의 총통인 우즈마사(太秦)가 인솔한 하타씨 족장들이 <180종의 씨족>(百八十種の勝)[7]에 이른다. 이처럼 일본 고대의 씨족은

---

6) 鎌田東二, 『神と佛の精神史』, 2000, 春秋社, 4~5쪽.

외부 세계의 힘에 의해 조직되어 정치적인 성격이 매우 강한 혈연집단이 지만 신화나 전설을 통해 문화적 유전소질을 계승하면서 습합해갔다.

구체적인 예들을 들자면, 우선 하타씨를 중간숙주로 하여 형성된 한반 도의 산악신앙과 키타규슈(北九州) 부젠(豊前)지방의 백산(白山)신앙간의 신화적 유연성(類緣性)이 그것이다. 나카노 하타요시(中野幡能)도 부젠국 의 양백산(兩白山)신앙에는 옛부터 태백산·소백산의 신앙, 즉 한반도의 경상북도, 강원도에 걸쳐 있는 태백산과 소백산의 신앙으로서 그 신도 태 백산에 나타난 환인(桓因), 환웅(桓雄), 환검(桓檢)이라는 삼신과 연관되어 있다고 하여 다음과 같이 주장하고 있다.

"한국에도 산악신앙은 옛부터 발달해 있다. 『삼국유사』에서는 단군신앙 을 볼 수 있다. 단군은 제석천(帝釋天) 환인의 아들 환웅과의 사이에서 태 어난 神人이다. … 대종교(大倧敎)라고 하는 이 종교는 백두산을 중심으로 널리 분포되어 있다. 그 교의는 신교적 신앙의 대상을 환인(상제), 환웅(神 市), 환검(단군)으로 삼았다. 환인은 만상을 주재하는 조화신이고, 환웅은 세상을 구하기 위하여 천부삼인(天符三印)을 지닌 채 운사(雲師)·우사(雨 師)·풍백(風伯)을 이끌고 태백산에 내려온 신이다. 환웅은 고대 조선을 개국한 교화의 신으로서 민중을 다스렸다. 환검은 단군이지만 군주로서 고대 조선을 건설하였다. 대종교에서 이 삼신은 일체로서 여긴 이른바 상 제였다. 현재도 이 신앙은 민족신앙으로서 남아 있다."[8]

나카노 하타요시는 富士·立山과 더불어 일본의 삼대 영산(靈山) 가운 데 하나인 기타규슈 카가(加賀)백산—카가(加賀)·에치젠(越前)·미노(美 濃)의 국경을 따라 이어진 白山(높이: 2,703m)은 717년 에치젠의 수행자인

---

7) 太秦은 '우즈마사'라고 부르지만 '마사'를 <勝>(수구리)이라고도 쓰기 때문 에 太勝의 뜻이며 모모아마리야소노 수구리(百八十種の勝)의 총통이기 때문 에 우즈마사(太秦)인 것이다. <勝>은 본래 고대 한국어로 <우두머리>(長) 를 뜻하며 <촌주>(村主: すぐり)라고도 쓴다.

8) 中野幡能,「求菩提山修驗道の起源とその展開」『英彦山と九州の修驗道』, 1977, 名著出版, 大和岩雄,『日本にあった朝鮮王國』, 白水社, 1993, 132~133쪽.

타이쵸(秦澄)가 입산한 이래 산악수험의 영산이 되었다고 전해진다—의 신앙을 가리켜 다분히 고대 조선의 태백산·소백산을 둘러싼 단군신앙의 영향을 받은 것이 아닐까하고 주장한다. 왜냐하면 카가백산을 신앙의 대상지로서 개산(開山)한 이가 바로 도래인인 하타씨족의 타이쵸우(秦澄)이기 때문이다. 타이쵸우는 백산(白山)을 개산하고 백산신과 습합시켜 11면 관음에 대표되는 변화관음신앙을 보급했다. 아사카 도시키(淺香年木)도 이 신앙을 가리켜 한신(韓神)신앙의 일종으로 간주한다.9) 문화운반자들의 이동이 수반한 또 다른 신신습합의 예는 신라의 화랑과 사츠마(薩摩)의 소년병인 치고사마(稚兒樣)간의 신앙과 종교의 유연성(類緣性)이다. 미시나 아키히데(三品彰英)는 「화랑의 본질과 그 기능」(花郎の本質とその機能)과 「사츠마의 소년병 2세제도」(薩摩の兵兒二歲制度)에서 진흥왕37년(576)부터 신라가 통일을 완성하던 7세기말까지 활약한 미(美)소년 집단인 화랑의 특징을 '국가유사시에 전진(戰陣)에 배치한 청년전사단' / '국가적, 사회적 교육을 받은 청년집단' / '신령과 교융(交融)하는 제의를 거행했던 소년집단' 등으로 열거하면서 이 집단과 치고사마(稚兒樣: 본래 명문 가문의 11~12세의 미소년을 가리키는 용어)라고 불리던 사츠마의 '헤이코니세'(兵兒二歲: 씨족의 자제들 가운데 14세에서 20세까지의 남자들을 가리킴) 집단과의 공통성을 주장한다. 특히 그는 화랑과 치고사마의 특징들 가운데 신령의 중계자인 요리마시(憑人—수험자가 신의를 받을 때 신령을 남에게 옮겨주는 사람)로서의 공통점을 강조한다. 그것은 무엇보다도 신라와 사츠마·오오스미(大隅)지방간의 직접적인 역사적 관계에서 비롯된 것이기 때문이다. 그 지방은 본래 부젠(豊前) 이외에 존재했던 하타씨족의 집단거주지 가운데 하나였다.

　미시나 아키히데도 치고사마의 소년병 집단의 습속이 강하게 남아 있는 곳은 카라쿠니신사(韓國宇豆峯神社)와 가고시마신사(鹿兒島神社)가 있

---

9) 淺香年木, 「古代の北陸道における韓神信仰」 『日本海文化』 제6호, 1979.

는 하타씨족의 거주지 코쿠부(國分)와 이즈미(出水)라고 지적한다. 그에 의하면, "특수하고 존귀한 소년"을 <치고>(稚兒)라고 부른 것은 "코쿠부・이즈미 이외에 아이라군(姶良郡)의 하야토(隼人)와 가모우(蒲生), 그리고 이사군(伊佐郡 大口)의 5개소였다. 이곳에서 <치고>라는 호칭은 가고시마현의 기타 지역에서 일반 사족(士族)의 소년을 치고라고 부른 것과는 다르다. 코쿠부 등 5곳에서 치고를 화랑과 같은 의미로 부른 것은 그들 지역이 하타씨족의 집단거주지였기 때문이다.10)

2) 신적 배치설 -

동질적 문화소간의 내재적 습합으로서 신신습합이 가능했던 또 다른 이유는 일본의 고대사회로 갈수록 만물에 영혼이 깃들어 활동한다는 애니미즘이나 샤머니즘적 사고가 그 배후에서 작용했기 때문이다. 이른바 사물속에서 영혼이나 신의 활동을 감득할 수 있기 때문에 내재적으로 영적 결속을 이루는 새로운 신적 배치(divine arrangement)가 자연스럽게 이뤄질 수 있었다. 이신동체적(異神同體的) 사고와 정신도 실제로 이러한 애니미즘・샤머니즘적 복합=습합의 감각에 근거해 있다. 거기에는 언제, 어디서도 새로운 신적 배치와 변형(divine metamorphosis)을 가능하게 한 영적 상상력이 작용해왔다.

예를 들어, 『상륙국풍토기』(常陸國風土記)에 보면 도작(稻作)을 추진한 마타치(麻多智)라는 인물이 이미 살고 있던 뱀의 형상을 한 야토(夜刀)의 신을 살해하지 않고 산으로 쫓아보냈다고 기록되어 있다. 이때 토착신을 살해하지 않고 산으로 쫓아보냈다는 것은 적어도 새로운 신들이 토착신들을 제거하거나 배제하지 않았다는 사실을 의미한다. 여기에서는 도리어 社를 짓고 그들을 地主의 신으로 제사지냄으로써 융화와 습합이라는 종교진화론적 양상을 강조하기까지 한다.

---

10) 三品彰英,「薩摩の兵兒二歲制度」『新羅花郎の硏究』, 平凡社, 1974.

이러한 새로운 신적 배치는 제2, 3장 '신화속의 일본사상'(1, 2)에서 구체적으로 언급하겠지만 나카노 하타요시에 의하면, 부젠(豊前)국에서 가장 오래된 신사인 카와라신사(香春神社)에 묘셔져 있는 상세신(常世神)에 대한 신앙도 신라계 귀화인의 국신인 상세신 신앙을 모체로 한 것이다. 그는 하타씨가 그곳에 온 이후 타가와군(田川郡)을 포함한 부젠의 샤머니즘에 신라계의 상세신 신앙이 융합되어 부젠국의 상세신 신앙이 형성되었다고 주장한다. 그에 의하면, 『일본서기』코우교쿠(皇極) 천황 3년(634) 7월조에 '동국의 후지(不盡)강변에 사는 사람인 오호후베노오호(大生部多)는 벌레(虫)에게 제사드릴 것을 마을 사람들에게 권하여 말하기를, "그것이 상세의 신이다. 그 신에게 제사하는 자는 부와 장수를 누릴 것이다"라고 기록되어 있다.'

여기서 오호후베노오호는 하타씨 소속으로 간주되거나(谷川士淸) 하타씨와 동족 내지 동일집단을 형성한 씨족(平野邦雄)으로 볼 수 있다. 적어도 하타씨와 인척관계를 가진 사람(上田正昭)으로 간주되는 점으로 보아 신라계 귀화인임을 부인할 수 없다. 특히 벌레에게 제사한다는 것은 양잠과 직조를 통해 상당한 부를 축적해온 하타씨족의 잠신(蠶神)신앙에서 비롯된 것이다. 『일본서기』의 「코우교쿠기」(皇極紀)에서도 누에(蚕)와 유사한 상세충(常世虫)에 관한 기록을 보면 하타씨—양잠—잠신신앙[11]은 서로 밀접하게 연관되어 있다. 또한 카와라(香春鄉)에 있는 구와바라(桑原)라는 지명을 오오스미(大隅)로 옮겨간 사람들(秦氏)이 그곳의 군명을 구와바라군(桑原郡)이라 붙인 것도 秦—桑—蚕 사이의 내재적 관계를 나타내는 것이다.[12]

---

11) 누에(蚕)는 유충에서 나방에 이르기까지 죽음과 재생의 과정을 반복하며 세 번의 삶(三度生)을 사는 불노불사의 진기한 常世의 虫이므로 상세신으로서 신앙되었다. 제4장 신화속의 일본사상 (2); '민중신화의 원형으로서 稻作神話' 참조.

12) 大和岩雄, 앞의 책, 128~131쪽.

이상에서만 보더라도 일본 고대인의 신앙속에는 도래인의 그것과 내재
적으로 습합된 무격성(巫覡性)을 발견하기 어렵지 않다. 이처럼 신신습합
은 신불습합과는 달리 이질적 신들의 융합에서 나타날 수 있는 대립과 갈
등의 요소가 적을 수 있기 때문에 그 과정이나 양상도 신불습합에서보다
훨씬 순조로울 수 있었다.13) 더구나 일본의 문화사나 사상사에서는 다른
나라의 경우보다도 여러 가지 이유로 이러한 동질적·내재적 습합이 예비
적 경험으로서 다양하게 작용했기 때문에 그 이후의 이질적·분유적 습합
이 문화와 사상의 역사를 형성하는데 있어서 가이드라인이 될 수 있었
다.14) 이렇게 보면 신신습합은 일본사상사에서 신불습합의 개념적 확장이
아니라 오히려 신불습합의 모형(模型)이 되었을 뿐만 아니라 나아가 습합
사 전체의 모형(母型)이 되었다고 해도 과언이 아니다.

3. 분유적 습합으로서 신불습합

시바 료타로(司馬遼太郎)는 『この國のかたち 五』(文藝春秋社)에서 "어쨌
든 8, 9세기의 신불습합은 다분히 궁여지책이면서 일본최초의 독창적인

---

13) 皇極天皇 3년(644)조에 보면 "大生部多가 마을 사람들에게 벌레를 제사하도
록 권하고 이것을 常世神이라고 부르며 부귀영화와 장수를 얻을 수 있다고
말하자 야마시로국(山城國) 북부의 카도노군(葛野郡: 현재 교토시의 右京區
와 左京區)에 사는 하타노 카와카츠(秦河勝)가 사람들을 미혹시킨다 하여
大生部多를 물리쳤다. 그 순간에 무격(巫覡)들은 놀라 상세신에게 제사하도
록 사람들에게 권하기를 그만두었다"고 기록되어 있다. 여기에서도 보듯이
내재적 습합일지라도 그 과정에서 갈등현상이 전혀 없었던 것은 아니다.
14) 그러나 카마다 토우시(鎌田東二)는 『神と佛の精神史』(春秋社, 4쪽)에서 神神
習合을 일본종교문화의 근본특성을 나타내는 용어로서 만들어졌다고 주장
하면서도 신불습합이라는 용어의 개념을 확장해 만든 신조어라고 하여 종
교발달사적 이해보다 종교 및 사상사적 중요성을 우선시하고 있다. 그러나
습합사적 흐름에서 보면 신신습합이 신불습합의 하부구조였음을 부인할 수
없다.

착상이었음에 틀림없다. 그 때문에 일본의 신들은 오랜 생명력을 지닌채 많은 이들을 기쁘게 해왔다"고 하여 신불습합이 오랜 역사속에서 살아온 일본만의 종교적, 사상적 특징임을 강조하고 있다.

1) 역사속의 화혼(和魂)으로서 신불습합

어느 나라이건 종교와 사상은 그 나라 역사의 리트머스 시험지이다. 한 나라의 역사 속에 담겨진 혼은 그 나라의 종교와 사상에 배어든 혼과 다른 것일 수 없다. 장구한 역사를 가진 나라일수록 민족의 믿음과 정기(精氣)가 짙게 배여 있는 그 역사의 바탕에는 종교와 사상이 자리잡고 있기 때문이다. 이것은 일본의 역사에서도 예외가 아니다. 일본사에는 어느 나라보다도 특히 일원적 지배원리에 수렴되기를 거부하는 정신이 관통한다. 신신습합이 그 정신의 개시였다면 신불습합은 그것의 전형이었다. 그 정신이 또한 일본사상의 틀을 만들어 온 것이다.

신불습합에는 천년 이상의 역사가 있다. 한마디로 말해 일본의 역사는 신불습합의 풍토속에서 전개되어왔다고 해도 과언이 아니다. 지금도 그것 없이 일본은 상상할 수 없다. 그것은 일본인의 파토스이자 일본사회의 체질 자체이다. 또한 그것은 정치로도 분리시킬 수 없는 일본의 근성이기도 하다. 예를 들어, 887년부터 시작된 후지와라 모토츠네(藤原基經)의 섭관정치를 비롯하여 카마쿠라(鎌倉) 막부를 거쳐 1867년 도쿠가와(德川) 막부의 종말에 이르기까지 천년에 이르는 동안 천황이 권력의 상징이 아니었음에도 그 권위를 존속시킨 것도 신불습합으로 체득한 공생의 정신이었다. 神을 가진 채 佛을 받아들인 분유적 습합정신이 복잡한 정치권력의 변화속에서도 암암리에 작용했던 것이다.

이전부터 神은 오는 것(靈物), 입물(立物), 제물(祭物)로서, 그리고 '佛은 가는(往) 자, 앉는(座) 자, 이루는(成) 자'로서, 즉 양자가 정반대의 이질적 대립자로서의 각기 다른 특성을 지녀왔지만 이미 신신의 습합을 체험한 일본 종교와 사상의 도가니 속으로 들어온 그것들이 융합하면서 공생하는 데는 오랜 시간이 걸리지 않았다. 오히려 신불의 습합은 외래종교(他神)가 기존종교(國神)와 융합하여 양자의 특질을 분유한 일본독자의 것으로 체질화하였을 뿐만 아니라 통시적 특성으로서 자리잡았다고 해도 과언이 아니다. 다시 말해 일본은 그로 인해 외래문화를 적극적으로 수용하고 일본의 풍토에 있어온 것과 융합시켜 일본문화로서 재생산하는 능력을 지니게 되었다. 이런 의미에서 신불습합은 일본의 종교와 사상사의 특징을 대변하는 가장 상징적인 현상이자 사건이라고 말할 수 있다.

천황을 가리켜 아마테라스 오오미카미(天照大神)라는 신의 자손이므로 신성시해야 한다는 만세일손(萬世一孫)의 천황사상이 불교의 『금광명경(金光明經)』의 영향으로 성립되었다는 다무라 엔쵸(田村圓澄)의 주장의 근거도 거기에 있다. 이 주장은 고대 율령국가가 진호국가의 염원을 담고 전국에 건설된 국분사(國分寺)에다 이 경전을 안치시키도록 명령한 것으로 미뤄보아도 설득력이 있다. 카도와키 가키치(門脇佳吉)도 『일본인의 종교심(日本人の宗敎心)』(講談社)에서 만일 다무라의 주장대로 신도의 교의적 핵심인 천황숭배사상이 불교의 영향을 받아 성립된 것이라면 고대일본인의 종교성은 더욱 중층적(重層的)이었다고 주장한다.

심지어는 이러한 신불습합이 곧 일본문화의 애매성과 미지근함의 근원이라고 주장하는 이(達日出典)가 있는가 하면, 메이지유신의 성공도 신불습합으로 대표되는 '유연성의 하사품(賜物)'일뿐만 아니라 나아가 그것이 일본의 운명을 결정한 대사건이었다고 까지 주장하는 이(德丸一守)도 있다. 아쿠타가와 류노스케(茶川龍之介)가 『신신의 미소(神神の微笑)』에서 인도 석가의 가르침은 일본의 뿌리로서 지금까지 변함없다고 주장하는 이유도 거기에 있다.

2) 일상의 의미연관체로서 신불습합

문화를 가리켜 일정한 집단의 상징체계(encoding system)라고도 한다. 그
것은 한 집단이 공유하고 있는 문화소가 코드화된 체계를 의미한다. 신불
습합을 일본문화의 상징체계로 간주하려는 이유도 마찬가지이다. 습심이
일본인의 정서적 토대라고 한다면 신불습합은 그것의 표현형(phénotype)이
기 때문이다.

'일본인은 신사(神社)에서 태어나고 사찰(寺刹)에서 죽는다'는 상징적
의미를 체계화한 종교적·사상적 코드가 곧 신불습합이다. '요람에서 무
덤까지' 대신 일본인의 일생은 '신사에서 사찰까지'라고 해야 할만큼 신도
와 불교가 인생을 시작하게 하고 끝마치게 한다. 이처럼 일본인에게 신도
와 불교는 삶과 죽음의 의미를 상징하는 보편적 코드이다. 그것들은 일본
인에게 종교라기보다 인간에 대한 존재론적 시니피에(signifié)이자 의미론
적 기호(signe)이다. 그렇다고 해서 그것들이 생전과 사후에 대한 의미규정
을 위한 코드나 기호가 아니다. 그것들은 오히려 생전과 사후, 그 사이에
대한 기호이자 시니피에들이다. 그러므로 신도와 불교는 일본인에게 분리
된 두 개의 종교일 수 없고 개인 마다의 인생속에 결합되어 있는 의미연
관체이어야 한다. 그것들 사이에는 단지 결합하여 상호공존하려는, 그렇
게 해서 개인의 인생을 의미규정하려는 일정한 방식만이 있을 뿐이다. 그
것이 바로 습합이다.

일본인의 심리의 저변에는 신사(神社)와 카미(神), 신센(神饌; 신에게 바
치는 음식물)과 사카키(榊; 祭場의 신 앞에 바치는 나무)가 자리잡고 있듯
이 호토케(佛)[15]가 자리잡고 있다. 일본인의 의식의 저변에, 그리고 정서

---

15) 불타(佛陀), 즉 ブッダ에서 유래한 한자어 佛을 중국음으로는 ブツ라고 읽는
다. 그리고 이것을 일본어로는 <ホトケ>라고 읽는다. 그러나 『岩波古語辭
典』에서는 ホトケ를 佛의 形象, 즉 佛像을 가리킨다고 설명하고 있다. 이에
대해 야나키타 쿠니오는 『先祖の話』에서 ホトケ가 중세 이래 ホトキ라는
器物에 음식을 담아 제사지내는 데서 비롯되었다고 주장한다. 그러나 아루

속에는 습합된 이 양자가 분유되어 있다. 그렇게 하여 일본인은 습합, 즉 화습(和習)의 역사속에서 습심을 체득하였다. 일본인에게 습심이 체질화된 이유도 거기에 있다.

神과 佛은 습합하여 일본인의 일상생활을 지배한다. 일상을 지배하기 위하여 습합한다.

그것은 카미사마에게 올리는 노리토(祝詞)속에만 갇혀 있는 것도 아니고 고인이 죽은 월일(祥月命日)마다 호토케사마에게 기원하는 법요(法要)에만 매달리는 것도 아니다. 신과 불은 일찍이 습합하여 신궁사속에 상징화되었을 뿐만 아니라 대가람속에도 기호화되었다. 그것들은 일본을 무종교의 나라, 또는 다신교의 나라라고 부를 정도로 신사와 사원속에 형해화(形骸化)되어 있다. 그것들은 이미 기호화되어 그곳들에 머물러 있다.

그러나 신과 불은 이처럼 습합된 상징체계로서만 정지되어 있지 않다. 오히려 그것들은 일상속에서 시니피앙(signifiant)으로서 생동하고 있다. 그것들이 더욱 습합하는 현장은 일상속이기 때문이다. 그것들은 일본인을 무종교인이라고 불러야 할만큼 일상속에서 자연스럽게 습합하고 있다. 일생의 시작을 신사에서 기원한다면 승려를 통해 그것을 마무리하기 때문이다. 이처럼 신과 불은 일상의 시공속에서 생동하며 습합한다. 습합이 의미연관인 이유가 그것의 일상성(日常性)에 있다면 신불습합을 종교적·사상적 일상주의(日常主義)라고 할 수 있는 이유도 거기에 있다.

가 키자에몬(有賀喜左衛門)에 의하면 ホトケ는 死者를 제사지낼 때 영혼을 불러들이기 위하여 사용한 나뭇가지인 <フトキ>에서 유래했다고 주장한다. 즉 호족들이 선조에게 제사지낼 때 佛이 되기를 바라는 死者祭祀에 사용한 フトキ에서 힌트를 얻어 先祖=死者를 ホトケ라고 부르게 되었다는 것이다. 이 때부터 승려에 의해 死者를 ホトケ라고 부르는 것이 일반화되었고, 나아가 死者는 생전에 佛者가 아니었더라도 승려로부터 계명까지 받아 석가의 제자, 즉 호토케(佛)가 된 것이다. 阿滿利麿, 『日本人はなぜ無宗敎なのか』, ちくま新書, 1996, 63~64쪽 참조.

Ⅲ. 일본사상의 反습합성

1. 반작용으로서 反습합성

작용에 대한 반작용, 즉 '작용·반작용의 법칙'은 뉴튼의 역학법칙(운동의 제3법칙)에만 국한되지 않는다. 자연과 문화(=人爲=反자연)에 대한 문화인류학적 대비관계는 물론이고 정립(定立: these)에 대한 반정립(反定立: anti-these)이라는 이항대립의 변증법적 논리—뉴튼의 법칙만큼 계산가능한 역학적 운동성을 갖지는 않지만—도 그 대비적 운동성에서는 역학법칙에 못지 않는 비역학적 反작용법칙의 전형임이 분명하다.

마루야마 마사오(丸山眞男)는 『일본정치사상사연구』(日本政治思想史研究)에서 소라이학(徂徠學)의 등장을 가리켜 주자학의 안티테제(anti-these)라고 규정한다. 적어도 그것은 성인관(聖人觀)을 개입시킨 주자학적 사유의 해체라는 反주자학에서 그렇고, 공자를 '우주제일의 성인'으로 간주하여 <공자의 道>를 주장한 이토 진사이(伊藤仁齋)와는 달리 <선왕(先王)의 道>를 강조한 反진사이학에서 그렇다. 코야스 노부쿠니(子安宣邦)도 마루야마 마사오의 주장에 동의하지 않으면서도 『사건으로서의 소라이학(事件としての徂徠學)』에서 기본적으로는 오규 소라이가 제기한 <선왕의 도>를 가리켜 충격·파문·사건성이라고 주장한다. 그는 오규 소라이가 자연적 질서사상의 해체를 통하여 작위적(作爲的) 질서사상을 확립하려 했다는 마루야마의 주장을 가리켜 작위적 질서사상을 절대적 주권자의 논리로 살짝 바꿔치기한 것에 지나지 않는다고 비판하면서도 소라이학의 등장을 '유교적 사상구조의 자기분해과정'[16]이라고 규정함으로써 주자학적 이데올로기의 종언을 강조한다. 그러나 자연에서 작위로의 전회는 마루야마 마사오의 주장처럼 테제에 대한 안티테제의 성립이 아니다. 그것은 고작

---

16) 子安宣邦, 『事件としての徂徠學』, 靑土社, 1990, 48~51쪽.

해야 '테제의 대체'이거나 '대체된 테제'에 지나지 않는다. 또한 코야스 노부쿠니의 주장대로 그것을 유교적 사상구조의 자기분해과정이라고 하더라도 그것은 도쿠가와 막부체제라는 새로운 정치질서가 배태한 제2의 관학이데올로기일뿐이다.[17] 그러므로 그것은 새로운 인식론적 장애물로 인한 인식론적 단절(coupure épistémologique), 즉 송학(宋學)에서 선진유학에로의 전환에 불과할뿐 중국유학으로부터의 습합의 단절을 의미하지는 않는다.

소라이학은 오히려 중국유학과의 습합성에서는 송학이나 진사이학보다도 더욱 철저함을 강조한다. 송학은 노장과 불교의 독에 물들어 있으며 진사이의 고의학(古義學)도 진정한 고의가 아니라는 것이다. 오규 소라이는 진사이를 포함한 일본의 유학자들이 "화음화어(華音華語)를 알지 못한 채", "화훈전도(和訓顚倒)"하여 일본어로 중국고전을 읽는 잘못을 범해왔다고 생각했기 때문이다. "古言를 알고" 고문사(古文辭)에 습숙(習熟)하는 것을 학문의 기초라고 생각한 그는 <화습>(和習)을 버리고 화음화어로 한시와 한문을 짓거나 중국고전을 읽는 것이 성인의 학문을 올바르게 이해하는 방법이라고 믿었다. 이렇듯 소라이학은 습합의 단절이 아니라 연속이었고, 나아가 강화이자 철저화였다. 공자를 우주제일의 성인으로 강조함으로써 주자학의 안티테제가 되었던 진사이학을 비판한 소라이학은 이런 점에서 마루야마의 지적과는 달리 습합의 계보상 성인관(聖人觀)의

---

17) 이 책의 제9장 '밖으로의 사고실험으로서 古典解釋學'과 제14장 '西周의 습합화된 서구사상'을 참조 바람. 코야스 노부쿠니는 마루야마가 주장하는 작위적 질서사상(작위의 논리)은 절대적 주권자의 논리를 찾아내기 위하여 制作者로서의 聖人개념을 힘겹게 이용하여 만들어낸 <불가피한 우회로>이므로 기만적·자의적 논리의 meta-history, 또는 사상사의 허구라고 비판하지만 유교적 사상구조의 <자기분해과정>이라는 개념만으로 소라이학의 등장 배경에 대한 충분한 설명이 되지 않는다. 더구나 '자기분해과정'에서 <自己>의 문제는 시공간적 피구속성, 대상과 범주, 의지의 작용, 등 설명해야 할 많은 문제들을 지니고 있기 때문이다.

종합명제(synthese)라고 해야 마땅하다.

2. 역사적 운명론으로서 노리나가(宣長) 국학

그러나 오규 소라이를 우회로로 택하면서도 모토오리 노리나가(本居宣長, 1730~1801)의 고학(古學)은 그렇지 않았다. 송학보다는 기본적으로 공자에게 충실하려고 했던 이토 진사이의 고의학이나 육경주의자였던 오규 소라이의 고문사학과는 달리 그는 중국유학에 대하여 철저하게 反습합을 천명하면서 일본고유의 고학을 천착함으로써 국학의 체계를 확립하려 했기 때문이다.

노리나가가 선택한 중국고전과의 단절, 즉 反습합의 경계는 『고사기』였다. 그는 유불 등 외래사상의 영향을 제거하고 일본의 고대정신에로 돌아가려는 스승 카모 마부치(賀茂眞淵, 1697~1769)가 국학주의 이상을 『만엽집』(萬葉集)의 연구를 통해 실현시키려고 했듯이 『고사기』의 연구에서 그 단서를 찾으려고 했다. 그에게 있어서 『고사기』는 한심(漢心)의 제거수단이었고 한습(漢習)－강박관념으로부터의 해방공간이자 대리만족의 場이었다. 진사이나 소라이와는 달리 그는 그것에 대한 연구를 가리켜 진정한 '고학'이라고 부르고 거기에서 확인된 道만을 진정한 '고도(古道)'로 간주하였다.

노리나가의 『고사기전』(古事記伝) 권1(「訓法の事」)에 의하면,

"또한 이러한 한(漢)의 습기(習氣)를 제거해버리는 일이 고학(古學)의 임무이다. … 말(언어)과 상관없이 의리(義理)만을 강조하는 것은 이국(異國)의 유불 같은 교계서(敎戒書)일 뿐, 우리나라 일본의 古書는 사람들에게 교계를 알려 어떤 이치(理)를 논하고자 한 것이다. 옛것을 기록해 두는 말(언어) 외에 그 어떤 다른 숨겨진 뜻이나 이치는 없으니 … 그 문자를 깊이 연구하고 고어(古語)를 규명하여 옛것을 잘 아는 것만이 학문의 기본이라."

여기에서 그가 말하는 <한심(漢心)>이란 엄밀한 유교사상이나 심정적 중화숭배를 가리킬뿐만 아니라 도쿠가와 사회에 침투한 유교적 가치관과 사변적 사고방식 등 광범위한 도학적 사회의식 일반을 지칭하는 것이기도 하다.[18] 또한 노리나가는 이것을 가리켜 『다마가츠마(玉勝間)』1권에서도 "한의(漢意)란 한국(漢國)의 것을 좋아한다거나 그 나라를 숭배한다는 것이 아니라, 대개 세상 모든 사람들의 만사 선악 시비를 논하고 사물의 이치를 따지는 것이 모든 중국 서적들이 갖는 취지라는 것을 말하는 것이다"고 밝힌다. 특히 그가 유교의 권위를 비판하고 그것과 절연하려는 것은 일본의 고대와는 전혀 다른 중국 고대의 통치양태에 대해서였다. 그에 의하면, 일본처럼 통치의 절대불변성을 지키지 않는 나라에서 통치자는 일반적으로 권력투쟁에 의해 결정되며, 권력에 의해 나라를 통치해나가기 위해서 그 권력의 정당성을 주장해야 하고, 이를 위해 통치이데올로기가 필수적이라는 것이다. 이것이 그가 생각한 중국의 道이고 규범이며 법제이다. 오규 소라이가 성인이 제작했다고 믿었던 道 역시 바로 그것이었다. 노리나가는 이점에서 근세사회에서 국교적 지위를 차지하고 있는 유교 이데올로기의 허위성을 폭로하려 했고, 동시에 그 논리를 역용하여 천황통치의 역사적 운명론[19]을 강조하려고 했다.

또한 그는 『고사기』속에서 역사적 운명론의 타당성을 마련하기 위하여 거기에 기록된 신대(神代)의 사실을 신화가 아닌 절대적 사실로 믿고, 이것을 인간의 일상적 삶이 의거해야 할 궁극적 가치로서 숭상하고 신앙해야 할 이유로 간주하려 했다. 이 때 그가 강조하는 것은 유교의 이성적 합리성이나 도덕적 규범과 권위가 아니라 그것으로부터의 해방이었다. 그것

---

18) 本山幸彦, 『本居宣長』, 淸水書院, 1978, 137~138쪽.
19) 城福 勇, 『本居宣長』, 吉川弘文館, 1980, 141~147쪽. 다자이 슌다이(太宰春台)가 『經濟錄』에서 역사의 운행과 인사의 현실에는 인력 이외의 힘이 작용한다고 생각하고 이것을 천명, 또는 신의 소위(所爲)라고 믿었듯이 나카무라 (中村幸彦)은 '운명론이 당대 사상계 문제가 되었다'고 주장한다.

은 다름 아닌 인간의 본능적 욕망에 대한 긍정이기도 하다. 그는 유교적 도덕의 원천인 천리의 허구와 허위를 부정하고 인욕, 즉 인간의 진정(眞情)과 진심(眞心)을 영원히 보증하는 천황통치의 윤리적 기능을 강조한다. 인심이 솔직하지 않은 인간들을 통치하기 위해 성인이나 엄격한 도덕규범이 필요했던 중국과는 달리 일본은 황조신(皇祖神)인 아마테라스 오오미카미(天照大神) 이래 절대불변의 통치자에 의해 인간의 진심이 보증되어 왔다고 믿었기 때문이다.

이처럼 노리나가의 고학, 즉 그의 국학에는 무엇보다도 천황통치와 인간의 진정한 삶을 일체화하려는 역사적 운명론이 전제되어 있다. 거기에는 한심(漢心)과 한의(漢意), 또는 한류(漢流)의 理와 한습(漢習)과의 결연한 절연의지만이 작용하고 있는 것이 아니라, 신대의 신화를 사실화하고 그것과 일상의 진심을 운명론적으로 일체화하려는 현실승인의 의지도 강하게 작용하고 있었다.

3. 포장된 국학과 위장된 反습합성

모토오리 노리나가가 『고사기』에서 얻은 통찰력으로 『고사기전』을 완성했다면 히라다 아츠타네(平田篤胤, 1776~1843)는 노리나가의 제자인 핫토리 나카츠네(服部中庸, 1757~1824)의 『삼대고』(三大考)를 계승하여 『영능진주』(靈能眞柱)를 저술했다. 자신의 저서인 『고사기전 십칠』에 부록으로 첨부할 정도로 노리나가가 칭찬을 아끼지 않았던 『삼대고』는 천·지·천(泉=月)의 생성과정과 거기에 대응한 신들의 생성과정을 기기신화를 토대로 하여 10개의 그림으로 그려놓은 일종의 국학적 우주형성론이다. 그에 의하면, 천지의 형성 이전에는 허공에 일본신화의 근원신이자 조화의 삼신이라고 하는 아메노미 나카누시노 카미(天之御中主神)·타카미 무스비노 카미(高御産巣日神)·카미 무스비노 카미(神産巣日神)가 생겨났다. 그 다음으로 드디어 천·지·천이 차례로 생겨나 고천원(天界)─지상계

(中つ國)—황천계(黃泉の國, 또는 根の國)라는 북방계 수직구조의 전형적인 우주상이 형성되었다. 이때 天, 즉 태양을 상징하는 고천원(다카마가하라)은 태양신이자 황조신인 아마테라스 오오미카미(天照大神)가 통치한다. 한편 天과 분리된 지상의 나라가 일본이므로 일본은 이른바 지상의 본국으로 간주되었다. 또한 지하에 자리잡고 있는 황천(또는 月讀)국은 달(月)을 통치하는 신인 츠키요미노 미코토(月讀命)의 나라이다.

그러나 이러한 핫토리의 우주형성론은 얼핏보기에 그 기본구조에서 기기신화와 다를 바 없지만 우주의 운동성에서 전통적인 북방계 신화나 기기신화의 우주론과 다르다. 그의 우주형성론은 태양과 달이 대지와 완전히 분리된 채 대지를 중심으로 선회한다 하여 지동설과 유사한 과학적 운동이론을 배경으로 하고 있기 때문이다. 그의 국학론은 反한습(漢習)의 입장에서 철저히 反습합적이었던 노리나가의 경우와는 달리 표면적으로는 『고사기』의 천지창조의 신화를 답습하면서도 내면에서는 당시의 지식인들에게 널리 소개되었던 서양의 천문지식과 습합하는 새로운 국학의 면모를 갖추고 있었다. 이것은 그가 당시의 난학자이자 서양화가로서 『천지리담』(天地理譚), 『지구전도약설』(地球全圖略説), 『지전의략도해』(地轉儀略圖解)등을 저술하여 서양의 천문지리학을 적극적으로 소개해온 시바 코우칸(司馬江漢, 1738~1818)과 동시대인이었다는 사실만으로도 짐작하기 어렵지 않다.

이처럼 反습합으로 위장된 고학이나 국수주의로 포장된 국학은 핫토리 나카츠네만이 아니라 그의 충실한 계승자인 히라다 아츠타네의 경우도 크게 다르지 않았다. 그는 노리나가의 『고사기전』에 비견되는 『고사전』(古史伝)을 집필하였다. 그는 기본적으로 『고사기』를 유전소질로 하는 노리나가 국학의 후예임이 분명하다. 그러나 사후세계에 대한 인식에 있어서는 핫토리와 마찬가지로 외국학문을 적극적으로 수용하여 노리나가와는 입장을 달리한다. 다시 말해 인간이란 누구나 현세에서 행한 행위의 선악에 관계없이 사후에는 황천에 가지 않을 수 없다고 하여 죽음이라는 사실의 절대성과 그로 인한 비감(悲感)을 강조하는 노리나가와는 달리 그는 구제의 논리를 빌려 '안심없는 안심'(노리나가)이 아닌 '자기에의 안심'을 도모하려 했기 때문이다.

이를 위해 그가 적극적인 관심을 기울인 것이 바로 유명계(幽冥界)와 외국의 종교들에 대해서였다. 기존의 신도와 국학에서는 유명계에 대한 충분한 이해를 구할 수 없었기 때문에 그는 외국종교에로 관심을 돌릴 수밖에 없었다. 그가 "외국의 것을 알지 못하면 우리 일본의 학문을 논할 수 없다"고 하여 유교·불교 도교뿐만 아니라 난학(蘭學)과 기독교에 각별한 관심을 보인 것도 그런 이유에서였다. 특히 인간의 영혼의 행방, 즉 사후세계에 대한 관심을 집중적으로 정리한『영능진주』(靈能眞柱, 1812)보다 6년 앞서 펴낸『본교외편』(本敎外編, 1806)도 미완성의 독서노트였지만 그가 31세의 젊은 나이임에도 불구하고 이미 기독교로부터 받은 영향이 적지 않았음을 보여주는 것이었다.

그는 이 책에서 16세기말부터 서양의 선교사들에 의해 본격적으로 중국에 유입된 서학과 서교서인 한역서학서(漢譯西學書)들을 직역하거나 약간 수정하여 노트했을 정도로 기독교에 깊이 빠져있었다고 해도 과언이 아니다. 에비사와(海老澤)에 의하면, 제1~3부로 된 이 책의 상편 가운데 제1부와 2부는 마테오 리치의『기인십편』(畸人十編)과 알레니(J. Aleni)의『삼산논학기』(三山論學紀)20)와 깊이 연관되어 있으며, 제3부는『기인십편』의 직역에 가까운 것이었다. 또한 제4부와 5부로 된 하편 가운데 제5부는 판토하(D. de Pantoja)의『칠극대전』(七克大全)21)을 발췌한 것이었다.

---

20) 이탈리아 출신의 선교사인 P. Julius Aleni는 1613년 북경에 들어와 <西來孔子>라고 불릴 정도로 1649년 그가 죽을 때까지 중국에서 수많은 한역서학서를 펴낸 인물이다. 1625년 杭州에서 출판한『三山論學紀』도 그 가운데 하나이다. 그는 이 책에서 천주에 의한 천지창조설, 상선벌악(賞善罰惡)을 논한 권선징악설, 그리고 인간구제를 위한 강림설 등을 소개하고 있다.

21) 스페인 출신의 P. Did, de Pantoja는 1599년부터 1618년까지 중국에서 활동한 선교사였다. 그의 대표적인 한역서인『七克大全』(1614)은 서교가 규정한

그럼에도 불구하고, 사가라 토오루(相良 亨)는 "『본교외편』(本敎外編)이 기독교서에서 노트한 것이라고 하더라도 아츠타네가 그것으로부터 크게 영향받았다고 보는 것은 너무 성급하다. 그가 기독교의 원죄사상이나 속죄에 대하여 이해했다고는 보기 어렵다"고 하여 국수적 국학자인 그에게 기독교와의 습합에 대한 면죄부를 주려하기도 했다.[22] 또한 무라오카 츠네츠구(村岡典嗣)처럼 아츠타네가 기독교를 연구했다는 사실을 실증적으로 주장하는 이가 있는가 하면, 반대로 타하라 츠구오(田原嗣郎)나 미키 쇼타로(三木正太郎)처럼 기독교가 아츠타네 국학에 일정한 자극을 준 것은 사실이지만 그의 사상에 본질적인 영향을 준 것은 아니라고 하여 그의 국학의 권위를 애써 지켜보려는 이도 적지 않다(三木正太郎,『平田篤胤の研究』神道史學會, 1969.5). 그러나 본질과 비본질 간의 경계구분은 주관적이고 비실증적일 수밖에 없을 뿐만 아니라 비본질이라고 하더라도 그것이 反습합이 아닌 한 습합의 부정도 될 수 없다.

한편 『영능진주』(靈能眞柱)는 첫문장에서부터, "여기에 세우는 기둥(柱)은 고학도(古學徒)의 야마토고코로(大和心)이다. … 고학을 배우는 자는 제일 먼저 야마토고코로를 확고히 하여야 한다. 그렇지 않으면 진정한 道를 깨닫지 못할 것이라고 노리나가 스승님이 늘 가르쳐주셨다. 이러한 스승님의 가르침은 반석 위에 세워진 튼튼한 기둥처럼 확고한 것이다. 그런데 그러한 야마토고코로를 확고하게 하고자 할 때 가장 중요한 것은 인간이 죽은 후 그 영혼은 어떻게 되는지 영혼의 행방에 대해 잘 알아야 한다. 영혼이 어떻게 되는지 그 행방을 알기 위해서는 먼저 天·地·泉의 생성과정과 그 형태를 잘 생각하고 그것들을 만들어낸 신의 공덕을 잘 숙지하여

칠죄종(七罪宗)―교오·질투·간인(慳吝)·분노·미음식(迷飮食)·미색(迷色)·해타간선(懈惰干善)―에 대한 대안으로서 제시한 칠극인 복오(伏傲)·평투(平妬)·해탐(解貪)·식분(熄忿)·색도(塞饕)·방음(防淫)·책태(策怠)가 유교윤리와 기본적으로 동질적인 것임을 설명하기 위한 서교윤리서이다.

22) 相良 亨, '日本の思想史における平田篤胤'『平田篤胤』, 中央公論社, 15쪽 참조.

우리 일본이 만국의 근본이 되는 나라이며, 만사만물이 뛰어날 뿐만 아니라 또한 존경스러운 우리 천황이 만국의 대군이라는 사실을 충분히 알고 나서야 비로소 그 영혼의 행방을 알 수 있다."라고 하여 大倭心과 사후영혼론을 모두 황국신민의 국체론으로 일체화시키고 있다.

또한 그는 이어서 "그런데 우리 일본은 이자나기(伊邪那岐)·이자나미(伊邪那美)라는 두 기둥을 이룬 신이 만들어낸 나라이며, 아마테라스 오오미카미가 태어나신 나라이다. 천황의 자손이 천하를 다스리는 나라이며, 그 어떤 나라보다도 뛰어난 세계의 중심국이므로 사람들의 마음이 반듯하여 다른 외국사람들처럼 거짓이 없기 때문에 천지창조에 대해서도 올바른 주장만이 나의 설명을 굳이 덧붙일 필요도 없이 있는 그대로 神代부터 전해져 왔다. 일본에 전해지는 학설만이 허위없는 가장 진실한 학설이다"라고 하여 모리나가보다 더욱 『古事記』이상의 국수주의적 범신도주의 이데올로기를 강조한다. 다시 말해 그는 사가라 토오루의 말대로 일본을 황조신 아마테라스 오오미카미가 다스리는 만국의 본국으로 믿는 야마토고코로(大倭心), 즉 범신도주의적 의사(疑似)보편성을 강조한다.

그러나 그것은 이 책뿐만 아니라 『고사전』에서도 보듯이 신대(神代)의 사적화(事跡化)위에서 道를 발견하려는 국수주의자들의 시대적 déjà-vu(旣視感)심리와 논리적 자가당착, 나아가 국수주의적 국학증후군 시대가 낳은 본질의 위장에 지나지 않는다. 그것은 현세에서의 수난자가 신의 가호 아래 영생하게 된다는 기독교의 구원관을 수용하여 올바른 고전(古伝)을 만들어 보려는 그의 우주론이 갖는 피할 수 없는 이율배반이었다. 그러므로 그것의 본질도 국수주의적이어야 한다는 강박관념이 만들어낸 국학 포장지속의 위장된 反습합성일 수밖에 없었다.

Ⅳ. 일본사상의 逆습합성

역습합이란 습합욕망의 밖으로의 작용이다. 그것은 습심의 초과와 과잉이 지배욕망과 결합할 때 출현한다. 그러므로 그것은 지배이데올로기로 나타나기 마련이다. 초과된 습심의 이미지를 각인시키기 위해 메이지 제국 이후 일본은 그 습심의 거울 이미지로서 확장된 공간이 필요했다.

야마무로 신이치(山室信一)도 "때로는 '아시아와 일본'으로 대자화(對自化)되고 때로는 '아시아 속의 일본'으로 즉자화(卽自化)되어왔던 것은 바로 이 때문이다. … 이렇게 하여 일본 자신에게 아시아에 관한 조사연구는 군사작전을 전개하는 데 필수적인 병요지지(兵要地誌) 작성과 외교·통상 활동에 필요한 정보의 수집과 제공이라는 요청을 지렛대로 삼아 형성되고 거기에 식민지의 영유와 경영이라는 목적이 부가되었다"고 지적한다.23) 한마디로 말해 19세기 이래 제국일본의 야망은 초과된 습심의 대자화와 즉자화를 반복하면서 아시아의 역사 속에 역습합되었다는 것이다.

---

23) 야마무로 신이치에 의하면, 그런 이유에서 "메이지국가에게 아시아란 무엇보다도 국방이라는 관점에서 샅샅이 파악해야 할 대상이었다. 그것은 1871년 제정된 참모국 아시아 병제과(兵制課)의 담당사무가 아시아 각국의 병제를 전담하며, 특히 지나 연해, 조선, 영국령 인도, 네델란드·스페인령 남양제도의 병비(兵備)에 대해 분석하는 일을 담당한다고 정해져 있던 데서도 알 수 있다. 그리고 1872년 정한론(征韓論)을 주장한 사이고 타카모리(西鄕隆盛)가 조선과 만주에 군인을 파견하여 조사하게 했으며, 1879년에는 참모본부장 야마가타 아리토모(山縣有朋)가 관서국장 카츠라 타로(桂太郎)를 중국에 파견하여 병제와 지리를 조사하게 했다. 이런 조사를 거쳐서 『중국지리총론편』(1887), 『만주편』(1889), 『몽골편』(1893)이 각각 출판되었다." 『여럿이며 하나인 아시아』, 임성모 옮김, 창비, 2003, 45~46쪽.

1. 반습합과 역습합의 차이

반습합과 역습합은 습합의 양면성(double aspect)이다. 이런 점에서 습합의 본질은 야누스적이다. 그것은 습합의 반작용이 안으로 향할 경우와 밖으로 향할 경우에 드러나는 현상의 차이에 불과하기 때문이다. 반습합이 안으로 닫으려는 방어적 사고에서 비롯되었다면 역습합은 밖으로 뻗어보려는 공격적 욕망의 결과이다.

그러나 이것들은 모두 건전한 정상적 심리작용의 표출이라기보다 강박관념의 표층이다. 반습합의 심리적 근저가 자폐증후군(autism)이라면 역습합의 심리적 동기는 아틀라스 콤플렉스이다. 이런 점에서 전자가 매조키즘적(masochism)이라면 후자는 새디즘적(sadism)이다. 히라타 아츠타네의 반습합이 비정상적인 국수주의로 표출되듯이 대동아공영론 같은 역습합이 과대망상적 제국주의로 실현되는 것도 그런 이유에서이다. 그러나 이것들은 별개의 것이 아니다. 이것들은 기본적으로 비정상적인 습심의 작용이라는 점에서 다른 것일 수 없지만 그보다는 전혀 달라 보이는 이것들의 비정상적 징후가 실제로는 동전의 양면과 같은 것일뿐 별개일 수 없기 때문이다.

예를 들어, 국수주의와 제국주의는 그 광신성(狂信性)에서 서로 다르지 않다. 와츠지 데츠로(和辻哲郎)는 일본이 만국의 근본이며 일본 신화의 신이 곧 우주의 주재신(主宰神)이라고 주장하는 아츠타네의 신도설을 가리켜 노리나가의 가장 약점이었던 신화에 대한 광신적 신앙을 받아들여 그것을 자신의 광신적 열정으로 확대시켜 나감으로써 광신적 국수주의라는 매우 커다란 해악을 남겼다고 혹평한다. 그런가하면 그는 심지어 이렇듯 고전(古伝)에 대한 광신적 열정에 빠진 아츠타네를 가리켜 정신이상의 변절자라고까지 비난한다.[24]

---

24) 和辻哲郎, 『日本倫理思想史』下卷, 岩波書店, 1952, 678쪽.

그런가 하면 니시다 기타로(西田幾多郞)를 비롯한 지식인들이 광신적 국체론자들인 군부와 일본주의자들이 전쟁을 통해 대동아공영권을 강행해 가는데 대해 우려와 비판을 한 것도 그것이 갖는 광신성 때문이었다. 니시다 기타로는 1932년 3월 1일 만주국이 건국되고 3월 5일에는 단 다쿠마(團琢磨)25)가 암살되자 소년 시절부터 친구였던 야마모토 료키치(山本良吉)에게 보낸 편지에서 "헌정(憲政)이 타락한 결과 어두운 세력이 등장, 우리집안의 앞날은 캄캄하다"고 하여 역사가 어떤 식으로 위험한 방향으로 흘러가는지를 확실히 예감하고 있었던 것 같다. 그해 10월 야마모토에게 보내는 편지에서도 그는 "우리나라 황실이 반동적인 사상세력과 힘을 합친다는 것은 더할 나위 없는 위험한 짓입니다"고 하여 천황마저 제국에의 야망에 빠져드는 것을 경계한 바 있다.

1935년 4월 9일 미노베 다츠키치(美濃部達吉)가 천황기관설(天皇機關說)26)로 불경죄를 저질러 고발당하고 그의 저서마저 출판금지되자 니시다는 다음해 5월 권력에 의해 학문이 통제되는 것을 비판하면서 "우리는 어째서 反미노베설이 학문지상에서 사라져갔는지를 생각해보아야 한다"고 그

---

25) 메이지에서 쇼와시대에 이르기까지 일본의 대표적인 실업가 가운데 한사람인 단 타쿠마(団琢磨, 1858~1932)는 미쓰이(三井)광산의 사장을 거쳐 일본경제연맹을 이끄는 재개의 중심인물이었다. 그러나 1929년 정부의 노동조합 법안 입법에 반대운동을 주도하다 결국 1932년 3월 5일 혈맹단원 菱沼五郞에 의해 암살되었다.

26) 메이지에서 쇼와시대에 이르는 동안 대표적인 헌법학자로서 활동했던 美濃部達吉(1873~1948)는 1905년 문부성의 인사개입에 항의하여 '권력의 남용과 그에 대한 반항'이라는 글로써 국체론자들의 정책에 반기를 들기 시작했다. 1912년에는 그가 천황기관설을 제창하자 보수주의 헌법학자인 우에스기 신키치(上杉愼吉)는 '國體에 관한 異說'이라는 글을 통해 군주주권론인 천황제 절대주의를 주장함으로써 국체에 관해 그와 이데올로기 논쟁을 전개하기 시작했다. 전체주의적 국체론이 지배하던 1935년 결국 그는 반국체론자로 지목되는가 하면 그의 천황기관설도 불경죄로서 고발되고 저서의 발간도 금지당했다.

에게 또다시 편지하기도 했다. 1941년 12월 8일 마침내 태평양전쟁이 일어나자 니시다는 암울한 기분에 더욱 깊이 빠져들었다. 전쟁이 일어난 그날 그의 제자 가운데 한 사람인 아이하라 신사쿠(相原信作)는 전쟁발발에 관해 대서특필한 신문을 들고 류마티즘 때문에 입원중인 스승을 찾아가 전쟁소식을 알렸을 때의 스승의 모습을 다음과 같이 적고 있다. "선생님은 오늘 무슨 일이 일어났는지도 모르고 계셨다. 호외판 신문에 커다랗게 인쇄된 기사를 보자 우려에 가득차시던 선생님의 얼굴, 굉장한 일이 벌어졌다는 것을 우려하시던 그 얼굴을 나는 절대 잊을 수가 없다. 선생님에게서 대전의 결과에 대해 동요하는 기색은 전혀 엿볼 수 없었다. 그때 선생님은 다만 전신이 우려의 기색으로 가득차 있었을 뿐이었다."[27]

패전 3개월전 불교학자인 스즈키 다이세츠(鈴木大拙)에게 보낸 편지에서도 니시다는 "민족의 자신감을 무력으로 통합하는 민족은 무력과 함께 망할 것이다"고 하여 제국에의 체면에 걸린 천황의 기관(機關)에게 경고한 바 있다. 나아가 "한 사람의 구세주도 없단 말인가? 드디어 노아의 홍수가 왔도다"와 같은 그의 절박한 비원(悲願)은 타자에 대한 점진적 지배 이데올로기로서 역습합(逆習合)보다도 더욱 반인륜적인 급진적 역습합(逆襲合)이 초래할 광기의 종말을 개탄하기도 했다. 이러한 심경은 그보다 일찍이 요사노 아키코(與謝野晶子)의 유명한 러일전쟁 반전시 '그대여 죽지말지어다(君死にたまふこと勿れ,' 1905)에서도 공감할 수 있었다.[28]

그러나 이상에서 보았듯이 쇄국이나 국수의 반습합보다 더욱 나쁜 제국의 야망을 위한 역습합이 시대정신이었던 시기, 즉 위장의 가면마저 불필요했던 시기는 일본사상사에서 인류의 건전한 보편적 가치를 지향하는 사상의 발전을 기대하기 어려운 이성상실의 시대였다. 니시다가 말하는 전인류를 포함한 세계, 즉 '세계적 세계'속에서 일본은 더 이상 습합하지

---

27) 上田閑照, 『西田幾多郎』, 岩波書店, 1995, 189~191쪽.
28) 제8장 일본사상의 역습합성(2)의 2. '톨스토이와 요사노 아키코의 비원' 참조.

않으려는 역습합의 광기에 의한 문명파괴의 병적 시대였다. 이미 오래전부터 괴롭혀온 아틀라스 콤플렉스가 마침내 일본을 광기로서 발작하게 한 것이다.

2. 아틀라스 콤플렉스로서의 역습합성

아틀라스 콤플렉스(Atlas complex)는 지배욕망에서 비롯된 새디즘으로서 일종의 <높이에의 침범> 콤플렉스이다. 그것은 기필코 산 정상에 오르려는 높이에 대한 도전욕망과도 같은, 즉 거대한 힘에 대한 집착과 그 무게 아래에 능동적으로 자신을 두겠다는 새디즘적 강박관념이다. 한마디로 말해 그것은 인간이 지고(至高)한 것, 거대한 것을 정복함으로써 자신도 그렇게 되고 싶어하는 욕망 같은 것이다.

예를 들어, 12세기 이래 19세기까지 서구 유럽이 아시아에 대하여 가졌던 강박관념이 그것이었다. 안드레 군더 프랑크(Andre Gunder Frank)에 의하면, "유럽은 수세기동안 어떻게든 아시아에 발붙여 보려고 안간힘을 썼다. 유럽의 항해자들이 죽음을 무릅쓰고 항해에 나선 것도 아시아로 가는 황금항로를 찾기 위해서였다. … 유럽이 아시아 경제열차를 차지하는데 성공한 것은 19세기 들어서였다. 처음에 유럽은 아시아라는 열차의 좌석 하나를 샀다가 나중에는 열차 전체를 사들였던 것이다. … 유럽인은 미국에서 잡은 한밑천으로 아시아 경제의 카지노에 뛰어들 수 있었고 그 카지노에서 이길 수 있었다."[29]

이러한 사정은 19세기 일본의 경우도 마찬가지이다. 팔굉일우(八紘一宇)라는 역습합적 주문(呪文)만을 믿어온 일본이 서세동점의 문명쇼크로 인해 아이러니칼하게도 (「국체의 본의」를 강조하던 메이지유신과 더불어) 서구화=문명화를 통한 대국주의 콤플렉스에 빠져든 것이다. 백색(=서구)

---

29) Andre Gunder Frank, *ReORIENT; Global Economy in the Asian Age*, University of Califonia Press, 1998, pp.277~282.

공포증(Caucasianphobia)은 곧이어 백색문화의 모방이나 명예백인화를 통해 백색화의 동경과 욕망을 충족시키려 했다. 1885년 조각된 이토(伊藤)내각의 외상인 이노우에 카오루(井上 馨)가 "나는 제국과 인민을 마치 구주방국(歐洲邦國)과 같이, 구주인민과 같이 길들이려 한다"고 천명한 것도 그런 이유에서였다.

그러나 이런 서구제일주의는 서구에 대한 단순한 동경이나 서구문명에 대한 열망에서만 비롯된 것이 아니다. 서구의 문명이 침묵하는 동양을 야만으로 날조했을 뿐만 아니라 야만에 대한 지배권을 의미했으므로 국제정세에 대한 일본의 인식도 문명에의 무지를 무력(無力)으로 간주했고 피지배의 불가피성으로 받아들였다. 특히 '모건 도식'—인류 사회와 문화의 발전단계는 <야만→미개→문명>으로 이어진다는 모건(H. Morgan)의 『고대사회(Ancient Society)』(1877)에서의 주장—으로 일반화되었던 그 시대 서구인의 보편적 인식소로서의 단선적 진화주의나 낙관주의적 진보론30)은 19세기 후반 일본의 아시아관 정립에도 그대로 적용되었다. 유럽이 선택한 방식 그대로 일본도 문명을 지배권의 정당화 구실로 삼아 지배이데올로기로서 아시아주의를 선택했다. 나아가 일본은 '힘이 곧 정의'(Might is right)라는 '변소위대, 전패위승'(変小爲大 轉敗爲勝)의 대국주의 환상속에서 탈아시아주의까지 천명하기에 이른 것이다.

그러나 후쿠자와 유키치의 '악우사절론', '탈아론'에서도 보듯이 문명=서구, 야만=아시아를 등식화한 일본의 아틀라스 콤플렉스는 아시아부정=아시아지배의 논리속에서 서양의 것보다도 더 가혹한 사이비 오리엔탈리즘(pseudo-orientalism), 즉 리오리엔탈리즘(re-orientalism)을 획책했다. 더구나 그 강박관념은 시간이 지날수록 심화되어 소국 일본을 대국중독증에

---

30) L. H. Morgan, *Ancient Society*, University of Arizona Press, 1877, pp.12~13.
   모건은 여기에서 야만(Savagery)에서 문명(Civilization)의 상태에 이르는 과정을 일곱단계로 구분했다. 즉 야만(전·중·후기)→미개(전·중·후기)→문명이 그 것이다.

빠져들게 했고, 결국 팔굉일우의 실현을 위한 성전의 광기에로 이어질 수
밖에 없었다. 일본은 천하를 온통 신풍(神風)이 감싸는 천황신의 가호 아
래에 두겠다는 이른바 Pax Japanica의 환상을 탐닉하고 있었다. 지구상에서
해가 지지않는 평화로운 대영제국의 건설이라는 Pax Britanica의 아시아편
이 등장한 것이다.

그러나 서구에서도 보았듯이 제국의 건설을 위해 앞에 붙인 구호 Pax는
그 용어 자체가 평화와 은총이 아닌 야만에 대한 식민과 절멸의 위장 구
호에 지나지 않았다. 진화론자 스펜서도 『사회정학』(社會靜學)에서 "우연
한 고통을 제외한 완전한 행복이라는 위대한 계획을 세우고 있는 세력은
자신들을 방해하는 인간 부류들을 절멸시킨다. … 그가 인간이든 야수든
방해물은 제거되어야 한다"(Social Statics, 1851, p.416)고 하여 제국주의가
열등인종에게 평화와 은총이 아닌 지상에서의 식민과 절멸로써 문명사회
에 기여했다고 주장한 적이 있다. 독일의 19세기 극우정치학자 하인리히
폰 트라니치케(Heinrich von Treichke, 1834~1896)도 『정치학(Politik)』(1898)
에서 "국제법이 야만 인종에게도 적용된다면 빈말이 되어버린다. 니그로
부족을 응징하기 위해서는 촌락들을 불태울 수밖에 없고, 그런 종류의 모
범을 보이지 않고서는 어떤 것도 성취될 수 없다. 만일 독일제국이 그런
경우에 국제법을 적용한다면 그것은 자비나 정의가 아니라 수치스런 허약
함을 보이는 것이리라"고 하여 야만의 절멸을 문명의 모범으로까지 내세
웠다. 또한 영국의 빅토리아여왕 즉위 60주년을 기념하는 유럽인의 교양
잡지인 Cosmopolis의 특집호(1897)도 "식민은 문명세계의 신성한 활동이다"
고 하여 식민의 미화만으로도 부족하여 신성시하기까지 했다.

이것은 Pax Japanica의 경우도 마찬가지이다. 그것은 反평화주의적 제국
주의의 경연시대에 탈아입구(脫亞入歐)하기 위하여 아틀라스 콤플렉스가
모방한 위장평화론일 뿐만 아니라 사이비 옥시덴탈리즘(pseudo-occidentalism)
에 지나지 않기 때문이다.

신화와 습합신도

제2부

제3장

신화속의 일본사상(1)

─ 하치만신(八幡神)신앙 ─

Ⅰ. 왜 신화연구가 필요한가?

오늘날 일본에는 약14만개의 신사(神社)가 산재해 있다. 신사는 고대로부터 사람들이 외경을 느껴왔던 장소이며, 따라서 제의(祭儀)의 장소로서 신도(神道)의 제단이 되어 오늘에 이르고 있다. 그러나 신도는 기독교나 불교와 같은 교단종교와는 달리 자연종교이다. 자연종교는 문자그대로 자연발생적인 종교이므로 거기에는 교조도, 경전도, 교단도 없다. 그것은 기독교와 같이 특정한 교조에 의해 생겨난 것도 아니고, 불교와 같이 석가의 깨달음(悟)을 절대적 가치로서 신앙하는 종교도 아니다. 자연종교는 그야말로 자연히 발생하여 무의식적으로 선조들에 의해 계승되는 종교이다. 이를테면 신도가 그러하다.

신도는 자연을 숭배하고 풍년을 빌며 선조신(先祖神)들을 경외한다. 이렇듯 신도는 오늘날도 팔백만신(八百万神=야오요로즈노가미)나 자연계의 영혼과 교섭을 도모하고 있다. 특히 신도는 고대의 신화를 강조함으로써 민족적인 단결과 국민적 연대감뿐 아니라 광신적인 애국심까지 고취시키고 있다.[1] 신도는 정교한 교의나 사상체계 대신 창조신화를 비롯한 각종 신화를 통해 일본인에게 민족적 정체성을 제공해왔고 일상생활에 깊이 스며든 강력한 의식(意識)이자 의례(儀禮)이고 의식(儀式)으로서 상속되어왔다. 그러나 신도가 일본인의 일상적 정서를 그토록 지배하고 있다하더라도 그것의 근저에는 고대의 신화가 그러한 정서—외경(畏敬)과 신앙—를 자극하고 고무하는 직접적인 내용으로 자리하고 있음을 부인할 수 없다.

신화는 본래 '神들에 관한 이야기'이다. 더구나 신화는 동물과 인간이 미처 구분되지 않았고 우주에서 차지하고 있는 그들간의 영역이 서로 구분되지 않았던 시기의 이야기이다. 그런데도 그것에 대한 이해와 연구가 지금, 왜 필요한 것인가? 신화는 단순한 태고적 이야기가 아니다. 그것이 아무리 전(前)의식적이고 기원적인 사건들에 대한 신성한 이야기일지라도 거기에는 오늘을 이해할 수 있는 단서가 있다. 오늘의 세계는 적어도 이러한 기원이 없다면 존재할 수 없기 때문이다.

레비–스트로스도 신화들이 예외 없이 '태초에 …'처럼 애매한 시간설정으로부터 시작하는 것도 역사 전체를 통해 언제 어디에나 존재하는 현실세계에 대한 가상적 관계로서의 이데올로기와 같은 특성을 지닌 탓이라고 주장한다.[2] 다시 말해 신화는 태고적 일이 어떻게 일어났고, 여러 가지 것들이 어떻게 만들어졌는지를 이야기하지만 그것이 현재 어떻게 되어 있으며, 미래에는 어떻게 될 것인지도 설명해준다는 것이다. 그렇기 때문에 그는 신화의 성격을 다음과 같이 두 가지로 규정한다.

첫째, 신화에는 시간통합기능이 있다. 그것은 과거에 의해 현재를 설명하고, 현재에 의해 미래를 설명하며, 어떤 질서가 나타나게 되면 그것이 영구히 계속된다는 것을 확인시켜준다.

둘째, 신화에는 복수의 코드(code)나 다중의 코드가 사용되고 있다. 신화

---

1) エドウイン. O. ライシャワ―, 『日本史』, 文藝春秋, 1986, 27쪽.
2) Claude Lévi-Strauss, *Anthropologie Structurale*, Plon, 1958, p.231.

는 결코 특정한 어느 한 현상만을 설명하지 않는다. 신화는 하나의 줄거리를 전개하면서도 우주의 여러 가지 차원에서 사물이 왜 현재의 모습을 하고 있는지를 말해준다.[3] 말리놉스키도 신화는 모든 문화의 불가결한 요소이며 끊임없이 재생하기 때문에 무엇보다도 문화형성적이라고 생각했다. 신화는 전통의 본질, 문화의 연속성, 과거에 대한 인간의 태도 등이 결합되어 그것의 기능을 다한다는 것이다.[4] 이것은 신화의 기능이 문화의 유년기적 소산물을 계승할 뿐만 아니라 그것을 더욱 강화하는 데 있음을 의미한다.

신화는 그것이 전승된 민족이나 사회의 모든 문화, 즉 생산·기술·종교·도덕·정치·예술 등을 현재와 미래에로 연결함으로써 고대인의 일상을 거의 빠짐없이 투사하고 전달하는 문화운반체(文化運搬体)이다. 때문에 그것은 민족이나 사회의 정체와 발전을 반영하는 하나의 문화지표이기도 하다(三品彰英). 일본신화[5]의 경우도 마찬가지이다. 예를 들어 『기기신화』(記紀神話)는 야요이(弥生)시대부터 나라(奈良)시대에 이르는 천년의 역사를 신화적으로 조감하고 있으므로 이것에 대한 연구만으로도 일본고대사회의 종교사적 측면 뿐만 아니라 정치·사회사를 비롯해 기술사적 측면에 이르기까지 고대사회의 문화를 가늠할 수 있다. 더구나 거기에 등장하는 신들의 이야기는 일본인의 종교관과 국가관의 기본이 되는가 하면 삶의 방식의 모델을 제공하고 있으므로 다른 신화들과 더불어 (레비-스트로스가 규정하듯이) 일본문화의 시간통합기능은 물론 다중코드의 문화지표로서 작용하고 있다. 이런 점에서 다양한 일본신화들이야말로 오늘의 일본을 근원적·총체적으로 이해할 수 있는 어느 것보다 유용한 문화텍스

---

3) C. Lévi-Strauss, *Le cru et le cuit*, Plon, 1964, pp.13~14.

4) B. Malinowski, *Myth in primitive psychology*, Negro University Press, 1971, p.92.

5) 神話라는 단어는 옛부터 日本語에는 없었다. 神話, 또는 神話學이라는 개념은 明治維新 이후에 서양에서 수입되어 번역되었다. 학문적 의미에서 그 단어를 처음 사용하여 神話를 연구하기 시작한 사람은 高山樗牛(1871~1902)였다. 吉田敦彦, 松村一男, 『神話學とは何か』, 有斐閣, 1987, 3쪽 참조.

트가 아닐 수 없다.

Ⅱ. 문화습합으로서 신화적 습합현상

인류학자 타일러(E. B. Tylor)는 문화를 인간에 의해 얻어진 모든 능력이나 관습을 포함하는 복합총체라고 규정한다. 이것은 문화의 본질이 복합성(complexity)에 있음을 의미한다. 문화는 각각의 문화적 단위마다 개별적 특질을 지닌채 독립해 있기 보다 여러 단위들이 상호의존관계를 이루며 복합적 특질을 형성한다. 그러나 이때 복합적 특질의 형성이 무질서하게 일어나거나 자의적으로 진행되는 것은 아니다. 그 과정에는 내재적 원리와도 같은 힘의 논리로서 문화헤게모니가 작용하지 않을 수 없다. 제임슨(F. Jameson)은 여기에서 지배적인 헤게모니를 지닌 문화를 가리켜 문화적 우세종(cultural dominant)이라고 부른다 이것은 문화에는 차별적 특질들이 존재할 뿐만 아니라 그것들이 주종관계를 이루면서 복합적으로 공존하고 있음을 의미한다.6) 다시 말해 지배력이 강한 문화적 우세종이 열세종에 대해 영향력을 행사하면서 열세종의 복합과정에 깊이 간여한다는 것이다. 일종의 문화변형(cultural metamorphosis)으로서 문화습합이 일어나는 것이다.

그런데 이와 같은 문화헤게모니의 작용은 문화저장고로서 복합적 특질을 지닌 신화의 경우에도 예외일 수 없다. 미시나 아키히데(三品彰英)는 신화의 이러한 특질을 가리켜 문화습합(acculturation)이라고 규정한다. 그는 기기신화도 야마토(大和)조정의 이즈모(出雲)에 대한 정치적 입장에서 해석하기 전에 북방대륙에서 수입된 천상·지상·지하라는 삼단계의 새

---

6) F. Jameson, *Postmodernism, or the cultural logic of late capitalism*, Duke University Press, 1991, p.4.

로운 세계관의 수용에 따른 문화습합의 소산임을 인정하지 않으면 안된다
고 생각했다. 왜냐하면 그는 신화란 스스로 내부로부터의 성장력에 의해
자기발전의 단계를 진행하지만 이보다 타민족의 문화를 수용함으로써 그
내용이 더욱 풍부해진다고 믿었기 때문이다.[7] 이처럼 신화는 그 내용과
구성이 문화습합이라는 '중층적 (重層的) 결정'에 의해 이뤄짐에 틀림없
다. 기기신화만 보더라도 그것의 내용과 구성에는 야마토조정의 정치적
입장이 지배적 원인으로 작용했지만 북방대륙민족들의 신화를 이루는 천
계사상이 더욱 강력한 최종적 결정인으로 작용했음을 알 수 있다.[8]

한편 신화 이전의 일본고대의 민족과 언어의 계통을 살펴보더라도 북
방민족의 영향이 지배적이었음이 뚜렷하다. 일본은 민족구성상 일찍이 남
방인을 중심으로 구성되었지만 그 뒤 한반도에서 건너간 북방계 기마민족
이 남방적 기층위에 새로운 민족문화의 기층을 형성했다. 특히 천황을 비
롯한 야마토조정과 백제왕족과의 친연관계(親緣關係)가 이를 더욱 입증해
준다.[9] 언어에 있어서도 마찬가지이다. 민족의 경로가 그러하듯 일본어가

7) 三品彰英,『日本神話論』, 三品彰英論文集 第一卷, 平凡社, 1970, 199쪽.
8) 神話라는 문화적 복합체도 지배적 원인(cause dominante)과 최종석 결정인
(cause déterminante)이라는 복수의 원인들간의 重層的 決定(overdetermination)
의 결과이지만 그러한 결정과정에도 決定力의 位階가 작용한다. 특히 神話
의 경우 그것의 내용과 특성을 결정하는 특수한 원인을 '지배적 원인'이라
고 한다면 그것의 구조나 범위를 결정하는 원인은 '최종적 결정인'이다. 예
를 들어 天孫降臨神話에서 大和朝廷의 정치적 상황이 지배적 원인이었다
면 北方神話의 새로운 세계관의 수용은 최종적 결정인이었다. 三品彰英는
『日本神話論』에서 前者의 해석방법을 가리켜 內包的(intensive)이라 하고 後
者를 外延的(extensive)이라고 부른다.
9) 고고학자 八幡一郎에 의하면, 발견된 彌生時代의 人骨을 보면 인종적으로
도 현대의 한국인과 일본인은 모두 中頭型 내지 短頭型으로서 근접한 체질
을 共有하고 있다. 특히 南韓사람과 일본의 近畿지방인이 인종적으로 매우
유사하다는 그의 주장은 神話뿐만 아니라 日本古代文化의 원류를 밝히는
데 주목할만 한 端緖이다. 江上波夫 編,『日本民族の源流』, 講談社, 1995,
160쪽 참조.

만주어, 한국어와 함께 우랄 알타이어족에 속하는 것은 주지의 사실이다.

결국 이러한 민족과 언어의 경로는 일본문화가 북방대륙문화의 이동경로에 놓여 있었음을 의미하며, 따라서 신화도 마찬가지의 경로에 있었음이 분명하다. 민족과 언어의 경로가 곧 신화의 경로였을 것이기 때문이다. 다시 말해 인도유럽어족에 속하는 이란계 유목민인 고대 스키타이인의 신화가 알타이어계 민족에 의해 수용되었고, 이것이 한반도를 거쳐 일본에까지 이르게 된 것이다. 예를 들어, 이란계 스키타이왕가가 하늘로부터 스키타이지방에 내려온 천신과 드니에플강의 딸인 수녀신(水女神)과의 결혼에 의해 생겨났다는 이란왕가의 기원신화는 단군신화나 고구려·백제의 건국신화 및 일본의 타카마가하라(高天原)신화와 이즈모(出雲)신화 등과 기본적으로 그 구조가 일치하고 있다. 오오바야시 타료(大林太良)도 고구려의 시조 주몽의 어머니인 청하(青河=압록강)의 하신(河神)의 딸 유화(柳花)가 하늘에서 내려온 天帝의 태자 해모수(神代)와 결혼하여 주몽(人代)을 낳았다는 건국신화는 일본의 타카마가하라 신화나 이즈모신화(神代)와 신무동정(神武東征)신화(人代)에 그대로 반영되었다는 사실을 인정한다.[10] 더구나 그는 야마사치히코(山幸彦)가 천신의 손(孫) 내지 천손(天孫), 다시 말해 하늘(天)의 대표자로서 바다(海)의 대표자인 해신의 딸 토요타마히메(豊玉姫)와 결혼하여 낳은 자식이 이른 바 천신의 子, 또는 천손의 윤(胤)이라는 기기신화가 (이미 天과 水界의 결합과 분리를 이야기하는 우주영역간의 神婚神話인) 고구려신화와 구조상 일치하는 신화습합의 두드러진 예로서 지적하고 있다.

인도유럽어족의 이러한 고대신화의 공통구조를 뒤메질(G. Dumézil)은 이들 신화의 신계가 세종류의 기능을 나누어 가진 신들로 구성된 인구(印歐)삼기능체계의 이데올로기[11]에서 찾고 있다. 이것은 민족과 언어의 전

---

10) 大林太良 編, 『日本神話の比較研究』, 法政大出版局, 1974, 98～126쪽.
11) 뒤메질은 古代유라시아 스텝지역 서반부 어딘가에는 이미 祭司=주권자, 戰士=지배자, 食糧生產者=서민이라는 세종류의 신분으로 구성된 인간사회가

파경로를 따라 진행된 신화습합의 기본적인 공통요소에 대한 적시(摘示)
이기도 하다. 오오바야시 타료(大林太良)는 일본의 천손강림신화에 영향
을 준 단군신화가 환웅과 호랑이와 곰이라는 삼자의 삼기능체계로 구성되
어 있다고 지적한다. 환웅은 하늘에서 내려온 지배자이므로 주권의 기능
을 상징하며, 호랑이는 고려시대에도 문반(文班)을 용이라 한데 비해 무반
(武班)을 호반(虎班)이라 했듯이 군사적 기능을, 그리고 환웅과 결혼하여
자식을 낳은 곰은 풍요의 기능을 상징한다는 것이다.[12]

인구신화(印歐神話)에 나타난 신기(神器)와 삼기능체계

	제1기능	제2기능	제3기능
스키타이 王家의 황금기	술잔(盃)	도끼(戰斧)	농기구
고구려 三王이 획득한 神器	東明王의 거울	琉璃王의 거울	大武神王의 솥(鼎)
일본신화의 三種의 神器	거울(鏡)	칼(劍)	구슬(玉)

있었을 것으로 간주했다. 왜냐하면 그들의 신화는 사회의 세기능체계를 그
들이 신앙하는 神들의 분류에도 적용시켜 세종류의 機能을 분담한 機能神
들로 神界를 구성하고 있기 때문이다. G. Dumézil, *Mythe et épopée I, L'idéologie
des trois fonctions dans les épopées des peuples indo-européens*, Gallimard, 1968, pp.658~
660.
12) 大林太郞, 『日本の神話 5, 日本神話の原形』, 學生社, 1975, 112쪽.
　　吉田敦彦도 '印歐神話와 日本神話'에서 뒤메질의 神界區分에 따라 <印歐神
　　界의 基本構造>를 다음과 같이 정리한다.

요시다 아츠히코(吉田敦彥)는 오오바야시 타료(大林太良)가 지적한 대로 유라시아의 동쪽 끝에 위치한 일본의 신화에도 이러한 인구적(印歐的) 삼기능체계가 명료하게 나타나는 것을 이란계 유목민의 신화가 한반도를 경유하여 전파되었기 때문이라고 주장한다.

특히 그는 고구려신화와 기기신화에 나타나는 신기(神器)를 삼기능체계에 근거하여 위의 도표와 같이 비교함으로써 기기신화 체계의 성립에 결정적인 역할을 한 것이 고구려신화였음을 밝히고 있다.

그러나 『고사기』와 『일본서기』에 나타나는 천황가의 신화체계가 한반도에서 도입된 지배자문화의 일환으로서 성립된 것이라는 그의 주장은[13] 이러한 신화적 습합을 문화적 우세종에 의한 일종의 문화변형으로서, 또는 문화적 열세종의 불가피한 중층적 습합현상으로서 설명하는 것과 다르지 않다.

Ⅲ. 하치만신(八幡神) 신앙의 중층적 습합성

미시나 아키히데(三品彰英)는 일본의 신화발전단계를 제정사(祭政史)의 발전단계에 따라 다음과 같이 세단계로 구분한다.

첫째, 원시신화단계—원시적 주술, 특히 농경주술을 중심으로 한 최초의 문화로서 야요이 시대의 문화를 가리킨다.

둘째, 의례적(儀禮的) 신화단계—북방대륙계의 샤머니즘이 전래되어 천상계신앙과 무녀의 의례가 일본신화에 처음으로 등장하는 시기이다. 특히 고대 한반도의 무조(巫祖)신화의 영향으로 무속과 연관된 의례관계가 천계신앙과 더불어 일본신화의 원시형태를 형성하던 단계이다. 예를 들어

13) 吉田敦彥, 『日本神話の源流』, 講談社, 1976, 204~206쪽.

이 단계는 야마타이국(邪馬台國)의 무녀왕인 히메코(卑弥呼)가 수많은 무녀단을 거느림으로써 신사(神事)의례가 발달했던 시기로서 야요이 시대말에서 고분시대가 여기에 해당한다.

세째, 정치신화단계—스이코조(推古朝) 이후 중국으로부터 율령제도를 받아들여 정치이념과 제도가 정비된 시기로서 새로운 정치이념에 따라 기기신화가 꾸며지던 때이다. 다시 말해 천황의 절대권이 법적으로 확립됨에 따라 기기신화도 새로운 이데올로기에 의해 윤색되던 시기이다.[14]

그러나 하치만신(八幡神)의 경우는 이상과 같은 신화의 역사화 과정의 어떤 특정 단계에서 발생한 것이라고 규정하기 어렵다. 하치만신은 일본의 신화에 등장하는 신들 가운데 그 유래와 정체가 가장 불가사의하기 때문이다. 나카노 하타요시(中野幡能)는 하치만신을 오우진신앙(応神信仰)의 성립 이전과 이후로 나누고 이전을 원시하치만신, 이후를 오우진하치만신(応神八幡神)이라고 했다. 그리고 원시하치만신의 발생과 생성과정을 다시 삼단계로 나눠, 제1차는 우사 주변의 원시신앙이었던 거석숭배에 근거한 3세기 무렵이었고, 제2차는 불교와 습합하는 단계로, 제3차는 원시하치만신과 우사히메신(宇佐比賣神)이 융합했던 단계로서 대개 5~6세기로 보았다.[15] 또한 제29대 킨메이(欽明)천황조에 오우진천황(応神天皇)을 주제신(主祭神)으로 하여 등장했다는 오우진하치만신도 동대사(東大寺)의 대불주조시(749년 완성) 그 위력을 발휘한 뒤 호국의 신으로서 야와타대보살의 칭호를 받게되면서(781년) 신불습합의 전형적인 신으로 간주되기에 이

---

14) 三品彰英, 앞의 책, 67~68쪽. 정치신화로서의 記紀神話에서 潤色이란 곧 쩝合을 의미한다. 다시 말해 그것은 북방대륙계, 즉 한반도의 起源神話의 영향으로 인해 신화의 印歐三機能體系가 뚜렷하게 쩝合되었음을 의미한다. 왜냐하면 이때는 한편으로 중국으로부터 새로운 정치제도와 이데올로기를 도입하여 새로운 정치질서를 확립하는가 하면, 다른 한편으로는 한반도의 건국신화를 수용한 記紀神話속에서 새로운 질서확립의 정당성을 근원적으로 마련하려 했기 때문이다.

15) 中野幡能,『八幡信仰史の研究』, 吉川弘文館, 1967, 20쪽.

르렀다. 이렇게 보면 하치만신화는 일본이 한반도와 밀접한 문화교류를 하던 시기에 한반도와의 정치・경제적 관문이자 한반도의 샤머니즘 신앙권인 키타규슈(豊前國) 일대에서 이뤄진 중층적 습합의 산물로서 형성된 뒤 불교와도 습합하여 호국의 국신(중앙신)으로 까지 발전한 대표적인 습합신의 이야기이다.

이러한 사실은 하치만신의 신격을 규정하는 일본학자들의 복잡한 주장들 속에서도 기본적인 사실이나 가능성으로서, 또는 전제나 결론으로서 거론되어 왔다. 예를 들어, 하치만신은 습합한 불교신일까 모자신일까, 아니면 이 양자의 복합체계로서의 제3의 신일까, 또한 한반도에서 도래한 이들의 씨족신일까, 아니면 일본 자체의 고유신앙에서 전화된 신일까? 이처럼 하치만신의 신격에 대한 의문과 논의들은 지금까지도 무성하다. 우선 이것들을 정리해 보면 다음과 같은 분류가 가능하다.

▶ 불교신으로서 주장하는 이들
  − 小野玄妙, 松本榮一, 家永三郎, 村山修一, 田村圓澄, 西田長男, 山折哲雄
▶ 모자신으로서 주장하는 이들
  − 柳田國男, 宮地直一, 中野幡能
▶ 복합체계로서 주장하는 이들
  − 中野幡能, 西鄕信綱, 西田長男, 山折哲雄
▶ 광업신 또는 단야신으로서 주장하는 이들
  − 柳田國男, 土田杏村, 村山修一, 佐志伝
▶ 도래인의 씨족신으로서 주장하는 이들
  − 牛田康夫, 中野幡能, 田村圓澄, 金達壽
▶ 한반도의 영향을 받은 신으로서 주장하는 이들
  − 田中勝藏(한국어), 西鄕信綱(布織)
▶ 전화된 고유의 신기로 간주하는 이들
  − 宮地直一, 小山田与淸, 栗田寬

그러나 이와 같은 분류가 가능하다 할지라도 대부분의 주장들은 하치만신을 어느 한쪽 분류로만 설명하려 하지 않는다. 그것은 하치만신의 등장 배경이 복잡하고 애매하기 때문에 그것의 신격도 그만큼 복잡함을 의미한다. 예를 들어, 하치만신은 옛부터 믿어온 일본신이 아니라 한반도에서 전래된 불교의 세례를 받은 불교신임에 틀림없지만 백제가 멸망한 이후 한반도와의 정치적 긴장관계로 인한 위기의식에서 갑자기 부각된 신이라는 점도 부인할 수 없다.

그런가 하면 부젠국(豊前國)에는 한반도로부터 온 도래인이 많이 살았기 때문에16) 거기에는 그들의 이른 바 '한단야(韓鍛冶)' 기술이 일찌기 뿌리내렸으며,17) 그것이 불상의 주조와 연결되면서 우사(宇佐)지방이 하치만신 신앙의 중심지가 되었다는 주장도 주목하지 않을 수 없다. 왜냐하면 철을 변형시키는 대장장이(鍛冶)는 일찌기 어디서나 신비능력을 지닌 일종의 성직자로서 추앙받았으므로 도래인들 가운데 대장장이도 하치만신

---

16) 埴原和郎는 인류학적 조사에 의해 서기 700년 이전 일본의 渡來人 : 原住民의 비율이 9:1이었다는 데 근거하여 한반도에서 집단적인 大移住가 있었다고 주장한다. 崔在錫도 이러한 조사를 인용하여 특히 고구려와의 싸움으로 인해 백제인들이 403년에서 405년 사이에 신라를 경유하여 九州지방에 대규모로 집단이주했다고 주장한다. 崔在錫, 『百濟의 大和倭와 日本化過程』, 一志社, 1990, 13, 67쪽 참조.
『日本書紀』卷 第10, 応神朝 7年(396)條에는 이미 "고구려인, 백제인, 임나인, 신라인이 함께 왔으며, 武內宿에게 명하여 韓人들의 연못을 만들게 하고 이를 韓人池라고 이름지었다"는 기록이 있다.

17) 奧野正男, 『鐵의 古代史』3, 騎馬文化, 白水社, 2000, 159, 166쪽, 한반도에서는 이미 B.C. 3세기에 鐵器時代로 접어 들었으며, 5세기에 이르러서는 그 기술이 매우 높은 수준에 도달했다. 『古事記』에도 "5세기초 백제왕은 大和國 応神天皇의 청을 받아들여 大和國에 卓素라 부르는 "韓鍛冶"를 보내왔다."고 기록되어 있다. 또한 고대 일본어에는 '踏鞴'라는 단어가 있는데, 이 단어의 古代音은 dadala로서 그 뜻은 '制鐵'이었다. 그러나 이 단어의 語源은 고대 한반도 남부의 多多羅國이라는 것이다. 全春元, 『韓民族이 東北亞歷史에 끼친 영향』, 集文堂, 1998, 98쪽.

이 하늘에서 내려와 이곳에 온 단야신(鍛冶神)으로서 숭배의 대상이 될 수밖에 없었을 것이기 때문이다.

또한 하치만신은 카라쿠니(辛國＝韓國)의 신에 대한 신앙을 한반도로부터 가져온 도래인 하타씨(秦氏)의 지배하에 있는 카라시마씨(辛嶋氏)라는 신라계 여성 샤먼(玉依神)을 중심으로 이뤄진 제기(祭祀)집단의 신앙의 대상이었다는 주장도 상당한 설득력을 지닌다. 하치만신이 지주신(＝比賣神)을 제사하는 우사씨(宇佐氏), 불교와 함께 도래한 카라시마씨(辛嶋氏), 그리고 야마토 조정에서 보내온 오오미와씨(大神氏) 등 삼씨가 융합한 결과로 탄생했다는 주장도 마찬가지다. 그 밖에 야와타(八幡)의 '八'字가 많다의 뜻이므로 야와타(八幡)는 '많은 하타(幡＝秦)', 즉 많은 하타(秦)를 의미한다는 데서 하치만신이 하타씨의 총씨신(總氏神)이라는 주장과 같이 씨신과 관련된 주장들도 간과할 수 없다.

이처럼 하치만신의 정체에 대한 주장은 어느 한쪽으로만의 분류가 불가능한 실정이다. 그러나 이러한 다양한 주장 가운데에도 하치만신을 고유의 신이 전화된 형태로 보는 이들을 제외하면 나머지 것의 근거나 결론에는 한반도의 문화적 영향, 즉 정치적·종교적·민속적(샤머니즘적) 영향이 어떤 식으로든 언급되고 있다. 다시 말해 대부분의 주장들은 한반도와의 문화습합, 즉 한반도의 문화적 영향을 습합의 최종적 결정인으로 전제하거나 근저에 둔 채 하치만신의 정체와 신격을 조명하고 있다. 따라서 여기서는 얽혀 있는 실타래와도 같은 습합의 이러한 중층성을 민속적·종교적·정치적, 등 몇가지의 특질로서 조명함으로써 습합신으로서의 하치만신의 정체를 해명하려 한다.

1. 하치만신 신앙의 민속적 습합성

오늘날 북해도에서 가고시마에 이르기까지 일본 각지에는 하치만신사가 없는 곳이 없다. 그 숫자에서도 14만여개의 각종 신사 가운데 4만여개로서 이나리(稻荷)신사 다음으로 많다. 그러나 각지의 신사에서 가장 많이 제사되는 신은 하치만신이다. 그것은 하치만신(八幡神)이 재지성(在地性), 토착성이 강한 지방신이 아니라 일찌기 스스로 발명한 미코시(神輿: 神幸 할 때 신이 타는 가마)를 타고 본거지인 우사(宇佐)를 떠나 각지로 이동했기 때문이다. 그러나 그것은 근본적인 이유가 되지 못할 것이므로 이를 위해서는 하치만신이 어떻게 해서 출현했는지, 그것이 상징하는 것이 무엇인지, 그리고 이런 것들이 어떻게 습합되었는지를 밝혀야만 할 것이다.

첫째, 하치만신은 어디에서, 어떻게 출현했을까? 우선 이것을 해명하기 위해서는 다음과 같이 여러 가지 출생신화들을 검토해 보자.

ⓐ 『우사탁선집(宇佐託宣集)』에는 오오가노히메(大神比咩)가 하치만신의 출현을 기원했을 무렵 3세의 천동(天童)의 모습으로 나타난 야하타(八幡)의 유래를 카리켜, '카라쿠니(辛國)의 성에 처음으로 하늘로부터 팔류(八流)의 깃발(幡)을 들고 내려와 나는 일본의 神이 되었다'고 적혀 있다. 타무라 엔쵸(田村圓澄)에 의하면, 여기에서 야하타의 출현을 기청(祈請)한 오오가노히미는 한반도에서 건너온 도래계 씨족이었으며, 카라쿠니(辛國)는 곧 한국을 의미한다. 또한 성(城)은 군사시설이 아닌 마을(村)의 의미일 것이므로 카라쿠니의 성도 한국사람이 살고 있는 부락을 의미한다. 당시의 카라시마(辛嶋)가 바로 그곳이며, 오늘날의 우사시(宇佐市) 카라시마(辛島)가 그곳이다. 이렇게 보면 일본의 신으로 출현한 하치만신은 본래 한국의 신이었다. 그것은 도래인 오오가노히미의 기청에 응답하여 한국사람이 가장 많이 살고 있던 우사에 일본신으로 나타난 것이다.[18]

그러나 '辛國城始天降八流之幡, 吾日本神成,'이라는 귀절에 대해 사이고우 노부츠나(西鄕信綱)는 이의를 제기한다. 우선 『우사탁선집』은 중세의 무승(巫僧)에 의해 만들어졌기 때문에 의심스런 부분이 많다는 것이다.

---

18) 田村圓澄, '宇佐八幡と古代朝鮮', 『古代朝鮮佛敎と日本佛敎』, 吉川弘文館, 1980, 176쪽.

그는 특히 이 귀절에서 카라쿠니죠(辛國城)라는 귀절이 『일본서기』의 킨메이기(欽明紀)에 나오는 '한국의 성위에 서서, 대엽자(大葉子)는 영포(領布)를 날리며, 일본에로 향하여 …'라는 기록을 전거로 삼았기 때문에 대엽자의 노래의 귀절이 『탁선집』에 표절당한 것이라고 주장한다.19)

　그러나 『우사탁선집』이 중세(鎌倉中期)에 쓰여졌다는 이유만으로 하치만신에 관한 신화 내용을 의심의 대상으로 삼을 수는 없다. 신화는 역사적 사실에 관한 기록이 아니다. 신화는 역사의 뒤에 드리워진 병풍속의 그림과 같은 것일 뿐, 그것이 곧 역사일 수 없다. 그것은 어디까지나 신들에 관한 상상적 이야기(신화)에 지나지 않는다. 신화에 대한 사실적 의문의 제기는 다름 아닌 신화적 상상력만이 가질 수 있는 사실적 면책특권에 대한 이의제기와 같다. 더구나 신화는 초시간적 상상력을 제공하면서도 그것이 기록되는 과정에서 그 시대의 특징이나 사회적 성격의 반영이 불가피하므로 애당초부터 시간적 피구속성을 동시에 가질 수 밖에 없다. 다시 말해 기록되는 과정에서 기록자에 의한 내용의 변형이 역사에서도 피할 수 없는 사실임을 감안한다면 기록자에 의한 신화의 변형은 더욱이 의문의 대상이 될 수 없다. 고대의 신들의 이야기를 의문의 대상으로 간주하려 할 때 신화는 이미 역사이길 강요받기 때문이다. 따라서 신화의 변형은 의문의 대상이 아니라 오히려 흥미의 대상이어야 한다.

　ⓑ 무라야마 슈이치(村山修一)에 의하면, 하치만신의 기원으로 간주하는 것에는 두가지 계통이 있다. 하나는 부젠국 카와라다케(香春岳)를 중심으로 한 동(銅)광산의 신에 대한 신앙이고, 다른 하나는 후젠국 남쪽에 있는 우사를 중심으로 한 해신에 대한 신앙이 그것이다. 이 가운데 동광산의 신을 기원으로 삼는 경우에 대해서는 다음과 같은 기록들이 있다. 카와라다케에 세워진 카와라샤(香春社)에서 제사하는 그 신에 대해 『연희식』(延喜式) 신명장(神名帳)에는 '辛國息長大姬大目命'라고 기록되었고, 『속일본

---

19) 西鄕信綱, '八幡神の發生', 『神話と國家』, 平凡社 1977, 84쪽.

기』(續日本紀)에는 '辛國息長火姬大目命'이라고, 그리고 『부젠풍토기』(豊前風土記)에는 '신라국신'이라고 적혀 있다. 여기에서도 카라쿠니(辛國)는 한국이며, 카와라(香春)는 신라어로 가구벌, 즉 금촌에서 유래된 말이다. 또한 오오메노미코토(大目命)의 메(目)는 여성샤먼을 의미하고 히메(火姬)의 히(火)도 단야제련(鍛冶製鍊)과 관련된 말이므로 辛國息長火姬大目命란 그리스 신화에 나오는 불의 신이자 대장장이와 금속주조의 신인 헤파에스투스(Hephaestus)와 같이 신라에서 온 대장장이 샤먼을 신격화한 것이다.[20]

본래 카와라는 우사와 더불어 한반도에서 온 도래인, 특히 신라인의 집단 거주지였으며, 이들 가운데서도 동광석을 채굴하고 제련하여 주조하는 기술자 집단은 아카소메씨(赤染氏)였다. 때문에 아카소메씨 등 신라계 씨족의 문화와 기술의 높은 수준은 쇼우무(聖武)천황으로 하여금 동대사의 대불건립을 결심하게 하는 결정적인 계기가 되었으며, 그로 인해 대불의 주조가 시작된 747년에 아카소메(赤染廣足) 등 9인은 토고요노무라지(常世連)이라는 성을 하사 받기까지 했다(오늘날 大阪府 八尾市에 있는 岂世岐姬神社가 바로 그 씨족신사이다).

한편 하치만신의 출현을 언급한 『우사탁선집』에는 하치만신이 부젠국 우사군의 마성봉(馬城峯)에서 대장장이 할아버지(鍛冶之翁)로 나타났다고 기록되어 있다. 다시 말해 오오가노히미가 3년간 오곡을 끊고 기도에만 전념했을 무렵인 킨메이천황 32년에 마름모꼴(菱形)의 연못에서 3세의 소아가 나타나는 기이한 일이 있었다는 것이다.[21] 그 밖에 다른 자료에도 모

---

20) 鍛冶神에 대한 숭배사상은 이미 고구려의 고분인 중국 길림성 집안시 통구5괴분의 제4호분과 제5호분에 그려진 冶鐵을 다루는 대장장이(鍛冶)를 神으로 모신 벽화에 나타나 있다.

21) 『宇佐託宣集』靈卷, 豊前國宇佐郡馬城峰菱形池之間, 有鍛冶之翁首甚奇異也, 因之大神比義絶穀三年籠居精進, 即捧幣祈言云云. 이러한 이야기는 『동대사요록』(東大寺要錄, 卷四)에 "筑紫豊前國宇佐郡. 馬城峯蔿池之間. 有鍛冶翁. 甚奇異也. 因之大神. 絶穀三年籠居精神. 即捧幣祈言. 現三歲小兒立竹葉."라고 기록되어 있으며, 『부상략기』(扶桑略記, 欽明天皇三十二年正月條)

두 하치만신이 대장장이 할아버지로 마성봉에 나타났다고 기록하고 있을 뿐만 아니라 그것을 매우 기이하고 상서로운 일, 즉 기이의 서(瑞)라고 평함으로써 단야신(鍛冶神)의 출현을 신비화하고 있다. 이것은 이미 언급한 카와라(香春)에서 제사하는 '辛國息長火姬大目命'의 출현과 다를 바 없지만 카와라나 우사와 같이 출현장소의 구별이 중요한 것은 아니다. 인접지역인 이들 지역은 한반도와 기내(畿內=難波)를 연결하는 해상 루트의 중계지였으므로 특히 신라의 문물과 문화가 어느 지역보다 먼저 이식되었을 것이다.22) 따라서 카와라든 우사이든 이들 지역이 한반도의 샤머니즘이 전해지는 통로였음에는 의심의 여지가 없다. 중요한 것은 『우사탁선집』을 비롯해 이미 언급한 『연희식』이나 『부전풍토기』에 기록된 단야신에 관한 신화들이 바로 도래계 대장장이에 대한 신앙을 신비화·신격화함으로써 고대 한반도 샤먼의 상속물임을 증거하고 있다는 사실이다.

둘째, 그러면 이러한 하치만신의 출현은 무엇을 상징하는 것일까? 다시 말해 우사군 마성봉에서 단야의 옹(翁)이 나타났다는 기록은 무엇을 의미하는 것일까?

ⓐ 하치만신이 처음 나타난 마성봉(御許山, 또는 大元山)의 정상에는 대원산신사가 있고, 그곳에서는 매년 4월 28일 우사하치만신(宇佐八幡神) 신앙의 제2신인 히메오오카미(比賣大神)를 제사지낸다. 성지로 여기는 대원산(三品彰英는 이 산을 미코소야마—御許山—라고 부르고 이것을 당시의 한국어로는 '聖스러운 山'이라는 뜻으로 풀이한다)의 정상 일대는 출입불

에도 "八幡大明神神顯於筑紫矣. 豊前國宇佐郡馬城峯菱池之間. 有鍛冶翁. 甚奇異也. 因之大神比義絶穀. 三年籠居(中略)一云. 八幡大菩薩初顯豊前國馬城峯. 其後移於菱形小倉山. 今宇佐宮是也."라고 기록되어 있다.

22) 最澄가 入唐前인 804년에 都에서는 얻기 어려운 해외 정보를 얻기 위해 宇佐와 香春에 왔었다는 사실은 이 지역이 당시 한반도로부터 선진문화를 받아들이는 관문이자 통로로서 얼마나 중요한 역할을 했는지를 짐작하게 한다.

가의 땅이며, 따라서 하치만궁의 원사(元社)로 불리는 대원신사에는 단지 배전(拜殿)만 있을 뿐이다.

그러면 이 신사에서 모시는 신체(神体)는 무엇일까, 그리고 그것이 상징하는 것은 또한 무엇일까? 이곳의 신체는 다름 아닌 (城内에 鼎立시킨) 삼거석(三巨石)이다. 그리고 그것은 무엇보다도 본궁의 제2신인 히메오오카미를 상징한다. 그밖에 그것이 상징하는 것을 하치만대보살이라는 설이 있는가 하면, 왕성을 진호하기 위한 것이라는 설도 있다. 『하치만우동훈』(八幡愚童訓)에서와 같이 하치만신을 신앙하는 씨자집단의 외경과 두려움에서 모셔진 것이라는 주장도 있다. 그러나 이곳의 삼거석의 경우, 그것의 상징성 못지 않게 중요한 것은 이러한 거석신앙의 출현배경이다. 실제로 우사 주변의 원시신앙이었던 거석숭배는 키타규슈 일대에서 일찍부터 전해 내려왔다. 이러한 사실은 그곳이 스키타이문화가 요동반도를 거쳐 한반도에 전해준 고인돌(dolmen)과 같은 거석문화의 전파경로의 한계선임을 나타내는 증거이기도 하다.

ⓑ 하치만신이 처음 나타난 곳에서 히메오오카미(比賣大神)=타마요리히메(玉依姬)를 제사한다는 것은 무엇을 의미하는 것일까? 본래 타마요리히메의 명칭은 여신의 미칭(美称)이다. 그것은 영(靈)이 머물러 있는 여성, 귀한 신분의 무녀, 즉 신탁을 내리는 무녀를 상징하여 부르는 명칭이었다. 때문에 옛부터 이곳에서는 영매(靈媒)의 역할이 주어진 최고의 무녀를 신성시하였고 그녀를 샤먼이나 신으로까지 추앙해 왔을 것이다.

이런 점에서 『사시덴』(佐志伝)은 타마요리히메를 『우사탁선집』에 나오는 진무(神武)천황의 생모인 해신 타마요리히메와는 달리 가마(竈)로 상징되는 불(火)의 신이라고 주장한다.[23] 그가 생각하기에 타마요리히메의 요

---

23) 佐志伝, '八幡信仰の起源について', 『史學』 第30卷 第2号, 三田史學會, 1957, 107쪽. 이점에서 佐志伝는 宮地直一나 柳田國男이 比賣大神을 八幡大神의 後神으로 해석하는데 동의하지 않는다. 또한 그는 比賣大神을 三女神으로 간주하여 比賣神信仰을 설명하려는 中野幡能의 주장에도 반대한다.

리시로(依代)는 가마의 원형인 정립(鼎立) 삼거석이다. 그는 타마요리히메를 단순히 그와 같은 샤먼으로만 보지 않고 가마로 상징화된 불의 신으로 간주하여 단야사(鍛冶師)와 밀접히 연관된 타마요리(玉依)라는 이름을 가진 무녀신이라고 생각했던 것이다. 이렇게 보면 하치만신 신앙은 무녀로서 상징화된 불의 신=타마요리히메(玉依姬)를 단야사=광업신으로 섬기는 일종의 거석숭배의 원시신앙에 다름 아니었다.

　나카노 하타요시(中野幡能)는 이런 점에서 하치만신을 야마타이(邪馬台)의 국혼이 아닐까 하는 가설을 제기하기도 한다. 그는 만일 하치만신이 야마타이신일 수 있다면 최초의 무녀왕(188년)인 히메코도 하치만 샤먼일 수 있으며, 이러한 전통을 5, 6세기의 토요노쿠니(豊國)의 기무(奇巫)나 법사(法師)에로 까지 자연스럽게 연결시킬 수 있다고 생각했다. 물론 그가 그렇게 가정할 수 있는 근저에는 2~3세기의 키타규슈 제국의 종교가 야마타이국의 종교와 같은 종류이며, 그것의 모국인 한국을 통해 들어온 대륙적 종교임이 분명하다는 사실, 즉 하치만신 신앙이 일찍부터 한반도와 밀접한 문화교류를 배경으로 한 샤머니즘 신앙권과 깊이 연관되어 있다는 사실을 인정하고 있기 때문일 것이다. 그는 이러한 가정을 뒷받침해 줄 수 있는 간접적인 자료로서『일본서기』의 스이닌(垂仁)천황 2년조(條)를 제시한다. 즉 대가라(大伽羅)의 왕자인 츠누가아라시토(都努我阿羅斯等)가 미녀를 쫓아 일본에 왔지만 미녀는 난바(難波)와 히메시마(姬島)의 신이 되었다는 것이다. 그밖에도『일본서기』에는 천손강림의 지역을 '구지후루'(槵觸)라 하고『고사기』에서도 역시 구지후루(久土布流)라고 한다. 이때 '후루'(降る)는 내려온다는 뜻이고, '구지'는『삼국유사』가락국기(駕洛國記)의 김수로왕이 강림한 지역인 '구지'(龜旨)와 동일한 지명이므로 기기의 천손강림신화도 가락국의 신화와 일치함을 보여준다. 이것은 옛부터 가라국과 키타규슈의 관계가 예사롭지 않았음을 의미하는 기록이며, 카라쿠니의 성지가 가라국(伽羅國), 또는 김해의 사당(祠堂)과 깊은 연관이 있음을 뒷받침해 주는 기록이기도 하다.

셋째, 그러면 하치만신은 어떻게 습합되어 대표적인 신이 되었을까? 오늘날 하치만신사가 그토록 많을 수 있게 된 가장 두드러진 이유는 일찍부터 하치만신이 지니고 있는 습합성 때문일 것이다. 그러므로 하치만신 신앙은 다음과 같은 민속적 입장에서도 그 습합성을 밝히기 어렵지 않다.

ⓐ 하치만신의 습합성은 우선 그것이 아들신(御子神)이라는 데 있다. 한마디로 말해 하치만신은 히메노카미(比賣神)의 아들신이다. 그럼에도 불구하고 여러 경우에 하치만신은 진구우(神功)황후의 태중(胎中)천황인 오우진(応神)으로 간주된다. 그것은 이러한 모자신화를 훗날 정치적인 이유에서 진구우—오우진신화로 전화시킨 데서 비롯된 것이다. 八幡을 '야와타'라고 발음하는 것도 마찬가지 이유에서 오우진의 탄생시 하늘에서 팔류(八流)의 깃발이 내려왔다는 전승이 생겨난 이후일 것이다. 하지만 사이고우 노부츠나(西鄕信綱)도 아들신 신앙을 하치만신이 오우진천황이기 때문이 아니라 히메노카미의 아들이기 때문에 생겨난 것이라고 주장한다. (王子와 応神이 발음상 비슷하다는 사실도 무시할 수 없을 것이다) 조상신(御祖神)=모신으로서의 히메노카미는은 땅(地)의 여신으로서 천신인 부(夫)의 영감을 받아 아들을 낳아 강림했다는 것이다.[24]

그러나 하치만신의 습합성을 밝히는 데 모자신화의 정치적 전화 여부가 문제시되는 것은 아니다. 습합과 전화는 다른 문제이다. 그보다도 중요한 것은 하치만신화도 기기신화와 마찬가지로 유목민족 신화의 일환으로서 한반도 신화로 부터 습합되었다는 사실을 밝혀야 하는 것이다.[25] 특히 고구려 주몽의 다음과 같은 아들신화(御子神話)가 바로 그 습합의 모형일 수 있기 때문이다. 주몽의 어머니인 하백녀(河伯女; 대대로 법을 다스리던 집안의 처녀를 뜻함)는 부여왕 때문에 실내에 갇혀 있었지만 햇빛을 받고 회임하여 닷되나 되는 큰 알을 낳았다. 부여왕은 이 알을 개나 돼지에게

---

24) 西鄕信綱, 앞의 책, 69~70쪽.
25) 佐口 透, '日本神話と遊牧民族神話', 『日本神話の比較硏究』, 有精堂, 1977, 91~92쪽.

먹이려 했지만 먹지 않자 하는 수 없이 그것을 들에다 버렸다. 그러나 새
들이 서로 날개의 깃털로 감싸주었다. 다시 하백녀에게 돌려주었다. 하백
녀가 그것을 품은 지 얼마후 사내아이가 껍질을 깨고 나왔다. 그가 곧 주
몽이다. 이렇게 태어난 고구려 시조인 주몽은 일신의 영감으로 태어난 아
들(御子)이자 신인(神人)이다. 이점에서 주몽의 아들 탄생신화는 유목민족
신화의 전형으로서 거기에는 기기신화를 비롯해 하치만신화의 습합적 모
티브가 제시되어 있음을 부인할 수 없다. 결국 이것은 하치만신의 아들신
화도 고구려 주몽의 아들신화의 한 변형에 다름 아님을 의미한다.

ⓑ 이미 언급했듯이 하치만신의 습합성을 대표할만한 단서는 하치만신
이 단야술(鍛冶術)의 전파에 따라 단야신으로 등장한 점이다. 일본의 철기
문화의 비교민속학적 관점에서 보더라도 하치만과 단야가 불가분의 관계
임이 분명하다. 철제농구를 만드는 대장장이가 우사(宇佐)지방을 통해 들
어와 오키나와를 거쳐 미야코지마(宮古島)에 이르기까지 철신(鐵神)이자
농업신으로서 신격화된 것이다. 야나기타 쿠니오(柳田國男)는 오키나와를
방문한 뒤『해남소기』(海南小記)와『탄소소오랑의 일』(炭燒小五郞が事)이
라는 글속에서 우사하치만(宇佐八幡)·화신(火神)·대장장이(鍛冶) 등의
의미연관을 구조적으로 분석한 바 있다. 고고학자 아사오카 코우지(朝岡
康二)도 일본의 단야문화는 한반도의 대장장이를 중심으로 한 철기가공기
술의 전래와 연관지워 언급하지 않으면 안된다는 사실을 주지시키고 있
다.[26]

ⓒ 사이고우 노부츠나(西鄕信綱)는 八幡, 즉 ヤハタ(야와타)의 ハタ(하타)
가 '포(布)'일지도 모른다는 가설을 제기한다. 직기(織機)도 ハタ이지만 그
것으로 짠 포도 ハタ다. 또한 신의(神衣)를 짜는 역할을 통해 무녀를 신비
화한 것은 이러한 가설의 개연성을 높이는 방증이 되기도 한다. 이것은 우
사를 포함한 키타규슈 지방에는 한반도로부터 새로운 포직기술이 일찍이

---

26) 朝岡康二,『日本の鐵器文化』, 慶友社, 1993, 251, 338쪽.

들어와 의생활문화에 일대 혁신을 일으킨 데서 비롯된 것이다. 의복도 없던 원주민 세계에 직물기술과 같은 선진문화는 신비의 대상이 아닐 수 없었을 것이다. 『일본서기』 유우랴쿠(雄略)천황기에 의하면, 463년 한반도에서 건너온 '재기(才技)' 환인지리(歡因知利)는 천황에게 글을 올려 자기를 능가하는 공장(工匠)들이 한국에는 많으니 그들을 데려와 봉사케 함이 좋다고 아뢰었다. 이에 천황은 즉시 백제 조정에 손재주가 있는 工匠들을 보내줄 것을 청하였다. 이렇게 하여 일본에 건너온 백제의 재기들에 의해 일본에서는 처음으로 누에실을 뽑아 명주와 비단을 짤 수 있었다. 이러한 사실은 야마토조정이 백제의 관사제와 오부제를 모방하여 도래한 기술자들을 단야부(鍛冶部), 금직부(錦織部) 등의 여러 부로 나누어 조정의 직속기구로 만든 데서도 엿볼 수 있다.

2. 하치만신 신앙의 종교적 습합성

하치만신을 가리켜 단야신이나 아들신이라는 논의들이 민속적(샤먼적) 습합의 입장에서 그것의 신격을 규명하는 것이었다면 그것을 불교신이나 도교신이라고 하는 논의들은 모두 종교적 습합의 입장에서 이뤄진 신격규명이다. 후자의 논의들은 이미 하치만신의 신위가 신화속에만 머물러 있지 않고 기성종교속에 들어섰음을 의미한다. 하치만신은 어느 때부터인가 더이상 단순한 지방샤먼이 아니라 국가의 신으로서 지위가 격상되었기 때문이다. 따라서 하치만신의 습합성에 대한 규명도 민속적 관점이 아닌 종교적 관점에서 진행하지 않으면 안 될 것이다.

그러면 키타규슈 지방의 하나의 지방신에 불과했던 하치만신이 일약 중앙신(國神)으로 격상된 이유는 무엇일까, 다시 말해 어떤 이유에서 하치만신은 고대국가의 운명과 관련된 중요한 문제해결과 연관된 것일까, 그것을 가리켜 도교와의 습합신이라고 하는 이유는 무엇일까, 그리고 그것은 일본의 습합사조의 형성에 어떤 영향을 끼친 것일까?

첫째, 하치만과 불교는 어떤 관계였을까? 또한 하치만신은 어떻게 해서 신불습합의 주역이 되었을까?

ⓐ 우사하치만(宇佐八幡)은 일본의 신들 가운데 첫번째로 불교에 귀의한 신이다. 다시 말해 최초의 신불습합신이다. 그것은 백제에서 불교가 공식적으로 전래되기 이전에 후젠지방에는 이미 불교가 침투해 있었기 때문이다. 5~6세기에 그곳에는 원시신도와 주술불교가 습합된 승형(僧形)신관이 출현했으며 우사하치만에도 무승(巫僧)이 신직(神職)의 하나인 네의(禰宜: 신주 다음자리)로서 근무했다.『속일본기』(大宝 3년, 702년 9월 25일조)에 의하면 대표적인 무승이었던 호렌(法蓮)은 뛰어난 의술로 인해 부젠의 논밭 40정(町)을 하사받았을 뿐만 아니라 양노(養老) 5년(721)에 하치만궁의 신궁사가 건립되었을 때도 그곳의 별당(別堂—寺나 神社에 둔 특별관직)으로까지 취임했다.

백봉(白鳳)시대에 이르면 우사에 이미 허공장사(虛空藏寺—오오미와씨), 법경사(法鏡寺—카라시마씨), 상원폐사(相原廢寺—우사씨) 등의 씨사가 건립되어 우사하치만이 불교에 귀의할 수 있는 지배적 요인이 마련되어 있었다. 사실상 그 시대에 큐슈지방에 창건된 사원수는 부젠(豊前)에 8寺, 치쿠젠(筑前)에 5寺, 히젠(肥前)에 3寺, 히고(肥後)에 2寺였지만 분고(豊後)·휴우가(日向)·오오스미(大隅)·사츠마(薩摩)에는 하나도 없었다. 이처럼 사원이 가장 많이 모여 있던 곳이 부젠이었고, 그것도 절반 이상이 우사에 있었다는 사실은 부젠, 특히 우사가 당시 불교문화의 중심지였음을 의미한다. 이것은 우사를 비롯한 부젠국이 한반도로부터 도래한 씨족이 가장 많이 모여 살았기 때문에 오오미와·카라시마·우사의 여러 도래계 호족들이 개인 사찰로서의 사원을 그토록 많이 건립한 데서 비롯된 것이다.[27]

---

27) 6세기말에서 7세기에 걸쳐 건립된 虛空藏寺·法鏡寺·相原廢寺·垂水廢寺 등의 神宮寺는 주로 신라불교와 습합한 것들이다. 그것들의 寺址에서 출토된 신라계의 기와가 法隆寺의 양식과 같기 때문이다. 더구나 豊前地方의 渡來人들이 新羅系였다는 사실은 이것을 간접적으로 입증해 줄만 하다. 山

그러나 도래계 호족들의 불교문화 수입은 어디까지나 하치만신의 신불 습합이 이뤄질 수 있는 충분조건이거나 개연성일 뿐이다. 그것을 가능하게 한 최종적 결정인들을 찾는다면, 그것들 가운데 하나가 바로 방생회(放生會)였을 것이다. 720년 2월 하야토(隼人)—오오스미반도의 하야토(隼人)와 사츠마반도에 사는 하야토를 통칭함—가 오오스미국수 야고노마미(陽侯眞身)를 살해하면서 반란을 일으키자 부젠의 국사(國司, 宇奴男人)가 이끄는 우사병사들의 하야토 토벌 직후에 우사하치만은 신탁을 내려 살생의 죄를 구제하기 위한 선행을 호소했다. 이렇게 해서 열린 의례가 우사의 방생회[28]였다. 이 신사(神事)의 원형은 카와라(香春)의 채동소(採銅所)에 진좌한 히메사(比賣社)의 신들이 카와라타케(香春岳)에서 산출한 동으로 거울을 주조하여 60km나 떨어진 우사하치만궁에 정체(御正体)로서 봉납하는 일종의 제사였다. 그러나 이렇게 시작된 제사는 신 앞에 물고기나 새를 바치는 원시신도의 의례로 일반화되었지만, 720년 이후 생물의 희생을 공의하는 이러한 풍습에 승려가 간여하여 생물의 방생의례를 부가시키면서 신불이 습합된 불사법회가 되었다. 더구나 당시 이러한 우사하치만을 위한 방생회를 치르는 곳이 신사가 아닌 허공장사·법경사·상원폐사 등과 같은 사원이었다는 사실은 우사하치만이 일본의 신들 가운데 최초의 불교 귀의자이자 신불습합신이었음을 시사해 준다.

ⓑ 우사하치만(宇佐八幡)이 최초의 신불습합신이라 할지라도 그것은 어디까지나 지방신으로서 우사에서의 습합신이다. 그러면 이러한 지방신이 어떻게 하여 중앙신으로의 변형이 가능했을까? 그것은 당시의 심각한 정치·사회적 불안을 배경으로 한 정치적 문제들과 깊이 연관됨으로써 이루

折哲雄, 앞의 책, 52쪽 참조.

28) 放生會는 애당초 神祇院에서 거행하던 特殊神事였다. 최초로 거행된 神社의 방생회가 宇佐放生會로서 이것에 대한 기록은 『政事要略』, 『東大寺要錄』, 『七大寺年表』, 『扶桑略記』, 『宇佐託宣集』, 등에 있다. 中野幡能, 『八幡信仰』, 塙書房, 1985, 56~58쪽 참조.

어졌다.

텐표우(天平, 729) 이후 계속된 기근과 역병 가운데서도 735년 키타규슈에 천연두가 만연하더니 그것이 기내까지 옮겨가 후지와라노 후사사키(藤原房前) 등 후지와라(藤原) 4형제를 비롯하여 百官이 계속 병사했다. 쇼우무(聖武)천황은 이에 대해 "짐이 부덕한 탓으로 이런 재앙이 일어나는구나. 하늘을 우러러 부끄럽기 짝이 없도다."라고 한탄한 바 있다. 그러나 이러한 재앙뿐만 아니라 740년 9월에는 후지와라노 히로츠구(藤原廣嗣)가 병사를 동원하여 반란을 일으키기도 했다. 학승인 겐보우(玄昉)와 타치바나노모로에(橘諸兄) 정권의 퇴진을 요구함으로써 지배계층의 내부분열까지 시작된 것이다. 이와 같은 일련의 정치·사회적 위기의 극복을 위해 쇼우무천황은 740년 2월 카와치(河內 大縣郡)에 있는 지식사(知識寺)에서 노사나불(盧舍那佛)[29]에게 예불하고 새로운 대불건립을 발원했다.

다무라 엔쵸(田村圓澄)는 쇼우무천황이 새로운 대불건립을 결심하는 데는 다음과 같은 세가지 이유들이 중층적으로 작용했음을 지적한 바 있다.

첫째, 노사나불과 처음 접하고 그 신앙과 교리를 이해했다.

둘째, 천황은 지식사의 불상과 가람의 배후에 있는 민중의 존재와 역할을 높이 평가했다.

셋째, 이 지역에 거주한 도래계 씨족의 문화와 기술의 높은 수준을 보고 대불건립의 자신감을 갖게되었다.[30]

이러한 세가지 이유들을 다시 한번 음미해보면, 첫번째 의문은 쇼우무천황이 대불조립의 대상으로서 왜 노사나불을 선택했는지에 대한 것이다. 노사나불은 본래 『화엄경』의 주존불이지만, 그것은 태양계와 같이 장엄하고 신비로운 우주로서의 연화장계(蓮華藏界)의 중심에 위치한 부처를 상

---

29) 盧舍那佛, 즉 vairocana佛은 '毗盧舍那'佛의 音譯으로서 『華嚴經』의 主尊佛이다. 『梵網經』에서는 이것이 太陽光처럼 광대함을 상징하며, 부처의 깨달음의 절대성을 상징한다. 密敎의 大日如來도 毗盧舍佛이 발전한 것이다.

30) 田村圓澄, 앞의 책, 195쪽.

징한다. 또한 대일여래를 본지로 한 노사나불은 연화장세계를 일본국에 실현시켰다 하여 그 위상을 아마테라스 오오미카미(天照大神)에 비유하기도 한다. 다시 말해 본지자 노사나불을 아마테라스 오오미카미와 연결시킴으로써 본지수적(本地垂迹)을 이미 암시하고 있는 것이다. 그러나 쇼우무천황이 보다 크고 새로운 노사나불을 건립하려는 진정한 의도는 본지수적과 같은 종교적 습합에 있는 것이 아니라 신라 화엄종이 전해준 노사나불의 교리를 빌려 종래의 뿌리깊은 씨족사회의 장애를 불식시키고 아마테라스 오오미카미를 정점으로 한 천황중심의 중앙집권국가체제를 확립하려는 데 있었다.

쇼우무천황의 대불건립의 두번째 이유는 지식사를 통한 민중에 대한 새로운 인식이었다. 지식사의 지식이란 '선지식(善知識)', 즉 불교를 신앙하는 민간의 불교신앙집단에서 조사(造寺)·조탑(造塔)·조불(造佛)·조종(造鐘)할 때 노력·재력·기술을 바쳐 역사(役事)를 돕는 행위를 말한다.[31] 知識寺도 이와 같은 어의대로 당시의 다른 사원들이 귀족이나 호족의 私寺였던 것과는 달리 이름 없는 불자들이 자재나 노동력을 바쳐 세운 이른바 민중사였다. 때문에 민중의 힘을 빌어 새로운 정치체제의 구축을 기원하던 천황이 씨사가 아닌 민중사에서 새로운 대가람(東大寺)의 대불조립을 발원하는 것은 통치기술상 지극히 당연한 일이 아닐 수 없다.

다무라 엔쵸는 쇼우무천황이 대불조립을 발원한 세번째 이유로서 지식사 주변에 거주한 도래인들의 높은 기술수준에 대한 신뢰감을 지적한다.

---

31) 知識의 활동은 주로 民間佛敎의 활동을 의미하므로 知識活動의 활발은 민중불교의 융성을 의미한다. 이러한 활동은 주로 8세기 전반에 시작하여 중세까지 이어졌으나 知識寺가 奈良시대에 상당수 있었던 점으로 미뤄 볼 때 이것은 奈良佛敎의 특징 가운데 하나라고 할 수 있다. 知識과 같이 寺院에 經濟的 원조를 하는 또다른 활동으로서 檀越이 있으나 이것은 일반적으로 개인이나 소수인의 활동이므로 다수인이 참여하는 知識과 다르다. 또한 知識이 一時的인 지원인데 반해 檀越은 持續的인 지원이라는 점에서도 다르다. 鶴岡靜夫, '知識과 知識寺', 『歷史公論』, 1976年 6月号, 63~72쪽 참조.

앞에서의 두가지 이유로 인해 발원을 결심한 천황은 그것을 실행할 수 있는 기술과 재력이 절실히 필요했을 것이다. 이러한 필요조건은 천황으로 하여금 결심에 이르게 할 수 있는 최종적 결정인이었음에 틀림없다. 천황의 정치적 이상이 아무리 훌륭할지라도 그것의 실현이 불가능하다면 그것은 공상에 머물 수 밖에 없기 때문이다. 세번째 이유가 발원을 결심하게 한 결정적 요인이었음은 대불주조에 직접 참여한 실제의 주역들을 보아도 쉽게 이해할 수 있다. 대불주조의 총감독을 맡은 쿠니나카노키미마로(國中公麻呂)는 백제가 멸망한 직후(663년)에 일본으로 건너온 백제의 덕솔(德率—백제의 관직 16階 가운데 네번째에 해당하는 자리)인 국골부(國骨富)의 손자로서 그의 조부로부터 주조기술을 물려받았다. 또한 동대사 칠당가람(七堂伽藍)의 건축을 맡았던 대공(大工) 이나베노모모요(猪名部百世)도 신라의 목공기술을 계승한 신라계 도래인이었다. 그밖에 기술자는 아니지만 대불건립을 배후에서 지원하기 위해 권진(勸進)에 나섰던 승려 행기(行基)와 동대사의 초대 별당(사원이나 신사 등 특별기관에 두었던 장관이나 수석직원)이 된 양변(良弁)도 백제계 씨족출신이었다.

그러나 이들보다 대불주조의 결정적인 주인공은 동광석을 채굴·제련·주조하는 기술자 집단인 아카조메(赤染) 씨족이었을 것이다. 당시 지식사가 위치한 카와치에 거주한 신라계 도래씨족인 아카조메씨는 본래 신라인 집단거주지이자 동광산이 있는 카와라에서 이미 단야사로서 신격화되었던 이들이었다. 따라서 대불주조에 변형의 신비능력을 가진 이들 대장장이의 도움이 필요한 것은 당연한 일이었다. 이를 두고 일본의 종교사가들은 대불주조에 하치만신이 참여하게 된 계기, 즉 하치만신의 도움이 필요했던 이유라고 주장하지만 그것이 바로 지방신에 불과한 하치만신이 중앙으로 진출하게 되는 결정적인 계기이자, 나아가 신불습합의 전형이 이뤄지는 계기였다고 말할 수 있다.

이제 하치만신은 더이상 지방의 단야신이 아니다. 우사에서의 하치만은 비록 단야신이었지만 급기야 국사에 관여하면서 국가수호의 진호신으로서 신격이 급상한 것이다. 우사하치만 자신도 대공사의 최종 결단을 내릴 무렵 천신지기(天神地祇)에게 끓는 동이 물이 되고 내몸이 초목이 되더라도, 즉 어떤 난관이 있더라도 대불을 주조하라는 탁선을 내려 대불조립의 성공을 기원하기도 했다. 그러나 당시의 지방신인 우사하치만이 이러한 託宣을 했다는 것은 율령제하에서의 신기관적(神祇官的) 질서를 무시하고 자신이 천신지기의 선두에 나선 것을 선언하는 의미이기도 하다. 이러한 계기를 통해 천신지기의 계열에 들지 못했던 우사하치만이 중앙의 불사와의 연기에 의해 천신지기 가운데서도 제일인자가 된 것이다.32)

둘째, 하치만신과 도교는 어떤 관계였을까? 하치만신은 과연 도교와의 습합신일까? 그리고 하치만신 신앙에는 도교가 어느 정도 습합해 있을까?

ⓐ 하치만신과 도교와의 습합을 가장 분명하게 단언하는 이는 후쿠나가 미츠지(福永光司)다. 그는 『馬の文化と船の文化』에서 다음과 같이 기술하고 있다. 하치만대보살의 '八幡'은 7세기 전반 당태종때부터 쓰이기 시작한 중국어이며, '대신'이나 '대보살'도 6세기 후반 북제(北齊)의 위수(魏收)가 쓴 『위서』에 나오는 중국어이다. 더구나 우사하치만의 신목(神木)이라고 부르는 녹나무(楠)나 신체로 여기는 천(薦)은 중국남방지역의 특산물이라는 것이다.33) 그러나 그의 주장은 이미 선결문제요구의 오류(fallacy of begging the question)를 범한 것이나 다름 없다. 그는 단정적인 결론을 미리 준비한 채 그것을 위한 가설을 찾아내려 했기 때문이다. 더구나 그것들간의 상관관계도 하치만신과 도교의 습합을 직접적으로 입증하기 위한 논거로서는 빈약하다.

우사하치만과 도교문화와의 관계를 나타내는 귀절은 『우사탁선집』 권6에도 있다. 즉 하치만은 촉(蜀)의 유비에게 군사(軍師)의 역할을 했던 제갈

---

32) 田村圓澄, 앞의 책, 198쪽.
33) 福永光司, 『馬の文化と船の文化』—古代日本と中國文化—, 人文書院, 1996, 12쪽.

공명의 팔진도전법(八陣圖戰法)의 무훈을 상징하는 군기였다. 따라서 그 군기를 손에 든 전쟁신으로서의 하치만대신은 후지와라노 히로츠구(藤原 廣嗣)의 반란을 충분히 정토할만 한 대장군 오오노노아즈만도(大野東人) 의 전승을 기원하는 대상이 될 수 있으며, 신라의 무례함을 응징하고 일본 을 영묘하게 수호하는 '진수의 대신'이라고 할 수 있다는 것이다. 더구나 하치만대신(八幡大神)을 중국에서 한반도를 경유하여 일본에 도래한 진단 국(震旦國=중국)의 최고신, 즉 도교에서 우주의 최고신으로 여기는 '玉帝' 라고까지 비유한다.[34] 이것은 도교문화가 한반도를 거쳐 일본에 들어 올 때 이미 중국의 최고신과 하치만대신이 습합했다는 것을 의미한다. 그러 나 주지하다시피 문화의 본질은 복합성에 있다. 그것은 시·공간적 피구 속성에 의한 변형이 불가피하기 때문이다. 이런 점에서도 한반도로부터 수입된 일본의 도교속에서 한반도의 문화코드를 간과하기란 불가능할 것 이다. 일찌기(1922년 11월 11일) 경성제국대학 문학부에서 있었던 사학연 구회에서 쿠로이타 카츠미(黑板勝美)는 '우리나라의 상대에 있어서 도가 사상 및 도교에 대하여'(我が上代に於ける道家思想及び道教について)에서 아직기(阿直岐)와 왕인에 의해 도가사상과 도교가 일본에 전래되었음을 주장한 바 있다[35] 그럼에도 불구하고 한반도보다 중국의 도교문화와의 습 합만을 강조하는 주장의 배후에는 자국 문화에 대한 인플레이션 심리가 작용했음을 부인할 수 없다. 또한 거기에는 그렇게 함으로써 오랫동안 계 속되어 온 한반도에 대한 문화적 컴플렉스와 정치적 열등감을 해소할 수 있다는 의도가 있었음을 쉽게 읽을 수 있다. 미시나 아키히데(三品彰英)는 『일선신화전설의 연구』(日鮮神話傳說の研究)에서 한국은 중국문화에 대한 동경과 정치적 사대주의로 인해 스스로 소중화적 존재이고자 함을 이상으 로 삼았기 때문에 고유한 신화전설이 발달하지 못했다고 지적한 바 있으

---

34) 德丸一守, 『神佛習合』, 文藝社, 1998, 373쪽.
35) 黑板勝美, '我が上代に於ける道家思想及び道教について', 『道教の傳播と古代 國家』, 雄山閣, 1997, 39~48쪽.

나, 진단국의 옥제(玉帝)와 하치만대신를 의도적으로 동격화하려는 발상 이야말로 소아적 대국주의에서 비롯된 소중화적 이상의 발로가 아닐 수 없다.

ⓑ 그러나 하치만신 신앙속에 도교가 어느 정도 습합됐는지를 이해하기 위해서는 이렇게 의도된 주장들보다 일본의 도교가 7세기 후반 한반도에서 들어와 정착했다는 주장에 더욱 주목해야 한다. 그러한 주장이 오히려 이데올로기로부터 자유로운 것일 뿐만 아니라 문화습합의 개연성이 훨씬 높고 그 과정도 자연스런 것일 수 있기 때문이다. 예를 들면, 도래인의 거주지인 우사에 들어온 한반도의 도교적 전통은 카라시마씨에 의해 여도사(女道士)의 계보를 계승했다는 주장이 바로 그것이다. 뿐만 아니라 또다른 신라계 도래인인 오오가노히메가 입산하여 3년간 금식하고 기도에만 전념하면서 하치만신의 출현을 기청(祈請)했다는 이야기나 그가 곡식을 끊고도 산속에서 오백년이나 살았다는 신선과도 같은 이야기도 마찬가지이다. 그것은 하치만신화가 도래인들에 의해 중국의 도교가 아닌 신라인들의 신선사상을 얼마나 충실하게 계승했는지를 구체적으로 시사해 주는 자료임이 분명하다.

신라에서는 일찍부터 산악신앙과 결합된 신선사상이 널리 유행했다. 『고려사』18에 보면 고려 의종 22년 3월에 내린 신령 제5조에서도 "선풍(仙風)을 숭상하라. 옛날 신라에 선풍이 크게 유행하여 그로 말미암아 용천이 환열하고 만물이 안녕했다. 그래서 조종 이래 그 선풍을 숭상해 온지 오래다"라고 기록되어 있다. 이것은 신라인들이 얼마나 신선같은 생활태도를 좋아했고 그것을 이상으로 삼았는지를 시사하는 대목이다. 『해동이적』(海東異蹟, 第24則)에도 신라의 사선(四仙─永郎·述郎·南郎·安詳)가운데 우리 땅의 고유한 선풍을 계승한 영랑은 90세가 되어서도 어린이와 같은 신색(神色)을 하고 철죽(鐵竹) 지팡이를 짚고 호산(湖山)을 소요했다는 기록이 있다.[36] 이러한 민간도교적 설화는『삼국유사』에서도 발견하기 어렵지 않다. 예를 들어 흥논사의 승려인 진자(眞慈)가 미륵보살에게 화랑이 미륵이 되도록 기도한 끝에 영묘사의 나무밑에 용모수려한 童子로 태어났고 그가 미륵의 화신인 미륵 선화(仙花)가 되었다는 것이다.

그러면 신라의 이러한 도교적 설화들은 하치만신화와 어떤 문화코드를 공유하는 것일까? 90세된 영랑의 철죽지팡이 이야기나 나무밑에 동자로 태어난 미륵선화의 이야기는 모두 산악신앙과 결부된 신선들의 이야기이다. 그런데 이것들은 단야옹이 세살짜리 어린아이가 되어 대나무잎을 짚고 나타났다는 하치만신화와 크게 다르지 않다. 이것들은 그 구조와 내용에 있어서 공통의 신화코드로서 분류되어도 이상하지 않을 정도로 습합되어 있다. 그것은 무엇보다도 당시 신라의 도래인들에 의해 신선사상과 민간 도교신앙이 하치만신 신앙속에 그대로 옮겨졌기 때문이다. 그러므로 문화적 코드가 이 정도로 일치하거나 공유된다면 그것은 문화변형이나 문화습합이라기보다 문화계승에 가깝다고 보아도 무방할 것이다.

Ⅳ. 중층적 습합의 종합체로서 하치만신화

사람들은 하치만신을 이른 바 수수께끼(謎)의 神이라고 한다. 그만큼 千의 얼굴을 가진 신도 없기 때문이다. 그러나 그것이 애당초부터 만화경같은 모습을 가진 것은 아니다. 하치만신은 여러 가지 이유로 시대마다 다른 모습으로 거듭나는가 하면, 사람마다 그것을 다르게 스케치한다. 결국 하치만신의 모습은 하나가 아니다. 그것은 사람들에 의해 중층적으로 습합되어 만들어진 키메라와 같은 신이다.

그러면 하치만신을 왜 중층적으로 습합되었다고 하는가? 그리고 그것의 신화를 왜 중층적 습합의 총합체라고 해야 하는가? 하치만신을 가리켜 습합신이라고 하지 않는 사람은 거의 없을 것이다. 그것을 설사 스스로 전

---

36) 車柱環, 『韓國道敎思想硏究』, 서울대학교출판부, 1978, 112~114쪽.

화된 신이라고 간주할지라도 그것만으로는 그 신의 래원이나 신격의 규명
이 부족하므로 결국 도래한 이국신(異國神)과의 복합체로서 설명하려 한
다. 그러나 문제는 습합의 시기나 계기에 따라 그것의 양상이 저마다 다르
다는 점이다. 크게 보아 그것이 우사(宇佐)지방의 산토신(産土神), 즉 지방
신이었을 때에는 주로 샤먼적으로 습합하는 양상이었다면 중앙으로 진출
한 뒤에는 국신, 즉 호국신으로서 주로 불교나 도교와 종교적으로 습합하
는 양상이었다. 때문에 그것의 신화체계도 전자가 민속적 범주안에서 이
뤄지는 비교적 단순한 복합체계였다면, 후자의 경우는 그것 위에 중앙의
정치·사회적 내홍을 종교적 습합으로 봉합하려는 매우 복잡한 복합체계
로 변형되었다. 습합의 중층성에 있어서도 전자가 아무리 다양하다 할지라
도 샤먼적 습합을 벗어나지 못한 단순체적 특질을 지닌 반면 후자는 샤먼
적 요소와 종교적 요소가 복잡하게 습합된 종합체적 특질을 지니고 있다.

지방신으로서의 하치만신은 단야신·광업신·농업신·화신(火神)·가
마(竈)신·아들신(御子神)·거석신(巨石神)·북진신(北辰神)·도교신(仙人
神) 등의 다양한 형태로 습합되었지만 이것들의 기본적인 신격은 한반도
에서 넘어온 샤먼의 성격을 벗어나지 못했다. 그밖에 마츠모토 에이치(松
本榮一)는 야하타(ヤハタ)=팔류의 하타(幡)=밀교의 부동법의 의례로 등식
화하여 하치만신을 밀교신으로 간주함으로써 가장 탈샤먼화하려 했지만
그러한 노력도 하치만신의 신격을 샤머니즘의 전통밖으로 완전히 끌어내
지는 못했다. 그는 부젠(豊前)과 분고(豊後)의 석불에 유난히 부동명왕상
(不動明王像)이 많은 것에 착안하여 하치만이 밀교의 부동진안법(敵國降
伏, 國家鎭護)[37]에서 유래했을 것으로 믿었다. 그러나 부동진안법(不動鎭

---

37) 不動鎭安法이란 분노와 유화의 인상을 통합한 수호신인 不動明王을 크게
   그린 不動尊旗를 중심으로 하여 八色八流의 幡를 든 병사들 앞에 선 대장
   이 스스로 不動明王으로 변신해 가는 모습을 명상하면서 不動明王의 진언
   을 외침으로써 적군의 강복을 명령하는 일종의 秘法이었다. 이것은 慈覺大
   師에 의해 일본에 들어왔다고 전해지나 宇佐에는 仁聞菩薩이 제작한 밀교

安法)이 부동의 기(旗)를 부동의 영혼이 강림한 요리시로(依代)로서 간주한 것이나 팔류의 깃발이 팔방천의 신령을 내리는 매체로서 간주한 것을 보면 밀교와 샤머니즘은 이미 습합하고 있었음이 분명하다. 이렇듯 당시 키타큐슈는 하치만샤먼의 전시장과도 같은 곳이었음을 짐작하기 어렵지 않다. 이것은 그곳이 한반도 샤머니즘의 신앙권인 탓도 있지만 한반도로부터 새로운 선진문화(문화적 우세종)가 유입되면서 원주민들이 받은 문화충격(culture shock)이 빚어낸 신비화=신화화가 이와 같이 새롭고 다양한 형태의 샤먼을 만들어 냈던 것이다.

그러나 하치만신은 동대사 대불주조를 계기로 중앙신으로 변신한 이후 신격과 위상을 달리하면서 그 습합의 중층성이 더욱 복잡해진다. 7세기의 우사하치만(宇佐八幡)이 8세기의 관사하치만(官社八幡)·신불습합시대를 거쳐 9세기의 하치만대보살시대에 이르면 하치만신과 그것의 신화는 가히 중층적 습합의 종합체로 변형·발전했다고 말할 수 있다. 홍인(弘仁)12년 8월15일의 태정관부(太政官符)에 의하면 하치만신이 처음으로 대보살(大菩薩)의 칭호를 얻은 것은 헤이안시대 초기로서 781년에 신덕을 기려 '호국영험 위력신통 대보살(護國靈驗威力神通大菩薩)'로 칭한다는 기록에서이다. 그러나 이렇게 해서 대보살의 칭호가 붙은 하치만신은 더 이상 단순한 호국신이 아니다. 그 신격과 신위가 아마테라스 오오미카미와 같이 종묘신으로 격상된 것이다. 다시 말해 하치만대보살은 승려 교우쿄(行敎)에 의해 이시기요미즈(石淸水)에 권청되면서 황통옹호신, 즉 이세와 더불어 '제2종묘', 또는 '황대신'으로 불림으로써 아마테라스 오오미카미(皇祖神)와 동격이 되기에 이르렀다.

그러나 이것은 하치만신화라기 보다 하치만드라마이다. 지방샤먼에서

석불들이 많았던 것으로 보아 그 이전에도 이미 유행했을 것이다. 한편 八幡神話를 應神神話와 연결지워 應神天皇 탄생시 하늘에서 八流의 旗가 내려왔다는 이야기도 여기에서 비롯되었을 것이다. 山折哲雄, 앞의 책, 51쪽 참조.

황대신이라는 클라이막스에 이르기까지 수 없는 변신의 드라마이다. 더구나 변신의 무대가 바뀔 때마다 그 동기도 단순하지 않다. 중층적으로 결정되는 것이다. 신탁이나 기청을 통해 이뤄지는가 하면 권청을 통해 이뤄지기도 한다. 나라시대(8세기)에 갑자기 하치만대신으로 정사(正史)에 등장할 때도 그랬고, 헤이안시대(9세기)에 야마시로국(山城國) 이시기요미즈하치만궁(石淸水八幡宮)에 돌연히 대보살로 진좌할 때도 그랬다. 최고신인 황대신=대조(大祖)에 이를 때까지 습합의 드라마는 이렇듯 극적으로 전개된다. 그래서 황대신의 등장은 습합의 결산이자 총합인 것이다.

V. 결 론

나카노 하타요시(中野幡能)는 지금까지의 하치만신에 관한 연구를 다음과 같이 여섯 가지로 분류한다.

> ① 주체적으로 신격의 문제를 대상으로 한 연구
> ② 불교와의 상관관계, 즉 신불습합이라는 종교현상을 대상으로 한 연구
> ③ 민족이동에서 초래된 외래종교로서 파악한 연구
> ④ 정치적 변동에 따른 사회개혁을 둘러싸고 발생했다는 입장에서의 연구
> ⑤ 무녀를 중심으로 한 민속학·민족학에서의 연구
> ⑥ 하치만신 신앙을 기능적으로 파악한 연구[38]

그러나 그는 이러한 연구가 주제마다 개별적으로 이뤄진 것이 아니라 상호연관된 채 이뤄졌다고 주장한다. 왜 그럴까? 그것은 무엇보다도 하치만신화의 중층적 습합성 때문일 것이다. 연구주제를 여섯 가지로 분류할 수 있을 만큼 습합의 중층적 결정(overdetermination)이 단순하지 않고 총합

---

38) 中野幡能, 『八幡信仰史の研究』, 吉川弘文館, 1975, 183쪽.

적으로 이뤄졌다는 것이 가장 큰 이유일 것이다. 특히 여섯 가지 분류가운데 ③과 ⑤를 지배적 요인으로, 그리고 ②와 ④를 최종적 결정인으로 하여 습합의 중층적 결정이 이뤄진 것이다.

그러면 하치만신 신앙의 이러한 습합현상을 어떻게 규정하거나 평가할 것인가?

첫째, 그것은 지배자문화의 도입으로 인한 일종의 문화변형현상이다. 일본고대문화의 형성과정 가운데 가장 큰 전환점은 한반도에서 키타규슈지방에로 지배자문화의 전래였다. 농경문화·철기문화, 등과 함께 들어온 한반도의 샤머니즘문화가 문화적 접경지에 하드웨어(지배적 요인)를 구축하는 결정적인 계기가 되었다면 새로운 종교적 세계관과 정치·사회적 이데올로기는 지방은 물론 중앙정치무대에 소프트웨어(최종적 결정인)를 제공하는 중요한 공급원이 되었다.

이렇게 보면 한반도의 지배자문화가 일본고대사회(九州지방)의 문화적 기층인 원시문화체계를 일거에 바꿔놓은 일종의 문화혁명의 효모였으며, 이것은 시간이 지남에 따라 중앙으로 옮겨가 종교적·정치적 기층인 통합정치체제를 변혁시키는 또 다른 문화혁명의 촉매였다. 다시 말해 한반도에서 이식된 지배자문화가 샤머니즘문화의 변형을 낳았고, 이것은 중앙정치의 여건의 변화에 따라 정치·사회문화의 변형까지 초래한 것이다.

둘째, 그것은 신화개작의 세습현상이다. 원시하치만에서 하치만대보살에 이르기까지 하치만신만큼 그 신격과 정체성의 변화가 많았던 神도 드물 것이다. 이것을 가리켜 혹자는 새로운 것을 좋아하는 것, 즉 하치만신의 독창성이라고까지 미화한다. 예를 들면, 최초의 단야신(鍛冶神), 가장 먼저 불교에 귀의한 神, 맨처음으로 가마(神輿)를 탄 神, 일본최초의 신상, 인격신으로서 최초의 존재, 등이 그것이다.

그러나 이것은 하치만신이 지닌 독창성이라기 보다 새로움에로만 탐닉하려는 신격의 편집성이다. 이렇게 해서 하치만신은 눈사람 만들기식으로 그 형상이 계속 부풀려 졌고 그것의 신화도 계속 첨가되어 왔다. 그러면 왜 이러한 현상이 일어난 것일까? 그것은 일본신화가 지닌 신화개작의 세습현상에서 비롯된 것이다. 편집증(paranoia)의 일종인 세습에 대한 집착이 신화작성에서도 그대로 발휘된 것이다. 일본신화의 대명사와도 같은 기기신화가 바로 그 모델 케이스이다. 정치적 상황변동에 따라 그것들은 일본신화의 조건이자 굴레이기도 한 신화의 정치성=개작성이 자의적으로 세습되어 왔기 때문이다.

세째, 그것은 문화변형의 야누스적 현상이다. 도래설을 주장하는 많은 사람들과 마찬가지로 미시나 아키히데(三品彰英)는 일본문화의 특질이 북방대륙문화의 도래로 인한 복합구조에 있다고 주장한다. 그러면서도 대륙문화가 일본에까지 이동하는 과정에서 일본을 향해 돌출해 있는 한반도는 단지 통로적 역할만을 한 중개지에 불과하다는 것이다.[39] 이것은 일본고대사회의 주된 문화적 공급원이 한반도라기 보다 그 북방인 중국이라는 주장과 다르지 않다. 그러나 여기에는 중국문화와 그것의 영향력을 강조함으로써 한국문화와 그 영향을 폄하하거나 평가절하하려는 의도가 있음이 분명하다. 이것은 그의 주장에도 여전히 한반도 기피증이나 한국문화 컴플렉스(강박관념 증후군)가 나타나고 있음을 말해주는 것이다. 그럼에도 불구하고 하치만신화를 비롯한 일본신화들의 습합대상이 중국의 신화가 아니라 한반도의 신화였다는 사실을 인정하지 않는 일본인은 드물다. 대부분의 일본인들은 일본신화의 원형을 한국신화에서 찾으려 하기 때문이다. 이것을 가리켜 김열규(金烈圭)는 일본신화가 지닌 '한반도 회고성(回顧性)' 내지 '한반도 지향성(指向性)'이라고 한다.[40] 그러나 이것은 미시나 아키히데의 『일본신화론』(日本神話論)의 아킬레스건이자 다른 일본신화론에서도 흔하게 발견할 수 있는 이율배반이다.

---

39) 三品彰英, 『日本神話論』, 平凡社, 1970, 32쪽 또는 99쪽.
40) 金烈圭, 『韓國의 神話』, 一潮閣, 1977, 196쪽.

제4장

신화속의 일본사상(2)
－ 도작(稻作)신화

－ 습합의 génotype, '稻'를 중심으로 －

Ⅰ. 벼(稻)의 도래와 도래문화의 형성

1. 벼의 도래와 수리사회(水利社會)의 형성

야나기타 쿠니오(柳田國男)는 『고향70년』(故鄕七十年, 1959)에서 일본문화의 기원을 논하면서 "벼(稻)가 들어오지 않았다면 지금의 (일본)민족은 성립되지 않았을 것이라고 생각한다. … 일본민족은 벼와 불가분의 민족이라고 나는 확신한다"고 하여 일본문화의 정체성과 특색이 무엇보다도 도작문화(稻作文化)에 있음을 분명히 했다. 그런가 하면 야스모토 비덴은 '죠몬(繩文)에서 야요이(彌生)에로'라는 문화의 대전환을 가리켜 "토착의 죠몬문화가 대륙에서 전래된 도작문화를 수용함으로써 일어난 문화대변혁이었다"고 규정한다. 특히 그는 "야요이문화의 성립은 메이지유신과 더불어 일본역사상의 대혁신이었다"고 간주하여 이를 '야요이유신'(彌生維新)[1]이라고까지 불렀다.

그러나 유신과 혁신은 다르다. 전자가 기존의 것을 새로 고치는 것이라면 후자는 그 이상이다. 문화혁신은 문화창조나 문화혁명에 가깝다. 야요이문화의 등장이 바로 그러하다. 그것은 원시토착적인 죠몬문화와는 다른 혁신적이고 혁명적인 신문화의 탄생이었기 때문이다. 그것은 적어도 산악이나 산지중심의 생활문화에서 평지중심의 생활문화로의 일대전환, 즉 대륙에서 갑자기 도래한 도작(稻作)으로 인해 수리사회(hydraulic society)로의 급작스런 전환이었다. 그것은 기본적으로 물(水)과 벼(稻)라는 새로운 문화소(文化素)에 의한 신문화의 창출인 것이다.

프랑크푸르트학파의 일원이었던 비트포겔(K. A. Wittfogel)은 맑스의 『인도차이나론』에 영향을 받아 중국을 비롯한 동아시아 국가의 사회·경제적 특징을 도작(稻作)과 물(水)과의 관계에서 형성된 수리사회로서 규정한다. 도작을 위한 물관리가 도작사회의 구조를 결정할 뿐만 아니라 국가의 성립에도 중요한 조건이 된다는 것이다. 도작을 위한 필수조건인 물의 안정적 확보를 위해서 고안된 것이 관개시설(灌漑施設)이었고, 이런 시설을 만들기 위해서는 개인보다 공동의 노동이 효과적이었다. 또한 공동의 노동을 지속적으로 관리하기 위한 공동체의 조직도 필수적이었다. 더구나 평지의 물(川)이 있는 곳을 중심으로 공동체사회를 형성하면서 그 지배권이 행사되는 고대국가가 탄생하기도 했다.

야요이시대에는 이미 수전도작(水田稻作)지대에서 이러한 수리사회의 원리가 작용하는 커다란 공동조직이 형성되기 시작했다. 도작민의 조직을 총괄하는 권력이 발생하여 왕권의 기초가 형성되었다. 즉 논벼(水稻)는 조직의 통합·관리·지배의 상징이 되면서 왕권의 기반으로서 자리잡기 시작한 것이다. 벼가 처음 도래한 규슈(九州) 북부지방에서 여러 하천을 중

---

1) 安本美典, 앞의 책, 191쪽.

심으로 백여개의 소국(小國)들이 형성된 것이나 야마토가와(大和川) 주변
의 많은 관개시설을 확보한 야마토(大和) 지역에서 최초의 통일국가가 탄
생한 것, 더구나 나라분지에서 기즈가와(木津川)·오오이가와(大井川)·가
모가와(賀茂川)·우지가와(宇治川)·카도노가와(葛野川, 桂川) 등이 합류
하는 야마시로(山城)평지에로 천도한 것도 이러한 수리사회의 논리와 무
관하지 않다.

2. 도작이 수반한 금속·양잠문화

그러나 벼의 도래가 고대사회의 문화혁명으로 이어질 수 있는 계기가
되었던 것은 금속·양잠과 같이 당시의 대륙의 첨단기술에 의한 고급문화
가 도작민(稻作民)과 함께 계속 도입되었기 때문이기도 하다. 하나다 가츠
히로(花田勝廣)에 의하면, "도래인의 전래에 의한 신기술은 치수시설의 정
비와 더불어 농기구의 철기화로 인해 농업생산력을 높이는 계기가 되었
다. 뿐만 아니라 그것은 전업 단야공방(專業鍛冶工房)의 대규모화와 수공
업 생산조직의 변혁을 가져왔고 왜정권의 통치기구에 군사력의 정비, 농
업생산력의 향상으로 이어져 국가형성의 단계를 급격히 촉진시켰다."[2]

또한 양잠기술이 언제 도래했는지 정확하게 알 수는 없지만 벼의 도래
지역인 후쿠오카현의 타테이와(立岩) 유적에서 야요이 중기 이후의 견포
(絹布)가 발견된 사실로 미뤄보아 도작의 도래에 비해 크게 뒤지지 않았음

---

2) 花田勝廣,『古代の鐵生產と渡來人』, 雄產閣, 2002, 1~2쪽.
오쿠노 마사오(奧野正男)에 의하면, "야요이시대의 철기는 큐슈북부지방에
도작농경문화의 전파와 더불어 청동기와 함께 출현했다. … 福岡縣宗像郡
津屋崎町의 今川遺跡에서 彌生前期初의 土器와 함께 朝鮮系의 有莖式 鐵鏃
이 출토되었다." 또한 "야요이후기 후반에서 종반에 걸쳐 큐슈북부에서는
무기나 공구의 철기화가 현저히 진행되었고 농구의 철기화도 보급되어 이
지역의 농업생산이 크게 발전하였다."『鐵の古代史 1』, 白水社, 1991, 268쪽
또는 326쪽.

이 분명하다. 키타규슈(北九州)의 무수한 김해식(金海式) 옹관들 가운데 이곳의 제10호 옹관에서 출토된 창(矛)과 화살촉(鏃)에 걸린 직물이나 칼자루(劍柄)에서 나온 연사(撚絲)가 그것이다. 누노메(布目順郎)의 주장에 따르면 그것은 가잠(家蠶)의 실(絲)을 이용한 것이며, 그 속에 있었던 평직물도 비단(絹)이었다. 또한 그 섬유의 단면계측치가 낙랑(樂浪)에서 출토된 것에 가까우므로 이들 평견(平絹)의 섬유를 산출한 누에(蠶)는 낙랑산의 '삼면잠'(三眠蠶)이라는 것이다. 그는 타테이와를 포함해 키타규슈에서 실시된 양잠은 낙랑군 25개현 가운데 하나였던 잠태현(蠶台縣)에서 그곳에로 도래했다고 믿기 때문이다. 『위지』(魏志, 東夷傳)의 한조(韓條)에도 "마한은 서쪽에 있고, 그 백성은 토착하여 종식(種植)하며, 잠상(蠶桑)할 줄 알아 백포(帛布)를 만든다"고 기록되어 있다. 또한 진한 24개국조에도 "잠상을 분명히 이해하여 겸포(縑布)를 만든다"는 기록이 있는 것으로 보아 양잠은 벼와 함께 이미 같은 지역에서 도래했음을 알 수 있다.[3]

그러나 양잠이 고대국가의 형성에 중요한 변수로 작용한 것은 훨씬 뒤의 일이다. 그것은 4세기(應神朝)에 하타씨(秦氏) 집단이 신라에서 야마토의 가츠라기(葛城) 지역으로 도래하면서부터였다. 그들이 도입한 양잠과 견직기술은 시간이 지날수록 고대 농경사회의 산업구조와 계층구조를 바꿔놓았을 뿐만 아니라, 고대국가의 권력재편과 그로 인한 권력중심지의 이동(遷都)을 가져온 변혁의 직·간접적 요인이 되었기 때문이다. 그들은 가츠라기에서 야마시로(山城) 북부의 오토쿠니(乙訓)·카도노(葛野)·기이(紀伊) 등지로 넓혀가면서 높은 지역으로 양잠을 확대해갔다.

이들이 독점한 견직물 생산은 당시로서는 최고 수준의 산업이었다. 민중들이 주로 입던 마에 비해 견직은 고급의 직물이었으므로 그 수요자도 자연히 왕족과 귀족들이었다. 그것만으로도 하타씨 집단은 부를 축적할 수 있었고 그로 인해 도작농민들보다 사회·경제적으로 우위에서 그들을

---

3) 國分直一, 『日本文化の古層』, 第一書房, 1992, 158쪽.

장악할 수 있었다. 이처럼 그들은 날이 갈수록 그 지역의 사회구성에 커다란 영향력을 행사하면서 변화를 주도할 수 있었던 것이다. 그 시대에는 별다른 상공업이 있을 수 없었으므로 그것들이 분업화되지도 않았고 독립해서 발달할 수도 없었다. 견직업은 그 시대의 최고 공업이었을 뿐만 아니라 그것의 생산자가 동시에 판매자가 되기도 했다. 『일본서기』(欽明紀)에도 후카쿠사(深草)의 하타노오오츠치(秦大津父)는 이세(伊勢)까지 판매지역을 넓혔고 결국 천황으로 하여금 대장성을 만들게 할만큼 국고관리자로서의 재력과 정치적 지위도 갖추게 되었다고 기록하고 있다.

그러나 재력을 토대로 한 하타씨 집단의 정치적 영향력이 발휘된 것은 특히 나라(奈良)에서의 천도과정에서였다. 쇼우무(聖武)천황이 740년 후지와라 히로츠구(藤原廣嗣)의 반란으로 인해 헤이죠쿄(平城京)을 떠나 쿄우닌쿄(恭仁京)에 새로운 궁도의 건설을 하타시마마로(秦島麻呂)⁴⁾에게 맡긴 것이나 784년 칸무(桓武)천황이 후지와라 타네츠구(藤原種繼)의 암살사건을 계기로 헤이죠쿄를 포기하고 나가오카쿄시(長岡京市)로 천도하기 위해 나가오카쿄(長岡京)의 건설을 하타노이미키(秦忌寸足長)⁵⁾에게 맡긴 것, 더구나 794년 칸무천황이 동생인 사와라신노(早良親王)가 후지와라 사건에 연루되어 오토쿠니사(乙訓寺)에 감금된 뒤 굶어죽자 그 원혼을 피해 나가오카쿄를 폐도하고 천도를 하기 위해 하타노카와카츠(秦河勝)의 저택을 급히 전용하여 헤이안쿄(平安京)의 건설을 하타노이미키츠키마로(秦忌寸都岐麻呂)에게 맡긴 것이 그러하다.⁶⁾ 결국 헤이죠쿄에서 헤이안쿄까지 세

---

4) 秦島麻呂는 恭仁京건설의 공로로 16계급이나 특진하여 從四位下에 올랐을 뿐만 아니라 '太秦公'이라는 氏族名도 하사받았다.

5) 秦忌寸足長는 太秦氏의 본거지인 山城國 葛野郡(京都市 右京區와 西京區)에 사는 從七位上에 해당하는 관리였지만 主計頭라는 '경제관료'로서 자신의 재력을 동원하여 궁도건설을 담당했다. 그 공로로 그는 從五位下까지 7계급 특진을 포상받았다. 村井康彦도 『日本の宮都』에서 "秦氏의 협력이 없었다면 造都는 불가능했다고 말하지 않을 수 없다"고 주장한다.

6) 井上滿郎, 『古代の日本と渡來人』, 明石書店, 1999, 173~183쪽.

차례의 천도과정에서 보듯이 양잠·견직업으로 재력을 축적한 하타씨족
(秦氏)은 국가재원의 분배권까지 장악할 정도로 야마토정권 이래 최대의
족벌세력이었음에 틀림없다.

3. 농경문화의 종합체로서 도작문화

히구치 다카야스(樋口隆康)는 중국의 양츠강 남부(江南)에서 한반도의
남부지방을 거쳐 키타큐슈에 들어온[7] 도작농경을 가리켜 도작문화의 종
합체라고 할 뿐 아니라 농경문화의 종합체라고도 한다. 그것은 도작의 도
래가 단순히 벼의 도입만이 아니라 그것의 재배법은 물론 조리·보존·의
례 등 도작문화의 총체적 도입을 의미하기 때문이다. 더구나 그것은 인종
과 함께 도래했으므로 그 밖의 여러 가지 문화적 요소들과 유기적으로 연
관된 문화의 총합체로서 도입되었기 때문이다.[8] 예를 들면 다음과 같다.

    ㉠ 경작에서 수확과 탈곡에 이르기까지 필요한 여러 종류의 농기구들
      의 도입으로 인해 생긴 금속문화
    ㉡ 도작농경을 위해 필수적인 관개기술의 도입을 토대로 한 수리문화
    ㉢ 조리용 단지(甕)나 보존용 항아리(壺)의 도입과 생산이 가져온 토기
      문화
    ㉣ 도작민이 함께 들여온 돼지사육으로 시작된 축산문화
    ㉤ 도작기술과 함께 양잠과 견직기술의 도입에서 파생된 의류 및 상공
      업문화

---

  7) 柳田國男의 남방도래설, 埴原和郎의 북방도래설과 다수가 定說視하는 강남
    →한반도 남부→北九州 루트설에 관한 논의는 이 논문에서 유보하려 한다.
    설사 한반도남부 경유설을 따른다 할지라도 近藤義郎 등이 주장하는 도래
    원인에 대한 정치적 및 경제적 이유에 대한 논의(「彌生文化論」『岩波講座
    日本史』I 참조)도 마찬가지이다.
  8) 樋口隆康,『日本人はどこから來たか』, 講談社, 1971, 136~137쪽.

ⓗ 하니하라 카즈로(埴原和郞)의 백만인 도래설에서도 보듯이 급증한 도작민의 도래로 인해 새롭게 형성된 言語文化―야스모토 비덴은 미얀마語 계통의 중국 강남어와 한반도 남부어를 연결하는 공통의 조어(祖語)를 '고(古)극동아시아어'라고 하고, 이것이 도작루트를 통한 도래인들에 의해 키타규슈와 연결되어 원시일본어가 성립되었다고 주장한다.9)

ⓢ 도래인 대장장이를 신비화・신격화한 부젠(豊前) 우사(宇佐)의 단야신(鍛冶神)에 대한 하지만신(八幡神) 신앙10)이나 야마시로(山城國) 이나리산(伊奈利山) 주변의 농업신에 대한 이나리신(稻荷神) 신앙에서 보듯이 도작민과 함께 온 한반도 남부의 샤머니즘문화

ⓞ 도작공동체의 관리와 지배를 위한 도구로서 제기(祭器)와 무기(武器)가 상징하는 지배 이데올로기문화―키타규슈의 김해식 옹관들에서 출토된 세형동검(細形銅劍)이나 마제석검(磨製石劍)같은 주술용구와 실용도구라기 보다 권력의 상징물인 거울(鏡)・칼(劍)・구슬(玉) 등이 그러하다.11) 야스모토 비덴도 야요이시대에 전래된 것은 최첨단의 생산기술인 수전도작농경과 그 때까지는 본 적이 없는 청동기와 철기 등의 hardware 뿐만 아니라 새로운 사회의 편성・통합원리나 새로운 신앙・세계관 등의 software도 함께 수용되었다고 주장한다.12)

이렇듯 도작문화의 도입은 원시적인 야요이사회를 상・하부구조로 나뉘는 사회구성체로 변모시키면서 하위문화에서 상위문화에 이르기까지 새로운 문화공간으로 바꿔놓은 신문화창조의 총체적 계기였다. 사사키 코우메이(佐々木高明)의 주장대로 근세초 석고제(石高制)13)의 성립은 미식

---

9) 安本美典,『日本人と日本語の起源』, 132쪽.
10) 李光來, '일본고대의 신화적 습합현상으로서 八幡神信仰에 관한 연구',『日本歷史研究』第十一輯, 日本史學會, 2000, 50쪽.
11) 奧野正男,『鐵の古代史』1. 106~107쪽.
12) 安本美典,『日本人と日本語の起源』190쪽.

(米食)이 일반화된 도작농업국가의 완성기, 즉 쌀이 일본문화의 상징이 됨
으로써 도작농업국가로서의 일본상이 완성되는 시기[14]—오오누키 에미코
(大貫惠美子)도 도쿠가와정권에 이르러 도작농업으로 수립된 '도작문화국
가 일본'에 대한 자기인식이 일본사회의 지배적 이데올로기가 되었다고
주장한다[15]—였음을 의미한다면, 도작민이 집단도래하던 야요이시대와
고분시대는 도작문화가 총체적으로 형성되던 도작농업국가의 태동기[16]라
고 말할 수 있다.

Ⅱ. 도작신앙의 습합과 이나리신화

1. 도령(稻靈)신앙으로서 도작신앙

미시나 아키히데(三品彰英)는 일본의 신화발전단계를 제정사(祭政史)의
발전단계에 따라 첫째, 주술적 원시신화단계, 둘째, 대륙계 샤머니즘이 전
래된 의례적 신화단계, 셋째, 율령제를 받아들여 정치이념과 제도가 정비
된 시기의 정치신화단계로 구분한다. 그러나 이것들도 따지고 보면 모두

---

13) 근세초 일본사회는 농촌의 모든 경지를 국가가 장악하는 중앙집권적 국가
   체제가 확립되면서 전국의 모든 종류의 생산력을 쌀을 기준으로 한 石高로
   표시하는 石高制=米社會가 성립되기 시작했다. 이것은 이미 主食으로서
   쌀이 일반화되었고 쌀에 대한 국민적 기호와 경제적 가치가 통일되었음을
   의미한다.

14) 佐々木高明, 『日本文化の多層構造』, 小學館, 1997, 305~309쪽.

15) 大貫惠美子, 『コメの人類學―日本人の自己認識』, 岩波書店, 1995, 163쪽.

16) 이에 비해 일본이 도작국가로서 발전기를 맞이한 것은 고대말에서 鎌倉・
   南北朝期에 이르는 중세였다. 특히 '大開墾時代'라는 11~12세기에는 관개
   조건과 용수관리 시스템의 도입을 비롯하여 품종의 다양화・철제농구의 보
   급・시비(施肥)기술의 발전・二毛作水田의 증가 등 도작기술의 획기적 개
   선에 의해 도작생산성이 향상되면서 전체적인 농업구조도 비도작에서 도작
   에로 빠르게 전환되었다.

한반도로부터 도작농경문화가 전래되면서 그 관문이자 한반도의 샤머니
즘 신앙권인 키타규슈 일대에서부터 시작하여 스이코조 이후 새로운 정치
이데올로기에 따라 기기신화가 꾸며지기까지의 단계이다.

　이러한 발전단계설에 따르자면, 벼농사가 시작된 야요이 시대에 철을
마음대로 다루는 대장장이가 단야신(鍛冶神)으로 신격화되어 우사(宇佐)의
산토신(産土神)이면서도 농업신으로 제사된 것은 3세기부터인 둘째 단계
에 이르러서이다. 그러나 도작신앙의 습합은 키타규슈의 경우 수전도작이
시작된 기원전 2~3세기까지, 기내(畿内) 지방에도 도작이 들어온 기원전
후 무렵까지 거슬러 올라갈 수 있을 것이다. 도작민에 의한 도작기술의 전
수(傳授)에는 처음부터 정성과 혼(魂)이 담겨 이뤄졌을 뿐만 아니라 습합
인의 마음속에도 경이와 신비감이 함께 했을 것이기 때문이다.

　더구나 당시의 농경사정으로는 神의 도움과 감사의 마음이 저절로 생
겨날 수밖에 없었을 것이다. 충분한 일조량, 적당한 기온과 물공급, 비바
람과 병충해 등 인력으로는 해결할 수 없는 여러 가지 난관 앞에 모든 것
을 신의 가호(加護)에 맡겨야 했기 때문이다. 그러므로 야나기타 쿠니오는
다른 곡물과는 달리 벼(稻)에는 마츠리(祭り)가 있고 신앙이 수반되며 카
미마츠리(神祭り)에 쌀이 빠지지 않는 이유도 거기에 있다고 주장한다. 일
본인에게 벼(稻=米)는 생산·식물(食物)·의례·신화 등 모든 면에서 상
징적인 존재라는 것이다.

　『일본서기』(神代卷)에는 '이자나기미코토(伊邪那岐尊)가 굶주릴 때 낳은
아이를 우가노미타마노카미(倉稻魂神)라고 부른다'고 적혀 있다. 또한『대
전제축사』(大殿祭祝詞)에도 이 神이 보식신(保食神)인 토요우케히메노카
미(豊宇氣比賣神)·우가노미타마노카미(宇迦之御魂神)와 이명동신으로서
벼의 정령, 즉 '도령(稻靈), 도혼'(稻魂, いねのみたま)이라고 밝히고 있다.
도령신앙의 신화적 연원에 대한 이러한 기록들은 그 신앙이 도작농경을
주로 하던 고대인들이 벼가 지닌 신비력을 숭상하면서 발생한 것임을 시
사한다. 오늘날에도 츠보이 히로후미(坪井洋文)는 벼에는 다른 곡물과는

달리 도혼이라 할 영혼이 내재한다고 주장한다. 일본인에게는 그것이 재생과 풍양(豊穰)을 가져다주는 근원이라는 신앙, 즉 도령신앙이 널리 퍼져 있다는 것이다. 오오누키 에미코도 쌀은 한알마다 모두 혼을 가지고 있다고 주장한다. 더구나 그녀는 논의 神이 지닌 것이 곧 야마토다마시이(和魂)라고 하여 '米=魂=神=和魂'이라고까지 규정한다.17)

한편 오리쿠치 시노부(折口信夫)는 야나기타 쿠니오와 마찬가지로 카미마츠리(神祭り)의 기본을 이네마츠리(稻祭り)라고 간주하여 야요이 시대의 천황을 매년 새로 수확한 쌀을 신에게 제사하는 최고의 샤먼으로서 도혼의 주제자라고 부른다. 그에 의하면, "'마츠리'도 본래 '식국의 정치'(食國ノ政, ヲスクニノマツリゴト)에서 온 단어로서 '神들에게 바칠 것을 만드는 나라'를 의미한다." 더구나 그는 'まつる'라는 단어에도 사람들이 신의 명령에 복종한다는 뜻이 있다고 하여 당시에는 정부가 신에게 바칠 봉납품(供物)으로서 새로 수확한 쌀을 전국에서 차출했다고도 주장한다. 특히 야요이시대 말기부터 새로 천황이 즉위하는 해에 거행하는 다이죠사이(大嘗祭)는 신찬(神饌)으로서 바칠 특별한 쌀을 생산할 논을 미리 선정할 정도였다.18)

이처럼 이네마츠리(稻祭り)나 도령신앙은 도작사회가 성숙해지고 쌀의 사회적·경제적 가치가 커짐에 따라 상징적 의미도 더욱 심화되어갔다. 니이나메사이(新嘗祭)나 다이죠사이처럼 벼의 수확을 神에게 감사하거나 그 풍작을 기원하는 이네노미노리(稻の稔り)가 천황에 의해 국가의 대사로서 거행되듯이 벼는 이미 도작사회의 성숙과 더불어 국가적 가치체계의 중심에 놓이게 되었을 뿐만 아니라 민중에게도 가장 중요한 신앙의 상징으로서 자리잡게 되었다. 한마디로 말해 '벼'는 일본문화의 결정적인 유전자형(génotype)이자 문화소가 된 것이다.

---

17) 大貫惠美子, 앞의 책, 98~99쪽.
18) 折口信夫,「大嘗祭の本義」『折口信夫全集』第三卷, 中央公論社, 1975, 176~179쪽.

2. 민중신화로서의 이나리신화

천황이 도혼의 주제자이고 이네마츠리를 주관하는 최고의 사제(司祭)라고 할지라도 도령신앙이나 도작신앙은 전통적으로 도작의 주체인 농민=민중의 신앙이다. 이나리신이 애당초 곡물수호신·보식신이었던 이유도 거기에 있다. 또한 그 神이 상공업의 보호신으로도 발전했지만 근세에 이르기까지 도작농업국가의 발전단계에 따라 주로 도작신·농경신으로서 전국에 확대되어 민중의 대표적인 신앙대상이 된 것도 마찬가지 이유에서였다.

그러면 도혼과 도작신앙의 대명사와 같은 이나리신과 이나리(稻荷)신앙의 본원과 신덕은 무엇인가? 『일본민속학사전』(日本民俗學辭典, 中山太郎 編, 「飯盛信仰」項)에 따르면, 이나리신앙의 원류는 고대의 이이모리산(飯盛山)에 대한 신앙인 이이모리(飯盛, 또는 飯森)신앙에서 비롯되었다.[19] 이이모리산이라는 이름은 그 산세가 밥을 가득 담은 모습과 비슷하다는 데서 붙여진 것이다. 그러나 『하리마풍토기』(播磨風土記)의 이이모리산조(飯盛山條)에는 그 산을 곡신의 제사장소로 기록하고 있는 것으로 보아 본래 그곳에서 도물(稻物)을 곡신에게 제사한 고대 도작민들의 소박한 신앙에서 생긴 것일 수도 있다.

『신도사전』(堀書店刊)에는 이나리신앙을 가리켜 후시미이나리대사(伏見稻荷大社)의 주제신으로서 오곡을 비롯한 모든 음식물을 관장하는 우가노미타마노카미(宇迦之御魂神)에 대한 신앙이라고 정의한다. 또한 여기에서는 "이네나리(稻生り)의 발음이 줄어 이나리(イナリ)가 되었지만 그 신상

---

19) 그러나 飯盛山과 稻荷山은 인접해 있지만 같은 산은 아니다. 전자는 大阪府 大東市의 生駒山地 서북부, 즉 京都와 河內의 연결지에 있는 높이 318m 의 산이다. 이에 비해 후자는 京都驛 동남쪽으로 3km 거리의 伏見區 深草에 위치한 237m 높이의 산이다.

(神像)이 벼(稻)를 짊어지고(荷) 있다고 하여 '稻荷'라고 부르게 되었다"[20)]는 그 단어의 유래도 밝히고 있다. 히고 가즈오(肥後和男)는 이나리신앙의 시초를 야마시로(山城國) 북부에 있는 이나리야마(稻荷山, 예전의 표기로는 伊奈利山) 기슭에 살던 도작민들이 여러 하천이 합류하여 경작조건이 그 어디보다 좋은 야마시로 평지(山城平地)에서 경작하면서 그 산 전체를 도혼의 덩어리(かたまり)로 믿고 제사한 데서 비롯되었을 것이라고 추측한다. 그에 의하면, "야요이시대에 이 지역에 살던 농민들은 神이 山에 있다고 믿었다. 일본의 작신(作神)은 대개 山에 있다. 넓은 의미에서 山의 神인 셈이다. 이 산의 신이 농민과 농업을 보호하므로 농민들은 춘추에 祭를 올려 풍작을 기원하고 감사했다. 즉, 이나리산 기슭에서 논농사가 시작되고 농촌이 생기면서 이 산에 있던 신이 은혜를 내리기 시작한 것이 그 원시 신앙의 모습이었다."[21)] 다시 말해 이나리신앙은 이나리(イナリ)라는 말이 벼와 관계되기 때문에 본래 벼논사를 주로 하는 이나리산(伊奈利山) 주변의 옛주민들이 지닌 신앙의 기초가 되었다는 것이다.

그러면 이처럼 제한된 특정 지역의 도작신앙이었던 이나리신앙이 어떻게 전국적인 민중신앙으로 발전할 수 있었을까? 그것은 다음과 같이 세 단계로 나눠 설명할 수 있다. 제1단계는 5세기경 나라(奈良)에서 교토(京都)의 가츠라(桂) 강변을 비롯하여 우쿄구 우즈마사(右京區太秦) 등지로 집단 이주해온 하타씨가 이나리산의 제사권을 장악하면서부터이다. 4세기 이전에 이미 키타규슈의 부젠(豊前)으로 집단도래한 산철(産鐵) 씨족인 하

---

20) 그러나 '稻荷'의 어원에 대해서는 異說이 분분하다. 예를 들어, 原田敏明은 稻를 등에 짊어졌기 때문이 아니라 稻荷라는 곳에 神이 있기 때문에 稻荷大明神이라고 부르게 되었다고 주장한다(原田敏明, 「氏神としての稻荷社」 『宗敎と社會』, 東海大學出版會, 39쪽). 또한 高野進芳은 『市井雜談集』을 인용하여 稻荷山은 본래 山形이 밥(飯)을 그릇(器)에 가득 담은 모습인 '飯形'(イナリ)에서 어원이 유래했다는 說을 소개한다(高野進芳, 「稻荷神 の習合と 俗信」 『朱』第十四号, 1972, 49쪽).

21) 肥後和男, 「稻荷信仰のほじめ」 『稻荷信仰』, 直江廣治 編, 雄山閣, 1997, 6쪽.

타씨는 가와라타케(香春岳)에서 철의 생산권을 장악하고 우사(宇佐)에 진출하여 우사하치만궁(宇佐八幡宮)을 세울만큼 세력을 크게 확장했다.[22](正倉院文書인『豊前國戶籍帳』에 의하면 당시 하타(秦)氏는 부젠국 총인구의 93%를 차지했다고 한다.) 그 뒤 이들의 세력은 하치만신 신앙권을 야마토까지 어렵지 않게 확대할 수 있었고, 기즈가와(木津川)를 따라 양잠과 견직기술을 확장하면서 이미 야마시로(山城國)까지 펼칠 수 있었다. 이곳에서 이들은 재력과 정치력을 발휘하여 제사권을 장악(=稻荷神의 氏神化)한 뒤 이어서 양잠·견직업을 통한 상업권의 확대에 따라 이나리신도 상공업의 수호신으로서 신격을 가미하여 신앙권을 확장했다.

제2단계는 이나리신앙이 쿠우카이(空海)의 진언밀종(眞言密宗)과 제휴하면서부터이다. 전설에 따르면 경영자로서 탁월한 수완을 가진 쿠우카이가 823년 사가(嵯峨)천황에게 하사받은 동사(東寺)의 건립시 문전에서 문득 만난 할아버지를 이나리신으로 여겨 그에게 동사의 진수를 권청했다는 것이다. 그러나 진호국가의 도장으로 키워야 할 그 절의 입장에서 보면 이나리의 신앙권 안에서 큰 절을 건립해야 할 쿠우카이가 오히려 그 지역의 협조와 지원이 절실하여 이나리신을 찾았을 것이다. 쿠우카이는 816년 고야산(高野山)의 땅을 하사받고 금강봉사(金剛峯寺)를 지었을 때도 현지인들의 도움을 얻기 위해 지주신으로서 니부노츠히메노카미(丹生都姬賣神)을 매우 중요시했던 적이 있기 때문이다.

이러한 상호협력의 필요성은 이미 하타씨의 씨사화된 이나리사(稻荷社)의 입장에서도 마찬가지였다. 그것은 국가적 대사(大寺)인 東寺와 협력함으로써 국가적 관심과 보호속에서 이나리본사로서의 지위도 더욱 공고히 할 수 있기 때문이다. 그러나 그것보다도 더욱 중요한 이점은 동사(東寺)의 밀교적·주술적 신앙과 연결하여 민중의 정서와 요구에 부합한 신앙형태로 거듭난 면모로써 그 신앙권을 획기적으로 넓히게 되었다는 데 있다.

---

22) 李光來, '일본고대의 신화적 습합현상으로서 八幡神信仰에 관한 연구', 『日本歷史研究』第十一輯, 2000, 47쪽.

제3단계는 근세중기 이후 이나리신도 탁선신·야시키노카미(屋敷神) 등 여러 가지 유형의 유행신(流行神)으로서 신앙하게 되면서부터이다. 미야 타 노보루(宮田登)는 (「江戶町人の信仰」에서) 다양한 요구에 따라 달라진 그 신앙형태를 농업신형·성지형·토지신형·가옥신형(屋敷神型)·악령 형(憑きもの型) 등 다섯 가지 유형으로 분류한다. 당시에는 농촌뿐만 아니 라 에도의 시중에도 가장 많은 신사 가운데 하나가 이나리신사였다. 예를 들어, 1679년 토요토미 히데요시가 실시한 검지(檢地)의 결과를 보면 에도 와 그 근교에 새로 건립된 신사 111사 가운데 하치만사(八幡社)가 55사로 가장 많았지만 이나리사(稻荷社)도 28사나 되었다.[23]

이상에서 보듯이 이나리신앙은 에도시대를 지나면서 전국으로 빠르게 보급되어 19세기에는 각종 신사 가운데 가장 많은 숫자를 차지하게 되었 다. 이러한 사정은 오늘날에도 마찬가지이다. 후시미이나리대사(伏見稻荷 大社)[24]를 본사로 하여 '正一位稻荷大明神安鎭之事'라는 분령증서를 받은 전국의 분령사(分靈社)만도 4만개 이상이며, 야시키노카미(屋敷神)나 집안 의 카미다나(神棚)에 제사하는 이나리사를 포함하면 적어도 5만개 이상에 이를 정도로 이나리신앙은 오늘날 일본의 대표적인 민중신앙이 되었다.

3. 이나리신화는 왜 습합신화인가?

습합은 일종의 문화변용(cultural acculturation)이자 문화융합(cultural meta-morphosis) 현상이다. 그것은 문화적 지배소(cultural dominant)에 의해 타율적 으로 이뤄질 때도 있지만 문화소(文化素)들 간의 상호분유(cultural participation)와 공존의 필요성에 따라 자율적으로 이뤄지기도 하기 때문이다. 전

---

23) 西担晴次,「稻荷信仰の諸相」『稻荷信仰』(直江廣治 編), 171~172쪽.
24) 伏見稻荷大社에 대해서는 『神道史學』 제5집(1954, 7)이 특집호를 낼만큼 敗 戰後에 더욱 큰 관심을 보여왔다. 伏見稻荷大社에서도 이를 반영하듯이 1967년 2월에 稻荷神과 稻荷信仰에 관한 것을 체계적으로 연구하기 위해 전문학술지 『朱』를 창간하여 지금에 이르고 있다.

자가 주로 위로부터의 습합이라면, 후자는 아래로부터의 습합이다. 전자가 대개 정치적 이데올로기나 통합원리로서 작용하는 문화소에 의해 이뤄진다면 후자는 사상·종교·예술·민속 같은 비정치적 문화소에 의해 이뤄진다. 물론 양자가 함께 작용하여 중층적·복합적 습합을 이루는 경우도 적지 않다. 이러한 사정은 이나리신앙이나 이나리신화의 경우에도 마찬가지이다.

1) 문화변용체로서의 이나리신화

우선 『일본서기』와 『고사기』를 통한 이나리신화의 습합양상을 살펴보자. 기기신화에는 두 종류의 도작기원 신화가 기록되어 있다.

하나는 『일본서기』(천손강림장, 一書 二)에 있는 강림형 신화로서 아마테라스 오오마카미가 아들 아메노오시호미미노미코토(天忍穗耳尊)에 대신하여 지상에 내려온 천손 니니기노미코토(瓊々杵尊)에게 벼이삭(稻穗)을 수여했다는 기록이 그것이다. 다시 말해 이것은 천상의 지배자인 모신이 지상의 지배자인 자식(孫)에게 그 식료로서 천상에서 만든 '성스러운 벼이삭(稻穗)'를 수여했다는 것으로서 벼에 대한 이데올로기적 신화화의 전형인 셈이다.

다른 하나는 기기신화에 모두 나타나는 사체화생형(死体化生型) 신화이다. 예를 들면, 보식신인 오오게츠히메(大氣都比賣)라는 여신이 타카마가노하라(高天原)에서 이즈모(出雲)에 부임한 스사노오노미코토(須佐男命), 또는 츠키요미노미코토(月夜見尊)에게 향응을 베풀기 위해 코나 입, 궁둥이(尻)에서 식물(食物)을 나오게 했다. 이것을 본 스사노오노미코토는 화가 나서 그 여신을 죽여버렸다. 그러자 그 여신의 사체의 두 눈에서는 벼(稻), 두 귀에서는 좁쌀(粟), 코에서는 팥(小豆), 음부에서는 보리(麥), 그리고 궁둥이(尻)에서는 콩(大豆)이 나왔다는 것이다.

더구나 야요이시대 중기 이후부터 양잠·견직기술을 도입한 하타씨 집

단이 5세기 이후 재력을 통한 정치력을 발휘하여 이나리신앙의 핵심을 차
지하면서부터 양잠도 도작(稻作) 못지 않게 왕권의 상징적 수단이 되었고
기기신화 속에도 지배이데올로기를 상징하는 사체화생형 신화로서 습합
되었다. 보식신 오오게츠히메(大氣津比賣)에 관한 신화에서도 보았듯이
그녀의 사체 여러 부분에서 각종 음식물이 나왔지만, 그것만이 아니라 그
녀의 머리에서는 누에(蠶)가 나왔다고 하여 기기신화가 쓰여질 당시에는
이나리신화 속에 도작 뿐만 아니라 양잠도 그 신화소(神話素)로서 자리잡
고 있었음을 보여주고 있다. 특히 『일본서기』에는 츠키요미노미코토(月夜
見尊)에게 참수된 우케모치노카미(保食神)의 이마에서는 좁쌀이, 눈썹에서
는 누에(蠶)가, 뱃속에서는 벼(稻)가 나왔다는 기록이 있는가 하면, 천웅인
(天熊人)이 아마테라스 오오미카미에게 바쳤다는 기사 가운데는 입안에
누에를 물고 실을 뽑기도 했으며, 그로부터 양잠의 길이 열렸다는 기록도
있다. 그러나 이 신화들의 공통된 특징은 천신족이 지신족에게 수여한 벼
와 누에를 왕권의 상징으로서 도구화했다는 점이다. 특히 '聖스러운 벼이
삭'를 수여했다는 이야기가 더욱 그러하다. 아마테라스 오오미카미가 타
카마노하라에서 내려와 벼이삭(穗)을 지상의 아기(兒)[25]에게 수여했다는
내용은 잡곡재배형 농경사회에서 도작의 가치가 어느 정도였는지를 가늠
케 한다. 이것을 두고 사사키 코우메이(佐々木高明)는 "천손강림 신화의
일부를 구성하는 '天의 재정(齋庭)의 이삭형(穗型)' 신화는 한반도의 지배
자 강림신화(예를 들어, 단군신화나 김수로왕 신화 등)와 밀접히 관련된다.
그것은 아마도 5세기경 지배자문화의 일환으로 일본에 전해졌을 것이
다"[26]라고 하여 그 신화적 습합성을 분명히 하고 있다.

---

25) 신라의 三姓始祖 신화 가운데 하나인 金閼智 卵生神話에서의 '알' 또는 '알
　지'는 卵의 뜻이자 兒를 뜻하며, 씨앗(種)과 곡물도 뜻하므로 그것도 천황
　의 자녀를 의미하는 兒(みこ)와 같은 습합적 génotype을 발견할 수 있다.
26) 佐々木高明, 『日本文化の多層構造』, 259쪽. 이 점에 대해서는 張籌根도 "伽
　倻國 首露王의 天降卵神話는 王權祭儀로서의 변화양상이며 일본의 天孫
　降臨神話도 그것이 반영되고 수식된 신화"라고 하여 佐々木高明과 마찬가

2) 문화융합체로서 이나리신화

그러나 이상에서 보듯이 위로부터의 문화습합은 이나리신화를 민중신화로서 이해하는 데 장애요소일 수 있다. 그 신화를 대표적인 민중신화로 간주할 수 있는 신덕의 기초는 무엇보다도 서민대중의 현세적 축복을 지향하는 데 있다. 특히 이나리신화가 오늘날 민중신화로서 이처럼 발전할 수 있었던 것은 다음과 같은 세 가지 요인 때문이었다. 첫째는 후시미이나리사(伏見稻荷社)를 하타씨가 장악하여 씨사로 만들었다는 점, 둘째는 불교 가운데도 진언밀종과 습합했다는 점, 셋째는 이나리신의 사자로서 여우(狐)가 지닌 영력을 이용하여 민간신앙(俗信)과 습합했다는 점이다. 더구나 이나리신화는 두 번째와 세 번째 요인으로 이뤄진 다음과 같은 두 가지 습합양상을 통해 습합신화로서도 확고하게 자리매김했다.

첫째, 신불습합으로서 이나리신화—

습합을 가리켜 문화소의 분유(participation)라고 한다면 하타씨의 이나리사와 쿠우카이의 동사(東寺)간의 공존과 발전을 위한 결연, 즉 이나리신화와 진언밀교와의 습합이 대표적인 예 가운데 하나일 것이다. 칸무천황의 동생인 사와라신노(早良親王)가 하타씨에게 후지모리사(藤森社) 부지에다 이나리사의 건립을 권청한 것은 동사(東寺)의 건립보다 7년 빠른 817년이었다. 하타씨는 그 이전에 이미 씨사로서 우즈마사(太秦)에 고우류사(廣隆寺)—太秦寺라고도 함—를, 그리고 씨신사로서 마츠오사(松尾社)와 가모사(賀茂社)를 두고 있었지만 칸무천황의 헤이안천도를 주도해온 터이므로 벼의 혼이 깃든 이나리산(伊奈利山) 기슭에 이나리사의 건립을 권청한 것

지로 그 신화의 이데올로기적 습합성을 주장하고 있다(張籌根, 『한국의 신화』, 집문당, 1998, 274~275쪽). 또한 記紀神話의 蠶神信仰에 대해서도 고쿠부 나오이치(國分直一)는 그것이 한반도의 군주나 영웅의 卵生譚과 같다고 하여 그 습합성을 간접시인하고 있다(國分直一, 『日本文化の古層』, 161쪽).

은 당시로서는 당연한 일이었을지도 모른다. 이렇게 하여 하타씨의 씨사가 된 이나리사는 신계(神階)가 종5위하(從五位下)→종5위상(從五位上)→종4의하(從四位下)로 수직 상승하여 852년에는 처음으로 그곳에서 기우봉폐(祈雨奉幣)가 거행되는 국가신사의 지위로까지 격상하게 되었다.

또한 불교의 번창을 위해 806년 사이쵸(最澄)가 칙허(勅許)를 받아 히에이산(比叡山)에서 천태종을 개시할 때도 하타씨의 지원없이는 연력사의 건립을 생각할 수 없었듯이 동사(東寺)의 건립에 하타씨와 이나리사가 깊이 연관되었으리라고 짐작하기는 어렵지 않다.[27] 예를 들어, 쿠우카이(空海)가 동사의 문전에서 벼를 짊어지고 있는 노인을 만나 그가 신임을 깨닫고 동사의 진수로서 제사하기 시작했다는 설화나 옛부터 稲荷祭가 거행될 때마다 미코시(神輿―신을 모시는 가마)가 동사에 들려 공양을 받아왔다는 사실들이 그것이다.

그러나 이것은 양자간의 단순한 결연이 아니라 神과 佛의 종교적 습합임이 분명하다. 더구나 827년 쥰나(淳和)천황이 병이 들자 점보기 위해 이나리사에 있는 나무를 베어 신목으로 사용했을 뿐만 아니라 그의 치병을 위해 동사에 세울 탑목으로 이나리사의 나무를 사용하자 완쾌했다는 『류취국사』(類聚國史)의 기록도 이처럼 가지기도(加持祈禱)를 중심으로 하여 귀족들에게 신불교로서 환영받던 진언종의 위력을 과시하는 것이라기 보다 이나리사와 진언종 모두의 필요에 의해 이뤄진 문화융합현상이었다.

이를 두고 동사의 입장에서 보면 한편으로 그것은 사찰의 건립지가 하타씨와 이나리신앙의 세력권 한 가운데에 있었기 때문이고, 다른 한편으로는 히에이산의 연력사와 대항의식을 가지고 있었기 때문에 연력사의 히에사(日吉社)에 대해 이나리사와의 결연이 필수적이었을 것이다. 또한 이점은 이나리사의 입장에서도 마찬가지이다. 이나리사의 입장에서 보면 우선 국가적 대사인 동사(東寺)와 결연하는 것이 관사(官社)가 되어 조정의

---

27) 西田長男, 「稲荷社の起源」『稲荷信仰』(直江廣治 編), 244쪽.

신임을 얻는 지름길이라고 믿었기 때문이며, 이나리신앙을 민중에게 널리 보급하기 위해서는 교학적이고 철학적인 연력사의 천태종보다 밀교적이고 주술적인 동사의 진언종과 결연하여 치병·탁선·발원(願掛)·예조(豫兆)와 같이 현세이익을 위한 습합적 요소를 분유하는 것이 무엇보다도 중요하다고 판단했을 것이기 때문이다. 현교(顯敎) 사찰인 연력사가 지주신으로서 히에사의 원숭이(猿)를 내세운 데 반해 밀교(密敎) 사찰인 동사는 이나리사의 여우(狐)를 지주신으로 내세운 것도 마찬가지 이유에서였다. 이것은 원숭이의 양기보다 여우의 음기가 더욱 신비스런 神의 효험을 사람들에게 전해준다고 믿었기 때문이다.

그 밖에 신불습합의 전형인 본지수적설(本地垂迹說)을 이나리신화에 적용하여 또 하나의 본지수적설을 만들어낸 경우도 있다. 본지수적의 유래를 설명하는 『제신본회집』(諸神本懷集)이나 진언종사원의 『과거장』(過去帳)에 의하면 이나리와 여의륜(如意輪)을 연결하여 여의륜관음(如意輪觀音)을 '이나리의 본지불'로 간주하기에 이르렀다. 이 관음은 관음경의 근본관음의 묘용을 표현하기 위해 태어난 신격이라고 하여 진언밀교의 행자는 이 관음을 또 하나의 본존으로서 여기게 되었다. 특히 중세초 이후 관음신앙이 유행하면서 이 관음도 육관음(阿彌陀·千手觀音·如意輪觀音·法波羅密·金剛法·大威德) 가운데 하나가 되었지만 번영재보와 복덕지혜를 내려준다는 속신적 신덕 때문에 민중의 마음을 사로잡아 결국 종래의 이나리신앙과도 쉽게 습합할 수 있었다.[28]

둘째, 신신습합으로서 이나리신화 ―

神과 佛이 습합한 신불습합을 분유적 습합(participated metamorphosis)이라고 한다면, 신신습합은 이나리신앙이 다른 속신과 습합한 것이므로 내재적 습합(immanent metamorphosis)이라고 할 수 있다. 천신신앙과의 습합

28) 高野進芳,「稻荷神の習合と俗信」『朱』第十四号, 1972, 53～54쪽.

은 물론이고 일종의 영수(靈獸)신앙인 여우를 호신(狐神)으로 숭배하는 호신신앙과의 습합이 이에 해당한다. 특히 신신습합의 전형이라고 할 수 있는 호신신앙의 습합양상을 살펴보면 다음과 같다. 첫째는 식물신으로서의 호령신앙과의 습합이다. 옛부터 농경의례를 중시해온 농민들은 봄에 경작이 시작되면 밭(田)의 神을 마을이나 들로 불러들였고, 가을의 수확기가 되면 이 神도 산으로 되돌아간다고 믿어왔다. 즉, 봄에 산(山)의 神이 내려와 '밭의 神'이 되고 가을에는 산으로 되돌아가 '산의 神'이 된다는 것이다. 이 때 '밭의 神'을 가리켜 그들은 식물신(食物神)으로서 '보증인의 신'(請ケの神)이라고 부른다. 후시미이나리사도 사실은 처음부터 밭의 신제를 올리던 전중신사(田中神社)를 포섭함으로써 '밭의 神'에 대한 신앙을 기초로 하여 다른 신앙과 습합한 곳이었다.

그러면 많은 동물들 가운데 왜 여우(狐)가 밭의 神, 또는 이나리의 사령(使令)으로서 선택된 것일까? 야나기타 쿠니오는 여우에 대한 생태학적 가설을 제시하여 밭의 神과 여우와의 관계를 설명한다. 즉, 여우는 다른 동물과는 달리 사람의 눈에 띄어도 달아나지 않고 서서 사람과 눈을 마주친다는 점에서 여우를 밭의 神의 사령으로 믿게 되었으며, 나아가 밭의 神이 오히려 여우에게 몸을 맡긴 것이라고 믿게 되었다는 것이다. 그는 특히 가을에서 겨울로 계절이 바뀔 때 여우가 사람의 눈에 잘 띄는 동작을 한다고 하는데, 이 때 여우가 산에서 마을로 내려와 논밭 주변의 음식물을 찾는 것은 새끼를 기르기 위해서라는 것이다.

그와는 달리 여우와 인간과의 오랜 교섭설(人狐交涉說)을 제시하는 이들도 있다. 다시 말해 남에게 커다란 은혜를 입은 어떤 젊은이가 행한 보은의 선행을 보고 탄복한 여우가 그 가정의 며느리로 둔갑하여 나타나 아들을 낳고 농사를 도우며 그 집을 부자로 만들었다는 호여방설화(狐女房說話)처럼 여우를 인간에게 호의를 가지고 은혜를 베풀어온 동물로 믿어왔기 때문이라든지(直江廣治), '밭의 神'의 실상을 본 적이 없는 농민들이 그 神과 마찬가지 역할을 한다고 믿어온 여우가 신찬전(神饌田)의 주위에

나타나는 것을 보고 '밭의 神'의 출현으로 간주하거나 이나리신의 사령이
나타났다고 믿어왔기 때문이라는 주장들이 그것이다(坪井洋文).

둘째는 여우무덤(狐塚)신앙과의 습합이다. 오늘날에도 여우가 살지 않
는다고 전해지는 사도시마(佐渡島)와 시고쿠(四國)를 제외하면 일본 전역
에 수많은 여우무덤(狐塚)이 분포되어 있거나 키츠네마츠(狐塚)라는 지명
을 사용하는 곳이 적지 않다. 그러면 이러한 여우무덤은 왜 생겨난 것일
까? 그것은 기본적으로 존신(尊神)들이 거의 모습을 보이지 않으므로 그
신령을 받기 위해서는 어떤 특정 장소(ミサキ)를 통하지 않으면 안된다는
생각에서 비롯되었다. 다시 말해 신령을 맞이하거나 제사지낼 곳이 필요
했다. 여우무덤의 경우도 마찬가지이다. 일찍이 여우를 밭의 神의 사령으
로 여긴 나머지 논 근처에 여우를 맞이하거나 제사지낼 무덤(塚)이 필요했
던 것이다. 그 제사장소에 상설건물을 짓지 않는 곳에서는 흙을 조금 높이
쌓아 그것으로 대신하는 곳이 있는가 하면, 오사카부(大阪府 飄單山)의 이
나리사처럼 아예 석실을 지어 여우를 기르는 곳도 있다. 또한 후쿠오카현
(神指村 西柳原)의 여우무덤은 길흉을 알리는 마을 사람을 도운 여우(助次
郎狐)를 매장했다고 하여 호령의 제사장소로, 이시카와현(石川縣 能美郡
御行村)의 여우무덤(狐塚)은 괴물고양이(怪猫)를 퇴치한 곳으로, 나라시(奈
良市 東山)에 있는 것은 괴화(怪火)를 꺼준 여우의 무덤으로 전해진다. 그
럼에도 불구하고 이것들은 모두 밭의 神, 여우를 제사지내는 제사장소임
에는 틀림없다.

셋째는 백호(白狐)신앙의 일종인 다키니텐(茶枳尼天)신앙과의 습합이다.
중세에는 일부 이나리사에서 진언밀교의 다키니텐(茶枳尼天)신앙과 습합
하여 속신화하기도 했다. 다길니(茶吉尼)나 타지니(咤枳尼)라고도 쓰이는
다키니는 천부에 속한 밤귀신(夜鬼)의 일종으로서 자신의 신통력으로 사
람들의 죽음을 6개월 전에 미리 알고 그 사람의 심장을 꺼내 먹는 라세츠
뇨(羅刹女)이다. 그러나 시간이 지나면서 불법을 수호하는 제천의 여성신
으로 신격화되어 이나리신과 습합하기에 이르렀다.

특히 다키니텐의 형상과 공덕을 그린 『다키니전타이경』(茶枳尼旃陀利經)의 도상을 보면 오른손에 칼을 쥐고 왼손바닥 위에는 보주(宝珠)를 올려놓았으며 머리에는 보주가 달린 관을 쓴채 백호를 타고 있는 여신상으로서 도요카와이나리(豊川稲荷, 愛知縣 豊川市) 신상과 거의 같은 모습이었다. 이렇듯 백여우에 대한 숭배는 다키니텐신앙에서 비롯되었음에도 불구하고 이나리신앙에서도 그것을 영수(靈獸)로 여겨 복신시해왔을 뿐만 아니라 신이 사령(神使)으로서 숭배하기도 했다. 그것은 이나리신이 백여우와 다키니텐과 그만큼 일찍이 습합했기 때문일 것이다. 그러나 다키니텐과 이나리신과의 습합은 불본신적의 신불습합이라기 보다 다키니(茶枳尼)라는 천부의 무녀신이 이나리신으로 수적한 것이므로 신본신적[29]의 신신습합이라고 해야 할 것이다. 이 습합과정에는 백호신앙이 génotype으로서 이미 내재화했기 때문이다.

Ⅲ. 이나리신화론에 대한 문제제기

"이나리신앙(稲荷信仰)은 일본민족만의 고유한 신앙인가?" "주변의 제 민족들에게서도 이와 유사한 신앙현상을 발견할 수 있는가?" 이것은 나오에 히로지(直江廣治)가 스스로 던진 질문이다. 이에 대해 그는 "이나리신사(稲荷神社)의 신앙형식은 한반도에서도, 중국에서도 그 예를 찾아볼 수 없다"[30]고 단언한다.

요시노 히로코(吉野裕子)는 「여우의 세가지 덕―이나리신으로서 여우」(狐の三德―稲荷神として狐, 『朱』第22号, 1978)에서 후시미이나리(伏見稲荷)의 여우(狐)는 하타씨에 의해 일본에 수용된 중국산 여우이며 중국의

---

29) 菅原信海, 『日本思想と神佛習合』, 春秋社, 1996, 13쪽.

30) 直江廣治, 『稲荷信仰』, 309쪽.

사상·문화·전승을 지닌 여우라고 지적한다. 동사(東寺)의 건립시 이나리산(稻荷山)의 신목(神木)을 벌목했다는 전승도 중국의 음양오행의 관점을 도입하면 설명이 가능하다는 것이다. 도모다 기치노스케(友田吉之助)도 「후시미이나리대사의 제신과 호신」(伏見稻荷大社の祭神と狐神, 『朱』第24号, 1980)에서 후시미이나라(伏見稻荷)의 호신신앙은 중국 진왕조의 호신신앙이 그 원류라고 주장한다. 특히 하타씨가 후시미이나리사(伏見稻荷社)의 창건에 관계된 점과 중국에서 온 귀화인인 홍법대사(弘法大師)가 중국의 철리인 음양오행사상으로 무장된 점이 이런 사실을 뒷받침한다는 것이다.

이상에서 제기된 세 사람의 견해는 이나리신화에 대한 근본적인 문제의 제기이므로 그것이 미치는 영향도 적지 않다. 더구나 이나리신화가 종교(神道)·사상·역사·민속·인류학(민족학)·농업사, 등 일본 고대문화의 여러 분야에서 차지하는 비중을 고려하면 이것은 더없이 중요한 문제일 수 있다. 논자가 세 사람의 견해에 대해 이의를 제기하려는 이유도 바로 거기에 있다.

1. 나오에 히로지의 주장에 대한 이의

말리놉스키(B. Malinowski)에 의하면 신화는 모든 문화의 불가결한 요소이며 끊임없이 재생하기 때문에 무엇보다도 문화형성적이다. 신화는 전통의 본질·문화의 연속성·과거에 대한 인간의 태도 등이 결합되어 그것의 기능을 다한다는 것이다. 이것은 신화의 기능이 문화의 유년기적 소산물을 계승할 뿐만 아니라 그것을 더욱 강화하는 데 있음을 의미한다. 이것은 신화의 형성에서 나타나는 시간적 계기성과 신화의 기능에서 작용하는 문화의 계승성을 지적하는 말이다. 신화의 이러한 시간적 연속성은 공간에서도 마찬가지로 작용한다. 토인비가 말하는 문화의 종착적 습합성이나 문화전파주의자들이 말하는 문화의 공간적 연속성도 신화 역시 종착지에 이를 때까지 문화의 이동경로에서 이탈할 수 없음을 의미한다. 예를 들어 인도유럽어족에 속하는 이란계 유목민인 고대 스키타이인의 천손강림 신화가 알타이어계 민족에게 수용되었고, 이것이 한반도를 거쳐 일본에까지 이르게 된 것이다.

이것은 도작농업 신화로서 이나리신화의 경우에도 크게 다르지 않다. 더구나 나오에 히로지가 그 신화의 기원을 도래집단인 하타씨의 씨사(氏社)인 후시미이나리사(伏見稻荷社)에서 찾으면서도 그 신앙형식만은 한반도와 중국 어디에도 없는 일본만의 것이라고 고집한다면 이것은 마치 모(矛=살촉)과 순(盾=방패)를 파는 초(楚)나라의 상인에게 구경꾼이 '당신의 살촉으로 당신의 방패를 찌르면 어떻게 되겠느냐'고 묻자 난처해진 경우처럼 서로 모순되는 주장을 하고 있는 셈이다.

2. 요시노 히로코·도모다 기치노스케의 주장에 대한 반론

요시노 히로코(吉野裕子)는 『음양오행에서 본 일본의 제사』(陰陽五行思想からみた日本の祭)에서도 보듯이 고대일본의 신화와 신앙을 예외 없이 중국의 음양오행사상으로 수렴시킨다. 그녀가 이나리신으로서의 여우(狐)를 중국산이라고 단정하는 근거도 거기에 있다. 또한 그녀가 이나리사(稻荷社)와 동사(東寺)의 신불습합마저도 오행사상에서 비롯된 것이라고 주장하는 것도 같은 이유에서이다. 논자는 이러한 논의의 근저에서 그녀를 억압하고 있는 음양오행설을 발견하는 듯하다. 뿐만 아니라 '돼지꿈을 꾸면 횡재수가 있다'와 같이 그녀의 논거가 기본적으로 범하고 있는 이른바 '선결문제요구의 오류'(fallacy of begging the question)도 어렵지 않게 발견할 수 있다. 또한 그것은 '권위에 의한 추론'(argumentum ad verecundiam)이라는 오류에도 빠져 있다. 이나리신화(稻荷神話)속의 여우를 중국의 음양오행사상과 전승에서 비롯된 것이라고 단언하는 경우가 그러하다. 더구나 후시미이나리의 여우가 하타씨에 의해 수용되었기 때문에 중국산이라는

단정은 앞에서 지적한 두 가지의 오류를 동시에 범하는 주장이 아닐 수
없다.

이러한 그녀의 독단이 미친 영향은 2년도 지나지 않아 그녀가 발표한
논문집인 『아케(朱)』에 실린 도모다 기치노스케(友田吉之助)의 글에 의해
더욱 강화된 논리로 나타났다. 도래인 하타씨는 중국 진시황의 후손이므
로 후시미이나리(伏見稲荷)의 호신신앙의 원류도 진왕조의 호신신앙이라
는 것이다. 그러나 이것은 일종의 '원인오인의 오류'(fallacy of the false
cause) 가운데서도 '사이비인과의 오류'를 범한 경우이다. 왜냐하면 한반도
에서 도래한 하타씨 집단이 정작 진왕조의 13대손[31]이라고 입증할만한 어
떤 사료도 존재하지 않는데도 심정적 인과성만을 주장하기 때문이다. 그
러나 히고 가즈오(肥後和男)는 이들이 진시황의 후손 운운하는 것을 애초
부터 믿을 수 없다고 하여 이들의 주장을 일축한다. 우에다 마사아키(上田
正昭)도 하타(秦)씨의 'ハタ'는 본래 고대신라어의 '바다'를 의미하므로 한
반도에서 건너온 바다사람(海人=외래인)을 의미하던 것이 그 이후 씨족
명[32]이 되었다고 주장한다. 『신찬성씨록』(新撰姓氏錄)에서 하타를 '波陀'
로 음차(音借)한 것도 그 때문이라는 것이다. 이 때 '陀'는 고대음으로는
탁음 'ダ'로 발음되기도 했다. 설사 하타씨가 진왕조의 망명객이라고 할지
라도 진(秦)의 멸망은 BC. 207년이므로 일본으로 도래하기까지 700년이나

---

31) 이렇게 주장하는 근거는 고작해야 "우즈마사(太秦) 公인 스쿠네(宿禰), 진시
황 13세손, 孝武王의 후손이다"라는 『新撰姓氏錄』의 기록이 전부이다. 그러
나 이 기록은 815년에 나온 것이므로 秦王朝가 멸망한지 무려 1,022년만에
쓰여진 것이다. 우에다 마사아키(上田正昭)도 『歸化人』에서 『古事記』나 『日
本書紀』에도 秦人의 조상이 중국인 계열로 기술되어 있는 대목은 어디에도
없다고 주장한다.

32) 일본고대의 氏族名은 蘇我氏나 紀氏처럼 地名을 따라 붙인 경우와 物部氏
나 大伴氏처럼 직업을 따라 붙인 경우로 나뉜다. 처음에는 지배·피지배
관계를 기초로 하여 직업을 따르는 경우가 많았지만 직업의 세습제가 쇠퇴
하면서 지명(거주지명)을 따르는 경우가 대부분이었다. 그러나 秦氏는 이것
들 가운데 어디에도 해당되지 않았다.

한반도에서 살아왔다면 자연인류학상 그 출신을 중국으로 간주할 수 없다고 반박하는 이도 있다.[33]

또한 요시노 히로코와 도모다 기치노스케 양자가 주장하는 중국산 여우설에 대해서도 마찬가지이다. 나가노 가즈오(長野一雄)는 "호여방설화(狐女房說話)는 일본만이 아니라 중국과 한국에도 있다"고 하여 여우의 얼굴을 닮은 강감찬(姜邯贊) 장군의 탄생설화—산속에서 폭풍우에 길을 잃고 헤메던 청년이 빈집에서 피신하던 3일간 동거했던 미녀(狐)로부터 얻은 아이—를 그 예로서 들고 있다. 뿐만 아니라 그는 여우가 미녀가 되어 결혼한 후 자식을 낳았다는 중국의 호여방설화(狐女房說話)로서 『당대전기집』(唐代伝奇集)에 나오는 「임씨이야기」(任氏の物語)도 예로서 제시하고 있다.[34]

Ⅳ. 결 론

스즈키 나오(鈴木尙)는 일본인의 골격형태가 급격히 변화한 것은 죠몬시대에서 전환한 야요이시대와 봉건사회에서 근대문명사회로 전환한 메이지시대 등 두 번에 걸쳐 일어난 것이라고 주장한다. 그러나 메이지시대와는 달리 야요이시대의 급변은 식량이나 사회변동적 요인보다도 수많은 도래인과 그들에 의해 계속된 혼혈이라는 유전적 요인이 결정적이었다. 즉 새로운 génotype에 의한 변화였다.

"그러면 야요이시대 이래 BC. 3세기부터 7세기까지 어느 정도의 도래인이 일본에 건너왔을까?" 이러한 의문에 대해 하니하라 카즈로(埴原和郎)는 이른바 '백만인 도래설'을 주장한다. 그 기간에 일어난 비정상적인 인구증

---

33) 井上滿郎, 『古代の日本と渡來人』, 明石書店, 1999, 107쪽.
34) 長野一雄, 「狐女房と稲荷信仰」 『朱』 第二十六号, 1982, 3쪽.

가율이 이를 입증한다는 것이다. 세계에서 여러 초기 농경문화를 가진 사람들의 인구증가율은 평균적으로 연간 0.1%였지만, (小山修三의 추정에 의하면) 죠몬말기에 8만여명에 불과했던 인구가 천년 사이에 5백수십만이 되어 연간 0.4%의 증가율을 나타냈다는 것이다. 이런 수치로 계산한다면 그 사이에는 백오십만 정도의 도래인이 한반로부터 집단적·지속적으로 이주해왔다는 것이다.

이것은 '야요이유신'이라고 부를만큼 고대일본사회의 정치·경제·사회적 변화를 가져온 주체가 누구였는지, 그리고 그 주류문화가 무엇이었는지를 이해하고 설명할 수 있는 기본적인 단서일 수 있다. 도작농경의 도래와 그것으로 인한 도작사회와 문화의 형성을 이해하는데도 마찬가지이다. 물론 야나기타 쿠니오처럼 도작의 경로로서 남방도래설을 고수한 이가 있는가 하면 야스모토 비덴처럼 한반도에서 남하해왔다기 보다는 중국의 양츠강 남쪽에서 규슈방면에 직접 도달했다고 주장하는 이도 적지 않다.

그러나 도쿄대학 의학부의 도쿠나가 가츠시(德永勝土)의 백혈구형에 의한 일본인의 기원을 밝히는 이른바 유전학적 génotype 조사(北京小兒病院, 中日友好病院과 공동)의 결과는 그러한 주장들을 뒷받침해주지 않는다. 소위 HLA(Human Leucocyte Antigen)이라는 인체의 단백질항원의 조합에 초점을 맞춰 일본과 인접국의 분포를 조사함으로써 일본인과 공통의 선조를 가진 집단이 누구였는지를 알아낼 수 있었기 때문이다. 그의 조사결과에 따르면, 일본인에게 가장 많은 A유전자 24型, B유전자 52型, DR유전자 24型의 분포는 ①중국북부→한반도 루트, ②한반도→일본연해 루트, ③중국남부→대만→오키나와 루트, ④중국남부→한반도→기타규슈(北九州) 루트 가운데 ②, ④루트가 가장 많았던 데 비해 ③루트에서는 매우 낮은 수치밖에 발견되지 않았다.[35]

---

35)『朝日新聞』, 1990, 4월 16일자 ;『モンゴロイド』, 1990, No.4, 春季号.

한편 이처럼 DNA그룹에 의한 유전학적 génotype의 분포와 루트의 해명은 일본인의 기원과 동아시아인의 이동경로를 밝혀주는 과학적 근거인 동시에, 그것은 인간과 더불어 이동하면서 형성하는 동아시아문화나 일본문화의 습합경로를 밝힐 수 있는 중요한 근거자료가 되기도 한다. 특히 그것이 일본의 민중신화의 원형인 이나리신화의 '습합을 해명하기 위한 génotype으로서 벼(稻)'의 루트를 해명해주는 더욱 결정적인 단서가 될 수 있기 때문이다. 다시 말해 이나리신화에까지 이르는 '도작의 道=도작문화의 道=도작신화의 道'에 대한 해명도 거기에서 출발해야 하기 때문이다.

독일의 실존철학자 칼 야스퍼스(K. Jaspers)는 하타씨의 씨사(氏寺)였던 고우류사(廣隆寺)에 있는 일본국보 제1호로서 신라에서 건너온 '미륵보살반가사유상'(彌勒菩薩半跏思惟像)을 보고 다음과 같이 감탄한 바 있다. "나는 이제까지 철학자로서 인간존재의 최고로 완성된 표징으로서 여러 모델을 접해 왔습니다. 고대 그리스 신들의 조각상도 보았고 로마시대에 만들어진 많은 뛰어난 조각상도 본 적이 있습니다. 그러나 모든 것은 아직 완전히 초극되지 않은 지상적·인간적인 잔재가 남아 있습니다. 이지와 미의 이상을 표현한 고대 그리스신들의 조각상에도 지상적인 오점과 인간적인 감정이 어딘가에 남아 있습니다. … 그런데 이 광륭사의 미륵상에는 실로 완전히 완성된 인간실존의 최고이념이 남김없이 표현되고 있습니다. 그것은 지상에 있는 모든 시간적인 것, 속박을 초월해서 도달한 인간존재의 가장 청정한·가장 원만한·가장 영원한 모습의 상징이라고 생각합니다."[36]

그러나 안타깝게도 이 미륵상 앞에 세워진 비석에는 "스이코천황 11년(603)에 쇼토쿠태자가 진시황제의 마지막 후손인 하타노 가와카츠(秦河勝)에게 존상(尊像)을 주었다"고 새겨져 있다.

---

36) 金達壽, 『일본열도에 흐르는 한국혼』, 동아일보사, 1993, 65~66쪽.

제5장

일본사상의 원형으로서
화(和)의 고고학

— 쇼토쿠(聖德)태자의 『헌법17조』를 중심으로 —

Ⅰ. episteme(인식소)로서의 화(和)

일본 문부성은 쇼와(昭和) 12년(1937) 3월에 펴낸 『국체의 본의』(國体の 本義)의 제4, 「和와 진실」(和とまこと)에서 국가 수립의 역사적 사실이라든 가 발전의 흔적을 살펴볼 때, 항상 보이는 것을 和의 정신이라고 밝힌 바 있다. 또한 和는 개국때부터 제왕의 대업에서 나온 것이며, 역사생성의 힘 과 더불어 일상생활에서 벗어나지 않는 인륜의 길이다. 和의 정신은 만물 융합위에 성립한다고도 규정한 바 있다. 다시 말해 和는 만물의 일체를 형 성하는 대화(大和, 다이와)라는 것이다.

쇼와시대의 대표적인 철학자 와츠지 데츠로(和辻哲郎)도 그의 저서 『일 본윤리사상사』(日本倫理思想史, 1951)에서 和를 공동체적 원리이자 윤리 적 합일로서 간주한다. 뿐만 아니라 오늘날 우익정치가의 상징인 나카소네 야스히로(中曾根康弘)도 교육개혁을 위해 설립한 「임시교육심의회」의 『임교심소식』(臨教審消息) 제5호(1985)에서 和는 일본사회의 구성원리의 중심이며, 和의 도덕이 일본역사에서 일관되게 이어진다고 주장한다.

이러한 和의 정신, 야마토타마시이(大和魂)의 출처는 어디이고 원형은 무엇인가? 『일본서기』는 그것을 스이코천황 12년(604)에 쇼토쿠(聖德)태자 (574~622)가 제정한 『헌법17조』(憲法17條)에서 찾는다.[1] 『국체의 본의』도 특히 국민상호의 和를 가르침에 있어서 그 근본을 『헌법17조』가 제시하는 화(和=やわらか)의 정신에서 구해야 한다고 규정하는가 하면, 와츠지 데 츠로도 「쇼토쿠태자의 헌법에 나타난 인륜적 이상」에서 인륜적 합일을 실 현하고 공동체를 형성하는 원리를 17개조 가운데 특히 제 1조에서 찾는 다. 그는 이것이 군신상하의 화, 민중의 화 등 상호관계 일체의 화이므로 국가의 근본적인 의의이자 존재이유가 되어야 한다고 주장한다.[2] 이러한 화의 정신은 일본의, 그리고 일본정신의 토대이자 전형이라는 것이다. 무 엇보다도 이것은 오늘날까지 일본정신의 가장 중요한 유전인자로서 작용 하고 있기 때문이다.

이상의 몇가지 논거만 보더라도 『헌법17조』는 일본사상의 원형을 논의 하는 단서일 뿐만 아니라 그것에 이르는 통로가 아닐 수 없다. 논자가 다 름아닌 『헌법17조』에서 일본사상의 원형을 파악할 수 있는 episteme(認識 素)를 찾으려는 이유도 거기에 있다. 일본사상의 원형이 형성되던 아스카 (飛鳥)시대에 문화전체의 기저가 되는 인식의 계이자 문화적 구조를 가능 하게 하는 하부요소, 즉 에피스테메가 바로 거기에 있기 때문이다. 에피스 테메란 지식의 공간에 배치된 경험의 근본적인 존재양식, 역사적 과정에

---

1) 오늘날 대표적인 우익의 철학자인 우메하라 타케시(梅原猛)는 和의 근원을 聖德太子이전으로 거슬러 올라가 죠오몬(繩文)期의 사상적 고유성에서 찾으 려 한다. 한편 여러 가지 이유에서 『憲法 17條』의 僞作가능성을 제기하는 이들도 끊이지 않는다.
2) 和辻哲郎, 『日本倫理思想史』(上卷), 岩波書店, 1989, 136~137쪽.

내재해 있는 구조의 필연적 체계이거나 일정한 시대의 특징적인 지식과
눈에 드러나는 역사의 줄거리를 가능하게 하는 조건의 총체이다.3) 한 마
디로 말해 그것은 한 시대의 문화나 사상 내부에서 전체의 구조를 이루는
근저적인 지적 요소이다. 예를 들어 『헌법17조』와 그것의 핵심이 되는 和
의 정신이 아스카시대의 바로 그것이다. 정치·사회·문화 전반에 걸쳐
和의 정신은 새로운 질서를 구성하는 일본 고대사회의 무의식적 골조로서
그 밑에 누워 있는 것이다.

Ⅱ. 신불변증법적 산물으로서의 쇼토쿠태자

변증법의 이항대립구조는 긴장과 투쟁으로서 성립된다. 또한 그것의 진
행이 지양이라면 그것의 결과는 종합이다. 애니미즘적이고 샤머니즘적인
일본의 고대 신도사회에 백제에서 들어온 외래종교, 즉 불교의 쇼크는 기
존의 사회와 토착종교를 긴장시킬 뿐만아니라 그것과 투쟁하지 않을 수
없게 한다. 신도에 대해 불교는 안티테제임이 분명하기 때문이다. 그러나
신불의 대립과 투쟁은 일방의 지양과 승리로 끝나지 않는다. 그것은 오히
려 혼교와 조화로, 차용과 종합(syncretism)4)의 방식으로 습합5)된다. 나아가

---

3) 미셸 푸코, 『말과 사물』, 李光來 譯, 民音社, 1989, 19쪽.

4) Syncretism은 서로 다른 철학이나 신학을 절충하거나 결합하여 새로운 이론
   이나 교리를 형성하려는 시도를 가리킨다. 역사적으로 西洋에서는 1세기에
   서 5세기까지 신플라톤주의자들의 異教統一의 시도를 들 수 있다. 1세기경
   알렉산드리아 등지에서 유태교의 신학자들은 플라톤 철학을 借用하여 神의
   개념을 설명하는가 하면, 신플라톤주의를 대표하는 Plotinus도 플라톤 철학
   이 기독교 정신과 어떻게 일치하는지, 또는 윤리적·종교적 영역에서 어떤
   유사성을 갖는지를 밝히려 했다. 5세기의 Augustinus도 플라톤의 天地開闢說
   과 기독교의 天地創造說의 유사성에 주목하여 플라톤의 '이데아'와 기독교
   의 '存在根據'를 일치시켰다. 그는 야훼神이 모세를 이집트에 파견할 때 「나
   는 존재하는 그로다」(Ego sum qui sum)라는 성경 구절에서 '항상 존재하는

그것들은 쇼토쿠태자의 더 큰 和의 구조속에서 종합되는 것이다.

『일본서기』에 의하면, 일본에 불교가 공식적으로 전래된 것은 킨메이(欽明)천황 13년(552)[6]이다. 백제의 성명왕(聖明王)으로부터 불상과 불구 및 경전이 도입된 것이다. 2년 뒤에는 율사(律師)·선사(禪師)·비구니를 비롯하여 사찰건축기술자·기와공·주물공·화공(畵工)까지 파견된 바 있다. 그러나 이것은 단순한 종교 전래의 문제가 아니다. 이것은 일본인의 종교적·문화적 쇼크나 갈등의 문제가 아니라 통치이데올로기의 문제인 것이다. 불교는 그것의 발생과정에서부터 <위로부터>의 종교였을 뿐만

자'가 바로 플라톤의 '불변하는 존재'라고 생각했다. 이처럼 초기 기독교에는 이미 그리스철학 특히 플라톤철학이 절충·결합되어 새로운 重層的 敎理와 信仰이 형성되고 있었던 것이다.

日本에서는, 佛敎가 傳來되면서 神道와 佛敎가 서로 折衷·綜合하는 神佛習合이 이뤄졌다. 특히 佛敎가 도래한 초기의 習合 양상은 佛을 本地로하여 神이 垂迹(權現)했다는 本地垂迹說이 우세했지만 度合神道에 이르러서는 神本佛迹說, 즉 神道優位說로 뒤바뀌었다. 하지만 오늘날까지 이어지는 일본인들의 神佛의 Syncretism 또는 重層信仰은 여전하다.

5) 習合은 서로 다른 學說이나 교리를 折衷·調和시키는 일을 의미한다. 예를 들어 日本에 佛敎가 渡來할 당시 佛敎는 신을 제사하는 神事로서의 고유 신앙과 충돌했지만, 점차 양자가 倂立을 넘어 折衷·融和함으로써 神佛習合을 이루었던 것이다. 구체적으로, 神社와 사찰의 성질을 겸비한 神宮寺가 伊勢, 宇佐 등지에 창건되고, 八幡大菩薩이나 大宮權現과 같이 神에다 보살의 칭호를 붙이는 混交와 융화가 나타난 것이다. 또한 山을 聖地로 삼아 山에 들어가 山神을 맞이하는 日本 고유의 민족 신앙의 기반위에 밀교적인 불도사상과 도교적인 주술 사상이 가미된 또 다른 神佛習合의 종교현상으로서 修驗道가 생겨난 것도 마찬가지의 사례다.

6) 『日本書紀』는 552년(壬申)에 백제 聖明王이 使者를 통해 金銅釋伽像등을 전해했다고 기록하고 있으나 『元興寺伽藍緣起』나 『上宮聖德法王帝說』에 의하면 583년(戌午)에 불교가 전래되었다 하여 14년의 차이를 보이고 있다. 이것은 聖明王의 즉위에 관한 『三國遺事』의 기록(513년)과 역대왕들의 治政年數에 의한 계산(527년)차이에서 비롯된 것이다. 오늘날 일본에서는 불교가 공식적으로 전래된 해에 대해 戌午說을 따르는 경향이 두드러진다. 未木文美土, 『日本佛敎史』, 新潮社, 1992, 12~13쪽 참조.

아니라 일본에의 전래과정 또한 두 국가간의 권력상징적 교환물이었기 때문이다. 일본과 백제간의 권력관계의 상징체계로서 발생된 '문화적 우세종'(cultural dominant)의 부자연스런 이동은 주는 쪽보다 받는 쪽에서 겪게 될 혁명적 변화의 불가피성을 예견하기 어렵지 않다. 특히 지배계층간에 이동된 문화적 우세종이 열등한 정치·문화공간을 필연적으로 변혁시키는 것은 시간문제에 불과하기 때문이다. 사실상 야마토조정에 들어온 백제의 불교가 그러하다. 단순한 종교로서만이 아니라 당시 최고의 문화적 상징인 백제의 불교는 야마토조정을 발효시킬 효모이자 그곳에 던져진 정치문화적 다이너마이트였다 해도 과언이 아니다.[7]

정치이념과 종교의 분리가 불가능했던 야마토조정에 불교의 수용문제는 일시에 조정의 지배계층을 찬반진영으로 양분시키는 혼란을 야기시켰다. 킨메이(欽明)천황이 불상에의 예불여부를 신하들에게 물으면서 소가(蘇我)와 모노노베(物部) 양대 진영간에 잠복해 있던 권력투쟁이 표면화된 것이다. 대륙문화의 수용에 적극적이었던 소가씨는 본래 5세기 초부터 백제로부터의 도래인이 많이 살던 카와치(河內)에 근거지를 두고 있었기 때문에 한반도의 새로운 문명과 정세에 비교적 밝은 진보적인 가문이었다. 게다가 그들은 황가의 외척으로서 조정의 재정을 담당하는 신흥황족이었다. 이에 반해 오랜 토착가문의 모노노베씨는 군사·경찰·제사를 담당하는 보수적인 호족이었다. 따라서 모노노베씨가 완고한 배불의 입장을 취한 것은 당연한 일이었을 것이다.

백제와 외교에서의 실패 때문에 물러난 오오토모씨(大伴氏)를 대신하여 급격히 세력을 결집한 모노노베 오코시(物部尾輿)는 나카토미노카마코(中

---

7) 당시 백제로부터 불교를 전수받은 大和(야마토)朝廷은 결과적으로 볼 때, 정치이데올로기와 종교가 분리되지 않은 통치형태와 정치공간 속에 직접적인 정치적 지배보다 종교이념을 통한 간접적 지배가 어느 정도 철저한 파괴력과 변화가능성을 지닐 수 있는지를 가늠할 수 있게 한 실험공간이었다.

臣連鎌子)와 더불어 부처와 같은 '타국신'인 번신(蕃神, 아타시쿠노카미)을 모시는 것은 국신(國神, 쿠니츠카미)을 진노하게 하는 것이라 하여 반대했다. 그럼에도 킨메이(欽明)천황은 실험적으로 소가노이나메(蘇我稻目)[8]에게 예불을 허락했다. 그러나 소가노이나메가 죽은 이듬해(570)에 유행병으로 인해 많은 사람이 죽게되자 모노노베씨는 예불이 원인이므로 불상을 파기하도록 상소한다. 결국 그의 소(疏)대로 불상은 나니와(難波)의 호리에(堀江)애 버려졌고 절로 쓰이던 무쿠하라(向原)의 집도 소각되었다.

양대 세력에 의한 두 번째 파불사건은 2대째 이어지면서 계속되었다. 비다츠(敏達)천황 13년(585)에 이나메(稻目)의 아들인 우마코(馬子)는 카시와라(橿原)의 북쪽에 불탑을 세우고 법회를 열었다. 이때에도 공교롭게 역병이 만연하자 모노노베 오코시의 아들인 모노노베 모리야(守屋)는 소가씨의 예불 탓으로 돌렸다. 결국 비다츠천황의 파불(破佛)의 명에 따라 이번에도 모노노베씨는 불상을 태우기도 하고 나니와의 호리에에 버리기도 했다. 그러나 양대 세력간의 불교 수용문제를 둘러싼 대립은 부차적인 것이었다. 오히려 대립의 본질은 주인신 대 객인신, 초복신(招福神) 대 액재신(厄災神)간의 이른바 神들의 전쟁이 아니라 그것을 빌미삼아 정계의 주도권을 장악하려는 황족 대 호족들간의 권력투쟁이었다. 불교는 단지 야마토조정의 세속적인 권력욕망을 최대한으로 발효시킨 효모에 지나지 않았던 것이다.

585년 비다츠천황이 병사하자 황위계승 문제를 둘러싼 분쟁이 발생했다. 우선 소가노우마코의 강력한 지원하에 킨메이(欽明)천황과 소가노이

---

8) 『元興寺伽藍緣起』에 의하면, 蘇我稻目(?~569)는 河內의 石川(現, 大阪部南河內郡의 남반부)를 본거지로하여 천황의 재정관리를 담당했다. 그는 繼体天皇이 죽자 皇位계승문제를 둘러싼 분쟁을 틈타 중앙정계에 진출하여 大臣이 됐다. 그 뒤 그는 대신의 지위를 더욱 확고히 하기 위해 자신의 두 딸인 키타시히메(堅塩媛)와 오아네노기미(小妹君)를 欽明天皇의 妃로 만들고 外戚의 지위를 차지함으로써 大和朝廷에서 蘇我氏 專橫時代의 기초를 닦았다.

제5장 일본사상의 원형으로서 화(和)의 고고학 / 121

나메(蘇我稻目)의 큰딸 키타시히메(堅塩媛) 사이에 태어난 오오에노미코
(大兄皇子)가 요메이천황으로 즉위했다. 그러나 그가 즉위 2년만에 병사하
면서 이번에는 모노노베노모리야가 먼저 황위후보로서 킨메이천황과 소
가씨의 둘째딸인 오아네노키미(小妹君) 사이에서 태어난 두 황태자 가운
데 아나호베(穴穗部)를 추천한다. 그러자 소가노우마코는 587년 5월 아나
호베를 살해하고 그의 동생 하츠세베(泊瀨部)와 비다츠(敏達)천황의 아들
들과 요메이(用明)천황의 아들인 우마야도(厩戸 – 쇼토쿠태자)등 여러 황태
자들과 힘을 합해 모노노베노모리야의 본거지인 기누즈리(衣褶 – 現在, 東
大阪市衣褶)를 습격하여 그를 살해함으로써 모노노베씨(物部氏) 대 소가
씨(蘇我氏)의 오랜 정쟁에서 승리한다. 그러나 이렇게 해서 소가노우마코
에 의해 스슌(崇峻)천황으로 옹립된 하츠세베(泊瀨部)도 날이 갈수록 우마
코(馬子)와 정치적 알륵으로 반목하게 된다. 마침내 소가노우마코는 그마
저 살해하고 593년 비다츠천황의 황후였던 토요미케 카시키야히메(豊御食
炊屋姫)를 스이코천황으로서 등극시킨다. 즉위과정에서부터 꼭두각시에
불과한 스이코 여제(女帝)[9]는 조카인 우마야도(厩戸)를 '황태자'[10]로 정하
고 국정을 맡김으로써 일본역사상 최초의 '섭정'[11]이 시작된다. 결국 쇼토

---

9) 日本최초의 女帝인 推古天皇은 欽明천황의 셋째딸로서 그녀의 어머니는 소
  가노키타시히메(蘇我堅塩媛)였다. 어린시절 누카타베(額田部)皇女라 불렸던
  그녀는 敏達天皇의 妃로서 2남 5녀를 낳은 뒤 皇后가 되었지만 30세때 敏
  達天皇이 죽고 7년 뒤 崇峻天皇마저 蘇我馬子에게 암살당함으로써 皇室存
  亡의 위기에 이르자 女帝로서까지 옹립요청을 받는다. 그것은 그녀가 敏達
  皇后로서 皇室의 族長의 지위에 있었던 점도 있지만 무엇보다도 蘇我氏 所
  生이었다는 점이 가장 큰 원인이었을 것이다.
10) '皇太子'란 본래 다음 황위계승자에게 붙여진 호칭으로서 일본에서 천황생
  존시에 황태자를 결정하는 것은 大化改新(645)이후에 확립된 관습이므로 聖
  德太子에게 이 호칭이 부여된 것은 매우 예외적이다. 推古朝 이전부터 7세
  기 전반까지는 皇太子대신 '오오에'(大兄)라 불렸으므로 聖德太子의 皇太子
  칭호는 제도상 붙여진 명칭이라 할 수 없다.
11) 日本歷史는 聖德太子의 통치를 '섭정'이라 표현하지만 이것은 엄밀히 말해

쿠태자의 섭정에 이르러서야 야마토조정의 삼대를 걸쳐 50여년간 계속된 신불대결에 이은 보혁정쟁의 大파노라마가 끝난 것이다.

쇼토쿠태자의 국정의 양상은 신불의 모순대립으로부터 시작된 야마토 조정의 변증법적 발전을 이뤄내는 지양(aufheben) 과정자체였다. 본래 '지양한다'란 '부정한다', '고양한다', '보존한다'는 세가지 의미를 모두 포함한 용어이므로 이것은 변증법의 근본요소가 아닐 수 없다. 변증법적 발전 과정상 분열됐던 제요소는 서로 대립투쟁하고 내적으로 침투한다. 따라서 남은 것은 이전 그대로가 아니라 새로운 형식이 되고 새로운 사태에 동화된 재료로서 보존된다. 이것이 곧 지양이다. 대립투쟁·침투과정을 통해 고도로 발전된 사태가 성립될 때 분열되었던 제요소들은 그 통일과정속에서 지양되는 것이다. 사실상 쇼토쿠태자의 국정의 기본방향도 그것과 크게 다르지 않다. 그는 기본적으로 소가씨(蘇我氏)의 세력을 견제하고 천황의 권위를 고양시키려 노력하는 동시에 『관위십이계』(官位12階)와 『헌법 17조』를 제정하여 호족의 세력을 천황지배의 새로운 질서속에 재편입시킴으로써 대화의 덕치주의를 실현시키려했던 것이다.

우선 그는 내정개혁의 첫번째 작업으로서 스이코 11년(603) 『관위십이계』를 제정하여 관인의 새로운 질서를 창출해낸다. 그것은 기본적으로 조정에서 일하는 군신의 위계를 12단계의 관(冠)에 따라 구별하는 제도이지만 주로 기내(畿內)와 그 주변의 호족과 관인에 한해 부여되었다. 종래의 군신의 위계는 氏를 단위로 하여 씨의 직무나 정치적 지위 및 출신에 따라 부여되었을 뿐만아니라 그것이 그대로 세습되는 제도였다. 그러나 관위는 개인을 대상으로하여 가문과 관계없이 개인의 재능이나 공적에 따라 부여됨으로써 세습의 대상이 될 수 없는 당시로서는 혁신적인 열린 제도였다. 그것은 명칭에 있어서 「대덕·소덕·대인·소인·대예·소예·대

섭정이 아니라 정치적 '보필'(輔弼)이었다. 왜냐하면 東西洋을 막론하고 섭정은 王이 너무 어린 탓으로 國政을 직접 돌보기 어려울 경우 그를 대신하여 大權을 섭행(攝行)하는 것을 두고 말하기 때문이다.

신·소신·대의·소의·대지·소지」등, 덕·인·예·신·의·지의 6개
덕목을 사용함으로써 덕치주의 이데올로기를 명시하고 있다. 그것은 중국
의 '인·의·예·지·신' 오상(五常)에다 덕을 맨앞에 추가시킨데서도 그
의 덕치철학을 읽을 수 있게 해준다. 이처럼『관위십이계』는 그의 和의 이
상이 정치제도상에서도 차용과 종합이라는 방식을 통해 실현되고 있음을
의미한다. 또한 그것은 그가 국정을 시작하면서 스이코 원년에 이미 국가
를 수호하는 사천왕을 모시기 위해 타마츠쿠리(玉造)의 동쪽(現, 大阪城부
근)에 사천왕사를 착공하는가 하면 그 이듬해 불교륭흥의 소(詔)를 발표함
으로써 국가와 국민의 정신적 일체감을 불교적 대승주의에서 구하려함에
도 불구하고 현실적 통치수단을 유교적 덕치주의에서 찾으려는 和의 정신
의 첫 번째 정치실험이라 할 수 있다.

Ⅲ.『헌법17조』와 화(和)

쇼토쿠태자의 궁극적인 和의 이상은 천황을 중심으로 한 통일국가를
건설하는 것이다. 그러나 이때 통일이란 정치적 통일만을 의미하지 않는
다. 그것은 무엇보다도 불교를 국시로 삼아 윤리적으로 완성된 국가를 의
미한다. 이를 위해 그는『관위12계』(官位十二階)를 제정하여 정치적 통일
의 기초와 면모를 닦은 뒤, 이듬해에 이어서『헌법17조』를 제정한 것이
다.[12] 따라서 여기에는 그가 추구하는 이상적인 국가상과 통치철학, 즉 和

---

[12]『憲法 17條』의 僞作說에 대한 論議 :『日本書紀』제22권 推古 12年條에 보
　면 聖德太子가『憲法 17條』를 제정한 것으로 기록되어 있다. 그러나 과연
　당시에 그가 작성했을까를 의심하는 이들이 적지 않다. 첫째 文体上으로
　볼 때『日本書紀』의 작자가 그것을 윤색했다고 주장하는 이(狩谷掖齊)가
　있는가 하면, 法陸寺釋伽佛背銘등 당시의 金石文과 비교해 볼 때 문체가
　다르다고 주장하는 이(榊原芳野)도 있다. 또한 憲法이 太子 당시에 작성되
　었다 하더라도 집필자는 그의 스승이었던 고구려의 승려 혜자(惠慈)이거나

의 이상이 더욱 직접적으로 드러나 있다.

『헌법17조』는 관인에 대한 도덕적 훈계를 주요 내용으로 한 최초의 성문법[13]이다. 그것은 국가의 구성원을 군(君=天皇)·신(臣=官人)·민(民=백성)등 세가지 신분체계로 규정하고, 이 가운데 특히 중간자인 신(臣)에 대해 관인으로서의 마음가짐과 지켜야할 도덕적 규율을 훈계하고 있다. 따라서 여기에서는 불가적 사유뿐만 아니라 유가적 사유가 도덕원리로서

각가(覺哿)박사였을 것이라고 주장하는 이(久米邦武)도 있다.

또한 당시 사회조직형태로 보더라도 그것은 의심의 여지가 많다. 『日本書紀』에 기록된 제12조를 보면 '國司나 國造는 백성에게 세금을 과도하게 거두지 말라'는 귀절이 있다. 그러나 당시와 같은 氏族制度시대에 國司나 國造라는 官吏는 존재하지 않았을뿐더러 아직도 정치적 지배자의 의식속에 백성에 대한 그와 같은 배려가 불가능했다(直木孝次郎, 岩崎允胤). 더구나 國司는 大化改新 이전에는 없었으며 國司설치 이후에 國造는 정치적 지위를 상실했으므로 양자를 함께 기록하는 것은 이치에 맞지 않는다(村岡典嗣). 群卿百寮나 國廲二君이라는 단어도 大和改新 이후의 官制에서 보이는 것이므로 그것은 적어도 大寶律令(701)시행 이후 『日本書紀』編者에 의해 가필 윤색된 것일 수 있다(村岡典嗣, 直木孝次郎). 이상의 여러 가지 논거들만 보더라도 『헌법 17條』는 전적으로 僞作이라고 단정할 수는 없지만 최소한 그 이후의 사람들에 의해 상당부분 수정보완된 것이라고 판단하기에 어렵지 않다.

13) 日本歷史는 이것을 일본의 成文法 제1호라고 간주하지만 사실상 『憲法 17條』는 제정 당시부터 헌법 17조라고 불렀는지도 의심스럽다. 물론 820년에 작성된 『弘仁格式』의 序에는 '上宮太子親作憲法17條國家法律自玆始焉'이라 하여 국가의 법률이 이것으로부터 시작되었다고 기록되어 있다. 그러나 이후 그것은 정작 법률로서 발전하지 못했다. 예를 들어 그것은 律令의 本이 되지도 않을뿐더러, 1232년 貞永元年에 제정된 '御成敗式目(51條)'의 근원도 아니며 1889년에 제정된 明治의 帝國憲法과도 무관하다. 오히려 그것은 국가의 법률로서 인정되기보다 도덕적 훈계로서 후세에 영향을 끼쳤던 점이 분명하다. 예를 들어 요시다 가네토모(吉田兼俱)가 쓴 『唯一神道名法要集』에는 『憲法 17條』를 萬法의 근본이 되는 神道의 本旨라고 기록함으로써 그 것이 도덕적 교훈의 典範이었음을 밝히고 있다. 그것은 로마의 12表法이 훗날 법률의 기원이 되었던 것과는 다르다.

함께 작용하지 않을 수 없다. 우선 17개조의 요지를 보면 다음과 같다.

제1조 화(和)를 귀(貴)하게 여기며, 사람과 거스리지 않을 것을 종(宗=根本)으로 하라. 위로 화(和)하고 아래로 목(睦)하면 일은 자연히 사리에 맞아 무슨 일이라도 성취할 것이다.

제2조 독실하게 불교(三宝)를 신앙하라. 불교는 모든 생물이 최후에 돌아가는 곳, 모든 여러 나라가 신앙할 궁극의 거점이다.

제3조 천황의 명을 받으면 반드시 이에 따르라. 예컨대 군(君)은 천, 신(臣)은 지, 천은 만물을 덮고, 지는 만물을 재(載)한다.

제4조 군경백료(群卿百寮)는 다 예법을 기본으로 하라. 군신(群臣)이 예법을 보전하고 있으면 서열도 문란하지 않고, 백성이 예법을 보전하면 국가가 저절로 다스려진다.

제5조 음식과 재화의 탐냄을 끊고, 욕망을 버리고 소송을 공명하게 가려라,

제6조 악을 징계하고 선을 권하는 것은 예로부터 좋은 가르침이다.

제7조 사람에게는 각각의 임무가 있다. 옛 성왕은 官 때문에 적당한 인재를 구하는 것이지 사람 때문에 官을 만드는 일을 하지 않는 것이다.

제8조 군경백료는 아침에 일찍 출사(出仕)하고 저녁에 늦게 퇴출하도록 하라.

제9조 信은 사람이 行해야 할 길의 근원이다. 무슨 일을 하든지 진심을 다하라.

제10조 마음에 분(忿)을 품고 그것을 얼굴에 나타내지 말라. 사람이 자기와 틀린 일을 하더라도 노하지 말라. 자기가 성인이고 상대가 우인이라고 결정지을 수 없다. 다함께 범인인 것이다. 자기 혼자서 그것이 정당하다고 생각해도 중인의 의견을 존중하고 그 행하는 곳에 따르는 것이 좋은 것이다.

제11조 관인의 공적과 과실을 명확히 보고 그에 합당한 상벌을 시행하도

록 하라.

제12조 국사(國司)나 국조(國造)는 백성에게 세금을 과도하게 거두지 마라. 나라에 두 군이 없고 백성에게 두 주인이 있을 수 없다. 어떻게 公 이외에 백성에게 세금을 거둬들일 수 있으리오.

제13조 각각의 관사(官司)에 임명된 자는 모두 자기의 관사의 직무내용을 숙지하도록 하라.

제14조 군신백료는 사람을 시기하거나 투기하여서는 않된다. 자기가 사람을 미워하고 투기하는 사람도 나를 미워하고 시기한다. 현인이나 성인을 얻지 못하면 무엇으로 나라를 다스릴 수 있으리오.

제15조 사심을 버리고 公의 일을 행함은 신자(臣者)의 道이다. 여러사람의 마음을 동조하지 못하면 사심으로 인해 공무를 방해하는 것이 되고, 원한의 마음이 일어나면 제도를 위반하고 법률을 어기는 것이 된다. 제1조에서 상하의 여러사람이 서로 和하고 협조할 수 있도록 하라는 것은 이런 마음에서이다.

제16조 '백성을 사역함에는 그 시절을 생각하라'는 것은 예로부터의 지켜야할 가르침이다.

제17조 대저, 일은 독단으로 행해서는 안된다. 반드시 여러사람이 의논하여 행하라.

  이상의 요지를 간추려 보면 17개조는 몇가지 중요한 질문을 하지 않을 수 없게 한다. 전체구성상 그것은 단순나열일까 아니면 쇼토쿠태자 나름대로의 원칙에 따른 구성일까, 우리는 이와 같은 그의 통치철학에 대해 어느 정도의 사상적 독창성을 부여할 수 있을까, 그리고 그것은 통치이데올로기로서 일본고대사회에 어떤 변화와 의미를 남겼을까 등이 그것이다. 무라오카 츠네츠구(村岡典嗣)에 의하면 17개조의 전체구성은 단순한 나열이 아니다. 그것은 각조가 서로 조응하고 대립하며 연결되어 하나의 전체로서 구성되었다. 그것은 기본적으로 제1조에서 제8조까지, 그리고 제9조에서 제16조까지 전후 두 부분으로 나뉘어 있다. 또한 전반부의 제1조와 제2조는 상하군신을 위한 일반적 원리를 논하고 제3조 이하는 군경백료(群卿百寮)를 위한 임관치민(任官治民)의 道를 설파하고 있다. 후반부에서도 마찬가지로 제9조와 제10조는 일반적 원리를 논하는가 하면 제11조에서 제16조까지는 관리의 道를 가르치고 있다. 끝으로 제17조는 그의 결론에 해당한다.[14]

『헌법17조』를 주의깊게 일별하지 않더라도 누구나 거기에서 쉽게 발견할 수 있는 것은 유학과 불교의 상호 조응이다. 일본의 최고서인 『상궁쇼토쿠법왕제설』(上宮聖德法王帝說)에 따르면 쇼토쿠태자는 황태자에 오르기 이전에 이미 고구려의 승려인 혜자(惠慈)에게 내전(內典=佛典)을, 그리고 각가(覺哿)박사에게 외전(外典=漢籍)을 배움으로써 그의 사상형성과정에서 유불의 조응이 일찍이 시작되고 있었음을 증언하고 있다. 그러나 오늘날까지 끊이지 않는 논의는 쇼토쿠태자가 『헌법17조』속에 유불중 어느 것을 主로 삼아 그것의 골격을 만들었느냐 하는 문제이다. 즉 많은 이들의 관심은 특히 제1조와 제2조의 해석에 있어서 유불의 막연한 조응관계가 아니라 구체적 주종관계를 밝히는 데 있다.

먼저 불교를 주로 하고 유교를 종으로 섭취했다고 주장하는 이른바 불교본지설을 보자. 유교본지론자들에 따르면 제1조에서 「以和爲貴」는 『논어』(學而篇)의 '예를 시행하는데는 조화가 귀중하다'(禮之用和爲貴)와 『예기』(儒行)의 '예는 화합함을 귀하게 여긴다'(禮之以和爲貴)에서 온 것이다. 하지만 자세히 보면 『논어』나 『예기』에서는 어디까지나 예를 위해 화가 설명되었다. 이와는 달리 『헌법17조』는 화를 위해 화로부터 시작한다. 그것은 애당초 논의의 목적이 화이므로 『논어』나 『예기』의 경우와는 다르다. 더구나 상하군신을 위한 일반적 원리로서 '독경삼보'(篤敬三宝)를 강조하는 제2조와 연관지어 볼 때 제1조에서의 화는 의심의 여지없이 불교

---

14) 村岡典嗣, 『日本思想史槪說』, 創文社, 1961, 188쪽.

에서의 화합을 의미하는 것이다. 당시 족벌간의 투쟁이 극심했던 점을 미뤄 볼 때 승보의 근본정신인 화합을 원리로 내세움은 당연한 이치이다.

무라오카 츠네츠구는 후반부의 일반적 원리인 제9조와 제10조에 대한 해석에서도 마찬가지 논리를 전개한다. 즉 제9조의 '신시의본(信是義本)'에 대해서도 유교주지론자들은 이 귀절의 출처를 『논어』(學而篇)의 '약속이 의리에 가깝게 되면 그 약속한 말을 실천할 수 있다. 공손함도 예절에 가깝게 되면 치욕을 멀리할 수 있다. 친할만한 사람을 잃지 않으면 비로소 그를 종주로 모실 수 있다.'(信近於義 言可復也. 恭近於禮 遠恥辱也. 因不失其親 亦可宗也.)에서 찾아 유교적 언명이라 한다. 그러나 무라오카의 주장에 따르면 이 귀절은 군신간에만 신을 의의 근본으로 삼으라는 훈계가 아니라 모든 인간에게 해당되는 것이므로 오히려 불교적이다. 전반부에서와 마찬가지로 후반부에서도 제9조에 대한 불교적 원리를 제10조가 뒷받침해 준다. 특히 제10조의 '절분기진'(絶忿棄瞋)의 훈계나 '범부가 되라'는 훈계가 그러하다.[15]

불교학자 나카무라 하지메(中村 元)의 불교주지론도 무라오카 츠네츠구(村岡典嗣)의 주장과 크게 다르지 않다. 그는 다음과 같은 이유에서 제1조를 불교적이라 주장한다. "쇼토쿠태자가 和를 중시하는 것은 당시의 사회생활을 기조로 하는 것이지만 조화에 대한 중시는 이미 원시불교에서 표명된 바 있다. 쇼토쿠태자가 무엇보다도 먼저 예와 무관하게 화를 원칙으로서 주장하는 것은 사실상 불교의 자비의 입장을 나타내는 것이라고 말할 수 있다. 불전에도 화경(和敬), 화합이라는 단어가 자주 사용되고 있다."[16] 또한 그는 제10조를 인간행동의 원리로 간주하여 그것을 고대 인도의 아쇼카왕의 통치철학에 비유한다. 그의 주장에 따르면 그것은 난폭·분노·교만·질투와 같이 和를 해치는 언어행동을 멀리하라는 아쇼카왕의 가르침과 크게 다르지 않다. 결국 제10조는 인간의 겸허한 자기반

---

15) 같은 책, 189~190쪽.
16) 中村 元, '聖德太子と 奈良佛敎'『聖德太子』, 中央公論社, 1970, 42~43쪽.

성을 가르치는 불교적 정신에서 비롯된 것이라는 주장이다.[17]

무라오카 츠네츠구나 나카무라 하지메의 불교본지론에 못지 않게 유교주지론(儒敎主旨論)의 주장도 만만치 않다. 우선 이와사키 치카츠구(岩崎允胤)는 제16조의 "백성을 사역(使役)함에는 그 시절을 생각하라는 것은 예로부터의 지켜야 할 가르침이다"(使民以時 古之良典)라는 구절이 『논어』의 "용도를 절약하고 백성을 사랑할 것이며, 때를 맞추어 백성을 부려야 한다."(節用而愛人 使民以時)는 귀절을 근거로 한 것이라고 주장한다. '백성을 공역(公役)에 부릴 때(使民以時)'는 결코 백성의 입장에서 나온 발상이 아니라 위정자의 관점에서 백성의 생활과 생업에 대한 배려를 자각한 데서 비롯된 것이므로 孔子의 가르침 그대로라는 것이다.[18] 더구나 백성에 대한 지배계층의 배려에 대한 제5조의 다음과 같은 훈계가 이를 더욱 뒷받침하고 있다. 즉 "음식과 재화의 탐욕을 끊고 물욕을 버려서 공명하게 소송을 가려라. 백성의 소송은 하루에 천사(千事)가 있다. 하루라도 그러하거늘 하물며 해를 거듭해서랴. 재물이 있는 자의 송(訟)은 돌을 물에 던지는 것과 같다. 가난한 자의 소(訴)는 물을 돌에 던지는 것과 비슷하다. 이 때문에 가난한 백성은 할 바를 모른다. 신(臣)으로서 또한 행할 길이 여기에 있다."

유교주지론자들은 이상의 두 귀절만 가지고도 『헌법17조』는 법가적 요소가 가미된 유교적 훈계가 주지를 이루고 있다고 주장한다. 쿠메 쿠니시키(久米邦式)는 아예 헌법 17조의 글 속에는 불승(佛乘)의 취향은 없고 순전히 정치적인 유학의 취향뿐이라고 말할 정도이다. 이노우에 미츠사다(井上光貞)도 불교가 각조의 도덕규칙을 떠받치고 있다는 사실을 인정하면서도 헌법 17조의 근본사상이 불교적이라는 데는 동의하지 않는다. 『헌법17조』의 본지(本旨)는 어디까지나 유교적·법가적인 국가의 실현을 추

---

17) 中村 元, '和의 精神', 『思想をどうとらえるか』, 東京書籍(株), 1980, 132~133쪽.
18) 岩崎允胤, 『日本思想史序說』, 新日本出版社, 1992, 109쪽.

구하는 데 있다[19]고 믿기 때문이다. 이처럼 유교주지론자들은 헌법전체의 기조에는 설사 불교사상이 자리잡고 있다 하더라도 도덕적 훈계를 광범위하게 공급하고 보증하는 것은 역시 유교사상이므로 그것의 본지는 당연히 유교적이라고 생각하는 것이다.

그러나 논자는 이상과 같은 유·불주지론 어느 것에도 동의하기 어렵다. 사상적으로『헌법17조』의 본지를 유·불 택일적으로 파당화하거나 주종적으로 차등화하는데 찬성하지 않기 때문이다. 본말·주종적 선택이나 구별은 애당초 파당적 이해가 전제되었거나 개인의 종교적 신앙이 미리 작용하고 있는 '선결문제요구의 오류'일 뿐만 아니라 일종의 이데올로기적 나르시시즘의 산물일 수 있다.『헌법17조』의 제정은 和의 정치이상을 실현하기 위한 혁신적인 '역사적 사건'이었으므로 그것을 두고 사상적 당파성을 가리는 데만 몰두하는 것은 역사적 사건의 본질에 접근하는데 오히려 장애가 될 수 있다. 때문에 그것의 사상적 특징이 무엇인지를 묻기 이전에 우리가 해야 할 일은 무엇 때문에 그것을 역사적 사건으로 규정하려는지, 다시말해 그것이 왜, 어떻게 제정되었는지, 그리고 그것은 왜 和의 이상을 지향하는지를 묻는 일이다.

대개 역사적 사건들은 그것을 결정하는 요인이 단순하지 않을 뿐더러 등질적이지도 않다. 역사적 사건은 예외 없이 단순한 인과관계로 결정되는 것이 아니라 복수의 다양한 원인들이 서로 겹쳐 발생한 복합적 결과이다. 즉 역사적 사건은 '다원적으로, 중층적'으로 결정되는 것이다. 그것은 마치 프로이트가 꿈의 사유들이 어떻게 표상되는지를 설명하는 방식과 같다. 그에 의하면 꿈이란 수많은 이미지들이 단일한 이미지로 '응축'(condensation)되는 동시에 특별히 강력한 이미지가 외관상 사소한 이미지로 '대체'(displacement)되는 중층적(重層的) 결정(overdetermination)[20]의 결

---

19) 井上光貞,『古代史論叢』, 吉川弘文館, 1978, 14쪽.
20) '중층적 결정(overdetermination)'이란 프로이트가 꿈의 해석을 위해 처음 사용한 정신분석의 개념이다. 그는 하나의 결과(꿈)를 일으킨 여러 원인들이

과이다. 한마디로 말해 꿈은 중층적·다원적으로 결정된 사건의 복합태인 것이다. 『헌법17조』의 제정이라는 역사적 사건의 경우에도 그와 같은 해석이 가능하다. 거기에는 단지 신불 또는 유불의 종파적 원인만 작용했던 것이 아니라 군신민간의 정치제도적 원인도 결정적으로 작용했기 때문이다. 최초의 헌법제정이라는 역사적 사건을 초래한 최종의 결정인이 지배계층간, 그리고 지배계층과 백성간의 정치적 상황이었다면, 그 사건의 역사적 성격을 결정하는 지배적 원인은 불교전래로부터 비롯된 종교적 상황이었다해도 과언이 아니다. 이처럼 『헌법17조』의 제정은 정치적 상황이 최종적 결정요인으로서, 그리고 반세기 이상 지속된 종교적 상황이 지배적 원인으로서 서로 겹쳐 작용한 복합적 결과물이므로 유불주지론자들처럼 그것의 단순한 사상적 특성을 규명하는 것만으로는 그것이 지닌 사건적 의미를 충분히 조명해낼 수 없다. 『헌법17조』의 사상적 특성, 즉 그것의 주요한 정신적 지향성에 대한 규명은 오히려 역사적 사건으로서의 헌법제정이 지닌 원인규명을 전제할 때에만 비로소 의미와 효과를 기대할 수 있을 것이다.

『헌법17조』의 사상적 지향성에 대한 규명에서도 우리가 경계해야 할 것은 앞에서 지적했듯이 해석자의 논리적 오류나 이데올로기적 나르시시즘에 빠지는 경우이다. 해석자의 유불에 대한 파당적 자아도취는 야마토

동시에 존재하는 사태를 重層決定(多元決定)이라고 한다. 그러나 오늘날 구조주의 철학자 알튀세르(L. Althusser)는 사회구조나 역사적 사건에 대해서도 이 개념을 사용한 바 있다. 특히 그는 複數의 원인들간에는 決定力의 위계가 있다고 보아 어떤 사건을 일으키는 폭이나 범위를 결정하는 원인을 '최종적 결정인'이라 부르고, 그 사건의 역사적 특성을 결정하는 특수한 원인을 '지배적 원인'이라 부른다. 예를 들어, 서양고대의 경우 최종적 결정인이 고대 노예제라면 지배적 원인은 政治이다. 또한 중세 사회의 최종적 결정인이 領主－農奴관계라면 지배적 원인은 宗敎이다. 본문에서 보듯이 飛鳥時代의 사회구성체의 요체였던 『憲法 17條』제정의 경우, 논자는 君·臣·민간의 혼란한 정치 상황이 最終的 결정인이었다면 神·儒·佛가 混交하던 종교적 상황이 支配的 원인이었다고 생각한다.

정신에 이르는 장애물임을 물론 和의 본의와도 거리를 그만큼 멀리하게 하기 때문이다. 쇼토쿠태자의 사상적·종교적 토대가 어떠했든 당시 그의 정신적 지향성은 유불의 택일 이나 주지(主旨)의 결정에 있는 것이 아니라 신도까지도 포함한 화합, 즉 대화(大和)에 있었다. 그것은 본말·주종의 구별이나 선택이 아닌 '수렴'(convergence)의 대의였다. 오랫동안 계속된 정파간 신불의 파쟁경험이나 극심했던 지배계층의 악덕폐풍에 비춰볼 때 헌법제정의 의도에는 유불의 주지논쟁보다는 和에로의 수렴의지가 무엇보다도 우선적으로 전제되어 있음을 짐작하기 어렵지 않다. 불교의 대승주의적 교화와 유교의 덕치주의적 실천가운데 어느 것만을 강조할 수 없는 양자의 조화, 즉 기존의 지배이념과 새로운 도덕정치의 일대 수렴이 和의 이상속에서 융합된 것이다.

Ⅳ. Syncretism(차용과 종합)으로서 화(和)

일본사상의 원형을 쇼토쿠태자의 和(야와라카), 또는 대화에서 찾는다면 그것이 생성되어 온 방식은 무엇이었을까? 논자는 이미 『헌법17조』의 역사적 특성을 결정하는 특수한 원인, 즉 지배적 원인(cause dominante)으로서 신·유·불이 혼교하던 당시의 종교적 상황을 지적한 바 있다. 사실상 신·불 모두의 적극적인 수용은 쇼토쿠태자의 아버지였던 요메이(用明)천황으로부터 시작되었다. 그는 자신의 이복형제였던 비다츠(敏達)천황이 불교에 대해 중립적 방관의 입장을 택했던 것과는 달리 (개인적인 병약함 때문에도) 불심이 매우 깊었다. 그렇다 하더라도 그가 신도를 외면하거나 소홀히했던 것은 아니다. 『일본서기』는 그가 오히려 신도를 존중했다는 두가지의 명백한 사실을 기록하고 있다. 하나는 그가 황녀인 수카테히메(酢香手姬)를 일본신사의 本宗과도 같은 이세신궁(伊勢神宮)에 파견하여 삼대의 37년간 히메카미(日神)에게 제사드리게 했으며, 또 하나는 자신이 직접 요메이(用明) 2년 4월에 이와레(磐余)에 나가 '니히나베키코'(新嘗御)의 대제를 올렸다.[21] 이러한 두가지 기사는 그가 개인적으로는 불법을 따르면서도 공적으로는 전통적인 神에 대한 제의를 중시했음을 의미한다. 그는 이미 타국의 神인 번신(蕃神=客神), 즉 佛도 국신과 함께 神으로서 양립시키려 함으로써 신불병립의 길을 열어놓았던 것이다. 『일본서기』도 '신불법(信佛法), 존신도(尊神道)'의 구체적 사례를 그로부터 찾고 있다.

요메이천황이 처음으로 신불병립하였다 하더라도 그의 '신불법'은 어디까지나 개인적인 내면세계에서의 불법에 대한 신앙이었을뿐 신불을 모두 진신으로서 공공연히 인정했던 것은 아니다. 불법도 일신 못지 않게 진신으로서 강조하기 시작한 것은 역시 쇼토쿠태자에 이르러서이다. 『일본서기』는 그의 출생으로부터 죽음에 이르기까지 신·유·불 삼교통합자로서의 여러 가지 신비전승과 기담(奇譚)을 기록하고 있다. 우선 그는 태어날 때부터 말을 잘했을 뿐만 아니라 성인의 지혜를 가지고 있었으며 장래의 일도 잘 알 수 있었다(生而能言, 有聖智, 兼知未然)는 것이다. 이러한 기사는 마치 부처의 출생담을 연상케 한다. 더구나 '겸지미연(兼知未然)'의 신비전승은 미와산(三輪山)의 神이자 오오모노누시노카미(大物主神)의 처가 된 제10대천황 스진(崇神―記紀 계보상의 천황일뿐)의 왕고모 야마토토토히모모소히메노미코토(倭迹迹日百襲姫命)에 대한 신비담과 동일하다. 스진천황기(崇神天皇紀)에 따르면 이 황녀는 '총명하고 예지가 있어 미래의 일을 알았다'(聰明叡智, 能識未然)하여 샤만적 능력을 지닌 신비스런 인물로 그리고 있다. 『일본서기』는 이것을 통해 쇼토쿠태자가 지닌 신도의 이능(異能)도 생득적이었음을 설명할 수 있는 좋은 본보기를 미리 마련해 놓

---

21) 『日本書紀』卷 第21, 第31世 用明天皇.
用明天皇紀는 '천황은 佛法을 믿고 神道를 공경하였다'(天皇信佛法尊神道)는 귀절로부터 시작함으로써 어느 天皇보다 그에게서 神佛併立이 시작되었음을 밝히고 있다. 더구나 주목할 만한 사실은 '尊神道'의 귀절에서 보듯이 '神道'라는 용어가 이때부터 공식적으로 등장하기 시작한 점이다.

고 있는 것이다.

쇼토쿠태자에 의한 신불병립조화의 두번째 실례를 『일본서기』의 스슌천황기(崇峻天皇紀)는 다음과 같이 전하고 있다. 요메이(用明)천황의 병사후 소가노우마코(蘇我馬子)는 우마야도황자(聖德太子) 등 여러 황태자과 더불어 모노노베노모리아(物部守屋)의 군사와 결전을 벌여야 했다. 이때 16才의 우마야도皇子는 '누리데노키'(白膠木)로 '사천왕상(四天王像)'을 만들어 머리맡에 놓고 '서약'(誓約, ウケヒ)한 바 있다. 그것은 싸움에 승리를 위한 기원인 동시에 승리하면 반드시 사천왕을 모시기 위해 사찰을 건립하겠다는 맹세이기도 했다. 서언은 옛날부터 神들에게 기원하는 형식을 답습하는 우상숭배의 일종이다. 그것은 처음에 일본의 선조신인 아마테라스 오오미카미(天照大神)와 스사노오노미코토(須佐之男命)사이에서 이뤄졌다고 전해진다. 그것은 신의와 신력을 세상에 실현시키기 위한 전통적인 기원의 의식이었다. 그러나 당시 쇼토쿠태자가 실행했던 서약은 전통적인 제의와는 달랐다. 그것은 사실상 우상숭배의 새로운 요소를 전통적인 의식에 가미시킨 새로운 형태의 제의였다. 그것은 서약의 전통적인 방식을 빌렸지만 타신인 부처를 히메카미(日神)와 마찬가지의 수호신으로서 수용하려는 일종의 의사(擬似) 우상숭배였던 것이다.

신불조화의 세번째 사례는 쇼토쿠태자가 모노노베노모라아(物部守屋)와의 싸움에서 승리한 뒤 '서약'한 대로 아스카에 법흥사(法興寺)를 건립하고 그곳을 불법의 융성과 포교의 본거지로 삼으려는 데서 비롯된다. 그 이전까지만해도 아스카의 지명은 아스카토마다(飛鳥苫田)였다. 그러나 그는 법흥사를 지으면서 그곳을 아스카노마가미노하라(飛鳥眞神原)라고 개명한다. 다시말해 그곳이 진신(眞神), 즉 부처의 좌소(坐所)라는 것이다. 이것은 부처가 더 이상 번신이거나 타신(客神)이 아니라 천지사직(天地社稷) 180신(百八十神)에 못지 않는 진신일뿐더러, 그곳이 또한 부처의 성역임을 널리 알리려는 의도에서 이뤄졌던 것이다.

네번째 사례는 스이코천황 15년에 있었던 쇼토쿠태자의 신기제사에 관

한 이야기이다. 스이코천황 14년은 특별히 큰 불사가 많은 해였다. 장육동
불상(丈六銅佛像)이 제작되어 원흥사(元興寺)의 금당에 안치되었을 뿐만아
니라 천황을 위해 금강사도 세웠다. 또한 쇼토쿠태자의 승만경(勝鬘経)과
법화경의 강론도 두차례나 열렸다. 천황은 이러한 일련의 불사를 기뻐한
나머지 그 이듬해 2월에 쇼토쿠태자와 대신백료들을 거느리고 천지·산
천초목의 神들에게 신기제사를 엄숙히 올렸다. 『일본서기』의 기록대로라
면 이것은 부처에 대한 예불과 더불어 신기제사함으로써 불법과 신도를
병용하는 치세의 전형이 아닐 수 없다.[22]

　이상의 실례들은 모두 쇼토쿠태자를 신불병립→병용→습합을 주도한
주체로서 주장하기 위한 사료들이다. 그러나 그의 和의 정신이 생성되는
과정에는 신불의 차용과 종합만 있었던 것은 아니다. 쇼토쿠태자를 단지
신불습합의 주체로서만이 아니라 和의 화신으로 상징화하기 위해서는
신·유·불 삼교통합자로서 그를 설명하지 않으면 안되었다. 많은 이들이
그를 어린 시절부터 혜자(惠慈)와 각가(覺哿)를 통해 내교(内教＝불교)와
외전(外典＝유교)을 학습함으로써 일찍이 성지(聖智)에 이른 인물로 묘사
하려는 이유도 거기에 있다. 또한 논자가 『헌법17조』에 대한 유불주지론
자(儒佛主旨論者)들의 종파이데올로기적 해석에 동의하지 않고 그것을 和
에로의 수감으로 이해하려는 것도 마찬가지 이유에서이다.

　사실상 쇼토쿠태자의 삼교통합설은 오랜 역사를 지닌 낡은 주장이라
아니할 수 없다. 이미 남북조시대의 사상적 지도자였던 키타바타케 치카
후사(北畠親房)는 『신황정통기』(神皇正統記)에서 쇼토쿠태자에 의한 신·

---

22) 스이코 15년의 신기제사에 대해서는 해석을 달리하는 이들도 있다. 예를
　　들어 推古朝에 들어서 불교흥륭을 위해서는 10여차례의 大事가 있었음에
　　도 불구하고 신기제사는 4년과 7년에 있었던 지진으로 인해 地震神에게
　　올린 것이 고작이었다. 때문에 敬神家들의 고조된 불만을 누그러뜨리기 위
　　해서 推古天皇은 15년 2월 9일 그들의 건의에 따라 神祇祭祀를 올린 것일
　　뿐 『일본서기』의 기록처럼 일련의 불사로 기쁜 나머지 올린 것이 아니라
　　는 주장이다(平田篤胤, 飯田武郷의 입장).

유·불 삼교의 조화를 삼교의 '근간지엽화실(根幹枝葉花實)'이라는 용어
를 사용하여 가장 명쾌하게 주장한 바 있다. 그와 동시대인이었던 승정 지
헨(慈遍)의 『구사본기현의』(舊事本紀玄義)도 신·유·불 삼교의 근간·지
엽·화실의 상호조화 관계를 재론하는가 하면, 판십불(坂十佛)의 『오오미
와궁참예기』(大神宮參詣記)도 삼교일치사상의 입장에서 쇼토쿠태자의 사
상을 가장 체계적으로 고찰하고 있다. 이보다 130여년 지난 무로마치 후
기에 요시다(吉田)신도의 기초를 닦은 요시다 가네토모(吉田兼俱)도 『유일
신도명법요집』(唯一神道名法要集)에서 쇼토쿠태자의 삼교조화사상을 더
욱 분명하게 술회한다. 신·유·불의 이러한 삼교지엽화실설(三敎枝葉花
實說)은 에도시대의 관문연보기(寬文延寶, 1661~1680)의 『구사대성경』(舊
事大成經)이 계승하여 쇼토쿠태자의 신도정신, 즉 삼교조화의 사상을 다
시한번 강조한다. 특히 거기에서는 『헌법17조』를 『구사대성경』의 일부인
오헌법(五憲法, 즉 通蒙憲法, 政家憲法, 儒士憲法, 神職憲法, 釋氏憲法) 가
운데 통몽헌법(通蒙憲法)에 해당한다고 보고, 쇼토쿠태자의 가장 비신도
적 사상을 나타내는 제2조마저 '독실하게 삼보(三宝=불교)를 신앙하라,
삼보는 불·법, 승이다'(篤敬三宝, 三宝者佛法僧也)를 '삼법(三法)을 굳게
공경하라, 삼법은 유·불·신이다'(篤敬三法, 三法者儒佛神也)로 고쳐쓰기
도 했다. 이때에도 『구사대성경』(舊事大成經)은 하야시 라잔(林羅山) 등 당
시 유학자들의 맹렬한 불교비판운동을 의식하여 신→유→불의 순서를 유
→불→신으로 바꿔 그들과의 마찰을 피하면서까지 삼교조화의 정신을 고
양시키려 했다.[23]

이러한 역사적 전거들에서 어렵지 않게 발견할 수 있는 것은 쇼토쿠태
자를 삼교일치의 주인공으로 그려내려는 노력이다. 그것들은 모두 일본신
도사에서의 중요한 문헌들임에도 불구하고 그의 삼교조화의 공헌을 성인
의 업적으로서 크게 강조한 것이다. 쇼토쿠태자를 성인시하기 위해 그의

---

23) 河野省三, 『神道史の研究』, 畝傍書房, 1943, 58쪽.

성인적 중층성은 이미 『일본서기』의 여러 곳에서도 언급된 바 있다. 예를 들어 스이코 21년 가타오카산(片岡山)에 놀러갔다가 길위에서 굶어 죽은 어떤 진인(眞人, 또는 仙人)을 그만이 성인[24]으로 알아보았다 하여 '성인은 성인을 안다는 것이 사실이다'(聖之知聖, 其實哉)라는 가타오카산 전설이 그것이다. 이처럼 『일본서기』를 비롯한 많은 문헌들은 그의 성인적 중층성을 강조함으로써 결국 그의 삼교통합의 위업을 정당화할 뿐만아니라 和로 대변되는 일본사상의 원형적 토대를 확보하려 한다. 나아가 그것들은 쇼토쿠태자의 삼교조화의 정신을 강조함으로써, 다시말해 그를 '화국(和國)의 교주'로 그려냄으로써 외래문화를 포용하고 조화하는 일본민족과 문화의 특성을 암시적으로 나타내기도 한다.[25]

일본의 정신사나 문화사를 일별할 때 가장 두드러진 특성은 그것이 포용과 조화이든, 아니면 차용과 종합이든 그것의 중층성에 있다. 그것은 일본문화의 형성과정에는 늘 syncretism의 방식이 작용했다는 것을 의미하기도 한다. 다시 말해 일본문화의 특성이 중층성이라면, 그것의 방식은 syncretism이라 할 수 있다. 이에나가 사부로(家永三郎)도 일본문화에는 외래, 또는 국내에서 창조된 새로운 층의 문화가 전개됨으로써 기층의 문화가 소멸되는 것이 아니라 그것들이 중층적으로 공존하는 특색이 있다고 주장한다. 또한 일본인은 선진의 해외문화를 섭취 수용하는데 열심일 뿐만아니라 고도의 외래문화와 동화하는 높은 능력을 발휘해 왔다는 것이다.[26] 레비-스트로스도 세계에 있어서 일본문화의 위치와 역할을 차용과

---

24) 여기서 주목해야할 것은 聖德太子를 <聖人>으로 간주한 점이다. <ひじり>란 본래 일본의 고대종교에서 靈的 能力의 소유자를 의미하지만 여기에서의 <聖人>의 의미는 重層的이라고 해야 마땅하다. 다시말해 그것은 儒教에서의 절대적 帝王으로서의 <眞人>인 동시에 宇宙의 근원을 깨달은 道家的 인물이며, 또한 佛教의 眞人으로서 佛을 의미하기도 한다. 결국 여기서의 <聖人>이란 神儒佛 三教綜合的 이미지의 聖德太子를 상징한 것이다.

25) 笠原一男編, 『日本宗教史』(Ⅰ), 山川出版社, 1977, 50쪽.

종합, syncrétisme(혼합)과 originalité(독창)의 반복교차라고 규정한 바 있다.[27] 특히 일본문화의 이러한 특성이 가장 먼저, 그리고 가장 잘 드러난 예가 바로 신불습합이다. 종교란 본래 민족성을 단적으로 가장 잘 표현하게 마련이다. 민족 고유의 정서를 종교만큼 잘 반영하는 문화적 양태도 흔치 않을 것이다. 더구나 이민족과의 접촉과 교류시 민족종교는 외래종교와 조우할 수밖에 없고, 이때 일어나는 복잡하고 미묘한 정신사의 드라마는 일률적으로 설명할 수 없다. 외래종교가 고유의 종교와 너무나 다를 경우 그것들의 관계는 애당초부터 불협화음이나 냉담한 거부반응으로 끝나버릴 수 있지만, 반대로 서로간의 상사(相似)와 공통의 요소가 적지 않을 경우 두 종교의 만남은 오히려 습합의 가능성에로 나아간다. 이때 두 종교는 당연히 상호친화의 길을 모색하면서 복잡미묘한 습합사의 프로세스를 만들어 가게 마련이다. 그렇게 되면 설사 외래종교라 할지라도 오랜세월과 더불어 민족종교의 일익을 담당하게 될 뿐만아니라 그 민족의 전통적 요소마저 흡수·소화하게 되는 것이다. 다름아닌 신불습합의 역사가 바로 그러하다.[28]

일본의 원시신도에는 '야호요로즈노카미'(八百萬神)라고 불리는 자연신으로서의 천신지기(天神地祇)가 수없이 많았다. 신기신앙의 형태도 산궁(山宮)→리궁(里宮)→전궁(田宮)의 순서로 神을 맞이하는 원시형태에 불과했다. 그럼에도 불구하고 그들은 이미 고도의 교리체계가 문서화되어 있고, 고도의 기술문명까지 겸비한 불교를 과연 어떤 방식으로 받아들였을까? 당시의 일본인들은 그것의 내용 뿐만아니라 형식도 받아들였지만 불교 본래대로가 아닌 일본인의 종교적 정서와 풍토위에서 그것을 받아들였

---

26) 家永三郎,『日本文化史』, 岩波書店, 1982, 32쪽.

27) 레비-스트로스, '混合と獨創の文化',『中央公論』, 1988년 5月号, 74쪽. 이 논문은 1987년 3월 9일부터 4일간「世界の中の日本-方法と解釋」이라는 주제로 國際日本文化硏究센타의 제1회 國際硏究集會에서 발표된 것이다.

28) 西田正好,『神と佛の對話-神佛習合의 精神史』, 工作舍, 1980, 54~55쪽.

다. 그들은 부처에 대해서도 고유의 神을 신앙하고 제사하는 것과 마찬가지 방식으로 생각했다. 불교를 주술적·현세기원적인 것으로 신앙했던 것이다. 그들에게는 천지제신에게 제사하는 것과 예불하는 것이 본질적으로 다르지 않았다. 불교가 오히려 전통적인 원시신도의 방식에 동화되는 양상이었다.

그럼에도 불구하고 불교가 신기신앙의 형태에 더 많은 변화를 일으킨 것은 두말할 필요도 없다. 그 대표적인 사례가 신사의 출현이나 인격신의 등장이다. 원시신도에서는 천지제신이 필요한 때에만 강림하길 기원했기 때문에 제사를 위한 일정한 때와 장소를 필요로 하지 않았다. 그러나 불교 사원의 영향으로 마을에 사전(社殿)을 짓고 자연신의 상주을 바라는 새로운 형태의 신기신앙이 생겨났는가 하면 그곳에 씨족의 수호신으로서 선조신도 함께 모시는 씨신신앙의 형태도 생겨났다.[29] 결국 神과 부처(仏)의 거리는 이러한 양상으로 점차 좁아지면서 습합이 분명하게 형성되어 갔던 것이다. 신불습합은 신기신앙과 불교가 복잡한 형태로 결합한 독특한 신앙복합체가 된 것이다. 따라서 그것은 일본인의 기층신앙과 보편종교가 결합한 대표적인 중층신앙현상이므로 일본종교의 특징을 이해할 수 있는 열쇠[30]가 될 뿐만아니라 일본사상의 원형(和)을 배태시킨 중핵이라 하지 않을 수 없다. 더구나 쇼토쿠태자의 삼교일치에서 보여주듯 그것은 일본문화의 단순한 특징이나 자연적 현상이 아니다. 일본인들은 의도적으로 '습합이라는 이름의 마술'을 통해 <和>라는 제목의 이중·삼중의 중층적인 정신사적 드라마를 꾸며왔던 것이다.

---

29) 逵日出典, 『神佛習合』, 臨川書店, 1986, 31쪽.
30) 義江彰夫, 『神佛習合』, 岩波書店, 1963, 34~35쪽.

V. Yamatoism(大和主義)의 원형으로서 화(和)

아스카시대에 대륙으로부터 전래된 유불의 상위문화(문화적 우세종)는 당시 야마토문화 전반에 어떤 이데올로기적 충격을 주었을까, 그리고 그것은 어떤 이데올로기로 거듭났을까? 고대국가에서 고급문화의 향유가 모든 기회를 독점하고 있는 지배계층으로부터 시작될 수밖에 없는 것은 동서를 구별할 필요가 없다. 유불의 경우도 예외가 아니다.

유교가 일본에 들어온 것은 6세기초 백제의 오경박사에 의해서였다. 그러나 그것의 보급은 쉽사리 이뤄지지 않았다. 당시에는 학문의 학습방법이 가정교사적인 개인교수에 있었을 뿐만아니라 그것도 황실과 그 주변의 소수 인물들에게만 가능했기 때문이다. 그보다 더욱 근본적인 이유는 당시의 유교가 훈고학적이었기 때문에 한문에 미숙했던 그밖의 사람들에게는 그것의 습득이 불가능했다는 데 있다. 이러한 상황에서 쇼토쿠태자의 『관위12계』와 『헌법17조』의 제정은 귀족계급 사이에 유교적 정치리념이 일반화되는 계기가 되었을 뿐만아니라 일반인들에게도 유교적 이데올로기가 심어질 수 있는 제도적 장치가 되었던 것이다.

불교의 보급도 초기에는 유교의 경우와 크게 다르지 않았다. 그것도 처음에는 개인교수적 방법으로 상류사회의 일부에게만 보급되었다. 그러던 것이 점차 일반화될 수 있었던 가장 결정적인 계기는 쇼토쿠태자의 공개적인 숭불정책에 있었다. 때문에 불교의 전파는 유교와는 달리 비교적 빠른 속도로 진행되었다. 스이코(推古) 원년부터 시작된 사찰의 건립이 활발히 진행됨으로써 일반인들의 불교에 대한 신앙생활도 그만큼 활발해 질수 있었던 것이다. 스이코 32년에는 이미 전국에 32개의 사찰과 1,385명의 승려가 있을 정도였다.[31] 그러면 유불의 전래가 야마토문화에 가져다 준

---

31) 石田一良, 『日本思想史槪論』, 吉川弘文館, 1963, 34~35쪽.

이데올로기적 충격의 의미는 무엇이었을까?

종교적으로는,

첫째, 건조물에 의한 신관의 변화이다. 신도의 원시형태에는 신령이 있는 바위나 나무와 같은 신령이 나타날 때 매체가 되는 것인 요리시로(依代―주로 神木을 가리킨다)를 심볼로 삼아 제사를 올렸을 뿐 상설 건조물이나 신체(神体)를 봉안하는 본전이 없었다. 神들은 특정한 장소나 요리시로를 떠나서는 그 신력을 제대로 발휘할 수 없다고 믿었기 때문이다. 신사의 원형인 '야시로'(屋代)는 가설물에 불과했으므로 제사가 끝나면 철거되었다. 그러나 불교의 대가람들이 연이어 건설되면서 전통적인 신관에도 커다란 변화가 일어났다. 거대한 신사가 지어지는가 하면 불상과 같은 신체(神体)가 그안에 봉안되기 시작한 것이다.[32]

둘째, 고도의 교리체계와 구제이론에 대한 각성이다. 번신(蕃神)은 고도의 의식과 수행체계가 경전이나 의궤(儀軌)의 형태로 기록되고 문서화되었던데 반해 국신(國神)에 대한 신화나 전설, 그리고 소박한 의식은 구전에만 의존했기 때문이다.

셋째, 백제로부터 유불의 전래는 단순한 외래종교의 전래만을 의미하지 않는다. 그것은 개인적인 신앙이나 교양이 아닌 최고의 정치이념이 담긴 고급문화의 수입을 의미한다. 하지만, 이러한 수준 높은 문화의 유입은 상당 기간동안 한반도로부터 도래한 귀화지식인들에 의해 이뤄졌다. 더구나 이들은 천황가와 호족들의 비호를 받는 세력이었기 때문에 새로운 이데올로기와 제도의 실천을 위해서는 새로운 승려나 지식인의 양성이 요구되었다.

---

32) 山折哲雄, 『日本の神』(1), 平凡社, 1995, 220～221쪽.

종교 외적으로는,

첫째, 당시 최고의 종합문화와 문명에 대한 충격이다. 쇼토쿠태자의 섭정에 이르기까지 반세기 이상 지속되었던 야마토(大和) 조정의 정치 이데올로기적 일대 혼란이 그 충격의 정도를 잘 말해준다. 하지만 유불의 전래는(오늘날의 용어로 말하자면) 인문·사회·자연과학을 종합한 최고의 정치이념과 문화, 그리고 문명이 도입된 것이므로 그러한 진통은 당연한 것일지도 모른다.

둘째, 대륙의 상위문화에 대한 충격은 곧 자기문화에 대한 반성을 유발한다. 우세한 것에 대한 충격이 열등한 것에 대한 반성으로 나타난 것이다. 쇼토쿠태자의 『관위12계』와 『헌법17조』의 제정은 그러한 반성이 빚어낸 구체적 결과물이라 하지 않을 수 없다. 그것들의 제정은 당시로서는 일종의 정치혁명이자 문화혁명과도 같은 것이었다.

셋째, 새로운 정치환경에 따른 새로운 사회윤리가 요구되었다. 쇼토쿠태자가 등장할 당시의 사회상황은 족벌들의 전횡과 붕당들의 파쟁등 백성들에 대한 지배계층의 무자비와 불공정, 위선과 간계, 폐풍과 악덕이 만연했다. 때문에 『헌법17조』의 제정은 새로운 정치도덕과 사회윤리에 대한 시대적 요청과도 같은 것이다. 쇼토쿠태자가 '화(和)를 귀하게 여기라'(以和爲貴)라는 주문으로부터 제1조를 시작하는 것도 그러한 시대적 상처에 대한 처방이 아닐 수 없다.

넷째, 새로운 정치환경의 대두는 새로운 통치스타일을 요구하였다. 쇼토쿠태자 이전까지 천황의 전통적인 카리스마는 주술적이었다. 그러나 쇼토쿠태자의 통치스타일은 더 이상 상하를 연결하는 자연적·주술적인 혈연원리에 의존하지 않는다. 그는 상하화목의 새로운 논리, 새로운 연합원리를 희구했던 것이다. '以和爲貴'는 이미 그러한 통치원리의 선언인 것이다. 이처럼 그는 통치자의 무(武)=주술적 카리스마를 知=도덕적 카리스마로 전환함으로써 천황가와 호족들간의 정치적 긴장관계에서 형성되었던 종래의 천황제와는 달리 일원화된 관료제적 천황제를 지향하는 법치국

가 이데올로기로서의 논리적 정합성을 확보했던 것이다.[33]

이상에서 보듯이 쇼토쿠태자는 대륙의 상위문화의 일본화, 즉 그것의 충격흡수에 구체적·가시적 성과를 올린 주역임에 틀림없다. 그는 습합의 마술로 神·儒·佛 삼교를 융합시켜 일본식 사유와 문화의 원형을 만들어 낸 것이다. 때문에 혹자는 그를 가리켜 '화국(和國)의 교주'라고도 부른다. 그는 德(aretē)의 이상이 실현될 이상국가의 건설을 꿈꾸었던 플라톤과 같이 야마토주의(大和主義: Yamatoism)의 이상실현을 위해 화국으로서의 종교국가를 구상했다. 특히 그는 유불과 같은 보편종교를 중핵으로 하는 새로운 이데올로기와 신기신앙이 지배하는 야마토세계에 야마토주의를 통해 새로운 통일적 질서를 부여하려 했던 것이다.

그러나 돌이켜보면, 일본역사의 수많은 굴곡과 주름은 Yamatoism의 원형을 그대로 간직할 수 없게 했다. 그것 또한 역사에 못지 않는 굴곡과 주름을 접으며 변질되어 왔음을 부인할 수 없다. 야마토주의를 지향해 온 일본의 역사속에서 和는 야누스적 가면놀이를 너무 자주 강요받아왔기 때문이다. 오늘의 Yamatoism속에는 그것의 원형적 사고가 얼마나 남아있을까?

---

33) 守本順一, 『日本思想史の課題と方法』, 新日本出版社, 1973, 217~221쪽.

제6장

습합의 계보학으로서 일본신도(1)
─ 신도와 도교의 습합 ─

"신도(神道), 즉 일본에서 가장 오래된 카미(神)에 대한 숭배는 세계적인 대종교에 비하여 미발달을 결정적인 특징으로 하고 있다. 그것이 다신론이라는 점, 최고신이 없다는 점, 우상이나 도덕률이 상대적으로 없다는 점, 영(靈)의 개념을 인격화했다는 점, 그것에 대한 파악을 주저하는 점, 내세의 상태를 실제로 인식하지 않는다는 점, 일반적으로 깊고 열렬한 신앙이 없다는 점─이 모든 것들로 미루어, 신도는 문자에 의한 충분한 기록을 가지고 있는 종교가 아니라는 점에서 아마도 가장 미발달의 종교라는 낙인이 찍힐 것이다. 그럼에도 불구하고 신도는 원시종교가 아니다. 신도는 조직된 신관계급과 염원을 담아 준비된 제의(祭儀)를 갖추고 있다. 일본인의 일반적인 문명은 신도가 현재와 같은 모습이 되었을 때 이미 원시의 단계로부터 매우 멀리 나아갔다."

(W.G. Aston, *SHINTO; The way of the Gods*의 서문에서)

I. 습합소(褶合素)의 계보학으로 본 신도사

1. 에피스테메로서 습합소

이미 서론에서도 언급했듯이 습합이 일본의 에피스테메(episteme: 認識素)라고 한다면 습심은 일본인의 에토스(ethos: 民族性)라고 해도 과언이 아니다. 원시신도에서 오늘에 이르기까지 일본의 문화나 문명과 마찬가지로 신도도 시대마다 언설과 실천을 결합하는 지적 관계나 배치를 달리했을 뿐 부단한 습합의 현장이었고 역사였기 때문이다. 그러면 그것에 대한 해독(解讀)의 단서인 에피스테메란 무엇인가? 그리고 일본의 문화와 사상, 특히 시대마다 이것들의 관계를 총체적으로 결합해온 신도에 있어서 습합의 시·공간을 결정하는 에피스테메를 필자는 왜 습합소로 간주하려 하는가?

미셸 푸코에 의하면, "에피스테메는 일정한 시기에 있어서 인식론적 형상들, 학문들, 그리고 형식화된 체계들을 낳게 하는 언설적 실천을 결합하는 관계들의 총체이다. … 에피스테메는 매우 다양한 학문 영역을 넘나들면서 하나의 주체나 정신, 또는 어떤 시대의 지배적인 통일성을 나타내는 인식의 한 형태나 합리성의 한 유형이 아니다. 그것은 언설적 규칙성들의 수준에서 학문을 분석하고자 할 때 제반 학문들 사이에서 일정한 시대 동안 발견될 수 있는 관계들의 총체이다"[1]

이처럼 에피스테메는 일정한 시대 동안의 언설과 실천을 결합하는 관계들의 총체—여러 시대를 특징짓는 관념적인 층—이지만 그것은 어디까지나 사유의 기초이자 일정한 시대에 있어서 인간에 관한 지식의 모든 요소들 밑에 놓여 있는 하부구조이다. 그것은 사고(思考)가 사고로서 사고되는 것을 허락하는 어떤 질서나 체계가 거기에서 활동하고 있는지, 또한

---

1) Michel Foucault, *L'archéologie du savoir*, Gallimard, 1969, p.250.

그 질서나 체계를 어떠한 知의 배치에 따라서 사고할 수 있는지를 문제시한다. 그러면서도 일종의 인식론적 배치이기도 한 에피스테메는 문화의 존재방식을 조작하는 원리이기보다는 오히려 각 시대의 문화에 어울리게 그 발전 형태를 변이시키는 것이다. 푸코는 이와 같이 인식론적 공간의 변이에 따라서 서구문화를 각각 단절된 (네 개의) 단막으로 구분한다. 다시 말해 그는 각 단막마다 에피스테메(인식소)를 달리하는 비연속적이고 단절적인 지적 질서와 체계를 제시하려 했다. 왜냐하면 그는 새로운 시대를 규정하는 지식의 특성이란 본래 서로 아주 다른 이전의 요소들을 분절시키는 능력에 있다는 사실에 입각하여 각 시대간의 상대적 이질성(hétérogénéité)을 강조하려 했기 때문이다.

이것은 일본의 신도사에 있어서도 마찬가지이다. 신도의 역사가 곧 일본의 종교와 사상의 역사일 정도로 그것들 속에 녹아 있지만 그것들이 연속적일 수 없고 단절적일 수밖에 없으므로 신도도 각 시대마다의 상대적 이질성을 지닐 수밖에 없었다. 무엇보다도 시대마다 습합의 시·공간을 결정하는 습합소가 다르기 때문이다. 다시 말해 이미지(화상)만 있고 텍스트(언설과 실천)가 없었던 원시신도에서부터 이미지에다 (이전과는 다른 텍스트들이지만) 텍스트가 결합된 교파신도에 이르기까지 신도의 역사에서 그 단막마다의 에피스테메가 다른 것도 습합하는 이질적 요소들이 인식론적 공간을 분절시키기 때문이다.

2. 계보학으로 본 신도사

1) '폭력의 귀결'로서 계보학

푸코는 『니체·계보학·역사』에서 계보학(généalogie)[2]을 역사의 연속성

---

2) 푸코는 1971년 'Jean Hyppolite에게 바치는 글'로 쓴 *Nietzsche, la généalogie l'histoire*에서 계보학이란 기원(起源)에 대한 연구가 아니라 차이(差異)들에 대한 해명임을 분명히 한다. 왜냐하면 제반 가치는 과거로부터 연속적으로

이라는 인간학적 관점을 비판하는 것인 동시에 고고학이 행해온 기원과 본질에 대한 탐구도 부정하는 것으로 규정한다. 기원을 묻는다든지 '철학이란 무엇인가'와 같이 사물의 본질을 묻는 것은 소크라테스 이래 종래의 형이상학이 채택해온 방법이다. 그러나 계보학은 이와는 반대로 본질이나 진리성이란 역사적 아프리오리(a priori)에 의해 결정되는 것이 아니라 어떤 역사적 경위에 의해 진리로서 형성되는지를 분석하는 방법이다.

푸코는 진리의 개념이 지닌 기만성을 폭로한 니체의 진리관에 따라 진리를 절대적인 것이 아니라 상대적인 힘에 의해 결정되는 것으로 간주한다. 니체는 도덕의 계보에 대한 분석에서 '진리란 무엇인가'와 같이 본질을 묻는 형이상학적 질문을 부정하고 그 대신 '진리를 말하는 자가 누구인가'와 같은 정치학적 질문에로 그 방식을 전환했기 때문이다. 그러므로 진리의 형성과정을 분석하는 방법인 푸코의 계보학도—인간이 다른 사람을 지배하는 과정에서 가치체계가 형성될 뿐만 아니라 진리의 관념도 형성된다는—니체의 생각처럼 진리를 다양한 힘의 경합과 대립관계속에서 성립하는 이른바 '폭력의 귀결'로서 간주한다. 그는 진리를 중성적이고 가치중립적이며 그래서 무해한 것이라기보다 오히려 다양한 힘의 역동적 항쟁에 의해 형성되는 것이라고 생각한다. 그러므로 계보학도 그 가치체계의 배후에 있는 폭력적 대립을 주목해야 한다는 것이다. 특히 푸코는 모든 진리를 언제나 '知에의 의지'라는 하나의 관점에서 보지 않으면 안된다는 니체의 원근법주의(perspectivism)를 채택한다. 다시 말해 그는 특정한 역사적 시대에 있어서 하나의 문화는 그 기반이 되는 知의 틀(에피스테메)을 소유하고 있으며 그 틀 안에서 일어나는 다양한 언설이 진리를 형성한다고 믿었다.

발전해온 것이 아니라 여러 힘의 현장에서 생겨나는 것이기 때문이다. 그에 의하면, 계보학은 도덕, 금욕주의, 정의, 처벌 및 지식의 궁극적인 기원을 추적하는 것이 아니라 우연적이며 상호교차하는 수많은 단초(端初)들을 면밀히 검토한다.

이러한 계보학적 해독(解讀)은 일본신도사의 경우에도 마찬가지이다. 일본사상사의 줄기를 이루는 신도사(神道史)의 인식론적 공간이 바로 그러한 주름들이 비연속적으로 잡혀온 지적 공간일 수 있기 때문이다. 신도사는 그 내부의 계보학적 굴곡마다 다양한 언설들이 자리바꿈하기 위해 대립하면서 서로 다른 지의 틀을 이뤄왔다. 따라서 신도사의 단면도(斷面圖)도 단절된 각 지층마다의 상이한 형상을 드러내고 있다. 그것은 신도의 진리성이 아프리오리하게 결정된 것이 아니라 저마다의 비연속적인 역사적 경위에 의해 진리로서 폭력적으로 형성되었기 때문이다. 필자가 원시신도에서 신불습합과 신유일치, 그리고 교파신도 등을 거쳐 오늘에 이르기까지 다양한 힘의 경합과 대립관계속에서 형성되어온 여러가지 습합신도의 가치체계의 배후와 그 문화적 기반을 주목하는 이유도 거기에 있다.

2) 습합의 계보학으로서 신도사

권력에의 의지와 진리(또는 知)에의 의지는 불가분의 관계이다. 진리는 단지 이론적인 知의 진위로서 아프리오리하게 존재하는 것이 아니라 현실사회의 권력관계속에서 전략적으로 기능하는 것이기 때문이다. 한마디로 말해 진리는 특정사회에 있어서 권력관계에 기초하여 전략적으로 행사된다. 그러므로 진리의 이론을 분석하는 것은 역사적 지와 에피스테메 뿐만 아니라 사회에서의 다양한 주체간의 권력관계를 분석하는 것이기도 하다.

앞에서 보았듯이 계보학적 분석은 권력이란 무엇인가, 그리고 그것은 어디에서 나오는가에 대한 분석이 아니라 '권력은 무엇에 의해 어떻게 행사되는가' 또는 '권력행사의 결과는 무엇인가'와 같이 권력과 지식과의 관계에 관한 분석이다. 권력은 단지 제도나 구조로서만 개념화할 수 있는 것이 아니다. 그것은 전략적 상황의 복합물로서, 즉 다양한 힘의 관계로서 개념화할 수 있다. 이 때가 바로 권력이 지식을 생산하는 계기이다. 왜냐하면 "분야별 지식의 상관적 구조가 없는 권력관계는 존재하지 않으며 권력관계를 전제하지도, 그것을 구성하지도 않는 지식 또한 존재하지 않기 때문이다."[3]

이런 의미에서 신도(神道)는 권력이자 지식(pouvoir/savoir)이다. 그것은 아 프리오리하게 존재해온 것이 아니라 현실사회의 권력관계속에서 전략적 으로 기능해왔다. 다시 말해 권력관계가 바뀔 때마다 권력이 생산해온 전 략적 상황의 복합물이 바로 다양한 내용의 신도였다. 신도(知)에의 의지는 문자 그대로 '神의 道'에 대한 신앙에의 의지에 의해 종교로서 거듭난 것 이 아니라 권력과 각종 제도속에 적용되어 시대마다 知의 하부구조를 형 성해왔다. 신도는 언제나 권력이라는 panopticon(원형감옥: 一望감시시설) 속에서 또 다른 번신(蕃神)들, 즉 습합소들과 습합하는 방식으로 변신해왔 기 때문이다. 예를 들어, 요메이천황의 '신불법 존신도'(信佛法 尊神道)에 의해 촉발된 신불습합이 쇼토쿠태자의 내교(內敎=불교)와 외전(外典=유 교)의 학습으로 인한 삼교통합으로 발전한 것, 연력사(延曆寺)와 일지신사 (日枝神社), 금강봉사(金剛峰寺)와 단생진희신사(丹生津姬神社)와의 관계 에서 보듯이 신불동체(神佛同體)와 본지수적(本地垂迹)이 헤이안불교를 대 변한 것, 신불습합을 부정하고 신유합일(神儒合一)과 유주신종(儒主神從) 을 주장하며 도쿠카와막부의 근세신도가 들어선 것, 왕정복고·유신혁명 과 더불어 천황교(天皇敎)로서의 국가신도가 등장한 것, 그리고 신도국교 주의 이데올로기 속에서 상리공생을 위해 금광교(金光敎), 천리교(天理敎), 흑주교(黑住敎), 실행교(實行敎), 부상교(扶桑敎) 등 13개 별파(別派)들이 교 파신도의 운명을 선택한 것 등이 그러했다.

이렇듯 신도의 역사가 습합의 계보학, 신도(=國神)를 주체로서 습합하 는 번신수용사(蕃神受容史)이거나 습합형식사(習合形式史)일 수밖에 없었 던 이유도 그것이 언제나 권력의 파놉티콘을 벗어날 수 없었다는 데 있다. 그러므로 계보학으로서의 신도사는 마치 보이지 않는 도가니와 같은 일망

---

3) Michel Foucault, *Surveiller et punir*, Gallimard, 1975, p.32.

감시구조인 절대권력들이 생산해온 전략적 복합물들의 진열장이자 다양한 신들이 권력과 상리공생(相利共生)하기 위해 불가피하게 그려온 신도 지형도(神道地形圖)이다. 한마디로 말해 그것은 다양한 지식을 부단히 생산해온 권력관계가 사회적 유전기제(social genetic machanism)로서 꾸며온 신도의 역사전시관이기도 하다.

Ⅱ. 습합의 계보학으로서 신도와 도교의 습합

1. 습합의 génotype으로서 도교

습합소는 습합을 이루는 요소이자 유전인자이므로 습합의 유형도 그 유전인자형(génotype)에 따라 결정된다. 그러므로 모든 습합의 특성은 습합소로서의 어떤 유전인자형이 어떤 계기에 의해 결합, 또는 융합되느냐에 따라 달라진다. 이미 이 책의 제1장 제2절, '일본사상의 습합성'에서도 언급했듯이 내재적(內在的) 습합과 분유적(分有的) 습합이라는 습합의 두 양상, 즉 두가지 습합유형도 융합되는 유전인자형의 차이에서 비롯되었다. 전자가 신도와 도교(또는 易道)의 습합인 신도습합과 같이 샤머니즘이나 신선신앙, 또는 무격(巫覡)신앙에 기초한 동질적 습합소가 내재적으로 습합하는 경우라면, 후자는 신불습합이나 신유합일(神儒合一)처럼 습합인자들이 이질적 습합소를 서로 분유함으로써 상리공생하는 경우이다.

츠다 소우키치(津田左右吉)는 『기기신화』에도 신선설(神仙說)이나 민간신앙, 또는 민간설화와 같이 중국에서 전래된 도가의 종교사상이나 '도교적 分子'가 많이 내재되어 있다고 하여 대륙에서 전래된 도교[4]가 이미 습

---

4) 도교(道敎)는 도가사상(道家思想)과는 다르다. 도가는 유가에 대비하여 사용하는 용어로서 노자, 장자의 사상을 비롯하여 현실적인 윤리관을 초월하는 무위자연(無爲自然)의 개인주의적인 철학사상인데 반해 도교는 어디까지나

합의 유전인자형으로서 그 신화의 형성에 작용해왔음을 지적하고 있다. 차주환(車柱環)도 고구려의 '고유신앙과 道教와의 습합'(『韓國道教思想研究』 97쪽)에서 "고구려와 예(濊)에서는 十月에 천제(天祭)를 지내는 풍습이 있었다. … 이러한 제례를 중심으로 하는 신앙은 예의 성숙(星宿)을 살펴 년사(年事)의 길흉을 점치는 행사 등과 더불어 후세의 도교 신앙 내지 행사와 방불한 점이 있음을 느끼게 한다. … 기록상으로 본다면 우리 땅에 도교 내지 그 조형(祖型)의 종교가 들어온 것은 대륙과 강토를 연접하고 있던 고구려에 오두미도(五斗米道)[5]가 이입된 것이 그 최초의 일이다"고 하여 한반도에서도 일찍이 도교신앙을 유전인자형으로 한 내재적 습합이 진행되었다고 주장한다.

그러나 도광순(都珖淳)에 의하면, "도교의 중축사상인 '신선사상'은 그 자체가 한국의 원시적 고유사상이었다. 도교는 중국의 신앙이자 사상이었고 그것이 후대에 한국에 전파·수용되었지만 '신선사상'은 한국에서 원

___

종교이므로 전자와 분명히 구별되어야 한다.

도교는 노장사상과 신선사상을 축으로 하여 거기에 통속신앙이 더해졌을 뿐만 아니라 유불(儒仏)을 반대하면서도 그 내용에서는 오히려 유불의 교의를 첨가하기도 했다. 그러나 도교는 사후세계에 대한 관심보다는 주로 현세의 길흉화복이나 불노장생같은 인간적 욕망을 기원하는 통속의 종교였다. 따라서 도가의 가르침이 사대부계급에서 널리 통용되었다면 도교는 민중들 속에서 폭넓게 신앙되었다.

5) 車柱環의 『韓國道家思想研究』(116쪽)에 의하면, "唐에서 고구려에 승려가 처음 들어온 것은 소수림왕 2년 6월이었다. 또한 고구려에서는 道士가 唐에서 오기전까지는 승려가 道士的 역할을 했다. 道術을 주체로 한 불교가 고구려에 유입되었고 7세기에 道士가 고구려에 오기까지 고유신앙과 융합하여 도교수용의 기초를 만들어왔다. 『三國遺事』3, 寶藏奉老條에 원용된 「高句麗本記」에는 武德貞觀年間(618~649)에 당에서 정식으로 도사가 오기 이전에도 도교적 요소를 지닌 敎(五斗米敎)가 성행하고 있었다. 또한 高句麗藏王感於道敎 不信佛法라는 기록은 보장왕(宝藏王)이 불교를 버리고 도교를 받아들인 것도 道敎를 신앙하는 기반이 형성되어 있었음을 시사한다."

발적(原發的)으로 발생된 한국의 주체적 사상이었고 그것이 후대의 三教를 수용하던 시기에 그 온상적(溫床的) 지반이 되었다. 중국신선사상의 한국에의 전래는 처음부터 역수입적 의미를 지닌 것이다.”(「韓國の道教」, 一, 古代の神仙思想『道教』第三卷 道教の傳播, 平河出版社)고 하여 신선사상이 한족(韓族)의 사상이었다고 주장함으로써 한반도가 도교신앙의 유전인자형의 원발지임을 강조하기도 했다. 특히 신선사상의 원발지 문제에 대해서는 이능화(李能和)도 『조선도교사』(朝鮮道教史)에서 삼신산은 조선에 있으며,[6] 중국의 신선방술사(神仙方術士)들이 찾아와 도참성점(圖讖星占)의 예지술(豫知術)을 배우고 돌아갔다고 주장한다. 즉 한국에는 도교 전래 이전부터 도교의 중핵이라고 해야 할 신선사상이 있었으며, 중국의 신선방술사도 이곳에 와서 그것을 배웠다는 것이다.

그러나 도교신앙, 그 가운데서도 특히 신선사상의 원발지에 대해서는 이 책의 주제에서 벗어나므로 더 이상 논의를 진행하지 않는다 하더라도 츠다 소우키치를 비롯한 많은 이들의 주장처럼 그곳이 중국이든 한반도이든 훗날 일본에서 습합한 유전인자형의 모태(母胎)이었음은 분명하다.

2. 도가니(坩堝)속의 도교

야스모토 비덴(安本美典)은 일본어의 특징을 ‘도가니’에 비유한다. 많은 언어가 북과 남에서 일본열도로 흘러 들어와 하나의 시내(川)를 이루는 형식으로 발전했다는 것이다. 이것은 특히 동아시아에서 인종의 종착지인 일본이 문화의 종착지로서의 습합성, 이른바 ‘종착적 습합성’을 적시하는 좋은 예이다.

본래 소규모의 처녀인구집단이었던 일본에 대륙으로부터 문화운반자인 도래인들에 의해 전래된 도교도 중국과 한반도의 이동루트를 따라 더 이

---

6) 『三國史記』百濟本紀, 武王35년(634) 春三月條에는 方丈山이 三神山 가운데 하나라고 기록하고 있다.

상 흘러나갈 곳이 없는 종착지에 이르러 도가니형 습합을 이루게 된 것이다. 특히 도교적 요소가 일본에 전해진 것은 불교가 그랬듯이 한반도에서 건너온 도래인의 눈부신 역할을 생각하지 않을 수 없다. 도교는 동아시아의 고대문화를 연결하는 중간숙주가 지닌 유전인자가 되어 습합의 중핵으로서 작용해왔지만 그 가운데서도 한반도로부터의 도래인(기생생물)과 마지막 종착지(종결숙주)로서의 고대 일본과의 관계에서는 더욱 그러하다. 실제로 도래인의 도교전래가 일본의 고대문화 형성에 미친 도교의 영향은 같은 루트를 통해 그 이후에 전래된 불교보다 더욱 큰 것이었다.

그럼에도 불구하고 도래인에 의한 도교 전래의 의미와 영향이 불교보다 폄하된다면 그것은 일본의 고대문화와 종교에 대한 이해에서 뿐만 아니라 동아시아 고대문화의 유동성, 나아가 복잡다양한 동아시아 문화의 모든 유전자 지도를 판독하고 정리하는 데도 중대한 과오를 범할 수 있다. 그것은 불교가 경전과 대가람(大伽藍)을 매개로 하여 교단과 교파를 형성하면서 매우 고차원적인 고급문화와 고등종교로서 전래되어 지배자 중심의 소란스런(noisy) 종교와 문화로 자리잡은 것과는 달리 도교는 (眞人이나 道師7)에서 보듯이) 지배자 계층에 전래되었더라도 불경같은 경전이나 사원도 없이 조용한(silent) 민간신앙으로서 전래되어 민간도교로서 민중속에 소리없이 스며들었기 때문이다.

시모데 세키오(下出積與)에 의하면, 본래 도교는 한편으로 5세기초까지 중국에서 종교조직을 형성하고 불교의 사원에 해당하는 도관(道觀)도 건

---

7) 호족을 새로운 중앙집권적 지배조직 속에 넣기 위해 만든 '八色의 姓'은 '眞人'→'朝臣→宿彌→忌寸→道師→臣→連→稻置 가운데 진인을 첫 번째에 두어 황족에게만 부여하는 최고위의 자리임을 나타내려 했다. 제5위에 해당하는 道師는 도교의 지도자를 의미하여 도교도 7세기 이후에는 이미 지배자 문화속에 자리잡았음을 알 수 있다. (福永光司,『道敎と日本文化』, 人文書院, 1982, 쪽 참조.) 그렇다고 하여 일본에서도 도관(道觀)을 중심으로 하여 도사가 활동하는 본격적인 교단도교의 조직이 생겨난 것은 아니다.

립하면서 그곳에서 도사(道士)가 도술(道術)을 전하는 교단도교(성립도교, 또는 이론도교)가 유지되었다. 다른 한편으로는 민중 사이에서 주술, 신선 신앙 등 일체의 도교적 신앙을 중심으로 한 민간도교가 자발적으로 널리 유행했다.8) 그러나 고대일본의 도교는 중국의 경우와 같지 않았다. 특히 율령국가에서는 공식적으로 도술을 부정했을 뿐만 아니라 도관을 건립한 적도 없었다. 도관도사가 도래했다는 명확한 기록마저 없다.9) 다시 말해

---

8) 和田 萃, '藥獵と『本草集注』—日本古代の民間道教實態', 『道敎と日本』第二 卷, 古代文化の展開と道敎, 雄山閣, 1997, 4~5쪽.

9) 『日本書紀』齊明天皇 2年(656)條에 "田身嶺(多武峯) 꼭대기에 담을 둘러 쌓았 다. 또 정상의 두 槻木 근처에 觀을 세우고 兩槻宮이라고 하였다. 또는 天 宮이라고도 하였다"는 기록만으로 쿠로이타 카츠미(黑板勝美)는 일찍이 이 를 가리켜 道觀을 세운 것이 분명하다는 兩槻宮道觀說을 주장하여 수많은 논쟁을 불러왔다. 뿐만 아니라 그는 齊明 원년 5월조의 "공중에 용을 탄자 가 있었다. 파란 기름을 바른 갓을 쓰고, 葛城嶺에서부터 生駒山에 숨었다. 住吉의 松嶺上에서 서쪽을 향해 달렸다"는 기록으로 보아 北에는 生駒山, 東에는 多武嶺, 南에는 吉野金峯山, 西에는 葛城山 등 사방에 도관이 세워 져 있었을지 모른다고도 추측한다.

1960년대에 이르기까지 별다른 반론이 제기되지 않던 이 주장에 본격적인 부정론을 제기하기 시작한 사람은 那波利貞이다. 그에 의하면 <觀>자는 道觀처럼 도교의 寺라는 뜻으로도 쓰지만 樓觀·宮觀처럼 높은 건물이나 성문의 櫓를 의미하기도 한다. 특히 觀은 古訓으로는 タカドノ로 읽는 습관 이 있기 때문에 樓觀의 뜻으로 보아야 한다는 것이다. 또한 『時代別國語 大辭典』(上代篇, 411쪽)에서도 고대어의 タカドノ는 일단 높은 곳에 높이 지 은 건물을 뜻한다. 下出積與도 兩槻宮이 이전에는 볼 수 없었던 특수한 형태 의 건물일 뿐만 아니라 보통 건물보다 높아 樓나 台와는 다른 감각의 タカド ノ였기 때문에 관용적으로 쓰던 글자인 樓와 台를 피하기 위하여 <觀>자 를 썼을 것이라고 주장하여 도관설을 부정한다.

兩槻宮의 별명을 쿠로이타가 도교적 <天宮>이라고 주장한 것에 대해서도 靑木和夫는 "天宮, 도교사상에 의한 명명일까?"와 같은 의문을 제기한다. 그는 天宮이 天帝의 궁전이라는 뜻이지만 천궁이나 천제의 기원인 天의 개 념이 유교와 도교 등 중국의 종교와 사상의 근원이었으므로 천궁을 결코 도교의 독점물이나 전유물로 간주할 수 없다고 하여 쿠로이타 도관설의 배

일본에서의 도교는 종교로서의 조직적인 교단도교, 즉 성립도교나 이론도
교를 형성하지 못한 채 단지 민중신앙으로서의 민간도교의 형태만으로 전
개되었다. 예를 들어『기기』(記紀)에 언급되는 수많은 신선담(神仙譚)의 경
우에서나, 심지어 19년간이나 唐에서 유학하고 돌아온 키비노 마키비(吉
備眞備, 695~775)의『사교유취』(私敎類聚)가 선인(仙人)에의 추구와 신선
을 지향하는 생활태도를 강조할뿐 종교로서의 도교를 언급하지 않는 데서
도 알 수 있다.

　그것은 무엇보다도 일본의 도교가 교단도교를 형성하지 않았던 한반도
로부터 전래되었기 때문일 것이다. 또한 그것은 한반도의 경우와 마찬가
지로 일본의 도교도 신선신앙을 중심으로 한 민간도교였음에도 음양, 천
문의 방술부문이나 약엽(藥獵), 벽곡(辟穀) 등 의술부문의 도술을 용인한
절충형이었다는 점에서 더욱 그러하다. 실제로 고대일본에서는 승속(僧俗)
간에 도술이 널리 신용되었다고 하더라도 주로 신기신앙에 습합되는 결과
를 낳았다. 특히 이들 민간도교의 중심을 이룬 신선사상은 종교의 대상이
되었다기보다 오히려 민중들이 일상에서 추구하는 행복의 상징으로서 동
경의 대상으로 간주되었기 때문이다. 와덕충(窪德忠)도 본래 고대의 민간
신앙을 기반으로 하여 생겨난 도교는 신선설을 중심으로 하여 거기에 역
(易)·음양·오행·참위(讖緯)·의학·점성 등이나 무격(巫覡) 신앙이 더
해졌지만 결국 불노장생을 주된 목적으로 하는 현세이익적인 종교였다고
정의한다.

　그러면 일본에는 언제부터 이러한 민간도교가 전래되기 시작했을까?
그리고 도래인과 더불어 전래된 도교는 일본에서 어떻게 습합되어 민간도
교의 표현형(phénotype)이 되었을까? 와다 스이(和田萃)에 의하면, 일본에는
와덕충이 분류한 도교의 네가지 내용인 a)교학부문, b)방술부문—주술·부
(符)·예언·불제(祓除)·기도의　양식이나　의식, c)의술부문—벽곡(辟穀;

─────────────

후마저 부정한다.

오곡을 먹지않고 초근목피로 식료를 만드는 것)·복이(服餌: 각종 仙藥을 만드는 방법과 복용법)·조식(調息: 일종의 호흡법)·도인(導引: 안마의 일 종으로서 오늘날의 유연체조 같은 것)·방중(房中: 남녀의 상애술)·약엽 (藥獵), d)윤리부문 가운데 주로 b)방술부문과 c)의술부문이 한반도로부터 전래되어 신기신앙과 습합하면서 민간도교화했다.[10] 이처럼 도래인에 의 한 문화적 중층화와 함께 진행된 일본의 민간도교의 습합양상을 좀더 구 체적으로 이해하기 위해 고구려·신라·백제 삼국인의 도래사(渡來史)와 더불어 살펴보자.

1) 고구려와의 문화적 중층화와 도교의 전래

처녀인구집단에의 감염은 항상 기생생물이 새로운 숙주에 옮겨가 적응 하면서 일어난다. 그것의 적응은 유행과 풍토화의 과정을 거쳐 결국 기생 생물과 숙주가 상호관용 관계, 즉 상리공생(commensalism) 관계에 이르면 완성된 것이나 다름없다. 이처럼 생명의 존재와 더불어 시작된 질병의 감 염 현상이 생명체의 원초적인 존재조건이듯이 인류의 존재와 더불어 시작 되어온 문화적 감염현상도 마찬가지이다. 예를 들어 일찍부터 한반도(중 간숙주)에서 일본열도(종결숙주)로 옮겨간 문화적 기생생물인 도래인은 그곳에서 유행→풍토화→공생의 과정을 거쳐 습합문화를 형성했기 때문 이다.

『신찬성씨록』(新撰姓氏錄)에 기재된 성씨 가운데 상당수가 한반도에서 건너온 도래인의 것이라는 사실만으로도 한반도와의 관계를 염두에 두지 않고 고대 일본문화의 특성을 생각하기란 불가능한 일이다. 한반도로부터 도래인이 이주했다는 사실을 입증할 수는 가장 확실한 근거는 주거의 흔 적이다. 「야요이·고분시대에 있어서 왜의 조선인」(彌生·古墳時代におけ る倭の朝鮮人)에서 한반도, 특히 고구려로부터 서부 일본에로의 이주를

---

10) 앞의 책, 28쪽.

일찍이 주장한 바 있는 이시노 히로노부(石野博信)은 그 근거로서 야요이 중기의 두가지 주거형을 제시한다. 치쿠고(筑後)의 북모전형(北牟田型)과 빈고(備後)의 신변형(神辺型)[11]이라고 불리는 고구려식의 원형(圓形) 주거유적(棟)들이 그것이다. 야요이 중기 초부터 중기 전기간에 걸쳐 계속되었던 북모전형은 산인(山陰)지방의 호우키(伯耆)시와 요나고(米子)시의 아오키(青木) 유적 4동과 오카야마(岡山)현 미마사카(美作)지방의 츠야마(津山)시 누마(沼) E유적 3동이 거기에 해당한다. 또한 야요이 후기 전반까지 계속되었던 신변형은 히로시마(廣島)현 쇼우바라(庄原)시 오오하라(大原)1호 유적 2동이 거기에 해당한다. 이들 주거 흔적을 고구려 이주민들의 것으로 추정하는 또 다른 증거는 고구려의 적석총문화가 이들 지역의 분묘문화에 미친 영향이다. 이들 지역의 4우돌출형(四隅突出型) 분묘가 모두 네 모퉁이가 돌출한 고구려 분묘의 영향을 받은 것이기 때문이다. 이처럼 이 지역의 주거형과 분묘형이 모두 고구려의 형식과 같은 것이라는 사실은 일찍부터 고구려의 이주민이 이 지역에 정주했음을 의미한다.[12] 더구나 고분시대 전기(4세기)에는 일본열도 전역이 방형(方形)주거형으로 바뀌었음에도 고시(越)·이즈모(出雲)·키비(吉備) 지역만이 원형주거형을 계속 유지한 것은 고구려의 이주민 집단이 상당 기간 동안 산인도의 중국 산지와 이즈모를 비롯한 일본의 서부연안 지역으로 도래했기 때문이다.

전호천(全浩天)에 의하면, 『일본서기』에 기록된 고시(越)와 고구려와의 교류는 킨메이기(欽明紀) 31년(570) 4월 고구려 사신의 고시 연안 표착(漂着) 기사를 시작으로 하여 비다츠기(敏達紀) 2년(573)의 5월, 7월, 3년의 5월로 이어진다. 이처럼 6세기말에 노도(能登)반도를 비롯하여 에치젠(越

---

11) 石野博信, 『日本原始·古代住居の硏究』, 吉川弘文館, 251~264쪽.

12) 全浩天, '古代出雲における高句麗·新羅文化の重層性', 『日本古代の傳承と東アジア』佐伯有淸先生古稀記念會編, 吉川弘文館, 1995, 356~359쪽.
　　또한 『新撰姓氏錄』에 기재된 성씨 가운데 신라·가야계가 19가문인데 비해 고구려계가 42가문이나 된다는 사실로 미뤄볼 때 고구려로부터 도래한 집단 이주민이 적지 않았음을 알 수 있다.

前)과 엣츄(越中) 등 고시(越) 연안은 고구려와 교류의 관문이었지만 7세기에 이르러서도 키타규슈(北九州)・츠쿠시(筑紫) 루트와 함께 주요한 교류 통로였다. 특히 외래인의 표착이 갖는 중요한 의미는 그것이 단순한 항해 사고로만 간과할 수 없다는 데 있다. 그것은 신종 바이러스의 우연한 감염이 새로운 질병을 유행시키듯이 우연적・개인적 이동의 의미를 넘어 흔히 문화・문명사적 변화의 계기가 되기 때문이다.

예를 들어 1543년 8월 25일 중국 영파(寧波)로 향하던 포르투갈 상선이 폭풍우를 만나 큐슈 남단 타네가시마(種子島)의 코우라(小浦)에 표착하자 그 섬의 영주가 한정에 2천냥씩 주고 소총 2정을 구입하면서 그의 가신인 시노가와 고시로(篠川小四郞)에 의해 화약제조법을 전수받게 한 사건이 그러한 예이다. 스기모토 이사오(杉本勳)는 이를 가리켜 "일본과 서구 교섭의 발단이 된 총포의 전래는 일본 과학문화사의 획기적 사건이었다. 뿐만 아니라 그것은 당대의 정치사회에서도 일대 파문을 불러일으켰다"고 평가한다. 그것은 "종래의 동양문화와는 매우 이질적일 뿐만 아니라 고도의 과학성을 지닌 서양문화와의 최초의 접촉이라는 의미에서 특별히 기록되어야 한다"[13]는 것이다.

그러면 570년 고구려 사신이 풍랑에 시달리며 표류하다 고시 연안에 도착한 사건은 어떤 것이었을까? 그것은 포르투갈 상선의 표착만큼 문화적 상징성이 매개물을 통해 명시적으로 나타나지는 않지만 그 사건의 묵시적 정황으로 보아 그보다 못하지 않은 의미를 지닌 사건이었다. 『일본서기』 킨메이기(欽明紀) 31년조에 의하면, 킨메이천황이 "군사(郡司)는 야마시로(山城)국 소우라쿠군(相樂郡)—현재 교토부 남단부에 위치한다. 이 군의 중앙에 위치한 야마시로는 고구려인의 거주지라고 전해지며, 여기에는 고구려사적도 있다—에 관(館)을 지어 깨끗이 하고 후하게 도와주어라"고 명했다든지, 천황이 백제계 도래인인 "야마토노아야씨(東漢氏直糠兒)를 나니

---

13) 杉本勳, '近世科學文化의 開花', 『科學史』体系日本史叢書 19, 山川出版社, 1990, 128~129쪽.

와(難波)로 보내 그를 (궁으로) 마중하여 들였다"든지, 7월에는 천황이 또 다른 야마토노아야씨(東漢坂上直子麻呂)를 보내 수호를 맡게 하고 소우라 쿠관(相樂館)에서 그에게 향응을 베풀었다고도 기록하고 있다. 여기에서 주목할만한 것은 천황이 야마토노아야씨를 중용하여 고구려 사신을 접대했다는 사실이다. 야마토노아야씨는 야마토(大和)정권이 전국통일을 진행하던 5세기말에 새로운 기술과 지식을 가지고 백제에서 건너온 도래인들로서 당시로서는 이들이 신문화 도입의 첨병이자 공급원이었기 때문이다. 6세기 이후에도 이들은 하타(秦)씨와 더불어 둔창(屯倉)의 설치 등 여전히 야마토정권에서 중추역할을 담당하고 있었다.[14] 그러므로 천황이 이들을 내세워서 표착한 고구려 사신을 환대했다는 것은 적어도 이 사건이 당시 고구려의 상위문화(cultural dominant)와의 교섭과 교류에서 차지하는 비중이 어느 정도였는지를 상징하는 의미있는 사건 가운데 하나였다.

이미 4세기에서 6세기에 주로 형성된 이 지역의 고구려식 고분군들이 무엇보다도 그러한 역사인식을 뒷받침해주는 역사적 전시물이자 문화적 묵시록들이다. 예를 들어, 시마네(島根)현 야스기(安來)시의 횡혈군(高廣橫穴群)에서 발견된 눈부신 금동장식의 쌍용환두, 사기노유병원 자리의 횡혈(鷺ノ湯病院跡橫穴)에서 발견된 환두대도나 태환식 귀걸이, 그리고 토기골 횡혈에서 출토된 금동제 쌍용환두대도 등이 바로 그것들이다. <고려검>이라고 부르는 쌍용식 환두대도나 고구려의 귀족 여인들의 장신구인 태환식 귀걸이는 고분 속에서 침묵하고 있는 것이 아니라 역사를 위해 증언하고 있음이 분명하다. 특히 6세기 후반에 축조된 횡혈식 석실에서 출토된 환두대도에 사자상으로 주조된 귀면(鬼面)장식은 여기가 고구려 분묘문화권임은 물론이고 도교문화권이었음을 알려주는 영역표시이기도 하다. 혀를 내밀고 이빨을 드러낸 사자상은 고구려의 전형적인 귀신도인 황해도 안악 3호분 석주군(石柱群) 상부의 귀신 모습을 그대로 묘사하고 있기 때

---

14) 佐伯有淸 編, 『日本古代氏族事典』, 雄山閣, 1994, 468쪽.

문이다. 이처럼 고시(越) 연안 지역은 일찍부터 고구려계 이주민에 의해 고구려 문화권을 형성해왔기 때문에 도교를 비롯한 다양한 민간신앙이 전파되어 신기신앙과 습합했다. 예를 들어 고구려에서 전해진 <가모수>신에 대한 신앙과 이즈모지방 마츠에시(松江市)의 가모수신사(神魂神社)나 노도반도 스즈시(珠州市) 고마시히코(古麻志比古)신사의 습합과정이 그러하다. 그럼에도 불구하고 일본에서는 신혼(神魂)을 왜 가모수(カモス)라고 읽는지에 대해 전혀 알려진 바 없다. 하물며『고사기』에서 가모수신을 '가미무스비' 가미(神産巢日神)라고 하고,『일본서기』에서도 '가미무스비' 미고토(神皇産靈尊)라고 부르는 이유도 알려졌을 리 없다.

그러나 카도와키 테이지(門脇禎二)는 지금까지 가모수라는 칭호가 남아 있는 이유를 "조선에서 생긴 가모수라는 시조령(始祖靈)신앙에 의한 것으로 보인다"고 하여 고구려에서 전래된 신앙형태임을 밝히려 했다. 또한 그는 스즈시의 고마시히코(古麻志比古)신사의 명칭을 '고마시히코'라고 한 것도 그 신이 고마(高麗)·시(魂)·히코(彦)라고 하는 고구려계 도래인의 조상신에서 유래했기 때문이라고 해석한다.[15] 그는 古麻志의 '고마시'도 고모(熊)·수(靈)라는 설을 받아들여 그것이 "주술과 수업에 의해 천신의 아들을 낳았다는 평양지방의 주술적인 민간신앙 가운데 하나"로부터 생긴 것이라고 주장한다. 이처럼 그는 이즈모의 가모수신사의 원상이나 노도반도의 고마시히코신사의 원상을 모두 고구려의 토착적인 주술신앙에 기초한 '가모수'(神魂)신앙에서 구함으로써 도래인에 의해 일본 서부연안에 전래된 도교적 민간신앙이 신기신앙과 습합하여 이미 공생관계를 이루었음을 밝혀내고 있다.

그러나 가모수에 대한 해석에 있어서 전호천의 견해는 그와 다르다. 그는 가모수신과 가모수(神魂)신사의 원상을 고구려의 토착신앙에서 구하지 않고 시조적(始祖的)인 인격신앙, 즉 인격신으로서 체계적으로 수식된 고

---

15) 門脇禎二,『日本海域の古代』, 東京大學出版會, 101〜102쪽.

구려 건국신화에서 찾는다. 다시 말해 그것은 천자의 아들인 해모수(解慕漱)에서 유래했다는 것이다. 해모수는 천자와 압록강의 신인 하백(河伯)의 딸 유화(柳花) 사이에서 태어난 천자의 아들로서 고구려 시조 주몽(朱蒙)을 가리킨다. 『삼국사기』와 『삼국유사』에 기록된 해모수의 '解'는 삼국시대의 이두(吏讀)로 읽으면 '가'이므로 해모수도 가모수로 읽혔기 때문에 이 신이 이즈모 가모수신(神魂神)의 원상이 되었다는 것이다.[16]

고구려의 도교문화가 일본 서부연안에서 신기신앙과의 중층성·습합성을 나타낸 하일라이트는 시마네현 미호노세키(美保關) 미호신사(美保神社)에 전승된 사신(四神)사상과 신앙일 것이다. 이 신사의 청자원신사(青紫垣神事)의 제구(祭具)에 그려진 사신도(四神圖)인 일상기(日像旗) 2본—금색으로 된 세 다리의 까마귀(三足烏) 그림의 깃발—과 월상기(月像旗) 2본—금색으로 된 은토끼 그림의 깃발—, 그리고 정면에 그려진 청룡·주작·백호·현무 등 4신을 상징하는 그림들이 그것이다. 고구려에서는 일찍이 음양오행설과 관련된 사신사상과 신앙이 널리 퍼져 사회생활 속에 스며들어 있었다. 5세기초 남포(南浦) 덕흥리(德興里) 고분벽화·약수리 고분벽화·쌍영총(双楹塚), 그리고 6세기의 평남 대동군 덕화리 2호 고분 등 수많은 고분벽화가 사신도로 구성되어 있는 것도 그 때문이다. 고구려인들은 천체의 움직임에 따라서 인간의 길흉화복이 정해진다고 믿기 때문에 천공의 성좌 28숙(宿)을 7가지로 나누고 그 가운데 수호신이 되는 네개의 성좌의 양태를 청룡(東)·백호(西)·주작(南)·현무(北)라는 신수(神獸)로 간주했다. 그들은 사후의 안녕과 영원한 안식을 기원하기 위하여 생전에 묘실을 만들고 그것을 지키는 네가지 신을 벽면에 그려놓았던 것이다.

이처럼 고구려의 고분벽화는 성숙도(星宿圖)와 일·월상, 그리고 사신(四神)이 일체가 되어 통일적인 세계관과 우주관을 나타낸다. 또한 그것은 5세기말과 6세기에 걸쳐 일본으로 건너가 미호신사 신구(神具)의 그림에

---

16) 全浩天, 앞의 책, 370쪽.

로, 나아가 나라(奈良)현 다카마츠고분(高松塚)의 일월성신(日月星辰)의 세계에로 이어지면서 고구려 사신도의 조형화와 신앙화를 구현했다.[17] 태양을 심볼로 하는 세 다리 까마귀(三足烏)와 달을 심볼로 하는 토끼가 네가지 수호신과 일체된 세계관의 확장과 더불어 사신신앙의 영역 확대가 일본의 분묘와 신사 속에서 재현된 것이다.

그 밖에 분묘문화에서 나타난 주술신앙 이외에 민간도교의 또다른 내용들이 고구려에서 전래되어 일본의 고대문화 속에 습합된 민간도교의 표현형(phénotype)들도 적지 않다. 예를 들면, 기록상 스이코(推古) 19년(611)에 처음 나타나는 약엽(藥獵)신앙이나 늦어도 7세기 전반 이전에 전래되었을 오두미도(五斗米道)가 그러하다. 『삼국사기』권 제45 열전 제5, 온달전(溫達伝)에 보면, "고구려에서는 항상 봄철 3월 3일이면 낙랑 언덕에 모여 사냥(田獵)을 하고, 그날 잡은 산돼지와 사슴으로 하늘과 산천신에게 제사를 지내는데, 그날이 되면 왕이 나가 사냥하고 여러 신하들과 오부의 병사들이 모두 따라 나섰다. 이에 온달(559~590)도 기른 말을 타고 따라 갔는데 그 달리는 품이 언제나 남보다 앞에 서고 포획하는 짐승도 많아서 그와 같은 사람이 없었다"고 기록하고 있다. 이와 매우 유사한 약엽의례에 관한 기록이 일본에서 처음 나타나는 것은 스이코 19년(611)이었다.

『일본서기』제22권 스이코 19년 5월 5일조에 보면 "우타노(菟田野 또는 宇陀野―나라현 중동부에 위치)에서 약엽(녹용을 자르는 사냥)을 하였다. 닭이 울 때에 후지와라연못(藤原池)가에 모였다. 새벽에 출발하였다. … 그날 여러 신하들의 복장의 색을 모두 관(冠)의 색에 따르게 했다. 각각 관에 장식을 붙였다. 즉 대덕과 소덕에는 다 금을 썼다"고 기록되어 있다. 이듬해 5월 5일조에도 "약엽을 하여 호우치(羽田 또는 羽內―현재는 高市郡 高取町 羽內부근)에 모여서 연이어 조정에 들어갔다. 그 복장(裝束)은 우타(菟田)의 사냥 때와 같았다"고 기록되어 있다.

---

17) 全浩天, 앞의 책, 380~389쪽.

이들은 해마다 왜 5월 5일에 약엽을 시작했을까? 스이코 19년 5월 5일은 양력으로 611년 6월 20일, 즉 그해 하지날이었고 이듬해의 그 날은 6월 8일이었다. 5월 최초의 午日이라는 의미에서 단오절(端午節)이라고 부르는 5일은 오행사상에서 불(火)에 해당 하므로 태양의 기운이 가장 강할 것이라고 생각했을 뿐만 아니라 낮의 길이가 가장 긴 하지에 가까우므로 지상에서도 동식물의 생육이 가장 번성한 때로 믿었다. 즉 이 날(正陽節日)을 우타노(宇陀野)에서의 약엽일로 선택한 것은 이러한 천지의 기운에 따른 것이다. 죠메이기(舒明紀)에도 5월 5일에는 천황이 황후와 함께 우치노(宇智野)에 약엽을 나갔다고 기록하고 있다. 이 때 남자는 사슴을 사냥하고 여자는 약초를 채취했다. 또한 천황이 5월 5일 카마후(蒲生野)에서 유엽(遊獵)할 때 누카타노오오키미(額田王)가 지은 노래를 텐시조(天智朝)의 『만요슈』(卷一〜二十)에서도 볼 수 있다.[18]

그러나 본래 3월 3일에 천신과 산천신에게 사슴을 제사하던 고구려의 의례를 수용한 야마토의 천황이 고구려와는 달리 5월 5일로 연기한 것은 실제로 사슴의 뿔이 아직 육성도중이었기 때문이다. 또한 이때에 사슴을 사냥감으로 선택한 것은 북방 유목민들 사이에서 사슴뿔이 강장제(녹용)로 사용한다고 알려진 탓도 있지만 사슴을 불노불사(不老不死)나 길상(吉祥)의 상징으로 믿어왔기 때문이기도 하다.[19]

5월 5일은 동식물의 생육이 왕성했던 반면에 그만큼 여러 가지 역병도 유생하기 시작하던 때였다. 그러므로 나라(奈良) 시대부터 단오절에는 천황과 신하들 모두가 사소(絲所)에서 창포로 만들어 헌상한 비단인 창포만(菖蒲縵)을 몸에 걸치는 것이 일반적으로 거행되던 행사였다. 헤이안 시대의 단오절 행사에도 천황은 창포를 걸치고 무덕전(武德殿)에 행차했다. 이때는 내외의 신하들도 모두 창포만을 걸치고 참석했다. 중무성(中務省)은

---

18) 三浦佑之, '額田王と蒲生野', 『萬葉の風土と歌人』, 雄山閣, 1991, 42쪽.

19) 和田萃, '藥獵と『本草集注』—日本古代の民間道教の實態—, 『道敎と日本』第二卷 古代文化の展開と道敎, 雄山閣, 1997, 18〜19쪽.

내약사(內藥司)를, 그리고 궁내성(宮內省)은 전약료(典藥寮)의 관인을 동원
하여 창포와 쑥으로 만든 창포궤(菖蒲机)를 메게 하고, 여장인(女藏人)들[20]
로 하여금 창포와 약옥(藥玉)을 신하들에게 나눠주게 했다. 이처럼 창포만
을 몸에 두루고 창포와 쑥을 신하들에게 나눠주는 것은 그것들의 냄새가
인체의 독기를 제거해줌으로써 역병을 예방하고 장수할 수 있게 하는 힘
이 거기에 있다고 믿었기 때문이다.[21]

그러나 이러한 채약과 약엽신앙도 모두 일본 고유의 것이 아니라 고구
려에서 받아들여 정착된 것들이다. 고구려의 궁정의례로서 행해진 채약·
약엽의례가 우타노에서부터 그대로 재현되기 시작했기 때문이다. 예를 들
어 약엽과 약초의 채취(採藥)가 모두 단오날에만 이뤄지지 않고 고구려에
서 처럼 3월 3일에 시작하여 5월 5일, 입추, 7월 7일, 9월 9일, 마지막으로
입동까지 이어진 경우가 그러하다. 이 가운데서도 방규(防葵)와 뽕나무 기
생(桑上寄生)을 비롯하여 12종의 채약이 3월 3일에 이뤄진데 비하여, 5월
5일에는 갈근(葛根) 등 8종을 채취함으로써 여기서도 고구려에서처럼 3월
3일에 더욱 집중되었음을 알 수 있다. 그래도 대부분의 채약이 두 나라 모
두 이 양일에 집중되었다는 점에서는 다르지 않다. 이 때가 특정식물의 경
우 일년중 가장 좋은 약효를 가질 수 있는 가장 좋은 조건의 시기라고 믿
었기 때문이다. 이 때 고구려와 야마토의 조정과 채약사(採藥師)를 비롯한
민간에서 야외나 수변에서 불제(祓除)와 독기를 피하기 위한 행사를 개최
한 것도 그런 이유에서였다.

특히 앞에서 인용한『삼국사기』와『일본서기』에서 보았듯이 고구려 평

---

20) 약엽에 여자들이 등장하기 시작한 것은 누카타노오오키미(額田王)때부터였
다. 오우미(近江)의 카마후노(蒲生野)에서 遊獵할 때에 남자는 사슴을 쫓았
고 여자는 약초를 채취하기 위해서 였다. 蒲生野는 오우미국 카모우군(蒲
生郡)의 지명으로서 현재의 시가현(滋賀縣) 近江八幡市에서 日市市에 걸친
일대를 가리킨다. 神代記에는 고대일본에서 카마노하나(蒲黃)로 화상 치료
에 쓰였던 蒲가 자생하는 들판을 의미했다.

21) 앞의 책, 16쪽.

강왕(平岡王)과 야마토 스이코 천황 때에는 이 날의 약엽의례의 복식과 절차마저도 크게 다르지 않아 채약·약엽습속을 비롯한 민간도교가 별로 가감없이 수용되었음을 알 수 있다. 이것은 일본의 민간도교의 표현형 속에 고구려의 것이 얼마나 결정적인 유전형질로서 작용했는지를 의미하는 것이지만 나아가 북방 유목민에게서 유래한 고구려의 문화가 토대에서부터 얼마나 광범위하게, 그리고 중층적으로 고대 일본사회에 습합되었는지를 알 수 있는 중요한 단서가 되기도 한다.

2) 신라와의 문화적 중층화와 도교의 전래

고구려인이 고시(越) 연안에 표착했다는 『일본서기』킨메이기(欽明紀) 31년(570) 기사를 시작으로 하여 6세기말 이후에는 고구려 뿐만 아니라 신라로부터도 도래인 집단이 건너와 정착하면서 인적 교류를 통한 문화적 중층화가 진행되었다. 그 대표적인 예가 하타(秦)씨족의 광범위한 분포이다. 『일본서기』에 의하면 하타씨의 고향은 백제라고 하지만 <秦>자를 <秦韓>(辰韓)과 연관지워 진한(辰韓)·신라계라는 주장이 유력하다. 秦의 발음을 <하타>(ハタ)라고 부른 것도 고대 한국어의 <바다>(パダ=海)에서 유래한 것으로서 한반도로부터 건너온 바닷사람(海人)=도래인을 가리키기 위해서였을 것이다. 『삼국사기』에도 秦씨의 고향을 경상남도 울진군(蔚珍郡) 해곡현(海曲縣)이거나 임해(臨海)라는 별명을 가진 금관가야(金官伽倻: 경남 金海지방)라고 한다.[22]

하타씨가 언제 일본에 도래했는지는 정확히 알 수 없지만 4세기(應神

---

22) 『三國史記』卷34, 雜志 第三, 地理一에 보면, 신라의 선조는 본래 辰韓 종족인데, 그 나라가 백제·고구려 두나라 동남쪽에 있으며, 동쪽으로는 큰 바다에 臨하였다고 기록하고 있다. 또한 辰韓은 馬韓 동쪽에 있는데, 동쪽은 바다에 닿고, 북쪽은 濊와 접하였다고도 적고 있다. 일찍이 신라의 崔致遠도 卷 第四十六에서 馬韓은 고려요, 卞韓은 백제요, 辰韓은 신라라고 하였다.

朝)에 이미 신라에서 야마토의 카츠라기(葛城)지역으로 집단도래하기 시작했다. 나라시대 이래의 사료에 의하면 그후 그들은 고대국가의 권력재편과 그로 인한 권력중심지의 이동에 따라 가츠라기에서 야마시로(山城)국으로 옮겨 그 전역으로 퍼져나갔다.23) 6세기 중반에서 7세기초에 하타씨의 족장은 후카쿠사(深草: 현재 교토시 伏見區의 稻荷일대)로부터 우즈마사(太秦; 현재 교토시 右京區)로 옮겨갔다. 『일본서기』에서 눈에 띄는 하타씨의 족장으로는 켄메이조에 후카쿠사의 하타노오오츠치(秦大津父)와 스이코조에서 코우교쿠(皇極)조에 걸쳐 카도노군(葛野郡)의 하타노카와가츠(秦河勝)가 있다. 특히 후자는 일본의 국보 제1호로 지정된 미륵보살반가사유상이 보관되어 있는 고우류사(廣隆寺)를 603년 씨사(氏寺)로서 창건한 인물이기도 하다. 앞에서도 언급했듯이 하타씨족은 6세기 이후 농지개발·광업·양잠·교역 등의 분야에서 뛰어난 능력을 발휘하여 야마토정권의 통일국가 형성에 기여하면서 세력확장을 꾀해 나갔다. 그들은 기내(畿內) 각지로부터 지방에로 세력을 뻗어가면서 지방 호족들의 지배하에 있는 도래인을 대량으로 장악하고 중앙의 중층적인 지배조직을 만들어 야마토노아야(東漢)씨와 함께 중앙정계에서 도래인들의 막중한 역할을 과시해왔다.24)

그러나 고구려인과 마찬가지로 6세기말에서 7세기에 신라인들의 주요한 도래 루트 가운데 하나는 노도반도를 중심으로 한 고시(越)의 동쪽에서 이즈모(出雲)를 중심으로 한 산인지방의 서쪽 끝에 이르는 해안지방이었다. 그러므로 기내지방 뿐만 아니라 이 해안선을 따라서 이 지역에도 신라인들이 도래했고, 기생생물과 함께 옮겨진 감염 바이러스가 새로운 질병을 유행시키듯이 이들과 더불어 신라의 문화적 감염현상도 뚜렷이 나타기시작했다. 예를 들어 7세기 후반부터 이즈모를 시작으로 산인지방에는 고분시대를 마감하고 신라로부터 불교문화가 유입되면서 새로운 문화가 유

---

23) 이 책의 제3장 제2절, '稻作信仰의 습합과 稻作神話' 참조.
24) 佐伯有淸, 『日本古代氏族事典』, 雄山閣, 1994, 369~370쪽.

행하기 시작한 경우가 그러하다. 시마네현 나카우미(中海)에 위치한 야스기시(安來市)의 쿄오코사적(敎昊寺跡)에서 신라계 기와(軒丸瓦)가 출토됨으로써 이곳이 일찍이 신라문화의 전래루트였음을 말해주고 있다.

노도반도 스즈시(珠州市)의 스스(須須)신사에 진좌한 미호스스미신(御穗須須美神)이나 시마네현 미호노세키(美保關)의 미호신사에 천하를 만든 신으로 모셔진 미호스스미신의 어원도 이곳이 이미 신라의 종교문화에 감염된 뒤 유행의 단계를 거쳐 그것과 폭넓은 공생관계에 있었던 지역임을 암시하고 있다. 『이즈모국 풍토기』(出雲國風土記)에 의하면 미호신사의 미호스스미신은 고구려・신라와 관계가 깊은 해상신이자 항해신이었다. 『일본서기』 텐치(天智)천황 3년(670) 12월조에 보면 '스스미'는 봉화(烽火)를 의미하는 烽의 고훈(古訓)으로서 해방(海防)을 맡은 병사들이 이변을 급히 알리기 위해 연기를 올리던 곳이었다.

그러나 '스스미'는 봉화의 의미 이전에 고대 한국어의 '숯'에서 유래한 단어이다. 오늘날 일본어로 검댕이라는 뜻을 지닌 스스(煤: スス)와 숯을 의미하는 스미(炭: スミ)나 이변을 알린다든지 항해의 안전을 기원하는 烽의 고훈인 스스미(ススミ)도 모두 숯(炭: スッ)을 의미하거나 그것과의 밀접한 의미연관 속에서 생겨난 단어들이다.25) 이처럼 바다나 신령을 의미하는 미(美 또는 御)와 노도반도와 같이 돌출을 뜻하는 호(穗)에다 스스미 또는 스미가 더해져 동해를 통한 신라와의 안전한 항해를 기원하는 (이즈모의) 미호신사와 (노도반도의) 스스신사 모두에서 갑(岬)의 여신으로서 미호・스스미신을 모시게 된 것이다.

더구나 8세기초에 이르면 이 지역에는 <케다>(氣多)라는 호칭의 신사명이 넓리 사용된 것을 볼 수 있다. 但馬國氣多神社・加賀國江沼郡氣多御子神社・越中國射水郡氣多神社・越後國頸城郡居多神社・飛驒國氣多若宮神社 등이 그것이다. 이것은 그 지역이 신라로부터의 도래신인 케다신

---

25) 全浩天, 앞의 책, 373~375쪽.

(氣多神)의 신앙권이었음을 의미한다. 『기다사도회연기』(氣多社嶋迴緣起)
도 케다신을 가리켜 3백여인을 이끌고 도래한 5, 6세의 왕자로서 아마도
신라에서 건너온 도래신일 것이라고 기록하고 있다. 아사카(淺香年木)도
『기다사도회연기』에 의하면, 케다신사에 도래의 신격이 부여된 것은 의심
의 여지가 없다고 하여 고대 일본의 서부 연안 지역에는 한반도와의 교류
의 성과 가운데 하나인 도래신에 대한 신앙, 즉 도래의 신격을 부여하려는
해양신에 대한 신앙이 매우 넓게 정착해 있었다고 주장한다.[26] 고대 일본
인의 해신(海神)에 대한 신앙은 도래인의 역사만큼이나 오래다. 그것은 민
간도교와의 습합의 역사와 더불어 나타나기 시작했기 때문이다. 특히 5세
기 이후 신라로부터 도래인들의 집단 이주가 계속되면서 신라의 문화적
삼투력에 의한 광범위한 문화이전과 융합[27]은 초자연적인 낙토(樂土), 즉

---

26) 淺香年木, '信仰からみた日本海文化', 『古代日本海文化の源流と發達』, 大和書
房, 72쪽.

27) 5세기 후반을 한반도의 남부, 즉 신라·백제로부터 집단적 도래의 획기적
인 시기로 간주하는 이유는 삼국간의 대립과 항쟁이 고조되던 긴장의 시기
였기 때문이다. 한마디로 말해 그 원인은 고구려의 국력강화에 있었다. 제
19대 광개토대왕에 이어 즉위한 제20대 장수왕은 475년 백제의 도읍인 한
산성을 함락하고 개로왕을 살해했다. 이러한 국난 속에서 그 뒤 즉위한 문
주왕은 도읍을 웅진(공주)으로 옮길 수 밖에 없을 정도로 위기상황이었고
백성들은 동요할 수 밖에 없었다.
이처럼 4세기말에서 5세기에 걸쳐 고구려의 세력이 남하하면서 서쪽으로는
백제를, 그리고 동쪽으로는 신라를 침략하자 많은 사람들이 바다 건너 일
본으로 도래했던 것이다(森浩一, 上田正昭, 井上滿郞, 西谷正, 門脇禎二, 『古
代豪族と朝鮮』, 新人物往來社, 1997, 101쪽 참조).
한편 이 무렵 백제 뿐만 아니라 신라로부터 집단 이주한 수많은 도래인들
로 인해 신라문화의 이전도 다양하게 이뤄졌다. 그 대표적인 사례 가운데
하나가 신라식 가마와 토기의 출토이다. 예를 들어 米子市 靑木유적이나
出雲·東出雲의 夫敷유적, 그리고 松江市 西川津 타테쵸우유적에서 출토된
연질토기와 기와가 그것들이다. 이러한 신식 가마와 토기는 신라로부터 동
해를 건너온 신라인들의 이주가 집단적으로 이뤄졌음을 의미하는 것이다
(全浩天, 앞의 책, 362쪽 참조).

동경과 상상 속에서 그려내는 이상향으로서의 해신국에 대한 신앙을 갖게 했다. 그 대표적인 예를 들면 『記紀』의 우미사치 야마사치(海幸山幸)형제의 신혼신화(神婚神話)가 그것이다. 수렵을 생업으로 하는 동생 야마사치히코(山幸彦)가 어로를 생업으로 하는 형 우미사치히코(海幸彦)의 낚시바늘을 분실하자 이를 구하기 위해 해신궁을 방문하여 해신의 딸인 토요타마히메(豊玉姬)와 혼인한 뒤 낳은 자식이 곧 천신의 子이다. 이것은 일종의 신선향(神仙鄕)으로서의 이상향 방문의 신화이다. 즉 야마사치히코가 해신국=상세국(常世國)에서 환대를 받아 처인 토요타마히메와 시호미츠타마(鹽盈珠)・시호후루타마(鹽乾珠)를 얻고 이 세상의 지배자가 되었다는 이야기이다. 이것은 아직 미숙한 혼을 지닌 젊은이가 이상향을 방문함으로써 완성된 대인의 인격자가 되었다는 이상향 방문의 성공신화인 셈이다.

또한 상세(常世)라는 영원의 뜻을 지닌 해신국 신화의 또다른 전형은 우라시마(浦島)전설이다. 풍류객인 우라시마코(浦島子)가 바다에 나가 오색의 거북을 잡아 배어 싣고 잠시 잠든 사이에 선계(仙界)의 미녀로 변신한 거북을 따라 해신국인 용궁세계(蓬萊山)로 간 뒤 그곳에서 3년간 관능적인 결혼생활을 보내는 이야기를 서사적으로 묘사한 전설이다.[28] 그러나 이 전설의 모티브는 우라시마코가 돌아와보니 용궁에서의 3년이 지상에서는 3백년이었다고 하여 상세국으로서의 신선세계가 불노불사의 장수국이었다는 데 있다. 즉 이 설화는 3년 대 3백년이라는 인간계와 초시간적인 이상세계간의 시간 관념을 대비시켜 인간이 영원의 생명을 구하는 것은

또한 물적 교류로 인한 습합의 흔적 뿐만 아니라 인적 교류로 인한 혼혈의 흔적도 적지 않았다. 예를 들어 고대 일본인의 이름 가운데 <滿智>가 백제풍의 이름이었다면 <韓子>는 일본인과 신라인 사이에서 태어난 아들에게 붙인 이름이었다. 예를 들어 蘇我石川의 자손들이 이나메(稻目) 같은 일본풍의 이름을 사용하기 이전까지 韓子라는 신라식 이름을 지었던 경우가 그러하다.

28) 大林太良, 吉田敦彦, 『日本神話事典』, 大和書房, 1997, 76~77쪽.

상세국에서나 가능하다는 도교의 신선신앙을 강조하고 있다.

그러면 고대 일본인에게는 왜 이러한 이상향으로서 해신국=상세국 신앙을 핵심으로 하는 민간도교가 널리 유포되었을까? 시모데 세키오(下出積與)는 8세기에 이르기까지 귀족들의 당풍문화를 즐기려는 분위기 속에서 생겨난 이러한 신혼신화들이 중국식으로 신선담화(神仙譚化)하여 나타난 것이라고 주장한다.[29]

그러나 신라의 탈해왕(脫解王)전설과 우미사치·야마사치 형제의 신화를 비교하여 그 유사성을 주장하는 미시나 아키히데(三品彰英)의 견해는 그와 다르다. 심지어 그는 한반도와 규슈와의 역사적 교통 및 신라와 일본의 서부해안 지역과의 신화적 교섭에 관한 사실적(史實的) 해석 등이 이를 단정적으로 방증한다고 하여 탈해왜인설(脫解倭人說)까지 주장하기 때문이다. 구체적인 내용에 있어서도 그는 이것들이 모두 기본적으로 신선향으로서의 용궁이라는 동일한 신화소를 지닌 상세국의 신혼신화라는 데서 그 유전성을 찾고 있다. 탈해의 어머니는 동해 속에 있는 용궁(女國)의 여인으로서 탈해를 낳았듯이 야마사치히코도 용궁의 여인인 토요타마히메와 결혼하여 왕자를 낳은 경우가 그러하다. 또한 탈해와 우미사치히코의 생업이 모두 낚시를 통한 어업이었다는 점도 두 신화의 상관성을 연상시키기에 충분하다는 것이다.

그러나 왜국에 대한 공포심과 적개심 때문에 신라에 이러한 신화가 생겨났다고 하여 탈해왕 신화를 상세국 신화가 아닌 호국신 신화로서 둔갑시킨 미시나 아키히데의 주장은 그의 신화론이 지닌 이론적 토대인 「신화와 문화경역론」(神話と文化境域論)의 신화적 임계각(臨界角)을 의심하게 한다. 나아가 그것은 그의 문화적 경계인식의 자의성을 지적하지 않을 수 없게 한다. 그러므로 그의 이러한 신화해석의 논리는 그가 탈해왕 신화와 유사성을 대비하기 위해 열거한 고대 일본의 우미사치·야마사치신화나

---

29) 下出積與, '神祇信仰と道教', 『宗教史』體系日本史叢書 18, 山川出版社, 1985, 102쪽.

우라시마코전설 같은 신선향(=상세국) 신화의 임계성마저 의심받게 한다.

물론 『삼국유사』에 의하면 탈해는 신라의 영악(靈岳)인 토함산에서 제사하는 동악신(東岳神)이다. 또한 탈해는 특히 신라가 삼국을 통일한 문무왕 때에 국가적 중요신으로서 제사되었다는 점에서 신라의 국혼신으로 간주될 수 있다. 그러나 그것이 왜국에 대한 공포심과 적개심에서 비롯되었다는 것은 사실적(史實的) 해석이라기 보다 자의적 해석에 가깝다. 더구나 신라의 국운과 불교가 어느 때보다도 융성했던 이 시기에 영산인 토함산에 호국불사인 불국사와 석굴암을 짓고, 그 동쪽 아래 감포에 감은사(感恩寺)까지 건립한 이유가 고작 적개심이었을까? 감은사 앞바다에 우뚝 선 대왕암에 해저 석관을 마련한 것도 동해용신의 위용을 상징하기 위해서라기보다 일본에 대한 공포심 때문이었을까?

탈해왕 신화는 신선향을 신앙하는 상세국 신화이다. 탈해왕이 토함산의 산악신이자 동해용신인 이유는 토함산이 한국에서는 옛부터 삼신산으로 일컬어지는 태백산의 입출구이자 용성(龍城)인 동해로 이어지는 관문이기 때문이다. 중국에서는 방사(方士)가 진시황제를 현혹하기 위해 신선이 산다는 해저의 봉래(蓬萊)·방장(方丈)·영주(瀛州) 등 을 가리켜 삼신산이라고 했지만 한국에서는 환인(桓因)·환웅(桓雄)·왕검(王儉)이라는 삼신이 건설한 신시(神市)가 바로 태백산이므로 이를 삼신산이라고 믿어왔다. 그러므로 탈해왕을 태백과 동해를 연결하는 토함산의 신이자 용신으로 간주한 것은 그 신화가 호국신화라기보다 신선향 신화임을 의미한다. 물론 해룡계의 신이 영악의 신이기도 하다는 것이 얼핏보기에 부자연스럽게 보일 수 있다. 하지만 우미사치 야마사치(海幸山幸) 신화에서도 보았듯이 용이라는 영적 존재의 초시·공간성을 염두에 두면 그것은 문제될 게 없다.

그럼에도 불구하고 미시나 아키히데는 일본을 두려워하는 이 때의 시대심리가 문무왕에 대한 국민적 흠모와 더불어 대왜적(對倭的) 호국신으로서 동해의 용왕에 대한 신앙을 생겨나게 했다고 주장한다. 그는 이를 뒷받침하듯이 신령한 빙대(憑代)로 여겨 해상에서 옮겨왔다는 대석들[30]이해안에 있는 것도 문무왕이 호국을 위해 용신화(龍神化)한 것이라는 소문을 수차례 들어왔다고도 주장한다. 더구나 이런 종류의 신화가 발생하는 것은 흔히 신흥국민의 우려가 낳은 자연적 귀추라고 하여 이를 보편적 신화현상으로까지 치부하려 했다.[31]

그러나 그가 이것을 '사실적(史實的) 해석'이라고 강조하지만 신라의 삼국통일 이후인 7세기 후반에서 8세기 전반에 이르는 일본의 '역사적 기록'은 역사적 사실과 정황이 정반대였음을 반증하고 있다. 예를 들어 663년 8월 백제의 재건을 위해 파병한 구원군이 금강하구의 전투에서 나·당연합군에게 참패하고 돌아오자 신라와 당의 침공을 두려워 한 나머지 나카노오오에(中大兄) 황태자는 664년 츠시마(對馬)·이키(壹岐)·츠쿠시(築紫)에 변경의 방비를 위한 군대인 방인(防人)을 배치하고 위급을 알리는 봉화(스스미)를 설치했다. 또한 츠쿠시에는 대제방을 쌓고 전시에 물로 공격하기 위해 그 안에 물을 가둬두는 수역을 축조하기도 했다. 그 밖에도 오늘날의 야마구치(山口)·후쿠오카(福岡)·사가(佐賀) 등지에 대규모 성을 축조하는가 하면 나라와 마츠오카, 나가사키 등지에도 타카야스노키(高安城)·야시마노키(屋嶋城)·카나타노키(金田城) 등 코우고이시(神籠石)라고 불리는 한반도식의 산성들을 쌓았다. 이러한 방비에도 불구하고 당시 일본의 조정이 신라와 당에 대하여 가졌던 불안감과 공포심의 클라이막스는 668년 3월 도읍을 아스카에서 내륙 깊숙이 있는 오우미의 오오츠(大津)로 천도한 사실이었다. 그곳은 일본의 서쪽 해안으로부터 멀리 떨어져 있을 뿐만 아니라 배후에도 동쪽 내륙으로 통하는 넓은 지역이 펼쳐 있어서 방위상 최적지로 판단되었기 때문이다. 이러한 역사적 상황에서 만일 공포심과 적개심 때문에 호국신화가 필요했다면 그것은 신라의 문무왕이 아닌 야마토의 나카노오오에, 즉 텐치(天智)천황에게 더욱 절실했을 것이다.

---

30) 그는 경주 감포 앞바다에 있는 대왕암을 가리킨다. 네 개의 큰 바위로 둘러싸여 있는 해저의 석관(石棺)이 바로 龍神이 있는 聖所와 같다는 것이다.

31) 三品彰英, 『日鮮神話傳說の硏究』, 平凡社, 1975년, 265~275쪽.

실제로 신라에는 옛부터 이상향을 그리는 신선설화가 많이 전해지고
있었다. 『동국여지승람』(東國輿地勝覽)이나 『삼국유사』7, 선도성모수희불
사조(仙桃聖母隨喜佛事條)에 의하면, 그 시조인 혁거세(赫居世)의 전설부
터가 그러하다. 중국 제실(帝室)의 딸로 남편없이 잉태함으로써 의심받다
바다를 건너 진한 땅에 이르러 낳은 아들이 해동의 초왕(初王), 즉 혁거세
이다. 그 뒤 그 초왕은 천선(天仙)이 되었고 제녀(帝女)도 지선(地仙)이 되
어 경주 서악의 선도산(仙桃山)에 살게 되자 그곳에 성모사(聖母祠)를 지
어 제사한다는 것이다. 또한 신라의 선풍은 술랑(述郎)·남랑(南郎)·영랑
(永郎)·안상(安詳) 등 사선(四仙)과 화랑의 신선같은 생활태도에서도 그
특징이 가장 잘 드러난다. 즉 "사람들의 말로는 신라때 사선동이 그 도중
(徒衆) 삼천인과 함께 해상에서 놀았다"[32]고 하여 사선들이 속사에 얽매이
지 않고 초연하게 인생을 즐김으로써 민중들로부터 모범과 흠모의 대상이
되었음을 시사하고 있다.

이러한 신라인의 신선같은 생활태도인 선풍은 고려시대로 이어져 『고
려사』18에 보면 고려 의종(毅宗) 22년(1167) 3월에 내린 신령(新令) 제5조
에서도 "선풍을 숭상하라. 옛날 신라에 선풍이 대행하여 그로 말미암아
용천(龍天)이 환열하고 민물이 안녕했다. 그래서 조종 이래로 그 선풍을
숭상해온지 오래다. … 지금부터 팔관회(八關會)에서는 미리 양반으로서
가산이 넉넉한 자를 골라 선가(仙家)로 지정하여 고풍을 준행케 함으로써
사람과 하늘이 모두 기뻐하게 하라"고 기록하고 있다. 이것은 선풍이 신
라인의 생활 속에 얼마나 보편화되었는지, 그리고 신선향의 실현을 어떻
게 지향했는지를 입증하고 있다.

신라인들의 이러한 일상적인 선풍 의지와 신선 세계로의 지향성은 동
해를 건너온 도래인의 의식과 생활에서도 크게 다르지 않았다. 따라서 이
들을 통한 신선신앙의 전래와 습합이 고대 일본의 민간도교 안에서 이뤄

---

32) 『東文選』71에 수록된 李穀의 「東遊記」에는 人言新羅時, 有永郎 … 四仙童
者, 與其徒三千人, 遊於海上이라고 기록되어 있다.

지는 것도 자연스러운 현상이었다. 예를 들어 히라노 쿠니오(平野邦雄)가 상세신 신앙의 모체를 신라계 도래인인 아카조메(赤染)씨에게서 찾는 경우도 그러하다. 하타(秦)씨와 동족이거나 하타씨와 마찬가지로 주로 카와치국(河內國)을 중심으로 동일한 생활집단을 형성한 아카조메씨는 본래 적색 주술에 따라 배(舟)와 군복을 붉게 물들여 입은 씨족이었다. 특히 그들은 상세신에 근거한 신선신앙을 가진 씨족이었기 때문에 상세연(常世連)이라는 성을 하사받기도 했다. 『연희식』(延喜式) 신명장(神名帳)에 의하면 이들의 생활 본거지였던 카와치국 오오카타군(大縣郡)에 상세기희신사(常世岐姬神社)가 있는 것도 그 때문이다.

또한 쿄우고쿠(皇極)천황 3년(644) 3월 우타군(菟田郡)에 사는 신라계 도래인 오시사카(押坂)씨가 어린이와 함께 우타산에 올라가 눈속에 돋아나온 알 수 없는 풀을 채취하여 어린이와 함께 먹고 무병장수했다는 선약신화도 일본의 도교문화 속에 습합된 신라의 약엽신앙의 표현형(phénotype)이었다. 뿐만 아니라 그해 7월 스루가국(駿河國: 현재 시즈오카현 중동부) 후지천(富士川)에 사는 오오후베노오오(大生部多)가 마을 사람들에게 벌레, 특히 누에(蚕)에게 제사하도록 권하고 이것을 상세신(常世神)이라고 부르며 부귀영화와 장수를 얻을 수 있다고 권한 경우도 마찬가지이다. 신라 왕자 천일창(天日槍) 도래설화의 중심지인 타지마국(但馬國; 현재 효고현 북부) 이즈시(出石市)에 사는 호족에게 '오오후베노나오(大生部直)'라는 성이 하사된 것이나 그곳에 오오후베병주신사(大生部兵主神社)가 세워진 것도 '오오후베(大生部)'라는 인물명과 상세신 신앙이 깊이 연관되어 있음을 시사한다.[33]

한편 『일본서기』 쿄우고쿠천황 3년 7월조에 의하면 카도노(葛野)에 사는 하타노 카와카츠(秦河勝)가 사람들을 미혹시킨다 하여 오오후베노오오를 물리쳤다. 그 순간에 무격(巫覡)들도 놀라 상세신에게 제사하도록 사람

---

33) 松田智弘, 『古代日本道敎受容史硏究』, 人間生態學談話會, 1988, 120~125쪽.

들에게 권하기를 그만두었다고 한다. 그러나 신라계 도래인인 하타노 카와카츠는 이미 상세신 신앙을 쇼토쿠태자에게 가르쳐준 바 있는 인물이었다. 『쇼토쿠태자전력』(聖德太子傳曆) 상(上)에 의하면 요메이(用明)천황 원년(586) 7월에 소가씨(蘇我氏)와 쇼토쿠태자군이 모노노베군(物部軍)과 싸울 때 태자가 승리를 발원하기 위해 하타노 카와카츠에게 백교목(白膠木)을 주문한 것도 그런 신앙에서 비롯된 것이었다. 다시 말해 태자는 가장 절박한 상황에 안녕을 기원하기 위해 그것으로 사천왕상(四天王像)을 만들어 이를 머리맡에 두고 싸움에 나갔을 정도로 상세신에 대한 믿음도 가지고 있었기 때문이다. 그럼에도 불구하고 하타노 카와카츠가 오오후베노 오오의 상세신 신앙을 물리친 것은 불교신앙자로서 그가 새롭게 널리 퍼져가는 도교적 신앙을 견제하기 위한 것이었을 뿐만 아니라 그렇게 함으로써 동국을 기반으로 하여 새로운 체제의 형성하려는 소가씨의 권력을 미연에 방지하기 위한 것이기도 하다.

어쨌든 일찍이 일본에 전래된 상세신 신앙은—시간이 지남에 따라 당(唐)의 경로로도 유입되었지만—처음에는 주로 신라로부터 도래인들에 의해 전해진 뒤 여러 가지 형태로 삼투화[34]되어갔으므로 일종의 신라형 민간도교의 습합현상을 결과했을 뿐만 아니라 나아가 한반도로부터의 감염→유행→공생관계로 이어진 종교적 기생현상 가운데 하나를 초래했다. 이를 두고 시모데 세키오(下出積典)는 도교가 신기신앙과의 습합을 통해 주체성을 상실해가는 과정이라고도 주장한다. 한반도에서 전래된 도교는 민중도교의 핵심인 신선사상을 중심으로 하여 처음에는 귀족층에게 이국적 정취를 자극함으로써 선녀관을 감각적으로 표현하는 아름다운 서정시로서 표출되었다.

그러나 시모데의 주장에 따르면 도래인의 증가와 교통의 빈번함에 따라 신선사상의 보급이 확대되어갔을 뿐만 아니라 그 소재에 있어서도 즉

---

34) 松田智弘, 앞의 책, 120~125쪽.

물적(卽物的) 직관력을 규제하는 현실적 내용으로 방향 전환이 뚜렷해졌다. 예를 들어 『만엽집』(萬葉集)에 나타나는 선녀의 세계는 신선사상이 점차 일본화되어가는 과정을 보여주었다. 일종의 백조처녀 전설인 우의전승(羽衣傳承)[35]도 우리나라의 '선녀와 나무꾼 설화'와 동일한 유전자형의 전설이지만 『풍토기』(風土記)에서의 그것은 단지 이국적 정취에만 머물지 않고 고대 일본인의 사상과 생활 속에 신선사상의 영향을 받은 천인여방담(天人女房譚)으로 융합되어가는 과정을 나타내고 있기 때문이다. 그러나 그는 도래인과의 혈연관계를 통해 야마토인들에게 연결된 도교의 신선관도 일본인의 신관념과 습합하는 과정에서 그 본말이 전도되어버렸다고 주장한다. 심지어 그는 이것을 가리켜 도교사상의 토착화 과정이라기보다는 일본신과의 습합을 통한 도교의 '주체성 상실'이라고까지 역설한다. 나아가 그는 일본에서 교단도교가 성립할 수 없었던 이유[36]마저도 거기에서 찾는다.

그러나 그가 여기서 말하는 도교의 '주체성'이란 무엇일까? 그리고 그것의 상실이란 어떤 의미일까? 그것은 아마도 전래된 신선사상이 습합작용 속에서 객체화되었다거나 소멸되었다는 의미의 주장일 수 있다. 하지

---

35) 스루가풍(駿河風)으로 전해지는 이 전승의 내용을 보면, 옛날 神女가 하늘에서 내려와 날개옷(羽衣)을 소나무 가지에 걸어두자 한 어부가 그것을 몰래 감추었다. 그녀가 그것을 돌려달라고 애원했지만 어부는 청을 들어주지 않았다. 날개옷을 잃어버린 신녀는 하늘로 돌아가지 못하고 하는 수 없이 어부의 아내가 되었다. 얼마 후 신녀가 날개옷을 구해 하늘로 날아가자 어부도 선인이 되어 하늘로 올라갔다는 이야기이다.
白鳥神話는 『日本書紀』에 의하면 일찍이 12대 천황인 景行天皇 40년조에 日本武尊이 죽은 뒤 백조가 되어 관에서 나와 카와치로 날아와 舊市邑에 머물다가 드디어 하늘로 높이 날아갔다고도 기록하고 있다.
그러나 이 설화는 기원전 천이백년경에 쓰여진 <리그 베다찬가>의 '푸르라바스王과 우르바시精女와의 대화' 속에 처음 등장한 이래 <千一夜話> 등 유럽, 아시아, 아프리카 등지에 널리 전해지고 있다.
36) 下出積與, '神祇信仰道敎', 『宗敎史』, 山川出版社, 1985, 106~108쪽.

만 용광로나 도가니 속에서의 융합작용 같은 습합과정에서 주객의 구분이 그의 주장만큼 분명하게 가려질 수 있을까? 더구나 도가니 속에서 소멸되었다면 그것의 결과를 습합이라고 규정할 수 있을까? 만일 문화적 우세종(cultural dominant)이 객체화되거나 열세종에 의해 소멸된다면 그것은 더 이상 우세종일 수 없다. 전래된 신선(神仙)사상은 주체성을 상실했다기보다 토착의 신기(神祇)신앙과 상호간의 삼투작용에 의해 '화해적 통합'을 거쳐 민중 속에서 제3의 힘(the third power)으로 작용했을 것이다. 적어도 생명력이 강한 문화나 종교일수록 유기체의 활동처럼 그 생명력 속에는 조화적 통합을 이루려는 비밀스런 에너지(滲透力)가 작용하고 있기 때문이다.

3) 백제인의 도래와 문화적 중층화

815년에 편찬된 『신찬성씨록』(新撰姓氏錄)에 의하면 고대 일본인의 성씨 가운데 백제계는 158가문으로서 도래인 전체의 64% 이상을 차지할 정도로 많은 이주민이 도래했다(도래계의 성씨는 전체의 34%에 달했다). 심지어 "이 달 백제의 대정(大井)에 궁을 지었다"는 기사에서 보듯이 비다츠(敏達)천황은 즉위하면서(572년 4월) 백제인이 집단거주하는 지역[37]에 백제궁을 지었다. 더구나 제34대 죠메이(舒明)천황은 639년 아스카(飛鳥)의 백제천 옆에 백제대궁을 짓고 그 안에서 국정을 돌보았다. 또한 2년 뒤 그가 죽자 백제대빈을 짓고 시신이 그곳에 안치되었을 정도로 그는 아스카 왕국속에 백제혼을 재현시키려 했다. 그가 국사(國寺)로서 백제대사(百濟大寺, 나중에 大安寺가 되었다)를 건립하고 백제천 옆에 백미터 높이의 거

---

37) '百濟大井'은 『和名類聚抄』에는 河內國 錦部郡 百濟鄕(현재, 大阪府 河內長野市 太井)으로 되어 있고, 『大日本地名事典』에는 大和國 廣瀨郡 百濟(현재, 奈良縣 北葛城郡廣陵町 百濟)로 되어 있다. 그러나 이처럼 두 기록이 다른 이유도 당시에는 그만큼 수많은 백제인들이 집단적으로 거주했던 지역이 한 두곳이 아니었음을 증명하는 것이다.

대한 9층탑을 세운 것도 마찬가지 이유에서였다.[38] 죠메이천황의 태자인 쿄고쿠천황도 즉위하면서 "짐은 대사(백제대사)를 세우려 한다. 近江과 越의 장정을 징발하라"[39]고 하여 선왕과 마찬가지로 백제와의 유대부터 확인하려 했다. 이처럼 고대로 올라갈수록 백제와 일본은 여러 면에서 둘이면서도 하나인 면모를 드러낸다. 양국이 전방위적으로 맺어온 관계를 보면 두 나라는 마치 통로를 지키는 두 개의 문(樓門)이라는 뜻을 지닌 두 얼굴의 로마의 신, 야누스(Janus)와도 같다. 특히 삼국 가운데 백제와 고대 일본의 문화는 하나이면서 둘인 경우가 허다하기 때문이다.

그러면 백제와 일본은 언제부터 인적·물적 교류를 시작했을까? 하니하라 카즈로(埴原和郎)에 의하면 일본인과 일본문화에 있어서 첫 번째로 획기적인 전기가 되었던 시기는 야요이시대였다. 쇄국시대에서 메이지유신시대로의 전환과 마찬가지로 죠몬시대에서 야요이시대로의 전환은 고립에서 문호개방으로의 급진전이었기 때문이다. 그러므로 한반도로부터 대이동이 시작된 야요이시대를 그는 '격동의 시대'라고 부른다.[40] 우에다 마사아키(上田正昭)도 이른바 '야요이유신'이라고 부를 정도의 격변을 가져온 대이동을 가리켜 <도래의 물결>이라고 표현한다. 기원전 3세기에서 기원후 7세기까지 천년 동안 네차례에 걸친 대이동의 물결을 우에다 마사아키의 구분에 따라 나눠보면 다음과 같다.

첫 번째 물결―도래의 물결은 야요이 전기(기원전 200년경)에 주로 한반도로부터 야마쿠치현(山口縣)에 이르기 시작했다. 토요우라군(豊浦郡) 서북부해안의 도이가하마(土井ヶ浜) 유적에 출토된 207구의 인골이 이 시기 도래인의 것으로 밝혀졌다. 기원전 3세기부터 6백년간 이어진 이 기간 동안 대량의 도래인이 한반도에서 키타규슈(北九州)·야마쿠치현으로 건

---

38) 『日本書紀』舒明天皇 11年 7月, 12月條, 13年 10月條.
39) 『日本書紀』皇極天皇 元年 9月條. "天皇詔大臣曰, 朕思欲起造大寺(百濟大寺), 宜發近江與越之丁."
40) 埴原和郎, 『日本人の成り立ち』, 人文書院, 1998, 154쪽.

녀와 일종의 식민지를 형성하고 재래계인들과 혼혈을 이루었다. 첫번째로 인구의 폭발적 증가가 일어났던 것도 이 시기였다.

두번째 물결—4~5세기. 조정의 일본지배가 궤도에 올랐던 시기이다. 이 때부터 한반도·중국과의 외교가 활발해졌다.

세 번째 물결—5세기 후반에서 6세기초까지. 이 시기에는 수 많은 기술자들이 한반도에서 이주해왔다. 특히 한반도 정세의 불안정으로 인해 주로 백제로부터 집단이주민이 도래했다. 특히 3세기에서 6세기에 이르는 이 시기를 고분시대라고 부른다. 이 시기는 야요이시대 이래 한반도의 도래인들에 의해 생겨난 많은 소국가들이 서서히 통일되어 북상하면서 긴키(近畿)지방에서 조정이 성립되는 정치적으로 획기적인 시기였다. 백제를 비롯한 삼국의 도래인들이 그들의 선진문화를 도구로 하여 지배권력을 유지·강화할 수 있었던 것도 이 시기였다. 에가미 나미오(江上波夫)도 4세기 전반 한반도 남부 지방에서 도래한 외래 민족(天神)이 키타규슈(北九州)에 침입하여 점령한 것이 이른바 천손강림의 제1회 건국이고, 4세기말경 다시 북상하여 기내(畿內)로 진출한 것이 오우진(應神)천황을 중심으로 한 제2의 건국이라고 주장한다. 이 때 도래인의 수가 급격히 증가한 것도 당시의 이러한 정치적 분위기 때문이었다.

네 번째 물결—텐치조(天智朝)를 중심으로 한 7세기 후반. 이 시기에 가장 많은 도래인이 한반도에서 건너왔다. 특히 백제가 신라에게 패망하자 대량의 도래인이 발생했다.

이도학(李道學)도 『새로 쓰는 백제사』에서 특히 백제로부터 일본에로 흘러간 문화 전래의 물줄기를 우에다의 시대구분과 마찬가지로 네차례로 나눠 설명한다. 한반도와 일본과의 교류는 신석기시대부터 일방적으로 시작되었지만 실제로는 야요이시대에 이르러 급진전되었다. 그러나 백제문화의 물줄기가 처음으로 일본으로 흘러간 것은 4세기 중반 이후였다. 345년 즉위한 근초고왕(近肖古王)이 철소재와 무기, 비단 등을 왜왕에게 선물로 보냄으로써 공식적인 문화전래가 시작된 것이다. 특히 371년 고구려를 공격한 백제가 고국원왕(故國原王)을 전사시키고 승리하자 이듬해 근초고왕은 칠지도(七支刀)와 칠자경(七子鏡)을 왜왕에게 하사하여 왜가 백제의 정치적 영향권 내에 있는 공동운명체임을 강조하려 했다. 칠지도의 끝에 금으로 상감하여 새겨놓은 "후세에 전하여 보여라"(伝示後世)는 명문이 바로 그 역사적 주문이다. 그러나 역사적 지상명령과도 같은 이 명문의 상징적 의미를 왜가 정치적으로 실현할 수 있었던 힘의 원천은 백제로부터 제공받은 철의 소재와 무기에 있었다. 이러한 신소재·신무기는 왜가 소국들을 통합하고 지배권을 강화하여 야마토 정권의 수립에로 나아가는 결정적인 지렛대가 되었기 때문이다.

백제문화의 두 번째 물줄기는 영락 10년(400)부터 시작된 고구려의 남진정책으로 인해 407년 백제가 참패하던 5세기 초반과 475년 고구려의 장수왕이 수도인 한성을 함락하고 개로왕을 살해하자 웅진으로 천도하던 5세기 말경이었다. 주문(呪文)을 신탁에 새기듯이 칠지도의 명문을 빌려 주문(注文)하던 백제의 권위는 30년을 넘기지 못한 채 왜를 피난처로 삼아야 하는 위난을 맞이한 것이다. 403년 백제에서 궁월군(弓月君)이 120현의 주민을 이끌고 일본으로 건너간 것이나 2년 뒤에 가야지역에 머물고 있던 그의 주민들을 또다시 이끌고 일본의 기내(畿內)지방으로 건너가 정착한 것이 그 대표적인 사례이다.

이 때부터 야마토 정권의 거점인 가와치 아스카를 중심으로 한 주변지역에 백제계 도래인들의 집단 주거지(Diaspora)가 형성되는가 하면 본국의 사정과는 달리 시간이 지날수록 이곳에서 백제귀족들의 정치·경제적 입지도 더욱 강화되어갔다. 예를 들어 개로왕의 뒤를 이어 즉위한 22대 문주왕의 동생 곤지(昆支)가 475년까지 귀국하지 않고 이 곳에 체류하면서 백제계 귀족들의 정치·경제적 기반을 주도한 경우가 그러하다. 특히 그의 두 아들이 24대 동성왕과 25대 무녕왕에 오를 수 있었던 것도 그러한 기반을 배경으로 한 것일 수 있다. 아스카베신사(飛鳥戸神社)에서 백제계 아스카베노미야츠코(飛鳥戸造) 일족의 조신(祖神)인 아스카대신(飛鳥大神),

즉 곤지를 제신(祭神)으로 모시는 것도 이 지역에서 신격화된 그의 영향력
을 반영하는 것이었다. 하지만 인격신이 된 곤지가 아니더라도 가와치 아
스카 지역에 거주했던 삼국의 도래인 가운데 백제계가 64%였다는 사실
만으로 이 지역에 백제문화가 어느 정도 전해졌을지, 그리고 그것이 재래
문화 속에 얼마나 많이 삼투화되었거나 중층화되었을지 짐작하기 어렵지
않다.

백제문화의 세 번째 물줄기는 백제의 르네상스 시기라고 할 수 있는 성
명왕(聖明王) 때였다. 무녕왕의 아들로서 523년에 즉위한 성왕의 정치적
포부는 무엇보다도 실지회복이었다. 근초고왕 때의 영광을 재현하기 위해
그가 선택한 방안은 웅진에서 사비(부여)로의 천도(538)와 백제의 선진문
물을 야마토 정권에게 제공하고 그 대신 동맹국으로서의 정치적·군사적
결속과 지원을 강화하는 것이었다. 예를 들어 538년 성왕이 킨메이(欽明)
천황에게 직접 보낸 금동석가불과 반개(幡蓋), 그리고 몇 권의 불교경전이
바로 그것이다. 그러나 외교적 상징물로서 보내진 이 불구(佛具)들이 지니
는 의미는 근초고왕이 보낸 칠지도 이상의 것이었다. 그것은 정치외교적
의미보다도 일본을 비롯한 동아시아의 종교·문화적 지형변화를 가져올
만큼 정치 외적 의미가 더욱 크기 때문이다. 백제는 그 이후에도 오경박
사·역박사·의박사·채약사 등을 계속해서 야마토에 보내는가 하면 파
견횟수도 늘렸다. 그러나 백제가 이들을 파견할 때마다 인솔자로서 장군
을 보낸 것은 문화 전수의 의미보다 야마토로부터 군사적 지원을 요구하
려는 의도 때문이었을 것이다. 실제로 552년 10월 백제는 야마토에 승려
와 불상, 그리고 불경 등을 보낸 대가로 554년 1월 일천명의 야마토 지원
군을 관산성 전투에 투입하기도 했다.

한편 백제가 야마토에 선진문화를 전수함으로써 가장 큰 혜택을 받은
수혜자는 아스카 지역에 거주하는 백제계 귀족과 호족들이었다. 예를 들
어 무녕왕의 아들로서 그곳에 파견된 순타태자(淳陀太子)가 교역체계의
관리를 맡아 안정된 경제적 지위를 마련했던 경우가 그러하다. 그의 후손

이 아스카 일대의 세주가 될 수 있었던 것이나 칸무(桓武)천황의 어머니인 화신립(和新笠, 또는 高野新笠)[41]이 코우닌(光仁)천황의 황태후가 될 수 있었던 것도 마찬가지 이유였을 것이다.

백제문화가 일본으로 건너간 네 번째 물줄기는 백제의 멸망이 결정적인 계기가 되었다.[42] 660년 7월 의자왕이 나·당연합군에 항복한 지 3년이 지난 663년 8월 야마토 정권이 백제의 부흥을 위해 파견한 2만 7천명의 구원군이 금강하구의 전투에서 참패함으로써 백제는 역사 속에서 사라지게 되었고 야마토 정권도 한반도와의 긴밀한 정치적 연결관계를 더 이상 유지할 수 없게 되었다. 그러나 구원군의 패배로 인해 이때부터 백제의 왕족과 귀족, 그리고 관인을 비롯한 백제인의 대규모 엑소더스가 시작되면서 문화의 대이동과 삼투화는 더욱 가속화되었다.[43] 예를 들면, 663년 패배한 구원군의 귀환과 함께 야마토로 건너온 덕솔(德率―백제의 관직 16階 가운데 네 번째에 해당하는 자리) 국골부(國骨部)의 망명이 그러하다. 훗날 그의 손자 쿠니나카노키미마로(國中公麻呂)[44]는 동대사(東大寺) 대불

---

41) 『續日本紀』에도 桓武天皇의 어머니의 선조를 백제의 王이라고 기록하고, 그 주인공인 和新笠에게는 '容德淑茂'라는 명예의 호칭을 부여하고 있다. 그의 이름이 타카노노니이가사(高野新笠)가 된 것도 光仁天皇이 즉위한 뒤의 일이었다. 또한 桓武天皇은 황위를 계승한 뒤 그의 어머니에게 皇太夫人이라고 尊號를 봉하기도 했다.

42) 李道學, 『새로 쓰는 백제사』, 푸른 역사, 1997, 537~550쪽.

43) 특히 고대 일본인의 '인구증가와 두개골 진화'에 관한 최근의 연구에 따르면 킨키(近畿)지방의 古墳人의 특징이 현대 일본인의 두개골에 가깝고 그것도 한반도 중부 이남에서 건너온 도래인 집단의 특징과 유사하다는 것이다. 7세기에서 8세기에 걸쳐 킨키지방이 아닌 東國에도 다수―적어도 2천명 이상―의 도래인이 정착했을 정도였다. 埴原和郎, 앞의 책, 254~256쪽 참조.

44) 일본에서 태어난 국골부의 손자의 일본명은 쿠니나카노무라지 키미마로(國中連 公麻呂)이다. 이 때 國中이란 奈良 분지의 속명이지만 國中에 산다는 뜻으로 붙여진 것이다. 또한 連(무라지)은 臣(오미)과 함께 조정의 정치에 참여한 귀족 명가의 성에 붙여진 명칭이다. 특히 連은 황족과 결혼

주조의 총감독이 되었기 때문이다.

또한 665년에 망명해 온 관인 4백명은 시가현의 오우미국 칸지키군(神崎郡)에 정착하였고, 667년에 건너온 관인 7백명은 카모우군(浦生郡)에 정착하였다. 671년부터는 이들 백제의 왕족과 달솔(達率) 이상의 귀족 가운데 70여명이나 관위 26계 가운데 9위에 해당하는 대금하(大錦下)에서 18위의 소산하(小山下)에 이르는 관위를 수여받고 야마토 조정의 요직을 맡아 권력의 중심에서 활약하기도 했다.『일본서기』텐치(天智) 10년조에도 이와 같은 백제 망영인들에 대한 우대정책에 대하여 당시 민중 사이에서 유행하던 동요를 다음과 같이 소개하고 있다.

"귤(橘)은 자신의 가지마다에 열매를 맺지만 구슬(玉)에 꿸 때는 같은 실에 꿰노라." 이것은 출신·신분·재능이 저마다 다를지라도 결국 따지고 보니 그들은 같은 핏줄이었더라고 하여 백제인에 대한 우대를 비꼬는 풍자 동요였다.[45] 그러나 이것은 백제인들에게 무더기로 관위를 수여한 이유를 그렇게 비꼬아 풍자함으로써 일본천황가와 백제인과의 동질성을 뒷받침해주는 역사적 자료가 되기도 하다.

그 밖에도 당시 야마토국과 백제는 두 개의 나라였지만 하나의 지배계층을 형성했다고 생각할 수 있을 만큼 양국 사이의 근친성을 설명해주는 흔적들이 적지 않다. 예를 들어 백제의 마지막 왕인 의자왕의 아들 풍장(豊璋)이 663년 백제의 패망과 함께 일본으로 건너와 돌아갈 때까지 카와치의 카타노시(交野市; 지금의 枚方市)에 정착하여 활동함으로써 당시 그곳이 백제왕족의 본거지가 되었던 경우가 그러하다. 그와 함께 온 동생 선광(禪廣)도 돌아가지 않고 그 곳에서 백제왕족의 후손를 계속 남기기도 했

할 수 있는 권한이 부여된 씨족의 성을 의미하기도 한다. 이것으로 미뤄보아도 당시 公麻呂의 지위를 짐작할 수 있다. 그가 국가의 대역사인 동대사의 金銅 毘盧舍那仏 주조의 책임을 맡았던 것도 마찬가지 이유에서였을 것이다.

45) 尹永水,『柿本人麻呂研究』, 景仁文化社, 2001, 120~121쪽.

다. 오늘날 히라카타시(枚方市)에는 백제왕신사를 비롯하여 백제사적(百濟寺跡) 등 백제의 문화가 풍부하게 남아 있는 것도 그 곳이 백제왕족의 본거지였음을 말해주는 것이다.46) ④ 도가니 속으로 들어온 백제문화와 도교 미시나 아키히데(三品彰英)는 백제문화와 고대 일본문화와의 유사성이나 근친성—형제간의 다툼이라는 신화의 기본 구도에 국한된 것이기는 하지만—을 무엇보다도 백제의 건국시조인 비류(沸流)·온조(溫祚)형제의 건국신화와 고대 일본의 신혼신화(神婚神話)의 모델과도 같은 우미사치(海幸)·야마사치(山幸) 형제의 신화에서부터 찾는다.

3세기경 귀도(鬼道)에 능숙했다는 키타규슈 야마타이국(邪馬台國)의 무녀왕 히미코(卑彌呼)가 궁정무녀단을 거느리고 제의를 올렸다고 전해지는 의례신화도 미시나 아키히데는 백제의 선조들이 살았던 예(濊)에서 매년 10월이면 높은 산에 올라가 하늘에 큰제사를 올렸다는 제천의식인 무천(舞天)에 상응하는 것으로 간주한다. 심지어 그는 무천에서의 무는 巫를 의미하는 '무당'을 음사(音寫)한 것일지도 모른다고 하여 무녀왕 히미코의 의례신화와의 근친성을 추측하기도 했다.47)

또한 『기기』(記紀)에 의하면 3세기 후반 제15대 천황인 오우진(應神)천황 15~16년(284~285)에 백제의 아직기(阿直岐)와 그의 추천에 의해 왕인(王仁)이 일본에 『논어』, 『천자문』, 『효경』, 『산해경』을 가지고 건너왔다. 쿠로이타 카츠미(黑板勝美)도 1922년 11월 교토대학 문학부 사학연구회에서 발표한 논문 「우리나라 상대에 있어서 도가사상 및 도교에 대하여」(我が上代に於ける道家思想及び道敎について, 『史林』 제8권 제1호 게재)에서 그들이 전해준 책들로 인해 일본에 도교가 전해졌을 것이라고 추측한다. 특히 그는 『연희식』(延喜式) 권8, (祝詞, 6, 12月晦 大祓條)48)에 야마토 카

---

46) 上田正昭, 『アジアのなかの日本古代史』, 朝日新書, 1999, 183~184쪽.
47) 三品彰英, 『神話と文化史』, 平凡社, 1971, 110~111쪽.
48) 오오하라에(大祓)는 매년 6월과 12월 말일(晦日)에 신을 진노하게 하는 '더러움'(穢)을 낳는 인간 행위=죄를 사죄하고 정화하여 신과의 관계를 확인

와치후비토이무키베(東西文忌寸部)가 천황에게 불도(祓刀)와 인형을 헌상
했다는 주문을 백제로부터 도교가 전래된 확실한 근거로 삼는다. 아직기
의 자손인 야마토 후비토이무키베(東文忌寸, 또는 東文部)와 왕인의 자손
인 카와치 후비토이무키베(西文忌寸, 또는 西文部)가 천황에게 헌상한 금
장횡도(金裝橫刀) 두 자루와 금은칠의 철인형 두 개는 모두가 도가풍의 것
들이었기 때문이다. 예를 들어 두 개의 인형을 받아든 천황이 그것에다 숨
을 불어넣은 뒤, 몸의 화재(禍災)를 그것에로 옮겨 물리쳤다는 이야기[49]가
그것이다.

이러한 도교적 문화소의 삼투력이 얼마나 강한 것이었는지는 그 이후
부터 신도의 신기제사(神祇祭祀)에도 금은이나 철로 인형을 만들어 사용

하거나 재확립함으로써 국토의 안전과 자연의 순조로운 순환을 확보하기
위하여 거행된 의례였다.

고대 그리스의 아테네에서도 아테네력에 따라 5월에 마이마크테리온과 11
월에 타르게리온이라는 의례가 열렸다. 전자는 5월 5일에 淨化의례를 6일
에는 농경의 풍양을 위한 豫祝의례로 열렸다. 11월에는 제우스에게 죄의
전염을 흡수하는 힘을 지닌 것으로 믿는 羊의 수컷을 제물로 바쳐 마찬가
지로 정화를 비는 정화의례를 올렸다. 이와 같이 고대 그리스에서 6개월
마다 반복해서 사회의 정화와 재생을 위해 열린 의례들도 그 목적에서는
일본의 6월, 12월마다 거행한 大祓의 경우와 다르지 않았다.

이것은 정화 그 자체에 목적이 있었다기 보다 고대 농경사회에서 자연계의
생명력이 상승과 하강의 정점에 달하는 시점을 인간사회의 정화와 재생을
위한 중요한 준비 시기로 판단하고 이 때를 삶의 정화를 위한 大祓의 시기
로 설정했기 때문일 것이다(山本幸司, 『穢と大祓』, 平凡社, 1999, 216~219쪽
참조).

49) 아직기와 왕인의 자손인 이들은 이러한 공로로써 '文忌寸'라는 팔등의 성
을 하사받았을 뿐만 아니라 東西로 나뉘어 살면서 조정의 중책도 맡아 대
물림했다. 다시 말해 이들은 5세기 중엽의 제17대 리추(履中)천황 때부터
내장(內藏)의 출납을 관장하는 직책을 맡더니 리추천황의 태자를 살해하고
즉위한 제21대 유랴쿠(雄略)천황 때부터는 백제계 도래인을 중용하여 왕권
을 강화하려는 천황의 계획에 따라 내장과 대장(大藏)의 장부를 모두 관장
함으로써 나라의 살림을 장악하는 중책을 맡았을 정도였다.

한 데서도 쉽게 알 수 있다. 가장 오래된 제사의식을 중시해온 이세(伊勢) 신궁에서조차 각종 어제(御祭)—山口祭, 採正殿心柱祭, 地鎭祭, 造船代祭 등의—에 철로 만든 인형을 사용했다든지 궁중에서 열리는 임시제나 팔십도제(八十島祭)를 비롯한 역신제(疫神祭)에서도 마찬가지로 철인형을 사용해온 것이 그 대표적인 예이다. 이것은 고대 일본의 신도에 민간도교적 요소가 중층화된 두드러진 현상 가운데 하나일 것이다. 더구나 이러한 도교문화는 시간이 지나면서 신도와의 혼융과 습합이 심해져 그 임계점마저 사라졌고 경계인식도 불가능하게 되었다. 오늘날 신사에서 정월과 5월, 9월에 종이로 인형을 만들고 거기에 자신의 생년월일을 적은 뒤 그것에 기도함으로써 질병과 재앙을 액막이하는 풍습이 어떻게 유래되었는지를 알고 있는 일본인이 드문 이유도 거기에 있다.

아직기와 왕인의 자손이 금장횡도를 헌상할 때 황천상제(皇天上帝), 삼극대군(三極大君), 일월성신(日月星辰), 팔방제신(八方諸神), 사명(司命), 사적(司籍), 동왕부(東王父), 서왕모(西王母)에게 사시(四時)의 사기(四氣)를 청하고 화재(禍災)의 제거를 기원하는 주문(呪文)을 읊음으로써 지주(持呪) 또는 주금(呪禁) 의식이 일본의 도교문화 가운데 하나가 된 것도 마찬가지의 계기에 의해서였다. 여기서 황천상제는 칸무천황 때의 제문에 나오는 호천상제(昊天上帝)와 같은 최고의 천신이며, 삼극대군도 신격화된 천지인을 가리킨다. 또한 사명은 인간의 수명을 관장하는 신이며 사적도 인간의 선악을 기록하는 신이다.[50] 그런데 이것들은 도교의 성립 이전부터 『역경』 계사전(繫辭伝)에 나오는 천도·인도·지도를 합쳐 부르는 삼재(三才) 사상에서 온 신들로써 도교가 성립되면서 도교에 들어와 중심의 신이 되었다. 뿐만 아니라 동왕부와 서왕모도 도교가 성립되면서 들어온 신들이다. 이 신들은 양(陽)의 정기(精氣)를 지닌 남선(男仙)과 음(陰)의 정기를 지닌 선녀를 상징하므로 신선도의 수용을 알리는 도교의 임계표시이기

---

50) 中村璋八, '日本の道教'『道敎』第三卷, 道敎の傳播, 平河出版社, 18~19쪽.

도 하다.

쿠로이타 카즈미는 백제에서 파견한 아직기와 왕인의 자손에 의해 도교가 전래되었다고 주장하기 위하여 이들의 후손들이 살았던 지역의 고분에서 출토된 수많은 신수경(神獸鏡)을 제시한다. 고대사회에서 주술적 위력을 지닌 거울은 본래 신선술의 수행과 연결된 것이므로 그것의 출토가 곧 지하에 묻혀 있던 도교의 미라를 발굴하는 것이기 때문이다. 더구나 거기에 새겨진 명문들은 그것에 대한 구체적인 증언이므로 무엇보다도 분명한 근거 제시가 되기도 했다. 예를 들어 카와치국 마츠오카산(松岡山)의 고분에서 발견된 거울의 명문이 그것이다. 왕인의 후손 후네노오우고(船王後)의 묘에서 출토된 거울 양면의 명문(銘文) 가운데는 '東王父 西王母'도 새겨져 있기 때문이다. 그러나 이보다 더욱 확실한 증거는 야마토국 카츠라기군(葛城郡) 오오츠카촌(大塚村)의 고분에서 출토된 신수경이다. 남신상과 여신상 옆에 용호와 더불어 각각 '東王父'와 '西王母'라고 새겨진 신상명(神像名)은 그 거울이 당시의 도교신앙을 비추던 신표(信標)였음을 입증하고 있을 뿐만 아니라 그 사실마저 역사에 반사하기 위한 신위(神位)이기도 하다.

더구나 이런 신수경이 킨키(近畿)지방에서 매우 많이 출토되는 것을 두고 쿠로이타 카즈미는 그것들이 상대의 이 지역에 거주했던 선조들과 도교와의 상관관계를 입증하는 증거물이라고도 주장한다.[51] 다시 말해 이러한 다수의 출토품들은 이 지역이 일찍부터 백제에서 전래된 도교의 집단적인 신앙구역이었음을 나타내는 공간적 표시물이자 백제로부터 도교의 전래를 역사 위에 나타내는 시간적 경계표시물이기도 하다. 그러나 이 신수경들이 비추고 있는 더욱 중요한 의미는 그 표현형(phénotype)이 지니고 있는 당대의 역사적 표층의 지표조사가 아니라 그것을 잉태한 유전자 지도를 판독해야 하는 일일 것이다.

---

51) 黑板勝美, ‘我が上代に於ける道家思想及び道教について’, 『道教と日本』 第一卷 道教の傳播と古代國家, 雄山閣, 1997, 48쪽.

도교의 네가지 주요부분인 교학·방술·의술·윤리 가운데 특히 백제의 도래인들을 통하여 고대 일본사회에 전래된 것은 방술과 의술 부분이었다.『백제본기』제4 성왕 32년조에 보면 야마토의 소청에 의하여 554년 2월 성왕은 서복(筮卜 - 대나무점과 거북점) 전문가로서 역박사인 시덕(施德, 8품) 왕도량(王道良), 고덕(固德, 9품) 왕보손(王保孫)을 다른 박사들과 함께 일본에 파견하였다고 기록되어 있다.『일본서기』비다츠(敏達)천황 6년 11월조에도 백제왕은 환사(還使) 대별왕(大別王) 들에 딸려서 약간의 경전과 율사·선사(禪師)·비구니·주금사(呪禁師)·조불공(造佛工)·조사공(造寺工) 등 6명을 일본에 보냈다는 기록이 있다. 도교, 특히 방술과 관련하여 눈에 띄는 것은 주금사의 파견이다.

그러나 백제로부터 방술부분의 전래를 이보다 구체적으로 기록하고 있는 것은 스이코천황 10년(602) 10월조의 기록이다. 여기에는 백제의 무왕이 승정 관륵(觀勒)을 보내 역본(曆本)과 천문·지리서, 그리고 둔갑·방술서를 천황에게 보냈다는 기록이 나오기 때문이다. 이 때 전해진 둔갑(遁甲)은 변신술이며, 방술(方術)은 주술·천문·점성·서복 등 도교의 잡술을 통칭한다. 와다 스이(和田萃)도 관륵을 따라온 양호사조옥진(陽胡史祖玉陳)에게 역법을, 대우촌주고총(大友村主高聰)에게 천문·둔갑을, 산배신일병립(山背臣日並立)에게 방술을 배웠기 때문에 일본에는 이 때 도교 가운데서도 방술 부분이 정착되었을 것으로 추측한다.[52]

그 밖에 텐치(天智)천황 10년(678) 정월조에는 음양박사인 백제인 달솔 각복모(角福牟)에게 소산하(小山下)라는 관위를 주었다는 기록이 있는가 하면, 텐무(天武)천황 즉위 전기에는 천무천황을 가리켜 '천문·둔갑에 능하다'고 기록하여 천황 자신도 당시의 방술을 몸소 익힐 정도였음을 시사하고 있다. 지토우(持統)천황 5년(690) 12월조에 백제의 주금박사 목소정무(木素丁武)와 사택만수(沙宅萬首)에게 은 20냥씩을 주었고, 6년 2월조에도

---

52) 和田萃, '藥獵と『本草集注』—日本古代の民間道敎の實態—,『道敎と日本』第二卷 古代文化の展開と道敎, 雄山閣, 1997, 27～28쪽.

음양박사 사문법장(沙門法藏)에게 은 20냥을 주었다. 이미 텐무천황 5년 (675)에 가뭄이 극심하자 천황은 점성대(占星台)를 쌓게 했으며, 12년 7월에도 백제의 승려 도장(道藏)의 방술을 빌려 가뭄의 해갈을 위해 기우(祈雨)하게 하여 결국 비가 내렸다는 기록도 있다. 이처럼 『일본서기』에만도 백제의 방술과 관련된 기록이 적지 않다. 이것은 일본의 도교가 무엇보다도 백제의 방술을 널리 수용하여 (한반도의 도교가 그랬듯이) 민간도교로서의 특징을 형성해갔다는 사실을 시사하는 사례들이다.

한반도에서 전래된 도교가 일본의 민간도교로서 형성되는 과정에서 백제로부터 크게 영향받은 부분은 방술에만 국한되지 않는다. 특히 의술부분의 영향도 그에 못지 않았다. 실제로 당의법(唐医法)의 영향이 두드러지기 시작한 나라시대 이전까지만 해도 일본의 의술은 백제의법이 주류였기 때문이다. 예를 들어 중국의 고대의학서인 『본초집주』(本草集注)가 백제 의법을 통해 간접적으로 전해진 경우가 그러하다. 물론 백제의 의법을 전수한 이들은 당시 백제의 의박사들이었다. 성왕은 32년(554)에 의박사 나솔 왕유전타(王有悛陀), 채약사 시덕 반양풍(潘良豊), 고덕 정유타(丁有陀)를 일본에 보냈다. 『일본서기』에 의하면 텐지천황이 소산하(小山下)라는 관위를 수여한 금라(金羅) 김수(金須)와 귀실(鬼室) 집신(集信)이나 덕솔 덕정상(德頂上)도 모두 백제에서 망명해온 의약사들이었다. 당의법의 영향이 본격화되던 나라시대에도 전약두(典藥頭)가 된 외종 5위상 왜무조(倭武助)와 외종 5위하 마전연부(麻田連賦)도 백제인이었다. 특히 『의심방』(医心方) 16권에는 백제의 의법과 의술을 체계적으로 정리한 「백제신집방」(百濟新集方)을 별도로 마련하여 소개함으로써 당시의 의법 가운데 백제의 것이 압도적이었음을 입증하고 있다.

4) 종교적 중층화와 도불습합형의 민간도교

문화의 본질이 잡종화이고 문화의 수용이 곧 변용일 수 밖에 없듯이 한반도에 도교나 불교가 전래되는 과정에서도 이들 종교는(중국에서도 그랬듯이) 오로지 단일종교로서만 수용되지 않았다. 도교와 불교의 혼용과 상호습합이 그것이다. 불교의 신앙과 도교의 신선사상이 자연스럽게 만나면서 수용되는 도불교섭에서 비롯된 도불습합형의 신앙형태들이 도교와 불교 안에서도 각각 진행되었기 때문이다.

한반도에 전래된 불교는 무의식 속에 이미 도교적 면모를 지닌채 수용되었다. 고구려·백제·신라를 막론하고 승려는 어느 정도 신이(神異)를 나타내며 무축(巫祝)신앙과 연결하여 포교활동을 전개했기 때문에 불교의 토착화가 용이했다. 승려 자신이 상당한 도술을 익힘으로써 얻은 사문(沙門)의 영험을 통해 불교의 보급에 나섰던 경우가 적지 않았다. 소수림왕 2년(372) 6월 전진(前秦)왕 부견(符堅)이 보내 처음으로 고구려에 들어온 승려의 이름이 순도(順道)였고 그로부터 3년 뒤에 온 승려의 이름이 아도(阿道)였다는 사실에서도 이미 중국에서의 도불관계가 예사롭지 않았음을 엿볼 수 있다. 『해동고승전』에서도 아도를 가리켜 '신승아도'(神僧阿道)라고 기록했을 정도였다. 이것은 훗날 합유책략을 통해 유학사상과의 갈등을 피하면서 중국에 소개한 마테오 리치의 『천주실의』와 같이 고구려에 전래된 불교가 표면적으로 도술을 주체로 하여 고유신앙과 마찰을 피하기 위한 방법이기도 하다. 어쨌든 도교의 입장에서 보더라도 불교의 전래에 편승하여 민간에 더욱 널리 보급되고 신앙하게 됨으로써 민간도교의 형성에서도 속도를 더하게 되었던 것도 사실이다. 심지어 『삼국유사』에서는 고구려의 보장왕이 불교를 버리고 도교를 따랐다(高麗藏王感於道敎, 不信不法)고 기록함으로써 고구려에 도교의 신앙기반이 공고해졌음을 시사하기까지 했다.

신라에 불교가 전해진 것은 삼국 가운데 가장 늦은 법흥왕 15년(528)이었다. 그럼에도 불구하고 신라는 가장 도교적인 나라였다. 신라시대의 승려는 일반적으로 불교와 함께 도교를 배웠기 때문에 신라에서 도불의 습합현상도 삼국 가운데 가장 두드러졌다. 또한 김유신도 17세때 고구려, 백제, 그리고 말갈이 침입해오는 것에 격분하여 이를 격퇴할 뜻을 세우고 홀로 중악(中嶽)의 석굴에 들어가 하늘에 기도하던 4일째 되던 날 칙난승(則難勝)이라는 노인이 나타나 이런 곳에 어디에서, 왜 왔느냐고 묻자 김유신은 이곳에 비상한 사람이 있다는 것을 알고 방술을 전수받으러 왔다고 했다. 드디어 그 노인은 망전(妄傳)과 불의에 사용하지 않도록 당부한 뒤 그 비법을 가르쳐 주었다.

그 밖에도 승려와 선인(仙人)에 관한 많은 이야기들이 있는데 이는 도불이 습합해왔음을 시사하는 것이다. 예를 들어, 진평여왕 때에 신선술을 지닌 선도산(仙桃山) 신모(神母)는 비구니 지혜(智惠)가 새로운 불전을 지으려는 사실을 감지하고 황금을 공양했다는 선도산 신모 전설이 그것이다. 또한 제24대 진흥왕은 백부인 법흥왕의 뜻을 받들어 불교를 장려하면서도 신선을 숭상하기 위해 화랑도를 만들고 이를 국선(國仙)으로까지 여기려 했다. 특히 흥륜사(興輪寺)의 승려 진자(眞慈)는 미륵상 앞에서 미륵이 화랑이 되어 권현(權現)하기를 서원(誓願)할 정도였다.

이러한 사정은 한반도로부터의 도래인을 통해 일본에 전래된 고대 일본도교의 경우에도 마찬가지이다. 고대로부터 일종의 문화도가니 속에서 중층적으로 융합되고 습합되어온 일본문화의 일반적인 특징들이 그렇듯이 도교와 불교도 그 자체만으로 일본에 수용되어 토착화한 것은 아니다. 도교는 신도의 신앙 기반을 이용하여 안착했는가 하면 신도도 도교의 힘을 빌려 에네지를 충전했다. 또한 도교는 불교와 혼용되었는가 하면 불교도 민간에 대한 도교의 친화성을 배우고 이용하여 민중에게 다가갔다.

『일본서기』스이코 천황 21년 12월조에서 독실한 불자이면서도 선인을 예찬한 쇼토쿠태자의 다음과 같은 일화도 그러한 시대적 배경의 산물이었다. 즉, "태자가 카타오카(片岡)에 놀러 갔다. 그때 굶은 자가 길가에 누워 있었다. 이름을 물었지만 말이 없었다. 태자는 보고서 음식을 주었다. 옷을 벗어서 굶은 자에게 덮어주고 '편안하게 자거라'고 말하였다. … 다음 날 태자는 사람을 보내 굶주린 자를 보게 하였다. 사자가 돌아와서 '굶주린 자는 이미 죽었습니다'라고 말하였다. 태자는 크게 슬퍼하였다. 수일 후 태자는 시중드는 사람을 불러 '몇일전 길가에 쓰러져 있던 굶주린 자는 범상한 사람이 아닐 것이다. 그는 틀림없이 眞人(仙人)일 것이다'라고 말하고, 사람을 보내 확인하도록 하였다. 사자가 돌아와서 '묘에 가 보았더니 묻은 자리는 그대로인대 파보니 시신이 없었습니다. 옷만이 개어져 관위에 놓여 있었습니다'라고 말하였다는 것이다.

　그러나 이러한 선인설화보다 도불융합을 더욱 잘 나타내는 예는 상세국(常世國) 신화일 것이다.『일본서기』에 가장 먼저 등장하는 상세국 신화는 제11대 스이닌(垂仁)천황 90년의 기사이다. 그 2월조에 "천황은(전설상의 인물인) 타지마모리(田道間守)에게 명하여 상세국에 가서(사시사철이 있는) 비시(非時)의 향과(香果)를 구해 오라고 하였다. 다름 아닌 지금의 귤(橘)이 바로 그것이다"라고 기록되어 있다. 또한 이듬해 3월 12일 천황이 죽었을 때도 타지마모리가 상세국에서 돌아왔다. 그가 가지고 온 물건은 비시의 향과와 팔간팔만(八竿八縵－여덟 줄의 여덟 꼬치)이었다. "타지마모리는 비탄하여 명을 천조(天朝)에서 받아 멀리 절역(絶域)에 갔었습니다. 만리의 파도를 헤치고 멀리 하천을 넘었습니다. 이 상세국은 신선의 비국(秘國)이고 속인이 갈 곳이 아닙니다. 이 때문에 왕래하는 데 10년이나 걸렸습니다. 어찌, 혼자 높은 파도를 헤치고 다시 본토에 돌아올 것을 기약하겠습니까? 그런데 성제(聖帝)의 신령이 가호하여 간신히 이제야 돌아올 수 있었습니다. 지금 천황은 이미 붕어하셔서 복명할 수가 없습니다. 신(臣)이 살아 있어도 무슨 소용이 있겠습니까?"라고 하여 천황의 죽음에 대한 슬픔을 상세국 신화를 빌려 탄식하며 기록하고 있다.

　이처럼 스이닌 천황 90년조의 이야기는 사료에 의한 역사적 언설이 아니라 믿을 수 없는 가공의 역사기록 속에 들어 있는 도교적 전설이었으므로 720년 오오노야스마로(太安万侶)에 의해 발표된 일종의 해석학적 지평융합53)의 산물이었다. 그러나 유우랴쿠(雄略) 천황 19년(475)54)에 야마토국 카즈라기(葛城)로 피신해와 요메이(用明)·스슌(崇峻)·스이코(推古) 천

황의 외조부가 된 백제 개로왕의 아들 목례만치(木刕滿致)의 자손 소가(蘇
我)씨와 상세신 신앙과의 관계는 전설적인 신선담으로만 간주될 수 없다.
즉 카츠라기라는 지역은 소가씨의 본거지이지만 몬무(文武)천황때 득선자
(得仙者)로 간주하는 엔노오즈누(役小角)의 출신지였을 뿐만 아니라 당시
카츠라기의 고궁사(高宮寺)에는 백제에서 온 승려 원각(願覺)이라는 선인
의 이야기도 있었기 때문이다. 그는 승려이면서도 득선에 대한 방법을 알
고 있었다.

특히 7세기 후반의 대표적인 주술자인 엔노오즈누는 이른바 공작왕주
법(孔雀王咒法)이라는 주금(咒禁)의 수행자였다. 그의 주술은 귀신을 조령
이나 영혼에 해당하는 귀신과 주술적·도교적인 귀신으로 구분하여 <역
사귀신>(役使鬼神)과 <구사귀신>(驅使鬼神)의 주박(咒縛)에 중점을 두는
특징을 가지고 있었다. 하지만 이것들도 따지고 보면 불노장생하여 선인
이 되는 조건이자 도정(道程)으로서의 주금, 즉 금주지법(禁咒之法)에 지나
지 않는다. 왜냐하면 그가 주장하는 기에 의한 '內以養身, 外以却惡'에서
도 알 수 있듯이 그는 무엇보다도 장생과 득선을 위한 주금을 강조하고
있기 때문이다. 699년 세인을 요혹(妖惑)시켰다는 제자 카라쿠니(韓國連廣
足)의 죄목에 그가 연루—카라쿠니(韓國連廣足)의 주금(咒禁)이 기본적으

---

53) 가다머(G. Gadamer)의 해석학에서 선이해(先理解)에 기초하여 과거의 지평과
현재의 지평, 즉 전통의 운동과 해석자의 운동의 상호작용을 일으키는 해
석학적 방법을 의미한다. 또한 이것은 텍스트와 해석자 사이에서 해석자가
이질점을 극복하고 서로 달리 분리되어 있던 지평 사이의 긴장을 해소하여
서로를 흡수·병합하는 해석학적 커뮤니케이션 방법이기도 하다.

54) 「신라본기」에 의하면, 고구려 장수왕의 한성 함락은 개로왕 20년으로 되어
있고, 『일본서기』에 의하면, 유우랴쿠(雄略) 천황 20년, 즉 백제 文周王 2년
으로 되어 있다. 그러나 「백제본기」에 의하면, 개로왕 21년조에 "개로왕이
아들 文周에게 이르기를 … 나는 마땅히 사직을 위하여 죽겠지만 너도 여
기서 함께 죽는 것은 무익한 일이다. 너는 난을 피하여 나라의 계통을 잇
도록 하라고 하였다. 문주는 이에 목례만치와 함께 남으로 갔다"고 기록되
어 있다.

로는 스승의 것을 그대로 이어받았으므로—되어 이두(伊豆)에서 유배생활을 했음에도 703년에 결국 선인이 되었다고 칭송받았던 것도 그러한 금주지법 때문이었다.

그런데 주목할만한 사실은 선도산 신모설화에서처럼 고래로부터 7세기 후반에 이르기까지 엔노오즈누의 것을 비롯한 일본방술의 주금도 도불습합형으로 전래되었다는 점이다. 무엇보다도 '공작왕주법'이라는 그의 주술명에서부터 그것이 도불습합형임을 시사하고 있다. 그의 주금도 기본적으로는 공작경(孔雀經)이라는 불교경전에 의한 것이었으므로 불교와의 융합과 습합에 의해 형성된 것이었음을 짐작하기 어렵지 않다. 더구나 그가 선약(仙藥)에도 조예가 깊은 백제의 승려 법장에게 사사받은 불교신앙인 가운데 한사람이었다는 사실, 그리고 신라에서 도조(道照)와 해후하면서 크게 영향받은 법화경의 신앙이 그의 주금과 내면에서의 습합을 이루었을 것이라는 사실들은 그의 주금이 도불습합형이었음을 시사하기에 충분한 것들이다.

일반적으로 주금은 도술에 기초한 도주(道呪)와 불교에 기초한 경주(經呪) 등 두 종류로 구분하고 그 가운데서 일본에 수용된 주금을 도주에 국한시켜 주장하는 이도 있다. 그러나 엔노오즈누를 '우바소쿠(優婆塞)[55]'라고 부른다든지 그의 주술을 가리켜 '불법험술'(佛法驗術)이라고 부르는 것은 그의 주금을 비롯한 일본의 주금이 선택적으로 수용되지 않았음을 의미한다. 특히 주금의 연원이 중국 오월(吳越)의 금주지법에 있다고 할지라도 일본에로 전래된 주금의 통로가 (본래 도불습합형으로 전해 내려온) 백제를 비롯한 한반도였다는 사실에서 고대 일본 주금의 특징을 더욱 잘 파

---

55) 優婆塞이란 산스크리트어로 upāsaka를 음역한 것이다. 본래는 가까이에서 시중드는 남성을 뜻하여 近事男, 또는 淸信士라고 불리기도 하지만 일반적으로 在家의 남자 불교신자를 가리킨다. 불교교단을 구성하는 四衆・七衆 가운데 하나이기도 하다. 반대로 재가의 여자 불교신자는 優婆夷라고 부른다.

악할 수 있다.[56)]

나아가 이러한 특징은 주금의 전래에만 국한되지 않는다. 이것은 일반
적으로 고대 일본의 민간도교가 전문적인 도사에 의해 전래된 것이 아니
라 한반도에서 이미 도불습합을 몸소 실천한 syncretists에 의해 들어왔다는
사실을 의미한다. 예를 들어, 일본고전전서의 『본조신선전』(本朝神仙傳)에
기록된 선인인 역행자(役行者), 타이쵸(泰澄), 도감니(都藍尼), 교대화상(敎
待和尙), 홍법대사(弘法大師), 자각대사(慈覺大師) 등 모두가 승려이거나
불교와 관련된 자들로서 도불습합을 체현한 사람들이었기 때문이다.[57)]

5) 파놉티콘 속에서의 도불습합

한편 도교와 불교의 밀월과 동거관계가 오랫동안 지속되었던 것은 아
니다. 고대사회일수록 어떤 종교이든지 그 성쇠는 언제나 정치적 상황변
화와 깊은 함수관계를 가질 수 밖에 없기 때문이다. 특히 이질적인 종교나
신앙형태들이 융합하거나 습합하는 현상을 나타내는 것도 그러한 적자생
존의 적응방식에서 나온 것일 수 있다. 이러한 사정은 고대 일본의 도교나
불교의 경우도 마찬가지이다. 도교는 불교와 습합한 형태로 들어왔기 때
문에 불교의 신앙형태에 신세지고 있는 동안만은 불교로부터 공격받지 않
았지만 상세신 신앙일지라도 그것이 불교에서 독립하거나 그것과 대립하
였을 때는 공격대상이 되기도 했다.

예를 들어 『일본서기』 코우쿄쿠(皇極) 천황 3년의 무격활동 기사에 따
르면 돈독한 불교신자인 하타노 카와카츠(秦河勝)가 오오후베노오오(大生
部多)가 무격의 상세신에게 제사하는 것을 금지한 경우가 그러하다. 또한
코우쿄쿠 천황 4년 4월조에도 일본에서 고구려에 불교를 배우러간 쿠라츠

---

56) 和田萃, '藥獵と『本草集注』―日本古代の民間道教の實態―, 『道教と日本』第
　　二卷 古代文化の展開と道教, 雄山閣, 1997, 57쪽.
57) 松田智弘, 『古代日本道教受容史研究』, 人間生態學談話會, 1988, 114~130쪽.

쿠리노(鞍作得志)가 호랑이에게 도술을 배워 고산(枯山)을 청산으로 바꾸고, 土를 水로 바꿀 수 있게 되었으며, 병을 고칠 수 있는 침까지 얻었으나 호랑이에게 빼앗겨 귀국할 수 없게 되었고, 결국 고구려에서 죽음을 당했다는 상세국 신앙에 관한 부정적인 이야기의 배경도 마찬가지였다. 다시 말해 일본에서 불교신앙자인 하타노 카와카츠에 의해 도교 신앙의 전형인 상세신 신앙이 탄압받았다는 이야기는 도교가 세상의 변화를 예언함으로써 생겨날 수 있는 정치적 영향력에 대한 위협 때문이었다. 또한 고구려에서 도술을 익히고 귀국하려는 쿠라츠쿠리노를 살해한 것도 도교신앙을 배경으로 새로운 체제를 만들려는 세력을 사전에 저지하고 그 대신 불교 이데올로기를 우선시하는 천황중심체제를 구축하려는 강력한 권력의지에서 비롯된 것이다.

일본의 번신(蕃神)수용사나 습합형식사에서 보면, 이것은 일본의 도교가 민간도교로서 형성되었음에도 그것의 습합과정—습합의 계보학으로 신도사가 그렇듯이—에서는 언제나 권력의 파놉티콘(panopticon: 일망감시구조)을 벗어날 수 없었음을 의미한다. 설사 일본의 종교인 신도마저도 그것이 아프리오리하게 존재해온 것이 아니라 현실사회의 권력관계 속에서 번신들과 습합하며 전략적으로 기능해왔다. 거시적으로 보면 습합사는 도가니같은 일망감시(一望監視)구조인 절대권력들이 생산해온 전략적 복합물의 역사이자 전시장이었고, 미시적으로 보면 도불습합은 그 안에 전시된 전략적 복합물들 가운데 하나였을 뿐이기 때문이다.

3. 내재적 습합으로서 신도습합

츠다 소우키치(津田左右吉)는 기기신화에도 신선설이나 민간신앙, 또는 민간설화와 같이 중국에서 전래된 도가의 종교사상이나 '도교적 분자'가 많이 내재되어 있다고 하여 대륙에서 전래된 도교가 이미 습합의 유전인자형(génotype)으로서 그 신화의 형성에 작용해왔음을 주장한 바 있다. 그러나 앞장 '도가니 속의 도교'에서도 보았듯이 고대 일본의 도교는 주로 한반도에서 전래되었기 때문에 그 형식과 내용에 있어서 중국형보다는 한반도형에 가깝다. 무엇보다도 일본의 도교는 한반도의 도교처럼 형식에 있어서 교단도교가 아니라 민간도교였다는 점에서 그렇다. 실제로 동아시아 삼국 가운데 도교가 도관과 도사를 갖춘 종교교단으로서 형식을 체계화했던 곳은 중국뿐이었다.

도교의 내용에 있어서도 일본과 한반도의 도교는 방술과 의술부분에서만 풍부했을 뿐 교학과 윤리부분에서는 그 면모를 찾아보기 힘들다. 특히 중국의 도교와는 달리 도관을 중심으로 하여 도사들이 활동한 흔적을 발견할 수 없기 때문에 교학과 교리의 논의나 전개도 찾아볼 수 없다. 그러면 한반도를 경계로 한 교단도교와 민간도교의 임계점은 무엇일까? 그리고 그 경계 너머의 일본에서는 무엇 때문에 교단도교가 성립될 수 없었던 것일까?

첫째, 일본과 한반도에서는 중국과는 달리 노장사상이 중심이 된 도가사상이 개인과 사회의식의 저변에 자리잡고 있지 못했기 때문이다. 도교의 내용을 현실적 필요에 따라 방술과 의술에 국한하여 선택적으로 수용한 것도 사회 저변으로부터 도가사상에 대한 선이해(先理解)가 부족했기 때문이다. 그러므로 교단도교의 부재는 도교적 신앙을 조직적으로 세력화하려 할 때 선이해의 차이로 인해 불가피하게 나타나는 현상일 수 밖에 없다. 결국 도교 형식에서의 차이는 정신적 토양에 있어서 도가적 자양분이 부족한 곳과 오랫동안 그것이 충분히 배양되어온 곳의 차이일 수 있다. 그것은 농산물의 재배에서도 보았듯이 토양의 성질적 차이가 그곳에서 배양되는 생산물의 외양(형식)을 결정하는 경우와 다를 바 없다.

둘째, 문화적 자기완결성에서 중국과 일본의 문화는 애초부터 다르기 때문이다. 대륙문화로서 중국문화의 특질이 독자적이고 자기완결적이었다면 도서문화로서 일본문화는 융합적이고 습합적이었다. 그러므로 잡종성(hybridism)이 특질인 일본문화 속에서 한반도로부터 전래된 도교에 대하여 독자적이고 주체적인 자기완결성을 기대하기란 불가능한 일이었을 것이다.

셋째, 일본과 한반도의 민간도교는 그 신앙의 핵심이 비현실적인 신선을 모델로 하거나 상세국의 신앙세계만을 지향하기 때문에 그만큼 현실세계에 대한 적응력을 가질 수 없었다. 또한 민간도교의 의술부분이 양생에 도움을 주기 위한 것이었다고 할지라도 전반적으로 보면 일본에서 도교의 역할은 현실에서 개인의 삶의 여건개선이나 인간사회의 교화에 소극적이었기 때문에 신도나 불교처럼 현실정치로부터 이데올로기로서도 주목받을 수 없었다.

넷째, 한반도에서와 마찬가지로 일본에서도 도교는 체계적이고 이론적인 교리를 갖춘 종교로서 독자적인 교단을 형성하지 못한 탓에 종교적으로 세력화하지 못했다. 그것은 무엇보다도 신도나 불교만큼 세력화할 수 있는 종교적 주체가 분명하지 않았던 데 그 원인이 있을 수 있다. 그렇기 때문에 일본에서의 도교는 정치권력에 대해서도 조직적으로 대응할 수 없었을 것이다.

다섯째, 그러므로 일본과 한반도의 도교는 언제나 정치권력과의 함수관계 속에서 독자생존하기보다는 다른 종교와 공생하기 위하여 그것과 이질적 요소를 서로 분유해야 했다. 종교적 이종교배(hybridization), 즉 불교와의 연대·융합·공생 등 여러 형태로 분유적(分有的) 습합이 불가피했던 이유도 거기에 있다. 이미 도불이 습합된 형태의 도교가 쉽게 전래될 수 있었던 것도 마찬가지 이유였을 것이다.

그러나 고대 일본의 도교가 이처럼 한반도형의 민간도교였음에도 불구하고 한반도의 도교와 결정적으로 다른 점은 종교적 동일혈족결혼(inter-breeding), 즉 신기신앙과 같은 원시신도의 신앙형태와 내재적(內在的) 습합이 쉽게 이뤄졌다는 데 있다. 신도와 도교는 샤머니즘이나 신선신앙, 또는 무격신앙에 기초한 동질적 습합소들을 이미 지니고 있었기 때문에 내재적 습합이 용이하게 이뤄질 수 있었던 것이다. 그것은 한반도로부터 새로운 문화운반자(culture carriers)로서 도래인과 도교가 전래되기 이전에도 고대 일본인의 신화적 세계관 속에 도교의 세계관과 내재적으로 융합될 수 있는 신신습합의 로고스와 파토스가 자리잡고 있었기 때문이었다.

더구나 문화의 시냇물들(the streams of culture)이 마지막으로 흘러들어와 되돌아 나갈 곳이 없는 문화적 저수지(또는 도가니)와 같은 지리적 여건이 한반도에서 전래된 도불습합형의 도교마저도 신도와 중층적으로 융합할 수 있는 자연적인 조건이 되었다. 다시 말해 중층적 복합형의 민간도교가 토착화하기에 적절한 저수지나 도가니같은 토대(하드웨어)가 그것을 습합의 계보학 속에, 그리고 습합사로서의 신도사 속에 넣을 수 있는 충분조건이 되었던 것이다.

제7장

습합의 계보학으로서 일본신도(2)
－신불습합－

I. 습합의 génotype으로서 불교

생물학에서와 마찬가지로 문화인류학에서도 두 개의 서로 다른 문화나 전통의 혼성으로 생겨난 새로운 개체를 가리켜 문화적 '잡종'(hybrid)이라고 부른다. 이렇게 보면 신불습합은 분명히 문화적 잡종이다.

그러면 잡종을 탄생시키는 이종교배(hybridization)에서 우성인자(a dominant gene)가 유전법칙을 결정하듯이 문화적 이종교배로서의 신불습합에서 우성인자는 무엇이었을까? 그것은 다름 아닌 한반도에서 전래된 불교였다. 원시신도가 종교로서의 조건을 미처 갖추고 있지 못한 상태에서 새로운 대륙문화의 운반자로서 불연 듯 건너온 불교는 종교뿐만 아니라 문화의 이론과 실제, 모든 면에서 획기적인 사건이었다. 불교동점(佛敎東漸)은 '문화혁명'이라고 불러도 좋을 만큼 일본의 고대문화에서 일대 혁명적 사건이었다. 특히 그것은 정신적으로 높은 경지를 지향하는 여러 경전들을 앞세운 체계적인 정신철학이자 종교이론(theoria)에 대한 충격이었다는 점에서 그렇고,

불상과 불구, 나아가 대가람처럼 이제까지 접해보지 못한 대륙의 수준 높은 하이테크놀로지(praxis)로부터 받는 과학기술적 충격이었다는 점에서 더욱 그렇다. 그러나 물리적 작용에 대한 반작용의 법칙이 그렇듯이 정신적 작용에서도 충격이 강할수록 그것에 대한 반발력이나 흡인력 또한 못지 않게 강하다.

1. Theoria의 충격에서 습합에로

불교가 일본에 전래되자 신도의 입장에서 받은 충격의 첫번째 반응은—외래문화와 예기치 않게 조우하는 대개의 경우가 그렇듯이—반목과 항쟁으로 나타났다. 이것은 숭불세력인 소가(蘇我)씨와 모노노베(物部)씨 양가 사이에 잠복해 있던 권력투쟁을 표면화시키는 계기가 되었기 때문이다. 그러나 소가씨와 쇼토쿠(聖德)태자가 연대한 권력투쟁의 승리는 태자 중심의 권력구조가 형성될 수 있는 길이 확보되었음을 의미할 뿐만 아니라 객신(客神)에 대한 흡인력이 반발력을 제거한 것이었으므로 일본에서 불교의 생존권이 안정적으로 확보되었음을 의미한다.

이처럼 불교의 수용과 관련된 태자의 정치적 지위확보는 일본사상사에서 중요한 의미를 갖는다. 일본사상사가 그를 통해 습합사로서 변신하는 공식적인 계기가 되었기 때문이다. 실제로 『일본서기』에는 태자 이전에도 그의 부친인 요메이(用明) 천황에 의해 '신불법(信仏法), 존신도(尊神道)'가 강조 된 적이 있었다. 그러나 그 기록에 나타난 信과 尊의 병존만으로 불교와 신도의 습합을 단정하기는 어렵다. 그러므로 일본사상사에서 습합의 역사가 시작되는 공식적인 계기는 섭정으로서 통치의 주도권을 쥐고 정치적·종교적 갈등과 반목을 수습하고 치유하려는 태자의 적극적인 의지와 노력이 담긴 『헌번 17조』(604)와 『삼경의소』(三經義疏, 606)였다. 불교는 공식적으로 전래된지 반세기만에 충격에서 습합에 이를 정도로 빠른 흡인력을 보인 것이다.

그러나 신불병존을 믿어온 요메이천황의 둘째 아들로 태어난 쇼토쿠태자의 태생적 조건이 말해주듯이 그에게는 이미 신도와 불교뿐만 아니라 신유불을 모두 융합할 수 있는 환경과 여건이 충분히 구비되어 있었다. 더구나 누구보다도 좋은 태자로서의 신분은 그가 성장하면서 내교(內敎=불교)와 외전(外典)을 섭렵할 수 있는 더없이 좋은 기회를 제공했기 때문이다. 그에게 불교를 가르친 이는 고구려의 승려 혜자(慧慈)였고, 불교경전이외에『논어』,『맹자』,『시경』,『상서』,『효경』,『예기』,『사기』,『노자』,『백행』(百行) 등 제자백가와 시문집의『문선』같은 외전을 가르친 이는 백제에서 건너온 오경박사 각가(覺哿)였다.

특히 불교에 관해서는 혜자를 통해 대승불교의 경전 가운데 주로 승만(勝鬘), 유마(維摩), 법화(法華) 등 삼경을 배운 뒤 그것들에 대한 주소(注疏)를 펴내기까지 했다. 그러나 그가 배운 불경은 이것들만이 아니었다.『법화의소』(法華義疏)에는『무량의경』(無量義經),『파약』(波若),『열반』(涅槃)등이 나오며,『승만경의소』(勝鬘經義疏)에는『법고경』(法鼓經),『우파색계경』(優婆塞戒經),『열반경』,『파암』이 보인다. 또한『유마경의소』(維摩經義疏)에도『무량수경』,『유광경』(乳光經)이나 용수(龍樹)의『중관론』(中觀論,또는『大智度論』)이 인용되어 있기 때문이다. 더구나『상궁성덕법왕제설』(上宮聖德法王帝說)에 의하면 "왕은 열반상주할 수 있었고 다섯가지 불성의 이치를 깨달았으며, 법화삼거(法華三車)에 밝았고 권실이지(權實二智)의 뜻을 폈으며, 불가사의한 유마해탈의 근본에 통달하고 경부(經部)·사바다(娑婆多) 양가의 말씀을 알고 있었다"고 함으로써 그의 불교사상이 대승과 소승을 모두 섭렵했다고 기록하고 있다. 그러나 이것이 지나친 과장과 미화라고 할지라도 혜자의 가르침을 받아『삼경의소』를 남겼다는 사실만으로 쇼토쿠태자는 적어도 용수에서 천태에 이르는 중관파(中觀派)의 불교사상을 지닌 인물로 간주될 수 있다.

불교에 대한 이러한 섭렵과정을 보면 쇼토쿠태자는 가장 먼저 일본불교의 초석을 닦은 인물이었음이 분명하다. 그러나 이것으로써 그를 일본사상사에다 습합의 사상사로 간주할 수 있는 단초를 제공한 인물로 평가할 수는 없다. 그것보다는 오히려 신유불이 융합된『헌법17조』에서 그 단서를 찾아야 마땅하다.『헌법17조』에는 신도라는 단어가 직접 등장하지는 않지만 그것에 기초한 고유사상이 불교와 유교를 적절하게 융합하여 습합사상의 전형을 제시하고 있기 때문이다. 그러므로 훗날 신란(親鸞)이 그를 가리켜 '화국(和國)의 교주'라고 불렀던 이유도 거기에서 찾기 어렵지 않다. 또한 중세의 신도가 신도를 나라의 근본이 될 씨앗으로 삼고 유교를 그 나무의 가지로 간주하며 불교를 그 꽃이 맺은 열매에 비유함으로써 태자의 습합사상을 근본지엽과실설(根本枝葉果實說)이라고 극찬한 이유도 거기에 있었다.

2. Praxis의 충격에서 습합에로

불교가 일본에 전래되면서 신도의 입장에서 받은 충격의 두 번째 반응은 종교로서 거듭나기 위한 신도의 현실적 자기반성이었고 이를 계기로 행해진 실천적 자기변신이었다. 신도는 불교로 인해 스트레스성 전환장애(conversion disorder)에 걸려든 것이 아니라 오히려 전화촉진(conversion acceleration) 현상을 현실적, 구체적으로 진행하기 시작한 것이다. 신도에게 불교는 전화촉진소(轉化促進素)가 되었다. 불교는 신도의 정비를 조장하고 협력함으로써 스스로 변신하게 하는 전화의 모델이 되기도 했다.

의식전환과 사회적 진화—

불교의 전래로 인하여 정치, 경제, 종교신앙, 등 씨족을 중심으로 하여 이루어진 씨족제중심 사회에 가장 큰 변화를 가져온 것은 전통적인 씨족제사회의 붕괴와 통일적인 국가확립에로의 의식전환이었다. 일본에서의 신은 일찍부터 氏의 神이었고 이것을 제사하는 社도 氏의 社였다. 그러나 씨신(氏神)이라고 해서 혈족적인 선조신은 아니었다. 그것은 제3장 '민중

신화의 원형으로서 도작신화(稻作神話)'에서 보았듯이 혈족적인 신이라기
보다 토지신이나 농업신, 즉 도작신(稻作神)인 이나리신(稻荷神)과 같은 산
토신(産土神)에 지나지 않았다. 고대사회에서 선조신을 우선시하는 황족
이나 호족이 아닌 민중들의 경우 씨족에 대한 생각보다는 산토의 조건을
우선시했기 때문이다. 가장 원초적인 신앙형태는 그것에 대한 이지적인
반성이 일어나기 이전의 상태에서 무엇보다도 먼저 생계유지를 위한 구체
적인 생활과 밀접하게 관련시키려 했던 것이다.

씨족과 씨족이 제사드리는 신과의 관계에서 강한 혈족의식, 즉 신앙에
기초한 동일 혈족의 외연의식인 동족관을 가지게 된 것은 그것에 대한 자
기반성이 생겨난 이후의 일이었다. 게다가 한반도로부터 여러 씨족 집단
이 도래하여 일정한 지역에 정착하면서 혈연적 사회를 형성한 것은 토착
민에게 혈족에 대한 의식을 새롭게 하는 반성의 계기가 되었다. 특히 혈족
적 동족의식이 강해진 것은 고대사회가 국가성을 강조함으로써 국가적 성
격을 띠기 시작한 이후부터였다. 이때부터 씨사(氏社)도 정치권력으로 집
단화하면서 생겨난 호족들이 권세를 과시하기 위한 장식물로서 이미지변
화를 시작했다. 예를 들면, 야마토(大倭)씨의 오오야마토신사(大和神社, 奈
良縣 天理市), 오오미와(大神)씨의 오오미와신사(大神神社, 奈良縣 三輪町),
이와카미(石上)씨, 또는 모노노베(物部)씨의 이소노카미신사(石上神社, 奈
良縣 天理市), 후지와라(藤原)씨의 카스가대사(春日大社, 奈良市 春日野町)
등 그밖에 야마토 조정과 같은 고대의 통일국가가 탄생할 무렵에 생겨난
많은 호족의 씨사들이 그러하다.

그러나 소가씨와 모노노베씨 간의 사활을 건 권력 투쟁에서도 보았듯
이 이때까지만 해도 호족들의 씨족 집단간 대립과 항쟁은 심화되었지만
민족적 배타성이나 차별의 흔적은 두드러지지 않았다. 국가적인 차원에서
의 배척과 배타성도 마찬가지였다. 일본의 고대사회가 외래문화를 특별한
장애없이 수용할 수 있었던 것도 오래 전부터 다수의 도래인 집단에 의해
받아온 문화이식과 습합의 수혜에 익숙해진 탓이다. 이처럼 일본의 고대

사회에서는 한반도와 중국같이 선진문화를 지닌 주변국의 문화발전 과정과 문화수준의 차이로 인해 이민족과 이문화에 대한 이질감을 미처 의식할 겨를도 없이 그곳으로부터의 문화 전반의 수용과 습합이 자연스럽게 이루어졌고, 이에 따른 사회적 진화도 빠르게 진행되고 있었다.

이런 사정은 불교가 전래된 뒤에도 크게 달라지지 않았다. 한반도에서 전래된 불교가 처음부터 개인보다 국가의 안위를 우선하는 호국(護國)불교로서 보다는 관음(觀音)·약사(藥師)·길상천(吉祥天)에 대한 신앙에서도 보듯이 개인의 현세이익을 위한 기복(祈福)불교로서 수용되었던 것도 마찬가지 이유였다. 백제로부터 불상과 불경이 전해졌지만 그 이후 일본의 황실이나 호족들이 불교를 수용하는 양상을 보면 불교 본연의 정신과 사상(theoria)을 수용한다기 보다 이미 신도에 대한 신앙형태에서부터 일본인의 종교적 성향이 되어버린 위해방지, 질병치료, 길상행운, 무병장수, 등 개인의 현실적인 이익(praxis)을 기원하는 신앙에 기초한 것이었다. 소가노 우마코(蘇我馬子)가 병에 걸리자 미륵석상을 세우고 거기에 예불하면서 치유와 연명을 기원했던 것이나 병약했던 요메이천황이 '존신도'(尊神道)를 외치면서도 즉위 원년(586년)에 치유와 완쾌를 위하여 불교에 귀의하고 '신불법'(信佛法)을 주장하였던 것이 그 대표적인 예이다. 요메이천황은 자신과 백성의 질병치유를 기원하는 사원을 건립하고 그곳에 약사불상(藥師佛像)까지 안치할 것을 서원(誓願)하기도 했다. 이렇게 해서 세워지고 만들어진 것이 법륭사(法隆寺)와 법륭사금당 약사여래상(法隆寺金堂藥師如來像)이었다. 또한 720년 하세베노아타에 야마츠구(丈直山繼)가 무츠노쿠니(陸奧國)에서 반란을 일으킨 에미시(蝦夷)를 정벌하려고 전장에 나가기 전에 관음상에 기원함으로써 무사귀환했다는 이야기나 시나노쿠니(信濃國)의 한 우바소쿠(優婆塞)가 길상천에게 '나에게도 천녀와 같은 품성을 내려주서소'라고 기원했다는 기록들[1]은 나라시대에도 불교에 대한 신앙

---

1) 川崎庸之, 笠原一男 編, 『宗敎史』, 山川出版社, 1985, 32쪽.

이 여전히 개인의 현실 이익을 위한 것이었음을 말해준다.

그러나 지배계층의 불교에 대한 의식이나 신앙형태가 언제나 개인적인 현세이익이나 기복신앙에만 매달렸던 것은 아니다. 불교에 대한 의식과 신앙형태도 개인과 국가 사이에서 자주 바뀔 수밖에 없었기 때문이다. 불교는 애당초부터 천황을 비롯한 지배계층을 개인적 기복신앙과 통치이데올로기 사이에서 선택해야 할 중요한 기로에 서게 했다. 특히 요메이천황이나 쇼토쿠태자의 경우처럼 개인의 치명적인 질병과 국내외의 정세불안정 사이에서 불교는 지배계층에게 선택의 결정적인 변수로서 작용해왔다.

종교와 국가의 함수관계가 모든 역사의 중요한 가변요소였듯이 요메이천황이 죽은 뒤 사천왕상을 만들어 모노노베씨와의 권력투쟁에서 전승을 기원했던 쇼토쿠태자가 승리한 후 사천왕사(四天王寺)를 건립한 것도 그러한 사례 가운데 하나일 뿐이다. 개인복리보다 국태민안을 부르짖는 대개의 호국불교가 역사의 중심이나 저변에 자리잡았던 경우가 그러하다. 쇼토쿠태자가 여러 불경 가운데서도『법화경』뿐만 아니라『인왕경』(仁王經),『금광명경』(金光明經) 등 국가불교적의 경전을 중시하면서 불교의 이념을 국가의 체제확립에 기초로 삼으려 했던 것도 마찬가지 이유에서였다.

이상에서 보았듯이 대륙에서 전래된 불교문화가 현세이익을 위한 개인적인 기복불교였든 아니면 국태민안을 기원하는 호국불교였든간에 중요한 것은 종교 의식(儀式)과 교의(敎義)에서 뿐만 아니라 각종 기예(技藝)면에서도 불교는 광범위하게 문화변혁을 일으키며 현실 속에 폭넓게 습합되었고 정신 속에 의식화되었다는 사실이다. 하지만 그것 못지 않게 불교문화의 전래로 인한 더욱 중요한 거시적 변화는 씨족제 사회를 넘어 통일국가로서의 체제를 정비하는 데 원동력이 됨으로써 고대사회 전반의 진화와 진보를 가져왔다는 사실이다.

praxis로서의 수용과 습합—

원시신도로 집단 의식화되어 있던 고대사회에 불교의 전래로 인한 사회 전반의 진화와 진보를 거시적 변화라고 한다면 원시신도 내부에서 일어난 획기적인 변신은 미시적 변화라고 할 수 있다. 그러나 불교→유교→기독교 등 외래종교의 수용과 습합의 역사로 일관해온 신도사에서 그것은 신도가 겪기 시작한 첫 번째 변신이자 혁명적인 진화였다. 일본의 신도사는 역사적 전개과정에서만 본다면 마치 과학사에서 이론적 변천의 연속적·누적적 진보를 전제해온 고전적 과학사관을 부정하며 패러다임의 원리적 불연속성을 주장하여 이른바 '과학혁명의 구조'를 새롭게 제기한 토마스 쿤(T.S. Kuhn)의 과학사와도 크게 다르지 않기 때문이다.

1) 단절의 표현형(phénotype)으로서 신사의 출현

불교의 전래처럼 예상하지 못했던 패러다임의 갑작스런 출현으로 인해 생겨난 신도의 역사상 최대의 사건은 신사의 등장이었다. 신도사에서 신사의 등장은 원시신도로부터의 연속적 진보과정이라기보다 오히려 그것과 경계점이 될 만큼 단절적으로 출현한 혁명적 구조의 실체였기 때문이다. 원시신도에서 신을 제사하는 장소는 본래 일정한 곳이 아니었다. 그것은 상설이 아니라 제사 때마다 임시로 마련한 노천의 장소였다. 그러므로 제사 지점이 오우미(近江)→미노(美濃)→이세(伊勢) 등지로 이동하다가 고정되기 시작한 것도 이세의 이스즈가와(五十鈴川) 주변으로 옮긴 이후부터였다. 더구나 제사 장소에 상설 건물로서 사전(社殿), 즉 신사를 건립한 것은 불교의 가람문화로부터 받은 충격 이후의 일이었다.

6세기 중반 이후 신도는 불교의 전래와 함께 도입된 불교사원의 건축양식을 과감하게 수용하고 습합하여 보편형식이 된 나가레즈쿠리(流造—賀茂御祖神社 本殿)를 비롯하여 카스가즈쿠리(春日造—春日大社 本殿)와 스미요시즈쿠리(住吉造—住吉大社 本殿) 양식의 신사를 전국적으로 건립해

나갔다. 이것은 불교사원의 건축양식을 받아들여 우선 기초가 되는 토대를 돌로 쌓은 다음 그 위에 기둥을 세우는 방식으로서 고대에 세워진 대부분의 신사가 여기에 해당하는 보편적인 양식이다. 예외가 있다면 그것은 일본의 전통적인 주거방식인 수혈식(竪穴式)에 따른 굴립주(掘立柱)의 양식으로서 일본 최초의 상설 사전(社殿)이자 국보로 지정된 이즈모대사(出雲大社)의 다이샤즈쿠리(大社造り一出雲大社 本殿)와 이세신궁의 신메이즈쿠리(神明造り一皇大神宮 正殿) 양식뿐이다.[2] 아래의 그림에서 보듯이 국조신인 오오쿠니누시(大國主神)의 진좌로서 세워진 이즈모대사의 본전은 신의 빙처(憑處)로서 둘레가 3.6m나 되는 나무 기둥 9개를 땅속에서

부터 높이 세우고 그 위에 신전을 지음으로써 불교 사원의 건축양식과는 달랐음을 한눈에 알 수 있다. 지붕의 양식도 움막처럼 짓고 살았던 고대인의 전형적인 원시 주거 형태에서 비롯된 ∧자 형태였다. 그것은 맞배모양인 이른바 키리즈마즈쿠리(切妻造り)로서 불교사원의 모양과는 달랐다. 이와 같은 지붕의 형태는 출운대사 이외에도 오사카의 오도리신사(大鳥神社)와 스미요시대사(住吉大社), 그리고 나라에 있

〈그림 1〉 이즈모대사의 원형

---

2) 신사 본전의 건축양식은 기본적으로 大社造・住吉造・神明造・春日造・流造・八幡造・日吉造・權現造 등 8종류이다. 이 가운데서 大社造・住吉造・神明造는 奈良時代 이전의 양식이고, 春日造・流造・八幡造・日吉造・權現造는 平安時代 이후의 양식이다. 특히 전국적으로 가장 널리 보급된 건축양식은 流造이다.

는 카스가즈대사(春日大社) 등이 여기에 해당한다.

신사의 기초와 기둥의 건축양식이나 지붕양식에서의 습합뿐만 아니라 신성한 곳과 속세와의 경계임을 알리기 위해 신사의 진입로 입구에 세우는 상징물인 토리이(鳥居)의 존재와 양식도 마찬가지이다. 이것은 일본의 원시신도나 주거형태 어디에서도 일찍이 찾아 볼 수 없었던 것이므로 일본신도의 독자적인 고안물이라기 보다 한반도나 중국에서 건너온 도래인들에 의해 언제부터인지는 알 수 없지만 불연 듯 전래된 또하나의 습합흔적이자 문화적 유전의 표현형(phénotype)일 가능성이 매우 높다.

토리이(鳥居)는 본래 鷄栖·華表·花居·華門 등으로 쓰고 登里位라고 읽었다. 또는 天門·神門·額木·助木·鳥井라고 쓰고 토리이라고 읽기도 했다. 『장가필요기』(匠家必要記)에 의하면 '토리이는 신대(神代)의 신문(神門)으로서 오늘날도 궁사(宮社)에서 사용하고 있는 신대의 유풍(遺風)'이라고 기록하고 있다.' 그러나 토리이의 기원이나 의의, 즉 그것이 언제 등장했는지, 그리고 그것이 무엇을 의미하는지에 대해서는 정설이 없다. 토리이에 대해 지금까지 논의되어온 주장들을 보면 대개 다음과 같은 네 가지 정도이다.

첫째, 토리이는 태양신인 아마테라스 오오미카미(天照大神)가 하늘의 석굴에 머물 때 나무를 석문 앞에 세우고 닭을 그 나무 위에 거(居)하게 한 닭이 울게 하자 그 나무를 가리켜 처음으로 토리이(鳥居)라고 불렀다.

둘째, 해신의 문 앞에는 카츠라(湯津杜)라는 나무가 있었고 그 나무 아래에는 우물(井)이 있었다. 해신인 히고호호데미노미코토(彦火火出見尊)는 그 위에 올라가 살았다. 때때로 해신의 딸 토요타마(豊玉姬)가 우물물에 비친 그림자를 통해 해신을 만나기도 했다. 즉 신사의 토리이(鳥居)는 이 해신이 문 앞에 세운 것으로서 鳥는 戶이고 戶는 門이며, 居는 井으로서 門의 井이라는 것이다.

셋째, 토리이는 음양의 교감을 나타내는 것으로서 왼쪽 기둥이 양(陽)을, 그리고 오른쪽 기둥은 음(陰)을 나타내며, 그 위의 가로지른 횡목(橫木)

을 통해서는 음양교감의 리(理)를 나타낸다.

넷째, 토리이는 <天>이라는 글자를 형상화한 것이다. 토리이의 형상을 天門이라고 쓰고 이것을 토리이로 읽은 것이다.

그러나 이런 설(說)들은 모두가 불확실한 주장에 불과하다. 첫번째 설은 『일본서기』(卷一)에 근거한 것이고, 두 번째 설은 하야시 라잔(林羅山)의 『신도총설』(神道叢說, 二十三)에 나오는 것이다. 세 번째와 네 번째의 설은 출처가 분명하지 않다. 아마도 시간이 지나면서 후대 사람들의 생각이 그런 주장들을 상상하여 만들었을 것이다. 그 밖에도 두 기둥 위에 얹었던 횡목이 하나이거나 셋이었던 것이 지금의 토리이처럼 두 개가 것은 『일본서기』앞머리에 천지의 음양이 나눠지지 않았던(古天地未剖陰陽不分) 세계로부터 천지음양이 나눠지는(剖判) 세계를 만들어 낸 표시로서 지금의 토리이가 등장하게 되었다고도 주장한다. 더구나 기원전 3세기 인도의 건축양식인 산티탑이나 발핫트의 탑문(기원전 2세기), 또는 아잔타의 토리이문(기원전 2세기) 등이 모두 두 개의 기둥 위에 세 개의 횡목을 얹었던 점을 미루어 토리이는 일본에 불교와 함께 들어와 그 문을 신역의 표시로 사용했을 것이라는 주장도 있다. 심지어 토리이를 산스크리트어 tōrana에서 온 것이라는 설까지 있다. 이처럼 토리이의 기원과 의의에 대해서는 아직까지도 정설이 없다. 그러나 그것이 적어도 신문(神門)으로서 신역(神域)의 표시라는 데는 여전히 이의가 있을 수 없다.

특히 주목할만한 주장은 도쿠가와 시대의 지운대사(慈雲大師)가 『신도절지집』(神道折紙集)에서 토리이의 기원과 의미를 신불습합과 관련지워 전개한 해석이다. 그에 의하면, 토리이는 일종의 문표(門標)로서 진언밀교에서 말하는 금강문에서 비롯되었다. 특히 홍법대사 쿠우카이(空海)에 의해 전래되었다는 양계의 만다라에 등장하는 토리이가 그것이다. 양부(兩部)만다라 속의 금강계에서는 그것을 연화문이라고도 부른다. 또한 그는 토리이에 문짝(門扉)이 없는 것을 가리켜 일본에는 도둑이 없기 때문이라고, 또는 도둑이 없음을 나타내기 위한 것이라고도 주장한다. 근대에 이르러 토리이를 삼중으로 설치하는 것에 대해서도 그는 밀교의 입장에서 보면 삼망집(三妄執)을 초월한다는 뜻으로서 세 번째 토리이의 안쪽을 즉법계궁(卽法界宮)이라고 해석한다. 그는 삼망집을 추(麤)·세(細)·극세(極細) 등 속세에서 인간이 겪는 세 단계의 번뇌로 구분하고 그것을 초월한 곳에 비로소 진리에 대한 큰 깨달음(大覺)이 있으며, 그 깨달음의 세계가 바로 즉법계궁으로서 신들이 바르게 살 수 있는 곳이라고 주장한다. 밀교의 만다라에서는 사방에 모두 문을 설치한다. 그 문들은 두 개의 기둥을 세우고 그 위에 횡목을 올리는 점에서 기본적으로 오늘날 토오리의 형식과 차이가 없다. 그렇기 때문에 밀교에서는 그것을 토오리의 원형이라고 주장하게 되었을 것이다.[3]

그러나 앞에서 보았듯이 『일본서기』(720)를 비롯하여 토리이에 대한 각종 기록과 주장들은 모두가 한반도에서 불교가 전래된 이후의 것들이고 도래인들에 의해 전해진 대륙문화가 일본문화 속에 광범위하게 습합되어 다양한 문화변형(cultural metaphosis)을 일으키면서 일본문화의 정체성을 형성하던 때의 것들이다. 『일본서기』가 등장하기 이전까지 대륙문화의 처녀인구집단이었던 일본에 한반도의 신적 무격이나 고급의 불교문화가 전래되면서 문화이식에 의한 문화삼투현상이 활발하게 이뤄졌던 것은 주지의 사실이다. 일본에서 토리이의 등장도 그러한 문화이식에서 오는 삼투현상, 그리고 그 결과로 생겨난 문화의 다양한 변형 현상들 가운데 하나로서 지적할 수 있다. 다시 말해 토리이의 등장은 전래된 불교문화와 샤머니즘들이 신도문화를 비롯하여 토착화 과정에 있던 일본불교 속에 중층적으로 습합되어 결정된 것일 수 있다.

그러므로 토리이는 우선 한반도의 수많은 불교 사찰의 진입로에 마련된 일주문(一柱門)이나 사찰의 입구 좌우에 세운 사천왕문(四天王門)과 내적 의미연관을 가질 수 있다. 더구나 신메이 토리이(神明鳥居)와 메이신

---

3) 大山公淳, '鳥居起源考', 『神佛交涉史』, 東方出版, 1989, 605~612쪽.

토리이(明神鳥居)로 양분된 수 많은 토리이[4]도 그 형상에 있어서는 아래의 그림에서 보듯이 한반도의 각종 능(陵)이나 원(園), 또는 묘(廟)나 궁전 등에서 흔하게 볼 수 있는 홍살문(紅箭門, 또는 紅門)과의 유사성을 직감적으로 연상할 수 있다. 9m 이상의 둥근 기둥 두 개를 세우고 그 위에다 지붕 대신 두 개의 횡목(橫木)을 가로 질러 큰 대문 모양을 한 홍살문을 보면 그 순간 누구나 외형에서부터 그것이 토리이와 같은 유전인자형(génotype)을 지녔을 것이라고 짐작하기 어렵지 않다. 더구나 홍살문이 지닌 의미에서는 더욱 그렇다. 기본적으로 홍살문의 기능은 경계표시이다. 속계와 신계를 나누든 아니면 숙세와 현세, 또는 현세와 내세를 나누든 그것은 처음부터 속세와 다른 세계(神域 또는 聖域)로의 진입을 위한 안내표

시이자 속기(俗氣)나 잡기(雜氣)의 진입을 가로 막는 경계표시, 즉 금문(禁門)의 역할로 삼았으므로 그 의미에 있어서도 신사 입구에 세워진 토리이와 다를 바 없을 뿐만 아니라 나아가 그것의 모형(母型)일 수 있었음을 암시하고 있다.

또한 신사를 건립하게 된

〈그림 2〉 토리이

유래, 연혁, 그리고 봉안된 제신(祭神)에 대한 영험을 각사마다 기록하여 정리한 문서를 가리켜 '수적연기'(垂迹緣起), '진좌연기'(鎭坐緣起) 등 신사연기(神社緣起)라고 부른 것도 「원흥사가람연기」(元興寺伽藍緣起)─불교

---

4) 토리이(鳥居)의 주된 종류는 神明鳥居・黑木鳥居・伊勢鳥居・鹿島鳥居・明神鳥居・春日鳥居・八幡鳥居・中山鳥居・住吉鳥居・稻荷鳥居・宇佐鳥居・兩部鳥居・山王鳥居・三輪鳥居・三柱鳥居 등 시대에 따라 저마다 다른 다양성을 나타내지만 그 기본형은 神明鳥居와 明神鳥居의 두 종류로 구분된다.

전래 이래 최초로 기록된 사원연기였다—같은 불교의 유전자를 적극적으로 습합하여 드러낸 신도의 표현형(phénotype)이었다. 그 최초의 예가 바로 713년『이즈모국풍토기』(出雲國風土記)에 기록된 이즈모대사를 비롯한 여러 신사의 제신진좌(祭神鎭坐) 유래담이었다. 헤이안(平安) 중기에는 『와카사쿠니 12궁연기』(若狹國十二宮緣起)가 등장하면서『이와시미즈하치만궁 호국사연기』(石淸水八幡宮護國寺緣起), 『기온고즈텐노연기』(祇園牛頭天王緣起) 등 본격적인 신사연기의 기록물들이 쏟아져 나왔다. 그러나 불교의 색채를 배제하고 신도를 국교로 삼은 메이지 시대의 유신 정권은 이런 종류의 문서명을 강제로 고쳐 연기가 아닌 유서(由緖)라고 부르게 했다. 그러므로 '신사유서'(神社由緖)로의 개칭은 신불분리를 강제할 만큼 그 이전까지 신도 속에서 불교와의 습합 현상이 어느 정도로 심화되어 있었는지를 알 수 있게 하는 가늠자이기도 하다.

한편 불교의 사원문화로부터 받은 충격이 신사문화에 광범위하게 습합되고 수용되면서 나타난 현상 가운데는 사전의 건축뿐만 아니라 그 내부 환경을 이루는 신사 내에서의 미술과 조각, 그리고 음악과 문학 등 신도예술의 등장도 있었다. 예를 들면 헤이안 시대에 널리 유행한 밀교의 만다라를 습합하여 카마쿠라 시대부터 등장하기 시작한 신도만다라(神道曼茶羅)도 그 가운데 하나였다. 만다라(Mandala)는 산스크리트어로 본질이나 진수의 뜻을 가진 Manda와 소유를 나타내는 접미사 la의 합성어로서 '본질을 소유하는 것', 또는 '본질을 도해(圖解)하는 것'을 의미한다.

본래 인도의 옛 풍습으로 만다라는 일정한 땅을 구획하여 평탄하게 만든 뒤 거기에 여러 불·보살을 모셔놓고 예배 공양했다는 뜻에서 단(壇), 또는 도장(道場)이라고 번역했다. 그러나 밀교에서는 넓은 의미로 만덕장엄(萬德莊嚴)·능생(能生)·적집(積集)의 세가지 용어에서도 알 수 있듯이 우주의 삼라만상이 모두 만다라가 아닌 것이 없다는 뜻이며, 좁은 의미로는 한 장소에 여러 불·보살을 줄지어 모셔놓은 것을 뜻한다. 밀교의 만다라는 기본적으로 금강문(金剛門)을 그린 금강계만다라와 태장문(胎藏門)을

그린 태장계만다라, 즉 양계(兩界, 또는 兩門)만다라로 구분된다.[5]

일본불교사에서 823년 조정으로부터 동사(東寺)를 하사받은 쿠우카이(空海)의 진언밀교(眞言密敎)는 동사의 밀교라는 의미에서 동밀(東密)이라고 부르고, 이에 대해 805년 칸무(桓武)천황의 칙허를 받은 사이쵸(最澄)가 히에이산(比叡山)에 개종한 천태종도 시간이 지나면서 즉신성불(卽身成仏)을 부르짖으며 밀교화하자 이를 가리켜 태밀(台密)이라고 불렀다. 그런데 헤이안 불교를 대표하는 이 밀교 가운데 동밀, 즉 진언밀교가 금강계의 세계와 우주를 주장했다면 태밀, 즉 천태종은 태장계의 밀교였다. 그러므로 밀교사원의 금당이나 관정당에 안치하는 만다라도 전자가 남성적 원리에 기초하는 지(智)의 세계, 또는 정신적 세계관을 나타내는 금강계 만다라를 정면을 향해서 왼쪽(서쪽)에 걸어놓는다면, 후자는 여성적 원리에 기초하는 이(理)의 세계, 또는 물질적 세계관을 나타내는 태장계 만다라를 정면을 향해서 오른쪽(동쪽)에 걸어놓는다.[6] 이처럼 양계의 만다라는 그 상징

---

5) 만다라는 용도의 목적에 따라 금강계·태장계로 양분되지만 그것이 설명하는 우주의 형상론에 따라서는 다음과 같이 네 종류로 나눈다.
   첫째는 존형(尊形)만다라, 또는 大만다라(mahā-mandala)이다. 이것은 제존(諸尊)을 총체화한 단장(壇場)이나 단장 전체를 그린 것으로서 만다라의 총체라고 하여 大만다라라고 부른다. 금강계만다라도 여기에 해당한다.
   둘째는 삼매야(三昧耶)만다라, 사마야만다라(samaya-mandala)이다. 이것은 부처의 본서(本誓)로서 제존이 손에 지니고 있는 기장(器仗)과 도검(刀劍)만을 도해하여 인계(印契)를 맺는 만다라이다.
   셋째는 법(法)만다라(dharma-mandala)이다. 이것은 제존의 종자(種子)를 그리거나 진언, 또는 종자의 범자(梵字, 一切經)를 문자로 나타낸 것이다. 그러므로 法만다라는 종자만다라라고도 불린다.
   넷째는 갈마(羯磨)만다라(karma-mandala)이다. 갈마란 제존의 모든 위업이나 주형(鑄形)의 작업을 가리킨다. 그러므로 이것은 우주의 움직임을 나무, 구리, 철의 소상(塑像)으로 표현한다.
   이상과 같은 네 종류의 만다라를 가리켜 四曼이라고 부르며, 첫째의 大만다라가 제존의 인체라면 나머지 것들은 그것의 작용으로서 별덕(別德)이 된다.

성에 있어서 상이한 구조를 나타낸다. 그러나 이성과 감성의 상관관계를 기본구조로 하고 있는 밀교의 인식론상 양계만다라는 별개의 것일 수 없다. 만다라는 대우주(macrocosmos)를 상징하는 이와 소우주(microcosmos)를 상징하는 지와의 상관관계 안에서 다양한 표현형식을 발달시켜왔기 때문이다. 본래 이와 지는 어느 쪽에서도 고찰가능한 성질을 지닌다. 그러므로 만나라의 인식론도 기본적으로는 양도논법(兩刀論法) 위에서 이해되어야 마땅하다.

A: 금강계 만다라　　　　　　　B: 태장계 만다라

6) 이렇게 금강계와 태장계가 서로 반대 방향에 만다라를 안치한 것은 이 세상에 존재하는 만물에는 서로 다른 두 개의 대립 개념이 작용하고 있다고 생각하기 때문이다. 그러나 양계의 만다라는 서로 대립방향에 놓이지만 그 중앙에는 불이단(不二壇)을 배치하여 양계를 일치시키고 있다. 그러므로 만다라의 양계, 즉 智와 理도 그 작용에서는 불이일체의 관계인 것이다. ベルナール・フランク, 仏蘭久淳子訣, 『日本仏敎曼茶羅』, 藤原書店, 2002, 262~263쪽. 그러나 한국불교에서는 이러한 양계만다라는 전해지지 않았다. 한국의 밀교는 인도밀교의 초기에 발생한 잡밀, 그 중에서도 화엄밀교이기 때문에 만다라도 양계만다라가 아닌 화엄만다라가 전해진다. 송광사의 '화엄변상도'(華嚴變相圖)나 해인사의 '영산회상도'(靈山會相圖)가 그것이다.

C: 금강계 만다라의 대일여래상(상단중앙)

<그림 3> 양계만다라

한편 주목할 만한 사실은 신사연기에 이어서 이러한 밀교의 인식론과 그것의 상징형식인 만다라사상이 신도에도 습합되었다는 점이다. 특히 헤이안 시대 말기를 거쳐 카마쿠라 시대에 이르는 동안 신도는 불교와 여러 면에서 습합을, 이른바 신밀습합(神密習合)을 본격화함으로써 신도의 밀교화를 가속화했다. 예를 들어 이세(伊勢)신궁의 내궁이 태장계의 대일여래(大日如來)로, 그리고 외궁이 금강계의 대일여래로 간주된 것도 당시 양부신도(兩部神道)의 저변에 자리잡고 있던 신밀습합의 분위기 때문이었다. 이러한 현상을 더욱 분명하게 나타낸 것이 바로 밀교의 금강·태장 양부의 만다라 사상에 의해 일본의 신들을 설명하려는 신도만다라의 등장이었다. 신도는 신사의 건축과 같이 불교와의 외형적 습합뿐만 아니라 만다라

안치와 같이 밀교와의 내진적(內陣的) 습합에도 게을리 하지 않았다. 신도는 밀교처럼 각종 신도만다라를 제작하여 신도의 신관과 우주관, 그리고 세계관을 형상화한 것이다. 신도만다라 가운데 특히 본지불만다라를 비롯하여 수적만다라와 본적만다라에서는 밀교만다라를 수용하고 습합한 흔적이 역력하다. 다시 말해 신도의 만다라 속으로 본지불이 수적한 것이다. 그 수적의 궤적과 습합의 양상을 살펴보면 다음과 같은 다섯 가지이다.

첫째는 제신(祭神)의 본지로서의 본지불의 모습을 묘사한 본지불만다라(本地仏曼茶羅)이다. 쿠마노(熊野) 본지불만다라(京都市 高山寺), 카즈가(春日) 본지불만다라, 산노우(山王) 본지불만다라(大津市 生源寺) 등이 여기에 속한다.

둘째는 본지불이 원칙적으로 화면에 나타나지 않으므로 남신, 여신, 승형(僧形), 동자 등 여러 신의 그림자상만을 묘사한 수적만다라(垂迹曼茶羅)이다. 쿠마노 수적형만다라, 승형하치만 만다라 등이 여기에 속한다.

셋째는 첫째와 둘째의 만다라, 즉 본지불화상과 수적한 신들의 그림자상을 같은 화면에 묘사한 본적만다라(本迹曼茶羅)이다. 쿠마노 본적만다라(神戸市 湯泉神社)가 그것이다.

넷째는 예배에 사용하기 위해 주로 신역(神域)이나 사전의 경관을 묘사한 사두도(社頭圖)로서 궁만다라(宮曼茶羅)이다. 산노우궁(山王宮) 만다라(나라국립박물관)와 카즈가궁(春日宮) 만다라 등이 여기에 속한다.

다섯째는 집회에 참예(參詣)한 사람들에게 신사의 유서와 영험의 설교에 사용하기 위한 참예만다라(參詣曼茶羅)이다. 쿠마노 참예만다라(和歌山縣 鬪鷄神社), 나치사(那智社) 참예만다라(熊野那智大社), 타가(多賀) 참궁만다라(滋賀縣 多賀大社), 이세양궁(伊勢兩宮) 만다라 등이 여기에 속한다.[7]

---

7) 薗田 稔, 『神道』, 弘文堂, 1990, 210~211쪽.

春日曼茶羅図(奈良 熊滿院)　　　山王宮曼茶羅(奈良国立博物館)

熊野三山宮曼茶　　　　石淸水八幡曼茶羅図
(크리블랜드美術館)　　　(大倉文化財団)

<그림 4>

각종 신도만다라가 신불습합의 praxis를 회화로 나타낸 것이라면 나라
(奈良) 시대 후기부터 등장한 승형(僧形)의 신상들은 조각으로서 신불습합
을 실천한 것이다. 특히 헤이안 시대에는 본지수적 사상이 진전됨에 따라
거울이나 신상과 더불어 본지불을 신사의 본전에 안치하기 시작했다. 이
무렵에 안치된 승형의 신상들로는 약사사(藥師寺)의 하치만(八幡) 삼신상
을 비롯하여 동사어영당(東寺 御影堂)의 하치만 삼신상, 마츠오대사(松尾
大社)의 남신상과 여신상 등이었다. 이러한 승형 신상은 그 이후에도 계속
존속했지만 헤이안 시대 후기부터는 신사에도 궁중의 의례풍속이 가미되
면서 신상의 변화된 모습이 나타나기 시작했다. 이전까지와 같은 단순한
승형이 아니라 남신상은 의관을 갖춘 귀신사(貴紳士)로, 여신상은 옷소매
가 긴 다섯 겹의 당나라 복식 오의당의(五衣唐衣)를 입은 귀부인, 즉 조우
로(上臈)로 변모하기 시작한 것이다.[8] 견당사(遺唐使)의 빈번한 왕래를 통
해 유입된 당나라의 문화는 당시의 일본문화 속에 폭넓게 습합되어 신상
의 외양까지도 바꿔놓을 정도로 문화적 우세종으로서의 삼투력을 발휘한
것이다.

메이지 시대의 사업가였던 카토 스케이치(加藤祐一)가 『문명개화』(文明
開化, 1873)에서 서구화를 위해서는 '반드시 모자를 쓰는 것이 도리'임을
강조한 이래 일본인들이 겉모습부터 바꿀 정도로 양풍신드롬에 빠졌던 것
처럼 신상의 변신도 헤이안 시대에는 유행하던 당풍신드롬 가운데 하나였
을 것이다. 당풍이야말로 도가니 속의 태풍이었기 때문이다.

2) 단절의 phénotype으로서 신궁사의 출현

한편 신궁사(神宮寺), 또는 신원사(神願寺)의 출현은 신도의 역사에서 그
구조를 연속이 아닌 단절의 패러다임으로 만든 경계표시였다. 그것은 신
불습합의 유전적 표현형(phénotype)으로서 또 하나의 뚜렷한 징표가 되었

---

8) 앞의 책, 212쪽.

던 것이다. 거시적으로 보면, 그것은 국신도 객신인 불법을 좋아할 것이므로 더욱 바람직한 신기(神祇)를 위해서는 신사의 경내에 사원(寺院)을 지어야 한다는 일본문화의 저변을 흐르는 도가니의식의 발로였다. 훗날 "열등한 인종이 우등한 인종과 잡혼함으로써 좋은 결과가 올 것"이라고 하여 잡혼을 통한 인종개량만이 최단 시일내에 서구화할 수 있는 최선의 정책임을 주장한 다카하시 요시오(高橋義雄)의 『일본인종개량론』(日本人種改良論, 1884)도 이러한 융합조급증을 대물림한 것에 지나지 않는다. 문화인류학에서 보면 이것은 족외혼(族外婚)이 집단간에 가져오는 교환·경제·언어규칙과 같은 상징체계를 공유하는 인류학적 성과뿐만 아니라 다른 혈통간의 혼인에 의한 우생학적 종자개량이라는 생물학적 효과에 비유되는 문화교접 현상일 수도 있다.

그러나 미시적으로 보면, 신궁사의 출현은 일찍부터 중앙이 아닌 지방에서 신과 불의 상호부조를 위해 쌍방이 자발적으로 융합했다는 사실로 미뤄볼 때 신불습합이라는 단순한 종교적 syncretism 현상만이 아니다. 그것은 지방의 사정을 복합적으로 반영한 정치사회적 산물이자 사회경제적 배경을 지닌 사회진화 현상 가운데 하나이기도 하다. 이러한 신궁사의 출현배경을 가장 잘 설명해주는 사료가 바로 다도신궁사(多度神宮寺)의 창건사정을 기록한 『다도신궁사 가람연기병자재장』(多度神宮寺伽藍緣起幷資財帳)이다. 그 내용을 요약하면 다음과 같다.

763년 12월 10일, 신사의 동쪽에는 우물이 있고 그곳을 도장(道場)으로 하여 만원선사(滿願禪師)가 살고 있다. 거기에는 1장 6척의 아미타상이 안치되어 있다. 때때로 사람들은 다음과 같은 신의 고뇌를 들은 적이 있다. '나는 다도신(多度神)이다. 나는 오랫동안 무거운 죄를 지어왔다. 그러므로 신으로서의 몸을 떠나기 위해서는 바로 지금 불교에 귀의하고 싶다'는 것이다. 이것을 전해 들은 만원선사는 신사의 남쪽 땅을 깨끗이 한 뒤 거기에 작은 당(堂)을 지었다. 그 안에 신상을 안치하고 이것을 <다도대보살>[9]이라고 불렀다. 이것이 다도신궁사의 시작이다.

780년 11월 13일, 조정은 4인의 승려를 이 절에 파견했다. 이어서 흥복사(興福寺)의 승려로서 대승도(大僧都)의 지위에 있는 켄쿄(賢璟)도 거기에 삼중탑을 세웠다. 더구나 781년 12월, 시야미법교(沙弥法教)가 이세·미노(美濃)·오와리(尾張)·시마(志摩) 등 네나라의 불도자와 일반 민중의 헌납을 모아 법당과 승방 및 대중욕장을 짓고 다도신궁사의 가람을 정비했다. 그렇게 하는 가운데 다도신은 불력(佛力)을 얻고 그 신위도 점점 높아져 이 지역 일대에 퍼지게 되었다. 이것은 순조로운 풍우로 대지를 적셔 오곡의 풍년을 이룸으로써 지역의 농경생활이 평안하게 되기를 기대하게 했다.

이 기록에서 보듯이 (사료를 남긴 최초의 신궁사인) 다도신궁사의 건립은 다도신이 숙세(宿世)에서 저지른 죄업으로 인해 몸소 받는 고뇌의 호소를 탁선(託宣)의 계기로 삼은 만원선사에 의해 이뤄졌다. 그러나 그 과정에는 우선 지방의 유력자인 호족과 일반민중들의 힘(知識)이 결집되는 정치사회적 연대의 기회가 마련되었다. 또한 거기에는 대승도와 법교의 불력(佛力) 지원으로 인한 에네르기가 보강되어 신위(神威)의 강화도 이뤄졌다. 신궁사는 지방의 총체적 에네르기원(源)이자 정신적 구심점이 된 것이다. 그 연기에 따르면 결국 이 힘은 그 지방의 경제사회적 저력이 되어 지역사회의 풍요로운 농경생활로 이어진 것이다.

다도신궁사의 이러한 연기(緣起)는 신궁사 창건의 전형적인 사정이다. 그 뒤에 이어진 케히(氣比)신궁사를 비롯하여 와카사히코 신원사(若狭比古神願寺)·미와(三輪)신궁사·가모(賀茂)신궁사·우사하치만(宇佐八幡)신궁사 등이 모두 이처럼 산악수행자나 수행승려의 불력이 계기가 되어 창건된 것이다. 그러므로 신궁사 창건에 나타나는 신불습합의 일반적 특징을 정리하면 다음과 같다.

---

9) 신에게도 菩薩 칭호를 부여하기 시작하면서 그런 보살 칭호를 가진 신을 제사하는 곳을 가리켜 신궁사라고 불렀다. 또한 보살 칭호를 가진 신을 제사하는 신궁이라는 의미에서 보살궁(菩薩宮)이라고도 불렀다. 예를 들어 八幡大菩薩宮 같은 곳이 그러하다.

첫째, 숙업으로 인해 고뇌에 빠진 신의 몸은 불력에 의해 구제되어 신위를 더욱 발휘하고, 그렇게 함으로써 神도 불법을 좋아하게 된다. 그러기 위해서는 신궁사의 건립이 필요하다.

둘째, 그 결과로서 농경생활의 안정, 즉 풍우순조·오곡풍양·역병제거를 가져온다.

셋째, 신궁사 창건의 추진력은 지방의 호족층에게 있다.

넷째, 신궁사 창건에 관여하는 불도(佛徒)는 모두가 시야미(沙弥)·우바속(優婆塞)·선사(禪師) 등 산악수행자들이다.10)

<도표> 초기 신궁사 알람표

世紀	神宮寺名	創建時期	所屬国名	所收文獻名
7	三谷寺	天智朝(六六一~六六七)	備後	『日本靈異記』上·第七緣
8	気比神宮寺	靈亀元年(七一五)	越前	『藤原武智麿伝』
	若狭比古神願寺	養老年中(七一七~七二三)	若狭	『類聚国史』巻一八〇·天長六年三月乙未条
	宇佐八幡神宮寺(宇佐弥勒寺)	神亀二年(七二五)	豊前	『弥勒寺史料』(『大分県文化財調査報告書』五所収)
	松浦神宮寺弥勒知識寺	天平一七年(七四五)	肥前	『類聚三代格』巻三
	鹿島神宮寺	天平勝宝年中(七四九~七五六)	常陸	『類聚三代格』巻二
	多度神宮寺	天平宝字七年(七六三)	伊勢	『多度神宮寺伽藍縁起并資材帳』
	伊勢大神宮寺	天平神護二年頃(七六六)	伊勢	『続日本紀』天平神護二年七月丙子条
	八幡比売神宮寺	神護景雲元年(七六七)	豊前	『太政官諸雑事記』神護景雲元年一〇月三日条
	陀我大神(三上神社)	宝亀元年(七七〇)	近江	『日本霊異記』下·第二四様
	神宮寺(三上神社)	宝亀年中(七七〇~七八〇)	近江	『続日本紀』神護景雲元年一〇月乙丑条
	日吉神宮寺	天平年間	下野	『叡山大師伝』
	補陀落山神宮寺	延暦三年(七八四)	近江	『沙門勝道歴山水瑩玄珠碑』(『遍照発揮性霊集』巻二所収)
	三輪神宮寺(三輪神·大神寺)	延暦七年以前(七八八以前)	大和	『延暦僧録』第二·沙門釈浄三菩薩伝
	高雄神願寺	延暦年中(七八一以前)	山城	『今昔物語集』巻二〇·語第四一
	賀春神宮寺	延暦元年(七八二以前)	豊前	『続日本紀』承和四年一二月庚子条
9	蓮門山寺(大山寺)	延暦二二年(八〇三)	筑前	『叡山大師伝』延暦二二年間一〇月二三日条
	賀茂神宮寺	天長年中(八二三)	山城	『続日本後紀』天長一〇年一二月癸朔条
	熱田神宮寺	承和一四年以前(八四七以前)	尾張	『熱田神宮文書』(『平安遺文』八三号)
	気多神宮寺	斉衡二年以前(八五五以前)	能登	『日本文徳天皇実録』斉衡二年五月辛亥条
	奥嶋神宮寺	貞観七年(八六五)	近江	『日本三代実録』貞観七年四月二日条
	石上神宮寺	貞観八年(八六六)	大和	『日本三代実録』貞観八年正月二五日条
	石清水八幡神宮寺(護国寺)	貞観年中(八五九~八七六)	山城	『報恩寺前空円法印私記』(『石清水八幡宮末社記』寺塔縁起所収)
	出羽国神宮寺	仁和元年(八八五)	出羽	『日本三代実録』仁和元年一一月二一日条

---

10) 逵 日出典,『神佛習合』, 臨川書店, 1986, 53쪽.

이러한 특징들을 배경으로 하여 창건된 초기의 신궁사들을 열거하면 최초의 신궁사로 알려진 삼곡사(三谷寺)를 비롯하여 위의 표와 같다.

이상에서 보았듯이 신궁사의 출현은 신불습합의 현실적 반영물이자 그 것의 대표적인 표현형이므로 신불습합의 진전과정과도 일치한다. 그렇다 고 하여 그것들이 신불습합의 약화와 더불어 소멸된 것은 아니다. 메이지 시대와 같이 국가에 의한 신불분리와 신도의 국교화 정책으로 인해 대부 분의 신궁사가 파괴되고 소멸되어야 했음에도 불구하고 그것들은 오히려 습합문화의 토대로서 일본인의 의식 속에 잠재되어왔다고 해도 과언이 아 니다. 그런 수난속에서도 와카사신궁사(若狹神宮寺: 현재 福井縣 小浜市 神宮寺)를 비롯한 몇몇 신궁사가 현존하고 있는 이유도 거기에 있다. 그 밖에 788년 이전에 창건된 미와신궁사(三輪神宮寺: 현재 奈良縣 櫻井市 三輪山)는 메이지 시대에 대부분이 파괴되었지만 오오미와데라(大御輪寺) 라는 이름으로 그 일부가 남아 있다. 나라시대 말기에 만들어진 본존11면 관음상이 그 본당(若宮)에 여전히 안치되어 힘겹게 지켜온 신궁사의 역사 를 대변하고 있다.

신궁사의 특징은 한마디로 말해 신불융합의 상징적 praxis인 신전독경 (神前讀經)과 불사공양(佛事供養)에 있다. 특히 신전독경은 독경이라는 불 교의식의 미메시스가 아니라 이문화와의 직접적인 접촉을 통해서 문화변 용(acculturation)을 이루려는 의도적 · 능동적인 습합행위이다. 본래 신도에 서는 신 앞에서 노리토(祝詞)[11]를 읽었을뿐 불전을 독경하지 않았다. 그러

---

11) 노리토(祝詞)는 한마디로 말해 神祭에서 일컬어지는 詞(ことば)로서 주로 延 喜式 卷八에 수록되어 있는 것을 가리킨다. 노리토에서 노리(祝)란 하위자 가 상위자에게 전하는 말로써 신성한 권위를 가진 언어활동을 의미할 뿐만 아니라 그런 神事에 봉사하는 자를 의미하기도 한다. 토(詞)는 신성한 자리 에서 宣下하는 詞라는 뜻이다. 그러나 祝가 상위자에게 축복의 詞를 진상 하는 자를 의미하기 때문에 祝詞는 기원하는 神事役의 詞라는 뜻으로도 사 용된다. 延喜式에는 정기적으로 거행되는 祭의 祝詞 15편과 伊勢神宮의 祝 詞 9편, 그 밖의 祝詞 3편이 더 수록되어 있다.

나 숭불정책이 보편화되면서 신도는 적자생존의 방편으로써 불교와 종교적 공존의 방법을 모색하지 않을 수 없었을 것이다. 그것이 바로 神도 불법과 독경을 좋아한다는 습합의 묘술을 고안해내게 했다. 나아가 그 묘술은 신궁사 창건의 필요성으로 자연스럽게 이어졌다. 이렇게 보면 신궁사의 출현은 시대적 요청에 의한 것이라고 해도 과언이 아니다. 타무라 엔초(田村圓澄)도 그러한 <시대적 배경 속에서> 8·9세기에 걸쳐 모든 신궁사에서는 최승왕경(最勝王經)을 비롯하여 법화경·대반야경·일체경(一切經)·금강반야경·대안락경·금광명경·유마힐소설경(維摩詰所說經)·반야심경 등의 신전독경이 성행하게 되었다고 주장한다.

신궁사의 또다른 특징은 신사와는 달리 사직(祠職)의 주체가 승려였다는 데 있다. 신궁사에도 녜의(禰宜)와 신주(神主) 등 신직이 있지만 승려보다 아래 자리에 있을 뿐 중요한 자리는 승려가 장악했다. 승려는 창건 당시부터 사직의 조직을 장악하기 위하여 신사가 아닌 사원의 조직을 기준으로 삼아 검교(檢校)·장리(長吏)·별당(別堂)·권(權)별당·수리(修理)별당·집행(執行)이라는 직제를 만들었다. 신전독경과 불사공양이 신궁사의 주요 역할이 되었던 이유도 승려 중심의 조직과 운영 때문이었다. 다시 말해 신궁사의 출현으로 상징되는 신불습합의 헤게모니가 불교와 승려에게 있었기 때문이었다. 이런 점에서 보면 신궁사는 신도속에 습합된 불교문화였다기 보다 불교라는 권력의 또 다른 장식물이었다. 그것은 지상에 있지만 지하에서 영토를 확장해가는 불교세력의 리좀(rhizome: 根莖) 같은 것이었다.

3) 단절의 phénotype으로서 신불동거 현상

신사 안에 습합된 불교의 표현형으로서 신궁사들이 존재했던 것과는 반대로 사원 안에 습합된 신사, 즉 사원의 경내에서 동거하는 신사들도 드물지 않았다. 평지나 도시에서의 공존과는 달리 산 속―지금은 흔치 않은 평지의 신궁사에 비해 아직까지도 사사동거(寺社同居)가 지속될 수 있었던 것도 그 장소가 산속이었기 때문일 것이다—에서의 동거가 시작된 것이다. 예를 들면 히에이산사(比叡山寺)와 히에신사(日吉神社)와의 관계나 금강봉사(金剛峯寺)와 아마노사(天野社)와의 관계, 그리고 무로우산사(室生山寺)와 무로우용혈사(室生龍穴社)와의 관계 등이 그러하다. 신불습합의 외형적 전형이기도 한 사사동거(寺社同居)의 이러한 현상은 기본적으로 국신과 번신의 동거이지만 구체적으로는 토지신과 호법신의 동거이기도 하다. 나라시대 후반부터 일어나기 시작한 이러한 현상은 특히 헤이안시대 초기에 들어와 신도로부터 지원의 필요성을 느낀 불교에서 동거의 결단을 내림으로써 활발하게 추진되기 시작했다. 그 중심에 있었던 인물들이 바로 사이쵸와 쿠우카이다.

신불동거(神佛同居)의 효시는 도래인 승려 행기(行基, 668~749)이다. 사전(寺伝)에 의하면 746년 야마토국(大和國) 이코마군(生駒郡)에 세워진 금승사(金勝寺)가 카즈가명신(春日明神)에 대한 그의 영몽으로 건립되었기 때문이다. 이 사원의 본당 동쪽에는 사원의 수호를 위해 카즈가명신을 비롯한 4신을 모시는 진수사(鎭守社)가 건립됨으로써 신불동거가 시작된 것이다. 그러나 신불습합의 새로운 시도인 사사동거가 본격화된 것은 사이쵸(最澄, 766~822)에 의해서였다. 그는 전교대사(伝教大師)라는 시호(諡号)에 걸맞게 히에이산(比叡山)에서 천태종을 개종하기 위한 사원뿐만 아니라 지주신(地主神)으로서 히에(日吉, 또는 日枝·比枝)신이 산왕권현(山王權現)할 수 있도록 히에사(日吉社)도 세웠기 때문이다. 히에사는 천태교의에 기초하고 북두칠성을 본떠서 지상의 일곱좌(座)로서 만든 산왕칠사(山王七社)를 비롯하여 이른바 '산왕이십일사'(山王二十一社)라는 방대한 조직으로 이뤄졌다. 사이쵸는 여기에서 토지신으로서 히에신과 호법신으로서 천태 가람신과의 습합적 동거를 과감하게 결행한 것이다. 그렇게 함으로써 그는 신불습합의 또 다른 praxis의 모범을 보였고 신불동거라는 습합 모델의 또 하나의 선구가 되기도 했다. 히에이산 속에서는 마치 동물원에

서 Lion과 Tiger가 동거하여 Liger를 낳듯이 신불동거로 인해 신궁사를 탄생
시킨 것이다.

그러나 이러한 교접의 클라이막스는 고야산(高野山)에서 일어났다. 홍
법대사(弘法大師) 쿠우카이(空海, 774~835)는 만년에 고야산에다 가람지
를 정하고 진언밀교의 도장으로서 금강봉사를 건립했다. 그는 이미 교왕
호국사로서 하사받아 창건한 동사(東寺)에서도 주지신인 이나리신(稻荷神)
을 권청했듯이 이곳에서도 토지신인 아마노의 지주명신(地主明神)을 권청
하기 위해 819년 5월 고야산에 아마노사(天野社)를 건립했다. 단장(壇場)이
라고 부르는 고야산 가람 중심부에는 대탑·서탑·금당·어영당·애염
당·삼매당·부동당·공작당·황천경장(荒川經藏) 등 사사동거의 처소가
마련되었던 것이다. 특히 그 가운데는 니유즈히메신(丹生津比咩神)과 고
야대명신 등 양소명신사(兩所明神社)와 산왕원(山王院)이 단장의 진수사로
서 자리잡았다. 양소명신사의 북쪽 신사에서는 니유즈히메신을, 남쪽 신
사에서는 고야대명신을, 그리고 또 다른 한 곳에서는 십이왕자와 백이십
반(伴)이라고 부르는 신들에게 제사했다. 또한 산왕원이 세워진 것도 지주
신인 산왕제신(山王諸神)에게 예배하기 위해서였다. 결국 고야산 대가람
은 신불동거의 대요람이었으며 헤이안 시대 밀교도장의 성지로서 수많은
신불습합의 행사들을 주관하던 곳이었다.[12]

이런 점 때문에 본래 불교의 비교성(秘敎性)를 지향하는 비밀불교인 밀
교는 일본의 경우 더욱 비과학적이고 비종교적이며 현세적 원망에만 치중
하는 주술조직이라고 비난받거나 극단적인 비밀 속에서 전개된 상징주의
교의라고 비판받아왔던 게 사실이다. 원시불교를 고대적·도시적·논리
적인 현교(顯敎)라고 규정하는 데 반해 밀교는 중세적·산악적·주술적인
비교(秘敎)로서 규정하는 데도 마찬가지의 선입견이 암시되어 있다. 실제
로 이런 점에서 현교가들은 밀교가 그 남상(濫觴), 즉 시원을 원시불교 속

---

12) 逵 日出典, 『神佛習合』, 臨川書店, 1986, 113~120쪽.

에서도 주법(呪法)이나 방호주(防護呪: paritta)의 존재에서 찾으므로 정통
불교의 거부나 초기불교의 타락이라고 비난한다. 그러나 밀교가들의 주장
은 그와 다르다. 밀교가들은 스스로를 대승불교의 정통 후계자라고 자처
했다. 그들의 주장에 따르면 밀교의 기원은 결코 그러한 밀주(密呪)에서
비롯되지 않는다. 밀교의 기원은 오히려 6년간의 고행을 버리고 보리수(菩
提樹: pippala) 아래의 금강좌에서 37일간의 명상 수행으로 이룩한 대오성
도(大悟成道) 속에 감춰져 있는 비일상성·비논리성·전신적 경험성에 있
다는 것이다. 그들은 석존의 이지적(理智的) 명상에 의해 마침내 깨달은
'사체'(四諦)·'팔정도'(八正道)·'십이인연'(十二因緣)의 비의(秘義)를 석존
과 같이 예지의 전신으로 체득함으로써 자신들이 대승불교의 정통을 계승
했다고 자처한다.[13]

　그러면 그들이 강조하는 비의 체득의 방법은 무엇인가? 그것은 한마디
로 말해 삼밀가지(三密加持)의 수행법이었다. 불교에서는 전통적으로 인
간 행동의 유형을 주로 신체·언어·의식 등 세가지로 나누고 이것을 신
(身)·구(口)·의(意)의 삼업이라고 부르지만 밀교에서는 이를 가리켜 삼밀
이라고 한다. 쿠우카이도 "신밀(身密)·어밀(語密)·심밀(心密)이라는 법불
의 삼밀은 심심미세하여 등각십지(等覺十地)도 보고 들을 수 없기 때문에
밀이라고 한다"[14]고 주장한 바 있다. 신체·언어·의식의 활동을 실재로
서의 존재방식인 법불의 삼밀에서 보면 우주 전체의 활동이다. 그러므로
언어활동도 우주에 있어서 언어음성상 일체의 활동이며 심밀도 우주에서
의 질서와 이법 일체를 말한다. 이 구조가 바로 체대(体大)·상대(相大)·
용대(用大)의 삼대설로서 이것은 일체제법의 본체·상모(相貌)·작용에 대
한 교설이다. 이 때 제법의 체(体)·상(相)·용(用)은 우주에 편재하기 때문
에 大라고 부르며 체대는 六大를, 상대는 4종 만다라를, 그리고 용대는
신·구·의의 삼밀을 가리킨다.

---

13) 金岡秀友, 『密敎の哲學』, 平樂寺書店, 1984, 14~17쪽.
14) 空海, 『卽身成仏義』, 弘全, 第一輯, 513쪽.

육대(六大)・사만(四曼)・삼밀(三密)의 교상(教相)을 좀 더 살펴보면 우선 육대체대(六大體大)는 地・水・火・風・空・識 등 육대종(六大種)—이 가운데 지・수・화・풍・공의 5대는 물질적 요소인데 반해 識이란 정신적 기능이므로 이것들은 색심(色心) 둘로 구분된다—을 뜻하므로 일체제법의 본체를 의미한다. 다음으로 상대(相大)의 4종 만다라는 육대(六大)의 본체 위에 나타난 상모차별(相貌差別)에 따른 4종 만다라를 의미한다. 마지막으로 용대(用大)의 삼밀은 육대법계(六大法界)의 활동을 가리킨다.[15] 이렇게 보면 6대체대설(六大體大說)은 밀교의 범신론적 형이상학이고, 4만설(四曼說)은 4종 만다라의 세계상에 대한 인식론(相大論)이며, 용대설(用大說)은 삼밀의 실천철학이다.

결국 쿠우카이가 생각하는 밀교의 우주관에서 보면 우주는 있는 그대로가 진리이며, 그 진리가 있는 그대로 활동하는 것이 仏인 셈이다. 또한 그것은 불법, 곧 법신[16]인 대일여래(大日如來, Vairocana)—이것은 『화엄경』의 비로사나불이 더욱 발전한 모습으로서 양계만다라의 중심에 위치한다—이기도 하다. 그러나 중요한 것은 우주의 본질로서 삼밀이 중생에게도 구비되어 있지 않으면 안되므로 여래의 삼밀과 중생의 삼밀이 근본에서 평등하고 무차별적일지라도 이것이 중생에게는 결코 경험으로는 알 수 없는 신비라는 사실이다. 그러므로 중생에게 귀착되는 과제는 결국 '삼밀의 수행'이어야 한다는 것이다.

그런데 이처럼 『금강정경』(金剛頂經), 『대일경』(大日經)을 양부의 대경으로 삼으면서 삼밀가지 수행을 절대시해 온 쿠우카이가 금강승(金剛乘), 금강대승(金剛大乘)처럼 대승도 초월하는 순밀(純密) 노선만으로는 만족할

---

15) 大野達之助, 『日本佛教思想史』, 吉川弘文館, 1973, 191～194쪽.
16) 法身이란 顯教에서는 非인격적인 진리 자체로서 仏의 본질을 가리키므로 인격성을 지닌 仏의 존재방식은 報身, 또는 應身이라고 한다. 이에 대해 密教에서의 法身은 그 자체가 大日如來로서 인격적 활동을 하는 것으로 간주된다.

수 없었던 이유는 무엇이었을까? 생불일여·불범일체의 훈련인 삼밀의 수행을 더욱 효과적으로 하기 위해서는 지주신의 권청이 필수불가결이었을까? 잡밀(雜密)이 잡밀인 이유는 근본적으로 인간에게는 천성적으로 무언가 무한의 신비력을 추구하려는 마음이 있으며, 그것으로부터 자연히 주술비법을 적용하려 한다는 사실을 부인할 수 없는 데 있다. 쿠우카이가 『금강정경』에 기초한 금강계와 『대일경』에 기초한 태장계를 일체화함으로써 양계밀교의 통일자로서 즉신성불을 위한 삼밀가지의 수행을 강조하면서도 지주신인 고야사소명신(高野四所明神)의 신비력에 호소한 이유도 거기에 있을지 모른다. 스에키 후미히코(末木文美士)는 그것의 근본적인 이유를 일본인의 종교관에서 찾는다. 일본인의 종교관은 본래 애니미즘적 세계관에서 유래하기 때문에 특히 자연세계를 존중하는 경향이 강하다는 것이다. 또한 그는 기본적으로 절대자와 합일하여 초능력을 발휘하는 샤머니즘의 요소가 강한 일본의 종교적 성향과 본래 산악수행자였던 쿠우카이의 진언밀교가 산악종교와 일체화된 것은 자연스런 현상일 수 있다고도 주장한다.[17]

그렇다면 중생이 삼밀가지의 수행만으로는 쿠우카이가 말하는 십주심(十住心)의 마지막 (九顯一密)단계인 비밀장엄심(秘密莊嚴心)에 도달할 수 없는 것일까? 애니미즘이나 샤머니즘은 십주심의 발단인 '이생저양심'(異生羝羊心), 즉 양처럼 어리석은 범부의 마음이거나 고작해야 '우동지재심'(愚童持齋心), 즉 어리석은 어린아이가 재계(齋戒)를 지닌 것 같은 마음의 발로가 아닌가? 그런데도 쿠우카이는 발단과 구극을 뫼비우스의 띠와 같이 고야산에서 일치시키려 했던 것일까? 아니면 금강좌에서 명상수행하기 보다 산악수행을 통해 발단과 구극의 동거심(同居心)을 실현시키려 했던 것이 아닐까?

어쨌든 일본 밀교의 이러한 사사동거 현상은 불교의 전래루트였던 한

---

17) 末木文美士, 『日本佛教史』, 新潮社, 1992, 85쪽.

반도나 중국의 불교문화에서는 찾아보기 힘든 예이다. 호의적으로 본다면 그것은 그만큼 교의적 독단에 빠지지 않은 일본불교의 개방성을 나타내는 사례일 수 있다. 그러나 그것은 일본문화가 지닌 잡거성(雜居性)에는 성역이 있을 수 없다는 문화적 잡종성(hybridism)의 특질을 보여준 실례이기도 하다. 도가니나 용광로 속에서 일어나는 융합과 혼용 작용에는 예외가 있을 수 없기 때문일 것이다.

Ⅱ. 신신습합의 내포로서 신불습합

넓은 의미에서 신불습합도 신신습합(神神習合)의 일례이자 그 전형일 수 있다. 기본적으로 그것은 국신과 번신의 습합이기 때문이다. 수준 높은 불교문화의 전래로 인하여 일종의 문화신도로서 거듭난 신도는 불교문화의 수용 단계를 넘어 그것과의 적극적인 습합에로 이행하면서 신신습합의 새로운 유형을 만들어 내기 시작했다. 그것이 바로 신불습합의 과정이다.

〈그림〉 僧形八幡神 坐像

8세기 중반부터 신도의 신들이 불법을 지키기 위하여 사원에서 진수신으로서 제사올렸던 것이 그 첫 번째 시기였다. 예를 들어 우사(宇佐)의 하치만신(八幡神)으로 하여금 동대사(東大寺)를 진수하기 위해 동대사 하치만궁을 세운 경우나 법륭사의 진수에 용전(龍田)신사가, 히에이산 연력사(延曆寺)에는 히에(日吉)신사가, 그리고 고야산 금강봉사에는 니부츠히메(丹生都比賣)신사가 선택된 것도 그런 이유에서였다.

신불습합의 두 번째 시기는 승려들이 신들의 해탈을 돕기 위하여 신사 안에 신궁사나 신원사(神願寺)를 세워 신전독경하고 불사공양하던 시기이다. 헤이안 중기에 이르면 仏이 神의 본지이므로 신을 불의 수적으로 간주하는 본지수적설이 등장한다. 이 때가 바로 신불습합의 세 번째 시기였다. 그러나 헤이안 시대 말기(12세기)부터는 신사에 승형 신상이 등장할 정도로 신불습합이 무르익는다. 카마쿠라 시대를 본지수적설의 완성기로 보는 이유도 거기에 있다.[18] 그 대표적인 예가 진언계의 양부신도(兩部神道)와 천태계의 산왕신도(山王神道)다.

1. 불본주의(仏本主義) 신불습합과 본지수적설

1) 하치만신(八幡神)과 호법선신사상(護法善神思想)

호법선신사상이란 진수하치만궁(鎭守八幡宮)을 건립한 동대사의 경우에서도 보듯이 일종의 사원진수사상(寺院鎭守思想)이다. 그것은 문화적 우세종(cultural dominant)으로서의 仏이 열세종인 신도에 대하여 지배적 원인(dominant cause)으로 작용하면서 열세종의 복합과정에 깊이 간여하여 일으킨 또 하나의 문화복합체[19]였다.

하치만신은 본래 부젠국(豊前國) 우사군(宇佐郡) 카라시마(辛嶋)촌의 신라계 도래인 호족이었던 카라시마(辛嶋, 또는 韓嶋)・우사・오오미와(大神, 또는 三輪) 세 씨족이 그곳에서 각각 신직단을 형성하고 모셨던 씨신이었다.[20] 다시 말해 하치만신은 한반도로부터 도래한 신라계 여성 샤먼

---

18) 薗田 稔, 『神道』, 弘文堂, 1990, 25~26쪽.
19) 문화적 복합체의 경우 그것의 내용과 특성을 결정하는 특수한 원인을 '지배적 원인'(dominant cause)이라고 한다면 그것의 구조나 범위를 결정하는 원인은 '최종적 결정인'(determinant cause)이다. 예를 들어 천손강림 신화에서 야마토(大和) 조정의 정치적 상황이 지배적 원인이었다면 북방신화가 지닌 새로운 세계관의 수용은 최종적 결정인이었다. 주48) 참조.

타마요리히메노미코토(玉依比咩命)를 신앙하던 카라쿠니(辛國=韓國)의 카라시마씨, 우사천 위에서 지주신인 히메신(比咩神)을 제사하는 우사씨, 그리고 6세기경 야마토 조정에서 우사군 카라쿠니 우즈타카시마(宇豆高島)에 내려보낸 오오미와산(三輪山)의 샤먼 오오미카미(大御神)를 신앙하던 오오미와씨 등 삼씨가 융합한 결과로 탄생한 우사지방의 통합씨신이었다. 그러므로 원시하치만 신앙은 우사하치만신에 대한 신앙을 의미하고 하치만궁의 출현도 우사하치만궁(宇佐八幡宮)의 성립을 가리킨다.

『기기』(紀記)같은 정사(正史)에 하치만궁이 처음 나타나는 것은 737년 4월조이지만 하치만궁의 건립은 그보다 훨씬 전이었다. 하치만궁은 적어도 702년 이전에 이미 건립되어 있었으며, 720년에는 처음으로 우사하치만궁에서 방생회가 열림으로써 부처(仏)에 의한 神의 구제라는 신불습합 의식이 나타나기 시작했다. 725년에는 우사하치만궁에도 미륵사라는 신궁사가 건립되어 仏이 주도하는 하치만신과의 동거와 습합의 양상이 분명해졌다. 하치만신을 통한 호법선신사상이 더욱 주목받게 된 것은 불안한 정치상황을 극복하려는 쇼우무(聖武)천황의 정치테크닉에 의해서였다. 740년 9월 후지와라 히로츠구(藤原廣嗣)가 입당파(入唐派) 유학생 출신이었던 키비노마키비(吉備眞備)와 함께 정불(政佛) 양계의 권력을 행사해온 승려 겐보우(玄昉)의 배제, 뿐만 아니라 타치바나 모로에(橘諸兄)의 퇴진을 요구하며 반란을 일으켜 맹위를 떨쳤기 때문이다. 이를 진압하기 위해 천황은 우선 하치만신에게 국태민안을 기원하는가 하면 용맹스런 하야토(隼人)를 동원하여 두 달만에 반란을 평정했다. 그러나 이렇게 하여 화급한 위기는 극복했지만 그것으로써 고조된 사회적 불만과 불안을 근본적으로 해소하거나 진정시키지는 못했다.

---

20) 나카노 하타요시(中野幡能)는 「弘仁官符」나 『承和緣起』에 하치만신을 가리켜 '호국영험위력신통대보살'(護國靈驗威力神通大菩薩)이라는 존호를 봉한 것도 오오미와·카라시마·우사 삼씨의 사직(祠職)이 고심한 결과라고 주장한다. 中野幡能, 『八幡信仰』, 塙新書, 1996, 134쪽.

결국 이런 상황에서 쇼무천황의 정치적 선택은 왕권의 안태(安泰)와 국가의 평안을 수호하기 위한 엄격한 국정 운영보다 종교의 힘을 통한 우회적인 선무(宣撫)와 유화(宥和)의 통치술이었다. 이를 위해 먼저 착안한 것이 바로 진호(鎭護)국가로서의 불교정책의 적극적 수행이다. 그것은 불교교리의 대중화라기 보다 불교를 하나의 주술로 간주하고 그 힘을 빌려 국가를 보호하고 번영을 도모한다는 것이다. 741년 1월 후지와라 가문이 반납한 봉호(封戸) 가운데 3천호를 우선 국분사의 장육불상(丈六佛像) 건립비로서 하사한 것도 그러한 불본정책의 신호였다. 이어서 천황은 미륵사에 『금광명최승왕경』(金光明最勝王經)과 『법화경』을 봉납하여 이를 사승(社僧) 진운(神吽)으로 하여금 신전독경하게 하고 삼중탑을 건립하며 봉호로서 말 5필을 하사함으로써 하치만궁에도 국분사와 동등한 지위를 부여하면서 불주신종형(仏主神從型)의 신불습합에 대한 조정의 보증과 후원을 확인시키려 했다.

하치만신을 이용한 불본주의 신불습합의 하이라이트는 국분사(國分寺)와 국분니사(國分尼寺)를 총괄하는 본사인 동대사의 대불조립을 위해 수호신으로서 우사하치만신을 수도에 정중히 맞아들인 사건이었다. 749년 12월 15일 하치만신의 신체는 우사를 떠난지 한달만에 천황과 똑같이 보라색의 가마(神輿)를 타고 녜의니(禰宜尼) 오오미와노모리메(大神杜女)와 즈카사칸(主神) 오오미와타마로(大神多麻呂)와 함께 입경한 것이다. 쇼무천황의 둘째 딸로서 선왕에 이어 즉위한 코켄(孝謙)천황은 12월 18일 야마토국 헤구리(平群郡)의 궁성 남쪽에 있는 이원궁(梨原宮)에 새로운 신궁을 짓고 이곳에 하치만신을 맞아들였다. 이렇게 하여 탄생한 것이 이른바 동대사 진수하치만궁(鎭守八幡宮, 또는 手向山八幡宮)이다. 12월 25일에는 동대사에서 코켄천왕이 쇼무천황의 황후를 비롯하여 문무백관이 모인 자리에서 오천명의 승려로 하여금 신전독경하게 했고 오오미와에게는 일품을, 그리고 히메신에게는 이품을 하사했다. 또한 대불주조를 수호한 하치만신에게 감사하여 니모리메에게 종4품하를 수여하는 동시에 오오미와

타마로에게도 외종5위하를 수여했다. 이듬해 2월에는 일품(一品)하치만신에게 봉(封)으로서 팔백호를 이품(二品)히메신에게는 육백호를 수여한 바 있다. 이런 품위의 수여는 하치만신이 처음이었으며, 황조신을 모신 이세신궁을 능가하는 신봉(神封)이었다. 이것은 하치만신을 히로만하치만대신(廣幡八幡大神)이라는 최고의 호칭과 더불어 국가 제2의 종묘로 삼음으로써 명실상부하게 진호국가의 신으로 모시려는 의도에서 비롯된 것이다.21) 또한 이것은 일본의 神이 외래의 부처(仏)에게 봉사하는 것을 천하에 알리려는 시도이기도 하다. 다시 말해 동대사 진수하치만궁의 건립은 부처에게 봉사하기 위해 사원 안에 병설된 神의 社, 즉 '사원진수사'(寺院鎭守社)의 전형으로서 당시의 호법선신사상을 반영하는 상징물이기도 하다.22)

나라시대에 수도에서 위력을 발휘했던 하치만신의 영향력은 헤이안(平安) 천도 이후 역사의 표면에서 물러난듯 했지만 그것도 얼마가지 않았다. 그것은 무엇보다도 후지와라(藤原) 가문이 섭정을 위한 책략으로서 하치만신을 전면에 내세워 이용하기 시작했기 때문이었다. 857년 2월 태정대신에 임명된 섭정 후지와라 요시후사(良房)는 이듬해 8월 23일 몬토쿠(文德)천황이 32세의 젊은 나이에 갑자기 죽자 4일 뒤 전격적으로 9세의 어린 아들을 세이와(淸和)천황으로 즉위시킨 데서 비롯되었다. 즉 후지와라 요시후사는 우선 어린 천황의 가호를 위해, 또한 황위계승에 대한 세간의 비난과 권위부여를 위해, 그리고 859년 4월 1일 자신이 원주(願主)가 된 미륵사에서 하치만신의 권현을 위해 일체경(一切經)의 사경을 시작했다. 이어서 4월 15일 그는 나라(奈良) 대안사(大安寺)의 승려 교교우(行敎)를 우사하치만궁에 보내 하치만신을 교토 근교인 야마시로국(山城國) 츠즈군(綴喜郡) 이와시미즈(石淸水)의 오토코야마봉(男山峰)에로 이좌(移坐)하여 왕성을 진호하도록 분령권청(分靈勸請)한다. 이렇게 해서 860년 8월 오토코

21) 中野幡能,『八幡信仰』, 塙新書, 1996, 112~113쪽.
22) 西田正好,『神と仏の對話』神佛習合の精神史, 工作舍, 1980, 80쪽.

야마하치만궁(男山八幡宮),23) 즉 이와시미즈하치만궁(石淸水八幡宮)이 탄생한 것이다.

야마시로국으로 상경한 하치만대보살은 진언종이나 천태종 같은 헤이안불교와도 밀접한 관계를 가지지 않을 수 없었다. 진언종을 개종한 쿠가이가 823년 동사(東寺)의 진수를 위해 하치만신을 맞아 들였다든지24) 천태종의 사이쵸가 당나라로 건너갈 때도 하치만신에게 기원했던 경우가 그러하다. 그러나 동대사의 하치만신과 이와시미즈의 하치만대보살 사이에는 기본적으로 한반도에서 도래한 나라불교와 입당파의 헤이안불교를 배경으로 했다는 점 이외에도 몇가지의 구체적인 차이를 드러낸다. 나라시대의 하치만신의 신탁은 오직 하치만궁의 여녜의(女禰宜)만이 전담했지만 헤이안시대에는 주로 참예하는 승려가 직접 탁선을 맡았다. 예를 들어 859년 9월 19일 이와시미즈의 오토코야마봉 정상에 六자형의 신전을 짓고 그 안에 신체가 모셔질 때도 승려 교교우가 대보살의 신탁을 직접 받은 경우가 그러하다. 또한 우사에서는 사전(社殿)과 신궁사가 별개로 존립했고 사직(祠職)도 신직의 위계상 사승(社僧)보다 윗자리에 있었지만 헤이안시대에는 그렇치 않았다. 신주는 오히려 승려의 말석에 있었으므로 내원(內院)의 일도 모두 승려가 맡았다. 특히 제례마저도 불교식이었다. 우사에서는 대궁사의 노리토(祝詞)가 승려의 신전독경보다 우선했지만 이곳에서는 뒤바뀌었다. 이처럼 헤이안시대의 하치만대보살에 대한 신앙은 제사양식이나 사관(祠官) 조직 등 대부분의 형태가 그 이전과는 달랐다. 이것은 무엇보다도 섭정으로서 요시후사를 비롯한 후지와라 가문의 정치적 독선이 크게 작용했기 때문이다.

그러나 이것은 결국 혼효(混淆)해 있던 신사양식과 불교의례가 융합하

---

23) 오토코야마봉(男山峰)에는 본래 紀氏의 氏寺인 이와시미즈사(石淸水寺)가 있었지만 하치만궁이 들어서면서 이 寺도 개축하고 護國寺로 개명한 뒤 신궁사가 되었다.

24) 본서의 제3장 신화속의 사상 I, 2) 민중신화로서의 稻荷神話 55쪽 참조.I

는 계기가 되기도 했다. 나카노 하타요시는 하치만신앙이 우사에서 이와 시미즈에 이르는 이 과정을 가리켜 신불이 융합하는 신불습합의 완성의 길이었다[25]고 과장한다. 그러나 이것은 신불습합의 완성이라기보다 호법선신사상의 강화이거나 개선(凱旋)일뿐이다. 거시적으로 보아도 이것은 일본불교의 정체성 형성과정 속에서 겪어야 할 토착종교와의 헤게모니 게임에서 헤이안불교가 거둔 불본주의의 승리에 지나지 않는다.

2) 교의적 모순의 종합으로서 방생회

방생회(放生會)는 기본적으로 생명체의 방생을 통해 생명존중의 이념을 강조하려는 생명윤리(eco-ethics)의 실천이다. 또한 그렇게 함으로써 모든 생명체가 공존할 수 있는 공생철학(symbiosis-philosophy)의 표현이기도 하다. 한마디로 말해 그것은 살생금단(殺生禁斷)의 적극적 캠페인이다.

그러면 신과 불은 이러한 생명윤리와 공생철학 속에서 무엇 때문에 화해하고 신불융합을 위해 생명체에 대한 서로의 교의적 모순관계를 어떻게 절충하려 하는가? 신사에서 거행되는 신사(神事) 가운데는 이미 오래 전에 폐지되었거나 변질된 것도 적지 않지만 방생회는 우사방생회에서 시작되어 지금까지 계속되고 있는 특수신사이다. 신사방생회에 대한 가장 오래된 기록은 『정사요략』(政事要略)이다. 그 기록에 의하면 720년 2월 오오스미(大隅)·히유가(日向)의 하야토(隼人)가 반란을 일으켜 오오스미의 국수(國守) 야코마로(陽侯麻呂)를 살해하자 조정은 오오토모 타비토(大伴旅人)를 토벌 대장으로 임명하여 결국 8월에 하야토 1,400명 이상을 참수함으로써 반란을 진압했다. 그러나 반란이 진압된 뒤에도 후유증과 뒤처리에 고심하던 조정은 살인에 대한 멸죄를 위해 우사하치만궁에서 720년부터 방생회를 거행했고, 이로 인해 매년 방생회가 열리게 되었다. 이때부터 해마다 8월 14일에 우사궁을 출발한 하치만신의 가마를 승려가 와마바닷가

---

25) 中野幡能, 앞의 책, 147~148쪽.

(和間の浜)에서 맞아들인 뒤 다음날 바다 위에서 주악에 맞춘 꼭두각시춤과 더불어 방류하면 방생회의 모든 절차가 막을 내리고 하치만신의 가마도 본궁으로 돌아왔다.[26] 이때까지 만해도 신사(神社)의 방생회는 불교의 례와 연관되지 않은 채 살생에 대한 참회의 신도의식이었다.

'불교에는 자비의 사상이 있는가?' 이것은 반란과 진압으로 이어진 살육만행에 대한 반대급부로서 화해와 용서가 요구되던 당시 민중의 심리 저변에서 불교가 사회에 대하여 실증적으로 실천하려는 심리치료적 과제였다. 신도가 방생회를 통해 참회의 윤리를 실현하듯이 불교도 마찬가지의 사회인식과 사명 앞에 직면했기 때문이다. 이를 위해 나라불교가 선택한 적극적 제스처가 곧 살생금단과 방생회였다. 예를 들어 721년 7월 불교는 살생을 금한다는 이유로 닭, 돼지, 개뿐만 아니라 매까지 방생하기도 했다. 745년에는 조정에서도 3년간 고기를 구하기 위해 짐승을 죽이는 일을 전면적으로 중단한 적도 있었다. 심지어 754년 11월 방생의 이상실현을 위해서는 인간도 예외일 수 없다고 하여 죄수에 대한 일대 사면이 이뤄지까지 했다.[27]

하치만신이 야마시로국에 진출함에 따라 사전의 정비는 물론이고 사승단의 조직이나 신직을 비롯하여 신불습합의 일대 조직체계가 정비되었다. 또한 신사의 절공행사(節供行事)도 정월의 수정회(修正會)와 심경회(心經會)를 시작으로 3월의 피안회(彼岸會), 7월의 미륵강(彌勒講)과 안오보살계회(安吾菩薩戒會), 8월의 방생회, 9월의 졸탑파회(卒塔婆會), 10월의 일체경회(一切經會), 11월의 자은대사강(慈恩大師講)과 천태대사공(天台大師供), 12월의 불명회(仏名會)로 정비되었다. 그러나 행사명에서도 알 수 있듯이 이 행사들은 신사의 것이라기보다 사원의 불교행사가 대부분을 차지할 만큼 불본주의적 신불습합 행사들이었다.

---

26) 앞의 책, 56~57쪽.
27) 笠原一男·川崎庸之 編, 体系日本史叢書 18, 『宗教史』, 1985, 山川出版社, 43쪽.

이 행사들 가운데서도 가장 유명한 것은 8월의 방생회였다. 방생이란 붙잡았던 새나 물고기를 산이나 연못에 풀어주는 자비행을 말함으로써 불교의 불살생의 교의에서 보면 당연지사일 수밖에 없다. 그러나 신과 불이 공존의 묘술을 발휘하여 동거하고 있는 신궁사나 하치만궁의 경우는 그렇지 못하다. 더구나 신사 안에 거주하는 사승(社僧)에게 이것은 교의상 이율배반적 모순으로 인한 갈등을 피하기 어렵다. 샤머니즘에서 출발한 원시신도의 신앙을 기저로 하고 있는 신사(神事) 가운데는 공희(供犧), 그것도 초생 공물(primitialopfer)을 공진(供進)하는 공희가 중심에 자리잡고 있기 때문이다. 그러므로 사승에게 절실하게 필요한 것은 살아 있는 신선한 물고기나 새를 신전에 공물로 바치는 관습과 불살생의 계율이 정면충돌하는 모순구조 속에서 그것을 지혜롭게 해결해야 할 대안이었다.

니시다 마사요시(西田正好)는 신불습합을 가리켜 '마술'이라고 표현한다. 살생과 불살생의 모순도 멸죄의 참회라는 윤리적 반성 속에서 융화시켜 방생으로 보답하게 한다는 점에서 그것은 마술임에 틀림없다. 또한 방생회는 신도와 불교의 교의적 충돌과 모순을 해결해주는 수렴주의적 통합이자 변증법적 종합이다. 양자가 모두 해방의 이데올로기로써 모순과 갈등을 해결하는 일종의 소거논리(logic of elimination)를 공유한 방생회를 지금까지 지속적으로 계승 발전시켜온 것도 그런 이유 때문이었다. 생명의 공희에 대한 신도와 불교의 상반된 교의를 방생하는 물 속에서 융합시키려는 방생회는 일종의 '연못효과'(a lotus pond-effect)이자 도가니 속의 정서가 낳은 또 하나의 습합문화이기도 하다.

3) 불본주의의 에필로그로서 본지수적설(本地垂迹說)

문화는 위에서 아래로 흐르는 시냇물과 같은 것이다. 이를 가리켜 화이트(L. White)는 '문화의 시냇물'(a stream of culture)이라고 부른다. 이처럼 문화는 높은 수준의 지배소인 문화적 우성인자에 의한 변형(acculturation)을 피할 수 없다. 본지수적은 바로 그 대표적 현상 가운데 하나이다.

문화적 우세종으로서의 불교에 압도당한 신도가 그 신위의 영락(零落)으로부터 생존하기 위해서는 신도의 불교화를 피할 수 없었다. 신들이 사원의 진수사에 진좌한 불에게 봉사하는 호법선신으로 변신하지 않을 수 없었던 것도 그런 이유에서였다. 신들은 불의 법력에 의지하여 해탈하고 성불하기를 바라며 신전독경했던 것도 마찬가지 이유였다. 더구나 불과 신 사이에 형성된 본지와 수적의 관계는 단지 진실과 방편의 관계만이 아닌 본질과 현상의 관계로 인식되면서 시간이 지날수록 권화사상(權化思想)과 권현신앙(權現信仰)으로 보편화되었다. 불주신종의 신불 관계는 어느 사이에 마치 인류의 구제를 위하여 신의 로고스(본질)를 탁신(託身＝현상화)한 기독교의 수육(incarnation)과 유사한 종교현상으로 변형되어 가고 있었다.

일본사상사에서 본지수적설의 원형은 아마도 아마테라스 오오미카미 수적연기설(天照大神垂迹緣起說)일 것이다. 그것은 인황(人皇) 11대인 스이닌(垂仁)천황조에 태양신이자 황조신인 대신이 이세국 이스즈가와(五十鈴川)의 물위에 나타났다는 신본신적설(神本神迹說)이다.[28] 그러므로 이 수적설을 본지수적설로 간주할 수는 없지만 번신의 종교인 불교는 불본위주의를 강조하기 위해 본지불(本地仏)의 수적설인 본지수적설로 변용한 것이다. 주지하다시피 불본신종(仏本神從)의 본지수적설에서 본지는 당연히 석존(釋尊)이다. 그러나 그 본지불의 권화로서 수적한 신의 정체에 대해서는 수적설을 주장하는 시기에 따라 다르다. 『신도명목류취초』(神道名目類聚抄 卷六)에서는 '불교에서는 불을 본지로 한 신이 수적했다. … 일본국의 여러 신들에게 불보살을 본지라고 부른 것은 진언교 이후 전교(伝敎＝사이쵸)·홍법(弘法＝쿠우카이) 두 승려가 처음'이라고 기록하고 있다.

첫째는 석존(本地)이 히에사(日吉社)의 오오미카미(大明神)으로 수적했

28) 大山公純, 『神佛交涉史』, 東方出版, 1989, 282쪽.

다는 설이다. 헤이안시대 말기에 나온『양진비초』(梁塵秘抄)에 의하면 석
존은 사이쵸가 천태종을 개종한 히에이산의 히에사에 가장 먼저 오오미카
미로 화현(化現)하여 중생구제를 위한 산왕신으로서 수적했다.『연력사호
국연기』(延曆寺護國緣起)[29]에서도 석가가 큰 뜻을 품고 일본의 많은 신들
가운데서도 특히 대신인 히에이산의 오오미카미로 화현했다고 전하고 있
다. 다시 말해 불교가 일본에 전래될 때 오오미와산(三輪山)에 오오미카미
로 나타난 석가여래는 드디어 히에이산 기슭에 진좌했다는 것이다. 그러
므로 오오미와산과 히에이산의 오오미카미는 별개의 신이 아니라 같은 신
이다.

둘째는 아마테라스 오오미카미(天照大神)의 본지도 히에사의 오오미카
미(大明神)와 마찬가지로 대일여래인 석존이라는 설이다. 카마쿠라시대
말기에 쓰여진『산가요략기』(山家要略記, 1·7권)[30]에서 보면 현교에서는
大日이 석가이고 밀교에서는 석가가 大日이므로 아마테라스 오오미카미
는 대일여래가 화현한 신이라는 것이다. 다시 말해 그것은 아마테라스 오
오미카미와 히에사의 오오미카미의 본지로서 大日과 석가를 현밀일체임
에도 불구하고 새의 양날개이거나 동전의 양면처럼 생각하는 '양면성 이
론'(double-aspect theory)인 셈이다.

셋째는 석존을 하치만신(八幡神)의 본지로 간주하는 설이다. 즉 하치만
신은 일본국을 보호하기 위해 시현(示現)했다는 것이다. 예를 들어 헤이안
시대 중반인 962년 5월에 편찬된 「대안사탑중원연기」(大安寺塔中院緣起)
에 보면 교교우화상(行教和尚)이 우사에서 하절기 90일간을 참예하고『대
반야경』을 독경한 뒤 약속에 따라 하치만신의 정체를 시현해주길 바라자

---

29) 山王, 釋迦以大願, 故於大日本國, 現大明神. … 吾朝雖諸神多爲本地釋迦仏,
大神唯限日吉大比叡明神也.
30) 天地大神与日吉山王御本地一体事 安全義曰, 依顯教心, 大日卽爲釋迦. 依眞
言心, 釋迦卽爲大日。故於天照宮, 現大日応化明神. 至日吉社, 顯釋迦垂迹
權現.

석가삼존은 화상의 옷소매에 모습을 나타내보였다는 것이다. 한편 헤이안 중기에 이르면 본지수적설을 통한 신불습합의 실증성을 강조하기 위해 하치만신앙을 석존본지불의 사리신앙(舍利信仰)과 연관짓는 기록들이 속출한다. 예를 들어 962년 5월 27일 이와시미즈하치만궁(石淸水八幡宮)을 비롯한 11개 신사에 불사리를 봉납했다는『일본기략』(日本紀略) 후편의 기록이 그것이다. 불사리를 하치만신상 안에 봉납함으로써 하치만대보살이 석가의 화현임을 실증하려 했던 것이다.

넷째는 카즈가오오미카미(春日大明神)의 본지가 석가여래라는 설이다. 사리신앙을 통한 본지수적의 실증성은 헤이안시대를 거쳐 카마쿠라시대로 이어지면서 하치만신에 그치지 않고 카즈가오오마카미가 석존의 화현임을 입증하기 위한 방편으로도 동원된 것이다. 승려 묘우에(明惠)의 제자 키카이(喜海)가 1203년에 편찬한『카즈가어탁선기』(春日御託宣記)에서 남도불교(특히 화엄종)의 중흥을 위해 진력한 공으로 해탈상인(解脫上人)이라는 시호를 받은 승려 죠쿄우(貞慶)가 묘우에에게 물려준 불사리를 가리켜 카즈가오오미카미의 신체라고 주장했던 기록이 그것이다. 또한 1283년 선승이었던 무쥬이치엔(無住一圓)이 쓴 카마쿠라시대 최대의 설화집인『사석집』(沙石集)에서도 해탈상인 죠쿄우가 카사기산(笠置山)에 칩거하여 본지석가여래의 권청을 노래하자 석가여래가 카즈가오오미카미로서 세상에 나타났다고 기록하고 있다.[31]

이상에서 보았듯이 특기할 점은 석존을 본지로서 강조하는 본지수적설 모두가 사원에서 승려들에 의해서만 주장되고 기록되었다는 사실이다. 이것은 본지수적설에 대한 논의의 주체와 중심이 불교와 승려들에 있었음을 의미한다. 다시 말해 헤이안시대 이래 본지수적이라는 교의적 융합(syncretism)은 불본주의 신불습합의 패러다임을 완결하는 과정이었다. 그것은 528년 불교가 문화운반자로서 일본에 전래된 이래 새로운 문화의 유행성과 풍토성

---

31) 菅原信海,『日本思想と神佛習合』, 春秋社, 1996, 111~120쪽.

을 거쳐 토착종교와 상리공생(相利共生)을 실현했음을 의미한다. 특히 신들의 나라 일본의 주신인 태양신 아마테라스 오오미카미의 본질적 근원을 대일여래에서 찾는 것은 일본인의 정신적 뿌리인 '태양의 신격화'마저 '태양의 불교화'로 대치하는 결과를 가져왔다. 태양신의 본지를 태양광처럼 광대함을 상징하는 대일여래나 비로사나불(vairocana: 毘盧舍那佛)[32]에서 구함으로써, 한마디로 말해 태양신을 불교화함으로써 불본주의 신불습합를 완성하려 했던 것이다. 그러나 그것은 오늘날 탈아입구(脫亞入歐)의 이데올로기까지로 이어지는 아틀라스 콤플렉스의 전형일 뿐만 아니라 아틀라스 콤플렉스가 발현된 최고의 경지일 수 있다.

2. 완성된 표현형(phenotype)으로서 본지수적설

소노다 미노루(薗田 稔)는 카마쿠라 시대를 본지수적설의 완성기라고 규정하고 그 이유를 진언계의 양부신도와 천태계의 산왕신도의 성립에서 찾는다.[33] 신도사에서 보면 불과 신의 습합적 표현형(syncretic phénotype)으로서 결착된 양자는 신도의 외연 확대로서 해석할 수 있지만 그만큼 불교라는 문화적 유전인자의 유전형질이 우세했음을 의미하기도 한다.

1) 진언교의의 습합적 표현형으로서 양부(兩部)신도

헤겔은 순수유(reines Sein)로서 절대정신을 세계와 자연과 유한한 정신의 창조 이전의 절대자 자체로 규정한다. 따라서 그는 그것이 시간과 공간의 구속을 받는 자연의 형식으로 자기소외(Selbstentfremdung), 또는 타자적 존재로서 스스로를 시현(示現)하는 과정을 가리켜 자연철학으로 간주했다. 자연이란 우주의 본질로서 절대적 이념의 자기 외화(Selbstentäußerung)라는 것이다. 이러한 존재론적 소외, 또는 외화의 논리는 양부신도의 교의 속에

---

32) 주69) 참조 바람.
33) 薗田 稔, 『神道』, 弘文堂, 1990, 27쪽.

서도 발견하기 어렵지 않다. 진언밀교도 기본적으로 신들을 포함한 우주 만물을 대일여래(절대적 본질)가 개별적인 자연(현상)으로서 시현된 것이라고 간주하기 때문이다. 그러므로 금강계와 태장계는 대일여래가 외화된 양면성에 불과하다. 지상에 실현된 신계의 상징물로서 이세신궁의 내궁(태장계)과 외궁(금강계)도 그 본체는 하나인 대일여래가 자신을 각기 다른 둘로 소외한 것이다.

카마쿠라시대 이래 야마토 오오미와(大神)신사의 신궁사 오오고린사(大御輪寺)의 미와오오미와카미(三輪大明神)를 진언밀교의 교주 대일여래의 수적신으로 간주하는 신앙이 보급되기 시작했다. 이 때부터 미와산(三輪山)과 이세의 카미지산(神路山)을 본말로 연결하는 산악신앙이 생겨나면서 미와류신도(三輪流神道)와 이세신도(伊勢茶神)는 매우 밀접한 관계를 맺게 되었다. 또한 야마토의 무로우사(室生寺)도 이세신도와 습합관계를 형성하면서 소위 어류신도(御流神道)라는 이름을 얻게 되었다. 이처럼 이세신도를 연결고리로 하여 형성된 세 신도간의 유대관계는 모두가 진언밀교의 신앙에 바탕을 둔 산악수행자들에 의해 마련된 것이다.[34] 한마디로 말해 양부신도의 명칭은 진언밀교의 금강계와 태장계라는 양부의 만다라 사상에 의해 생겨난 것이지만 오오고린사와 무로우사를 이세신궁과 연결하는 신밀습합대(神密習合帶)의 형성을 통해 완성된 것이다.

2) 천태교의의 습합적 표현형으로서 산왕(山王)신도

신도사에 수적신으로서 등장한 또 하나의 완성된 표현형은 산왕신도이다. 그것은 처음부터 천태교의와의 습합을 뚜렷하게 드러냄으로써 천태신도라고도 부른다. 그것은 천태종을 개종한 연력사의 진수신인 히에신(日吉神)의 속칭 '山王'[35]을 천태교학의 '일심삼관'(一心三觀: 자신의 심중에

---

34) 西田正好, 『神と仏の對話』, 工作舍, 1980, 127~128쪽.
35) 『耀天記』 '山王の事'에 의하면, 山王이란 기본적으로 본지불의 서원에 상응하여 현실에서 자유자재로 활동하는 수적신에 대하여 붙여진 이름이다. 여

있는 세가지 진리에 눈을 떠서 깨달음을 얻는 방법)의 의미와 연결지워 해석한 데서 비롯되었기 때문이다. 다시 말해 산왕이라는 두 글자는 천태종의 교의인 공(空)·가(假)·중(中) 삼제(三諦)의 세 획을 나타내며, 여기에 한 획을 첨가하여 세 가지 진리가 결국 하나라는 삼제즉일(三諦卽一)[36]의 교설을 결합한 데서 비롯되었다.

그러나 히에이산 승려들은 이렇듯 '경신귀불'(敬神歸仏)을 강조하면서도 신기와 불교가 동등한 가치를 지닌 신불습합을 주장함으로써 양부신도와는 다른 특징을 나타냈다. 신(왕법)과 불(불법)은 일심동체이므로 별개로 존재하지 않는다는 것이다. 특히 천태좌주(天台座主)였던 승려 지엔(慈圓)은 본지불과 수적신의 이원론을 철저히 거부한 바 있다. 경신과 귀불은 본래부터 모순되지 않으므로 신에게 기원하는 것도 불에게 예배하는 것과 전혀 다르지 않다는 것이다. 본지와 수적의 동등성이 확인된다면 본지와 수적의 구별은 저절로 무의미해지기 때문이다. 이를 가리켜 니시다 마사요시(西田正好)는 신불동체관과 신불평등주의를 범신론과 다신론이 만난

기에서 山은 시간적으로 현세와 내세에 걸쳐 일체중생에게 이익을 부여한다는 단어이고, 王은 공간적으로 현세이건 내세이건 어디에서나 일체중생에게 이익을 제공하는 신의 영묘한 이름을 나타내는 단어이다. 그러므로 山王은 오로지 천하제일의 명신이자 제신 가운데서 근본이며, 세상만사에서도 그 기인(起因)이 되는 존재를 가리킨다.

36) 삼제즉일, 또는 원융삼제(圓融三諦)의 제(諦)란 허망하지 않은 진실이라는 뜻이다. 또한 삼제는 우주의 진상을 말하는 세가지 진상을 말하는 세 가지 도리를 가리킨다. 그러나 만물이 그처럼 각각 상대적일지라도 그 본원은 결국 불이평등하므로 삼제즉일이라는 것이다. 시·공간적으로 삼제는 상호 무관하게 독립해 있지만 삼제는 본래 삼과 일이 원융하여 삼도 아니고 일도 아니며, 삼이기도 하고 일이기도 하다. 空으로써 만물을 본다면 모두가 空이고, 假로써 본다면 모두가 假이며, 中으로써 본다면 모두가 中이다. 그러나 이러한 空·假·中의 상즉(相卽)에 의해 일체의 만물은 서로 떨어진 것이 아니므로 공제이면서 가제이고 중제이며(空觀), 가제이면서 공제이고 중제이며(假觀), 중제이면서 공제이고 가제이다.(中觀) 즉 삼제란 원융한 것이다.

종합주의나 보편주의의 포용력을 보이는 것이라고도 주장한다.[37]

그러나 신불습합사에서 보면 그것은 불본주의에서 신본주의로 넘어가는 과도기적 현상에 불과하다. 본고적하(本高迹下)의 우열관념에서 무차별적 평등주의를 거쳐 본하적고(本下迹高)의 逆우열관념으로 전환되는 과도기적 과정에 지나지 않는다. 화엄에서 진언을 거쳐 천태에 이르는 과정은 불주신종의 우열주의에서 신주불종의 역우열주의에로 직접 넘어가기 이전의 과도기로서 신불불이(神仏不二)를 주장하는 평등주의의 단계였다. 그것은 무엇보다도 번뇌와 보제(菩提), 범부와 불성(佛聖), 생사와 열반 등의 차별철폐와 나아가 원융삼제(圓融三諦)를 주장하는 천태의 본각사상(本覺思想)에 기초해 있기 때문이었다.

또한 신불동체의 절대적 일원론으로서 천태원융의 범신론은 무차별의 평등주의 교의라는 점에서 현세주의적이고 낙관주의적이다. 그것이 현실세계에 편재하는 '야호요로즈노카미'(八百万神)를 신앙하는 신도의 현세지향적·범신론적 세계관과 일맥상통하는 이유도 거기에 있다.[38] 신불습합사에서 산왕신도가 어떤 다른 신도보다 습합의 완성도를 더욱 높일 수 있었던 것도 불본주의의 슬로건이나 이원론적 세계관을 수면 아래로 잠수시킨 채 삼체즉일·일심삼관을 이상으로 하는 신불불이의 일원론적 교의를 표층화했기 때문이다. 한마디로 말해 원융으로 습합의 완성을 실현하려 했기 때문이다.

---

37) 앞의 책, 145쪽.
38) 앞의 책, 150쪽.

제8장

습합의 계보학으로서 일본신도(3)
─ 신유습합 ─

I. 우연과 필연의 이중주

"우주 속에 존재하는 모든 사물은 우연과 필연의 열매이다"

이 말은 분자생물학자 자크 모노(Jacques L. Monod)가 자신의 저서 『우연과 필연』(chance et nécessité, 1959)의 서두에 인용한 데모크리토스의 명언이다. 그는 단백질 효소의 합성이 어떻게 유도되는지에 대한 유전학적 연구의 결론을 우연성과 필연성에 착안하여 표현하기 위해 이 구절을 주문한 것이다. 그것은 다름 아닌 생물의 존재를 가능하게 하는 기본물질로서의 DNA라는 유전자 속에서 형성되는 유전자 암호의 배열에는 필연성보다도 우연성이 개재할 소지가 더 많다는 것이다. 이를 위해 그가 강조하는 것은 DNA의 구조와 그 복제 메커니즘, 그리고 유전자 암호와 그 해석에 있어서 미시적인 세계의 우연성(chance)이다.

그러면서도 한편으로 그는 효소단백질이 합성되는 과정에서 효소를 만드는 잠재 능력이 유전적·선천적으로 계승되고 있다는 사실도 밝혀낸다.

어떤 생물이라도 유전적인 능력이 부여되지 않으면 외부의 자극이 주어진다고 하더라도 외부의 조건 변화만으로는 효소를 합성할 수 없다는 것이다. 다시 말해 외부의 조건 변화에 대한 적응능력은 우연적이 아닌 필연적(유전적·선천적)으로 결정되고 제어된다는 것이다. 이렇게 보면 효소단백질의 합성과정에서는 미시적 세계에서의 우연성뿐만 아니라 그 결과가 이어서 거시적 세계로 이행된 뒤에 작용하는 필연성(nécessité)도 인정하지 않을 수 없다. 다시 말해 거시적 세계에 존재하는 생물이 나타내는 특성은 합목적성·자율적 형태발생·불변성이라는 필연성에 있음을 인정해야 한다는 것이다. 결국 "우주 속에 존재하는 모든 사물은 우연과 필연의 열매"라는 데모크리토스의 명언을 모노가 자신의 학문적 경구로서 책머리에 새겨 넣었던 것도 그런 이유에서였다.

그러나 '우연과 필연의 결실'이란 존재론적 명제에만 국한되지 않는다. 그것은 인류 역사의 결정요인으로서 작용하는 경우도 허다하기 때문이다. 오히려 역사는 우연과 필연의 이중주라는 해석이 적절할 수 있다. 우연성이 역사의 미시적 결정요인, 즉 충분조건이라면 필연성은 생물의 특성으로서 작용하는 선천적 유전성처럼 역사에서도 선험적(거시적) 전통성, 즉 필요조건으로서 작용한다. 유전 능력이 부여되지 않은 생물에게 외적 자극만으로는 효소단백질의 합성을 기대할 수 없듯이 역사에서도 전통과 문화적 배경(거시적 구조) 없이 특정한 우연적 계기(미시적 사건)만으로는 의미부여가 이뤄지지는 않는다. 예를 들어 도쿠가와(德川) 막부 초기에 습합의 필요조건으로서 신도가 충분조건으로서 유학(주자학)과 조우하여 결정해낸 신유습합의 경우가 그러하다. 습합이라는 일본문화의 선천적·유전적 환경과 능력이 주자학과의 조우 이전에 선험적 필연성으로 구비되어 있지 않았다면 미시적 세계에서의 우연성만으로는 효소단백질의 합성 같은 신유습합 속에서 형성되는 문화유전자의 암호 배열도 가능하지 않았을 것이다.

그러나 효소의 합성을 유도하는 유당(乳糖)과 같은 유도물질이 아니었다면 거시적 세계에 존재하는 생물의 합목적성(teleonomy)의 특징을 실현할 수 없듯이 막부통치의 유도물질인 주자학이 아니었다면 도쿠가와 막부의 거시적 통치이데올로기의 합목적성도 이뤄질 수 없었을 것이다. 이렇듯 미시적 세계에서의 우연과 그 결과가 거시적 세계로 이행된 뒤에 이뤄지는 필연의 작용이 모노가 주장하는 고분자 생물학의 특징이듯이 역사에서의 우연성(충분조건)도 선험적 필연성(필요조건)보다 더욱 결정적인 작용인으로서 강조되어야 한다. 1597년부터 3년간 임진왜란에서 인질로 잡혀온 퇴계의 제자 강항(姜沆)이 하리마타츠노(播磨龍野)의 성주이자 토요토미 히데요시의 무장이었던 아카마츠 히로미치(赤松廣通), 그리고 선승 후지와라 세이카(藤原惺窩)와 조우하지 않았다면 세이카의 사상적·종교적 전환도, 그리고 근세일본의 통치이념의 전환도 있을 수 없었을 뿐만 아니라 유가신도의 형성이나 신유습합도 기대할 수 없었을 것이다.

아베 요시오(阿部吉雄)는 후지와라 세이카가 강항을 만난 우연적 계기에 대하여 다음과 같이 의미부여한다. "전쟁이라는 달갑지 않은 임진왜란은 조선에 큰 피해를 입혔지만 일본의 문화발전에는 하나의 수혈적 역할을 했다. … 이 전쟁으로 인해 조선에서 가져온 많은 서적을 읽고 일본의 사상가들은 자기 혁신을 할 수 있었으며 그 최초의 자기 혁신을 수행한 자가 유교를 중흥한 후지와라 세이카였다. 선승이었던 그는 1600년 승복을 유복(儒服)으로 갈아입음으로써 처음으로 유자로서 독립한 것이다. 그가 유자로서 독립한 것은 조선의 학자와 교제하며 조선의 책을 읽은 데서 그 원인을 찾지 않을 수 없다. … 정유재란때 포로 강항(姜沆)과 친교를 맺어 그의 격려를 받고 드디어 독립된 유자로서 세상으로 나왔다. 세이카는 처음으로 강항을 만나서 자신을 굳힌 것이다. 그러므로 그의 스승은 조선에서 가져온 서적과 포로 강항이라고 해도 좋을 것이다."

이것은 처녀인구집단에 바이러스의 감염이 빠르게 유행하여 결국 상리공생 관계를 만들듯이 전혀 예기치 않았던 포로생활이 적지에 문화적 유산으로 상속되어 일본의 정신세계 속에 깊이 배어드는 우연적 계기가 되었음을 의미한다. 다시 말해 강항과 후지와라 세이카의 조우에 대한 아베 요시오의 이러한 평가는 그것이 근세일본의 문화혁명의 단초가 될만한 사건이었음을 지적하는 것일 뿐만 아니라 역사에 있어서 우연적 계기가 갖는 결정요인으로서의 중요성을 다시 한번 일깨우는 것이기도 하다.

이렇게 보면 조선의 신학문과 대학자에게서 받은 지적 충격이 후지와라 세이카로 하여금 승복을 유복으로 갈아입게 하는 회심과 결단의 계기가 되었던 것도 자크 모노가『우연과 필연』의 말미에서 우연의 중요성을 다음과 같이 다시 한번 강조하려 했던 이유와 다르지 않다.

"인간은 결국 자기가 우연히 출발했던 바로 이 무감각하고 망망한 우주 속에 홀로 서 있음을 알게 되었다. 그의 운명이나 의무는 아무데도 기록되어 있지 않다. 위에는 왕국이, 그리고 발밑에는 암흑의 함정이 가로 놓여 있다. 그 어느 것을 선택하느냐 하는 문제는 오직 인간 자신에게 달려 있다."

Ⅱ. 권력 / 지의 이중주로서 신유습합

앞에서도 언급했듯이 모든 습합의 특성은 습합소로서의 어떤 génotype (필연성)이 어떤 계기(우연성)에 의해 결합되거나 융합되느냐에 따라 달라진다. 신도가 샤머니즘이나 도교의 신선신앙에 기초한 동질적 습합소와 융합하는 내재적 습합의 경우가 있는가 하면 습합인자들이 이질적 습합소를 서로 분유함으로써 상리공생하는 분유적 습합의 경우도 있다. 여러 신들끼리 습합하는 신신습합(神神習合)이나 신도가 도교와 습합하는 신도습합(神道習合), 또는 기독교와 습합하는 신기습합(神基習合)이 전자에 해당한다면 신불습합이나 신유합일(神儒合一)은 후자에 해당한다.

이런 점에서 보면 일본역사에서의 문화적 전통과 배경(거시적 구조)이 되는 신도사는 연속적일 수 없다. 끊임없이 도래하는 번신(蕃神)과 조우해야 하는 국신이 그것과 실천행위(pratique)로서 습합하는 언설(discours) 양식을 내재적이든 분유적이든 언제나 일정하게, 그리고 연속적으로 유지할 수 없기 때문이다. 그러므로 그것은 신도사를 불연속적인 번신수용사로 만들뿐만 아니라 신도에 있어서 습합의 역사도 불연속적 계보학으로 만든다. 분유적 습합 양식 가운데서도 특히 신유습합의 경우가 그러하다. 그것은 신불습합의 본지수적설처럼 기원이나 본질(本地)이 어떤 역사적 경위에 의해 진리(垂迹敎義)로서 형성되는지를 분석하는 고고학적 방법을 거부한다. 신유학으로서의 주자학은 유학의 기원과 본질에 대한 탐구에 매달리기보다 오히려 그것과 거리두기(espacement)에 있으므로 더 이상 유학의 언표들(énoncés)을 체계화하려는 문서저장소(archive)일 수 없기 때문이다.

그러므로 주자학을 유전자형(génotype)으로 하여 습합한 신유습합은 그 pratiques에서 신불습합과는 다르다. 그것이 고고학적인 본지수적설과 달리 계보학적인 이유도 거기에 있다. 본래 계보학은 '진리란 무엇인가', 그리고 '진리는 어디에서 비롯되는가'와 같이 진리에 대한 본질이나 기원을 묻지 않는다. 그 대신에 계보학은 '진리를 말하는 자가 누구인지', 또한 '진리는 어떤 역사적 배경에 의해 형성되는지'와 같이 진리를 단절적이고 전략적 계보로서 받아들이려는 언설들을 의미한다. 도쿠가와 막부의 관학이었던 주자학을 계보학으로 간주하려는 이유도 거기에 있다. 그것이 중성적인 진리체계일 수 없는 이유도 마찬가지이다. 근세일본에서의 주자학은 관학 이데올로기로서 출현하여 도쿠가와 막부의 사회적 pratiques 속에서 구체화된 권력의 테크놀로지와 연결됨으로써 권력과 공생하거나 야합한 역동적인 場의 이론이었기 때문이다. 에도(江戶)시대의 지적 언설의 출현 배경을 그 이전과 달리 보려는 것도 마찬가지 이유에서이다.

나아가 이것은 주자학을 권력의 테크놀로지와 연대하여 관학화한 에도 이후(江戶에서 昭和까지)의 일본사상사를 불연속적인 계보학의 시대로 구분할 수 있게 하는 계기가 되기도 했다. 그러나 이러한 지적 불연속선이에도를 임계점으로 하여 일본사상사를 그 이전과 이후로 양분시키는 데만 그치지지는 않는다. 그것은 원시신도 시대부터 신주불종의 시대에 이르기까지 이른바 고고학의 시대를 거쳐 에도에서 쇼와에 이르는 계보학의 시대까지 일본사상사 전체를 상이한 에피스테메(인식소)들의 불연속 과정으로 만들었다고 해도 과언이 아니다.

니체는 진리를 이익의 방편으로 간주한다. 진리란 본래 일종의 오류에 불과하지만 그것을 주장함으로써 이롭기 때문에 진리로 간주한다는 것이다. 진리는 그것에 대한 우리의 신앙을 아프리오리(a priori)하게 참이라고 설정하려는 문법상의 습관에 지나지 않는다. 우리는 일반적으로 진리를 강하게 신앙하고 있다. 그래야만 이로울 것이라는 막연한 기대감 때문이다. 니체에 의하면 "인식론자가 실마리로 삼고 있는 '사고'는 순전히 제멋대로 된 허구이며, 이해하기 쉽게 할 목적으로 만든 일종의 인위적인 조작이다. 사고 작용을 영위하는 어떤 것인 '정신', 그것도 '절대정신'이라는 사고를 믿는 그릇된 관찰에서 비롯된 결과이다"[1] 니체의 주장에 따르면 결국 많은 사람들이 지금까지 신앙해온 진리라는 가정들은 진리에 대한 그들의 욕구의 산물일 뿐이다.

그러나 진리는 단지 이론적인 지(知)의 진위로서 아프리오리하게, 그리고 가치중립적이고 중성적으로 존재하는 것이 아니다. 그보다 진리는 현실사회의 권력관계 속에서 전략적으로 기능한다. 진리를 분석하는 것은 역사적 지와 에피스테메 뿐만 아니라 다양한 사회적 주체간의 권력관계를 분석하는 것이기도 하다. 또한 권력의 경우에도 마찬가지이다. 권력은 제도나 구조만으로 개념화할 수 있는 것이 아니다. 그것은 전략적 상황의 복합물로서 다양한 힘의 관계 속에서 개념화될 수 있다. 이 때가 바로 권력이 지식을 생산하는 계기이다. 권력에의 의지가 지를 생산하는 것이다. 그 반대의 경우도 가능하다. 지식이 곧 권력으로 행사되기도 한다. 이처럼 권

---

1) F. Nietzsche, Der Wille zur Macht, 제2권 452절.

력에의 의지와 지에의 의지는 불가분의 관계에 있다. 지식과 상관적 구조를 갖지 않은 권력이 존재하지 않듯이 권력관계를 전제하지 않은 지식도 있을 수 없기 때문이다.

특히 도쿠가와 막부와 관학으로서 주자학의 관계나 메이지 유신정권과 국가신도의 관계에서는 더욱 그러하다. 주지하다시피 조선을 통해 들어온 주자학은 막부권력이라는 panopticon(一望監視構造) 속에 편입된 채 근세적 지의 상부구조를 형성했다. 더구나 그것이 신도와 조우하면서 삼투화 작용을 일으켜 만들어낸 제3세대 습합양식인 신유습합은 권력 / 지의 공고한 토대를 구축했다. 그것은 상리공생의 체제를 마련하기 위한 필요충분조건을 충족시킨 것이다.

Ⅲ. 새로운 génotype의 출현으로서 유학

1. 옷을 갈아입은 인형들

한마디로 말해 일본신도사는 변신수용사이다. 또한 그것은 다양한 우여곡절을 겪으면서 새로운 변신들과의 습합으로 이어져왔다는 점에서 습합신도사이기도 하다. 이시다 이치로(石田一良)는 이를 두고 '신도사의 변증법'이라고 표현한다. 그는 신도의 본질과 각 시대마다 종교·사상의 영향과의 관계를 가리켜 인형과 의상과의 관계로서 비유하기도 한다. 기본적으로 신도는 외부환경이 바뀔 때마다 새롭게 '옷을 갈아입는 인형'[2]이라는 것이다. 예를 들어 구태의연한 승복(僧服) 대신 새로운 의상(儒服)으로 갈아입은 당대의 선승 후지와라 세이카와 그의 제자 하야시 라잔(林羅山)이 바로 그런 인형의 모델이 아니었던가.

그러면 일본의 꼭두각시들이 때마다 이처럼 새옷으로 갈아입기를 좋아

---

2) 石田一良, 『神道思想集』, 筑摩書房, 1970, 30쪽.

하는 이유는 무엇인가? 그것은 무엇보다도 진정한 야마토타마시이(大和魂)가 되어버린 습합혼(習合魂) 때문이다. 그것은 야마토코코로(大倭心)로서의 습심(習心) 때문이었다. 그것은 어느 사이 일본인의 혼(魂)이 되고 심(心)이 된, 즉 정신적 유전인자형(génotype)이 되어버린 습합의 내력 때문이다. 그러므로 역사라는 유리장 속으로 들어간 후지와라 세이카나 하야시 라잔같은 인형(禪僧)들의 새옷 갈아입기도 우연이라기보다 필연이었다.

미야케 마사히코(三宅正彦)는 '에도시대의 사상'에서 막번국가의 사상적 원리로서 주자학의 섭취는 역사적 필연성이었다고 주장한다. 그에 의하면 "카마쿠라에서 전국시대에 이르기까지 막부의 관사(官寺)인 오산(五山)의 선승은 선(禪)에 결여되어 있는 현실지배의 논리를 보완하고, 영주계급을 주요 대상으로 한 포교활동의 강화 수단으로 삼기 위하여 주자학을 겸학해왔다. 그러나 시대가 변함에 따라서 선승에게 '제2의 교의적 방편에 지나지 않았던 주자학은 어느 사이에 제1의 교의로서 목적시'되었다. 후지와라 세이카가 환속하는가 하면 하야시 라잔도 건인사(建仁寺)를 떠나는 것이 당연시되는 사태로 발전했다"[3] 그것은 전국시대의 영주 중심의 가부장제 원리가 막번국가로 전환되면서 주종제의 원리로 바뀌지 않을 수 없는 역사적 전환기의 예정된 과정이자 필요한 조건이었다. 국가의 새로운 통치질서의 확립을 위해서는 다이묘(大名) 영주에의 충성보다 절대적 주군(主君)에의 충성이 필요했다. 도쿠가와 막부에게는 영국(領國) 대신 국가라는 의식의 형성이 필요했고 일본을 천하로 여기는 천도사상(天道思想), 즉 정심(正心)→수신(修身)→치국(治國)→평천하(平天下) 논리의 확립이 요구되었다. 주자학의 섭취는 역사적 필연성이었다고 해도 과언이 아니다.

이렇게 간취(看取)된 주자학을 가리켜 자연적 질서사상이라고 규정하는 마루야마 마사오(丸山眞男)도 그것이 막부 권력의 비호 아래 봉건 교학의

---

3) 三宅正彦, '江戸時代の思想', 『思想史』II, 石田一良 編, 山川出版社, 1990, 82
~83쪽.

정통적 지위를 차지하게 된 것은 필연적이었다고 주장한다. 그에 의하면 "근세 초기에 있어서 도쿠가와 막부가 전국(戰國)의 하극상 상태를 완전히 진정시키고 무사단 내부의 서열을 편성하며 나아가 봉건적 주종관계를 피지배계급의 내부에까지 확장시켜 위 아래를 관통하는 계층제적 원리 위에서 철저한 통제력을 발휘한 것은 주자학이었다." 그것은 무엇보다도 "군주의 신하에 대한, 아비의 자식에 대한, 남편의 아내에 대한 위와 아래, 귀하고 천함의 의리가 하늘의 땅에 대한, 양의 음에 대한 지배라는 자연계의 원리에 의해 기초"되어 있기 때문이라는 것이다. 그러므로 그는 "주자학에 내재하는 이러한 '자연적 질서의 논리야말로 발흥기 봉건사회에서 주자학을 가장 일반적이고 보편적인 사회적 사유양식으로 만들어준 계기였다"[4]고 주장한다.

그러나 이에 대해 비토우 마사히데(尾藤正英)는 주자학이 외래사상으로서 막번국가에 적합하지 않다는 전제하에서 도쿠가와 이에야스가 정토종의 신자로서 주자학의 사상을 얼마나 이해했을지 의문이라는 점, 하야시 라잔을 등용한 것도 정치적 사무에 해당할 뿐이며 이에야스가 개인적인 교양을 갖추기 위해서라는 점, 이런 방면에 학식이 있는 승려를 이용하는 것은 무로마치 막부 이래의 전통이라는 점, 심지어는 하야시 라잔이 승려가 된 것이나 그의 봉록이 낮았던 것도 그가 주자학에 정통하게 된 것과 관련이 있다는 점[5] 등을 들어 주자학이 도쿠가와 막부의 정학으로서 부적합했다고 주장한다.

그러나 도쿠가와 막부에게 주자학은 이데올로기로서 적합, 또는 부적합했는지를 가려야 할만큼 모호한 역사적 시비의 대상이 아니다. 하야시 라잔의 「세이카문답」(惺窩問答)은 임제종(臨濟宗) 출신의 선승 후지와라 세이카가 강항이 귀국하던 해 9월 도쿠가와 이에야스에게 승복도 화복(和服)도 아닌 조선풍의 유복을 입고 머리를 기른 채 이조성(二條城)으로 알현한

---

4) 丸山眞男, 『日本政治思想史研究』, 東京大學出版會, 1952, 203~204쪽.
5) 尾藤正英, 『日本封建思想史研究』, 29쪽.

사실을 기록하고 있다. 이 때 세이카는 도쿠가와에게 『한서』(漢書)와 조선에서 구리활자본으로 만든 송대 여동래(呂東萊)의 『십칠사상절』(十七史詳節)을 강의했다. 여기에서 중요한 사실은 세이카가 무엇을 강의했느냐보다 선승인 그가 의상으로써 종교적·사상적 변신을 천명했다는 점이다. 그것도 도쿠가와 이에야스 앞에 조선의 유복으로 갈아입고 나타났다는 사실은 선승의 개인적 환속의 의미가 아니다. 그보다도 그것은 그 시대에 일어날 혁명의 조짐이었다. 그것은 앞으로 전개될 정치적·사회적 변혁의 예고이자 종교적·사상적 문화혁명의 전조였다.

한편 후지와라 세이카가 38세에 이런 심의도복(深衣道服=儒服)을 입은 것에 대하여 특별한 의미를 부여한 하야시 라잔도 이 상징적 사건을 가리켜 '우리나라 유학의 남상'(濫觴: 시초이자 기원)이라고 부르며 자신도 입문과 동시에 유복을 만들어 입었다. 이시다 이치로의 표현대로라면 이 날은 인형이 옷을 갈아입은 역사적인 날이지만 일본의 역사가 새옷을 갈아입은 상징적인 날이기도 하다. 그런 의미에서 아베 요시오는 세이카가 착용한 심의도복을 가리켜 유교독립의 심볼이라고 표현했던 것이다. 그에 의하면 "학문이 사원의 지배에서 이탈하는 단서가 여기에서 열렸으며, 미래본위의 불교적 세계관이 부정되고 새로운 현실사회의 질서와 인륜도덕을 주로 하는 세계관이 공공연히 주장되기 시작했다."[6]

일본근세에 있어서 주자학은 인륜도덕의 가르침일 뿐만 아니라 현실세계로 환속한 종교이므로 일종의 현세종교이기도 하다. 그것은 오로지 관학으로서만 근세를 지배한 것이 아니라 종교로서 일본인의 습심을 파고들었기 때문에 그 영향력을 더욱 발휘할 수 있었다. 즉 신도와 습합하여 생명력을 더했던 것이다. 하야시 라잔의 리당심지신도(理当心地神道)에서 요시카와 코레타리(吉川惟足)의 요시카와신도와 와타라이노부요시(度會延佳)의 와타라이신도를 거쳐 야마자키 안사이(山崎闇齋)의 스이카신도(垂加

---

6) 阿部吉雄, 『日本朱子學と朝鮮』, 東京大學出版會, 1976, 89~90쪽.

神道)에 이르기까지 신도는 유교무늬를 달리하는 의상을 바꿔 입으면서 유가신도, 이른바 신유습합의 계보를 형성한 것이다.

2. 유학본위의 신유일치론

후지와라 세이카를 일본주자학파의 개조라고 한다면 하야시 라잔은 신유일치를 주장하는 유가신도의 개조이다. 그러므로 하야시 라잔의 사상에는 조선에서 수혈 받은 유학의 현실적 합리주의와 일본문화의 유전인자로서 전통적인 신국사상이 혼효(混淆)해 있다.

1) 라잔의 理氣論속에 습합된 퇴계의 四七論

후지와라 세이카는 유교를 불교에서 독립시킨 사람이지만 그의 유학은 주희와 육구연(陸九淵)을 절충하면서도 기본적으로 '심즉리'(心卽理)를 주장하는 육왕학(陸王學)에 기울어 있다. 그러나 하야시 라잔은 자연계는 물론이고 인간의 심리도 理와 氣로 설명하는 주자학만을 신봉할 뿐 육왕학을 철저히 배격했다. 양자가 사제간이면서도 이처럼 입장의 차이를 뚜렷하게 나타내는 것은 조선유학에 대한 이해도와 거리감에서 비롯된 것이다.

하야시 라잔은 22세때(1604)에 이미 그가 읽은 조선의 책 440여부의 목록을 작성할 만큼 조선으로부터 절대적인 학문적 영향을 받았다. 우선 그가 읽은 조선학자의 대표적인 저술로는 이언적(李彦迪)의 『중용9경연의』(中庸九經衍義)를 비롯하여 율곡의 『격몽요결』(擊蒙要訣)·『성학집요』(聖學輯要), 퇴계의 『주자서절요』(朱子書節要), 정자운(鄭子雲)과 퇴계의 『천명도설』(天命圖說), 권근의 『양촌집』·『양촌입학도설』(陽村入學圖說), 서경덕의 『화담문집』(花潭文集), 유희춘(柳希春)의 『유선록』(儒先錄)·『속몽구』(續蒙求), 최부(崔溥)의 『표해록』(漂海錄) 등 무수하다. 또한 주자학을 비롯한 송학에 대한 학습에도 그는 임진왜란을 통해 쏟아져 들어온 수많은 조선판본들을 이용했다.

이처럼 조선으로부터 밀려오는 유학의 물줄기의 한복판에 서 있었던 하야시 라잔에게 가장 큰 영향을 준 인물은 역시 퇴계 이황이었다. 하야시 라잔은 초년에 퇴계의 『천명도설』과 『주자서절요』를 읽고 그 가운데서도 『천명도설』에 지대한 관심을 기울였다. 그것은 그가 퇴계의 사단리발(四端理發) · 칠정기발(七情氣發)을 통해 주자의 이기설, 즉 理氣의 관계에 대한 의문을 해결해보려고 노력했기 때문이다. 理와 氣의 관계에 대한 그의 관심사를 보면 다음과 같다.

첫째, 사단이 理에서 나오고, 칠정이 氣에서 나온다면 희노(喜怒)에 이르는 것도 氣에서 나오는 것일까? 비례(非禮)의 예, 비의(非義)의 의는 理에서 나오는 것일까?

둘째, 理가 본선(本善)이고, 氣에 청탁(淸濁)이 있다고 한다면 그 청탁을 다스리는 것은 理 안의 것일까, 理 밖의 것일까?

셋째, 心이 성정(性情)을 통제한다고 말하지만 사단이 理에서 나오고 칠정이 氣에서 나온다면 사람에게는 두가지 마음(心)이 있는 것일까?

넷째, 理가 氣의 조리이고 氣는 理의 운용이라는 설(왕양명의)은 맞는 것일까, 틀린 것일까?

이상에서 보듯이 하야시 라잔은 이기(理氣)의 관계를 설명하기 위하여 왕양명의 설까지 이용하지만 무엇보다도 퇴계의 '사칠론(四七論)'에 깊은 관심을 가지고 그것을 천착하려 했다. 그가 평생동안 수많은 조선통신사들과 끊임없이 토론했던 문제도 주로 이것이었다. 예를 들어 1607년(25세 때) 그는 도쿠가와 이에야스의 보좌하면서 조선통신사를 만나 "理와 氣는 하나입니까, 아니면 둘입니까?"라고 묻자 통신사가 "理는 오직 하나뿐이지만 氣에는 청탁이 있습니다"라고 대답했다. 또한 "사단(惻隱 · 羞惡 · 辭讓 · 是非)은 理의 發이고 칠정은 氣의 發이라고 말하는 것이 어떤 것입니까"라고 묻자 "희노애락을 바르게 할 수 있는 것이 청(淸)이고 바르게 할 수 없는 것이 탁(濁)입니다. 또한 氣도 理에서 나오는 것입니다"라고 대답하기도 했다.

또한 1636년 그는 조선통신사(正使 任統, 副使 金世濂, 從事 黃) 3인에게도 편지를 보내 퇴계의 이기설(理氣說)에 대해 다음과 같이 질문한 바 있다. "조선의 주자학자 이퇴계는 정(程)·장(張)·주자의 설에 따라서 사단이 理에서 나오고 칠정은 氣에서 나온다고 말하는데 사단과 칠정을 理와 氣로 나누는 설은 그의 문인 기대승(奇大升)의 질문에 답했던 것이라고 들었습니다. 만약 理·氣를 나누어 '태극은 理이고 음양이 氣'라고 하여 합일할 수 있다면 그 폐단은 지리(支離)하게 되며, 理·氣를 합하여 '理는 氣의 조리가 되고 氣는 理의 운용이 된다'고 말함으로써 선악을 가릴 수 없다면 그 폐단은 법도가 쇠퇴한 지경에 이른다. 이것을 분명히 밝혀야 한다. 이에 대해 이퇴계의 답을 끌어낸 기대승의 질문을 알고 싶습니다." 하야시라잔은 『라잔문집』(羅山文集)에서 이 질문을 쓰시마(對馬國) 번주였던 소우 요시나리(宗義成)를 통해 삼사(三使)에게 전했지만 답을 들 수 없었다고 기록하고 있다. 그러나 김세렴은 『해사록』(海槎錄)에서 기대승이 理氣란 언제나 서로가 떨어져 있지 않으며 사단과 칠정도 더불어 理·氣를 수반하고 있다고 말함으로써 퇴계와 벌인 논란을 가르쳐준 바 있다고 적고 있다.

이처럼 하야시 라잔이 퇴계의 사칠론에 보였던 관심은 일시적인 것이 아니라 평생동안 지속되었음을 알 수 있다. 특히 그가 『천명도설』을 통해 퇴계의 이기설에 자극받아 거기에 어느 정도 심취했었는지는 1651년 발문을 붙여 그것을 간행한데서도 잘 알 수 있다. 심지어 그는 『천명도설』을 직접 필사하기까지 했다(이것은 지금도 도쿄대학 사료편찬소에 보관되어 있다). 그밖에 뛰어난 유학자로서 퇴계에 대한 그의 존경심을 가장 잘 나타내는 것 가운데 하나는 그가 말년에 조선통신사 이석호(李石湖)를 통해 퇴계에게 바친 다음과 같은 시문이었다.[7]

---

7) 앞의 책, 202쪽.

退溪李氏拔群殊　貴國儒名世僉呼
興際風聲應互答　行看江介琵琶湖

이퇴계선생께서 새로운 것 많이 발굴하였으니
귀국의 선비 이름 세상사람이 모두 칭송하는구려
수레간의 이야기 서로 응답하면서
강 연안의 비와호를 지나가며 바라본다

2) 신유일치의 표현형으로서 리당심지교(理当心地教)

하야시 라잔의 신도서인 『신도전수』(神道傳授, 1648)는 제목대로 종래의 여러 신도설을 요령있게 소개한 책이다. 그러면서도 그는 이 책에서 신불습합론을 맹렬히 비판하는 동시에 태극과 음양오행의 理를 통해 신도에 대한 자신의 이론을 퇴계의 도설(圖說)처럼 아래의 도설로써 명료하게 전개한다.

그에 의하면 "神은 形이 없지만 영(靈)이 있다. 氣가 만들기 때문이다. 이러한 氣를 만들고 신을 만드는 것이 理로서 사물의 근원이다. 이런 理를 아는 것을 가리켜 신도라고 부르는데 이단(불자)은 이를 알지 못한다. 사람의 마음은 神明(천지의 靈)이 머무는 곳(舍)이다. 몸(身)은 집(家)과 같고 마음은 주인과 같으며 신은 주인의 혼이다. 神은 形이 없어서 눈으로 볼 수 없지만 천지 어디에나 있고 언제나 존재해 있다. 그러므로 선을 행하면 나의 마음은 신을 따르며 천도와 화합(叶)한다. 악을 행하면 나의 마음은 신을 등지며 천벌을 받는다. 제신(諸神)과 사람의 심신(心神)은 본래 같은 理이기 때문이다.

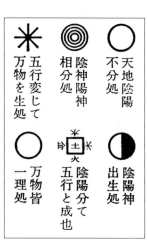

〈그림〉 林羅山의 음양오행도

··· 신도의 실리(實理)는 천상에 있고 지하에도 있다. 해는 동쪽에서 떠서 서쪽으로 진다. 그것은 한번도 북쪽에서 나온 적이 없고 남쪽으로 들어간 적도 없다. 여름은 덥고 겨울은 춥다. 물은 차갑고 불은 뜨겁다. 새는 하늘을 날고 짐승은 땅위를 거닌다. 물고기는 헤엄치고 초목은 씨앗들을 뿌려 수확을 거둔다. 인간도 또한 마찬가지다. 선을 알면 행하고 악을 알면 행하지 않는다. 임금에게 충성하고 부모에게 효도하며 신분의 높고 낮음을 구별한다. 예부터 말대(末代)에 이르기까지 어느 것 하나 성(誠) 아닌 것이 없다. 이것을 가리켜 신도의 실리라고 부른다.

··· 民은 神의 주인이다. 그러므로 民을 다스리는 것은 神을 공경하는 本이 된다. 신도(神道)와 인도(人道)는 하나의 리(一理)다. 그러므로 인간의 理를 알면 신도도 저절로 알게 된다. 神을 경원(敬遠)하라. 신에게 결코 함부로 다가가 더럽힘이 없게 하라."

이상에서 보면 신도를 기본적으로 '복축수역신도'(卜祝隨役神道)와 리당심지신도(理當心地神道)로 구분하는 하야시 라잔은 신선사상이나 신불습합설에 영향받은 복축수역신도를 철저히 거부하는 대신 송학의 이기설에 기초한 리당심지신도를 강조한다. 한마디로 말해 그는 '신도를 곧 왕도'로 규정하기 때문이다. 신도가 곧 유도(儒道)이며 "유도 속에 신도를 겸비한다"는 것이다. 그의 이러한 유가신도는 이미 후지와라 세이카의 신도관을 상속받은 것이나 다름없다. 세이카에 의하면 "일본의 신도는 나의 마음을 바로 하여 만민을 어여삐 여기고 자비를 베풀 것을 취지로 삼는다. 요순시대의 道도 이것을 그 취지로 하며 중국에서는 유도라고 하고 일본에서는 신도라고 한다. (이 둘은) 명칭은 다르지만 그 본질은 같다"는 것이다(『千代もと草』).

하야시 라잔은 후지와라 세이카의 이러한 유가적 신도관에 기초하여 신유일치를 더욱 구체화하기 위하여 그 논리적 근거를 理氣說에서 찾는다. "신도는 곧 理이다. 만물은 理의 밖에 있지 않으므로 理가 곧 자연의 진리이다. (또한) 만물이 理의 밖에 있지 않으므로 자연의 진실이기도 하다"라는 주장이 그것이다. 이것은 유도 속에 신도를 겸비하려는 그의 유학본위의 신유일치론이 퇴계를 비롯한 조선의 유학자들을 통해 수용한 주자학의 (理氣說의) 연장선상에 있음을 분명히하는 것이기도 하다.

한편 신도가 곧 왕도라는 명제는 하야시 라잔이 도쿠가와 막부에게 통치이데올로기의 대전제로서 제공하기 준비한 것임을 부인하기 어렵다. 그가 말년에 황조가 吳의 태백의 자손이라는 황조태백설(皇祖泰伯說)을 부인하고 유교적 합리주의에 근거한 지배원리를 주장하는 것도 그런 이유에서였다. "정행(政行)은 신의 덕이고 국치(國治)는 신력(神力)이다. 그것은 아마테라스 오오미카미(天照大神)로부터 계속 전해왔다. 진무천황(神武天皇) 이래 대대로 제왕 한사람이 다스려왔다"고 하여 전통적인 존황사상을 주장하면서도 그는 막부의 통치원리가 천황가 중심으로 이뤄질 수 없음을 분명히하는 신유합일의 세속적 봉건국가의 의사(擬似) 신국사상을 제시했다. 그는 1636년부터 조선에 보내는 국서에 장군을 국왕이라고 부르지 않고 '대군'(大君)으로 부르도록 건의한 것도 그런 이유에서였다. '천지를 계승한 인물을 통리(統理)하는 것은 대군뿐'이라는 주자의 『서명해』(西銘解)에 대해 하야시 라잔은『서명강해』(西銘講解)에서 '대군은 천지의 적장(嫡長)'이라고 해석함으로써 일본 전토의 지배권을 장악하는 관직으로서 무가의 대군을 국가의 최고군주로서 간주하려 했던 것이다. 이것은 황국신민의 신국사상이 세속적인 대군권력론으로 대치되는 순간이었다.

3) 유학벨트 형성의 아이러니

이상에서 보았듯이 하야시 라잔의 유학본위의 신유습합은 조선의 편협한 성리학인 사칠론에 대한 집착에서 비롯되었지만 그가 누구보다 먼저 조선의 학문과 문화 수용에 적극적으로 나섬으로써 근세 유학의 보급에 기초를 제공한 점은 간과할 수 없다. 또한 군웅할거와 힘의 사분오열로 인하여 하나의 통일국가 건설이 절실하던 당시의 상황에 막부의 통치체제

강화를 위한 하야시 라잔의 대안은 매우 시의적절한 처방전이었다. 하야시 라잔의 신유합일론은 전국(戰國)의 복잡한 후유증에 대한 종합적인 치료책으로서 효과가 뛰어났기 때문이다. 도쿠가와 이에야스에게는 통일국가의 건설을 위한 지배원리의 확보가 매우 중요했던 만큼 그것이 신유일치의 계기가 되었던 점도 그것 못지 않게 중요했다.

그러나 조선의 유학, 특히 퇴계의 성리학이 근세 초기에 일본의 지식인들을 독단의 잠에서 깨어나게 했다는 사실에 대한 증언에 주저하거나 인색하지 말아야 한다. 더구나 하야시 라잔의 그러한 각성이 근세일본사상사의 방향전환과 함께 커다란 학문적 진보를 가져오게 하는 단초가 되었다는 사실, 그리고 따지고 보면 이것들 모두가 조선침략의 전리품(戰利品)이 준 혜택에서 비롯되었다는 사실도 은폐하지 말아야 한다. 역사는 아이러니 때문에 공정과 정의를 놓치기 일쑤였다.

3. 신도본위의 신유일치론

하야시 라잔이 유학본위로 신유일치를 주장했다면 와타라이 노부요시(度會延佳)와 요시카와 코레타리(吉川惟足)는 신도본위의 신유일치를 주장한 사람이다. 신유일치는 이들로 인해 유주신종(儒主神従)에서 신주유종(神主儒従), 즉 신도본위의 신유습합으로 전도되는 계기를 맞이한 것이다.

1) 작용 / 반작용의 산물로서 신주유종(神主儒従)

인간에게 있어서 자기반성의 계기는 내발적인 경우보다 외발적인 경우가 대부분이다. 타인과의 조우와 비교가 없다면 자기인식의 계기도 그만큼 적어질 수 밖에 없다. 인간에게 비교는 우연적 사건이 아니라 필연적인 조건이다.『철학사전』(平凡社)에 의하면 비교는 두 개 또는 그 이상의 대상을 하나의 사유에 포함시켜, 그것들의 이동(異同)을 밝히려는 조작을 말한다. 그것은 모든 지식의 형성에 관계하기 때문에 특정한 지식에 대한 올바른 이해를 위해서는 불가피한 방법이다.

더구나 문화나 사상은 독자적으로 형성된다기 보다 다른 것들과의 관계 속에서 이뤄지므로 어떤 문화나 사상의 본질적 이해를 위해서 그것과 타자와의 관계에서 일어나는 자극과 반응에 대한 검토가 필수적이다. 이것은 신도의 경우에도 마찬가지이다. '일본에는 나름대로의 道가 있는지, 있다면 그것이 무엇인지, 그리고 그것은 어떻게 형성되었는지'와 같은 일본고유의 道, 즉 신도에 대한 반성과 자각도 자발적으로 생겨났다고 보기 어렵다. 신도사가 증언하듯이 그것은 일찍이 외교(外敎)와의 접촉이 없었다면 불가능했을 것이기 때문이다. 더구나 외교와의 갈등과 대립, 충돌과 투쟁이 심할수록 신도의 습합양상, 즉 변형(metamorphosis)이 더욱 두드러졌던 이유도 거기에 있다.

한반도를 통해 가장 먼저 일본에 전래된 샤머니즘이나 신선신앙과 같은 도교는 아래로부터 위에 이르기까지 토속신앙이나 원시신도와 큰소리 없이 융화되었다. 이런 양상은 초기 유교의 전래에서도 마찬가지였다. 백제의 왕인박사에 의해 소개된 『논어』와 『천자문』은 극소수 지배계층의 전유물이었고 권력상속의 수단이었기 때문에 일반화될 수 없었다. 그러므로 그것과 신도와의 습합은 쉽지 않았다. 그러나 주지하다시피 불교의 경우는 전혀 다르다. 정치적 파란과 더불어 전래되기 시작한 불교는 그것을 극복하기 위해서 신도와 습합해야 했고 불교문화로부터 감당하기 어려울 정도의 충격을 받은 신도도 충격흡수를 위해 불교와 융합하지 않을 수 없었다. 신도와 불교는 그 충돌의 강한 파열음만큼 습합도 다른 외교의 경우보다 더욱 폭넓고 다양하게 이뤄졌다. 불주신종·불본신적의 본지수적이야말로 외교(外敎), 또는 객신(客神)과 빚은 갈등의 정점을 상징하는 기념비였다.

작용/반작용은 물질의 세계에만 국한된 운동법칙이 아니다. 인류 정신사의 파노라마가 그렇듯이 그것은 인간의 정신세계를 지배하는 내재적 운동원리임을 부인할 수 없다. 사상사를 돌이켜 보면 정신적 갈등의 정점은 곧 변증법적 반작용을 초래해왔기 때문이다. 중심주의는 중심의 해체나 또 다른 중심으로 대체되기 일쑤였다. 본지수적설을 정점으로 한 중심(本位)의 이동은 유가신도를 낳았고, 그 내부에서 일어난 소(小)중심의 이동이 유학본위에서 신도본위의 신유일치설인 와타라이신도나 요시카와신도의 등장을 가져왔다. 그러나 이러한 신주유종의 유가신도도 습합의 거부와 신도의 자기중심화를 통해 내교(內敎)와 화학(和學)의 정점을 이룬 복고신도(復古神道)와 국학(國學)에로 이행하는 과도기적 현상에 지나지 않는다.

2) 신궁중심신도로서 와타라이신도(度會神道)

와타라이신도는 불교배척에 호응하여 신도의 입장에서 신도를 환속시키기 위해 와타라이 노부요시(度會延佳, 또는 出口延佳)가 앞장서서 신도본위의 신유일치를 주장한 유가신도였다. 또한 이 신도는 이세신궁을 중심으로 신도론을 전개했다는 점에서 이세신도(伊勢神道)라고 부르는가 하면 외궁의 사관(祠官) 가문에서 태어난 와타라이 노부요시가 자신도 외궁의 권니의(權禰宜)가 되어 내궁에 대한 외궁의 권위와 존엄을 높이기 위해 외궁 중심의 신도론을 주장했다는 점에서 외궁신도(外宮神道)라고도 부른다.

이 신도는 일찍이 양부신도(兩部神道)의 태장계(胎藏界)와 금강계(金剛界)의 양부가 신궁에 나타나 내궁과 외궁이 되었다는 설에 대한 해설과 이론적 보완에서 출발한다. 신도본위의 신유일치론을 강화하기 위해서는 신궁의 진리와 그것의 근원형태를 이세신궁 중심으로 해석하고 유교를 비롯해 도교의 도움까지 받아서 이론적으로도 더욱 보편적 원리로서 보완해야 했기 때문이다. 이를 위해 이세신도가 마련한 기본원리를 보면 우선 그것의 기본구조는 신궁을 내궁(태장)과 외궁(금강)으로 양분하여 의미부여를 하는 양부신도를 답습하고 있다. 여기에서 '내궁은 음신(陰神)으로서, 그리

고 외궁은 양신(陽神)으로서 좌(坐)한다'고 하거나 '양신은 바깥으로 나타
나며 음신은 안으로 품는다(藏)'는 뜻이다. 다시 말해 외궁은 바깥으로 나
타난다는 산생과 통합의 작용을 지닌 금강계의 원리를 의미하며 내궁은
안으로 품는다는 태장계의 원리를 의미한다.

이세신도의 이론적 토대는 『신도오부서』(神道五部書)이다. 이세신도는
神道 자체가 신앙의 내부로 향하는 철학적 내성탐구였지만 신도에 관한
경전이 없었기 때문에 신도의 권위를 부여하기 위해 신도오부서를 만들어
古人에게 가탁(假託)함으로써 권위를 부여하게 했다. 오부서는 그 자체가
신도적 입장의 권위를 부여하는 것이며 신도의 입장에서 그것을 소(訴)하
는 것이다. 이처럼 이세신도는 오부서를 통해 신도고유의 사상을 해석함
으로써 신도사에 독자적인 입지를 확보하려 했다. 그 오부서들을 열거해
보면 아래와 같다.

『伊勢二所皇太神宮御鎭座次第記』	5세기 후반 유우랴쿠(雄略)천황조에 아파라파(阿波羅波)가 편찬한 것이다.
『伊勢二所皇太神宮御鎭座次伝記』	위의 책과 동일인이 편찬한 것이다.
『豊受皇太神宮御鎭座本紀』	6세기 전반 케타이(繼体)천황조에 아스카(飛鳥)가 편찬한 것이다.
『造伊勢二所太神宮宝基本紀』	나라시대의 승려 행기(行基)가 편찬한 것이다.
『倭姫命世紀』	아스카의 손자 미기(御氣)가 편찬한 것이다.

이것들 이외에도 『신황계도』(神皇系圖), 『신황실록』(神皇實錄), 『천구사
서』(天口事書)를 합쳐 『신궁팔부서』라고도 부른다. 이 삼부서에는 음양오
행설이 수용한 것이 특징이다. 그러나 팔부서 전체를 보면 음양오행설을
비롯한 역(易)의 이론과 도교 및 유교사상을 폭넓게 받아들여 습합했다.
한편 소노다 미노루(薗田 稔)는 오부서 가운데서도 처음부터 차례로 열거

한 세가지를『신궁삼부서』라고 하여 가장 중요한 성전(聖典)으로 간주하고 거기에다 나중의 두가지가 부가되어『신도오부서』가 되었다고 주장한다. 이것은 오부서 가운데서도 당시에 가장 존귀하게 여겼던 것이 삼부서였음을 강조하기 위한 것이다.

삼부서의 공통적인 주요 내용은 제목 속에 공통적으로 들어 있는 '伊勢神宮鎭座記(紀)'라는 대목이 지시하는 대로 이세신궁의 내·외궁에 토요우케노오오카미의 진좌 유래에 관한 것이다. 그러나 소노다 미노루에 의하면 삼부서는 주로 외궁의 사관(祠官)이 봉사하는 외궁의 제사신 토요우케노오오카미(豊受大神)[8]의 신격·신덕의 고양을 강조하기 위한 외궁본위의 신도서들이다. 그 요지를 요약하면 다음과 같다.[9]

첫째, 외궁의 제사신인 토요우케노오오카미는『고사기』상권의 시원신(始源神)으로서 (天御中主神)과 동일신이다.

둘째, 토요우케노오오카미는 아마테라스 오오미카미와 마찬가지로 천손강림 신화의 주역인 니니기노미코토(瓊瓊杵尊)의 조상으로서 황조신이라고 주장한다.

셋째, 토요우케노오오카미는 아마테라스 오오미카미와 함께 천하를 통치하는 신이라는 것이다.

넷째, 토요우케노오오카미는 아마테라스 오오미카미와 마찬가지로 군신(群神)의 대조이자 군신(君臣)의 원조이다.

다섯째, 삼종의 신기(神器)나 천양무궁(天壤無窮)의 신칙(神勅)을 주는 신이다.

그러나 외궁신도가 삼부서를 중심으로 하여 형성된『신도오부서』를 성

---

8) 記紀神話에 등장하는 여신 와쿠무스비노카미(和久產巢日神)의 딸로서 食物의 주재신이다. 토요우케히메카미(豊宇氣毘賣神), 또는 토요유우케노카미(豊由宇氣神)이라고도 부른다. 이 신의 이름 가운데 토요는 미칭의 접두어이고 우케는 食의 뜻이며 히메는 여신의 뜻이다. 그러므로 이 신은 천하만민이 먹는 음식물을 주재하는 산령(產靈)의 대신이다.

9) 薗田 稔,『神道』, 弘文堂, 1990, 154~155쪽.

전시해온 노력에도 불구하고 도쿠가와 시대에 등장한 그것에 대한 위서(僞書) 주장은 외궁신도에 대한 이의제기였다는 사실도 부인하기 어렵다. 와타라이 노부요시(1615~1690)가 신도오부서를 성전시한 직후의 인물인 에도(江戶) 중기의 신도가 요시미 유키카즈(吉見幸和, 1673~1761)가 『오부서설변』(五部書說弁)에서 이세신도의 성전인 신도오부서가 위서임을 논증한 바 있기 때문이다. 그는 신도오부서의 작성시기에 대해서도 종래의 주장처럼 5세기에서 나라시대에 걸쳐 쓰여진 것이 아니라 타카쿠라(高倉) 천황이 즉위한 1168년 이후였다고 하여 그것에 대한 자신의 위작설을 뒷받침하려 했다.

한편 요시미 유키카즈의 주장처럼 와타라이 노부요시가 신도오부서를 기본 성전으로 하여 이세신도를 주창했다고 하지만 노부요시는 『기기신화』가 담고있는 신도의 고유사상만을 이세신도의 원리로서 채용한 것은 아니다. 그는 자신의 저서 『양복기』(陽復記, 1650)와 『신도비전문답』(神道秘傳問答)에서 주역과 유학의 이기설을 수용하여 신도의 양날개로 삼으려 했다. "신도를 주로 하고 이국 성현들의 책을 배워 신도의 훌륭한 날개가 되게 해야 한다"라든지 "유서(儒書)의 말씀(詞)이 아니라면 무엇을 사용할까"와 같은 주장이 그것이다. 또한 군신·친자·부부·형제·붕우 등 모두 인간사이에는 道가 있게 마련이며 그 道가 바로 신도라고 주장하는가 하면 『기기』의 신대설화(神代說話)도 오행설이나 주역의 괘(卦)와 합치시켜 설명하기도 한다. 그는 신도도 역도(易道)와 같이 자연에 따르는 것이라고 말한다. 그러나 신도가 역리(易理)에 일치하는 것이 아니라 역리가 신도와 일치하는 것이다.

그에 의하면 法은 理가 형상화하여 나타난 것이므로 차별이 있지만 理는 이국의 것과 일본의 것 등 두가지가 있는 것이 아니라 하나이다. "내가 本心을 공부하여 神의 마음과 나의 마음이 일치하게 된다면 그것이 곧 神道의 극의(極意)이다. 그것은 명경이 신심(神心)의 상징이듯이 자기의 본심을 공부하여 신심과 일치하는 것이기도 하다." 사람들은 보통 부정(不淨)

한 악심을 품기 때문에 신으로부터 소원해진다. 그러므로 그는 청정(淸淨)의 강조가 신도의 본의를 현양하는 것이라고 주장한다. 나아가 그는 만물일체가 '아메노미나카누시노카미'(天御中主神)[10]를 예배함으로써 神人이 되는 것이 가장 중요하다고 하여 신유일치를 내세운다. 그러나 이 때에도 신도가 유도에 의해 채택되거나 유도 속에 포함되는 것이 아니라 일본(本朝)의 道인 신도에 진단(震旦)의 도인 유도가 일치되는 것이고 그 속에 포함되는 것이다. 그는 외궁신도를 가리켜 '일역상전(日域相伝)의 중극'(中極)이라고 하면서도 종래의 외궁신도에서 불교적 요소를 배제하고 유도와 역리를 겸용한 신도설을 주장한 점에서 독자적인 신유습합의 패러다임을 만들었다.

3) 신도의 세속화로서 요시카와신도(吉川神道)

또하나의 신도본위의 신유일치를 강조하는 신도인 요시카와신도는 넓은 의미에서 요시다신도(吉田神道)에서 출발하여 일본의 현세적 도통에로 돌아가야 한다는 현실에 대한 자각의 산물이다. 더구나 이를 위해서는 관학화하여 당시를 풍미하던 유학도 신도를 위해 활용함으로써 독자적인 신도설을 확립해야 한다는 것이 요시카와 코레타리(吉川惟足, 1616~1695)의 기본 입장이다.

요시카와신도는 어떤 신도보다도 무가(武家) 지배의 현실사회에로 열려 있다. 그 신도설은 그것 자체가 하나의 세속의 도리이자 치세의 원리이다. 예를 들어 "어육을 먹지 않고 부부관계도 단절한다"는 불교의 계율에 대한 요시카와의 적극적인 반대가 그것이다. 그의 저서 『신도대의강담』(神道大意講談)에 의하면 "신명(神明)의 道의 근본은 천지음양의 밖에 있지 않다. … 음양구합(陰陽媾合)의 도리에 깊이 이끌리는 것은 부모에게 효도

---

10) 이 신은 高天原의 主宰神으로서 천지의 初發時에 高天原에 출현하여 天의 중앙에 坐한 우주의 근원신이다.

하는 것만이 아니라 천지의 도리에 따름으로써 신명의 뜻에 상응하는 것이다."

요시카와는 세간의 신직에서 행해지는 신도를 가리켜 일반적인 행법(行法)의 신도라고 부르는 하면 송학(주자학)의 이념에 의거하여 이론화(습합화)한 자신의 신도설을 가리켜 이법(理法)의 신도라고 부른다. 그러나 그의 신도설은 보편적인 종교적 교의라기 보다 현실의 상황논리에 충실하려는 윤리적·정치적 이론에 가깝다. 왜냐하면 그의 이학신도는 인생의 道가 단지 종교에만 머물지 않고, 그 자체로서 세속의 도덕이며 치국의 원리로서 작용하기 때문이다. 그는 자신의 신도설이 미생(未生)·기생(己生)의 종교적 개념으로 천상계와 지상계의 상호연관의 理를 설명하는 동시에 천인합일의 종교적 이념도 강조하는 한편 현실사회에서 군신간의 道에 대한 절대신성의 원리를 제공한다고도 주장한다.

그의 저서 『신학전승기』(神學傳承記)에 의하면 "신도는 본조(本朝＝일본)의 道로서 上代에는 그 道로써 세상을 다스렸다. … 神에게 제사의 소작을 행하는 것을 가리켜 사인(社人)의 신도, 즉 행법의 신도라고 하며, 천하를 다스리는 것을 가리켜 이학(理學)의 신도라고 한다." 이처럼 그의 신도설은 천인합일의 종교이념이나 인륜의 도만을 설명하는 것이 아니라 경세의 이념도 강조한다. 예를 들어 "무의(武義)를 本으로 하여 인혜(仁惠)를 베푼다. 이것이 곧 천경모(天瓊矛)의 덕이다. 이것을 가리켜 道의 體라고 하고 세상을 다스리는 本이라고 한다. 이것으로써 다스릴 때는 … 온누리가 고요해진다(四海靜謐). 神代에서 人代에 이르기까지 上代의 정법(政法)같이 된다"는 것이다. 이것은 무예를 장려하고 학문을 신장시킨 도쿠가와 막부 4대 장군 도쿠가와 이에츠나(德川家綱)의 정치사상이나 통치 이데올로기와 상보적 역할을 하여 당시의 사회적 안정과 발전을 도모한 사회사상이기도 했다. 그가 특히 당시의 미도(水戶)와 키슈(紀州)의 도쿠가와 가문을 비롯하여 오다와라(小田原)·에치젠(越前)·아이즈(會津)의 번주들에게 존경과 환영을 한 몸에 받고 다니며 강설한 것도 그런 이유에서였다.11) 또한 그가 더욱 문치주의에 주력한 5대 장군 츠나요시(綱吉)—그는 1693년 4월부터 매월 6회씩 『주역』을 직접 강의할 정도였다—에 의해 막부의 신도방(神道方)에 임명되었던 것도 그 때문이었다.

그의 신도설은 한마디로 말해 절충주의의 시대사조였다. 그것은 도쿠가와 막부의 관학인 주자학과 무사정신을 잘 절충하고 있기 때문이다. 그것은 모든 절충주의가 그렇듯이 문무의 상반된 입장들 속에 내재된 가치있는 요소들을 결합하여 중도적 입장을 지향한 일종의 무가신도(武家神道)이기도 하다. 그것은 전통적인 주자학과 일치하지도 않을뿐더러 무가정신을 상징하는 무사도에로 편향되지도 않으면서 양자간의 절충과 조정의 효과를 발휘한 중도노선으로 인하여 제후와 가신들의 주목을 받았다. 요시카와도 자신의 신도설이야말로 정치원리가 되어야 한다고 주장하기까지 했다.

4. 유학의 학식(學殖)으로서 신유유일론

야마자키 안사이(山崎闇齋, 1618~1682)는 주자학을 가리켜 '뼈가 있는 학문'이라고 부른 주자학 신봉자였다. 이러한 그가 신도에 관심을 갖기 시작한 것은 유학에 대한 자신의 독단이 낳은 신도에 대한 무지를 깨닫게 되면서부터였다. 쿠로즈미 마코토(黑住 眞)에 의하면 "하야시 라잔(林羅山)에게 나타나는 근세유학의 초기적 변석성(弁析性)·통일성은 지극히 순수한 마음으로 주자학을 받아들인 조선의 대유학자 퇴계를 하나의 매개로 하여 야마자키 안사이와 그의 학파에게서 결정적으로 전개되었다"고 하여 흄(D. Hume)이 칸트를 독단의 무지에서 깨어나게 하듯 안사이를 신도에 대한 그의 독단의 무지에서 깨어나게 한 것이 바로 조선의 유학이었음을 밝히고 있다. 그는 이렇게 만나 이뤄진 신도의 퇴계 유학(성리학)과의 습합을 가리켜 <묘계>(妙契)였다고까지 표현한다. 다시 말해 "주자학과

---

11) 佐藤通次, 『神道哲理』, 理想社, 1982, 309쪽.

일본신화의 이원적 <묘계>가 매우 높은 밀도로 순화된 경학과 신도론을 체계화시키고, … 거기에 주자학의 이학적(理學的)인 힘을 연결시킴으로써 일본신화를 처음으로 <사실>로서 성립시켰다"[12]는 것이다.

이렇듯 퇴계를 통해 주자학을 수혈받은 야마자키 안사이에게서 가장 먼저 나타난 습합과정은 『주자어류』(朱子語類)의 초록부터 만드는 작업이었다. 그는 이러한 기본적인 유전적 전이과정을 거친 후 요시카와 코레타리의 제자 핫토리 안큐우(服部安休)와의 논쟁을 시작한다. 유전의 자가진단을 시작한 것이다. 이것은 그가 신도에 대한 자신의 무지를 더욱 확인하는 계기가 되기도 했다.

1) 왜 스이카(垂加)인가

그는 53세되던 해인 1671년 8월에 요시카와 코레타리를 찾아가 요시다신도(吉田神道)로부터 요시카와신도에 이르기까지의 유가신도를 배우고 스이카영사(垂加靈社)라는 호를 받았다. 훗날 그의 신도가 스이카신도(垂加神道)─또는 垂加氏之神道, 崎門神道, 山崎神道 등으로도 불린다─라고 부르게 된 것도 여기에서 비롯된다.

그러나 '스이카'(垂加)라는 호는 이세신도의 경전인 『야마토히메노미코토세기』(倭姬命世記)에 기록된 '神垂以祈禱爲先, 冥加以正直爲本', 즉 '기도를 우선 올려야 신이 내리시고, 정직함을 근본으로 삼아야 몰래 주어지는 덕이 가해진다'는 문구에서 수(垂)와 가(加)를 취해 조어한 것이다. 그러나 스이카신도는 이 문구를 "신이 내리시는 垂(しで─금줄 등에 매달아 놓은 종이오리)가 되는 것은 기도가 우선이고 (신이) 몰래 가호하심은 올곧음이 근본이 된다"고 하여 나름대로 해석한다. 야마모토(山本武夫)는 이런 어원의 유래와 자의적인 의미 해석을 두고 유치하고 미신적인 점이 적지 않지만 윤리적 경향과 종교적 정열을 매우 강하게 나타내고 있다고 평

---

12) 黑住 眞, 『近世日本社會と儒敎』, ぺりかん社, 2003, 24쪽.

한다. 그럼에도 불구하고 '神垂祈禱・冥加正直'의 의미 속에는 송유철리(宋儒哲理)가 구사되어 있기 때문에 다방면에 걸쳐 많은 신봉자가 따르고 있다는 것이다.[13] 『풍수초』(風水草) 등 그가 쓴 저서들이 신전(神典)의 고의(古意)에 대한 습합부회(習合附會)의 표본으로서 복고신도에 의해 비판받았음에도 불구하고 당시에 그것들이 크게 주목받았던 이유도 그 속에 동원된 주자학에 대한 그의 해박한 지식 때문이었다. 그러나 이것은 아이러니칼하게도 중세의 사가(社家)가 봉사하는 신사를 중심으로 전개된 사가신도와는 달리 학파신도가 성립・전개되는 시대를 맞이하는 계기가 되기도 했다.

　스이카신도는 요시다신도 이래 전개된 각종 신도를 집약한 중・근세신도사의 축소판이다. 요시다(吉田)신도에서 시작하여 이세(伊勢)신도・인베(忌部)신도・아베(安部)신도・가모(賀茂)신도・모치츠키(望月)신도・어령(御靈)신도・이나리(稲荷)신도・와타라이(度會)신도・요시카와(吉川)신도 등 중세에서 근세에 이르기까지 각종 신도를 계속 배워 그것들을 집대성한 것이 야마자키 안사이의 스이카신도이기 때문이다. 이렇게 보면 그의 신도설은 기존의 신도에 대한 종합편이기도 하다. 다른 신도들이 의존한 전거(典據)들을 그 역시 폭넓게 활용한 것만 보아도 그의 신도설이 지닌 이러한 성격을 이해하기 어렵지 않다.

　특히 그의 신도설은 『일본서기』「신대권」(神代卷)과 『중신불』(中臣祓)을 기반으로 하여 「신도오부서」나 『구사본기』(舊事本紀), 『고어십유』(古語拾遺)를 합친 것이다. 그 결과 그는 『일본서기』주(注)의 『신대권풍엽집』(神代卷風葉集)과 『중신불』注로서 자세히 쓴 『중신불풍수초』(中臣祓風水草)를 남겼다. 그것의 대부분은 고인(古人)들의 여러 주장을 뽑아 모은 것이므로 가능한 한 자신의 견해를 드러내지 않고 고의(古意)를 매우 겸허하게 인용하고 있다. 그 때문에 그의 신도설 속에는 와타라이 노부요시에게서

---

13) 山本武夫, '幕藩體制の成立と宗敎の立場', 『宗敎史』, 山川出版社, 1985, 308쪽.

이세신도를 배우고 1669년 그의 소개로 이세의 대궁사(大宮司) 카와베 키요나가(河辺精長)로부터 『중신불』을 전수받은 것이나 인베노 히로나리(齋部廣成)의 『고어십유』와 인베(忌部)신도의 『신대권구결』(神代卷口訣)을 배운 것들이 잘 나타나 있다. 그 밖에 그는 『일본서기』 「신대권」에 대한 강의 기록인 『신대권기록』(神代卷記錄)과 『스이카신훈』(垂加神訓)도 남겼다.

2) 천인의 합일에서 유일로

요시다신도를 무가(武家)에 적응할 수 있도록 현실적으로 받아들인 것은 야마자키 안사이의 65년 생애의 길이었다. 그는 와타라이 노부요시와 요시카와 코레타리의 사상을 받아들이고 그 안에 유학을 품어 이른바 '신유유일'(神儒唯一) · '신인일체'(神人一体)를 주장하는 새로운 신도설을 제창한 것이다.

스이카신도의 사상적 핵심은 '천인유일론'(天人唯一論)이다. 한마디로 말해 천인유일은 유교의 천인합일(天人合一)의 대응 개념이다. 천인론이 양자의 사상이라면 관계론으로서 유일론은 합일론과 마찬가지로 그것의 방법이자 논리이다. 타카시마 모토히로(高島元洋)는 야마자키 안사이의 신도를 이해하기 쉽게 하기 위하여 안사이가 시도한 신도(闇齋學)와 유교(朱子學)와의 대응구조를 다음과 같이 설명한다.

a) 천인유일—유교에서의 <천인합일>에 대응하여 신도에서는 <천인유일>이라고 함.

b) 神(理)—유교에서의 <태극>(理)에 대응하여 신도에서는 <신>(理)이 문제됨.

c) 心(心神)—유교에서의 <心>에 대응하여 신도에서도 마찬가지임.

d) 수양론—유교에서의 수양개념인 <경>(敬)에 대하여 신도에서는 <토금(土金)의 伝>으로 나타냄.

e) <心>에 두고 실현하는 움직임—유교에서는 <心>이 <德>의 문제
에 대응하지만 신도에서는 <義>가 구체화하는 장면과 관계함. 즉 神
(理)의 움직임이 자기(內)로부터 타자(外)에게로 파급되는 <의외>(義
外)의 작용을 나타낸다. 인륜의 상속은 황통(皇統)의 지속, 즉 신리(神
籬)이며 <의외>의 실천은 곧 황손의 수호로 집약된다[14]는 것이다.

야마자키 안사이의 '천인유일'은 존재와 주체의 본질적인 상태에 대한
설명이지만 그 나름대로의 고전해석 방법론이기도 하다. 그가 말하는 존
재의 일반적 구조로서 '천인유일'은 몸(身)이 곧 天이고 天이 곧 몸인 이른
바 '신인일체'(神人一體)의 양면성 이론(double aspect theory)이다. 또한 그것
을 그는 일본인에게 가장 존경받는 생지안행(生知安行—學知, 困知와 더
불어 三知 가운데 하나인 生知, 즉 생득적인 지를 침착하게 행함)[15]의 성
인(聖人)인 아마테라스 오오미카미와 학지(學知)의 성인 사루타비코노 카
미(猿田彦大神)의 道와 敎를 가리키는 신도라고도 부른다.

그에 의하면 神이란 理의 氣를 타고 출입하는 者로서 氣에 정사(正邪)가
있듯이 신에게도 정사가 있다. 천지가 열릴 때 나타난 쿠니노 토코타치노
미코토(國常立尊)는 조화의 신이자 인체의 신이며 음양오행의 주체이다.
일본신화에 처음으로 등장하는 신인 아메노 미나카누시노 미코토(天御中
主尊)는 천지를 포함하여 모든 것을 장악하고 최초의 생명의 근원을 이루
어 천지간을 주재하고 지키는 신이다. 그러므로 천하분물(天下分物)은 이
신이 현화한 것이다. 만물을 생성한 두 신인 이자나기·아자나미는 음양
의 이기(二氣)이며, 이들 신이 태생시킨 인체신 아마테라스 오오미카미는
일신(日神)이다. 天日(태양)은 아마테라스 오오미카미의 미생(未生)이므로

14) 高島元洋, 『山崎闇齋』日本朱子學と垂加神道, ぺりかん社, 1992, 470쪽.
15) 道를 알게 되는 세 단계인 三知, 즉 태어나면 아는 知인 生知와 배워서 아
는 學知, 그리고 애써 노력해서 아는 困知 가운데 하나인 생지를 침착한
마음가짐으로 행하는 것을 의미한다.

반대로 아마테라스 오오미카미는 천일의 이생(己生)이 된다. 이것은 미생으로써 이생을 말하고 이생으로써 미생을 말하는 남녀 화합의 道이기도 하다. 미생은 天의 음양조화의 神으로서 이자나기・이자나미이고 이생은 남녀 기화(氣化)의 신으로서 이자나기・이자나미를 가리킨다. 안사이에 의하면 天에 있는 '미생(未生)의 이존'(二尊)에 '天의 음양화합의 道'가 있고 地에 있는 '기생(己生)의 이존에 남녀화합의 道'가 있다.

한편 그의 신도설은 『일본서기』의 「신대기」(神代紀)와 주렴계(周濂溪)의 「태극도설」과의 대응구조를 이루고 있다. 「신대기」는 그것 자체가 「태극도설」로서 '유일'하다는 것이다. 그는 『일본서기』신대(神代) 上에 기록되어 있는 천신 칠대(天神七代)와 지신 오대(地神五代)를 기본으로 하여 신들의 계도(神皇系圖)를 설명한다. 천신 칠대, 또는 신세 칠대(神世七代)는 천지가 처음 열리고 국토를 형성할 때 생긴 ①쿠니노 토코타치노 미코토(國常立尊)에서 ②토요구모누노 미코토(豊雲野尊), ③우이지니노 미코토(宇比地邇尊)・스이지니노 미코토(須比智邇尊), ④츠구누이노 미코토(角杙尊)・이쿠구이노 미코토(活杙尊), ⑤오오토노지노 미코토(意富斗能地尊)・오오토노베노 미코토(大斗乃弁尊), ⑥오모다루노 미코토(淤母陀琉尊)・아야카시코네노 미코토(阿夜訶志古泥尊), 일본의 신화에서 처음으로 등장하는 부부의 신이자 국토의 경영을 담당하는 야오요로즈노 카미(八百萬神)을 낳은 ⑦이자나기・이자나미에 이르기까지를 말한다.

또한 지신 오대, 또는 지기 오대(地祇五代)는 천신 칠대로부터 천업을 계승한 신인 이자나기・이자나미가 낳은 ①아마테라스 오오미카미에서 ②아메노 오시호미미노 미코토(天之忍穂耳命), ③니니기노 미코토(瓊瓊杵尊), ④히코호호데미노 미코토(日子穂穂手見命), ⑤우가야후키아에즈노 미코토(鵜葺草葺不合命)에 이르는 천위 계승시대를 말한다. 『일본서기』의 신대권에서는 이상과 같은 신대의 계보를 거쳐 권삼(卷三)부터 진무(神武)천황을 시작으로 하는 인대(人代)를 기록하고 있다.

한편 안사이가 태극도설의 대응구조로서 제시한 신들의 계도 속에서 가장 주목할만한 것은 천신칠대의 습합구조이다. 칠대로 이어지는 천상신의 계도 가운데 ②에서 ⑥까지의 오대신은 水神→火神→木神→金神→土神로 이어지면서 이세신도에서 요시다신도에 전해졌던 오행시생설(五行始生說)을 답습하기 때문이다. 『유일신도명법요집』(唯一神道名法要集)에서 '하늘에는 오대신이 있다. 水·火·木·金·土의 원기(元氣)의 神이다'라고 하여 ②에서 ⑥까지의 신들을 <원기수덕(水德)신>·<원기화덕(火德)신>·<원기목덕(木德)신>·<원기금덕(金德)신>·<원기토덕(土德)신>으로 불렀듯이 『스이카사어』(垂加社語)에도 '천신 제1대는 천지일기신(天地一氣神)이다. 2대부터 6대까지는 水·火·木·金·土의 신이다. 제7대는 음양의 신이다'라고 기록하고 있다. 이처럼 여기에서도 오행시생설을 주장하고 있을뿐만 아니라 나아가 '건도성남(乾道成男), 곤도성녀(坤道成女)'까지도 말함으로써 '천신칠대'와 '태극도설', 또는 『일본서기』와 『역경』간의 습합관계를 적시하고 있다.

양자간의 이러한 습합성을 더욱 잘 나타내는 것은 스이카신도가 氣化(기화)와 신화(身化, 또는 形化)를 핵심으로 하는 주자의 『태극도설해』(太極圖說解)를 이어받아 조화(造化)의 신·기화(氣化)의 신·신화(身化)의 신·심화(心化)의 신 등 '사화지전'(四化之伝)이라고 부르는 신들의 분류방법이다. 천신칠대 가운데 1대에서 6대까지를 '조화의 신'이라고 부르고, 7대인 이자나기·이자나미를 '조화·기화를 겸한 신'으로 간주하며, 지신오대를 '신화의 신'이라고 해석한다. '심화의 신'은 이자나기로부터 태어난 신들로서 마음을 신에게 제사하는 것을 가리켜 '심화'라고 부른다. 주자의 이화(二化)를 계승 발전시킨 안사이의 사화(四化)에 따라 신들을 분류해 보면 다음과 같다.

㉠ 조화의 신―미생의 형체가 없는 신이다. 아메노 미나카누시노 미코토(天御中主尊)·쿠니노 토코다치노 미코토(國常立尊)·오행의 신들로서 자연현상을 배후에서 지원하는 천지일반의 신들을 말할 때 조

화의 신이라고 부른다.

ⓛ 기화의 신―기생의 형체가 있는 신이다. 천지일기에 의해 자연에 형
상을 이루는 신들이다. 이자나기·이자나미를 비롯하여 형체의 부
모 대신 천지를 부모로 하는 모든 기화인체(氣化人體)의 신들을 가
리킨다.

ⓒ 신화의 신―태중(胎中)에서 태어난 부모가 있는 유형의 신들이다. 그
러므로『신대권강의』에서는 신화를 가리켜 체화, 또는 형화라고도
부른다. 구체적으로 아마테라스 오오미카미·츠키요미노 미코토(月
讀尊)·히로코노 미코토(蛭子尊)·스사노오노 미코토(素戔鳴尊) 등
일녀삼남의 신을 가리킨다.

ⓔ 심화의 신―심화는 무형으로서 심기가 발하는 곳에 붙여진 이름이
다. 그것은 형체를 지닌 부모 둘에서 태어난 신이 아니라 한쪽에서
태어난 신이다. 또한 그것은 신인의 心, 그 영혼에 붙여진 존호(尊號)
이기도 하다.『중신불풍수초』에서는 일신·월신을 가리켜 이자나기
의 심화라고 말한다.

이상의 '사화지전'(四化之伝)에서 보았듯이 안사이가 제시한 신의 계도
는 기본적으로 태극도설과 대응관계를 통한 습합구조를 이루고 있다. 미
발(未發)과 이발(己發)이 미생과 이생이라는 개념으로 습합되었는가 하면
오행도 '오행의 신'으로 계승되고 있다. 그러나 이것들은 정합성의 부족과
논리적 비약으로 인하여 내재적 습합의 완성도를 떨어뜨리고 있다. 태극
도설에 대한 주자학의 해석에 있어서 태극은 理이고 음양오행 이하는 氣
의 운동을 나타내지만 스이카신도의 경우는 오행의 神도 理가 되기 때문
이다. 오행은 氣이지만 오행의 신은 오행의 '오행을 위한 자'이므로 理
다. 안사이는 "음양은 氣이다. 氣는 형이하자이고, 道는 형이상자이다"(…
陰陽, 氣也. 氣是形而下者, 道是形而上者.)와 같이 태극도설의 음양오행이
氣라는 사실을 알고 있음에도 불구하고 이를 신들의 계보(오행의 신)에

대응하기 위하여 理로서 습합하려는 범주적 오류를 자의적으로 시도한 것이다.

한편 안사이의 존재론 속에 습합된 주자학의 또다른 요소는 주경함양(主敬涵養)의 방법을 강조하는 수양론이다. 주희의 주경함양은 전적으로 미발 공부만을 가리켜 궁리지치(窮理致知)와 상대되는 것이라는 좁은 의미와 미발과 이발을 관통하는 것, 즉 동정(動靜)과 內外의 과정 전체를 관통하는 넓은 의미로 구분된다. 주희에 의하면 "경(敬)으로 치지하지 않으면 혼란되고 의혹되어 의리의 취지를 살필 수 없으며, 경으로 몸소 실천하지 않으면 게으르고 방자해져서 참된 의리에 이를 수 없다."(謂致知不以敬, 則昏惑紛擾, 無以察義理之歸, 躬行不以敬, 則怠惰放肆, 無以致義理之實.)

안사이는 요시카와 코레타레를 통해 전수된 주희의 이러한 경과 의를 경내의외(敬內義外)의 의미로 전화시킨 뒤 자신의 천인유일론 속에 장치된 수신론의 토대로 삼았다. 안사이는 태극도설의 음양오행에 기초한 존재론적 수신론인 토금(土金)의 전수(伝授)를 스승인 요시카와에게서 배워 자신의 수양론적 신도설의 기본구조로 만든 것이다. 그는 경과 의를 기본적으로 <경이직내, 의이방외>(敬以直內, 義以方外)로서 파악한다. 이 때 내는 기·신을 의미하고 외는 물·가·국·천하를 가리킨다. 안사이는 '도통의 심법'을 <경>으로 파악하고 이를 <의>와 연관시켜 <심경, 즉 일수신>(心敬, 則一修身)의 방식으로 이해한다. 이처럼 그는 심경과 수신을 연결시켜 '심신일치지공부'(心身一致之工夫)를 강조함으로써 주자학의 수양론을 연상시킨다.

그러나 그 이해의 배경에 자리잡고 있는 것이 바로 神(理, 金)의 관념이다. 다시 말해 경에 의해 神이 자각되고 그것의 활동이 의로서 나타나며, 경과 의를 대응시키는 것이 神이라는 것이다. '심경'(心敬)에 있어서도 <심>(火)에 <신(神)>(金)이 머물고 수신(修身)으로써 신(神)이 <身>(土)을 응고시키지만 여기에서 신(神=理)은 더욱 <의(義)>의 활동으로 나타난다.(義以方外) 그러면서도 의의 활동 근거는 자신에 내재해서 활성화하는 신(神=理, 金)에 있다는 것이다. 신(神)은 존재를 응고·충실·지속시키며 그 활동을 자기(內)로부터 타자(外)에게로 파급하는 작용으로 인해 의외(義外)인 <오륜명>(五倫明)이 성립된다. '심경'→'수신'→'오륜명'으로 이어지는 과정에 神의 활동이 연속해서 작용하는 것이다. 예를 들어 그런 이유 때문에 학지의 성인인 사루타비코노 카미(猿田彦大神)도 토덕(土德)을 체득한 신으로서 '신도의 종원(宗源)'이 되어 <토금의 사상>을 나타내왔다는 것이다. 이를 안사이는 <토금의 전수>에서 다음과 같이 기술하고 있다.

"土는 천지만물의 어머니이다. 사람의 몸에서 말하면 사람의 살에 해당한다. 金은 만물의 아버지이고 사람의 뼈에 해당한다(단, 여기서 말하는 土, 金은 현실적인 흙이나 금속이 아니라 원소로서, 또 거슬러 올라가 원리로서 생각된 "미생(未生)의 토금이다"). … 사람에게 있어서도 금기(金氣)가 없어서는 바로 서지 못한다. 금기는 바로 의(義)다. … 경(敬)과 의에 의해서 인류의 道가 바로 설 수 있다. 츠츠시미(공경함, 敬)는 "츠츠시마루(츠치<土>가 시마루<꼭 죄이다, 단단해진다, 굳어진다>"는 뜻으로 (土를) 죄이는 것은 金이다. (따라서) 경도 土金이 하나가 된 것이다."

위에서 보았듯이 태극도설을 차용하며 출발한 『일본서기』에 관한 고전해석은 요시카와 신도로부터 계승된 '토전의 전수'에서 존재(천지의 体)는 土로부터 이뤄지며 그 본질이 金에 있다는 금신신앙(金神信仰), 즉 神에다 특수한 지위를 부여함으로써―그것이 습합부회(習合附會)일지라도―천인유일설로 귀착할 수 있는 토대를 만들었다. 이것은 주자학의 사행(四行)이 <土>에 의해 성립되듯이 안사이도 金에 의해 土의 응고를 주장하는 대응논리를 마련하려는 데서 비롯되었다. 다시 말해 주자학에서 오행(五行) 가운데 土가 특수한 위치를 차지하고 있는 것과 마찬가지로 안사이도 金(또는 金神)에다 그에 상당하는 지위를 갖게 했던 것이다. 그러나 심경(心敬), 즉 心(火)에 神이 머물며, 수신(修身)이 神(金)에 의해 身(土)을 응고시

킨다고 신앙할 만큼 여기서는 존재론적 수양론이 신비주의적 초월론으로
이미 변질되어 있다. 그것은 신도신학으로의 전환 과정 속에 전제되어 있
는 습합신학이 범하기 쉬운 오류, 즉 논점선취의 오류(petitio principii)도 서
슴치 않고 범하고 있기 때문이다.

3) 황도와 신도의 결합으로서 존황학설

야마자키 안사이의 『신대권풍엽집』수권(首卷) 말미에 보면 "道란 곧 오
호히루메무치(大日靈貴)의 길이며, 교(敎)는 사루타비코노카미(猿田彦神)
의 가르침이다"라는 기록이 있다. 이것은 그에게 있어서 도(道)의 본원이
나 교의 원유(源由)란 다름 아닌 일본이라는 뜻이다. 이처럼 그의 신도설
에서 일본은 그 귀착점이 아니라 출발점이었다.[16] 이것은 이미 안사이에
게 상속된 요시다신도의 『신도대의』(神道大意) 일권(一卷)에서도 다음과
같이 강조되고 있다.

첫째, 일본이 천계(千界)의 근본이고 만국의 총본국이므로 우리나라를
신국이라고 한다. 우리의 도란 천지와 더불어 신명(神明)이 발현된 최초의
땅이다. 그로 인해 만국 전체가 우리나라를 근본으로 하여 성립했다.

둘째, 신도는 천지건곤을 초월한 우주의 본체이다. 이것은 일신 쿠니노
토코타치노 미코토(一神國常立尊)에게 허무태원존신(虛無太元尊神)이라고
이름짓고 유심적 일원론에 입각하여 우주 본체를 이 신의 일심으로서 파
악한다. 이것은 태원(太元)으로부터 일대삼천계를 낳고, 일심으로부터 태
천(太千)의 형체로 나누어지며, 인간의 마음의 본원도 일심으로부터 발생
한다.

셋째, 종묘의 능위(稜威)는 일수(一水)의 덕이 만품을 배양하듯 만국에
비춘다. 신명(神明)에 맡겨진 일신의 그 통화(通化)는 유·불 두 종교도 일
심의 종원(宗源)에서 비롯되게 했다.

---

16) 佐藤通次, 『神道哲理』, 理想社, 1982, 312쪽.

요시다신도의 이러한 황도주의적 신도설은 안사이의 신도설에서도 마찬가지이다. 오히려 안사이는 이를 보편화・체계화・논리화하기 위하여 태극도설과 주자학과의 습합으로 강화한다. 앞에서도 언급했듯이 안사이가 논점선취의 오류를 의도적으로 범하면서까지 태극도설이나 주자학을 수용하고 습합하려는 이유도 그렇게 하는 것만이 일본의 황위를 수호하는 신민의 도리라고 믿었기 때문이다. 이런 점에서 천인유일을 주장하는 그의 신도신학은 천황에 대한 본체론적 존재증명에 지나지 않는다. 또한 삼종신보극비전(三種神宝極秘伝)으로 상징되는 그의 신도설도 황통 지속의 신화적 근거를 장치하기 위한 또 하나의 존황학설일뿐이다.『스이카문집』(垂加文集)에서도 그는 아마테라스 오오미카미(太神)가 황손 니니기노 미코토(瓊瓊杵尊)에게   팔판경곡옥(八坂瓊曲玉)・팔지경(八咫鏡)・천총운검(天叢雲劍) 등 황통의 계승을 위한 삼종의 보물을 하사하여 나라의 주인이 되게 했다고 기록하고 있다.『신황정통기』(神皇正統記)는 이미 거울이 만상을 비추어 시비선악의 양태를 나타내므로 그것을 정직의 본원으로 삼았고, 玉을 가리켜 유화선순(柔和善順)의 덕을 상징하므로 자비의 본원이라고 했으며, 검의 강리(剛理)를 지혜의 상징으로 간주한 바 있다. 안사이는 『중신불풍수초』에서 이것들을 더욱 구체화하여 팔판경곡옥으로 신새(神璽)를, 팔지경으로 이세대신(伊勢大神)을, 그리고 초치검(草薙劍)으로 아츠타대신(熱田大神)을 상징화했다. 그는 玉의 온윤(溫潤)이 인혜를, 거울의 청명이 정직을, 그리고 검의 강리가 지혜를 의미한다고 기록하고 있다. 그러면서도 안사이는 삼기(三器)가 곧 一心의 표시라고 하여 神은 심령을 玉으로써 나타내며, 그 밝기를 거울로써 비추고, 그 존엄하심을 검으로써 드러낸다고 하여 삼기를 모두 일심으로 귀착시키려 했다. 그는 삼종의 신기 가운데서도 특히 玉을 그것들의 중심, 즉 아마테라스 오오미카미의 어심(御心)의 령(靈)을 상징하는 것이라고 했다. "삼종은 하나의 신새에로 집약된다"고 하여 삼신을 곧 '아마테라스 오오미카미의 심화(心化)'로서 간주했던 것이다.

한편 삼종의 신기는 황도뿐만 아니라 신도의 상징물이기도 하다. 신도 자체가 본래 황도의 실현을 의도하는 것이었다. 그러므로 천양무궁(天壤無窮)의 신칙(神勅)과 보경봉재(寶鏡奉齋)·상시방호(常侍防護)의 신칙에서 비롯된 황도와 신도는 각각 다른 것으로 간주하거나 나누어서 생각할 수 없다. 그의 존황학설에서는 삼종의 신기(神器)와 황위(皇位)와의 불가분의 관계를 전제하는 삼종신보극비전에 못지 않게 신리반경극비전(神籬磐境極秘伝)도 중요시되었기 때문이다.

'신리'(神籬: ひもろぎ―고대 일본에서 신령이 머문다는 산이나 나무 둘레에 상록수를 심거나 울타리를 친 곳을 가리켰다. 후에는 神社를 일컫는 말로 쓰였다.)는 상록수를 세워서 신이 지상에 내릴 수 있도록 만든 요리시로(依代)로 삼았던 일종의 일시적인 제사시설을 가리킨다. 이에 비해 '반경'(磐境: いわさか)은 신을 제사하기 위하여 돌로 축대를 쌓은 신성한 구역으로서 반좌(磐座)와 같은 것이었다.[17] 전자가 이동가능한 것인 데 비해서 후자는 이동하기 어려운 것이라는 차이가 있지만 고대신도에서 양자는 모두 신성한 제사시설이었다는 점에서 크게 다를 바 없다.

「신리반경극비전」에 보면 스이카신도에 있어서 '신리는 일수목(日守木)이고, 암경(巖境)은 中이다'라는 말이 구전으로 전해진다는 기록이 나온다. 또한 구전에 따르면 여기에서 日은 '일계(日繼)의 君', 즉 지속되는 황위를 의미하고 수목(守木)은 '황손의 보호를 위해 세워 모신 것'이라는 뜻이다. 또한 '암경은 中이다'에서 中은 일본신화에 최초로 등장하는 신이자 천계인 타카마가노하라(高天原)의 맹주 아메노미나카누시노 미코토(天御中主

---

17) 磐境는 신을 제사하기 위해 반석을 쌓은 신성한 장소라는 뜻이다. 磐境의 실체는 정확하지 않지만 社殿의 건축 이전부터 일정한 장소에 신의 강림을 기원하며 설치했다. 『일본서기』에 "… 天津神籬 및 天津磐境을 起樹하고, 吾孫을 위해 奉齋한다"는 문구가 처음 나타난 磐境에 대한 기록이다. 尾張 大國靈神社, 長野縣의 生島足島神社, 石川縣의 氣多神社 등에 磐境의 유적이 남아 있다.

尊)의 이름 가운데 나오는 中을 가리킨다. 하지만 이것은 군신간에 지켜야 할 道, 즉 군신합체의 道를 의미하는 것이다. 이렇게 보면 '신리·반경'은 결국 군신합체를 통해 황손을 수호한다는 존황신도(尊皇神道)의 주문같은 상징어들이다.

황도와 신도의 결합으로서 존황신도설을 전개하기 위해 도입한 삼종신기설과 신리반경설은 스이카신도가 습합신도의 전형임을 입증하는 전거(典據)일뿐만 아니라 그것의 유전적 경로를 고백하는 자료이기도하다. 이미 본서의 제2장 '신화속의 일본사상 I'에서도 밝혔듯이 삼종신기설은 인구신화(印歐神話)의 표본과도 같은 것이다. 오오바야시 타료(大林太良)에 의하면 유라시아의 동쪽 끝에 위치한 일본의 신화에도 이러한 인구적 삼종신기설이 명료하게 나타나는 것은 이란계 유목민의 신화가 한반도를 경유하여 일본에 전래되었기 때문이다. 특히 그는 고구려신화와 일본의 기기(記紀)신화에 나타나는 삼종의 신기와 그 기능체계를 비교하면서 기기신화 체계의 성립에 결정적인 역할을 한 것이 고구려신화였음을 밝힌 바 있다.

수목숭배(樹木崇拜) 신앙에서 비롯된 신리반경설의 습합성과 유전성도 마찬가지이다. 그것은 나무 자체를 신령한 숭배의 대상이나 神으로 간주하려는 신목신앙(神木信仰)에서 비롯된 것이지만 삼종신기신앙처럼 이미 오래 전에 대륙을 통해 일본에 전래되었기 때문이다. 동서양을 막론하고 수목숭배 신앙은 매우 오랜 역사와 내용을 지니고 있다. 예를 들어 구약성서에서 카나안인의 제사장소에 마련된 제단 곁에는 반드시 성수(聖樹)가 있어야 한다든지 히브리인도 제단 성소를 푸른 나무밑으로 정하고 그 옆에 아세라(Ashera)라는 신목을 세워야 했던 경우라든지 제물을 수목에 붙잡아 매고 신을 제사하기 위해 촌락마다 신성한 나무를 심었던 인도의 경우가 그러하다. 종교신화학자인 엘리아드(M. Eliade)도 *Shamanism*(pp.266~274)에서 하늘과 땅이 만나고 신과 인간이 만나는 거룩한 곳이 우주산이요 우주목(宇宙木)이라고 하여 접신의 성소로서 신리반경설과 같은 신역

(神域)과 신목(神木)을 주장하고 있다.[18]

중국의 복희(伏羲)씨에 관한 신화에서 등장하는 이른바 '하늘사다리설'
도 수목숭배 신앙의 또다른 전형이다. 『회남자』(淮南子) 지형편에 의하면
하늘사다리는 사방의 천제(天帝)들이 하늘에 오르거나 땅에 내려올 때 계
단으로 사용하던 나무였다. 『산해경』(山海經) 해내경(海內經)에는 동방의
상제인 복희씨도 이 나무를 타고 하늘을 오르내렸는데 아마도 그가 가장
먼저 이 나무를 이용한 사람이었을지 모른다고 기록하고 있다. 한편 나무
가운데서도 하늘사다리의 성질을 가진 것은 건목(建木)뿐이었다. 건목은
지상 낙원—사천성(四川省) 성도(成都)를 지칭했다—의 한 복판에서 자라
난 것이므로 하늘사다리야말로 세상의 중심, 그 중앙에 자리잡고 있었다.
또한 건목은 그 모습도 매우 기이하게 생겼다. 잔가지도 없이 하늘을 찌를
듯이 솟아 있는 그 나무는 맨 꼭대기에만 가지가 뻗어나와 우산같은 모양
을 하고 있었다.[19)

중국의 건목설화와 유전인자를 같이하는 것은 단군신화의 신단수(神檀
樹)설화이다. 『제왕운기』(帝王韻紀)에 의하면 천신인 환인의 아들 환웅이
태백산 단목(檀木) 아래에 내려와서 일부러 사람이 되어 그곳에서 아들을
낳았다는 것이다. 신수나 신목으로 신단의 신을 상징하는 이러한 수목숭
배 신앙은 고구려 고분벽화에서 찾아보기 어렵지 않다. 그 대표적인 예가
진파리 제1호분의 소나무 그림이다. 6세기경에 그려진 이 벽화는 소나무
를 묘실 주변 배경으로 배치한 것과는 달리 묘실 주벽인 북면 중앙에 현
무를 그리고 좌우에 소나무를 한 그루씩 배치하여 신목벽화의 위용을 드
러내고 있다.

이렇게 보면 일본의 신리반경설화에 이르는 이동경로도 오오바야시 타
료가 주장하는 삼종신기설화의 이동경로처럼 서에서 동진하여 일본에 이
르렀을 것이라고 추정하기 어렵지 않다. 다시 말해 구약시대의 성수(聖樹)

---

18) 이은봉, 『단군신화연구』, 온누리, 1994, 28쪽.
19) 袁珂, 전인초, 김선자 역, 『중국신화전설 I』, 민음사, 1992, 172~176쪽.

로부터 복희씨의 건목(建木)과 환웅의 신단수(神檀樹)를 거쳐 고구려 고분의 신목벽화로서 화현화(畵顯化)한 수목숭배 신앙이 일본으로 건너가 그 유전인자가 존황신도설 속에서 재현되었을 것이다. 왜냐하면 그것은 인종과 문화의 이동경로대로 다양한 génotype의 경로가 형성될 수 밖에 없었고 신화소(神話素)도 그 속에 포함되어 이동했을 것이기 때문이다. 일본이 문화유전학(cultural genetics), 또는 문화진화론(cultural darwinism)의 시범지역으로서 간주될 수 있는 것도 이처럼 상당한 시공간의 차이에도 불구하고 유전형질들(genetic traites)을 잃지 않은 채 그것들을 자신의 문화 속에서 습합할 수 있었기 때문이었다.

습합과 반습합

제 3 부

제9장

오규 소라이(荻生徂徠) 읽기
─ 습합을 위한 '밖'으로의 사고실험 ─

Ⅰ. 역사적 불연속의 연속

1. 역사는 '시대의 교체'이다

이시다 이치로는 일본의 신도(神道)를 가리켜 외부환경이 바뀔 때마다 새롭게 '옷을 갈아입는 인형'에 비유한다. 인형이란 언제, 어디서나 반드시 입어야만 할 고유의상이 정해져 있지 않기 때문이다. 신도의 경우도 마찬가지이다. 일본에서는 불변부동하는 神의 道 자체가 정해져 있지 않다. 신도는 초시간적인 것이 아니라 시간의 흐름과 더불어 생성변화해왔다. 습합되어온 것이다. 그러나 이것은 신도의 특성에만 국한되지 않는다. 습심만큼 일본인의 정서를 표현하는 적절한 용어가 없다면 습합보다 일본문화의 특징을 규정하는 더 적합한 단어가 있지 않기 때문이다. 그러므로 이시다의 '옷갈아 입는 인형'에 대한 비유는 일본인의 문화적 유전소질에 대한 일반적인 비유적 정의라고 해도 과언이 아니다.

전국시대를 거쳐 에도시대에 이르자 오산관사(五山官寺)의 교의만으로는 현실을 지배할 수 있는 논리적 설득력이 부족했다. 장기간 전국적으로 지속된 전국(戰國)의 하극상을 진정시키고 국지적인 봉건적 주종관계를 넘어서 전국적인 피지배계급에까지 확장시켜 위아래를 관통하는 국가적 통치질서의 확립을 위해서는 영주에 대한 충성보다 절대군주에 대한 충성이 필요했기 때문이다. 시대가 변화함에 따라 어느덧 선승에게도 제2의 교의적 방편에 지나지 않았던 주자학이 제1의 교의로서 표면화되기 시작한 것이다. 조선의 유학자 강항이 귀국하던 해 9월 선승인 후지와라 세이카가 그를 대신하여 승복도 화복도 아닌 조선의 유복(儒服)을 입고 교토의 이조성(二條城)으로 도쿠카와 이에야스를 알현하자 그의 제자 하야시 라잔은 이를 두고 '우리 나라 유학의 남상(濫觴=起源)'이라고 표현한 바 있다. 당대를 대표하던 선승(인형)이 새로운 옷으로 갈아입은 기념비적인 날이라는 것이다. 또한 이것은 (역설적이지만) 군주의 신하에 대한 지배라는 주자학의 자연적 질서(天理)의 원리하에 정치적·사회적 변화가 전면적으로 일어날 것임을 알리는 새로운 예악형정으로의 교체의식이기도하다.

이렇듯 역사는 '시대의 교체'를 의미한다. 그 본질이 시대의 교체에 있기 때문이다. 그러므로 교체되지 않은 시대를 역사가 주목하지 않는 이유도 거기에 있다. 후지와라 세이카가 그래서 옷을 갈아입었다면 오규 소라이(1666~1728)가 옷을 갈아입은 이유도 그와 다르지 않다. 1716년 4월 에도막부의 제8대 장군이 된 도쿠가와 요시무네(德川吉宗)가 6월 20일을 기하여 후한서(後漢書)의 '享兹大命, 保有萬國'에 따라 '쿄우호'(享保)를 開元하자 오규 소라이도 새로운 옷으로 갈아입고 시대의 교체를 시도했다. 이른바 '쿄우호개혁'(享保改革)을 위한 요시무네의 자문에 응하여 오규 소라이는 이전 시대와의 교체를 위한 자신의 정치적 이상을 실현시키려 한 것이다.

예를 들어 당시 사치풍조의 만연으로 인해 물가가 오른다고 생각한 소라이는 한편으로 물질의 생산과 소비, 수요와 공급의 균형을 이뤄야 하며,

다른 한편으로는 기존의 사회관계와 물질의 생산량을 고정시킴으로써 민중의 욕망을 제한할 수 있는 제도를 만들어야 한다고 생각했다. 당시의 상인(町人)들은 욕망의 충족과 행동의 자유를 확대하기 위해 금은의 축적에만 매달렸기 때문이다. 이렇게 해서 생겨난 것이 검약령(儉約令)과 더불어 신금은통용령(新金銀通用令)이라는 강제적인 통화대개혁 조치였다. 그러나 요시무네의 개혁 프로그램 속에는 경제정책만이 있었던 것은 아니다. 서학의 수용을 통한 실학정신의 진흥책도 당시로서는 시대가 바뀌었음을 느끼기에 충분한 것이었다. 예를 들어 이전까지 금지해온 한역서학서의 수입이 허용된 것이나 네델란드어 같은 가로쓰기 문자의 학습이 허용되는 등 서학의 발흥을 위한 제도의 개선과 개혁이 그것이다. 당시로서는 천변지이(天變地異) 현상이 일어난 것이다.

개국의 성인(聖人) 도쿠가와 이에야스가 천하통일에는 성공했지만 막정(幕政) 당초부터 새로운 <제도>를 확립하지 못한 탓에 여러 가지 사회적 악폐가 오늘에 이르렀다고 판단한 소라이가 만년에 제시한 막정개혁론인 『정담』(政談)에서까지 예악형정의 제도 확립을 강조했던 이유도 거기에 있다. 향보개혁에 이미 지대한 영향을 미쳐온 그는 무엇보다도 제도의 교체가 곧 시대의 교체이고 역사의 교체라고 믿었기 때문이다.

2. 단절인가 연속인가

노구치 다케히코(野口武彦)는 근세유학의 역사를 가리켜 그 자체가 주자학과 그 사유방법에 대한 反주자학적 조류의 '반역과 논쟁의 역사'라고 규정한다.[1] 그는 앞서 후지와라 세이카가 승복을 벗어던지듯 소라이도 주자학의 옷을 벗어던진 일련의 의상 교체의식을 가리켜 논쟁적 반역의 역사라고 주장한 것이다.

그러나 인형의 옷갈아입기를 시대의 반역으로 볼 것인가 아니면 적응

---

1) 野口武彦, 『江戶思想史の地形』, ぺりかん社, 1993, 15쪽.

으로 볼 것인가에 따라 시대의 교체, 즉 역사의 의미가 달라진다. 새옷으로 갈아입기는 그 동기나 이유에 따라 어떤 옷으로 갈아입는지가 중요하다. 이전과는 전혀 다른 이미지로의 변신을 위한 것이라면 단절적 반역이지만 이미지의 개선을 위한 것이라면 연속적 적응이거나 불연속적 연속일 것이기 때문이다. 후지와라 세이카의 옷갈아입기가 전자에 해당한다면 오규 소라이는 후자에 해당한다. 오규 소라이가 주자학에 대해 논쟁적 반역의 입장이었고, 따라서 反주자학적이었다고 할지라도 선왕의 道를 강조하는 그의 성인주의(聖人主義)와 유학정신의 뿌리가 되는 육경주의(六經主義)는 反유학적이라기보다 오히려 유학의 근원에 충실하려는 것이었으므로 유학 내부에서 진행된 '해체에서 신구축에로'의 교체에 지나지 않는다. 그것은 주자학적 엄숙주의의 해체였고 상고적 성인절대주의로의 신구축이었을 뿐이다.

더구나 이를 실현하기 위한 소라이의 방법인 고문사학(古文辭學)도 육경에 대한 습숙(習熟)의 방법이었으므로 단절적·독창적 방법이었다기보다 일본문화 속에서 지속되어온 유전적 습합형질의 발로였다. 언어의 시·공간적 차이에서 비롯된 언어의 교체에 대한 역(逆)교체의 시도도 따지고 보면 명나라의 고문사학자 왕세정(王世貞)과 이반용(李攀龍)으로부터 배워서 익힌 습합의 산물이었다. 이렇듯 시대의 교체는 각 제도마다 하나의 사이클이 완료되면서 또 다른 제도로 이어지는 제도의 교체만을 의미하는 것이 아니라 시·공간이 바뀌면서 불가피하게 일어나는 언어의 교체도 의미한다.

그런 의미에서 노구치 다케히코는 역사과정을 가리켜 몇 개의 제도계(制度系)가 가지는 '불연속의 연속'이라고 규정한다.[2] 주자학에서 反주자학으로의 전환도 시대의 교체, 즉 정치 이데올로기의 교체가 가져온 근세유학의 내부적 논쟁이고 반역인 한 불연속의 연속일 수밖에 없다. 그것은

---

2) 野口武彦,『荻生徂徠』, 中公新書, 1993, 155쪽.

단절적 반역이라기보다 시대의 교체에 적응하기 위한 정치적 선택(변신)이면서도 상고주의적 대안으로 교체하려 한 점에서 연속적 개선이었다. 개별적 고리들의 연결로 연쇄고리가 이뤄지듯이 거시적 연속체 안에는 수많은 미시적 절목(節目)들이 얼마든지 있을 수 있기 때문이다.

II. 여숙(旅宿)의 경계와 <밖>으로의 사고

밀폐된 관(棺)에 보관되어 있던 미이라는 신선한 공기에 노출되면 그 형체가 빠르게 훼손되기 시작한다. 폐역(閉域)에서 해방된 의식의 변화도 마찬가지이다.

1. 경계인(境界人)들과 여숙의 경계

20세기 지구인들에게 신세계의 발견이 가져다 준 가장 큰 충격은 1969년 우주비행사들이 처음으로 달표면에 착륙한 사건이었다. 이제는 우주인들이 다른 행성에 착륙한다고 해도 그다지 충격적이지 않다. 토끼와 거북이가 떡방아를 찧는 동화 속의 달을 연상하던 독단과 편견도 이미 사라진 지 오래다. 의식 속에서나마 우주는 더 이상 가상공간이 아닌 실제공간이 되었기 때문이다.

부국강병의 개명한 선진 중국의 실현을 꿈꾸었던 강유위(康有爲, 1858~1927)로 하여금 그러한 급진적인 변법운동의 결단을 갖게 한 결정적인 계기는 이른바 '홍콩쇼크'(Hongkong Impact)였다. 서양의 정치, 경제, 법률 등 제도와 문물을 과감하게 수용하여 사회체제와 국가기강을 총체적으로 변혁하려는 꿈을 키워온 그가 약관 22세 때인 1879년 서구화된 선진도시 홍콩을 처음 여행하면서 충격받은 이유는 그의 꿈이 이미 그곳에서 실현되고 있었기 때문이다. 그의 자편연보(自編年譜) 광서(光緖) 5년조에 보면

西人 궁실의 화려함이나 도로의 정결함, 그리고 순포(巡捕)의 엄밀함, 등이미 서구식 법도(法度)에 의해 질서 있게 번영한 홍콩을 본 강유위는 서양이 부강한 이유가 포계군기(砲械軍器)에 의한 것이 아니라 정치제도에의한 것임을 확인하고 광동의 총독(長吏)인 장지동(張之洞)에게 구미의 정치, 법제에 관한 서적들을 서둘러 번역할 역서국(譯書局)의 개설을 건의할정도였다.

일본의 칸트라고 불리는 에도 후기의 사상가 미우라 바이엔(三浦梅園, 1723~1789)의 천문지식을 중심으로 한 서구문명에 대한 개안(開眼)도 그의 나이 23세때인 1746년 중국문화의 수용통로이자 네델란드와의 교역창구였던 나가사키(長崎)의 방문이 직접적인 계기였다. 소년 시절 대부분을집(豊後國 國東郡 富永村)에서 독학하며 소라이의 영향으로 고문사(古文辭)에만 열중해온 그에게 당시 가장 선진도시 가운데 하나였던 나가사키의 풍광은 눈앞에 펼쳐진 신세계였다. 더구나 그가 처음 본 <만국여지전도>(Nova Totius Terrarum Oribis Tabula)는 중화중심의 세계관뿐만 아니라지구중심의 우주관도 바꿔놓기에 충분한 신천지의 파노라마였다.

신세계가 주는 이러한 충격은 그보다 한 세대 이전 사람인 오규 소라이에게는 더욱 큰 것이었다. 부친의 유배로 시골(上總國本納村)에서 10여년간 생활하다 그의 나이 24세인 1690년 에도(江戶)에 온 소라이에게 도시(城下町)의 모습은 전혀 딴판이었다. 처음 보는 도시의 경관은 신세계 자체였다. 14세때부터 소년기를 궁벽한 시골에서 보내고 경계인으로 돌아온그에게 상품이 넘치는 번화한 거리며 급증한 인구, 시골과는 전혀 다른 도회지의 풍속, 이 모든 것들이 그에게는 시골과는 다른 삶과 의식의 경계선이었다. 이러한 도시의 풍경을 가리켜 그가 '여숙(旅宿: 旅館의 뜻)의 경계'[3]라고 부른 이유도 거기에 있다.

앞에서 보았듯이 오규 소라이에서 강유위에 이르는 이들은 모두가 경

---

3) 소라이는 이 용어를 『政談』卷之二, 日本思想大系 36의 305, 317, 326, 329, 333, 445쪽 등에서 수차례 사용하고 있다..

계인들이었다. 그들의 계몽적 자각과 선구적 각성은 직·간접으로 경계인
식을 대물림하면서 그들의 계보를 형성해왔다. 오규 소라이의 영향을 받
은 미우라 바이엔의 경우도 당시 시골에서 보편적으로 교육하던 사서집주
(四書集注)를 비롯한 주자학에 대한 공부보다는 反주자학적인 古學에 열
중했다. 특히 그는 시골에서 독학하면서도 이미 오사카에 나가 천문·역
학의 대가가 된 친구 아사다 고우류(麻田剛立)와 서신을 주고받는 등 천문
학적 신지식의 섭취에도 게을리하지 않음으로써 문명 전변(轉變)의 경계
인식을 분명히하려 했다. 경계인으로서 미우라 바이엔의 이러한 정신적
유전인자는 겨우 열 명 남짓한 그의 제자(塾生) 가운데 한 사람이었던 후
쿠자와 유키치(福澤諭吉)의 조부를 거쳐 유키치에게도 유전되었다. 그런
점에서 그의 『서양사정』(西洋事情)는 소라이, 바이엔, 등 그 이전 경계인
들의 유전형질이 담긴 일종의 '생성으로서의 텍스트'(génotexte)일 수 있다.

한편 서구문명과의 접점에 선 계몽적 경계인으로서 이들의 유전인자를
물려받은 이들은 조선과 청나라에서도 찾아보기 어렵지 않다. 우선 1881
년 봄 25세의 나이에 신사유람단의 수행원으로서 일본에 건너간 뒤 후쿠
자와 유키치의 집에 기숙하면서 게이오대학을 다닌 조선의 계몽주의자 유
길준(兪吉濬, 1856~1914)의 경우가 그러하다. 그가 체득한 경계인식을 기
록한 『서유견문』(西遊見聞)의 머리말에서 보면 "신사년(1881)년 봄에 나는
동쪽으로 일본에 시찰하러 갔었는데, 그곳 사람들의 부지런한 습속과 사
물의 풍성함을 보니 내가 혼자서 생각했던 것과 달랐다. 일본사람 가운데
견문이 많고 학식이 넓은 사람과 더불어 이야기를 주고받으면서 그들의
의견을 듣고 새로 나온 기이한 책들을 보며 거듭 생각하는 동안, 그 사정
을 살펴보고 실제 모습을 들여다 보며 진상을 파헤쳐 보니, 그들의 제도나
법규 가운데 서양풍을 모방한 것이 십중팔구나 되는 것을 알게 되었다."
고 하여 신세계에서 느낀 자신의 경계인식을 토로하고 있다. 또한 그는
"1883년 일본에서 보고 들은 것들의 기록을 편집하고 있었는데, 그 원고
를 누군가 가지고 가버려 없어졌으니 탄식을 금할 수가 없었다"고 하여

그의 『서유견문』이 후쿠자와 유키치의 『서양사정』과 마찬가지로 문명인식의 경계선에서 기록한 경계인의 자성록이자 민중을 위한 계몽서임을 암시하고 있다.

이러한 계보는 조선의 경계인들뿐만 아니라 강유위나 양계초같은 청말의 선구자들에게로 이어졌다. 강유위의 서구충격은 홍콩을 통해서만 받은 것이 아니라 메이지유신에 성공한 일본을 통해서도 크게 받았기 때문이다. 이미 17세 무렵부터 메이지유신에 각별한 관심을 가져온 강유위는 일본이 서구화에 성공한 이유를 메이지변법(明治變法)에 있다고 생각한 나머지 청불전쟁 이후 1886년부터 성공한 변법 이야기로서 『일본변정기』(日本變政記)를 쓰기 시작했다. 그는 1895년 이를 완성하기까지 10년 동안 수많은 일본서적들을 수집하여 장녀 동미(同薇)에게 이를 번역하게 하는 한편 광동의 총독(長吏)인 장지동에게 "局을 열어 일본책을 번역하도록" 권하기도 했다.[4]

이상에서 보면, 최소한 오규 소라이에서 강유위까지 이어진 경계인의 계보나 '에도(江戶)충격에서 홍콩쇼크까지' 이어진 경계인식만으로도 여숙(旅宿)의 경계는 소라이의 에도만이 아니었고 그 경계인식(境界認識)도 소라이의 것만이 아니었다.

2. 〈곽〉(廓)의 발견과 〈밖〉으로의 사고

22세의 강유위가 처음 본 충격의 도시 홍콩, 23세의 미우라 바이엔 앞에 펼쳐진 신천지 나가사키, 24세 소라이의 시선을 사로잡은 에도, 25세의 유길준으로 하여금 발길을 되돌릴 수 없게 만든 도쿄, 그들에게 이곳은 모두 독단의 외부, 즉 경계 밖의 더 큰 세계였다. 소라이는 이를 가리켜 〈곽〉(廓)―성 주위를 둘러싸고 있는 성곽(울타리)을 말한다. 곡륜(曲輪)이라고도 한다[5]―라고 부른다.

---

4) 山根幸夫, 『論集 近代中國と日本』, 山川出版社, 1976, 4~5쪽.

소라이가 에도에 돌아온 1690년, 도쿠가와 츠나요시(德川綱吉)의 방만한 재정운용으로 그 도시는 인구와 물산이 집중되면서 급격히 팽창하고 있는 자기증식의 발효공간이었다. 그 도시의 경계 밖에 있는 사람에게는 모든 것이 어리둥절할 정도였다. 그럼에도 불구하고 그곳에서 계속 살아온 사람들은 빨라지는 생활속도에 잘 적응할 수 밖에 없었고, 그 때문에 변화에도 무뎌지고 익숙해졌다. 모든 도시인이 그렇듯 에도의 도시(공간) 최면도 그들을 도시생활의 타성 속에서 변화에 대해 무의식·무감각하게 만들었기 때문이다. 그러나 소년시절(10여년간)을 시골(田舍)에서만 보내야 했던 소라이에게 에도의 모습은 전혀 달랐다. 시골과는 달리 도회지의 생활속도와 풍속 때문에 그에게는 모두가 낯설었고 신기하게도 보였다. 소라이가 에도의 타자(他者)였듯이 이방(異邦)의 타자에게 에도는 객관이고 경계였다. 소라이에게 에도는 타자로서 발견한 새로운 세계, <곽>(廓)이었던 것이다.

그러나 중요한 것은 이방으로서 <곽>의 발견이 아니라 그러한 공간적 경계인식이 소라이에게 가져다 준 인식론적 관점의 변화였다. 당시의 나가사키나 에도는 중국과의 활발한 교역을 통해 서구문화나 서학의 유입뿐만 아니라 중국문화, 즉 당풍(唐風)문화도 폭넓게 유행하고 있었다. 예를 들어 소라이가 에도에 돌아오기 2년전인 겐로쿠(元祿) 원년(1688년)에는 나가사키항으로 들어오는 중국의 배를 일년에 70척으로 제한해야 할 정도로 당풍문화의 홍수가 밀려들었다. 이러한 분위기는 상공인 뿐만 아니라

---

5) 『太平策』, 日本思想大系 36, 岩波書店, 1973, 449쪽.
丸山正男의 校注에 의하면 クルワ(廓)란 우리의 사고나 말 등이 현재 자신의 직접적인 환경이나 생활습관(습속)에 깊이 제약받은 채 그 틀을 벗어나지 못하는 경우를 가리킨다. 이것은 徂徠의 인식의 기저가 되어 그의 논의 속에 자주 등장한다. 『政談』卷之四에서 소라이는 <廓> 대신 <曲輪>이라는 단어를 써서 에도지역을 '內曲輪'과 '外曲輪'으로 구분한다. 예를 들어, 內曲輪은 半藏, 外櫻田, 日比谷, 數寄屋橋, 吳服橋, 神田橋, 一ッ橋, 竹橋, 田安의 여러 문을 연결하는 堀(성 둘레에 판 수로)의 내측 지역이다.

당풍문화의 소비계층인 상류사회의 문화에도 마찬가지로 반영되었다. 사대부들이 사용하는 문방구 가운데서도 당지(唐紙)나 당필(唐筆)이 널리 유통되었고 심지어 무가에서 사용하는 활도 당반궁(唐半弓)이 더욱 환영받았다.[6] 당시를 지배하던 장군 도쿠가와 츠나요시가 1693년 4월부터 매달 여섯 번씩이나 자신이 직접 주역을 강의한 경우도 그러한 습합의 분위기를 반영하는 상류풍속 가운데 하나일 수 있다. 그러므로 소라이가 받은 선진문화의 충격은 중국문화의 충격이었고, 그의 인식론적 전환도 곧 당풍문화에 대한 것이라고 해도 과언이 아니다.

에도에 돌아온 소라이가 당음(唐音)으로 중국어를 배우는 일부터 먼저 시작한 것도 그런 이유에서였을 것이다. 그것은 한문을 일본문자로 읽는 종래의 방식을 버리고 본래의 중국발음으로 중국문자를 읽기 위해서였다. <밖>으로의 사고실험을 결심한 것이다. 다시 말해 그는 모국어인 일본어라는 <곽>의 밖으로 나와 중국어라는 또 다른 <곽>으로 들어가야 한다는 자각에 이르렀다. 흄의 발견으로 인해 독단의 꿈에서 깨어나게 된 칸트처럼 소라이에게도 변모된 에도와 당풍문화에 대한 직접적인 발견은 독단의 꿈(의식의 틀)에서 깨어날 수 있는 계기가 되었다. "학자의 임무는 누구나 중국인의 언어에 입각하여 그 본래의 면목을 인식할 필요가 있다"고 하여 소라이가 당음주의(唐音主義)를 강조하는 이유도 거기에 있다. "중국인이 중국어를 모른다"면 『정담』(政談)에서 그가 주장한 "에도인(江戶人)이 에도를 모른다"와 마찬가지의 '인식론적 무지'의 사태라는 것이다.

Ⅲ. 두 개의 <곽>과 <밖>으로의 사고실험

오규 소라이의 논의 속에는 언제나 두 개의 <곽>이 구조화되어 있다.

---

6) 『政談』, 325~326쪽.

시골과 도시, 일본어와 중국어, 현대문(今文)과 古文, 주자학과 탈주자학, 본연지성(本然之性)과 기질지성(氣質之性), 사서와 육경, 범인과 성인, 자연질서와 작위질서, 동일성과 차별성, 등이 그것이다. 이것들은 소라이학(徂徠學)의 인자들(factors)이지만 그것을 이해하기 위한 인식소(episteme)이기도 하다. 그러나 거기에는 해독(解讀)의 함정도 있다.

1. 습숙(習熟)을 위한 〈밖〉으로의 의지

소라이학에서 두 개의 〈곽〉은 안(內)과 밖(外)이다. 그것들은 소라이학의 구조이지만 그의 실험도구들이기도 하다. 그는 이것들 가운데 새로운 사고실험의 단서를 언제나 〈밖〉에서 찾는다. 그가 찾으려는 새로운 현실은 언제나 〈밖〉이기 때문이다. 그는 그것을 〈밖〉에다 설치하기도 한다. 그에게는 언제나 새로운 〈밖〉이 필요하기 때문이다. 에도같은 도회지, 당풍과 중국어, 고문과 육경, 탈주자학과 기질지성, 성인과 작위적 질서, 그리고 인정세태와 차별성이라는 〈밖〉으로서의 곽들이 언제나 논의의 출발점이자 종착점이었던 이유도 거기에 있다.

〈안〉에서 보면 〈밖〉은 경계의 너머이고 이탈의 현장이다. 그러나 〈안〉의 의미가 권태라면 〈밖〉의 의미는 욕망이다. 〈밖〉으로의 욕망은 단순한 이탈이 아닌 극복의 욕망이다. 〈밖〉은 언제나 〈안〉에서 나가도록 의지를 자극하고 유혹한다. 그러므로 〈밖〉으로의 의지는 〈안〉으로부터의 이탈욕망이고 〈안〉에 대한 초월의지이다. 그러나 이탈과 초월은 단번에 이뤄지지 않는다. 거기에는 〈밖〉의 실체를 버릇이 될 정도로 배우고 익히려는 반복과 노력이 필요하다. 한마디로 말해 그것은 습염(習染)과 습숙(習熟)의지에 달려 있다. 소라이에게 〈밖〉의 실체는 습염과 습숙의 대상이기 때문이다.

그의 습염·습숙론에 의하면 〈배운다〉(習)는 것은 어떤 일에 숙달하여 습관이 됨으로써 신체에서 반복되도록 기억하는 것을 의미한다. 또한 〈물들인다>(染)는 것은 외적 요소로써 내면성이나 내면생활을 규제한다는 것을 의미한다. 예를 들어 그것은 시골사람에게 도회지에 대하여 설명하더라도 그것을 말로써 하는 한 이해시키기가 쉽지 않지만 그가 실제로 도회지에 나가 2~3년만 살아보면 잘 알 수 있을 뿐만 아니라 생각도 바뀌게 되는 경우와 같다. 소라이는 습염을 무엇보다도 성인에게서 지혜를 얻는 방법이라고 하여 다음과 같이 주장한다. "학문의 길은 속어나 시문장부터 배우고 익혀 다른 나라 사람들의 말을 알고, 역사를 배우며, 제도와 풍습의 차이를 깨닫는 것이다. 고대의 서적을 읽어 고금의 언어적 차이를 깨달으며, 육경의 숨은 뜻을 알아내어 성인의 가르침을 깨닫게 되면, 그 말과 뜻을 배우고 익히는(習染하는) 가운데 자연히 내 마음을 터득하여 지혜를 얻고 성인의 길에 들어서게 될 것이다. … 사내 대장부는 성인의 가르침을 습염하여 오로지 성인의 마음을 얻고자 그 가르침에 따라 꾸준히 배우고 익히다 보면 자연히 지혜를 얻을 수 있다."[7]

또한 소라이는『태평책』에서 이러한 습염과 습숙의 방법이 제도의 교체에 의한 풍속의 이행을 가져와 결국 새로운 인간형을 창출하는 길임을 다음과 같이 강조한다. "성인의 道는 습(習)하는 것이 제일이고, 성인의 다스림은 풍속을 제일로 한다. 지금까지의 풍속을 옮기는 것은 그것이 바로 세계인을 새롭게 하는 것이므로 이것으로 대의(大儀)를 삼지 않으면 안된다"[8]는 것이다. 그는 "풍속은 배우는(習) 것이다. 학문의 道도 마찬가지이다. 선을 배우면 선인이 되고 악을 배우면 악인이 된다. 학문의 도는 배우고 익히면(習熟) 버릇이 된다"[9]고도 주장한다. 고정적인 선인도 없고 악인도 없으므로 선이 버릇이 될 정도로 배우고 익힌다면 누구나 선인이 된다는 것이다.

이것은 프랑스의 유심론자 라베송(J. G. F. Ravaisson, 1813~1900)이『습

---

7)『太平策』, 日本思想大系 36, 449~450쪽.
8) 앞의 책, 473쪽.
9) 앞의 책, 473쪽.

관에 대하여』(De l'habitude)에서 습관상의 자의적인 동작이 본능적인 동작으로 변형된다는 주장과도 흡사하다. 한마디로 말해 그는 반복적인 습관에 의해 의식적인 것이 무의식화된다는 것이다. 그에 의하면, "습관이란 실질적인 관념이다. 습관을 통해서 반성에 대신하는 애매모호한 이해나 객체와 주체가, 즉 존재와 사유가 그 안에서 융합되고 조화를 이룬다." 또한 소라이가 습숙의지를 강조하듯 라베송도 습관적 자의성을 강조한다. 습관은 저절로 무의식화되거나 본능적인 동작으로까지 변형되지 않기 때문이다.

그러나 소라이의 습염·습숙론은 습심(習心)의 발현이지만 그것이 낳은 제도의 필요성에 초점을 맞춘 <밖>으로의 의지론, 즉 경세론(經世論)이라는 점에서 라베송의 유심론(唯心論)과는 다르다. 소라이에게는 무엇보다도 제도를 자세하게 만드는 것이 <버릇이 될> 정도로 습숙을 완성시키는 데 도움이 된다. 그는 자의적인 동작을 본능적인 동작으로 변형시키는 데 가장 효과적인 방법이 곧 제도라고 믿기 때문이다.

2. 안티테제로서의 〈밖〉의 의미

노구치 다케히코가 근세유학의 역사를 '반역과 논쟁'의 역사라고 규정하는가 하면 요시다 코헤이(吉田公平)는 '정통과 이단'의 틀 안에서의 전향현상[10]이라고도 표현한다. 이것은 근세유학이 두 진영으로 대립각을 이루며 진행되어왔음을 의미한다. 주자학과 反주자학의 대립이 그것이다. 이처럼 일본의 근세유학은 두 개의 서로 다른 <곽>을 형성하면서 양자의 갈등관계 속에서 조선이나 중국유학과는 다른 특색을 만들어 온 것이다.

근세유학에서 反주자학 진영은 진사이학(仁齋學)과 소라이학(徂徠學), 그리고 양명학(陽明學)을 가리킨다. 다시 말해 궁리비판으로 시작하는 야마가 소코우(山鹿素行)와 이토 진사이(伊藤仁齋)에서 궁리부정과 성선설

---

10) 吉田公平, 『日本における陽明學』, ぺりかん社, 1999, 7쪽.

배제에 이르는 오규 소라이, 그리고 성선설을 견지하면서도 주자학에 의문을 품고 심학(心學)에로 전향한 나카에 토우쥬(中江藤樹)에서 미와 싯사이(三輪執齋)에 이르는 양명학파가 그들이다.

그러나 이들 가운데서도 가장 적극적인 반주자학자는 오규 소라이였다. 소코우와 진사이, 그리고 소라이보다 이전에 나카에 토우쥬(1608~1648)는 먼저 주자학으로부터의 이탈과 비판을 시도했지만 그것은 복고주의적이었다기 보다—설사 그가 四書를 읽고 주자학적 격법주의(格法主義)에 사로잡혀온 것을 반성하고 오경(五經)을 숙독함으로써 촉발감득(觸發感得)하여 그것으로부터 탈각·비판했다고 고백했을지라도—종교적 의도에서 비롯된 것이었다. 토우쥬는 心이 <天>의 초월적 성격과 직결됨으로써 주자학적 天理도 만물에 내재할 뿐만 아니라 만물의 <밖>에 초월한다고 생각한다. 그는 주자학과는 달리 천리가 만물을 창조하고 조람(照覽)하며 화복을 주재하는 인격적 <상제>(上帝)—인격신—의 섭리, 즉 신리(神理)[11]로서의 성격을 가진 것으로 간주한다. 이처럼 만물의 부모로서 황상제(皇上帝)의 명인 천명을 경외하는 외천명(畏天命)의 종교적 신비사상을 수용하고 있는 그의 인성론은 <신리>가 주자학의 합리적·관념적 천리뿐만 아니라 비합리적 <인정>을 포섭하는 절대유일의 진리로서 <心>에서 활동한다고 믿기 때문에 종교적 반주자학이다.[12]

이에 비해 소라이의 반주자학은 정치적이고 사회적이다. 그는 나카에 토우쥬의 종교적 포섭주의와 포월주의(包越主義)를 배제하는 대신 철저하게 정치사회적 성인주의와 현실주의에 입각했다. 자신을 시·공간적으로 분열과 붕괴적 변천의 발단에 위치시킴으로써 주자학에 대한 경계인식이 누구보다 분명했던 소라이에게 천지자연의 道를 강조하는 주자학과 사회적 유기체로서 인정과 욕망이 살아서 움직이고 있는 당시의 에도사정(江戶事情)은 名과 實이 불일치하는 이중적인 모습으로 비춰졌기 때문이다.

---

11) 『中江藤樹』, 翁問答 上卷之末, 日本思想大系 29, 80~84쪽.
12) 古川 治, 『中江藤樹の總合的研究』, ぺりかん社, 1996, 111~122쪽.

그에게 에도는 더 이상 엄숙주의에 갇혀버린 고립된 도시가 아니었다. 쿄우호(享保) 시대는 천지자연에 선험적으로 구비된 <理>가 지배하는 범신론적 사고의 시대도 아니었다. 이렇게 보면 소라이의 反주자학적 사고는 단순히 주자학에 대한 논리적 반작용이거나 반리적(反理的) 작용이 아니다.

1) 통명으로서 안티테제

그것은 무엇보다도 시·공간적 안티테제이다. 이런 점에서 그의 안티테제는 통명적(統名的)이다. 소라이에 의하면, 사람의 이동을 가능하게 하는 것이 길(道)이듯이 통명도 사회 현상을 총체적으로 이해하기 위해 붙여진 제도의 총체를 일컫는다. 그는 『변명』(弁名)에서 선왕(또는 聖人)의 道인 통명은 효제인의(孝悌仁義)에서 예악형정(禮樂刑政)에 이르기까지 이들을 합쳐 부른 이름임을 분명히하고 있다.[13] 또한 그는 『변도』(弁道)에서도 "道란 통명이다. 그것은 예악형정 등 무릇 선왕이 세운 것들에 붙여진 이름이다. 예악형정을 떠나서 다른 어떤 道도 있을 수 없다"[14]고 하여 선왕의 다단(多端)한 道와 예악형정, 그리고 그 다양한 제도들을 관통하는 이름을 가리켜 통명이라고 적시하고 있다. 소라이의 반주자학적 사고를 정치적이고 이데올로기적이라고 부르는 이유도 거기에 있다.

2) 反개념적 안티테제

주자학에 대한 소라이의 안티테제는 反개념적이다. 『성리대전』(性理大全, 卷三四)에 명시된 '道是統名, 理是細目'처럼 소라이는 道와 理를 통명과 세목(개념)의 대립관계로 설정한다. 그것은 언어(名)가 사물(物)과 괴리된 채 의리고행(義理孤行)하는 주자학 본연의 상인 <이(理)의 허상>(理之

---

13) 『弁名』上, 日本思想大系 36, 41쪽.
14) 『弁道』3, 日本思想大系 36, 13쪽.

虛象)[15]과는 달리 명(名)과 물(物)이 합치하는 유기적 세계의 발현을 주창하기 위해서였다. "인류가 생겨난 이래 사물은 저마다의 명칭이 있다"는 선언적 구절로 소라이가 『변명』의 서두를 시작한 이유도 거기에 있다. 그러므로 소라이가 가장 경계하는 것은 언어가 사물과의 대응관계를 상실한 채 마치 고독한 산보자처럼 혼자 걷는 것이었다. 범신론적 개념(理)에만 의존하는 이러한 추상적인 인식 속에서 세계는 본래의 모습을 상실한 공허일 뿐이기 때문이다. 소라이가 통명한 표기를 강조한 이유도 거기에 있고, 이를 위해 범인보다 성인의 뛰어난 통찰력과 직관력을 요구하는 이유도 거기에 있다.[16]

3) 안티테제라는 우회로

안티테제(反定立)는 테제(定立)의 밖에서 그것과 대립해 있듯이 소라이학도 주자학의 밖에 있다. 본래 안티테제는 변증법의 안(테제)에서 긴장하며 바라본 밖을 가리킨다. 그러나 이러한 대립관계는 언제나 긴장을 통한 그것의 극복을 내포한다. 소라이가 유학으로써 유학을 극복하려는 변증법

---

15) 『弁道』1, 23,

16) 이처럼 서로 대립된 사물에 대한 두가지 인식 방법으로만 본다면, 그것은 지성(개념적 사유)과 직관에 대한 베르그송의 대비방법과 흡사하다. 베르그송에 의하면, "직관으로 사유하는 것은 곧 지속 안에서 사유하는 것이다. 그러나 지성은 보통 비운동적인 것에서부터 시작한다. 그리고는 비운동적인 것을 병치시켜 할 수 있는 최선의 것으로(부동적인 것을 가지고) 운동을 재구성한다. 반면에 직관은 운동에서부터 시작한다. 그리고는 실재 자체로 가정하고 단정한다. 비운동적인 지성은 오직 운동의 한 추상적인 순간, 즉 우리의 정신이 찍은 일종의 스냅사진만을 볼 뿐이다. …
지성이 이해하는 사물은 생성에서 절단되어 우리의 정신이 전체에 대치해 버린 파편이다. 거기에서의 사유는 보통 새로운 것을 기존 요소들의 새로운 배치로 간주한다. 아무 것도 없어지지 않으며, 아무 것도 창조되지 않는다. (이에 반해)직관은 지속, 곧 성장에 연결되어 있으므로 새로운 것 안에서 예측불가능한 새로움의 단절되지 않은 연속을 지각한다."

적 우회로를 선택한 경우가 바로 그러하다. 다시 말해 주자학에 대한 이단
(異端)을 자처한 소라이는 이러한 긴장관계, 즉 부정적 대립에서 극복(통
명)으로 나아가는 우회적 방법을 실험함으로써 자신의 유학, 즉 고문사학
을 구축하려 했던 것이다.

한편 비토우 마사히데(尾藤正英)는 소라이가 이처럼 외래사상인 주자학
을 일본에 그대로 적용하지 않고 일본사회에 맞게 변형시켰다는 점에서
소라이학의 출현을 가리켜 <중국사상으로부터 일본사상에로>라는 변화
의 상(相)이라고 주장한다. 혹자는 이를 두고 <일본적 유학사고의 형
(型)>, 나아가 <일본사상의 전형>이라고도 표현한다.[17] 소라이는 유학
(주자학)의 밖으로 나간 다음 (秦漢 이전의) 또 다른 유학을 가지고 다시
돌아와 자신의 새로운 유학(古學)으로 거듭나기(신구축)를 실험한 일본근
세의 유학자임에 틀림없다. 그러나 소라이학은 그만큼 중층적(重層的)이
다. 그것이 육경중심의 고학일지라도 명나라 이왕(李王)의 방법을 빌려 시
대를 소급하는 복고과정에서 이미 중층적으로 결정되었음을 부인하기 어
렵다. 밖으로의 이탈(도발)과 밖으로부터의 침범(구축)이라는 이중구조와
작용 속에서 출현한 포스트-주자학으로서 소라이학도 <자기 밖으로>(hors
de soi)를 지향해온 일본의 습합문화가 낳은 습합유학의 또 다른 전형이기
때문이다.

Ⅳ. 아틀라스 콤플렉스와 두 개의 지렛대

고학(古學) 가운데서 소라이학이 주목받는 이유는 그 내용에 있어서 중
화성인신앙(中華聖人信仰), 그리고 방법에 있어서의 화어주의(華語主義),
또는 화음주의(華音主義) 때문이다. 그러나 이러한 중화주의와 중화신앙

---

17) 中村春作, ‘徂徠學の基層’, 『日本學報』第3号, 大阪大學, 1984, 39쪽.

의 저변에는 모화사상(慕華思想)이 자리잡고 있다. 예를 들어 소라이가 중국이 성인의 나라이므로 거기서 만들어진 고전이 가장 우수하다고 생각한다든지, 중국어도 성인이 태어난 나라의 언어이므로 일본어보다 상등(上等)의 언어라고 생각한 점이 그러하다. 중국어는 글(文)에 있어서 세밀하고 일본을 포함한 오랑캐(夷) 나라의 말은 그 질에 있어서 거칠기(疎) 때문에, 이런 점에서 당토(唐土)는 문물국이라는 것이다.

달리 표현하면 이것은 소라이가 정신적 종주국인 중화에 대해 가지고 있는 아틀라스 콤플렉스의 발로이다. 그가 『학칙』을 "동해(일본)에는 성인이 없다"는 고백으로 시작하는 이유도 거기에 있다. 또한 明나라의 고문사가인 왕세정과 이반용을 <하늘의 은혜>(天의 寵靈)에 비유하는가 하면 이들과의 만남을 자신에게 내린 하늘의 은총과 축복18)이라고 반복해서 언급한 것도 그 때문이다.

1. 지렛대로서의 고문사학—엇갈린 체(体)와 용(用)

소라이의 『학칙』은 이렇게 시작한다. "동해도 성인을 배출하지 못했고, 서해도 성인을 배출하지 못했다. 이것이 바로 시서예악의 가르침이다(군주의 행동을 기록하는). 좌사(左史) 의상(倚相)의 말에 의하면 옛날 초나라는 대국이었음에도 중요한 서책은 삼분(三墳)·오전(五典)·구구(九丘)·팔색(八索) 밖에 없었다. 이러한 서책들만으로는 학문을 이룰 수 없었다. 따라서 초나라의 (학자) 진량(陳良) 같은 호걸은 모두 북쪽나라 중국에서 배웠다."

이 글은 우선 중국만이 성인의 나라였다는 점, 그리고 동해국 일본은

---

18) 『弁道』1, 11쪽. 소라이는 40세를 전후하여 16세기 명나라의 문학자인 李攀龍(1514~1570)과 王世貞(1526~1590)의 고문사학을 우연히 발견하고 그것을 그대로 채용했다. 그는 이들의 책을 읽고 감복한 나머지 이들과의 해후를 <天의 寵靈>, 즉 하늘이 자신에게 내린 특별한 은총이라고 생각했다.

중국과 거리가 떨어져 있다는 점을 지적함으로써 동해인으로서 일본인이
어떻게 하면 성인의 도를 배울 수 있는지를 암시하고 있다.『학칙』에서 소
라이는 유난히 성인의 나라 중국을 의식적으로 드러내기 위하여 <우리>
(吾)라는 대명사를 반복해서 사용한다. 특히 그는 "우리 같은 동방민(東方
民, 즉 일본인)은 어디서 무엇을 배워야 한단 말인가?"라고 반문한다. 그러
나 이것은 반문이 아니다. 그는 시서예악이란 중국에만 있을 뿐 일본에는
없다는 사실을 부각시킴으로써 중국의 고문을 통해 성인의 道를 배워야 한
다는 유학의 원류에 대한 재발견과 재인식을 요구하고 있다. 또한 <우리
같은 동방민>을 강조함으로써 그는 중화성인 신앙에 못지 않게 성인이 부
재하는 일본에 대한 분명한 자기규정과 자기인식을 강요하기도 한다.

그러나 성인의 道가 무엇인지를 깨닫기 위해 일본인이 돌이켜 보아야
할 자기반성적 성찰보다 그가 더욱 중요시하는 것은 이를 배우기 위한 방
법론적 반성이다. 이를 위해 쓴 것이『학칙』이라면 이를 위해 내세운 원칙
이 곧 학칙이다. 그가 일본어를 포함하여 이국어(異國語)를 경시해온 언어
를 가리켜 주리격설(侏離鴃舌 – 야만인의 알아들을 수 없는 말)이라고 비
난한 이유도 거기에 있다.[19] 소라이는 오랫동안 통용되어온 화훈(和訓),
즉 중국어의 단어에 훈점을 찍으며 일본어로 바꿔 읽는 훈독법이 피할 수
없는 의미의 단절, 그리고 원의(原義)와 역의(譯義) 사이에서 생기는 의미
의 함정과도 같은 해독공간, 결국 세월의 간극만큼 끊어질 수 밖에 없는
언어의 비연속성을 이미 간파하고 있었기 때문이다.

그러므로 "키비(黃備-吉備眞備를 칭함)[20]가 창조한 한문훈독법을 보면,

---

19) 코야스 노부쿠니(子安宣邦)도 이것이 바로『학칙』의 주제라고 단언한다. 중
    화 성인의 나라와 동해 일본의 언어에서의 비연속에 대한 인식이 곧 이 책
    의 주제라는 것이다. 子安宣邦,『「事件」としての徂徠學』, 靑土社, 1990, 75~
    76쪽.
20) 西田太一郎의 補注에 의하면, 장군 綱吉와 吉宗의 이름을 피해서 키비노
    마키비(吉備眞備, 695~775)를 黃備라고 부른 것이다.『荻生徂徠』, 岩波書店,
    595~596쪽.

한자의 훈을 가지고 풀이하는 수는 있으나 한자를(일본어로) 읽어서는 그 뜻을 전달할 수 없다. 잠시 뜻을 빌릴 수는 있어도 오래지 않아 사라지고 말 것이거늘 …"21)하며 소라이가 한탄하는 이유도 거기에 있다. 특히 "낚 싯대란 고기를 잡은 후에는 쓸모 없는 것이므로 버려야 한다"는 『장자』 (莊子, 外物篇)의 인용과 더불어 키비노 마키비(吉備眞備)의 훈독법에 대한 소라이의 야유와 비난도 그래서 나온 것이다. 한마디로 말해 키비의 훈독 법은 편의적이고 일시적인 편법에 지나지 않으므로 버려야 한다는 것이 다. 키비의 한문훈독법은 중국어가 갖고 있는 고유한 의미를 추리하는 형 태로 일본어에 맞춰 해석하고 일본어의 언어세계로 옮기려 한 것이므로 시서예악도 키비 혼자만의 것이지 중국의 시서예악이 아니라는 것이다. 소라이가 낚싯대론을 주장하는 이유도 그것이다. 그러면 이에 대해 소라 이가 선택한 대안은 무엇이었을까?

1) 교체된 낚싯대

소라이는 중국낚싯대(華語主義)로의 교체를 주장한다. 그것은 키비의 일본낚싯대(和訓主義)를 버리고 이왕(李王)의 중국낚싯대로 바꾸라는 주문 이다. "시서예악은 중국의 언어로 되어 있으므로 우리는 이를 귀로 들음 으로써 이루어야 할 것이다", 또는 "나는 이를 들음으로써 눈으로 읽는다" 고 하여 소라이는 『학칙』1에서 시서예악이 중국어로 되어 있다는 사실을 분명히함으로써 일본인이 이것들을 어떤 언어로 어떻게 해독해야 하는지 를 명시하려 했다. 다시 말해 그는 키비의 훈독적 해석이 아니라 명나라의 고문사가 이왕의 방법대로 중국의 언어를 익히고 중국의 언어적 문맥에 따라 이해하고 해독해야 함을 강조하려 했다. 중국어와 일본어는 기본적 으로 단어와 그 어순의 차이로 인해서 단어의 읽기를 교체하는 것만으로 는 두 언어간의 의사를 정확하게 소통시킬 수 없기 때문이다.

---

21) 『學則』1, 日本思想大系 36, 189~190쪽.

2) 화훈(和訓)비판에서 후지산(富士山)환상까지

『학칙』2에서 보듯이 소라이가 가장 우려하는 것은 '중역(重譯)의 차이', 즉 언어의 시·공간적 차이이다. 그에 의하면, "우(宇)는 곧 주(宙)이다. 주는 곧 우이다. 그러므로 지금 사용하는 말(今言)을 가지고 고어(古言)의 의미를 파악하려 하거나 고어를 가지고 지금의 말로 해석하려 한다면 이것이 곧 주리격설이다. 중국의 고대문자 가토(科斗)와 인도의 고대문자 바이타(貝多)는 지금의 말로 어떻게 옮길 것인가? 세상은 말과 함께 변해가는 것이며, 말은 세상의 모습과 함께 변해간다. 이 세상에 태어나 백세를 살면서 백년의 세상일을 후세에 전해줄 사람은 말과 말의 간격에 더욱 더 큰 거리를 갖게 된다. 번역을 거듭할수록 그 차이는 점점 벌어지고 말 것이다."[22] 소라이와 같은 시대를 살았던 방랑시인 이리에 카네미치(入江兼通)도 화훈(和訓)으로써 화서(華書)를 읽는 것은 뜻(意)을 통할 수는 있어도 말(語)을 통할 수는 없으므로 일본어에 의한 중국어의 파괴로서 간주했다.

그러나 당시의 많은 숙(塾)에서는 이런 '강석'(講釋)의 형식으로 유서(儒書)의 강의가 널리 진행되고 있었다. 예를 들어 숙의 교사들은 '過則勿憚改'라는 『논어』의 본문을 훈독법에 의해 'アヤマテバスナワチアラタムルニ ハバ カルナカレ'라고 장중하게 읽는 것이다. 그러나 소라이는 당시의 이러한 강독과 해석의 방법이야말로 고전의 본문을 변형시킬 뿐만 아니라 그것을 모독하는 것이라고 생각했다. 중국 고전이 지닌 본래의 진면목은 무엇보다도 그것이 중국어로 되어 있다는 데 있으므로 중국어(唐音)로 읽지 않으면 안된다고 믿었기 때문이다. 그가 처음으로 『역문전제』(譯文筌蹄)라는 책을 쓴 것도 그 훈독법과 교사들의 우매함을 폭로하기 위해서였다. 그가 요시무네 장군에게 학제의 개혁에 관한 자신의 진언서인 『학료료간』(學寮了簡)을 바친 것도 마찬가지 이유에서였다.

그러나 고문(古文)과 금문(今文) 사이의 이러한 비연속은 무엇보다도 시

---

22) 『學則』2, 190~191쪽.

대의 추이(推移)가 가장 큰 원인이다. 중국어의 경우도 진한(秦漢)의 고서를 비롯하여 고대의 독특한 수사인 고문사가 송대의 금문과 비연속일 수밖에 이유도 마찬가지이다. 그 때문에 『역문전제』의 「제언」(題言)에서 소라이는 고문사를 구성하는 고문이 간결한 간문(簡文)인데 비해 송대의 금문은 번잡한 용문(冗文)이 아니었던가하고 힐난한다.

실제로 아래의 도표에서 '始居約時, 莫能厚遇'가 '其始居於貧約之時, 莫能見厚遇也'로 길어진 데서도 보듯이 송인(宋人)의 문장에는 진한의 고문사보다 조자(助字)가 많이 삽입되어 번잡하고(冗) 촌스러울(俚) 뿐만 아니라 고문의 응축된 원형도 파괴되었음을 알 수 있다. 하물며 이러한 현상이 일본어와 중국어 사이에서는 더욱 극심할 수밖에 없다. 송대의 문장일지라도 동사의 어미변화를 반드시 해야 하는 일본어로 훈독할 경우에는 '其ノ始メ貧約二居リシ時ハ, 能ク厚ク遇セ見ルル莫キ也'에서 보듯이 더욱 더 번잡하고 촌스러운 용리지문(冗俚之文)이 되어버리기 때문이다.[23]

진한(秦漢)의 古文	始居約時, 莫能厚遇	簡文
송대(宋代)의 今文	其始居於貧約之時, 莫能見厚遇也	冗文
일본의 화훈문(和訓文)	其ノ始メ貧約二居リシ時ハ, 能ク厚ク遇セ見ルル莫キ也	冗俚之文

소라이에 의하면, "세상은 언어를 실어나름으로써 변천하고 언어도 道를 운반함으로써 변화한다." 언어는 세상따라 변화하며 그와 함께 선왕의 道도 잊어버리게 된다는 것이다. 즉 언어의 변천과 함께 선왕들이 걸어온 길도 변용되어버리게 마련이다. "그러므로 백세나 지난 지금에 와서 고대 선왕의 가르침을 변용시켜버린 언어를 통해 그 진실을 전달하는 것은 지극히 어려운 일이다. 그것은 남방의 월상씨(越裳氏—周代에 지금의 베트남 남부에 살았던 부족)가 아홉 번의 중역을 거듭하며 주(周)의 성왕(成王)

---

23) 吉川幸次郎, 『仁齋·徂徠·宣長』, 岩波書店, 1975, 126~127쪽.

에게 조공하는데 겪은 어려움과 같은 것이다."[24] 이처럼 소라이는 고어에 주석을 달아 원어의 뜻을 이해하기가 이미 어려워진 것도 백세 후의 자손들이 그 선조를 알아보지 못하는 것과 마찬가지라고 생각했다.

이것은 소라이가 크리스테바(J. Kristeva)의 기호론에서 등장하는 텍스트이론, 즉 두 텍스트의 병존설을 이미 간파하고 있었음을 의미한다. 그것은 다름아닌 '현상으로서의 텍스트'(phénotexte)인 원본과 '생성으로서의 텍스트'(génotexte)인 번역본 사이에 놓여 있는 피할 수 없는 해독의 간격에 대한 인식이었다. 그것은 번역본이 원본보다 더 많은 시·공간에서 의미를 생산하는 운동태로서의 역할을 지녔을지라도 고작해야 원본의 대리물이거나 해독의 영원한 상대적 공간에 지나지않을 뿐 그것이 의미전달의 터미널일 수 없다는, 그러므로 키비도 결코 해독의 터미네이터일 수 없다는 경계인식이었다. 한마디로 말해 그것은 번역자가 극복하기 어려운 해독의 대리모적(代理母的) 운명에 대한 자각이었다.

특히 소라이가 『학칙』2를 "우(宇)는 주(宙)이다. 주는 곧 우이다"라는 구절로 시작하는 것은 언어의 지역적·시대적 상위성(相違性)을 강조하기 위해서였다. 우(宇)가 천지사방의 공간적 넓이를 나타낸다면 주(宙)는 고금왕래의 시간적 연속성을 나타낸다는 사실을 전제한다. 이처럼 그는 언어에 있어서 시·공간적 거리를 드러냄으로써 키비의 한문훈독법(廓) 대신 우린(于鱗-이반용의 字)의 가르침을 받아 고문사학의 방법에로 나가야 한다는 점을 분명히한다. 고문사학의 가르침에 따라 옛 것을 보고 배우면서 언어사용에서나 그 정신세계에서나 모두 고인들의 세계에 이르게 되었다는 그의 고백이 그것이다. 소라이는 고문사학이야말로 현대의 일본을 부정하는 것이 아니라 先王의 중국과 현대의 일본 사이를 연결하는 파이프라고 믿기 때문이다.[25] 이 파이프를 통해서 선왕의 도는 현대의 일본에로 이어진다는 것이다.

---

24) 『學則』2, 190쪽.
25) 吉川幸次郎, 앞의 책, 83쪽.

이상에서 보면 고어와 고문, 그리고 고문사학은 키비의 훈독법을 대신할 낚싯대가 아니라 언어가 다른 중국과 일본간의 공간적 간격과 거리를 연결해주는 다리이다. 더구나 고문사학은 그것을 이용하여 시서예악이 중국 고대 뿐만 아니라 현재의 동해에도 존재할 수 있게 함으로써 고대와 현대간의 시간적 간극을 이어주는 타임머신 같은 것이기도 하다.26)

나아가 소라이는 하늘의 뜻(天의 意思)으로서 고대 중국에 출현했던 <선왕의 道>가 중국에서는 영원히 사라진 뒤 드디어 동이사람<東夷의 人>인 자신의 고문사학에 의해 재획득되었다고 하여 자신을 슬며시 후지산(富士山)에 비유하기까지 했다. 또한 그는 동해의 한 나라 일본에도 고문사학, 즉 옛 성인이 세계를 풍요롭게 했던 그 '묘술'27)을 배워서 익힌 개국성인이 등장한다 해도 전혀 이상한 일이 아니라는 탈(脫)중화주의까지 부르짖는 점에서 고문사학과 자신을 근세일본의 지렛대로 간주한 인물이었다.

2. 지렛대로서의 성인주의(聖人主義)

소라이학은 일종의 매개설(媒介說), 또는 매개주의(媒介主義)다. 앞에서 보았듯이 그는 자신의 정치사상을 구축하기 위해 '지렛대의 힘과 원

---

26) 히라이시 나오아키(平石直昭)는 소라이가 先王의 道를 객관적으로 포착하기 위하여 <今言>이라는 틀(廓) 밖으로 나와 그것을 <古言>에 내재시켰다고 주장한다. 그는 소라이가 후대의 언어와 제도 속에서 생활하고 있는 학자로서 자신의 틀을 대상화시켜 <古文辭>와 <先王의 道=物>에 직면하게 함으로써 그 내부로부터 훌륭한 질서형성의 방법·원리(德·義)를 발견할 수 있게 하는 데 고문사학의 목적이 있다고 주장한다. 고대와 현대간의 말의 차이(언어의 비연속성)에도 불구하고, 즉 시간·공간을 초월하여도 다르지 않은 인간의 '사실의 연속성'을 확인하고 파악하려는 데 고문사학의 목적이 있다는 것이다. '戰中·戰後徂徠論批判', 『社會科學研究』第39卷 第1号, 東京大學社會科學研究所, 1987, 119쪽.

27) 소라이는 『政談』卷之二(311쪽)에서도 옛성인이 制度와 言物을 세우고 이로써 상하의 차별을 두며, 사치를 억눌러 세계를 풍요롭게 하는 것을 가리켜 <妙術>이라고 했다.

리'(a principle of lever)를 누구보다 잘 활용했기 때문이다. 예를 들어 언어의 시·공간적 차이를 해소하기 위해 고문사학을 그 첫 번째 지렛대로 사용한 것이나 막정(幕政)을 지배하는 장군과 자신을 더 강력한 힘으로 들어올리기 위해 두 번째 지렛대로서 성인을 이용한 경우가 그러하다.

1) 성인과 道

소라이는 "학문의 道는 성인에 대한 믿음에서 비롯된다"[28]고 하여 道의 연원을 성인신앙에서 찾는다. 더구나 그는 "대저 국가를 다스림(治)이란 의사의 치료와 같다. 성인의 道는 최상의 지극한 것으로서 신의(神醫)의 치료와 같다",[29] 또한 "성인의 덕은 광대한 천지와 같고 (그 은혜의 깨달음은) 천지일월의 은혜를 아는 것과 같다"[30]고 할 정도로 성인에 대한 절대적 신앙을 강조한다. 이처럼 소라이는 성인과 그의 道에 대한 믿음의 강조를 여러 가지 논의의 계기마다 반복한다. 그것은 소라이에게 선왕의 도와 성인신앙이 『변명』(弁名)을 비롯하여 『변도』(弁道), 『학칙』(學則), 『태평책』(太平策), 『정담』(政談) 등 여러 곳에서 성인절대주의에 기초한 고문사학과 반주자학적 정치사상을 형성하는 논의의 출발점이거나 귀착점이 되었음을 의미하는 것이기도하다. 요시카와 코지로(吉川幸次郞)나 히라이시 나오아키(平石直昭), 또는 쿠로즈미 마코토(黑住 眞) 등 많은 이들이 소라이학의 특징을 가리켜 '신뢰의 철학'[31]이라고 부르는 이유도 거기에 있다.

소라이에 의하면 "성인은 道의 출처이다." 다시 말해 道란 중국고대의

---

28) 『弁名』7, 169쪽.
29) 『太平策』, 458, 464쪽. 소라이는 神醫를 중국 전국시대의 名醫인 扁鵲과 黃帝의 신하였다고 전해지는 전설적인 명의 岐伯에 비유했다. 『漢書』藝文志에서는 이들을 보통의 의사가 아니라 국정의 진단자로 간주해왔기 때문이다.
30) 『徂徠先生答問書』, 479쪽.
31) 吉川幸次郞, 앞의 책, 129쪽, 平石直昭, 앞의 책, 126~133쪽, 黑住眞, '荻生徂徠の人間論に向けて', 『中國古典研究』, 第三十二号, 中國古典研究會, 1987, 4~6쪽. 『近世日本社會と儒敎』, ぺりかん社, 2003, 487~490쪽.

先王, 즉 옛(古) 성인의 道라는 사실을 그는 거듭 강조한다. 그는 요(堯), 순(舜), 하(夏)왕조를 세운 우(禹), 은(殷)왕조를 세운 탕(湯), 주(周)왕조의 창건자 세사람인 문왕(文王)·무왕(武王)·주공(周公) 등 7인을 가리켜 시서예악에 의한 통치 방법인 道를 창안해낸 <先王>이라고 부른다. 송대의 장재(張載, 1020~1077)가 복희(伏羲)·신농(神農)·황제(黃帝)·요·순·우·탕, 등 선왕 7인을 가리켜 성인이라고 하지만 소라이는 이에 동의하지 않는다. 전자의 3인은 인류의 생활방식으로서 농업·어업·상업 등을 고안해낸 선왕이지만 그것들은 천지자연의 물질적인 '이용후생'의 방법에 머물고 말았을 뿐 인위적으로 만들어 낸 道가 아니기 때문이다.32) 소라이가 道의 설정을 어디까지나 요순 이후로 한정하려는 것도 성인의 道가 이처럼 자연에 존재하거나 인간에 내재된 것이 아니라 선왕이 인위적으로 고안해서 만들어낸 것이라는 성인작위설(聖人作爲說)에 근거하려는 데서 비롯된 것이다. 소라이가 『소라이선생답문서』(徂徠先生答問書)(下)에서 요순을 가리켜 <我道의 원조>라고 부른다든지 (上에서) 요순우탕문무를 제왕으로서 道를 만드는 군주의 자리에 있었다고 단정한 것도 그런 이유에서였다. 이처럼 그는 道란 선왕이 만든 것일 뿐 천지자연의 道에 있지 않음을 분명히했다.33)

소라이가 주장하는 선왕의 道는 다단(多端)하다. 시서예악, 또는 예악형정이 그것이다. 7인의 선왕을 성인이라고 간주하는 것도 그들 모두가 정치적 군주나 군자로서 시서(詩書)의 사(辭)를 읽고 예악(禮樂)의 사(事)를 실연하며 그것들을 습숙하여 스스로의 인격을 함양하는 동시에 소인(인민)들도 크게 계몽시켰기 때문이다. 한마디로 말해 이것은 시서예악과 같은 선왕의 物, 즉 고문사 속으로 자기를 투입하는 것이다. 物에로의 자기투입과 고문사의 능동적인 실습을 통한 자타의 합치가 곧 격치(格致)이므로 선왕의 道야말로 자기혁신의 결정적인 계기가 되기 때문이다.

---

32) 『弁道』4, 14쪽. 『政談』卷之二, 304쪽.
33) 『弁道』4, 14쪽.

그러나 성인의 道는 신의(神醫)의 신비한 의술(医術)에 비유할 만큼 총명예지의 덕을 갖춘 성군(聖君)의 치술(治術)로 수렴된다. 한마디로 말해 그것은 시서예악에 의한 정치방법이다. 소라이도 그것을 '천하국가를 다스리는 사양'(仕樣)이라고 규정한다. "생각컨대 선왕은 천명을 받은 천하의 왕이다. 그의 마음은 오직 천하를 평안하게 하는 데 힘쓰는 것뿐이다"[34]라고 하여 소라이가 선왕의 道로서 특히 예악형정(禮樂刑政)을 강조하는 이유도 거기에 있다. 실제로 소라이에게는 막부의 정치질서의 안정과 유지가 가장 중요한 과제였으므로 무엇보다도 군주에 의한 예악형정과 문물, 즉 일체의 제도를 확립하는 정치만능론의 제기가 절실했다. 그런 시대상황 속에서 배태된 그의 정치사상이 성인=군주에 의한 정치제도론, 즉 위정자론이나 군주론으로 간주된다든지(本鄕隆盛) 자연주의적 질서사상의 해체와 그것에 대신한 작위적 사회계약설[35]로의 전환(丸山眞男, 野口武彦)이라고 불리는 것은 당연한 이치일 것이다. 道를 가리켜 '道者, 日用事物当行之理'로 규정하는 격물궁리(格物窮理)의 學(주자학)에서 理는 천지만물이 이렇게 존재하게 하는 구극의 원리이자 모든 사물도 각각 개별적 존재이게 하는 조리이다. 그것은 천지자연에 선험적으로 구비된 것인 동시에 인륜에도 갖춰진 천지자연의 道理이다.

이에 반해 형이상학적 理에 기초지우는 주자학의 道를 망단(妄斷)으로 규정하는 소라이의 道는 어떤 형이상학적 실체도 아니고 천지자연에 선험적으로 구비된 것도 아니다. 또한 그것은 "천지와 더불어 자연에 존재해 있는 것이라는 노장(老莊)의 '천지자연의 道'도 아니다. 그것은 성인이 작

---

34) 앞의 책.
35) 그러나 마루야마에 의하면 소라이의 선택은 로크와 루소적인 사회계약설이 아니라 "세계의 모든 백성들을 윗분이 손아귀에 넣고서 마음대로 하실 수 있게 해야 한다(『政談』卷之一)"는 홉스의 절대주의적인 계약설이었다. "진리가 아니라 권위가 법을 만든다"(Autoritas, non veritas, facit legem)는 홉스의 명제처럼 소라이에게도 법을 만드는 권위를 지닌 작위자는 오직 성인뿐이었다. 丸山眞男, 『日本政治思想史硏究』, 東京大學出版會, 1952, 232~239쪽.

위한 것이며 국천하(國天下)를 다스리는 방법이다."36) 다시 말해 그것은
오직 성인에 의해서만 인위적으로 만들어지는 것이다. 소라이에 의하면,
"道는 천하국가를 평치(平治)하기 위하여 고대의 인군(人君=성인)이 광대
심심(廣大甚深)한 지혜를 가지고 인정이나 사물의 도리에 거스르지 않도
록 만들어놓은 것이다"37)

소라이가 천하의 조화를 오묘하게 만드는 성인의 도를 가리켜 물레를
돌려 도기를 만드는 도조(陶釣)에 비유하거나(『學則』5) 국가를 자기의 이
상대로 실현시키려는 선왕의 道를 가리켜 이상적인 도기를 조형하는 도주
(陶鑄)에 비유하는(『弁道』2) 것도 송유의 선험적인 자연주의를 부정하고
후천적인 성인작위설을 강조하기 위해서였다. 모든 정치제도가 작위적이
라는 전제하에서 그가 인위적인 제도의 통명으로서의 예악형정을 성인의
道라고 반복하여 천명하려는 것도 그런 이유에서였다. 예를 들어, "道란
통명이며, 예악형정은 무릇 선왕이 만든 것들을 모두 열거하여 붙여진 이
름이다. 예악형정을 떠나서는 어떤 다른 道도 있을 수 없다"38)는 단정이
그것이다. 마루야마의 지적처럼 소라이가 말하는 선왕은 道를 절대적으로
만든 작위자(absolute inventor)이다. 그가 만든 예악도 송학처럼 천리를 표
현(節文)한 것이 아니며 인사(人事)에 대한 법칙(儀則)이라는 추상적인 것
도 아니다. 물론 순자의 그것과도 다르다. 그러므로 소라이가 말하는 선왕
의 도는 인간의 내면성, 즉 인성의 개혁보다는 오직 정치적 지배 도구로만
간주하는 점에서 무엇보다도 외재적이다.39)

2) 육경과 복고주의

소라이학을 주자학 뿐만 아니라 고학파의 선구인 진사이학과도 차별화

---

36) 『徂徠先生答問書』下.
37) 『徂徠先生答問書』上.
38) 『弁道』3, 13쪽.
39) 丸山眞男, 『日本政治思想史硏究』, 東京大學出版會, 1952, 211~212쪽.

할 수 있는 단서는 육경에 있다. 주자학이 사서중심주의였고 진사이학도
논맹중심주의였다면 소라이학은 육경중심주의였기 때문이다. 소라이의
사상은 공자와 그 언행을 기록한『논어』를 중심으로 형성된 진사이학(仁
齋學)과는 달리 공자가 존경했던 선왕들, 그 중에서도 <나의 道의 원조는
요순이다>라는 주장에서도 보듯이 예악의 창설자인 요순의 업적을 중핵
으로 하여 형성되었다. 공자의 언행록인『논어』야말로「최상지극 우주제
일의 책」(最上至極宇宙第一書)이라고 (『論語古義』「總論」에서) 주장하는
진사이와는 달리 소라이는 성인이 만든 物인 시서예악 등 육경이 요순으
로부터 시작되었다고 생각하기 때문이다.

 소라이는 선왕의 道란 공자도 배워야 할 것임을 분명히한다. 그러나 사
람들은 공자가 배우려 한 것을 배우지 않고 공자를 배우려 한다는 것이다.
그는 공자와 육경과의 관계를 가리켜 사람들이 숲은 보지 않고 나무만 보
려한다고 지적한다. 그는 사람들이 공자의 언행이 기록된『논어』를 다루
면서 공자의 가르침을 전수받으려 하지만 공자가 배우려고 한 성인의 物
을 보지 않은 채 공자의 가르침만을 깨달을 수 있겠는가 하고 반문한다.
그에 의하면 실제로 공자의 道는 선왕의 道이다. 공자는 평생동안 노(魯)
나라에도 주(周) 나라에 못지 않는 이상정치를 실현시킴으로써 노나라를
동주(東周)로 만들어보고 싶어했다. 공자가 선왕의 道인 육경을 닦은 것도
그 때문이었다는 것이다. 그러므로 소라이는 육경과 논어에 대해 "육경은
物이요 논어는 의(義)다"라고 전제한 뒤 육경을 논어 아래에 두고 논어만
을 최상의 책이라고 강조한 진사이의 논어중심주의를 반박했다. 만일 육
경을 폐하고 논한다면 논어의 논의도 공언(空言)이 된다는 것이다. "오늘
날 성인들을 본받지 못하는 것은 송나라 유학 이후의 큰 단점이다. 궁극적
인 가르침이란 육경 없이는 불가능한 것"[40]이라고 단언한다든지 "논어는
공자의 사(私)이다. 그러나 이것을 천하후세에 공(公)으로 만든 것이 곧 육

---

40)『論語徵』「題言」.

경이다"[41]라고 주장하는 이유도 거기에 있다.

소라이에 의하면 "육경은 物이다."(『學則』3) 그것은 추상적인 규범을 제시하는 것이 아니라 그 규범이 작용하는 장면이나 여건, 또는 구체적 행위 같은 인정세태(人情世態)에 대한 표준적 사실에 대한 강조이다. 그러므로 육경은 시서예악과 예악형정의 문물제도를 망라한다. 이처럼 소라이는 선왕의 道를 육경에 나오는 物로 파악하고 효제인의로부터 예악형정에 이르기까지를 통명하여 지칭한다. 성인의 道를 구하려는 자는 반드시 육경에서 구함으로써 그 物을 알게 되고, 이를 진한시대 이전의 책에서 구함으로써 名을 알게 된다. 그러므로 物과 名이 서로 어우러진 연후에야 성인의 道를 논할 수 있다. 즉 변명(弁名)할 수 있다는 것이다.[42]

이상에서 보았듯이 소라이 사상의 기저에는 주자학에 대한 해체의 부정적 매개로서 육경주의가 도처에서 강조되고 있다. 그는 해체를 위한 밑그림을 중국고대에서 찾았고 그 실체로서 개국성인들을 발견했기 때문이다. 그가 선택한 해체의 매개시간이 고대였으므로 그 이념도 고대를 지향하는 복고주의일 수 밖에 없었다. 심지어 그는 철저한 습숙을 통해 육경에로의 회귀를 주장할만큼 복고주의자였다. 그러나 이것은 근세로부터의 이탈과 해체를 위한 단순한 고대로의 복귀가 아니다. 그의 밖으로의 사고가 선택한 경계넘기는 근세와의 단절을 위한 것이라기 보다 오히려 근세를 철저히 조망하고 분석하기 위한 것이었다. 그러므로 소라이가 주장하는 '밖으로의 사고'에는 기본적으로 멀리서 조망하려는 원근법주의(perspectivism)가 작용하고 있음을 부인하기 어렵다. 그의 육경주의는 복고주의에 대한 강조만으로 그친 것이 아니라 주자학을 넘어 유학에 대한 습합과 해독의 시·공간적 경계확대를 가져왔기 때문이다. 소라이는 해독자들에게도 요순으로부터 주자에 이르기까지 여숙의 경계를 그만큼 확장시켜 놓았던 것이다.

---

41) 『蘐園十筆』 蘐園三筆, 637쪽.
42) 『弁名』上, 41쪽.

3) 성인신앙의 세속화와 요청으로서의 대리성인

소라이는 『학칙』1에서 다음과 같이 결론짓는다. "설령 공자(仲尼)의 가르침을 배워 제자(子路)가 깨우침을 얻는다고 해도 이상할 것이 없다. 즉, 동해의 한 나라가 성인을 배출한다고 해도 전혀 이상한 일이 아니거늘, 이를 일컬어 학칙이라고 한다." 이것은 그의 성인주의가 지향하는 종착지가 어디인지를 분명하게 시사하는 글이다. 그에게 중화성인 신앙은 어디까지나 막부의 개국성인에의 요청에 이르기 위한 우회로이자 매개수단이었기 때문이다.

소라이학을 일본정치사상사에서 주목해야 할 이유 가운데 하나는 그가 누구보다도 먼저 성인(선왕)이란 누구(Who)인지, 그리고 그들이 왜(Why) 중요한지를 규명하려 했다는 데 있다. 사실상 소라이의 중화성인에 대한 동경과 신앙은 종교적이거나 도덕적인 동기에서 비롯된 것이 아니다. 그는 그들을 모두 개국의 창업을 훌륭하게 이룩한 선왕(善王)으로서 성인시하기 위하여 신앙하는 것이다. 소라이에게 그들은 신앙의 대상이라기 보다 난세를 극복한 뛰어난 치자(治者)로서, 즉 도쿠가와막부의 모범적인 정치적 모델로서 절대적인 존재들이었다. 이런 점에서 그의 정치사상은 이미 논리적으로 '존숭(尊崇)에의 오류'(Argument ad verecundiam)를 고의로 범하고 있는 것이나 마찬가지이다.

소라이의 논리에 따르면 도쿠가와막부 개국의 시조인 이에야스(家康)가 성인의 道에 따라 제도를 세워야 하는 본래의 임무를 띠고 있었지만 대혼란에 빠져 있던 당시로서는 옛 성인의 제도보다 무단통치가 불가피한 상황이었고, 그로 인해 결국 제도가 없는 상태에 이르게 되었다는 것이다. 그러므로 소라이는 이에야스가 했어야 할 제도의 작위를 제8대 장군인 요시무네(吉宗)가 할 수 밖에 없었다고 생각했다. 소라이에 의하면, "일본국 전체를 윗분(上樣=장군)의 자유로운 뜻대로 할 수 없을 때에는 정치가 벽에 부딪히게 될 것"이므로 "세계의 모든 백성들을 모두 윗분이 손아귀에

넣고서 마음대로 할 수 있게 해야 한다."43) 다시 말해 요시무네야말로 정
치적 무질서를 극복하기 위하여 위기상황에서 등장한 선왕에 버금가는 주
체적 인격이었다는 것이다. 마루야마 마사오도 봉건사회인 겐로쿠(元祿)
시대에 내재했던 모순들의 급속한 악화가 요시무네에 의한 쿄우호(享保)
개혁을 초래했고, 그로 인해 이에야스 이래 견고하게 자리잡아온 주자학
의 자연주의적 질서관도 전면적인 해체가 불가피하게 되었다고 주장한
다.44)

마루야마 마사오가 생각하는 개국성인 요시무네와 그의 파트너 소라이
에 의해 진행된 개혁에 대한 평가는 단지 '위로부터의 대규모적인 제도의
변혁'으로만 끝나지 않는다. 마루야마는 '자연으로부터 작위로의 추이'(推
移)를 가리켜 퇴니스(F. Tönnies)가 인간의 자연적인 본질의지와 인위적인
선택의지에 대응하여 사회유형도 두 가지로 도식화한 개념을 이용하여
'게마인샤프트(Gemeinschaft)에서 게젤샤프트(Gesellschaft)로'라고 설명한다.
또한 그는 헨리 메인(H. Maine)이 사회계약에 근거하여 진행된 서구사회의
근대화를 규정한 '신분에서 계약으로'(Status to Contract)라는 슬로건에 의
존하여 소라이의 작위적 질서를 설명하기도 한다. 나아가 그는 "인간이
질서에 대해 주체성을 확보해가는 것은 실로 유기체관의 붕괴에서 시작되
어 기계관의 수립에 이르러 그 극에 달했다"45)고 하여 요시무네의 제도개
혁을 교회의 권위와 신적 이성이 지배하는 서구 중세의 토마스적 자연주
의 질서에서 인간이성이 지배하는 Commonwealth나 State(Civitas)로의 전환
같은 근대적 제도관의 눈부신 성과에 비유하기까지 했다.

그러나 이러한 대리성인론(代理聖人論)이나 선왕수적설(先王垂迹說)은
요시무네의 개혁정책에서 비롯된 것이라기보다 "대저 국가를 다스리는
것은 의사(神醫)의 치료와 같다"(『太平策』)고 하여 예악형정의 작위자로서

---

43) 『政談』卷之一, 247쪽.
44) 丸山眞男, 『日本政治思想史研究』, 209쪽.
45) 앞의 책, 228쪽.

개국의 군주에 대한 소라이의 반주자학적 정치사상의 논리가 찾아낸 것이
다. 이러한 신의수적설(神醫垂迹說)의 등장은 막번체제의 옹호자로서, 그
리고 요시무네의 자문으로서 만년에 그를 위해 『정담』(政談)과 『태평책』
(太平策) 등을 쓴 소라이의 자의적인 의미부여의 성격이 더 짙다. 소라이
는 애초부터 특정인격에로의 귀의를 위해 이 책들 속에서 '선결문제 요구
의 오류'(Fallacy of begging the question, Petitio principii)를 이용하여 중국의
고대성인과 요시무네장군이 겹치도록(overlapped) 의도적으로 조합했기 때
문이다. 더구나 그는 이러한 습합의 완성도를 더욱 높이기 위해 화어화음
(華語華音)으로 성인들의 고문사를 습숙하는 방법까지 주문하는 주도면밀
함을 보여주었던 것이다.

　이렇게 보면 소라이는 습합의 당위성 확보에 논리적 · 이론적으로 가장
성공한 사상가였으며 마루야마 마사오도 그것에 대한 해독의 정당화를
위해 서구의 정치이론과의 습합에 가장 성공한 정치사상가였다. 그러나
혼고우 타카모리(本鄕隆盛)에 의하면 마루야마처럼 서양근대사상에 비추
어 일본근대사상의 달성도를 계측하는 방법, 즉 일본의 근세사상에 대한
분석의 틀과 기준을 서양의 근대사상에서 구하여 정식화하는 방법이 지
닌 문제점은 사상의 근대성에 대한 평가의 척도가 서양의 근대적 사유와
의 근사성(近似性)에 국한하고 있다는 점이다. 소라이학에 대한 해독에서
마루야마 마사오가 범한 오류도 근세유학을 유학적 세계와의 연관 속에
서 그 사상적 영위의 독자성을 파악하지 않고 유학과는 전혀 다른 세계관
적 구조를 지닌 서양근대사상의 범주에서 계측한 데서 비롯되었다는 것
이다. 다시 말해 마루야마 마사오의 논의는 기본적으로 '논점일탈의 오
류'(Fallacy of irrelevant conclusion)을 범하고 있는 것이다.[46] 이런 점에서 야
스마루 요시오(安丸良夫)는 마루야마의 소라이해독을 가리켜 '방법의 승
리'라고 평하지만 혼고우 타카모리는 오히려 '무참한 패배'라고 비난한다.

---

46) 本鄕隆盛, '荻生徂徠の公私觀と政治思想', 『日本思想史學』第22号, 日本思想
　　史學會, 1990, 69쪽.

코야스 노부쿠니(子安宣邦)도 마루야마 마사오의 소라이학은 근대에 대하여 자의적으로, 또는 '강제된 해석에 기초하여 만든 이야기(物語)의 산물'[47]에 지나지 않는다고 비판한다.

그럼에도 불구하고 이들의 습합이론이 성공한 듯이 보이는 직접적인 원인(近因)은 무엇이었을까? 그것은 무엇보다도 오규 소라이와 마루야마 마사오의 논의가 어떤 습합이론의 경우보다도 '존숭에의 오류'와 '선결문제 요구의 오류'를 논리적으로 잘 결합한 전략을 적극적으로 활용했다는 데 있다. 그들은 '선결문제의 요구'(begging the question)를 각자가 존숭의 대상으로 삼는 텍스트들 속에서 적절하게 충족시키고 있기 때문이다. 더구나 마루야마 마사오는 거기에다 '논점일탈의 오류'까지 추가하면서 습합의 외연을 세계 속으로 무한히 확대하려 했다. 그는 자신의 선구적 모델인 소라이를 능가할 정도로 중세의 스콜라철학 이래의 다양한 서구사상과 이론들을 인용하고 대비(對比)하는 방법적 습합으로, 즉 일본사상 밖으로의 화려한 일탈을 통해 소라이학을 서구적 설명틀에 맞게 습합화(習合化)함으로써 육경을 비롯한 중국의 고문사학과 철저하게 습합한 소라이의 습합 기술을 상속받았던 것이다.

그러나 이들의 습합이론이 성공할 수 있었던 간접적인 원인(遠因)은 일본의 문화와 사상의 전통적 특징인 습합 콤플렉스가 이들에게도 예외없이 작용했기 때문이다. 사가라 토오루(相良 亨)에 의하면 일본인의 윤리의식에는 자기와 타자와의 단절에 대한 반성이 희박하다.[48] 요시카와 코지로가 소라이학을 고문사에로의 자기투입과 같이 <상대와 자기와의 합치>라는 신뢰의 철학에서 비롯된 것이라고 규정하는 이유도 마찬가지이다. 그러나 따지고 보면 모든 습합의 심리적 저변에는 신뢰의 철학이 자리잡고 있음을 부인할 수 없다. 아틀라스 콤플렉스가 거대한 타자와 습합하려는 강박관념을 갖게 하는 것도 거대타자에 대한 신뢰가 일본인의 심리적

---

47) 子安宣邦, 『事件としての徂徠學』, 靑土社, 1990, 51쪽.
48) 相良亨, 『成實と日本人』, ぺりかん社, 1980, 11쪽.

기저를 이루고 있기 때문이다.

V. 해석의 상대성(1): 두 개의 소라이학

가다머(H-G. Gadamer)에 의하면 해석은 지평융합(Horizontsverschmelzung)이다. 그것은 지평이 다르면 융합도 달라진다는 의미일 수 있다. 열려진 지평만큼 융합된 의미도 다양하게 열려진다. 해석의 차이나 상대성도 거기에서 생겨난다. 예를 들어 소라이학을 가리켜 '방법의 승리'라고 하는가 하면 '무참한 패배'라고도 평한다. 또한 그것을 '독창적인 방법'(野口武彦)이라고 호평하는가 하면 '모방의 극치'(中井竹山)라고 혹평하기도 한다. 다수자들(丸山眞男, 平石直昭 등)이 그것에 내재된 '엄숙주의로부터의 해방'을 강조하는가 하면, 그것을 가리켜 소라이 자신이 속한 치자계급의 이익을 대변하는 '억압의 논리'라고 비난하는 소수자 미즈바야시 타케시(水林彪)도 있다. 히라이시 나오아키는 소라이학이 '체제의 핵에 잠재한 주술적 의식으로부터 이탈'함으로써 일본사상사에서 근대로 전환하는 계기를 마련했다고 높이 평가한다. 그러나 와타나베 히로시(渡辺浩)는 그것을 가리켜 '정치체제의 존재목적을 고려하지 않고 단지 그 안정적 존속 자체만을 목적으로 한 체제이데올로기'에 불과하다고 정반대로 평가한다. 텍스트를 융합하는 지평에 따라 해석의 의미는 이렇게 달라지는 것이다.

1. 방법으로서의 소라이학

텍스트에 대한 이해, 즉 해석이란 텍스트의 구조와 내용에 대한 해석의 목적과 방법 등에 따라 전혀 달라질 수 있다. 이것은 소라이학의 경우에도 마찬가지이다. 그러면 소라이학을 어떻게 이해해야 할 것인가? 텍스트로서 소라이학의 실체와 내용, 그리고 목적에 대해 이제까지 논의한 선행이해(Vorverständnis)⁴⁹⁾를 전제한다면 나머지 문제는 해석의 방법이다. 오규 소라이는 누구보다도 유난히 방법의 문제에서 논의의 단서를 찾으려 한 인물이었기 때문이다. 그러므로 소라이학에 대한 방법적 이해를 위해서는 이른바 '방법으로서의 소라이학'에 관한 논의가 필요하다.

마루야마 마사오 이래 현재까지 일본사상사에서 오규 소라이를 정점으로 하는 근세 초기의 유학에 대한 평가적 논의는 혼고우 타카모리(本鄉隆盛)가 '무의식화된 해석방법'이라고 지적할만큼 두 가지 해석의 지평으로 양분되어 있다. 그의 지적에 따르면 "이 두가지 방법은 수십년간 우리들 대개의 무의식 속에서 빚어진 방법적 틀이었다"⁵⁰⁾는 것이다. 그러면 이 두 가지 지평이란 무엇이고, 해석을 위한 두 가지 융합방법은 무엇인가?

1) 서구화된 소라이학

소라이학의 해석을 위한 첫 번째 지평은 서구이다. 또한 그 지평융합의 방법도 서구적이다. 소라이학에다 서양옷을 입히고 금발로 치장하며 서양 인형으로 만들기에 공들여온 해석 방법들이 그것이다. 마루야마 마사오를 필두로 하여 나라모토 타츠야(奈良本辰也), 이마나카 칸시(今中寬司), 야스마루 요시오(安丸良夫), 그리고 노구치 다케히코가 그 작업의 대표적인 장인(匠人)들이다.⁵¹⁾ 이들은 서양의 근대사상을 계측기로 삼아 소라이학을

---

49) <선행이해>란 원전(text)을 비롯하여 소라이학에 대한 직접적인 이해 뿐만 아니라 마루야마 마사오 이래 소라이학에 대하여 이제까지 열거한 모든 해석자들의 논의를 가리킨다. 독일의 해석학자 큄멜(F. Kümmel)은 이것을 가리켜 <지참된 선행이해>(mitgebrachtes Vorverständnis)라고도 부른다.

50) 本鄉隆盛, 앞의 책, 70쪽.

51) 히라이시 나오아키(平石直昭)는 마루야마 마사오의 견해를 계승 · 비판 · 수정하면서 소라이학의 해석에 있어서 하나의 좌표축을 형성해왔다고 주장한다. 相良亨, 田原嗣郎, 源了圓, 佐藤昌介, 尾藤正英, 松本三之介, 西鄉信綱 등에 의해 1960년대말까지 발표된 논고들은 이점을 분명히하고 있다는 것이다. '戰中 · 戰後徂徠論批判', 『社會科學硏究』제39권 제1호, 東京大學社會

정점으로 한 근세초기의 일본유학을 측량한다. 경제적 가치와 매장량을 기준으로 하여 해저의 대륙붕에서 유전을 탐사하듯이 이들은 서양의 근대적 사유와의 근사성을 척도로 하여 일본의 근대적 사유의 발단을 탐사한다. 이들이 소라이학을 근대적 사유가 분출할 수 있는 가장 유력한 유전으로 발굴(해석)한 것도 그러한 방법에 의해서였다.

예를 들어, 마루야마 마사오는 "'군주된 이는 설령 도리에서 벗어나 사람들의 비웃음을 살만한 일이라 하더라도 백성을 평안하게(安民) 할 수 있는 일이라면 그 어떤 것이라도 기꺼이 하겠다는 생각을 가져야 한다. 그런 마음을 가진 사람이라야 진실된 백성들의 부모라고 말 수 있다.' … 이것은 분명히 유교도덕의 가치 전환이다. 여기서 우리는 마키아벨리『군주론』(의 다음과 같은 구절)을 떠올리게 된다"고 주장한다. "한 사람에게 모든 미덕이 갖추어져 있다는 것은 인간의 연약함으로 볼 때 불가능한 일이므로, 군주는 지위를 잃을 우려가 있는 악덕들을 피하고, 그 밖의 악덕으로부터도 가능한 한 자신의 몸을 지키는 것이 현명하다. … 그러나 악덕을 무릅쓰지 않고서는 통치할 수 없는 경우에 비방을 감수하기를 주저해서는 않된다"[52]는 마키아벨리의 주장이 그것이다. 더구나 마루야마 마사오는 마키아벨리와 소라이의 이러한 주장이 지닌 역사적·사회적 지반의 차이를 고려하지 않으면 안된다고 하면서도 "근대 유럽에서 과학으로서의 정치학을 수립한 영예를『군주론』의 저자가 안고 있는 것처럼 일본의 도쿠가와 봉건제하에서 <정치의 발견>을 소라이학에 돌린다고 하더라도 부당한 일이 아닐 것이다"[53]라고 하여 소라이학, 특히 소라이의『태평책』(太平策)을 마키아벨리의『군주론』과 등가의 것으로 간주하고 있다.

또한 마루야마 마사오는 주자학에 대한 소라이학의 반주자학적 특성을 중세말의 보편논쟁에 이은 종교개혁과 근대초의 자연과학적 혁명에 이르

科學硏究所, 63～64, 69～73쪽.

52) 丸山眞男, 앞의 책, 83쪽.

53) 앞의 책, 84쪽.

기까지의 과정에 비유하는가 하면 합리주의에 대한 비합리주의의 투쟁[54)]
에 비유하기도 한다. "우리는 유럽의 중세로부터의 근대에 걸치는 철학사
에서 후기 스콜라철학이 맡았던 역할을 떠올리게 된다. 둔스 스코투스
(Duns Scotus) 등의 프란시스코 학파나 그 뒤를 이은 윌리엄 오캄(William of
Occam) 등의 유명론자들은 전성기 스콜라철학의 '주지주의'와의 투쟁에
있어서 인간의 인식능력에 광범한 제한을 부여해 …, 한편으로는 종교개
혁을 준비함과 동시에 다른 한편으로는 자연과학이 발흥할 수 있는 길을
열어주었다. 소라이학이나 노리나카학에 있어서의 <비합리주의>도 다름
아닌 바로 그런 단계에 있었다"[55)]는 주장이 그것이다.

  이러한 사정은 마루야마 마사오의 우산 속에 들어 있는 노구치 다케히
코의 경우에도 크게 다르지 않다. 그에 의하면 "소라이는 우리에게 무엇
일까? 나는 소라이와 현대의 우리와의 접점을, 즉 소라이가 에도의 학문과
사상 속에서 몇가지의 근대적 사고방식의 계기를 마련해주었다고 생각한
다. 그는 당대 사상에 근대의 도입을 매우 개성적이고 독창적인 방법으로
시도했으며, 그것은 어떤 의미에서 시류를 뛰어넘는 걸출한 것이었다"[56)]
고 하여 우선 소라이학 속에서 작용하고 있다는 근대적 혜안을 극찬한다.
그것은 마루야마의 주장과 마찬가지로 유럽정치사상사에서 나타난 <중
세에서 근대로의 추이>와 유사한 사유의 근대성을 소라이의 사고방식에
서도 발견할 수 있기 때문이라는 것이다. 인간이 태어남과 동시에 그 속에
서 생활해야 한다는 사실이 운명적으로 강요되는 정치제도가 사실상 신화

---

54) 한편 源了圓도 주자학의 사변적 합리주의는 소라이학의 비합리주의에 의해
    극복되었다고 주장한다. 그는 특히 여러 가지 이유에서 주자학적 究理를
    부정하고 성인신앙이나 天에 대한 외경을 주장했다고 하여 소라이학이 '反
    합리주의에 기초한 사실주의'를 이끌었다고 평가한다. 『德川合理主義の系
    譜』, 中央公論社, 1972, 101쪽.
55) 앞의 책, 185쪽.
56) 野口武彦, '徂徠政治における虛構と實體', 『思想の科學』, 1967, 8월호, 思想の
    科學社, 14쪽.

이자 허구에 지나지 않는다는 점을 발견하는 것이 서구 정치사상사에서 근대와 전근대를 구별하는 사고방식의 분수령이 된다는 정치학자 캇시러와 세바인의 근대성론을 그는 소라이학에도 다음과 같이 그대로 적용할 수 있다고 주장한다.

"유럽에서는 토마스적 자연주의에 기초한 중세국가의 이념이 법왕권과 군주권의 투쟁이나 종교개혁 등에 의해 붕괴된 뒤 세바인이 말하는 '*Who is the human Legislator?*'의 문제가 가장 큰 쟁점으로 등장했다. 한편으로는 신으로부터 지상지배를 위탁받은 절대군주가 통치권을 가진다는 제왕신권설이, 다른 한편으로 그보다는 약간 뒤늦게 사회구성원의 자유의지에 기초한 캇시러의 '본래 신비적일 수 없는' 정치제도를 계약에 의해 수립하려는 사회계약설이 생겨났다. 본래 사상적 배경이나 전통도 전혀 다른 소라이의 정치사상이 도달한 <정치적 허구>의 발견은 그 사고의 논리전개의 결과로서 유사한 문제를 소라이 스스로 제기하지 않으면 안되었다"[57]는 주장이 그것이다. 이처럼 마루야마 마사오가 먼저 윌리엄 오캄이나 마키아벨리의 옷으로 소라이학을 입히더니 이번에는 노구치 다케히코가 세바인과 캇시러의 옷으로 갈아입힌 것이다. 여기에도 일종의 '바나나콤플렉스'(Banana-complex, 또는 Bananaism―껍질은 황색이지만 알맹이는 백색임을 드러내고 싶은 황인종의 백색콤플렉스)가 역으로 작용하고 있음을 부인하기 어렵다.

2) 중국화된 소라이학

소라이학의 해석을 위한 두 번째 지평은 중국이고, 그 지평융합의 방법도 중국유학 내부에 있다. 일반적으로 중국의 주자학이나 양명학이 지닌 우주론 등의 형이상학이나 도덕적 이상주의와 같은 근세유학의 보편적 측면이 소라이학에 의해 수용되지 않은 채 좌절되었다는 부정적 평가가 그

---

57) 앞의 책, 18쪽.

것이다. 그러나 이경우에도 해석의 지평이 일본사상인지 아니면 중국사상
인지에 따라 그 결과가 달라진다. 대개의 경우 소라이학이 주자학을 해체
시킴으로써 근대사상에로의 자격을 지니게 되었다고 평가한다. 많은 사람
들은 지금까지도 소라이학에 대해 일본의 근세유학 내부에서 발생한 <근
대적 사유의 성장>이라는 시각에서 평가하기를 더욱 선호한다.

이와는 반대로 그러한 해석을 객관적 평가라기보다 아전인수(我田引水)
의 심리가 낳은 결과로 간주하여 경계하려는 이도 없지 않다. 특히 소라이
학이 주자학을 좌절시킴으로써 그만큼 사상적 가치가 낮아졌다고 평가하
는 경우가 그러하다. 일찍이 에도후기의 유학자인 비도우 지슈(尾藤二洲,
1745~1813)는 그런 이유에서 소라이학을 <공리(功利)의 學>이라고 단정
한다. 그는 소라이의 사상적 경향성, 특히 수신(修身)과 같은 도덕적 가치
를 경시하고 그 대신 정치적 가치, 즉 정치지배의 공리만을 강조하는 데
치우쳤을 뿐만 아니라 고작해야 문예호사가의 유희(遊戱)로만 흘렀던 점
을 단호하게 비판한 것이다.[58]

혼고우 타카모리(本鄕隆盛)는 소라이학에 대한 평가적 해석에서 "소라
이의 정치사상의 특징을 밝히려는 과제하에 소라이가 사상형성 과정에서
부정적 매개로 삼았던 주자학과 그것에 의거하여 사상형성을 시도한 중국
고대사상을 검토한다." 특히 그는 "소라이학을 둘러싼 두가지 상이한 평
가의 토대가 되는 소라이의 독자성과 그것을 지탱하는 인간관에 초점을
맞춰 소라이학의 역사적 위치를 자리매김하려 한다"고 밝히고 있다. 더구
나 그는 "만일 이렇게 하는 것이 가능하다면 우리는 근세사상에 대한 분
석의 틀이 되어온 이 방법, 더욱이 일본문화론에서 흔히 보아온 일본사상
의 독자성이나 특수성을 강조하거나 고정화하는 방법을 상대화하고 연구
대상에 상응하는 방법과 관점을 설정하려고 노력하지 않을 수 없다"[59]고
주장함으로써 <근대적 사유의 성장>에만 초점을 맞추려는 집착에서 벗

---

58) 小島康敬, 『徂徠學と反徂徠』, ぺりかん 社, 1994, 203~205쪽.
59) 本鄕隆盛, 앞의 책, 70쪽.

어나 근세사상에 대한 분석방법의 상대화를 강조하고 있다.

실제로 근세사상사의 전환점이라는 소라이학이 <근대적 사유>의 배태이건 성장이건 그러한 해석—마루야마의 우산효과(an umbrella-effect)—은 소라이학을 통해 유학의 일본화나 <소라이학의 일본화>를 시도하기 위한 슬로건이거나 운동 이상의 의미를 제공하지 않는다. 왜냐하면 미리 정해놓은 결론에 맞추기 위해서 '선결문제의 요구'에 쫓겨야 하는 해석인플레이션(inflated interpretation)과 그로 인해 일본화의 논증보다 구호에다 힘을 더 쏟는 불완전한 지평융합들이 지금까지도 적지 않기 때문이다. 오히려 중국문학 전문가인 요시카와 코지로의 「소라이학안」(徂徠學案)이 발표된 이래 「민족주의자로서의 소라이」(1974)와 「일본적 사상가로서의 소라이」(1975)를 연이어 발표했음에도 불구하고 그와 같은 슬로건이나 운동은 <소라이학의 중국화>라고 할만큼 해석의 지평을 이동하여 확산하는 현상을 나타내고 있다. 히라이시 나오아키도 <일본화>라는 분석시각의 유효성을 부정하지 않으면서도[60] 근년에 이르기까지 소라이연구의 흐름을 돌이켜 볼 때 「소라이학안」을 하나의 계기로 하여—종래의 연구에서 언급되지 않았던—새로운 관심과 시각에서 소라이론들이 배출되고 있다고 주장한다. 그 예들을 열거하면 다음과 같다.

a) 『노자』나 『순자』의 여러 착상이 소라이학의 전개에서 구체적으로 어떤 작용을 했는지에 대한 분석(尾藤正英과 高橋博己).

---

60) 平石直昭, 앞의 책, 75쪽.
　　여기에서(注9) 그는 <日本化>를 가리켜 새로운 사상이 <外>으로부터 들어와 <日本>의 조건에 적합한 것으로 변화하는 것이라고 규정한다. 다시 말해 新·外가 舊·內와 격투하면서 전자가 후자에 의해 변용되는 과정이 곧 日本化라는 것이다. 그러나 이것은 我田引水式 규정이다. 일본의 사상사나 문화사에서 이뤄진 대개의 습합 양상들은 그렇지 않았기 때문이다. 오히려 그와 정반대인 경우가 주류일 것이다. 오규 소라이가 <고문사학에로의 자기투입>을 강조하는 것이 좋은 본보기이다.

b) 소라이의 초기작품이나 『훤원수필』(諼園隨筆) 등에서 「二弁」에로 비약하는소라이의 사상형성 과정을 내재적으로 추적하려는 노력 (野口武彦, 黑住眞, 田尻裕一郎).

c) 소라이학에서 학문교육론이 지닌 의미나 정치론과의 관계에 대한 분석(성인신앙, 격물치지, 인재론에 대하여)이나 더 넓게는 <天>, <성인>, <인성>, <궁리>, <제도작위>, <物> 등 소라이학을 구성하는 주요범주와 그 논리적 연관을 해명하려는 시도(辻本雅史, 黑住眞, 小島康敬, 藤本雅彦, 相見英咲, 日野龍夫).

d) <天>과 연관된 소라이의 <귀신관>의 문제(源了圓, 子安宣邦, 中村春作).

e) 소라이학에서 병학(兵學)이 지닌 의미나 역할의 분석(前田勉).

f) 일반적으로 훤원학파에 있어서 고문사연구의 실제와 그 사상적 의미의 추구(日野龍夫).

g) 소라이의 고전주해나 그 방법을 둘러싼 연구(山下龍二, 澤井啓一, 中村春作).

그는 이처럼 주로 중국고대 사상, 특히 『논어』, 『맹자』, 『대학』을 비롯하여 육경을 중심으로 한 선진유학과의 연관 속에서 전개되고 있는 소라이학에 대한 백가쟁명(百家爭鳴)의 모습을 가리켜, "여기에다 소라이나 그 주변인물들에 대한 전기적 관심이 더해진다면 정말로 백화료난(百花繚亂), 어쩌면 백귀야행(百鬼夜行)의 전국(戰國)상태를 방불케하는 것이 소라이연구의 현재 상태"[61]라고 주장한다. 더구나 이것은 마루야마 마사오의 『일

---

61) 平石直昭, 앞의 책, 65쪽. 또한 (73~74쪽에서) 그가 제시한 집필자별 논문들을 열거하면 다음과 같다. 尾藤正英, 「荻生徂徠の老子觀」, 野口武彦, 「徂徠學派における老子受容」 「徂徠學の成立における孟子像の旋回」, 高橋博己, 「徂徠『讀荀子』正名篇注釋をめぐって」, 緒形康, 「荻生徂徠の言語論—『讀荀子』から『弁名』へ—」, 辻本雅史, 「荻生徂徠の人間觀」, 黑住眞, 「活物世界における

본정치사상사연구』보다 10여년 전에 츠다 소우키치(津田左右吉)가 『중국
사상과 일본』(シナ思想と日本, 1938, 岩波新書)에서 오규 소라이를 비롯한
도쿠가와막부 당시의 일본지식인들의 유가적 활동을 가리켜 <중국숭배>
에서 비롯된 것일 뿐, 중국 고대사상인 유학의 일본화와는 전혀 무관하다
고 단언한 것과 비교해보면 격세지감(隔世之感)이 있다.[62]

2. 사건으로서의 소라이학

사건이란 충격과 영향을 일으킨 사실이나 사태를 가리킨다. 프랑스의
역사가 폴 베인느는 1984년 6월 27일자 「르 몽드」에 기고한 미셸 푸코의
죽음을 애도하는 추도문에서 "푸코의 모든 저작은 그것 자체가 금세기의
<가장 중요한 사건>으로 여겨진다"고 적고 있다. 그에 의하면 푸코의 저
작들은 모든 <합리주의의 종언>, 즉 2500년 계속된 <형이상학의 종언>
을 가져왔고 "역사기술의 흐름을 90°방향으로 전환시켰기 때문이다."
1992년 4월 13일 미국의 시사주간지 「타임」도 당시 전염병처럼 퍼지는 푸

聖人の道―荻生徂徠の場合」, 「徂徠學における<道>の樣態」, 小島康敬, 「徂徠
における<天>と<作爲>」, 田尻祐一郎, 「徂徠學の禮樂觀」, 中村春作, 「徂徠
における<物>について」, 「徂徠學の基層」, 「荻生徂徠の方法」, 澤井啓一, 「人
情不變―徂徠學の基底にあるもの」, 「荻生徂徠の『大學』解釋」, 末木恭彦, 「荻
生徂徠の聖人觀」, 「論語徵の君子像」, 「荻生徂徠の論語觀」, 若水俊, 「徂徠の
孔子像―論語徵の教育觀を中心として」, 日野龍夫, 「徂徠學派―儒學から文學
へ―」.
62) 츠다 소우키치에 의하면, "요컨대 儒教가 日本化했다는 사실은 있을 수 없
다. 유교는 어디까지나 유교이고 중국사상이며, 문자상의 지식으로서 일본
인의 생활에는 들어온 적이 없었다. 그러므로 일본인과 중국인이 유교에
의해 공통의 교양을 가지게 되었다든지 공통의 사상을 만들어내었다든지
하는 생각은 전적으로 미망(迷妄)에 지나지 않는다." 더구나 그는 당시의
학자들이 밖(外)에 대한 관찰을 결여하고 있을 뿐만 아니라 안(內)에 대한
반성과 사색도 충분치 않기 때문에 <중국숭배>에 빠져들게 되었다고
비난한다.

코신드롬에 대한 평가기사의 제목을 러시아 체르노빌의 방사능 유출사건에 비유하여 <문화적 체르노빌 사건>이라고 했다. 인체에 미친 치명적인 영향으로 전세계에 충격을 주었던 방사능 유출사건만큼 푸코가 인간의 정신세계에 미친 영향도 충격적이었기 때문이다.

그러면 오규 소라이는 그가 죽은 지 200여년이 지난 지금 왜 사건화되고 있는가? 오규 소라이의 고문사학을 비롯한 근세유학을 외부세계에 대한 무지와 내적 반성의 결여 속에서 빚어진 <중국숭배>였다고 비난하던 츠다 소우키치와는 반대로 코야스 노부쿠니(子安宣邦)는 "왜 사건으로서의 소라이학일까"에 대한 우선적인 대답으로서 18세기의 주자학적 언설 세계에 소라이학의 등장 자체를 푸코저작의 출현과 마찬가지로 중요한 <사건>으로서 간주한다. "도쿠가와사상사(德川思想史)에서 주자학해체의 언사를 전개하기에 이른 소라이학의 등장은 정말로 <사건>이라고 부르기에 적합하다"는 것이다.[63] 다시 말해 가깝게는 선행하는 진사이학(仁齋學)의 논어중심주의에 대한 대항심에서부터 좀 더 멀리는 주자학적 언설에 대한 해체가 가져온 충격과 파문을 그는 소라이학이 지닌 사건성으로 규정한다. 그는 소라이학의 해체적 방법으로 인해 이미 파괴되기 시작한 주자학이 완전히 붕괴되었다고 하여 그 이유를 다음과 같이 주장한다.

"소라이의 고대선왕의 道에로 향하는 시선은 후세적 사변을 규정하는 송학적인 <道의 언설>로의 해체적 비판의 입장과 표리를 이루고 있다. 그러나 소라이의 이러한 고대선왕의 道에 대한 주창은 근대에 있어서 <중국숭배>라는 비난을 포함하여 언어도단적인(scandalous) <사건>의 양상을 띠는 것으로 간주된다. (그럼에도 불구하고) 고대 중국의 <선왕의 道>를 부르짖는 것이 어째서 사건으로 취급되는 것일까? 그것은 소라이가 말하는 <선왕의 道>가 송학적인 <道의 언설>로 규정되는 사상계에서 <道>의 상실을 고하면서 자기와의 관계설정을 새롭게 하는 <타자>로서 제시

---

63) 子安宣邦, 『事件としての徂徠學』, 靑土社, 1990, 60쪽.

되기 때문일 것이다."[64]

그러나 소라이학의 출현을 이처럼 18세기의 언설적 사건으로 규정하는 코야스 노부쿠니의 주장도 넓은 의미에서 보면 마루야마 마사오에 의한 소라이학의 재발견, 즉 소라이학에 대한 마루야마의 인식의 틀(또는 마루야마의 우산)을 벗어나지 못하고 있다. 소라이학을 굳이 <사건>이라고 표현하지 않더라도 히라이시 나오아키는 (미셀 푸코에 대한 폴 베인느의 평가처럼) 그것을 이미 그 이상의 사건적 상태로서 평가하고 있다. 히라이시의 말대로 오규 소라이연구의 현재 상태가 실제로 '백귀야행의 전국 상태'라면 그것은 주목할만한 사태이자 중대한 사건이 아닐 수 없기 때문이다.

실제로 제2차 세계대전의 패전 직후에 나온 마루야마 마사오의 『일본정치사상사연구』(1952)로부터 현재에 이르기까지 반세기 동안 소라이학은 마루야마 마사오에 의해 사건화되었고, 마루야마도 소라이학을 사건화하면서 그 이후 또 하나의 사건이 되었다. 그것은 마루야마 마사오의 소라이 해석이 지난 반세기를 '소라이학의 해석학시대'로 만들만큼 다양한 해석의 모티브를 제공하면서 사건을 연장시켜오고 있기 때문이다. 한마디로 말해 마루야마 마사오에 의해 사건화된 소라이연구는 '중층적 결정'(重層的 結晶: Overcrystallization)을 진행하면서 지금까지도 소라이읽기에 있어서 일종의 '고드름현상'(an icicle phenomenon)을 나타내고 있다고 해도 과언이 아니다.

3. 도구로서의 소라이학

山은 높을수록 전체를 한번에 보기 어렵다. 그러므로 전체를 파악하기 위해서는 누구나 정상에 올라 보려 하거나 아예 공중에서 조감하려 한다. 그러나 이것은 맨몸으로 할 수 있는 일이 아니다. 등산도구나 장비가 필요

---

64) 子安宣邦, 앞의 책, 162쪽.

할 뿐만 아니라 비행수단도 필요하다. 다시 말해 도구와 수단이 동원되어야만 가능한 일이다. 돌이켜 보면 오규 소라이 자신은 물론이고 오늘날 그에 대한 연구와 해석의 경우도 마찬가지다. 눈앞에 우뚝 솟아 있는 높고 거대한 산과 산맥으로서의 주자학을 넘기 위해 소라이가 준비한 도구가 명나라 이왕(李王)에게서 빌린 고문사였다면, 마루야마 마사오는 아틀라스신의 힘을 빌려 소라이학을 조감하려 했다. 마루야마는 윌리엄 오캄의 유명론을 비롯하여 마키아벨리의 군주론, 퇴니스의 사회발전 도식, 그리고 헨리 메인의 사회계약설과 같은 서구의 비행기를 차용하여 소라이를 조감하거나 그와 함께 비상하려 했다. 결국 마루야마의 이러한 비상과 조감은 패전 이후 충격적인 사건이 되었고, 그의 조감도도 포스트 – 마루야마의 도구가 되어 소라이학마저 다시 사건화하기에 충분했다. 그의 조감도만큼 신기하고 쓸모있는 도구가 이전에는 별로 눈에 띄지 않았기 때문이다.

1) 개념도구설로서의 소라이학

해석의 대상은 내용에만 국한되지 않는다. 구조나 의미뿐만 아니라 목적이나 방법이 모두 해석의 대상이 되어야 한다. 사건으로서 소라이학이 그것의 사건적 의미에 대한 해석이지만 소라이학이 왜 사건이었는지에 대한 직접적인 해답은 그 방법에 있다. 다시 말해 소라이학은 그 내용의 의미나 목적보다 방법에 주목해왔다. 그것이 사건화되는 이유도 <당시> 소라이 자신이 선택한 매개적 방법 때문이었고, <지금도> 그것을 해석하려는 도구적 방법 때문이다. 다시 말해 이것은 소라이학의 특징과 장점이 무엇보다도 도구적 방법에 있다는 것을 시사한다. 소라이가 선택한 매개적 도구나 오늘날 소라이학의 분석을 위해 지참되는 선행이해와 동원되는 해석학적 도구들이 서로를 사건으로서 부추기고 있는 것이다.

이렇게 보면 소라이학은 그것을 결정한 두 개의 매개 개념, 즉 고문사

학과 성인주의(또는 육경주의)를 쓸모있는 지렛대(도구)로서 이용한 일종
의 개념도구설이자 방법적 도구주의(道具主義)였다. 그것은 무엇보다도
소라이 자신이 이 두 개념을 달라진 정치환경에 적응할 수 있는 유용한
실험도구로서 잘 활용했기 때문이다. 다시 말해 소라이에게 이 두 개념은
에도의 현실과 환경에 대한 설명수단으로서 가장 유효한 도구적 가치를
지닌 것들이었다. 더구나 이러한 방법적 개념들은 마루야마는 물론이고
그 이후의 소라이학 해석에서도 마찬가지로 유용하게 사용된다. 엄숙주의
로부터의 해방, 해체의 부정적 매개, 유교의 정치화, 근대적 사유, 군주에
의한 사회계약같은 개념에서 보듯이 이것들은 해석의 방법적 도구로서 통
용되고 있는 것이다.

2) 인식소로서의 소라이학

인식소(認識素: episteme)는 일정한 시대의 지식의 구조를 결정하는 사유
의 기초이자 그 시대의 인간에 관한 지식의 모든 요소들 밑에 있는 하부
구조다. 각 시대는 저마다의 환경과 문화에 어울리는 독특한 지적 질서,
즉 상이한 에피스테메를 형성하기 때문이다. 이처럼 지식의 역사에는 그
러한 불연속성만이 내재적 논리로서 작용하고 있다. 지층의 역사가 단절
된 지층구조로 이뤄지듯이 지식의 역사에도 내재적 논리에 따른 인식론적
단절이 불가피하다. 예를 들어 소라이학을 결정적인 경계로 하여 근세유
학이 인식론적 단절을 이루는 것도 그런 이유에서였고, 경계의 내외에 상
이한 지적 배치가 이뤄지는 것도 마찬가지 이유였다. 그러므로 지식의 역
사적 배치를 동일한 표준으로 잴 수 없는 이유가 거기에 있다.

또한 이것은 일정한 시대의 지적 질서에 대한 이해를 위해서는 그것을
결정하는 에피스테메를 인식의 도구로 삼지 않을 수 없는 이유가 되기도
한다. 단절된 경계 내외의 서로 다른 지적 질서를 이해하기 위한 도구로서
상이한 에피스테메가 필요한 것은 지극히 당연한 이치이다. 예를 들어 주

자학의 질서를 이해하기 위해서 그것을 이루는 인식소가 도구로서 필요하듯이 반주자학적 질서나 고학(古學)의 배치구조를 이해하기 위해서도 당연히 그것을 결정한 하부구조로서의 에피스테메를 도구로 삼아야 한다.

그러나 지금까지 소라이학을 읽어온 두가지 관점, 즉 방법으로서의 소라이학과 사건으로서의 소라이학은 사실상 하나의 방법에 붙여진 두 가지 이름에 지나지 않는다. 뿐만 아니라 그것은 방법을 더욱 극적으로 부각시켜 사건화하려는 과도한 집착이 빚어낸 결과이기도 하다. 더구나 그것이 소라이학의 구조에 대한 인식과 그 구조에 접근할 수 있는 기회를 더욱 가질 수 없게 한다는 사실을 해석자들은 간과하기 쉽다. 소라이학을 구축하고 있는 하부구조이자 인식소를 도구로 한 소라이학의 구조론적 인식과 해석이 별로 눈에 띄지 않는 것도 방법론적 인식과 해석에 대한 강박관념이 소라이연구의 여백과 여지를 아직도 마련해주지 않기 때문이다. 게다가 소라이학에 대해 이미 무의식화된 역사주의적 관점도 또 다른 해석에 대한 심리적 여유를 가질 수 없게 하고 있다.

VI. 해석의 상대성(2): 두 개의 오규 소라이

양면성 이론(double-aspect theory)은 인간이 기본적으로 동전의 양면을 동시에 볼 수 없는 지각능력의 한계에서 비롯된 것이다. 그러나 이 이론은 동전과 같이 정반대로 배치된 양면으로 인해 불가피하게 일어나는 객관적인 이중 지각의 경우에만 국한되지는 않는다. 하나의 얼굴에 대해 두 사람 이상이 상반되게 가질 수 있는 주관적 인상이라든지 한가지 사실이나 텍스트에 대한 서로 다른 두 가지 해석 등도 모두 양면성이론에 해당될 수 있다.

이것은 소라이학이라는 텍스트에 대한 해석에서도 마찬가지다. 소라이가 사용한 두 개의 지렛대인 고문사학과 육경주의도 따지고 보면 두 개가

아니라 하나이기 때문이다. 고문사와 육경은 마치 동전의 앞 뒷면과 같은
것이다. 소라이는 텍스트의 내용을 강조하려 할 때 육경주의를 내세우지
만 그것의 해독방법을 강조하려 할 때는 고문사학이라는 복고주의를 내세
운다. 그러나 그가 강조하는 육경주의와 복고주의의 실체는 주지하다시피
다른 것일 수 없다. 그밖에 소라이읽기의 상투적 방법인 정치이념으로서
의 성인절대주의와 통치방법론으로서의 사회계약설도 소라이학에 대한
포개질 수 없는 별개의 해석이 아니다.

　이것은 <오규 소라이를 어떻게 볼 것인가>에 대한 문제에서도 마찬가
지이다. 소라이 당시부터 오늘에 이르기까지 그에 대한 평가는 다음과 같
이 민족주의, 또는 일본주의를 기준으로 하는 상반된 평가가 지속되고 있
기 때문이다. 그러면 오규 소라이는 민족주의자일까, 反민족주의자일까?

1. 민족주의자로서의 오규 소라이

　마루야마 마사오는 소라이를 가리켜 다음과 같이 평한다. "소라이는 봉
건사회의 태내에서 봉건적 주종관계를 해체하고 부식시키는 독소가 급격
하게 성장하고 있는 시대에 태어나 온갖 궁리를 다해 그 독소를 제거하려
했다. 그런 독소의 성장이 역사적 필연이었던 한, 그는 어김 없이 <반동
적 사상가>였다"[65]는 것이다. 그러나 이 때 <반동적>이라는 표현은 <反
주자학적>이라는 의미의 다른 표현일 뿐이다. 또한 <반동적>이라는 표
현도 <외래사상으로서의> 주자학에 대해 반동적이라는 의미였으므로 결
국 <일본적>, 또는 <민족주의적>이라는 의미를 나타내기도 한다. 그러
므로 마루야마가 소라이를 반동적 사상가라고 규정하는 것은 민족주의적
사상가라고 규정하기 위한 예비적 표현에 지나지 않는다.

　이처럼 패전 이후 재기의 역사의식과 더불어 일본식 민족주의
(nationalism)가 낳은 소라이상(像)은 마루야마 마사오를 비롯한 많은 사람

---

65) 丸山眞男, 앞의 책, 222쪽.

들을 그 대열 속으로 끌어들이고 있다. 대표적인 예를 들면, 중국문학자인 요시카와 코지로가 중국예찬자인 소라이를 가리켜 <민족주의자로서의 소라이>(1973)와 <일본적 사상가로서의 소라이>(1974)라는 제목의 글을 발표하여 세상을 놀라게 한 사실이 그것이다. 실제로 요시카와 이전에는 중국의 우월을 주장했던 소라이에게 노골적으로 <일본의 우월을 주장한 민족주의자>라는 별명을 붙여준 사람이 거의 없었기 때문이다. 그에 의하면, "세계 제일의 영봉(靈峰)인 후지산과 같은 … 자연의 정세에 걸맞게 국가의 문운(文運)도 전고미증유(前古未曾有)의 성황을 맞이하여 <인의(仁義)를 말하는> 철학자나 <문장을 말하는>문학자 등을 배출했지만 그들 모두가 만족할만한 인물이 아니었다. 그러나 국운은 소라이선생이 출현함으로써 처음으로 후지산과 어울리게 되었다. 선생의 위대함은 후지산과 같으며, 세계에서 가장 빼어나다."[66]

그러면 그가 국수주의자처럼 이러한 과장된 문학적 수사를 동원하면서까지 소라이를 굳이 민족주의자로 미화하려는 이유는 무엇일까? 더구나 "일본의 문명은 소라이의 출현으로 인해 드디어 <선왕의 道>의 조국인 중국보다도 우월하다"고 그가 주장하는 이유는 어디에 있을까? 중국의 우월을 주장했던 소라이의 추종자임을 자처해온 요시카와는 소라이와 반대로 중국에 대한 일본의 우월을 주장하는 것이야말로 모순이 아닌가하고 스스로 반문한다. 그러나 모순이 아니라는 것이 그의 대답이다. 왜냐하면 중국의 우월은 고대 <선왕의 道>의 시대였을 뿐, 진시황 이후 그것을 잃어버림으로써 그 우월성도 상실하게 되었기 때문이다. 다시 말해 요, 순, 우, 탕, 문, 무, 주공같은 고대 중국의 일곱 성인에 의해 만들어진 <道>는 공자가 최고의 이해자였지만 그 이후에는 결코 순조롭게 계승되지 못했다. 그러므로 우월의 원인도 소멸된 것이나 다름없다는 것이다. 그에 의하면, "<선왕의 道>는 영원한 규범이다. 그러나 그것이 중국에서는 이미 쇠

66) 吉川幸次郎, '民族主義者としての徂徠', 『仁齋・徂徠・宣長』, 岩波書店, 1975, 234쪽.

망해버렸으므로 현재는 더 배워야 할 것이 없다. 언어의 음성, 종이, 붓, 먹의 제조법 등, 무감각한 행위는 여전히 <중화>의 것이지만 (중국은) 자각적인 행위인 문학, 철학, 또는 음악 등 올바른 전통을 잃어버리고 있다."[67]

그러나 그가 일본의 우월성을 주장하는 더 큰 이유는 일본의 도쿠가와 왕조의 오규 소라이가 그것을 다시 획득하여 중국보다 우월하게 되었다는 데 있다. 일찍이 중국에서 잃어버린 전통을 일본에서 다시 찾은 것이 소라이의 자부심이었다는 것이다. 그러나 이것은 소라이의 자부심이라기보다 요시카와 코지로의 아전인수격 욕심과 독선이다. 그의 독단은 심지어 "<선왕의 道>란 중국의 것도 아니고 일본의 것도 아니다. 그것은 일본의 사상가로서 소라이가 구축한 사상체계였다"[68]고 주장할 정도였다. 요시카와에 의하면 소라이는 선왕의 시(詩)와 악(樂)을 근거로 하여 <풍아문채>(風雅文釆)의 생활을 실천함으로써 이성과 감성의 동시존중, 시와 철학의 상보라는 선왕의 도에 도달했다고 주장한다. 그는 이렇게 일본의 우월성을 강조하기 위해 소라이를 일본의 도인(聖人人形)으로 둔갑시키는가 하면 민족주의자의 표상(꼭두각시)으로 만들기도 했다.

요시카와 코지로에 비할 수는 없지만 오늘날 소라이를 민족주의자로 규정하려는 사람들은 적지 않다. 예를 들어 소라이학을 가리켜 밖으로부터 배운 사상이 아니라 일본사상의 전형이라고 주장하는 비토우 마사히데(尾藤正英)의 경우도 거기에 해당한다. 왜냐하면 그는 소라이학을 가리켜 외국사상으로서의 주자학을 그대로 수용하지 않고 당시 일본의 사회현실에 기초하여 일본인의 사회생활에 적합하도록 사상적 방향전환을 한 <국가주의의 조형(祖型)>[69]이라고 주장하기 때문이다.

---

67) 吉川幸次郎, 앞의 책, 235~239쪽.
68) 吉川幸次郎, '日本的思想家としての徂徠', 앞의 책, 279쪽.
69) 中村春作, '徂徠學の基層', 『日本學報』第3号, 大阪大學, 1984, 39쪽.

2. 反민족주의자로서의 오규 소라이

제2차대전 이후부터 오늘에 이르기까지 오규 소라이를 反민족주의자로 규정하는 인물을 찾아보기란 쉽지 않다. 소라이를 민족주의자가 아닌 인물로 간주한 사람은『중국사상과 일본』(1938)에서 고대중국을 이상화했다는 이유로 소라이를 <중국숭배자>라고 비판한 츠다 소우키치가 가장 최근의 인물일 것이다. 이것은 적어도 오규 소라이에 대한 해석에 관한 한 일본의 지성이 민족주의라는 집단최면에 빠져 있음을 의미한다. 나아가 이것은 패전 이후 일본인의 정서적 분위기가 그만큼 민족주의화, 즉 우익화하고 있다는 간접증거 가운데 하나일 수 있다. 그러므로 이것은 전후 일본의 문화와 사상을 구축하고 있는 知的 질서의 하부구조이자 그것을 가늠하는 결정적인 에피스테메가 되기도 한다.

코지마 야스노리(小島康敬)가 反소라이 집단의 등장과 주장을 에도시대로 한정하고 있는 것도 그런 이유에서였을 것이다. 그의 분류에 따르면, 反소라이 집단은 타카세 (高瀨學山, 1669~1749)와 비토우 지슈(尾藤二洲) 같은 보수적인 주자학파를 비롯하여 고이 란슈(五井蘭洲, 1697~1762)와 나카이 치쿠잔(中井竹山, 1730~1804) 같은 온건한 학풍의 회덕당(懷德堂) 학파, 그리고 호소이 헤이슈(細井平洲, 1765~1804), 이노우에 킨가(井上金峨, 1732~1784), 카타야마 켄잔(片山兼山, 1730~1782), 오오타 킨죠(大田錦城, 1765~1825) 등의 절충학·고증학파가 그들이다.[70]

이들이 오규 소라이를 반민족주의자라고 비판하는 이유 가운데 하나는 소라이가 자신과 다른 사람들의 이름을 한자씩 줄여 중국식의 세자(三字) 이름으로 사용한 사실 때문이었다. 예를 들어 그는 모노노베씨(物部氏) 가문 출신이라는 점에서 자신을 모노노 시게노리(物茂卿)―시게노리(茂卿)는 소라이의 字이다―이라고 불렀다든지 핫토리 난카쿠(服部南郭)를 핫토리

---

70) 小島康敬,『徂徠學と反徂徠』, ぺりかん 社, 1994, 203쪽.

카쿠(服部郭)로, 안도우 토우야(安藤東野)를 도우 토우베키(滕東壁)로, 히라노 킨카(平野金華)를 히라 킨카(平金華)로 부른 경우가 그러하다. 소라이의 이런 시도에 대해 당시의 사람들은 중국풍을 뽐내는 경조부박(輕佻浮薄)한 자의 소행이라고 하여 당연히 비판적이었다.[71]

그러나 반민족주의자로서의 오규 소라이에 대한 조롱과 비난은 이 정도가 아니었다. 그 절정에 있었던 고이 란슈의 소회(所懷)에 의하면, "그는 우연히 명나라 유학자 왕세정과 이반용의 글을 읽고 하늘의 은총이라도 입은 듯이 기뻐 날뛰니 그 꼴이 마치 신이이라도 떠받들 듯하다. 그 왕세정과 이반용이라는 작자들도 악착스런 문사(文士)들이거니와 무조건 그들을 쫓아 따라서 하는 꼴이란 군자의 할 짓이 아니로다. 그처럼 모방과 모의만 하려거든 스스로 제남(濟南)의 이무경(李茂卿)이라고 부르든가 대창(大倉)의 왕무경(王茂卿)이라고 하든가 해야 할 것이다."[72] 더구나 소라이에 대한 그의 다음과 같은 비난과 분노의 글은 일본의 경계를 뛰어넘어 경계침범한 <한인(漢人)모방자>, 또는 <중국예찬자>라는 정도를 넘어 인신공격에로 이어졌다. 그것은 소라이에 대한 그의 인내의 한계에 어디까지인지를 보여주는 척도이기도 하다.

그에 의하면, "한(漢)나라를 일컬어 중화라고 하며 자신이 살고 있는 일본을 스스로 외이(外夷)라고 한다. 내 도저히 참을 수 없다. 소라이는 원래 명분이라는 것도 모르는 자이니 어찌 그를 탓할 수 있으리오. 소라이는 '중국사람이 바로 사람중의 사람이니, 오랑캐들은 그들의 것이다. 사물에 대해 생각하는 능력은 오로지 사람에게만 있다. 중국이 예의 바른 나라가 될 수 있는 것은 능히 생각하는 능력이 있기 때문이다'라고 말한다. 중국이라든가 사람중의 사람이라는 말을 하면서 공자의 진정한 가르침에 대해서는 알지 못하니 정말 딱하다. 소라이는 특히 남의 것을 가지고 말하고 있으니 후세들은 이를 알게 되리라. 소라이는 또한 소장(蘇張)의 말을 열

---

71) 앞의 책, 208쪽.
72) 五井蘭洲, 『非物篇』, 卷之一, 4쪽.

심히 인용하지만 그 누가 이를 믿으랴. 원래 혼자서 잘난 척하는 사람은 맹자든 누구든 모두 자신만 같지 못함이라. 이 또한 용서할 수 없다."73)

한마디로 말해 이것은 고이 란슈가 오규 소라이라는 반민족주의자에게 습합의 원죄성(原罪性)을 단죄하는 역사적 징벌의 변고(辯告)이다. 그럼에도 불구하고 오늘날 요시카와 코지로는 역사적 경계 너머에서 소라이를 민족주의자로서 추앙한다. 그것은 전혀 다른 지식의 배치가 구축해놓은 하부구조들 때문일 것이다. 이처럼 그 경계의 벽은 도저히 상통할 수 없는 인식론적 단절을 극명하게 노정하고 있다. 그러나 이것은 누구의 공과(功過) 때문에 빚어진 결과가 아니다. 어찌보면 이것은 일본사상사가 자초한 이율배반이 아니던가?

3. 양면신(Janus)으로서의 오규 소라이

그러면 오규 소라이는 과연 누구인가? 그는 정말 민족주의자인가, 아니면 反민족주의자인가? 그러나 소라이는 그 어느 쪽도 아니다. 만일 그가 다시 돌아온다면 그는 그 이분법마저도 거부할 것이다. 그는 자신의 바램과는 달리 그 이분법의 제물이 되어버렸기 때문이다. 역사는 그를 이미 양면신(兩面神)으로 만들어놓았기 때문이다.

따지고 보면 일본사상사에서 소라이만큼 야누스로 자리매김된 인물도 없다. 그만큼 그는 역사 속에서의 이용가치가 높기 때문이다. 그러나 반대로 사상사가 그에게 위치고정을 허용하지 않기 때문이기도 하다. 한마디로 말해 그는 이분법적 이데올로기의 희생양이었던 것이다. 그는 끊이지 않는 인형놀이의 가장 좋은 대상이었고 옷갈아입히기를 위한 마땅한 놀이감이 필요할 때마다 선택되는 인형이었다.

그러나 그 방법은 언제나 의도적인 논리적 비약이었고 그 결과는 늘 계획된 역사적 불균형이었다. 거기에는 고의적으로 시도되는 단순매거(單純

73) 앞의 책, 5쪽.

枚擧)의 오류(Fallacy of simple enumeration)—사실에 대한 불충분한 관찰만
으로 보편적, 필연적 진리를 얻으려고 하는—가 작동하고 있었기 때문이
다. 이렇게 해서 그 방법은 소라이의 상반된 두 개의 얼굴을 만들어냈다.
그러나 민족주의자와 反민족주의자는 결코 포개질 수 없는, 그래서 엇갈
려야만 하는 소라이상(像)이 아니다. 그것들은 소라이에게 씌워진 두 개의
가면일 뿐이다. 실제로 그것들은 일본주의의 두 얼굴에 불과하다. 쇼와(昭
和) 일본주의가 소라이를 민족주의자로 만들었다면, 에도(江戶) 일본주의
는 그를 反민족주의자로 낙인찍었다.

그러나 본래 소라이의 얼굴은 둘이 아니다. 소라이는 하나일 뿐이다. 단
지 그는 동방성인의 제조자로서 요시무네의 정치자문에 불과했고, 고문사
학에로의 자기투입을 실천한 철저한 습합주의자에 지나지 않았을 뿐이다.

제10장

습기(習氣)와 조리(條理)의 학
─ 미우라 바이엔(三浦梅園)의 유학과
양학의 조화 ─

　소립자의 비국소장(非局所場)이론으로 1949년 일본 최초의 노벨물리학 상 수상자가 된 이론물리학자 유가와 히데키(湯川秀樹)는 미우라 바이엔 (三浦梅園, 1723~1789)을 일본 사상사에서 가장 독창적인 인물로 평가한 다. 그가 미우라 바이엔의 주저인『현어』(玄語)를 가득 메운 독특한「현어 도」들을 보고 "그것은 세계에서 유례를 찾아볼 수 없는 사상표현일 것이 다. 일본인이 그런 사상을 그림으로써 체계화한 것은 놀라운 일이다"라고 주장한 것도 그 독창성을 확신했기 때문이다.

　유물론자이자 과학사가인 사이구사 히로토(三枝博音)를 비롯하여 코자 이 요시시게(古在由重)와 오가와 하루히사(小川晴久) 등은 미우라 바이엔 의 조리론(條理論)이 서양의 근대과학에서 인정받는 자연법칙과 동일시할 수 있을 만큼 획기적인 것이었다고 주장한다. 특히 사이구사 히로토는 미 우라 바이엔의 신의 개념을 가리켜 칸트 인식론의 결정적 개념인「구상력」 (Einbildungskraft)에 비유할만한 것이라고 극찬한다. 또한 일본의 자본주의 경제학의 대부격인 우치다 요시히코(內田義彦)도 미우라 바이엔의『가원』
(價原)으로 인해 경제사상의 새로운 세계에 발을 내딛는 중요한 계기가 되
었다고 토로한 바 있다. 오늘날 그를 재평가하는 다카하시 마사야스(高橋
正和)마저도 그를 가리켜 "에도사상사(江戶思想史)의 발화점"[1]이라고 평
한다.

과연 그럴까? 유가와 히데키의 말처럼 미우라 바이엔은 정말 독창적인
사상가였을까, 그리고 다카하시 마사야스가 평하듯이 그는 에도사상사에
새로운 불을 지핀 인물이었을까? 그들이 독창성을 이토록 극찬할만큼 그
의 과학사상·존재론·인식론·경세론 등은 정말 독특한 것이었을까? 그
렇다면 그들은 무엇 때문에 그를 가장 독창적이고 창시적인 사상가라고
평하려는 것일까?

I. 쇄국과 광기의 경연

다카하시 마사야스는 에도시대의 사상지도를 한마디로 말해 넘치는 <광
기의 경연장>이었다고 표현한다. 쇄국이라는 닫혀진 시공 속에서, 즉 시공
의 폐쇄와 사상의 통제라는 압박 속에서도 선천적으로 독창성의 유전자를
결여한 모방민족인 일본인들은 사상적으로 자유분방하게 발광했다는 것
이다. 대개의 경우 폐쇄와 감금의 장기지속은 인간을 결국 발광하게 만들
기 마련이다. 그러므로 다카하시 마사야스의 말대로 모방민족에게 폐역화
로 인한 습합의 기회박탈과 모방의 통로차단이 그들의 광기를 더욱 분방
하게 한 것은 당연한 결과였을지도 모른다. 쇄국과 관학의 일방적인 사상
적 통제하에서 습합과 모방충동의 억압은 초자아(super-ego)의 통제로 표층

---

1) 高橋正和, '三浦梅園',『江戶の思想家たち』下卷, 相良亨, 松本三之介, 源了圓
   編, 硏究社, 1979, 38쪽.

화되지 못한 잠재의식이 그 콤플렉스(강박관념)를 견디지 못한 채 제멋대로의 스키조(schizophrenia) 현상을 분출시키듯이 광기를 경연한 것이다.

습염(習染), 습숙(習熟), 습합(習合) 등의 습기(習氣) 체질을 유전자로 대물림해온 모방민족에게 주자학의 정통성을 그대로 이식하려는 도쿠가와 막부의 통치이데올로기는 강제적 감금이 결국 발광을 야기하는 것과 마찬가지였다. 정치적 광기가 권력의 우산에서 이탈하려는 반이데올로기적 사상을 광기로 규정하는 경연이 시작된 것이다. 예를 들어 주자학도인 야마가 소코우(山鹿素行, 1622~1685)가 1665년에 간행한 『성교요록』(聖教要錄)으로 인해 이듬해 10월부터 아코(赤穗)에서 9년간이나 유배생활을 해야 했던 이른바 反주자학=성학(聖學) 필화사건의 상징성도 거기에 있다. 그가 그곳에서 유서로 쓴 『배소잔필』(配所殘筆)에서 당시 일본의 유자(儒者)들을 <속학부유>(俗學腐儒)라고 비난한 데서도 시대적 현기증(또는 스키조증세)을 읽을 수 있다. 그가 노장·선불·신도 등 당시에 유행하던 유학 이외의 교설에 대해서도 속학부유의 아류라고 비판했던 이유도 마찬가지다. 그것은 당시 자결로서 존경받아온 무사들의 순사(殉死)와 다를 바 없는 사상적 순사의 결단이었다. 그러나 이에 대한 막부권력의 응수는 그의 『성교요록』을 지적 일탈과 광기로서 단정했다. 도쿠가와 이에츠나(德川家綱)는 1663년 순사(殉死)를 엄금하는 포고령을 내리듯이 그것을 <있어서는 안될 책>으로서 금서화했다. 그를 사회적 배제의 대상으로 단죄했는가 하면 시대의 이단아로 낙인찍었다.

1635년 일본인의 도항(渡航)과 귀국의 전면금지에 이어서 1639년 포르투갈 선박의 입항금지를 통해 쇄국을 완성함으로써 일본이 폐역화된 이래 실제로 야마가 소코가 할 수 있는 모방의 길은 그와 같은 시간적 습합, 즉 과거와의 습합 밖에 없었다. 일본 근대의 단서를 근세에서 발견하려고 애써온 마루야마 마사오는 일찍이 이것을 봉건적 이데올로기 내부로부터의 해체의 시작이라고 규정한다. 그러나 마루야마와는 달리 오늘날 류우 창훼이(劉長輝)는 야마가 소코의 사서해석을 가리켜 <성(性)으로부터 습(習)

에로>[2]라고 하여 중국고대 성인의 교설과의 습합으로 규정한다. 그것은 쇄국으로 인해 공간적 습합이 불가능해진 폐역에서 습합충동이 선택한 일종의 시간적 습합이었다. 그는 당시 관학화된 주자학 뿐만 아니라 불교와 노장사상에 대해서도 비판하면서 주공(周公)과 공자같은 중국 옛성인의 가르침에로 복귀하려는 성학을 구축하고 그 기초 위에서 성학의 일본적 적용, 즉 습합을 시도했던 것이다.

이 때부터 유교적 진리는 상대화되기 시작했다. 오규 소라이에로 이어지는 고학파들은 유교의 진리를 더 이상 내면적이고 구도적이라고 생각하지 않았다. "선왕의 도는 밖에 있다"는 오규 소라이의 주장이 시사하듯이 당시의 지적 관심은 외면적이고 원심적인 것에 있었다. 18세기의 사상가들은 이전의 사상가들과는 달리 주자학적 진리만을 필사적으로 구하려 하지 않았다. 나아가 그들에게는 유교적 진리마저도 새로운 진리탐구를 위한 하나의 무기에 지나지 않았다. 많은 지식인들이 자신의 주체적 요구에 따라 진리일반을 구하려 한 것이다.

그러나 이렇게 달라진 시대적 징후를 두고 미나모토 료엔(源 了圓)은 당시의 일본사상이 새로운 <자유탐구에의 길>[3]로 들어섰다고 미화한다. 다카하시 마사야스에게 '광기의 경연'으로 비친 것이 미나모토에게는 '자유에의 향연'으로 그려진 것이다. 미나모토가 보기에 정신적 쇄국인 관학 이데올로기로부터 불가피하게 받을 수 밖에 없는 강박관념과 그것이 낳은 분열증은 18세기 사상가들의 지적 발상을 오히려 자유탐구의 정신으로 바꿔놓을 수 있었다. 작용이 반작용을 초래한 것이다. 결국 도쿠가와사상사 (德川思想史)에서 오규 소라이가 자유로운 탐구정신을 적극적 실천의지로 구현함으로써 그 분수령이 되었던 이유가 거기에 있었다면 미우라 바이엔이 그 절정을 차지한 것도 그 때문이었다.

---

2) 劉長輝, 『山鹿素行, 「聖學」とその展開』, ぺりかん社, 1998, 27쪽.
3) 源 了圓, 『德川合理思想の系譜』, 中公叢書, 1972, 195~197쪽.

1. 소라이학으로부터의 이탈

미우라 바이엔은 오규 소라이(1666~1728)가 죽기 5년전에 태어난 동시대인이었음에도 소라이학의 핵심인 성인신앙을 거부할 정도로 소라이보다는 자유주의 사상가였다. 그것은 당시의 사상지도가 이처럼 지식인들이 향유한 정신적 자유의 양에 의해 빠르게 변화하고 있었음을 의미한다. 미우라 바이엔만 해도 이미 성인신앙에서 이탈해 있을 정도로 야마가 소코나 오규 소라이보다는 많은 양의 자유를 확보하고 있었다. 그의 정신세계는 더 이상 성인주의(聖人主義)에 억매여 있지 않았다. 그의 지적 관심은 인간을 떠나 밖으로의 세계, 즉 천지자연에로 향하고 있었다. 그의 주장에 따르면 성인이라고 칭하고 부처라고 부르더라도 그들이 본래 인간인 한 '토론의 벗'(講求討論의 友)일 뿐 진정한 스승일 수 없다.

그가 가장 경계하는 것은 서적의 습기에만 집착하는 <관벽>(慣癖)이었다. "책을 대습기(大習氣)의 종자"로 간주한 그는 문헌중심주의로부터의 이탈을 강조한다.[4] "사심지집(捨心之執)이 곧 습기를 떠나는 것"이라고 규정하는 이유도 거기에 있다. 그가 생각하기에 관습지의 최대 근원은 모두 성인의 서책이다. 성인의 고문사도 마찬가지다. 그에게는 인간이 아닌 천지만이 스승이기 때문이다. 자연을 스승으로 할 때 비로소 서책도 부정의 대상이 아닌 참고의 대상이 될 수 있다는 것이다. 그에 의하면 "천지는 예부터 존재하는 것으로 갑자기 생겨난 새로운 것도 또한 낡은 것도 아니다. 언제나 늘 변함없는 무염(無塩; 신선한 것)으로써 화로속의 불, 즉 만리 밖에 있는 불이며, 내 잔속에 들어 있는 물, 즉 천고부터 내려오는 물이므로 이러한 천지와 불과 물을 모른다고 하면 서적들을 참고로 하여 여기저기 가까이에 두구 이를 취해야 한다"[5]는 것이다. 세계관이 달라진 것이다. 소

---

4) 그가 『玄語』「小册人部」에서 是故觀於天地者, 不執所慣疑所不慣, 不党所習驚所不習를 주장하는 이유도 거기에 있다.

라이의 시대와는 달리 당시는 이미 시간적 습합, 과거와의 습합에서 벗어
날 수 있는 사고의 여유와 여백이 생기고 있었다.

그것은 무엇보다도 요시무네(吉宗)가 1720년 12월부터 한역 양서의 수
입금지를 해제할만큼 쇄국의 빗장이 풀렸기 때문이다. 이른바 쿄우호(享
保)의 개혁이 시작된 것이다. 요시무네의 개혁정책의 핵심인 양서수입의
허용은 본래 재래식 농업의 개혁을 위해 필수적 선결과제인 개력(改曆) 문
제에서 비롯된 것이다. 수학자 나카네 겐케이(中根元圭)의 건의에 따라 한
적을 통한 서양천문역법을 배우기 위해 중국천문서들의 수입이 허용된 것
이다.6) 다시 말해 나카네 겐케이에 의해 번역 소개된 청나라 수학자 매문
정(梅文鼎, 1633~1721)의『역산전서』(曆算全書)를 필두로 하여『서양신법
역서』(西洋新法曆書),『영대의상지』(靈台儀象志),『역상고성』(曆象考成) 상
하권 등이 수입되면서 수학·천문학·지리학·의학 등의 서양과학이 소
개되기 시작했다.7)

이처럼 요시무네의 서양학문과 문화에 대한 관심, 그리고 그로 인한 쇄
국의 완화는 그의 정치개혁의 일환이었지만 그것은 결국 일본의 근세사상
사에서 새로운 사상지도를 형성하는 결정적 계기가 되었다. 과학적이고
실증적인 자연인식, 즉 서양의 지구체설(地球体說)을 둘러싼 자연관이 도
쿠가와사상사 속에 새로운 지형을 그리기 시작한 것이다. 한마디로 말해
<지구는 둥글다>는 지구체설이 일본사상사에서 지형의 생성과 변형을
일으킬 정도의 지진효과를 가져온 셈이다.

예를 들어 주자학자인 야마가 소코우를 비롯하여 카이바라 엑켄(貝原益

---

5) 岩波文庫『三浦梅園集』, 15쪽.
6) 요시무네 장군은 식산(殖産) 진흥을 위하여 막부 천문방에서 수학자 타케베
   카타히로(建部賢弘, 1664~1739)와 나카네 겐케이(中根元圭)로 하여금 서양
   역법과 습합한 보역력(宝曆曆)을 작성하게 했다. 특히 타카베 카타히로는
   요시무네의 신임을 얻어 1716년「일본총도」를 작성하기도 했다. 그가 정리
   한『대성산경』(大成算經) 20권은 당대 화산학(和算學)을 집대성한 것이다.
7) 杉本 勳 編,『科學史』, 山川出版社, 1990, 242~243쪽.

軒, 1630~1714), 무로 큐우소(室鳩巢, 1658~1734)를 거쳐 미우라 바이엔에 이르는 지구체설로의 일련의 사상적 전향이 그것이다. 반주자학·탈주자학이라고 불리는 이들의 사상적 반역만으로도 하나의 산맥을 이루기에 충분하기 때문이다. 이들의 자연철학적 언설들은 중국고대 성인과의 시간적 습합 대신 서양의 과학적 지식과의 과감한 습합이었다. 일본사상사에 또 하나의 참신한 습합형(phénotype)이 등장한 것이다. 언설의 산맥이 되어 산등성이를 이어가는 이들의 지구체설들이 그것이다. 오늘날 많은 이들은 그 가운데서도 미우라 바이엔을 주봉(主峰)으로 지목하기에 주저하지 않는다.

2. 나가사키(長崎) 효과

일본근세사에서 나가사키는 도시가 아니었다. 나아가 그곳은 일본이 아니었다고 해도 과언이 아니다. 전국시대 이래 나가사키만큼 일본역사의 빛과 그림자를 모두 담고 있는 곳이 없기 때문이다. 나가사키는 1587년 토요토미 히데요시(豊臣秀吉)가 전국에 기독교 금지정책을 철저하게 실시하면서 그의 직할령이 되었지만 이곳만은 금교(禁敎)의 땅이 아니었다. 그 뒤 도쿠가와 이에야스가 지배할 때도 마찬가지였다. 그들에게는 기독교의 탄압보다 더 중요한 것이 해외무역의 장려였기 때문이다.

그러면 일본근세의 문화사나 사상사에서 나가사키는 어떤 의미인가? 한마디로 말해 나가사키는 서양으로 열려진 관문이었다. 그곳은 이문화와 짝짓기할 수 있는 교접의 접점이자 습합의 최전선이었다. 더구나 그 가운데서도 데지마(出島)는 유럽의 문화와 과학을 받아들이는 공식적인 창구였다. 그곳은 1634년부터 포르투갈인을 격리 수용한 문화적 세포배양실이었으며, 1641년에는 1609년부터 히라도(平戶)에 설치된 네델란드 상관(商館)마저 그곳으로 옮김으로써 일본 근세문화의 자궁(子宮)이 되었다. 특히 네델란드 동인도회사가 1690년 파견한 의사 켐펠(E. Kämpfer)과 그 뒤에

온 시볼트(P. Siebold) 같은 외국인들이 1830년까지 그곳에다 진료소와 함께 학당 나루타키(鳴瀧塾)를 세움으로써 난학(蘭學)을 배우려는 인재들이 전국에서 모여들었기 때문이다.

서양의 학문과 문화에 지대한 관심을 보였던 요시무네 장군도 자주 그곳에 사신을 파견하여 천문·지리·의학 등에 관해 자문을 구하기도 했다. 중국 청나라의 강희(康熙)황제(1654~1722)가 프랑스의 선교사 제르비용(J. Gerbillon)으로부터 서양의 수학을 직접 배웠을 뿐만 아니라 왕세자와 사대부들에게도 수학의 소양을 갖추도록 지시한 것처럼 요시무네 장군도 그에 못지 않았다. 그는 마필의 개량과 마술 및 수의학을 비롯하여 선박·무기·시계·세계지도 등에도 관심을 보여 측근의 학자들을 네델란드인 숙소로 보내 전문적인 지식을 도움받도록 했다. 예를 들어 관의(官醫)인 카츠라가와 호치쿠(桂川甫筑)·쿠리사키 도우(栗崎道有)·니와 세이하쿠(丹羽正伯) 등이 매년 그곳의 네델란드 의사들을 방문하여 자문을 구한 경우가 그러하다.[8] 이처럼 에도시대의 나가사키는 일본역사에서 새시대마다 문화기생체(文化寄生体)들을 통한 습합문화의 진원지였던 야요이시대의 우사(宇佐), 아스카시대의 나니와(難波), 그리고 메이지시대의 우라가(浦賀), 그 이상의 도시였다. 그곳은 에도막부의 통치기간 줄곧 새로운 외래문화를 공급하는 젖줄로서만이 아니라 막부통치를 반영하는 거울로서의 역할을 해왔기 때문이다.

그러면 미우라 바이엔에게 나가사키는 어떤 곳이었을까? 그에게 나가사키는 강유위(康有爲)에게 홍콩의 존재가 의미하는 것과 다르지 않았다. 강유위에게 홍콩은 중국이 아니었다. 그곳은 동양이 아닌 서구였기 때문이다. 1879년 강유위(22세때)는 서구의 축소판인 홍콩을 통해 서구를 목격했다. "궁실의 화려함, 도로의 정결함, 치안의 엄밀함을 보고 처음으로 서구인의 치국에는 법도가 있음을 알 수 있다"는 서구에 대한 그의 충격적

---

8) 杉本 勳, 앞의 책, 243~244쪽.

고백은 그의 서구인식이 이무관(夷務觀)에서 양무관(洋務觀)으로 전환하고 있음을 암시한다. 그 여행을 계기로 강유위는 위원(魏源)의 『해국도지』(海國圖志)를 비롯하여 세계지도와 서양의 천문지리서들을 구해 서학연구에 몰두했다.

이런 사정은 미우라 바이엔에게도 마찬가지다. 그는 나가사키에서 멀지 않은 분고국(豊後國) 쿠니사키(國東郡 富永村)에서 태어나 일생동안 그곳에 살면서 이미 소년시절부터 유학을 배웠다. 분고국의 유학자 아야베 케이사이(綾部絅齋)를 거쳐 17세때는 부젠국(豊前國)의 후지다 케이쇼(藤田敬所)에게 입문한 것이다. 그러나 20세가 되던 해 중국에서 들어온 천문학 관련 서적과의 해후는 천지조화의 理에 대해 의문을 가져왔던 그에게 엄청난 충격(western impact)이었다. 중국과 네델란드 등을 통해 나가사키에 들어온 문화적 중간숙주(intermediary host)로서의 서양과학과 문물은 22세의 강유위를 유혹했던 홍콩의 서구문물처럼 23세의 미우라 바이엔을 나가사키로 불러들이기에 충분한 것이었다.9)

그가 나가사키를 유람한 것은 잠시였지만 그 효과는 평생동안 작용했다. 그 뒤에도 그는 그곳의 네델란드 통사(通詞) 요시오 코우큐(吉雄耕牛)로부터 서양과학의 최신 지식을 공급받는가 하면 아야베 케이사이의 아들이자 당시 최고의 천문학자인 그의 친구 아사다 고우류(麻田剛立)로부터도 여러 가지 과학정보를 제공받았다. 벽지에서 독학해온 그가 29세때에 벌써 우주의 현상들을 설명하는 신조어인 <조리>(條理)라는 단어를 고안해낼 수 있었던 것도 그 때문이었다. 나름대로의 자연철학을 정리하기 시작할 정도로 그가 받은 서양과학의 충격과 나가사키의 자극은 대단한 것이었다. 그가 30세때 지구의(地球儀)를 작성할 재료가 되는 천문도 5장을

---

9) 미우라 바이엔이 두 번째 나가사키를 방문한 것은 56세때였다. 이때 그는 네델란드 통사로부터 지동설에 관한 이야기를 듣고 크게 충격받았지만 이미 그의 주저들인 『梅園三語』를 완성한 뒤였기 때문에 새로운 우주관이나 학설체계와의 습합을 시도하지는 않았다.

그린 것이나 그 이듬해부터 23년에 걸쳐 완성한 그의 주저 『현어』를 쓰기 시작한 것도 모두 그런 충격과 자극이 준 에너지 덕분이었다. 다시 말해 23세의 나가사키 충격은 적어도 53세에 이르기까지 그의 정신적 예인선 (曳引船)이 되었던 것이다. 그러나 이러한 예인은 우연적 사건이 아니었다. 소년시절부터 그를 이끌기 시작한 잠재적 예인의식과 정신, 그리고 관습지로부터 과감하게 이탈하려는 사심지집(捨心之執) 같은 예인관념이 주문 (呪文)처럼 그의 뇌리를 맴돌았기 때문이다.

Ⅱ. 습기(習氣)를 통한 습기의 배제

미나모토 료엔은 미우라 바이엔을 서양의 근대철학자 베이컨(F. Bacon, 1561~1626)과 데카르트(R. Descartes, 1596~1650)에 비유한다. 우상으로부터 해방되어 자연을 그 자체로서 이해하려 한 베이컨과 방법적 회의를 통해서 근대철학을 새롭게 출발하려 한 데카르트의 신철학 운동이 자연을 스승으로 삼은 미우라 바이엔의 발상과 유사하다는 것이다.[10] 서양근대철학의 선구자들인 베이컨과 데카르트는 모두 천문학·수학·역학 등 근대 자연과학의 혁명적 성과를 '철학이 어떻게 수용하고 배워서 새로운 철학으로 거듭나게 할 것인가'에 대하여 누구보다 철저하게 반성하고 회의한 철학자들이었다. 이런 점에서 그들은 회의의 철학자였고 방법의 철학자였다. 그들은 과학이 바꿔놓은 자연에 대한 인식처럼 철학적 자연관도 바뀌어야 한다고 주장한다. 이를 위해 그들은 누구보다 철저하게 낡은 습기에 대해 회의하고 새로운 습기를 모색한 이들이다.

미우라 바이엔의 경우도 마찬가지다. 그의 조리학의 출발점은 일체의 자연계에 대한 '일대의단'(一大疑団)이었다. 그는 조리의 비결을 사심지집

---

10) 源了圓, 『德川合理思想の系譜』, 中公叢書, 1972, 206쪽.

(捨心之執)과 의징어정(依徵於正)에 있다고 한다. 사심지집은 습기를 버리는 것, 즉 습기를 배제한다는 것이다. 의징어정은 징(徵)이라고 간주할 수 있으면서도 징에 속하지 않는 것이다. 예를 들어 "해와 달은 어김없이 서쪽으로 가는 모습(徵)을 보이지만 실제로는 동쪽으로 움직인다"는 것이다. 태양은 동쪽에서 보면 서쪽으로 이동하지만 태양의 일주운동을 서쪽에서 보면 동쪽으로 년주(年周) 운동을 한다고 말할 수 있다는 것이다. 또한 그가 "물이 불의 원수(讎)로 간주되더라도 불은 물에서 비롯되는 것이다"(『多賀墨卿君에게 보내는 답서』)라고 주장하는 이유도 마찬가지다.

사심지집이 문헌중심주의에서 오는 인간중심주의를 부정한다는 뜻이라면 의징어정은 문헌이 아닌 자연 속에서 올바른 증거(徵)을 취한다는, 즉 진정한 의미에서 실증에 의존한다는 뜻이다. 미나모토 료엔이 그를 가리켜 우상을 파괴하고 올바른 자연인식을 위해 귀납법을 주장한 베이컨에 비유한 이유도 여기에 있다. 불전(佛典)이나 옛성인의 고문사와 같은 서적의 습기에만 집착(그는 이것을 <소집(所執)의 염(念)>이라고 부른다)한다면 인간은 마음만으로 사물을 분별하게 되므로 오히려 천지만물에 대한 달관의 눈이 열리지 않는다는 것이다. 그가 "선배들은 자기의 마음(心)에 따라서 사물을 바라봄으로써, 즉 반관(反觀)하지 않고 추관(推觀)함으로써 결국 사심(私心)에 빠져버렸다"[11]고 하여 집념으로부터의 해방(捨心之執)을 강조하는 이유도 마찬가지다.

그의 주장에 따르면 고학자들에 의해 절대적 존재로 간주되었던 고대의 성인도 지금은 상대적 의미에 지나지 않는다. 그는 시간적으로 옛날(古)을 존중하는 사고방식을 부정하는 대신 고금(古今)이라는 시간계열을 초월한 이념으로서의 옛날의 가치를 강조한다. 이른바 '영원의 상(相) 아래에서' 사물을 바라보는 태도가 몸에 배어야 한다는 것이다. 이것은 성인을 신앙한다고 말하는 오규 소라이나 '古人을 신앙하는 것이 곧 진학의

---

11) 『三浦梅園』日本思想大系 41, 岩波書店, 1982, 19쪽.

극칙(極則)이고 천하의 지선(至善)'이라고 주장한 이토 진사이의 상고주의를 전적으로 부정하는 것이기도 하다. 그에게 성인은 절대적 존재가 아니라 '토론을 구하는 벗'(請求討論の友)이자 진리탐구의 동지일 뿐이다. 다시 말해 이토 진사이나 오규 소라이같은 고학파들에게는 성인일지라도 그 밖의 사람들에게는 대등한 존재라는 것이다.

여기에서 미우라 바이엔이 요구하는 것은 데카르트와 같이 일체에 대한 회의다. 책을 버리고 이제부터 "나의 교과서는 세계다"라고 천명한 데카르트처럼 그 역시 학문하는 방법의 일대전환을 스스로 시도한 것이다. 그는 서책에만 매달려 온 낡은 습기인 관벽(慣癖)을 버리고 새로운 습기(反觀合一)로 나아가기 위해 우선 반성적 사고인 탐착(貪着)을 강조했다. 그는 습관지에 따른 억견(臆見)이나 주관적 인식을 규유(窺窬)[12]라고 부르고 이런 편견이나 주관적 인식에서 해방되어 자연을 스승으로 삼아 天을 직접 관찰해야 한다는 것이다. 진정한 학문의 방법은 정신의 습기를 버리고 현상이 아닌 본질 속에만 보이는 특징에 의거하는 데 있다고 믿기 때문이다. 그가 자연인식의 방법으로 제시한 <반관합일>(反觀合一)이 바로 그것이다. 그가 올바른 인식방법의 성립조건으로서 오랫동안 습관화된 고정관념을 버리고(反觀) 오직 천지라는 사물에만 직접 의거하기(合一) 위해서는 인간중심주의와 문헌중심주의의 습관을 배제하고 조리에 의존해야 한

---

12) 그는 『玄語』「例旨」에서 窺窬를 가리켜 앞을 볼 수 없는 맹인이 그림을 상상하고 소리를 들을 수 없는 귀머거리가 음악을 상상하는 것과 같다고 했다. 특히 그가 음양오행설 가운데 음양설만을 취하고 오행설을 버린 이유도 거기에 있다. 즉 五家(五行을 주장하는 학파)의 주장이 난무하는 현실이야말로 맹인과 귀머거리가 사람을 속이고 窺窬의 說이 천하를 지배하고 있는 것과 같다는 것이다. 왜냐하면 음양은 천지의 조리의 한 측면인 對峙를 원리로 하는 데 비해 오행은 인위적인 配當을 원리로 하기 때문이다. "天은 人에 反하는 것인데, 人을 따라 天을 본(窺)다면 天과 人이 혼동되어 버린다"고 그가 주장하는 이유도 마찬가지다. 『三浦梅園』日本思想大系 41, 岩波書店, 1982, 18~19쪽 참조.

다고 하여 기회있을 때마다 실증주의를 강조한 것도 그 때문이었다.

예를 들어 그는 『현어』의 서두에서부터 "인간의 삶이란 반드시 배우는 곳으로 물들기 마련이다. 배우는 길에 물들어버리면 소박한 것들을 잃어버리게 된다. 이것이 곧 속습(俗習)의 폐단이다. 배움이란 곧 '이시바리와 가네바리'(병을 치료할 때 쓰는 도구)이다"[13]라고 주장한다. 또한 그는 "천지에는 두 가지 피해야 할 것이 있다. 나의 뜻을 가지고 상대방의 뜻을 파악하려는 짓은 피해야 한다. 오래된 낡은 견문으로 그 진실을 비판하려고 한다면 그것도 피해야 한다"(『贅語』「陰陽峽」上)고도 주장했다. 심지어 "학문은 구린내 나는 것이다. 책을 조금 읽으면 학자는 적당히 냄새를 풍긴다. 책을 많이 읽으면 냄새를 많이 풍긴다. 참으로 곤란한 노릇이다"(『戲示學徒』)라고 하여 그가 마음과 머리의 유연함을 잃은 학자와 그런 학자를 만드는 학문관을 비판한 이유도 거기에 있다.

그것은 무엇보다도 무반성적인 일체의 인벽(人癖)에 대한 회의로부터 자연에 대한 직접적・실증적 인식방법인 반관합일을 강조하기 위한 것이었다. '사심지소집'(捨心之所執)이라는 배제의 논리를 전제로 한 '의징어정'(依徵於正)의 강조 속에는 <회의에서 실증에로>, 즉 주관적 습기의 배제로써 객관적 습기의 발견이라는 반관합입론, 즉 미우라 바이엔만의 조리의 철학이 강조되어 있다.

Ⅲ. 관념에서 실증에로―반관합일(反觀合一)

미우라 바이엔의 철학은 한마디로 <조리(條理)의 학>이다. 이것은 기본적으로 음양의 대치를 천지의 조리로 간주한 데서 비롯되었다. 그러나 음양에 대한 그의 인식은 전통적인 관점에 머물러 있으려 하지 않는다. 그

---

13) 三浦梅園, 『玄語』「例旨」, 日本思想大系 41, 岩波書店, 1982, 10쪽.

것만으로는 불충분하므로 진정한 음양의 의미를 밝히기 위해서는 자신의 조리의 학에 따라야 한다는 것이다. 그의 주장에 따르면 음양에 대한 총체적 이해를 위해서는 조리를 파악하지 않으면 안된다. 그가 "우주, 복재(覆載), 천신(天神), 본신(本神) 등이 비록 개인적인 생각에서 나왔을지라도 사실은 조리에 맞는 것"[14]이라고 주장하는 이유도 거기에 있다.

그러나 조리에 대해 그가 언급한 정의나 개념규정은 그의 의도나 생각만큼 단순명료하지 않다. 그것은 그의 조리의 철학이 기본적으로 존재론과 인식론의 범주와 경계를 무시하고 있기 때문이다. 그는 제멋대로 범주적 오류(categorical mistake)를 범한 것이다. 그에게 있어서 조리가 어느 때는 존재의 원리가 되는가 하면 어느 때는 인식의 규준이 되기도 한다. 조리를 설명하기 위하여 그는 존재와 인식의 경계구분을 의식하려 하지 않았기 때문이다.

그러면 조리란 무엇인가? 그에 의하면 "조리는 곧 천지의 규준(規準)"이다(『玄語』「例旨」). 또한 그것은 "사물 속에 갖추어진 성체(性體)"이기도 하다(「多賀墨鄕君에게 보내는 답서」). 이렇게 보면 조리는 우주에 있는 일체의 <존재원리>이다. 한편 그에 의하면 조리는 천지를 "달관하는 道이자 관물(觀物)의 규구(規矩)"이다(「與淨圓律師書」). 또한 조리는 "사유표준을 세워 천지를 통할 수 있는 유일한 방법"이기도 하다(「與麻田剛立書」). 이렇게 보면 조리는 우주를 통찰하는 道이자 사물에 대한 <인식규준>이다.[15]

그러나 사이구사 히로토(三枝博音)가 미우라 바이엔의 이러한 조리의 학을 새로운 자연계의 법칙을 주장한 베이컨의 신논리학과 새로운 인식론적 관점을 제기한 칸트의 구상력에 비유하고 헤겔의 변증법과도 동일시하

---

14) 앞의 책, 29쪽. "宇宙, 覆載, 天神, 本神, 雖如出私意, 實正之於條理."
15) 高橋正和는 <條理>를 <존재의 체계>라고 간주하고 이것의 표리가 되는 <反觀合一>을 <존재의 인식방법>이라고 주장한다. 高橋正和, 『三浦梅園の思想』, ぺりかん社, 1981, 40쪽.

는 것은 반관합일의 방법과 논리에 있다.16) 사이구사에 의하면 조리는 반관(反觀)을 의미하므로 "반관의 방법이 곧 조리의 학의 골자"라는 것이다. 왜냐하면 미우라 바이엔은 인식에 있어서 우선 마음의 습기를 버리고 올바른 증거에 의존하는 것이 올바른 판단의 기준이 된다고 믿었기 때문이다. 그에 의하면, "반관합일은 가위로 종이를 자르고 그것을 보는(觀하는) 것과 같다. 한편은 오목하고 다른 한편은 볼록하며, 한편은 기울어져 있고 다른 한편은 쭝긋 세워져 있지만 양쪽을 합치면 빈틈없이 하나가 된다. 하늘의 허(虛)와 땅의 실(實), 기(氣)의 동과 물(物)의 정, 불의 열(熱)과 얼음의 한(寒), 구름의 승(升)과 비의 강(降), 어느 것 하나도 그렇지 않은 게 없다. 반관(反觀)하여 하나로 합해진다면(合一한다면) 규유가 지닌 결함은 도저히 거짓을 꾸며 얼버무리고 넘어갈 수가 없다"17)는 것이다.

　　그러나 반관합일의 논리를 전개하는 그의 언설적 특징은 '총각은 미혼남자이고 모든 미혼남자는 총각이다'와 같이 항진식(恒眞式) 명제의 동어반복(同語反覆)에 있다. 그의 동어반복적 논증(tautological argument)은 천지자연의 자기동일성(self-identity)을 설명하는 수많은 음양론적 언설에서 더욱 두드러진다. 예를 들어 "천지의 道는 음양으로써 음양의 본체와 상반된다. 상반되는 동시에 하나를 이루기도 한다. 이것이 곧 천지의 道이다. 나는 상반되는 동시에 하나를 이루는 것, 이것을 같이 보아 그 본연의 모습을 찾고자 한다. 따라서 조리는 즉 하나이면서 둘이고 둘이면서 하나이다. 둘을 이루기 때문에 좌우대칭을 이뤄 조리를 형성하며, 하나이기 때문에 혼성을 빚으면서도 혼잡을 초월한다. 반관합일이 곧 이것을 이루는 기술이므로 이것으로 능히 음양의 진면목을 볼 수 있다"18)는 주장이 그러하다. 그러나 여기에서 "조리는 즉 하나이면서 둘이고 둘이면서 하나이다"와 같은 동어반복이 논리적 진리치(眞理値)와는 달리 존재론적 의미의 애

---

16) 三枝博音, 『梅園哲學入門』, 第一書房, 1943, 154～161쪽.
17) 三浦梅園, 『玄語』 「例旨」, 日本思想大系 41, 岩波書店, 1982, 19쪽.
18) 「多賀墨鄕君にこたふる書」 『三浦梅園集』, 岩波文庫, 1953, 16쪽.

매성을 가중시키고 있다. 또한 "천지란 원래 기물(氣物)의 합성으로 기천(氣天)을 이루고 물지(物地)를 이루는 사물이므로 사물이 하나 있으면 천지도 하나요 만물이 있으면 천지도 만천지다"[19]의 주장도 기본적으로 동어반복적이고 자기동일적이기는 마찬가지다.

그 밖에도 동어반복적이고 자기동일적인 언설들은 허다하다. 다카하시 마사야스(高橋正和)는 『미우라 바이엔의 사상』에서 이러한 언설을 12가지로 열거하지만[20] 실제로는 유형분류가 쉽지 않을 만큼 그 이상이다. 그것은 『현어도』들 가운데 수많은 현기일합도(玄氣一合圖)에서도 보듯이 그의 존재론이 음양과 천지의 질서란 자기동일적이어야 한다는 전제로부터 벗어나지 않으려는 일합(一合)강박관념 때문이었을 것이다. 그에게 자기동일성은 모항으로 반드시 귀향해야 할 예인선이 의존하는 해도(海圖)와도 같은 것이었다. 그러나 그로 인해 반복되는 자기동일적·동어반복적 논증은 논리적 경제의 효과만큼 존재의 의미를 단순화시키지 못했다. 오히려 그 반대일 수 있다. 그 예들을 열거하면 다음과 같다.

ⓐ 일(一)과 일(一)은 음양이다. 그것이 조리다. <일일대대도(一一對待圖) 참조>

ⓑ 氣와 物이란 나누어지고 성(性)과 체(体)는 합친다. 그러므로 합치는 것은 나누어지는 것 속에서 합치는 것이다. 기는 음양이고 물은 천지다. 어디에나 음양·천지가 없는 곳이 없기 때문이다. <사물도일합(事物圖一合) 참조>

ⓒ 조리는 一과 一이다. 나뉘어 反하고 合하여 一이 된다. 그렇게 하는 것이 곧 반관합일이다. <분합도일합(分合圖一合) 참조>

ⓓ 一양(陽) 一음(陰)은 상반한다. 그러므로 一은 二를 有하고 二는 一을 開한다. <일이정록도(一二精鹿圖) 참조>

---

19) 앞의 책, 18쪽.
20) 高橋正和, 『三浦梅園の思想』, ぺりかん社, 1981, 64~66쪽.

ⓔ 조리의 모습은 일부일대(一剖一對)다. 부는 一과 二의 경(經)이며, 대
는 一과 一의위(緯)다. 一은 혼전통합(混全統合)이고 二는 찬편분산
(粲偏分散)이다. <경위부대도(經緯剖對圖) 참조>

ⓕ 부(剖)로써 一을 나누고 대(對)로써 二를 합친다. 부하면 즉 경(經)이
고 대하면 즉 위(緯)이다. <경위부대도(經緯剖對圖) 참조>

ⓖ 일경일위(一經一緯), 神은 그 경(經)을 순행하고 物은 그 위(緯)에 머
문다. 경위통색(經緯通塞)[21]은 우주를 그 안에서 이룬다. <경위부대
도(經緯剖對圖) 참조>

ⓗ 경위는 조리의 대강(大綱)이다. 몰중(沒中)은 부대하고 노중(露中)은
통색한다. 통(通)으로써 때(時)를 이루고 색(塞)으로써 곳(處)을 이룬
다. <우주도(宇宙圖) 참조>

이 때 경위(공간)는 몰중, 즉 沒의 세계에서만 성립하고 통색(시간)은 노
중, 즉 露의 세계에서만 성립하는 개념이다.

ⓘ 物은 性을 지니고 (반대로) 性은 物을 갖춘다. 性과 物(두개의 것)은
하봉(罅 縫 - 두개를 꿰멘 자리)이 없어질 때까지 혼성(혼연일체)이
된다. 그러므로 그 一은 곧 全이다. 한편 性은 体와 짝이 되고 物은
氣와 짝이 된다. 物과 性은 … 나뉘어 둘로 찬립(粲立 - 별개가 됨)하
고 합하여 하나로 혼성한다. <일일상토찬립도(一一相吐粲立圖) / 기
물상토찬립도(氣物相吐粲立圖) 참조>

ⓙ 조리는 즉 一이 二를 有하고, 二는 一을 開한다. 二가 찬립하여 조리

---

21) 미우라 바이엔은 공간적인 것을 <緯塞>이라고 하고, 이에 대해 시간적인
것을 <經通>이라고 한다. 즉 "經通은 時가 되고 緯塞은 處가 된다"는 것
이다. 그러나 그의 경위론도 「經緯剖對圖」에서도 보듯이 <一卽一一> <一
卽二>의 조리체계에 지나지 않는다. <一/二>의 剖對에 의해 經緯가 생기
고, 경위에 의해 조리의 체계가 성립되기 때문이다.

를 나타내고 一이 혼성하여 하봉을 없애버린다. <일이정록도(一二
精鹿圖) 참조>

ⓚ 조리는 남녀(즉 二)에서 성립하며 하봉은 태어난 자식에게서 (둘이
흔적도 없이 완벽하게 합일함으로써) 없어진다. (一이) 나뉘어 각각
독립한 형제들은 하나의 부모로부터 몸을 나눈 것이다. 그러므로
형제들을 흩어진 가지(散)라고 한다면 부모는 하나의 큰 줄기(統)다.
<일이식토도(一二食吐圖) 참조>

<현어도(玄語圖)>

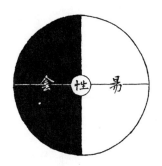 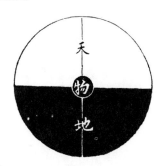

일일상토찬립도(一一相吐粲立圖)　　기물상토찬립도(氣物相吐粲立圖)

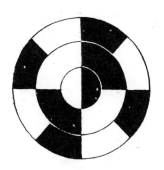 

분합도일합(分合圖一合)

일이정록도(一二精鹿圖)

일일대대도(一一對待圖)

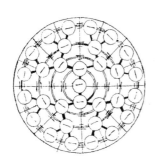

경위부대도(經緯剖對圖)

일이식토도(一二食吐圖)

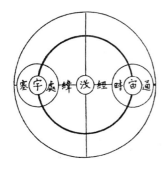

우주도(宇宙圖)

동식분합총도(動植分合總圖)

이상에서 보면 미우라 바이엔은 조리를 '천문(天門)의 자물쇠(鎖鑰)'라고 한다. 그것은 '대립하여 상반하는 것'으로서 몰(沒)과 노(露), 반(反)과 비(比), 은(隱)과 견(見), 부(剖)와 대(對) 등이 그 기본이 된다. 또한 이것들은 상반하기 때문에 찬(粲), 편(偏), 분(分), 산(散)의 상황을 노정한다. 이런 상황을 그는 <二>라고 하고 그것들이 합일하여 혼(混), 전(全), 합(合), 통(統)을 형성한다고도 한다. 이런 상황이 곧 그가 말하는 <一>이다. 그러므로 그는<'一有二, 二開一> 전체를 조리의 양태로, 그리고 그 관계를 자연의 법칙으로 간주한다.

고로마루 히사시(五郎丸 延)도 바이엔이 『현어』(「陰陽帙 上」)에서 성체(性體)·기물(氣物)·음양(陰陽)·천지(天地) 등을 계열화할 때의 기본형을 조리라고 규정하는 한편 구체적으로 一과 一一의 관계, 一一상호의 관계를 조리의 양태로 보았다고 설명한다. 그의 설명에 따르면 바이엔은 "二 → 一로의 방향에서는 「혼전통합」(混全統合), 「상식합일」(相食合一)의 양태를 인식했다. 一 → 二의 방향에서는 「찬편분산」(粲偏分散), 즉 찬연(粲然)으로서 편편상토(偏偏相吐)하여 一과 一이 병립하는 양태를 인식했다. 一과 一 상호간에서는 체로대비(体露對比)—용몰부반(用沒剖反)이라는 양면성, 즉 대대(對待)의 양태를 인식했다. 결국 (바이엔에게 있어서) 혼전통합·찬편분산·체로대비·용몰부반은 조리의 양태를 인식하는 개념이며 조리하는 것을 인식하는 반관합일의 총칭이었다."[22]

이렇게 보면 그의 반관합일의 조리는 존재가 <一>·<一一>·<二>라는 수적 카테고리 속에서 체계적으로 전개되어 있다. 이를 두고 다카하시 마사야스는 존재가 <一 즉 一一>을 논리적 세포로 한 세포군에서 힘의 관계를 형성하고 있다고 설명한다. 그러나 <一 즉 一一>의 카테고리는 『현어도』 가운데 「동식분합총도」(動植分合總圖)에서도 보듯이 <一 즉 二>의 구조와 다르지 않다. <一一>은 혼성 이전에 서로 부대(剖對)관

---

22) 五郎丸 延, '三浦梅園の天文自然觀', 『梅園學會報』第三号, 1978, 30쪽.

계[23] 에 있는 <二>의 겉모습을 두고 한 표현이기 때문이다. 그러므로 바이엔의 조리 전개의 과정을 단순화하면 그의 조리체계가 의존하고 있는 것은 <一 즉 二, 二 즉 一>의 원리이다. 한마디로 말해 모두가 자기동일적이고 동어반복적이다.

그것들은 모두 反(二)과 合(一)의 자기동일성과 一(合一, 또는 混成)과 二(反觀, 또는 粲立)의 동어반복을 자연에서의 계기와 대상을 달리하면서 적용한 설명 방법이었다. 통일성(unity)을 나타내는 一과 다양성(plurality)을 의미하는 二를 미우라 바이엔은 통일성에서 볼 때 二의 一을, 반대로 다양성에서 볼 때 一의 二를 반복적으로 주장한다. 一은 스스로를 二로 분화하고 二는 一로 돌아오는 원리가 일체의 자연을 관통한다는 것이다. 그러므로 음양의 원리, 또는 氣와 物의 원리를 기본으로 하는 그의 조리의 학도 <一 즉 二, 二 즉 一>의 논리적 상대주의와 계층주의[24]에 충실하려는 것이었다.

이처럼 자기동일성이 갖는 자명성과 동어반복이 갖는 명료성 때문에 조리의 학에서의 논리전개는 늘 단언적(斷言的)이고 논증적(論證的)이었다. 심지어 그것만으로 부족하여 거기에는 백 수십개의 원형상(圓形狀)의 존재론적·우주론적 도상(圖象), 즉 현어도(玄語圖)들[25]이 추가된 도상학

---

23) 三浦梅園은 존재계에서 전개되는 "條理의 모습(態)을 一剖一對"라고 주장한다. <剖>는 <剖析>이고 <對>는 <對待>이므로 한마디로 말해 조리란 <剖析>과 <對待>의 두 양태이다.

24) 島田虔次는 미우라 바이엔의 논리적 특징이 <一有二, 二開一>, <一卽一, 一一卽一>에 있다고 규정한다. 또한 그는 一·二에 의거하고 있는 이러한 논리적 상대주의와 계층주의가 바이엔의 전논리를 관통하고 있다고도 주장한다. 「三浦梅園の哲學—極東儒學思想史の見地から—」 『三浦梅園』, 岩波書店, 652쪽.

25) 玄語圖는 玄, 즉 일원기(一元氣)를 일구체(一球体)로 상정하고 그린 다각적·다면적 단면도들이다. 그것들의 특징은 모두가 원형도이고, 二面의 원형도를 일합도(一合圖)로 나타내는 데 있다. 예를 들어 '氣物相食混成圖一合'에서 보듯이 氣와 物을 두면의 원형도로 그리고 그것들의 혼성일합(混成

적(iconological) 논증까지 보완되었다. 그러나 그러한 수사적 기교, 즉 글쓰기의 테크닉은 논증의 자명성과 명료성을 높이기 위한 수단일 뿐만 아니라 그것이 가져다줄 효과에 대한 기대감에서 비롯되었다. 미나모토 료엔이 『현어』를 스피노자의 *Ethika*—기하학적 논증방법을 도입한—에 비유할 정도로 그것에 찬사를 아끼지 않는 것도 따지고 보면 바이엔이 언제나 우주의 통일성과 다양성을 <一二논증법>으로만 설명하려 했기 때문이다.

그러나 실제로 바이엔의 논증방법은 기하학적 공리(公理)와 같은 一·二를 대전제로 삼아 연역추리를 전개하면서도 그의 자연철학이 지향하는 것은 귀납적 실증성이었다. 한마디로 말해 그의 사상체계 안에서는 연역과 귀납의 논리적 혼재가 그것의 충돌을 불가피하게 하고 있다. 그의 자연철학적 이념은 반관합일이라는 귀납추리적 실증주의(inductive positivism)를 반복적으로 표방하면서 그것의 논증은 철저하게 연역추리적 상대주의(deductive relativism)였다. 그가 주장하는 각각의 언설들이 논리적으로 명료해 보이면서도 전체적으로 애매함과 난해함을 극복하지 못하는 이유도 거기에 있다.

IV. 유학과 양학의 혼성합일

미우라 바이엔을 일본사상사에서 가장 독창적인 사상가로 재발견해야 한다든지 재평가해야 한다는 주장을 가장 먼저 제기한 사람은 나이토 코난(内藤湖南, 1866~1934)이다. 그는 1896년 아사히신문에 연재한 「관서문운론」(關西文運論)에서 미우라 바이엔을 가리켜 도쿠가와 3백년간 누구보다 뛰어난 '창견발명(創見發明)의 설(說)을 내세운 자'라고 평가한다. 일찍

一合)을 이해한다든지 지구의 남북 양반구를 두 개의 원으로 표시하고 그것을 하나로 합쳐 지구의 전체상을 이해하는 방법이 그것이다.

이 과학사가 쿠와기 아야오(桑木或雄, 1878~1945)도 미우라 바이엔을 "우리나라에서 독창적으로 자연과학을 편출(編出)해낸 사람"이라고 평한 바 있다. 신시대의 개막을 알리는 근대적 과학사상의 태동기에 "바이엔의 유교풍의 자연철학은 당시 최고"의 성과였다는 것이다.

이들의 뒤를 이어 바이엔에 대한 극찬을 아끼지 않은 사람은 사이구사 히로토다. 그는 『바이엔철학입문』(梅園哲學入門)에서 미우라 바이엔의 현기일원론(玄氣一元論), 즉 반관법(反觀法)에 기초한 조리의 학을 가리켜 '경탄해야 할 독창적 견해'라고 극찬한다. 유물론자인 사이구사는 바이엔을 메이지 이전의 일본 최고의 체계적인 철학자, 특히 일본에서 변증법 논리를 독자적으로 구사한 철학자였다고 하여 그의 독창성을 역설한다. 나아가 시마다 켄지(島田虔次)는 미우라 바이엔의 철학을 '극동철학사상 최대의 장관'이었다고까지 평가한다. 바이엔이 독자적으로 만들어낸 독특한 술어 뿐만 아니라 우주와 인류를 관통하는 "그의 일기음양론(一氣陰陽論)이야말로 조선의 홍대용(洪大容)은 물론이고 장횡거(張橫渠)·왕선산(王船山)을 넘어 중국 최후의 氣철학자이자 완성자로 간주되는 대진(戴震)의 철학을 능가한다"[26]는 것이다.

그러나 미우라 바이엔의 조리의 학에 대해 '독창'과 '독자', '창견'과 '경탄'이라는 평가의 심리적 동기는 다분히 아전인수적이다. 또한 그것이 당시의 관습지와 그렇게 차별적으로 부각되는 이유도 독창과 창견보다는 그 당시 지식인들이 지닌 규유(窺窬)의 집단적 무의식 때문이었다. 그것은 바이엔의 이른바 '나가사키 충격'에서도 보듯이 쇄국의 일본이 신학문에 대한 처녀인구집단(virgin population)이었음을 의미한다. 일반적으로 폐역에서 제기된 '반관'(反觀)이나 '사심'(捨心)처럼 과거에 대한 부정적 슬로건은 긍정적 수사보다 주목받게 마련이다. 왜냐하면 누구에게나 낯설은 수사는 그만큼 유혹의 효과가 더 크기 때문이다. 그러나 낯설음과 독창은 다르다.

---

26) 앞의 책, 639쪽.

1. 방이지(方以智)와의 지적 혈연성

조리와 반관합일은 낯설음이지 독창이 아니다. 23세의 미우라 바이엔에게 나가사키는 낯설은 이방의 땅이었고, (명청의 서학과 파이프라인이 연결되어 있는) 나가사키양학(長崎洋學)도 미지의 학이었다. 그 때문에 그것은 미지의 낯설음만큼 지적 유혹과 욕망의 대상이 되기도 했다. 특히 바이엔에게는 방이지(方以智 1611~1671)의 『물리소식』(物理小識)과 『동서균』(東西均), 그리고 그의 제자 유예(游藝)의 『천경혹문』(天經或問) 등이 그것이다. 한마디로 말해 바이엔철학의 원혈(元血)은 『물리소식』이나 『천경혹문』 등이었다. 그것들은 그의 철학에 새로운 피를 직접 수혈(輸血)한 혈원(血源)이었기 때문이다. 그러므로 오늘날 누구나 바이엔철학의 원류와 핵심을 그것들에서 발견하려는 이유도 거기에 있다.

미우라 바이엔이 독창적인 사상가라기 보다 뛰어난 습합의 사상가였다는 사실이 본격적으로 밝혀지기 시작한 것은 명말청초의 자연철학자 방이지가 편찬한 『물리소식』과 그의 저서 『동서균』의 복사본을 1969년 가을 오가와 하루히사(小川晴久)가 입수하면서부터였다. 다시 말해 바이엔사상의 원류가 당시 중국에서 건너온 방이지 등의 서학연구서들이었다는 사실이 밝혀진 것은 오가와의 논문 「방이지의 자연철학—<통기>와 그 구조」(方以智の自然哲學—<通幾>とその構造, 『學習院高等科研究紀要』第四号)와 다카하시 마사야스(高橋正和)의 논문 「바이엔철학의 원류」(梅園哲學の源流, 『別府大學國語國文學』第十二号, 1970)가 발표되면서부터였다. 20세기에 들어서 8백 페이지가 넘는 방대한 양의 저서 『미우라 바이엔의 철학』(三浦梅園の哲學, 1941, 第一書房)을 출판하여 그에 대한 연구의 새로운 계기를 마련한 사이구사 히로토(三枝博音)도 데카르트를 비롯하여 칸트, 헤겔과 비교하면서 그를 과대평가할뿐 그의 사상적 원류를 밝히려는 노력은 하지 않았다.

1) 『동서균』(東西均)과의 유사성

방이지의 『물리소식』이 「질측」(質測)을 대상으로 한 데 비하여 『동서균』의 주제는 「통기」(至理)다.[27] 『동서균』의 「삼징」(三徵), 「반인」反因), 「소이」(所以)편에서 다루는 통기의 기본주제는 一과 二의 관계다. 이런 점에서 오가와는 바이엔의 <조리>가 방이지의 <통기>와 구조적으로 동일할 뿐만 아니라 그 때문에 조리의 독창성 또한 희박하다고 지적한다. 그에 의하면 통기(通幾)와 조리(條理)는 구조에 있어서 공통적이다. 통기가 순환운동의 성격이나 절중성(折中性), 모순융합성을 더욱 농후하게 가지고 있지만 조리도 그것을 소홀히하고 있지 않다. 양자의 구조적 유사성과 동일성은 그것들이 기본적으로 주역을 토대로 삼고 있기 때문이라는 것이다.[28] 다카하시 마사야스도 오가와 하루히사의 이러한 주장에 동의한다. 다카하시의 생각에도 방이지는 사물이 각각 상응하는 관계 속에서 <통기>(通幾)의 구조를 파악한다. 다시 말해 '一은 반드시 二속에(中) 있고, 二는 一에서 本이 된다'(有一必有二, 二本於一)고 하여 그는 자연계를 一과 二의 관계로 파악한다. 二는 상반(相反)하는 것이면서 동시에 상인(相因)하여 一을 형성하는 관계라는 것이다. 또한 二의 이러한 상호관계와 二와 一의 관계를 그는 '교륜'(交輪), 즉 순환운동으로 표현하기도 한다.

이것은 근본적으로 불교에서 말하는 공(空)과 노장에서 말하는 무(無)의 존재를 부정하는 바이엔의 조리에서도 마찬가지다. 『현어』「예지」에서 그가 "소위 空한 사람이란 몸이 비어 있는 공한 상태이지 기(氣)가 공하게

---

27) 방이지에 의하면, '質測은 즉 通幾를 간직(藏)하는 것이다.' 또한 '通幾는 質測의 窮理를 지키는 것이다.' 질측은 개별과학을 의미하는 동시에 그 집약으로서의 개별이론도 의미한다. 오늘날의 의미로 질측은 자연과학=개별과학이다. 통기는 그 자체로서 존재하는 것이 아니라 질측 속에 담겨 있는 것이다.

28) 小川晴久, '方以智の自然哲學「通幾」とその構造'―三浦梅園の條理學との關連で―, 『學習院高等科研究紀要』第四号, 1969, 12쪽.

비어 있다는 말이 아니다. 소위 무라는 것은 질(質)이 없다는 것이지 기가 없다는 것은 아니다. 물주전자 만드는 것을 보자. 물주전자에는 반드시 구멍을 두 개 만들어 하나는 기를 통하게 하고, 다른 하나는 물을 통하게 한다. 물을 한 컵 떠내면 기가 한 컵 들어갈 것이고, 물이 다 비면 곧 기로 가득차게 된다. 기가 나오지 못하면 물도 들어가지 못한다"고 주장하는 이유도 거기에 있다. 이처럼 바이엔은 현기일원론의 조리를 언제나 '一은 二에 있고(有) 二는 一을 연다(開)'(一有二, 二開一)고 하여 모든 자연현상을 一·二의 논리와 관계로서 설명한다.

이렇게 보면 바이엔의 조리는 기본적으로 자연계를 一과 二의 관계로 파악한다는 점, 수많은 혼성일합도에서 보듯이 二도 서로 상반상인하여 一을 형성한다는 점, 그리고 一이 二를 통일하는 관계에 있다는 점에서 방이지의 통기와 구조적 동일성을 지닌다. 물론 바이엔의 독서노트인『포자수기』(浦子手記)에는 방이지의『통아』(通雅)와『물리소식』에 대한 언급만 나올 뿐『동서균』에 대한 기록이 전혀 없기 때문에 이 책의 주제인 통기가 바이엔에게 직접 전달되었다고 단정할 수 없다는 주장이 제기될 수 있다. 그러나 이 책을 구성하는 <통기논리>, 즉 <一·二논법>은 그 이전의 저서들을 통해서 바이엔에게 충분히 공급되었기 때문에 바이엔이 이 책을 직접 읽었는지 여부는 문제되지 않는다. 다시 말해 바이엔이 크게 의존하고 있는 방이지의『물리소식』이나 유예의『천경혹문』은『동서균』의 중심 테마인 통기의 논리에 따라서 자연계를 설명하고 있기 때문이다.

2)『물리소식』(物理小識)과의 동일성

『물리소식』은 권수(卷首)에서 권12(卷之十二)에 이르기까지 당시의 자연과학과 자연철학을 집대성한 일종의 백과전서다. 바이엔은 24세에 이 책을 보고 "처음으로 氣를 보게 되었다. 드디어 천지에 조리가 있음을 알게 되었다"고 고백한 바 있다. 그가 31세부터 현기일원론을 주장하는 주저 『현어』를 쓰기 시작한 것도 이 책으로부터 세상을 반관합일29)의 눈으로 바라보는 관점을 제공받았기 때문이다. 그가 57세때 기록한 『수기』(己亥稿)에서도 『물리소식』에서 41개조나 발췌했다고 고백할 정도로 그의 사고는 평생동안 이 책에서 벗어나 있지 않았다.

바이엔이 『물리소식』에서 받아들인 6가지 사상적 핵심 가운데 하나는 「水火論」이다. 바이엔이 이 책에서 특별히 주목했던 부분은 "천지를 통관(通觀)해보면 천지도 일물(一物)이다. … 중현일실(重玄一實), 그것이 물물신신(物物神神)의 심기(深幾)다"라고 기록한 「자서」(自序)와 "취산동정(聚散動靜)이 자연에 맡겨져 있으므로 玄이 통한다. 玄의 통이 이뤄진다"고 하는 제1권 「천류」(天類) 가운데 <기론>(氣論)의 주(注)에서 파악한 <현>(玄)의 세계에 대한 구절이었다. 한마디로 말해 그것은 네 글자로 표현한 <중현일실>(重玄一實)30)의 자연관이었다. 그가 이 구절을 중요시했던 이유는 이 4자를 '지극히 玄이 되는 일실'이라는 의미로 해석하여 가장 중요한 인식대상으로서의 玄의 세계에 대한 인식방법인 반관합일, 즉 자신의 현기일원론의 모토로 삼았기 때문이다.

또한 『물리소식』의 「기론」(氣論)에 나오는 "充一切虛 貫一切實"이라는 여덟 글자도 바이엔의 사상적 중핵 가운데 하나가 되었다. 그의 「원기론」

---

29 <反觀>이라는 단어도 사실은 미우라 바이엔의 신조어가 아니라 소강절(邵康節)의 『관물내편』(觀物內篇)에 나오는 용어다. "聖人은 만물의 실정을 하나(一)로 할 수 있다. 이것을 가능하게 하는 것은 聖人의 反觀일 것이다. 反觀이란 무엇인가? 그것은 나로써 物을 觀하지 않고 物로써 物을 보는(見) 것이다."

30) 『大漢和辭典』에 의하면 여기에서 <一實>이라는 개념은 『회남자』(淮南子)의 "有天下 無天下 一實也。注實同也"에서 온 것이다. 특히 말미의 注는 實을 同이라고 함으로써 有天下와 無天下가 같다는 것을 의미한다. 또한 有天下와 無天下는 대우(對偶)관계를 나타낸다. 그러므로 有天下 無天下는 바이엔의 <一卽一一>의 一一에 해당한다. 또한 바이엔은 <一實>을 "偏偏이 합하여 全이 된다"는 의미에서 全一, 즉 一로 해석했다. 高橋正和, 『三浦梅園の思想』, ぺりかん社, 1981, 183~184쪽.

(元炁論), 「원희론」(元熙論), 「수륜자」(垂綸子) 등의 각 '일원기'(一元氣) 장에 "일원기, 우주에 충만하고" 또는 "우주를 채우고"는 <충일체허>를 의미하며 "천지만물은 일원기로써 관통한다"는 <관일체실>과 같은 의미이기 때문이다. 예를 들어 그가 『현어』의 아홉 번째 원고에 해당하는 「수륜자」에서 "만일 물주전자를 만들 것이라면 반드시 구멍을 두 개 뚫어라. 하나는 기를 통하게 하고, 다른 하나는 물이 통할 수 있게 하라. 물 한 컵을 떠내면 기가 한 컵 채워질 것이고 물이 다 비면 기들로 가득찰 것이다. 기가 나올 수 없다면 물도 들어가지 못할 것이다. 주전자가 비었다(虛)고 해서 그냥 비어 있는 것이 아니다"는 주장의 근거도 거기에 있다. 『현어』의 주요 내용만 간추린 『현어수인초』(玄語手引艸)에서도 그가 또 다시 물주전자의 예를 들어 "기가 안들어가면 물은 나오지 못한다. 물을 넣으면 기는 존재하지 못한다. 물 한 컵 넣으면 기가 한 컵 나온다. 주전자에 들어가는 양도 물과 동일하다. 없는 존재를 무라고 하면 들어가고 나가고 하지 못한다. 눈에 보이지 않는다고 해서 없다고 단정지을 수 없는 법이다"라고 주장하는 것도 마찬가지 이유다.

　그밖에 바이엔의 저서 『췌어』(贅語)도 『물리소식』을 어느 책에서보다 많이 인용함으로써 지적 혈연성을 더욱 높여주었다. 『췌어』는 제1질인 「천지질」(天地帙)에서 제6질인 「천인질」에 이르기까지 적어도 18개조 이상을 인용하고 있기 때문이다.[31] 예를 들어 "明潛老父曰, 充一切虛, 貫一切實"(「천지질」304項, 天類·3項)이 그것이다. 이것은 바이엔의 독창과 창견의 이유 가운데 하나를 신조어에서라도 찾으려는 이들의 주장마저 무색하게 하는 인용문이다.

---

31) 다카하시 마사야스는 『物理小識』卷一에서 卷四까지에 이르는 18개조 인용문의 출처를 밝혀놓았다. 高橋正和, 앞의 책, 168~172쪽 참조.

3)『천경혹문』(天經或問)과『현어수인초』(玄語手引艸)

방이지의 제자인 유예의 저작『천경혹문』이 바이엔의 조리, 또는 반관합일의 자연철학과 유사성·동일성을 지닌다는 사실이 밝혀진 것은 1971년 봄 시마다 켄지(島田慶次)가 바이엔의 고가에 있는 장서에서 이 책에 관한 기록을 발견하면서부터였다.[32] 이 책의 중심테마는 책명이 시사하듯 지구체설(地球体說)이다. 당시 중국에 온 예수회 선교사들이 서양의 자연과학을 가리켜 <질측>(質測)이라고 부른 것에 대하여 방이지가 <통기>라는 개념을 제기했던 것과는 달리 유예는 양자를 조화하는 이상적이고 완결적인 개념과 이론체계를 완성하려했다. 그는 이 책의 서문에서 질측으로써 통기를 무너트려 그 理를 잃지 말아야 하듯 통기로써 질측을 무너트림으로써 그 실사(實事)를 망치지 말아야 한다고 주장한다. 이것은 그가 기본적으로 스승의 <통기논리>를 계승하면서도 그 주장을 완화하는 대신 질측이라는 서양의 자연과학적 성과, 특히 지구체설을 받아들여 전통적인 유교적 언설들을 재정비하려 했기 때문이다.

이렇게 보면 바이엔의 자연철학과『천경혹문』과의 관계는 지적 파이프라인과 같다. 바이엔에게 이 책은 지구인식의 직접적인 공급루트나 다름없었다. 특히 바이엔철학에로의 가이드북인『현어수인초』에서는 더욱 그러하다. 불과 14매의 반지(半紙)로 된 소책자이지만『현어』의 핵심만을 정리한 이 책은『천경혹문』의 정보를 크게 바꾸지 않고 기록했기 때문이다.『천경혹문』의 내용을 부연하고 있는 아홉개 이상의 항목[33] 가운데 특히 지구체설에 관한 것, 즉 지구에 위치한 사람들에 대한 설명을 예로 들면 다음과 같다. 우선『천경혹문』에서 보면 "땅(地)은 원체(圓体)로 되어 있고 천지가 맞닿은 곳(空際)에 위치해 있다. (甲乙丙丁)상하사방에 모든 사람이 있다."(그림 1참조) 이에 비해 바이엔은 그림2와 같이 지구둘레를 에워싸

32) 高橋正和,『三浦梅園の思想』, ぺりかん社, 1981, 194쪽.
33) 앞의 책, 195~199쪽 참조.

고 있는 사람들을 설명한다. 바이엔은『현어수인초』에서 지구주위를 인간들이 둘러싸고 있는 그림을 다음과 같이 설명한다. "그처럼 둥그렇기 때문에 사람들이 이 주위를 빙둘러싸고 있다. 그러한 모습으로 사람들이 둘러싸고 있지만 아래에 있는 사람들은 거꾸로 서서 하늘을 향해 있고, 위에 있는 물은 측면을 향해 흐르고 있는 것 같다. 이것은 천지를 나타내는 것으로서 상하(위 아래) 위치가 혼동스럽다."[34]

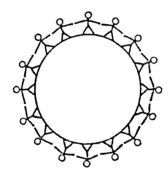 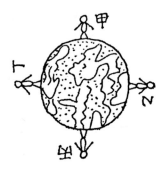

<그림 1>『천경혹문』　　　　<그림 2>『현어수인초』

　이상에서 보듯이『천경혹문』이 바이엔의 조리의 학과 상당한 내적 연관관계를 갖고 있다는 사실은 분명하다. 또한 그 책은 106종의 도서를 인용하고 있지만『동서균』과『물리소식』등 방이지의 책에 크게 의존하고 있으므로 방법론상 통기의 논리, 즉 <一・二논법>을 기저로 하고 있다고 해도 과언이 아니다. 예를 들어『동서균』에서 "一은 반드시 二에 있고 二는 一을 本으로 한다"든지『물리소식』의 수화론(水火論)에서 온천과 등잔의 실증에 의해 水와 火가 氣를 매개로 하여 상호 전환될 수 있다는 주장이『천경혹문』에도 수용되어 "二를 있게 하는 것이 一"이라는 주장을 가능하게 했기 때문이다. 유예는 수화설처럼 <二 즉 一>이라는 논리를 전

---

34) 高橋正和,「三浦梅園」『江戸の思想家たち(II)』, 1979, 研究社, 62쪽.

적으로 받아들여 "二가 一속에 있다는 사실로 미루어 볼 때 (자연에) 착종변화(錯綜變化)하지 않는 것은 없다"고 생각했던 것이다.

이렇게 보면 유예는 착종변화를 멈추지 않는 현실세계를 정연하게 체계화할 수 있는 논리와 방법을 방이지에게서 물려받았고, 결국 그것이 『현어』를 통해 바이엔에게로 직접 계승되었음을 알 수 있다. 다카하시 마사야스도 "통기와 조리의 구조적인 동일성과 유사성은 실제로 바이엔이 『천경혹문』이나 『물리소식』을 통해 직·간접적으로 방이지·유예 일파의 사상과의 접촉을 통해 적극적으로 수용하고 계승 발전한 데서 비롯되었다"[35]고 밝히고 있다.

2. 아리스토텔레스에서 바이엔까지

명말청초의 자연과학, 특히 당시의 천문지식은 중국토착의 것이 아니라 마테오 리치를 비롯한 예수회 선교사들에 의해 소개된 지구체설로서 서양의 천문학[36]이었다. 한마디로 말해 <지구는 둥글다>는 새로운 천체관이

---

35) 앞의 책, 202~203쪽.
36) 명말청초에 예수회 선교사들이 중국에 소개한 서양의 천문학 저서들은 약 50여종이나 된다. 또한 극황도좌표를 사용한 혼천의(渾天儀, Armillary sphere)와 지구의(地球儀)를 비롯하여 당시에 도입된 천문기기도 34종이었다. 이처럼 예수회원들이 중국에 들어온 17세기초부터 서양의 천문·역법의 소개에 적극적이었던 이유는 대개 두가지다. 하나는 漢代 이후 왕조가 바뀔 때마다 개력(改曆)을 실시해온 전통을 잘 알고 있었기 때문이다. 다른 하나는 元代 이래 타성적으로 실시해온 수시력(授時曆)이 대통력(大統曆)으로 명칭만 바뀐 채 여전히 사용되어 왔고 페르시아에서 전해진 이슬람의 역법인 회회력(回回曆)도 일식과 월식에 잘 들어맞지 않아 이것을 고치려는 논의가 고조되는 데 있었다. 그러므로 마테오 리치가 서양의 과학적인 천문학과 역법을 서둘러서 소개하려 한 것도 당시의 이런 사정을 누구보다도 잘 간파했기 때문이다. 특히 1605년 그가 『건곤체의』를 무엇보다도 먼저 선택하여 번역 출판한 사실은 이런 시대상황을 잘 반영한 것이었다.

지방체설(地方体說)을 대치하는 지구인식에 대한 코페르니쿠스적 전환[37] 을 가져온 것이다. 이러한 지적 충격은 한역(漢譯) 서학의 파이프라인이었 던 나가사키를 통과하여 일본안에로 파급되기 시작했다. 예를 들어 1730 년 천문학자 니시카와 세이큐(西川正休, 1693~1756)가『천경혹문』에 훈점 을 찍어『대략천학명목초』(大略天學名目鈔)[38]라는 책명으로 출판한 것도 그 가운데 하나였다.

그러나 당시에 서양 근대의 천문학이 크게 주목받았다고 할지라도 그 것의 기원은 고대 그리스의 천문학, 특히 아리스토텔레스의 천문학이었음 을 간과할 수 없다. 1603년 마테오 리치가 중국에 처음 소개하여 중화중심 사상에 충격을 준『곤여만국전도』(坤輿萬國全圖)도 이미 2세기에『로마지 (誌)』를 쓴 압피아노스(Appianos) 도법에 따라 만든 유럽최신형의 타원형 세계지도로서 거기에는 아리스토텔레스의 천체구조론에 의한 9중천설(九 重天說)이 담겨 있었다. 또한 마테오 리치는『건곤체설』에서도 탈레스의 물, 헤라클레이토스의 불, 엠페도클레스의 4근설(四根說―水・氣・火・土) 을 통해 아리스토텔레스의 4원소설(四元行說)을 소개하고 있다. 당시 일본 에 아리스토텔레스를 비롯하여 서양의 철학과 과학이 알려지는 경로는 두 가지였다. 하나는 16세기 중반 일본에 전도를 위해 들어온 예수회선교사 들에 의한 직접적인 루트였다. 그러나 이 통로는 막부의 기독교 탄압정책

---

37) 중국의 전통적인 천문학에서 <天文>이라는 글자는 <하늘에 새겨진 무 늬>, 즉 천변을 보고 군주의 죽음이나 모반, 외적의 침략, 가뭄 등의 국가 적 대사를 점치는 데 필요한 것이었다. 그러나 그것은 실측과 실증의 정신 에 기초한 서양의 천문・역법과는 달리 신비와 미신이 혼재한 것이므로 공 언무실의 폐단이 많았다. 그 때문에 특히 실측방법과 험천사상(驗天思想)을 겸비한 강희황제는 1704년 자신이 직접 천문기기를 사용하여 천체를 관측 할 정도로 과학적인 천문・역법의 제정에 적극적이었다. 새로운 천문・역 법이 중국의 통치이념까지 바꿔놓는 결과를 초래한 것이다.
38) 미우라 바이엔이 24세때 읽은 것도 유예『천경혹문』이 아니라 니시카와 세 이큐의 바로 이 훈점본이었다.

에 의해 활발하게 지속되지 못했다. 다른 하나는 17세기부터 중국에 들어온 예수회선교사들의 한역서를 통한 간접적인 루트로서 결국 이 루트가 바이엔에 이르기까지 서학을 보급하는 주요 통로가 되었다. 이 두 경로를 자세히 살펴 보자면 다음과 같다.

1) 고메스의 『신학강요』(Compendium)

일본에 서양철학서들을 가장 먼저 들여온 사람은 예수회 선교사 누네스(M. Nunez Barreto, 1519~1570)다. 그는 1556년 7월 일곱명의 선교사와 함께 일본에 오면서 플라톤, 아리스토텔레스, 토마스 아퀴나스 등의 철학서들을 포함한 백여권의 책들을 가지고 왔기 때문이다. 그러나 일본인에게 가장 먼저 고대 그리스철학을 직접 소개한 사람은 선교사인 페드로 라몬(Pedro Ramon, 1549~1611)이다. 그는 스페인 도미니크교단의 회원인 그라나다(L. de Granada, 1505~1588)의 『신경교의요략』(信經敎義要略)을 일본어로 번역함으로써 아리스토텔레스의 자연철학을 일본인들이 이해할 수 있게 했던 것이다.[39]

그러나 일본에서 아리스토텔레스의 철학과 천문학 등을 가장 먼저 가르친 사람은 예수회의 일본 준교구장(準敎區長)이었던 페드로 고메스(P. Gomez, 1535~1600)다. 그는 1583년부터 개강한 일본교구의 신학과정(Collegio)에서 철학을 강의하기 위해 1594년 라틴어로 된 교과서 『신학강요』(Compendium)을 완성했고, 1599년에는 이것을 발췌한 일본어 번역본까지 만들어냈기 때문이다. 전체가 3부로 구성된 이 책의 제1부 「천구론」(De Sphaera)은 자연계에 대한 천문학적·지질학적 입문서로서 천체에 대한 여러 문제들을 다루고 있다. 요한니스 드 사크로 부스토(Joannis de Sacro Busto)의 『천구론주해』(Commentarius in Sphaeram)를 기초로 하여 이 책을 저술한 그는 전통적인 천동설을 지지하고 있지만 일본인에게 '지구가 둥

---

39) 井手勝美, 『キリシタン思想史研究序說』, ぺりかん社, 1995, 40~41쪽.

글다'는 사실을 이론적으로 가장 먼저 소개한 인물이다. 또한 여기에서 그는 가시적인 우주의 질서와 비가시적인 창조자의 존재와 본질을 계시하는 자연신학의 기초를 다루기도 했다. 토마스 아퀴나스의 『아리스토텔레스의 천지론, 생성소멸론, 기상학 해설』을 토대로 하여 쓴 제2부 「아리스토텔레스의 영혼론 3권 및 소편 강요」는 지구, 4대론(四大論), 기상현상에 대한 것이지만 제1부가 자연현상을 다룬 데 대해 인간의 내면세계를 논한 철학강요였다. 제3부인 「일본인 예수회원을 위한 카톨릭 교리강요」는 일본인 설교자들을 위해 쓴 신학강요로서 452쪽 가운데 3백쪽이 넘는 이 부분이 이 책의 가장 직접적인 저술동기가 되기도 했다.[40]

바이엔이 『신학강요』를 직접 읽었는지는 잘 알 수 없다. 그러나 고메스가 교구장으로서 활동했던 분고(豊後)교구는 바이엔이 살았던 쿠니사키(國東)에서 걸어서 다닐 정도의 거리에 불과했으므로 그가 고메스의 텍스트인 『신학강요』를 직접 접했을 수 있다. 그렇지 않으면 그가 고메스의 강의를 수강한 신학생들과의 교류마저 어렵지는 않았을 것이다.

2) 독창의 미망(迷妄)에서 풀려난 바이엔학(梅園學)

마테오 리치 이후에도 알레니의 『만국전도』를 비롯하여 디아스(Diaz)가 지원설(地圓說)을 이론적으로 설명한 『천문략』(天文略, 1615), 베르비스트(Verbiest)가 마테오 리치의 지도를 두 개의 원으로 나눠 동서 양반구를 각각 표시한 양반구도법에 의해 그린 『곤여전도』와 『곤여도설』(1674) 등을 통해 서양의 천문지식은 이미 한역서학서의 공급루트를 따라 계속 보급되어 왔다. 그러므로 『이의약설』(二儀略說)을 쓴 고바야시 요시노부(小林義信, 1600~1683)로부터 그의 제자이자 『천문의론』(天文義論)·『양의집설』(兩儀集說)의 저자인 니시카와 조켄(西川如見, 1648~1724)을 거쳐 『천경혹문』을 번역한 니시카와 세이큐(西川正休, 1693~1756)에 이르기까지 나

---

40) 앞의 책. 22~29쪽.

가사키를 통해 유입된 아리스토텔레스 이래의 천문지식이 바이엔에게로 전해진 것은 자연스런 과정일 수 있다.

다카하시 마사야스도 오바라 사토루(尾原 悟)가 『일본문화의 변용』(日本文化の變容, 講談社)에 실린 「쇄국과 기독교」에서 제시한 예수회 선교사의 세 그림이 바이엔의 「현어도」속에 있는 것들과 매우 유사하다는 사실에 놀라지 않을 수 없다고 토로한다. (아래의 그림 참조) 오하라는 이 세 그림을 로마 신학교(Collegio Romano)에서 16세기의 유클리드로 불리는 클라비우스(C. Clavius, 1537~1612)의 『천구론』(天球論, 1595 일역), 마테오 리치의 『건곤체설』(乾坤体說, 1605), 포르투갈의 선교사 페레이라(C. Ferreira, 일본명 澤野忠庵, 1580~1650)의 『건곤변설』(乾坤弁說, 1650)에서 발췌하여 바이엔의 그림과 아래와 같이 대비한 바 있다.

ⓐ 클라비우스의 『천구론』과 바이엔의 「체물도」(体物圖)

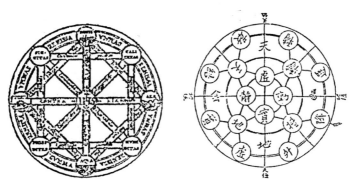

『천구론(天球論)』 　　　　　 「체물도(体物図)」

ⓑ 마테오 리치의 『건곤체의』와 바이엔의 「성물부석도」(成物剖析圖)

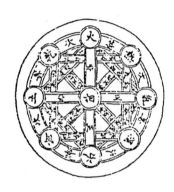 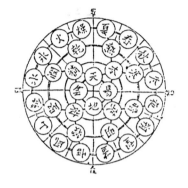

『건곤체의(乾坤体義)』　　　　　「성물부석도(成物剖析図)」

ⓒ 페레이라의 『건곤변설』과 바이엔의 「성물도」(性物圖)

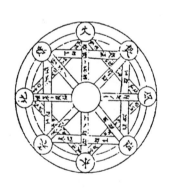 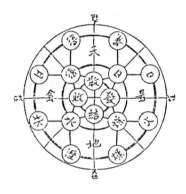

『건곤변설(乾坤弁說)』　　　　　「성물도(性物図)」

　그러나 이상과 같은 유사성의 발견은 바이엔학에 있어서 일종의 사건
이 아닐 수 없다. 역설적으로 말하자면 그것은 일본주의의 아전인수에 의
해 타율적으로 붙잡혀 있던 바이엔학이 창견과 독창이라는 미망에서 풀려
나는 순간이기 때문이다. 그것은 일본주의라는 관념적 쇄국의 논리속에서
왜곡을 강요받아온 바이엔학이 해방되는 순간이었다. 또한 그것은 박학다

식한 유가와 히데키(湯川秀樹)가 바이엔의 「현어도」만은 세계에서 유례를
찾아볼 수 없을 만큼 자신의 천문사상을 체계화한 독창적인 그림이라고
주장한 사실을 무색하게 하는 계기이기도 하다. 오늘날 다카하시 마사야
스가 각종 원형도를 통해 우주를 형상화한『현어도』가운데 클라비우스와
마테오 리치, 그리고 페레이라의 그림과 닮은 세 도형을 대비시키면서 바
이엔학의 돌연용출설이 더 이상 논의될 수 없도록 잠재울 수 있다[41]고 주
장하는 이유도 거기에 있다.

V.『가원』(價原)과 경세실학

주지하다시피 일본의 칸트로 비유하는 미우라 바이엔의 삼대저서(이른
바 梅園三語)는 『현어』(玄語)·『췌어』(贅語)·『감어』(敢語)를 일컫는다.
『현어』는 바이엔이 스스로 자연을 관찰하고 인사를 체험하여 얻은 경험과
더불어 순수한 사색의 세계를 구상한 조리학의 체계다.『췌어』는 고금의
여러 학설을 인용하고 조리에 비추어 검토·비판하며 이것들을 체계화한
것이다. 그러므로『현어』를 순수사유 체계의 논리서(論理書)라고 한다면,
『췌어』는 천문학·의학·박물학·역사학·사회학·윤리학 등의 지식이
망라된 백과의 잡서(雜書)다.『감어』는 윤리·도덕에 관해 자신의 견해를
표명한 실천서. 더구나 이 책은 그런 생각을 실제로 현실사회에 적용하
기 위해 쓴 나름대로의 경세서(經世書)[42]라고도 할 수 있다.
바이엔은 「삼어」이외에도 천지의 조리에 비추어 인간의 생리를 논하는
『신생여담』(身生餘談)과 주로 인체의 해부를 기록한『조물여담』(造物餘
談), 그리고 화폐를 중심으로 한 경세서인『가원』(價原) 등 또 다른 「삼서」

---

41) 高橋正和,「三浦梅園」『江戸の思想家たち(II)』, 1979, 研究社, 67~68쪽.
42) 杉本 勳,『近世日本の學術』, 法政大學出版局, 1982, 196~197쪽.

(三書)를 남김으로써 그의 폭넓은 학문적 관심영역을 과시하기도 했다. 이 가운데 오늘날까지도 회자되는 책은 그의 경세사상을 논한『가원』이다. 우치다 요시히코(內田義彦)는『가원』을 가리켜 두려움을 감출 수 없을 만큼 매력적인 책이라고 표현한다. 그는 그 책을 보는 느낀 극적 인상에 대하여 "그 느낌은 새로운 세계에 첫발을 내딛는 순간의 것이지만 그것만이 아니었다. 그것은 전문연구자로서 공백에로의 비약과 나를 일종의 독특한 경제학사가로 길러준 것에로의 회귀를 동시에 느끼게 했다"고 고백한다. 그는 또한 1941년 사이구사 히로토가『미우라 바이엔의 철학』을 출판하자 "나는 유럽의 경제학사·사상사의 연구에 전념해왔지만 지금 다시 바이엔에게로 돌아가는 첫발을 내딛지 않으면 안될 때가 아닐까라고 생각한다. 나는 아담 스미스(A. Smith, 1723~1790) 연구자로서 동시대의 경제학서인『가원』에로 관심을 돌려야 한다. 바이엔 자신의 방법을 빌려『가원』에서의 바이엔을 파악하고 일본의 경제사상을 파악해야 한다"[43]고도 다짐한다.

이 책의 제목「価原」은 물가의 근본을 의미한다. 여기에서 가치는 노임의 값어치를 말하며 이 값어치의 근원을 탐구하는 것이 이 책의 과제다. 이 책은 주로 당시의 물가나 화폐에 대한 기츠키(杵築) 번사(上田養伯)의 질문에 답하기 위하여 쓴 일종의 화폐론이었다. 번사(藩士)가 일반적으로 봉공인(奉公人)들의 임금이 매년 생산량의 변화에 따라 달라지는 것에 의문을 품고 그 해답을 바이엔에게 질문하자 그가 이에 대답하기 위해 쓴 책이다. 그는 우선 노임의 값어치를 금전으로 계측하는 데 착안하여 금전과 생산물의 관계를 밝혀내려 했다. 그는 통용되고 있는 화폐가 과다할 경우, 특히 통화 가운데 주화의 조악함이 광범위해질 때 은화의 상황이 어떠한지에 주목하여 통화유통을 이론화하려 했다.

메이지·다이쇼시대의 경제학자인 카와카미 하지메(河上 肇)와 후쿠다

---

43) 高橋正和,『三浦梅園の思想』, ぺりかん社, 1981, 50쪽.

토쿠죠(福田德三) 등을 비롯하여 오늘날 바이엔을 과대포장하려는 이들은 이 책의 화폐론이 '악화가 양화를 구축한다'고 주장한 영국의 경제학자의 토마스 그레샴(T. Gresham, 1519~1579)의 법칙과 흡사하다고 평한다. 시마다 켄차도 가와카미 하지메가 1905년『국가학회잡지』(國家學會雜誌, 제19권 5호)에서 이미『가원』의 화폐론을 그레샴의 법칙과 동등하다고 지적한 뒤부터 많은 이들이 바이엔을 유학자로서 뿐만 아니라 경제학자로서도 간주해왔다고 주장한다.44) 왜냐하면 바이엔이 화폐론에서 "풍년이 들면 물가가 급격히 오른다", 또는 "금은이 많아지면 물가가 오르고 금은이 적어지면 물가가 내린다. 물가가 내릴 때는 금은이 귀해진다. 물가가 높을 때는 금은의 값이 떨어진다"45)와 같이 상품과 물가와의 기본적인 상관관계를 주장하고 있기 때문이다.

다시 말해 뒤늦게 바이엔학에 매료된 일본의 경제사가들은 바이엔을 일정한 원리, 즉 시장원리에 따른 상품의 가격변동을 화폐경제론에 입각하여 주장한 최초의 일본인으로 간주하여 그를 그레샴이나 아담 스미스에 못지 않는 경세사상가로서 평가한다. 그들은『가원』도 상품의 가격결정과정을 객관적 실증성에 근거하여 파악하려 했다는 점에서 그레샴의『화폐론』(1559)이나 스미스의『국부론』(1776)에 비유될 만큼 탁월한 경제이론서로서 평가한다.

Ⅵ. 결 론

사이구사 히로토를 비롯한 많은 이들이 미우라 바이엔의 사상을 가리켜 <독창적>이라고 평하는 데 주저하지 않는다. 그러나 일본사상사에서

---

44) 島田慶次, 앞의 책, 637쪽.
45) 三浦梅園, 「価原」『三浦梅園集』, 岩波文庫, 1953, 44쪽.

독창적인 사상가로 평가받는 이들이 대개 뛰어난 습합사상가였듯이 그의 사상적 특징도 독창성에보다는 과감한 습합성에 있다. 예를 들어 오규 소라이로부터 히라다 아츠타네를 거쳐 니시다 기타로에 이르기까지 많은 이들이 그랬듯이 바이엔의 사상도 마찬가지다. 그것은 본래 사상이나 철학, 나아가 문화 전반에서는 문자 그대로의 발명과 창견, 독창성과 독자성을 기대할 수 없기 때문이기도 하다. 설사 독창적이라고 할지라도 그것은 이전과의 지적 연관이 철저하게 단절된 고립무원에서의 창견일 수 없다. 극단적인 반전이나 이탈도 선이해 없이는 불가능하기 때문이다. 오히려 선이해를 통해서만 반전이나 극복이 가능한 것이다. 바이엔의 '반전합일'도 마찬가지다. 그러므로 그의 독창은 또다른 습합이기거나 습합의 이면(위장)에 붙여진 대명사일 수 있다. 그것은 '습합 방법으로서의 독창'이었다. 그러면 바이엔의 사상을 어떻게 조감해야 할 것인가?

첫째, 독창이라는 표현을 굳이 사용한다면, 그것은 무엇보다도 신조어를 생산하는 그의 감각 능력에 대한 평가의 경우이다. 그는 불교나 노장사상, 그리고 회남자 등에서 습기·조리·반관과 같은 핵심용어들을 차용했지만 그 밖의 수많은 개념들을 독창적으로 생산해냈기 때문이다.

둘째, 또다른 그의 독창성은 <회의의 정신>에 있다. 특히 그것은 인벽(人癖)이라는 유교적 관습지에 대한 회의에 있다. 그는 데카르트처럼 일체에 대한 회의를 주장하지만 그가 실천한 회의는 실제로 탈유교적, 탈관념적 반관에 지나지 않았다.

셋째, 그의 사상이 지닌 또 다른 장점은 전혀 호교적(護敎的)이지 않았다는 데 있다. 그의 사상은 일본사상사에서 천황이데올로기에 빠지지 않은 보기 드문 사례였다. 그의 사상은 비정치적이고 과학지향적이었기 때문에 천황교(天皇敎)로부터 자유로울 수 있었을 것이다.

넷째, 그는 관습지, 즉 습기의 최대의 근원이 서책에 있으므로 그것을 버리고 천지자연을 스승으로 삼아야 한다고 주장한다. 천지자연을 스승으로 하고 서적은 참고로만 이용하라는 것이다. 그러나 그는 그렇게 하지 않

았다. 그가 버린 것은 당시의 관습지를 지배한 유가의 경전이었고 고학파
의 책들이었을 뿐이다. 오히려 그는 서양의 새로운 과학적 세계관에 빠져
들기 위하여 서학서에 누구보다도 적극적으로 매진했기 때문이다.

다섯째, <一卽二> <二卽一>의 논리에서 보듯이 그는 한문의 논리적
경제성을 추구해온 동양철학의 장점이자 단점인 <즉(卽)의 논리>에 누구
보다도 충실했다. 한편으로는 새로운 사상의 추구를 위해 습기로부터의
이탈과 해방을 갈구하면서도 다른 한편으로, 즉 그것을 추구하는 방법에
서 그는 동격이성(同格異性)의 존재에 대한 동일성의 논리를 거의 벗어나
려 하지 않았기 때문이다.

그렇다 하더라도 조리의 학으로서 바이엔철학의 조감도는 수입철학·
이식철학의 전경이었음을 부인할 수 없다. 많은 이들이 그것을 가리켜 일
본사상사에서 보기 드문 독창과 창견의 명작이라고 극찬할지라도 그것은
결국 다카하시 마사야스의 고백처럼 '선천적으로 독창성의 유전자를 결여
한 모방민족'[46]의 지적 습합성을 유감없이 발휘한 또하나의 실례였기 때
문이다.

---

46) 高橋正和, 「三浦梅園」『江戶の思想家たち(II)』, 1979, 硏究社, 38쪽.

제11장

화혼(和魂)에로의 회귀

- 모토오리 노리나가(本居宣長)의 反습합사상 -

"문화적 행위는 통합되어 가는 경향을 가지고 있다. … 각 문화의 통합성은 결코 신비한 것이 아니다. 그것은 예술의 어떤 양식이 생겨서 지속하는 과정과도 같다. 고딕 건축은 고도와 광선에 대한 기호(嗜好) 이외의 아무 것도 아닌 데, 거기서 시작해서 그 기술 속에서 발달한 하나의 기호 기준의 조작에 의해 13세기의 독특하고 단일한 예술이 되었다. (그 동안) 융화되지 않는 요소는 버리고 다른 요소를 그 목적에 부합하도록 수정하며 또 기호에 일치하는 다른 요소를 발명하게 되었다. … 그래서 마침내 고딕 예술의 결과로 나타난 것이다."[1]

(Ruth Benedict, *Patterns of Culture*에서)

---

1) Ruth Benedict, *Patterns of Culture*, Houghton Mifflin Co. 1934, pp.47~48.

Ⅰ. 왜 反습합인가?

습합이 일종의 문화적 족외혼(族外婚)이라면, 反습합은 문화적 족내혼(族內婚)이거나 근친혼인과 같다. 습합이 이문화간의 개방적 융합이듯이 족외혼도 친족밖으로 열린 혼인제도(외혼제)이다. 이에 반해 反습합이 융합을 거부하거나 해체하려는 문화적 無습합성이듯이 족내혼은 동족 이외의 결합을 거부하는 폐쇄적 혼인제도(내혼제)이다. 그러므로 생물학적으로나 문화적으로나 전자의 결과가 우성유전인데 비해 후자의 결과는 열성유전이다.

특히 열성유전의 결과를 피할 수 없음에도 불구하고 내혼제는 우성유전을 위해 인류가 선택해온 원초적 습합제도인 외혼제를 반대하거나 해체한다. 철저한 신분사회에서 왕족이나 귀족같은 계급의 유지를 위해서 아니면 특정종교의 동질성을 지키기 위해서, 또는 특정지역 거주자만으로 혈통을 제한하기 위해서나 소수의 친족만을 보호하기 위해서 그렇게 하는 것이다. 이런 점에서 내혼제는 문화적 다양성·개방성·습합성(또는 융합성)과 상치되는 反습합제도이다. 습합에 대한 모든 반대나 해체가 곧 反습합이기 때문이다.

1. 근친혼인과 혈우병

레비-스트로스에 의하면 "모든 문화는 상징체계의 집합으로서 간주될 수 있으며, 그 가운데 가장 중요한 것이 언어활동, 결혼규칙, 경제관계, 예술, 과학, 종교라고 볼 수 있다. 이 모든 체계는 물리적 현실과 사회적 현실의 어떤 면을 나타내고 있고, 나아가 이 두가지 유형의 현실은 그들간에 맺고 있는 관계를 표현할 뿐만 아니라 상징체계들 자체가 서로 유지하고 있는 관계도 표현한다." 레비-스트로스는 인간사회의 하부구조를 맑스처

럼 생산양식이나 노동과정으로 보는 것이 아니라 모든 사람들에게 있는
상징체계의 보편으로 간주한다. 그러므로 그에게 특정시간이나 공간내에
서 특정한 개인의 의식이나 경험은 무의미하다. 오히려 그는 개인의 실존
적 결단이나 의식과 무관한 문화현상이나 상징체계를 통해 인간과 사회를
이해하려 하기 때문이다. 그가 상징체계의 보편적 규칙으로서 결혼과 근
친금혼(近親禁婚)에 관심을 기울이는 이유도 거기에 있다.

그는 내혼제(endogamy)나 평행사촌(parallel cousin) 이내의 근친혼인을 금
지해야 할 이유로서 첫째, 그것이 상호성이라는 규칙의 적극적 표현이기
때문이다. 그는 근친금혼을 통해 인간사회에서의 상호성의 규칙을 밝힘으
로써 자연에서 문화에로의 이행을 논증하려 한다. 둘째, 근친혼인의 금지
가 일종의 교환규칙이기 때문이다. 그는 근친금혼을 통해 외혼제(exogamy),
즉 교차사촌(cross cousin) 이외의 족외혼(族外婚)의 의미, 즉 여성을 매개로
하는 집단간의 커뮤니케이션 규칙을 밝히려 한다. 셋째, 근친혼인의 금지
는 일종의 언어규칙을 낳기 때문이다. 그는 근친금혼으로 생기는 친족체
계 자체를 기호의 구조화된 체계인 동시에 기호를 구조화하는 체계라고
생각한다.

루스 베네딕트도 결혼이란 각 경우마다 그것이 연관짓고 있는 다른
행위와 관련해서 이해해야 한다고 주장한다. 결혼은 문화적 결합, 또는
습합의 최소단위이기 때문이다. 그러므로 어떤 민족이든 근친혼인을
금기시할 뿐만 아니라 금혼의 친족 범위도 더욱 넓혀가고 있다. 근친금
혼은 그것이 인간의 본능이기 때문이거나(Lowie) 성적 감정상실의 우려
때문(Westermarck)이라는 인류학적 이유도 있지만 그것보다도 더 중요한
이유는 생물학적 폐해 때문일 것이다. 유전학적으로 보면 근친간의
(consanguineous) 결혼은 해롭고 열성형질을 가진 자손을 만든다. 왜냐하면
평행사촌간에는 공통의 조상을 통해 희귀한 대립유전자가 가계도의 양쪽
으로 유전되어 자식에게 동형접합이 될 수 있기 때문이다. 공통의 조상을
가진 가계내의 형질발현은 대개 열성 상염색체 유전방식의 좋은 본보기가

된다. 예를 들어, 영국 빅토리아 여왕의 가계도를 보면 혈우병 보인자인 그녀와 자녀들을 통해 적어도 열성 반성유전형질을 가진 혈우병—혈액응고 단백질인 피브리노겐(fibrinogen)을 합성하는 과정중에서 발생하는 이상—이 러시아, 프러시아. 스페인 등 유럽의 많은 귀족 집안으로 유전되었음을 쉽게 알 수 있다.[2]

그러나 우리가 간과할 수 없는 사실은 개인에게 치명적인 유전적 혈우병과는 달리 징후가 분명하게 드러나지 않은 채 인류문화사에 잠재해 있거나 드물게 노출되는 문화적 혈우병들이다. 문화란 개인이 아닌 집단의 상징체계이다. 그것은 다양한 문화소들의 융합이나 습합을 상징적으로 코드화하는 (일시적 현상이 아니라) 장기지속 현상이므로 그것의 이상(異常) 상태는 그 문화주체에게 있어서 그만큼 심각한 것일 수 밖에 없다. 그러므로 응혈현상을 완성시키는 물질인 피브리노겐(섬유소원)이 혈우병의 병인(病因)이듯이 문화를 응고시키는 섬유소원인 문화적 쇄국주의와 국수주의를 경계해야 하는 이유도 거기에 있다.

또한 문화는 그 다양성만큼이나 융합과 습합의 경로가 다양하다. 뿐만 아니라 생물학적 우성유전이 개방적이고 다양하듯이 문화적 우세종(우성인자)에 의한 융합과 습합의 다양성과 개방성도 그에 못지 않다. 그러나 외래문화와 부단하게 융합하고 습합하는 문화적 용광로 같은 일본문화가 이것을 거부하는 내부적 거부반응(쿠테타)에 직면한다면 그것은 내혼제가 가져온 혈우병의 징후와 마찬가지로 부자연스럽고 위험한 병적 예후가 아닐 수 없다. 일본사상사에서 대표적인 反습합사상인 국학(또는 皇國學)이 야기한 사상적·문화적 응혈현상을 돌이켜 보면 그것은 습합을 주류로 해온 일본사상사가 맞이한 가장 큰 안티테제나 다름 없다. 국학은 그 명명의

---

2) 빅토리아 여왕의 혈우병 가계도를 보면 여왕과 그녀의 후손들인 아이린 공주, 헤센주의 엘릭스 공주 등을 통해 현재 영국의 왕족에게까지 유전되어 있다. Robert H. Tamarin, *Principles of Genetics*, McGraw-Hill Inc. 『유전학의 이해』, 전상학 외 번역, 라이프사이언스, 2003, 96~97쪽.

동기 자체가 개국(開國)을 위한 학이 아니다. 그것은 학문적 배타성을 전제한 쇄국(鎖國)의 학이자 反습합의 학이다. 그러므로 국학운동 이후의 일본 역사가 反습합적, 또는 逆습합적 안티테제가 필요할 때마다 국학정신을 부추키거나 그것을 이데올로기로 이용해온 이유도 거기에 있다.

2. 사상사적 안티테제로서의 反습합

아키야마 슌(秋山 駿)은 "노리나가의 사고의 저변에는 무엇인가 매우 극단적인 것이 있다. 그는 그것을 古人의 말을 적나라하게 드러내려고 하는 <사고방식의 쿠테타>라고 할만큼의 과감하고 단호한 행위"[3]라고 규정한다. 또한 이것을 가리켜 "일종의 <변증법적 사고>의 선구형태"라고도 부른다. 왼손의 역할을 부정한 채 절벽에 매달려서 사물을 구명하려는 사고방식이라는 것이다. 그는 이러한 사고방식이야말로 정신병자의 마음에서나 확인할 수 있을 정도의 대단부적(大胆不適)한 각오의 산물이라고도 주장한다. 한마디로 말해 노리나가의 사고방식은 평화시가 아닌 전시에 유행했을 정도로 독단적 의지가 강하게 작용하고 있다는 것이다.

1) 안티테제의 확대와 완성

마루야마 마사오(丸山眞男)는 국학, 특히 노리나가학(宣長學)의 등장을 아키야마 슌처럼 '사고방식의 구테타'라는 극단적인 용어를 사용하지는 않지만 일본사상사에서 소라이학(徂徠學)의 사고방식보다 더 큰 단절의 매듭으로 간주한다. 마루야마에 의하면, "후지와라 세이카에서 시작된 근세 일본 유교의 사상적 전개는 소라이에 의해서 일단 마침표가 찍히게 되었다. … 세이카·소라이 두 선생은 당대 유학의 시조(儒祖)라고 할 수 있을 것이다. 켄엔(護園―소라이의 塾)의 몰락은 거의 동시에 유학 자체가

---

3) 秋山 駿, '本居宣長; 搖れ動く心', 『現代思想』, 1982년 9월호, 靑土社, 374쪽.

사상계의 제1선에서 물러나는 것을 의미했다. 그리고 마치 그런 틈을 비집고 들어서기나 하듯이 사상계의 헤게모니를 요구하면서 유교배격의 깃발을 높이 든 것이 바로 모토오리 노리나가에 의해 완성된 국학이었다."[4] 노리나가는 국학으로 반정립(反定立)함으로써 유교시대를 비로소 마감할 수 있었다는 것이다.

그러므로 안티테제, 즉 반습합의 부정적 매개물로 이용하기 위해 중화숭배 사상인 소라이학을 극렬한 공격목표로 설정한 노리나가의 소라이학 비판은 그만큼 적극적이었다. 마루야마도 "소라이학은 마치 유태인들처럼 <구원의 문 바로 앞에 서 있기 때문에 거꾸로 가장 배척받는 존재가 된> 운명을 짊어지고 있었다"[5]고 하여 소라이학의 비운을 수사적으로 표현한다. 소라이학을 이미 주자학의 안티테제의 집대성으로 평가한 마루야마가 이번에는 노리나가의 화살이 중화사상과의 습합을 완성한 소라이를 겨냥했다고 하여 노리나가학을 도쿠가와사상사(德川思想史)에서 또하나의 안티테제로서 설정한 것이다.

그러나 이것은 에도사상사 내부에다 설정한 안티테제가 아니다. 또한 이것은 주자학이나 소라이학만을 논쟁의 목표로 삼고 있는 것도 아니다. 이것은 승려 케이츄우(契沖)로부터 시작하여 카다노 아즈마마로(荷田春滿)와 카모 마부치(賀茂眞淵)를 거쳐 모토오리 노리나가(1730~1801)에 이르러 완성된 중화사상으로부터의 적극적인 이탈과 사상적 독립선언을 의미한다. 한마디로 말해 이것은 일본사상의 反습합선언이기도 하다. 그러나 문화적·사상적 습합에 무의식적으로 길들여진 일본사상사에서 이것은 일찍이 경험해보지 못한 충격적인 사건이 아닐 수 없다. 무엇보다도 습합지상주의의 독단에서 깨어난 일본사상은 홀로서기의 자신감과 동시에 그 거울상을 처음으로 확인할 수 있었기 때문이다. 그것은 일본사상사에서 <밖>으로의 사고에 대한 반작용으로 생겨난 <안>으로의 사고실험의 성

---

4) 丸山眞男, 『日本政治思想史硏究』, 147쪽.
5) 앞의 책, 150쪽.

공이자 낙관주의의 탄생이기도 하다.

2) 사상사 지도의 변화

피터 노스코(Peter Nosco)는 18세기를 통한 국학계 사숙(Nativist Academy)의 발전을 가리켜 겐로쿠(元禄)문화의 소산이 아님에도 불구하고 '겐록문화혁명', 또는 겐록기의 문화적 자유가 이룩한 '무혈혁명'이라고 부른다. 그것은 무엇보다도 그 시기에 국학의 문화적 기반이 구축되었다고 생각하기 때문이다. 도시화, 잉여의 부, 학문의 대중화, 커뮤니케이션의 발달에 기초한 문화적 자유의 신장은 국학계의 사숙(私塾)을 탄생시켰을 뿐만 아니라 국학이라는 이데올로기적 고전주의(nativism)를 형성하여 유교와의 결별을 초래하기에 이른 것이다.[6] 노리나가는 소라이가 주장한 성인의 道에 대해서도 "위력이 있고 지략이 깊어서 사람들을 잘 따르게 하여 다른 나라를 빼앗았다. 또한 그 나라를 다른 사람들에게 빼앗기지 않는 것을 좋게 여기면서 얼마동안 나라를 잘 다스려서 후세의 모범이 되는 그런 사람을 중국사람들은 성인이라고 한다"[7]고 하여 중국의 모범적인 통치자론을 격렬히 비난한다. 그가 「직비령」(直毘靈)에서 바로 그런 성인이 만든 중국의 道도 그 취지를 깊이 파고들어가 보면 다른 나라를 빼앗기 위한, 그리고 다른 사람에게 나라를 빼앗기지 않기 위한 두가지 수단에 불과한 것이라는 점을 반복해서 강조하는 이유도 거기에 있다.

결국 노리나가는 이러한 성인의 도를 구실삼아 사상사적 일대전환을 시도한다. 그는 실제로 혁명을 몇 번이고 되풀이하게 하는 중국 고대성인들의 작위적 도를 일본에서도 강조한 탓에 일본도 중국과 같은 혼란을 경험해왔다고 믿기 때문이다. 그러나 그것은 탈중화주의나 탈유학을 앞세워 이데올로기를 대체하려는 시도가 아니다. 노리나가에 의한 국학의 완성은

---

6) Peter Nosco, 『江戸社會と國學』, 星山京子(外)譯, ぺりかん社, 1999, 44~50쪽.

7) 「直毘靈」『本居宣長』, 中央公論社, 170쪽.

정치적 선택 이전에 악의 근원인 중국성인의 道를 버리고 일본 고유의 道
인 신의 도(神道)를 선택함으로써 일본사상사의 지형을 바꿔놓을만한 사
상사적 중대사였다. 그것은 일본사상사의 지도 위에 국학을 경계로 한 뚜
렷하고 새로운 반습합의 구획선을 긋는 쿠테타적 시도였다.

Ⅱ. 고학(古學)에서 국학(國學)에로

마루야마 마사오는 고학에서 국학에로 선회하게 된 원인을 자연적 성
정(性情)의 자유로운 발로를 즐겼던 <먼 옛날 생활에 대한 열렬한 동경>
에서 찾는다. 그렇기 때문에 국학은 본래 먼 옛날(上代) 문학의 문헌학적
연구로부터 시작되었다는 것이다. 마츠모토 시게루(松本 滋)는 노리나가
국학의 단서를 그의 부친 때까지 사용하지 못했던 가문의 성인 모토오리
(本居)를 자신에 이르러 (小津에서 本居로) 되찾게 된 이른바 <선조 흔적
(御先祖跡)의 재발견>을 통한 자기 정체성의 확립에서 찾는다. 마츠모토
는 가계 조상의 재발견을 통한 자기 정체성의 확립이라는 방법을 일본문
화의 기저음(a ground bass)을 통한 일본문화의 자기의식화로 연결시킨 것
이 노리나가의 국학정신이었다고 주장한다.8) 피터 노스코도 고학에서 국
학에로의 전환을 가리켜 <원향(原鄉)에의 회상>(Remembering Paradise)이
라고 부른다. 그 원인을 그는 고도(古道)에 대한 노스탈쟈(nostalgia)에서 찾
는다. 이처럼 그들은 모두 국학에로의 선회를 일본 고유의 고도에 대한 향
수병(homesick) 때문이라고 생각한 것이다.

1. 노리나가의 콤플렉스—원향(原鄉)에로의 회귀

그리스어 nostos(태어난 고향으로 돌아간다는 뜻)와 algos(고통과 탄식)의

---

8) 松本 滋, 『本居宣長の思想と心理』, 東京大學出版會, 1981, 32~42쪽.

합성어인 nostalgia의 의학적 정의를 굳이 빌리자면 그것은 '태어난 고향에 대한 인상적인 기억을 버리지 못하는 동물의 뇌조직을 통해 감정을 끊으려 하지 않는 진동에서 비롯된 심적 상태'이다.

그러나 <노스탈쟈>는 20세기에 들어와 인간의 생활이 복잡해지고 그 변화속도가 빨라지면서 장소를 이동한 결과로써 생긴 공간적 격절감(隔絶感)뿐만 아니라 시간적 격절감도 의미하게 되었다. 즉 인간은 장소에 대한 향수뿐만 아니라 과거의 어떤 시기에 대한 노스탈쟈도 느끼게 되었다. 사람들은 현재의 상황보다도 기쁨을 느낄 수 있는 이상적인 상황을 상상하고 자신속에서 그것을 만들어냄으로써 충족감을 갖으려 한다. 인간은 저마다의 이상적인 상태를 다양한 곳에다 설정하는 것이다. 그것을 미래에서 구하는 이가 있는가 하면 과거에서 구하는 이도 있고 현재와 물리적으로 떨어진 상태를 가정하는 이도 있다.

동양인과 서양인은 일반적으로 이상향이 다르다. 서양인은 그것을 미래에다 두고 유토피아라고 부른다. 그러나 동양인은 전통적으로 이상향을 과거에서 찾는다. 다시 말해 동양인은 일찍이 선조들이 이상향으로서의 원향(illo tempore)에 존재했던 것으로 여김으로써 그 원향을 회고하고 동경한다. 동양인이 지금까지 이상향으로 여겨온 과거는 대개의 경우 다음과 같은 특징이 있다. 첫째, 조화로운 사회이다. 인간간의 조화만이 아니라 인간과 동물간에도 조화를 이룬다. 둘째, 배신이나 불성실한 행위가 불가능한 사회이다. 셋째, 그곳에서는 인간의 수명도 길고 죽더라도 고통이 없다. 그러나 일반적으로 이런 이상향은 지상의 낙원으로서 신화 속에 그려진 세계이다. 『고사기』와 『일본서기』 속의 일본신화가 이상향을 그리면서 이 세상의 시작을 알리려는 이유도 거기에 있다.

또한 노스탈쟈가 매우 강한 사람이나 민족일수록 자신을 신화 속의 이상왕국에 투영하려 한다. 예를 들면 일본에서 가장 오래된 시가집인 『만엽집』(萬葉集)을 남겨놓은 가인(歌人) 가키노모토노 히토마로(柿本人麻呂)의 경우가 그러하다. 『만엽집』을 '일본인의 마음의 고향'이라고 부르는 이유도 7세기 후반의 가인인 그가 이미 아득히 먼 과거에로의 노스탈쟈를 표현한 첫 번째 인물이었기 때문일 것이다.[9] 그래도 일본인을 영원히 원향에의 노스탈쟈에 빠져들게 한 이는 『고사기』의 탄생주역인 히에다노 아레(稗田阿礼)와 오오노야스마로(太安万侶)이다. 이들은 원향, 즉 돌아가야 할 신화속의 고향을 제공함으로써 일본인에게 이른바 '귀향강박관념'(nostos-complex)을 갖게 한 국학의 원조들이기 때문이다.

그러나 도쿠가와 이에야스 이래 막부의 이데올로기인 근세유학의 지적 중압감 속에서 중국고대의 7대 성인시대, 즉 중국고학 시대로 대체된 원향은 일본인을 얼마동안 지적 실향민으로 만들었다. 원향의 망각시대가 도래한 것이다. 플라톤이 현상계(지상계)에서 이데아의 세계(천상계)를 망각하고 있는 이유를 그 사이에 놓여 있는 망각(lethe)의 강을 건너야 했기 때문이라고 설명하듯이 근세유학도 당시의 일본인에게는 건너지 않을 수 없는 망각의 강이었다. 그렇다고 해서 근세유학에 의해 망각되었던 원향은 '잃어버린 낙원'(The Lost Paradise)이 아니었다. 국학자인 노리나가에게 그것은 '잊혀진 낙원(The Forgotten Paradise)이었을 뿐이다. 플라톤이 이성적인 상기(想起: anamnesis)의 작용을 통해 망각 속의 이데아를 재발견해야 한다고 주장하듯이 노리나가도 원향에의 회귀를 위해 망각으로부터의 각성을 강조한다.[10] 이번에는 노리나가에 의해 귀향강박관념이 재발하기 시작한 것이다.

그러나 재발(再發)은 어떤 질병에서도 그 병적 징후가 애초보다 매우 심

---

9) Peter Nosco, 앞의 책, 17~20쪽.
10) 코야스 노부쿠니(子安宣邦)는 <재생>을 강조한 고바야시 히데오(小林秀雄)의 노리나가연구의 성과를 빌려 <小林에 의한 宣長의 재생>이라고 주장한다. 고바야시가 일본의 자기동일성(identity)을 구하려는 노리나가의 발언을 '근대에 있어서 宣長 언설의 재생'이라고 표현했기 때문이다. 또한 코야스는 역사의 저층으로서의 고대일본인의 경험에로 향한 고바야시의 시선을 고바야시의 <상기>라고도 표현하고 있다. 子安宣邦, 『本居宣長』, 岩波新書, 1992, 3쪽.

각하기 때문에 완치하기도 그만큼 쉽지 않다. 지금까지 일본인의 정서를 지배하고 있는 원향회귀성이나 원향신앙(原郷信仰)이 그렇고, 일본사상과 문화의 저변에서 작용하고 있는 귀향강박관념이 그렇다. 예를 들어 1985 년 7월 27일 나카소네 야스히로 수상이 자민당 세미나에서 <새로운 일본의 주체성—전후정치를 청산하고 '국제국가' 일본으로>라는 제목으로 강연한 다음과 같이 내용이 그러하다. 그에 의하면, "『고사기』와 『일본서기』는 어떻게 만들어졌습니까? 히에다노 아레가 왜 그것을 낭송했는지를 생각해봅시다. … 그 당시 일본의 세력은 남북으로 신장되어 좋은 나라라고 생각한 것이지요. 그리고 야마토(大和)의 환영이라는 말 그대로 환상적인 기분에 들떠 이 나라와 조정을 자손에게 남기려고 낭송하게 만들었던 것이 바로 『고사기』와 『일본서기』였습니다."

이러한 서두에 이어 그는 겐메이천황이 당시 일본의 정체성을 확립하기 위해 『고사기』를 만들었듯이 지금 종전 40년과 쇼와천황 즉위 60주년을 맞이하여 평화롭고 풍요로운 일본을 만들기 위해 다시 한번 일본의 정체성을 각성하자고 주장한다. 특히 그는 『고사기』의 연구를 통해 국학사상을 완성했던 노리나가의 정신을 다시 한번 배워야 한다고 역설함으로써 원향신앙의 고취를 주저없이 공개적으로 요구하고 있다. 이것은 나카소네 수상을 비롯한 많은 일본인에게 야마토환상인 '노리나가 콤플렉스'가 지금도 얼마나 강하게 작용하고 있는지를 증명하는 예이다. 또한 이것은 그가 일본의 새로운 주체성의 확립을 위해서 그것을 어떻게 이데올로기化하려는지를 보여주는 본보기이기도 하다.

2. 원향의 발견에서 부활까지

국학은 일종의 신화여행이다. 그것은 황조신 아마테라스 오오미카미를 만나러가는 황도순례이다. 그것은 그 동안의 외도(外道)를 고해성사하고 앞으로의 절대적인 신앙을 그에게 맹세하기 위해 황국의 신화 속으로 들어가는 순례자들의 참회의 역정이자 재생의 활로이다.

1) 원향으로서의 황국(皇國)

노리나가의 원향은 『고사기』속의 신화세계이다. 다시 말해 "일본국은 더없이 경외로운 황조신 아마테라스 오오미카미(天照大神)가 출현하신 나라이다"라는 『직비령』의 첫문장에서도 보듯이 그의 원향은 공간적으로는 천상계인 다카마가하라이고 시간적으로는 신화 속의 천지창조시대, 즉 신대(神代)이다. 그러므로 그에게 있어서 학문의 중심은 진사이의 고의학(古義學)이 최고의 고전으로 간주하는 공자의 『논어』도 아니고 소라이의 고문사학(古文辭學)을 낳은 육경도 아니다. 그것은 오직 자신만의 古學, 즉 황조학(皇朝學)의 원전인 『고사기』와 『일본서기』뿐이다.

특히 "나는 神代로써 인사(人事)를 파악한다"고 천명한 『고사기전』(古事記伝)은 그가 인세(人世)로부터 신대에로의 인식기점을 전도시키면서 한의(漢意)를 배척한 신전(神典) 주석학이었다. 이것을 가리켜 코야스 노부쿠니(子安宣邦)는 데리다(J. Derrida)의 현전(présence)으로서의 형이상학—아르케, 신, 실체, 형상 등 존재한다는 것은 본질적으로 현전한다는—의 개념을 도입하여 "<원일본>(原日本)의 투명한 현전(現前)으로서의 『고사기』의 재발견"이었다고 주장한다. 거기에는 다카마가하라(高天原)로부터 천지창조를 개시한 황조신이 현전하고 있다는 것이다. 그러므로 코야스의 주장에 따르면, 노리나가의 『고사기전』은 고대 중국과 한자문화에 반대하여 황국(皇國)과 야마토(大和)의 언어를 계승하는 강력한 언설로써 『고사기』를 재형상화한 것이다.[11] 노리나가가 자신의 방법론을 가리켜 국학(國學)이나 화학(和學)이라고 부르는 것에 대해서조차 비판적이었던 이유도 거기에 있다.

---

11) 子安宣邦, ''古事記伝'と'古史伝'—その連續と差異', 『日本思想史學』 제26호, 日本思想史學會, 1994, 34~35쪽.

2) 천로역정(天路歷程)

그러나 이러한 극단적인 원향신앙과 황국주의는 노리나가의 독창적인 발명품이 아니다. 피터 노스코는 노리나가에 의해 완성되는 황국에로의 회귀 과정을 가리켜 '과거의 발견'(春滿)→'과거로의 진입'(眞淵)→'과거의 부활'(宣長)이라는 삼단계로 도식화한다. 그것은 그야말로 오랫동안 외풍에 넋을 잃고 방황하던 야마토타마시이(大和魂)가 각성하여 성지에 이르는 천로역정(pilgrimage)인 것이다.

a) 발견—카다노 아즈마마로(荷田春滿)의 원향은 『일본서기』속의 신화세계이다. 그는 『일본서기』를 제일의 신전(神典)으로 간주하고 거기에서 자신의 신앙과 교의의 원점을 찾으려했다. 그는 거기에 천손강림에 의한 천황가의 황통과 인격신으로서의 현인신(現人神)사상뿐만 아니라 다양한 신들의 신격과 역할을 밝히는 신국론, 그리고 그들을 통해 천지가 창조되었다는 우주발생론 등이 담겨 있다고 믿었기 때문이다. 다시 말해 그는 거기에서 불교나 유교같은 외래사상과 습합하기 이전의 원형 그대로의 순전한 신도를 발견할 수 있다고 생각했다. 특히 그는 주자학과의 신유습합을 백년 이상이나 진행해온 당시의 유가신도의 전통을 과감하게 탈피할 수 있는 단서를 『일본서기』「신대권」(神代卷) 같은 일본의 고전에서 찾으려했다.12)

그러나 아즈마마로의 이러한 신전해석의 시도가 일본신도의 원형찾기에 있었던 것은 아니다. 그의 진정한 의도는 오히려 불교나 유교와 습합하지 않은 일본 고유의 고도(古道)찾기에 있었다고 해도 과언이 아니다. 한마디로 말해 그의 의도는 일본 고유의 고도와 신도의 동일시에 있었다. 중국의 고도와는 전혀 다른 일본의 고유한 고도의 존재를 믿었던 그는 천년 이상이나 습합에 매달려온 절멸의 위기감에서 신도를 매개로 한 고유한 고도를 재발견하려 했던 것이다. 그가 신사(神社)가 아니라 사숙(私塾)의

---

12) Peter Nosco, 앞의 책, 90~101쪽.

확장을 호소한 것도 그 때문이었다. 또한 19세기의 고전주의자들이 토착주의, 또는 본국중심주의(nativism)의 원점을 아즈마마로에서 찾으려했던 것도 마찬가지 이유이다.

b) 진입―아즈마마로가 과거의 발견을 통해 천로역정의 문을 열었다면 그 문을 통해 과거에로 진입을 시도한 사람은 그의 제자 카모 마부치(賀茂眞淵)였다. 마부치가 진입하기 위해 이상화한 고대는 나라시대 이전의 시기, 즉 4세기에서 7세기 사이 4백년간의 상고시대이다. 이를 위해 그는 일본의 역사를 나름대로 5단계로 시대구분했다. 628년까지의 상고(上古)를 시작으로 793년까지의 상세(上世), 930년까지의 중세(中世), 1072년까지의 하세(下世), 그리고 1087년부터 당시까지의 후세(後世)가 그것이다.

그러면 그가 이상적인 고대로서 그리워하는 상고시대로 회귀하려는 수단은 무엇이었을까? 그것은 다름 아닌 고대의 노래(和歌)였다. 전달내용은 전달매체와 밀착되기 마련이므로 진리도 다른 언어로 대체될 수 없는 것이라고 생각한 그는 상고시대를 이해할 수 있는 열쇠도 당시의 언어를 확실하게 이해하는 길밖에 없다고 믿었다. 기교와 겉멋에만 치우친 후세의 노래와는 달리 고대의 노래에는 변하지 않는 진실한 마음(まごころ)이 담겨 있기 때문이라는 것이다. 더구나 그는 세가지 점에서 고대의 노래가 뛰어나다고 주장한다. 첫째, 그것은 고대의 정신을 재구축할 수 있는 최선의 매체라는 점. 둘째, 거기에는 감정의 자발적 표현이 풍부하여 후세의 노래보다도 예술적으로 우수하다는 점. 셋째, 고대인의 진정한 마음의 가치를 전달할 수 있으므로 거기에는 예술적 가치뿐만 아니라 규범적 가치도 들어 있다는 점이 그것이다. 그는 특히 『만엽집』의 노래들이야말로 이러한 특징들을 모두 갖춘, 즉 고대인의 정치·행동·예술 등을 구비한 삼위일체의 완벽한 고전이라고 극찬했다. 이런 점에서 고대의 노래를 통해 고대에로 재진입하려는 그의 시도를 가리켜 노스코는 엘리아데의 용어를 빌려 <낙원에의 노스탈쟈>라고 표현한다.[13]

그러나 이러한 고전적 문예의 강조는 그것에 대한 그의 남다른 애착 때문만은 아니었다. 오히려 그것은 나라시대 이후 많은 사람들의 관심이 한어를 통해, 그리고 한어도 일본어도 아닌 두가지가 혼합된 기이한 말로써 중국문학과 사상에로 빠져들면서 이러한 고대의 완벽함도 빠르게 붕괴되고 말았다는 위기감에서 비롯된 것이다. 이처럼 카모 마부치가 주장하는 원시 무습합에의 동경과 당시 반습합의 실천, 그 이면은 다름 아닌 反중화의 이데올로기이다. 역사를 돌이켜 보더라도 중국은 성인의 나라가 아니라 유교의 교의에 따라 권력의 쟁취와 유지라는 치열한 권력투쟁으로 일관해온 선천적으로 사악한 나라였다고 규정한 것도 그런 인식의 결과였다. 이에 반해 일본은 천손인 천황이 대를 이어 다스리므로 평안한 황국임을 강조하려는 것도 마찬가지 이유였다. 이처럼 카모 마부치는 언제나 중국과의 관계를 염두에 두고 일본인의 진실한 마음과 독창적인 정신을 비롯하여 중국과 중국인에 대한 국가와 인종의 우위성을 역설하려 했다. 이렇게 보면 마부치의 국학사상은 탈중화 콤플렉스와 국수주의적 민족주의의 산물이다. 원향에로의 귀향길도 결국 중국에서 벗어나려는 탈중화의 행로인 셈이다.

c) 재생─카다노 아즈마마로가 발견한 원향이 『일본서기』에 있었다면, 가모 마부치에게 그 원향으로 가는 길을 안내한 것은 『만엽집』이었다. 그러므로 뒤따라오는 모토오리 노리나가에게 먼저 간 이들의 황국순례기는 가이드북의 결정판으로서 『고사기』를 선택하게 하는 훌륭한 참고서가 되었다. 노리나가는 그의 스승 카모 마부치가 『만엽집』의 노래를 통해 고대의 정신세계로 들어가 그것을 다시 얻으려고 한 고전주의자였던 것과는 달리 『만엽집』보다 오래된 『고사기』가 고전으로서 더 권위 있다고 생각한 나머지 그것이 제시한 古道의 본질을 재생시키려고 노력한 원전주의자였다.

또한 마부치의 사상이 기본적으로 고대인을 천지자연의 道에 자발적으

---

13) Peter Nosco, 앞의 책, 132~146쪽.

로 따랐다고 생각하는 자연주의적 경향을 보인 것에 비하여 노리나가의 사상은 매우 종교적이었다. 한마디로 말해 그의 사상은 황도신학(皇道神學)이었다. 그것은 古道로서의 황도론이고 그 길을 제시한 신들에 대한 신앙고백록이다, 노리나가는 천지자연의 도는 물론이고 인간에 의한 사고・행동・창조・생산 등 모든 것이 궁극적으로는 신의 작용이고 인생의 모든 경험도 근본적으로는 인간이 알 수 없는 신비로운 것이라고 생각했다.[14] 그의 신앙은 인간이 왜 존재하는지, 그리고 왜 수많은 경험을 해야 하는지에 대해서도 인간의 지혜로는 알 수 없으므로 신성한 신전인 『고사기』의 연구를 통해서만 그 답을 기대할 수 밖에 없다고 주장할 정도였다.[15] 결국 우주를 창조한 신들에 대한 경외와 신앙으로 고도에 다가가야 한다는 것이다.

이처럼 노리나가를 비롯한 18세기의 국학자들은 『고사기』이건 『일본서기』이건 (신화적 허구임에도 불구하고) 그것들이 기록하고 있는 이상적인 신대의 영화를 되찾는 것이야말로 일본인의 타고난 특권으로 간주했다.[16] 오직 일본과 일본인의 우월성만을 강조하는 그들은 그러한 고전에서만 특별히 찾아볼 수 있는 고대의 영광과 은혜를 당대에 부활시킬 수 있다는 선민주의적(選民主義的) 환상에 사로잡힌 국수주의자들이었다. 더

---

14) 「直毘靈」『本居宣長』, 中央公論社, 172쪽.
15) 앞의 책, 170~171쪽.
16) 그러나 여기서 간과해서는 안될 것은 노리나가가 설사 원향에로의 회귀와 부활을 강렬하게 원망한 고대주의자였다고 할지라도 마루야마의 지적대로 그로 인해 역사적 진보마저도 외면하지는 않았다는 사실이다. 예를 들어, "많은 사물(物)과 일(事)에서 옛날보다 후세가 더 나은 경우를 여기저기서 볼 수 있다. … 옛날에는 없었지만 오늘날에는 있는 것들도 많고, 또 옛날에는 나빴지만 오늘날에는 좋은 것들도 많다. 이렇게 보면 앞으로 아마도 오늘날보다 더 나은 것들이 많이 나타나게 될 것이다"(『玉勝間』14)라든지, 또는 "이런 저런 온갖 것들 가운데는 옛날보다도 후세가 더 뛰어난 경우도 결코 없지 않으므로 무저건 후세를 나쁘다고 해서는 안될 것이다"(『宇比山踏』)와 같은 주장들이 그러하다.

구나 당국(唐國)을 선천적으로 <사악한 나라>로 간주하거나(眞淵) 중국의 고대 성인을 <극악한 인간>에 비유하고 성인의 道도 <한토(漢土)의 악벽(惡癖)>으로 간주하는(宣長) 이들의 중국저주관은 당시 국학자들의 중국콤플렉스와 문화적 위기감이 얼마나 심했는지를 보여주는 거울상이었다.

그러나 그보다 간과할 수 없는 사실은 아즈마마로에서 마부치를 거쳐 노리나가에 이르면서 심화된 이러한 반습합의 배외사상(排外思想)이 19세기 후반부터 20세기에 이르기까지 일본문화와 사상의 주류를 형성해왔다는 점이다. 정치・경제・사회를 비롯하여 겉으로 보기에 일본은 나카소네의 주문대로 '국제국가 일본'으로 탈바꿈하면서도 그 근저를 이루고 있는 문화와 사상 등, 속으로는 국학자들이 전개해온 nativism의 범국민적 의식화와 반습합운동으로 일본주의를 다져왔다. 다시 말해 양혼양재론자(洋魂洋才論者)들과는 달리 18세기 이래 열성유전을 강조해온 일본인들은 지금도 정신적・이념적 혈우병에 시달리고 있음을 부인할 수 없다. 과거 속으로의 최면여행에 길들여진 일본인들은 국제국가 일본이라는 '커튼 뒤에 숨겨진 일그러진 자화상'을 보려하지 않기 때문이다.

Ⅲ. 고도(古道)와 『고사기전』(古事記伝)

노리나가가 돌아가려 했던 고도(古道)는 황국의 道이다. 그가 회귀하려는 원향이 곧 황조신의 나라, 황국이기 때문이다. 「직비령」에서 그는 "황국신의 길(皇道)은 황조신이 창시하고 유지해온 길"임을 분명히 밝히고 있다. 『고사기』를 필두로 하여 여러 고전을 숙독완미한다면 그 길의 뜻을 잘 알 수 있다는 점도 부연하고 있다. 또한 그는 『우비산답』(宇比山踏)에서 그것이 아마테라스 오오미카미의 道에서 비롯됨으로써 천황이 다스리는 천하의 道이자 사해만국에 이르는 道라고도 주장한다.[17] 이 때에도 그는 그것이 두권의 신전인『고사기』와『일본서기』에 기록된 신대와 상대의 모든 사적(事跡)에 두루 미치는 道임을 분명히하고 있다.

1. 황도론(皇道論)으로서의 고도론

미나모토 료엔(源 了圓)은 "노리나가가 말하는 道를 이해하기란 매우 어려운 일"이라고 주장한다. 道에 대한 그의 규정이 복잡다단하기 때문이다. 그러면서도 그는 노리나가의 道를 세가지로 규정한다. 한마디로 말해 생득적인 진실한 마음으로서의 道와 物이되는 道, 그리고 신으로부터 시작된 道가 그것이다.[18]

1) 진심(まごころ)으로서의 道

道란 누구나 태어나면서부터 지니고 있는 진심이다(『玉勝間』). 한마디로 말해 생득심(生得心)으로서의 진심이 곧 道라는 것이다. 노리나가는 그것을 무스비노카미(産巢日神)의 영력(靈力)으로부터 시작하여 인간이 구비하고 태어나는 마음(『くず花』)이라고도 규정한다. 그러면 노리나가는 왜 이러한 진심을 신들에 의한 천지창조의 초월적 에네르기와도 같은 일본의 고도와 관련지워 규정하려 했을까? '깔보다 눈에 띄인 칡꽃'(葛花)이라는 뜻으로 붙인『칡꽃』(くず花)이라는 책명에서도 알 수 있듯이 노리나가는 사심(邪心)인 한심(漢心), 즉 <からごころ>를 비판하기 위하여, 그리고 '한적(漢籍)이라는 독주'(毒酒)에 취해 망각하고 있는 일본인의 진심(眞心), 즉 <まごころ>를 깨어나게 하기 위하여 이 책을 썼다.

그런가 하면 그는 훤원학파(諼園學派)의 유학자인 이치카와 카쿠메이(市川鶴鳴, 통칭 多聞)가『마가노히레』(まがのひれ)에서 국학자들에 대한 인신공격이나 상대(上代)의 신들에 대한 비판을 반박하기 위하여 이 책을

---

17) 筑摩書房版『本居宣長全集』제1권, 5쪽.
18) 源了 圓,『德川合理思想の系譜』, 中央公論社, 1972, 130~132쪽.

쓰기도 했다. 다시 말해 노리나가는 유교가 도래하기 이전까지만해도 일본인의 마음은 순수했다고 강조한 국학자들의 주장을 가리켜 이치카와가 <인심을 귀하게 여기려는 성벽(性癖)>에서 비롯된 것이라고 비난한다든지 신들의 역사(役事)를 <교사>(巧事)라고 비판하는 것에 대해 반박하기 위하여 이 책을 썼다. 노리나가는『くず花』에서 이치카와의 이러한 비판들을 논박하기 위하여 우선 자신이 규정한 <진심>을 다음과 같이 주장한다.

"진심이란 무스비노카미의 영력(靈力)에 의해 태어날 때부터 가지고 태어나는 마음을 말한다. 이러한 진심에는 지혜로운 것도 있고 어리석은 것도 있으며, 교묘한 것도 있고 조잡한 것도 있으며, 선한 것도 있고 악한 것도 있으니 그것은 너무나 다양하여 세상의 인간들 만큼이나 여러 가지가 있다. 신대의 신들도 선한 일이든 악한 일이든 각각 그러한 진심에 따라 행동했다. 따라서 지교(智巧)한 마음을 진심이 아니라고 단언하는 것은 잘못이다. 외국 학문을 공부하여 세상사람들이 진심을 잃어버렸다고 내가 말하는 것은 불교나 유교를 믿어 무슨 일이든지 전부 좋게만 생각하면서 학문을 하지 못한 자도 배움에 따라 도중이 마음이 변해버린 것이지 진심이 그런 것은 아니기 때문이다. 예를 들면, 부처님의 설법에 빠져서 가족을 버리고 출가한다거나 유교에 빠져 임금을 업신여긴다거나 하는 것들이 진심에서 나온 것이 아니다. 그 밖에도 어떤 일이든지 선이 있으면 악도 있으므로 생득적인 마음이 변해버리는 것은 그 진심을 잃어버렸기 때문이다."[19]

이처럼 진심을 생득적인 마음이라고 생각한 노리나가는 유가에서 천명이라는 탁언(託言)을 설정한 것이야말로 난세(亂世)의 징표였으며, 성인의 道를 내세운 것도 난세와 인심의 영리함이나 사악함에 대응하기 위한 것에 불과하다고 주장한다. 더구나 그는 일본인의 진심이 후세로 가면서 모

---

19)『本居宣長全集』제8권, 147쪽.

두 불심(佛心)이나 유심(儒心)같은 한심(漢心)에로 옮겨가 그 道를 잃어버림으로써 학문이나 문예를 하더라도 그 진심을 모르게 되었다고 한탄했던 것이다.

2) '모노노아와레'(物のあわれ)로서의 道

도쿠가와 막부에는 초기부터 유학이 관학 이데올로기로서의 지배력을 발휘함으로써 초월적 존재로서의 신의 존재를 의심하는 무신론자나 자신의 마음만을 믿으려는 합리주의적 지식인들이 적지 않았다. 이런 상황에서 노리나가의 학문적 출발점이 된 것은 유교나 불교처럼 철학적 추론에 기초한 관념론이 아니라 일상생활 속에서 자신의 상상력을 통해 도달할 수 있는 경험적 실재로서의 物이었다. 神에 대한 노리나가의 사고방식도 마찬가지였다. '보다', '듣다'와 같은 단어를 사용하고 있는 데서도 보듯이 그는 인간의 감관을 통해서 신들과도 만날 수 있다고 생각했다. 다시 말해 그는 신에 대한 경험도 특별한 종교적 자질을 가진 인격만이 가능한 신비적 체험이 아니라 누구나 일상생활 속에서 할 수 있는 일상적 경험과 다를 바 없다고 생각한 것이다.[20)]

이처럼 노리나가의 학문은 경험적 소여(所與)로부터 출발한다. 그것은 문학적 이해의 현실적 토대인 모노노아와레(物の哀れ)와 신에 대한 일상적 지식과 신앙과의 연관 속에서 이뤄진 것이다. 그가 문학적 가치로서의 <모노노아와레>를 <神의 道>에 포섭하려고 했던 것도 그 때문이었다. 그에 의하면, "인간의 정(こころ)이라는 것을 깊이 생각하여 깨닫게 되면 사람은 저절로 세상과 인류를 위해 나쁜 짓을 하지 않게 된다. 이 또한 모노노아와레를 잘 이해할 수 있는 마음 덕분이다."(『石上私淑言』三) 또한 그는 <모노노아와레>를 아는 것을 가리켜 신의 마음에 따라서 人道를

---

20) 東より子, '宣長學における神と實在', 『日本思想史』, No.25, ぺりかん社, 1985, 32~33쪽.

건너가는 첫걸음(『宇比山踏』)이라고도 주장한다. 이것은 <모노노아와레를 아는 것>이 인간의 기본조건이라는 의미이기도 하다. 이처럼 그것은 주자학에서의 격물치지(格物致知)와 같이 평생동안 그의 사상과 학문의 근간이 되어왔다.

그러면 <모노노아와레>란 과연 무엇일까? 그에 의하면, 그것은 첫째, 物의 心(의미)을 분별하는 것으로서의 物의 아와레(哀)를 아는 것이다(『紫文要領』上). 다시 말해 그것은 物 자체의 의미를 이해하는 것이다. 둘째, 物을 보거나 듣는 등의 행위에 있어서 情을 깊이 느끼는 것이다(『石上私淑言』一). 이것은 마음의 느낌으로서의 物의 아와레를 아는 것이다. 다시 말해 그것은 物 자체에서 얻는 마음의 느낌이기도 하다. 그러므로 노리나가는 이 두가지 요소를 합쳐서 <物의 의미를 알아서 마음이 감동하는 것>이 곧 <物의 아와레를 아는 것>이라고 정의한다(『紫文要領』上). 그러나 이 때에도 <物의 心(의미)>을 안다는 것은 실제로 그 心의 품(品), 즉 종류—기쁘거나, 우습거나, 슬프거나, 사랑스럽거나—에 따라 마음이 움직여서 생기는 정감을 뭉뚱그린 의미였다.

이상에서 보듯이 <아와레를 느낀다>는 것은 物의 아와레를 아는 것이다. <아와레>(あわれ)는 사람이 物과 事[21]에 접하는 마음에서 생기는 정감이기 때문이다. 그러므로 <모노노아와레>를 가려켜 <物이 가지고 있는 아와레>라고 해석하는 이도 있다(吉川幸次郎, 日野龍夫). <모노노아와레를 안다>는 정신적 작용을 가려켜 <대상의 아와레>와 <자신의 아와레>가 공감하고 공명하여 생기는 것이라고 주장하는 것(石田一郎)도 마찬

---

21) 大野晉에 의하면 야마토(大和)의 용어로 <もの>(物)는 시간적 요소를 포함하지 않는 것을 의미하는 데 비해서 <こと>(事)란 시간상에서 일어나는 일체의 사건을 뜻한다. 그러나 노리나가에게 있어서 이러한 의미의 구분은 중요하지 않다. 왜냐하면 <物のあわれ>를 논하려는 그의 인식론적 동기가 매일같이 접하는 物事 자체를 대상화하는 데 있는 것이 아니라 物과 事를 접하는 인간의 존재방식을 해명하려는 데 있었기 때문이다. 野崎守英, '<物>と<もの>', 『理想』, 1975年 10月号, 88쪽 참조.

가지 이유이다.[22] 본래 노리나가는 모노노아와레란 신이 천지간의 모든 物에 부여한 것이므로 사람도 모노노아와레의 바다에 있다고 주장한다. 왜냐하면 신이 만물의 영장인 인간에게 <모노노아와레를 안다>는 능력을 특별히 풍부하게 부여했기 때문이라는 것이다(『石上私淑言』一).

노리나가가 생각하는 모노노아와레는 어떤 특수한 외재적 대상이나 사실을 감성적으로 인식함으로써 생기는 무언가 불가해한 정취를 의미한다. 더구나 그것은 대상과 접해서 일어나는 수동성이므로 <인정의 진실>, 즉 약한 존재로서의 인간이해가 전제되어 있다.[23] 그가 신의 존재를 상정하는 것도 인간의 지(智)란 아무리 보아도 유한하고 보잘 것 없다(『くず花』)는 유한성에 대한 자각에서 비롯된 것이다. 그의 '모노노아와레론'에는 인간을 엄격하게 규율하는 한심(漢心)의 이성적 세계관과 대비시키기 위하여 인간존재의 본질적 나약함이나 어리석음, 등 인지(人智)의 유한성이 전제되어 있는 것이다.

3) 황도로서의 道

노리나가에게 있어서 道는 神에 의해 시작되어 신대(神代)로 이어지거나 황통을 따라 이어가는 신의 道이다. 그러므로 이 道는 아마테라스 오오미카미(天照大神)의 道이고 천하를 다스리는 천황의 道이다(『字比山踏』). 노리나가가 고도, 즉 황도에 대한 확신을 가지고 그것을 논증하기 시작한 저작은 그가 42세에 쓴 『직비령』(直毘靈)이다. 그는 여기에서 『고사기』연구를 통해 얻은 확신을 토대로 하여 처음으로 유교를 비판한다. 그는 선한 신 나오비노카미(直毘神)의 정업인 古道를 논증하기 위하여 유교를 일체의 불행의 원인이 되는 악의 신 마가츠히노카미(禍津日神)에 비유하면서 정면으로 비판하기 시작한 것이다.

---

22) 石田一郎, '本居宣長と儒學', 『日本思想史』, ぺりかん社, 1979, No.11, 16~17쪽.
23) 東より子, 앞의 책, 33쪽.

예를 들어 "원래 이 道는 천지자연의 道가 아니며 사람이 만든 道도 아니다. 이 道는 외경스런 타카미무스비노카미의 어령에 의해 신의 조상인 이자나기노 오오카미(伊邪那岐大神)와 이자나미노 오오카미(伊邪那美大神)가 시작하여 아마테라스 오오미카미가 이어받아 지켰고 다시 물려준 道이다. 그렇기 때문에 이를 神의 道라고 하는 것이다"[24]라고 그가 정의하는 이유도 거기에 있다. 나아가 "새·짐승·나무·풀·바다와 산 등 모두가 평범하지 않으며, 뛰어난 덕이 있어서 두려워할 만하므로" 이것들 모두를 카미(迦微), 즉 신으로 간주하는 그의 범신론도 그런 신들의 근원을 타카미무스비노카미(高皇産靈神)와 카미미무스비노카미(神皇産靈神)에게서 찾기 때문에 결국 신의 道에서 출발한 것이다.

그러나 조선과 중국에서 건너온 서적을 천황과 신하들이 배우면서 이러한 신의 道는 변질되었다. 특히 텐지(天智)천황(645~670) 이후에는 천하의 제도가 모두 한식화(漢式化)되어버렸으며, 인심에도 '약삭빠름'이 생겨나 깨끗한 마음마저 더럽혀졌다. 고대 일본의 정신, 즉 고도는 제대로 지켜질 수 없게 되었다. 노리나가는 『직비령』에서 세상(世相)과 인심의 이러한 변화를 모두 마가츠히노카미의 횡포(橫暴)한 마음 탓으로 돌리며 한탄한다. 그러므로 그의 저작들도 일차적으로는 유교의 허위성을 폭로하기 위해 쓰여졌다고 해도 과언이 아니다. 그는 인의, 예양, 효제, 충신(仁義禮讓孝悌忠信)도 따지고 보면 권력적 강제수단일뿐 사람들이 자발적으로 그것에 따르지 않으므로 인간의 진정을 무시한 교계(敎戒)에 지나지 않는 것으로 간주했다(『直毘靈』).

그에게는 유교적 권위의 원천인 성인이야말로 <위선의 극치>였다.[25] 성인들이 교지(巧智)로써 사람들을 희롱하므로 그 나라 사람들은 신대의 묘리(妙理)를 알 수 없었다. 다시 말해 그들은 인지(人智)의 유한성을 깨닫지 못하고 성인의 지만을 무한하다고 착각하여 신들의 위업을 알 수 없었

---

24) 「直比靈」, 앞의 책, 178쪽.
25) 本山幸彦, 『本居宣長』, 淸水書院, 1978, 157쪽.

다는 것이다. 그가 보기에 성인의 道는 나라를 다스리기 위해 만든 것임에
도 오히려 나라를 혼란에 빠뜨리는 物이었다(『直毘靈』). 황국의 경우를 보
더라도 무용지물인 한국(漢國) 성인의 교(敎)가 들어온 이후 천하의 다스
림은 오히려 上代에 미치지 못했다. 인심도 나빠진 것을 보면 그 교는 해
로울뿐 이롭지않다는 것이다(『くず花』).

그러나 그에게 있어서 이러한 비탄은 자학이 아니다. 그것은 중국의 고
대성인론을 공격하여 황국의 고도를 부활시킴으로써 진심의 복권을 도모
하려는 의도에서 마련된 논리적 장치에 지나지 않는다. 노리나가의 고도
론 속에는 유교의 엄격한 도덕적 규범으로 구속되어 있는 인간의 진정을
해방시키려는 주정주의적 인간관이 토대를 이루고 있다. 그가 인간의 욕
망을 부정하는 타율적 도덕심인 한심(漢心), 즉 <からごころ>를 비판하고
신에 의해 인간에게 부여된 자율적 도덕심인 진심(眞心), 즉 <まごころ>
를 강조하는 것이나 <모노노아와레(物のあわれ)를 아는 것>이 인간의 기
본조건이라고 주장하는 것도 모두 거기에서 비롯된 것이다.

2. 신화재생자로서의 노리나가와 『고사기전』

코야스 노부쿠니(子安宣邦)의 노리나가연구의 화두는 <재생>이다. 그
는 <노리나가는 끊임없이 재생한다>는 문장으로부터 노리나가의 『고사
기전』(古事記伝)에 대한 해독서인 자신의 저서 『本居宣長』를 시작하기 때
문이다.

1) 신화재생자로서의 노리나가

코야스 노부쿠니는 <노리나가는 근대에 왜 끊임없이 재생하는가>라고
다시 묻는다. 그러나 노리나가는 근대만이 아니라 지금도 끊임없이 재생
되고 있다. 예를 들어 노리나가는 1965년 고바야시 히데오(小林秀雄)에 의
해 (『新潮』에 연재하기 시작함으로써) 이론적으로 재생되더니 1985년 나

카소네 야스히로에 의해 이념적으로 재생되었다. 그 뒤에도, 그리고 앞으로도 일본인들은 <잊혀진 낙원>에 대한 향수에 젖을 때마다, 낙원의 부활을 꿈꿀 때마다, 그리고 노리나가의 환상을 복사하고 싶을 때마다 그의 재생에 주저하지 않을 것이다.

그러면 코야스의 물음대로 <왜 노리나가일까?> 코야스도 노리나가의 어떤 언설이 이러한 재생을 불러오는 것인지를 묻는다. 그것은 한마디로 말해 노리나가에 의한『고사기』의 재생이다. 그것은 노리나가가 재생의 언설을 자기언급적 언설의 원형으로 간주하는『고사기』에서 시작하기 때문이다. 노리나가는『고사기』에서 신대와 자기시대와의 연속성을 발견한 것이다. 다시 말해 노리나가의 역사관 속에는 현재에도 신대가 내재해 있다는 다음과 같은 실증적 사실들이 전제되어 있다. 첫째는 신대의 사실이 유적으로서 현재에도 존재있다는 점이다. 그는 신대의 사실이 갖는 실증성을 통해『고사기』의 신빙성이 확보되었다고 생각했다. 둘째로 황실과 신하들의 가문에는 지금도 신대 이래의 각종 생활풍습과 행사가 대대로 이어지고 있다는 점이다. 그는 신대의 <묘리>(妙理)가 현재에도 생활 속에 실재하여 작용하고 있다고 믿고 있었던 것이다.[26]

그러나 앞에서도 언급했듯이 신대로부터 지속되고 있다는 역사의 연속성에 대한 확신과 재생의 신념은 노리나가에게만 국한되지 않았다. 코야스의 주장에 따르면 노리나가가 끊임없이 재생하는 이유는 일본과 일본인들이 지금도 정체성을 확보하기 위해서는 무엇보다 먼저 노리나가의 <자기언급적 언설>에로 돌아가기 때문이다. 자기(일본)에로의 언급적 언설이 있는 곳에는 어디에나 노리나가가 재생한다.[27] 실제로 일본과 일본인들은 노리나가가 빠졌던 이상적인 원향에 대한 향수 이상으로 노리나가에 대한 노스탈쟈 징후군에 걸려 있다. 대부분의 일본인들은 노리나가를 가장 빠르고 즐겁게 원향에로 태워다줄 환상열차 '노조미'(望み)로 생각하고 있기

26) 本山幸彦, 앞의 책, 160~162쪽.
27) 子安宣邦,『本居宣長』, 岩波書店, 1992, 4쪽.

때문이다.

2) 진실과 허구사이

역사가의 고민은 항상 진실과 허구 사이에 있다. 진실과 허구 사이에는 역사가를 유혹하는 덫이 놓여 있기 때문이다. 신화가 그 경계를 이루고 있을 때는 더욱 그러하다. 역사가로서 노리나가가 실패한 이유, 노리나가는 실패한 역사가일 수 밖에 없는 이유, 그래서 노리나가를 역사가라고 부를 수 없는 이유가 거기에 있다.

코야스 노부쿠니도 노리나가가 불변의 사실처럼 신앙했던 『고사기』가 텐무(天武)천황의 칙령에 따라 오오노야스마로(太安万侶)에 의해 실현된 의도적 구성물이자 일종의 작품이었음을 분명히 밝히고 있다.[28] 그는 또한 노리나가가 35년간이나 공들인 『고사기』의 주석서 『고사기전』에서도 끝까지 이 점을 은폐한 사실을 지적하고 있다. 『고사기전』은 『고사기』가 옛날을 전하던 <古言> 그대로 충실하게 서술하여 그것을 재구성하고 재형상화하고 있지만, 그것도 『고사기』가 허구적 작품이라는 사실을 은폐한 채 재각색한 또하나의 허구적 작품이라는 것이다.

그러면 이러한 허구의 재생은 왜 반복되는 것일까? 그것은 노리나가가 그토록 저주했던 당풍(唐風)과 한심(漢心)에서 해방되어 보려는 강박관념의 산물이자 반습합의 강한 의지가 낳은 결과임을 말할 필요도 없다. 탈중화적 해방의지는 노리나가로 하여금 古道의 대체를 대안화하게 했고, 나아가 그것에의 신앙을 통해 일본의 자기정체성을 확립하게 했다. 이를 위해 그는 텐무천황보다 더 『고사기』에 집착할 수 밖에 없었고 허구와 사실의 경계인식장애도 감수해야했다. 그러나 이러한 장애는 노리나가만으로 끝난 것이 아니다. 근대 이후에도 그것은 이념적 혈우병이 되어 대물림하

---

28) 子安宣邦, '『古事記伝』と『古史伝』―その連續と差異', 『日本思想史學』第26号, 日本思想史學會, 1995, 34~35쪽.

고 있다.

마루야마 마사오는 이 안타까움을 "근대적 사유의 곤란함이 전근대적인 것으로 되돌아감으로써 과연 해결될 수 있는가"라고 반문한다. 그는 근대에서도 신대가 재생할 수 있는가, 나아가 근대와 신대는 역사 속에서 연속되고 있는가"를 묻고 싶어했던 것이다. 그러나 이에 대한 그의 대답은 부정적이었다. "시민이 다시 농노가 될 수 없는 것처럼 이미 내면적인 분열을 겪은 의식은 그것의 전근대적인 소박한 연속성을 받아들일 수 없다"는 것이다. 역사가 어떤 도학적인 규준의 노비가 되어 있는 동안에는 어떤 의미에 있어서도 본래의 역사를 말 할 수 없다고 하여 그는 노리나가의 역사적 신념이 갖는 소박성, 즉 신대의 부활과 재생에 대한 확신은 물론 역사적 연속성을 신앙하는 그의 황국사관도 부정한다. 그 대신 그는 서양의 철학사가 빈델반트가 다음과 같이 그리스철학과 독일철학을 대비시킨 논문의 끝부분을 비유적으로 인용하면서 노리나가에 대한 자신의 충고도 끝내고 있다.

"우리는 그리스철학이 인식으로 전 세계와 마주하게 되었을 때 사유가 지녔던 너무나도 잘 어울리는 단순함, 그야말로 소박한 아름다움, 그리고 티없이 천진난만한 조화로움이 이미 우리에게 불가능하다는 사실을 슬퍼할 필요는 없다. 이미 우리는 그것을 선택할 수 없게 되어버렸으며, 오로지 이해하지 않으면 안될 뿐이다. 다시 말해 우리는 그런 천진난만함을 이미 잃어버렸다는 것, 그리고 그리스인이 아름다운 환상으로서 지니고 있던 것을 반성으로 대신하고 있다는 사실을 분명하게 기억해둘 필요가 있다. 같은 나무에서 동시에 꽃피고 열매 맺기를 바라는 것은 틀림없이 어리석은 일이기 때문이다."29)

---

29) 丸山眞男, 앞의 책, 189~190쪽.

Ⅳ. 가론(歌論)에서 신학(神學)에로

노리나가의 친구인 유학자 시미즈 키치타로(淸水吉太郞)가 그에게 "자네는 유학보다 와카(和歌)를 더욱 좋아하네"라고 비난한 적이 있다. 이에 대해 노리나가는 시미즈에게 "유학은 성인의 道일세. 성인의 도는 나라를 위하고 천하를 다스리며 백성을 평안하게 하는 道이지만 '스스로 즐기는'(私有自樂) 맛이 없네"라고 응수했다. 이것은 왕조사회의 풍아(風雅)한 맛이 외적 권위나 규범에서 비롯되는 것이 아니라 자신의 내면에 충실한 <호(好)·신(信)·락(樂)>의 자유로운 세계에서 생기는 감각에 있음을 의미한다. 그가 친구에게 만일 풍아를 따르고 싶다면 협애(狹隘)한 마음을 버리도록 충고한 이유도 거기에 있다.

이처럼 노리나가가 당시의 지적 상황에 대해 가장 비판적이었던 것은 이성과 감성의 괴리현상이었다. 오규 소라이[30] 이래 유교나 경학의 이성주의와 합리주의의 일방적 강조가 많이 둔화되었다고 하더라도 당시의 학문적 주류는 여전히 유가였으므로 기본적으로 그러한 괴리현상이 여전할 수 밖에 없었다. 노리나가가 『우비산답』(宇比山踏)에서 "소위 배운다는 자들을 보면 道를 배우는 사람들은 앞서 말했듯이 대개가 그저 중국류의 논리에만 빠져 와카(和歌)를 지을 때도 무조건 흉내만 낸다. 가집(歌集) 등은 읽어보지도 않아 옛 성인들의 풍취를 전혀 이해하지 못하기 때문에 그들은 성인의 道를 깨닫지 못한다. 그러므로 단지 이름만 신의 道일 뿐, 오로

---

30) 요시카와 코지로(吉川幸次郞)는 오규 소라이도 先王의 詩와 樂을 근거로 하여 <風雅文采>의 생활을 실천함으로써 이성과 감성의 동시존중, 시와 철학의 相補라는 선왕의 道에 도달했다고 주장한다.(吉川幸次郞, '日本的思想家としての徂徠', 『仁齋·徂徠·宣長』, 岩波書店, 1975, 269쪽 참조) 그러나 노리나가가 보기에 소라이의 풍아문채의 생활은 중국 선왕의 詩, 주로 詩經을 통한 실천이었기 때문에 그것 역시 비난과 비판의 대상이었다.

지 외국의 것만을 쫓다보니 실제로 그들이 道를 배운 것이라고 말할 수 없다"[31]고 비난했던 이유도 거기에 있다.

그러나 그가 와카와 가도를 강조한다고 해서 고도를 소홀히하는 것은 아니다. 나아가 그의 학문이 고도보다 가도를 더욱 중시한다거나 근본적으로 가도지향적이라고는 말할 수 없다. 오히려 그는 고도를 소홀히하는 이들에게도 다음과 같이 훈계한다. "와카를 읊고 문장을 지으며 옛 것을 좋아하는 사람들은 … 단지 풍류만을 즐기는 하나의 놀이를 할 뿐이다. 원래 인간은 누구나 사람의 道를 알아야 하며, 무엇을 하든지 학문도 하고 책도 읽어야 한다. 道에 마음을 두지 않고 신의 은총도 잊은 채 지나치게 한편으로 치우쳐서도 안된다. 옛 성현을 따르고자 한다면 반드시 그 본연의 道라는 것을 무엇보다도 먼저 깊이 생각하고 명심해야 한다. 이를 소홀히 한다면 실제로 옛 것을 좋아한다고 말할 수 없다. 와카를 지을 때도 마찬가지다."[32]

1. 왜 가도(歌道)인가?

그러면 황도의 학으로서 국학을 강조하는 노리나가에게 가학(歌學)과 가도는 무엇인가? 그는 왜 가도에 주목하는가? 그에게 있어 가도와 고도는 어떤 관계인가? 노리나가의 학문은 한마디로 말해 가도(歌道)의 학에 기초한 고도(古道)의 학이다. 그의 슬로건도 <가도에서 고도에로>이다. 그에게 있어서 고도에 이르는 데는 가도가 필수적이라고 해도 과언이 아니다. 노리나가학(宣長學)에서 고도가 충분조건이라면 가도는 필요조건이므로 그에게 그것들은 선택지(選擇枝)일 수 없었다.

---

31) 『本居宣長全集』 제1권 29쪽.
32) 앞의 책, 29~30쪽.

1) 교토시대와 와카(和歌)

노리나가가 가도에 뜻을 두고 고향인 마츠사카(松阪)를 떠나 교토에 온 것은 그의 나이 19세 때인 1748년이었다. 당시는 주자학이 쇠퇴해가는 자리를 소라이학파를 비롯하여 절충학파가 차지하는가 하면 양학까지 쇄도하여 이른바 사상적 무정부상태를 이룬 시기였다. 이런 지적 상황에서 1756까지 8년간의 교토시대는 그의 인생과 학문에 서 결정적인 오리엔테이션 기간이었다.

상경 직후부터 가도를 학습하기 시작한 그는 1752년부터 호리 케이잔(堀景山)에 입문하여 본격적으로 가학을 배우는가 하면 국학의 선구자인 케이츄(契沖)의 저작에도 빠져들기 시작했다. 약관의 노리나가는 당시 이 두사람의 가도와 가학에서 자신의 학문적 단서를 발견했을 것이다. 그가 민족혼의 부활을 위해서는 먼저 가문의 선조부터 재생시켜야 한다는 생각에서 한동안 사용하지 못했던 자신의 성을 小津에서 本居로 바꾼 것도 이때였다. 이렇듯 가도와 국학정신에 눈을 뜬 그는 당시(1755) 이름마저도 榮貞에서 宣長로 고칠만큼 본국중심주의(nativism)에로의 정신적 전향을 시도하고 있었다. 도쿠가와 막부의 초기부터 관학이데올로기로서 일본인의 정신세계를 지배해온 유학의 적극적인 해체와 유교문화로부터의 보다 완전한 해방을 위해서 그의 내면에서는 이미 反습합사상의 요체인 일본의 와카와 고도의 결합이 시작되었던 것이나 다름 없다. 이것을 입증이라도 하듯이 이듬해 그는 자신의 가론을 더욱 심화시키기 위하여 아리가 쵸인(有賀長因)에게 입문하기까지 했다. 실제로 그로부터 얼마 지나지 않아 그의 가론서인 『아시와케오부네』(あしわけをぶね, 1756)가 완성된 것도 청년시절 노리나가의 반습합적 민족정신을 반영하는 첫번째 결실이었다.

앞에서 언급했듯이 19세의 노리나가를 처음으로 와카와 가론의 세계로 안내했고, 그로 인해 국학사상에로의 방향설정 뿐만 아니라 학문적 토대까지 구축하게 한 주요 인물은 국학과 가학(歌學)을 겸비한 케이츄(1640~

1701)와 와카에 정통했던 호리 케이잔(1688~1757)이었다. 모토야마 유키
히코(本山幸彦)도 케이츄는 교토시절 노리나가에게 와카(和歌)와 모노가타
리(物語) 연구에 눈을 뜨게 했고, 그가 추구한 서정적인 생활의 일체화도
노리나가의 인간형성에 기반이 되었으며, 그 이후 노리나가의 사상에 일
관하는 주정적 인간관의 확립에 중요한 역할을 한 인물이었다고 평가한
다.[33]

특히 그가 1689년 도쿠가와 미츠쿠니(德川光國)에게 바쳤던『만엽대장
기』(万葉代匠記)는 만엽집연구에서는 물론이고 국학의 선행적 연구모델로
서도 중요한 의미를 지닌다. 우선 와카에 대한 신비주의적 사고와 엄격하
고 객관적인 연구방법을 결합한 그의 가학연구가 그것이다. 특히 노리나
가가 주목한 것은 와카를 신성한 것으로 간주한 케이츄의 신비주의적 와
카예찬이었다. 케이츄는 와카의 기원을 아마테라스 오오미카미를 비롯한
신대신화의 세계에서 찾았기 때문이다. 와카가 신비성을 지닌 이유를 그
는 신대의 신들과의 연관관계에서 밝히려 했다. 또한 그는 와카 자체를 신
성한 것으로 간주하기 때문에 만엽집에 대한 연구에서도 객관적 분석이나
교조주의적 비평에 반대했다. 그는 와카가 신에 의해 창시된 것이므로 그
미묘한 감정도 신비적인 능력으로 표현되었다고 생각했다. 그러므로 그는
그것에 대한 이해를 위해서는 사회적·역사적 문맥에서 분석하기보다 그
문헌에로의 깊은 감정이입이 더 중요하다는 점을 강조했다. 오늘날 많은
이들이 가모노 마부치를 거쳐 노리나가에게로 가론이 대물림되었다고 주
장하는 이유도 그들의 가론 속에서 케이츄의 가론이 지닌 이런 유전인자
를 발견할 수 있기 때문이다.

노리나가가 케이츄로부터 와카의 신비성을 물려받았다면 그가 호리 케
이잔으로부터 물려받은 유산은 주정적인 인간관이었다. 호리 케이잔은 주
자학자임에도 불구하고 인욕을 천리와 대비시켜 파악한 인물이다. 그는

---

33) 本山幸彦, 앞의 책, 88쪽.

인간의 본질을 理로만 파악함으로써 인욕을 부정하는 주자학의 기본 입장
과는 달랐다. 그는 인욕도 인간의 천성으로서 태어나면서부터 갖추어진
선천성이라고 주장한다. 그의 인성론은 "인욕이 없다는 것은 목석과 같은
종류이다"라고 하여 인욕이 없는 사람이 있을 수 없음을 전제한다. 그러
므로 이러한 인간관이 그의 서정적인 가론으로 이어진 것은 자연스런 현
상이었을 것이다. 그에 의하면 와카의 본질은 도덕적 가치관과는 무관하
다. 그것은 오히려 소박한 인간감정의 발로에 있다. 심지어 그는 <선악곡
직천단만서>(善惡曲直千端万緒)의 인정으로부터 부지불식간에 튀어나오
는 말, 그것이 곧 와카이다, 또는 시(詩)를 발하는 마음은 정사(正邪)와도
관계없다[34]고 말할 정도로 외적 권위에 속박되지 않는 자유로운 감정표현
을 강조했다. 그러므로 여기에서 "와카는 정어(情語)이다. 본래 그렇기 때
문에 인정에 따라 변화한다"고 주장하는 노리나가의 원류를 발견하기란
어렵지 않다.

한편, 달리 생각해 보면 승려인 케이츄와 유학자인 호리 케이잔이 이처
럼 와카의 신비주의를 예찬하고 선천적 인욕의 정을 강조했다는 사실은
파격이 아닐 수 없다. 신비주의와 주정주의는 기본적으로 이들의 계율과
교의에 배치되기 때문이다. 그러나 청년 노리나가에게 이들의 파격은 오
히려 선구적 모범이었고, 나아가 와카와 가도에 대한 흡인력으로도 작용
했다. 오랜 세월 망각의 경계 너머에 있어야 했던 와카와 가도가 환생의
혼으로써 파격을 고대하는 노리나가의 잠재의식을 일깨웠기 때문이다.

2) 反습합론으로서 와카론(和歌論)

그러면 교토시절 와카에 대한 이러한 파격의 체험과 그것을 통해 형성
된 주정적 인간관은 어떤 심리적 동기(또는 이유)에서 노리나가에게 반습
합적·본국중심주의적 국학사상으로 내재화되었을까? 그것은 근본적으로

---

34) 本山幸彦, 앞의 책, 88~89쪽.

일종의 사상적·문화적 민족정신의 부활을 바라는 노리나가의 애국심의 발로였다. 다시 말해 그것은 도쿠가와 시대를 지배해온 중화주의에 대항하여 본국중심주의를 고취시키려는 노리나가의 의식화·대중화 운동의 일환으로서 시작된 것이다. 케이츄가 『만엽대장기』의 첫문장에서 "본조(本朝)는 신국이다"라고 천명하듯이 노리나가가 『직비령』의 첫문장에서 "일본국은 경외하는 황조신 아마테라스 오오미카미가 출현하신 나라다" 라고 시작한 이유도 거기에 있다. 더구나 그는 중국에서는 성인의 책을 읽고 道를 깨우칠지 모르지만 "우리 신의 나라(神州)에서는 그렇지 않다"고 단언함으로써 일본이 신국임을 거듭 강조하려는 이유를 분명히했다.

실제로 『대일본사』의 편찬자로 유명한 도쿠가와 미츠쿠니(1628~1700)는 이미 자신의 쓴 『서산수필』(西山隨筆)에서 "모로코시(毛呂己志)를 중화라고 부르는 것이 그 나라 사람들에게는 어울리지만 일본에서도 그렇게 불러서는 안된다. 일본의 미야코(都)야말로 중화라고 불러야 한다. 무슨 이유로 외국에 중화라고 이름을 붙이는가. 그것은 있을 수 없는 일이다" 라고 주장한다. 결국 모로코시(=中國)는 중국이 아니라 일본이어야 한다는 것이다. 이것은 일본중심주의 역사관을 가진 그가 일본고대사에서도 중국에 뒤떨어지지 않는 도의적 교훈을 배울 수 있다는 애국적 신념에서 자민족중심주의를 천명하기 위한 전제였다. 이렇게 보면 17세기에 본조신국론(本朝神國論)을 주장했던 케이츄같은 지식인들에 의해 『만엽집』등 와카에 대한 관심이 부활한 것은 우연이 아니다. 중국최고의 시선집인 『시경』을 비롯한 중국의 고문사에 빠졌던 소라이학파를 거치면서 주자학이나 육경과의 깊은 습합관계를 형성해온 유교적 문예비평은 스스로 반작용을 초래하고 있었던 것이나 다름없다.

그러면 노리나가가 반습합의 실천으로서 주장하는 와카와 가도의 부활이 의미하는 것은 무엇이었을까? 첫째, 그것은 신분적 차별성을 강제해온 선왕의 道에 대한 강한 반발과 부정이었다. 본래 하(夏)·은(殷)·주(周) 시대의 성인이 만든 예법제도는 상하차별을 세우는 생득적 신분질서, 즉 정분주의(定分主義)에 따른 제도였다. 그것은 주자학이 신분적 차별성을 기본 전제로 하여 내세우는 충효의 윤리도덕에도 마찬가지이다. 그러나 와카의 부활은 민족적 애국심에 기초한 반습합의 정형으로서 제기된 것이기 때문에 그것이 反정분주의, 즉 차별적 신분주의에 반발하는 것은 당연한 이치일 수 있다.

한마디로 말해 와카의 정신은 만인평등주의(万人平等主義)다. 노리나가도 와카는 만인의 것임을 천명한다. "생명을 가지고 태어나 정(情)이라는 것을 갖추고 있다면 그 누구라도 와카를 읊을 수 있어야만 한다"는 그의 주장이 그것이다. 귀천과도 상관없고 나이에도 상관없이 정이 있는 사람이라면 "각각 소리를 내어 노래를 읊으며 마음을 즐기는 행위는 천성적으로 가지고 태어난 마음"이라는 것이다. 오히려 그는 이처럼 정이 있는 사람이라면 누구나 와카를 읊을 수 있어야 함에도 불구하고 오늘날 사람들은 한의(漢意)로 인해 분별력을 상실한 탓에 와카를 읊는 방법조차 모르는 것을 부끄러워하지 않는다고 한탄했던 것이다.

둘째, 그것은 유교의 지적 합리주의와 도덕적 엄숙주의에 짓눌린 인간의 정서에 반대하여 인욕과 인정의 자유로운 표현을 강조하는 주정주의(主情主義)의 선언이었다. 와카를 매개로 하여 노리나가가 추구하는 반습합의 심리적 토대는 언제나 주정주의였다. 와카의 재발견과 부활은 주지주의에서 주정주의에로의 방향전환이었다. 그것은 인간현실의 복잡한 심정 그대로에서 와카의 성립근거를 찾으려 했기 때문이다. 또한 그것은 인간의 자연적 성정(性情) 그대로를 즐겼던 먼 옛날의 자연주의적 인정주의에로 되돌아가려는 원향회귀적 방향설정을 의미하기도 한다.[35] 그러므로 와카를 통해 원향회귀하려는 노리나가의 가론이 강조하는 것도 와카의 자율성이었다. 노리나가는 『아시와케오부네』에서 "와카의 본질이란 정치를 돕기 위한 것도 아니고, 수신제가를 위한 것도 아니다. 그것은 단지 마음

---

35) 丸山眞男, 앞의 책, 269쪽.

속에 있는 것을 표현하는 것일 뿐"이라고 주장한다. 다시 말해 와카는 <스스로 즐기는 마음>(私有自樂)을 갖춘 사람의 자유로운 <마음속의 생각>(心の思ひ)에 달려 있다는 것이다.

그러면 그가 말하는 와카에서의 <마음속의 생각>이란 무엇인가? 그것은 즐거운 마음의 상태를 바라고, 고뇌를 잊으며, 재미있는 것을 원하고, 슬픔에 젖는 등, 마음의 모든 정과 만나는 것일 뿐, 결코 지적인 능력과는 무관하다. 그러므로 그는 누구나 이러한 인정에 따라 와카를 읊어야 한다고 주문한다. 그렇지 않으면 와카의 자율성은 사라지고 말기 때문이다. 이것이 바로 그가 <스스로 즐기는 마음>의 입장에서 바라본 와카 본연의 자세였다.36) 그가 『아시와케오부네』에서 결국 인간은 <마음속의 생각>, 즉 인간의 진심어린 정(實情)으로 돌아가야 한다고 주장하는 이유도 거기에 있다.

셋째, 그것은 마루야마의 지적대로 정치로부터 문학의 해방이었다. 마루야마에 의하면, "노리나가의 초기문학론에는 윤리 및 정치로부터 문학의 해방이라는 측면이 짙게 나타나고 있다. 여기서 시와 문장의 도학적 해석을 배척하면서 그것을 사적인 영역에 귀속시킨 소라이학과 현저한 유사성을 나타나게 되었다."37) 그러나 마루야마의 이러한 지적은 이미 노리나가가 "노래(歌)의 본체는 정치를 도와주기 위한 것도 아니며, 자신의 몸을 수양하기 위한 것도 아니다. 단지 마음으로 생각한 것을 말하는 것일 따름이다"라든지, "정치에 도움이 되게 하고 또 수양을 위해서라면 노래를 읊는 것보다 더 나은 것들이 수없이 많지 않은가. 하필 멀고 어두운 일본노래(倭歌)에 의존하겠는가"(『아시와케오부네』)와 같은 주장을 통해서 와카나 시, 등의 문학이 정치의 도구일 수 없을 뿐만 아니라 그것으로부터 자유로와야 한다는 사실을 누차 강조한 데서 비롯된 것이다.

---

36) 本山幸彥, 앞의 책, 100쪽.
37) 丸山眞男, 앞의 책, 171쪽.

2. 노리나가의 신신재론(神實在論)

히가시 요리코(東より子)에 의하면 "노리나가학(宣長學)의 특징은 <가학>과 <신학>의 불가분성에 있다." 그녀는 가학과 신학이라는 두가지 계기, 즉 <가(歌)의 도>와 <신(神)의 도>의 합치가 노리나가신학의 형성에 크게 기여했다고 주장한다.[38] 노리나가의 신학이 관념론이 아닌 실재론인 이유도 그것의 기초가 모노노아와레를 노래하는 가학에 있었다는 데 있다. 이미 언급했듯이 노리나가의 학문적 출발점은 와카였다. 그는 무엇보다도 와카를 자기완결적이라고 생각했다. 와카에서 도덕이나 정치와는 무관하게 모노노아와레를 묘사하는 독립적인 가치를 발견할 수 있었기 때문이다. 그러면서도 그가 문학적 가치로서의 모노노아와레를 <신의 道>에 포섭하려 했던 것을 보면 그에게 있어서 가론과 신학은 동전의 양면과도 같았다. 아니면 적어도 외연과 내포의 관계를 가진 것이었다.

1) 신과 인간의 경계

노리나가의 신은 인간과 초자연적인 절대자 사이의 신격을 지닌 존재이다. 그러나 중요한 것은 그가 외재적 실재로서 현인신(現人神)의 존재를 확신했다는 사실이다. 그는 황조신 아마테라스 오오미카미 뿐만 아니라 신대 7대의 신들도 모두 만족스런 신체를 가지고 현실에 실재하는 존재로서 신앙했던 것이다. 이런 점에서 보면 그의 신학은 기본적으로 범신론이다. 그러나 그의 신학은 브루노(G. Bruno)나 스피노자(B. Spinoza)처럼 <신 즉 자연>(Deus sive Natura)의 범신론이 아니라 <신 즉 인간>(Deus sive Humanus)의 범신론이다. 그는 신을 영적 존재로서 뿐만 아니라 <현신>(現身)의 존재로서도 간주하기 때문이다. 그가 주장하는 현신론의 대표적

---

38) 東より子, 『宣長神學]の構造』, ぺりかん社, 1999, 26, 42쪽.

인 예를 들자면 그것은 『칡꽃』에서의 아마테라스 오오미카미론(天照大神論)이다. 아마테라스 오오미카미는 태양신이지만 인체를 가진 천황의 조상신이다. 이 신은 이성에 의한 사유의 구성물도 아니고 특이한 신비체험을 통해서만 감득할 수 있는 불가사의한 존재도 아니다. 이 신은 보통사람들이 일상생활 속에서 감성적으로 자주 보고 인식할 수 있는 신이다. 그것은 모든 사람 앞에 언제나 태양으로 실재하면서도 천손강림(天孫降臨) 이래 천황으로서 계속 실재해온 현인신이다. 결국 노리나가는 아메노미나카누시노카미(天之御中主神)의 천지창조로 시작된 신의 도가 이 황조신을 거쳐 지금도 황통으로 일관되게 이어지고 있다[39]는 사실로써 이를 논증하려했다

그러면 노리나가가 이처럼 신의 신체성, 즉 실재성에 대한 감성적 인식이 가능하다고 주장하는 방법적 근거는 어디에 있을까? 그 소재는 그의 학문의 일관된 방법론이기도 한 모노노아와레론이다. 왜냐하면 <모노노아와레를 아는 것>이 그의 모든 감성적 인식의 원형(protocoltype)이었기 때문이다. 그에게는 이것이 아무리 신의 현신성(現身性)에 대한 인식이라고 할지라도 보통사람들의 일상적인 삶의 양태에 대한 자신의 독자적인 인식방법과 다를 수 없었다. 예를 들어 신대에 등장하는 신들의 신명(神名) 자체가 신대 사람들이 완벽한 신체를 지닌 신의 모습(物)을 보고 느낀 감성적 인식의 내용을 간접적으로 증거하는 것이라는 그의 주장이 그러하다.[40] 노리나가에게 그 신명(事)들은 신대인들의 감성적인 아와레를 간접

---

39) 이에 대해 西鄕信綱는 『國學の批判』에서 <노예정신>이라고 비판하기도 했다. 이것은 니체가 홀로서기를 두려워하는 자들의 정신을 가리키는 경우와 다를 바 없다. 그러나 미나모토 료엔은 오히려 이것이야말로 어떤 시대이든 있게 마련인 서민들의 의연함에 대한 지적 표현으로 이해할 수 있다고 미화한다. 源了圓, 『德川合理主義思想の系譜』, 144쪽.

40) 지나친 국수주의적 애국심이 신화와 사실의 혼동을 일반화한 대목이다. 또한 이것은 신화의 실재화를 의도적으로 감행하는 논리적 비약이기도하다. 베이컨(F. Bacon)이 경고한 <종족우상>(idola specus)을 노리나가도 범하고 있

적으로 투영하는 것들이었기 때문이다.

이상에서 보면 노리나가의 신학은 이중의 삼원구조를 이루고 있다. 하나는 <신→신화←인간>이라는 형태의 존재론적 구조이다. 이것은 신대 신화를 연결고리(매개)로 하여 신과 인간을 일원화하는 구조이다. 노리나가는 바로 여기에서 현인신의 존재론적 정체성을 확보한다. 다른 하나는 <신→와카←인간>이라는 형태의 문예론적 구조이다. 이것은 와카를 연결고리하여 신과 인간을 일원화하는 구조이다. 그가 현인신의 인식론적 정체성의 계기를 마련하는 곳도 바로 여기이다.

그러나 이 두 구조는 인식론적으로 별개가 아니다. 그것들은 하나다. 이 구조들은 각각 신화와 와카라는 경계영역을 가지고 있지만 신의 道와 가의 道를 논의하기 위한 범주적 경계일 뿐 근본적으로 구분되어야 할 인식의 영역이 아니다. 오히려 그것들을 인식하는 방법은 <모노노아와레> 하나뿐이다. 이런 점에서 보면 노리나가의 신학은 기독교의 단성론(Monophysitism)의 요소를 지닌 신학적 인간학에 가깝다.

2) 요청의 신으로서 현인신

앞에서 보았듯이 노리나가의 신학 속에는 이해하기 힘든 범주적 오류가 가득하다. 그러면 그는 왜 이러한 오류도 무시한 채 현인신, 즉 신의 실재성을 그토록 실증해보이려고 했을까? 그리고 그는 무엇 때문에 현인신의 부활과 신국의 재건으로 자신의 국학사상을 마무리지으려 했을까? 한마디로 말해 그의 현인신론, 또는 신실재론은 중국의 신관을 부정하거나 그것과 차별화함으로써 본국중심주의를 고취시키고, 그것을 통해 일본주의라는 신국의 주체성을 회복시킬 수 있다는 애국충정의 발로였다. 예를 들어 노리나가가 중국의 신을 용언이라고 표현한 데 반해 일본의 신을 체언에 비유함으로써 중국의 신을 노골적으로 비하하고 차별화한 경우가 그

는 것이다.

러하다. 또한 그가 중국의 신을 영묘(靈妙)한 신비성을 지닌 말로 표현할
수 없는 불가사의한 존재라고 생각한 데 반해 일본의 신을 영력(御靈)에
의해 실재하는 외재적 <物>로서 간주한 이유도 거기에 있다. 그에게 있
어서 신은 인간의 이성에 의해 발명되거나 고안된 존재가 아니다. 그것은
신대 이래 지금까지도, 그리고 앞으로도 우리의 눈으로 볼 수 있는 존재이
어야 한다. 인간은 누구나 감관을 통해서 신과 만날 수 있어야 한다는 것
이 그가 생각하는 실재론적 신관의 기본원리이기 때문이다.

　이처럼 노리나가는 일본의 신들이 영계를 떠나 속세에로 환속하도록
끊임없이 요청하고 있다. 그보다도 그는 중국과 한반도에서 도래한 객신
들, 즉 번신들을 추방하고 그 자리를 국신들이 차지해주도록 애원하고 있
다. 텐무천황의 요청으로 최초의 신명부(神名簿)인『고사기』가 만들어졌
듯이 노리나가가 자신의 신명부인『고사기전』을 반평생 35년간 공들이며
완성한 이유도 거기에 있다. 더구나 그가『고사기』에 대한 신앙으로 평생
을 보낸 이유는 그것이 신관의 탈중화 뿐만 아니라 일본신의 만국화에, 즉
신대의 신들에 대한 실재론적 존재증명을 넘어 우주론적 존재증명에 더없
이 좋은 신전(神典)이었기 때문이다. 예를 들어 천지조화의 삼신 가운데
다카미무스비노카미(高御産靈神)와　카미무스비노카미(神産靈神)가　지닌
생성과 생산의 영력은 일본에만 국한되지 않는다든지, 천계인 다카마가하
라(高天原)도 일본만의 것이 아니라 만국의 것이며, 아마테라스 오오미카
미 또한 일본의 천지만이 아니라 만국을 비치는 태양신이라는 주장들이
그러하다.[41]

---

41) 본래 신화는 상상력의 실험장이다. 인간이 신화를 만들고 그것을 좋아하는
　　이유도 상상력의 무제한적인 유희와 그것이 갖는 비현실적 상징성 때문이
　　다. 인간이 신화를 현실과 혼동하거나 동일시하려 하지 않는 이유도 거기
　　에 있다. 그럼에도 불구하고 그것을 신앙한다면 그것은 일종의 과대망상증
　　이다.
　　그러나 노리나가의 노고를 조금이라도 호평할 수 있다면 그것은 소라이의
　　고문사학과 성인절대주의에서 상속받은 과거(原郷)에로 회귀관념을 일본의

V. 결 론

그러면 노리나가의 국학, 즉 反습합사상의 한계는 어디인가? 한마디로 말해 그의 고도(古道)부활론이나 재생론은 중국사상을 비롯한 외래사상과의 습합에 대한 강한 반작용이다. 그것은 그가 그토록 부정하고 싶고 해체하고 싶어하는 외래문화나 사상과의 습합에 대한 자기부정이고 자기분해이다. 그러나 이것은 근본적으로 문화의 생물성이나 문화생태학에 대한 부정에서 비롯된 것이다. 문화간의 자연적인 교차융합이나 의도적인 상호차용, 등 문화의 공간이동, 즉 공간적인 융합은 지극히 자연스런 현상임에도 이에 대한 노리나가의 폐쇄적인 불안감은 그렇지 않았다.

노리나가는 청년시절부터 국학정신의 함양 정도에 비례하여 습합문화에 대한 자기부정과 해체의지도 자신의 내면에서 배양해갔다. 습합에 대한 부정과 해체의 강박관념이 그만큼 더 심해진 것이다. 19세에 가도에의 입지를 세운 뒤 가론집 『아시와케오부네』(27세)를 완성하면서부터 가론의 완성본인 『석상사숙언』(石上私淑言, 34세)의 간행, 『고사기전』(古事記伝, 35세) 집필시작, 『만엽집문목』(万葉集問目, 39세)의 완성, 본격적으로 반중화사상과 고도론을 제기한 『직비령』(直毘靈, 42세) 간행, 『칡꽃』(葛花, 51세) 탈고, 『고사기전』상권 완성(57세), 『국호고』(國号考, 58세) 완성, 『다마카츠마』(玉勝間, 68세) 간행을 거쳐 마지막으로 『고사기전』전권 완성(69세)에 이르기까지의 대장정이 바로 그런 기간이었다. 이것을 가리켜 일본인들은 일반적으로 국학 부활의 프로세스이거나 국학 완성의 파노라마라고 평한다. 그러나 달리 보면 그것은 '반습합 강박증'의 장기지속이 낳은 결실들이기도 하다.

귀향심은 인간의 본능이다. 그래서 노스탈쟈도 생기고 향수병도 생긴

신화속으로 애써 끌어들였다는 애국심일 것이다.

다. 그것은 현실의 스트레스나 강박관념이 심할수록 더욱 강하게 작용하는 일종의 심리적 엑소더스, 즉 탈출심리다. 그러나 이러한 노스탈쟈나 탈출도 모두 현실이라는 시공간적 제한을 전제로 하여 생기는 현실에 대한 반대심리이다. 그러므로 장기지속의 역사 속으로, 더구나 신화 속으로의 엑소더스를 꿈꾼다면 그것은 허구적 공상일 뿐이다. 역사와 신화에 대한 노스탈쟈가를 역사의 재현이나 신화의 사실화로 확신한다면 그것은 현실로부터 탈출하거나 부정적 현실을 해체해야 한다는 강박관념의 장기지속이 낳은 과도한 귀향심의 자기최면 상태일 수 있다. 인간은 누구나 시간의 역류불가능성을 잘 알고 있듯이 역사적과거나 신화의 실현, 또는 그것과의 시간적 습합이 불가능하다는 사실도 잘 알고 있다. 마츠모토 시게루는 '연속적 신인관계', '계보적 연속성' 그리고 '세습적 연속성'42)의 원리를 들어 노리나가를 구해보려 하지만 노리나가 역시 신화와 현실의 경계를 넘을 수 없기는 마찬가지이다. 실제로 (누구의 경우를 막론하고) 역사와 신화에 대한 노스탈쟈는 아름답다. 그러나 그것의 부활욕망은 추하다. 국수주의가 추한 이유도 거기에 있다.

---

42) 松本滋, 『本居宣長の思想と心理』, 東京大學出版會, 1981, 44~46쪽.

제12장

히라다 아츠타네와 대왜혼(大倭魂)사상

─변증법적 통일로서의 습합신학─

제2차 세계대전이 끝나기 전까지만 해도 독일에서는 니체의 '초인(超人)의 철학'같은 비이성주의 철학이 각광받았다. 그것은 나치가 강력한 정치세력으로 등장한 것이 가장 큰 이유였다. 당시의 나치나 파시스트들은 그들의 정치이념을 확보하기 위해 비이성주의를 편애하고 차용했다. 그 독재권력자들은 비이성주의 지식인들만을 선호할뿐 이성주의자들에게는 가혹한 탄압을 가했다. 프랑크푸르트학파의 호르크하이머(M. Horkheimer)는 당시의 이러한 상황을 "유럽의 제국주의는 중세의 견고함을 부러워하지 않는다. 그것의 상징은 중세 교회의 성직자들보다 더 교묘한 장치와 더 위협적인 군대에 의해 보호받고 있다"고 비유한다. 그는 당시의 암담한 상황을 가리켜 비이성의 광기(狂氣) 앞에서 '휴머니스트의 밤은 위협받고 있다'고 쓰고 있다. 패전 직후부터 오랫동안 이런 광기의 시대가 막을 내렸음에도 불구하고 니체의 철학은 나치의 도구였다는 이유로 외면당하기 일쑤였다.

그러나 오늘날은 상황이 달라졌다. 니체에게 일방적으로 씌워졌던 니체

=나치즘이라는 검은 마스크가 벗겨지고 있기 때문이다. 그에 대한 조작된 신화를 해체하는 작업부터 시작된 것이다. 예를 들어 많은 신니체주의자들이 '니체의 권력에의 의지와 나치즘과는 일종의 부자관계'라고 주장했던 루카치의 조작적이고 파당적인 니체편견에 대한 부정이 그것이다. 그러나 오늘날 니체철학에 대한 총체적·종합적 이해는 니체철학이 오히려 나치즘이나 파시즘과는 상호배타적이고 서로를 몹시 배제하고 있다는 사실을 발견함으로써 검은 마스크 속에 숨겨졌던 니체의 진면목을 드러내 보이고 있다. <광기에서 이성에로>의 전환과 더불어 니체철학의 복권도 서서히 진행되기 시작한 것이다.

Ⅰ. 두 개의 아츠타네학(篤胤學)

"아츠타네는 그 광신적인 힘으로 수많은 제자를 길러내면서 일본이 세계의 기본이며, 일본신화에 나오는 신들이 전 우주를 주재한다는 신앙을 뿌리내렸다. 그러한 아츠타네의 행동과 사상을 보면 극히 변절자적인 모습이 엿보이는데, 변절자인 성질이 도리어 광신적인 신앙을 뿌리내리는 데에 유리하게 작용하였다. 결국 그러한 광신적인 국수주의도 근왕(勤王)운동으로 이어지면서 막부체제를 타도하는 데 하나의 거대한 힘으로 작용하게 되었지만, 그러나 그것은 지나치게 광신적이었기 때문에 해악의 근원으로 존재하게 되기도 했다."[1]

"그러나 과연 아츠타네 선생은 세상 사람들이 생각하듯이 시종일관 그렇게 가난하고 편협적인 것만을 말하면서 성질이 고약하고 내내 궁핍한 생활만 하였는지는 의문이다. 아츠타네 선생의 학문에서는 무엇인가 폭넓은 기풍을 느낄 수 있는 학문의 사제같은 느낌이 든다." "선생은 『속신도

---

1) 和辻哲郎, 『日本倫理思想史』下卷, 岩波書店, 1952, 678~679쪽.

대의』(俗神道大意)라는 책을 쓰면서 어린이들을 불러 모아 열심히 그들의 말을 들어주기도 했다. 그들이 하는 말을 전혀 의심하지 않은 채 매우 자세히 기록하고 있다. 아츠타네 선생의 학문이 의심스러울 정도로 아이들의 말을 전혀 의심하지 않은 채 세밀하게 그들에게 귀를 기울이며 기록했던 것이다. 그러한 기록을 보면 아츠타네 선생의 글솜씨는 정말 대단하다.”[2]

이상의 상반된 인용문은 코야스 노부쿠니(子安宣邦)가 지적한 ‘두개의 아츠타네상’(篤胤像)이다.[3] 제2차 세계대전의 패전을 전후하여 전혀 달라진 니체에 대한 평가처럼 히라다 아츠타네(平田篤胤, 1776~1843)에 대한 평가도 상호 모순되고 있기 때문이다. 패전 이전의 일본을 지배하고 있던 제국주의의 광기는 독일의 니체처럼 아츠타네를 제국에의 욕망을 낳은 국수주의의 사상적 근거로 삼거나 ‘규범학’의 제창자라고 부정적으로 평가했다. 그러나 이에 반해 패전 이후, 제국주의의 광기로부터 이성의 회복이 진행되면서 그에 대한 평가도 달라지고 있다. 무엇보다도 ‘국수주의의 원흉’이라고 그에게 씌웠던 검은 마스크가 벗겨지기 시작했다. 그는 이러한 독단적·파당적 편견에서 벗어나 오히려 다방면에 걸친 습합적 연구를 통해 국학의 외연을 확대한 신경지의 개척자로서 평가되고 있다. 이데올로기의 덫에서 풀려나면서 지적 이성은 이제서야 그에 대한 전체상을 스케치하기 시작한 것이다.

1. 광기로 본 히라다 아츠타네

사실적인 정물화를 그릴 경우 정물을 바라보는 위치가 다르면 그 정물의 모양이 저마다 다르게 그려질 수 밖에 없다. 이것은 그 정물화를 바라보는 감상자의 경우도 마찬가지이다. 감상자마다 다를 수 밖에 없는 조건

---

2) 『折口信夫全集』第二十卷, 神道宗教篇, 中央公論社, 1955, 331~334쪽.
3) 子安宣邦, 『宣長と篤胤の世界』, 中央公論社, 1977, 204~207쪽.

으로서의 선행이해(先行理解)에 따라 그림에 대한 해석도 달라지게 마련
이다. 언제나 자기시대, 즉 자신의 세계와 역사를 해석해야 하는 철학이나
사상도 마찬가지이다. 철학이나 사상의 내용을 결정하는 것, 역시 관점이
기 때문이다.

제국주의가 광분하던 시대의 윤리학자인 와츠지 데츠로(和辻哲郎, 188
9~1960)가 아츠타네를 광인으로 형상화한 것도 그 시대를 보는 그의 관
점 때문이었다. 패전 직후 제국주의의 후림 속에서, 그리고 그 광기에 대
한 회한 속에서 윤리학적 회고록으로 쓴『일본윤리사상사』(日本倫理思想
史, 1952)를 통해 그가 되돌아 본 아츠타네의 모습은 광신을 전파하는 광
신적 국수주의자로서 엄청난 해악의 근원이었다.

무라오카 츠네츠구(村岡典嗣, 1884~1946)도 아츠타네의 국학을 황국주
의 이데올로기를 표방하는 규범학적 도학으로 규정한다. 그는 아츠타네를
가리켜 국수주의를 기반으로 한 규범학의 제창자로서 간주한다. 노리나가
가 유교의 도학적이고 합리주의적인 규범들을 철저히 배척하면서 고도로
서의 황도를 추구하려 했던 것과는 달리 아츠타네는 유불을 양날개로 하
고 양학까지 포섭한 채 황국을 만국의 本으로, 고학을 만학의 본학(本學)
으로 삼는 규범학을 제창함으로써 제국의 시대에 국수주의의 원조가 되었
다는 것이다.[4]

아츠타네와 그의 국학에 대한 이러한 부정적·비판적 입장은 마루야마
마사오(丸山眞男)의 경우도 마찬가지이다. 그는 아츠타네의 규범학의 등
장을 노리나가의 규범에 대한 부정이 내부에서 잉태한 안티테제로서 간주
한다. 와츠지 데츠로의『일본윤리사상사』와 같은 해(1952)에 출간된 마루
야마 마사오의『일본정치사상사연구』도 일본제국주의의 팔굉일우(八紘一
宇) 신화에 대한 광신과 광분이 전쟁의 패배감 속에 함몰되면서 제국몰락
의 충격과 혼재한 채 당시의 지적 상황을 대변하는 그 시대의 거울상이었

---

4) 村岡典嗣,『宣長と篤胤』, 創文社, 1957, 220~222쪽.

기 때문이다.

마루야마에 의하면, "노리나가학(宣長學)의 道는 결과적으로 자기모순으로 나타나는 성격을 지니고 있었다. 그의 道는 모든 번거로운 가르침이나 인의예지 등의 추상적인 도덕으로부터 정치적 이데올로기에 이르는 모든 규범의 부정 그 자체에 존재하고 있었다. … 그러나 규범성의 부정이 부정으로서 철저화되자 그것은 필연적으로 그대로 긍정으로 바뀌게 되었다. 어느 새 부정과 융합되어 있던 긍정은 긍정으로서의 자기발전을 시작하게 되었다. 古道가 하나의 적극적인 규범이 된 것이다. 이미 노리나가에게 내재되어 있던 이런 경향은 그가 죽은 후의 문인(門人) 히라타 아츠타네에 의해 한층 더 발전되었다. … 일부 히라타파(平田派) 국학자들의 메이지 유신에 있어서의 정치적 실천은 여기서 논리적 근거를 부여받았다. 그러나 그것은 동시에 많건 적건간에 노리나가학의 학문성도 파괴하게 되었다."[5]

그러면 마루야마의 지적처럼 아츠타네학의 규범성은 메이지 유신이 선택한 가족제국가주의의 논리적 근거로만 기여했을까? 와츠지 데츠로나 무라오카 츠구츠네가 그를 광신의 전도사나 국수주의의 원조로 간주하는 이유가 메이지 유신의 이데올로기나 국체관에 미친 아츠타네학의 영향 때문만은 아니다. 그보다는 오히려 그것이 패전에 이르게 한 광기의 결정적인 빌미로서 적합했기 때문일 것이다.

2. 이성으로 본 히라다 아츠타네

광기의 시대를 초래한 광신의 원조(元祖)로서 아츠타네를 지목했던 그에 대한 평가는 광기의 흔적이 사라질수록, 그리고 이성의 회복이 두르러질수록 달라지고 있다. 일본사상사에서 아츠타네학에 대해서도 그만큼 이성의 복권과 사유작용의 여유, 그리고 관점의 다양화에 따른 종합적 해석

---

5) 丸山眞男, 『日本政治思想史硏究』, 東京大學出版會, 1952, 181쪽.

이 가능해진 것이다. 히라다 아츠타네는 이제 더 이상 편협한 국학자만으로 스케치되고 있지 않다. 그는 난학(蘭學)을 비롯한 서양의 의학과 과학에 상당한 소양을 갖춘 사상가였을 뿐만 아니라 서세동점에 따른 국제정세의 변화와 역사인식에도 밝은 당대의 대표적인 지식인이었다.

특히 오리쿠치 시노부(折口信夫, 1887~1953)가 와츠지 데츠로와 동시대인이면서도 (앞에서도 보았듯이) 아츠타네를 변절자나 정신이상자로 규정하지 않고 1943년 12월 10일 국학원대학에서 행한 아츠타네 사후 100주년 기념강연인 「히라다국학(平田國學)의 전통」(『全集』 제20권)에서 오히려 일본민속학의 선구자로서 해석하는 새로운 시도를 한 것도 그런 이유였을 것이다. "우리의 선배 가운데는 히라다 선생의 태도를 경멸하는 사람도 있었다. 하지만 히라다 선생의 일대기는 다방면에 걸쳐 넓게 생각하지 않으면 온전하게 알 수 없다"고 하여 오리구치가 아츠타네를 보호하려했던 것도 그 때문이었다. 사가라 토오루(相良 亨)도 『히라다 아츠타네』(平田篤胤, 中央公論社)의 해제(解題)로 쓴 「히라다와 민속학」(平田と民俗學)에서 오리쿠치 시노부의 견해를 이어받아 "히라다선생의 가치를 메이지 20년대로 고정시켜 왕정복고의 원동력이 되었던 사상가로서만 간주하는 것"에 반대한다. 그에 의하면, "나는 민속학이 일본인의 생활 속에 흐르는 도덕의 질을 구명해줄 수 있으리라고 크게 기대하고 있다. 그러나 그 민속학의 근간은 히라다를 선구로 한 것이다."[6] 또한 그는 이것이 히라다에 대한 해석의 방향을 가늠하게 하는 중대한 제언이라고도 주장한다. 천구(天狗)나 선인(仙人), 또는 요괴(妖怪)의 실체나 인간 세상 밖에 있는 유명계(幽冥界)의 정체에 이르기까지 아츠타네는 민간에서 믿어온 것 자체를 탐구의 대상으로 삼았기 때문이다.

아츠타네학에 대한 이러한 견해는 코야스 노부쿠니(子安宣邦)의 평가에서도 마찬가지다. 오리쿠치가 히라다의 국학을 새롭게 생겨나는 국문학

---

6) 相良亨, '平田と民俗學', 『平田篤胤』, 中央公論社, 1962, 8쪽.

속으로 끌어들여 민속학으로서 다시 태어나게 함으로써 종전의 아츠타네
상에 대한 수정을 요구했듯이 코야스 노부쿠니도 "아츠타네의 세계를 덮
고 있는 <마술적인 피막>을 벗겨내려고 시도했다."[7] 노리나가학이 본국
중심주의(nativism)라는 사상적 폐역만을 고집하는 인텔리겐챠의 지적 향
유물이었던 것과는 달리 아츠타네학은 본래 민중이나 농민 등의 생활과
신앙을 반영하는 기층신앙 위에 인도와 중국의 속신까지도 수렴한 서민중
심의 민속학이자 민족학의 성격을 짙게 지닌 것이었기 때문이다. 그럼에
도 불구하고 그것은 와츠지 데츠로나 무라오카 츠네츠구에서 보듯이 메이
지 천황을 중심으로 한 가족국가의 성립과 더불어 그러한 사상적 생명력
을 잃어버린 채 국수주의적 이데올로기로서, 또는 광신의 텍스트인 만학
의 규범학으로서 둔갑되어야 했다.

　　그러나 오늘날 오리구치처럼 민속학을 통한 아츠타네학의 복권을 주장
하는 이는 한 두사람이 아니다. 다카하시 미유키(高橋美由紀)도 아츠타네
의 사상 속에 자리잡고 있는 민속적 세계가 어떻게 반영되고, 취급되고 있
는지를 구체적으로 살펴보는 것이 아츠타네학의 구조와 특징을 밝히는 일
이라고 주장한다. 고학의 전제인 야마토고코로(大和心)의 공고화를 내용
으로 하는 속신(俗信)세계의 적극적인 승인을 강조하는 것, 즉 그의 사상
체계를 지배하고 있는 민속적 세계를 부각시키는 것이 중요하다는 것이
다.[8] 이렇게 보면 광기에서 이성에로의 전환이라는 아츠타네학에 대한 시
선의 변화는 광신에서 속신에로의 전환이었다. 다시 말해 그것은 국수주
의적 허위의식의 덫에서 풀려난 아츠타네학에 대한 민속학으로서의 재발
견이었다.

---

7) 子安宣邦,『宣長と篤胤の世界』, 207쪽.
8) 高橋美由紀, '平田神道の庶民性',『江戶後期の比較文化硏究』源　了圓編, ペリ
　　かん社, 1990, 280쪽.

II. 아츠타네의 서양이해

지나치게 표현하자면 아츠타네의 국학은 마치 19세기 전반(前半)의 습합사상 박물관과도 같다. 그것은 시간적으로 그만큼 19세기의 일본을 비롯한 동아시아가 처한 역사적 상황이 도전과 응전의 갈등과 긴장 속에서 이문화간의 혼융을 피할 수 없는 습합의 세기였음을 의미한다. 공간적으로도 제국주의의 경연장이었던 이 곳은 문화적·사상적인 전장(戰場)이나 다름 없었다.

1. 쇄국의 균열과 국학의 변질

일본학에 대한 자기반성의 선구인 케이츄(契沖, 1640~1701)를 필두로 하여 카다노 아즈마마로(荷田春滿, 1660~1736)의 과거발견→카모 마부치(賀茂眞淵, 1697~1769)의 과거에로의 진입→모토오리 노리나가(本居宣長, 1730~1801)의 과거재생에 이르는 신화 속으로 100년간의 천로역정은 유불도(儒仏道)와의 습합으로 일관해온 일본사상사가 습합이라는 도그마에서 깨어나는 반습합의 자기발견 기간이었다. 그러나 이러한 본국중심주의의 장기지속이 가능했던 것은 도쿠가와 막부를 지배해온 유교문화가 자초한 반한(反漢)심리, 즉 탈중화적 정서가 점차 심화된 탓이지만 쇄국을 통한 막부체제의 장기지속으로 인해 제3의 강력한 습합인자가 등장하지 않았기 때문이기도 하다.

그러나 지속적이고 거센 외부적 도전으로 정치적 쇄국과 문화적 반습합의 장기지속이 불가능해진 히라다 아츠타네(1776~1843)의 시대 상황은 다카마가하라(高天原)로의 천로역정이 비교적 수월했던 그 이전 100년간과는 크게 달랐다. 시간이 지날수록 완벽한 쇄국과 철저한 반습합이 불가능해졌기 때문이다. 예를 들어 1825년 2월 18일 막부는 연안의 여러 다이

묘(大名)에게 이른바 <무이념타불령>(無二念打拂令)을 내려 접근하는 외
국 선박에게는 무조건 직격포로 대항함으로써 쇄국을 견지하려 했음에도
불구하고 5년도 견디지 못하고 이 명령을 폐지해야 했던 경우가 그러하
다. 또한 1837년 미국의 배 모리슨호의 입항거부로부터 촉발되어 1839년
난학자 단체인 상치회(尚齒會, 일명 蛮社)의 타카노 쵸에이(高野長英)와 와
타나베 카잔(渡辺華山)에 대한 탄압으로 이어진 이른바 <만사의 옥>(蛮
社の獄)이 시작된 것도 쇄국에 대한 도전과 응전의 상황을 증거하는 사건
이었다. 이것은 견고했던 쇄국에 못지 않게 그것의 파열음도 요란할 것임
을 예고하는 상징적인 사건이었다.

1841년에 막부는 마침내 존왕양이(尊王攘夷) 사상의 강력한 고취를 위
하여 텐포우(天保)개혁을 단행했지만 이것 역시 아츠타네가 죽던 해를 고
비로 하여 실패로 끝나고 말았다. 결국 이듬해(1844) 7월에는 개국을 권고
하는 네델란드왕의 국서를 전달하기 위해 군함 파렌반호가 나가사키에 입
항하기에 이르렀다. 쇄국의 균열과 그 틈새로의 외풍유입은 인과의 순서
를 가릴 수 없는 물리적 현상일 뿐이었다. 당시는 그만큼 정치적 폐역의
고수나 문화적 처녀인구집답(virgin population)의 유지가 불가능한 시기였
다. 노리나가의 국학과 아츠타네의 국학이 근본적으로 다를 수 밖에 없는
이유도 거기에 있다. 역사적 상황변화가 국학의 변질을 요구하는 것은 당
연하기 때문이다. 노리나가가 아츠타네와 동시대인이었다고 해도 <원향
에로의 회귀>와 <모노노아와레를 아는 것>만이 인간의 기본조건임을
고집했을까?

아츠타네가 자신이 노리나가 문하의 적자(嫡子)라고 주장했지만―이것
은 안타깝게도 노리나가에 대한 아츠타네의 아틀라스 콤플렉스에서 비롯
된 것일 뿐이다―제대로 인정받을 수 없었던 이유도 시대변화에 따른 에
피스테메(인식소)의 차이에서 비롯된 것이다. 정치적 쇄국의 절정기를 상
징하는 사상적 쇄국학이자 반습합의 교의학이었던 노리나가학이 지닌 에
피스테메와 이미 쇄국의 파열음이 곳곳에서 들려오는 시기에 쇄국과 반습

합의 사상적 해체를 감행했던 아츠타네학의 에피스테메는 더 이상 같은 것일 수 없었기 때문이다. 노리나가의 문인들은 아츠타네가 아무리 존왕애국과 황국주의를 주창한다고 해도 국학에서의 그의 폭넓은 시도, 즉 외연의 확대에 따른 내포의 변화를 가리켜 <견강부회>(牽强附會)라고 비난한다. 이와는 반대로 오늘날 많은 이들은 그렇기 때문에 아츠타네를 일본 민속학의 원조로서 재평가해야 한다고 주장한다. 그러나 이러한 서로 다른 비난과 평가도 그를 저마다 그렇게 이해하려는 상이한 에피스테메가 낳은 상반된 결과들이다.

2. 국학속의 서학—수단으로서의 습합

아츠타네에 의하면, "오늘날의 정취는 예전과는 사뭇 다르다. 책도 그렇고 일상적인 것에서도 그렇다. 지금은 예전과 달리 이 세상에 나타난 것이 많다. … 외국의 수많은 것들이 해를 거듭할수록 이 세상에 밝혀지니 이 역시 모두 신의 뜻이로다."[9] 여기에서 <지금은 예전과 달리 이 세상에 나타난 것이 많다>는 주장은 당시 일본에 밀려들어오는 난학(蘭學)을 지칭하는 말이다.

신학자이자 개업의였던 그가 격렬한 비난에도 불구하고 난학 가운데서도 특히 관심을 기울인 분야는 서양의 천문, 지리를 비롯한 과학과 해부학을 중심으로 한 의학, 그리고 기독교의 신학 등이었다. 그는 무엇보다도 서양의 천문학이나 지리학을 가리켜 "매우 상세하므로 누가 들어도 이해하기 쉽다"고 하여 그것의 우수성을 인정하는가 하면, 나가사키의 니시카와 조켄(西川如見, 1648~1724)에 대해서도 "이 사람이 나오기 이전에는 천문학이나 지리학, 또는 만국의 사정 일반을 전혀 알 수 없었다"[10]고 하

---

9) 『平田篤胤全集』, 第三卷, 「仙境異聞」, 平田學會, 1911, 1쪽.
10) 室松岩雄 編 『平田篤胤全集』第一卷, 「古道大意」, 54쪽(이하 『全集』으로 표기).

여 서양의 과학을 일본에 소개한 그의 업적을 높이 평가하기도 했다.

그는 네델란드의 학자들이 쓴 천문학의 책들을 읽어서 태양의 직경이나 화성과 목성의 크기 등을 잘 알고 있었다. 그러나 그가 서양의 천문학 자체에 흥미를 가지고 있었던 것은 아니다. 그것은 어디까지나 자신의 주장을 보완하기 위한 것일 뿐이었다. 그가 달에 특별한 관심을 가진 이유도 그것이 그의 신학에서 중요한 지위를 차지하기 때문이다. 소수의 신도학 자들은 달이 아직까지도 사자(死者)의 세계라고 주장하고 있지만 아츠타네는 달도 예전에는 지구의 일부였으므로 죽은 사람이 쉽게 갈 수 있는 곳이었지만 지금은 두 천체가 분리되어 있기 때문에 내세에 도움이 되지 않는다고 생각했다.

또한 그는 코페르니쿠스의 태양중심설이 소개됨으로써 『고사기』와 같은 일본의 고전이 태양신에게 부여했던 중요성도 확인되었다고 생각했을 뿐만 아니라 태양력이 사용되는 것도 태양신인 아마테라스 오오미카미를 예찬하는 것이 올바르다는 사실을 증명하는 것이라고 생각했다. 그가 사람들에게 지동설을 외국사상이라고 생각해서는 안된다고 주장한 것도 마찬가지 이유에서였다. 지동설은 일본의 고전에 언급된 사실과 분명하게 일치한다고 생각했기 때문이다. 오히려 그는 일본의 고전에 나오는 지동설이 인도를 거쳐 서양에 전해졌다고 생각했을 정도였다.[11]

서양의 지리학을 용인하는 그의 입장도 천문학의 경우와 마찬가지였다. 한마디로 말해 서양의 지리학도 그에게는 일본이 세계에서 가장 축복받은 나라라는 사실을 증명하기 위한 수단이었다. 유학자들이 일본을 가리켜 이류의 소국에 지나지 않는다고 말하지만 아츠타네는 "아무리 좁고 작은 나라라도 우수한 나라는 우수함에 다름 아니다. 아무리 큰 나라라도 하등한 나라는 하등국이다. 세계지도를 보면 러시아나 미국같이 큰 나라가 있지만 그 나라들은 초목도 없고 주민도 없는 곳이 대부분이다. 그런 나라들

---

11) 『全集』第八卷, 「靈能眞柱」, 63〜65쪽.

까지 상등국이라고 불러야 한다는 말인가"[12]라고 반문한다. 그는 일본이 야말로 이러한 음울하고 황폐한 나라와는 달리 다행히도 북위 30도와 40 도 사이에 위치하여 사계절의 혜택을 받은 나라라고 생각했다.

그에게 이런 생각을 갖게 한 이는 독일의 역사학자이자 의학자인 켐펠 (E. Kämpfer, 1651~1716)이다. 그는 켐펠이 1690년 나가사키에서 네델란드 동인도회사의 의사로서 근무한 뒤에 쓴 『일본지』(日本誌, 1712)에서 "일본 의 기후는 매우 온순하고 남방처럼 태양이 작열하지도 않으며 북방의 여 러 나라처럼 혹한으로 얼어붙지도 않는다. 잘 알다시피 북위 30도와 40도 사이에 있는 유쾌하고 쾌적한 나라이다"라는 글을 이미 읽은 바 있기 때 문이다. 또한 그가 1825년에 쓴 「다마다스키」(玉欅)에서도 일본은 햇빛이 적어서 바다의 소금마저 맛이 없는 러시아처럼 추운 나라도 아니고 햇빛 이 강해서 소금이 너무 짠 인도처럼 더운 나라도 아니라고 주장한 이유도 마찬가지이다. 그가 생각하기에 일본은 신으로부터 더없이 축복받은 나라 이다. 그는 네델란드같은 다른 나라가 일본과 교역하길를 요구하는 것 자 체가 신들이 특별히 일본에 내려준 은혜를 전세계에서 인정하는 명백한 증거라고도 주장한다.

그러면 아츠타네는 일본이 어째서 다른 나라보다 더 이처럼 행복한 나 라가 되었다고 생각했을까? 그것은 오오야시마(大八島)를 조성한 국토개 발의 최고책임자 이자나기와 이자나미 두 신의 능력 때문이었다. 다시 말 해 이들 덕택에 일본은 다른 나라들과는 달리 지리적으로 특별한 위치를 차지할 수 있었다는 것이다. 중국의 사서(史書)나 고대 서양의 책에서도 노아의 홍수처럼 거의 모든 인류를 절멸시킨 대홍수를 언급하고 있지만 일본의 신대에 해당하는 이 대홍수의 시대에 대해서 일본의 연대기에는 한마디도 언급되지 않았다. 이미 야마무라 사이스케(山村才助, 1770~ 1807)가 네델란드의 서적을 이용하여 쓴 『서양잡지』(西洋雜誌)에서 대홍

---

12) 「古道大意」, 43쪽.

수의 이야기를 읽은 아츠나테는 이것이 바로 일본이 물에 잠기었던 서구
의 대륙보다도 고지대임을 증거하는 사실이라고 생각했다. 여기에서도 그
는 "우리의 국토가 세계의 정점에 있다고 말해도 정당하지 않을까"[13]라는
반문으로 결론을 대신한다.

이상에서 보았듯이 아츠타네가 서양의 과학을 용인하고 그것에 대한
관심과 중요성을 강조하는 것은 서양학문 자체를 연구하기 위한 것이 아
니었다. 또한 그것이 우주의 신비한 본질을 해명할 수 있다고 생각했기 때
문도 아니다. 그는 그것을 통해 불교나 유교의 신념체계를 논파하고 직·
간접으로 신도의 교의를 보강하기 위한 한가지 수단으로서 연구했다. "외
국의 것을 배우는 데 주의해야 할 점은 그 우수한 점을 배워 우리나라에
쓸모있게 하려는 데 있다"[14]고 하여 그는 1813년에 쓴 「기취어려지」(氣吹
於呂志)에서 이미 양학연구에 대한 자신의 입장을 분명히 밝힌 바 있다.

Ⅲ. 아츠타네의 존왕사상

와츠지 데츠로는 제2차 세계대전이 끝난 직후 회한(悔恨)의 반성 속에
서 한 지식인이 쓴 고백록과도 같은 「인류의 세계사적 반성 서설」(『思想』
1946년 3, 4월호)이라는 글을 발표한다. 이 글은 그야말로 <쇄국에서 제국
에로>라는 역사적 반전(反轉) 게임이 초래한 비극적 결과에 대한 뼈아픈
반성문이기도하다. 1950년 4월 이 글이『쇄국』(鎖國)이라는 제목의 책으로
출판되자 요미우리(讀賣)문학상(1952)을 받게 된 것도 이 책이 쇄국으로
부터 패전에 대한 회한을 반추했기 때문이다. 이 책은 「인류의 세계사적
반성」(전편)과 「세계적 시야의 성립과정」(후편)으로 구성되어 있지만 「쇄

---

13) 「靈能眞柱」, 69쪽.
14) 『全集』第一卷, 4쪽.

국」·「일본의 비극」·「인륜의 세계사적 반성」·「세계적 시야의 성립과 정」이라는 네가지 주제로 이뤄져있다. 근세초부터 서구인들의 무한추구의 정신이 동방을 비롯한 신세계에로 시야를 적극적으로 넓혀나가는 세계정세 속에서 일본의 선택은 고작해야 소극적이고 퇴행적인 쇄국뿐이었고, 그것이 결국 일본민족을 현재의 비경(悲境)으로 몰아넣었다[15]는 것이다.

그러나 와츠지 데츠로가 말하는 쇄국은 도쿠가와막부의 정치적 폐역화만을 의미하지는 않는다. 백년 이상이나 반습합과 배외애국만을 강조한 국수주의적인 국학도 쇄국의 주역이긴 마찬가지이다. 존왕양이, 즉 천황존숭의 황도주의만을 고집해온 근왕(勤王)운동도 그에 못지 않는 국민의 정신적 최면과 사상적 쇄국을 낳았기 때문이다. 와츠지 데츠로가 히라다 아츠타네를 보수적 쇄국주의의 옷을 입고 나타난 광신적 국수주의자로 규탄하면서 그를 역사적 통한의 원흉으로 규정했던 이유도 거기에 있다.[16] 이런 점에서 와츠지 데츠로가 1946년에 쓴 「인륜의 세계사적 반성 서설」(人倫の世界史的反省序說)이 그의 정치적·역사적 쇄국론이라면 1952년에 쓴 「에도시대 말기의 근왕론」(江戶時代末期の勤王論)은 그의 사상적 쇄국론이라고 해도 무방하다.

1. 위기의식과 배외사상

국학의 동기유발은 반한(反漢)과 탈중화였지만 존왕양이에 근거한 배외사상과 쇄국은 서구에 대한 경계심과 위협에서 비롯된 것이다. 앞에서도 말했듯이 18세기말부터 여러 연안에 지속적으로 도래해온 서구열강의 선박들은 서구에 대한 처녀인구집단에게 위기의식을 고조시키기에 충분한 것이었다. 막부도 드디어 1825년 무이념타불령(無二念打拂令)을 내려 집단의 방어를 위한 극단적 자구책을 강화하기에 이르렀다. 쇄국은 절정에

---

15) 和辻哲郎, 『鎖國』, 566~567쪽.
16) 和辻哲郎, 『日本倫理思想史』下卷, 678~679쪽.

서 그 경계(境界) 인식을 시작한 것이다.

그러나 한계상황은 오래가지 않았다. 1837~1838년에 일어난 미국의 모리슨호 입항과 그것을 빌미로 하여 시작된 <만사의 옥>(蛮社의 獄)은 일본의 땅위에서나 일본인의 정신속에서나 쇄국의 마지노선을 무너뜨리는 계기가 되었기 때문이다. 만사의 옥은 결국 일본의 처녀막, 우라가(浦賀)의 파열음이었다. 또한 타카노 쵸에이가 흘린 자결의 핏자국도 그 파열의 결과나 다름없었다. 정신적 지진과도 같은 이러한 외적 자극에 대해 아무리 둔감하고 편협한 국학자일지라도 반응을 자제하거나 무시하는 것은 불가능한 일이었지도 모른다. 아츠타네의 국수주의적 존왕사상이 이미 쇄국의 균열을 목도한 자의 절규(絶叫)이자 그 파열음에 놀란 이의 비명(悲鳴)과도 같은 것인 이유도 거기에 있다.

아츠타네는 무이념타불령이 내려지기 이전인 1813년에 이미 18세기 후반부터 일본 연안에 출몰해온 외국선박에 관한 자료를 집성하여 『천도의 백파』(千島の白波)라는 책을 펴낼만큼 외국선의 내항(來港)에 대한 관심이 지대했다. 특히 그는 이 책에서 그의 친구였던 북방탐험가 콘도 쥬조(近藤重藏, 1771~1829)와 모가미 토쿠나이(最上德內, 1754~1836)가 탐험한 사할린을 비롯한 북방의 지도와 체험담 등을 자료로서 활용하기도 했다. 또한 그가 1822년 이두(伊豆)항에 영국배가 입항하여 환자를 치료하기 위해 연료와 식수를 요구하던 사건에 관해 『만선일건』(蛮船一件)을 펴낸 것도 단순한 호기심에서 비롯된 것은 아니었다. 그것은 새로운 환경변화에 대한 호기심이라기 보다 오히려 경계심과 위기감의 발로였을 것이다. "우리나라는 신의 나라로서 천지신명이 보살펴주시므로 경비태세는 이에 비할 것이 없다. 우리는 신의 나라이거늘(중략) 이방인들이 우리 땅을 밟는 것은 불길한 징조다. 외국에는 수 많은 괴이한 것들이 많다고 들었는 데 어선을 가장하고 들어와 병자를 고쳐주겠다고는 하지만 이 역시 우리 땅을 밟는 것이다"[17]라는 주장이 그것이다.

시간이 지날수록 외국 선박들의 출몰이 잦아지자 이러한 경계심도 더욱 강화될 수 밖에 없었다. 3년 뒤(1825)에 쓴 「타마다스키」에서도 그는 "지금이야말로 세상을 경계해야 할 때이다. 진정한 도리를 알아야 할 것이며, 이에 능히 대처하지 않으면 안된다. 설사 활시위가 날아온다 해도 결국 우리나라는 아마테라스 오오미카미(大神)의 은총을 입고 있는 곳이기 때문에 그들도 함부로 다가오지는 못할 터 …"[18]라고 스스로 다짐하고 있다. 그는 갈수록 빈번해지는 당시 서구열강의 접근을 강제적 개국이나 침략의 의도로 간주할 정도로 더욱 심각한 위기의식에 빠져있었던 것이다. 한마디로 말해 그것은 그의 백인경계심, 나아가 백색공포증을 드러내는 것이었다. 그가 불가항력적인 위기상황에서 다급하게 오오미카미와 같은 초인적인 힘을 갈구하고 신앙하는 이유도 거기에 있다.

한편 대외적인 위기의식이 고조될수록 당시의 사회사정도 그만큼 혼란스러워질 수 밖에 없었다. 의리와 인정마저 점차 희박해져가면서 막번체제의 동요도 더욱 심해졌다. 그러므로 이러한 혼돈의 시대에 살아간 아츠타네의 국학속에는 이전의 어떤 국학에서보다도 불안한 시대정신에 대한 고뇌가 배어있을 수 밖에 없다. 대외적인 위기상황에 대처하기 위해서 그에게는 확고한 정신적 지주의 필요성이 그 이전의 어느 누구보다도 절실했을 것이다. 더구나 현실을 고뇌하는 지식인으로서 그는 동요하는 민심을 진정시키기 위해서라도 새로운 안정제가 될 수 있는 처방을 고안해내려고 고심했을 것이다. 다름 아닌 대왜심(大倭心)과 존왕황국사상이 바로 그러한 고뇌의 산물인 셈이다.[19] 그 안에는 견강부회라고 비난받을만한 고뇌의 흔적들이 뚜렷한 것도 그 때문이었다.

---

17) 『全集』第十五卷, 404쪽.
18) 『全集』第六卷, 「玉欅」九之卷, 542쪽.
19) 星山京子, '新たな知性の誕生—平田篤胤考察—', 『日本思想史學』第26号, 日本思想史學會, 1994, 120~121쪽.

2. 「대왜심」과 존왕사상

동요하는 민심을 바로 잡을 진정제로서 아츠타네가 제시한 것은 노스탈쟈에 호소하는 대왜심이다. 이른바 고도대의(古道大意)를 다시 강조하는 것이다. 그에 의하면, "학문의 진정한 정신을 갖추지 못한 자는 이해하기 어려운 불가사의한 일에 부딪히게 되었을 때 크게 당황하게 된다. (그러나) 진정한 정신(대왜심)을 갖춘 자는 우선 그 괴이하고 신기한 일에 대하여 신의 조화를 이해하려고 할 것이며, 이 세상에는 불가사의한 일도 있다는 것에 대하여 알아내려고 하며, 수많은 괴이한 일에 대하여 들어도 그다지 놀라지 않을 것이다."[20]

또한 황국은 만국의 본이며 고학도 만학의 본학이라는 국체관의 확립을 강조하기 위해서 그는 야마토고코로(大和心), 즉 대왜심을 주장하지만 그 마음의 중심에는 분명히 존왕사상이 자리잡고 있다. 그가 『영능진주』(靈能眞柱) 상권의 서두에서부터 "고학하는 학도는 우선 대왜심(大倭心)을 견고히해야 하거늘 이는 견고한 마음이 없이는 道를 알지 못하기 때문이다. 이는 나의 스승 야마스게(山管)의 가르침이다. 그러한 대왜심을 높이 고양하기를 바라는 것은 그 영혼의 안정을 도모하기 위함이다. 그 영혼의 안정을 알기 위해서는 우선 천(天)·지(地)·천(泉)의 세 위치를 곰곰이 생각해보고 그 천지천을 있게 해주신 신의 공덕을 먼저 숙지해야 할 것이다. 또한 우리 천황의 나라는 만국의 기둥이 되는 나라이므로 만사의 근원인 기둥이자 천황이 군림한다는 진리를 숙지한 다음에야 영혼의 행방을 알 수 있다"고 강조하는 이유도 거기에 있다.

『영능진주』의 첫 문장에서도 "이러한 견고한 기둥은 고학하는 학도의 대왜심의 근본이다. … 뿐만 아니라 그 영혼의 행방을 갈피잡지 못해 외국에서 위협해오는 나라들에 일일이 응대하는 것은 차마 바라보기 힘들다.

---

20) 「玉欅」九之卷, 542쪽.

어찌하면 그 마음의 기둥을 견고히 바로잡음으로써 신사당을 건축해 이리 저리 왔다갔다 하며 떠도는 영혼들을 진정시킬 수 있겠는가"라고 하여 그는 민심의 동요에 대한 안타까움을 토로했다. 그리고 마음의 지주가 되는 대왜심이 근본적인 대안임을 천명하기도했다. 훗날 사람들이 『영능진주』를 가리켜 대왜심을 확고히하는 책이라고 하거나 <고학안심(古學安心)의 書>라고 평하는 것도 그 때문이었다. 특히 영혼의 행방, 즉 안심의 근거를 대왜심에서 찾은 아츠타네는 신대의 전설을 진정한 것으로 간주하여 신국 일본을 만국의 조국으로, 그리고 신손(神孫)인 천황을 세계의 대군으로서 신앙해야 하는 고학황도를 선교했다는 것이다.

30세에 이미 『귀신신론』(鬼神新論)을 통해 자신이 전개할 사상적 방향을 제시한 아츠타네는 36세에 자신의 황국학인 『고도대의』(古道大意)를 펴낸 바 있다. 일본은 신국으로서 만물만사의 만국에 뛰어난 나라이며, 고학과 고도는 유교나 불교가 도래하기 이전의 순수한 고의고언(古意古言)을 통해 천지초발 이래 무스비노카미(產巢日神)의 신덕을 비롯하여 신대의 사실을 전하며, 그 사실 속에 진정한 道가 갖춰져 있다는 점을 적시함으로써 전통적인 국학에서와 마찬가지로 아츠타네도 일본인의 정신적 지주인 대왜심과 대왜혼의 근원이 어디에 있는지를 밝히려했다. 무라오카 츠네츠구가 『고도대의』는 기본적으로 고사기주의(古事記主義)에 충실한 노리나가의 저서들로부터 영향을 받았다[21]고 주장하는 이유도 거기에 있다.

그러나 주지하다시피 아츠타네의 고도고학론이나 존왕사상은 노리나가의 경우와는 상당한 차이가 있다. 『고도대의』속에는 이미 『가망서』(呵妄書)와 『귀신신론』등에서 두드러지게 나타난 외국의 신관이나 귀신론이 습합되어 있기 때문이다.[22] 예를 들어 그의 신귀신론(新鬼神論)에는 중국 고

---

21) 村岡典嗣, 앞의 책, 58~59쪽.
22) 노리나가가 公共正大의 道, 眞晝의 道를 주장하는 것과 대조적으로 아츠타네는 幽冥의 道를 강조한다. 노리나가가 천황의 道를 주요 문제로 삼는데 대하여 아츠타네의 道는 세계의 성립과 더불어 <세상만사의 主宰神>의

대의 귀신관에 대한 해석이 반복되고 있다. 더구나『영능진주』에서 그는 일본의 고대 신화를 시작하는 천지개벽설에 대하여 핫토리 나카츠네(服部 中庸, 1757~1824)가『삼대고』(三大考)에서 전개한 새로운 해석을 충실히 따르고 있다. 서양의 천문학(지동설)을 적극적으로 소개한 시바 코우칸(司 馬江漢, 1738~1818)의『화란천설』(和蘭天說, 1795)의 영향으로 10개의 그림을 통해 천(天)·지(地)·천(泉, 즉 月)을 하나로 구성하는 우주상을 제시한 핫토리의 우주생성론과 우주형태론을 아츠타네도 기본적으로 자신의 고도론의 밑그림으로 받아들인 것이다.

한편 아츠타네학에 있어서 이러한 이질적인 요소들은 얼핏보기에 별개의 문제의식에서 비롯된 것으로 보이거나 아츠타네학이 내포하고 있는 혼돈의 요소로서 간주될 수도 있다. 그러나 이미 언급했듯이 그가 평생동안 자신만의 국학 속에서 조합해보려고 했던 습염소(習染素)들이었다. 그것들은 외부적 자극에 의해 동요하는 민심에 대한 새로운 정신적인 지주를 마련하기 위해 사용된 염색소들이었다. 그러나 그것들도 근본적으로는 혼돈의 한복판에서 민심을 안정시키려는 한 지식인의 존왕애국정신의 반영물이었다. 그가『영능진주』의 서두에서 "굵은 기둥같은 마음(大倭心)을 굳건히하면 갈팡질팡하는 마음은 진정될 것이거늘 …"이라고 읊은 것이나, "수많은 세상사람들, 잡초처럼 많거늘 내가 세우는 영혼의 기둥 / 푸른 바다 멀리 세상 만국으로 이어나가 넓히자, 이 정도(正道)를 …"이라는 노래로 하권의 대미를 장식한 것도 모두 그와 같은 마음의 발로였다.

문제나 사후의 행방 등을 주요문제로 삼았다. 아츠타네는 후자를 주장하기 위하여 노리나가의 권위를 이용하고 그것에 따라 후자의 주장을 국학의 정통사상으로 삼으려했다. 그가 노리나가의 門人으로부터 거부당하는 이유도 거기에 있다. 和辻哲郎,『日本倫理思想史』下卷, 670~671쪽.

IV. 合一로서의 습합신학

노리나가가 『우비산답』(宇比山踏)에서 국학이란 "후세의 어떤 설(說)에도 관계없이 무엇보다도 고서(古書)를 그 본으로 간주하며 상대(上代)의 것을 자세히 조사하여 밝히는 학문"이라고 한 정의에 따른다면 아츠타네학은 국학이 아니다. 그것은 국학으로부터의 일탈이었으므로 反국학적이다. 실제로 아츠타네 자신도 자신의 사상을 가리켜 "古人도 일찍이 말한 적이 없고, 스승도 지금까지 생각하지 않은 것이다"[23]라고 주장하기까지 했다.

그러므로 노리나가학과 같이 국학을 고사기주의(古事記主義)에 충실한 Nativism, 즉 원향주의적(原郷主義的) 본국중심주의에 국한되어야 할 학문으로만 규정한다면 아츠타네학은 Post-nativism이 아니라 Anti-nativism일 수밖에 없다. 이처럼 아츠타네학은 국학으로부터의 일탈과 그 순수성의 결여 때문에 이단으로 간주되기 일쑤였다. 그런가 하면 그것은 제국주의 이데올로기에 직·간접으로 이용되었다는 이유로 광신적 국수주의의 원조가 되기도 했다. 아츠타네학은 관점에 따라, 그리고 필요에 따라 일방적인 자리매김을 강요당해온 것이다.

1. 反습합을 초과한 습합국학

국학의 동기유발이 습합에 대한 거부였으므로 그것의 존재이유는 당연히 반습합이다. 노리나가의 국학이 한의(漢意)에 대한 강한 반대를 위해 중국 고대의 선왕이 만든 예악형정을 죄악시하고 모노노아와레를 통해 오직 황국혼만을 강조하며 황학고도(皇道)만이 국학의 유일한 통로임을 주창하는 이유도 거기에 있다. 그러나 아츠타네의 고도대의와 대왜심은 이

---

23) 「靈能眞柱」, 117쪽.

미 그러한 반습합의 경계를 초과해 있다. 황국일본은 더 이상 외부로부터
의 공기유입이 차단된 진공상태가 아니기 때문이다. 당시의 일본은 문화
적 처녀인구집단도 아니며 고립무이(孤立無異)의 땅도 아니었다. 이전보
다 습염(習染)과 습기(習氣)의 외연이 반습합의 폐역을 훨씬 초과하고 있
는 곳이었다. 아츠타네가 건강부회하는 것이 아니라 일본이 건강부회에
빠져들고 있었다. 세상이 바뀐 탓에 스폰지같은 흡인력을 지닌 아츠타네
의 학문도 달라질 수 밖에 없었던 것이다.

아츠타네가 "고도(古道)의 학문이란 그러한 것들까지 마음을 깊이 써서
실제적인 도리를 탐구하여 두려워하지도 않으며 주저하지도 않고 물러서
지도 않는 진정한 정신(倭心)이라고 할 수 있다. 항상 기담(奇談)의 사실
여부를 기록하는 책도 꾸준히 읽어서 그 사실 여부를 밝혀내는 일이 바로
고학의 중요한 점"[24]이라고 감히 주장했던 것도 그 때문이다. 이처럼 아
츠타네는 노리나가와는 달리 당시 밀려드는 각종의 서학서를 비롯하여 중
국이나 인도의 고전에 이르기까지 일본의 고서 이외의 책이라도 열심히
읽어서 기담의 사실 여부를 밝혀내는 일이 바로 고학의 중요한 점이라는
사실을 분명히 강조한다. 그가 아무리 노리나가의 국학 정신을 계승한 제
자임을 자처했다고 할지라도 언제나 외부로 열려 있는 인식의 통로는 그
를 고루한 언설에만 머물게 하지 않았다.

그러므로 습합적 사고로의 전환은 시대의 변화에 따른 그의 불가피한
선택이자 적응수단이었을 것이다. 그가 서양의 천문·지리 뿐만 아니라
의학과 종교에 이르기까지 폭넓게 독서한 것도 그런 이유에서였다. 예를
들어 그는 당시 일본에 소개된 의학서 가운데 가장 중요시되던 스기타 겐
파쿠(杉田玄白, 1733~1817)의『해체신서』(解体新書, 1774)와 당시 유럽의
해부학을 집대성한 우다가와 겐신(宇田川玄眞, 1769~1834)의『의범제강』
(医範提綱, 1805)을 네 번씩이나 반복해서 읽었을 정도였다. 그는 서양의학

---

24)「玉欅」七之卷, 427쪽.

이 실제로 인체를 해부하고 세밀히 조사하여 인체의 기능을 파악한 점을
높이 평가했기 때문이다. 그는 무엇보다도 정확한 사실에 기초한 서양의
학의 합리적인 학문적 태도를 칭찬하려 했던 것이다.

그러므로 그는 일본의 고전에는 기록되어 있지 않은 이러한 사실들을
과감하게 받아들여야 한다고 주장한다. "근래에 동문들마저도 외국의 것
을 절대로 배우려하지 않는다. 우리가 일본의 것을 아는 것만으로 충분하
다고 생각한다면 그것은 매우 고루한 일이다. 실제로 외국에서 일어나고
있는 일을 알지 못한다면 (국학도) 대황국의 학문이라고 말할 수 없다"[25]
고 하여 그는 일본의 고전(古傳)만을 고집하고 다른 나라의 것을 외면하는
국학자들의 편협한 태도를 비판하기도 했다. 아무리 국학자일지라도 자국
의 책만을 읽고 자기나라 것을 아는 데만 그친다면 학문을 완성했다고 말
할 수 없다는 것이다. 아츠타네가 19세기를 대표할만한 국학자이면서도
그를 본국중심주의자로 규정할 수 없는 이유, 그래서 아츠타네학을 습합
국학(習合國學), 또는 의사국학(擬似國學)이라고 부를 수 밖에 없는 이유도
거기에 있다.

2. 중층적 결정체로서의 습합신학

야나기타 쿠니오(柳田國男, 1875~1962)는 일본문화의 구조적 특징을
묶은 계보에 새로운 계보가 차곡차곡 더해지는 고드름과 같다고 설명한
바 있다. 이것은 일본문화의 습합양상을 가리키는 말이다. 습합은 일시에
이뤄지기보다 고드름처럼 시간을 두고 중층적으로 이뤄지기 때문이다. 그
렇다고 하여 습합의 장기지속에서만 중층적 결정이 일어나는 것은 아니
다. 노리나가학처럼 반습합의 폐역이 아닌 한 습합은 개별적 학문분야마
다, 그리고 학문적 주체마다 습합의 시·공간적 여건에 따라 중층적으로
결정되기 마련이다. 아츠타네학의 경우가 바로 그러하다. 거기에는 노리

---

25) 「玉欅」九之卷, 540쪽.

나가를 계승하는 황조고도학(皇朝古道學)만 있는 것은 아니다. 중국과 인
도의 고전뿐만 아니라 서양의 과학과 의학, 그리고 종교까지도 그 안에 포
함되어 있다. 그것이야말로 아츠타네의 일생과 함께 이뤄진 중층적 결정
체인 셈이다. 그러므로 이노우에 코우준(井上孝順)도 아츠타네학의 결정
상(結晶狀)을 가리켜 "많은 선행사상의 중층적, 또는 병존적 잡거상황"[26]
이라고 표현한다.

1) 귀신실유설(鬼神實有說)과 사후안심론(死後安心論)

아츠타네는 1803년(28세) 처녀작 『가망서』(呵妄書)의 저술을 시작으로
1805년 『귀신신론』(鬼神新論)의 초고를 완성하여 앞으로 전개될 자기 학
문의 방향을 예고한다. 그러나 그가 노리나가와는 다른 독자적인 국학자
로서 면모를 부각시키는 첫 번째 시기는 1811~1812년이었다. 1811년에
현정서(顯正書)라고 할 수 있는 『고도대의』(古道大意)와 『가도대의』(歌道
大意), 그리고 파사서(破邪書)인 『속신도대의』(俗神道大意)·『한학대의』
(漢學大意)·『불도대의』(仏道大意)·『의도대의』(医道大意) 등의 저술에 이
어서 1812년에는 아츠타네학의 특색을 나타내는 대표적 저서인 『영능진
주』(靈能眞柱)의 초고가 완성되었기 때문이다.

그러나 그 이후에도 아츠타네학의 중층적 결정과정은 멈추지 않았다.
일찍이 『귀신신론』(1805)에서부터 주장하기 시작한 자신의 독특한 내세관,
즉 유계(幽界)와 유사(幽事)에 관한 유명론(幽冥論)을 통해 그는 나름대로
의 사상적 독자성을 확립하는 세권의 책을 이어서 저술한다. 1821년 『고
금요매고』(古今妖魅考)의 탈고와 1822년 『선경이문』(仙境異聞), 그리고
『승오랑재생기문』(勝五郎再生記聞)의 완성이 그것이다. 이 때는 이미 그
가 노리나가의 유명론과는 다른 귀신실유설이나 사후안심론 등을 제기함

---

26) 井上孝順, '平田篤胤と民衆基層信仰', 『宗敎硏究』五十一卷 一号, 日本宗敎學
   會, 1977, 22쪽.

으로써 그의 사상이 지닌 중층성과 잡거성을 더욱 분명히하던 시기였다. 그는 이로써 학문역정에서 두 번째의 절정기를 맞이한 것이다.

인간의 죽음 이후의 문제인 유명과 유사, 즉 신사(神事)에 대해서는 이미 노리나가도 『일본서기찬소』(日本書紀纂疏)의 "현로지사(顯露之事)는 人道이고 유명지사(幽冥之事)는 神道이다. 두 道는 주야음양과 같다. 둘로써 하나가 된다"는 구절로부터 영향을 받아 자신의 저서들에서 황천(黃泉)을 대신하여 언급한 바 있다. 그의 『고사기전』(十四)에 의하면 기본적으로 현로사(あらはにごと)는 현인(現人)이 현실에서 드러나게 행하는 것, 즉 현세의 정사(政事)인 반면 유사(かくれたること)는 현실에 드러나지 않아 눈으로 볼 수 없는 신사(かみのこと)를 말한다.

그러나 노리나가의 경우 유사는 선한 신 무스비노카미(産靈神)와 악의 신 마가츠히노카미(禍津日神)처럼 귀납 이전에 구성된 아프리오리(a priori)한 개념이었다. 또한 그것은 선천적이므로 그만큼 애매한 개념일 수 밖에 없었다.[27] 심지어 그에게는 무스비노카미와 마가츠히노카미가 하는 일을 포함하여 현세에서 일어나는 것 모두가 신의(神意)에서 나온 것이므로 그것들도 결국 유사=신사에 지나지 않는다. 그는 사후의 불안이란 누구에게나 피할 수 없는 것이기 때문에 신도에서 사후의 안심이란 있을 수 없다고 주장한다. 유교와 불교에서 말하는 사후안심론은 모두가 꾸며진 것에 지나지 않으므로 신도에서는 그러한 안심을 인정할 수 없다는 것이다. 그가 생각하기에 죽음이란 누구에게나 슬픔 이외에 어떤 것일 수 없다. 그는 선인이건 악인이건 사람은 죽으면 누구나 예외없이 황천국으로 간다고 믿었기 때문이다. 더구나 그는 유불설(儒佛說) 등의 한의(漢意)를 비판하기 위해서도 안심의 문제에 대해서는 부정적이었다. 심지어 그는 안심이라는 것이 없다는 것이 "진정한 신도의 안심"(『全集』八, 526쪽)이라고 하여 <안심없는 안심론>을 주장할 정도였다.

---

27) 子安宣邦, 『宣長と篤胤の世界』, 88~89쪽.

그러나 아츠타네는 노리나가의 이러한 내세관과 부정적인 사후안심론에 대해서 매우 비판적이었다. 노리나가의 유사와 유명계의 개념이 아프리오리하고 추상적이며 막연했던 것과는 달리 아츠타네의 그 개념들은 실질적이었다. 노리나가가 유명계에 대해서 반한의적(反漢意的)인 강박관념으로 인해 반습합적이었던 데 반해 아츠타네는 그와 정반대였다. 그는 중국뿐만 아니라 인도의 문헌까지 섭렵하면서 나름대로의 신도적 세계관(습합신도)을 구축하기 위하여 유명계에 대해서도 노리나가보다 더욱 적극적인 관심을 보였다. 선경(仙境)이나 귀신 등 유명계에 대한 그의 관심은 일본고전에 대한 연구방법이자 신도적 세계관의 구축방법이었다. 그 때문에 코야스 노부쿠니는 아츠타네가 『선경이문』(仙境異聞)에서 중국, 인도 등 외국 고전과의 적극적인 습합을 통해 새로운 신도적 세계상을 구축하려한 시도를 가리켜 아츠타네학의 <수육화>(受肉化)[28] 과정이라고까지 표현한다.

아츠타네는 '선동인길(仙童寅吉)의 이야기'라는 별명이 붙어 있는 『선경이문』을 포함하여 『귀신신론』·『영능진주』·『고금요매고』·『승오랑재생기문』등 일련의 저작들의 책명에서부터 신이나 인간의 영혼, 그리고 요괴의 존재가 실재한다는 것과 그것들이 속한 유명계와 현세와의 연관관계속에서 마음의 안정을 구할 수 있다는 사실을 암시하고 있다. 코야스 노부쿠니도 선동인길의 이야기가 단지 아츠타네의 호기심에서 비롯된 것이 아니라 신이나 영혼의 세계와 인간이 살고 있는 현세와의 관계를 밝히려는 그의 강한 학문적 동기에서 비롯되었다는 것이 노부나가와 전혀 다른 점

---

28) 앞의 책, 128쪽. 코야스 노부쿠니가 아츠타네의 습합신도의 형성을 가리켜 신도적 세계상의 <수육화>(incarnation)라고 표현하는 것은 주목할만하다. 그는 반습합적인 노리나가의 황국신도와 차별화한 아츠타네의 습합신도를 단순한 문화적 융합현상(metamorphosis) 이상으로 간주하여 프로테스탄트에서 신의 아들 그리스도가 인류의 구원을 위해 예수라는 인간의 모습으로 나타난 소위 신의 현현(顯現) 과정에 비유할만 사건으로 인식한 것이다.

이라고 지적한다. 아츠타네는 사후 영혼의 행방을 밝힘으로써 <마음의
안정>을 얻을 수 있게 하기 위하여 『영능진주』를 저술했다는 점에서도
노리나가는 전혀 다른 문제의식을 가지고 있었다. 그의 관심은 귀신의 실
유(實有)와 마음의 안정(安心)을 밝히려는 데서 시작되었기 때문이다.

아츠타네는 귀신의 유무에 대한 유학자들의 논의에 대한 자신의 귀신
실유론을 증명하기 위하여 『귀신신론』의 내용을 일부 수정한 뒤 『신귀신
론』(新鬼神論, 1820)이라는 제목으로 다시 출판했다. 특히 그가 여기서 시
도한 것은 유교의 많은 한적들29)을 섭렵하면서 귀신의 실유에 대해 애매
한 입장을 보이는 정자(程子)·주자(朱子)·양용수(楊用修)·왕염(王簾)·
장횡거(張橫渠) 등의 유학자들을 적극적으로 비판하는 것이었다. 또한 그
는 오규 소라이를 비롯한 이토 진사이와 아라이 하쿠세키(新井白石)같은
일본 유학자들의 주장을 비판하기도 했다. 예를 들어 성인이 귀신를 다스
림으로써 그 백성을 통일한다는 말을 빌미로 한 소라이비판이 그것이다.
그것은 귀신을 존경하는 것이 본래 태어나면서부터의 인간의 정(情)이므
로 그 정을 토대로 하여 성인도 귀신제사의 방법을 제정했다는 소라이의
논리를 이용한 비판이었다. 다시 말해 성인도 그 정에 있어서는 일반인과
다르지 않다는 입장에서 성인신앙을 전제로 하는 유학자들의 주장을 그
는 거꾸로 적용하여 인정에 근거하여 귀신의 실재성을 증명하려 했던 것
이다.

사람들은 살아 있는 동안 누구나 가족 이외의 사람들과도 교제하며 정
감을 나누고 살아간다. 아츠타네가 생각하기에 이것은 죽어서 신령이 된
자와 살아 있는 자 사이의 관계에서도 마찬가지이다. 그는 신령의 정과 살
아 있는 자의 정이 다르지 않다고 생각한다. 살아 있는 자와 신령, 즉 유명
의 존재와 현세의 인간은 다른 차원의 존재이지만 그것들간에는 정으로

---

29) 그가 섭렵한 한적들은 『논어』, 『대학』, 『중용』, 『易』, 『예기』, 『장자』, 『淮南
子』, 『尙書』, 『毛詩』, 『家語』, 『史記』, 『左傳』, 『晉書』, 『漢書』, 『蒙求』, 『搜神
記』, 『五雜組』 등이다.

연결된 공동의 세계가 존재하기 때문이라는 것이다. 고전설(古伝説)에서 죽은 자의 영혼이 살아 있는 자의 주변에 머문다고 생각했던 것도 암암리에 신령의 실재를 믿었기 때문이었다.

『고금요매고』는 천구(天狗)의 실재를 믿는 아츠타네가 "큰 지혜를 가진 승려는 큰천구가 되고 작은 지혜를 가진 승려는 소천구가 되며 무지한 승려는 축생(畜生)의 길로 떨어진다"고 하면서 도쇼(道昭, 629~700)에서 호넨(法然, 1133~1212)에 이르기까지 고금의 명승 34인을 일일이 열거할만큼 배불적 의도를 가지고 쓴 것이지만 그보다는 고래로부터 신사(神事)를 강조하고 귀신의 모습을 실증하기 위해서 쓴 책이다.

이듬해에 쓴『선경이문』도 그가 선동인길의 언동을 믿고 그로부터 산 사람(山人)이 사는 선경(仙境)과 유사(幽事)에 대해 자세히 알고 싶었던 것들에 대한 질문을 기록하고 있다. 그러므로 그가 인길에게 물었던 질문도 선경의 사람들은 어떤 복장이나 침구를 사용하는지, 잠잘 때는 이불을 덮고 자는지, 이불을 무엇으로 만들었는지, 어떤 음식을 먹는지, 떡이나 차를 마시는지, 천구의 세계에는 여자가 있는지, 남색의 습관은 없는지, 천구는 모두 날개가 달렸는지, 그는 어떤 길로 다니는지와 같이 (현세의 이야기처럼) 매우 사실적인 것들이었다. 심지어 그는 천구의 실재에 대한 의문 이전에 '천구가 가물치뼈를 먹는지'와 같은 지엽적인 질문을 던짐으로써 천구의 실재성에 대한 의심의 여지를 남기려 하지 않았다.

인간의 재생담(再生譚)인『승오랑재생기문』은 아츠타네가 여덟 살짜리 소년 승오랑(勝五郎)으로부터 자신이 2년전에 천연두로 죽은 소년(藤藏)이었지만 재생했다는 이야기를 듣고 적은 책이다. 즉 그 소년의 영혼은 관속에서 빠져나와 백발을 길게 늘어뜨리고 검은 색의 옷을 입은 할아버지를 따라서 어딘지도 모를 높고 아름다운 초원으로 가서 놀았다는 것이다. 또한 그 소년의 영혼이 집에 돌아갔을 때는 어머니를 비롯해 누구도 자신의 목소리를 듣지 못하고 모습을 볼 수도 없다는 사실을 알게 되었지만 결국 백발의 할아버지로부터 집에 들어가 살라는 명령을 받고 마침내 승오랑으로 재생하게 되었다는 이야기였다. 아츠타네가 소년의 이러한 재생담을 듣고 그것을 사실로서 받아들인 것은 재생에 대한 유학자들의 부정에 반대하기 위한 것이기도 하지만 근본적으로는 『영능진주』 이래 그가 주장해온 유사의 실재성을 실증해 보이기 위해서였다.

한편 귀신실유설과 함께 아츠타네학의 독자성을 나타내는 유명론의 또다른 특징은 사후안심론(死後安心論)이다. 아츠타네는 인간이 죽은 뒤의 영혼의 행방을 알 수 있다면, 즉 영혼이 어떻게 될지를 알게 된다면 사후에 대한 염려에서도 벗어날 수 있다고 생각했다. 『영능진주』가 "고학하는 학도는 우선 대왜심을 견고히해야 하거늘 이는 견고한 마음이 없이는 도를 알지 못하기 때문이다. … 그러한 대왜심을 높이 고양시키려는 것은 그 영혼의 안정을 도모하기 위함이다"라는 서두로부터 시작하는 것도 그런 이유에서였다. 다시 말해 아츠타네가 대왜심을 강조하는 것은 그것이 곧 사후안심의 근거가 되기 때문이었다. 아츠타네에 의하면 사후 인간의 혼은 현세와는 떨어져서 볼 수 없는 오오쿠니누시노카미(大國主神)가 지배하는 유명계로 가게 된다. 사후의 영혼은 오오쿠니누시노카미의 명을 받아 현세와는 떨어져서 볼 수 없는 별세계(別世界)=황천에 안주함으로써 안정과 안심을 얻게 된다는 것이다.

그러나 안심에의 고대는 현재의 불안감과 그것으로부터의 탈출심리에서 비롯된 인간의 비상심리다. 죽음에 대한 불안의 경우는 더욱 그렇다. 말세일수록 민중은 정토극락을 더욱 고대하고 말법신앙에 빠져드는 것도 마찬가지 이유이다. 아츠타네가 사후안심론을 제기하는 것도 그러한 시대사정과 무관하지 않다. 당시 에도의 민중들 사이에서는 기존 권위의 동요를 지각하면서 새로운 지식을 추구하려는 욕구가 점증하고 있었기 때문에 박학다식한 지식인도 증가했다. 또한 불안정한 시대상황에 대한 사회적 불안심리는 백귀야행(百鬼夜行)의 세태와 거기서 파생되는 다양한 민간신앙의 출현을 낳기도 했다.[30] 이러한 민중심리를 공유하고 있는 아츠타네가 요괴나 천구같은 비현실적 괴이존재를 탐구하며 유명론이나 사후안심

론을 제시한 것도 민중의 일상적인 원망(願望) 속에 들어 있는 시대정신을
이론화하기 위한 것이었다.

2) 천주교의의 표절과 신신습합

유명론이나 사후안심론보다도 아츠타네학의 중층적, 또는 병존적 잡거
상황을 나타내는 더욱 두드러진 특징은 기독교와의 습합이다. 한마디로
말해 그는 동・서신도간의 신신습합(神神習合)을 시도한 것이다. 이점에
서도 아츠타네는 자신의 소망대로 노리나가와의 사제의 연(緣)을 인정받
기 어려웠다. 양자는 사상적 무정부상태[31]에 살았음에도 기독교의 수용과
습합에 주저하지 않았던 아츠타네와는 달리 노리나가는 아래와 같이 기독
교를 정면으로 부인하면서 反기독의 입장을 강하게 나타냈기 때문이다.
노리나가 말년의 저서로 알려진『답문록』(鈴屋答問錄)에 의하면, "기독교
라는 것은 남방에서 시작된 것으로서 서양의 국가들이 신봉하는 종교이
다. 본존을 천제(天帝=제우스)라고 하며 콘스탄츠(염주같은 것이가?)라는
것을 손에 들고 다니며 전도한다. 이러한 종교를 갖는 나라들은 금모래를
많이 가지고 있어서 비가 내리면 그것을 받을 수 있다고 한다. 다른 나라
를 빼앗으려고 우선 황금과 그 밖의 진귀한 물건들을 주민에게 보여주며
마음을 빼앗아 놓고 마술을 걸어 정신을 혼란하게 한 다음 기괴한 것을
보여주는 듯한 종교이다."

또한 노리나가는 "기독교라는 것은 여우신(狐神)을 사용하여 마법같은
것을 걸어서 기괴한 마술을 보여주기는 해도 전부 쓸모없는 것뿐이며 단
지 사람의 눈을 현혹시킬 뿐이다. 이러한 종교가 우리나라에 들어와서는
나라를 황폐하게 만들뿐이거늘 …"이라고 하여 강한 경계심을 내보이는

---

30) 沼田 哲, '鬼神・怪異・幽冥―平田篤胤小論―',『日本近世史論叢』下卷, 吉川
　　弘文館, 1984, 316쪽.
31) 모토야마 유키히코(本山幸彦)는『本居宣長』(1978, 14쪽)에서 이미 모토오리
　　노리나가의 시대를 가리켜 <사상적 아나키의 시대>라고 규정한다.

가 하면, "기독교국가에서는 법으로 나라를 다스린다고 하는 데, 이는 중국이 자국의 법도를 가지고 나라를 다스리는 것과 마찬가지이다. 신을 이용하여 이상야릇한 술수를 쓰는 법도 여러 가지 있지만 모두가 해악을 끼치는 신의 술수일 뿐"이라고 단정하기도 한다.

그러나 노리나가의 일관된 반기독·반습합 입장과는 달리 아츠타네는 자신의 사상적 습합성을 나타내는 중층과 잡거를 대표할만큼 기독교 교의에 대해 호의적·습합적 입장이었다. 무엇보다도 그가 읽은 기독교 서적인 예수회 선교사 마테오 리치(Matheo Ricci, 利瑪竇)의 『기인십편』(畸人十編)과 알레니(Giulio Aleni, 艾儒略)의 『삼산논학기』(三山論學記), 그리고 후안 판토하(Juan de Pantoja, 龐迪我)의 『칠극』(七克)을 의역(意譯)하여 습합한 천주교의 신도화(神道化)가 그것이다.32) 일찍이 그는 31세때(1806)에 이 세권의 책을 읽고 그것들의 내용과 용어를 신도에 맞게 고치거나 의역하여 자신의 습합신학서인 『본교외편』(本教外編)을 두권으로 출간했다.

〈『본교외편』속의 기독교〉

여기서 우선 그가 바꿔 사용한 『기인십편』의 몇몇 용어만을 열거하더라도 다음과 같다. 그는 천주교를 '본교'로 개명하고 『기인십편』의 내세응보설을 주로 기록하여 이를 '외편'이라고 명명했다. 또한 천주(天主)를 천신인 아마츠카미(天つ神), 천조신(天祖神), 황조신(皇祖神) 등으로 고치고 천지주재(天之主宰)도 유사(幽事)로 바꿨다. 문답체로 되어 있는 『기인십편』에서 질문자의 고유명사를 그는 모두 '혹자'나 '한학자'라고 부르고 마

---

32) 아츠타네가 기독교로부터 받은 영향을 언급한 글 가운데 대표적인 것은 村岡典嗣의 「平田篤胤に於ける耶蘇教の影響」『日本思想史研究』(岩波書店)이다. 三木正太郎는 그 글에 기초하여 「幽冥觀と耶蘇教」『平田篤胤の研究』(神道史學會)를 芳賀 徹는 「平田篤胤と洋學」『日本人の西洋發見』(中公叢書)에서 '篤胤の借用した西洋神學の知識'을 통해 아츠타네학의 기독교신학과의 습합을 소개했다.

테오 리치의 대답도 아츠타네 자신의 것으로 고쳤다. 또한 천당과 지옥을 천국과 근국(根國)으로 의역하는가 하면 천지주(天地主)에 대해서도 천신과 유신이나 유명신(幽冥神)이라는 두 개의 용어를 사용했다.

내용에서도 그는 『기인십편』에서 "생전에 악을 행한 자는 천형을 자초하여 천주의 위엄으로부터, 천주의 심판하에 한없는 고통과 고난을 겪게 된다"는 기록을 고쳐서 "천신의 본교를 어긴 죄에 대해서는 유명신의 심판을 받는다. 선한 자는 유명신의 신판(神判)이 있은 후 그의 안내에 따라 천상에로 올라간다. 또한 천신의 명을 받아 이 국토의 유명계와 천상 사이를 왕래할 수도 있다. 이에 반해서 악한 자는 황천국(予美都國)으로 쫓겨나 끝없는 고통을 겪게 된다"고 기록하고 있다.

또한 아츠타네는 예수회 선교사 알레니와 복주(福州)의 유생과의 문답체로 된 『삼산논학기』를 기초로 하여 쓴 『본교외편』 제2부에서도 알레니의 대답을 모두 자신의 것으로 고쳐놓았다. 용어에서도 그는 '조물주'를 무스비노오오카미(產靈大神)나 유명대신(幽冥大神)으로 번역하여 자신의 유명관을 나타내려 했는가 하면 천당과 지옥도 아마츠노쿠니(天つ國)와 요미노쿠니(夜見國)로 고쳤고 「성경고명론」(聖經古名論)도 「본교고전」(本敎古伝)으로 바꿨다. 내용에서도 그는 사람에게 선을 행하라고 주문한 이가 천주이며, 사후의 영혼을 맞아서 심판하는 이도 천국을 주재하는 천주 일신뿐이라는 표현을 일본의 고전에 기초하여 사람에게 영성을 부여한 이는 무스비노카미이며, 유명대신이 사후의 심판을 담당한다는 기록으로 대신했다. 아츠타네가 이 책에 주목하는 이유는 알레니가 천당과 지옥을 들어 내세의 운명을 강조한 데 있다. 아츠타네가 사후의 운명은 유명대신의 심판으로 결정된다고 주장한 것도 사실은 알레니가 현세에서 행한 선악에 대해 천주의 심판으로 내세의 운명이 결정된다는 천주교의 내세주의을 차용(借用)한 것이었다.

아츠타네의 『본교외편』의 하권 제5부는 판토하의 『칠극』과 크게 다르지 않다. 특히 이 부분은 아츠타네가 『칠극』의 중간 이후부터 원전의 뜻을 훼손하지 않는 범위에서 임의로 발췌하여 의역했기 때문에 더욱 그러하다. 여기서도 그는 마테오 리치나 알레니의 책에 나오는 용어들과 마찬가지로 의역하지만 그리스도(賢理瑣)나 아리스토텔레스(亞利思多) 등과 같은 서양인명과 '천주성경'처럼 직접 기독교를 나타내는 단어는 생략했다. 그러면서도 그는 여기에서 죄의식, 속죄, 참회, 간음욕에 관한 단어들을 그대로 사용하기도 했다.

지금까지 아츠타네가 기독교 서적 세권에 기초하여 저술한『본교외편』의 내용을 미키 쇼타도(三木正太郞)는 다음과 같이 요약하여 정리한다.

ⓐ 천지의 주재신은 만유에 앞서 존재하며, 무에서 만유를 창조한다.

ⓑ 사람이 죽으면 형체는 흙으로 돌아가지만 영성은 불멸하여 반드시 유신의 신정(神庭)으로 나가 심판받는다.

ⓒ 유신의 신판(神判) 결과, 선한 사람은 천상으로 올라가 영원히 국토를 왕래할 수 있지만 악한 사람은 황천국으로 쫓겨나 한없는 고통을 겪는다.

ⓓ 사람은 겉모습만 보고 선인과 악인을 구별하지만 천신은 속속들이 남김없이 파악한다.

ⓔ 사람의 본세(本世)는 현세에 있지 않고 유세에 있으며, 현세의 쾌락은 거짓쾌락인데 반해 유세의 참된 복은 지순지대(至純至大)하여 영원하다.

ⓕ 선하지 않은 자에게 유신의 세복(世福)을 허락하는 것은 은덕을 받음으로써 마음을 고치도록 움직여 재범하지 않게 하기 위함이고, 선한 자에게 화(禍)를 당하게하는 것은 그를 단련시켜 덕기(德器)를 이룸으로써 진정한 복을 누릴 수 있게 하기 위함이다.

ⓖ 道에 뜻을 둔 사람은 언제나 죽음을 생각하며, 언제나 그것을 강습토론하여 덕행을 쌓고 죽음에 이른다면 안심할 수 있다.

ⓗ 유신의 심판에 임하여 오만함을 보인다면 덕을 잃는 것이고 겸손을

보인다면 죄를 면하는 것이다. 그러므로 겸덕(謙德)을 무엇보다도 중요시해야 한다.

ⓘ 겸덕에 이르기 위해서는 일곱 단계가 있지만 우선 자기가 죄인이라는 사실을 아는 것이 첫 번째다.

ⓙ 가난·질병·치욕·손실·재해를 참고 견디며 다른 사람의 심판을 기다리지 않고 아침 저녁으로 신단에 조아려 자책과 죄책하며 속죄해야 한다. 인덕(忍德)은 흉화(凶禍)를 길복(吉福)으로 바꾸게 하는 것이다.

ⓚ 상제를 사랑하고 영신(靈神)을 섬겨라. 남에 대한 사랑을 자기 사랑처럼 해라. 본신(本身)을 사랑하는 것이 중요하다.

ⓛ 부녀자를 엿보려는 것은 마음속으로 간음하는 것이며 음욕에 따르면 죄가 된다. 마음의 절도를 잘 지켜 음욕을 진정하여 죄와 벌에서 벗어나고 여러 덕을 쌓는 것이 중요하다.

ⓜ 정조란 음욕을 끊는 것이며 일부일처의 올바른 관계를 지키고 일생 동안 동정(童貞)을 지키는 것이다. 홀아버지와 과부를 재가시키지 말라.

ⓝ 육체는 죽으면 흙으로 돌아가더라도 재생하여 본세의 신령과 함께 천당으로 올라가 경복(慶福)을 받는다.[33]

이상에서 보았듯이 아츠타네의『본교외편』은 자신의 신도관으로 포장했을뿐 당시 그가 읽은 기독교 서적의 축소판이라고 해도 좋을만큼 기독교 교의 안내서이다. 그러나 기독교의 영향은『본교외편』에만 나타난 것이 아니다. 무라오카 츠네츠구의 주장에 따르면『고사전』(古史伝)에서도 그 영향이 재현되었기 때문에 특히 유명론에 있어서『본교외편』과의 내용적인 관련성을 명료하게 지적할 수 있다는 것이다.

---

33) 三木正太郎,『平田篤胤の研究』, 神道史學會, 1969, 207~208쪽.

〈『고사전』속의 기독교〉

『고사전』에서 오오쿠니누시노카미(大國主神)에 관한 주석 가운데 유명에 관한 것들을 열거하자면 다음과 같다.

㉠ 사람이 죽으면 형체는 흙으로 돌아가지만 그 영성은 없어지지 않고 유명에로 돌아가 오오쿠니누시노카미의 다스림에 따라 자손을 수호한다.

㉡ 현세에서 사람의 선악은 누구도 판별할 수 없지만 유명계를 다스리는 대신은 사람의 행동과 마음을 잘 꿰뚫기 때문에 현세의 일을 응보한다. 유명에 들어온 영신(靈神)의 선악을 판별하여 상벌을 내리고 영혼의 행방을 결정한다.

㉢ 현세에서 선인과 악인에 대한 화복이 올바르게 행해지지 않는 것은 요신사귀(妖神邪鬼)의 소행에서 비롯된 것임에 틀림없다.

㉣ 유명대신이 요신(妖神)의 소행을 간과하는 것은 선한 자가 재난에 처하더라도 선한 뜻을 바꿀지 어떨지를 시험하는 것이며 악한 자에게 복을 주는 것도 거짓으로 복을 줌으로써 그 오만함이 더해지는지를 시험하는 것이다. 사람으로 하여금 참으로 덕행에로 나아가게 하여 복받도록 하는 것이 유사의 본교이다.

㉤ 현세의 부와 낙은 진정한 복이 아니다. 현세의 빈고는 진정한 재앙이 아니다. 덕행에 힘쓰는 자는 유세에 들어가서 진정한 복을 얻을 수 있으며 놀이에만 빠지는 자는 영원히 대신의 벌을 받아 진정한 재앙을 면할 수 없다.

㉥ 덕행에 뜻을 둔 자는 그 생각과 행동을 자성하고 자책하며 명예에 대한 훼손이나 보상과 무관하게 신의 보살핌을 경외하며 덕행에 힘쓰라.

㉦ 이 세상은 사람의 선악을 시험하기 위해 잠시 생명이 부여되어 머무르는 세상(寓世)이므로 사람에게 본세상은 유세이다. 사람이 유세에

들어가면 무궁하다.

◎ 명부란 이 세상(顯國)의 밖에 따로 있는 어떤 지역이 아니다. 이 세상 어디라도 신정(神廷)을 세우고 유사를 다스리는 곳이 될 수 있다. 그 본정은 이즈모대사(出雲大社)이다. 유(幽)와 현(顯)의 구별은 유로부터 현을 볼 수 있지만 현에서 유를 볼 수 없다는 데 있다.[34]

여기서도 보았듯이 아츠타네의 모든 관심은 사후영혼의 행방에 집중된 유명계에 관한 것이었다. 『본교외편』 이후 10년이 더 지났음에도 기독교의 내세관에 기초한 아츠타네의 유명관은 유신의 심판·내세본위의 현실인식·인과응보의 영혼관 등 달라진 것이 없다. 이를 두고 미키 쇼타로(三木正太郎)는 아츠타네의 사상체계 속으로 기독교 교의의 도입과 융합이라고 평한다. 그런가 하면 하가 토오루(芳賀 徹)는 기독교 교의의 '차용'(借用)이라고 표현한다. 더구나 코야스 노부쿠니는 습합보다 더욱 적극적인 결합양상을 의미하는 '수육화'(受肉化)라는 단어를 사용한다. 융합이나 차용은 습합의 과정일 수 있지만 수육화는 습합보다 동질화에 가깝다. 코야스 노부쿠니가 생각하기에 아츠타네의 유명론은 기독교의 내세관과 차이를 구별하기 어려울만큼 동화되어 있기 때문이다. 그러나 그것은 단순한 동화도 아니고 수육화도 아니다. 정확히 표현하자면 그것은 표절(剽竊)이다. 특히 '수육화'(incarnation)라는 규정은 표절을 근원적으로 미화하기 위한 위장용어에 지나지 않는다. 『본교외편』과 『고사전』은 표절로 각색된 의사신학(擬似神學)이자 위장신도론(僞裝神道論)일뿐이다.

3) 국학적 범신도주의

수육화는 잡거나 중층화로 이뤄지는 것이 아니다. 그러나 아츠타네학의 습합양상을 수육화로만 규정할 수는 없다. 그 안에는 인도나 중국고전과

---

34) 앞의 책, 212~213쪽.

464 / 제3부 습합과 반습합

의 중층적 결정도 있고 잡거적 습합도 있기 때문이다. 아츠타네가 "지금
은 예전과 달리 이 세상에 나타난 것이 많다. 예전에는 알지 못했던 신의
세계에 대해서도 이제는 차차 밝혀지고 있다. 외국의 수많은 것들이 해를
거듭할수록 이 세상에 밝혀지니 이 역시 모두 신의 뜻이로다. 신의 영역까
지도 모두 이 세상에 알려지니 소위 세상의 이치가 바뀌어가는 것을 차차
느낀다."35)고 고백한 이유도 거기에 있다. 또한 거기에는 코야스 노부쿠니
가 아츠타네학을 '국학적 범신도주의'로 규정하는 단서도 있다.

코야스가 아츠타네학을 그렇게 평가하는 것은 아츠타네가 인도나 중국
의 고전설과 심지어는 서양의 천문·지리설까지도 자신의 것에 포용한 뒤
그것들을 『기기신화』(紀記神話)와 같은 이른바 <진정한 고설>(眞古說)의
잔영으로 삼음으로써 일본의 고설을 세계의 유일한 것이라고 주장했기 때
문이다. 그는 이러한 국학적 범신도주의를 아츠타네학이 지닌 '의사보편
성'(擬似普遍性)이라고도 표현한다. 또한 근대일본의 국체론 속에 잔해를
남긴 아츠타네의 이데올로기적 표현이라고도 주장한다.36)

그러나 아츠타네가 특히 마테오 리치와 알레니, 그리고 판토하의 기독
교 교의마저도 모두 자신의 신도 속으로 끌어들여 자신의 주장으로 둔갑
시키려 했던 것마저 국학적 범신도주의와 의사보편성으로 치부(置簿)될
수는 없다. 그것은 지나친 국수주의가 낳은 기독교 교의의 도용(盜用)임이
분명하기 때문이다. 지나치게 표현하자면 그것은 표절과 도용에 대한 도
덕적 불감증에 빠질 정도로 아츠타네의 국수주의적 나르시시즘이 얼마나
심각한 것이었는지, 그리고 그것에 대한 코야스 노부쿠니의 평가가 얼마
나 우호적이었는지를 보여주는 실례에 지나지 않는다.

---

35) 『平田篤胤全集』 제3권, 「仙境異聞」, 平田學會, 1911, 1쪽.
36) 子安宣邦, 『宣長と篤胤の世界』, 212쪽. 이점에서 그는 와츠지 데츠로가 아츠
    타네를 가리켜 "일본이 세계의 기본이며 일본신화에 나오는 신들이 전 우
    주를 주재한다는 광신적인 국수주의 신앙을 뿌리내리게 한 변절자"라고 비
    난하는 것과 맥을 같이 한다.

V. 결 론

사상과 철학을 가리켜 시대정신의 반영이라고 한다면 아츠타네학은 그
것에 충실한 사상이고 철학이다. 시대정신을 비추는 반사경으로서, 역사
의 변화를 흡수하는 스폰지로서, 그리고 민중의 의식을 대신하여 담고 있
는 싱크탱크로서의 아츠타네학은 자기시대의 사상지도같고 시대사상의
모형전시실같다. 그 안에는 그 시대가 고뇌한 여러 가지 정신과 사조가 담
겨 있기 때문이다. 다시 말해 거기에는 중층과 잡거가 있는가 하면 차용과
도용이 종합적으로 습합되어 있다.

무라오카 츠네츠구는 아츠타네의 전체적인 학문적 태도를 가리켜 "객
관적이라기보다 주관적이고, 실증적이라기보다 추리적이다. 또한 귀납적
이라기보다 연역적이고 역사적이라기보다 철학적이다"라고 평한다.[37] 그
가 객관적이고 실증적이며 귀납적이고 역사적인 노리나가학과는 반대로
아츠타네학을 주관적이고 추리적이며, 연역적이고 철학적이라고 평하는
것도 거기에는 대왜심의 이데올로기를 지향하기 위한 선별적인 중층과 잡
거, 자의적인 차용과 도용이 종합적으로 이뤄져 있기 때문이다.

무라오카 츠네츠구에 의하면 "아츠타네학은 도의학, 신학, 철학 등을 주
장하는 규범학적 道學, 즉 황국주의를 추구했지만 반드시 순수한 국학만
을 추구했던 것은 아니다. 그는 노리나가가 물리쳤던 유불, 또는 서양사상
이나 이론을 배우고, 유·불·양(洋)을 모두 섭취하는 방법으로 자신만의
古道를 성립하려 했다."[38] 아스카이 마사미치(飛鳥井雅道)도 아츠타네학
이 대왜혼을 강조하기 위해 지나치게 이데올로기적이었다고 할지라도 그
것에 대한 통일적·종합적 이해의 필요성을 다음과 같이 구체적으로 주장
한다. 그에 의하면 "규범학의 제창자인 아츠타네와 귀신요괴에 몰두하는

37) 村岡典嗣,『宣長と篤胤』, 47쪽.
38) 앞의 책, 220쪽.

아츠타네를 구별해온 연구사는 그가 남긴 두 가지 측면 가운데 어느 한쪽
만을 강조해온 것에 지나지 않는다. 아츠타네의 발상에서 보면 이것은 두
가지 측면이 아니라 하나의 정신적인 발상으로 통일되어야 할 것이다. 이
는 마치 네델란드의 지구의에서 배워야 할 것과 이즈모(出雲)의 마츠리에
대하여 연구한 18세의 신동(寅吉)에게서 배워야 할 것이 서로 같은 하나의
정신에서 출발한 것과 같은 이치이다"39)라는 것이다.

혹자는 아츠타네의 종합적인 융합을 견강부회라고 혹평한다. 그런가 하
면 어떤 이는 아츠타네학이 지니고 있는 불가피한 혼돈의 요소들을 19세
기 전반의 특수한 일본사정이 낳은 결과라고 두둔하기도 한다. 아츠타네
학 안에는 그만큼 논리적 상충과 모순이 빈발해 있기 때문이다. 호시야마
쿄오코(星山京子)도 한 사람의 사상체계가 이처럼 혼돈스러운 이유를 당
시의 동요하는 민심에 대해 현세에서 안심할 수 있는 정신적 지주를 심어
주려는 애국애족의 발로에서 찾는다.40) 위험부담을 각오하며 감행한 습합
이었으므로 이제라도 그에게 면죄부를 주어야 할 뿐만 아니라 역사적 보
상이 필요하다는 것이다. 아츠타네학에 대한 편견없는 통일적·종합적 이
해가 그것이다.

---

39) 飛鳥井雅道, '思考の樣式―世界像への試み―', 『化政文化の硏究』林屋辰三郎
編, 岩波書店, 1976, 493쪽.
40) 星山京子, 앞의 책, 121쪽.

제13장

화혼(和魂)의 양혼화

— 화혼양재(和魂漢才)에서 양혼양재까지 —

'서교의 유입과 사상지도의 변화—동서사상의 중층적(重層的) 결정의 서막으로서—'이다. 이것은 1583년 9월 10일 중국의 조경(肇慶)에 도착한 마테오 리치의 『천주실의』로 상징되는 이른바 '합유책략'(合儒策略)이 동서사상의 중층적 결정의 서막이었음을 시사하는 제목이었다. 이 때부터 시작된 동아시아에서의 문화융합과 변형은 4백년간 계속되었고, 결국 이 지역의 사상지도를 변화시키기에 이르렀다.

서구의 도전에 대한 동아시아의 응전은 위기에 대한 대처였으므로 서구문화의 전략적 수용과 병합의 방식일 수 밖에 없었다. 한국은 물론이고 중국과 일본에서도 '동도서기'(東道西器)의 문화융합(cultural metamorphosis)은 그렇게 해서 생겨난 것이다.

I. 『해국도지』와 동아시아의 문화

청말의 위원(魏源, 1794~1857)이 편찬한 『해국도지』(海國圖志)는 일종의 자위적(自衛的) 문화항체(cultural antibody)이다. 항체(抗體)란 본래 항원에 대해 특이하게 생성된 면역체이다. 『해국도지』가 문화항체인 이유도 바로 그것이다. 그것은 이 책이 서양문화의 감염으로 신음해오던 중국문화속에서 인위적으로 생성된 면역체이기 때문이다. 그런 점에서 이 책은 인위항체(artificial antibody)라고 말할 수 있다. 그런가 하면 이 책은 양이(洋夷)를 막기 위해서는 과감하게 서양의 장기(長技)를 습합해야 한다는 해방론적(海防論的) 취지에서 쓰여졌으므로 저지항체이자 차단항체(blocking antibody)라고도 말할 수 있다.

위원은 본래 청말의 관리였지만 일찍이 공양학(公羊學)에 심취하여 경학(經學)도 치학(治學)으로 여기며 경세치용의 학자적 면모를 지닌 인물이었다. 33세(1826) 때에는 청조의 창건 이래 내정에 관한 의견이나 정책을 수집하여 그것을 그 이후의 통치지침으로 삼기 위해 하장령(賀長齡)이 쓴 『황조경세문편』(皇朝經世文編)의 편찬에 참여하게 되었다. 이것이 바로 그를 중국의 인위적인 문화항체의 제공자로 만드는 결정적인 계기였다. 이때(1829) 그는 날로 쇠퇴하는 청조의 국운을 깨닫고 국운회복의 길을 모색하기 위한 자신의 구상을 책으로 남기기로 결심했다.

이러한 결심의 실천에 더욱 박차를 가하게 한 것은 그 와중에 일어난 아편전쟁이었다. 아편전쟁이 일어나자 자신도 직접 흠차대신 임칙서(林則徐)를 도와 영국군에 대항했지만 패배의 자책으로 자살하는 절친한 전우 유겸(裕謙)의 죽음까지 체험해야 했던 그는 패전의 비통함에 빠져 있는 국민의 민족적 정체성을 회복시킬 수 있는 책을 하루 빨리 출판하려 했다. 이렇게 해서 아편전쟁이 끝난 직후(1842) 14권으로 출판된 책이 바로 『성무기』(聖武記)이다.

그러나 『성무기』의 완성은 『해국도지』의 출간 예고나 다름없었다. 1843
년에는 그가 임칙서에게서 빌려온 자료들로 역대의 사표(史表), 明 이래의
도지(島志), 그리고 이국(夷國)과 이어(夷語)를 보완하면서 『해국도지』의
편찬을 서두르고 있었기 때문이다. 결국 이 책은 이러한 노력 끝에 이듬해
인 1844년 12월 3일 50권의 방대한 분량으로 출간되었다. 이 책은 기본적
으로 만국지리서이지만 세계 각국의 지리 뿐만 아니라 각국의 역사를 비
롯해 정치·경제·종교·교육 등 당시의 세계사정(世界事情)을 종합적으
로 알리는 인문지리서이다.

이 책의 주요 내용인 「사주지」(四州志)는 1500쪽에 달하는 휴 머래이
(Hugh Murray)의 *An Encyclopaedia of Comprising a Complete Description of the Earth,
Physical, and Political,* (1834, 3 vols.)을 원덕휘(袁德輝)가 『四州志』라는 제목
으로 한역한 책을 1/20로 요약한 것이었다. 그 밖의 내용도 대부분 당시
중국에 온 많은 선교사들이 쓴 한역서학서에 지도나 도표를 첨가하면서
편집한 것들이었기 때문에 이 책은 위원이 직접 쓴 것이라기 보다 서양인
들이 쓴 것들을 종합하여 편찬한 자료집에 가깝다. 그 뒤 1847년 60권으로
증보된 개정판에 이어 1852년에는 최종의 정본(定本) 100권이 나왔지만,
이것도 포르투갈인 마키스(Machis: 馮吉士)의 『지리비요』(地理備要)와 미국
인 브리지만(E. Bridgman: 高理文)의 『합성국지』(合省國志)에 의존해 증보
된 것이다.

『해국도지』는 아편전쟁 패배의 충격이 가져온 지적 반사작용이다. 그러
므로 이 책의 편찬속에는 현실에 대한 치욕적 인정과 동시에 그것의 극복
을 위한 지적 야심도 도사리고 있다. 즉 "오랑캐(夷)로써 오랑캐를 누른다"
또는 "오랑캐의 장기를 모범(師)으로 삼아 오랑캐를 제압한다"와 "오랑캐
로써 오랑캐를 두드린다"는 두 가지 대서방 전략으로 이 책을 편찬했기
때문이다. 전자가 중국의 전통적인 원교근공(遠交近攻)의 전략이라면 후
자는 호시(互市)·의관(議款)의 통상전략이다. 그러므로 전자의 입장에서
이 책을 해독한 이들이 서양문명의 수용과 습합에 적극적이었던 양무파

(洋務派)였다면, 후자의 입장에서 이 책에 공감한 이들은 양이론에서 개국론으로 전환하면서 서구문명의 수용을 통해 민본적 정치체제로의 일대 변혁을 시도한 변법파(變法派)였다.

어쨌든 이 책의 출간은 자족적 문화의 전통속에서 중화중심주의에 빠져 있던 중국인에게는 획기적인 사건이 아닐 수 없다. 이 책은 1806년 나폴레옹 군대에게 국토가 유린당한 뒤 피히테가 행한 '독일국민에게 고함'(1808)을 연상시킬 만큼 19세기말 충격과 실의에 빠진 중국인들에게 위원이 전하는 '중국국민에게 고함'이었다. 위원을 가리켜 중국사상사에서 '패러다임의 전환자'[1]라고 부르는 이유도 거기에 있다. 후한(後漢) 이후 현실을 상대화하거나 무화(無化)하는 전통적인 쇠퇴의 패러다임에서 진보의 패러다임으로 전환시킨 그의 사상은 중국사상사에서 또 하나의 '변화의 사상'이고 '진화의 사상'이었기 때문이다.

그러면 『해국도지』가 조선에는 언제 들어왔을까? 조선에 이 책이 처음 들어온 것은 1845년 3월 28일 사은사 겸 동지사(冬至使)로서 중국에 갔다 돌아온 호조참판 권대긍(權大肯)에 의해서였다. 그 이후에도 중국에 다녀오는 사절들은 이 책을 계속 들여와 왠만한 권세가나 지식인들의 소장이 가능했을 정도였다. 김정희(金正喜, 1786~1856)도 『완당선생전집』(阮堂先生全集) 권3에서 "海國圖志 是必需之書"라고 하여 이 책을 필수적인 도서로 간주했다. 또한 허전(1792~1886)의 『성재집』(性齋集) 권16에 있는 「해국도지발」(海國圖志跋)의 마지막에 '故略抄其槩 以資考閱云爾'라고 쓰여 있는 것으로 미루어 보아 조선에서는 이미 『해국도지』의 요약본도 간행되었음을 알 수 있다.[2]

한편 이 책은 서세동점의 위기의식속에 있던 조선 지식인들의 지적 패러다임을 어떻게 전환시켰을까? 앞에서도 보았듯이 최한기는 이 책을 통

---

1) '魏源—パラダイムの轉換者', 日原利國, 『中國思想史』下, 358~366쪽.
2) 李光麟, '『海國圖志』의 한국전래와 영향', 『韓國開化史硏究』, 일조각, 1969, 5~6쪽 참조

해 홍대용의 지구자전설을 지구자전·공전설, 즉 태양중심설로 발전시킬 수 있는 정보와 지식을 제공받았다. 1857년에 그가 『지구전요』를 쓸 수 있었던 것도 이 책 때문이었다. 신미양요 직후인 1872년 박규수가 사은사로 중국에 다녀온 뒤 젊은이들에게 해외에 관한 관심과 이해를 촉구하면서 필독하도록 권장한 책도 이것이었다. 유길준·김윤식을 비롯한 박규수의 제자들인 초기 개화파 인물들이 간접적으로나마 세계에 관한 견문을 넓힐 수 있었던 것도 이 책 때문이었다. 결국 이 책은 19세기 조선의 지적 패러다임을 척사양이(斥邪攘夷)에서 동서회통(東西會通)에로, 즉 항생(抗生: antibiosis)에서 공생(共生: symbiosis)에로 전환시키는 길잡이 역할을 했다.

이러한 사정은 일본의 경우도 크게 다르지 않았다. 일본에 이 책이 처음 들어온 것은 중국에서 출판된지 7년이 지난 1851년이었다. 그것은 기독교에 대한 극도의 탄압을 지속해왔던 도쿠가와 막부가 이 책의 내용 가운데 기독교에 관한 것, 이른바 '御禁制之文句'가 들어 있다는 이유로 반입을 허가하지 않았기 때문이었다. 뒤늦게 도입된 것도 어소(御所)의 문고용처럼 일반인이 접할 수 없는 세 곳에만 비치되었다. 이것의 정식 수입이 허가된 것은 미국의 페리제독이 동인도함대를 이끌고 우라가(浦賀)에 입항한 이듬해(1854년 9월)에 미일강화조약이 체결된 뒤의 일이었다. 이 때 수입된 15부 가운데 7부는 막부용이었고, 나머지 8부는 경매되어 처음으로 일반인의 손에 들어갈 수 있었다. 그러나 막부 말기에 이르면 막부의 보관용도 당시 오사카 봉행소의 감정봉행(戡定奉行)의 지위에 있었던 카와지 토시아키라(川路聖謨)가 사재를 들여 스하라야 이하치(須原屋伊八)에게 번역출판케 함으로써 한문을 해독할 수 없었던 일반인에게 그 내용이 공개되는 계기를 맞이했다. 메이지 원년(1868년)에 이르기까지 3년간 번역된 『해국도지』는 무려 23종에 이를 정도로 이 책은 널리 보급되었다. 특히 1832년 타가노 치요에이(高野長英)·와타나베 카잔(渡辺華山) 등 개명한 학자들이 세계정세를 설명하면서 막부통치를 비판하는 그룹을 결성하자 쇄국이라는 대외강경책을 강화하기 위해 이들을 투옥한 사건인 이른바

'만사의 옥'(蠻社の獄) 이후 세계정세에 관한 정보가 차단된 상황이었기 때문에 이 책은 빠른 속도로 대중화될 수 있었다.

이러한 사정은 당시의 지식인들에게도 마찬가지였다. 1870년 후쿠자와 유키치의 『서양사정』(西洋事情)이 간행되기 이전까지만 해도 그들의 세계 인식이나 서양에 대한 이해는 중국어로 된 서적을 통해서 얻을 수 밖에 없었고 그것을 대표할 만한 것이 바로 『해국도지』였다. 그러므로 위원의 『성무기』나 『해국도지』의 수용을 적극적으로 강조한 당시의 변법파 하시모토 사나이(橋本左內)는 이것을 가리켜 단지 사물의 교역만이 아니라 '지혜의 교역'이라고까지 표현한 바 있다.[3] 사쿠마 쇼잔(佐久間象山)을 중심으로 한 막말(幕末)의 양무파, 즉 화혼양재론자들이 『해국도지』의 수용에 활발했던 것도 마찬가지 이유에서였다.

II. 중서절충론으로서 중체서용론

밀폐된 관(棺)에 보관되어 있던 미이라가 신선한 공기에 노출되면 그 형체의 훼손이 시작되듯이 19세기 중국의 경우가 그러했다. 중국은 본래 미이라처럼 문화적으로나 정치적으로나 자기완결적인 통일체, 즉 하나의 자족적 세계로서 존재해왔다. 그러나 세계문화의 중심으로서의 중화는 서세동점의 상대와 강도변화에 따라 훼손이 불가피해졌고, 이에 대한 중화중심주의의 대응도 이무(夷務)→양무(洋務)→변법(變法)운동으로 바뀌어갈 수 밖에 없었다.

영국·프랑스와의 두차례 전쟁을 치르기 이전까지만해도 중국은 위원(魏源)이나 임칙서(林則徐)와 같은 일부 선각자들의 계몽과 경고가 있었음

---

3) 源 了圓, '幕末日本における中國を通しての「西洋學習」─『海國圖志』の受容を中心として─', 『日中文化交流史叢書 3』, 思想, 大修館書店, 1995, 324~344쪽 참조.

에도 불구하고 서양이라는 존재를 단지 이적(夷狄)으로만 여겼을 뿐이다. 그러나 1856~1860년의 제2차 아편전쟁으로 중국은 서양에 대한 인식을 달리 하기 시작했다. 1861년 급기야 서양국가들을 상대할 총리아문(總理衙門)을 설립함으로써 중국은 이무에서 양무로 정책전환을 시도한 것이다. 이것은 중국정신사에서 일대 사건이 아닐 수 없다. '밖으로의 사고'를 생각할 수 없었던 중국인의 사고방식에 일대변화가 일어났기 때문이다. 서구의 충격으로 중국인들은 부강한 서양의 실질적인 힘을 배우기(洋務)에 힘쓰지 않으면 안된다고 생각하기 시작한 것이다.

그러나 이 때부터 중국은 일찍이 경험해보지 못한 전통적인 사상체계와 외래문화와의 갈등과 긴장이라는 피하기 어려운 문화충돌을 경험해야 했고 그것을 극복하기 위한 지혜도 동원하지 않을 수 없었다. 이러한 상황인식과 논리의 산물이 바로 '중체서용론'(中體西用論)이다. 한마디로 말해 그것은 중학(中學)과 서학(西學)의 긴장을 완화하기 위해서는 양자의 관계를 体와 用, 또는 道와 器로 설명하자는 절충론이었다. 한편으로 서학의 수용을 정당화하면서도 다른 한편으로는 그것의 범위를 한정하자는 일종의 문화적 절충주의가 제기된 것이다. 예를 들어, "형이상(形而上)인 자는 중국이고 道로써 승리한다. 형이하(形而下)인 자는 서인(西人)이며 器를 가지고 이긴다. 만일 서인만을 칭송하고 자신을 지키기에 소홀히 한다면 그것은 다스림의 본원을 알지 못하는 것이다"라는 주장이 도기론(道器論)에 기초한 왕도(王韜, 1829~1897)의 중체서용론이었다. 그런가 하면 "중학은 그 本이고 서학은 그 末이다. 중학을 主로 하며 서학은 그 보(輔)가 된다"는 정관응(鄭觀應, 1842~1921)의 주장은 본말론에 기초한 중체서용론이었다. 그것은 형이상의 道인 중국을 지키기 위해 형이하의 器인 서양을 요구해야 하는데 중학을 확립하지 않은 채 서학만을 추구한다면 본말전도나 다름없다고 하여 중국의 도를 더욱 강조하려는 자기방위적 호교론이었다.

또한 "중국이 오늘날 서법을 강구하는 것은 중국인에게 서법을 알게 함으로써 중국의 쓰임(用)이 되어 결국 중국을 강하게 하는 데 근본이 있을 뿐이지 중국의 일체의 전장문물(典章文物)을 폐기하고 서법으로 모두 바꾸자는 데 있지 않다. 그러므로 거기에는 반드시 공맹정주 · 사서오경 · 소학성리 등에 대한 공부를 근저로 삼지 않으면 안된다. 효제충신 · 예의염치와 같은 강상윤기(綱常倫紀) · 명교기절(名敎氣節)의 体를 먼저 숙지한 연후에 외국의 문자 · 언어 · 예술을 배워 用으로 삼아야 한다"[4]는 주장도 지식인에게는 전통보위(保衛)의 책무가 우선한다는 보위론적 중체서용론이었다.

그러나 19세기 후반 중국에서는 내우외환이 더욱 심해지면서 지식인들의 중체서용관에도 변화가 일어났다. 서양에 대한 이무관(夷務觀)에서 양무관(洋務觀)에로의 전환이 변법관(變法觀)에로 이어진 것이다. 예를 들면 강유위(康有爲, 1858~1927)와 엄복(嚴復, 1853~1921)의 경우가 그러하다. 강유위는 자신이 공양학자(公羊學者)라고 생각할 만큼 청대 공양학 계보에 속한 사상가였다. 일찍이(22세때) 홍콩을 통해 그가 받은 서구의 근대도시에 대한 충격은 경세치용의 학문 이외에 진정한 학문은 없다고 생각하기에 이르렀고, 이 때부터 그는 새로운 서구관을 가지고 서학에 대한 관심을 더욱 배가시켜 나갔다. 그러나 시간이 지날수록 그의 서구관은 자기나름의 절충주의인 제동적(齊同的) 우주관속으로 융해되어갔다. 그의 이른바 '대동의식'이 그것이다. 그는 "대소제동(大小齊同)의 道를 깨달았다"고 하여 최신의 서학이나 공양학적 개념, 나아가 유불의 개념들이 모두 하나로 융합된 자신의 형이상학을 주장하게 된 것이다. 이것은 단순한 중체서용의 논리가 아니라 고금동서신구(古今東西新舊)를 모두 포괄하는 사유방식의 등장이므로 어떤 의미에서 중체서용적 절충주의의 변종일 수 있지만 결국 그것의 해체라고 해도 무방하다.

1895년 청일전쟁의 패배의 충격과 함께 등장한 계몽주의적 중체서용론자가 엄복이다. 그는 서학을 배워야 할 이유로서 "구망(救亡)의 道가 여기

---

4) 文悌, 『翼敎叢編』, 卷二, 高田淳, 『中國の近代と儒敎』, 紀伊國屋書店, 1994, 34쪽.

에 있고 자강(自强)의 모(謀)도 여기에 있다"고 하여 서학의 계몽을 통한 변법의 출발을 주장했다. 그러나 그가 생각하는 서학은 기존의 중체서용론자들과는 달리 단지 중국의 도(道=体)에 대비되는 기(器=用)가 아니다. 그가 생각하기에는 중학에 体와 用이 있듯이 서학에도 체와 용이 있는 것이다. 왜냐하면 그가 생각하는 체용(体用)은 나누어질 수 없는 일물(一物)이기 때문이다. 그에 의하면, "소(牛)라고 하는 体가 있기 때문에 물건을 나르는 用이 있고, 말(馬)이라는 체가 있기 때문에 멀리 달릴 수 있는 용이 있는 것이다." 그러므로 그는 중체(中体)를 그대로 둔채 서용(西用)만을 접목하려는 생각은 잘못된 것이라고 주장한다. 본래 본이어야 할 학문을 서용이라는 말로 간주하는 것은 이중의 오류를 범하는 것이나 다름없기 때문이다.

그런데 그가 여기에서 말하는 서학이란 아이러니칼하게도 스펜서(H. Spencer)의 사회진화론이다. 그는 서양이 부강하게 된 원인을 '물경'(物競; 생존경쟁)과 '천택'(天擇; 적자생존), 즉 '원강'(原强)에 있다고 하여 이것을 변법운동의 원리로서 받아들여야 한다고 주장한다. 중국도 '진화의 道'라는 보편적 원리를 받아들여야만 근대화할 수 있다는 것이다. 그러나 이것은 구태의연한 중학(中學)의 거부를 의미한다. 중체(中体)의 학일지라도 이러한 적자생존의 원리에 맞아야 하기 때문이다. 그가 「구망결론」(救亡決論)에서 "현재의 중국은 변법하지 않으면 반드시 망할 수 밖에 없는 운명에 처해 있다. 그러므로 변법은 우선 팔고(八股)부터 폐지해야 한다"고 주장하는 이유도 거기에 있다. 국가와 민족을 구하기 위해서는 구태의연한 중학으로는 불가능하다는 것이다.

Ⅲ. 화혼양재론과 메이지유신

화혼양재(和魂洋才)란 문명을 기본적으로 혼(魂)과 재(才)라는 정적인 틀로 양분한 뒤 그것을 다시 화(和=일본)와 양(洋=서양)으로 구분하여 적용한 네가지 카테고리의 조합어이다. 그러므로 나머지 것도 논리적으로 조합하면 양혼양재(洋魂洋才)·양혼화재(洋魂和才)·화혼화재(和魂和才)의 범주화가 가능하다.

모리 오우가이(森鷗外, 1862~1922)가 『양학의 성쇠를 논함』(洋學の盛衰を論す)에서 일본 양학의 성쇠를 제1기인 18세기 후반의 난학(蘭學)시대에서 메이지 초기까지, 제2기인 메이지 초기에서 메이지 10년대의 구화주의(歐化主義)까지, 제3기인 구화주의에 대한 반동기로 구분하는 것도 이러한 논리적 범주화에 따른 것이다. 특히 그가 제2기를 구화주의라고 한 것은 일본어를 폐지하고 서양어(영어)를 채택하자고 한다든지 서양인과의 혼혈 정책을 적극적으로 추진하여 일본인종을 개량하자고 주장할 정도의 양혼양재에 경도되었던 시기였기 때문이다. 그와는 반대로 서양의 기교(機巧)만을 중시하려 했던 제1기와 제3기를 타산석주의(他山石主義)라고 한 것도 화혼양재의 정신이 지배하던 시기를 그러한 범주적 개념과 인식 속에서 우회적으로 표현하려 한 것이었다.

이상에서 보았듯이 화혼양재론(和魂洋才論)은 막말(幕末)에서 메이지시대에 걸쳐 일본이 서양문명과의 불가피한 접촉과정에서 일본의 전통적인 정신적 가치를 그대로 유지한 채 서양의 우수한 기술문명만을 도입하자는 절충주의적 근대화론이었다. 그러므로 그것은 기본적으로 조선의 동도서기론이나 청조의 중체서용론과도 역사적 배경이나 지향하려는 정신에서 다를 바 없지만 그 개념의 유래에서는 그것들과 다르다. 화혼양재는 본래 헤이안(平安)시대의 문인인 스가와라 미치자네(菅原道眞, 845~903)가 한문을 읽고 쓰면서 중국전래의 학문을 배우고 익힐지라도 일본고유의 정신인 야마토다마시이(大和魂)[5]를 잃지 말라고 주문한 화혼한재(和魂漢才)의

---

5) 야마토다마시이(大和魂)는 일본주의의 본질인 야하라카(和)의 정신을 가리킨다. 1937년 3월 일본 문부성이 펴낸 『국체의 본의』(國體の本義)에 보면, "국가수립의 역사적 사실이라든가 발전의 흔적을 살펴볼 때 항상 보이는 것은

정신에서 비롯된 개념이기 때문이다.

그런데 이번에는 중학(中學)이 아닌 서학(西學)의 거센 동점으로 인해
국가의 존립이 위기에 처하자 막말의 사상가 사쿠마 쇼잔(佐久間象山,
1811~1864)이 이러한 정신의 계몽을 본격적으로 다시 제기한 것이다. 그
는 중국이 일본을 이적(夷狄)이라고 부르는 과오를 범했듯이 일본도 서양
제국을 이적으로 간주한다면 일본 역시 중국의 과오를 답습하는 것이나
다름없다고 생각했다. 결국 그는 서양으로부터 기술도입의 중요성을 통감
하고 「동양도덕·서양예술」(東洋道德·西洋藝術)이라는 표어를 제창한다.
다시 말해 도덕이나 사회정치체제는 전통을 지키면서 서양의 예술(과학·
기술을 의미함)을 적극적으로 받아들여야 한다는 것이었고, 그의 이 표어
가 나중에 「화혼양재」라는 모토로 전화한 것이다. 서양의 고학·기술 가
운데서도 그가 특히 주목하는 것은 수학적인 경험과학이었다. 그는 수
학—그는 수학을 상증술(詳証術)이라고 불렀다—을 "詳証術, 万學之基本
也"라고 하여 만학의 기본으로 간주했기 때문이다.

그러나 이처럼 서양학문에 대한 그의 동경과 애착이 무조건적인 것은
아니었다. 그의 주장에 따르면, 군자에게는 다섯가지 즐거움(五樂)이 있다.
그 네 번째 즐거움(第四樂)이 "서양인들이 이성을 계발한 후에 태어나, 옛
성현들도 일찍이 몰랐던 이치를 알게 되는 것"이라면, "다섯 번째 즐거움
(第五樂)은 동양의 도덕과 서양의 예술을 남김없이 모두 찾아내어 세상의

야하라카(和)이다"라고 밝힌 바 있다. 또한 "야하라카는 우리나라 개국 때
부터 제왕의 대업에서 나온 것이며, 역사생성의 힘과 더불어 일상생활을
벗어나지 않는 인류의 길이다. 야하라카의 정신은 만물융합 위에 성립한
다"고도 규정한다. 다시 말해 야하라카는 만물의 일체를 형성하는 다이와
(大和)라는 것이다. 나카소네 야스히로도 야마토다마시이를 강조하기 위해
"우리 일본에는 1억 인구가 있는데, 이 인구는 아마테라스 오미카미(天照大
神) 이래의 야마토(大和)민족 …"이라는 말을 자주 사용하곤 했다.
이광래, '일본주의의 허와 실', 『한국과 일본; 왜곡과 콤플렉스의 역사』, 1,
자작나무, 1998, 289쪽 참조.

이치를 깨달아 국운에 보답하는 것"[6]이다. 그가 고바야시(小林誠齋)에게 보낸 편지에 보면, "아무튼 한학만으로는 공허하다는 비방을 면하지 못할 것이며 또한 서양의 학문만으로도 도덕의리를 논할 수 없으므로 비록 사람들을 놀라게 할만한 대업적을 이룬다고 할지라도 그것을 성현의 완전한 위업이라고는 할 수 없다"고 한 뒤 그 말미에 "도덕과 예술은 서로 돕는 것, 예를 들어, 아시아와 유럽이 합쳐서 지구를 이루는 것처럼 하나라도 부족한 점이 있으면 원형을 이룰 수 없다. 그와 같이 도덕과 예술도 그 가운데 어느 하나만 부족하더라도 완전한 것이 될 수 없다"[7]고 덧붙여 설명하기까지 했다.

그러나 당시에 이러한 화혼양재론을 주장한 사람은 사쿠마 쇼잔만이 아니었다. 당면한 위기에 대처하기 위해서는 서양의 과학기술을 시급히 수용해야 한다는 시대인식은 요코이 쇼난(橫井小楠)·요시다 쇼인(吉田松陰)·하시모토 사나이(橋本左內) 등을 비롯하여 개명한 지식인들 대부분의 생각이었기 때문이다.[8] 사쿠마 쇼잔의 화혼양재론이 합리주의를 통한 자연과학과 기계문명의 수용을 강조했다면 요코이 쇼난의 경우는 역사주

---

6) 『象山全集』卷一, 高坂正顯, 『明治思想史』, 燈影舍, 1999, 43~44쪽.
　　平川祐弘, 『和魂洋才の系譜』; 內と外からの明治日本, 河出書房新社, 1972, 23쪽.
7) 『象山全集』卷四, 242쪽.
8) 그러나 코사카 시로우(高坂史朗)는 사쿠마 쇼잔의 이러한 도식의 역점과 실질적인 의미는 '화혼'(和魂)에 있는 것이 아니라 '양재'(洋才)에 있을 뿐이라고 주장한다. 그는 서양의 군사적 우월성을 잘 간파하고 있던 양재론자들이 당시의 정치적 상황을 고려하여 양이론자(攘夷論者)들의 비난을 비켜가기 위해 화혼을 양재 앞에 내세워 위장하려 한 것이 아닐까하는 의문을 제기한다. 화혼양재의 노선이 그 이후 양혼양재(洋魂洋才)로 옮겨간 것을 보아도 알 수 있다는 것이다. 이것은 모리 오우가이가 메이지 초기에서 10년대까지를 화혼양재의 제2기인 구화주의(歐化主義) 시기로 간주한 것과도 같은 관점일 수 있다. 高坂史朗, 『近代ていい躓き』, ナカニシヤ出版, 1997, 8~10쪽.

의에 입각하여 서양의 종교와 정치를 배우자는 것이었다. 그는 현재의 내가 과거의 사람을 미래의 사람에게 매개한다는 점에서 현재가 과거를 운반하여 미래를 잉태한다는 역사주의에 입장에서 요순(堯舜) 삼대의 정치를 역사의 원형, 즉 유교의 정치이념으로 간주하면서 근대서양의 과학기술(器械之術)을 배워야 한다는 것이었다. 그가 서양의 기독교에 대해 깊은 관심을 가진 것도 그런 이유에서였다. 불교는 윤리를 폐하지만 기독교는 윤리를 설교하므로 후자가 전자보다 우수하다는 것이다.[9]

이러한 과도기적 절충주의는 사쿠마 쇼잔 문하의 두 마리의 호랑이(象門의 二虎)라고 불린 요시다 쇼인의 경우에도 마찬가지였다. 굳이 구별하자면, 사쿠마 쇼잔이 양학과 유교의 궁리를 연결지은 데 비해 요시다 쇼인이 황국론(皇國論)을 양학과 연결했을 뿐 이들의 화혼양재론은 대동소이한 서양인식을 토대로 한 것이었다. 또한 하시모토 사나이도 '器械藝術取於彼, 仁義忠孝存 於我'라고 하여 기본적으로 화혼양재라는 시대정신에 충실하려는 개명한 지식인이었다.

그러나 화혼양재와 같은 절충주의적 사고만이 당시 지적 분위기의 주류를 형성했던 것은 아니다. 막부의 '동양도덕 · 서양예술'이라는 양학수용의 기본방침은 오히려 시간이 지날수록 제대로 지켜지지 않았다. 서양예술 뿐만 아니라 서양도덕에도 동양도덕과 마찬가지의 관심을 기울여야 한다는 주장이 화란서(和蘭書)의 전문번역기관으로 1857년에 설립된 번서조소(蕃書調所: 洋學所의 개칭임)의 교관들 사이에서 제기되어왔기 때문이다. 예를 들어, 사쿠마 쇼잔의 제자이면서 조소의 교관이었던 츠다 마미치(津田眞道, 1829~1902)는 고대 그리스철학을 독학한 뒤 1861년에 쓴 「성리론」(性理論)에서 서양에 '궁리'(窮理), 즉 형이상학이 미천하다는 편견은 타파되어야 한다고 주장하고 나섰다. 이러한 주장은 츠다 마미치의 조소 동료였던 니시 아마네(西周, 1829~1897)에 의해 더욱 본격화되었다. 그는

---

9) 高坂正顯, 『明治思想史』, 燈影舍, 1999, 52~53쪽.

아예 동양도덕·서양예술적 학술관을 근본적으로 부정하면서 서양의 'philosophia'를 '철학'이라고 번역소개하기에 이른 것이다.[10] 이들이 1962년 네델란드의 라이덴대학으로 유학을 떠나 막부최초의 서구유학생이 된 이유도 거기에 있다.

그러나 그 이후 메이지 유신 초기의 젊은 엘리트들 사이에서는 인문·사회과학을 막론하고이와 같은 서구화가 빠르게 진행되어 더 이상 화혼양재라는 손자병법식의 적정탐색(敵情探索)과 정찰을 위한 양학연구의 분위기를 찾아보기 힘들게 되었다. 서양에서 유학을 마치고 귀국한 이들도 서양의 가치를 이상화하는 대신 토착의 가치를 비하한 탓에 순전히 서양학풍의 틀속에서 서양학문의 도입에만 열을 올렸다. 독일에서 유학하고 돌아와 도쿄대학의 칠학교수를 지낸 이노우에 데츠지로(井上哲次郞, 1854~1944)도 『메이지철학계의 회고』(明治哲學界の回顧)에서 당시 독일철학에만 극도로 경도되어 다른 것을 소홀히 한 점이 가장 유감스럽다고 후회한 바 있다. 그러나 이러한 회한은 그에게만 그친 것이 아니었다. 모리 오우가이도 메이지 말년에 일본사상계에서 일어나는 학문의 전문화·세분화의 경향과 그에 따른 학자들의 심리적 변화와 그것이 가져올 위험성을 간파하고 학자들 사이에서 변질되고 있는 화혼양재관의 양상을 다음과 같이 비판하기도 했다. 그에 의하면,

"나는 일본근세의 학자를 절름발이(一本足) 학자와 정상적인(二本足) 학자로 나눈다. 새로운 일본은 동양의 문화와 서양의 문화가 서로 섞여 소용돌이치고 있는 나라이다. 그래서 동양의 문화에 입각하는 학자도 있고 서

---

10) 니시 아마네(西周)는 1861년에 기초된 츠다 마미치의 유고 「性理論」의 말미에 부기한 자신의 評言에서 처음으로 philosophia를 '希哲學'이라고 번역한 바 있다. 그는 希哲學이라는 단어에 ヒロソヒ라는 傍訓을 사용했던 것이다. 李光來, '실학과 실천철학의 접점으로서 서구사상의 수용양식; 西周의 습합적 전개를 중심으로', 『日本思想』, 제2호, 한국일본사상사학회, 2000, 225~239쪽 참조.

양의 문화에 입각하는 학자도 있다. 이들은 둘다 한쪽발로 서있는 절름발이인 것이다. 한쪽발로 서있다고 해도 깊이 뿌리내린 거목처럼 그 다리에는 충분히 힘이 있어서 아무리 밀어도 쓰러지지 않는 사람도 있다. 이런 사람들도 국학자나 한학자같은 동양학자이든 서양학자이든 유용한 인재임에는 틀림없다. 단지 그처럼 한쪽발로 서있는 학자들의 의견은 편파적일 뿐이다. 이러한 편파성 때문에 거기에서 벗어나려고 하면 할수록 더욱더 힘들어진다. … 실제로 많은 학문상의 갈등이나 충돌은 이 두요소가 싸우고 있는 것이다. 그래서 시대는 두다리로 딛고 있는 정상적인 학자를 요구한다. 동서의 문화를 각각 한쪽 다리로 딛고 서있는 학자를 요구하는 것이다. … 그런데 이러한 사람을 발견하기란 쉽지 않다."[11]

이상에서 보았듯이 조선의 동도서기론은 중국과 일본의 것과 개념을 달리했을 뿐 19세기 서구의 도전에 대한 자구적 응전방식이었고 동서문화의 불가피한 절충주의적 융합형식이었다. 서학동점이 18세기 동아시아의 실학벨트를 형성했듯이 19세기에도 이 지역에는 동도서기라는 공통된 수용양식의 절충주의적 문화벨트가 형성되었다. 서학 또는 양학이라는 유전인자형(génotype)을 공유한 19세기 동아시아 문화의 공통된 표현형(phénotype)이 생겨난 것이다. '중학위체·서학위용'(中學爲体, 西學爲用)과 '동양도덕·서양예술', 그리고 '동도서기'(東道西器)에서의 용(用)·예(藝, 또는 才)·기(器)가 모두 동아시아의 유교정신을 근본으로 하여 서양의 과학기술을 표현한 개념들이었기 때문이다.

---

11) 『鷗外全集』第二十三卷, 앞의 책, 58쪽.

습합에서 융합까지

제**4**부

제14장

니시 아마네의 서구사상 수용양식

I. 중층적 수용양식으로서 '습합'

이시다 이치로(石田一良)는 『일본사상사개론』(日本思想史槪論, 1963)의 서문에서 일본문화의 특징 가운데 하나를 중층적(重層的) 이중구조의 형성이라고 했다. 전통문화는 새로운 외래문화의 토대가 되어 새로운 문화의 이식과 발육을 돕는 한편, 새로운 문화도 전통문화의 존속을 돕는다. 이렇듯 신구 양문화는 서로 도우며 복잡한 연관구조를 이루고 서로를 變容시켜 제3의 문화를 형성해 왔다. 이 과정에서 신구문화는 서로 반발하고 융합하면서, 일본문화의 특징인 문화적 잡거성(雜居性)을 나타내게 되었다. 그러나 외래문화가 무비판적으로 일본에 유입되어 전통문화와 무질서하게 동거하고 있는 것은 아니다. 전통문화는 외래문화와 나름대로의 구조연관을 이루면서 문화구조체의 각마디(各肢節)에 외래문화를 차례로 수용해 왔다. 이것을 가리켜 이시다 이치로는 일본문화의 뛰어난 총합능력이라고 했다. 일본의 사상과 문화는 그 잡거성속에서도 마치 연금술사처럼 총합성과 결정(結晶) 능력을 발휘해왔다는 것이다.[1)

그러면 연금술과도 같은 일본문화의 총합적 결정력이란 무엇인가? 그

것은 한마디로 말해 '습합'이다. 무라야마 슈이치(村山修一)도『습합사상
사논고』(習合思想史論考, 1987)의 머리말에서 일본사상사의 연구는 습합
사상사연구라고 단정한다.[2] 6세기중엽 백제로부터 불교가 전래된 이후 신
도와 불교가 배타적으로 대립하기 보다는 혼융과 조화의 과정을 거쳐 능
동적으로 결정(結晶)해 낸 신불습합 이래 습합은 일본사상이 외래사상과
의 끊임없는 접점에서 발휘해 온 중층적 수용양식이 아닐 수 없다. 습합사
조의 역사적 서술로서 일본사상사를 간주할 수 있는 것도 일본의 사상과
문화가 외래사상이나 문화에 대한 이러한 수용양식을 지녀왔기 때문이다.

더구나 오늘날 일본은 이와 같은 일본문화의 혼화적(混和的) 잡거성을
더욱 미화하고 국제화하려 한다. 예를 들어, 1988년 3월 9일「국제일본문
화연구센타」는 제1회 국제연구집회에 프랑스의 구조인류학자 레비-스트
로스를 초청하여 '혼합과 독창의 문화—세계속의 일본문화'(混合と獨創の
文化—世界の中の日本文化)라는 제목으로 일본문화의 이러한 특질을 세
계적으로 홍보하게 했다. 레비-스트로스는 일본을 지리적으로 외래문화
와의 만남과 혼화의 장소로 규정하고 일종의 증류장치인 람비키(rambiki)
에 비유했다. 일본문화는 역사의 흐름을 따라 운반되어 온 다양한 내용을
증류시켜 적은 양이지만 귀중한 엣센스만을 도출해 낼 수 있었다는 것이
다. 그는 일본문화의 이러한 능력을 가리켜 차용과 종합, syncrétisme(混合)
과 originalité(獨創)의 능력이라고 정의하고 그것들의 반복교체가 오늘날
세계 속에 일본문화의 위치와 역할을 자리매김했다고 평가했다.[3] 그러나
레비-스트로스가 일본문화의 중층적 특질을 규정하기 위해 열거한 차용
과 종합, 혼합과 독창이라는 용어들도 사실은 '습합'이라는 단어의 수사적
풀이에 지나지 않는다.

따라서 이 논문도 습합사상사의 한 마디로서, 그리고 외래사상에 대한

---

1) 石田一良,『日本思想史槪論』, 吉川弘文館, 1963, 3~4쪽.
2) 村山修一,『習合思想史論考』, 塙書房, 1987, 1쪽.
3) 레비-스트로스, '混合と獨創の文化',『中央公論』, 1988, 5月号, 74쪽.

일본사상 특유의 수용양식인 습합의 한 양식으로서 일본의 실학(徂徠學)과 서구의 실천철학(實証主義와 功利主義)을 접합시켜 제3의 철학으로 결정해 낸 니시 아마네(西周, 1829~1897)의 계몽사상을 조명하려 한다.

Ⅱ. 막말 일본유학의 내적 갈등

예로부터 사악한 주장이 道를 해치는 일이 많았으나 그 허황되고 거친 것에 꺼리낌없음이 오늘날처럼 심한 적은 없었다. 예를 들면 古學이라 불리는 것이 있다. 그들은 주자학파의 업적을 능히 끝장내 버릴 수 있다고도 하고, 또한 道가 하늘에서 나오지 않는다고 하거나 道는 사물의 당연한 理가 아니라고도 한다. … 나는 세상의 道가 나날이 떨어지고 사람의 마음이 나날이 거짓되어 가는 것을 알고 있다. 이 또한 슬퍼해야 하지 않겠는가!

이것은 도쿠가와 막번체제의 8대 쇼오군 요시무네(德川吉宗)의 총애를 받았던 주자학자 무로 큐우소(室鳩巢)가 야마가 소코우(山鹿素行)와 이토 진사이(伊藤仁齋)의 관학이데올로기(朱子學) 비판을, 더구나 그 비판의 정점에선 오규 소라이(荻生徂徠)의 소라이학을 겨냥한 통탄의 넋두리였다. 하지만 이것은 도쿠가와시대의 일본유학이 겪고 있던 갈등의 단면도이기도 하다.[4]

그런데 명치초기에 이뤄지는 실학과 실천철학의 접점에 이르기 전에 일본유학 내부에서는 왜 이와 같은 갈등과 분해, 항전과 해체의 양상이 벌

---

4) 古學과 徂徠學의 朱子學에 대한 비판이나 反엄숙주의의 제기를 가리켜 마루야마 마사오(丸山眞男)는 '안티테제'(antithese)의 등장(『日本政治思想史研究』, 39쪽)이라고 보고, 일련의 갈등과정을 반세기에 걸친 주자학적 사유양식의 分解와 解体과정이라고도 評한다. 더구나 가나야마 오사무(金谷治)는 徂徠學을 幕府의 官學으로서 권위를 지닌 正統儒學을 공격하는 <抗爭의 學>으로 규정하기도 한다(『批判主義的學問觀의 形成』, 1997, 218쪽).

어지는가? 그리고 그러한 혼전의 양상이 왜 실학과 실천철학의 접점에 이르는 길목이 될 수 있는 것인가? 그것은 겐로쿠(元祿)·쿄우호(享保) 시기 이래 도쿠가와 막번체제의 정치·경제적 동요와 붕괴과정에서 이데올로기적 기능의 교체가 순조로울 수 없었기 때문이고, 오규 소라이의 세계관적 전회가 이뤄진 이후 이러한 막말의 사상사적 동향이 명치절대주의 사상의 '전사(前史)'가 될 수밖에 없기 때문이다. 더구나 소라이의 실학적 세계관으로의 전회는 니시 아마네에게도 봉건적 이데올로기라는 '독단의 잠'에서 깨어날 수 있는 결정적 단서가 되었기 때문이다.

도쿠가와 막번체제의 성립에서 안정에 이르기까지 도쿠가와 봉건사회를 지탱시킨 이데올로기는 주자학이었다. 막번체제는 봉건제의 지배와 봉건적 위계질서를 이론적으로 옹호하고 정당화할 수 있는 이데올로기를 형성할 임무를 주자학자들에게 부여했기 때문이다. 일본 최초의 본격적인 주자학자인 후지와라 세이카(藤原惺窩)와 하야시 라잔(林羅山)이 대표적인 관학이데올로그일 수밖에 없었던 이유도 그것이다. 특히 이에야스(家康)·히데타다(秀忠)·이에미츠(家光)의 삼대에 걸쳐 쇼오군에 봉사한 하야시 라잔의 임무는 무엇보다도 통일권력=도쿠가와정권의 이데올로기 형성이었으므로 그의 주자학의 논의도 주로 그러한 입장에서 전개되었다.

주자학은 태극=리=최고선의 원리를 이용하여 우주전체를 태극에서 발하는 理의 목적적 질서로서 파악한다. 따라서 태극의 원리는 자연계와 인간계를 합일시키고, 자연계의 질서인 천지의 공간적 상하관계를 인간관계 및 사회질서의 가치의 상하관계로 확대 설명한다. 특히 하야시 라잔은 오륜도덕이 인간의 사회적 결합관계의 일체를 관통하는 영원불변의 원리라고 주장함으로써 당시 봉건사회의 인간관계와 사회질서를 절대화하려 했다. 그의 의도는 쇼오군家를 정점으로 하여 농노계층을 가장 저변에 두는 봉건적 사회질서에 형이상학적 기초를 부여함으로써 막번지배의 고착과 지속을 정당화하는 것이었다. 그가 역성혁명(易姓革命)의 전형적인 예인 탕무방벌(湯武放伐)을 거론하는 것도 그러한 이유에서이다.

'방벌(放伐)'이란 본래 천명을 어긴 군주에 대해 天이 그 지위를 박탈하여 다른 유덕자에게 넘겨주는 역성혁명 과정에서 '무력으로' 前군주를 타도할 경우, 그 행위(革命)의 정당성을 주장하기 위해 사용했던 용어이다. 이에야스는 하야시 라잔과의 문답에서 이러한 방벌의 의미를 두고 도덕적으로 반드시 善은 아니지만 정치적 결과로서는 善이라고 주장한 바 있다. 그러나 하야시 라잔은 방벌도 善한 동기에서 비롯되었기 때문에 결과적으로 善이라고 주장함으로써 도덕을 정치에 종속시키려는 이에야스의 논리를 오히려 강화해 주었다. 라잔은 이념적 차원에서는 도덕과 정치를 일관하는 주자학의 원리적 통일성을 주장했지만, 그것을 현실사회의 해석에 적용할 때에는 현실긍정의 논리로서 역전시킨 것이다. 그의 탕무방벌론은 정치적 결과가 善하기 때문에 도덕적으로도 善하다는 이에야스를 변호하고 미화함으로써 무력에 의해 전국지배를 쟁취한 막부정권을 옹호하는 것이었으므로 실제로 사상을 현실에 종속시키는 허위의식에 다름아니다. 라잔의 주자학에서 사회의 질서와 자연의 질서를 관철하는 태극(太極)=리(理)의 자연법은 막번지배체제를 영구화할 수 있는 근거와 논리로서 기능하는 교조적 봉건교학에 지나지 않았다.[5]

그러나 천인상관·천인합일의 자연법 원리에 입각하여 자연계의 지배원리로 부터 인간계의 현실적 질서를 도출하려 했던 라잔의 주자학이 막번체제가 공고할 때는 지배적인 이데올로기로서 인심(人心)에 대한 설득력을 지녔지만 사회 현실의 질서가 안정성을 잃고 동요할 때에는 현실긍정 논리로서의 자연법적 사고방식도 그 위력을 잃지 않을 수 없었다. 이에야스와 라잔이 내세운 방벌의 논리는 사실상 그 근거가 천명의 소재를 인심의 귀추에 둔 유가의 이데올로기였으므로 쇼오군가(家)의 논리로서는 애당초부터 논리적 배리(背理)의 가능성을 내포하고 있었다. 따라서 투쿠가와 막번체제의 붕괴를 보강하기 위한 일련의 개혁가운데 첫번째인 '쿄

---

5) 衣笠安喜, '儒學思想と幕藩体制', 奈良本辰也 編, 『近世日本思想史研究』, 河出書房, 1965, 27~28쪽.

우호(享保)의 개혁'(1716)이 착수되었을 때는 이미 주자학의 자연적 질서
관도, 방벌의 논리도 그 교조적 위력을 그대로 유지할 수 없었다. 그것이
곧 체제보강을 위한 개혁이었을지라도 그것은 내재된 논리적 모순의 표출
이자 강화일 수 밖에 없었기 때문이다. 이렇게 보면 막번체제의 동요와 붕
괴과정에서 이토 진사이 등 고학파(古學派)의 등장은 정치적 갈등에서 비
롯된 이념적 갈등의 산물이었으며, 하야시 라잔의 자연법의 논리를 강력
하게 비판한 소라이의 전회도 더욱 심화된 이중의 갈등을 그 배경으로 한
것이었다.

그러면 소라이가 시도한 유가적 세계관의 전회란 무엇인가? 한마디로
말해 그것은 자연적 질서의 논리에서 '인간적 작위'의 논리로의 전환이다.
주자학의 사고방식은 우주적 자연관과 인성적 자연관을 동일시하는 통일
적 세계관이었으면서도 전자로 하여금 후자의 근거가 되게 하는 것이었
다. 그러나 소라이는 다음과 같은 두가지 논지를 들어 자연의 질서가 현실
의 질서의 근거가 된다는 생각을 부정한다.

첫째, 음양오행과 같은 유학의 개념은 '성인'에 의한 치국평천하를 위한
술(術)=수단이다.

둘째, 그렇게 하기 위해서는 '선왕'이라는 역사적 실재를 설정하고, 선
왕에 의한 道=예악형정을 '만들어야 한다'.

여기에서 소라이의 '道'가 주자학자들이 주장하는 도와 다른 특이성은
그것이 성인=선왕에 의해 제작된다는 성인작위설(聖人作爲說)이다. 주자
학에서의 '道는 즉 理이다'. 이것은 곧 천지자연의 도로서 유일보편의 理
이다. 그러나 소라이는 이러한 천도의 개념과는 달리 官의 역할을 부여하
여 도를 선왕이 만드는 것으로 간주한다. 그는 도를 a priori한 보편적 원리
로서의 理에 의해 기초지워진다는 주자학에 반대하기 위해 도의 제작(制
作)의 유래를 선왕에게로 돌린 것이다. 그러나 도가 단지 堯·舜·禹·
湯·文·武·周公 등과 같은 고대중국 삼대의 일곱명의 성인(七聖人)에
의해서만 만들어진다고 한다면 그것은 작위의 충분조건이 되지 못한다.

그가 말하는 道는 자연에 근거한 것이 아닌 효제인의(孝悌仁義)로 부터 예악형정(禮樂刑政)에 이르는 구체적인 도, 즉 인간 행위의 규범이므로 그는 그것의 제작자를 고대의 성인에게만으로 국한하지 않는다. 소라이에게 있어서도 도는 본래 天의 의지가 성인을 매개로 하여 구체화한 것이지만 성인을 개국창업의 군주만으로 한정한다면, 중국고대의 성인 이외에 더 이상 성인은 출현할 수 없을뿐더러 성인이 존재하지 않는 일본의 경우 '안민(安民)·안천하(安天下)'의 주체는 물론 작위의 주체도 논리상 존재할 수 없다. 때문에 소라이는 각각의 시대마다 그 '代'를 시작한 인물이 있으므로 그 사람에게 성인, 즉 예악형정에 준거하여 그 代의 제도를 제정할 권리와 의무가 있음을 인정해야 한다고 주장한다.[6]

그러나 소라이가 여기에서 작위의 현실적 무대로서 '代'를 제시하는 것은 간접적으로는 율령국가(律令國家)·카마쿠라막부(鎌倉幕府)·무로마치막부(室町幕府)에 이어 도쿠가와막부를 의미할 수 있지만 직접적으로는 요시무네의 '쿄우호(享保)개혁'을 의미한다. 그에게 사회적 관계의 기초를 자연에서 찾는 주자학적 사유는 봉건적 지배관계를 정당화하기 위한 너무나 현실과 괴리된 낙관주의였을 뿐만 아니라, 그것은 이미 이완과 붕괴의 조짐을 보이고 있는 당시 계층의 질서마저 '자연적'이라고 간주함으로써 안정성의 회복을 위한 제도의 재건을 저해하는 것으로 비춰졌다.[7] 따라서 이러한 상황에서 개혁이데올로그로서 소라이가 새로운 작위적 주체를 요청하는 것은 당연한 이치일지도 모른다.

결국 그는 새로운 작위의 주체로서 요시무네를 상정하여 변혁을 선왕의 후계자인 쇼오군에게 기대함으로써 자연경제에로의 복귀를 통해 상업자본의 대두를 저지하고 봉건적 재생산을 순조롭게 할 수 있는 이론적 근거를 제공했다. 이처럼 소라이학이 막번체제의 제1차 위기에 체제를 보강하는 반동이데올로기로서 개혁에 봉사하게 된 것은 무엇보다도 사회제도

---

6) 田原嗣郎, 『德川思想史硏究』, 未來社, 1967, 300쪽.
7) 丸山眞男, 『日本政治思想史硏究』, 東京大出版會, 1968, 209쪽.

의 자연적 절대화에 반대하는 '복고적'인 인간적 작위가 변혁의 논리로서 받아들여졌기 때문이다. 그러나 소라이학은 인간의 작위성으로 인해 부르주와적 발전을 재촉하는 논리의 개방성을 가지고 있음에도 불구하고 그것의 근거가 되는 성인작위설(聖人作爲說)의 복고성으로 인해 시대의 추세에 역행하는 모순과 갈등을 필연적으로 누적시킬 수 밖에 없었다. 그것은 결국 '칸세이(寬政)의 개혁'(1787), '텐포우(天保)의 개혁'(1841)을 예고하는 더 큰 갈등의 파종이었다.

그러나 소라이학의 이러한 복고성에도 불구하고 마루야마 마사오(丸山眞男)는 그것으로 인해 주자학의 도덕적 합리주의 체계가 진사이(仁齋) · 소코우(素行) · 엑켄(益軒)을 거쳐 마지막으로 소라이에 이르러 해체되었나고 주장한다. 그는 이처럼 소라이학이 정치와 도덕의 분열, 공적 영역과 사적 영역의 분리, 사적 · 내면적 자립성의 승인, 인간의 자연적 성정(性情)의 도덕적 규범으로부터의 해방, 문예적 가치의 정치로부터의 자립을 명시적으로 선언했다는 점에서 '분열된 의식'을 기조로 한 근대적 사고의 자격을 지닌 것으로 평가한다. 또한 그는 현실의 봉건적 질서를 자연적 질서로서 긍정하는 주자학으로부터 현실의 정치질서를 성인 · 군주의 작위의 소산으로 간주하여 정치제도의 주체적 · 능동적 편성을 이론화한 소라이학에로의 이행은 유기체적 공동체(Gemeinschaft)의 사회관을 타파하고 주체적 작위의 공동체(Gesellschaft)의 사회관을 수립한 것이므로 근대적 제도관에로의 길을 열어준 것이라고도 평가한다.[8]

한편 미나모토 료엔(源 了圓)은 소라이가 중국고대의 통치방식인 치국안민을 성인의 道로 삼았을 뿐만 아니라 경세제민(経世濟民)을 중시했다는 점에서 그를 실학의 역사상 가장 주목해야 할 인물로 간주한다. 진사이 · 소코우와 같은 고학파의 경세론에 이어 소라이의 경세제민은 현실적인 유용성의 문제와 직결되므로 실증적 실학이 성립될 수 있는 모멘트를

---

8) 앞의 책, 222쪽.

마련했다는 점에서 실학의 역사상 획기적인 일이라는 것이다.[9] 실제로 1716년 요시무네가 쇼오군에 취임하면서 난학(蘭學)의 도입과 장려에 적극성을 보인 이후 막말의 학문적 분위기는 실사구시에 근거해 학문하려는 실증주의적 학문관이 성립되었는가 하면 다양한 분야에서 양학과 그것에 기초한 실학의 형성에로 매진하려는 경향이 두드러졌다.

Ⅲ. 조건반사 현상으로서 양학신드롬

마루야마 마사오(丸山眞男)는 소라이학을 주자학에 대한 '안티테제'라고 한다. 거기에는 마치 레비-스트로스의 구조인류학이 자연에서 문화(人爲)에로 라는 자연/문화의 이분법적 이원론을 전제하듯이 자연과 작위라는 이원론이 전제되어 있다. 그러나 막말 메이지 초기에 이르는 사상사의 전개과정(특히 습합사상사적 관점에서)에서 보면 자연에서 작위로의 전회는 정립에 대한 반정립의 변증법적 관계성립이 아니라 '테제의 대체'이거나 '대체된 테제'일 뿐이다. 다시 말해, 그것은 당시 정치경제적 이유에서 발생한 '인식론적 장애물'(obstracle épistémologique)로 인한 근세유학의 '인식론적 단절'(coupure épistémologique)현상이라고도 할 수 있다. 푸코의 인식론의 관점에서 보면 그것은 '자연에서 작위에로'라는 도쿠가와사상사(德川思想史)를 이해하는데 요구되는 에피스테메(認識素)의 전환이기도 하다. 더구나 이질적 사유구조와 '습합'하려는 일본사상의 특질상 정립/반정립의 이항대립은 예를 찾기 쉽지 않은 이질적 관계방식이다. 사실상 소라이학은 도쿠가와 막번체제 속에서 배태된 제2의 관학이데올로기였을 뿐 사상의 중층적 결정방식인 습합의 대상이나 조건이 될 수 없었다. 따라

---

9) 源了圓, '中國・朝鮮・日本の實學の比較', 『東アジアの思想と文化』, 韓國研究院, 1980, 141쪽.

서 사상사의 흐름에서 보면 이 시기는 실학과 서구의 실천철학이 본격적으로 습합(受胎)할 수 있는 조건형성 단계였으며 사유구조의 변화에서 보면 일종의 사상적 내홍의 시기에 지나지 않는다.

만일 막말 유학의 안티테제를 찾는다면 그것은 실증주의·공리주의로 대변되는 서구의 실천철학일 것이고, 넓은 의미에서 양학일 것이다.[10] 도쿠가와막부 시대의 지배계층에게 가해진 양학의 지적 정보와 자극의 정도는 그들의 관학이데올로기였던 주자학에 대한 소라이학의 그것과 비교될 수 없기 때문이다.

그러나 막말 지배계층의 상황을 고려해볼 때 양학은 그들의 이념적 안티테제라기 보다 실학과 접합하여 수태되어야 할 습합의 대상이었다. 마치 6세기에 당시 최고의 문화적 상징인 백제의 불교(蕃神)가 야마토(大和) 조정을 발효시킬 정치적 효모이자 국신이 습합해야 할 종교적 정자(精子)이듯이 18세기의 국제적 힘의 논리 속에서 가해진 양학의 유입은 막부정권과 문화가 감당(智合)해야 할 가장 큰 자극이었다. 이미 16세기 중반부터 서양인을 통해 유입되기 시작한 양학은 막부의 내부에서 일어난 어떤 갈등보다도 더 큰 외부로부터의 자극이었다. 급기야 점증하는 양학의 자극에 대해 막부정권이 취한 공식적인 반응은 이에미츠(家光)에 의한 쇄국령(1639)이었다.[11]

---

10) 洋學이란 德川幕藩体制下에서 蘭學, 또는 蠻學이라고 불렸던 당시 서구의 諸科學들을 일컫는다. 특히 그것은 쇄국(1639)에서 개국(1858)전후에 이르기까지 일본에 수입된 서구의 医學·曆學·天文學·本草學·兵學 등 광범위한 분야에 걸친다.

11) 이점은 6세기말 백제불교에 대한 崇仏과 排仏을 둘러싼 大和政權의 개혁이 결국 崇仏로 결말지워지면서 習合과정 또한 가속화되는 것과 다른 양상이었다. 幕府의 洋學史가 그만큼 순탄하지 않았으므로 정신적 쇄국, 문화적 쇄국에 대한 반발도 만만치 않았다. 예를 들어 <蛮社의 獄>(1839)은 당시 幕府의 대외관계, 즉 쇄국정책에 대한 와타나베 카잔(渡辺華山)과 다카노 초우에이(高野長英)의 비판이 직접적인 원인이 되었지만 일부 儒學者들의 蘭學에 대한 증오, 즉 유학과 蘭學의 충돌이 또다른 원인이 되기도 했다.

그러나 정치적 쇄국은 외부의 자극에 대한 배타적 반응이었지만 내부에 대한 또 다른 자극일 수도 있다. 당시 막부는 서구열강에 대해 이미 문화적 우세종(cultural dominant)이 아니었으므로 정치적 단절과 고립만으로는 문화적 열세종(cultural recessive)에게 가해지는 새로운 문화와 문명에 대한 쇼크를 물리적 차단만으로 치유할 수 없었을 것이다. 문화적 에너지의 이동방식은 정치의 경우와는 달리 rhizome(뿌리줄기)식 번식이기 때문이다. 더구나 일본문화처럼 습합성이 강한 체질의 경우에는 지상의 차단만으로 전방위적인 지하의 이동경로를 차단하기 어렵다. 예를 들어 쇄국령이 내려진지 불과 십년만에 에도(江戶)에서 네델란드의 포수(砲手)와 의사들에 의해 포술과 의술이 전수되는 경우가 그러하다(비록 공식적이라 하더라도). 이러한 예는 시간이 지날수록 더욱 빈번하고 광범위해져 '만사(蠻社)의 옥'(1839)을 거쳐 '반서조소(蕃書調所)'의 설치(1858)에 이르면 양학은 더 이상 rhizome식으로 유입되지 않는다. 오히려 이 무렵의 지적 동향은 양학신드롬이라 해도 과언이 아닐 정도였다. 양학은 이미 막번체제 부정의 學으로서가 아닌 절대주의적 개혁의 기술학이자 이데올로기로서 그 기능이 바뀌었기 때문이다. 결국 서구열강에 의해 가해진 자극이 막부 초기에는 제국주의 이데올로기에 대한 '배타적 반응'으로 나타났지만 막말·메이지 초기에 이르면 양학에 대한 적극적인 '습합적 반응'으로 이어졌던 것이다.

蠻社의 獄의 역사적 본질은 오히려 여기에 있었다고 보는 것이 타당할 것이다. 이것은 排仏派인 物部家가 당했던 것과 비교하면 대수롭지 않지만 幕末 洋學史의 굴곡을 조감할 수 있는 좋은 예임에 틀림없다. 開國百年記念文化事業會編,『明治文化史』제4권, 思想言論編, 洋洋社, 1955, 20~21쪽 참조.

Ⅳ. 실학과 실천철학의 접점으로서
   니시 아마네의 철학

1. 소라이학의 수용

난학사(蘭學史)의 상징적 인물이자 일본의 실증적 의학사상의 태두인 스기타 겐파쿠(杉田玄白)는 의학회상서인『형영야화』(形影夜話)에서 소라이의 병법서인『영록외서』(鈐錄外書)를 읽고 군리(軍理)와 병법이 통합되어야 한다는 소라이의 병학사상이 의리(医理)와 의술의 통합, 즉 과학적 인식과 기술적 실천을 통합적으로 사고하게 함으로써 자신의 의학관의 기본이 되게 했다고 회고한 바 있다. 이것은 소라이의 실학정신이 미친 파장의 정도를 가늠할 수 있는 단서 가운데 하나이다. 그러나 이 논문은 소라이학의 수용사가 아니므로 소라이학의 영향과 수용을 니시 아마네의 사상적 수태의 조건 가운데 하나로서만 밝혀보려 한다.

니시 아마네(西周)는 이와미 지방(石見國, 오늘의 島根縣) 츠와미(律和野)의 번의(藩医)의 아들로 태어나 가업을 이을 입장이었으나 번명에 따라 12세때에 번교 양노관(藩校養老館)에 들어가 이른바 '성현지대도(聖賢之大道)', 즉 유학를 배워야 했다. 그러나 그가 당시 쓴 글에서 보면 그는 번학인 주자학에 보다는 소라이학에 더 깊은 관심이 있었다.[12]고 적고 있다. 니시 아마네가 소라이학을 처음 접하게 된 것은 그의 나이 18세 때의 일이다. 그는 병상에서 우연히 소라이의『논어징』(論語徵)을 읽으면서 "17년간의 큰 꿈에서 일단 깨어나는"(十七年之大夢一旦醒覺) 느낌이었다고 술회했다.[13] 이것은 칸트가 흄의 경험론을 읽고 "솔직히 고백하건대 흄의

---

12) 大久保利謙編, '徂徠學に對する志向を述べた文',『西周全集』第1卷, 宗高書房, 1960, 3쪽.
13) 앞의 책, 5쪽.

주장은 나를 독단의 잠에서 깨웠고, 나의 탐구를 새로운 양상으로 이끌어
준 바로 그것이었다."고 고백한 것과 다를 바 없다.

그러면 소라이학의 무엇이 니시 아마네를 오랜 동안의 꿈에서 깨어나
게 한 것일까? 그것은 무엇보다도 소라이의 분명한 역사의식이라고 그는
생각했다. 그에 의하면 진한 이전의 시대와 송대와는 언어나 풍습 등 모두
가 다르기(漢宋之間自爲一大鴻溝) 때문에 고전의 진의를 해독하기 위해서
는 무엇보다 먼저 '고문사(古文辭)'를 알지 않으면 안 된다는 것이다.14) 언
어와 제도, 그리고 모든 문화가 역사적으로 변한다는 사실을 알지 못하면
고대의 언어를 후세의 의미로 이해해버리고, 그렇게 되면 고대의 제도와
문물의 구체적인 모습이나 정신을 제대로 이해할 수 없기 때문이다. 그는
주자학의 과오에 대한 이와 같은 소라이의 비판이 주자학의 세계관 전체에
대한 가차없는 비판일 뿐만 아니라 다름 아닌 자기 자신의 과오에 대한 것
이라고 생각한 나머지 17년간의 독단의 꿈에서 깨어날 수 밖에 없었다.

그러면 니시 아마네로 하여금 전회하지 않을 수 없게 한 소라이학의 특
색은 무엇인가? 소라이학의 무엇이 그에게 그토록 깊게 각인된 것일까?
그것에 대해 니시 아마네는 다음과 같이 기록하고 있다.

於是乎始知嚴毅苴迫之不如平易寬大, 空理無益於日用而礼樂之可貴, 人
欲不可淨盡, 氣質不可変化, 道統擬血脈, 居敬効禪定, 窮理非學者之事, 聖
人不捨人情也15)

(이렇게 해서 비로소 엄격하게 억지수양하는 것은 평이하고 관대한 것
만 못함을 알았으며, 공리공담은 일용에 유익하지 못하고 예악이 귀중함
을 알았으며, 인욕을 모조리 없앨 수 없고 기질은 변화시킬 수 없음을 알
았으며, 도통은 혈맥과 연결되며, 거경(居敬)은 선정(禪定)을 본받을 것이
고, 궁리는 학자가 추구해야 할 일이 아니며, 성인은 결코 인정을 버린 적
이 없음을 알았다.)

---

14) 앞의 책, 5쪽.
15) 앞의 책, 5쪽.

그러나 주자학에 대한 니시 아마네의 이러한 회상적 비판은 다음과 같은 점에서 소라이의 비판 그대로이다. 첫째, 그의 엄숙주의의 포기가 그러하다. 그가 소년시절부터 번교에서 배운 야마자키 안사이학파는 엄격한 교육과 주자학에 내재한 엄숙주의를 강조하는 학파로서 유명했다. 따라서 그도 안사이학파의 엄격한 훈도에 따라 주자학 자체를 「공맹지정통(孔孟之正統)」의 완벽한 가르침이라고 믿고 따르는 유교소년이었다. 그는 『이정전서』(二程全書)를 비롯해서 송유의 저작을 정독하면서 매일 '거경'이라는 수양법을 엄격하게 실행했다. 그러나 소라이학으로 인해 이러한 독단에서 깨어나면서부터 그는 규범을 공적·외재적인 것으로 승화시켜 사적·내재적인 인간본연의 성정(性情)을 엄숙주의로부터 해방시키는 소라이학에 더욱 빠져들이 갔다. 그는 이때 처음으로 엄격하게 억지수양한(嚴毅苲迫) 주자학의 세계로부터 '평이관대(平易寬大)'한 선왕의 道가 훨씬 좋은 것이라는 생각을 하게 됐다.

둘째, 소라이학이 니시 아마네에게 각인시킨 것은 인간적 작위의 논리였다. 그도 역시 현실정치의 규범으로서 선왕의 道가 천지자연의 理와의 합치에 있다고 한다면 理에 대한 탐구가 인간의 현실생활에 어떠한 도움도 되지 않는다는 소라이의 생각을 따른 것이다.

셋째, 니시 아마네는 주자학의 윤리설과 그것이 전제하는 인성론에 대한 소라이의 인식에 동의한다. 소라이에 의하면, 주자학은 天과 마찬가지의 완전선을 지닌 존재를 성인(聖人)으로 간주한다. 또한 인간은 모두가 '본연지성'을 가지고 태어나며 성인과 같이 완전선의 방향으로 나아가려 한다. 따라서 본연의 性을 분열시키는 후천적인 '기질지성'을 변화시킨다면 수양에 의해 본연의 性이 회복되어 인간은 선한 방향으로 나아가 결국 성인에게까지 이르게 된다. 그러나 소라이는 이러한 주자학의 윤리설을 비현실적이라고 비판한다. 인간의 얼굴 생김새가 다르듯이 인성(人性) 또한 태어날 때부터 제가끔이다. 때문에 주자학의 주장들은 현실에서도 있을 수 없을 뿐만 아니라 어떤 고전에서도 찾아볼 수 없다는 것이다.[16)]

그밖에 니시 아마네의 생각이 소라이학과 전적으로 일치하는 것은 그가 17세에서 20세 무렵, 즉 소라이학에 대해 가장 크게 감명받았을 때 쓴 『양재사언고본』(養材私言稿本)이라는 양재론이었다. 여기서 니시 아마네가 말하는 양재(養材)의 '材'는 인재를 말한다. 또한 그는 인재를 목재에 비유하여 사람도 각자 다른 재능을 가지고 있다고 주장함으로써 소라이의 『변명』(辨名)에서의 비유를 답습하고 있다. 소라이는 材는 天에서 부여된 것이지만 사람마다 다르므로 이러한 材를 사용하여 완성시키는 것이 곧 선왕이 제작한 선왕의 道=법제절도이지 천지자연의 道가 아니라고 주장한다.17) 다시 말해 인간은 천성에 따라 육성의 道(制度)를 인위적으로 세워 천성을 확대하고 충실하게 해왔으며, 이것이 곧 교육이다. 天으로부터 받은 材는 인간 속에 있지만 이것을 길러 도움이 되게 하는 것이 '養'이기 때문이다. 또한 니시 아마네는 양재의 목적에서도 소라이와 완전히 일치한다. 소라이가 성인의 道가 안민에 있다고 하듯이 니시 아마네도 양재의 목적을 문교(文教)·무비(武備)를 통한 만민의 강령(康寧)에 두었다.18)

그러나 니시 아마네의 생각은 시간이 지날수록 소라이학에서 벗어나기 시작한다. 특히 페리내항(1853) 이듬해에는 탈번하여 에도에 머물면서 양학에 전념하기 시작했다. 그는 당시 영학(英學)으로 유명한 테즈카 리츠조우(手塚律藏)의 숙(塾)에 들어가 영어를 배우면서 그와 의형제가 될 뿐만 아니라 그의 도움으로 양학 연구기관인 번서조소(蕃書調所)의 조수가 될 수 있었다. 여기에서 5년간 그가 몰두했던 영학·난학은 이미 그의 세계관과 진리관을 바꿔놓기에 충분한 것이었다. 천하도 활물이라는 그의 생각 속에는 소라이학의 복고주의로 부터도 벗어나고 있었다. 현대에 있어서 진정으로 공자를 배우려 한다면 서양 각국의 제도와 방법을 배워야 한다고 주장할 정도였다.

---

16) 蓮沼啓介, 『西周に於ける哲學の成立』, 有斐閣, 1987, 63~64쪽.
17) 『辨名下』 「性情才七則」.
18) 『西周全集』 第2卷, 436쪽.

2. 일본근대철학의 전사(前史)로서 니시 아마네의 〈필로소피아〉

니시 아마네가 번서조소의 조수가 된 뒤부터 네델란드로 유학길에 오르기 전까지(1862)의 기간은 그가 주자학에서 소라이학에로의 전회에 못지 않은 사상적 전환기였다. 그는 자신이 교육받아온 전통적인 교양(주자학, 소라이학, 국학)과 서양의 근대사상 사이에는 커다란 거리가 있다는 사실을 깨달았기 때문이다. 그러나 이와 같은 거리감이 서양사상에 대한 위화감이 아니었으므로 그는 전통적인 교양으로부터 무조건 이탈해야 한다고 생각하지 않았다. 오히려 그는 전통적인 교양의 유산을 그대로 평가하고 그 연장상에서 서구사상과 문화를 수용해야 한다고 생각했나. 특히 그는 네델란드에서 돌아온 뒤 본격적으로 양자의 접점을 찾으려 했고 가능한 한 그것들의 종합적 결정(結晶)을 모색하기 시작했다. 그는 무엇보다도 소라이학(실학)을 서양사상(실증주의·공리주의)과의 접점이라고 생각하고 양자를 통한 중층적 사유구조를 형성하려 했다. 이 논문도 유학길에 오르기 이전까지, 번서조소에서 서양철학을 공부하고 강의하던 시기, 즉 그의 사상적 준비기의 철학을 일본근대철학의 '전사(前史)'로서, 그리고 유학에서 돌아와 메이지 3년 육영사(育英舍)에서 서양철학을 강의하면서 중층적 결정(overdetermination)을 모색하기 시작한 시기부터를 '본사(本史)'[19]로서 구분하여 논의하려 한다.

"니시 아마네는 일본근대철학, 아니 일본철학 자체의 아버지(父)다. 일

---

19) 船山信一는 『明治哲學史硏究』(5쪽)에서 일본근대철학의 本史라 할 수 있는 明治哲學史를 다음과 같이 5단계로 구분한다.
　　제1기: 明治1년(엄밀히 말해 明治3년)부터 15년까지―實証主義의 移植期
　　제2기: 明治15년~22년까지―觀念論과 唯物論의 分化期
　　제3기: 明治22년~38년까지―日本型 觀念論의 確立期
　　제4기: 明治28년~44년까지(일부 중복)―哲學啓蒙家의 時期
　　제5기: 明治44년이후―日本型 觀念論의 大成期

본어로 철학이라는 단어는 애초부터 그에게서 시작한다. 게다가 그는 철학이라는 이름을 지은 원조일 뿐만 아니라 일본에서 철학 자체를 시작한 사람이다. 철학은 물론 서양의 philosophia의 번역어이다. 그는 이 단어의 창시자로서만이 아니라 일본인이 서양철학의 실체와 처음으로 접하게 해준 사람이다. … 서양철학이 들어오기 이전에, 니시 아마네 이전에 일본에는 철학이 없었다고 말할 수 있다. 니시 아마네 이전 일본의 모든 철학적 사상은 아직 철학이라고 말할 수 없다. 왜냐하면 철학이란 독립적 학문, 더구나 철학으로서 자각된 학문이 아니면 안되기 때문이다. 이러한 의미에서 니시 아마네는 일본근대철학의 父이고, 또한 일본철학의 아버지다."[20]

　이상은 후나야마 신이치(船山信一)가 『일본의 관념론자』(日本の觀念論者)의 제1장에서 니시 아마네=일본철학의 父로서 규정한 내용이다. 그러나 서양철학이 일본에 언제 들어왔는지, 그리고 니시 아마네 이전에는 일본에 서양철학이 없었는지, 더구나 재래의 철학적 사상은 철학이라고 할 수 없는지에 대해서는 일본의 학자들간에도 의견이 일치하지 않는다. 예를 들어 아소우 요시테루(麻生義輝)는 '서양철학도래전사'(西洋哲學渡來前史)에서 "우리나라에 서양의 사상이 전래된 것은 기독교의 도래(1549)와 동시라고 말하지 않으면 안된다"[21]고 단언하기 때문이다. 그러나 부인할 수 없는 사실은 일본인으로서 philosophia라는 단어를 '哲學'이라고 번역한 것은 니시 아마네에 이르러서의 일이다. 더구나 일본인으로서 서양철학을 강의한 사람도 그가 처음이었다는 사실이다. 후나야마 신이치를 비롯해서 많은 사람들이 니시 아마네를 일본철학의 父로서, 아니면 일본에 서양철학을 최초로 도입한 장본인으로서 간주하는 이유가 거기에 있다.

　기록에 의하면, 니시 아마네는 1861년에 기초된 츠다 마미치(津田眞道)의 유고인 『성리론』(性理論)의 말미에 부기한 자신의 평언에서 처음으로 philosophia를 '희철학'(希哲學)이라고 번역한 바 있다. 그가 여기에서 희철

---

20) 船山信一, 『日本の觀念論者』, 英宝社, 1956, 35~36쪽.
21) 麻生義輝, 『近世日本哲學史』, 宗高書房, 1942, 15쪽.

학이라는 단어에 필로소피(ヒロソヒ)라는 방훈을 사용했던 것이다. 이것은 메이지 초기에 이르기까지도 중국철학의 '성리학', 또는 '격물궁리'라는 단어가 일반적인 용어로서 통용되고 있던 점을 고려한다면 주목하지 않을 수 없는 일이다. "이것은 니시 아마네 개인의 양학사상 형성사(洋學思想形成史)의 일대 사건이었으며, 일본의 양학사상에도 획기적인 사건이었다"22)고 평가하는 이도 있다. 더구나 서양철학에 대한 그의 적극적인 인식을 나타내는 것은 그가 네델란드로 유학가기 전인, 적어도 1862년 6월 18일 이전에 번서조소(5월에 洋書調所로 개칭됨)에서 강의할 목적으로 철학강의안을 작성했다는 사실이다. 이 강의안은 philosophia라는 단어의 어원을 비롯하여 대체로 고대 그리스의 피타고라스, 소크라테스, 소피스트, 플라톤, 아리스토텔레스의 철학을 간략하게 소개하고 있다. 그가 philosophia를 '희철학'이라고 번역한 것도 그 때문일 것이다. 어쨌든 이것은 그 내용의 수준이나 정도보다도 니시 아마네가 일본에서 서양철학 연구의 선구자였다는 점에서, 또한 이렇게 해서 일본에서의 서양철학이 소개되기 시작했다는 점에서 높이 평가받아 마땅하다.

3. 실학과 실증주의의 접점으로서 「백일신론」과 「백학연환」

니시 아마네는 츠다 마미치와 함께 네델란드의 라이덴에 도착한 뒤 그들의 스승이 된 라이덴 대학의 시몬 비서링(Simon Vissering)교수에게 보낸 편지에서 자신의 유학목적을 다음과 같이 밝힌 바 있다.

"열강과의 교제와 국내 정치법제의 개선을 위해 필요한, 아직 우리나라에는 알려지지 않은 계지학(計誌學, 통계학), 성법학(性法學, 자연법), 또는 만국공법학(萬國公法學, 국제법), 제산학(制産學, 경제학), 정사학(政事學, 정치학) 등 유용한 학과가 많이 있습니다. 이러한 까닭에 저는 그 학과들

---

22) 宮川透, '日本における「フィロソフィア」の受容', 東京大學 東洋文化研究所, 『創立十五周年記念論集Ⅱ』, 1956, 308쪽.

을 차례로 배우기보다 단기간에 그 요점을 배우려고 파견되었습니다. 이러한 목적을 달성하기 위해 귀국의 적당한 선생님을 골라 그것들을 배우고 싶습니다. — 특히 철학이라는 학문의 영역도 꼭 배우려고 합니다. 그것을 배우는 것은 대단히 어렵겠지만 저는 우리나라 문화에 공헌하기 위하여 그 학문으로부터 무엇인가를 배우고 싶습니다."[23)]

이 편지에서 보여준 니시 아마네의 학문적 열정과 우국(憂國)의 심정을 동정한 Vissering교수는 그들의 교육에 기꺼이 동의했다. 그는 이 두 사람에 대해 보수도 받지 않고 1863년 8월부터 1865년 10월까지 2년여 동안 휴가기간을 제외하고 매주 목요일과 금요일 밤마다 자신의 집에서 강의했다. 그의 강의 내용은 (1) 성법학(性法學, Natuuregt), (2) 만국공법학(万國公法學, Volkenregt), (3) 국법학(Staatsregt), (4) 경제학(Staatshuishoudkunde), (5) 정표학(政表學, Statistiek) 등 5과목이었으며, 이것들은 경제학을 제외하고 모두 번역되었을 뿐만 아니라 성법학의 역서인 『성법략』(性法略)은 메이지 초기에 소학교의 교과서로서 채택되기도 했다. 이처럼 니시 아마네의 서구사상의 수용에 있어서 Vissering의 영향은 절대적이었다.

Vissering은 네델란드에서 당대의 최고의 자유주의경제학자였다. 그러나 그의 사상적 토대와 세계관은 콩트(A. Comte)의 실증주의(positivisme)와 밀

---

23) 池田哲郎 譯, '本邦最初のオランダ留學生を巡る書簡', 『研究年報』, 第五号, 戶板女子短期大學, 1962, 181쪽. 이 편지에서 보듯이 그가 留學목적 가운데 특히 강조한 과목이 哲學이었다. 그는 留學시절에 관한 문서를 茶色(갈색)표지와 靑色표지로 정리해 두었는데, 茶色은 유학시절 쓴 노트였고 靑色은 귀국 직후에 기록한 것들이다. 이 가운데 茶色노트속에는 서양철학의 핵심 개념들을 漢譯하여 用語表로 정리한 것이 있다. 이것은 그가 유학중에 서양철학의 무엇을, 어떻게 이해했는지를 가늠할 수 있게 해주는 간접자료라고 할 수 있다. 예를 들면, abstraction-抽象, idee-觀·理想, synthesis-總合, analysis-分解, reflection-省, raison-性·理, volonté-意, vrai-眞, devoir-任·分, vertu-德, deduction-演繹, instinct-本能, apriori-先天, aposteriori-後天, bien-善, infinite-無彊, finite-有彊, liberté-公順, absolute-純全, mal-惡 necessary-必然, accident-偶然 intellect-智, ecole-學 등이 그것이다.

(J. S. Mill)의 공리주의(utilitarianism)이었다. 또한 당시 네델란드에는 스피노자 이래의 대철학자라 불리는 C. W. Opzoomer가 Comte와 Mill류의 실증주의를 주장하고 있었기 때문에 네델란드의 사상계는 자연히 실증주의가 지배적일 수 밖에 없었다. 따라서 니시 아마네는 Vissering에게 주로 사회과학으로서 법학과 경제학을 배웠지만 그보다도 당시 네델란드의 이러한 학문적 분위기 속에서 실증주의와 공리주의 사상을 배울 수 있는 기회를 얻었다. 이것은 니시 아마네 개인의 사상 형성에는 물론이고, 메이지 초기 일본의 계몽사상의 토대가 되는 결정적인 계기라고 보지 않을 수 없다.

1) 백교일치론(『百一新論』)으로서 철학

니시 아마네가 귀국한 이듬해부터 2년간(1866~1867) 교토에 머물면서 쓴 책이 『백일신론』(百一新論)이다(그러나 이 책의 출판은 메이지 7년 3월임). 이것은 한마디로 말해 '백교(百敎)는 일치된다'는 니시 아마네의 철학관을 피력한 책이다. 그는 이 책에서 백교, 즉 백학 모두가 철학에 의해 총괄(종합=통일)된다고 결론지음으로써 콩트의 실증주의가 지향하는 통일과학의 이념을 가장 먼저 시도해 보았다. 프랑스 대혁명 이후 서구 사상계의 대혼란에 대처하기 위해 철학을 통해 여러 학문을 집대성하려는 콩트의 사상은 막말의 내외적 혼란기에 백학(百學)의 대본을 마련하려던 니시 아마네에게 귀국 후 가장 먼저 (그의 한학의 소양을 토대로) 나름대로의 통일과학의 체계를 형성하게 한 것이다. 니시 아마네는 이를 위해 우선 학문 체계를 몇개의 카테고리로 나누고, 그것들간의 상호연관성을 검토하여 학문 전체를 체계화하는 방법을 채택함으로써 이미 밀의 귀납법적 추론 방법을 원용(援用)하고 있다.

그 구체적인 수속으로서 그는 첫째, 백교의 '교'를 '인도의 道'[24]로 규정

---

24) 西周는 百敎의 <敎>를 서양어를 번역한다면 라틴어의 mos, 프랑스어의 morale, 이탈리아어의 moral, 독일어의 Sitte, 和蘭어의 zede라고 하여 종교적

하고 '신(身)'을 다스리는 도구로서의 '교'와 '인'을 다스리는 도구로서의 '법'으로 구별하여 전개한다. 그는 교와 법, 즉 도덕과 정치, 윤리와 법의 차이를 밝히면서 양자가 근원에서는 일치한다고 보았다. 왜냐하면 유교의 경우는 정교일치를 주장하면서도 그것의 상이함을 밝히지 않아 양자의 충돌을 일으키는 정치관념의 애매성을 내포하고 있다고 생각했기 때문이다.

둘째, 물리와 심리를 구별한다. 물리는 천연자연의 理로서 아 프리오리(apriori), 즉 선천의 理인 반면 심리는 인간에게만 행해지는 理로서 아 포스테리오리(a posteriori), 즉 후천의 理이다. 그는 이 양자 사이에는 상호 간섭이 없다고 주장한다.

세째, 교(教)에 있어서도 성리, 즉 심리에 관한 '관문(觀門)'과 물리에 관한 '행문(行門)'의 차이를 언급한다. 여기에서 관문은 이론적인 의미이고 행문은 실제적인 의미이다. 그는 이러한 구분을 물리와 심리의 상호연관이 카테고리, 즉 원리상으로 불가능함을 해결하기 위해 추론과정에서 불가피하게 요청한 것이다. 다시 말해 물리와 심리는 혼동할 수 없지만 관문(이론)과 행문(실제)의 영역을 생각해 볼 때, 이론은 무기물질로 부터 인간의 생리에 이르기까지의 관찰과 이론을 망라한다. 따라서 물리(行門=실제)에 관한 것일지라도 심리(觀門=이론)를 토대로 하여 연구되지 않으면 안된다. 인도의 교를 문제시하는 '교'도 심리를 검토하기 위해서는 예비적 토대로서 인간의 생리, 생물학적 원리, 즉 물리를 검토하지 않으면 안된다. 이것은 물리의 영역과 심리의 영역이 학문 전체의 체계에서는 독립적일 수 없고 상호연관성을 갖고 전체를 체계화한다는 것을 의미한다.

니시 아마네의 이러한 통일과학에로의 수속은 실증주의 정신과 귀납법적 방법을 통해 우선 도덕과 정치를 분리함으로써 유교적 사유를 물리치고, 물리와 심리를 구별하여 하나의 도리로서 자연과 인간의 현상을 설명하려는 종교적 사유를 배제한다. 교(教)의 의미가 군이 종교의 교가

의미가 아닌 도덕이나 윤리의 의미로서 사용하고 있음을 밝히고 있다. 『西周全集』 第1卷. 236쪽.

아님을 밝히려는 이유도 거기에 있다. 오히려 그는 인간도 천지간의 일
물(一物)이므로 심리에 대한 고찰일지라도 물리를 참고해야 한다고 주장
한다. 이러한 작업을 가리켜 그는 '조화사(造化史)의 학'이라고 했다. 이때
조화사란 인성학(人性學, anthropology)의 경우만 보더라도 비교해부학
(comparative anatomy)으로부터 시작하여 생리학(physiology) · 성리학(性理學,
psychology) · 인종학(ethology) · 신리학(神理學, theology) · 선미학(善美學,
aesthetics) · 역사에 이르기까지 물리에 대한 참고로부터 학술 전반에 걸친
고찰을 말한다. 그러나 이러한 백학(百學)도 그것이 돌아가야 할 곳은 일
체의 學을 통일할 수 있는 철학뿐이다. 한마디로 말해 백교의 방법을 세우
는 것은 곧 필로소피(ヒロソヒ)라는 것이다.[25]

니시 아마네가 『백일신론』에서 가장 역점을 두는 것은 인간성론이다.
이것은 그가 소라이학에서 어떤 영향을 받아 어떻게 그것을 극복하는지를
잘 보여주는 것이기도 하다. 그는 인간성의 문제도 물리와 심리의 이분법
적 논리로 전개한다. 우선 선천의 理로서 물리는 인간성 속에서 나타난다.
그것은 금수로부터 인간에 이르기까지 생물이라면 모두가 구비하고 있는
것으로서 인간의 생리학적, 생물학적 고유성이 바로 그것이다. 때문에 인
간성 속에 있는 물리는 인간의 힘으로는 어찌할 수 없는 것이다. 이에 반
해 심리는 천변만화하는 것으로서 선악, 정 · 부정(正不正)과 같은 도덕적,
법률적 개념으로 표현된다. 이러한 후천의 理로서 심리는 선천적 인간성
에 기초하여 형성된 일종의 습관이거나 습성이다.

그러면 심리형성의 토대가 되는 인간의 타고난 성질(인간성)이란 무엇
인가? 니시 아마네는 그것을 모두 인간이 공통으로 구비하고 있는 '호오
(好惡)'의 감정이라고 했다. 그것은 인위적인 道가 아닌 선천적인 性, 즉
인간성과 동물성이 공유하고 있는 것으로서, 그것을 토대로 하여 '인간의
심리'가 생겨난다. 이때의 인간의 심리란 그가 가장 중요시하는 제3의 인

---

25) 『西周全集』 第1卷, 288~289쪽.

간성, 즉 인간의 사회성이다.

니시 아마네에 의하면, 제3의 인간성을 이루는 호오의 감정은 '소유권'이 생겨나는 근원이다. 인간은 누구나 다른 사람이 자신의 물건을 빼앗으려 할 경우 그 사람에 대한 증오와 분노를 느끼게 되기 때문이다. 그는 이렇게 해서 생긴 '자주자립권'·'충서(忠恕)의 道'·'소유권', 등이 인간의 심리라고 주장한다. 하지만 이것은 맹자의 측은지심(惻隱之心), 수오지심(羞郡之心), 사양지심(辭讓之心), 시비지심(是非之心)인 사단지심(四端之心)을 확충하여 인의예지의 道를 형성하려 한 것과 다를 바 없다.[26]

이상에서 보면『백일신론』의 인간성론은 그 논의의 주제는 물론 문제의식도 오규 소라이에게서 빌려온 것임을 알 수 있다. 예를 들어, '性에 따르는 것이 道이다'라는 소라이의 해석원리가 니시 아마네에게도 하나의 설명 원리가 된 것이나 인간의 심리로서 충서의 道를 다룬 것도 소라이의 덕의 내용이 다소 수식되긴 했지만 그대로 전달된 것이나 다름없다. 나아가 그는 자립권이나 소유권의 개념으로 인간성을 설명하듯이 소라이의 논의 속에 서양의 인간성론을 들여와 소라이에게는 없었던 개념과 논의들을 보완하여 소라이를 극복하려 했다. 그러나 그것은 극복이라기 보다 그가 최초로 시도한 융합이고 습합이다. 더구나 百學의 통일을 기대하는 그의 기본적인 학문관의 형성 속에는 이러한 중층적 결정 의도가 더욱 뚜렷하다.

---

26) 앞의 책, 283쪽. 그가 주장하는 인간성의 내용을 정리하면 다음과 같다.
   첫째, 인간의 생리학적, 생물학적 성질(物理 또는 生理)
   둘째, 인간의 심리형성의 토대인 선천적 인간성(好郡)
   셋째, 인간의 심리(社會性)
   니시 아마네는「哲學關係斷片」에서도 喜·憐·悲·怒·恐·恥·悔·憂의 감정을 <九情>이라 하고 그 가운데 七情, 즉 喜憐은 仁德의 元으로서 인간사회의 本이며, 惡怒는 正義의 本이며, 恐恥는 祀의 元으로서 아름다운 社交의 本이며, 恥悔는 사람만이 이를 두려워 할 뿐 금수에게 없는 것이라 했다. 또한 그는 九情을 금수와 공통으로 갖추고 있는 것, 즉 喜憐悲惡怒恐憂와 인간만이 지닌 것, 즉 恥悔로 兩分하기도 했다. 니시 아마네는 九情이라는 인간성을 인간의 社會와 社交의 기초가 되는 것이라고 간주하려 했다.

2) 백과전서운동으로서 『백학연환』과 『생성발온』

후나야마 신이치(船山信一)는 니시 아마네를 가리켜 '백과전서학자(エ
ンチクロペディスト)'라고 부른다. 니시 아마네는 철학적 제과학, 더구나
전과학의 조(祖)이며, 그의 철학은 총합철학이자 실증철학이라는 것이
다.[27] 그는 『백일신론』에서 제기한 귀납법적 방법에 의한 종합과 통일의
방법론을 『백학연환』(百學連環, 1870)과 『생성발온』(生性發蘊, 1873)에서
집대성하려 했다. 그는 1870년(明治3年) 11월 자신의 집에 사숙(私塾)인 육
영사를 개설하고 백학연환이라는 명칭의 강의를 시작한다. 따라서 『백학
연환』은 그가 직접 집필한 저작이 아니라 강의안이었다. 그것도 그 강의
안 전부가 발견되지 않아 남아 있는 일부와 제자인 나가미(永見裕)의 필기
록(『永見本百學連環』)을 대조하고 종합하여 출간한 것이다.

니시 아마네는 18세기 프랑스의 계몽주의자들이 벌인 백과전서의 이념
과 운동을 일본에 도입하려는 의도에서 이 강의를 개설했다. 그것은 곧 통
일과학을 마련하는 것이 과학교육을 위한 최선의 방법임을 주장하기 위해
서였다. 『백학연환』의 권두에서부터 그는 이점을 다음과 같이 분명히 한
다. "영어의 Encyclopedia라는 단어는 그리스어 ενκυκλιος παιδεια에서 온
것이다. 그 단어의 의미는 童子를 둥근바퀴 속에 넣어 교육한다는 뜻이었
으므로 그것을 번역하면 백학연환에 해당한다.—그것은 천학한 者들을 인
도하려는 창견(創見)에서 비롯된 것이다."[28] '어린이를 둥근 바퀴 속에 넣
어 교육한다'는 방법은 독일어의 Leitfaden(인도하는 糸, 즉 입문서)이라는
방법과 같은 뜻이며, 오늘날 유아가 혼자 일어서서 걷는 방법을 익히도록
만든 유아용 보행기와도 같은 방법이다. 또한 '천학한 무리를 인도하려는
창견에서'라는 주장에는 이미 통일과학이 과학교육에 공헌한다는 콩트의
견해가 전제되어 있다. 그는 콩트의 통일과학과 과학교육의 이념을 결합

---

27) 船山信一, 『日本の觀念論者』, 英宝社, 1957, 42쪽.
28) 『西周全集』 第四卷, 11쪽.

한 것이 Encyclopedia라고 생각하고 메이지 초기에 일본청년들에게 양학을 가르칠 수 있는 최선의 방법으로서 자신의 백과전서(『백학연환』)를 준비했다.

『백학연환』은 학술의 의의·방법·목적, 등 일반적인 문제를 논하는 「총론」(introduction)과 여러 학술을 계통별로 분류하여 그것에 정의를 부여하고 설명하는 「각론」으로 되어 있다. 그는 각론을 「보편학」(common science)과 「수별학」(殊別學, particular science)으로 양분한다. 제1편 보편학은 다시 역사(history)·지리(geography)·문장학(literature)·수학(mathematics)으로 나누고, 제2편 수별학을 심리상학(intellectual science)·물리상학(physical science)으로 나누며 이것을 더욱 세부적으로 분류한다. 예를 들어 심리상학은 신리학(神理學, theology)·철학(philosophy)·정사학(政事學, politics)·제산학(制産學, political economy)·계지학(計誌學, statistics)으로 나눈 다음, 철학도 치지학(致知學, logic)·성리학(性理學, psychology)·이체학(理体學, ontology)·명수학(名敎學, ethics)·정리가지학(政理家之學, political philosophy)·가취학(佳趣學, aesthetics)·철학역사(哲學歷史, history of philosophy)·실리상철학(實理上哲學, positive philosophy)으로 분류했다.

이상에서 보듯이 『백학연환』과 『생성발온』은 콩트의 실증주의의 관점에서 자연과학으로부터 시작하여 사회과학 및 인문과학에 이르기까지 니시 아마네의 웅대한 통일과학의 구상을 전개하고 있다. 그러나 이 저작들은 그가 콩트의 저작을 직접 인용한 것이 아니라 루이스(G. H. Lewes)가 쓴 『The Biographical History of Philosophy』(1857)와 『Comte's Philosophy of Sciences』(1853) 속의 콩트사상에 의존한 것이다. 특히 『백학연환』은 루이스의 『Comte의 과학철학』의 제1부 전반(Section Ⅰ~ⅩⅤ)을 소개했고 『생성발온』은 그 후반(Section ⅩⅥ~ⅩⅩⅠ)을 다뤘다. 이처럼 니시 아마네의 이 두 저작은 루이스가 이해한 콩트철학의 순서에 따라 진행됐을 정도로 콩트의 체계에 전적으로 의존하고 있다.

『백학연환』이 채택한 기본원칙 가운데 하나는 콩트의 삼단계법칙(loi

des trois états)[29]과 밀의 귀납법이다. 우선 콩트의 삼단계법칙에 대해 니시 아마네는 다음과 같이 말한다.

　근대 프랑스의 A. Comte라는 사람이 발명한 말에는 모든 일에 있어서 처음부터 잘 끝낼 수 없다면 그것을 잘 마무리하는 데에는 stage, 즉 무대(또는 장소로도 번역한다.)가 세가지 있다. 첫째에서 둘째를 거쳐 셋째 무대에 이르면 끝이 난다. 그 첫째는 theological stage, 즉 신학가의 장소이고, 둘째는 metaphysical stage, 즉 공상가의 장소이며, 셋째는 positive stage, 즉 실리가의 장소로서 여기가 마지막이다. … 모든 것이 세번째 장소에 이르지 않으면 실리에 이르는 길이 있을 수 없다. 인지의 개발과 물질의 개발도, 그리고 세상의 개화도 모두가 점차 그 차례에 따라 첫째에서 둘째를 거쳐 셋째 장소에 이르러 끝이 난다. 여기에 이르면 그 실리를 깨닫게 되는데 그것을 가리켜 positive knowledge라고 한다.[30]

---

29) Comte는 사회의 진보를 결정하는 요인과 동력을 지식·물질·도덕이라 하고, 그 가운데서도 가장 중요한 것이 지식이라고 단정했다. 지식의 삼단계를 이루는 진보의 법칙(les lois d'évolution)을 도식화하면 다음과 같다.

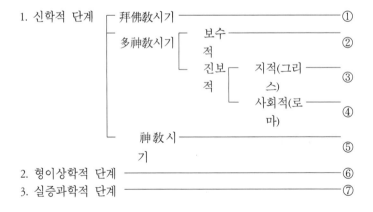

Comte는 14세기 이후 발달한 과학의 성과를 종합의 정신으로 조직화하는 實證哲學이 완성되면 그때야 비로소 삼단계가 완성된다고 생각했다. 李光來, 『프랑스哲學史』, 문예출판사, 1992, 246쪽 참조.

니시 아마네가 통일과학을 구상하는 또 다른 원칙은 『백일신론』에서와 마찬가지로 물리와 심리의 영역구별이다. 이것은 물론 소라이학의 도덕법을 의미하므로 물리와 도리는 별개의 것이어야만 한다. 이렇게 보면 니시 아마네의 심리는 소라이의 도리와 크게 다를 바 없다. 니시 아마네의 물리는 인간에게 부여된 생리학적·생물학적 법칙인 반면 심리는 인간의 물리적인 '性'에 준거하여 획득한 道이거나 후천적인 理이기 때문이다. 그가 인용하는 '性에 따르는 것이 道이다'라는 중용의 말은 소라이가 작위의 道를 설명하기 위해 인용한 말이었으므로 니시 아마네도 소라이를 통해 중용의 道를 이해하고 그것을 후천적인 인위법으로 간주했다. 그러면서도 니시 아마네는 물리와 심리의 구별을 콩트의 '객관적 방법'과 '주관적 방법'의 구별에도 신세지고 있다. 콩트는 심리학의 연구방법을 주관적 방법으로 간주하고 객관적 방법을 심리현상이 의존하는 유기체의 조건, 즉 유기체의 물리에 대한 연구방법으로 구분했기 때문이다.

『백학연환』에 나타나는 콩트의 영향으로서 빼놓을 수 없는 것은 그의 사회학적 영향이다. 그 책에서 니시 아마네는 "인간의 본무란 상생양(相生養)의 道이므로 사람된 者는 어떤 일이 있어도 혼자서 생양(生養)할 수 없는 존재이다"라고 규정하고, 여기에서 이미 society를 '社', 또는 '상생양지도(相生養之道)'라고 번역한다. 『생성발온』에서도 sociology(人間學)를 설명하길 "society에서 변성한 것, 인간상생양의 道를 논하며, 그 가운데서도 정사(政事)·법률·교법(敎法)의 과목을 겸한 철학"이라고 정의한다. 그는 나중에 society를 '사회'라는 역어로 확정한 후에도 '상생양'·'위군(爲群)'이라는 용어와 병행해서 사용했다. 논자는 여기서도 소라이와 니시 아마네의 접점을 다시 한번 확인하게 된다. 특히 '상생양의 道란 노(勞)를 나눠 업을 구별한다'는 니시 아마네의 사회분업론은 '農工商賈, 皆相資爲生'(『辨明』)을 주장하는 소라이의 분업론과 마찬가지의 주장이기 때문이다.

---

30) 『西周全集』 第四卷, 30～31쪽.

그러나 이것은 소라이와 니시 아마네의 접점이 아니다. 오히려 니시 아마네의 언설들은 소라이와 콩트의 유전인자들의 융합이라고 보아야 할 것이다.

4. 실학과 공리주의의 극복으로서 『인세삼보설』

니시 아마네의 철학적 방법이 실증주의였다면 그의 철학적 이상은 공리주의였다. 그의 철학의 근저에는 일본인 전체의 이익을 어떻게 최대화할 수 있을까 하는 공리주의적 이상이 전제되어 있기 때문이다. 이러한 그의 이상을 대변하는 슬로건이 바로 '복지는 인도(人道)의 극공(極功)이다'[31]였다.

그러나 이러한 공리주의의 이상은 니시 아마네의 독자적 산물이 아니다. 그것은 이미 소라이의 실학과 밀의 공리주의에 의해 배태된 것이다. 다시 말해 소라이의 예제도주의(禮制度主義)의 목적과 사회 전체의 복지를 지향하는 밀의 공리원리는 니시 아마네를 통해 자연스럽게 접합될 수 있었다. 그러나 니시 아마네는 『인세삼보설』(人世三宝說)의 이론적 근거로서 밀의 최대복지설을 받아들임으로써 소라이에게 보다 밀에게 더 근접한 입장이었다. 무슨 이유에서 였을까? 그것은 무엇보다도 소라이의 기본 입장인 복고주의에 대한 반감 때문이었다. 니시 아마네는 소라이가 선왕의 道라고 부르는 고대의 정치체제에로 복귀하려는 동기는 이해할 수 있지만 옛 성인이 제작한 예법제도를 부활시키려면 해결해야 할 문제가 하나 둘이 아니므로 동의할 수 없었던 것이다. 더구나 그의 이러한 입장은 소라이학뿐만 아니라 유교의 복고주의 전반에 걸친 비판에로 나아갈 수밖에 없었다. 이 무렵의 그의 생각은 콩트의 역사 삼단계설과 밀의 진보사상에 경도되어 있었기 때문에 모든 제도가 선왕의 道에 의해서가 아니라 '후세의 발명'에 의해 발전하고 진화한다는 것이었다.

---

31) 『西周全集』 第4卷, 30~31쪽.

니시 아마네가 밀에게로 근접해 간 또 다른 이유는 조가 개인도덕을 고려하지 않았다는 점이다. 밀은 입법가의 도덕(公德)과 재판관의 도덕(私德)을 인정했지만 소라이는 사덕을 부정하고 법치전일주의만을 주장했기 때문이다. 밀은 앤드류(Saint Andrews)대학 총장취임사에서 대학교육의 목적을 논하면서 공덕과 사덕을 다음과 같이 주장했다. 대학교육의 목적은 학생이 전문지식을 습득하는 데 있지 않고 스스로 전문지식을 운용하는 원리를 파악하는 데 있다. 즉 대학은 일반교양의 빛을 밝혀 전문지식 탐구의 기술을 발휘할 수 있는 원리를 파악하는 곳이다. 대학은 인간형성의 장이며, 철학적 인간을 양성하는 곳이다. 이러한 인간의 형성이란 법률이 전공이라면 교양이 부족한 유능한 법률가가 되는 것이 아니라 철학적 법률가가 되는 것이다. 즉 자세한 지식을 주입하는 것이 아니라 원리를 터득한 인간이 되는 것이다. 그렇게 하기 위해서는 지성의 교육과 함께 도덕적 본성의 교육 및 미적·사회적·공감적 본성의 교육도 시켜야 한다.[32] 여기에서 밀은 좁은 의미의 도덕(自制心, 즉 私德)과 더불어 넓은 의미의 도덕(자제심과 사회적·공감적 본성과 지성을 포함한 총체적, 조화적 발전, 즉 公德)을 구별하면서 장래 입법가의 지위에 오를 엘리트는 사덕을 포함해 공덕을 갖춰야 한다고 주장했다.

그러면 이러한 밀의 공리주의는 니시 아마네에게 어떤 영향을 주었고 니시 아마네의 사상속에 어떻게 습합되고 극복되었을까? 니시 아마네는 『인세삼보설』의 권두에서 "밀의 이학(利學, utilitarianism)의 대지(大旨)는 인간세상의 일대 목적을 '최대복지'에 두는 것이며, 자신의 논지는 '일반복지'를 인간 최대의 주안점으로 세우고 그것을 달성하는 방략(方略)을 마련하는 것"이라고 밝히고 있다. 이것은 그가 밀의 공리주의의 원칙을 전제하면서 자신의 공리원리를 전개하겠다는 주장이었다. 이것을 가리켜 그는 '제이등(第二等)의 안목'이라고 정의한다. 인간세상의 공리를 논하는

---

32) 小泉仰, 『西周と歐米思想との出會い』, 三嶺書房, 1989, 297쪽.

최대복지가 제일원리라면 개인의 공리를 논하는 일반복지는 제2의 원리라는 것이다.

그가 주장하는 제이등의 안목은 건강, 지식, 그리고 부유(富有)이다. 그는 이것들을 가리켜 인생의 '삼보'라고 한다. 그에 의하면, 삼보는 天으로부터 받은 '강복(康福)'의 기본이므로 이것을 온전히 구하는 것이 곧 理의 자연이며 개인적 행위의 '목적도덕의 大本'[33]이다. 그러나 니시 아마네는 삼보를 개인의 도덕적 지향점으로만 만족하지 않는다. 그가 생각하기에 삼보는 개인의 도덕이지만 나아가 사회도덕의 요체이자 사람을 다스리는 요점이기도 하다. 그는 삼보가 개인적 공리의 원리일 뿐만 아니라 사회도덕의 세 가지 '예규'(例規, rules)이므로 타인의 삼보를 해치지 말고 오히려 촉진(또는 進達)을 돕도록 해야 한다고 강조한다. 여기에서 니시 아마네는 '해치지 말라'는 소극적 공리원리와 동시에 '촉진을 돕도록 하라'는 적극적 공리원리를 함께 강조하고 있다. 이것은 공리원리를 적극적 공리주의의 입장에서만 적용한다면 전체의 행복을 증진하기 위해서는 개인의 행복을 희생할 수도 있다는 적극적 공리주의가 지닌 실천적 배리(背理)를 사전에 피하기 위한 해결방안이었다. 이처럼 그의 공리주의 체계에는 전체를 위해 개인을 희생시켜야 하는 공리주의의 배리는 (이론적으로) 일어나지 않는다. 그것은 소극적 공리원리를 필요조건으로서 우선적으로 요구하기 때문이다. 그가 생각하기에 개인의 사리의 총계를 떠난 공익이 존재하지 않으므로 '공익은 사리의 총수이고, 사리는 개인의 신체건강, 지식개달, 재화충실이라는 세 가지에서 나온다.'[34] 이처럼 니시 아마네는 밀의 사회 전체의 공리로서의 최대복지원리와는 달리 소극과 적극의 공리주의를 식별하고 전자를 필요조건, 후자를 충분조건으로 구별함으로써 밀의 공리원리를 자신의 용어로 재구성하려 했다.

그러나 니시 아마네의 이러한 삼보설은 개인의 삼보에 근거한 공리원

---

33) 앞의 책, 518쪽.
34) 植手通有, 『日本近代思想の形成』, 岩波書店, 1974, 166쪽.

리가 개인의 평등과 자유의 상호관계를 통한 사회적 관계에로 발전한다는 논리이므로 개인을 단위로 하여 社會를 파악하려는 이른바 원자론적 사회관(social atomism)일 뿐만 아니라 사회를 개인 상호관계로서만 존재한다고 생각하는 점에서 사회적 실재성의 인정에 소극적인 명목론적 사회관(social nominalism)이기도 하다.

V. 결 론

대개 역사적 사건들은 예외 없이 단순한 인과관계로 결정되는 것이 아니라 복수의 다양한 원인들이 서로 겹쳐 발생한 사건의 복합태이다. 즉 프로이트가 꿈을 이미지들의 '응축'(condensation)과 '대체'(displacement)에 의해 중층적으로 결정된 복합적 결과로서 해석하듯이 역사적 사건도 다양한 원인들의 응축과 대체에 의해 '중층적'으로 결정된 복합적 결과이다. 이른바 메이지유신의 경우도 다를 바 없다. 그것은 막말에 이르기까지 봉건지배체제의 내부에서 극한까지 응축되어 온 갈등구조와 양이의식(壤夷意識)을 뒤집어서 적극적인 양학 섭취정책을 추진하려는 관학이데올로그들의 대체된 의식구조가 중층적으로 작용하여 결정된 결과일 수 있기 때문이다. 메이로쿠샤(明六社)에 모인 막부의 개성소(開成所) 출신의 절대주의 엘리트들이 꾸어온 독단의 꿈은 어느 날부터인가 문명과 계몽의 꿈으로 대체된 것이다(하지만 그것은 막부의 관학이데올로기가 메이지의 관학이데올로기로 대체된 것에 불과하다).

그러면 새로운 꿈, 계몽의 꿈으로 바꿔놓은 대체이미지란 구체적으로 무엇인가? 실증주의와 공리주의가 바로 그것들이었음은 말할 필요도 없다. 실증주의와 공리주의는 이미 당시의 세계적인 유행사조였을 뿐만 아니라 페리 내항으로 인해 이데올로기적 외상(trauma)을 입은 일본에게는 그 악몽을 대체해 줄 수 있는 유효한 정신안정제이자 치료제였기 때문이다. 특히 프랑스의 왕정복고의 철학인 콩트의 실증주의가 메이지 초기(적어도 明六社가 해체되던 1875년 정도까지는)의 더 없이 좋은 정신안정제였다면, 반동의 철학이 아닌 진보의 철학으로서 공리주의는 그들이 직접 네델란드에까지 가서 구해 온 정신치료제였다. 막부의 실학은 드디어 습합의 파트너를 찾은 것이다.

이미 막부의 관학이데올로기인 유학도 주자학에서 고학을 거쳐 소라이학에 이르면서 이미지의 응축이 심화되어 온 터이므로 메이지 초기의 정신적 상황은 이미지들의 중층적 결정이 이뤄질 수 있는, 이른바 새로운 꿈의 실현이 가능한 상황이었다. 달리 표현하면 그것은 새로운 문화의 수태과정이었고 사상적 습합의 도정이었다. 논자가 니시 아마네의 정신을 그 모태로서, 그의 사상형성 과정을 정신적 수태과정으로서, 그리고 그의 철학적 저작들을 습합의 산물로서 간주하려는 이유도 거기에 있다.

니시 아마네의 철학은 일본에서 가장 먼저, 그리고 가장 적극적으로 이뤄진 소라이학과 서구사상의 접점이었다. 그러나 그것은 실학과 실천철학의 단순한 혼합물이 아니다. 그는 소라이학으로부터 미련없이 떠난 것이 아니듯이 실증주의와 공리주의로 무턱대고 달려간 것도 아니다. 그의 철학 속에는 소라이학에 대한 애정이 여전하듯이 서구사상에 대한 신뢰도 깊다. 그가 진정으로 필요로 한 것은 양자에 대한 애정과 신뢰였고, 그것을 에너지로 하는 자신의 꿈의 실현이었다. 바로 그러한 에너지(綜合的 結晶力)로 인해 실학과 실천철학은 니시 아마네의 철학 속에서 또 하나의 '습합의 철학'으로 거듭날 수 있었다.

제15장

일본기독교와 우치무라
간조(內村鑑三)의 복음주의 습합신학

야훼(Yahweh)를 조물주로 하는 유일신의 종교인 '기독교'는 일본문화의 체질과 특성을 파악할 수 있는 가늠자 가운데 하나이다. 천지창조의 근원과 조화의 신인 아메노미나카누시노카미(天之御中主神)와 황조신인 아마테라스 오오미카미(天照大神)가 지배해온 일본에 또다른 창조주 야훼신과 유태인의 시조 아브라함(Abraham)의 도래는 천지창조에 대하여 달리 생각해본 적이 없는 처녀인구집단의 존재원인을 부정해야 하는 근원적인 적대요소의 등장을 의미한다. 기본적으로 오오야시마(大八島)에 갑자기 종교적 경계경보가, 또는 존재론적 적색경보가 울리기 시작한 것이다. 습합사(習合史)로서의 일본종교사 속에서 기독교를 신도(神道)가 습합하지 않은 유일한 객신(客神)의 종교로서 기록할 수 밖에 없는 이유도 거기에 있다.

에도시대 이래 일본과 기독교와의 관계에는 타종교에서는 찾아볼 수 없는 철저한 금교와 쇄국, 가혹한 박해와 탄압, 고의적인 왜곡과 비판 등이 반복되었다. 일본은 오직 기독교에 대해서 만큼은 줄곧 경계심을 늦추지 않은 채 이런 부정적·비우호적 관계를 유지하려 했다. 습합이라는 일본문화의 체질적 유연성의 상실이나 포기를 감수하면서도 일본의 근대사회는 기독교의 도래, 그리고 그것과의 습합에 대해서 그렇게 해왔다. 그러므로 이것은 습합문화로서의 일본문화가 지금까지 잃어버린 손실 가운데 가장 큰 것이었을지도 모른다.

Ⅰ. 메이지 시대의 국가주의와 기독교

일본의 기독교사, 특히 메이지 기독교사(明治基督教史)는 일본의 프로테스탄트(개신교) 수용사이다. 메이지 시대에 프로테스탄트가 도래한 이래 일본의 기독교는 고난과 시련 속에서 삼투되는 토착화의 과정을 거쳐야 했다. 일본기독교는 일본사회의 근대화에 적지 않은 공헌을 했음에도 불구하고 비난과 갈등, 비판과 충돌을 감수해야 했고 왜곡과 변질도 피할수 없었다. 일본의 신도(神道)와 상호 인정하고 공존하기 어려운 교의와 신앙 때문에 겪을 수밖에 없었던 배타적 분위기 속에서 메이지 시대의 일본기독교는 그것과 타협하며 적응해야 했다. 그런가 하면 일본기독교는 천황제 국가주의의 이질적인 환경에서 생존하기 위해 국수주의 이데올로기와도 나름대로의 습합을 시도했다. 요시다(吉田久一)는 메이지 시대의 기독교사를 미국인 선교사들에 의해 전도가 재개된 '메이지유신기'→프로테스탄트 운동의 시련과 갈등의 시기인 '메이지 20년대'(중기)→기독교의 사회활동기인 '메이지 후기', 등 세 시기로 나눈다.[1]

1. 메이지 유신과 기독교 수용

일본인으로서 최초의 프로테스탄트(新教徒)가 된 사람은 1865년 카나가

---

1) 川崎庸之, 笠原一男 編, 『宗教史』, 体系日本史叢書 18, 山川出版社, 1964, 378쪽.

와(神奈川)에서 미국인 선교사에게 세례받은 의사 야노 모토타카(矢野元隆)이다. 그 뒤 막부가 붕괴하면서 선교사에게 사족(士族)이나 상인들이 모여들어 프로테스탄트도 늘어났다. 1872년 3월에는 처음으로 요코하마에 프로테스탄트교회가 설립되었다. 이듬해(메이지 6년)에는 <일반적으로 숙지해야 할 것에 대하여>(一般熟知の事につき)를 조건으로 기독교에 대한 금교 정책(切支丹禁止, 邪宗門禁止)이 해제되자 미국과 영국을 비롯한 프로테스탄트 교단의 선교활동도 더욱 활발해졌다.

적어도 메이지 10년대까지는 이처럼 요코하마를 시작으로 구마모토, 삿포로 등 세지역을 중심으로 선교사들에 의한 선교활동이 활발했다. 메이지 13년(1880)에는 프로테스탄트 운동이 자유민권운동과 연결되어 도시에서 농촌으로 확대되면서 기독교의 시민사회윤리가 사회전반에 걸쳐 영향을 미치기 시작했다. 각도시의 중산층과 사무라이 무사계급, 상인과 농민, 의사와 교사 등에 이르기까지 많은 이들이 프로테스탄트가 되었다. 그들은 개신교가 무엇보다도 선진국인 영미인의 종교라는 점, 종래의 타락한 불교승려들의 모습과는 달리 선교사들이 훌륭한 인격을 지녔다는 점, 일부일처주의와 금주금연을 실천하는 프로테스탄트의 청교도정신을 내세우는 점, 봉건사회의 윤리와는 전혀 다른 시민중심의 윤리를 강조한다는 점에 매료되었다. 구제도와 낡은 사고에 프로테스트하는 수많은 사람들이 신일본의 건설을 위해서는 이러한 윤리의식에 기초한 계몽의 종교가 일본에도 꼭 필요하다는, 이른바 새로운 사고방식의 수신제가치국평천하를 프로테스탄트 정신(protestantism) 속에서 발견했기 때문이다.

2. 프로테스탄트의 시련과 갈등

서구화의 분위기 속에서 프로테스탄트의 전도가 순조롭게 진행되었던 메이지 23년(1890)에는 교회수가 3백개—메이지 11년에는 44개였다—가 넘을 정도였지만 그 해부터 심해진 경제공황으로 인해 기독교의 사회 계몽운동이 약해지자 프로테스탄트의 발전도 한계에 부딪칠 수 밖에 없었다. 프로테스탄트에게는 한동안 감춰져 있던 주형의 틀이 정부로부터 또다시 강요되기 시작한 것이다. 메이지 20년초부터 발흥하기 시작한 국수주의운동은 메이지 22년 제국헌법의 제정에 힘입어 기독교의 공격에 전위가 되었기 때문이다.

얼핏보기에 「대일본제국헌법」은 신도뿐만 아니라 기독교를 비롯한 다른 종교에 대해서도 신앙의 자유를 보장하고 있는 것 같았다. 왜냐하면 거기에는 '천황의 신성불가침'(제3조) 조항 이외에 '신교의 자유'(제28조)에 대한 조항이 들어 있기 때문이다. 그러나 그것은 어디까지나 양립할 수 없는 논리구조에 대한 위장술로서 마련된 것이다. 그것은 민중의 구제자로서의 천황의 이미지를 부각시키고, 은덕을 베푸는 현인신으로서의 천황이지닌 초인간적 권위를 드러내기 위해 천황제 국수주의가 꾸민 두 개의 얼굴일 뿐이었다. 그것은 결코 포개질 수 없는 사이비 양면성이기 때문이다.

아무리 신교의 자유를 허용한다고 하더라도 애당초부터 기독교의 유일신에 대한 신앙은 천황을 현인신으로 간주하여 천황에 대한 충효을 강조해온 근대의 천황제와는 정면으로 상치될 수 밖에 없었다. 일본인들이 기독교를 <외교>(外敎)라고 부른 것도 그것이 근본적으로 일본의 국체와 양립할 수 없다는 잠재의식에서 비롯된 것이다.[2] 또한 기독교가 일본사회의 근대화에 크게 공헌했음에도 불구하고 일본의 국수주의자들이 기독교를 마음 속에서 용인할 수 없었던 것은 평등과 박애를 주장하는 개인주의윤리와 일부일처제나 남녀동등권을 주장하는 기독교의 사회윤리야말로전통적인 일본사회의 균열만을 초래하는 이단의 도덕으로 간주했기 때문이다. 결국 기독교가 천황에 대한 광신적 국수주의자나 진종(眞宗)을 중심으로 한 불교측으로부터의 공격에 직면하게 되었던 이유도 거기에 있다.

그러나 이것은 세균에 감염된 적이 없는 처녀인구집단에 침입한 중간

---

2) 村上重良, 『日本の宗敎』, 岩波書店, 1981, 193쪽.

숙주가 상리공생(相利共生)의 단계에 이르기까지 겪어야 할 과정과도 같
다. 더구나 이것은 유일신의 종교적 패권주의(또는 종교적 식민주의)를 교
의로 하는 기독교가 전해지는 곳이면 어디서나 예상되는 갈등이고 예고된
시련이다. 그러므로 메이지 24년(1891) 1월 우치무라 간조가 교육칙어에
대한 경례를 거부한 불경사건이나 2년 뒤 국수주의 철학자 이노우에 데츠
지로(井上哲次郞)가 기독교를 천황의 교육칙어에 상반되는 반국가적 종교
라고 비판한 「교육과 종교의 충돌」(敎育卜宗敎ノ衝突)을 발표한 것도 이
미 예고된 갈등이었고 피할 수 없는 두 개의 패권주의적 충돌에 지나지
않는다.

3. 제국주의와 기독교의 일본화

러일전쟁의 승리(1905) 이후 여러 분야에서 자연주의가 고개들면서 세
기적 전환의 분위기는 일본의 기독교회에도 변화를 가져오기 시작했다.
그동안 부진했던 교세가 상승하기 시작하는 외적 변화 뿐만 아니라 종교
적으로도 자기 반성이라는 내적 변화가 시작된 것이다.

1) 일본기독교의 독립과 일본화

일본기독교가 일본화를 위해 가장 먼저 시도한 것은 외국선교회로부터
의 독립운동이다. 1905년(메이지 38년) 일본기독교회는 드디어 1865년부터
시작된 외국선교회와 협력의 종결을 선언하기에 이르렀다. 40년만에 일본
기독교가 홀로서기를 시작한 것이다. 이때부터 일본기독교의 전도체제도
역전되기 시작했다. 기독교의 전도를 일본인이 주도하면서 외국선교사는
단지 일본교회의 협력자만으로 그 역할이 바뀌었기 때문이다. 불교와 유
교의 일본화(또는 습합) 과정에서도 보았듯이 일본인에 의한 기독교의 일
본화가 시작된 것이다. 어쨌든 불교와 유학의 일본화가 그렇듯이 기독교
의 일본화도 권력구조의 변화와 무관하지 않은 점에서 흥미롭다. 막부들

의 등장과 제국주의를 배경으로 하여 일어난 불교와 유교, 그리고 기독교
의 일본화는 강력한 권력구조 하에서 적자생존을 위한 종교와 정치의 야
합이자 일본주의와의 습합이었기 때문이다.

그러나 불교와 유학이 이론적 독자성과 학문적 독창성을 확보한 일본
화에 성공한 데 비해 기독교의 경우는 그렇지 못하다. 카마쿠라막부의 등
장과 더불어 '신불교'인 카마쿠라(鎌倉)불교는 구불교인 나라(奈良)불교와
헤이안(平安)불교로부터 벗어나 현밀체계(顯密体系)를 구축하면서[3] 일본
불교화했다. 도쿠가와막부와 더불어 관학으로서 등장한 유학(주자학)도 17
세기말 고학파들에 의해 독자적인 체계의 유학설을 마련함으로써 <유학
의 일본화>[4]를 이룩했다. 그러나 메이지시대의 기독교가 시도한 일본화
방식은 이와 다르다. 일본기독교는 교세 확장을 배경으로 하여 외국선교
회로부터 교회주도권을 확보하기 위해 기독교의 '일본인화'(日本人化)를
이룩했다. 일본기독교는 고작해야 천황제 국수주의의 위협 속에서 생존하
기 위해 탈교의적(脫敎義的)으로 일본화한 것이다.

2) 일본화＝권력의 종속화

두 번째의 변화는 국수주의 국가권력과의 타협이다. 1912년 12월 일본
내무성은 신도와 불교, 그리고 기독교 등 세 종교의 대표자를 불러 국민도
덕의 진흥에 협력해 줄 것을 당부하는 이른바 '삼교회동'(三敎會同)을 가
졌다. 7인의 대표자를 보낸 기독교는 이 회동이 끝난 뒤에 열린 삼교 지도
자들의 별도 모임에서도 천황제의 국체에 절대적인 지지와 협력을 약속했
다. 일본의 기독교인들은 드디어 정부가 기독교를 신도나 불교와 동등한
자격을 가진 대화의 상대로서 공식적으로 인정했다는 점에 크게 고무되어
있었다. 더구나 그들은 천황이 신도국교화 정책을 포기하고 기독교인에게

---

3) 末木文美士, 『鎌倉佛敎形成論』, 法藏館, 1998, 9~22쪽.
4) 黑住 眞, 『近世日本社會と儒敎』, ぺりかん社, 2003, 67쪽.

도 실제로 신앙의 자유(信敎自由)를 하사하는 성은을 베풀었다는 점에 크게 감사하고 있었다.

이 사건에 대해서 민중신학자 도히 아키오(土肥昭夫)도 "기독교의 대체적인 분위기는 이 회동에 찬성하고 그 결의를 지지하였다. 교회는 그 때까지 신도와 불교에 비해 법적 불평등 속에 놓여 있었다. 1899년 문부성 훈령 제12호에서 문부성이 인가한 기독교학교에서는 일체의 기독교 종교의식이나 기독교 교육을 할 수 없도록 금지한 바 있다. 이런 상황에서 마침내 삼교회동으로 신불 양교와 동등한 대우를 정부로부터 받게 된 것에 대하여 기뻐했다. 그들은 가족국가의 온정에 감동하여 그에 보답하는 자세로서 황운부익에 신명을 다하리라고 맹세했다"고 기록하고 있다.[5]

그 이후 정부정책에 대한 일본기독교의 태도는 그 이전과 달랐다. 한마디로 말해 충성을 맹세한대로였다. 제국주의와의 상리공생을 일본기독교가 지향해야 할 목표로 선택한 것이다. 그러므로 러일전쟁을 침략전쟁이 아닌 정의의 전쟁으로 정당화하는 것이 일본기독교의 기본적인 대외인식이 되었다. 하나님의 뜻이 온누리의 땅 끝까지 임하게 해달라는 유일신 신앙의 패권화가 지상과제인 기독교가 제국주의의 영토확장 욕망을 실현하기 위한 침략정책을 돕기 위해 해외전도에 나선 것도 그런 이유에서였다. 예를 들어 일본기독교의 한국교회에 대한 간섭이 그것이다.

서정민에 의하면, "일본기독교가 나름대로의 정체성을 형성하며 곧바로 골몰해야 했던 문제가 한국문제, 혹은 한국기독교와의 관계성이다. 이는 근대 일본이 국가역량을 축적한 후 제일차적으로 시도한 대외적 목표가 '한국 강점'이었고, 또한 근대국가 일본의 상징적 구심체인 '천황제 이데올로기' 자체가 대외 확장의 추진력을 지닌 속성에 기인한다. 이에 이미 일본기독교의 주류가 천황제 국체에 순응하여 이른바 '황도적 기독교'로 그 진로를 구축한 이상 일본의 한국정책 전반은 물론, 더구나 한국에서 이

---

5) 土肥昭夫, 『日本プロテスタント・キリスト教史論』, 教文館, 1987, 213쪽.

미 자신들과 다른 정체성의 모형을 형성하고 있는 '한국교회'에 대해 주시하고 관여해야 할 책무를 지닐 수밖에 없었다."[6]

이것은 천황숭배의 꼭두각시 놀음을 자청할 정도로 천황으로부터 받은 성은이라는 최면상태에 빠진 일본기독교의 시대착오적 진로선택의 일례일 뿐이다. 또한 이것은 시대의 파수군이어야 할 기독교가 국수주의나 제국주의 이데올로기와 야합할 경우 자기정체성에 대한 인식장애가 어떻게 일어나는지를 보여주는 실례이기도하다.

3) 조직화와 반조직

세 번째 변화는 일본기독교의 조직화이다. 메이지 44년(1911)에는 각종 기독교 교파가 모여 모든 교파를 총망라하는 일본기독교회동맹 조직회를 결성하였고 10개파의 프로테스탄트 교회도 여기에 가입했다. 이 동맹은 공동전도를 비롯한 설교자의 교환, 공동기도회, 나아가 사회사업까지도 공동으로 할 것을 목표로 하여 만들어진 것이다. 그러나 모든 기독교인이 이러한 조직화 운동에 참여한 것은 아니다. 예를 들어 우치무라 간조는 일본기독교회의 조직화와 세력화에 반대한 대표적인 무교회주의자였다. 그는 "진정한 교회란 무교회다. 천국에는 실로 교회가 존재하지 않는다"는 신념으로 오직 성서중심주의만을 강조하는 무교회주의를 주창함으로써 이 동맹과 대조를 이루었다. 그가 생각하기에 교회(ecclesia)는 규칙에 의거하여 생긴 것도 아니고 법률에 따라 만들어진 것도 아니다. 교회는 단지 자유의지에 따라 예수를 그리스도(구세주)로 인정하고 그의 사랑을 신앙의 기초로 한 이들의 영적 회합일 뿐이다.

그러므로 그는 소위 교회, 감독, 장로, 신학자, 헌법, 신조 등을 내세워 일종의 정부나 정당과 같이 세력확장을 목표로 하는 제도적 교회의 파괴를 주장한다. 그에게 진정한 교회란 그리스도를 믿는 자들이 사랑으로 맺

---

6) 서정민, 『일본기독교의 한국인식』, 한울아카데미, 2000, 108쪽.

는 영적 교섭의 단체를 의미하기 때문이다. 다시 말해 진정한 교회는 본질적으로 영적 생명이 넘치는 곳일 뿐, 그 밖에 어떤 것도 필요로 하지 않는 형식적·제도적인 <무>(無)이다.[7] 그렇기 때문에 진정한 교회는 反조직이어야 한다는 것이다.

Ⅱ. 천황과 천황제

"우리는 천황제라는 개념을 사용하고 있지만 돌이켜보면 이것은 실제로 천황교(天皇敎)이나 천황종(天皇宗)과 다름없었다고 생각할 수 있다. 전쟁중에 장병들이 <천황폐하 만세!>를 외친 것도 기독교도의 <아멘>이나 일련종(日蓮宗) 교도의 <남무묘법연화경>, 그리고 정토교도의 <남무아미타불>을 뇌이는 심경과 다르지 않다고 생각하기 때문이다."[8] 이것은 1889년(메이지 22년) 2월 11일 「대일본제국헌법」이 발포된 이후 천황의 권위가 어느 정도였는지를 가늠할 수 있는 상징적 평가이다.

1. panta rhei와 근대천황제

천황의 고향은 어디일까? 다카마가하라(高天原)는 또한 어디일까? 그 대답은 기기신화(記紀神話) 속에만 있다. 천황의 고향이 바로 그곳이기 때문이다. 그러나 이것은 현실에서는 그의 고향이 존재하지 않는다는 말과도 같다. 아마테라스 오오미카미를 조상으로 하는 천황은 신일까, 인간일까? 그 대답도 역시 기기신화 속에만 있다. 그러나 현인신(現人神)이라는 천황의 실체는 그가 신도 아니고 인간도 아니라는 말과 다르지 않다. 고향도 없고 실체도 알 수 없는 존재, 그러면 그는 누구인가?

---

7) 土肥昭夫, 『內村鑑三』, 日本基督教団出版部, 1962, 207쪽.
8) 戶頃重基, 丸山照雄 編, 『天皇制と日本宗教』, 傳統と現代社, 1973, 9쪽.

천황의 고향은 알 수 없지만 그의 현주소는 일본인의 의식속이다. 그리고 이것을 관리하는 곳이 일본사라면 오오노야스마로(太安万侶) 이래 역사가는 그의 관리인이다. 일본의 역사속에서 끊임없는 권력의 부침과 더불어 권위와 신상(神像)을 달리해온 천황은 역사가들에 의해 한가지의 천황상으로만 기록되고 관리되어 오지 않았다. 권력구조, 즉 제도속의 천황의 모습도 마찬가지였다. '만물은 유전한다'(panta rhei)는 유전(流轉)법칙에서 천황과 그의 신격(神格)이나 권위, 그리고 그를 담고 있는 제도도 예외일 수는 없기 때문이다. 마루야마 테루오(丸山照雄)가 천황의 신격과 권위가 절대적이었던 메이지시대의 천황제마저도 정부가 꾸민 <창작으로서의> 천황제[9]라고 표현하는 것도 그것이 시대가 만들어내는 역사의 산물임을 의미한다.

'천황제'란 무엇인가? 이 질문은 천황은 누구인가보다도 더 애매한 질문이다. 그것은 역사적으로 언제의 천황인지를 규정하지 않은 채 막연하게 제도라는 단어까지 결합한 무규정적 개념이다. 일본역사에서 천황이라는 존재의 형태는 권력구조에 따라 제가끔이었고, 그로 인해 그의 권한과 권위를 나타내는 상징성에 대한 제도적 규정도 제각각이었기 때문이다. 메이지유신 이래의 절대주의 천황제가 근대국가의 형성과정에서 만들어진 창작물인 이유도 거기에 있다.

그러면 왜 메이지시대의 천황제를 절대주의 국체의 완성으로서 주목하는가? 그것은 막말 이래 이미 표층화되기 시작한 존왕의식이 메이지유신을 통해 뚜렷한 형해화의 과정을 거치더니 이토 히로부미(伊藤博文)에 이르러 마침내 그 창작을 완성하기에 이르렀기 때문이다. 한마디로 말해 근대 일본의 <혼의 예언자>라고 불리는 요시다 쇼인(吉田松陰)에서 그의 제자 이토 히로부미까지 마츠시타무라 학사(松下村塾)에서 대물림된 국체관의 완성이 그것이다. '일군만민'(一君萬民)의 존왕사상에 기초한 요시

---

9) '丸山照雄, '象徵天皇制の思想と日本宗教の現況', 戶頃重基, 丸山照雄 編, 『天皇制と日本宗教』, 傳統と現代社, 1973, 295쪽.

다 쇼인의 새로운 국체관이 이토 히로부미에 의해 완성된 천황제국가를 가리켜 고토 소이치로(後藤總一郞)도 근대일본의 <걸작>, 또는 <예술작품>[10]이라고까지 미화한다. 그는 이토 히로부미에 의해 제작 발포된 메이지헌법이 이토 히로부미의 국체론을 구체적으로 사상화하고 정당화했을 뿐만 아니라 특히 제도, 즉 근대천황제로서 완성했다고 생각하기 때문이다.

2. 천황의 집과 주소

앞에서 말했듯이 천황의 고향은 알 수 없지만 그의 현주소는 언제나 역사를 살아간 일본인의 의식속이다. 또한 현인신=천황의 상징적인 집도 타자의 의식, 즉 일본인의 의식 자체이다. 그러면 메이지천황은 그 속에다 누구를 시켜서, 무엇으로 집을 지었을까? 그의 집을 지은 대목수는 천황의 절대적 신임을 받은 이토 히로부미였다. 그리고 그가 민중의 의식속에 천황의 절대적 상징성을 세뇌하기 위해 준비한 것이 곧 「대일본제국헌법」과 「교육칙어」였다. 그러므로 그것들은 그가 천황의 철옹성을 지을 수 있었던 절대적인 자재(資材)였다. 또한 그것들은 천황에 대한 민중의 의식소(意識素)이자 메이지시대의 절대주의 천황제를 이해하기 위한 인식소(episteme)이기도 하다. 그것들 자체가 군권(君權)과 신권(神權) 모두를 상징하는—무너뜨릴 수 없는—천황의 집이기 때문이다. 군권과 신권에 기초한 절대주의 천황제가 그 안에서 만들어진 것이다.

메이지천황에 대해 누구도 따를 수 없는 충성심으로 만든 이토 히로부미의 「대일본제국헌법」[11]은 신성불가침이라는 천황의 신권을 천명함으로

---

10) 後藤總一郞, 『天皇制國家の形成と民衆』, 恒文社, 1988, 39쪽.

11) 이토 히로부미의 헌법제정 구상은 1873년(메이지 6년) 유럽으로 건너가 『독일제국근본율법』(獨逸帝國根本律法)이라는 제목의 독일제국헌법을 번역하면서 시작된 것이나 다름 없다. 1882~1883년에 독일로 헌법조사 유학을 떠나면서 그는 자신의 구상을 더욱 구체화하였다. 이 대사업을 추진하기 위

써 통치자로서의 지상의 군권에 대한 절대적 보장 장치마저 마련하고 있다. 이것은 천황의 권위와 통치의 신성성을 법문화함으로써 천황제, 즉 천황상과 천황제 의식을 절대화하려는 데서 비롯된 것이다. 한편 그 헌법은 "일본의 신민(臣民)은 안녕질서를 해치지 않고 신민의 의무에 위배되지 않는 한 신교의 자유를 가진다"는 규정을 장치하여 종교적 개방성도 허용하고 있다. 그러나 그것은 구조의 미화를 위한 위장 규정일뿐이다. 절대주의 통치권력 하에서는 설사 종교라고 하더라도 결코 사적 문제가 될 수 없기 때문이다. 이토 히로부미도 『제국헌법의해』(帝國憲法義解, 1889, 6)에서 내면적으로는 신교의 자유가 있지만 외면적으로 예배·포교·결사의 자유는 법률의 제한을 받는 '신민일반의 의무에 복종해야 한다'고 적고 있다.

이토 히로부미가 구상하는 메이지천황제는 제왕에 의해 운전되는 '일대기계'(一大器械)와 같은 모범국가이다. 다시 말해 그는 전통적인 일계성(一系性)과 가부장제적 일체성(一体性)을 구성원리로 하는 공동태(共同態) 국가의 실현을 구상했다. 그가 표면적, 또는 논리적으로라도 신교의 자유를 결단했던 것도 거기에서 비롯된 것이다. 그가 구상해온 천황제국가의 지배원리는 '정의적(情義的) 통일'에 의한 유일하고 완전한 공동체적 질서의 실현이었다. 그는 전인격적 존재에 의한 정의적 결합이라는 일체화의 원리를 일본 근대사회의 건설을 위한 필연적 조건이라고 확신했기 때문이다.[12] 그러므로 그에게는 존왕과 충성만이 흠정(欽定)헌법에서 신민의 권

해 그는 이노우에 코와시(井上 毅), 카네코 켄타로(金子堅太郎), 이토 미요지(伊東己代治) 등으로 이른바 <천구(天狗)팀>이라고 불리는 유능한 인재들을 발탁했다.

이토 히로부미의 구상은 하나의 정치(精緻)한 기계(machine)의 이미지를 지닌 천황제국가의 헌법을 제정하는 것이었다. 『이토 히로부미 비록』(伊藤博文秘錄)에 의하면 그것은 "하나의 거대한 기계를 만들어서 백성으로 하여금 그 기계에 의해 움직이게"하는 것이었다.

12) 藤田省三, 『天皇制國家の支配原理』藤田省三著作集 I, みすず書房, 1998, 19〜27쪽.

리와 의무를 규정하는 토대일 뿐이다. 여기서는 헌법도 군권(君權) 자체의 도구에 지나지 않는다. 법은 개인 상호관계의 총체로서 보편성을 가진 것이 아니라 오직 최고권력으로부터만 나오기 때문이다.

더욱이 그는 근대천황제를 절대적인 것으로 만들기 위해서, 즉 이러한 절대주의 이데올로기를 실현하기 위해서 흠정헌법의 제정만으로 그치지는 않았다. 그는 메이지 정부가 신민의 충성을 국체의 정화로 삼기 위해서는, 그리고 그것을 신민에게 무자각적으로 세뇌시키기 위해서는 그러한 천황상과 천황제 의식을 학교교육의 근간으로 삼아야 한다고 생각했다. 그렇게 해서 탄생한 것이 바로 「교육칙어」이다. 실제로 「교육칙어」(1890년 10월 30일 공포)의 작문과 제정에 중요한 역할을 담당했던 이노우에 코와시(井上 毅)가 문안작성의 조건으로서 강조한 다음과 같은 문제들에서도 이미 그 집의 은밀한 용도가 암시되어 있다. 즉,

ⓐ 다른 정치적 칙령과는 구별하여 사회적으로 군주의 공고가 되게 할 것,

ⓑ 경천존신(敬天尊神) 같은 용어를 피해서 종교적 논쟁이 될만한 소지를 남기지 말아야 할 것,

ⓒ 철학이론은 반드시 반대의 사상을 불러오게 마련이므로 유원심미(幽遠深美)한 철학적인 이론을 피할 것,

ⓓ 한자와 서양풍으로 기술하지 말 것,

ⓔ 특정 종파를 선호함으로써 다른 종파의 노여움을 사지 않도록 할 것, 등이 그것이다.

얼핏보기에 이런 조건들은 교육칙어의 공정성을 담보하는 것처럼 보인다. 그러나 실제로는 그렇지 않았다. 절대주의 천황제국가의 이념을 대표하기 위해서 교육칙어는 기본적으로 정치・철학・종교의 논의를 넘어서는 초월적 원리를 제시해야 했다.[13] 다시 말해 그것은 일본의 종교마저도

그 안에 포섭할 수 있는 신성한 천황제 국가의 교의체계이자 「국체의 본의」가 되어야 했기 때문이다. 더구나 그러한 국체관을 소년의 순수한 정신속에 세뇌시키기 위해 작성한 메이지 정부의 수신(修身)교과서는 신국으로서의 국체의 관념을 어린이의 감정에 호소함으로써 천황제 국체의 정화(精華)를 이룩하려 했다. 특히 소학교 저학년의 부독본으로 사용된 『착한 어린이』(ヨイコドモ) 하권(19)의 「일본이라는 나라」(日本ノ國)에서는

> "일본은 좋은 나라, 깨끗한 나라,
> 세계에서 하나밖에 없는 신의 나라.
> 일본은 좋은 나라, 부강한 나라,
> 세계에서 빛나는 훌륭한 나라."

라고 강조함으로써 어린이에게 천황주권의 신국관념과 조국일본에 대한 특수한 국가관[14]을 소년기부터 일본인의 혼으로서 주입시키려 했다.

Ⅲ. 토착화의 길: 대결에서 수육까지

「대일본제국헌법」과 「교육칙어」는 메이지황도(明治皇道)의 교본이자

---

13) 앞의 책, 296~297쪽.
14) 이것은 이른바 도덕적 원소(元素)로서의 <지존(至尊)의 공고>를 통해 국가 원리를 보편화하려는 것이다. 또한 이러한 국가관은 국제관계에서도 각국의 도덕은 인간 일반의 윤리와 특수국가 권력을 포함하는 근대적 국가이성에 기초한 일본의 도덕에는 맞지 않는 것으로 간주하여 도덕국가 일본이 비도덕적 세계를 교화하지 않으면 안될 것으로 믿게 한다. 다시 말해 이것은 도덕국가 일본이 적극적인 세계교화를 통해 황화(皇化)에 의한 팔굉일우(八紘一宇)를 실현해야 하며, 또한 그것만이 천황제 일본이 지향해야 할 세계관의 논리적 핵심으로서 확신하게 하는 것이다. 藤田省三, 앞의 책, 24~31쪽.

신국(神國)으로서의 황국(皇國) 건설지침이다. 그러면 이러한 절대주의 교본과 지침에 대한 기독교의 반응을 어떤 것이었을까? 무소불능의 군권적 신권 앞에서 일본의 기독교는 어떤 입장을 취하려 했을까? "카이사의 것은 카이사에게, 하나님의 것은 하나님에게 바치라"(마태, 22;21), 또는 "모든 사람은 위에 있는 권세에 복종하라. 하나님으로부터 나오지 않는 권세는 없나니 모든 권세는 하나님이 정하신 바라"(로마서 13;1), 그리고 "너는 나 이외에 다른 신들을 네게 있게 하지 말지어다"(십계명, 1)와 "천황은 신성(神聖)으로서 침범할 수 없다"는 두 종류의 신성불가침적 주문들은 어떤 임계현상(臨界現象)을 만들어냈을까?

1. 대결에서 침투에로

타케다 기요코(武田淸子)는 외래종교로서의 프로테스탄티즘이 일본에서 시도했던 토착화는 매몰과 고립이라는 <좌절>로 끝났다고 평가한다. 다시 말해 그녀는 좌절의 양상을 타협의 매몰과 비타협의 고립으로 규정한다. 그러나 그녀가 말하는 좌절은 부정적 의미가 아니다. 그것은 일본의 정신적 전통 속으로의 내재화를 가리킨다. 즉 매몰과 고립이라는 좌절은 일본의 정신적 토양과의 현실적 대결에서 침투[15]로 이어진 야합과 습합의 양상을 프로테스탄트의 입장에서 평가한 용어일 뿐이다.

1) 타협인가 야합인가

그러나 타협은 곧 야합이다. 그것은 생존의 위협 앞에서 선택한 공존의 전략이지만 복종일 수 밖에 없었고 매몰의 서막에 지나지 않았다. 제국헌법이 공포되기 5일전(1889년 2월 6일자)의 「기독교신문」은 "헌법의 내용이 어떠하든 관계없다. 그것은 일본이 제2의 유신을 확실히 하는 것으로

---

15) 武田淸子, 'プロテスタンティズムの土着の問題', 『日本における西洋近代思想の受容』, 弘文堂, 1959, 283.

서 … 일본 국민이면 누구라도 기뻐하지 않겠는가"라는 기사를 통해 미리 야합의 추파를 던지고 있었다. 이처럼 제국헌법이 심의되는 동안 기독교 관계자들의 관심사는 주로 기독교의 공인과 더불어 신교의 자유가 부여되는지의 여부였다. 마침내 각지의 지도자들은 제28조에 신교의 자유가 명문화된 것을 알고 헌법공포(2월 11일)를 축하하였다. 도쿄에서도 코비키쵸(木挽町) 후생관에서는 각파 연합의 축하회가 열렸다. 회의장 정면에는 <신교의 자유, 천황만세>(信敎の自由, 宝祚萬歲>라는 구호가 걸렸고 측면에 헌법 제28조도 게시되었다. 참석자들은 대개 기독교도가 20년만에 신교의 자유를 얻게 된 것에 대해 기뻐하고 감동하는 심정이었다.

기독교를 대표하는 지도자인 이부카 카지노스케(井深梶之助)는 그해 천황탄생일(天長節, 11월 3일)을 축하하는 연설에서 신교의 자유는 우연이 아니라 <전지전능한 신의 섭리>와 <천황폐하의 인정(仁政)>에 의한 것이라고 주장함으로써 타협과 야합을 재확인시킨 바 있다. 다시 말해 그는 세계를 지배하는 신의 섭리를 믿는 신앙의 논리로써 일본에 군림한 천황의 치세를 해석하려 했던 것이다.[16] 그는 제국헌법이 천황교의 교리지침서―공포 당시의 「고문」(告文)에서도 황조황종(皇祖皇宗)의 후예에게 유훈으로 남기는 것이며, 공포도 신의 도움으로 이뤄지는 것이라고 밝히고 있다―라고 말할 수 있을 만큼 강한 종교성을 지니고 있는 것임에도 이것을 신교의 자유에 대한 보상으로서 용인하려 했다.

2) 대결과 극복의 길

"바울이 아레이오파고스(Areiopagos – 고대 그리스의 아테네 언덕에 귀족정치를 위해 세웠던 평의회당)의 가운데 서서 말하기를 아테네인들이여, 너희를 보니 매사에 종교심이 풍부하도다. 내가 두루 다니며 너희가 섬기는 것들을 보다가 <알지 못하는 신에게>라고 새긴 제단―이것은 B.C. 6

---

16) 井深梶之助, '王政維新以來信敎自由之進步', 『六合雜誌』107, 1889, 11, 15.

세기 아테네에 무서운 역병이 돌자 에피메니데스가 아테네인들을 구한 뒤 신들에게 감사의 제사를 드리면서 혹시 빠뜨린 신이 있을까 염려하여 <알지 못하는 신에게>라고 새긴 제단을 세운 데서 비롯되었다—을 보았으므로 이제 내가 너희가 알지 못하고 제사하는 그것을 알게 하노라. 우주와 그 가운데 있는 만물을 만드신 신께서는 천지의 주재(主宰)이므로 손으로 지은 궁전에 살지 않는다. … 그 신은 우리에게서 멀리 떠나 계시지 아니하도다. 우리가 그를 힘입어 살고 활동하며 생존해 있기 때문이다. … 이와 같이 우리는 신의 소생이 되었으니 사람이 기교를 부려 신을 금이나 은이나 돌에다 새긴 우상들과 똑같이 여기지 말지어다."(사도행전 17;22-29)

이것은 예수의 사도 바울이 그리스로 전도여행을 하면서 아테네의 아레이오파고스 회당에 모인 다신교 신자들 앞에서 조물주로서의 유일신에 대한 신앙을 강조했던 유명한 연설 내용이다. 한마디로 말해 이것은 다신교와 범신론에 대한 바울의 프로테스트였다. 바울은 이처럼 이교(異敎)의 땅에 기독교를 뿌리내리기 위해 우선 다신론과 범신론이 지배하는 기존의 전통적 신앙과의 대결해야 했고, 그렇게 해서 그것들을 극복해야 했다. 그 과제는 메이지시대의 기독교인에게도 마찬가지였다. 그것은 집안의 신으로서 모시는 불단(佛壇), 마을신으로서 모시는 신사(神社), 그리고 국가의 신으로서 모시는 천황으로부터의 자유를 의미한다. 다시 말해 팔백만신을 모시는 다신교와의 대결은 인간이 만든 우상, 즉 지상의 여러 권위로부터의 해방을 의미한다. 이러한 대결을 통해서 일본의 프로테스탄트는 일본인의 마음속 깊이 새로운 가치와 새로운 길을 발견하게 해야 한다.[17] 그러나 신교의 자유와 천황만세를 동시에 외치는 일본기독교에서도 과연 아레이오파고스에서 연설하던 바울과 같은 사도의 등장을 기대할 수 있을까?

---

17) 武田淸子, 앞의 책, 291~292쪽.

2. 공존의 모색: 공생과 수육

대결보다 쉬운 생존의 방식은 타협과 공존이다. <신교의 자유, 천황만세>라는 슬로건이 바로 그것이다. 이것은 메이지시대의 절대주의 천황제와 일본기독교가 동상이몽 속에서 선택한 공존의 전략이기도하다. 특히 일본기독교는 프로테스트하기보다 타협하며 공생하려 했고 결별하기보다는 접점을 찾아 결합하려 했다.

1) 상리공생의 길

1889년부터 3년간은 민법논쟁 기간이었다. 민법이 공포되자 천황제 절대주의를 부르짖는 호즈미 야츠카(穗積八束)를 중심으로 한 도쿄법학사회(東京法學士會)는 <민법은 생겼지만 충효는 사라졌다>는 구호를 앞세워 민법이 일본사회의 일상적인 윤리를 파괴했다고 비난하고 나섰기 때문이다. 1892년『법학신보』(法學新報, 제14호)에 그들이 발표한 의견서를 보면 "일본은 조상숭배의 나라다. 가부장권과 천황의 대권이 존엄과 신성성을 지니는 이유도 거기에 있다. 기독교는 그리스도 앞에서만 인간의 평등과 박애를 주창할 뿐 조상숭배나 천황의 신성함을 인정하지 않으므로 일본의 통상적인 윤리를 파괴하는 종교다"라고 단정한 것이다.

이에 대해『호교』(護敎, 제46호)는 "법학사들은 종교와 법률을 구별하지 못하고 진정한 기독교도 알지 못한다. 그들이 그렇게 조상숭배를 부르짖는다면 진화론자가 조상숭배를 가르치는 것도 위선이다"라고 반박했다. 그러나 민법논쟁에 대한『호교』의 기본적인 입장은 대결을 위한 것이 아니었다. 오히려 호교가들이 선택한 길은 상리공생이었다. 그들은 기독교인이 예수를 믿음으로써 군부(君父)를 공경한다고 주장한다. 왜냐하면 예수는 <진리의 화신>이고 충효도 진리이기 때문이다. 예수에 대한 절대적 순종도 결국 충효에서 비롯되었다는 것이다. 그들의 주장에 따르면 기독교는 인류이 사회의 대도이고 충효가 상제의 천법(天法)임을 가르치는 종교이므로 충효를 파괴하는 종교가 아니라 오히려 충효를 가르치는 종교다. 그러므로 기독교에는 일본의 장래에도 일상적 윤리가 될 수 있는 길이 있다는 것이다. 또한 양자는 충효를 진리의 대도로서 아프리오리하게 인정하는 점에서 다르지 않다[18]고도 주장한다.

나아가 『호교』는 로마서 13장 1~2절(각 사람은 위에 있는 권세들에게 굴복하라. 모든 권세는 하나님으로부터 나오지 않은 것이 없으므로 모두 하나님이 정하신 바다. 권세를 거스리는 자는 하나님의 명을 거스리는 것이므로 심판을 자초하리라)을 인용하면서 "실제로 군권이 곧 신권이라는 학설이 예수교에서 나왔다는 사실을 모든 이들이 다 알고 있다"[19]고 하여 군권신권설의 근거마저 기독교에서 찾기에 이르렀다.

2) 수육화(incarnation)의 길

상리공생보다 더욱 적극적인 토착화는 수육화(受肉化)다. 기독교의 진리가 일본의 정신적 전통에 내재하는 여러 가치 속에 이미 잠재해 있던 것으로 간주하려는 시도가 그것이다. 우치무라 간조(內村鑑三, 1861~1930)는 기독교의 진리가 전통사상에 수육화=접목화되어 있던 사상가들을 골라 이들을 <대표적 일본인>이라고 불렀다. 그는 <접목되어 있는

---

18) 土肥昭夫, '近代天皇制とキリスト教'『近代天皇制の形成とキリスト教』, 富坂キリスト教センター, 1996, 248쪽.
19) 그러나 군권이 신권에서 나왔다는 군권신권설은 호교가들 내부에서도 논쟁이 일어나기 시작했다. 그것은 국법상의 문제이지 종교적인 문제가 아니라는 것이다.(東海生) 군권을 신권이라고 하는 주장이 종교적 의의를 갖는다면 크롬웰이나 죠지 와싱톤은 신에게 저주받은 자가 된다는 것이다(『護教』제50호, 1892, 6, 18). 이에 대해 原田助는 만일 군권신권설을 국법상의 문제로 간주한면 크롬웰과 죠지 와싱톤은 국법을 파괴한 악역인이 된다고 반박한다(『基督教新聞』제466호, 1892, 7, 1). 土肥昭夫, 앞의 책, 248~249쪽, 참조.

접본(接本)의 줄기>, 즉 대표적 일본인으로서 사이고 타카모리(西鄕隆盛: 신일본의 건설자, 1822~1877)·우에스기 요잔(上杉鷹山: 봉건영주, 1751~1822)·니노미야 손토쿠(二宮尊德: 농민성인, 1787~1856)·나카에 토우쥬(中江藤樹: 농촌교사, 1608~1648)·니치렌(日蓮: 불교승려, 1222~1282) 등 다섯 사람을 골랐다.

우선 우치무라 칸조가 생각한 사이고 타카모리와 나카에 토우쥬의 사상적 접목화 양상은 그들의 양명학을 통해서 나타난다. 우치무라 간조는 양명학을 도쿠가와막부가 자기보존을 위해서 조성한 보수적인 주자학과는 달리 진보적으로 전망한다는 점에서 기독교와 유사한 것으로 간주했다. 그는 경천애인(敬天愛人)을 인생관으로 삼아온 사이고 타카모리의 天의 관념이 전능과 불변, 그리고 지극한 자비를 의미한다고 생각했기 때문이다. "天은 인간과 나에게 마찬가지의 사랑을 베풀며, 나를 사랑하는 마음으로 다른 사람을 사랑하는 것"이라는 주장이야말로 율법과 예언자의 말과 다르지 않다는 것이다.

접목화의 두 번째 양상은 인위적인 율법(nomos)과 영원한 진리(logos)를 명확하게 구별하여 후자를 유일하고 근본적인 것으로 간주하려는 데 있다. 우치무라 간조는 일찍이 니치렌(日蓮)이 당시의 권세가인 북조가(北條家)와 야합하지 않고 순교의 신앙만으로 종교인의 입장을 지키려 한 태도에서 기독교 진리와 접목할 수 있는 접점을 발견했다. 또한 그는 나카에 토오쥬가 가난한 서생(書生)에게는 겸손으로 대하고 권력을 가진 다이묘(大名)에게는 위엄으로 상대한 인품의 근원도 기독교정신과 맞닿는 것이라고 생각했다.

세 번째의 접목 양상은 일본의 전통 속에서 기독교와 같은 개혁정신의 발견이다. 우치무라 간조는 우에스기 요잔이 봉건영주임에도 "인민 가운데 한사람의 떠돌이(遊民)도 없게 하기 위해서는 영내에 황무지를 남기지 말아야 한다"는 인민의 복지향상을 위한 대담한 개척정신에서 그리스도정신의 수육화를 발견하려 했다. 그는 이탈리아의 피렌체공화국이나 영국

의 크롬웰 공화국에서와 같은 '성스러운 경험'을 우에스기 요잔의 관개·
양식업·목축·직물공업·학교·의료 등 개혁적인 복지사업에서도 배울
수 있다고 생각했다.

네 번째의 접목양상은 민본주의에 있다. 우치무라 간조는 우에스기 요
잔이 영내에 거주하는 인민에게 자신의 판단을 심판하도록 한 태도를 가
리켜 "백성(民)의 소리가 곧 신의 소리"(Vox populi est vox dei)라고 믿어온
기독교정신과 상통한다고 생각했다. 우에스기 요잔은 자신의 개혁에 대해
7인의 노가신(老家臣)들이 반대하고 나서자 전체회의를 소집하여 인민으
로 하여금 자신을 심판하게 하는 과감한 결정을 실행했기 때문이다.

다섯 번째로, 우치무라 간조는 윤리관에서 기독교와의 접목화를 주장했
다. 예를 들어 니노미야 손도쿠가 "최선의 노동자는 일을 가장 많이 하는
자가 아니라 가장 고귀한 동기에서 일하는 자"라고 하여 윤리적 동기를
경제개혁에서 가장 중요한 덕목으로 강조한 것이 그러하다. 우치무라 간
조가 생각하기에 이것은 실제로 "일하지 않는 자는 먹지도 말라"는 프로
테스탄트의 윤리관과 접점을 이룰 수 있는 것이었다. 더욱이 '어머니'라는
말에는 누구도 천리를 등질 수 없는 힘이 있다고 역설한 나카에 토주의
모친숭배 정신에서 우치무라 간조는 기독교에서 말하는 인격적 결합체로
서의 남녀조화의 길인 일부일처제 부부관의 모태를 발견할 수 있다고 생
각했다.[20]

이처럼 우치무라 간조는 프로테스탄트의 일본 토착화의 길을 기독교의
진리나 가치관과의 접목=수육이 가능한 다양한 접본의 줄기나 침목(砧木)
들, 이른바 여러 명의 대표적 일본인들의 사상과 정신 속에서 발견하려 했
다. 그러나 우치무라 간조의 <대표적 일본인론>, 즉 접목론이나 수육화
론은 일본정신사에 대한 기독교인의 아전인수(我田引水)식 해석에 지나지
않는다. 더구나 이것을 가리켜 수육화(受肉化) 현상이라고 한다면 그것은

---

20) 武田淸子, 앞의 책, 292~296쪽.

수육(incarnation)의 의미에 대한 의도적 남용이거나 고의적 오용에 지나지 않는다. 우치무라 간조가 선정한 다섯명의 주장이나 정신 속에서는 기독교로부터의 어떤 영향이나 그것과의 어떠한 습합의 흔적도 발견할 수 없기 때문이다.[21] 결국 그가 시도한 대표적 일본인의 물색은 미리 결론을 정해 놓고 거기에 적절한 사례를 찾으려 하는 '선결문제 요구의 오류'를 범한 모범사례였다고 해도 과언이 아니다. 한마디로 말해 그것은 기독교의 토착화를 갈망하던 우치무라 간조의 과욕의 산물이었다. 그가 제시한 다섯 사람의 주장들과 기독교의 진리나 프로테스탄티즘과의 유사성은 어디까지나 우연일 뿐이었다.

또한 다케다 기요코(武田淸子)가 말하는 일본의 정신적 토양과의 현실적 '대결에서 침투에로' 이어진 기독교의 토착화, 즉 '일본정신 속으로의 내재화' 과정도 침투라기보다 야합에 불과했다. 앞에서 보았듯이 극복을 위한 대결의 양상은 직접적이라기 보다 우회적이었고 상리공생도 공존의 조건으로서 보다는 위장으로서의 타협이었다. 또한 접목에 비유한 수육화도 진정한 것이었다기 보다 칼이 숨겨진 자루 속으로의 내재화, 즉 비수(匕首)가 은폐된 일체화였다. 그러나 우회·위장·은폐란 지속적일 수 없다. 우회는 일시적일 수밖에 없고 위장은 폭로되게 마련이며 은폐도 노출을 기다리고 있기 때문이다. 절대주의 천황제와 프로테스탄티즘은 양자가 양보할 수 없는 절대적 불가침의 신성성(神聖性) 때문에, 그리고 유일무이한 독존성이 용인할 수 없는 상대성(相對性)으로 인해 갈등과 충돌도 불가피하게 감내할 수밖에 없었다.

---

21) 오히려 기독교의 입장에서 신유불이라는 기존의 종교를 논파하려 했던 하비안(1565~1621)의 최고의 호교론서인 『묘정문답』(妙貞問答, 1605) 삼권을 언급했다든지 적어도 기독교의 영향을 직접 받은 明六社의 멤버들, 예를 들면 모리 아리노리(森 有礼)나 후쿠자와 유키치가 주장하는 일부일처제론을 열거했다면 수육화나 습합화의 적절한 사례가 되었을 것이다.

IV. 황도와 일본기독교: 충돌과 야합

각자가 유일무이한 독존의 절대적 신격을 주장하는 천황제 절대주의(皇道)와 기독교가 메이지시대에 드러낸 갈등의 불협화음과 충돌의 파열음은 애초부터 예상된 것들이었다. 그것은 패권(覇權)을 속성으로 하는 두개의 신격과 신성성이 메이지시대의 일본열도라는 시·공간에서 빚어낸 마찰음일 뿐이다. 양자는 공존과 공생의 논리를 모색하기보다는 부정과 배제의 논거를 찾거나 독존의 당위성을 입증하려는데 더 많은 노력을 기울였다.

예를 들어 천황의 신적 권위를 강조하기 위한 신도의 국교화 정책을 비롯하여 「대일본제국헌법」의 제정과 「교육칙어」의 공포 같은 국수주의적 천황제가 조물주라는 유일신의 존재를 강조하기 위한 논증들, 즉 신의 존재증명들과 쟁론을 전개했던 것도 그 때문이었다. 급기야 우치무라 간조의 「교육칙어」에 대한 경례거부로 빚어진 불경사건은 이노우에 테츠지로(井上哲次郎)에 의해 이른바 <교육과 종교의 충돌>이라는 당대 지식인들의 종교적 이념논쟁으로 이어졌다. 양자를 중심으로 국권·국가주의적 천황제와 기독교간의 대리전쟁까지 벌어진 것이다. 그러나 불경사건을 절정으로 한 충돌의 전후에도 두 진영간의 공격과 방어, 비판과 변론은 끊이지 않았다. 『변망』(辨妄, 1873)을 쓴 유학자 야스이 솟켄(安井息軒, 1799~1876)의 기독교비판을 비롯한 종교적 갈등이 그것이었고, 나카무라 신지로(中村信次郎)에서 카토 히로유키(加藤弘之)에 이르는 무신론자들의 비판도 그것이었다.

1. 이중의 천황교: 국교와 황교

천황사(天皇史)에서 천년만의 왕정복고가 메이지 천황에게 가져다준 의미는 각별하다. 그것은 아마도 천년의 고독과 기다림 때문일 것이다. 그러므로 그가 빼앗긴 세월을 보상받으려 하고 잃어버린 시간을 찾으려고 하는 것은 너무나 당연한 이치이다. 그러나 그의 노스탈쟈는 낭만적이지 않았고 회고적이지도 않았다. 오히려 그것은 지극히 현실적이었다. 그에게 있어서 천황사의 빼앗긴 세월들은 현실인식을 위한 반사경이었고 잃어버린 과거도 자신의 미래를 위해 옛 천황들이 남긴 반면교훈이었다.

그는 서둘러서 신도(神道)로써 강력한 보호막을 치는가 하면 옛 천황들이 구축해보지 못한 절대왕정까지 건설하기에 이르렀다. 그는—총애하는 신하(이토 히로부미)와 더불어—제국에의 꿈을 실현하기 시작한 것이다.[22] 다시 말해 그가 절대권력의 내재화를 위해 첫 번째로 시도한 것이 신도의 국교화였다면, 외부의 영향과 간섭을 차단하고 절대권력의 외연확대를 위해 두 번째로 확립한 장치가 국수주의 천황제였다. 게다가 그는 절대권력의 장기지속을 위한 보완장치까지 마련했다. 다름 아닌 신적 권위에 대한 세뇌교육용으로 만든 「교육칙어」가 그것이다.

「교육칙어」에는 '부모에게 효도하고 의용공(義勇公)에 봉사하며'와 같은 일반적인 덕목들이 우선적으로 열거되어 있지만 '천양무궁(天壤無窮)의 황운에 헌신(扶翼)해야 한다'는 <지상명령>을 통해 앞에서 열거한 덕목들이 모두 부정되는 황도지상주의만이 드러나 있다. 최근 역사교과서 왜곡의 전위 역할을 담당하고 있는 후쇼사(扶桑社)의 『새로운 역사교과서』(新歷史教科書)가 「교육칙어」를 가리켜 '근대일본인의 인격의 등뼈(背骨)가 되었다'고 미화하는 이유도 거기에 있다. 더구나 이러한 도덕교육지침을 천황이 학교에 <하사>함으로써 국민에게 강제하는 기이한 현상마

---

22) 모토오리 노리나가(本居宣長)가 원향(原鄉)에로의 회귀병에 걸린 낭만적인 국수주의자였다면 이토 히로부미는 제국건설의 야망에 사로잡힌 현실적이고 미래지향적인 국수주의자였다. 이런 점에서도 메이지천황이 노리나가형(宣長型)이 아닌 히로부미형(博文型) 충신들을 총애한 것은 우연이 아니었다.

저 보여주었다. 그러나 그것이 바로 「교육칙어」의 본질이고 정체였다.[23] 천황은 이미 국교와 황교라는 이중의 교주로서 군림했을 뿐만 아니라 현인신으로서 절대권력자가 되었기 때문이다.

1) 국교(國敎)의 교주로서 천황

1945년 12월 15일 일본을 점령한 연합군 총사령관은 일본정부에 하나의 각서를 보냈다. 거기에는 "국가신도, 신사신도에 대한 정부의 보증, 지원, 보전, 감독 및 홍보의 폐지에 관한 건"이라는 제목과 함께 46개조의 지령이 적혀 있었다. 이른바 신도지령(神道指令)이라고 하는 그것의 목적은 당연히 일본정부와 신도와의 절연이었다. 그것은 "정부의 보증, 지원, 보전, 감독 및 홍보의 폐지"에서도 보듯이 메이지천황 이래 국가신도를 통해 천황이 누려온 역사적 보상에 대한 강제폐기 명령이기도 하다.

이처럼 과거보상에 대한 욕망의 초과가 결국 그것의 더 큰 좌절을 초래했지만 메이지천황에 의한 신도의 국교화는 역사적 보상심리(반작용)의 산물이었다. 그가 유신(維新)의 시작을 정치적 실체와 종교적 실체를 철저하게 동일화하려는 데서도 그와 같은 심경을 헤아릴 수 있다. 다시 말해 메이지천황의 새로운 국체관은 잃어버린 과거의 군권과 손상받은 신권을 보상받고도 남을 정도로 천황의 절대권을 확보하는 것이었다. 그러므로 그것의 시작은 당연히 천황과 신을 동일시하는 국가신도주의의 확립이었다고 해도 과언이 아니다.

그는 우선 메이지 3년(1870) 1월 천황수호 8신과 역대 황령(皇靈) 3좌를 직접 제사(親祭)함으로써 신사의 모든 제사를 지배하려는 의지를 밝힘과 동시에 국교화의「대교」(大敎)를 선포할 선교사를 임명하는 조칙(詔勅)을 발표했다. 메이지 4년 5월 그는 신사를 국가의 종사(宗祀)로 할 것을 선언

---

23) 內田 滿, '敎育勅語と戰後日本の道德敎育', 西洋思想受容硏究會 編 『西洋思想の日本的展開』, 慶應義塾大學出版會, 2002, 98～100쪽.

하는 신도국교화 정책을 발표했다. 왕정복고·신무창업(神武創業)·제정
일치를 신정의 이념으로 하여 신도와 국가와 천황을 결합하는 천황의 신
권통치를 선언한 것이다.[24] 이어서 메이지 5년 3월 천황은 사사(社寺)를
총괄할 교부성(敎部省)을 설치했다. 또한 신도의 교화기관으로서 도쿄에
는 대교원(大敎院)을, 지방의 부·현청 소재지에는 중교원을, 지방의 대소
신사에는 소교원을, 그리고 이세(伊勢)신궁에는 신궁교원을 설치하였다.
마지막으로 그곳에서 교화하는 신관·신직 등의 교도직에 대해서도 그는
경신애국(敬神愛國)·천리인도(天理人道)·황상봉대(皇上奉戴) 등 세가지
교헌(敎憲)을 국민교화의 원칙으로 삼도록 지시함으로써 신도국교화의 체
제를 완비했다. 그는 국교의 명실상부한 교주[25]로서 등극한 것이다.

2) 황교(皇敎)의 교주로서 천황

국수주의 천황제는 제국욕망의 청사진이다. 신도의 국교화가 과거에 대
한 반성에서 비롯된 것이라면 현인신으로서의 초인적인 신격을 현실화하
고 절대적인 신위를 노골화하기 위해 고안해낸 근대천황제는 미래의 신국
건설과 신권통치의 외연확대를 위해 마련한 것이다. 더구나 신도 내부에
서 일어난 이즈모파(出雲派)와 이세파(伊勢派) 사이의 내분과 신교의 자유
에 대한 이교의 반발로 인해 신도의 국교화와 그 교주로서의 신격화가 여
의치 않자 메이지천황의 이른바 <성단>(聖斷)―메이지 10년 이토 히로부
미는 천황에게 성단을 간언한다(『明治天皇紀』第四)―에 따라 가신 이토

---

24) 提 啓次郎, 「國體」·「異人·耶蘇」·「信敎自由」', 塩野和夫/今井尙生 編『神
と近代日本 ; キリスト敎の受容と變容』, 九州大學出版會, 2005, 155쪽.
25) 메이지천황은 자신의 신궁(明治神宮)까지 창건하여 교주로서의 신격을 상징
화함으로써 국가신도의 확립을 구체적으로 가시화하려 했다. 그러나 그의
이러한 꿈은 생전에 실현되지 못했다. 그의 우상화 사업의 착수는 1911년
7월 그가 죽자 귀족원과 중의원 양원의 결의 따라 결정되었다. 메이지천황
은 결국 1915년에나 황령(皇靈)이 되어 도쿄 요요기(代代木) 22만평의 진좌
지(鎭坐地)에 입궁할 수 있었다.

히로부미는 현인신 프로젝트를 서둘러서 계획한다. 그 계획은 기본적으로
『국체신론』(國體新論, 메이지 7년)에서 천부인권설을 주장했던 카토 히로
유키(加藤弘之)와는 정반대로 천부인권설에 기초한 군민협약주의(君民協
約主義)의 부정을 전제로 하여 마련되었다.[26)]

그것은 천황만이 헌법제정자, 즉 주권자로 간주하여 통치권을 천황에게
집중시킴으로써 정부도 국민의 정부가 아니라 천황의 정부이며 국민의 권
리도 고유한 것이 아니라 천황으로부터 은혜로서 부여받은 것이 된다. 메
이지정부는 18세기 후반 독일의 프로이센왕국을 다스린 프리드리히대왕
의 절대군주정치를 능가하는 군권신권주의 천황제 국가로의 변신을 꾀하
고 있었다. 그것은 다름 아닌 천황의 이미지를 국교로서의 신도보다 더욱
강화시킨 천황교(天皇敎)의 교주와 절대군주를 통합한 현인신의 이미지로
서 부각시키기 위한 제도였다. 이토 히로부미는 절대군주 천황이 현인신
으로서 국민 위에 군림하는 제도를 탄생시키려 했던 것이다.

도히 아키오(土肥昭夫)도 "그들은 우선 천황에게 종교적 권위를 부여했
다. 천황을 부국강병·식산흥업을 슬로건으로 국가의 독립과 번영을 향해
나아가는 일본을 위해 나라의 수호신에게 기도하고, 그 신의를 전달하는
사제적 존재로 삼았다. 더욱이 천황은 수호신인 황조신의 자손으로서 국
민 위에 군림하는 현인신이 되었다"[27)]고 적고 있다. 제국일본은 이렇듯
천황을 현인신으로서 황교의 교주화하려는 국가적 노력을 국내에서만 진
력한 것은 아니다. 그것은 신사참배의 강요에 반대한 한국기독교인들에게
일제가 작성한 심문조서에서도 여실히 나타난다. 예를 들어 천황의 종교
적 권위에 정면으로 반대한 손양원(孫良源)의 다음과 같은 심문 기록이 그
것이다. "일본의 천황폐하는 (신이 아니라) 사람입니다. … 일본을 통치할
천황의 지위와 권력도 하나님에게서 받은 것입니다. … 천황을 결코 현인
신이라고 할 수 없습니다"[28)]라는 비장한 증언들이 천황교의 강제성을 반

---

26) 鈴木正幸, 『近代の天皇』, 吉川弘文館, 1993, 42쪽.
27) 土肥昭夫, 『日本プロテスタント·キリスト敎史論』, 敎文館, 1987, 197쪽.

증한다.

한편 국교와 황교의 이중 교주로서 천황이 통치하는 메이지제국은 신민이 천황을 현인신으로 신앙하는 종교국가일뿐만 아니라 군부(君父)로 간주하는 가족제국가이기도 하다. 이것은 전체주의적 공동체로서의 강력한 결속력을 요구하기 위해서는 상징적인 신앙심을 전제로 한 종교적 카리스마만으로는 부족하다고 판단한 제국건설의 주역들이 지닌 국가관이었다. 실제로 도쿠가와 막부 시절부터 오랫동안 유교적 덕목과 무사도에 익숙해온 신민들에게는 종교적 신앙심보다 충효의 요구가 더욱 현실적이었다. 그러므로 메이지제국의 건설을 설계하는 엘리트들이 이중의 교부인 천황을 가부장으로 하는 가족국가의 건설이 더욱 환상적이라고 생각한 것은 당연한 일이었을 것이다. 자유주의적인 구민법이 충효를 망각했다고 비판하면서 강력한 가부장권을 가진 메이지민법의 시행을 촉구한 메이지시대의 헌법학자 호즈미 야츠카(穗積八束)가『국민교육애국심』(1896)에서 "천조(天祖)는 국민의 시조이므로 천황은 국민의 종가(宗家)다"라고 주장하는 이유도 거기에 있다. 그가 국민이 황실을 존경해야 할 이유나 천황이 국민 위에 군림해야 할 이유, 그리고 천황가가 국민의 총본가(宗家)라고 주장하는 이유도 마찬가지이다.

실제로 이러한 천황종가론(天皇宗家論)은 메이지시대의 보수주의자들이 부른 유행가이자 그들의 합창 제목이기도 했다. 예를 들어 '일본주의'라는 당시의 국수주의를 주장한 문학자 타카야마 쵸규(高山樗牛)가『우리나라 국체와 새판도』(我國體と新版圖, 1897)에서 "황실은 종가이며 신민은 말족(末族)"이라고 주장한다. 보수주의자로 전향한 카토 히로유키(加藤弘之)는 "건국 이래 제실(帝室)은 일본민족의 종가"라고 주장하고 일본을 <입헌적 족부(族父)통치국>으로 규정한다. 그리고 이노우에 데츠지로(井上哲次郎)도 교육칙어의 해설서인『칙어연의』(勅語衍義, 1911)에서 "우리나

---

28) 안용준,『산돌 손양원목사 설교집』, 신망애사, 1969, 153~158쪽.

라는 종합가족의 궁극이며, 천황이 그 가장이다. 건국 이래 군신상하 관계
가 가장 가족적인 성질을 지녔던 것도 그 때문이다. … 일본은 국가의 중
심점이 제실에 있다. … 그 황실을 중심으로 한 국가가 곧 종합가족제도
다"[29]라고 주장한 천황종가론자였다.

또한 메이지 초기부터 크게 유행한 스펜서(H. Spencer)의 사회진화론과
사회유기체론—메이지 10년부터 33년 사이에 나온 번역서만도 32종이었
다—의 섭취가 가족제국가관(=습합국가론)을 형성하는 데 중요한 계기가
되기도 했다. 예를 들어 호즈미 야츠카가 '공법 및 국가주의'(『박사논문
집』, 메이지28년)에서 "현세는 국가주의가 대내외적으로 생존경쟁에 가장
적합한 이기(利器)"라고 하여 사회진화론에 의한 국가유기체설을 주장한
것이 그러하다. 특히 이시다 타케시(石田 雄)는 자신의 가족제국가론이라
고 할 수 있는 『메이지정치사상사연구』에서 그것을 가리켜 "가족주의와
유기체론의 결합"이라고 평한다. 사회와 국가의식의 대전환기에 사회유기
체론의 수용과 습합은 가족제국가관의 형성과정에서 중요한 역할을 했다
는 것이다. 더구나 그는 '천고(千古)의 국체'=족부통치(族父統治)에 의한
'부(父)의 배려'로써 형성된 가족국가를 '천황제 지배체제가 지닌 가장 중
요한 정신구조'라고까지 평가한다.[30]

그러나 요시모토 다카아키(吉本隆明)는 서로 다른 이질적 공동성을 지
닌 가족과 국가의 결합을 상징하는 가족제국가관이란 원리적으로 넌센스
였다고 주장한다. 다시 말해 본래 생명의 재생산이라는 육체적이고 직접
적인 인간관계에 기초한 '대환상(對幻想)의 공동성'을 지닌 <가족>과 '최
고의 추상적 공동성에 대한 환상'인 <국가>가 무매개적으로 접합되었다
는 가족제국가관은 원리적으로 성립될 수 없다는 것이다. 이에 대해 이로
카와 다이키치(色川大吉)도 마찬가지 이유로 동의한다. 그가 생각하기에
전혀 이질적으로 대립하는 두 개의 접합, 즉 가족주의와 사회유기체론의

---

29) 鈴木正幸, 앞의 책, 175~176쪽.
30) 石田 雄, 『明治政治思想史硏究』, 未來社, 1954, 67~84쪽.

접합은 유추할 수 없는 것이기 때문이다. 그러므로 그는 메이지 천황제가 지향하는 가족국가의 건설이란 애초부터 허구와 기만[31]을 내재하고 은폐한 채 계획된 것이었다고 혹평한다. 그에 의하면,

"<가>(家)나 <가족> 논리의 유추 등으로 일본이라는 <국가>를 논하는 것은 참을 수 없다. 혈통서가 붙은 구가(舊家)의 <가족>이 2천6백년의 혈통을 지닌 황실과의 일체감을 즐기는 것은 마음대로 어찌할 수 없는 일이지만 일본의 무명, 무산의 대중까지를 이와 같이 <가족국가>라는 것 속에 끌어넣는 것은 적합하지 않다. 그 범주에 넣는 것은 하나의 <家>의 계도(系圖)만으로도 자만할 수 있는 패거리―화족(華族)·사족(士族)·구가의 지주·부호·명망가 등―에 머물렀기 때문에 나중에는 단지 그 환상의 피해자에 지나지 않았다.

일본의 대중은 지금까지 별로 <국체>라든가 <가족국가>의 덕택에 살아온 것이 아니다. 그들은 자기 자신들의 독자적 사고방식에서 움직이고 죽은 듯이 견디어왔다. 그들의 家는 메이지 민법으로 지켜지거나 강화되거나 할 필요가 추호도 없는 것이다. 말하자면 <국가>(천황제)에 의해 의미를 부여받을 만한 자랑스런 가계도 역사적인 인연도 별로 없었던 것이다."[32]

그러나 국가신도의 실현이나 현인신으로서 천황의 출현이 모두 메이지

---

31) 그에 의하면 메이지정권은 <家>와 <國>을 접합하는 수단으로서, 첫째 '희유(稀有)의 명군주로서 메이지천황에 대한 심볼을 조작하는 것이다. 그렇게 함으로써 家의 상징인 황실(국체의 핵심)에 대한 환상을 무한히 확대시키고 정서화할 수 있었다. 둘째, <일본은 조선교(祖先敎)의 나라다>라는 호즈미 야츠카의 주장처럼 <先祖崇拜>를 앞세워 <家>와 <國>을 결합하는 것이다. 즉 민중의 총본가(總本家)로서의 황실의 선조=天照大神을 이용하여 대중의 선조숭배에다 세속적·국가적 통일을 부여하는 것이다. 그것은 민중의 조령(祖靈)신앙=선조숭배를 천황제의 황령(皇靈)신앙=천손신화의 체계속에 계열화시키는 것이기도 하다. 色川大吉, 『明治の文化』, 岩波書店, 1970, 305~307쪽.

32) 色川大吉, 『明治の文化』, 岩波書店, 1970, 302~303쪽.

역사를 관통하는 에피스테메가 되었다는 사실은 누구도 부인할 수 없다. 더구나 기독교와 연관된 메이지시대의 역사인식에 있어서는 메이지제국이 가족국가였는지, 그리고 민중이 그 가계의 가족으로서 긍지를 가졌는지보다 천황이 왜 이중의 교주로서 상징화되었는지, 그리고 어떻게 그의 신권통치가 제도화되었는지를 밝히는 것이 더욱 중요하다. 천황제는 가족주의 국가제도이기 이전에 신성불가침의 신권을 가진 현인신이 지배하는 종교체제이기 때문이다. 그러므로 여기에 또하나의 유일신을 앞세우고 뜻밖에 찾아온 프로테스탄트가 반갑지 않은 성가신 존재일 수 밖에 없었던 것은 당연하다. 더구나 절대화하려는 천황의 신격에 대한 그들의 도전과 프로테스트가 천황과 가신들에게는 용인하기 힘든 어이없는 일이었음에 틀림없다.

2. 반론으로서의 무신론

메이지 6년 기독교가 해금되면서 기독교에 대한 찬반에 대해서, 그리고 기독교인이 믿는 신의 유무에 대해서 이론적인 논쟁이 시작되었다. 기독교인들의 주장에 못지 않게 메이지 6년 야스이 솟켄(安井息軒)의 『변망』(辨妄)을 필두로 기독교를 비판하는 각종 반기독론과 무신론이 쏟아져 나왔다. 예를 들어 자유민권운동가 우에키 에모리(植木枝盛)의 『무신론』(메이지 15년), 인종기원설 등 '12가지 난점'을 들어 기독교를 비판하는 불교철학자 이노우에 엔료(井上圓了)의 『진리금침』(眞理金針, 메이지 19년), 세교주의(世教主義) 입장에서 세외교(世外教)인 기독교를 비판한 니시무라 시게키(西村茂樹)의 『일본도덕론』(메이지 20년), 반서구주의자 토리오 코야타(鳥尾小彌太)의 『진정철학 무신론』(眞正哲學無神論, 메이지 20년), 나카무라 신지로(中村信次郎)의 『철학일반 무신개론』(哲學一斑無神概論, 메이지 20년), 역사가 나이토 치소우(內藤恥叟)의 『무신론』(메이지 27년) 등이 그것이다.

1) 야스이 솟켄과 기독교비판

한당(漢唐)의 고주(古注)와 경세실학에 몰두했던 유학자 야스이 솟켄(安井息軒)은 일찍이 최초의 기독교 비판서인 『변망』의 출판을 계기로 하여 기독교를 맹렬히 비판하기 시작했다. 그에 의하면, "예수 그리스도라는 자가 있다. 그는 기독교를 아버지라고 하고 다니면서 이 세상의 임금과 아버지가 거짓이라고 하며 진정한 임금과 아버지란 하늘에 있다고 주장한다. 즉, 하나님 아버지를 말하는 것이다. … 어찌하여 이 세상의 임금과 아버지가 거짓인가 하면 부모란 우리에게 육신을 부여해 주었지만 영혼을 부여해 주지 못하기 때문이다. 임금은 우리의 육신을 좌지우지할 수 있지만 우리의 영혼을 영원히 살게 하지는 못한다. 우리의 육신은 거짓이요 영혼만이 진정한 것이다. 진리를 존중하고 거짓을 멸할 수 있으면 이것이 곧 하늘의 道이다.

… 오호라, 성인이 충효를 들어 가르침을 행하고 있어도 그 道를 가르치는 데는 어려움이 따르거늘 하물며 임금과 아버지를 거짓이라고 배척하는 자가 있다. 오늘날 임금과 친아버지를 거짓이라 하고 임금과 친아버지보다 더 훌륭한 존재가 있다고 하며 예수를 들어 세상의 거짓 임금과 거짓 아버지에게 그 죄를 씌운다. … 이런 식으로 백성을 이끌어 간다면 뭇 백성들은 임금과 아버지를 경외하는 마음도 없어질 것이다. 그렇게 하면 결국 나를 이롭게 하는 것은 무엇이겠는가?"[33]

또한 야스이 솟켄은 기독교의 反유교적 주장들 때문만이 아니라 일본의 전통과 습합적이었던 불교와는 달리 기독교의 반습합적 요소 때문에 그것을 비판하기도 했다. 그에 의하면 "기묘한 말로 인심을 흩트리고 임금과 아버지를 무시한 채 신만 믿고, 살아 생전의 道를 경시하는 대신 사후의 복만을 중시한다. 천당이 있다고 유혹하고 지옥의 공포를 말하는 것

---

33) 吉野作造 編, 『明治文化全集』 第十五卷, 「思想篇」, 日本評論社, 1929, 213~214쪽.

은 예수의 기독교나 (석가의) 불교나 마찬가지다. 만일 다른 점이 있다면 그것은 오직 예수가 윤회를 설파하지 않는 것뿐이다. 부처가 인간 세상에 나타나 설파한 지 오래거늘 예수만이 그를 거부하는 것은 우매한 짓이다. 부처와 예수가 서로 비슷하다고 하지만 그들에게는 차이가 없다. 부처는 은혜를 버리고 무위에 들어가는 것을 진실로 은혜에 보답하는 길이라고 말한다. 예수는 이 세상의 임금과 아버지를 거짓된 존재라고 말한다. 부처는 임금과 아버지를 위해 명복을 빌 때는 멀리 거슬러 올라가 죽은 조상에게까지 제를 올리라고 하는 데 비해 예수는 인간이 죽으면 모든 것이 끝이므로 제사를 올리지 말라고 한다. 그러므로 이 둘은 정말 다르다. 부처는 오랫동안 우리나라에서 받들어지고 있지만 예수는 자기만을 사랑하라고 한다. 그러므로 예수는 굳이 임금 앞에 무릎을 꿇으려 하지 않는다"[34]

2) 니시무라 시게키의 反세외교론

니시무라 시게키는 1876년 자신이 '수신학교'(修身學校)를 세울만큼 국민도덕에 사명감을 가진 계몽운동가였다. 그가 세외교의 입장에서 기독교를 비판하는 『일본도덕론』을 쓴 것도 근본적으로는 일본인의 실천적인 도덕을 진작시키기 위한 것이었다. 니시무라에 의하면, 도덕학에는 세교(世敎)와 세외교(世外敎)가 있다. 중국의 유교나 서구의 철학은 세교지만 인도의 불교와 서양의 기독교는 세외교다. 전자가 현세의 일을 논하고 현세에서의 수신을 가르치며 현재의 국가와 사회의 조화를 주장하는 데 비해 후자는 현세의 것을 말하지 않으며 주로 미래의 응보와 사후의 혼백이 돌아갈 곳에 대해서만 강조할뿐이다. 그러므로 세교는 도리를 주로 다루는 데 비해 세외교는 신앙에 초점을 맞춘다.[35]

---

34) 앞의 책, 215쪽.
35) 船山信一, 『明治哲學史硏究』, ミネルヴァ書房, 1959, 144쪽.

이렇게 보면 현세지향적인 일본의 국민도덕을 진작시키려는 니시무라의 계몽운동에 있어서 세외교는 부정적 요소이자 배제의 대상이었다. 더구나 내세지향적인 세외교는 종교이면서도 궁극적으로 서로를 용납하지 않는 배타성 때문에 균형(間)과 조화(和)를 지향하는 일본사상과 이질감을 갖게 할뿐더러 도덕학의 요소로서도 적합하지 않다는 것이다. 그가 "현재 우리나라에서 도덕을 세우기 위해서는 세외교를 버리고 세교를 이용하는 것이 적당하다"고 주장하는 것도 그런 이유에서였다.

또한 그가 "종교란 서로 배척하고 시기하는 성질을 갖고 있는지 불교는 기독교를 미워하고 기독교는 불교를 미워한다. 서로 상대방의 종교를 멸하지 않고서는 뜻하는 바를 이룰 수 없을 것이다. 따라서 일본에서도 불교가 망하든 기독교가 망하든 둘 중의 하나가 망하지 않으면 평화를 얻기 어려울 것이다. 이 두 종교의 멸망은 당장 기대하기는 어렵지만 앞으로 투쟁이 그치는 것을 기대하기도 어려울 것이다"[36]라고 주장하는 이유도 마찬가지이다. 결국 그는 세외교 반대론자였다. 더구나 그는 불교와 기독교의 양비론(兩非論) 속에서도 기독교의 배제를 우선시하는 기독교 반대론자였다.

3. 반론으로서의 신의 존재증명

이러한 무신론적 비판들에 대해 기독교인들은 유신론적 반론과 주장들을 통해 적극적으로 대응했다.[37] 우선 메이지 13년에 기독교인들은 신약

---

36) 西村茂樹, 『日本道德論』, 岩波文庫, 24~25쪽.
37) 그런가 하면 기독교 철학자들과 같이 기독교의 수용과 방어를 위해 논쟁에 직접적으로 가담한 이들과는 달리 서구사회와 같은 문명개화를 추진하는 계몽주의자들은 서구식 개화의 방편으로서 기독교의 수용을 간접적으로 장려하거나 지원하기도 했다. 예를 들어 니시 아마네(西周)의 「교문론」(敎門論)을 비롯하여 츠다 마미치(津田眞道)의 『개화를 진행하는 방법을 논함』(開化を進る方法を論す, 메이지 7년)이나 구화주의자(歐化主義者) 토야마 마사

성서를 일본어로 번역하여 보급하는 한편 기독교의 입장을 옹호하기 위한 평론지인 『육합잡지』(六合雜誌)를 창간하기도 했다. 특히 기독교 철학자들은 무신론과 반기독교적 주장들에 대항하기 위하여 신에 대한 존재증명을 활발하게 전개함으로써 이론적인 연구를 게을리하지 않았다. 후나야마 신이치(船山信一)도 "메이지 전기의 기독교 수용에서는 신의 존재증명을 꼭 필요로 한 것은 아니지만 자기에 대한 비판이나 무신론에 대한 자기방어의 기초를 마련하기 위해서 신의 존재증명이 행해졌다"[38]고 주장한다. 예를 들면, 나카무라 마사나오(中村正直), 고사키 히로미치(小崎弘道), 우에무라 마사히사(植村正久)같은 기독교 철학자들의 존재증명이 그것이다.

1) 나카무라 마사나오와 신의 존재증명

메이로쿠샤(明六社)의 일원인 나카무라 마사나오(1832~1891)는 본래 유학자였다. 그러면서도 그는 기독교가 금교중이던 메이지 5년(1872)에 이미 <문명의 종교>·<국가부강의 종교>인 기독교를 인정해야 하며 천황도 세례받아 <교회의 主>가 되어야 한다고 주장한 논문인 「의태서인 상서」(擬泰西人上書)를 익명으로 발표하는가 하면 메이지 7년에는 자신이 몸소 세례받기도 했다. 그러나 그가 기독교연구에 본격적으로 참여한 것은 유·무신론에 대한 논쟁이 활발했던 메이지 20년 『나는 조물주의 존재를 믿는다』(我は造物主あることを信す)는 글로써 논쟁에 참여하면서부터였다.

나카무라 마사나오는 조물주를 가리켜 "저절로 존재하는 것으로서 형체는 없지만 어느 곳에나 존재하는 묘체(妙体)이자 영험한 묘신(妙身)"이라고 정의한다. 다시 말해 신이란 무형으로 편재하는 영적 존재라는 것이

카즈(外山正一)의 『사회개량과 기독교와의 관계』(社會改良と耶蘇教との關係, 메이지 19년) 등이 그것이다. 토야마의 주장에 따르면, 서양인의 인정풍속을 동경하여 그것을 수입하면서도 그들의 종지(宗旨)를 거절하는 것은 어리석은 짓일 뿐만 아니라 도저히 납득할 수 없는 일이라는 것이다.

38) 船山信一, 『明治哲學史研究』, ミネルヴァ書房, 1959, 130쪽.

다. 또한 그는 조물주를 "저절로 존재하는 것"이라든지 묘체, 묘신과 같은 표현을 사용하여 유교에서 말하는 하늘(天)과 비슷한 것으로 간주했다. 그러나 그는 조물주를 하늘처럼 범신론적인 것이 아니라 인격적 창조자라고 주장함으로써 유학에서의 천의 개념과 구별하려 했다. 다시 말해 그는 "성숙(星宿)·월일(月日)·지구·인간 등 만상이 저절로 회복되기도 하고, 우주라는 대기관을 운행하면서 고금, 융성, 쇠퇴, 화복의 운명을 통괄하며 모든 선의 근원이자 진리의 근원인 무소부지(無所不知)·무소불능(無所不能)의 존재가 곧 조물주"[39]라고 규정한 것이다.

또한 그는 아우구스티누스의 삼위일체론, 또는 삼신론(三神論)처럼 신에게는 지극한 힘(力)과 지(智)와 선(善)이 구비되어 있다는 삼성론(三性論)을 주장함으로써 예지적인 인격신으로서의 존재를 논증하려 했다. 뿐만 아니라 그는 토마스 아퀴나스의 우주의 질서에 의한 신의 존재증명처럼 상하·동서·남북의 육합(六合)을 대지(大智)의 산물로 간주함으로써 결국 세계의 질서로부터 그 창조자를 추론하는 목적론적 증명을 시도하기도 했다. 그러면서도 조물주에 대한 그의 존재증명에는 고유한 기독론과는 달리 묘체론·삼성론·육합론과 같은 유교적 개념과 설명방식이 습합되어 있음을 발견하기 어렵지 않다.

2) 고사키 히로미치와 신의 존재증명

메이지 18년(1885) 우에무라 마사히사, 혼다 요우이치(本多庸一)와 함께 도쿄기독청년회를 조직하여 회장으로 활동한 고사키 히로미치(1856~1936)는 메이지 19년 『정교신론』(政敎新論)을, 이듬해에는 『유신철학』(有神哲學)을 발표하면서 당시의 유·무신논쟁에 뛰어들었던 기독교 지도자 가운데 한사람이다. 그는 교육칙어가 공포된 이후 국수주의적 천황제가

---

39) 中村正直, '我は造物主あることを信す', 『哲學會雜誌』 第一冊 第二号, 1888, 45쪽.

강화되는 상황에서도 오직 조물주에 대한 신앙과 교회의 사명만을 다하는 데 진력했다. 그러나 『정교신론』에 나타난 기독교에 대한 그의 기본입장은 유교적인 낡은 도덕 대신 기독교의 새로운 도덕을 주장함으로써 정치·도덕·종교간의 새로운 관계설정을 제시하는 데 있었다.

그가 신에 대한 존재증명을 논리적·체계적으로 시도한 책은 『유신철학』이다. 이 책은 무신론에 대한 반론서일뿐만 아니라 범신론에 대한 반론서이기도 하다. 그에 의하면 유신철학이란 우주의 원인에는 지혜도 있고 덕도 있다고 주장하는 철학을 가리킨다. 또한 이 책에서 그는 철학과 과학, 철학과 신학의 차이를 밝힘으로써 유신론에 대한 자신의 입장을 분명히 하려 했다. 그의 주장에 따르면 철학은 사물의 실체를 밝혀 본원적 (本元的) 진리에로의 도달을 목표로 하는 것으로서 현상만을 탐구하는 과학과는 차이가 있다. 나아가 그는 철학이 신학의 문제인 신의 유무나 신의 성질까지도 논한다는 점에서 과학과 다르며, 오히려 신학과 밀접히 연관되어 있다고 주장한다.[40]

고사키 히로미치의 신에 대한 존재증명은 형이상학적이라기보다 인식론적이다. "지혜란 어떻게 생기는 것일까, 우리는 외계의 것을 어떻게 아는 것일까"와 같은 의문에 대해 유물론과 무신론에서는 인식의 보편성과 객관성을 기대할 수 없다는 비판으로부터 시작하기 때문이다. 그는 진리에 도달하기 위해서는 우리가 살고 있는 이 우주에 도리(이성)라는 것이 존재하지 않으면 안된다고 주장한다. 또한 그는 인류(주관)와 우주(객관) 양쪽에 이성이라는 것이 있어서 비로소 인식이 성립된다고도 말한다.

그에 의하면, "우리가 외계(바깥세상)의 지식에 도달하기 위해 반드시 필요한 것은 다음과 같은 두가지 사항이다. 하나는 우리 인류에게 이성이라는 것이 없으면 안된다는 것이고, 또 하나는 천지 우주에 도리가 없으면 안된다는 것이다. 만일 내게도 이성이라는 것이 없고 외계에도 도리라는

---

40) 小崎弘道, '有神哲學', 『哲學會雜誌』 第一册 第八号, 379~380쪽.

것이 없다면 도저히 이 세상의 이치를 알지 못할 것이다."[41] 다시 말해 대
상(객관)이 도리(이성)에 의해 인식되는 한 대상은 그 자신의 이성이 있지
않으면 안되며, 그 이성적 대상에도 반드시 그 원인, 즉 창조자가 있지 않
으면 안된다는 것이다. 그러나 그가 신에 대한 존재증명에서 이렇게 인식
론적 방법을 도입하려는 것은 스피노자로부터 피히테, 쉘링, 헤겔에 이르
는 범신론자도 역시 일종의 유신론자였다고 주장하기 위한 것이다.

3) 우에무라 마사히사와 신의 존재증명

우에무라 마사히사(1858~1925)는 정통주의 신앙의 입장에서 자유주의
신신학(新神學)은 물론 일체의 국수주의와도 싸워온 기독교 지도자였다.
그는 주로 유물론과 불가지론, 또는 진화론의 기독교비판에 대해서 자신
이 창간한 『육합잡지』를 비롯하여 메이지 17년에 나온 『복음도지류부』(福
音道志流部)와 『진리일반』(眞理一斑) 등을 통해 반론을 위한 신의 존재증
명에 적극적이었다.

후나야마 신이치의 지적에 의하면 우에무라 마사히사의 신에 대한 존
재증명은 고사키 히로미치와는 정반대의 방식이었다. 고사키가 인식의 사
실로부터 신의 존재증명을 진행했다면 우에무라는 인식에 대한 회의, 즉
인식의 유한성으로부터 신의 존재를 증명하려 했기 때문이다. 그에 의하
면, "인류는 계속 신의 존재를 찾고자 했다. 대체로 보아 천하에 진정으로
무신론자라고 하는 사람은 없을 것이다. 쾌락에 빠져 부귀영화를 탐내는
사람이든 또는 세상을 한탄하며 비탄에 젖어 지내는 사람이든 수많은 사
람들과 교제를 나누며 화조풍월을 즐기고 상념에 빠져 지내는 사람이든,
그들에게는 눈에 보이지 않는 신을 사모하는 마음이 있을 것이다. 또한 평
생을 살면서 신같은 것은 없다고 생각하던 사람들도 비상사태에 직면하게
되면 자연히 본능적으로 신의 도움을 청하게 된다. 우수에 빠져 있는 사람

---

41) 앞의 책, 386쪽.

들 가운데 무신론자가 없는 것도 바로 그 때문이다."[42]

이처럼 인식의 유한성에 대한 그의 자각과 회의는 무신론에 대한 반론의 근거였다. 인간은 전지전능한 존재가 아니기 때문에 신이 없다는 말조차 할 수 없다는 것이다. 우에무라의 이러한 주장은 비트겐슈타인의 『논리철학논고』의 마지막 문장인 "말할 수 없는 것에 대해서는 침묵해야 한다"를 연상시킬만큼 무신론자들의 형이상학적 언명들이 무의미함을 의미한다. 그가 "세상에는 무신론자들도 있지만 신이 없다고 말하는 것은 인간 본래의 능력을 벗어난 소치이다. 천지는 넓고도 넓으며, 세계는 매우 거대하다. 인간의 지혜를 가지고 이를 전부 알 수는 없는 일, 우주에는 어떤 보이지 않는 힘들이 작용하는지, 또한 우리가 보고 듣고 하는 이러한 모든 현상들은 어떤 절차와 질서에 의해 이뤄지는 것인지 다 알지 못할진데 어찌 신이 없다고 단정할 수 있겠는가? … 자신이 스스로 신이라도 되지 않는 한, 무신론자라는 말은 할 수 없는 것이다"[43]라고 말하는 이유도 거기에 있다.

우에무라의 신에 대한 존재증명은 우주론적이다. 그는 무신론자들에게 신이 존재하지 않는다고 말할 수 없다는 소극적인 반론에 머물지 않고 신의 존재에 대한 적극적인 설득을 위해 우주론적 증명을 시도했다. 그의 주장에 따르면 인간에게 있어서 종교는 본질적인 것이다. 그러므로 인간은 언제나 신을 추구하고 신에게로 향해 있다. 우리가 그 무엇인가를 찾아내려고 하는 것 자체가 신의 존재를 필연으로 한다는 말인지도 모른다[44]는 것이다. 신의 존재에 대한 그의 우주론적 증명은 토마스 아퀴나스의 작용인을 통한 존재증명과 다르지 않다. 아퀴나스의 증명에 따르면 부모는 그들 자신의 부모가 있어야 하듯이 모든 사건들은 선행하는 원인이 있어야

---

42) 三枝博音, '神道と基督教', 清水幾太郎 編, 『日本哲學思想全集』 第十卷, 207쪽.
43) 앞의 책, 207~208쪽.
44) 船山信一, 앞의 책, 134쪽.

하지만 무한히 거슬러 올라갈 수는 없다. 왜냐하면 계열 속의 모든 원인들은 자신들이 현실적인 원인이 되기 위해 필요한 제1의 작용인에 의존하고 있기 때문이다. 그러므로 '모든 사람은 신이라고 부를' 제1작용인이 있어야만 한다는 것이다. 이처럼 인과율에 기초한 증명은 우에무라의 경우에도 마찬가지였다.

그에 의하면, "세상에 존재하는 모든 생물들을 생각해볼 때 사람, 짐승, 산천에 이르기까지 모두 어떤 변화에서 나온다. 이전의 변화는 그 이전의 변화에서 나오고 그 이전의 변화는 또 그 이전의 변화에서 비롯된다. 변화를 거듭하는 그 근원으로 거슬러 올라가 보면, 그 근원이 되는 지점에 이르게 된다. 그 근원이 되는 지점에 이 세상의 모든 변화를 일으키는 요인이 있는데, 이는 스스로는 어떤 힘도 빌리지 않은 채 스스로 존재하는 것이다. 이것을 가리켜 원인과 결과의 이치라고 한다. 이러한 분명한 이치에 의존할 때는 이 세상 천지에 하나의 거대한 원인이 있다는 것을 알 수 있다."[45)

또한 그는 당시 무신론자들의 유신론에 대한 공격과 부정에 대해 "필연적이고 보편적인 진리는 영원히 존재하는 이성과 상제(上帝)에 있고, 정의라는 것도 본래 상제의 이성에 있다"고 하여 고사키 히로미치와 같이 유신론의 강조를 위한 신적 이성의 역할을 주장한다. 더구나 그는 천황제만을 신봉하는 국수주의자들에 대해서도 "시세(時勢)의 필요에 따라 일본사회를 구하려는 욕심을 부려보아도 그 본질을 잃으면 모든 것이 덧없이 되고 만다. 여기 천고 이래로 내려오는 복음, 이 진수의 복음이야말로 진정 일본을 구하는 길이 된다"는 기독교 구국론을 전개한다. 나아가 그는 "서양의 여러 나라가 흥망성쇠를 거듭하면서도 여전히 번창하며 그 기세를 잃지 않는 것은 기독교의 진리를 실천하기 때문"이라고 하여 기독교가 문명개화의 조건이자 계기임을 강조하기도 했다.

---

45) 三枝博音, 앞의 책, 208쪽.

이상에서 보아온 메이지 20년대에 이르기까지 유·무신론간의 대립과 갈등은 천황제와 천황교, 그리고 각종 무신론들자의 기독교에 대한 직·간접의 부정적 작용에 못지 않게 기독교인과 유신론자들의 기독교 옹호와 전파를 위한 적극적 반작용도 만만치 않았음을 보여주는 것이다. 이것은 메이지시대에 있어서는 기독교가 역사의 작용과 반작용, 도전과 응전의 패러다임을 형성한 인자이자 임계점이었고, 기독교가 메이지정신사의 결정적인 에피스테메였음을 의미하는 것이기도 한다.

이렇게 보면 일본종교사에서 기독교의 토착화과정은 불교나 유교의 경우와 다르다. 주지하다시피 불교와 유교는 통치이데올로기로서 정치권력의 비호하에서 수용되었고 토착화할 수 있었다. 즉 연착륙(軟着陸)할 수 있었던 것이다. 그러나 기독교는 불교처럼 신도와 습합하려 하지 않았고 유교처럼 정치권력과도 밀착하지 않았다. 오히려 기독교는 신도와 대립했고 정치권력에 투쟁했다. 그 때문에 일본에서의 기독교는 경착륙(硬着陸)했거나 착륙에 실패했다고 말해도 과언이 아니다. 기독교의 착륙과정은 대립과 갈등, 탄압과 투쟁이라는 불협화음의 역사일 수 밖에 없었다. 기독교는 본질적으로 통치권력과의 공존이나 습합이 불가능한 종교였기 때문이다.

V. 사건으로서의 충돌: 우치무라 간조의 불경사건

결국 작용과 반작용의 임계상태에서 그 압력을 견디지 못함으로써 빚어진 결과는 곧 충돌이었다. 우치무라 간조의 불경사건이 바로 그것이다. 그것은 황도와 기독교의 패권다툼을 상징화하는 역사적 사건으로서의 충돌을 의미하는 것이기도하다.

1. 우치무라 간조의 불경사건

메이지 3년(1870) 1월 「대교선포의 조」(大教宣布の詔)가 공포되고 천황을 중심으로 한 이른바 「유신의 대도」(惟神の大道), 즉 신도국교화가 시작되었다. 메이지 22년(1889) 2월 11일 「대일본제국헌법」이라는 흠정헌법의 공포로 천황의 신적 권위와 통치의 신성성이 법문화되었고 이러한 신국관념을 일본인의 혼으로 주입시키기 위해 그 이듬해(1890) 10월에는 「교육칙어」까지 공포되었다. 「대교선포의 조」에서 「교육칙어」에 이르는 20년간 메이지정권은 <신국으로서의 제국>이라는 신일본의 국가건설을 위한 틀을 완비한 것이다. 일본 역사는 긴 세월을 보냈음에도 불구하고 이 짧은 20년만큼 천황만을 위한 시간을 가져본 적이 없었다. 천황과 가신들에게는 감당하기 힘들 정도의 감동적인 기간이었을 것이다.

1) 사건의 발단

그러나 감동의 피안은 반대로 그 이상 고난의 현장이었다. 같은 차선을 마주보고 달려오는 두 차량은 충돌하게 마련이듯이 동일한 시·공간에서 맞이하는 감동과 고난의 이질감은 지배와 종속을 거부함으로써 충돌할 수밖에 없었다. 「교육칙어」가 공포된 지 3개월만인 1891년 1월 9일 일어난 우치무라 간조의 불경사건이 그것이다. 1891년 1월 14일자 『관보』(官報, 1260호 110쪽)에 의하면 "칙어봉독식(勅語奉讀式), 제일고등학교에서는 칙어의 서명(親署)에 절(奉拜)하기 위하여 본월 9일 8시 윤리강당의 중앙에 천황과 황후 양폐하의 사진을 놓고 그 전면 탁상에 (천황이 직접) 서명한 칙어를 놓았다. 충군애국의 성심을 표하는 호국기를 세우고 교원 및 생도 일동이 절한 뒤 교장대리 쿠하라(久原躬弦)가 칙어를 봉독했다. 그 뒤 교원 및 생도가 5인씩 차례로 서명 앞에 나와 직접 절하고 퇴장했다."[46]

이 관보에 따르면 1890년 12월 25일에 천황이 서명한 「교육칙어」를 전달받은 제일고등학교에서는 새해의 수업이 시작되는 날 전교직원과 학생들이 강당에 모여 천황의 서명에 경례하며 봉독식을 거행한 것이다. 그러나 여기서 문제가 된 것은 경례의 대상이 천황의 사진이 아니라 메이지천황이 칙어에 직접한 서명이었다. 우치무라 간조는 1891년 8월 9일자로 미국에 있는 친구 벨(David Bell)에게 보낸 편지에서 "소생은 기독교도의 양심에 따라 황제의 서명 앞에 절하기(bow)를 거절했다"[47]고 적고 있다. 그는 또 다른 미국인 친구 스트라더스(Alfred Struthers)에게 보낸 편지에서도 "칙어의 서명에 대한 경례를 나는 종교적이라고 생각하여 거절했다"고 밝힘으로써 그것이 자신의 신앙에 기초한 행위였음을 분명히 하고 있다.

그는 훗날—메이지 42년 10월, 『성서의 연구』(聖書之研究)의 「독서여록」(讀書余錄)에서—회상하기를 그것은 유일신 신앙에 입각하여 그 밖의 어떤 것에도 절하기를 거부하려는 양심이었다고 밝힌 바 있다. 그는 당시 토마스 카라일(Thomas Carlyle)의 『크롬웰의 서한과 연설문』(O. Cromwell's Letters and Speeches, 1871~1872)을 감명깊게 읽고 거기에서 직접적으로 그러한 양심의 자유와 자립을 배웠다고도 고백했다. 그것은 결국 촉탁교사인 우치무라 간조의 양심과 신앙이 그러한 공개적인 파격행위의 원동력이었음을 의미한다. 그러나 그는 근본적으로 "너는 나 이외에 다른 신들을 너에게 있게 하지 말라"는 신의 계명(戒命)에 따라 천황의 서명까지도 신비화하려는 철저한 신권통치 방식을 거부한 것이다. 다시 말해 메이지 정권이 의도했던 천황의 신격화와 국가지상주의가 유일신을 믿는 우치무라에게는 도저히 용인될 수 없는 것이었고, 그의 이러한 종교적 신앙과 사상적 신념이 잠재의식 속에서 지상명령으로서 늘 작용하고 있었기 때문이다.

---

46) 당시에는 제일고등학교를 시작으로 7개의 관립 고등학교와 국립대학교에서는 <陸仁>이라고 천황이 직접 서명한 교육칙어에 대하여 봉독식을 거행하게 되어 있었다.

47) 小澤三郎, 『內村鑑三不敬事件』, 新敎出版社, 1980, 50쪽.

2) 경위와 쟁점

이 사실을 처음으로 사건화하여 공개한 것은 1월 17일자 개진당(改進党)계의 신문인『민보』(民報)였다. <고등중학의 불경문제>라는 제목의 그 기사에 의하면 "지난 9일 제일고등중학교에서 칙어배독식을 거행했다. 교원 일동은 5인씩 나가 양폐하의 사진에 사진에 절했지만 특히 교수 우치무라 간조씨만이 종이 조각에 절하는 것은 기독교의 교의에 어긋난다고 주장하여 절하기를 거부함으로써 불경을 저질렀다"는 것이다. 이 기사는 서명을 사진으로, 촉탁교사를 교수로, 그리고 '종이조각이라는 주장'까지 첨언하여 이 사건을 잘못 과장보도했다. <종이 조각에 예배하는 것은 기독교 교의에 반한다>는 제목의 1월 25일자『밀엄교보』(密嚴敎報)의 기사도 마찬가지였다. 1월 27일에는『요미우리신문』(讀賣新聞)과『동양신문』, 그리고 제일고등학교의『교우회잡지』가 이 사건을 공개하더니 28일에는『도쿄중신문』(東京中新聞),『일본』,『우편신문』, 그리고 29일에는『국회』,『동북매일신문』,『도쿄일일신문』,『중외전보』(中外電報),『동양신보』등에 게재되어 전국으로 보도되었다. 1월 17일자『민보』의 보도를 시작으로 3월 31일까지 이 사건을 기사화한 신문과 잡지는 무려 56종이었고 거기에 실린 기사와 논설도 143회나 되었다.[48] 일본의 언론들은 이보다 더 좋은 특종이 없었고 각 언론의 정치적 입장을 홍보하는데 이보다 더 좋은 사냥감이 없었기 때문이다.

그러나 그 보도내용들은 정확하지 않았다. 비난을 위한 과장이 대부분이었다. 예를 들어『동양신문』의 <불예한>(不礼漢)이나『奥羽日日新聞』의 <교수의 불경, 생도의 격분>, 그리고『일본』의 <예수교도의 분발(奮發)> 등이 그것이다. 훗날 사건의 객관적 사실에 대한 논란이 계속되고 있는 이유도 거기에 있다. 다음의 몇가지 기사와 증언들만 보아도 그렇다.

---

48) 앞의 책, 126~130쪽에는 게재 순서에 따라 그 내용들이 정리되어 있다.

ⓐ <제일고등중학교 교수중에 불경자 있음>이라는 제목의 27일자『요미우리신문』에 의하면 "… 생도가 답하길 금년 수업개시일에 우리를 모아 놓고 교장선생님은 문부대신을 거쳐 하사하신 교육에 관한 칙어를 봉독하고 우리 모두를 경례하게 했다. 그러나 교사 한사람만이 경례하지 않고 식을 마침으로써 우리는 이구동성으로 그의 무례함을 힐난했다. 그 교사는 예수교를 믿기 때문에 우상이나 기록에 경례할 수 없다고 대답했다"는 것이다.

ⓑ 같은 날 발행된『교우회잡지』는 "칙어배대식(勅語拜戴式), 9일 칙어배대식을 거행했다. 식장은 윤리실이었다. 일본의 신민이 되었음을 모두가 감흡하였다. 그러나 한사람만이 괴이한 짓을 했다. 본교의 교원인 우치무라 간조씨는 경례를 늦게 하여 그 신성한 식장을 더럽혔다"고 보도했다.

ⓒ 식물학자로서 우치무라 간조의 친구였던 미야베 킨고(宮部金吾)의 당일에 대한 증언에 의하면 "메이지 24년 1월 9일 제일고등학교 강당에서 각대학 및 문부성 직할학교에 하사된 친필 서명의 교육칙어 배대식이 거행되었다. 직원과 생도 일동에게 그 서명에 대하여 경례하라는 명령이 내려지자 우치무라군은 경례라는 말에 주저하더니 머리를 약간 숙여 절했다. 사건은 그렇게 해서 일어났다"[49]고 적고 있다.

이상의 기록들만 비교해 보아도 우치무라는 서명에 '경례하지 않았다', '늦게 했다', 그리고 '가볍게 절했다'는 주장들로서 서로 달리 표현하고 있다. 진실은 어느 것이었을까? 우치무라는 일기에서 "… 드디어 내 차례가 왔을 때 어느 정도 큰절(おじぎ)을 할까 하고 생각했다. 그러나 당시에는 이미 나를 따르는 학생이 십여명이나 있었다. 그들은 꼼짝않고 나를 바라보았다. 그것을 생각할 때 나는 결코 큰절을 할 수 없었다. 나는 머리를 약간 아래로 숙였을 뿐이다. 그 때문에 소동이 일어난 것이다"[50]라고 고백하

---

49) 宮部金吾,『內村鑑三君小伝』, 獨立堂書房, 1932, 24~25쪽.
50)『ベルにおくった自傳的書翰』, 新敎出版社, 1949, 61쪽.

고 있다.『도쿄중신문』은 2월 1일자에 <우치무라씨의 가벼운 경례사건>
(內村氏の薄礼事件)으로 정정보도하는가 하면『여학잡지』(女學雜誌) 3월호
도 <머리를 약간 숙여 절함>이라는 제목으로 기사화함으로써 그가 허리
숙여 큰절(最敬禮)을 하지 않은 것을 문제시했다. 그 때문에 그는 당시의
대표적인 국적(國賊)이 되었고 불경한(不敬漢)이 되었다. 그러나 이 사건은
당시 일본의 파시즘(Japanese Fascism)이 어느 정도였는지를 가늠할 수 있는
척도이기도 하다. 사실은 우치무라 간조의 생각마저도 칙어 자체에는 불
가항력적이었고 반대할 수 없었음을 토로했기 때문이다. 그는 1893년 3월
『교육시론』(敎育時論) 제285호에서 「교육칙어」는 절하기 위해서 아니라
실행하기 위해서 수여된 것이라고 주장했다. 1903년 8월 2일『만조보』(万
朝報)에 기고한 「불경사건과 교과서사건」에서도 그는 "그 때 나와 다른
사람들 사이의 쟁점은 내가 칙어를 가리켜 실천해야 하는 것이지 절해야
하는 것이 아니라고 주장한 것이었다"고 거듭 강조했다. 훗날 그가 쓴 일
기에서도 "나의 주장은 칙어란 삼가 지켜야 하는 것이지 절해야 하는 것
이 아니다"[51]라고 기록한 바 있다. 이처럼 그는 자신을 믿고 따르는 학생
들에게 모범을 보이기 위해 큰절을 하지 않은 속뜻이 칙어 그 자체, 즉 그
내용에 반대한 것이 아니었음을 밝히고 있다.

그러나 이것은 불경사건 당시의 심경토로와는 차이가 있다. 이것은 "배
례는 이미 시작되었다. … 우치무라의 차례는 세 번째였다. 그는 조용히
생각한 후 결정하고 싶었지만 그럴 여유가 없었다. 그는 모든 사람이 그렇
게 하니 그들과 같은 식으로 행동할까 라고도 생각했다. 그러나 바로 그
때 그는 자신과 함께 기숙사에 기거하는 학생들 십여명을 떠올렸다. '그들
앞에서 신을 부정할 수는 없다'고 결심했을 때 차례가 왔다. 그는 성큼 단
위로 올라가 칙어 앞으로 가서 그대로 한 바퀴 돈 뒤 돌아내려 왔다"[52]는
무용담을 빛바래게 하는 고백이기 때문이다. 이것은 파시스트의 대공세

---

51) 內村鑑三, '日々の生涯',『聖書之硏究』235号, 1920, 5쪽.
52) 政池仁,『內村鑑三』, 三一書店, 1953, 95~96쪽.

앞에서 우치무라 간조도 칙어정책에 대한 전면적 부인보다는 변명과 타협의 논리로써 우회할 수 밖에 없었음을 의미한다.

2. 교육과 종교의 대충돌

어쨌든 그의 불경사건은 <대파란>이었다. 그것이 몰고온 엄청난 해일만 보아도 그 충격의 정도를 짐작하기 어렵지 않다. 대충돌의 시작은 메이지 25년(1892) 11월부터 시작되었다. 『교육시론』 제272호에 우치무라 간조의 불경사건을 비롯하여 기독교를 공격하기 위해 이노우에 데츠지로가 쓴 「종교와 교육과의 관계에 관한 이노우에 데츠지로씨의 담화」(宗教と教育との關係につき井上哲次郎氏の談話)가 실리자 이에 대해 혼다 요우이치(本多庸一)가 그 다음달 제276호와 제277호에 이어서 「종교와 교육과의 관계에 관하여 이노우에씨에게 묻는다」(宗教と教育との關係につき井上氏に質す)와 「이노우에씨의 담화를 읽다」(井上氏の談話を讀む)로 응수한 것이 그것이다. 이것을 가리켜 <충돌>이라고 표현하기 시작한 것은 이듬해 1월 이노우에 데츠지로가 『교육시론』에 「교육과 종교의 충돌」이라는 제목으로 연재하면서부터였다. 메이지 26년(1893)은 실제로 한해동안 벌어진 양진영 사이의 (아래와 같은) 논쟁[53]에서도 보듯이 '대충돌의 해'였다고 해도 과언이 아니다.

(1) 井上哲次郎, 「교육과 종교의 충돌」(教育と宗教の衝突)

(2) 橫井時雄, 「덕육에 관한 시론과 기독교」(德育に關する時論と基督教)

(3) 同志社文學, 「칙어와 기독교」(勅語と基督教)

(4) 自由基督教, 「일본의 덕육문제」(日本の德育問題)

(5) 植村正久, 「오늘의 종교론 및 덕육론」(今日の宗教論及び德育論)

(6) 大西 祝, 「예수교문제」(耶蘇教問題)

---

53) 船山信一, 앞의 책, 152~154쪽 참조.

(7) 內村鑑三,「문학박사 이노우에 데츠지로군에게 보내는 공개장」(文學博士井上哲 次郎君に呈する公開狀)

(8) 橫井時雄,「衝突恐るるに足らす」

(9) 高橋五郎,「가짜 철학자의 대벽론」(僞哲學者の大僻論)

(10) 久津見蕨村,「비국가주의의 원죄」(非國家主義の冤罪)

(11) 前田長太,「이노우에박사의 교육과 종교의 충돌론 읽기」(井上博士の敎育と宗敎 の衝突論を讀む)

(12) 井上哲次郎,「석존강탄연설」(釋尊降誕會演說)

(13) _____,「다카하시 고로씨에게 보내는 공개장」(高橋五郎氏に寄する公開狀)

(14) 杉浦重剛,「교육상의 사견」(敎育上の私見)

(15) 柏木義圓,「교육종교의 충돌」(敎育宗敎の衝突)

(16) 元良勇次郎,「교육과 종교의 관계에 대하여」(敎育と宗敎の關係に就て)

(17) 內藤耻叟,「충효와 예수교」(忠孝と耶蘇敎)

(18) 大西 祝,「요즈음의 충돌론」(當今の衝突論)

(19) 大內靑巒,「오오니시군의 충돌론에 대하여」(大西君の衝突論に就て)

(20) _____,「충돌론에 대하여」(衝突論に就て)

(21) 境野 哲,「교육과 종교의 충돌에 대하여」(敎育と宗敎の衝突に就て)

(22) 鷲尾順敬,「기독교는 어떻게 국가를 방해하는지를 논함」(基督敎は如何に國家を 戕害するかを論す)

(23) 井上哲次郎,「나카니시씨의 충돌단안 읽기」(中西牛郎氏の衝突斷案を讀む)

(24) _____,「충돌론에 관한 의혹 풀기」(衝突論に關する惑を解く)

(25) _____,「교육종교관계론」(敎育宗敎關係論)

(26) 橫井時雄,「종교상의 혁신」(宗敎上の革新)

(27) 高橋五郎,「가짜 철학론 물리치기」(排僞哲學論)

(28) 中西牛郞, 「종교교육 충돌단안」(宗敎敎育衝突斷案)

(29) 內藤耻叟, 「파사론집」(破邪論集)

(30) 久津見息中, 「예수교 충돌론」(耶蘇敎衝突論)

(31) 杉浦重剛, 「교지변혹」(敎旨辨惑)

(32) 井上圓了, 「충효활론」(忠孝活論)

(33) 小崎弘道, 「기독교와 국가」(基督敎と國家)

(34) 村上專精, 「불교충효론」(佛敎忠孝論)

(35) 藤島了穩, 「예수교말로」(耶蘇敎末路)

(36) リギョル・前田長太, 「종교와 국가」(宗敎と國家)

이처럼 불경사건을 도화선으로 하여 기독교에 대한 비판과 반론, 공격과 방어로 비화된 메이지 26년의 대충돌은 '교육과 종교의 충돌'이라고 하지만 실상은 그렇지 않다. 그것은 백제의 성왕이 보낸 불상과 불경, 불구 등이 도화선이 되어 소가씨(蘇我氏)와 모노노베씨(物部氏) 사이에 벌어진 국신 대 객신 간의 주도권 싸움을 방불케 하는 것이었다. 이노우에 데츠지로는 우선 메이지 26년 1월 15일자 『교육시론』 제279호에 실린 「교육과 종교의 충돌」에서 우치무라 간조의 불경사건을 장문으로 신랄하게 질타한 뒤 "한 가정에서 행해야 할 중요한 덕목은 효제(孝悌)에서 시작되는데, 이는 가정에서 마을로, 마을에서 도시로 확산되어 결국 공동애국의 길에 이르게 된다. … 자신의 한 몸을 다스리는 것도 국가를 위한 것이며, 부모에게 효도하는 것도, 형제간에 우애있게 지내는 것도 모두 국가를 위한 것으로서 나 자신은 국가를 위해 목숨을 바칠 수 있어야 할 것이며, 임금을 위해서도 목숨을 바칠 수 있어야 할 것이다"라고 하여 국가지상주의=천황중심주의를 원론적으로 주장한다.

그러나 이것은 기독교를 공격하기 위한 예비적 장치일 뿐이다. 그는 이어서 기독교를 원칙에 반하는 대상으로서 공격하기 시작했기 때문이다. 그의 기독교비판은 우선 기독교의 非국가주의에로 향했다. 그에 의하면,

"교육칙어가 주장하는 것은 한마디로 말해 국가주의다. 그러나 기독교는 국가주의적인 정신이 부족한 종교이며, 또한 국가적인 정신에 위배되는 것으로서 (그것이) 칙어의 국가주의와 하나가 되는 것은 무리한 일이다. (나는) 기독교 스스로가 국가를 잘 이해하지 못하고 있다고 생각한다. 신약성서 전체를 보아도 국가에 대해 논하는 곳이 거의 없으므로 (기독교는) 공동애국의 도를 가르치기 힘들다. 기독교는 참으로 非국가주의적이며, 이 점에 대해 기독교도들이 아무리 변명한다 해도 도저히 납득하기 힘들다. 억지로 변호한다 해도 그것은 궤변에 지나지 않을 것이다." 나아가 그는 비국가주의적인 기독교를 가리켜 국가의 공적이라고까지 비판한다. 그에 의하면, "예수회교도라고 하는 사람들은 … 非국가적·反칙어적인 짓을 하지 말지어다 … 그들은 국가라는 것을 생각하지 않는 주의(主義)를 가지고 행동한다면 그 주의는 옳은 것이라고 할지라도 이에 반하는 경우가 많다. 다른 동기를 가지고 자신의 주의 주장만 한다면 이는 자칫 잘못하여 자신의 주의 주장에 반대되는 결과를 얻어 본심과 본의를 잃게 될 것이다. … 그들은 입만 열면 실천으로 옮겨 행동한다고 말하는데 실천적인 행동도 좋지만 非국가적인 실행은 우리나라의 공적이 될 뿐이다."[54]

대충돌의 신호탄이었던 「종교와 교육과의 관계에 관한 이노우에 데츠지로씨의 담화」에서 전개한 그의 기독교비판의 요지를 보면 다음과 같다.

첫째, 기독교의 도덕은 비국가주의적이다.

둘째, 그것은 미래를 중요시하여 현세적 사물을 천시하거나 경시하는 정서를 조장한다.

셋째, 기독교도들이 말하는 박애는 묵자의 겸애와 같은 것으로서 무차별적 사랑이므로 차별적 사랑을 말하는 칙어의 박애와는 다르다.

넷째, 기독교의 도덕은 '충효의 이덕'을 강조하지 않기 때문에 칙어의 도덕과는 상통할 수 없다.

---

54) 井上哲次郎, 『敎育ト宗敎ノ衝突』, 敬業社, 1893, 4, 10, 34~36쪽.

이상과 같은 이노우에의 기독교비판에 대해 가장 먼저 응수한 사람은 당시 아오야마대학(靑山英和學敎) 교장 혼다 요우이치(本多庸一)다. 그는 우선 「종교와 교육과의 관계에 관하여 이노우에씨에게 묻는다」(『敎育時論』 제276호, 1892년 12월)에서 '신약성서 전체를 보아도 국가에 대해 논하는 곳이 거의 없다'는 이노우에의 주장을 반박하며 그의 기독교＝비국가주의를 부정한다. 예를 들어 혼다는 '카이사의 것은 카이사에게로, 신의 것은 신에게로'라는 일절만 보더라도 당시 로마제국의 식민지에 있던 이스라엘인들이 정치체제에 순응하며 백성으로서의 의무를 다하려 한 것이야말로 국가주의 정신에 충실한 증거였다는 것이다. 또한 혼다는 「이노우에씨의 담화를 읽다」(『敎育時論』 제277호, 1893년 1월)에서도 (정교분리주의자임에도 불구하고) 기독교와 국가주의가 근본적으로 서로 충돌하지 않는다고 주장한다. 그에 의하면, "우리 기독교신도들은 교육과 정치가 각각 독립하여 그 본령을 달리하는 가르침을 얻어야 한다. 기독교를 신봉하는 자체는 그 어떤 이유로도 방해받지 말아야 한다. 만일 이것이 그 정체성에서 보통의 도리에 어긋나는 것이 아니라면 염려할 것이 없다. 국가 고유의 도덕 미풍양속은 그러한 기독교와 충돌하지 않는다"는 것이다. 나아가 그는 황국과 기독교국가의 유사성마저 강조한다. "우리나라 황국은 정치면에서 군(君)과 민(民)의 관계가 분명하며, 그 중심에는 최고로 넓은 범주의 가족이 있고, 태고로부터 골육군신(骨肉君臣)의 관계가 있다는 점 등이 모두 황실의 은혜에서 나왔다. 대부분의 메시아 나라에서도 임금을 아버지라고 부르고 백성들을 아들이라고 하며, 만물 만사가 모두 아버지의 은덕으로 존재한다고 믿는다. 이는 서로 비슷한 것이 아닌가"와 같은 반문이 그것이다.

그러나 이노우에의 기독교비판에 대해 혼다 요우이치보다 강한 반론을 제기한 사람들도 적지 않았다. 예를 들어 다카하시 고로우(高橋五郞)는 '가짜철학자'라고 야유하는 『가짜철학자의 대벽론』에서 매우 격렬한 어조로 이노우에를 비판한다. 첫째, 이노우에가 교육칙어를 국가주의라고 말하는 것은 독단적이라는 것이다. 칙어에는 국가주의나 개인주의 같은 편협한 내용이 들어 있지 않다고 생각하기 때문이다. 그가 보기에 칙어는 보통의 실천 덕목만을 훈계할 뿐이다. 둘째, 이노우에가 기독교의 교의를 무국가주의라고 비판하지만 그것은 기본적으로 종교와 도덕과 정치를 구별하지 못하는 '문외한의 망언'이라는 것이다.

다카하시 고로보다 더욱 적극적으로, 그리고 논리적으로 이노우에의 「교육과 종교의 충돌」에 반론을 제기한 사람은 카시와기 기엔(柏木義圓)이었다. 그의 반론에 의하면 첫째, 기독교와 칙어는 전혀 다른 범주의 것이므로 비교의 대상이 될 수 없다. 칙어가 국가의 중심이요 표준일뿐 개인의 내면이나 각 분야에까지 간여하지 않는 일본의 보편적 가치이듯이 기독교도 인류의 대도로서 보편적 가치이다. 그러므로 칙어와 기독교는 상치될 이유가 없다. 양자는 윤리적 가치가 대립될 기준도 없다. 둘째, 기독교는 미래의 염원에만 매달려 현세적 가치를 경시하는, 그런 차원의 종교가 아니다. 셋째, 유교의 박애가 부자형제의 경우처럼 자연적 사랑에서 출발한다면 기독교의 박애는 조물주와 피조물간의 진정한 사랑이다. 넷째, 기독교가 칙어의 충효도덕을 방해한다는 주장은 옳지 않다. 오히려 기독교적 경건은 충효의 함양에 기여한다. 그러므로 기독교를 두고 '교육과 종교의 충돌' 운운하는 것은 진리의 본체 안에서 상통하는 경건한 성품과 행위의 문제를 간과한 소치다.[55]

이상에서 보았듯이 대폭발의 핵은 이노우에 데츠지로다. 우치무라 간조는 충돌의 빌미였고 폭발의 도화선에 불과했다. 이노우에는 1893년의 「교육과 종교의 충돌」보다 10년전에 쓴 「예수변혹서」(耶蘇辨惑序)에서 이미 국가의 존립을 위해서는 민심을 국가에 포섭할 필요가 있지만 기독교가 사람들을 서구지향적으로 만들고 있다고 지적한다. 그러므로 그는 지금이야말로 그것을 절멸시키지 않으면 구제불능의 재앙을 만나게 될 중요한

---

55) 片野眞佐子, 『孤憤のひと柏木義圓—天皇制とキリスト教』, 新教出版社, 1993, 82~85쪽. 서정민, 『일본기독교의 한국인식』, 한울아카데미, 2000, 98~99쪽.

시기라고 경고한 바 있다. 이렇게 보면 그의 「충돌론」은 그러한 발상의 표면화에 지나지 않는다. 그는 1889년 독일 유학중에 쓴 「내지잡거론」(內地雜居論)에서도 일본인이 서구인보다 사상적으로나 신체적으로나 열등하기 때문에 그들과의 경쟁에서 패배하여 국가의 통치가 곤경에 빠질 수 있다는 반서구주의적 열등감과 편협한 국수주의적 경계심을 토로한 적이 있다.[56]

「예수변혹서」(83)에서 「내지잡거론」(89)을 지나는 그의 이러한 사고의 편력을 따라가면 기독교와의 「충돌론」(93)에 도달하는 것은 자연스러운 과정일 수 있다. 다시 말해 본격적인 기독교비판을 위해 쓴 그의 「충돌론」은 서구에 대한 열등의식과 배타적 감정이 서구인의 종교인 기독교에로 향할 수 밖에 없었을 것이다. 이것은 이노우에의 충돌이 우연적·우발적 사건이 아니라 황조신에 의한 예정조화였거나 적어도 이노우에의 잠재의식에 있는 보이지 않는 손의 조화에 따른 것이었음을 의미한다. 그러므로 우치무라의 불경사건도 그 예정조화의 프로그램이 실현될 수 있는 계기를 제공해준 것에 불과했을지도 모른다.

그러나 결과적으로 보면 우치무라 간조의 불경사건은 폭발의 도화선과 같은 것이었다. 그것은 절대권력과 투쟁해오던 종교적 결벽주의가 갑자기 그 비등점에 이르러 일으킨 기화현상이었다. 이노우에 데츠지로에 의해 촉발된 메이지 26년의 대충돌도 정치와 종교 사이의 돌발적인 충돌사건이 아니라 점증하는 내부적 갈등이 극에 달해 폭발하는 혁명의 열기와 같은 것이었다. 그러므로 그 열기도 액체가 기화할 때 외부로부터 흡수하는 열량인 기화열처럼 엄청난 에너지를 발생할 수 밖에 없었다.

---

56) 土肥昭夫, '近代天皇制とキリスト敎'『近代天皇制の形成とキリスト敎』, 富坂キリスト敎センター, 1996, 268쪽.

VI. 우치무라 간조와 습합신학

혹자는 메이지정부의 특징을 가리켜 '진보와 보수의 칵테일'[57]이라고 평한다. 그러나 칵테일현상은 메이지정부의 경우만이 아니다. 일본의 문화와 정신이 늘 칵테일되어왔듯이 그런 현상은 메이지시대에도 마찬가지였기 때문이다. 단지 달라진 것이 있다면 메이지시대에는 과거와는 달리 서구(진보)와 일본(보수)의 것이 칵테일통(cocktail shaker) 속에서 뒤섞이고 있었던 것 뿐이다. 그것은 메이지라는 칵테일라운지에서 호스트 무츠히토(睦仁)가 벌인 칵테일파티였다.

그러나 그 파티에서 칵테일통을 흔들어대는 바텐더(bar tender)는 메이로쿠샤(明六社)처럼 한 두명이 아니었다. 그들이 칵테일을 위해 통속에 집어넣은 주류도 주로 서구에서의 수입품이었지만 제가끔이었다. 따지고 보면 우치무라 간조도 그 바텐더들 가운데 한 사람이었다. 그 역시 기독교와 서구사상, 그리고 일본의 전통사상을 누구보다 어려운 역경속에서 힘들었지만 진지하게 칵테일하려 했기 때문이다.

1. 무사도(武士道)와 습합한 기독교

그러면 그의 칵테일 재료들는 구체적으로 무엇이었을까? 그리고 그만의 칵테일방법은 어떤 것이었을까? 오자와 사부로(小澤三郎)의 주장에 따르면 그는 성서(복음주의)와 카라일의 청교도정신(근대정신), 그리고 다윈의 진화론(과학주의) 등 세가지 재료를 무사적 신앙의 방법으로 칵테일하려 했다. 다시 말해 그는 복음주의와 국민주의를 무사적 신앙으로 통일시키려 한 것이다.[58]

---

57) 小澤三郎, 앞의 책, 11쪽.
58) 小澤三郎, 앞의 책, 36쪽.

우치무라 간조는 무사가문 출신이다. 그는 19세기 후반인 봉건사회 말기에 군마현 타카사키번(高崎藩) 하급무사의 장남으로 태어나 주로 유교와 신도, 그리고 무사도의 영향을 받고 성장했다. 「나는 어떻게 기독교도가 되었는가」에 대한 대답에서도 그는 "나의 집안은 무사계급에 속해 있었다. 아버지 때문에 나는 강보에 싸인 채 싸움터로 몰리었기 때문에 태어난 것이 곧 싸움이 되었다"는 고백으로부터 시작한다. 그는 무사도를 태생적인 것으로 받아들이려 했다. 그는 무사도가 자신에게는 예정조화에 의한 생득 조건과 다름 없는 것으로 간주했던 것이다.

그러면 무사의 정신이란 무엇이었을까? 무사도가 과연 무엇이길래 그는 그것을 자신의 DNA와도 같은 것으로 간주하려 했을까? 무사도가 무엇보다도 강조하는 덕목은 충의와 정의의 本이 되는 의(義)다. 우치무라가 정의와 진리를 언제나 국가의 존재이유로 여겨온 것도 그 때문이었다. 그가 만년에 쓴 「나의 애국심에 대하여」(私の愛國心に就て, 1926)라는 글에서까지 "나는 일본을 정의에 있어서 세계 제일의 나라가 되게 하고 싶다"고 토로한 것도 그런 이유에서였다. 그가 서구문명으로부터 해방된 기독교 신앙이 새롭게 거듭나기 위해서는 일본인의 이상적 심성인 무사도 정신과 결합해야 한다고 믿었던 것도 그 때문이었다. 그는 '일본적 기독교'란 그 목표를 '무사도적 기독교'의 확립과 계승에 두어야 한다고 생각할 정도였다. 만일 정의가 신이 정한 진리를 따르는 것이라면 그러한 기독교를 확립하는 것이 곧 정의를 낳는 방법이라고 그가 믿었기 때문이다.[59] 신에 의한 새로운 문명의 실현을 기대하는 일본에 있어서 국가적 사명은 기독교정신 자체라고 할 수 있는 정의의 공도(公道)를 내실화하는 데 있다는 것이다.

우치무라에게 있어서 무사의 모델은 오다 노부나가(織田信長)도 아니고 도요토미 히데요시(豊臣秀吉)도 아니다. 그것은 일본의 사무라이가 아니

---

59) 土肥昭夫, 『內村鑑三』, 日本基督敎団出版部, 1962, 162~163쪽.

라 예수의 제자 사도 바울(St. Paul)이었다. 그는 「무사의 모범으로서 사도
바울」(Paul a Samurai)에서 바울은 "진정한 무사로서 무사도의 정신을 체현
한 자"였다고 주장한다. 무사도와 습합한 일본기독교에서는 기독교가 일
본무사도와 지평융합함으로써 로마의 절대권력에 투쟁하는 바울의 정신
을 진정한 무사도의 모범으로 규정할 수 있었다. 그는 무엇보다도 바울에
게서 주인에 대한 충성심, 정신적 자유와 독립, 그리고 황금만능을 경시하
는 탈세속주의 등을 발견할 수 있었다. "바울은 독립적이었다. 금전을 천
시했으며 주인에 대해서도 충성을 다했다. 그야말로 그는 옛 무사의 모범
이었다." 그는 기본적으로 바울의 의로운 神에 대한 절대복종을 충(忠)이
라고 해석했기 째문이다. 또한 그는 바울이야말로 신의 뜻에 따라 금전(으
로 상징되는 세속적 근성)에서 해방되어 독립된 개체로서의 자유를 만끽
하려 한 인물로서 간주했다. 바울의 이러한 삶이 바로 그가 생각한 무사의
전형이었다. 다시 말해 그는 바울의 이 세가지 정신을 무사도와 연결지을
수 있다고 생각했다. 즉 그는 전통사상으로서의 무사도와 프로테스탄티즘
과의 수육가능성이나 양자간의 습합조건이 거기에 있다고 믿었던 것이
다.[60]

그러나 메이지시대의 일본기독교와 무사도를 결합하려는 시도는 우치
무라 간조만의 특징적인 노력이 아니었다. 다케다 기요코(武田淸子)가 일
본기독교의 '수육화'라고 평할 만큼 그것은 보편적인 현상이었다. 메이지
시대를 대표하는 기독교 지도자들은 상당수가 무사가문의 출신이었거나
무사도 정신에 크게 영향받은 사람들이었기 때문이다. 고사키 히로미치
(小崎弘道)도 『정교신론』(政敎新論)에서 메이지시대의 기독교는 유교를 매
개로 하여 수용되었지만 그 때 매개 역할을 한 것이 바로 천(天)과 도덕주
의(정신주의), 즉 무사도였다고 주장한다. 그에 의하면 당시의 기독교 지
도자들은 특히 프로테스탄티즘의 청교도주의(Puritanism)를 유교의 도덕 가

---

60) 古川哲史·石田一郎 編, 『日本思想史講座』8, 雄山閣, 104쪽.

운데 핵심인 충효도덕으로 무장한 무사도와 결합하여 기독교를 이해하려 했다는 것이다. 예를 들어 우에무라 마사히사(植村正久), 에바라 반리(江原 萬里), 니도베 이나죠(新渡戶稻造) 등의 기독교와 무사도와의 결합, 즉 습합의 시도가 그것이다.

1) 우에무라 마사히사의 '세례받은 무사도'

우에무라도 우치무라와 마찬가지로 무사가문의 출신이다. 그는 1902년 5월 『복음신보』(福音新報)에 기고한 「일본의 기독교와 무사」에서 자신의 강렬한 엘리트의식이 무사의 아들로서의 자각과 자부심에서 비롯된 것임을 토로한 바 있다. 그 역시 무사도 정신을 지닌 자신을 초대교회의 사도들에 비유하려 한 것이다. 이처럼 일본의 정신적 전통에서 길러진 무사의 아들만이 신의 선택에 맡겨졌다는 그의 확신은 태생적인 출신에 대한 만족과 자부심을 갖게 하는 데 그친 것이 아니라 스스로에게 기독교도로서의 소명의식도 동시에 요구하는 것이었다.

그가 생각하기에 신이 무사의 아들인 자신에게 맡긴 소명(Beruf)은 교회를 중심으로 한 일본에서의 무사적 복음선교였다. 이처럼 그는 '하나님의 복음을 위한 유별난 전사(戰士)'로서의 소명의식을 선조들의 사무라이 정신의 계승으로 간주했다. 그는 자신의 기독교 정신을 가리켜 이른바 '세례받은 무사도'라고 생각했기 때문이다. 그의 주장에 따르면, 무사도는 일본 역사의 와중에서 생겨난 '일종의 실제적인 종교'였다. 책임·의무·의열정신(義烈精神)으로 무장한 채 공적 봉사를 위해 개인을 희생(滅私奉公)하는 무사도의 헌신적 성격과 정의의 공도를 따르기 위해 자기희생적으로 십자가를 짊어지는 기독교 정신은 근본에서 상통하는 것이었다. 그러므로 우에무라는 일본의 무사도야말로 '神이 일본에 특별히 하사한 구약'이었다고도 생각했다. 심지어 그는 무사도를 구약인 율법으로까지 간주했다.[61] 그것의 강력한 실천적 규범력에서 양자는 다르지 않기 때문이다.

2) 에바라 반리의 무사도적 그리스도론

에바라 반리는 우치무라 간조가 제일고등학교 교사 시절 길러낸 그의 제자였다. 그가 다이쇼·쇼와기를 대표하는 무교회주의자였던 것도 스승으로부터 받은 영향 때문이었다. 특히 그는 스승 우치무라의 두 개의 J(Japan과 Jesus)이론을 이어받아 구약의 예언자 예레미야의 소명을 자신의 국가와 종교론의 모티브로 삼았다. 그는 신에게 충실하려면 어느 정도 동포를 포기해야 하며, 반대로 동포만을 사랑하려 한다면 자신의 신으로부터 어느 정도 멀어지는 것을 감수해야 한다고 생각했다. 사랑하는 신과 동포와의 사이에서 느꼈던 예레미야의 고난과 고독에서 벗어나기 위해 두 개의 J에 대한 사랑을 제기했던 우치무라처럼 국가와 종교 사이에서의 딜레마는 그에게도 마찬가지의 고뇌와 갈등이었다. 그에게 문제가 된 것은 개개의 현실적인 정치사회의 문제가 아니라 어떻게 국가를 신앙의 토대 위에서 받아들일 수 있는지에 대한 것이었다. 다시 말해 복종과 불복의 진퇴양난에서 국가와 종교간의 근원적 관계설정 자체가 그의 신앙의 궁극적인 과제였다.

그는 언제나 기독교인으로서의 우국충정을 토로했다. 그가 카마쿠라(鎌倉)를 일본인의 혼이 깃든 곳이자 무사도의 발상지로 간주하려 한 것도 그 때문이었다. 그가 생각하기에 진정으로 일본적인 것은 카마쿠라시대에 생겨난 무사도 정신이며, 메이지유신도 거기에서 원동력을 찾으려 했다. 뿐만 아니라 그는 이후에도 그것으로 인해 일본이 세계로 나아가는 추진력을 얻게 되었다고 생각했다. 진정으로 일본을 구하고 인류에게 공헌할 수 있는 道는 점점 강화되고 있는 군국주의가 아니라 무사도 정신 속에서 그리스도를 믿는 것 이외에 다른 길이 없다는 것이다.[62] 결국 그의 이러한 무사도적 그리스도론은 일본인의 대표적인 정신적 유전자형(génotype)으로서

---

61) 앞의 책, 114~115쪽.
62) 앞의 책, 121쪽.

의 무사도가 우치무라 간조에 의해 습합되어 에바라 반리의 정신 속에 유전됨으로써 일본기독교의 또 하나의 표현형(phénotype)으로 결정된 것이다.

3) 습합신학으로서 두 개의 J이론

우치무라 간조의 습합신학을 상징하는 것은 Jesus와 Japan을 결합한 두 개의 J이론이다. 그는 기독교에 대한 자신의 입장을 한마디로 말해 '기독애국'(Christ-National)이라고 표현한다. 그것은 Christ=Jesus와 National=Japan, 즉 복음주의와 국민주의의 결합을 의미한다. 특히 그가 복음주의의 영원한 텍스트인『성서』와 국민주의의 교훈적 텍스트라고 판단한『태평기』―남북조내란의 전과정을 묘사한 군기모노가타리(軍記物語)이지만 영주와 民, 영주와 가신 사이에 상호적 관계의식, 즉 정치사회적 공동체 의식이 성립됨으로써 2백여년간이나 안정을 얻을 수 있었다는 군서(軍書)다―를 애독한 것도 복음주의와 국민주의의 전거와 이념을 마련하기 위해서였다.

우치무라에게 있어서 이러한 Jesus와 Japan의 이념적 결합을 국민적 종교운동화하려는 생각이 구체적으로 드러나기 시작한 것은 1900년 10월『성서의 연구』(聖書之硏究)를 창간하면서부터였다. 사회의 개량과 국가의 진보를 위해서는 국민에게 새로운 생명을, 즉 기독교적 인생관을 국민의식 속에 주입시켜야 한다고 판단한 그는 <그리스도를 위하여, 나라를 위하여>를 그 잡지의 표제로 삼기까지 했다. 그가 여기서 무엇보다도 강조하려는 것은 순수한 일본산 복음신앙의 고취와 일본적 기독교의 보급이다. 그것은 복음이란 외국선교사에 의해 전해지는 것이 아니라 어디까지나 일본인의 심성 가운데서 체득되어야 하는 것을 의미한다. 복음이야말로 순수하게 영적인 것이라고 믿는 그는 세속화된 서구의 선교사와 전도회사로부터의 정신적·물질적 원조에 길들여진 일본기독교회에 대하여 더 이상 참을 수 없었기 때문이다. 그가 잡지를 간행한 것도 일본기독교도들에게 국민주의적·反세속적 독립정신을 고취시키기 위해서였다.

나아가 그는 성서마저도 외국의 책이라고 생각하지 않고 선조들이 부처나 공자의 위대한 가르침을 쫓으려 한 것과 같이 구약의 예언자나 예수의 사도들의 가르침을 따르려했다. 그는 기독교도 이미 일본인의 종교가 되었다고 단정할 정도였다. 그가 만년(1924년 12월)에 쓴 「일본의 천직」(日本の天職)에서 불교가 인도에서 사라졌지만 일본에서 보존되어왔고, 유교가 중국에서 쇠퇴한 뒤에도 일본에서 발전했듯이 이제는 구미 각국에서 버려진 기독교를 일본이 보존·부흥·발전시켜 새로운 모습으로 세계에 전파해야 할 때라고 주장하는 것도 그 때문이었다.

그러나 이것은 천황교가 주장하는 팔굉일우의 논리와 다르지 않다. 왜 일본적 기독교를 만들어야 하고 그것을 세계에 보급하는 것이 일본만의 천직이라고 생각해야 할까? 우치무라의 잠재의식 속에서도 일본인의 정신적 유전인자인 일본지상주의(국수주의)와 일본패권주의(일본제국주의)가 누구보다 강렬하게 충동하고 있었기 때문이다. 그러나 이것은 그에게 일본적 기독교의 형성에 대한 피상적인 독단만을 가져다 주었을 뿐이다. 기독교는 불교나 유교가 신도와 습합하면서 자연스럽게 동화되었던 것처럼 일본문화와 융합할 수 있는 자연적 동화력을 애초부터 기대할 수 없는 종교다. 실제로 우치무라 간조를 비롯한 여러 프로테스탄트에게서 보았듯이 그들이 기독교와의 습합대상으로서 신도를 기피하고 종교가 아닌 무사도를 선택할 수 밖에 없었던 이유도 거기에 있다. 그러나 (동물의 세계에서도) 류(類)를 달리 하면 짝짓기 자체가 불가능하거나 실패할 수 밖에 없다.

또한 <일본의 천직>이라는 신념까지 갖게 한 일본적 기독교의 세계화에 대한 낙관적 몽상은 그로 하여금 인도의 불교와 중국의 유교, 그리고 서구기독교에 대한 부정적 선입견과 오해만을 강요했을뿐, 그를 터무니없는 기대감 속으로 빠져들게 했다. 이토 히로부미가 젊은 날부터 줄곧 꾸어온 대일본제국의 꿈이 이번에는 우치무라 간조의 잠재의식 속에서 종교적 패권주의로 둔갑하여 더없이 그를 들뜨게 하고 있었다.[63]

2. 무교회주의와 일본적 기독교

우치무라 간조의 교회는 교회당을 가진 제도적인 교회(curiacon)가 아니라 평민회합(ecclesia)으로서의 교회다. 「에클레샤」(エクレージャ, 1910)에서의 그의 정의에 따르면 그것은 본질적으로 "규칙에 의거하지 않고 법률에 의존하지도 않으며, 예수를 그리스도(구세주)로 인정하는 자유의지의 발동적 인식에서 비롯되는 사랑의 신앙에 기초한 그리스도의 독특한 영적 회중(會衆)"을 의미한다. 그는 예수도 "정부와 비슷한 교회제도를 기피하고 가정과 유사한 형제단체를 만들어 제도적인 교회를 파괴하려 했다"고 생각했기 때문이다. 그러므로 진정한 교회란 예수 그리스도를 믿는 자들이 사랑으로 뭉친 영적 교섭의 단체이어야 한다.

그의 주장에 따르면 소위 정부나 정당처럼 교회가 헌법·신조·감독·장로·신학자 등을 갖추고 교세확장을 계획한다면 설사 그것을 교회라고 부르더라도 그것은 그리스도의 교회가 아니다. 그런 교회는 신도에 대해 기만적이기 때문이다. 이에 비해 진정한 교회는 영적 생명에 이르는 길이므로 형식적·제도적인 것을 필요로 하지 않는다. 그와 같은 외적 조건에 대해서 무(無)이다. 즉 <무>교회라는 것이다. 기본적으로 그리스도의 신자는 교회원이 아니기 때문이다. 신자는 성령으로 태어난 자이므로 그에게 영적 관계 이외의 형태는 무의미하므로 무(無)나 다름 없다. 그가 공공연하게 무교회주의를 주장하는 이유도 그것이다.

---

63) 실제로 우치무라 간조가 세계전도의 꿈을 꾸기 이전부터 그를 지지해온 기독교 지도자들인 오시카와 마사요시(押川方義)·혼다 요우이치(本多庸一)·마츠무라 카이세키(松村介石) 등은 1894년 12월에 이미 「대일본해외교육회」(大日本海外敎育會)를 결성하여 일본기독교의 세계전도 사업을 계획했다. 이 교육회는 조선을 교육의 첫 번째 기지로 선정하고 1896년 9월 조선전도를 담당할 와타세 (渡瀨常吉)로 하여금 서울에서 「경성학당」을 세워 8년간이나 학당장으로서 활동하게 했다.

또한 우치무라 간조가 무교회주의를 주장하는 배후에는 예수 그리스도와 함께 일본에 대한 사랑이 작용하고 있다. 그는 진정한 그리스도교도와 진정한 일본인을 분리해서 생각할 수 없다는 주장으로부터 '일본적 기독교'의 정체성을 확보하려 하기 때문에 무교회주의를 가장 이상적인 일본적 교회관으로 간주한다. 그가 쓴 「일본적 기독교」(1919)에 의하면 일본혼이 전능자와 호흡을 같이 할 때 비로소 일본적 기독교는 존재할 수 있다. 그 때 일본적 기독교는 자유롭고 독립적이며, 독창적이고 생산적인 진정한 기독교가 된다는 것이다. 일본인이 그리스도의 진정한 복음이 무엇인지를 깨달으려면 외국선교사와 같은 타인의 신앙에 의해서가 아니라 무사도를 체득한 일본인의 심성에 의해 구제되어야 한다. 그는 일본인이 외국인에 비해 정신적으로 열등하지 않은 독자적인 문화를 가지고 있으므로 오직 복음에만 직결하려는 자유롭고 독립적인 기독교를 일본에서 만들 수 있다고 확신했다.

외국선교사들에 의한 교파와 교회중심의 기독교 보다는 개인의 영적 체험을 통한 그리스도와의 직접적인 교섭이나 복음과의 직접적 연결을 강조하는 그의 무교회주의는 서양의 중세말 교회중심의 스콜라주의를 해체하기 위해 등장한 에크하르트(J. Eckhart)의 신비주의를 연상시킨다. 그는 신의 존재를 논증하려는 아퀴나스와는 달리 신과 합일의 상태에 이르는 자신의 신비한 체험을 강조한다. 이러한 합일은 자신이 세계의 모든 대상들로부터 자유로와야만 가능하다. 그는 신과의 합일이 인간의 노력으로 이뤄지는 것이 아니라 신의 은총과 계시를 통해서만 도달되며 영혼이 닿을 수 있는 최고의 심연 속에서만 신을 파악할 수 있다고 믿었다. 한마디로 말해 인간과 신의 합일은 이성의 힘을 초월한 경험이다. 신과의 합일은 자기 자신이 세계의 모든 대상들로부터 독립적이고 자유로와야만 가능하다. 여기에 바로 교회와 교권의 매개적 역할에 대한 부정과 해체를 주장하는 에크하르트의 신비주의와 우치무라의 무교회주의와의 접점이 있다.

이것은 우치무라가 인위적인 성찬식마저도 비판하려는 의도와 일맥상

통한다. 기독교도를 구제하는 것은 오직 그리스도 뿐이므로 그에 대한 신
앙 이외의 것이 구제에 관여하는 것은 무의미하다는 것이다. 그가 교회의
의식으로서 세례(baptism)와 성찬을 믿지 않는 이유도 거기에 있다. 그가
성찬식을 반대하는 또다른 이유는 그 의미의 본질이 변했다는 데 있다. 성
찬식(sacrament)은 본래 예수의 수난을 기념하고 그리스도의 생명을 섭취하
여 자신의 영혼을 살찌게 한다는 '성사'(聖事)와 '신비'의 의미였고 이를
믿는 신자의 신앙의 표호(表号)였지만 오늘날은 교회의 존속을 위한 중대
사로 변질되었다는 것이다. 정신이 변질된 의식을 아무리 장엄하게 하더
라도 그것은 의식일 뿐, 그것이 영혼을 구제할 수는 없다. 그러므로 성찬
의 빵과 포도주도 어디까지나 빵이고 포도주일 뿐이다.[64]

한편 우치무라 간조는 무교회주의를 통해서 일본적 기독교의 존재방식
뿐만 아니라 그것의 내적 형식에 대해서도 언급한다. 일본이 일본만의 독
특한 형태의 기독교를 갖기 위해서는 '청교도적 신앙'의 정수를 받아들여
야 한다는 것이다. 그것은 형식에 있어서도 복잡함과 호화로움보다는 단
순함과 간결함이다. 그가 일본적 기독교가 추구해야 할 이상적인 형식으
로서 미술적 간소함(artistic simplicity)을 강조한 이유도 거기에 있다. 그가
생각하기에 미술적 간소함이란 본래 일본인이 지닌 고유한 사고방식이기
도하다. 특히 그는 일본불교 가운데서도 선종(禪宗)으로부터 영향을 받은
<담백함>에서 일본인의 상징적인 심미의식을 찾으려 했다. 정신적인 자
기집중을 위해서는 필연적으로 형식을 무시해야 하는, 즉 형식의 공(空)
속에서 정신의 무한한 표상을 발견해야 하는 선종에 대한 이해로부터 일
본인의 심미의식인 담백함이 생겨났다는 것이다. 또한 그는 귀족종교로서
의식화(儀式化)·세속화된 천태종이나 일련종과는 달리 절대무의 경지를
추구하는 선종이 세속과의 엄격한 격절(隔絶)이라는 자기수련을 통해 의
식종교를 극복했다는 점에서 무교회주의와도 정신적 유사성을 가진다고

---

64) 土肥昭夫, 『內村鑑三』, 日本基督敎団出版部, 1962, 207～209쪽.

믿었다.

3. 습합신학—칵테일인가 비빔밥인가

우치무라 간조는 일본사상사에서 흔히 볼 수 없는 칵테일의 고수(高手)
다. 메이지정부의 특징이 '진보와 보수의 칵테일'이라고 하지만 우치무라
의 무교회주의와 습합신학, 즉 일본적 기독교는 그 이상이었다. 단순화와
무화(無化)의 슬로건을 무색(無色)하게 할 정도로 그의 신학 속에는 진보
와 보수가 칵테일되어 있다. 논리적 모순들이 전개되어 있는가 하면 구조
적 모순도 전시되어 있다. 그것들을 확대경으로 들여다 보면,

첫째, 그의 유전인자 속에는 기본적으로 무사도저 에토스가 강하게 작
용하지만 그것의 실현인 정신적 표현형은 지극히 복합주의적 절충주의
(syncretic ecleticism)였다. 그가 추구하는 무교회주의의 이상은 단순함·간
결함·소박함·담백함이었지만 실제로 그 안에서는 더없이 복잡한 지평
융합이 이뤄지고 있었다. 선승(禪僧)은 에포케(epoche)로써 절대무와 공(空)
을 깨달으려고 하지만 우치무라는 만설로써 무화(無化)하려 했고, 또한 무
화하기 위해 수많은 언설들을 칵테일하려 했다.

둘째, 그의 일본적 기독교의 특징은 잡종성(hybridism)에 있다. 그것은 칵
테일이 아니라 비빔밥이다. 그는 성서를 주재료로 하고 청교도정신과 무
사도를 부재료로 삼더니 다윈의 진화론과『태평기』로 서구의 맛과 일본의
향을 내려 한 뒤 마지막으로 선종의 담백한 색깔로써 일본식 비빔밥을 만
들어보려고 했다. 일본문화의 전통적 특징인 잡거성과 정신적 유전자가
되어온 잡종성이 논리의 상충에도 불구하고 거기에서 다시 한번 발휘된
것이다. 그러나 주지하다시피 일본문화는 기독교를 불교나 유교를 섭취할
때와 같은 자연적 친화력을 갖고 일본문화 속에 동화시킬 수는 없었다.

셋째, 그의 일본적 기독교는 바나나주의 속의 역바나나주의(counter-
bananaism)다. 모리 아리노리를 비롯한 메이로쿠샤(明六社) 멤버들이 주도

하는 백인동경론(bananaism)과 인종개량주의의 대세 속에서도 정치적·이데올로기적 국수주의를 상징하는 이토 히로부미의 대일본제국헌법은 제국건설의 결정적인 지렛대였다. 뿐만 아니라 거기에 맞서서 일본적 기독교를 토착시키기 위해 우치무라 간조가 준비한 것도 무교회주의라는 또 다른 지렛대였다. 정치적 국수주의보다는 다소 애매하게 포장되었지만 그에 못지 않는 종교적 국수주의가 등장한 것이다.

그는 정치적 국수주의가 지배하는 압도적인 분위기 속에서 일종의 '우산효과'(umbrella effect)를 보기 위해 기독교적 일본주의를 강조했다. 그러나 따지고 보면 그것도 배타적 일본애(日本愛)라는 편집증(paranoia)에 빠졌다는 점에서 노리나가학의 논리적 연장선상에 있다. 정치적 국수주의와 기독교적 일본주의는 별개가 아니기 때문이다. 그것들은 동전의 양면에 지나지 않을 뿐이다.

넷째, 그의 무교회주의는 일본적 선민의식(Japanese elitism)의 산물이다. 거기에는 유태인의 선민의식이나 헤겔의 독선적 게르만주의에서와 같은 종교적·인종적 선민의식이 드러나 있다. 그것이 오히려 온 인류에게 편재하는 유일신의 보편애를 가리고 있다. 온누리에 박애와 평등을 실현시키려는 그리스도의 정신(Christianism)이 거기에서는 논리적 우위를 차지하지 못하는 이유도 거기에 있다.

제16장

호교론(護敎論)에 빼앗긴 일본철학

황도주의(皇道主義)나 천황제를 제외하고 일본철학을 논의할 수 있을까? 천황교(天皇敎)로부터 자유로운 일본철학자는 누구일까? 물론 '일본철학'이라는 용어 자체에 동의하지 않는 이도 적지 않다. 일본에 서양에서와 같은 '철학'(philosophia)이 있었는지에 대하여 회의적이기 때문이다. 그래서 그들의 용어는 철학이 아니라 사상이다. 그러나 일본사상사에도 그 중심에, 아니면 그 저변에 황도주의나 천황교가 자리잡고 있기는 마찬가지다. 호교론과 무관한 일본사상은 얼마나 될까? 일본사상이 아니라 일본주의를 표방할 때는 더욱 그러하다. 일본주의의 본질이 천황숭배에 있기 때문이다. 그런 점에서 일본주의는 호교론의 다른 표현일 뿐이다.

Ⅰ. 무종교와 천황교

종교란 무엇인가? 영어 religion의 모어인 라틴어의 religio에는 두가지 뜻이 있다. 하나는 '삼가 경의를 표한다'(relegere, Cicero)는 뜻이고, 다른 하나는 '다시 결합한다'(religare, Lactantius)는 뜻이다. 전자가 절대자에 대한 경외를 뜻한다면 후자는 절대자와의 재결합, 즉 그에 의한 구원을 뜻한다. 그러나 라틴어의 한역어로서 '宗敎'는 제왕의 조상인 조종(祖宗)에 대한 교육을 의미한다. 옛부터 교육을 무엇보다 중시해온 한자문화권에서는 종교의 본질적인 의미를 교육 중에서도 가장 근본적이고 위대하며 숭고한 것으로 간주한 것이다.

문자적 의미만으로도 종교는 다의적이지만 그 본질 규정에 있어서는 더욱 그러하다. 예를 들면,

> 종교는 완전한 이를 알고 이를 사랑하는 것이다(Spinoza).
> 종교는 도덕적 질서를 내용으로 하는 신앙을 가리킨다(J. G. Fichte).
> 종교는 영적 존재에 대한 신뢰에서 성립한다(E. Tylor).
> 종교는 인간과 전우주 사이에 조화가 있다는 신념에 기초한 감정이다 (Mctaggart).
> 종교는 개인이 초인간적인 존재와 깊은 관계가 있다고 생각하는 경우에 거기에 대한 감정과 행위와 경험이다(William James).
> 종교는 거룩한 존재, 곧 인간을 초월하고, 또 감히 가까이할 수 없는 이에 대한 신앙과 행위의 총체다(E. Durkheim).
> 종교는 무한한 존재를 지각하는 것이다(Max Müller).

이것들 이외에도 종교의 정의는 관점과 입장에 따라 무수히 많다. 그만큼 종교의 본질에 대한 접근은 간단하지 않다. 종교라는 개념은 하나지만 그것의 상징체계는 복잡하고 그 현상도 다양하기 때문이다. 그러면 일본의 경우는 어떠한가?

1. 일본에 종교가 없는 이유

일본인은 해가 바뀌면 인구의 절반 이상이 근처의 신사나 불단에서 한 해 동안의 평안을 기원하는 초예(初詣)를 한다. 그러나 그것은 종교나 신

앙과는 무관한 생활습관일뿐이다. 1982년 아사히신문의 여론조사에서 응답자의 3분의 2가 어떤 종교도 믿지 않는다고 대답한 것도 그런 이유에서였다. 이러한 상황은 패전 이전보다 그 이후에 더욱 두드러진다.

1) 패전 이후의 무종교현상과 反황도주의

오늘날 대다수의 일본인은 상대방의 종교를 묻지 않는다. 누구도 서로의 종교가 무엇인지를 궁금해 하지 않는다. 일본의 수상이 어떤 종교인인지, 혹시 무엇을 믿고 있는지를 아는 사람도 드물고 관심을 가지는 사람도 적다. 대부분의 나라에서는 상상하기 힘든 일이다. 묻는 것을 금기시하기 때문이 아니라 특정 종교에 대한 무관심 때문이다. 또한 인격신으로서 천황의 존재에 대한 태생적(胎生的) 신앙 때문이기도 하다. 천황의 존재에 대한 논의를 금기시하므로 기독교나 이슬람교와 같은 특정한 종교에 대해서도 침묵하는 것이다. 하물며 어떤 특정 종교의 교단에 속해 있는 일본인은 드물다. 특히 유일신을 섬기는 종교의 경우에는 더욱 그렇다. 일본인은 대개가 무신론자이기 때문이다. 유일신의 존재를 확신하는 유신론자의 입장에서 보면 일본인은 거의 다 무신론자다. 그 사실을 부정하는 일본인도 흔하지 않다. 일본인이건 아니건 일본을 무종교(無宗敎)의 나라라고 부르는 이유도 거기에 있다.

그러면 오늘날 대개의 일본인이 습관적인 종교적 일상을 보내면서도 무신론적 종교관, 또는 무종교적 종교의식을 가지게 된 이유는 무엇일까? 그것은 카미가제(神風)특공대까지 동원한 성전(聖戰)이었음에도 불구하고 패전에 이르게 한 극단적인 황도지상주의에 대한 반동심리에서 비롯된 것이다. 메이지정권 이래 국교가 되었던 국가신도로서의 황도는 쇼와정권에 이르러 국가적 광기로 변하면서 국민을 제2차 세계대전이라는 광희(狂戱)에 빠져들게 했다. 일본과 일본인을 극도의 종교적 집단최면에 몰아넣은 것이다. 우류 나카(瓜生 中)도 "많은 일본국민이 단기간에 국가신도라는 종교에 의해 세뇌당해버렸다"[1]고 표현한다.

그러나 패전 이후 광기의 경연속에서 꼭두각시 놀음을 경험한 일본인들의 생각은 달라졌다. 최면이 풀리고 광기로부터 이성이 회복되면서 많은 일본인들은 쉽게 지워지지 않을 기억의 상흔을 반사심리속에 투영하기 시작했다. 즉 황도지상주의가 전쟁을 주도한 군국주의 이데올로기의 근원이었음을 뒤늦게 깨달은 일본인은 황도기피증을 드러내기 시작한 것이다. 연합국총사령부(GHQ)에 의한 국가신도의 폐지는 황도에 대한 거부감 뿐만 아니라 종교 자체에 대한 부정적 사고로 이어졌다. 천황 자신도—전범재판을 모면하기 위한 배신적 묘책이었지만—신의 가면벗기에 나섰다. 1945년 9월 그가 천명한 이른 바 '인간선언'이 그것이다. 패전위장용으로 조작된 이데올로기, 즉 국체(=천황)호지(國体護持)라는 절박한 신앙심도 시간이 지날수록 희박해지면서 종교부정의 의식을 만연시켜왔다. 다수의 일본인을 종교에 대한 판단중지(epoche)에 빠져들게 한 것이다. 아사히신문의 조사에서도 보듯이 수많은 일본인의 종교의식 속에서 이제는 황도지상주의의 광신을 찾아보기 어렵다. 일본의 역사 속에서 여성의 주기적 생리현상과도 같이 출몰했던 황조신앙과 황도지상주의가 이제는 menopause(폐경기)현상을 나타내고 있는 것이다.

2) 패전 이전의 무종교현상과 황도지상주의

그러나 패전 이전까지만해도 황조신앙은 전혀 그렇지 않았다. 황도주의는 일본인으로서의 긍지와 선민의식을 교육하는 절대적인 교의였다. 황조신앙은 집단적 무의식이었고 천황교는 그것의 상징체계였다. 그러나 천황교의 전국민적 세뇌화는 국가에 의한 무종교화 정책이나 다름없다. 실제로 종교의 국교화정책은 통치자가 벌이는 일종의 제로섬게임(a zero-sum game)이기 때문이다. 그것은 국민을 상대로 하여 게임의 승리자가 전부를

---

1) 瓜生 中, 涉谷申博, 『日本宗教のすべて』, 日本文藝社, 1998, 14쪽.

소유하지만 패배자는 모두를 잃어버리는 천황의 도박과 다를 바 없다. 그러므로 천황은 황도를 더욱 강화해야 했고, 국민들이 그것을 지상명령으로 받아들이도록 요구해야 했다. 예를 들어 메이지천황이 1890년 10월 30일 칙어의 형식으로 공포한『교육칙어』(敎育勅語)가 그것이다. 천황은『칙어』에서 교육의 연원을 황조황종(皇祖皇宗)의 유훈에서 찾는다. 그는 천양무궁의 황운을 드높이고 현양시켜 자손신민과 더불어 이를 준수하게 하는 것이 자신이 나아갈 길임을 천명했다.[2] 그것은 가족제국가관에 기초하여 충군애국주의를 온국민에게 세뇌시키기 위한 것이지만 '宗敎'라는 한자어의 의미대로 조종에 대한 가장 근본적이고 위대하고 숭고한 정신교육을 가리키는 천황의 종지(宗旨)이기도 하다.

그러나 그와 같은 황도지상주의는 패전 이후의 反황도주의가 그랬듯이 기성종교에 대한 기피증을 팽배하게 한 무종교현상과 다를 바 없다. 그것은 어디까지나 개인의 신념에 따른 행위와 경험에 기초한 신앙의 자유를 원천적으로 박탈하기 때문이다. 그러나 황조신 신앙을 국교화하고 그것의 교육을 지상명령으로 공포했을지라도 종교학적으로 보아 그러한 일련의 과정을 가리켜 진정한 종교현상이라고 규정할 수 없다. 아마 토시마로(阿滿利麿)가 주장하는 종교의 정의, 즉 기독교나 불교처럼 창세적 전능자나 초인간적인 특정인물(교조)이 특정한 교의를 부르짖고 자유의사에 따라 그것을 믿고 따르는 사람들(교단)이 있는 이른바 '창창종교'(創唱宗敎)[3]와는 다르기 때문이다. 또한 이것은 야나가와 케이치(柳川啓一)가 제시하는 종교의 세가지 요소, 즉 교의・교단・계율을 갖추고 있지 못하기 때문에도 종교라고 정의할 수 없다. 이 세가지 요소 가운데 특히 기독교의「십계」와 같이 신자들이 신앙을 증명하기 위해 지켜야 할 금기사항인 계율은 신자의 의식을 강하게 규제하는 종교로서의 결정적인 요소다. 그러나 황도에서는 물론이고 일본인의 의식 속에서도 그러한 계율은 작용하지 않았

---

2)『敎育勅語 謹解』, 明治神宮社務所, 1973, 88~89쪽.
3) 阿滿利麿,『日本人はなぜ無宗敎なのか』, ちくま新書, 1997, 11쪽.

다.4)

한편 계율의 부재는 종교가 신자에 대하여 결정적인 구속력을 발휘할
수 없다. 뿐만 아니라 그것은 종교의 특징을 결정하는 내세관의 부재도 초
래한다. 현실주의적이고 주정주의적인 일본인이 현세주의적이고 비계율
적인 신도나 황도 이외의 어떤 종교에 대해서는 별로 관심갖지 않는 이유
가 거기에 있다. 그것은 계율과 내세관을 제시하지 않는 신도나 황도가 종
교일 수 없는 이유이기도 하지만 일본을 무종교지대로 간주해도 좋은 이
유가 되기도 한다.

2. 천황교와 습합신도

일본이 무종교의 나라인 이유, 그리고 일본인의 종교의식이 무종교적인
이유는 천황과 천황교가 일본인의 종교관을 대신해왔기 때문이다. 일본인
의 마음 속에는 천황과 존황심, 천황의 종교인 신도와 황조신앙 이외의 다
른 어떤 종교적 여백도 별로 가져볼 수 없었다. 설사 외래의 신과 종교가
전해진다고 할지라도 그것들은 천황에 대한 일본인의 경외심과 신앙심 안
에 수용될 수 밖에 없었다.

실제로 예나 지금이나 일본의 고유종교인 신도의 중심에는 천황이 자
리잡고 있다. 천황을 제외하고 신도는 논의의 시작도 할 수 없다. 천황이
부재한 신도는 신도가 아니라고 해도 과언이 아니다. 그러므로 신도의 역
사도 천황의 실제적 권위의 변화와 더불어 그 내용을 달리해왔다. 야마토
시대에 이미 신의 자손으로 간주된 천황은 정치·군사의 통솔자였을 뿐만
아니라 황조신 아마테라스 오오미카미에게 국가의 제사를 올리는 최고의
사제이기도 했다. 예를 들어 7세기말의 텐무(天武)천황 때부터 천황은 직
접 햇곡식을 황조신에게 바치는 추수감사제로서의 니이나메사이(新嘗祭)
를 주관했다. 이것은 즉위하여 오직 한번만 올리는 성대한 제사였으므로

---

4) 柳川啓一, 『宗敎學とは何か』, 法藏館, 1989, 12~15쪽.

다이죠사이(大嘗祭)라고도 불렀다. 이처럼 최고의 사제이자 절대적 실권
자인 천황은 제정일치의 종교적 성격이 강한 사제왕(司祭王)이기도 했다.
그러나 1192년 천황이 실권을 상실하고 카마쿠라(鎌倉) 막부가 시작된 이
래 1868년 메이지천황의 왕정복고가 이뤄지기 전까지 천황의 권위는 상징
적일 뿐이었다. 그 동안은 신도의 운명도 홀로서기와 더부살이를 반복해
야 했다. 예를 들어 이세(伊勢)신도나 요시다(吉田)신도와 같은 홀로서기신
도나 스이카(垂加)신도와 같은 더부살이신도가 그것이다.

　특히 이세신도는 막부에 의해 천황이 실권(失權)하게 되자 신도의 기반
을 조정에서 봉건영주를 비롯한 민중에로 옮겼지만 천황의 종교적 권위마
저 잃지 않게 하기 위하여 처음으로 일본을 천황신의 나라라는 신국사상
을 이론화하려 했다. 예를 들어 이세신도에서 천황의 권위를 상징하는 거
울(鏡)・칼(劍)・구슬(玉) 등 이른바 삼종(三種)의 신기설(神器說)을 주장하
는 것이 그러하다. 남북조의 대립으로 인해 고다이고(後醍醐) 천황의 권위
가 더욱 문제시되었던 시기에 남조의 무장이었던 키다바타케 치카후사(北
畠親房)도『신황정통기』(神皇正統記)에서 이세신도의 교의을 이어받아 삼
종의 신기를 정직・자비・지혜 등 천황의 덕목으로 강조하면서「대일본
(大日本)은 신국(神國)」임을 다시 한번 천명한 바 있다. 그는『신황정통기』
의 머리에서부터 "대일본은 신국이다. 천조(天祖)가 처음에 그 터를 닦고
히메카미(日神)가 오랫동안 다스려왔다"고 주장한다. 특히 그가 여기에서
신국에 대한 강조와 더불어 일본을 '대일본(大日本)'이라고 하여 <大>자
를 첨가한 것은『일본서기』에서 영향받은 천양무궁(天壤無窮)의 국가관에
서 비롯된 것이다.[5]

　한편 천황의 권위를 배경으로 한 외래종교의 힘이 크게 발휘될 때에도
신도는 위축되었을뿐 배제되지 않았다. 오히려 외래의 사상과 종교는 신
도와의 일정한 관계설정을 통해 생존하는 길을 찾아나가기도 했다. 일본

---

5) 白山芳太郎,『北畠親房の研究』, ぺりかん社, 1991, 165쪽.

에서 신도와 습합하지 않은 외래사상이나 종교가 있을 수 없었던 것도 그 때문이다. 다시 말해 신도의 역사가 습합신도사일 수밖에 없었던 이유가 거기에 있다. 우선 불교가 국가불교로 발전할 때도 마찬가지였다. 당나라에서 들여와 헤이안시대를 풍미한 천태종과 진언종이 진호국가(鎭護國家)의 불교로서 크게 환영받았지만 신도를 외면하지 않았다. 예를 들어 사이쵸(最澄)는 히에이산(比叡山)에서 일본천태종을 개종(開宗)하고 그 산의 정상에다 연력사(延曆寺)를 창건했으면서도 옛부터 히에이산이 히에신(日吉神)이 살고 있는 영산이라는 구전을 의심하지 않았다. 오히려 그는 산속에다 히에이대사(日吉大社)를 짓고 히에신에게 진수신(鎭守神)으로서 제사까지 올렸던 것이다.

그러나 헤이안시대의 습합신도의 진면목은 이처럼 사찰과 신도가 같은 공간에 공존하는 외재적 습합형이 아니라 본지수적설(本地垂迹說)로 대표되는 신불습합설, 즉 내재적 습합론이다. 한마디로 말해 이것은 중생의 이익을 도모하기 위하여 인도의 본지불이 일본의 여러 신으로 권현(權現)했다는 일종의 혼합교설(syncretism)이었다. 그러나 이것은 천황교라고 할 수 있는 신도의 기본교의인 황조신의 천양무궁사상과는 거리가 멀다. 본지수적설은 기본적으로 불본신종설(佛本神從說)이라는 점에서 더욱 그러하다. 신도의 입장에서 본다면 이것은 국지적 특수성에 제한받아온 신도가 불교의 보편적 진리를 교의적으로 활용함으로써 개방적 자기변신을 시도하는 일본식 결합방식일 뿐이다.

신불습합보다 천황숭배를 강조하기 위해 외래사상이나 종교를 대상으로 삼은 습합신도는 유가신도다. 와라이(度會)신도·요시카와(吉川)신도 등을 전수받아 유가신도를 집대성한 야마자키 안사이(山崎闇齋)의 스이카(垂加)신도는 '한학의 신도'라고 불릴 만큼 유교색이 농후한 신도지만 현인신으로서의 천황을 신앙하기 위한 교의라는 데 본질적인 의의가 있다. 예를 들어 안사이가 「사화지전설」(四化之伝説)[6]을 주장하는 것도 그런 이유에서였다. 무라오카 츠네츠구(村岡典嗣)도 스이카신도는 태양=아마테라스 오오미카미=천황이라는 삼위일체 관념에 기초하여 "천일(天日)일체의 황조 아마테라스 오오미카미의 자손인 천황에 대한 절대숭경의 신앙"을 강조하는 데 그 특징이 있다고 주장한 바 있다.[7] 마에다 츠토무(前田勉)도 스이카신도는 일본을 신이 만든 나라라는 종교적 신앙에 근거하여 「이존(二尊) 및 황천이조(皇天二祖)」의 은혜에 대한 신민의 절대적 충성을 강조하기 위한 것이라고 주장한다.[8] 그밖에 많은 이들이 아마테라스 오오미카미와 천황과의 관계설명을 위하여 삼종신기설을 제기한다든지 일수목(日守木)—아마테라스 오오미카미의 심령을 지키고 황손을 수호하며 일덕(日德)을 존봉하는 것—의 의미를 담은 신리설(神籬說)을 제기하며 스이카신도의 본질적인 의미를 밝히려는 이유도 근본적으로는 마찬가지다. 한마디로 말해 그것은 현인신에 대한 절대적 충성이다.

이처럼 유가신도의 전형과도 같은 스이카신도 속에는 (신불습합의 경우와는 달리) 신수명가(神垂冥加)에서 비롯된 垂加라는 안사이의 별호(別號)가 상징하듯 유교의 교설보다도 황천이존에 대한 숭배와 천황, 즉 현인신에 대한 신앙이 우선해 있다. 안사이는 기본적으로 송유와 습합부회(習合附會)를 배제하는 신도를 확립하려 했기 때문이다.[9] 그러므로 그의 신도설에서 유교는 오히려 여백에 불과할 정도였다. 황도(皇都)인 교토에서 천양무궁을 노래하는 안사이에게 유교는 후렴으로만 필요한 것이었을지도

---

6) 안사이의 신을 「조화(造化)의 신」·「기화(氣化)의 신」·「신화(身化)의 신」·「심화(心化)의 신」 등 네가지로 분류한다. 그에 의하면 "신도에는 네 가지가 있다. 조화·기화·신화·심화가 그것이다. 조화·심화는 형태가 없지만 기화·신화는 몸(体)을 가지고 있다. (우리는) 그 신대(神代)를 배우고 당연히 알아야 한다." 또한 "天神七代는 조화의 신이고 地神五代는 신화의 신이다. 이자나기·이자나미는 조화·기화를 겸한 신호(神号)다."(『垂加社語』, 123쪽)
7) 村岡典嗣, '垂加神道の思想', 『續日本思想史研究』, 岩波書店, 1994, 183쪽.
8) 前田 勉, '呪術師玉木正英と現人神', 『近世神道と國學』, ぺりかん社, 160~161쪽.
9) 高島元洋, 『山崎闇齋』—日本朱子學と垂加神道, ぺりかん社, 1992, 476~477쪽.

모른다.

II. 일본에 철학이 없는 이유

일본의 모든 정신은 천황으로부터 나온다. 일본주의의 본질은 천황에게 있다. 반대로 말하자면 일본의 모든 정신은 천황에게로 되돌아간다. 원향(原鄕)으로 회귀하며 타자성을 버린다. 일본주의도 천황교에서 그 잠취를 감춘다. 일본사상의 운명이 그럴진대 일본철학의 입지도 다를 바 없다. 일본에 철학이 없는 이유도 거기에 있다.

1. 일본철학 부재론

「일본에는 철학이 없다」고 하여 일본철학 부재론을 가장 먼저 제기한 사람은 메이지시대의 철학자 나카에 쵸밍(中江兆民)이다. 그가 후두암으로 일년여밖에 살 수 없다는 시한부 인생의 통고를 받고 쓴『일년유반』(一年有半, 1900)에서 그는 "우리나라 일본에는 옛부터 철학이 없다. 모토오리 노리나가와 히라다 아츠타네 등은 옛무덤을 파헤치고 고사(古辭)를 연구하는 일종의 고고학자(考古學者)에 지나지 않는다. 천지성명(天地性命)에 대해서는 거의 아는 바가 없다. 이토 진사이와 오규 소라이 등은 중국 고전의 경설(經說)에 대하여 새로운 해석을 내놓기도 했지만 결국 고전학자일뿐이다. 다만 불교의 승려 가운데는 창의를 발휘하여 새로운 이론을 제시한 자가 있지만 이것도 결국 종교가의 범위에 머물기 때문에 순수한 철학이 되지 못한다.

오늘날 가토 히로유키와 이노우에 데츠지로 같은 이들이 스스로 철학자라고 표방하고 세상 사람들도 이를 용인한다. 그러나 그것은 실제로 그들이 배운 유럽인들의 논설들을 그대로 수입하고, 즉 큰산(崑崙)에 있는 대추 몇알을 삼키고 스스로 철학자라고 칭하는 데 불과하다. … 나라에 철학이 없는 것은 세상에 내놓을 것이 없는 것과 같다. 나라의 품위를 떨어뜨리는 것이 확실하다. 칸트나 데카르트는 실로 독일과 프랑스의 자랑거리다. 이들은 자연히 이 두 나라의 품위와 관계된다. … 철학이 없는 국민은 무엇을 하더라도 의미가 깊지 않고 천박하다."10)

그러나 이에 대한 반론도 적지 않다. 미국에서 듀이를 공부하고 돌아와 일본에 최초로 프래그마티즘을 소개한 타나카 오우도(田中王堂)는 『활동적 일원론과 「續一年有半」』에서 "설사 일본에서는 지금까지 중국이나 인도에서 수입한 철학을 오직 답습만해온 것처럼 보일지라도 그 나라와는 매우 다른 신화, 역사, 관습, 정체를 가진 일본에서 심미상, 실행상의 필요에 따라 뜻을 달리하며 천년 이상 소개되고 변경되어왔다는 사실로 미루어 이미 일본의 철학적 사색이 중국이나 인도의 것과 다르다고 추론할 수 있지 않을까"라고 반문한다. 더구나 그는 『철인주의』(哲人主義)에서 "인간의 성정과 사회의 구조에서 보면 치자는 최고이고 최우수라는 의미에서 철인이 아니면 안된다. 정치도 최고이고 최우수라는 의미에서 철인주의에 의해 운용되지 않으면 안된다"고 단언한다. 그러나 플라톤의 철인군주론을 연상시키는 그의 철인주의 내면에서 천황주의와 직결된다. 그에 의하면 "나는 국체의 특징이란 옛날부터 철인주의 정신 위에서 생겨난 것이라고 믿는다. … 윗사람 일인이 대대로 철인정치의 수뇌로서 최고의 현자의 위치에서 모든 신민의 욕구를 굽어살피며 그에 따라 정치의 방침을 세워왔다"11)고 하여 철인주의와 천황주의를 동일시한 바 있다. 이처럼 그는 천황주의를 철인주의로 대신함으로써 호교론을 일본철학의 범주에서 다루려고 했던 것이다.

한편 카미야마 슌페이(上山春平)는 서양의 중세철학사를 차지하는 아우구스티누스나 토마스 아퀴나스의 철학이 결국 기독교의 호교론을 전개했

---

10) 中江兆民, 「一年有半」 『中江兆民』, 中央公論社, 1969, 378~379쪽.
11) 田中王堂, 『哲人主義』 上卷, 1912, 196~198쪽.

다는 데 비유하여 쿠우카이(空海)·도우겐(道元)·신란(親鸞) 등의 불교사상을 일본철학으로 보아야 한다고 주장한다. 더구나 그는 나카에 쵸밍이 쿠우카이, 도우겐, 신란의 책을 읽지도 않고 그들의 주장이 승려의 의견이라는 추측만으로 철학이 아니라고 단정한다고 하여 나카에 쵸밍의 철학부재론의 무근거성, 불성실성을 비판한다.[12]

이들보다 더욱 포괄적인 입장에서 일본철학 부재론을 반박하는 이는 사이구사 히로토(三枝博音)나 우메하라 다케시(梅原 猛) 같은 이들이다. 사이구사는 "일본의 철학사상의 발달을 서양철학 이입 이후로 국한한다면 지금부터 미래의 발전은 추정할 수 없다. 우리는 과거의 일본문화 가운데서 철학사상을 찾아내지 않으면 안된다. 그렇게 할 때 전반적으로 어떤 것을 철학사상이라고 부를 수 있지 않을까"[13]라고 반문한다. 다시 말해 일본의 철학을 형성한다는 것은 한편으로 과거의 전통을 검토하고 다른 한편으로는 서양철학의 연구와 비판을 충분히 수행함으로써 가능하다는 것이다. 그는 이것을 역사진전의 하나의 단계로서 필연이라고도 주장한다. 이것은 우메하라의 생각과도 다르지 않다. 우메하라는 우선 '일본철학'이라는 용어가 일반적으로 메이지유신 이후의 철학—유럽철학이 어떻게 들어왔는지, 그리고 그것에 의해 어떻게 독자적인 철학이 생겨났는지에 대한 연구—을 가리키는 것에 대해서 반대하기 때문이다. 이노우에 데츠지로가 도쿠가와 시대의 유학에 대하여 '일본주자학파의 철학'이나 '일본양명학파의 철학'이라는 제목으로 연구서를 냈듯이 메이지 이전에도 이본의 철학이 있었다는 것이다. 그에 의하면, "나는 이렇게 일본철학을 이해하지 않는다. 일본의 철학은 메이지 이전에도 있었다는 것이 나의 입장이다. 메이지 이후에만 일본의 철학을 생각하는 사람은 유럽철학만이 유일한 철학

---

12) 上山春平, ‘日本における哲學的思索の課題’, 『現代日本の哲學』, 西谷啓治編, 雄渾社, 1967, 39쪽.
13) 三枝博音, ‘日本哲學の發達と現狀’, 『三枝博音著作集』第三卷, 中央公論社, 1972, 442쪽.

이며, 다른 것은 철학으로서 뿐만 아니라 사상으로서도 여기지 않을 것이다. 나는 이런 생각을 편견이라고 부른다. 그러나 사람들은 오랫동안 편견에 빠져온 탓에 그 편견을 상식으로 여기게 되었다. 이렇게 상식이 된 편견을 타파하고 진리를 밝혀 「일본의 철학」을 연구하는 데 기초를 만들지 않으면 안된다."[14]

이처럼 그는 일본철학에 대해 '상식이 된 편견과 그것의 타파'를 부르짖는다. 그는 철학의 정의에 대한 우상파괴를 제안한다. 베이컨의 우상파괴론을 본보기로 삼아 그 역시 네가지 우상(편견)에 대한 파괴를 주장하고 있다.

첫째는 유럽철학으로 인한 편견이다. 그것은 이성의 자각이 곧 철학이라는 좁은 의미의 정의에서 비롯된 편견이다. 즉 유럽철학만이 유일한 철학이라는 편견이다. 이것은 서양의 역사만이 유일한 역사라는 편견과 마찬가지다. 그러나 서양의 역사는 세계역사의 일부일 뿐이다. 철학을 애지(愛知)로 정의하는 소크라테스의 규정도 철학에 대한 정의들 가운데 하나에 불과하다.

둘째는 국학으로 인한 편견이다. 그것은 외래종교나 사상을 배척하고 오직 일본의 것으로만 국한하려는 사고방식이다. 이런 눈으로 일본을 본다면 불교도래 이전의 일본만이 일본이다. 쇼토쿠태자로부터 모토오리 노리나가까지 긴 역사는 사상적으로 마이너스시대, 괄호 속의 시대가 되고 만다. 이런 식으로 사상사를 만든다면 그것은 전적으로 넌센스의 사상사가 된다.

셋째는 불교의 각종파 이기주의에서 생긴 편견이다. 정토진종은 신란(親鸞)만을 중심으로, 일련종은 니치렌(日蓮)만을 중심으로 불교를 이해하므로 교조나 종조의 편견이 그대로 일본사상사를 보는 편견이 된다는 것이다.

---

14) 梅原 猛, '「日本の哲學」の三つの原理', 『現代日本の哲學』, 西谷啓治編, 雄渾社, 1967, 7쪽.

넷째는 유학으로 인한 편견이다. 일본의 사상사를 연구할 때 중국사상 사에 대한 연구가 필수적이지만 중국철학사에서는 유학일변도일 뿐 불교 의 佛자도 나오지 않기 때문에 불교에 대한 편견을 면할 수 없다. 그러므 로 우메하라는 일본의 철학사를 연구하기 위해서는 이러한 네가지 우상 (idola)을 제대로 파악하지 않으면 안된다고 경고한다.[15]

그러나 일본에 철학이 없는 이유가 우메하라 다케시의 지적처럼 철학 에 대한 잘못된 상식, 즉 편견들 때문일까? 만일 편견을 파괴한다면 일본 철학의 특징이 그 순간부터 부각될 수 있을까? 또한 카미야마 슌페이의 주장대로 불교호교론을 철학으로 편입한다면 「일본에는 철학이 없다」는 나카에 쵸밍의 일본철학 부재론을 무색하게 만들 수 있을까? 그러나 카미 야마가 신의 존재증명에 초점을 맞춘 기독교의 호교론인 서양의 중세철학 을 일본불교와 비교하는 것은 이른바 '매개념(媒槪念) 부주연(不周延)의 오류'(Fallacy of undistributed middle)를 범하는 잘못된 논증이다. 예를 들면,

> 모든 (서양의) 호교론은 종교철학이다(대전제).
> 일본의 불교사상은 종교철학이다(소전제).
> 그러므로 일본의 불교사상은 호교론이다(결론).

더구나 천황숭배나 현인신 신앙을 강조하는 일본의 호교론과 카미야마 슌페이가 예를 든 쿠우카이, 도우겐, 신란 등의 불교사상은 별개의 것들이 다. 불교사상들을 열거하며 메이지 이전에도 일본철학이 있었다고 주장하 는 우메하라 다케시의 애국심도 문제가 되기는 마찬가지다. 「철학이란 인 간과 사회의 새로운 발견」[16]이라는 애매한 정의를 내세워 그는 '철학'이 라는 개념에 대한 외연을 자의적으로 확대하려 했기 때문이다. 그는 그렇 게 해서라도 일본철학의 입지를 마련하고 싶어했다. 더구나 그는 새로운

---

15) 梅原 猛, 앞의 책, 9~21쪽.
16) 梅原 猛, 앞의 책, 6쪽.

철학창조의 뜻을 완성하기 위해서는 전통사상에 대한 올바른 평가를 시작
해야 한다고 하여 '일본사상사를 흐르는 세 개의 사상원리'까지 제시한다.
생명의 사상·마음(心)의 사상·지옥의 사상이 그것이다.

마음(心)의 사상 ─유식(唯識) ─ 선(禪) ─도우겐(道元)
생명의 사상 ─신도─밀교─니치렌(日蓮) ┐
지옥의 사상 ─ 천태(天台) ─정토(淨土) ┘─신란(親鸞)

그러나 여기서 문제시해야 할 것은 우선 철학과 사상을 구별하기 위해,
사상 속에 일방적으로 함의되어온 철학을 드러내기 위해 일본의 철학부재
론을 부인해온 그가 '새로운 철학창조를 위한 일본사상의 세 가지 원리'라
는 두 개념의 혼용에 주저하지 않는 점이다. 또한 새로운 일본철학의 창조
를 위해 그가 제시한 세 개의 사상원리도 결국 카미야마 슌페이의 예를
답습한 것에 지나지 않는다는 점이다. 따지고 보면 이것들은 모두 일본불
교사에서 한국불교와 중국불교의 영향에서 벗어나 일본불교의 독자적 특
색을 지니기 시작했다고 평가하는 카마쿠라(鎌倉)불교에 대한 자긍심과
강한 애착에서 비롯된 것이다. 그러나 그것은 '철학의 부재' 뿐만 아니라
'전통사상의 빈곤'을 의미하기도 한다.
또한 그것은 존왕사상이나 천양무궁사상과 무관한 전통사상을 찾아내
기가 그만큼 어렵다는 사실에 대한 우회적 고백일 수 있다. 그것은 일본철
학과 천황교의 호교론과의 상관관계에 대한 그들의 간접적인 입장표명이
나 다름없다.

2. 호교론 현상

이상에서 보면 패전 이전까지만 해도 천황교의 호교론은 일본의 사상
과 문화를 지탱하는 아킬레스건이다. 그것의 손상은 곧 자립불능의 장애

를 의미한다. 그러므로 대부분의 일본사상은 호교론을 옹호하고 보호하며 그것과 공생하려 했다. 호교론의 효과는 일본사상의 핵우산과도 같다. 대부분의 일본사상은 그 속에 들어가 보호받으려 했기 때문이다. 그러므로 우산효과를 보지 못하거나 거부하는 사상이나 종교는 고립과 박해를 감내해야만 했다. 또한 호교론은 일본사상사를 관통하는 본류이기도 하다. 신도사가 그러하듯 모든 지류는 어느 지점에서건 결국 그것과 만나 합류하기 때문이다.

어떤 외래문화와도 습합하는 일본문화의 특징이 용광로같다면 일본사상의 본류를 이루는 호교론은 그 용광로 주인에 대한 존재증명같고 소유확인같다. 특히 호교론의 르네상스인 메이지시대의 역사인식이 그러했고 사회현상도 그러했다. 이미 1879년의 헌법초안 제1조는 일본국의 제위(帝位)란 진무(神武)천황의 정통에서 나와 황제폐하의 후예에게 전해진다고 하여 그러한 존재증명과 소유확인의 시도가 시작되었음을 보여주었다. 1881년 4월 6일자『도쿄일일신문』(東京日日新聞)의 논설이 "황제는 신종(神種)이며 제위는 신성하다"고 주장하는 이유도 마찬가지다. 결국 이토 히로부미(伊藤博文)가 호교론의 최고법전인『대일본제국헌법』을 만든 것도 그런 이유에서였다. 천황의 권위란 신성불가침한 것임을 천명하려는 것이 무엇보다 중요한 그의 의도였다. 유럽의 각국은 기독교를 국교로 하여 국민정신을 통일할 수 있는 강력한 중심축을 가지고 있지만 일본에는 기독교에 필적할 만한 어떤 종교도 없다는 것이다. 일본의 신도만으로는 민심을 사로잡을 만한 힘과 권위가 부족하다고 판단한 그는 "우리나라에서 기축(機軸)이 되어야 할 것은 오직 황실뿐"이라고 하여 실제로 천황교, 또는 천황종(天皇宗)을 국교 이상의 것으로 만들려고 했다.[17]

이렇게 보면 1889년에 공포된『대일본제국헌법』은 529년 동로마제국의 유스티니아누스 황제가 칙령을 내린 아테네 철학학교 폐쇄령과도 같다.

---

17) 丸山照雄, 戶頃重基 編,『天皇制と日本宗教』, 傳統と現代社, 1980, 9쪽.

철학학교 폐쇄령 이후 기독교의 도그마만이 권위를 독점하였고 철학은 그
것의 시녀가 되어야 했듯이『제국헌법』이후 모든 권위는 천황종의 호교
론에로만 집중되어야 했다. 황국의 신민(臣民)은 누구나「천양무궁의 신칙
(神勅)」·「삼종의 신기(神器)」·「조국」(肇國)을 칭송하는 황조신화에 대한
신앙을 맹세해야 했고 천황교의 '사도신조'(司徒信條), 즉『교육칙어』를
낭송해야 했다. 그러므로 이때부터 패전까지의 반세기는 일본사상사의 암
흑기였다고 해도 과언이 아니다. 호교론과 공생하려는 어용철학과 철학자
는 많았지만 천황교로부터 자유로운 철학과 철학자를 찾기 쉽지 않은 이
유가 거기에 있다. 그때부터 일본에는 철학자는 있어도 철학이 없게 된 이
유도 마찬가지다. 아예 철학이라는 용어에 대한 기피증과 경계심마저 생
겨난 것도 그 때문이다. 메를로-뽕띠에 의하면 "철학의 중심은 어디에도
있지만 그 주변은 어디에도 없다." 그러나 철학의 부재지에는 결국 그 중심
도 없고 주변도 없게 되었다. 메를로-뽕티의 철학평등론마저 무의미한 곳
이 되었다. 거기에는 호교론과 호교론자가 물려준 유산만이 있을 뿐이다.

Ⅲ. 호교론자들의 철학

도코로 시게모토(戶頃重基)에 의하면 전후의 일본사상과 종교가 회피하
는 10가지 가운데 첫 번째는 천황제이고 두 번째가 천황제와 관련된 국가
신도다.[18] 다시 말해 이것은 패전 이후 일본종교나 사상이 가장 기피하고
경계하려는 것이 호교론임을 의미한다. 그러나 이것은 패전 이전까지 천
황제와 국가신도가 사상과 종교에 미친 작용에 대한 반작용이다. 패전에
이르기까지 일본의 구심점은 천황이었고 어떤 사상과 종교, 설사 철학일
지라도 호교론이 지닌 구심력에서 벗어날 수 없었다. 그러므로 이전의 사

---

18) 앞의 책, 7쪽.

상과 철학이 호교론과 어떻게 구심운동을 하고 있었는지를 파악하는 것은 그것의 성격을 규명하는 첩경이 될 것이다.

1. 일본철학이란 무엇인가?

주지하다시피 서양의 philosophia를 '철학'이라는 말로 처음 번역한 이는 메이지유신의 주역들 가운데 한사람인 니시 아마네(西周, 1829～1897)다. 그렇기 때문에 많은 이들은 그를 일본근대철학의 아버지라고 부르기에 주저하지 않는다. 또한 그로부터 일본철학이 시작되었다고도 말한다. 이러한 주장대로라면 일본철학의 원류는 서양철학이다. 후나야마 신이치(船山信一)도 "일본의 철학은 일본의 전통사상과 연결되어 있지만 적어도 그 단초에 있어서는 매우 박약하다. 말하자면 일본의 근대철학은 전통사상과 무관하다고 말할 수는 없지만 전통사상에서 보면 이질적이고 대립적, 비연속적으로 출발했다. 서양철학이 들어오기 이전, 즉 니시 아마네 이전에는 일본에 철학이 없었다고도 말할 수 있다"[19]고 단언한다. 니시 아마네 이전에 있었던 철학적 사상을 가리켜 철학이라고 말할 수는 없다는 것이다. 왜냐하면 후나야마는 철학이란 실용적이거나 도덕적인 목적을 떠나 오직 순수한 지식으로서만 추구되어온 학문적 사상이며 독립적 학문, 특히 철학으로서 자각된 학문이어야 한다고 생각하기 때문이다.

그러나 후나야마의 이러한 생각은 국가나 민족의 특성과 결부된 일본 고유의 철학을 주장하는 사이구사 히로토나 우메하라 다케시의 일본철학관과는 상치된다. 후나야마는 철학이란 오히려 민족과 국가를 초월하는 보편적인 것이어야 한다고 생각하기 때문이다. 철학에 있어서 민족적·국가적 특질은 어디까지나 우연적이고 부가적이라고 주장하는 점에서 철학에 대한 그의 생각은 사이구사나 우메하라와 다르다. 이런 점에서 후나야마가 생각하는 철학은 다분히 서양철학적이다. 특히 후나야마가 일본철학

---

19) 船山信一, 『日本の觀念論者』, 英宝社, 1956, 35쪽.

의 시작을 서양철학의 유입 이후로 간주하려는 것은 그 때부터 일본의 사상은 본질적으로 자연과학과 연관되기 시작했기 때문이다. 다시 말해 일본사상은 서양철학과 더불어 서양의 과학이 들어옴으로써 여러 가지 의미에서 성격변화가 불가피해졌다.[20] 일본사상에 '인식론적 단절'이 일어나면서 일본사상은 에피스테메를 달리하게 된 것이다. 적어도 철학이 무엇인지를 반성하는 사람이라면 자연과학이 곧 진리이므로 철학도 그것을 인정하고 따르지 않으면 안된다는 생각을 하게 되었기 때문이다. 후나야마도 서양철학이 들어오면서 유물론자 뿐만 아니라 관념론자(또는 유심론자), 특히 불교철학자도 이런 문제에 직면하게 되었다고 주장한다. 유물론자와 마찬가지로 관념론자마저 기독교나 기독교 사상가에 비판하는 이유도 거기에 있었다는 것이다.[21]

그러나 일본의 철학이 자연과학과 연관되어 생겨났다고 하지만 메이지 10년대까지만 해도 Nature라는 단어를 대상물로서의 '自然'이라고 번역하여 사용한 적이 없었다. Nature Philosophie도 자연철학 대신 만유철학(萬有哲學)·서물철학(庶物哲學)·천연철학(天然哲學)으로 표현했기 때문이다. 더구나 관념론과 유물론의 구별도 뚜렷하지 않았다. 서양의 철학을 처음 소개한 니시 아마네의 실증주의 철학만해도 관념론과 유물론 가운데 어느 쪽에 속한다고 단정지을 수 없다. 그의 철학은 관념론과 유물론으로 분화되기 이전의 어중간한 것이었다. 그 때문에 일본철학에서의 관념론과 유물론은 니시 아마네의 철학으로부터 분화되기 시작했다고도 말할 수 있다. 그의 철학 속에는 이노우에 데츠지로 등의 관념론으로 발전할 소지가 있었을 뿐만 아니라 가토 히로유키 등의 유물론으로 성장할 유전인자도 들어 있었다.

관념론(유심론)과 유물론은 일본철학, 즉 메이지철학의 양대 진영이었다. 니시 아마네의 실증주의로부터 이러한 양대 진영의 분화가 시작된 것

---

20) 西谷啓治 編『現代日本の哲學』, 雄渾社, 1967, 130쪽.
21) 앞의 책, 133쪽.

은 가토 히로유키의 『인권신설』(人權新說, 1882)의 출판에서 『대일본제국
헌법』이 제정(1889년)되던 1880년대였다. 이 때는 독일의 이상주의철학에
대한 관심과 불교, 유교 등 일본전통사상에 대한 반성으로 인해 관념론이
등장했을 뿐만 아니라 다른 한편에서는 포이엘바하·뷔히너 등의 유물론
서들이 번역되면서 가토 히로유키, 나카에 쵸밍의 유물론도 싹트기 시작
했다. 관념론과 유물론을 중심으로 하여 명실상부한 일본철학을 메이지철
학으로 국한하여 규정하는 후나야마 신이치의 '메이지철학의 주요 경향'
에 대한 분류표[22]를 보면 다음과 같다.

① 실증주의 — 西周·津田眞道·外山正一

② 관념론 ┬ 호교적 ┬ 국권주의적 — 井上哲次郎·高山林次郎·紀平正美
 │ ├ 불교적 — 井上圓了
 │ └ 유교적 — 西村茂樹
 └ 자유주의적 ┬ 비판주의적 — 大西祝·中島力造·桑木嚴翼
  │   左右田喜一郎·朝永三十郎
  └ 형이상학적 — 淸澤滿之·三宅雄二郎·西田幾多郎

③ 유물론 ┬ 호교적, 국권주의적 — 加藤弘之
 └ 비판적, 자유민주주의적 ┬ 부르주아적 — 中江兆民
   └ 프롤레타리아적 — 幸德秋水

④ 무신론 ┬ 비유물론적 ┬ 국권주의적 — 內藤耻叟
 │ ├ 불교유심론적 — 中村信次郎·鳥尾小彌太·井上
 │ │   圓了
 │ ├ 윤리적 — 西村茂樹·井上哲次郎·高山林次郎
 │ └ 공리주의적 — 福澤諭吉·津田眞道·外山正一
 └ 유물론적 — 加藤弘之·中江兆民·幸德秋水·植木枝盛·久松定弘

⑤ 프래그마티즘 — 田中王堂

---

22) 船山信一, 『明治哲學史硏究』, ミネルヴァ書房, 1959, 37쪽.

2. 호교론적 관념론

위의 분류표에서도 보았듯이 일본철학의 관념론은 니시무라 시게키(西村茂樹)나 이노우에 엔료(井上圓了)가 불교나 유교같은 일본의 전통사상과 습합한 이른바 일본형 관념론의 주형화(鑄型化)를 시도하면서 윤곽을 드러내기 시작했다. 니시무라 시게키는 일본의 도덕적 기초가 불교나 기독교 같은 세외교(世外敎)에 있지 않고 세교(世敎)에 있어야 한다고 주장한다. 그러나 그는 유교와 철학도 각각 결함을 가지고 있다고 판단한 나머지 "(유교와 철학) 양교의 진수를 받아들여 그 조잡함을 버리는 것으로부터 자신의 철학을 출발한다. 그는 "이교(二敎)의 일치에로 돌아가는 것"을 "천지의 진리"(『日本道德論』, 34쪽)라고 했다.

한편 이노우에 엔료는 니시무라 시게키와는 달리 불교를 철학으로 간주하고 일본철학에 불교적 성격을 부여하려 했다. 그는 불교를 철학적으로 해석했지만 반대로 철학을 불교적으로 해석했다고도 말할 수 있다. 그는 불교와 철학의 동일성을 강조하는 동시에 불교와 과학과의 일치도 주장한다. 그는 불교와 철학뿐만 아니라 불교와 과학과의 습합에도 게을리 하지 않았다. 그러면서도 그는 불교의 생명성을 인정하고 인간의 영혼불멸론을 강조했다. 특히 그가 유심론을 확립했다고 평가하는 것은 「파유물론」(破唯物論)에서도 보듯이 유물론을 강하게 비판하면서 유물론자들과의 투쟁도 마다하지 않았기 때문이다.

그밖의 관념론자로는 오오니시 하지메(大西 祝)도 있지만 일본철학에서 관념론을 확립한 이는 이노우에 데츠지로다. 그리고 니시다 기타로에 이르러 일본의 관념론은 그 정점에 도달했다.

1) 이노우에 데츠지로(井上哲次郎)의 관념론

후나야마 신이치는 이노우에 데츠지로(1855~1944)의 관념론이 지닌 특징을 다음과 같이 네가지로 규정한다.

첫째, 독일철학과의 연결.

둘째, 불교적 유교적 경향.

셋째, 관념즉실재론(현상즉실재론).

넷째, 국가주의적 도덕적 경향

이노우에 데츠지로는 영국 및 프랑스철학에서 영향받아온 종래의 일본 철학과는 달리 유학을 통해 직접 배운 독일철학과 불교·유교를 습합함으로써 새로운 일본철학, 즉 나름대로의 일본형 관념론을 확립한 장본인이다. 다시 말해 칸트철학의 영향을 가장 많이 받은 그의 관념론은 독일철학과 유교·불교를 연결한 이른바 '관념즉실재론', 또는 '현상즉실재론'이었다. 이를 위해 그는 우선 철학을 유심론(Idealismus)과 실재론(Realismus)의 양대 유파로 구분한다. 또한 그는 유심론을 비평적 유심론, 주아적(主我的) 유심론, 객관적 유심론, 선천적 유심론으로 나누는가 하면 실재론도 경험적 실재론, 선천적 실재론, 유심적 실재론으로 분류한다. 그리고 그 사이에다 자신만의 관념론인 '현상즉실재론'(Identitätsrealismus), 또는 원융실재론(einheitlicher Realismus)[23]을 위치시킨다. 그는 그것을 10여년의 연구를 거쳐 도달한 결과로서 "어떤 선배도 창도(唱道)하지 않은 미증유의 것"이라고 단언하기도 했다.

『인식과 실재와의 관계』(1901)에서 그는 실재론과 유물론과도 구별한다. 일반적으로 유물론은 객관에서 주관을 이끌어낸다. 이에 대해 유심론은 객관의 실재를 부정한다. 유심론이나 관념론에서는 "우리의 사상에 의해 이것이 진리라고 생각하는 것 이외에 진리를 규정할 수 있는 것은 없다." 그것이 진리인지 여부를 확정할 수 있는 표준이 없기 때문이다. 그러

---

23) '圓融'이란 본래 天台·華嚴, 양종의 교의를 나타내는 말이다. 그것은 事物의 차별적 현상의 實在를 인식하는 개념으로서 차별적 현상계의 사물도 편벽됨이 없이 가득하고 만족하며, 완전히 일체가 되어 서로 융합하므로 방해됨이 없이 상호간에 무애원융(無礙圓融)하다는 것이다.

므로 그는 객관의 실재를 부정하는 유심론에 대해서는 반대한다. 또한 그는 객관에서 주관을 이끌어낸다는 유물론적 주장도 불가능하다고 생각한다. 그에게 있어서 주관과 객관은 동일한 실재다. 양자는 결코 이질적인 것이 아니므로 양자를 결합함으로써 인식이 가능하다는 것이다. 그에 의하면 "진리는 주관과 객관의 대합(對合)이다. 즉 진리는 우리가 경험에 의해 얻은 것의 개념과 객관세계에 있어서 현상과의 대합관계다."[24]

그는 주관과 객관의 동일성을 주장하듯이 실재와 현상이 동일한 세계임을 강조한다. 그에 의하면 "현상을 떠난 실재는 없고 실재를 떠난 현상도 없다. 양자는 일신동체, 즉 합일하여 세계를 구성한다." 그에게 있어서 실재를 객관과 주관으로 양분하는 것을 무의미하다. 그는 객관적 실재나 주관적 실재를 종극(終極)의 관념이 아니라 단지 거기에 이르는 과정에 지나지 않는 것으로 생각했기 때문이다. 다시 말해 그것들은 "일여적(一如 的)[25] 실재의 관념을 얻기 위한 준비에 불과하다"는 것이다. 또한 그는 자신의 실재론을 정신과 물질이라는 두 가지 요소를 제3의 원리에 의해 통일하는 철학이라고도 주장한다. "물과 심을 연결시켜가는 하나의 근본원리"라는 것이다. 결국 그는 정신과 물질, 즉 물심을 하나의 실재에 융합조화하여 정확하고 건실한 세계관 및 인생관을 세우는 것이 자신의 철학적 과제라고 생각했다. 그가 유불의 세계관을 토대로 한 습합실재론을 만든 이유, 즉 인식론적 '현상즉실재론'과 본체론적 '원융(圓融)실재론'이나 '일여적 실재론'을 제시한 이유도 거기에 있다.

이처럼 이노우에 데츠지로의 철학은 인식론적·존재론적인 통합뿐만 아니라 동서융합의 새로운 철학체계를 만들어 일본철학의 새로운 패러다임, 즉 일본형 관념론을 확립하는 데 기여했다. 그럼에도 불구하고 그의 철학은 천황폐하에 의한, 그리고 천황폐하를 위한「대일본제국」의 건설이

24) 井上哲次郎, 『哲學雜誌』第九卷 第八十九号, 506~507쪽.
25) 불교에서의 '一如'란 不二·絶對의 뜻이다. 그것은 不異實相과 같은 뜻으로서 사물이 한결같이 純一無雜하여 변화가 없음을 의미한다.

라는 시공간적 경계인식 속에서 구축한 '일본형'(日本型)의 한계를 스스로 결정하기도 했다. 다시 말해 그의 철학과 천황숭배를 우선해야 하는 국가주의와의 연결은 일본관념론의 철학적 정체성이 일본철학의 블랙홀과도 같은 정치적 호교론에 귀속될 수밖에 없는 한계를 예시하는 것이었다. 1891년에 『교육칙어』의 해설서로서 발표한 『칙어연의』(勅語衍義)가 바로 그것이다. 그는 교육칙어의 취지에 맞춰 자신의 윤리설을 전개했을 뿐만 아니라 거기에 맞지 않는 윤리설들을 비판하기도 했다. 심지어 그의 "『칙어연의』는 그 이후 일본윤리설의 방향을 결정했다"[26]고 평가될 정도로 호교론의 도그마를 대변하는 것이었다. 후나야마 신이치가 그를 '호교적 관념론의 대표자'[27]라고 부르는 것도 그런 이유에서였다.

2) 니시다 기타로(西田幾多郎)의 관념론

니시다 기타로(1870~1945)는 기본적으로 동서문화의 융합을 추구한 철학자라는 점에서 이노우에 데츠지로의 후계자다. 이노우에가 동서문화의 융합에서 독자적인 논리의 개발보다 외적 융합에 그친 절충주의의 입장이었던 것과 달리 니시다는 처음부터 거기에 독자적인 논리적 기초를 부여하려 했다.[28] '동양에도 논리라는 것이 있는가'에 대해 "나는 인간에게 일종의 세계관과 인생관이 있는 한 거기에는 나름대로의 논리가 있지 않으면 안된다고 생각한다"는 자문자답으로부터 그의 이러한 계획은 시작되었다.

니시다는 동양문화를 비논리라고 비난하는 데 동의하지 않지만 서양논리만이 유일한 논리라는 데에도 동의하지 않는다. 그는 동양논리를 발견할 수 있게 한 것이 서양논리라고 생각한다. 그렇다고 하여 연구대상을 서양문화에서 동양문화로 옮기자는 것은 아니다. 그가 생각하기에 서양의

---

26) 船山信一, 『日本の觀念論者』, 英宝社, 1956, 155쪽.
27) 船山信一, 『明治哲學史研究』, ミネルヴァ書房, 1959, 34쪽.
28) 앞의 책, 33쪽.

논리가 物의 논리라면 동양의 논리는 心의 논리다. "서양논리는 物을 대상으로 하는 논리이며 동양논리는 心을 대상으로 하는 논리라고 생각할 수 있다"는 것이다. 그는 서양논리 이외에도 心의 논리로서 동양논리에 강하게 집착하고 있기 때문이다. 그러나 그가 이처럼 동서양의 논리를 논한다고 해서 두 개의 논리가 있다는 사실을 인정하는 것은 아니다. 그가 생각하는 논리는 오직 하나뿐이다. 논리의 세계에서는 동과 서가 없다. 논리는 하나다. 다시 말해 그는 서양문화와 동양문화를 융합한 제3의 논리를 만들려 했다. 그는 새로운 문화의 기초가 될 논리로서 서양논리와 동양논리를 종합한 하나의 논리, 즉 '세계적 논리'를 구축하려 한 것이다.

그러나 그는 세계논리의 구축을 위한 모티브를 物의 논리, 有의 논리인 서양논리에서보다 心의 논리, 無의 논리인 동양논리, 즉 불교의 논리에서 찾으려 했다. 그가 임제종(臨濟宗)의 선수행(禪修行)—니시다가 좌선(坐禪)하는 것이 아니라 좌선이 좌선하고 있다는 무안구(無眼球)의 좌선—을 통하여 수천년 내려오는 선조들의 동양문화가 지닌 사상적 유산과 만난 것이 그 계기였다. 거기에서 그는 서양사상을 관통하는 논리와는 다른 동양의 논리를 발견하고 그것을 이론적으로 재구성하여 인류의 공유재산으로서 제공하는 것을 자신의 학문적 임무로 여겼다.[29] 한마디로 말해 동양논리의 추구가 그의 철학적 사색의 기본 테마가 된 것이다. 이를 위해 그가 선택한 철학적 방법이 사유의 근저에 자리잡고 있는 지적 직관(intellektuelle Anschauung)[30]이다. 그는 직관을 중심으로 하면서도 직관과

---

29) 上山春平, '絶對無の探究', 『西田幾多郎』, 中央公論社, 1970, 78쪽.
30) 그는 『善의 研究』 제1편, 「純粹經驗」에서 지적 직관을 다음과 같이 정의한다. 지적 직관이란 "物我相忘, 즉 物이 我를 움직이는 것이 아니고 我가 物을 움직이는 것도 아니다. 단지 하나의 세계, 하나의 광경만이 있을 뿐이다. 주관적 작용처럼 들을 수 있는 것이지만 그것은 실제로 主客을 초월한 상태이다. 주객의 대립은 오히려 이러한 통일에 의해 성립된다고 말해야 한다. 또한 지적 직관이란 사실을 떠난 추상적 일반성의 直覺을 의미하지는 않는다. 그림이 지닌 정신은 묘사된 개개의 사물과 분리되어 있지 않다.

반성적 사고를 통일적으로 동원하여 이른바 장소의 논리를 구성하려 했다. 예를 들어 그가 동양문화의 근저에는 "형태가 없는 것의 형태를 보고 소리가 없는 것의 소리를 듣게 하는 무언가가 잠재해 있다"고 생각했다든지 "세계라는 것은 절대로 존재하지 않는다. 그것은 無이다. 그러나 무라고 하는 그것이 곧 우리의 개물(個物)을 성립시키는 곳이라는 의미를 지닌 진정한 세계"라고 생각하는 것 등이 그러하다. 一즉多, 多즉一의 관점을 철저히한다면 그러한 절대무(絶對無)의 입장에 도달할 수 있다는 것이다. 이처럼 그는 무형의 질료를 무형의 장소, 즉 <절대무의 장소>라고 규정하고 동양문화의 본질을 바로 그 無의 원리로부터 파악하려 했다.

니시다는 실재의 근저를 서양문화가 有, 또는 형상으로 간주한 데 반해 동양문화는 無, 또는 무형으로 간주한 데서 동서문화의 차이를 발견하려 했다. 그에 의하면 서양문화의 원천이 되는 그리스문화는 전형적인 有의 문화였다. 그리스인에게 無나 무형이란 有를 드러내기 위한 암흑(chaos) 이상을 의미하지 않는다. 서양문화 가운데 일종의 無의 정신을 담고 있는 것이 신에 의한 '無로부터의 창조'(creatio ex nihilo)를 주장하는 기독교의 부정신학(否定神學)이다. 그러나 이것은 기독교 사상에서의 예외적인 것일 뿐, 그 주류는 有로서의 인격신 관념이다. 예를 들어 토마스 아퀴나스가 증명하는 최고의 완전한 有로서 인격신의 존재가 그것이다.[31]

또한 니시다는 근대서양문화를 형성한 자연과학에서도 無의 사상을 발견한다. 과학의 정신에는 현실세계의 실리적 형성 뿐만 아니라 현실에 대한 부정, 즉 無의 사상도 내재되어 있다는 것이다. 과학이 제시하는 물질세계는 원자나 생명처럼 인격이라는 유형의 것이 해체된 세계이기 때문이

진정한 一般과 個性은 상반되는 것이 아니다. 개성적 한정으로부터 오히려 진정한 일반을 나타낼 수 있다. … 이처럼 사유의 근저에는 지적 직관이 가로놓여 있음이 분명하다. 사유는 일종의 체계다. 체계의 근저에는 통일의 직각이 있지 않으면 안된다."

31) 大峯 顯 編, 『西田哲學を學ぶ人のために』, 世界思想社, 1996, 11쪽.

다. 그러나 無의 사상이라고 할지라도 자연과학에서의 현실부정은 대상적 방향(noema)에서 성립되는 데 반해 대승불교에서의 현실부정은 주체적 방향(noesis)에서 성립된다는 점에서 다르다. 서양의 과학자는 현실을 物로 보지만 불교인은 현실을 心으로 보기 때문이다. 과학의 無는 노에마를 지향하는 대상적 無, 한정된 무이므로 지적 한정을 초월한 無일 수 없다. 이에 대해 불교의 無는 우리 자신의 직접적인 마음(心)에로 향하는, 즉 노에시스를 지향하는 진정한 무한의 無이다. 그곳은 다름 아닌 우리 자신이 머무는 '절대무의 장소'[32]이기도 하다. 니시다가 자신의 철학적 지향점을 발견하는 곳도 바로 여기다. 그가 철학적 과제를 '절대무의 탐구'로 삼고 '절대무의 논리', 즉 '장소의 논리'를 동서논리의 종합으로 간주하려는 이유도 거기에 있다.

니시다의 절대무의 논리는 지적 직관과 자각에 의한 '절대무의 자기한정'의 논리다. 그것은 가장 직접적인 체험의 논리다. 그러나 그것은 주관과 객관이 융합·합일하여 하나의 무매개적인 실체가 되는 것이 아니다. 오히려 그것은 주객의 이원적 대립을 절대화한 두 개의 독립적 기체(基体)·실체(實体)의 관계로부터 사태를 파악하는 것이다. 그러나 그의 주장에 따르면 주관과 객관이 어떻게 매개되는지는 여태껏 한번도 밝혀진 적이 없다. 그러므로 주관으로서의 자기자신을 분명히한다는 것도 불가능하다. 오히려 그에게 있어서 '절대무의 자기한정'으로서의 직관은 주관-객관이라는 이원적 도식 자체를 전적으로 부정한다. 본래 매개는 자기와 독립하여 존재하는 것이 아니기 때문이다. 그에 의하면 실재세계에서 매개되

---

32) 니시다가 '장소'라는 용어를 착상하게 된 것은 고대 그리스철학에서였다. 그는 소극적인 絶對無의 장소를 의미하지만 <장소>라는 생각을 처음 갖게 된 것이 57세에 쓴 「남겨진 의식의 문제」(取り殘されたる意識の問題, 1926년)라는 논문에서였음을 이 논문의 말미에서 밝히고 있다. 하지만 그것은 다름 아닌 형상이 곧 有라는 생각에 도달하게 된 플라톤의 <이데아의 장소>에서 착안한 것이다. 그 이후 그는 無에 대하여 다양하게 해석하며 無의 論理를 전개해갔다.

지 않는 것은 하나도 있을 수 없다. 내가 나로서 살아 있다는 것은 나에 의해 자기동일적이 될 수 있는 것이 아니다. 절대무의 자기한정에서는 처음부터 철저하게 타자와 상호 부정적으로 매개될 수 있다. 내가 나인 것은 사후적인 것이 아니라 직접적인 부정적 매개성에 의해 가능하다. 직접적인 직관에 있어서 합리 – 비합리에 대한 절대적 부정은 매개-무매개라는 대립의 부정과 같이 처음부터 매개되어 있다. 이러한 무기저적(無基底的)·무기체적(無基体的) 매개를 가리켜 니시다는 '장소', 또는 '절대부정으로서의 절대무'라고 부른다. 이러한 절대무의 논리는 주관과 객관의 실체적 자기동일성이 절대부정되는 절대적 자기긍정의 논리다.33) 그가 말하는 '보지 않음으로써 보는 것', '말하지 않음으로써 말하는 것'이 바로 그것이다. 그것은 '자기 속에 자기를 투영하는' 자기반조(自己反照)이며 무규정적인 자기실재가 자기자신을 규정(한정)하는 절대무의 자기한정(selfdetermination)이기도 하다. 그가 말하는 '일반자의 자기한정'34)이 바로 그것이다.

이상에서 보았듯이 니시다의 철학은 의식현상으로서의 순수경험, 또는 직접경험을 진실재(眞實在)로 간주하는 점에서 명백한 관념론이다. 그가 처녀작이자 주저인 『선의 연구』의 서두를 순수경험에 대한 다음과 같은 정의로부터 시작하는 데서 더욱 그러하다. "순수하다는 것은 … 추호의 사려분별도 가해지지 않은 진정한 경험 그대로의 상태를 말한다. 예를 들어 (그것은) 빛깔(色)을 보고 소리(音)를 듣는 찰나, 그것을 외물의 작용이라든지 아니면 내가 그것을 느끼는 것이라든지와 같은 생각을 하지 않을 뿐더러 그 빛깔과 소리가 무엇인지의 판단을 하기 이전의 상태를 가리킨

---

33) 板橋勇仁, 『西田哲學の論理と方法』, 法政大學出版局, 2004, 144~145쪽.
34) 니시다 기타로는 진정한 개인성은 일반성을 떠나 존재하는 것이 아니라는 헤겔의 주장을 빌려 "일반성의 한정된 것(bestimmte Allgemeinheit)이 개인성이다. 일반적인 것은 구체적인 것의 정신이다. 개인성이란 일반성 이외에 다른 어떤 것을 추가한 것이 아니다. 일반성이 발전하여 개인성이 된다"고 주장한다. 『善の硏究』, 中央公論社, 214쪽.

다. 그러므로 순수경험은 직접경험과 동일하다. 자기의 의식상태를 직접 경험했을 때는 주도 아니고 객도 아니다. 지식과 그 대상은 전적으로 합일해 있다. 이것이 가장 순수(最醇)한 경험이다."

한편 카미야마 슌페이는 그의 철학이 실재를 주객 미분(未分), 지정의(知情意) 미분의 것으로 간주하는 점에서 주객의 대립을 전제하는 서양의 과학적 세계관에 대한 안티테제라고 평한다.[35] 물론 니시다의 이러한 반과학적 테제의 제시도 그가 서양의 철학적 세계관에서 벗어나기 위해 자신의 철학을 구축하려 했듯이 일본의 철학을 서양의 과학으로부터 과감하게 해방시키려는 목적에서도 시도되었기 때문이다. 그러나 그는 일본철학을 세계철학의 일환으로 삼으려 했음에도 불구하고 이노우에 엔료나 니시무라 시게키, 그리고 이노우에 데츠지로처럼 기본적으로 철학의 동서융합을 시도했다는 점에서 메이지시대의 관념론자였다. 더구나 그 역시 호교론이라는 그 시대의 정치적·사상적 환경을 극복하지 못했다는 점에서 더욱 그러하다.

우선 일본철학의 세계철학화를 위해 니시다가 동서철학을 융합했다고 주장하지만 실제로 그것은 융합이라기보다 자신이 제기한 논리, 즉 절대무의 논리나 장소에 근거한 유사성과 동일성의 발견이 일쑤였다. 그는 불교의 논리인 절대무한의 논리를 차용하여 物心이 절대무화(絕對無化)되는 제3의 논리로 체계화한 뒤, 즉 자신의 Schema를 만든 뒤 동서문화, 특히 서양문화에서 그것에 수렴가능한 유사와 동일의 사례들을 가능한대로 발견하고 제시하려 했다. 예를 들어 "절대무한의 佛이나 神을 안다는 것은 오직 그를 사랑함으로써만이 가능하다. 그를 사랑한다는 것은 곧 그를 아는 것이다. 인도의 베다교나 신플라톤학파, 또는 불교의 성도문(聖道門)이 그를 안다고 하는 것, 기독교나 정토종이 그를 사랑한다고 하는 것도 그에 따른 것이다. 각자의 특색이 없는 것은 아니지만 그 본질에 있어서는 동일

---

35) 上山春平, 앞의 책, 26쪽.

하다"36)는 주장이 그것이다. 그러나 이것도 따지고 보면 다음과 같은 자기논리(Schema)에 따른 동서문화에서의 동일성·유사성의 사례제시였다. 다시 말해 "애(愛)는 지(知)의 결과이고 知도 愛의 결과다. 지는 애이고 애는 지이다. 예를 들어 우리는 자기가 좋아하는 것에 열중할 때는 거의 무의식이 된다. … 이 때는 主도 아니고 客도 아닌 진정한 주객합일이 된다. 이 때가 지 즉 애, 애 즉 지의 상태다. 우리가 수리(數理)의 묘에 마음을 빼앗겨서 침식을 잊고 거기에 탐닉할 때 우리는 수리를 아는 것과 동시에 사랑하는 것이다"37)라는 Schema가 그것이다.

그의 모든 저작에는 그와 같은 논증사례가 무수하다. 『선의 연구』(中央公論社)에서만 보더라도 박학다식을 과시하는 수많은 서양철학자들의 언설이 현란할 정도로 배치되어 있다. 우선 제1편 제1장「순수경험」은 처음부터 분트(W. Wundt)의 '경험'에 대한 정의를 끌어들인다. 이어서 니시다는 자신의 철학의 핵심개념인 '순수경험'을 윌리암 제임스(W. James)의 『순수경험의 세계』(A World of Pure Experience)에서 빌려쓰고 있다. 뿐만 아니라 그는 제임스의 『심리학 원리』(The Princeples of Psychology)와 스타우트(Stout)의 『분석심리학』(Analytic Psychology)도 그 전거로 삼고 있다. 이어서 "의지가 의식의 근본형식이라고 한다면 의식발전의 형식은 넓은 의미에서 의지발전의 형식이다. … 순심리적으로 보면 의지는 내면에 있어서 의식의 통각작용이다. 그러나 이런 통일작용을 떠나 의지의 특수현상이 별도로 있는 것은 아니다. 이 통일작용의 정점이 곧 의지이다. 사유도 의지와 마찬가지로 일종의 통각작용이지만 그 때의 통일은 단지 주관적일뿐이다. 이에 비해 의지는 주객의 통일이다. 의지가 언제나 현재인 이유도 여기에 있다"는 주의설(主意說)에 입각한 순수경험에 대한 설명에서도 그는 쇼펜하워(A. Schopenhauer)의 『의지와 표상으로서의 세계』(Die Welt als Wille und Vorstellung, S. 54)에 의존하고 있다.

---

36)『善の研究』, 中央公論社, 223쪽.
37) 앞의 책, 222쪽.

제1장의 마무리에서도 니시다는 제임스의 '의식의 흐름'(stream of consciousness)에 대한 설명에 힘입어 순수경험의 시간적 통일작용을 정리한다. 카미야마 슌페이도 『선의 연구』(善の硏究)의 「보주」(補注, 中央公論社, 453쪽)에서 "'의식의 흐름'이 니시다의 '순수경험'과 근친성이 매우 강한 개념이며 니시다는 그 점에서 제임스와 베르그송에 대해 깊은 공감을 표시하고 있다"고 평하고 있다. 그러나 '근친성이 매우 강한 개념'이라고 표현하기보다는 동일한 의미의 부연설명이라고 해야 좀더 솔직한 표현일 수 있다. 그것은 아마도 니시다가 모든 경우에 자신의 논리를 입증하거나 보완하기 위해 서양철학사 속에서 유사하거나 동일한 주장과 입장을 수없이 차용하면서도 철학자의 이름만 밝힐뿐 구체적인 인용을 피하며 설명만을 바꾸는 기묘한 재주를 발휘한 데서 그 원인을 찾아야 할 것이다.

그밖에 니시다가 130쪽 분량의 『선의 연구』에서 망라하고 있는 서양의 철학자와 과학자, 작가와 문학가 등의 이름과 주장은 그 쪽수의 분량만큼이나 많다. 예를 들어 열거하면—( )속의 숫자는 책의 쪽수임—헤라클레이토스(132), 소크라테스(119, 177), 플라톤(122, 184, 187), 아리스토텔레스(184. 187), 에피쿠로스(178), 스토아학파와 디오게네스(177), 아우구스티누스(183, 199, 212), 야콥 뵈메(154, 208, 214, 216), 니콜라스 쿠자누스(154, 216), 둔스 스코투스(172), 에크하르트(214), 라파엘(200), 케플러와 뉴튼(208-9), 스피노자(185, 206, 211, 217), 라이프니츠(150), 데카르트(121, 183), 파스칼(166), 베이컨(121), 로크(100, 123), 버클리(123-4), 흄(125), 로이스(210, 218), 칸트(12, 189, 191), 회프딩(183, 195), 피히테(123), 쉘링(115), 헤겔(104, 126, 135, 214), 괴테(95, 145, 199, 217) 쇼펜하워(97), 분트(93, 98), 벤담과 밀(180). 스펜서(187) 쉴러(130), 슈톨츠(214), 스터트(114), 듀이(102), 스타우트(94), 클라크(176-7) 제임스(94, 98, 100, 117, 131, 215), 예루살렘(129), 오스카 와일드(220), 하이네(128) 문학자 시몬즈(215), 시인 테니슨(215), 일링워즈(219) 등이다.

이에 비해 동양의 철학과 종교에 대해서는 우파나샤드(186), 브라만과 아트만(119, 153), 공자(193), 부처(223)에 대한 간단한 언급이 전부다. 이것은 얼핏보기에도 모자이크의 전경이 서양풍임을 쉽게 알 수 있다. 그의 철학적 과업이 동서융합에 있다고 하지만 융합의 소재가 불균형적이므로 그 내용도 뚜렷하지 않고 불충분하다. 『선의 연구』의 마지막에서 "인도의 베다교나 신플라톤학파, 또는 불교의 성도문(聖道門)이 그를 안다고 하는 것, 기독교나 정토종이 그를 사랑한다고 하는 것도 그에 따른 것이다. 각자의 특색이 없는 것은 아니지만 그 본질에 있어서는 동일하다"는 선언적 주장만으로 동서융합을 대신할 수 있을까? 특히 니시다의 순수경험론은 아직 제임스의 '의식의 흐름'에만 크게 신세지고 있을뿐 그가 순수경험과 같은 개념이라고 생각했던 베르그송의 순수지속(durée pure)에 대해서는 전혀 언급하고 있지 않았다는 점이 이상하다. 그가 『선의 연구』(1911년 1월)를 출판하기 직전에 「베르그송의 철학적 방법론」(1910년)과 직후에 「베르그송의 순수지속」(1911년 11월)이라는 제목으로 직관과 순수지속을 소개하고 있기 때문일까.38)

그럼에도 불구하고 『선의 연구』가 주목받는 이유는 무엇일까? 그것은 무엇보다도 습합의 오랜 전통을 이어온 일본문화와 사상이 습합의 새로운 유형을 발견했기 때문일까? 아마도 그것이 주목받는 이유는 서양철학과의 적극적이고 과감한 습합의 시도때문이었을지도 모른다. 이런 점에서 그의 철학은 습합의 전형이 아니라 변형이었다. 나아가 그것은 신종습합이기도

---

38) 니시다는 베르그송의 철학을 소개하는 소논문에서 베르그송의 주저 가운데 하나인 『물질과 기억』(Matière et Mémoire)의 독일어 번역본에 실린 빈델반트의 서문을 소개하면서 베르그송의 철학에 대하여 다음과 같이 평한 바 있다. "프랑스에는 데카르트 이래 일종의 특별한 철학방법이 있다. 내면적 경험의 사실로부터 나와서 거기에다 비판적 사려를 더하여 하나의 독자적인 철학에 도달한 것이 있다." 이것으로 보아 그가 프랑스철학에 대해서는 독일관념론에 기울였던 관심만큼 적극적이지 않았던 게 확실하다. 그의 철학을 통해서 등장하는 프랑스의 철학자들도 데카르트, 멘느 드 비랑, 그리고 베르그송이 고작이었다.

하다.

이미 언급했듯이 니시다철학의 또 다른 한계는 일본관념론자들의 호교론적 전통을 벗어나지 못했다는 점이다. 그는 당시 '황도'(皇道)를 주장하는 세력에 대하여 "그것은 황도의 패권화에 지나지 않는다"고 비판했을 뿐만 아니라 "가장 경계해야 할 것은 일본을 주체화하지 않으면 안된다고 생각하는 것"이라고도 비판한다. 그러면서도 그는 메이지시대의 많은 지식인들과 마찬가지로 황실에 대하여 깊은 존중의 마음을 가지고 있었다. 일본의 국체에 대해서도 그는 황실중심적이어야 한다고 생각했다. "物에 있어서나 事에 있어서나 하나가 되는 것"이 일본정신의 진수이듯이 주체적 一과 개체적 多와의 모순적 동일로서의 황실중심주의가 변함없는 일본의 국체이어야 한다는 것이다.39) 이것은 국권주의적 호교론자인 이노우에 데츠지로(井上哲次郎)나 키히라 타다요시(紀平正美)만큼 강하지는 않았지만 그들과 같은 관념론적 호교성이 그의 철학적 논리 속에도 이미 내재되어 있음을 의미한다.

3. 가토 히로유키의 호교론적 유물론

메이지 시대를 대표하는 유물론자는 가토 히로유키(加藤弘之, 1836~1916)와 나카에 쵸밍이다. 그러나 이들의 유물론적 입장은 대립적이다. 전자가 강력한 국권주의를 주장하는 관료적 호교론자였다면 후자는 철저한 민권주의를 부르짖는 반관료적 사상가였다. 그러나 가토 히로유키가 애초부터 유물론자였던 것은 아니다. 그의 사상편력은 평등주의에 기초한 천부인권설을 포기하던 1879년을 전후하여 크게 달라졌다. 특히 『인권신설』(人權新說,)을 출판한 1882년 이후부터 그의 철학적 세계관이 유물론으로 바뀌었기 때문이다.

---

39) 常俊宗三郞, '西田哲學における歷史・政治論', 『西田哲學を學ぶ人のために』大峯 顯 編, 世界思想社, 1996, 199쪽.

『인권신설』은 제1장 "천부인권의 망상에서 벗어나는 이유를 논함"이라는 제목에서부터 이른바 그 망상주의와의 결별을 선언한다. 그리고 그는 첫문장(제1조)에서도 "유럽에서는 근 2~3백년전부터 코페르니쿠스, 케플러, 갈릴레오, 뉴튼 등의 석학이 등장하여 오직 실물연구에만 종사함으로써 천체·지구의 운전 및 우주간 여러 현상의 실리(實理)를 발견했다. 이어서 백년전부터는 라마르크, 라이엘, 다윈 등이 등장하여 오직 실험과 연구만을 통해 지구상에 있는 만물이 진화하는 실리를 발견하여 처음으로 종래의 망상주의에서 벗어날 수 있었다. 또한 물리계에 속하는 학과는 이러한 실리의 발견으로 인해 일대 변화했지만 실험에 종사하기 어려운 심리계의 학과들, 철학·정치학·법학의 학자들은 종래의 망상주의 범주에서 방황하며 거기에서 벗어나지 못하고 있다"고 하여 망상주의·심리주의의 배척과 동시에 물리주의·진화주의, 즉 유물론에로의 전향을 천명하고 있다.

1) 생물학적 유물론

이처럼 『인권신설』에서 시작하여 『자연과 윤리』(1912)에 이르기까지 전개된 그의 유물론적 세계관의 기본명제는 안목주의(眼目主義), 즉 목적론적 우주관을 부인하는 대신 일원주의(一元主義), 즉 인과론적 우주관에 충실하는 것이다. 그는 『자연계의 모순과 진화』(1906)에서도 이미 "무릇 우주현상은 오직 일원적으로 발전한다. 특히 확고부동하게 일정한 인과적 자연법에 의해 지배되는 무기체 뿐만 아니라 유기체의 체구(体軀)나 심신도 그 유일한 자연법에 의해 지배된다"고 하여 일원주의적·자연주의적 유물론을 강조한 바 있다. 더구나 그는 이 글에서 세계의 진화가 우주천체의 진화→지구(무기체)의 진화→유기체의 진화라는 삼단계로 진행된다고 하여 결국 인간의 자유의지를 부인하는 대신 의지결정론을 정당화하려 했다.

그가 『자연계의 모순과 진화』에 이어서 만년에 이러한 유물론적 진화

설에 기초한 의지결정론을 더욱 체계화하기 위해 내놓은 저작이『자연과
윤리』다. 다시 말해 그는『자연계의 모순과 진화』의 서론(緒論)에서부터
우주의 자연적 진본체(眞本体)로부터 생기는 수많은 현상들이 절대자연적,
절대인과적, 절대기계적으로 일어난다는 것이 "유일한 자연법칙 및 인과
법칙(Das einzige Natur und Kausalgesetz)에 지배되기 때문"이라고 밝힌 주장
을 인간의지론에 더욱 확실하게 적용하기 위해『자연과 윤리』을 출판했
다. 그는 여기에서 우주의 현상들이 기계적인 인과적 자연법칙에 지배되
듯이 인간의 의지도 자유롭게 결정되는 것이 아니라 인과필연적 연쇄에
의해 기계론적으로 결정된다고 주장한다. 인간의 의지는 객관세계의 필연
적 연관에 대한 통찰과 인식이 다양한 의견간의 생존경쟁과 도태에 참여
함으로써 결정된다는 것이다.

그의 유물론의 특징은 에네르기론적(세력주의적) 일원론이다. 자연현상
뿐만 아니라 정신현상이나 사회생활까지도 에네르기 보존 및 변환법칙으
로 설명하려는 그의 에네르기론(Energetik)에 의하면 우주의 본체(실체)는
materia(물질=本)와 energie(末)의 합일체다. 그가 주장하는 에네르기는 일
반적으로 전우주의 진화를 일관하는 동향(Tried)이기도 하다. 또한 그는 진
화의 세 번째 단계인 유기체의 진화에도 일관하는 동향이 있다고 하여 이
를 '유일이기적 근본동향'(唯一利己的 根本動向)이라고 부른다. 이것은 유
기체가 자기의 유지와 발전, 즉 자기생존의 이익을 추구하려는 동향으로
서 주로 식색(食色), 두방면에서 발동한다. 즉 이것은 생물진화의 근본 원
인이 되는 '개체보존적 동향'과 '종족보존적 동향'으로 발동한다. 그러나
생물의 진화가 유일이기적 근본동향만으로 진행되는 것은 아니다. 그는
이 동향을 격려하는 사정이 필요하다고 주장한다. 그는 이를 자연계의 '삼
대모순'이라고 하여 다음과 같이 열거한다.

첫째, 시시각각 탄생하는 유기체의 수와 그 생존수요물의 수에 있어서
모순.

둘째, 동물의 생존과 그 식이(食餌)에 있어서 모순.

셋째, 유기체의 근본동향과 그 신심력(身心力)에 있어서 모순.

그가 생각하기에 이러한 삼대모순은 결국 생존경쟁의 조건이다. 또한 그것에 의해 자연도태가 일어나고 생물의 진화도 실현된다고 하여 그는 이것을 다음과 같이 도식화했다.[40][진화—자연도태—생존경쟁—(緣)삼대모순—(因)유일이기적 근본동향]

2) 국가유기체설과 이기주의적 국가주의

한편 그는『자연과 윤리』에서 이러한 유기체의 진화과정을 핵켈(E. Haeckel)의 계통발생성을 받아들여 [단세포체→복세포체→복복세포체]에 이르는 삼단계로 규정한다. 그런데 그 마지막 단계인 복복세포체(複複細胞体)는 다름 아닌 국가다. 다시 말해 국가도 생물학적 법칙의 지배를 받는 유기체의 일종이라는 것이다. 그의 주장에 따르면 복세포체인 인간이 '집단협력'에 이를 때 국가가 발생한다. 이 때에도 집단협력은 민약(民約)에 의한 것이 아니라 자연적 집합으로 성립하며, 복세포체인 인간이 전혀 무의식적으로 그 고유성에 의해서만 상집(相集)하여 국가를 조성한다.[41]

또한 그의 국가주의의 특징은 이기주의다. 그의 주장에 따르면 생물의 근본동향은 본래 이기적이며 이런 이기적 동향의 실현 때문에 국가가 생겨난다. 한마디로 말해 국가주의도 이기심에서 비롯된다는 것이다. 이것은 유기체의 최고단계인 복복세포체로서의 국가들 사이에서도 마찬가지다. 그는 각국이 저마다 자국의 이익과 행복만을 추구하기 때문에 이를 위해 타국에 대한 침략전쟁을 일으킨다고 해서 결코 비난받아야 할 이유가 없다고 주장한다. 더구나 그는 문명국민이 미개인을 정복하더라도 도덕적 비난의 대상이 되지 않는다고 하여 후쿠자와 유키치가 말하는 야만의 아시아부정론보다도 더욱 심한 치명적 오만을 드러내고 있었다. 오히려 그

---

40) 加藤弘之,『自然界の矛盾と進化』, 119~155쪽. 永田廣志,『日本唯物論史』, 法政大學出版局, 1969, 170~171쪽.

41) 加藤弘之,『自然と倫理』, 127~128쪽.

는 "국가간의 투쟁을 인류진화의 어머니"라고까지 주장한다. 『강자의 권리경쟁』(1893)만을 강조한 그의 주장에 따르면 국가 대 국가의 관계에 있어서 모든 국가는 철두철미하게 자국의 이익을 목표로 하므로 국제도덕을 지켜야 할 이유가 없다는 것이다. 그 때문에 그는 전인류적인 도덕이나 '인도'(人道)를 부인한다. 뿐만 아니라 그는 국가의 행위를 인도나 정의라는 개념으로 평가하는 윤리학도 배격되어야 한다고 주장한다. 이처럼 그의 국가주의은 사회진화론의 양면성을 그대로 반영하고 있다. 인간사회도 생존경쟁에 의해 무한히 진보할 수 있다는 낙관론과 부적격자(야만인과 같은)는 경쟁애서 도태되어 마땅하다는 숙명적 비관론이 그것이다. 우승열패(優勝劣敗)라는 강자의 논리만을 강조하는 그의 부도덕하고 비인도적인 이기주의적 국가주의는 그가 국가철학을 자연철학과 동일한 논거에서 전개한 결과였다. 그러나 그것은 유기체의 '유일이기적 근본동향'을 제기하며 결단한 그의 전향목적이기도 하다.

3) 습합과 호교

본래 습합(習合)과 호교(護敎)는 서로 갈등관계일 수 밖에 없다. 그러나 가토 히로유키에게는 (양립했을뿐) 그렇지 않았다. 그에게 있어서 습합이 사상적 전향의 계기였다면 호교는 그에게도 자기시대를 살아가야 할 적자생존의 논리였기 때문이다.

19세기 서구사회를 지배한 사회진화론은 자연도태의 원리를 사회현상에까지 적용한 스펜서류의 사회적 다윈주의였다. 그것은 인간의 정신을 비롯하여 문화와 문명이 생존경쟁에 의해 무한히 진보할 수 있다는 낙관적 기대감과 동시에 부적격자는 경쟁에서 도태될 수 밖에 없다는 비관적 숙명론을 함께 제시한 신사조였다. 메이지 10년(1877)에는 이러한 사회진화론이 미국을 통해 일본에도 들어와 새로운 권력 / 지의 형태로 지식인 사회를 뒤흔들기 시작했다. 수많은 진보적인 지식인들이 그 질풍노도 속

으로 자진해서 빠져들었다. 메이지 10년대에서 30년대 초까지 스펜서류의
각종 진화론서가 30종 이상이나 번역된 것만 보아도 그 파장의 정도를 알
수 있다.

가토 히로유키를 전향시킨 것도 바로 그것이었다. 그는 누구보다도 진
화론시대의 한복판에 머물러 있었다. 진화론이라는 질풍노도를 몰고온 미
국의 진화론자 모스(Edward Morse)가 1877년부터 80년까지 3년간 도쿄대학
에 초빙되어왔을 때[42] 그 역시 거기에 있었기 때문이다. 다시 말해 1877년
부터 도쿄대학 법 · 이 · 문 세학부의 장(長)이 된 그는 1879년 도쿄대학이
이른바 '대학의 진화론'의 중심지가 되었을 때[43] 그 중심을 차지하고 있었
던 것이다. 이러한 상황 속에서 1879년 그가 천부인권설의 포기를 선언한
것이나 도쿄대학 총장이 된 1882년(메이지 15년)에 『인권신설』을 출판한
것은 조금도 이상한 일이 아니었다. 그 자신도 만년에 쓴 『자연과 윤리』의
서문에서 자연주의적 세계관으로 사상적 전향을 하게 된 원인이 "다윈이
나 스펜서같은 석학의 진화주의에 관한 책을 즐겨 읽었기 때문이었다"고
회고한 바 있다.

『인권신설』제1조는 가토 히로유키가 사상적 전향을 고백하는 진술서다.
여기에서 그는 진화론의 수용과 습합이 곧 전향의 계기였음을 의미하는
자신의 학문적 파이프라인을 상세히 보고하고 있기 때문이다. 예를 들어,
드래퍼(Draper)의 *History of the Conflict between Religion and Science*를 비롯해서
Buckle, Bain, Lecky, Bagehot, Spencer, Strausz, Büchner, Carneri, Radenhausen,

---

42) 동물학자인 모스는 1882년 9월부터 이듬해 3월까지 다시 초빙되어 후쿠자
와 유키치와 함께 8회에 걸친 강연을 통해 다윈주의와 진화론을 일본에 적
극적으로 소개한 인물이었다.

43) 1879년에는 처음으로 도쿄대학의 철학과에서 에드워드 사일(E. W. Syle)과
미국유학을 마치고 돌아온 토야마 마사카즈(外山正一)가 다윈주의와 사회진
화론을 강의하기 시작했다. 그들은 모스와 더불어 일본의 대학에 진화론을
정력적으로 보급하기 시작했다. 古田 光, '明治のアカデミ－哲學', 『近代日本
思想史 I』, 1956, 靑木書店, 232〜233쪽.

Lilienfeld, Schäffle, Ihering 등의 저서들이 그것이다. 특히 그는 독일의 의학자이자 생물학자이며 철학자이기도 한 핵켈(E. Haeckel)의 저서『창조사』(*Schöpfungsgeschichte*)[44]의 중요성을 강조한다. 그 속에는 "장래 인세(人世)의 대개명을 촉진시킬 최대의 원천"[45]이 될 진화주의가 들어 있다는 것이다.

한편 평등주의적 천부인권설로부터 이기주의적 국가주의로의 사상적 전향이 서양사상과의 습합과정에서 비롯된 자의적 결단이었다면 호교론적 입장표명은 메이지 시대가 요구하는 시대정신에 적응하기 위해 그가 선택한 보호색이었다. 이와 같은 그의 호교론적 입장이 잘 드러나는 곳은『인권신설』의 마지막 문장이다. 그는 "오직 착실돈후한 기풍을 길러 사회의 진정한 우자(優者)가 됨으로써 영원히 황실의 날개가 되기를 희망하지 않으면 안된다"고 끝맺음으로써 우승열패의 작용도 신민들의 권력투쟁에 불과한 것임을 밝히고 있다. 또한 그는 일본의 국체에 해독이 된다는 기독교에 대한 비판에서도 호교론적 입장을 분명히하려 했다. 그는『국체와 기독교』에서 "국체란 일본민족의 대부인 제실(帝室)이 만세통치의 대권을 장악하고 족자(族子)인 신민을 무육(撫育)하며, 또한 족자인 신민도 그의 통치를 받아 신자(臣子)의 道를 다하는 것일 뿐"이라고 규정한다. 그가 불교와 유교에 대해서 비판적인 이유도 이와 같은 유물론적 입장에서 국가주의와 국권주의를 주장하는 호교론적 국체관 때문이었다.

제국주의 일본의 건설이라는 야망의 실현을 위해 을사늑약(乙巳勒約)이 체결되던 1905년 제국학사원장이 된 그는 천황으로부터 '훈일등서보장'(勳一等瑞宝章)까지 받았다. 그 때 그는 '우리의 입헌족부통치(立憲族父統

---

44) Ernst H. Haeckel(1834~1919)은 다윈의 진화론의 영향을 받아 개체발생은 계통발생을 반복한다고 주장하는 두권의 창조사, 즉『자연창조사』(1866)와『인간창조사』(1875)를 출판했다. 가토 히로유키가 여기서 말하는『창조사』는 출판년도로 보아 후자를 가리키는 것 같다.

45) 加藤弘之,『人權新說』, 中央公論社, 1972, 412쪽.

治)의 정체'라는 글을 발표할 정도로 이미 적극적인 호교론자가 되어 있었
다. 그는 철저한 관념론자였던 이노우에 데츠지로와는 철학적으로 정반대
의 입장을 지닌 유물론자였지만 이처럼 메이지시대를 대표하는 적극적인
관료적 호교론자였다는 점에서는 그와 다르지 않았다.

IV. 反호교론자들의 철학

일본사상사는 호교론의 역사다. 특히 메이지사상사의 경우에는 더욱 그
렇다.[46] 그래서 패전 이전까지만 해도 호교론에 자유로왔던 사상가를 찾
기는 힘들다. 나카에 쵸밍(中江兆民)이나 미키 키요시(三木 淸)같은 비판론
자나 반호교론자들이 돋보이는 이유도 거기에 있다. '우주의 수수께끼의
해결사'로 자처하는 대부분의 철학자들에 대해 반기를 들었던 니체가 마
침내 '신은 죽었다'고 외치듯이 '일본에는 철학이 없다'고 선언하는 나카
에 쵸밍의 일본철학부재론은 주목받아 마땅하다. 많은 이들이 '반역자'로
규정하는 미키 키요시의 경우도 마찬가지다. 그는 일본철학에 반역했을
뿐만 아니라 철학자들에게도 반역을 가르쳤기 때문이다.[47] 태평양전쟁의
패배를 예언함으로써 전쟁에 광분하는 군국주의를 강하게 비판했던 그가
1944년 치안유지법 위반으로 투옥된 뒤 예언처럼 제국주의가 패전으로 끝
났음에도 풀려나지 못한 채 9월 26일 옥사한 이유도 거기에 있다. 호교론
의 핵우산을 거부한 댓가로 그들은 이처럼 고독한 삶의 역정과 지난(至難)

---

46) 후나야마 신이치(船山信一)는 세계철학 박람회장이었던 메이지철학에서의
　　분류기준을 관념론과 유물론보다도 호교적인가 아니면 비판적인가로 삼는
　　것이 더욱 좋다고 주장한다. 대개의 메이지시대 철학자들은 두가지 입장으
　　로 분명하게 구분되기 때문이다. 『明治哲學史研究』, ミネルヴァ書房, 1959,
　　39쪽.
47) 船山信一, 『日本の觀念論者』, 英宝社, 1956, 292쪽.

한 인생역경을 감내해야 했다. 그들에게 호교론은 선천적으로 유전되는 사상적 혈우병과 같은 것이었기 때문이다. 그러므로 아예 일본철학의 부재를 선언해야 했던 나카에 쵸밍과 마찬가지로 미키 키요시에게도 호교론에 대한 거부와 투쟁은 생존의 이유였을 것이다.

1. 나카에 쵸밍의 反호교론적 유물론

오늘날 많은 이들은 나카에 쵸밍(中江兆民, 1847~1901)을 가리켜 '자유민권 운동가', '사상의 혁명가', '혁명의 고취자', '조반자'(造反者) 등으로 부른다. 그러나 이런 별명보다 더 적절한 대명사는 '동양의 루소'다. 그는 누구보다도 루소로부터 깊은 영향을 받았기 때문이다.

1) 루소와 나카에 쵸밍

루소가 가장 즐겨 읽은 책 가운데 하나는『로빈슨 쿠르소』였다. 실제로 그는 자신이 그렇게 되고 싶어했다. 루소는 그의 생애에서 가장 행복한 순간도 고독한 상태에 처했을 때라고 말한다. 예를 들어 그가 1765년『산으로부터의 편지』로 인해 민중에게 공격을 받고 홀로 산 피레르섬에 피신해 있으면서도 '지상의 낙원'에 머물고 있다고 생각한 경우가 그러하다. 심지어 페스트의 만연 때문에 제노바에 격리 수용되어 있을 때도 마찬가지였다. 그는 박해와 비참이 극도에 달할 때 오히려 가장 감미로운 생각에 빠져들 수 있다는 역설의 논리를 전개한다. 인간이란 고독을 사랑할 때 비로소 자신에게 강해진다고 믿었기 때문이다. 그가 생애의 마지막에 미완성으로 남긴『고독한 산보자의 꿈』(Rêveries du promeneur solitaire)에서 "나의 일생의 대부분은 긴 꿈이었음에 틀림없다"고 회상했던 것도 마찬가지 이유에서였다.

한마디로 말해 루소는 나카에 쵸밍의 모델이었다. 그러나 루소에 대한 그의 관심은 민주주의 이론에 기초한 루소의 사상과 철학에 있지 않았다.

야스나가 토시노부(安永壽延)도 "루소의 다채로운 사상적 영위와 쵸밍의 다면적인 사상상(思想像)은 애초부터 전면적으로 대응하지 않는다. 물론 정합하지도 않는다. 오히려 『사회계약론』이라는 한가지 점에서만 양자는 교차하는 데 불과하다"[48]고 하여 루소와 쵸밍의 사상적 관계에서의 전면적 대응을 부인한다. 실제로 쵸밍이 루소에게 공감한 것은 사상과 철학이라기보다 오히려 루소의 비판정신과 반사회적 지향성을 지닌 재야성(在野性), 그리고 그로 인한 박해와 고립적이고 고독한 삶의 조건을 피하려 하지 않는 자기신뢰와 긍지였다.[49] 언제나 군중속의 고독한 이방인으로 살아가면서도 오히려 밖으로는 비판과 저항, 안으로는 고립을 통한 자기강화와 자기혁명에 철저했던 루소의 삶의 태도와 정신을 그는 부단히 배우며 실천하려 했다. 그의 삶의 역사에 사임, 결별, 퇴직, 폐간, 해산, 추방, 탈당, 실패, 등 돌연한 중단과 도중의 종결을 뜻하는 부정적·단절적 용어가 반복되었던 것도 드라마같은 루소의 실천의지가 그의 삶 속에 늘 재연되었기 때문일 것이다. 쵸밍은 이처럼 언제나 다중과의 대립각에서 자기를 발견하기에 게을리하지 않았다. 또한 그는 군중속에서 자기독립성을 지키기에도 적극적이었다. 그가 늘 좌파지식인이었고 유물론자였던 이유도 거기에 있다.

2) 쵸밍과 유물론

자신의 본령을 '철학자'라고 규정한 나카에 쵸밍이 『일년유반』(一年有半)에서 "일본에는 옛날부터 오늘에 이르기까지 철학이 없다"[50]고 주장하는 것은 철학이 독립된 학문으로서 발전하지 못했다는 뜻이다. 또한 그것은 철학이 천황교로부터도 해방되지 못했다는 뜻이기도 하다. 이런 사정

---

48) 安永壽延, '「東洋のルソー」への疑い', 『安藤昌益と中江兆民』, 第三文明社, 1978, 148쪽.
49) 河野健二, '東洋のルソー─中江兆民', 『中江兆民』, 中央公論社, 1972, 38쪽.
50) 中江兆民, 「一年有半」 『中江兆民』, 中央公論社, 1970, 378쪽.

은 일본유물론의 경우도 마찬가지다. 무엇보다도 봉건사회의 쇠퇴기에 부르조와지의 이데올로기로서 태어난 유물론의 출현배경 자체가 정치적으로나 사회적으로나 철학적 사색의 여유를 누리기 힘들었음을 의미한다. 그 뒤 일본유물론은 유럽에서 들어온 과학의 영향을 두드러지게 받으면서도 사회적 기초가 된 자본주의와의 일정한 관계 속에서 성장했다. 또한 일본유물론은 천황교의 입장에서 기독교에 대한 비판을 전개하면서 발전했다.[51] 일본유물론이 양학의 수용에 적극적이었던 메이지유신 이후에 사상계에 본격적으로 모습을 드러내기 시작한 것도 그 때문이었다. 바꿔 말하자면 일본유물론이 메이지 사상사의 특징 가운데 하나가 된 것도 그런 이유에서였다. 예를 들어 카토 히로유키의 유물론이 과학주의와 진화론이 유행하던 메이지 10년대에는 주로 민권운동에 반대하는 번벌(藩閥)과 관료정부의 변호론 구실을 하더니 20년대에 들어서는 이노우에 데츠지로 같은 관념론자와 함께 기독교에 대한 비난과 공격에 가담하면서 호교론 역할을 자임했던 경우가 그러하다. 그러나 메이지 30년대에 이르면 그와 같은 관부(官府)철학적·부르조와적 유물론은 더 이상 주류가 되지 못한다. 오히려 그 자리에서 발견할 수 있는 것은 나카에 쵸밍의 반관료주의적·형이상학적 유물론이었다.

나카에 쵸밍은 애당초부터 유물론자는 아니었다. 그의 철학적 특징을 자유론과 유물론으로 규정할 수 있듯이 그는 유물론자이기 이전에 루소로부터 영향을 많이 받은 자유주의자였다. 그러면 쵸밍은 언제부터 무엇 때문에 유물론자가 되었을까? 나가타 히로시(永田廣志)에 의하면 쵸밍에게서 간접적으로라도 유물론적 입장이 나타나기 시작한 것은 메이지 19년(1886)에 나온 『이학구현』(理學鉤玄)에서부터였다.[52] 메이지 10년대의 사상계를 주도하던 분위기가 그를 유물론에로 전향하게 한 일반적 조건이 되었다는 것이다. 특히 자연과학적·실증론적 사상의 영향하에서 생겨난

---

51) 永田廣志, 『日本唯物論史』, 法政大學出版局, 1969, 3~4쪽.
52) 앞의 책, 199쪽.

관념론에 대한 회의와 반발이 그것이다. 그러한 반동적 분위기가 진화론적 세계관과 연결되면서 자연과학적 유물론을 널리 유행시켰다는 것이다.

『이학구현』은 오늘날의 내용으로 바꿔말하면 '철학개론'이다. 여기에서 '이학'(理學)이라는 용어도 '철학'—「속일년유반」(續一年有半)의 첫 문장에서도 "이학, 즉 이른바 세상의 철학적 사항을 연구하는 것"이라고 정의한다—을 의미한다. 그는 이 책에서 서양의 철학들에 대하여 자신의 평가적 주장을 될 수 있는 대로 자제한 채 객관적·중립적 입장에서 공평무사하게 소개하려고 노력했다. 이런 점에서 오늘날 그 책을 유물론의 맹아로 간주하는 데 동의하지 않는 이도 없지 않다. 그러나 각종 철학설에 대해 평정심을 지키려 한 그의 mesotes도 실질설(實質說, 즉 유물론)에 대한 설명에 이르면 균형을 잃고 만다. 첫째, 『이학구현』 제1권 제2장의 「이학의 제설」로서 철학의 주요 학설을 도표화하면서 유물론을 '실질설'(實質說)이라고 부른데 반해 유심론을 '허영설'(虛靈說)이라는 부정적인 명칭을 사용한 것부터가 그러하다. 둘째, 제3권에서 "종교와 더불어 각종 허영설의 본원"과 "원인결과, 무신설, 기독교의 해(害)"에 대하여 설명하면서 그가 종교와 유심론을 유물론의 입장에서 비판적으로 소개한 점이다. 셋째, 이와는 반대로 유물론에 대해서는 유심론이나 관념론의 입장에서 한마디도 반박하지 않았다는 점이다. 그러나 여기서 그가 주장하는 유물론은 주로 18세기 프랑스에 이어서 당시 독일에서 유행하고 있는 속류유물론이었다. 그것은 인간의 의식이나 심리현상을 뇌수의 작용으로 환원하여 설명하려는 생리학적 유물론이 그것이다. 한마디로 말해 인간의 심중(心中) 현상이나 지혜는 모두가 '회백색의 뇌세포' 작용이라는 것이다. 그에 의하면 "인간의 일체의 심리적 기능은 뇌기관의 작용일 수밖에 없으며 우리가 감각하고, 사념(思念)하고, 결단하는 것도 뇌수의 운영에 따른 것이다. 위의 소화나 폐의 호흡도 마찬가지다."(『理學鉤玄』 112쪽) 그러나 이것은 그의 독창적인 생각이 아니다. 그것은 18세기 영국의 생리학적 유물론자인 하틀리(D. Hartley, 1704~1757)와 프랑스의 까바니스(P. Cabanis, 1757~1808)를 거쳐

19세기 독일의 생리학적 유물론자인 칼 보그트(K. Vogt, 1817~1895)와 속류유물론자 몰레쇼트(J. Moleschott, 1822~1893) 등으로 이어지는 파이프라인을 통해 공급받은 것이었기 때문이다. 하틀리는 생리작용의 기계론적 설명의 선구자였다. 그는 심리현상을 뇌에 있는 백색 골수체(white medullary substance)의 기계적 운동, 즉 '미세한 골수입자들의 진동'(vibrations of the infinitesimal medullary particles)에 의한 현상으로 환원하려 했다. 이러한 진동들이 감각을 뇌에 전달하는 수단이 된다는 것이다. 까바니스의 생각도 크게 다르지 않았다. "신경, 바로 이것이 인간의 전부다"(Les nerfs voilà tout l'homme)라고 주장하는 그는 "간이 담즙의 비밀을 탐지하듯이 뇌가 사고의 비밀을 알아낸다"고 하여 쵸밍에게 모범답안을 제공한 바 있다. 뿐만 아니라 19세기의 보그트도 『맹신과 과학』(Köhlerglaube und Wissenschaft, 1854년)에서 "사상과 뇌수와의 관계는 쓸개와 간의 관계나 뇨(尿)와 신장의 관계와 동일하다"는 생리학적 유물론을 쵸밍에게 이식한 장본인 가운데 한사람이었다.

　그러나 쵸밍이 이러한 자연과학적·실증론적 유물론에서 분명하게 벗어난 것은 그가 후두암으로 죽기 두달 전에 유언과도 같이 남긴 『속일년유반』(1901)에서였다. '일명 무신 무영혼'(一名無神無靈魂)이라는 부제가 붙어 있는 이 글의 중심테마는 무신론과 무영혼론, 즉 영혼불멸론의 부인이다. 그는 「총론」에서 이학자의 의무란 무불(無仏), 무신, 무정혼(無精魂), 즉 '단순한 물질적 학설'을 주장하는 데 있음을 천명하다. 다시 말해 그것은 "오척의 신체, 인류, 십팔리의 분위기, 태양계, 천체에 구애받지 않고 직접 몸(身)을 시공의 한복판(무시, 무종, 무변, 무한이 사물의 眞中이라고 한다면)에 두는 독자적인 입장을 세워 이 론(論)을 주장하는 데 있다"[53]는 것이다. 이것은 그가 인식을 방해하는 인간의 자기본위적 산물로서의 신, 영혼, 창조주와 같은 유시유종, 유변유한한 종래의 유한성을 모두 버리고

---

53) 「續一年有半」『中江兆民』, 中央公論社, 1970, 432쪽.

우주속에서 인식의 토대를 마련하겠다는 물질불멸의 법칙적 주장이었다. 그는 이러한 유시유종의 세계를 인간의 관념이 만들어낸 '언어상의 포말'(泡沫)의 산물로 간주했다. 이에 비해 그가 말하는 무시무종, 무변무한의 세계는 인간의 작위적인 유수원소(有數元素)의 제한을 받지 않는 세계다. 그러므로 그가 여기서 논하려는 '단순한 물질적 학설'도 유수한 원소로 환원불가능한 인식론적 유물론이다. 그러나 그의 이른바 '단순한 물질적 학설'은 자연과학과 소박실재론(naive realism)의 결합이었다. 그것은 "한 그루의 나무는 우리의 감관에 있는 그대로 실재한다"는 몰레쇼트의 속류유물론의 인식론과 다를 바 없다. 몰레쇼트의 유물론도 감각된 나무, 우리들이 취한 나무(Baum für uns)와 나무 그 자체(Baum an sich)는 같은 것이라는 소박실재론에 근거하고 있기 때문이다.

한편『속일년유반』의 제1장이 허영파철학(spiritualisme)에 대한 비판이었다면 제2장은 현실파철학(positivisme), 즉 콩트(A. Comte, 1798~1857)의 실증론에 대한 비판이다. 쵸밍에 의하면 "오늘날 세상은 꼭 눈으로 보고 귀로 들어서 과학적 검증을 거친 것만을 확실하다고 보고, 그렇지 않은 것들에 대해서는 불확실하다고 생각해버리는 경향이 있다. 그러나 이것은 이 세상 도리의 절반 이상을 말살시켜버리는 것과 다를 바 없다. 지극히 편협적이라고 할 수 있다. 또한 일상적인 일들에서 반드시 있을 수 있는 일과 있을 수 없는 일도 꼭 검증을 거치지 않고 사람의 말을 그대로 믿더라도 확실한 것들이 얼마든지 있다."[54] 특히 그는 경험과 실험에만 매달리는 실증주의의 한계를 무한대에 대한 불가지론을 들어 비판한다. 예를 들어, 무한대인 세계가 어떤 원인으로 형성되었고 어떤 원인으로 종말을 맞이할 것이지는 사람이 알 수 없는 경우가 그러하다.

이를 두고 요네하라 켄(米原 謙)은 니시 아마네 이래 일본의 많은 근대 사상가들이 실증주의가 지닌 함정에 대하여 별다른 경계심(警戒心)을 가

---

54) 앞의 책, 446~447쪽.

지지 않았다고 평한다. 메이지 전기의 사상가 가운데 나카에 쵸밍 한사람만이 그들의 결함을 의식하고 비판적 언사를 계속 토해냈다는 것이다.[55] 요네하라는 당시 대부분의 지식인을 사로잡았던 실증주의를 가리켜 욕망자연주의(慾望自然主義)라고 부른다. 지식인들을 압도했던 서구열강의 과학기술이 실증주의정신을 근저로 하고 있었기 때문이다. 그들은 실증주의만이 부강의 비결이라고 믿었기 때문에 천부인권론의 기초가 되는 규범의식의 붕괴와 같은 실증주의가 지닌 함정에 대해서는 의심의 여지가 없었다는 것이다. 그러나 쵸밍은 과학기술의 실증주의 정신, 권리주장을 위한 법률학, 이익추구를 위한 경제학 등과 같은 학문이 필연적으로 종래의 사회관계에 영향을 미칠 뿐만 아니라 인간관계를 해체하는 데도 불구하고 그것에 쉽게 빠져드는 당시 지식인의 폐습을 가리켜 '경치(輕馳)의 습(習)'이라고 비판했다.[56] 그것은 서구의 과학과 이론을 적극적으로 흡수하지 않으면 안되지만 그것이 사회에 미치는 영향도 무시해서는 안된다는 경고의 메시지이기도 하다.

3) 철학부재론과 나카에니즘

나카에 쵸밍의 철학, 즉 나카에니즘(ナカエニスム)의 핵심은 일본의 철학부재론이다. 나카에니즘은 그 전제하에서 부재의 공백을 차지하기 위해 제공된 유물론이기 때문이다. 그에 의하면 "이학(理學, 즉 철학)의 취지는 만사에 관계된 기본 원리를 궁구하는 데 있다." 다시 말해 철학이란 사물의 본원을 관철하는 순리(純理)를 고찰하는 것이다. 철학의 목적도 천지성명(天地性命)의 이(理)를 탐구하는 것이며 그 탐구도 창조적 사유를 그 생명으로 해야 한다는 것이다. 그가 카토 히로유키나 이노우에 데츠지로 같은 이들의 철학을 수입학이라고 일축하는 이유도 거기에 있다. 그가 일본

---

55) 米原 謙, 『日本近代思想と中江兆民』, 新評論社, 1986, 193쪽.
56) 앞의 책, 196쪽.

에는 철학자만 있을뿐 철학이 없다고 주장하는 이유도 마찬가지다. 이처
럼 그가 강조하려는 것은 철학에 있어서의 독창적인 사상성이다. 서구인
과 비교할 때 일본인은 현실본위적이고 대세순응적인 탓에 독조(獨造)의
철학이 없고 정치에서도 주의(主義)가 없다는 것이다.[57] 그는 그 이유를
부조경박(浮躁輕薄), 박지약행(薄志弱行)의 대병근(大病根)이라는 일본인
의 성격 탓으로 돌린다.

　그러나 따지고 보면 순리(純理)와 독창만을 강조하는 나카에니즘 속에
도 그런 병근이 여전함을 부인하기 어렵다. 앞에서도 보았듯이 자유론과
유물론으로 대변되는 나카에니즘은 루소의 자유민권론과 하틀리에서 몰
레쇼트로 이어지는 생리학적 속류유물론이 없었다면 성립할 수 없기 때문
이다. 물론 나카에니즘은 유물론을 강조하기 위해 서양철학사의 대표적
인물인 플라톤, 데카르트, 라이프니츠 같은 이들을 혹평한다. 그는 신의
존재나 영혼불멸을 조소의 대상으로 삼기도 한다.[58] 그러나 혹평과 조소
만으로 사유의 순리와 독창을 대신할 수는 없다. 그러한 작업 역시 서구의
유물론자들을 답습하는 것이기 때문이다. 이렇게 보면 그의 유물론 역시
서구유물론의 아류이거나 모조품에 불과하다. 카토 히로유키와 이노우에
데츠지로의 철학이 수입철학이었듯이 나카에 쵸밍의 철학도 일종의 이식
철학(移植哲學)일 수 밖에 없었다.

　이노우에 데츠지로는 「메이지철학계의 회고」에서 나카에 쵸밍의 유물
론을 한마디로 말해 '낮은 수준의 조잡한 유물론'이라고 평한다. 다카하시
고로우(高橋五郞, 1856～1935)도 「속일년유반」에 대한 반론인 「무신무령
철학박론―일년유반과 구식의 유물론」(無神無靈哲學駁論, 49～50쪽)에서
"나카에 쵸밍씨는 상식철학자일뿐 철학자의 안광(眼光)을 추호도 지니지
못했다. 철학자의 지식도 없으며 오직 상식으로 모든 것(百事)을 논단하려
한다. 유감스럽게도 씨는 구식의 유물론자에 불과하다"고 혹평한다. 오늘날

---

57) 松永昌三, 『中江兆民の思想』, 青木書店, 1970, 36쪽.
58) 桑原武夫, 『中江兆民の研究』, 岩波書店, 1966, 39～40쪽.

카미야마 슌페이도 「나카에 쵸밍과 일본의 철학」에서 쵸밍을 가리켜 "철학자가 아니라 저널리스트였을 뿐만 아니라 철학의 저작물도 많지 않다"[59)]는 이유로 그를 하수의 철학자로 간주하거나 철학자 대열에서 제외시키려 한다. 그러나 그것은 아마도 쵸밍의 바램이었을지도 모른다. 그는 고독한 철학자이길 원했고 그렇게 되기도 했다. 일본철학사에서 'Nakaenism'(ナカエニスム)처럼 개인의 철학이나 사상에 대하여 일종의 철학적 '주의'(主義)로서 인정받고 있는 경우는 쵸밍의 철학부재론뿐이기 때문이다. 카미야마 슌페이와는 달리 코우노 켄지(河野健二)가 "나카에니즘은 일본유물론사에서 부동의 위치를 차지하며 오늘에 이르고 있다"[60)]고 호평하는 이유도 크게 다르지 않다. 어쨌든 나카에니즘은 '세계철학 박람회장'(船山信一)이라는 메이지철학사를 그냥 지나칠 수 없게 한 중요한 볼거리임에 틀림없다. 그것은 호교론이라는 시대적 거대서사(grand narratives)에 대해 '비판적 소수자'(critical minority)의 철학이었다는 점에서 더욱 그렇다.

2. 미키 키요시의 反호교론적 관념론

1) 미키 키요시의 두 얼굴

미키 키요시(三木 淸, 1897~1945)는 관념론자인가 아니면 유물론자인가? 미키 키요시를 관념론자로 간주하는 것은 타당하지 않다고 주장할 수도 있다. 유물론이 일본철학계에서 일정한 지위를 확보하고 관념론과 함

---

59) 上山春平, '中江兆民と日本の哲學', 『現代日本の哲學』 西谷啓治 編, 雄渾社, 1967, 35쪽. 또한 카미야마 슌페이는 소수의 독창적인 철학자 가운데 주목할 가치가 있는 인물로 니시다 기타로(西田幾多郎)와 카노우 코우키치(狩野亨吉)를 꼽는다. 그는 이들이 제국대학에서 철학을 전공한 최초의 전문철학자였던 데 비해 나카에 쵸밍을 독학한 민간철학자로서 저널리스트의 선구자였다고 다시 한번 평가한다. '中江兆民の哲學思想' 『日本の思想』, 岩波書店, 1998, 57쪽.
60) 河野健二, '東洋のルソー中江兆民', 『中江兆民』, 中央公論社, 1972, 37쪽.

께 일본철학의 양대 주류를 형성하게 된 것은 누구보다도 미키 키요시의 역할이 컸기 때문이다. 그 이전에 유물론을 주장해온 카와카미 하지메(河上 肇)를 비롯하여 사노 마나부(佐野 學), 후쿠모토 카즈오(福本和夫), 나가타 히로시(永田廣志) 등이 있지만 그들은 아직 관념론자를 움직일 만큼 영향력을 지니지는 못했다. 그러므로 미키 키요시가 본격적인 유물론자가 아닐지라도 유물론은 결국 그에 의해 설명되었고 주목받았으며, 더구나 그에 대한 비판을 통해서 보강되었기 때문에[61] 넓은 의미에서 그를 유물론자의 진영에 포함시킬 수 있다.

다이쇼(大正) 말기 이전까지만 해도 일본의 철학은 맑스주의나 사회주의에 관심갖지 않았다. 칸트철학을 비롯한 관념론이 주류를 이뤄왔기 때문이다. 맑스주의는 철학이 아니며 그의 변증법적 유물론도 철학적으로는 유치한 것으로 간주되어왔다. 이런 상황에서 맑스주의에 주목한 사람이 바로 미키 키요시다. 그는 맑스주의를 철학으로서, 그것도 철학이 대결해야 할 대상임을 강조함으로써 그것을 철학적 논의의 장으로 끌어들였다. 맑주주의와 철학을 잇는 그의 연결고리가 인간학이었다면 그 방법은 해석학이었다. "파스칼을 써온 나와 맑스를 논하는 나 사이에는 가장 긴밀한 연락이 있다. 그것들의 근저에는 공통의 확신과 사상이 작용하고 있기 때문이다"[62]라고 하여 그는 인간학의 맑스적 형태를 독일유학에서 터득한 해석학적 방법으로 밝혀보려 했다. 1927년(昭和 2년) 2월 '인간학의 맑스적 형태'를 시작으로 8월에는 '맑스주의와 유물론'을 그리고 12월에는 '프래그마티즘과 맑스주의 철학'을 연이어 발표함으로써 파스칼연구가인 그가 갑자기 파스칼과는 사상적으로 대조적인 맑스와 맑스주의 연구자로 변신한 것이다. 이 때부터 그는 맑스주의자들과 협력하며 자신의 관심을 해석학적 존재론에서 실천적 존재론에로 옮겼다. 그러나 평생동안 부단한 사상적 변신을 꾀해온 그에게 맑스주의에 대한 관심은 그리 오래가지 않

---

61) 船山信一, 『日本の觀念論者』, 英宝社, 1956, 292쪽.
62) 『三木淸全集』第一卷, 岩波書店, 1967, 55쪽.

았다. 1932년에는 그의 관심이 이미 맑스주의를 떠나 역사적·사회적 존재론에로 옮겨와 있었기 때문이다.

2) '파토스와 로고스의 통일'로서의 휴머니즘

미키 키요시의 철학은 한마디로 말해 오딧세이 자체였다. 「구상력의 논리」에 귀착하기까지 그가 거쳐간 철학적 사색의 유랑길을 아카마츠 츠네히로(赤松常弘)는 다음과 같은 여섯 시기로 구분한다.[63]

제1기, 신칸트학파적인 사고양식에 따른 문제의식을 지녔던 학생시대.

제2기, 독일 유학 이후의 해석학적 존재론의 시기.

제3기, 맑스주의에 접근, 해석학적 존재론에서 실천적 존재론에로 옮긴 시기.

제4기, 독자의 역사적·사회적 존재론을 제창한 시기.

제5기, 역사적·사회적 존재론을 기술적·제작적 행위의 철학에서 전개하던 시기.

제6기, 기술적·제작적 행위의 철학에 기초한 구상력의 논리를 추구하던 시기.

이처럼 미키 키요시의 철학은 유목적이었다. 파스칼에서 시작하여 라이프니츠, 칸트, 쉘링, 헤겔, 맑스, 딜타이, 하이데거에 이르기까지 자신의 철학적 관심사가 바뀔 때마다 주요한 유럽의 철학자들을 끌어들였다. 그런가 하면 그의 철학적 주제도 해석학적 존재론→실천적 존재론→역사적·사회적 존재론→기술적·제작적 행위론→구상력의 논리로 바뀌면서 그가 갈아탄 서양철학자들의 차이만큼이나 달라졌다. 그럼에도 불구하고 그의

---

63) 赤松常弘, 『三木 淸』, ミネルヴァ書房, 1994, 3쪽. 또는 『京都學派の哲學』藤田正勝 編, 昭和堂, 2001, 83쪽.

철학을 관통하는 주제는 인간학이고 휴머니즘이다. 그것도 '파토스와 로고스의 통일'을 주제로 한 인간학의 수립이 그가 평생 추구해온 철학적 과제였다.『파스칼에 있어서 인간의 연구』(1926)에서 제기한 '중간자(中間者)로서의 인간'에 관한 해석이 그 이후 전개될 그와 같은 인간학연구를 예인(曳引)하기 시작한 것이나 다름 없다. 인간이라는 존재를 존재론적 입장에서 해석한 처녀작에서부터 유고가 된『신란』(親鸞), 즉 '신란에 있어서 인간의 연구'에 이르기까지 그의 철학은 줄곧 인간학이었기 때문이다.

그의 인간연구의 단서는 행위이다. 그것도 기술적·제작적 행위이며 합리와 비합리, 즉 로고스와 파토스가 통일된 행위이다. 그는 이것을 구상력에 의한 형태의 산출로서 파악한다. 그가 인류사를 구상력의 형태를 산출해 낸 기술적·제작적 행위에 의해 형성된 문화의 역사로 간주하는 것도 그 때문이었다. 그의 철학적 주제는『역사철학』을 고비로 하여 후반기에 접어들면서 선택한 행위의 본질을 '기술적 제작'으로 파악한다. 인간의 모든 행위는 제작이며, 그것도 기술을 사용한 제작이기 때문이다. 그는 이미『역사철학』에서도 역사를 만드는 사회적, 신체적 행위를 기술적·제작적 행위로 간주하고 이것을 인간학의 원리로서 일반화하기 시작한 것이다. 특히 그는 기술을 주체와 환경과의 관계로서 규정한다. 주체와 환경과의 대립을 매개하는 것이 곧 기술이다. 그에 의하면 "기술은 그 발생적 원형에 있어서 새로운 환경에 적응하기 위한 새로운 복합적 행동양식의 발명이다. 기술이 존재한다는 것은 주체와 환경과의 대립이 있지 않으면 안된다. … 주체와 환경이 대립하고 그 조화를 매개하는 것이 곧 기술이다. 주관적인 것과 객관적인 것을 매개하는 것이 기술의 본질이다."64) 기술적·제작적 행위가 주체와 환경과의 분열과 대립의 매개가 되어 새로운 인간적, 문화적 세계를 형성하는 이유도 거기에 있다. 환경이 자연환경에 국한되지 않고 사회환경, 문화환경까지를 의미하듯이 기술의 의미도 사회기

---

64)「技術哲學」『三木淸全集』第七卷, 201〜202쪽.

술, 관념기술, 심리기술, 등에까지 이르기 때문이다. 그러므로 인간의 기술적·제작적 행위가 자연을 넘어 문화를 형성하는 것은 당연하다.

그에 의하면 "기술은 주관적인 것과 객관적인 것의 종합이므로 단지 이성에만 속하지 않는다. 오히려 그것은 구상력에 속한다고 생각하지 않으면 안된다. 발명의 고유한 능력이 구상력이다. 칸트도 발견과 발명을 구분하고 발명의 재능은 천재에게 있으며 천재의 고유한 영역이 곧 구상력이라고 말한 바 있다. 사람들은 기술철학의 과제를 「기술적 이성비판」(Kritik der technischen Vernunft)이라고 생각한다. 그러나 그것은 어떤 이성의 비판이라기보다는 구상력의 비판이 아니면 안된다. 또한 기술적 이성도 구상력의 이성이어야 한다."[65] 이렇게 보면 파스칼의 '중간자로서의 인간'에 대한 해석학에서 시작한 미키 키요시의 철학적 오딧세이가 끝나는 곳은 「구상력의 이성비판」이다. 그는 최후의 저서인 『구상력의 논리』 제1장 서문에서도 "로고스적인 것을 위해 파토스적인 것을 잃어버려려서는 안된다. 또한 파토스적인 것 때문에 로고스적인 것을 잊지 말아야 한다는 나의 요구는 마침내 휴머니즘을 주장하기에 이르렀다"고 회고하고 있다. 후나야마 신이치가 "미키는 철학과 사회과학을 연결하고 관념론과 유물론을 대결시키고 있지만 그 매개가 되는 것은 역시 인간학이었다"[66]고 평하는 이유도 거기에 있다.

3) 맑스주의와 반호교론

미키 키요시가 첫 번째 투옥된 이유는 1930년 5월 일본공산당에게 자금을 제공했다는 치안유지법 위반 혐의였다. 당시 그는 맑스주의자들과의 협력관계 속에서 혁명적 문화운동에 참여해오던 상태였다. 그 전해부터 그는 하타 고로우(羽仁五郎)와 공동편집한 잡지 『신흥과학의 깃발 아래

---

65) 앞의 책, 229쪽.
66) 船山信一, 『日本の觀念論者』, 英宝社, 1956, 294쪽.

서』를 불법단체인 공산당의 「프롤레타리아 과학연구소」 기관지 『프롤레타리아과학』과 합쳐 편집장이되었을 뿐만 아니라 '유물변증법부회'(唯物辨證法部會)의 책임자로도 활동하고 있었다. 이 때 그의 문제의식을 반영하는 저작이 『유물사관과 현대의 의식』(1928), 「변증법의 존재론적 형태」(1931), 『역사철학』(1932) 등이었다. 『유물사관과 현대의 의식』에서 그가 시도한 것은 맑스주의 이론의 유효성에 대한 확인이었다. 그는 이 때까지만 해도 맑스주의를 현대에 있어서 가장 실천적인 이론으로 평가하고 이를 전면적으로 수용하였다.

그러나 『역사철학』에 이르면 그는 맑스적인 혁명적 실천같은 특수한 실천이 아닌 인간의 실천에 의한 역사의 전개라는 철학적 일반이론의 구축을 시도한다. 여기서는 맑스이론의 근간이 되는 프롤레타리아의 혁명적 실천인 노동과 생산이 이미 '사실', 즉 역사를 만드는 행위로서의 Tat-Sache라는 개념으로 일반화되어 있다. 사실이라는 행위를 규정하는 일반개념은 무산자의 노동과 생산이라는 행위의 특수성까지 규정하지는 않는다. 여기에서 그가 실천이라는 용어 대신에 행위라는 용어를 주로 사용하는 이유도 거기에 있다. 이 때부터는 그의 철학의 일관된 주제인 '행위의 철학'이 전개되기 시작한다. '기술적·제작적 행위'가 미키철학(三木哲學)의 하이라이트가 된 것도 그 때문이었다.

후나야마 신이치는 미키의 철학을 가리켜 '호교론으로부터의 해방'이라고 평한다.[67] 그는 또한 27세의 젊은 미키 키요시에 있어서 일본철학의 과제란 이른바 천황제 절대주의(Kaiserlicher Absolutismus)에 대한 비판이었고, 평생동안 그것과의 목숨을 건 투쟁이었다고도 평가한다.[68] 그가 특정한 가문에 부여된 특권을 자유주의의 적으로 간주한 것도 그 때문이었다. 그에게 있어서 개인의 창의와 인격의 가치는 영원히 존중되어야 할 자유주

---

67) 船山信一, 『日本の觀念論者』, 英宝社, 1956, 300～302쪽.
68) 船山信一, '日本の近代哲學の發展形式', 『現代日本の哲學』西谷啓治 編, 雄渾社, 1967, 59쪽.

의의 유산이다. 그가 주장하는 자유주의는 개인주의인 동시에 세계주의다. 그러나 세계주의라고 할지라도 그것은 민족을 매개로 한 것은 아니다. 세계는 국가와 국가간의 관계에 지나지 않으므로 그것을 진정한 전체로 파악해서는 안된다는 것이다. 그는 자유주의를 언제나 개인주의 입장에서 파악할 뿐 개인과 사회와의 관련지워 구체적으로 파악하려고 하지 않기 때문이다.[69] 나아가 그는 자유를 환경, 또는 기술과의 연관속에서 규정한다. 절대주의와 같은 필연성으로부터 추상된 자유는 현실적인 자유가 아니기 때문이다. 그에 의하면 "자유는 도덕적 행위처럼 언제나 환경에 있어서 행위로서의 필연성의 제약을 포함한다. 인간은 기술에 의해 진정으로 자유롭게 될 수 있다. 기술은 정신에 의한 물질의 지배를 나타내기 때문이다."[70] 그러므로 기술을 새로운 복합적 행동양식의 발명이라고 생각하는 그에게 천손강림의 절대주의 신조는 용납하기 어려운 도그마일 수밖에 없다.

미키 키요시는 혁명적 사상가는 아니었지만 체제옹호자나 지지자도 아니었다. 그는 하나의 철학적 사고에만 집착하거나 정착하지 않을 만큼 자유주의자였고 군국주의와 파시즘을 배태한 일본주의와 호교론같은 도그마에 대하여 강력하게 저항한 반체제적 비판주의자였다. 철학자와 호교론자가 동의어와도 같았던 제2차 세계대전 이전의 지적 상황에서 보면 그는 다른 관념론자들과 확연히 구분되는 래디칼리스트(Radicalist)였다고 해도 과언이 아니다. 결국 자유주의에 기초한 그의 비타협적인 지적 결벽성이 그를 두 번씩이나 투옥당하게 했고 패전후에도 유물론자 토사카 쥰(戶坂 潤)과 함께 정치범으로 옥사당하게 했다. 그러나 후나야마는 토사카의 옥사가 순교인데 반해 미키의 투옥과 옥사는 일본제국주의의 야만성을 나타내는 우연적 사건이었기 때문에 더욱 비극적이고 운명적이었다[71]고 평한다.

---

69) 『三木淸全集』第七卷, 476~477쪽.
70) 『三木淸全集』第七卷, 219~220쪽.
71) 船山信一, 『日本の觀念論者』, 301쪽.

V. 결 론

패전에도 불구하고 석방되지 못한 채 옥사(獄死)해야 했던 토사카 준의 비운의 순교와 미키 키요시의 운명적 죽음의 의미는 무엇일까? 그리고 그 것이 수많은 지식인과 일본철학자들에게 남겨놓은 메시지는 무엇일까? 그 것은 일본철학의 죽음이었고 일본철학자의 사망이었다. 『대일본제국헌 법』에 이은 『교육칙어』로 완성된 천황교의 호교론은 패전으로 인해 정치 적·역사적 배교론(背敎論)이 되었음에도 반호교론자인 그들의 주검은 나 가노(長野)형무소와 토요타마(豊多摩)형무소에 그대로 남아 일본철학마저 그곳으로 끌어들였다. 아마도 오늘날 일본의 철학자들이 '일본철학자'라 는 용어를 감히 쓰고 싶어하지 않는 이유도 나카에 쵸밍 때문이 아니라 호교론에 희생된 이들의 주검 때문일 것이다.

그럼에도 불구하고 후나야마 신이치는 일본에서 칸트탄생 200주년, 헤 겔 100년제, 맑스의 『자본론』간행 100주년 등의 기념행사들을 치르면서도 일본의 근대철학 100주년에 대하여 무관심한 일본의 철학자들에게 불만 을 토로한다. 그가 오늘날 일본의 철학자들의 태도를 가리켜 자신의 역사 에 대해 '망은적'(忘恩的)이라고 규탄하는 것도 그 때문이다. 다시 말해 "우리는 일본철학의 역사를 무시하고 멸시했다. … 과거 대다수의 일본철 학자들이 그랬으며 현재도 대다수의 철학자들이 그렇게 한다"[72)는 것이 다. 반호교론자들의 비극적인 주검 이미지가 짙게 드리워진 일본철학계는 반세기가 지나면서 이처럼 비판적 자기반성을 통해 심리적 공황에서 탈출 을 시도한다. 오히려 카미야마 슌페이는 「일본에 있어서 철학적 사색의 과제」에서 심리적 공황을 초래한 호교론을 가지고 그 공황을 치유하고 탈 출할 것을 요구하기까지 한다. "우리의 문화적 전통 속에는 신사나 천황

---

72) 西谷啓治 編, 『現代日本の哲學』, 雄渾社, 1967, 54~55쪽.

제 같은 원시적 신앙형태가 남아 있다. 이런 원시적 신앙형태가 강하게 뿌리내리고 있는 나라는 일본을 제외하고는 어디서도 발견할 수 없지 않은가"73)라는 반론과 역설이 그것이다.

그러나 「일본에 있어서 철학적 사색의 과제」의 부제가 시사하듯이 '일본의 특이한 사상상황'은 반성적 자아비판이나 나르시시즘적 역설만으로 그 특이성이 보편성으로 전환되지는 않는다.74) 더구나 충격을 경험한 역사는 쉽게 평정심으로 돌아오지 않는다. '국체호지'(國体護持), 즉 천황교의 '절대호교'라는 신정주의적(神政主義的) 거대서사의 경기(驚氣)와 trauma에서 벗어나지 못하고 있는 일본의 사상이 철학으로 옷을 갈아입으려 하지 않는 이유도 거기에 있다.

---

73) 앞의 책, 41쪽.
74) 아예 하시모토(橋本峰雄)는 형이상학 내지 철학 앞에 <日本의> 라는 한정어를 붙이는 것은 보편성을 본질로 하는 철학에 있어서 특수성·특이성을 강조하는 것이므로 '형용모순'(形容矛盾)에 빠지고 만다고 하여 <일본철학>의 성립가능성 자체를 부정한다. 『岩波哲學講座』第十八卷 『日本の哲學』, 1969, 53쪽.
　그러나 사카베 메구미(坂部 惠)의 생각은 정반대이다. 그녀는 이른바 '영향작용사'(Wirkungsgeschichte)의 입장에서 일본에서의 철학제작 가능성을 인정한다. 그는 일본이라는 문화의 현장과 일본어가 일본철학의 제작가능성이나 정체성(identity)에 있어서 최소 조건에 불과하다고 하여 일본철학의 성립을 적극적으로 주장하기 때문이다. 「日本哲學の可能性」『知の座標軸』, 藤田正勝 編, 晃洋書房, 2000, 182~183쪽.

제국주의와 역습합

제17장

일본사상의 역습합성(1)

- 일본오리엔탈리즘과 '아시아주의' -

Ⅰ. 왜 '아시아주의'인가

19세기는 서구제국주의의 전성기였다. 그러나 파농(Franz Fanon)의 지적 대로 제국주의는 그 깃발을 내리고 경찰병력을 철수시킬 때 적절한 대가를 치르지 않았다. 그것은 지금도 가해자에게는 잠재성 분열증처럼 제국에 대한 향수로, 그리고 피해자에게는 분노와 원한으로 남아 불연듯 재연되곤 한다. 때문에 우리는 제국주의가 왜 아직도 피지배자들에게 분노와 원한을 유발시키고 있는지를 규명해야 한다. 우리는 제국에의 망상을 불러일으킨 지배적 원인(cause dominante)이 무엇인지를 밝혀내야 한다. 무엇보다도 제국의 상상력을 길러낸 광기의 속내, 즉 결정적 원인(cause determinante)을 철저히 드러내야 한다.

19세기 서구제국주의의 상상력이 계획적으로 왜곡해낸 대표적인 용어가 바로 <오리엔트>(orient)[1]와 <오리엔탈리즘>이다. 이때부터 orient는

---

1) Orient는 東洋 또는 아시아를 의미하지만 고대 라틴어의 Oriens는 본래 '동

동양인의 후진성에 대한 서양인의 우월성을 주장하기 위해, 그리고 그것
에 대한 상이한 견해를 취할 수 있는 가능성을 없애버리기 위해 획일적
의미로 강요되었다. 그러나 동양과 서양의 구분은 단순히 세계의 문명과
야만을 가르기 위한 용어만은 아니었다. 당시 서양인들에게 Orient는 동양
을 지배하려는 서구제국주의의 음모를 표상하는 단어가 아닐 수 없었다.
오리엔탈리즘도 동양에 관한 독특한 가치나 진실을 말하는 언설이라기 보
다 동양을 지배하려는 서양의 권력의지의 표현에 지나지 않았다.

에드워드 사이드(E. W. Said)는 "동양이 동양화되었다는 것은 19세기 평
균적인 유럽인들에 의해 동양이 모든 상식에 비추어 '동양적'이라고 인지
되었기 때문이 아니라 동양이 동양적인 것으로 날조될 수 있었기 때문"[2]
이라고 지적한다. 다시 말해 그들에게 동양적이란 곧 야만적으로 날조될
수 있었기 때문이다. 이렇게 해서 야만에 대한 문명의 지배는 정당화될 수
있었고 서양에 의한 동양의 의미규정도 야만과 지배를 당연시했다. 당시
서구인들에게 아시아 또는 동양의 에피스테메(認識素)는 '야만'이었으므
로 그것에 대한 문명의 지배는 이상스러운 일이 아니었다. 침묵하는 동양
은 서양에 의해 야만으로 날조되었고 동양에 대해 서양은 신화가 되었다.

동서양에 대한 이러한 인식구도는 19세기 후반 일본의 아시아관 정립
에서도 다를 바 없었다. 메이지유신 초기부터 유교, 불교, 국학, 등 전통사
상의 권위가 유신의 개혁에 의해 붕괴되면서 새로운 시대를 지향하는 슬
로건은 문명과 개화였다. 문명이 새로운 가치기준이 되어 인간의 행동과
사상을 측정했다. 심지어는 넌센스마저도 '문명개화'의 미명하에 정당화
되었다. 이에 반해 개화에 반대되는 전통적인 것은 구습폐단으로 여겨지

쪽', '해가 뜨는 곳', '떠오르는 태양', '여명', 등을 의미한다. 따라서 그 반
대인 Occident는 '서쪽', '해가 지는 쪽', '석양'을 가리킨다. 한편 Asia는 BC.
7세기에 그리스인들이 에게海 건너편에 있는 부유한 나라 Lydia(지금의 터
키 서부)의 연안을 가리킬 때 쓰기 시작한 용어이다. BC. 6세기말의
Herodotos이후에는 보다 넓은 지역을 상징할 때 사용되기도 했다.

2) Edward. W. Said, *Orientalism*, Vintage Books, 1979, pp.5~6.

는가 하면 문명에 위배되는 것이라면 일본적·동양적인 것까지도 야만으로 간주되었다. 물론 문명의 원천이 서구였으므로 그것의 가치기준도 당연히 서구였다. 메이지 6년(1873)에 가토우 스케이치(加藤祐一)가 대중에게 서구적 에티켓을 교화시키려고 쓴 『문명개화』(文明開化)에는 '반드시 모자를 쓰는 것이 도리'라고 가르칠 정도였다. 요코가와(横河秋濤)의 『개화의 인구』(1873), 오가와(小川爲治)의 『개화문답』(開化問答, 1874) 등도 그와 유사하게 서구화를 강요했다. 이처럼 당시 일본인들은 정치, 경제, 법률, 교육, 및 일상적 풍속에 이르기까지 서구주의적 개혁론을 주장하지 않는 분야가 없었다. 다카하시 요시오(高橋義雄)는 『일본인종개량론』(日本人種改良論, 1884)에서 "열등한 인종이 우등한 인종과 잡혼(雜婚)함으로써 열등한 인종에게 좋은 결과가 올 것이다"하여 잡혼을 주장하기까지 했다. 그는 이러한 방법만이 일본인의 인종을 개량하는 유력한 수단이라고 믿었다.[3] 하지만 이러한 사정은 당시 일본의 정책이라 해도 과언이 아니다. 1885년에 조각된 이토(伊藤) 내각의 외상인 이노우에 코와시(井上 毅)도 "나는 제국과 인민을 마치 구주방국(歐州邦國)과 같이, 구주인민과 같이 길들이려 한다"고 천명하기에 이르렀기 때문이다(『世外井上公伝』 제3권).

그러나 이러한 서구제일주의는 서구에 대한 단순한 동경이나 문명화에 대한 열망(지배적 원인)에서만 비롯된 것이 아니다. 그것의 결정적 원인은 서구화에 대한 동경과 열망이 아닌 견제와 위기감이었다. 약육강식의 국제정세가 <서력동점>의 위기의식을 불러온 것이다. '힘이 있는 곳에 권리가 있다', 즉 'Might is right'가 당시 일본인이 국제정세를 인식하는 슬로건이었기 때문이다. 문명에의 무지는 무력(無力)을 의미했고, 그것은 곧바로 피지배로 받아들였다.

메이지 9년(1876) 8월에 창간된 『중외평론』(中外評論)은 "우리와 같은 고도(孤島)는 강대한 구미 각국에 비하면 호랑이 굴에 던져진 한 마리 羊

---

3) 高橋義雄, 「日本人種改良論」 『明治文化資料叢書』 제6권, 風間書房, 1961, 46쪽.

과 다를 바 없다"고 하여 당시 서구제국주의에 대한 절박한 위기감을 표명하고 있다. 이처럼 일본인에게 비춰진 서구의 모습은 동경과 위협의 존재 바로 그것이었다. 일본인에게 서구의 문명선진국은 한편으로는 동경과 모방의 모델이 되는가 하면, 다른 한편으로는 굶주린 늑대처럼 아시아 제 민족들을 마구 사냥하는 제국주의 국가들로 비춰진 것이다.

이러한 상황인식 속에서 일본의 선택은 무엇이었을까? 문명에 도달하기 위한 방법의 모색에 있어서 일본은 soft landing(軟着陸)보다는 hard landing(硬着陸)을 선택했다. '아시아를 희생시키지 않고도 일본의 문명화=서구화가 가능할까 하는 과제 앞에서 심각한 고민 없이 선택한 대부분의 결정은 공존보다는 지배와 희생이었다. 유럽이 선택한 방식 그대로 일본도 문명을 지배권의 정당화 구실로 삼아 지배이데올로기로서 '아시아주의'를 선택했다. 일본은 탈아시아주의로서 아시아주의를 선택한 것이다.4)

결국 아시아 각 민족은 서구에 의한 아시아 지배보다도 아시아에 의한 아시아 지배라는 최악의 상황에 직면하게 되었다. 아시아인(日本人)에 의해서도 야만은 아시아에 대한 부정적 에피스테메로 규정되는 야만적 역사

---

4) 田中浩는 이런 점에서 메이지 국가는 그 출발점에서부터 실패했다고 평한다. 본래 민중출신의 메이지 정부의 정치가들은 권력유지에만 급급한 나머지 민중의 권리요구에 위협을 느껴 <인권>과 <자유>를 기초로 한 근대적 민주주의국가 형성을 추구하지 않으므로써, 즉 <공통권력>=<대표인격>=<주권>을 지닌 정치공동체 설립방법을 철저히 탐구하지 않으므로써 수세기만에 한 번 올지도 모를 국가 大변혁의 기회를 잃고 말았다는 것이다. 후쿠자와 유키치도 서구사상원리에 대한 철저한 규명보다 서양사정의 소개와 계몽에만 몰두하거나 당시 제국주의 열강의 실태를 고찰하는데 우선함으로써 근대서구사회의 오랜 역사과정속에 자리잡아 온 자유주의의 사상사적 의의를 충분히 파악하지 못한 채 그것을 서둘러 부정하기에 이르렀다. 그후 일본에서는 민주주의 이념의 건전한 발전보다는 오히려 초국가주의나 파시즘이 지배함으로써 自由와 민주주의의 가치를 과소평가하는 침략전쟁에 온 국민이 내몰리는 상황을 맞이하게 되었다. 小松茂夫・田中浩 編, 『日本の國家思想』上, 靑木書店, 1980, 44~45쪽 참조.

의 주제가 되고 말았다. 가난한 고대 그리스가 바다건너 부유한 땅 Lydia
를 동경하여 부른 Asia는 문명의 희생양으로서 가난한 야만의 땅이 되어
버린 것이다. 사이드의 주장대로 아시아가 '아시아화'된 것은 아시아 고유
의 가치나 특질에 의해서가 아니라 서구의 지배욕구에 의해서, 더구나 서
구의 공상만화에 탐닉한 일본의 모방심리에 의해서 아시아적으로 날조되
었기 때문이다.

II. '아시아주의' Syndrome으로서 「탈아론」과 「대동합방론」

메이지유신은 초기부터 막말이후 수입된 양학의 보급에 의해 과거의
봉건적 이데올로기를 타파하려는 각종 자유주의사상이 대두하면서 문명
개화를 구가하기 시작했다. 그것은 문명화=서구화를 표방하는 제반 계몽
운동에서부터 이타가키 타이스케(板垣退助)와 고토우 쇼우지로(後藤象二
郎) 등의 민선의원 설립건백(民選議院設立建白, 메이지 7년)에 이르는 자
유민권운동으로 발전해갔다. 이러한 운동은 메이지 15년에 타루이 토우키
치(樽井藤吉)와 아카마츠 다이스케(赤松泰助)를 발기인으로 하는 동양사회
당5)이 결성될 정도로 최고조에 이르렀다. 그러나 자유민권운동의 치열화

---

5) 동양사회당은 규슈 肥前島原의 강동사(江東寺)에서 메이지 15년(1882) 5월
   25일 발기했다. 이 시기는 자유주의사상 운동이 정치적 실천운동으로 발전
   하도록 정치적 각성이 촉구되던 격동기였다. 특히 국회의 개설을 목표로한
   정치적 실천운동은 정당결성에 앞다투었다. 예를 들어 메이지 13년 3월에
   는 민권정사(民權政社)를 포함한 「애국사」(愛國社)가 설립되었고, 메이지 14
   년 11월에는 日本 최초의 민주주의 정당인 「자유당」이 탄생했다. 자유당은
   사족(士族)과 지방 부농을 중심으로 조직된 급진사상의 정당이었다. 이에
   반해 도시상공업자를 중심으로 메이지 15년 4월 大隈重信 등이 조직한 「입
   헌개진당」(立憲改進黨)은 영국식 입헌민주주의를 표방했다. 같은 해에 福地

는 오히려 그것에 대한 반동과 억압을 불러와 메이지 20년(1887) 전후에는
국가주의 사상이 지배하는 분위기가 되었다.

　일본국가주의 사상은 본래 갑자기 생겨난 것이 아니다. 그것은 자유민
권운동 개시 이전부터 아시아주의적 기치아래 자유민권운동의 기본노선
위에서 형성되어왔다. 그것은 국위신장·우내통일(宇內統一)·일본적 도
덕주의·국권주의를 우선목표로 하는 '아시아주의' 이데올로기를 일본인
의 의식속에 고취시키려고 노력해왔다. 예를 들어 스기타 테이치(杉田定
一)의 「동양연합책」, 나카에 쵸밍(中江兆民), 스에히로 시게야스(末廣重恭)
이 상해에 설립한 「동양학관」, 아라오 세이(荒尾精)의 「아세아협회」, 소에
지마 타네오미(副島種臣)의 「동방협회」 등만 열거하더라도 당시 일본의
아시아주의 syndrome을 짐작하기 어렵지 않다. 사실상 후쿠자와 유키치(福
澤諭吉)의 「탈아론」(脫亞論)과 타루이 토우키치(樽井藤吉)의 「대동합방론」
(大東合邦論)도 이러한 시대 조류가 낳은 국민적 위기타개책이자 국권신
장론들 가운데 하나였다. 문명의 달성, 즉 일본의 근대화를 공통의 과제로
삼고 각기 달리 쓰여진 두 대안의 초고가 1885년 같은 해에 작성되었다는
사실도 당시 일본의 이데올로기적 증후군이 무엇이었는지를 대변한다.

　그러나 후쿠자와 유키치와 타루이 토우키치가 문명달성을 공통의 과제
로 삼고 있다 할지라도 기본적으로 일본의 근대화가 아시아를 희생시키지

源一郎와 丸山作樂는 「입헌제정당」(立憲帝政黨)을 창설하여 부르주와 민주
주의 운동에 가담했다.
　그러나 이때 동양사회당의 출현은 메이지 정치사에서 뿐만 아니라 일본정
치사에서 매우 주목할 만한 사건이었다. 무엇보다도 그것은 평등을 主義로
삼아 대중의 복리를 도모한다는 사회주의적 요소를 구비한 최초의 정당출
현이라는 점이다. 그러나 당명에서 보듯이 이 黨은 東洋에서 생겨난 東洋
만의 사회당이었다. 특히 黨의 지도정신이 철저하여 <도덕>에 기초한다는
점에서 서구의 사회주의보다는 동양식 무정부주의적 이상주의, 즉 유토피
아적 사회주의를 지향하는 정당이었다. 이 黨은 결국 이러한 성격 때문에
결사 집회를 금지당했고, 더구나 타루이 토키치가 메이지 16년(1883) 1월
집회조례 위반죄로 1년 금고형을 받고 투옥됨으로써 소멸되고 말았다.

않고도 가능할까 하는 질문에 대한 그들의 대답은 달랐다. 즉 그들은 일본의 인접국가에 대한 인식, 아시아 각국의 쇠망의 원인, 이를 극복하기 위한 근대화의 구상과 방법 등에 대해서 서로 입장과 관점을 달리했다.

첫째, 후쿠자와 유키치는 1882년까지만 해도 '아시아주의자'였지 '탈아론자'는 아니었다. 1881년초부터 1884년 말까지 후쿠자와 유키치의 아시아 정책론은 인접국가의 근대화 추진자들을 지원하여 친일화하는 것이었다. 예를 들어 김옥균 등 조선의 개혁파를 원조하여 조선을 근대화하고 친일화하자는 1882년 3월 11일자『시사신보』(時事新報)의 사설 '조선과의 교제를 논함'이 그 대표적인 경우이다. 거기에는 이미 아시아의 개조를 통해 일본이 아시아의 맹주가 되자는 신념이 확연히 드러나 있다.

그러나 1882년 7월 23일 발발한 임오군란에 이어, 1884년 12월 개혁파와 일본공사관이 공모하여 일으킨 갑신정변이 실패로 돌아가자 그는 개혁파를 지원한 조선의 근대화 정책이 더 이상 무의미함을 깨닫게 된다. 이때부터 인접국가에 대한 그의 정책은 개조론에서 탈아론으로 일대 전환했다. 1885년(明治 18) 3월 16일자『시사신보』의 사설인「탈아론」을 통해 그는 자신의 개조론에 대한 실패선언이자 東아시아 인접국가에 대한 멸시관을 천명했던 것이다.[6] 이것이 이른바 그의 유명한 악우론(惡友論)이다. 악우를 가까이 하는 者는 더불어 악명을 면할 수 없으므로 일본은 마음속으로부터 아시아 동방의 악우를 사절하라는 것이다.

이에 비해 타루이 토우키치는 세계적인 생존경쟁에서 이기기 위한 아시아 보전의 담당자로서 日本의 임무를 동종민족의 단결이라고 강조했다. 메이지 23년『자유평등경륜잡지』(自由平等経綸雜誌)에 모리모토 토우키치(森本藤吉)라는 가명으로 발표한「대동합방론」에서 그는 아시아 제민족이 단결한다면 서력동점의 방어가 가능하다고 주장했다. 그 구체적 방안으로는 우선 자주국 조선이 일본과 합방해야 하며, 노대국인 청이 소리(小

---

6) 坂野潤治,『福澤諭吉選集』제7권,「解說」, 岩波書店, 1981, 336~338쪽.

利)를 버리고 합종(合縱)하여 공동전선을 구축함으로써 북방으로부터의 위협을 막자는 것이다. 그것을 그는 아시아 황인종의 임무라고 생각했다. 이런 점에서 그의 논지는 소박한 이상주의였지만 후쿠자와 유키치처럼 인접국가에 대해 배타적·부정적이지는 않았다.

오히려 그의 「대동합방론」은 인접국 조선과 청을 의식하고 작성한 흔적이 역력하다. 우선 이 글이 모두 한문으로 쓰여졌다는 점에서 그렇다. 그는 한문학습에 상당한 노력을 기울여 이 글을 조선과 청국인이 읽을 수 있도록 한문으로 작성했던 것이다. 다음으로 국호석의(國号釋義) 항목에서 국호를 조선과 일본 가운데 어느 나라도 위치상 상하관계에 의한 우월감을 가지지 않도록 大東을 선택하고 있다. 오히려 그는 조선의 옛 별명이기도 한 대동을 택하는 주도면밀함을 나타내기까지 했다. 이렇듯 그는 외견상으로나마 인접국에 대한 노골적인 멸시보다 연대와 일체을 주창하는 국권주의적 대륙주의자, 또는 이상주의적 아시아 연대론자의 면모를 보였다.

둘째, 영국과 프랑스 등 구미 각국에 의해 아시아의 식민지화가 진행되는 위기상황 속에서 후쿠자와 유키치와 타루이 토우키치는 아시아 각국의 쇠망의 원인에 대해서도 자신들의 견해를 근본적으로 달리했다. 우선 후쿠자와는 아시아 각국의 쇠망의 원인을 서양문명에 대한 무지와 몰이해로 보았다. 아시아 각국의 쇠망이나 식민지화는 이러한 무지와 야만에서 비롯된 당연한 결과일 뿐이다. 따라서 거기에는 감상적인 동정의 여지가 있을 수 없다. 거기에 비해 일본은 이미 야만이 아닌 반개(半開)의 나라이므로 더욱 더 서구화에 의한 문명을 달성하여 독립을 유지해야 한다고 주장함으로써 그 역시 '힘이 곧 권리'라는 서양의 제국주의 원칙을 따르고 있다.

그러나 타루이 토우키치의 생각은 그와 정반대이다. 그는 아시아의 쇠망을 '아시아적 원리'의 망각에서 비롯된 것이라고 보았다. 그에 의하면 "아하, 요·순·주공(堯舜周公)의 道는 오늘날 구미에서 행해질 뿐 아시아

에서는 그렇지 못하다. 구주는 옛날에는 야만이었지만 오늘날은 부강개명
해졌다. 반면 동아의 제국은 쇠망을 멈추지 못했다. 동서고금을 통해 흥망
성쇠가 바뀌는 것은 그 국정의 本을 망각하고 전제의 폐습을 버리지 못하
는 데서 비롯되지 않는가"[7] 여기에서 그가 주장하는 '아시아적 원리', 즉
<국정의 本>이란 무엇인가? 그것은 후쿠자와 유키치의 원리인 '힘이 곧
권리이다'와 대조적인 '덕이 곧 力이다'라는 타루이 토우키치의 신념을 말
한다. 이것은 쇠망의 원인이 그러한 아시아적 원리의 망각에 있다는 원인
규명만을 위한 패배주의적 신념이 아니다. 이것은 德의 논리를 아시아적
원리로서 다시 한번 강조함으로써 아시아의 문명이 서구의 문명과 동일하
지 않다는 아시아 내재적 원리에 대한 강조이기도 한다.

  셋째, 그러면 아시아 각국의 쇠망을 극복하기 위한 후쿠자와 유키치와
타루이 토우키치의 근대화 구상과 방법은 어떻게 다른가? 후쿠자와 유키
치는 「탈아론」 서두에서부터 서양문명의 동점이 세계적 대세이며 문명시
대가 도래할 것임을 예언한다. 따라서 문명의 채용은 국가의 독립을 확보
하는 불가결의 수단이라는 것이다. 하지만 유아독존적 탈아의 논리는 생
존을 지키기 위한 필요조건이라는 자기방어적 논리에 그치지 않는다. 탈
아론의 기조가 되는 세계정세의 인식, 즉 국가를 주체로 하는 약육강식의
장으로서의 세계인식은 문명화·개화의 논리가 더 이상 자기방어적 논리
가 아닌 제국주의적 논리임을 암시한다. 그것은 「탈아론」의 주지인 탈아
과정에서 명백해진다. 사이고 타카모리(西鄕隆盛)의 「정한론」(征韓論)이
단지 정한(征韓)만을 목적으로 한 것이 아니라 오히려 구미세력과 대항하
기 위한 대륙경영을 지향한 것이듯이 후쿠자와 유키치의 「탈아론」도 아시
아를 일본의 자본주의 시장으로서, 또는 군국주의적 대륙경영의 場으로서
만 인식한 것이다. 이런 점에서 후쿠자와 유키치는 청일전쟁도 국가간의
전쟁이 아닌 단순한 <문야(文野)의 전쟁>으로 규정했다. 양국간의 전쟁

---

7) 樽井藤吉, 「大東合邦論」 『現代日本思想大系』 제9권, 筑摩書房, 1963. 113쪽.

은 문명개화의 진보를 도모하려는 측과 그것을 방해하려는 측간의 싸움이
므로 그것은 결코 국가간의 전쟁이 아니라는 것이다. 그의 탈아의 구상은
결국 제국주의 실현의 구상이며 탈아의 논리는 이를 위한 전쟁의 정당화
논리에 지나지 않는다. 이것은 그의 「탈아론」이 '아시아맹주론'에 다름 아
님을 의미한다.

이에 비해 타루이 토우키치의 「대동합방론」(大東合邦論)은 일종의 아시
아 연대론 내지 아시아 일체론이다. 그가 구상하는 연대 내지 일체화의 방
법은 합방과 합종이다. 합방은 민족간 일체화의 논리이고 합종은 국가간
연대화의 방법이다. 타루이 토우키치는 애당초 스위스 연방제를 모방한
'일조연방론'(日朝聯邦論)을 구상했었다. 그러나 그는 연방보다 더욱 적극
적인 연대론인 합방론으로 자신의 생각을 수정한 것이다. 그는 한일간의
대등한 합방을 통한 새로운 국가의 탄생가능성을 나름대로 믿었기 때문이
다. 「대동합방론」의 서두에서부터 그는 양국의 국민성과 지리적 조건을
合邦의 지배적 조건으로서 제시한다. 우선 "일본은 和를 貴하게 여기는
경국(經國)의 표본이다. 조선은 仁을 중시하는 정치원칙을 지닌 나라이다.
和는 物과 상합하며, 仁은 物과 상동한다. 그러므로 양국간의 친밀한 情은
본래부터 자연스레 나온다"하여 그는 양국민의 정신적 경향성에서의 근
친성을 합방의 조건으로 제시했다. 다음으로, "日韓 양국은 그 땅이 입술
과 이빨(唇齒)의 관계이고, 그 勢는 수레의 두 바퀴이며, 情은 형제와 마찬
가지이다. 또한 義는 붕우에 비길만하다"[8]

그는 국민성과 지리적 조건과 같은 가능조건을 지배적 조건으로 제시
할 뿐만 아니라 당시의 국제정세를 '합방의 필요조건', 즉 결정적 조건으
로서 결론짓기도 한다. 그에 의하면, "저 白人들이 우리와 같은 황인종을
전멸시키려는 징후가 역력하다. … 그러나 이것에 대항해 이기는 길은 동
종인이 일치단결한 세력을 배양하는 길뿐이다"[9] 예를 들어 당시 러시아

---

8) 앞의 책, 106~107쪽.
9) 앞의 책, 129쪽.

의 위협에 대해 韓·日·淸이 협력한다면 대마도 해협을 봉쇄하여 러시아
의 동양함대를 누를 수 있고, 청군이 유럽과 러시아의 내륙교통을 단절하
며 한일의 군대가 시베리아 동해안에 진출하여 그 힘을 완전히 제압할 수
있다는 것이다.

하지만 타루이 토우키치의 한·일·청 삼국의 협력방식은 동일한 것이
아니었다. 이미 언급했듯이 그것은 한일간에는 합방이었지만 청일간에는
합종이었다. 그는 왜 淸을 합방에 참여시키지 않았을까? 한마디로 그가 주
장하는 합방의 주체는 국가가 아닌 민족이었기 때문이다. 합방은 민족 상
호간에 대등하고 자주적 결합이어야 했다. 그러나 淸은 이미 다민족국가
였으므로 그와 같은 합방을 기대하기 어렵다는 것이 타루이 토우키치의
판단이었다. 만일 淸을 합방에 참여시킨다면 논리적으로 청국을 구성하고
있는 한족(漢族)을 비롯해 타타르족, 몽골족, 티벧족 등에게도 자주권을
부여해야 하기 때문이다. 그러나 이것은 사실상 淸의 해체를 의미하므로
불가능한 일이 아닐 수 없다. 그가 淸과는 합방이 아닌 합종, 즉 동맹을 주
장했던 이유가 거기에 있다.

그러면 타루이 토우키치는 아시아 일체론에서 왜 국가의 논리를 배제
시켰는가? 그가 근대화의 주체로서 국가 대신 민족을 선택한 이유는 무엇
인가? 그는 민족을 자연적 존재로 보기 때문이다. 그는 자연적 존재인 민
족을 근대화의 주체로 삼아야 아시아적 본성(원리)에 부합한다고 믿었다.
한국과 일본은 동일인종으로 구성되어 있기 때문에 양국의 친밀한 情도
본래부터 천연에서 나온 것이다. 그러나 후쿠자와 유키치의 경우처럼 탈
아, 즉 서구화로 문명을 달성하려 한다면 그것은 부자연스러운 일이다. 서
구적=문명적 가치기준에 따르면 문명, 또는 개화는 야만이나 미개에 대
비되지만 '자연'에 거역하면서 까지 이뤄지는 문명도 야만과 다르지 않다
는 것이다. 다시 말해 천연의 道에 따르지 않으면 文明은 야만에 다름이
아니다. 따라서 인위적·비도덕적 힘(Might)을 과시하는 국가의 논리는 자
연의 道에 따르는 민족의 논리와 같을 수 없다.

이렇듯 타루이 토우키치는 국가의 본질을 인위로 간주한다. 국가는 힘을 원리로 하는 인위적·기계적 존재이다. 그에게 국가는 계약에 의한 인위적 구성물, 즉 인격적 계약의 산물이다. 전형적인 민주국가인 영국이 인도에서 극단의 냉혹과 무자비를 자행하는 이유도 거기에 있다. 영국은 홉스나 로크의 국가계약설에서 보듯이 개인적 자유의 제한과 인격적 계약을 통해 인위적으로 구성된 국가이다. 흄(D. Hume)도 나중에 『영국사』에서 그 나라의 위대함을 소유를 간섭하는 정부의 권력을 제한한다는 사실에서 찾았다. 그는 만일 인류가 재산의 소유와 교환을 통제하는 일반적 규칙을 확립하지 않는다면 … 사회의 총체적 해체가 나타날 것이라고 믿었다. 모든 사람이 최대한으로 자유를 누리기 위해서는 세 가지 '자연의 근본 원리', 즉 '소유의 안정성, 동의에 의한 양도, 계약의 수행'을 통해 각자의 자유에 대한 일정한 제한이 필요하다는 것이다.

그러나 민주주의의 실현을 위한 자유의 제한이나 계약의 이념과 논리는 어디까지나 영국만을 위한 것이었다. 영국은 계약을 토대로 하는 민주주의 이념을 국제사회, 특히 아시아에 대해서는 적용하려 하지 않았다. 의회민주주의 이념도 국제사회에서는 제국의 야망으로 탈바꿈시켜 그것의 본성이 야누스적임을 그대로 보여주었다. 대영제국주의는 공존의 윤리보다 독점적 지배욕이 선행했기 때문이다. 민주주의의 이념하에 건설된 국가일지라도 국제사회에서는 무한히 확장된 영토, 즉 제국주의 건설과 확대된 힘의 소유를 원했기 때문이다. 로마제국을 건설한 알렉산더 이래 자기주장적이고 자기확대적인 서구 제국주의의 망령이 영국에 의해, 그리고 서구 각국에 의해 아시아에서 다시 부활한 것이다. 영국을 비롯한 서구는 아시아를 더 이상 계약의 당사자로 보지 않으려 했다. 그들은 계약의 원리에 의해 탄생시킨 자신들의 민주주의도 아시아에서만은 제국주의의 우선적인 제물로 삼음으로써 더 이상 아시아인들 속에서 인격을 발견하려 하지 않았다. 그들에게는 오직 힘만이 정의이고 권리이며 인격이었으므로 아시아인에게는 어떠한 인격과 권리도 허용되지 않았다.

하지만 이러한 야누스적 본성은 서구만의 아시아주의이고 아시아 정책이 아니었다. 힘이 곧 정의라고 규정하는 후쿠자와 유키치의 탈아의 논리가 사실은 거기에 있었고 인위적 계약국가를 거부하는 타루이 토우키치의 일체화 논거도 바로 거기에 있었다. 문명화된 인위적 국가건설을 지향하는 후쿠자와 유키치의 문명일원론의 논리적 근거인 인위가 이미 서구식 국가의 본질이었다면 타루이 토우키치의 목가적·다원적 문명론이 지향하는 정신인 자연이 아시아 제민족들의 존재방식이었기 때문이다.10)

Ⅲ. 치명적 오만으로서 '아시아주의'

하이에크(F. Hayek)는 반대해야 할 것은 민주주의가 아니라 무제한한 정부라고 말한다. 국가권력의 무절제하고 무제한적인 행사에 반대해야 한다는 것이다. 국가권력의 오용과 남용을 막아야 한다는 것이다. 그것의 결과는 전제이기 때문이다. 그러나 이러한 전제주의적 논리를 더욱 경계해야 할 것은 그것이 국가간에 적용되었을 경우이다. 그것이 바로 제국주의의 논리이기 때문이다. 더구나 그 속에는 타자부정(他者否定)의 논리만이 있기 때문이다. 후쿠자와 유키치의 이른바 '악우사절론(惡友謝絶論)'이 그 대표적인 예이다.

'악우를 사절한다'는 주장은 얼핏보아 자기방어적 논리같아 보인다. 하지만 그것은 후쿠자와 유키치의 근대초극의 논리이자 아시아에서의 야만근절론, 나아가 야만과의 전쟁불가피성의 근거이기도 하다. 그가 채택한 초극의 논리는 아시아부정(否定)=아시아지배였다. 근대 일본이 아시아에서 지배권을 확보하기 위해서는 야만적 아시아에 대한 부정이 전제되어야만 한다는 것이다. 그러나 그것은 타자부정을 위한 자기부정이 이미 내재

---

10) 河原宏, 『アジアへの思想』, 川島書店, 1986, 69~76쪽.

해 있는 이율배반적 자기모순이 아닐 수 없다. 교토학파의 논객인 코우사
카 마사아키(高坂正顯)는 이와 같은 근대일본의 내재적 자기부정을 중세
의 자기부정과 유비적으로 설명하고 있다. 중세의 기독교정신이 한편으로
세계부정을 지향하면서도 다른 한편으로는 세계지배를 지향하는 변증법
적 모순을 내재함으로써 몰락했듯이 근대일본의 초극의 책략도 마찬가지
였다. 이러한 자기소외적 귀결을 그는 관념론적 역사철학의 Schema에 따
른 근대초극론의 자기폐쇄증의 결과로 간주한 것이다.[11]

근대일본을 치명적 오만에 빠지게 한 또다른 요인은 진화론에 대한 환
상에서 비롯된 진화론적 도착증에 있다. 19세기 서구사회를 지배한 사조
는 진화론적 진보주의였다. 자연도태의 원리를 사회현상에까지 적용한 스
펜서류의 사회적 다윈주의[12]가 그것이다. 그러나 거기에는 생존경쟁에 의
해 인간의 정신과 문화와 문명이 무한히 진보할 수 있다는 낙관적 기대감
이 있는가 하면, 부적격자는 경쟁에서 도태될 수밖에 없다는 비관론적 숙
명론도 있다. 메이지 10년대에 일본의 지식인 사회에 풍미했던 진화론도

---

11) 廣松涉, 『<近代の超克>論』, 講談社, 1993, 54~55쪽.
12) 당시의 대표적인 사회적 진화론자는 明六社의 일원이었던 加藤弘一이었다.
  그는 애당초 「開成學校」의 교사였지만 1877년 도쿄대학의 창립자가운데 한
  사람이었으며 1890년에는 도쿄대학 총장이 되었다. 그는 철저한 서구주의
  자로서 특히 도태설에 근거한 유물론에 빠져들었다. 1882년(明治 15년) 그
  는 다윈의 자연도태설에 의거하여 그의 대표적인 사회진화론인 『인권신설』
  (人權新說)을 썼다. 이 책에서 그는 人權이란 국가와 함께 생겨나는 것으로
  서 유전과 환경이 인간상호의 우열을 가려낸다고 주장함으로써 인간은 본
  래 자유와 평등, 더구나 자치의 권리를 가지고 태어난다고 주장한 『妄想』
  에서의 자신의 종래의 입장마저 논박한 바 있다.
  그는 당시 사회적 다윈주의자들의 논점이었던 자연계나 인간계에서의 변
  증법적 모순에도 관심을 가지고 『도덕법률의 진보』(道德法律之進步, 1894),
  『자연계의 모순과 진화』(自然界の矛盾と進化, 1906) 등을 저술하기도 했다.
  그는 메이지 초기의 자유주의적 계몽주의자 가운데 누구보다도 변화하는
  시류를 지지하는 데 적극적인 인물이었다. 그가 가장 먼저 사회적 진화론
  을 받아들인 것도 그의 이러한 학문적 성향 때문이었다.

이러한 두 가지 모습 그대로였다. 한편에서는 문명선진국에로의 장미빛 환상 속에서 문명을 오직 진화의 성과만으로 간주했다. 유학자 미야케 세츠레이(三宅雪嶺)는 메이지유신 이후 유교적인, 예를 들어 태극도설적인 우주론이 붕괴되자 사람들이 우주삼라만상을 설명할 통일원리를 갈망하던 즈음에 가장 논리적이고 과학적인 것으로 보인 진화론은 매우 빠른 속도로 유행할 수밖에 없었다고 주장한다(明治 10년부터 30년대초까지 스펜서류의 진화론은 30종 이상이 번역될 정도였다). 더구나 그것은 문명선진국이 진화의 도상에서 앞서나가고 있다는 실증적 확신 때문이기도 했다.

그러나 진화론이 근대일본에 부정적 영향을 미친 것은 진화론에 대한 그와 반대되는 견해였다. 서구 각국을 굶주린 늑대가 아시아를 사냥하는 제국주의 국가로 간주하게 된 것도 진화론을 부정적으로 이해하려 했기 때문이다. 나카에 쵸밍은 『삼취인경륜문답』(三醉人經綸問答, 1887)에서 서구 각국이 아시아 민족을 가차없이 정복하고 식민지화하는 것이 진화의 원리를 입증하는 것이라고 주장한 바 있다. 이것은 일본이 진화도상에서 우승열패(優勝劣敗)의 「劣」에 해당하며 약육강식의 「약」에 불과하다는 열등감으로 이어졌고 약소국의 위기의식으로 나타났다. 그러나 열등감이나 위기의식보다 더욱 위험한 것은 거기에서 비롯되는 진화론에 대한 반감이고, 도착된 진화론에의 무분별한 탐닉이다.

하이에크에 의하면 "사회진화론에 대한 강력한 반감은 그것이 인간은 그가 원하는 바에 따라 그를 둘러싸고 있는 세계를 만들 수 있다는 치명적 오만에 기인한다"[13] 진화론상에서의 치명적 오만—그것은 진화론적 도착증이다. 하지만 도착된 진화론은 더 이상 진화론일 수 없다. 그것은 이미 진화의 논리를 떠나 있기 때문이다. 역사가 스가누마 테이후(菅沼貞風)는 자신의 남진론인 『신일본도남의 꿈』(新日本図南の夢, 1888)에서 우승열패에 즈음하여 약육강식의 화를 면하려면 <변소위대, 전패위승>(変

---

13) Friedrich Hayek, *The Fatal Conceit*, 1996. 신중섭 옮김, 『치명적 자만』, 한국경제 연구원, 1996, 62쪽.

小爲大, 轉敗爲勝)뿐이라고 역설한다. 이것은 약육강식의 국제관계속에서 일본은 약자이므로 진화과정에서 탈출할 수 있는 유일한 가능성이 '논리를 넘어서' 비약, 즉 '죽음의 도약' 밖에 없다는 인식이었다. 일본이 진화론의 합리적 과정에 의존한다면 소국 그대로 머물 수밖에 없으므로 변소위대(変小爲大)를 위해서는 생사를 걸고 비약을 시도해야 한다는 것이다. 그 길은 곧 전쟁이었다. 청일·러일전쟁의 도발이 바로 그것이었다.

근대일본의 치명적 오만이 가져다 준 치명적 결과는 오늘날까지도 부담으로 남아 있는 역(逆)악우론이다. 일본이 아시아 동방의 악우를 사절한다는 탈아의 과정은 오히려 아시아 각국으로부터 동방의 악우로서 일본을 사절하는 결과를 초래했다. 아이러니가 아닐 수 없다. 더구나 아시아에서의 고립은 그것으로만 끝나지 않았다. 일본은 결국 세계의 악우로서도 거절당했다. 청일전쟁의 승리는 탈아적 사고를 아시아의 문명전달자로서의 일본의 사명의식으로 바꿔놓았지만 이러한 국민적 사명감은 오만한 국민적 우월감으로 변질되어, 마침내 일본을 세계로부터 고립시키는 씨앗이 되고 말았다. 아시아와 세계로부터 고립된 일본에게 남아 있는 친구는 세계의 악우인 히틀러와 뭇소리니 뿐이었다.[14] 이것은 후쿠자와 유키치도 예상하지 못했던 치명적 오만의 결과가 아닌가?

Ⅳ. 정신병리현상으로서 '아시아주의'

모든 문화현상은 일종의 상징체계(encoding system)이다. 그것은 개인수준의 의식현상이나 실존적 결단과도 전혀 다른 집단적 표상이다. 그것은 개인의 의식과는 무관하게 집단적 무의식, 즉 사회적 무의식 속에서 체현된다. 그러나 융(C. Jung)의 주장에 따르면 개인의 경우 억압에 의해 갈등

14) 河原宏,『アジアへの思想』, 三島書店, 1968. 82쪽.

이 처리되지 않은 무의식의 발현은 신경증적·정신병적 증상들로 나타나듯이 억압된 집단적 무의식의 체현도 다양한 병적 징후를 가진 채 문화적 상징체계속에 코드화될 수밖에 없다. 이미 서론에서 밝혔듯이 '아시아주의'라는 제국(帝國)의 상상력을 배태시킨 징후들을 진단하기 위해 그것들을 몇 가지 정신병리현상으로서 규정해보면 다음과 같다.

첫째, 프로이트에 의하면 히스테리나 신경증상은 일반적으로 유아기의 trauma(정신적 外傷)나 각종 심적 상처, 즉 정신적 충격에서 비롯된다. 일종의 문화적 자기폐쇄증과도 같은 아시아주의도 근대일본이 자본주의에 접어들면서 서구문화로부터 졸지에 받게된 trauma에 기인한 것이 아닐 수 없다. 그 대표적인 징후가 서구문명의 충격이 가져다 준 허구의 대국의식이다. 大아시아주의, 아시아 연대, 아시아 해방 등 아시아를 밝게 한다는 공허한 슬로건에 빠진 허영심에 찬 일본인의 사명의식이 바로 그것이다. 하지만 일종의 문명쇼크에서 비롯된 이것은 대국에 대한 소국민의 병적 욕망이다. 욕망이란 본래 원초적 不在의 효과로 지속되게 마련이다. <요구>는 대상에 대한 것이지만 <욕망>은 결여에 대한 것이기 때문이다. 라깡(J. Lacan)은 욕망이란 나의 바깥에 있음을 알았다. 내가 욕망하는 바는 내가 결여한, 나에게는 이질적인 것이기 때문이라고 말한다. 이때 욕망은 항상 <큰 타자>에 대한 욕망이다. 엄밀히 말해 이것은 큰 타자(大他者)의 욕망에 대한 욕망이면서 큰 타자에로의 욕망이다. 또한 겉보기에 아무리 순수한 욕망일지라도 모든 욕망은 타자에 의해 스스로를 인정받아야 하는 욕망이며, 스스로를 어떤 식으로든 타자에게 부과시키는 욕망이다.

변소위대(変小爲大)를 위해서는 생사를 걸고 죽음이라도 불사해야 한다는 극단적 욕망은 청일·러일전쟁의 광기로 나타났다. 일종의 집단적(민족적) sadomasochism(加虐的 被虐性)의 발현이라고 아니할 수 없다. 하지만 더욱 심각한 것은 이러한 위험한 허구적 대국의식은 역사의식의 유착(癒着)이라는 병적 징후로 나타난다는 사실이다. <야만→반개→문명>이라는 역사의식은 <문명=구미, 야만=아시아>로 등식화함으로써 역사를 공간화시켜 버렸다. 공간이 역사화된 것이다. 다시 말해 탈아와 서구화가 역사의식을 대신한 것이다. 결국 대국에로의 대야망은 역사변동에 대한 올바른 이해의 실마리마저 잃어버리게 했다.[15] 근대일본은 허구의 대국의식으로 인해 자국뿐만 아니라 아시아 각국에 대해서도 내재적 변화에 대한 이해가능성을 잃게 되는 대국중독증에 빠져들었던 것이다.

둘째, 허구의 대국의식은 약자의 대타(大他者)자 욕망 뿐만 아니라 '자아-인플레'(ego-inflation)에서도 비롯된다. 예를 들어 인종개량론이 바로 그러하다. 우등한 인종과의 잡혼을 통해 일본인종을 조속히 개량해야 한다는 다카하시 요시오(高橋義雄)의 주장의 심리적 근거가 극단적인 자아-인플레 심리가 아닌가? 이점은 메이지 초기의 문부대신이었던 모리 아리노리(森有礼)의 생각과도 크게 다르지 않다. 모리 아리노리도 구미유학생들에게 가능한 한 현지인들과 결혼하여 자녀를 낳도록 주문할 정도로 민족적 자아-인플레증에 깊이 빠져 있었기 때문이다.

셋째, 서구문명의 쇼크에 의한 정신적 외상(trauma)이 가학적 성격으로 발현된 것이 탈아론이라면 비교적 피학적 성격으로 나타난 것은 대동합방론이다. 타루이 토우키치는 논리적 비약을 범하면서까지 한일간의 민족적 동일성과 정신적·정서적 근친성을 강조함으로써 일체화의 당위성을 주장했다. 그러나 정신분석에서 보더라도 하나됨이란 본래 환상이다. 사랑도 본질에 있어서는 광기이기 때문이다. 또한 사랑은 도달할 수 없는 동일성에 대한 욕망이므로 언제나 나르시시즘적이다. 결국 <하나>란 있을 수 없다. 보완성을 부여받은 남·여는 애당초부터 없기 때문이다. 일체화를 갈망하는 타루이 토우키치의 구애도 마찬가지이다. 그것은 환상이었고 그만의 나르시즘일 뿐이었다. 더구나 그의 짝사랑에는 진실성도 결여되어 있었다. 그의 합방론도 궁극적으로는 일본의 대륙경영을 위한 것이었을 뿐만 아니라 불평등한 한일합방이 강제적으로 이뤄지던 1910년 6월 그는

---

15) 앞의 책, 120~121쪽.

가성(森本)으로 발표한 「대동합방론」을 17년만에 갑자기 본성(樽井)을 사용하여 재간했기 때문이다. 특히 주목해야 할 것은 그의 재간행 요지이다. 그는 합방이 이루어진다 하더라도 한국인에게는 참정권을 주어서는 안된다고 주장함으로써 이제까지 숨겨진 침략의도를 비로소 노골화했다.[16] 이것은 그의 합방론도 결국 맹주론의 아류에 지나지 않음을 의미한다. 이것은 과정과 방법만 다를 뿐 결과적으로 그 맹주론과 동일한 목적과 결과를 지향했기 때문이다.

넷째, 후쿠자와 유키치의 탈아주의의 결정적 근거는 야만론이다. 인접국가를 악우로 규정하는 근거가 바로 그것이다. 야만은 인격이 없는 존재라는 이유에서이다. 영국의 무자비하고 냉혹한 인도통치의 근거도 그것이라는 주장이다. 그러나 근대일본은 문명에 대한 위기의식과 야만에 대한 멸시관을 강화해 갈수록 스스로 깊어가는 병적 징후에 대한 불감증도 그만큼 심해졌다. 이른바 병적 인격형성부전이라 할 수 있는 '경계인격장애'(borderline personality disorder)에 빠져버린 것이다. 특히 시간이 갈수록 identity 확산증후군으로 나타나는 탈아의식의 심화는 전쟁도발의 분열증상에로 발전했다. 일본 기독교의 대표적인 지도자였던 우치무라 간조(內村鑑三)는 1911년(메이지 44년) 「덴마크의 이야기」라는 강연을 "승리하고도 망한 나라가 얼마나 많은가"라는 반성적 훈계로 끝맺었다. 그러나 그 뒤에도 일본의 역사는 우치무라 간조의 경고에 전혀 귀기울이지 않았다. 인격장애가 더욱 심해졌기 때문이다.

---

16) 旗田巍, 李基東 옮김, 『日本人의 韓國觀』, 一潮閣, 1983, 58쪽.
메이지 43년(1910) 「대동합방론」이 재간되자 樽井는 「韓日合邦首唱者」로서까지 추앙되면서 「志士」로서 등장했다. 그를 추종하는 세력들이 한일 양국에서 생겨났다. 예를 들어 합방전까지만 해도 일본에 反對입장을 지녀온 鄭雲復이 입장을 바꿔 一進會에 가담한 것도 「대동합방론」의 영향이었다. 더구나 정운복은 나중에 「帝國新聞」을 맡아 그 紙上을 통해 樽井의 합방론에 기초를 둔 대동합방설을 주장하기까지 했다. 櫻井義之, '東洋社會黨樽井藤吉と「大東合邦論」', 1963, 26∼47쪽 참조.

Ⅴ. 아시아주의로서 탈아시아주의

19세기 제국주의의 전성기는 이제 대체로 끝이 났다. 제2차 세계대전 이후 서구제국주의 국가는 물론 일제도 그들의 식민지를 포기했다. 그럼에도 불구하고 제국주의의 의미는 그 시대에만 국한되지 않는다. 그것은 지금도 우리의 현실속에 파고들어 매우 상충적인 문화와 이념과 정책으로서, 그리고 공존하는 기억으로서 여전히 우리에게 지대한 힘을 행사하고 있다.[17] 서구에 대한 기억도 그렇고, 일제에 대한 기억도 마찬가지이다.

제국주의 이전까지만 해도 동양이나 아시아는 스스로를 동양이나 아시아로 의식하지 않았다. 아시아는 서구에 의해서건 일본에 의해서건 서양에 편입되길 거부할 때, 즉 서구나 일본에 대립할 때 동양을 의식해야 했고 아시아를 의식해야 했다. 예를 들어 슈펭글러적 동양, 토인비적 동양, 비트포겔적 동양, 또는 다원적 아시아, 뮈르달적 아시아, 후쿠자와 유키치적 아시아에 의해 오늘에 이르고 있다. 아직도 순수한, 형용사가 붙지 않는 동양과 아시아는 존재하지 않는다.[18]

그러나 아시아는 활동성이 전혀 없는 자연현상이 아니다. 과거에도 그랬고 지금도 그렇다. 아시아(東洋)는 단순히 '그곳'이라는 식으로 표시될 수 있는 장소가 아니다. 그것은 서양이 '그곳'이라고만 표시될 수 있는 장소가 아닌 것과 같다. 비코(G. Vico)는 인간이란 자기자신이 스스로 역사를 만든다고 말한다. 역사적 실체는 말할 필요도 없고, 지리적 실체이자 문화적 실체이기도 한 아시아(東洋)라는 장소, 지역 또는 지리적 구분도 아시아인에 의해서 만들어지는 것이다. 과거에나 지금이나 아시아가 생물인 것도 서구인이 있기 때문이 아니다. 더구나 탈아적 아시아인이 있기 때문

---

17) Edward. W. Said, *Cultur and Imperialism*, Vintage Books, 1994, p.12.
18) Edward. W. Said, *Orientalism*, Vintage Books, 1979, p.22 ; 桶口和彦, 『ユング心理學の世界』, 創文社, 1995, 221쪽.

은 더욱 아니다. 아시아이길 바라는 아시아인들이 있기 때문이다.

"일본, 아시아로 돌아가자"—이것은 1998년 4월 13일자 朝鮮日報의 머리기사이다. 나카오 시게오 교수의 호소다. 그는 "지금도 일본의 가장 큰 문제점은 아시아에 위치하면서도 아시아가 아니라고 생각해 온 데 있다. 이제라도 일본은 구미클럽의 특별회원으로 생각해온 脫아시아적 자의식을 버리고 아시아로 돌아가자"고 외친다. 일제의 잠재적 분열증이나 문화적 경계인격형성부전(境界人格形成不全)에 대한 치유방법은 對아시아 관계방식의 전환에서 찾을 도리 밖에 없다. 진정한 脫아시아주의는 아시아주의밖에 없기 때문이다.

제18장

일본사상의 역습합성(2)

— 대동아공영권과 '세계적 세계'간의 〈의미의 쟁탈전〉 —

18세기가 '개인의 자각시대'였다고 한다면, 19세기는 '국민국가로서 국가의 자각시대'였고, 20세기는 '국가의 세계적 자각시대'였다. 그러면 19세기를 넘어서 20세기의 중반에 이르기까지 일본의 자각은 무엇이었을까? '제국에의 욕망', 즉 역습합(逆褶合)의 강박관념 그것뿐이었다.

Ⅰ. 전쟁의 반세기(1894~1945)와 전쟁중독증

1894~1895년에 걸친 청일전쟁이 50년 전쟁의 시발이었다면 태평양전쟁의 패전은 그것의 종결이었다. 일본은 그 기간동안 2년에 한번 정도로 전쟁놀이를 즐긴 셈이다. 일본은 1904년에 일으킨 러일전쟁을 이듬해에 끝냈다고 하지만 1905년 11월 17일 승전을 계기로 제2차 한일협약(乙巳勒約)을 무력으로 강제하고, 1907년에는 육군을 19개 사단으로 증강시키며 7

월 24일 고종황제의 강제퇴위와 더불어 한일협약(丁未條約)을, 급기야 1910년 8월 22일에는 한일병합조약을 강제로 실현했다. 그 해에 일본은 대만마저도 제2의 식민지로 삼으며 미니전쟁에서의 전승쾌감과 전쟁최면이 깊어지는 가운데 더 큰 전쟁에의 욕망속으로 빠져들고 있었다. 1914년 일본은 독일과 제1차 세계대전에 참전하기에 이른 것이다.

1918년은 일본이 전쟁의 깃발을 북진에로 다시 올린 해이다. 러시아의 심장부인 시베리아로의 출병이 그것이다. 1927년 장개석이 이끄는 중국국민 정부군의 북상을 막기 위해 5월 28일부터 일본관동군은 산동성에로 진출하는가 하면, 이듬해 6월에도 중국 군벌로서 봉천파의 수령인 장작림(張作霖)이 북경에 군정부를 수립하자 코우모토 다이사쿠(河本大作) 대좌의 음모를 통해 그를 폭살시켰다. 1931년 일본관동군이 철도폭파를 시작으로 만주사변을 일으켜 만주일대를 점령하자 국제연맹은 일본군의 만주철수를 가결했다.

그러나 일본 정부는 이를 무시하고 이듬해 1월에 상해사변을 일으키면서 괴뢰정부인 만주국을 세웠다. 결국 1933년 일본은 국제연맹까지 탈퇴하고 중국침략을 더욱 확대해나갔다. 1936년 국민당과 중국공산당이 내전의 중단을 합의하자 일본군은 이듬해 만주에서 남하하면서 중일전쟁으로 전장을 확대해 나갔다. 선전포고도 없이 사변을 확대한 이른바 중국과의 <15년 전쟁>이 시작된 것이다.

한편 일본은 전쟁을 동아시아에서만 전개해온 것이 아니다. 히틀러가 정권을 잡은 지 삼년 뒤인 1936년 일본은 독일·이탈리아와 함께 삼국 방공(防共)협정을 맺음으로써 전쟁중독의 예후(豫後)를 더욱 넓고 분명하게 드러냈기 때문이다. 1939년은 이들의 중독 증후가 광기(狂氣)로 나타나기 시작한 해이다. 그 해 9월 독일이 먼저 폴란드의 침공으로 제2차 세계대전을 시작하자 2년 뒤(1941년 12월 8일) 일본도 진주만을 기습공격한 후 미국과 영국에 선전포고하면서 태평양전쟁에 돌입했기 때문이다. 이처럼 러일전쟁의 승리로 자각증세를 잃기 시작한 일본의 전쟁중독증과 광기는 중

일전쟁 · 제2차대전 · 태평양전쟁에서 동시적으로 발작하면서 치명적 절정
에로 치닫고 있었다. 세계의 평화는 (1945년 패전으로) 그 광기가 잠재워
질 때까지 반세기를 기다려야 했다.

　일본은 당시 이러한 일련의 광기의 전쟁들을 가리켜 <대동아전쟁>이
라고 불렀다.[1] 전쟁의 규모로 보아 제2차대전이나 태평양전쟁이 중일전쟁
이상이었음에도 이것들을 통칭하여 <大東亞> 전쟁이라고 불렀던 것은
일본 제국의 야망이 실제로는 대동아공영권[2]의 실현에 있었음을 암시한
다. 그러나 대동아 제국건설의 욕망은 화이질서(華夷秩序)에의 도전을 위
해 고의적 · 의도적 충돌을 시도한 청일전쟁에서 극명해졌다. 더구나 한일
병합과 대만의 식민지화로 중화질서는 해체와 동시에 제국의 대동아질서
로 대체되기 시작했다. 그것은 다름 아닌 일본식 오리엔탈리즘(Japanese
orientalism)의 서막이었다. 여기에 결정적인 지렛대가 되었던 것이 바로 한
반도의 쟁탈전인 러일전쟁인 셈이다.

　그러나 러일전쟁의 승리는 한반도의 장악과 중국에서의 지배권 확보만
으로 끝나지 않았다. 그것은 결국 일본의 아틀라스 콤플렉스를 자극하여
반세기 가까운 세월이나 전쟁놀이에 탐닉하게 하는 20세기 일본의 불행의
계기가 되기도 했다. 이 때부터 백색공포증(Caucasian-phobia)에서 백색공격
증(Caucasian-sadism)으로 전도된 광기는 태평양전쟁에서의 치명적 패배로
마감될 때까지 세계평화를 위한 세계국가로서의 자각과 자제력을 잃어버
리게 했기 때문이다. 따지고 보면 그것은 일찍이 서력동점을 체험한 일본

---

1) 加藤祐三, 『日本文明史』7, 「地球文明の場へ」, 角川書店, 1992, 142쪽.
2) <대동아공영권>이라는 용어는 군벌정부의 압력에 굴복하여 니시다 기타
　로(西田幾多郞)가 1943년 11월 5일 도쿄에서 개최된 '대동아회의'의 성명문
　인 <대동아선언>의 초안을 작성한 데서 그 유래를 찾을 수 있다. 이 회의
　에는 대동아공영권에 속하는 중국, 만주, 타이랜드, 필리핀 미얀마 등이 참
　석했다. 또한 그 해 전쟁을 적극적으로 정당화하고 미화하기 위해 중앙공
　론사가 개최한 토론회의 주제도 <대동아공영권의 윤리성과 역사성>이었
　다. 上山春平, 『日本の思想』, 岩波書店, 1998, 97~99쪽.

의 옥시덴탈리즘(Japanese occidentalism) 속에 잠재해 있던 아틀라스 콤플렉스가 제국에의 욕망으로 광기화된 군국주의를 고무시켜 초래한 서구콤플렉스의 결과이기도 하다.

Ⅱ. 톨스토이와 요사노 아키코(与謝野晶子)의 비원

1904년 2월 6일부터 이듬해 10월 16일까지 1년 8개월간 계속된 러일전쟁에서 러시아와 일본은 모두 막대한 전비의 지출과 사상자의 희생을 감내해야 했다. 러시아는 전사자 11만 5천명과 약 22억엔의 전비를 잃었으며 승전국 일본도 약 9만명의 전사자와 13만명의 부상자, 그리고 전함 91척의 손실을 포함하여 약 17억엔의 전쟁비용을 대가로 치러야 했다. 4억 5천만엔의 전쟁비용을 예상하고 시작한 전쟁비용이 전년도 예산의 7배나 들어감으로써 일본은 전비를 영미 등에서 내외채로 조달해야 하는 재정위기에 직면해야 했다.

그러나 인류의 행복한 공존을 위한 평화비용이 아닌 패권의 유지와 제국의 건설을 위해 지불해야 했던 욕망의 대가와 광기의 희생에 대하여 러시아와 일본의 지성은 침묵하지 않았다. 전쟁의 광기가 지성의 양심으로 하여금 그 전쟁의 의미에 대하여 반문하게 했던 것이다. 전쟁의 무모한 욕망을 목도(目睹)한 톨스토이가 평화를 위해 광희(狂喜)에 사로잡힌 군국주의자들에게 보내는 호소가 그것이었고, 전쟁의 광기가 강요하는 무구(無垢)한 생명의 희생에 대하여 요사노 아키코가 천황을 향해 토해내는 개인적 비원(悲願)이 그것이었다.

1. 톨스토이의 반전메시지 - "그대들이여, 회개하라."(爾曹悔改めよ)

청일전쟁에서 일본이 승리하자 유럽열강들은 앞다투어 중국본토의 분할을 꾀하기 시작했다. 각국은 군항과 요새를 만들거나 철도부설권과 광맥채굴권을 획득한 다음, 이권이 있는 지역일대를 자기네들의 세력권에 넣었다. 독일과 프랑스는 각각 교주만(膠州灣)과 광주만(廣州灣)의 조차권을, 그리고 영국은 위해위(威海衛)의 조차권을 확보했다. 러시아의 남하정책도 그런 이유에서 빠르게 추진되었다. 열강들이 저마다 앞다투어 다른 나라의 식민지나 세력권을 쟁탈하는 본격적인 제국주의 시대가 열린 것이다.

일본은 복건성에 세력권을 형성한 뒤 1895년 4월 17일 시모노세키(下關) 강화조약에 의해 청국으로부터 요동반도와 대만의 지배권, 그리고 배상금 2억량을 받았다. 그러나 일본의 지배권은 오래가지 않았다. 5월 10일 독일·영국·러시아 삼국의 간섭에 의해 일본은 오히려 보상금 3천량과 더불어 요동반도를 반환해야 했다. 그러자 러시아는 만주에 동청(東清)철도를 부설하고 중국으로부터 여순과 대련을 조차(租借)하여 북동부 만주 일대의 독점적 지배권을 확보하는가 하면, 이듬해 2월 11일에는 조선의 고종황제마저 러시아 공사관내로 옮겨 한반도를 러시아 세력권내에 두는 데도 성공했다. 그러나 한반도를 거쳐 만주진출을 기도해온 일본의 목표는 포기되지 않았다. 오히려 일본에는 상황을 반전시켜 권토중래(捲土重來)하자는 여론이 비등해졌다. 결국 일본의 선택은 이 지역에서의 헤게머니 쟁탈을 위한 전쟁이었다. 결국 한반도는 두제국의 남진과 북진에의 야심이 충돌하는 패권적 침략의 제1차 전장(戰場)으로 징발되어야 하는 타율적 운명의 場이 되어야 했다.

1902년 일영동맹의 배수진을 치고 1904년 2월 4일 개전을 결정한 일본은 이틀 뒤 드디어 러시아와의 국교 단절을 선언한다. 일본은 이미 이날 새벽 2시 30분 도고 헤이하치로(東鄕平八郞) 중장이 이끄는 60여척의 정로군(征露軍) 함대를 사세보(佐世保) 군항으로부터 인천을 향해 비밀리에 출발시킴으로써 전쟁을 시작한 것이나 다름 없다. 2월 9일 한국임시파견대가 한반도 전역을 장악한 일본은 2월 10일 드디어 러시아에 선전포고한다. 2월 8일 일본군이 인천항과 여순항에서 러시아 함대의 주력함 3척을 격파했지만 본격적인 전쟁을 돌입한 것은 5월 17일 압록강 도하작전에 이어서 요동반도 상륙작전을 시작하면서부터였다.

톨스토이가 전쟁에 광분하고 있는 러시아와 일본의 전쟁당사자들에게 기독교적 평화주의 입장에서 전쟁의 중단을 호소한 것도 이 무렵이었다. 그가 쓴 <그대들이여 회개하라>(爾曹悔改めよ)[3]가 바로 그것이다. 톨스토이는 이 글에서 러일전쟁을 계기로 무엇보다도 전쟁의 죄악과 그 참담한 현실을 설득하려 했다. 이를 위해 그는 전쟁을 일으킨 장본인들, 선동자들, 전쟁으로 이득을 챙기는 자들, 전쟁으로 권세를 얻는 자들, 틈틈이 전쟁을 노리는 야심가들, 전쟁을 본업으로 삼는 군인들 모두를 비난하고 있다.

한편 그는 그러한 인간들에 의해 어쩔 수 없이 전쟁터에 끌려가 무참히 죽어가는 많은 사람들에게 동정의 눈물을 보이며, 이러한 죄악과 참담한 폐해를 초래하는 전쟁의 광분을 근절시키기 위해서는 전세계인들이 원시기독교 정신으로 돌아가 무저항의 태도를 취하는 것 밖에 다른 방법이 없다고 주장한다. 그가 호소하는 회한(悔恨)의 러일전쟁론을 간추리면 다음과 같다.

---

3) 이 글은 톨스토이가 5월 2일, 13일, 21일 세 번에 걸쳐 쓴 것을 6월 27일 <런던 타임즈>가 게재한 것이다. 일본에 이 글이 소개된 것은 'トルストイ 翁の日露戰爭論'이라는 제목으로 전문이 번역 게재된 주간 <平民新聞> 8월 7일 제39호에 의해서였다. 이 신문은 톨스토이의 초상화를 곁들여 12장으로 이루어진 장문의 기사를 8면 중에서 5면 반을 할애하여 게재했다.
사회주의자 코우토쿠 슈우스이(幸德秋水)가 <아사히 신문>의 스기무라 소진칸(杉村楚人冠)에게 빌려 사카이 토시히코(堺利彦)와 함께 3일 동안 밤을 세워가며 번역 소개한 이 글에서 톨스토이는 평화주의와 박애주의의 입장에서 전쟁의 죄악과 참담함을 설파하면서 러시아와 일본의 전쟁 당사자들을 맹렬히 비난하고 있다.

제1장—오늘날 극악무도한 방법으로 서로 죽이기를 힘쓰고 있으니 육지든 바다든 짐승처럼 으르렁대며 … 수백만이나 되는 장정들이 생애에서 가장 활발한 노동력을 발휘할 시기에 무참하게 죽어가는 것을 식자들은 모르지 않을 것이다.

제2장—정부는 다수의 유랑걸식하는 무리들을 선동하여 러시아 황제의 초상화를 받들고 군가를 부르며 만세소리를 외치며 거리를 배회하게 하고 있다.

제3장—"전쟁은 이미 시작되었다. 그러니 그것을 계속하지 않을 수 없다." 이것은 단지 무지무식한 놈들이 그의 구구한 감정과 그가 집착하는 미혹으로 인해 품게 되는 사상이다. 그런데 오늘날 교육을 가장 잘 받은 인사들인데도 역시 그와 같은 생각으로 말하기를 "사람은 자유의지를 가지는 자가 아니다. 그러므로 그가 한번 시작한 일은 설사 그 해악을 깨달았다고 하더라도 중지시킬 수 없다"고 주장한다. 이처럼 눈이 멀어 마음이 황폐해진 사람들은 그 무시무시한 일을 계속하는 것이다.

제4장—전쟁, 즉 인류의 참사는 "너희들 죽이지 말라"는 가르침과 일치하지 않는 것을 주장하고 있다.

제5장—그들이 서로 피흘리고 싸우는 동안 비전쟁론이 전쟁을 멈추게 하는 데 아무런 효력도 없음은 그 어떤 웅변이나 친절한 권고도 한 조각의 살코기를 뜯어먹으려 하는 개에게 아무런 효과가 없는 것과 같다.

제6장—국가의 원수는 전쟁의 선언을 그만두고, 병사는 전투를 그만두고, 신문기자는 그것의 선동을 그만둔다면 어떤 새로운 제도, 시설, 권력, 재판 등을 이용하지 않고서도 지금 사람들이 전쟁 뿐만 아니라 기타 모든 재해에 빠진 이 절망의 현상을 깨뜨려 버릴 수 있을 것이다.

제7장—종교가 없는 인간은 짐승과 다를 바 없다. 아니, 어쩌면 짐승만도 못한 것이다.

제8장—인간이라면 누구든 간에 다 회개할 줄 알 것이다.

제12장—또다시 일어난 이 악한 행위는 이처럼 계속될 것이니, 약탈하

고 능욕을 일삼으며 살육과 위선과 도둑질, 날로 극심해지는 것은 가장 두려운 사기—기독교도나 불교도가 모두 그 종교의 교의를 왜곡시키듯이—가 계속되는 것이다. … 혼란스러운 일본인들은 전쟁에서 승리를 거두면서 살인하기를 더욱 광적으로 할 것이며, 일본의 황제 역시 그 군대를 점열(点閱)하고 포상을 내릴 것이다. 대다수의 전쟁 장교들은 사람 죽이는 짓을 배우고 익혀 마치 고상한 지식을 깨우치는 것으로 착각하여 더욱 그 용맹함을 떨칠 것이다. 불행한 노동자들이 필요로 하는 직업과 가족들로부터 멀리 떼어놓고 혹사시키는 짓도 러시아와 마찬가지일 것이며, 장교들과 투기꾼들이 앞다투어 사리사욕을 챙기려 할 것이다.

러시아사람도 일본사람도 똑같이 진리의 빛을 보았거늘, 더욱 짐승처럼 아니 짐승보다도 더 악랄하게 서로 생명을 빼앗으려 전심전력을 기울이고 있도다. … 정부한테 속은 인민들은 이젠 각자 스스로 정신을 차리고 때가 어느 때인지를 잘 파악하라. "그대들이여 제정신이 아닌 러시아황제와 정부 고관대신들, 목사들, 승려, 군대 장교들, 기자, 투기꾼들, 그밖에 어떤 호칭으로 불리는 사람들이든 그대들 스스로 먼저 총탄 아래에 설지어다. 우리는 제일 앞서가는 것을 원치 않으니, 결코 전쟁에 나아가지 말아야할 것이다." …

"먼저 가라 그대들이여, 이 전쟁을 일으킨 사람들, 이 전쟁을 필요로 하는 모든 사람들, 전쟁을 시인하는 모든 사람들, 그대들이여, 스스로 나아가 일본군의 포탄과 지뢰에 맞서야 할 것이다. 우리는 이 전쟁을 원치 않으며, 또한 이 전쟁이 얼마나 많은 사람들을 필요로 하는지를 알지 못한다. 그 때문에 우리는 결코 전쟁에 나아가서는 안될 것이다."

이처럼 톨스토이는 전쟁이라는 것이 얼마나 무의미하고 무모한 짓인지를 호소하고 있다. 그는 전쟁이란 분명한 살인행위이며, 군함도 살인무기 이외의 다른 것일 수 없음을 고발한다. 전쟁에 이기면 황제와 장교들은 용감무쌍함을 자랑하지만 전쟁이 얼마나 무서운 사기인지를 그는 계몽하고 있다. 그럼에도 전쟁에 광분하고 있는 러시아사람들과 일본사람들이 더

많은 살육을 위해 전력으로 기울일 금수만도 못한 야만성을 안타까와 하고 있다. 특히 결론으로 쓴 마지막 장(12장)에는 러시아정부로부터 감시와 탄압을 받던 76세의 대문호 톨스토이의 전쟁에 대한 저주와 분노가 더욱 잘 반영되어 있다. 코우토쿠 슈우스이가 이 글을 가리켜 "예리한 관점과 생동감에 차있는 논조는 한 세대의 인심을 각성시키기에 충분한 것"이라고 평한 것도 결론이 담고 있는 그 호소력 때문이었을 것이다.

2. 요사노 아키코(与謝野晶子)의 反戰詩
   – "그대여, 죽지말지어다"(君死にたまふこと勿れ).

아 동생이여, 그대 생각에 눈물짓는다
그대여 죽지말지어다
그대 막내로 태어나 부모님 사랑 남달랐으니
부모님 손에 칼 쥐어주며
사람을 죽이라고 가르치셨더냐
사람죽이고 너 죽으라고 24살까지 길러주셨더냐

사카이 상인의 전통 자랑하는 주인으로서
부모님 이름 이어받을 그대이거늘
그대여 죽지말지어다
여순(旅順)이 함락되든
그렇지 않든 무슨 소용이랴
그대는 알 게다
상인 집안의 가르침에
사람죽이라는 말은 없다는 것을

그대여 죽지말지어다
천황 스스로 싸우러 나가지는 않을 터
서로 피를 흘리며
짐승처럼 죽으라니

죽는 것을 명예로 알라니
사려 깊으신 天皇이라면
대체 어찌 생각하시는지요?

아 내 동생, 그대여 싸우다 죽지 말지어다
작년 가을 아버님 여의신 어머님은
목놓아 한탄하며
자식을 보내놓고 집안을 보살피시니
다들 좋다하는 메이지 세상
어머님의 흰머리는 늘어만 가네

포렴뒤에 숨어 흐느끼는
가녀린 새색시를
그대여 잊지마오, 기억하오
열달도 채 못있다가 헤어진
새색시의 심정을 헤아려보라
이 세상 단 하나 뿐인 그대알지니
그 누구를 의지한단 말인가
그 대여 죽지말지어다

『明星』1904년 9월호

러일전쟁이 발발하자 일본에서는 전쟁예찬론이 더욱 고조되어갔다. 이러한 경향은 문단에서도 다르지 않았다. 오히려 이른바 전쟁문학이 들끓기 시작했다. 전쟁이 발발하던 1904년에는 전쟁을 예찬하는 작품들이 넘쳐나는가 하면 『전쟁문학』(戰爭文學)이라는 잡지마저 생겨날 정도였다. 예를 들어 당시의 문학비평가로서 잡지 『태양』(太陽)에 글을 실었던 문학가 오오마치 케이게츠(大町桂月)라든가 하세가와 덴케이(長谷川天溪)는 대표적인 전쟁찬미가들이었다. 이를 두고 요사노 아키코의 친구이자 명성파(明星派)의 평론가인 히라데 슈(平出修)는 1905년 2월호 『명성』(明星)에 실린 '작년의 문학계'라는 글에서 1904년 문단의 풍조를 가리켜 <실로 위미심쇠(萎靡沈衰)의 극치>였다고 표현한 바 있다. 문예라는 가면하에 俗惡한 작품들이 공공연히 전쟁문학이라는 이름으로 판친 한 해였다는 것이다.[4]

그러나 요사노 아키코의 반전시 <그대여 죽지말지어다>는 이런 상황을 거부하듯이 발표되어 이례적인 주목을 끌지 않을 수 없었다. 더구나 그것이 발표된 것은 『平民新聞』에 게재된 톨스토이의 반전론 <그대들이여 회개하라>가 우치무라 간조를 비롯한 기독교인들과 코우토쿠 슈우스이(幸德秋水) 같은 사회주의자들에 의해 널리 소개되고 있던 터였기 때문이기도 하다. 그렇다고 하여 아키코가 그들과 같이 반전의 대열에서 활동했던 인물은 아니다. 그녀는 반전을 외치는 이데올로그도 아니었고 인류의 평화를 부르짖는 박애주의자도 아니었다. 그녀의 반전시는 어디까지나 전쟁놀이에 징발되어 죽음의 전장으로 끌려가는 사랑하는 동생(籌三郎)의 생환을 기도하며 쓴 지극히 개인적인 비원(悲願)의 詩일뿐이었다.[5] 이츠미 히사미(逸見久美)도 『評伝与謝野鐵幹晶子』(八木書店, 1975)에서 톨스토이와 아키코의 관련성에 대해 톨스토이의 논문은 "논리성을 갖는 휴머니즘"이며, 아키코의 시는 "문예성에 입각한 휴머니즘"이라고 말한다. 그러나 아키코의 시가 톨스토이의 반전사상에 영향받은 것을 인정하면서도 그보다는 "아키코가 실감한 사실을 절실히 느낀 데서 나온 순수한 애정의

---

4) 中村文雄, 『君死にたまふこと勿れ』, 和泉書院, 1994, 106쪽.

5) 요사노 아키코가 이 시를 쓰게 된 동기에 대하여 木村毅는 『ドウホボール 教徒の話』(講談社, 1965)에서 다음과 같이 주장한다. 아키코의 반전사상은 그 전에도 그 후에도 "이 시 한 편밖에 없다". 아키코는 평생동안 "비전사상(非戰思想)은 갖지 않았다." 갑자기 짓게 된 이 한편의 시가 세상을 떠들썩하게 했으나 그 이후로 그녀는 그런 사상을 엿볼 수 있는 시를 짓지 않았다는 것이다. 그러므로 그는 <그대여 죽지말지어다>에서 보여준 그녀의 반전사상은 "아키코를 일관하는 사상이 아니라 갑자기 생각해낸 일시적인 사상"이었을뿐이라고 결론짓는다.

발로”라고 평한다.

그럼에도 불구하고 이 시를 주목했던 이유는 발표시기와 내용에 있어서 톨스토이의 반전론과 연관되어 반전의 여론과 전쟁에 대한 염증을 더욱 부추길 수 있었기 때문이다. 실제로 톨스토이가 세계를 대상으로 하여 告한 반전론은 당시 일본인들 가운데서 특히 기독교도와 문인, 그리고 지식인들에게 커다란 영향을 미친 대단한 것이었다. 물론 아키코도 그 가운데 한 명이었다. 톨스토이의 <그대들이여 회개하라>가 『평민신문』(平民新聞)에 게재된 것은 아키코가 <그대여 죽지말지어다>를 쓰고 있을 무렵이던 8월 7일이었다. 언제 죽을 지도 모르는 절박한 진중(陣中)에 처해 있는 남동생에게 “그대여 죽지말지어다”라는 애절한 비원을 시로 쓰고 있던 26세의 아키코에게 톨스토이의 메시지가 미친 영향은 일시적이나마 그녀를 반전사상에 빠뜨리기에 충분했을 것이다.

그녀의 시 속에서 톨스토이의 반전 뉴앙스가 느껴지는 것도 그런 이유에서 일 것이다. 특히, “그대여 죽지말지어다 / 천황 스스로 싸우러 나가지는 않을 터 / 서로의 피를 흘리며 / 짐승처럼 죽으라니 / 죽는 것을 명예로 알라니 / 사려 깊으신 천황이라면 / 대체 어찌 생각하시는지요?”와 같이 톨스토이의 결론을 연상시키는 제3연이 더욱 그러하다. 혼마 히사오(本間久雄)는 『속메이지문학사』(續明治文學史)하권 (東京堂, 1964)에서 아키코의 <그대여 죽지말지어다>에는 “톨스토이의 <러일전쟁론>이 암시되어 있다. 전체적인 반전 분위기는 물론이고 ‘천황 스스로 싸우러 나가지 않을 터’처럼 마치 톨스토이 같은 어조의 글이 보인다”고 지적한다. 아카츠카 유키오(赤塚行雄)도 『요사노 아키코연구』(与謝野晶子研究, 學芸書林, 1990)에서 아키코의 시에 대해 “여기서는 메이지라는 시대의 명백한 특징을 엿볼 수 있다”고 지적하면서도 “세계적인 문호 톨스토이의 호소에 대하여 비전쟁성의 내용을 빌려 詩의 형태로 대담하게 응하고 있다.”고 평하고 있다.[6]

<그대들이여 회개하라>는 톨스토이의 준엄한 경고가 러시아인과 일본

인 뿐만 아니라 인류에 대한 직접적인 반전 메시지인 데 반하여 아키코의
<그대여 죽지말지어다>는 형제에 대한 본능적 사랑에서 비롯된 간접적
인 반전의 염원이었음에 틀림없다. 그 때문에 이츠미 히사미가 전자를 논
리성을 갖춘 휴머니즘이라 하고 후자를 문예성에 입각한 휴머니즘이라고
하여 차별적 특징을 지적하지만 그보다 더 중요한 것은 이것들이 휴머니
즘에 호소하여 전쟁의 광분(狂奔)과 광희(狂喜)에 빠져들고 있는 러시아와
일본을 힐난하며 전쟁에 대하여 이의 제기하고 있었다는 점이다.

Ⅲ. 총과 펜의 <의미의 쟁탈전>
– 의미의 구축과 탈구축

1. 역사를 위한 변명: 전쟁 영웅들의 광신적 쾌락주의

프로이트에 의하면 공격은 상호성에 대한 욕구불만에서 나온다. 리비도
(Libido)와 죽음 본능간의 원초적 갈등에서 살아남기 위한 선택이 곧 새디
즘(sadism)이다. 즉 근육조직 발달의 도움으로 리비도는 대부분의 죽음본능
의 파괴력을 외부 대상으로 돌려서 그 본능을 처리한다. 따라서 그 활동은
곧 이어 성욕화되면서 새디즘의 특징을 나타내게 된다. 리비도의 흥분은
죽음본능으로부터 발생하는 파괴적인 충동을 생명보존이나 리비도의 힘
으로 전환한다.

1903년 4월 러시아가 만주로부터 세차례에 걸쳐 철군하기로 약속한 <만
주환부협약>의 제2차 철군 약속일을 어기자 일본에서는 러시아와의 전쟁
불가피론이 급속히 고조되었다. 도쿄제대 법과대학의 토미즈 히론도(戶水
寬人)를 비롯한 7인의 교수[7])도 6월 2일자 『도쿄아사히』(東京朝日)신문에

---

6) 中村文雄, 앞의 책, 146쪽.
7) 東京帝大 법과대학 교수인 戶水寬人, 小野塚喜平次, 富井政章 등 7인의 박

대러의견서(對露意見書)를 발표하여 한만교환(韓滿交換) 정책을 반대하며 러시아와 군사충돌의 불가피성을 피력했다. 이렇듯 신문들마다 러시아에 대한 강경노선을 주장하며 러시아와의 전쟁을 부추기고 나섰다.

드디어 6월 23일 어전(御前)회의가 열렸다. 참석자는 이토 히로부미(伊藤博文), 야마가타 아리토모(山縣有朋), 오오야마 이와오(大山巖), 마츠카타 마사요시(松方正義), 이노우에 코와시(井上 馨) 등의 원로와 카츠라 타로우(桂太郎) 수상, 테라우치 마사타케(寺內正毅) 육군상, 야마모토 곤베에(山本權兵衛) 해군상, 코무라 주타로우(小村壽太郎) 외무상 등 9인이었다. 이들이 모여 결정한 것은 조선을 결코 러시아에 넘겨줄 수 없다는 것과 이를 위해서는 어떤 국난이 따르더라도 맞서 싸워야 한다는 비장한 전쟁결의였다.

1904년 2월 4일의 어전회의는 러시아와의 개전을 결정하는 마지막 회의였다. 메이지천황은 불안감을 감추지 못하고 테라우치 육군상과 야마모토 해군상에게 전황이 어떻게 전개될지를 물었다. 이들의 대답은 물론 승리를 자신한다는 것이었다. 그래도 불안감을 떨칠 수 없었던 천황은 이토 히로부미를 정무실로 불러 "만일 전쟁에 패할 때는 어찌하겠는가"고 물었다. 그가 자신의 모든 직위를 버리고 전장에 뛰어들겠다고 답하자 천황은 눈물을 흘리며 자신과 고락을 함께 해주기를 당부했다.[8] 이것은 그야말로 죽음본능으로부터 발생한 리비도의 파괴적인 홍분과 충동이 성욕화되어

사가 6월 10일 桂수상에게 제출한 對러시아 교섭정책을 반대하는 건의서를 『東京朝日』신문이 6월 24일 보도한 것이다. 이 보도를 계기로 하여 각 신문은 일제히 주전론으로 논조를 전환했다. 심지어 『萬朝報』마저 이에 동조하자 幸德秋水와 堺利彦는 10월 13일 "우리 두사람은 불행히도 對露問題에 관하여 朝報紙와 의견을 달리 하기에 이르렀다"는 辯을 남기고 퇴사했다. 11월 15일 이들은 有樂町의 이층집을 빌려 주간 『平民新聞』창간호를 발간했다.

8) 保阪正康, '過去を範としなかった昭和の後裔', 『中央公論』, 2004年 2月号, 日露戰爭100年 特輯, 146~147쪽.

도착적 새디즘으로 표출되는 순간이었다. 이렇게 하여 리비도는 공격적 광기의 구축을 끝마치고 있었다.

결국 외부 대상으로 돌려진 죽음 본능의 파괴력은 가장 강경한 개전론 자이자 여순 203고지 전투의 영웅인 육군참모차장 코다마 겐타로우(兒玉源太郎)와 해군신으로 추앙받는 도고 헤이하치로 중장에 의해 폭발되고 말았다. 러일전쟁이 이렇게 시작된 것이다.

2. 지식인들의 역사를 위한 증언: 반전평화주의와 反국수주의

인간의 신체에 있어서 정상과 병리는 어떤 경우에도 통계적 평균에 기인하여 판단해서는 안된다. 누구도 평균에 가까우면 정상이고 거기에서 멀면 병리적이라고 주장할 수는 없기 때문이다. 예를 들어, 평균에 따라 정의한다면 충치를 앓고 있는 사람은 대부분이므로 정상인이고, 충치가 없는 사람은 소수이므로 비정상인(병자)이 되는 것이다. 의학철학자 캉귀 렘에 의하면 정상이란 본래 생명의 규범에 대한 표현이다. 그러나 생명의 규범은 정상상태에서 보다 오히려 일탈상태에서 더 잘 인식된다.

정상과 병리에 대한 이러한 인식은 인간의 신체에서만이 아니라 정신에서도 마찬가지이다. 전쟁욕망으로 광분하던 러일전쟁 전후의 일본 사회의 여론과 사회상을 보면 더욱 그러하다. 정신적인 충치를 앓고 있는 다수의 병자(개전론자)가 정상인으로, 그리고 튼튼한 치아를 가진 소수의 건강한 자(반전론자)가 비정상으로 간주되고 있었기 때문이다. 그러나 생명의 규범과도 같은 건강한 역사의 의미는 역사의 일탈상태를 누구보다 더 잘 인식(진단)할 수 있는 건강한 소수자, 즉 정상인에 의해서만 구축될 수 있다. 그러므로 소수자일지라도 건강한 자(정상인)는 역사의 리트머스 시험지일 수 있다.

1) 우치무라 간조의 전쟁폐지론

일본에서 20세기 벽두부터 전운(戰雲)을 감지한 리트머스 시험지는 『만조보』(万朝報)와 『평민신문』같은 일부 언론과 기독교도와 사회주의자 등 일단의 휴머니스트들이었다.그 가운데서도 가장 두드러진 인물은 기독교도인 우치무라 간조였다. 그는 러시아와의 전쟁발발 위기가 높아지자 사회주의자인 코우토쿠 슈우스이, 기노시타 나오에(木下尙江), 사카이 토시히코 등과 함께 『만조보』를 통해 비전쟁론을 주장하기 시작했다. 카츠라 타로우 수상이 개전 준비를 위해 해군확장계획을 강행하는가 하면 각종 신문마다 주전(主戰) 운동을 전개하자 우치무라 간조는 우선 1903년 5월 1일자 『만조보』를 통해 전쟁불가론을 다음과 같이 개진한다.

〈비개전론(非開戰論)〉

외교와 전쟁을 동일시하는 자가 있는가 하면, 외교의 결과는 반드시 전쟁으로 귀결하지 않을 수 없다고 말하는 자도 있다. 이들은 하나의 외교문제가 터질 때마다 반드시 먼저 개전부터 주장한다. 그 논의는 장쾌하지만 따지고 보면 경솔하고 그릇되며 망령된 견해임을 면할 수 없다.

대개 전쟁은 일종의 「진퇴양난」이다. 시세(時勢)가 뭇사람의 뜻밖의 방향으로 돌아가고, 터질 때에는 아무리 교묘한 외교일지라도 그것을 회피할 방도가 없을 경우도 있다. 그렇다 하더라도 그것은 결코 우리부터 일으키지 말아야 한다는 것은 말할 나위 없다. 옛날부터 스스로 그것을 일으킨 자는 그 허물을 받지 않았던 예가 드물다.

무릇 외교의 능사는 평화에 있고, 전쟁을 피하는 데 있다. 만약에 그 평화를 아직 유지할 수 있고 전쟁을 아직 피할 수 있었는데도 불구하고 개전의 불행을 당하게 만드는 것은 바로 졸렬한 외교이자 무능한 외교이다. 나는 우리나라 외교가 이처럼 졸렬하고 무능하지 않기를 바란다.

또한 외교문제는 결코 전쟁의 마무리와 더불어 끝나는 것이 아니다. 아니, 전쟁의 결과는 도리어 외교의 국면을 확대하는 계기를 만들 뿐이다. 영토의 확장도 좋고 이익의 증진도 좋다. 그렇지만 그것은 평화적 수단으로 경제적 기반을 굳게 하고 점차 그 성과를 거두는 것이 아니다. 한꺼번에 무력으로 그것을 얻고자 하는 자가 결코 그 마무리를 잘 지을 수 없다는 것은 역사가 증명하는 바이다. 우리나라 사람들이 자꾸 러시아의 무단(武斷) 정책의 성과를 말한다. 그러나 한번 러시아의 동방 진출의 역사를 보면 그 요인이 무단정책에 있지 않고 오로지 경제적 자연의 팽창에 있음을 쉽게 알 수 있다.

옛사람이 말하기를 兵을 흉기라고 하니 전쟁은 그것이 부득이하게 일어났던 것일지라도 결국 죄악이다. 우리가 청일전쟁에서, 북청사건(北淸事件)에서 무력의 강성함을 보여준 이외에 어떤 권리와 이익을 증진시켰단 말인가. 군인의 부패와 어용상인의 갑작스런 부와 예산의 팽창과 경제의 혼란과 무역의 불균형과 세민(細民)의 궁핍은 참으로 우리가 전쟁, 이른바 명예의 전쟁, 승리의 전쟁에서 맛본 쓴맛의 경험이 아닌가. 우리가 이와 같은 쓴 경험을 거친 사이에 영국이 양자강에서, 독일이 산동반도에서, 그리고 러시아가 만주에서 성사시킨 사업이 정말 한명의 병사도 죽이지 않고 능히 그 근거를 굳게 한 것을 보지 못했는가.

만약 전쟁에 명예가 있다면 그것은 거품과 같은 명예일 뿐이다. 만일 전쟁이 외교문제를 마무리짓는다면 그것은 영원한 마무리가 아니라 단지 한 단계를 넘는데 지나지 않는다. 전쟁에 만일 효과가 있다고 한다면 그것은 남을 위해 불 속에서 군밤을 꺼내준 효과일 뿐이다. 나는 단호하게 전쟁을 배척하지 않을 수 없다.

만주 문제가 일어나면서 개전을 외치는 자가 점점 많아지고 있지만 이는 우리 국민이 냉정하게 두 번, 세 번, 다시 생각해야 할 때이다. 한때의 열광 때문에 백년의 후회를 하지 말아야 한다. 나는 이것을 간절히 말씀드리고자 한다.

또한 1903년 6월 27일 9인의 어전회의가 전쟁불가피성을 다시 한번 확인하자 우치무라 간조는 1903년 6월 30일자『만조보』에 더욱 강한 논조로 다음과 같이 <전쟁폐지론>을 주장한다.

"나는 러일개전 반대론자일 뿐만 아니라 전쟁의 절대폐지론자이다. 전쟁은 사람을 죽이는 일이다. 게다가 사람을 죽인다는 것은 큰 죄악이다. 그런데 개인이든 국가이든 사람을 죽이는 큰 죄악을 저지르고 영원토록 이익을 얻을 리가 없다. 세상에는 전쟁의 이익을 말하는 자가 있다. 그렇다. 나도 한때 그런 어리석은 주장을 했던 사람이다. 그러나 지금은 그것이 어리석기 짝이 없는 짓이었음을 고백한다. 전쟁의 이익은 그 해독을 갚을 수 없다. 전쟁의 이익은 바로 강도의 이익이다. 이것은 빼앗은 자의 일시적인 이익(설사 이런 것도 이익이라 칭할 수 있다면)일뿐, 빼앗긴 자에게는 영원한 불이익이다. 빼앗은 자의 도덕은 그 때문에 타락하고 그 결과로써 그는 마침내 그의 칼로 빼앗은 것의 몇 배로 그의 죄악을 갚지 않을 수 없게 될 것이다. 만약에 이 세상에 어리석기 짝이 없는 것이 있다면 그것은 바로 칼로써 나라의 진보를 꾀하려는 것이다.

가까운 예를 들자면 (메이지) 27~28년의 청일전쟁에서 그것을 볼 수 있다. 2억(엔)의 부와 일만명의 생명을 소모한 대가로 우리가 얻은 것이 무엇이란 말인가. 조그마한 명예와 이토 히로부미(伊藤博文)가 백작이 되고 그의 첩이 늘어난 것 이외에 일본이 전쟁에서 무엇을 얻었단 말인가. 전쟁의 목적이었던 조선의 독립은 그것 때문에 강화되기는커녕 오히려 약화되고 중국 분할의 단서가 되었으며, 국민의 부담은 더욱 늘어나고 그 도덕은 아주 타락하여 동양 전체를 위기로 몰아넣지 않았는가. 그러한 큰 해독, 큰 손실을 보면서도 개전론을 주장하려는 자를 나는 도저히 제정신이라고 생각할 수 없다.

물론 사벨(군인)이 정권을 잡고 있는 오늘날의 일본에서 나의 전쟁폐지론이 똑바로 시행되리라고는 생각하지 않는다. 그러나 전쟁폐지론은 이제 문명국 식자(識者)들의 여론이 되어가고 있다. 전쟁폐지론의 목소리가 들리지 않는 나라는 미개국이다. 그렇다, 바로 야만국이다. 나는 비록 불초

하더라도 지금 이때에 바야흐로 이 목소리를 높여 한 사람이라도 더 많은 찬동자를 이 대자선주의(大慈善主義)를 위해 얻고 싶다. 세상의 정의와 인도와 국가를 사랑하는 자여, 이리 다가와서 과감하게 이 主義에 찬동하라!"

그 밖에도 『만조보』를 통한 우치무라 간조의 반전평화운동은 당분간 계속되었다. 육해군 군부의 야만적 행위를 비난하는 <露國과 日本>(8월 17일)을 비롯하여 <만주문제 해결의 정신>(8월 25일), <평화의 실익>(9월 1일), <풍년과 평화>(9월 7일), <평화의 복음: 절대적 비전주의>(『聖書之研究』, 9월 17일), <근시잡감(近時雜感)>(9월 24~30일)에 이어 마지막으로 발표된 <퇴사에 즈음하여 쿠로이와 루이코우(黑岩淚香) 형에게 드리는 각서>(10월 22일)가 그것이다. 10월 들어서『만조보』를 통한 반전운동이 여의치 않자 그는 코오토쿠 슈우스이와 사카이 토시히코와 함께 퇴사하지만 문필운동을 멈추지는 않았다. 전쟁의 발발 이후에도 <비전론자가 된 이유>(『聖書之研究』, 1904년 9월 22일), <비전주의자의 전사>(『聖書之研究』, 04년 10월 20일), <일로전쟁에서 내가 얻은 이익>(『新希望』, 05년 11월 10일), <비전론의 원리>(『聖書之研究』, 08년 8월 10일), 등이 여러 지면에 발표됨으로써 그의 반전·평화의지는 위축되지 않았다.

한편 그와 함께 『만조보』를 퇴사한 코오토쿠 슈우스이와 사카이 토시히코는 11월 15일 이시카와 산시로(石川三四郎), 니시카와 코우지로(西川光次郎), 아베 이소오(安部磯雄), 기노시타 나오에, 가타야마 센(片山潜) 등과 함께 사회주의 결사체인 平民社를 발족했다. 그들은 즉시 사회주의 기관지인 주간『평민신문』도 창간하여 반전론을 계속 개진한다. 거기에는 스미야 아마키(住谷天來)의 <쿠로코(黑子)의 비전주의>, 미야가와 기사쿠(宮川巳作)의 <적개심의 이유>와 <진정한 애국> 등 약 20여편의 전쟁반대론을 외치는 기사가 실렸다.

2) 코오토쿠 슈우스이의 평화주의

일본의 대표적 사회주의자였던 코오토쿠 슈우스이(幸德秋水)는 1911년 1월 24일 대역(大逆)사건의 구실로 처형되기까지 『만조보』, 주간 및 일간 『평민신문』등을 통해 줄기차게 반전 평화운동을 전개해왔다. 전쟁불가피론을 주장하는 도쿄제대 법학교수 7인의 의견서가 1903년 6월 2일자 신문에 발표되면서 여론이 개전강경론으로 치달아가자 코오토쿠 슈우스이는 이에 응수하듯 6월 19일자『만조보』에 개전을 부추기는 그들의 선동들을 비판하며 반전을 다음과 같은 글로써 독려하고 나섰다.

〈개전론의 유행〉

러시아 정벌론이 여전히 우리 국민들 사이에 유행하여 거의 여론처럼 보인다. 그러나 사실 그것은 여론도 아니고 아무것도 아니다. 수많은 주전론자들에 의해 선동된 일종의 유행에 지나지 않는다. 그리고 만약에 이 유행에 동조하지 않으면 심약하게 보이지 않을까, 애국심이 없어 보이지 않을까 싶어서 걱정하는 나머지 누구도 공공연히 이것에 반대하지 못할 뿐이다.

그런데 이 유행을 선동하고 부추기는 사람들의 생각을 살펴보면 참으로 여러 가지로 나눌 수 있다. 정말로 국가를 위하는 사람도 없지 않으나 모두가 그런 것은 아니다. 아니, '국가를 위하여' 그렇게 주장하는 사람이 오히려 드문게 아닌지 의심스럽다.

'국가를 위하여' 개전이 불가피하다고 주장하는 사람의 마음도 존경할 만하지만 그들의 의견은 천박하여 웃을 수 밖에 없음을 며칠 전에 논한 바 있다. 하물며 '국가를 위해서'가 아니라 일시의 감정이나 일신의 사정에만 따라서 개전을 주장하기에 이른다면 어불성설이라고 해야겠다.

첫째, 전쟁이 터지면 통쾌하다고 하는 놈들, 즉 나라의 외교를 마치 닭싸움이나 개가 싸우는 것처럼 여기는 어린애와 같이 순박한 놈들이다. 둘째는 요동환부(遼東還付: 청일전쟁 후의 삼국간섭)의 한을 갚아야겠다는 강한 집념 때문에 복수를 최상의 도덕인 줄 아는 완명(頑冥)한 놈들이다. 셋째는 전쟁을 직업으로 삼는 사람들 중에서 전쟁이 없으면 심심하여 견딜 수 없다, 돈을 벌 수 없다, 입신출세의 기회가 없다며 장검을 갈고 전쟁을 기다리는 놈들이다. 넷째는 군수품을 조달하는 이른바 어용상인이다. 더 심한 것들이 바로 개전설을 퍼뜨려 투기에 이용하고 일확천금을 노리는 하등의 인물이다. 그런데 이러한 인간들이 모두 감정을 위해, 이익을 위해, 막대한 재산과 수많은 인명을 희생시켜 박수갈채를 받기 위해 이제 성대하게 러시아 정벌을 선동하고 있다.

국가는 귀족들의 국가가 아니다. 장교의 국가가 아니다. 어용상인이나 투기꾼의 국가도 아니다. 사회인민 전체의 국가이다. 나는 러시아 정벌을 외치는 사람들을 향해 먼저 전쟁의 결과가 사회인민 전체의 생활이나 행복이나 진보에 있어 어떤 영향을 끼칠지 생각해주기 바란다. 수많은 사람을 죽이고 재산을 날릴 뿐만 아니라 곤궁함도 여기에서 나온다. 타락도 여기서 나오고 죄악도 여기에서 나온다. 옛날부터 즐겨 무덕(武德)을 더럽힌 국민은 비참하게 멸할 법이 아닌가.

저 대학(東京帝大)의 박사나 학자들이 무엇에 놀랐는지 갑자기 개전의 건백(建白)을 올렸다는데, 사회인민 전체가 막대한 비용을 들여 그들을 기르는 까닭은 그들이 개전의 건백을 내게 하려는 것이 아니다. 과연 그들이 낸 한 편의 저술이라도 능히 사회의 사상을 개혁할 수 있었는가? 한 개의 발명이라도 학술의 진보에 기여할 수 있었는가? 나는 그들이 한갓 유행에 동조하거나 인심을 선동하는 데만 힘쓰고 있음을 깊이 유감스럽게 생각한다. 군사는 흉기이다. 전쟁은 죄악이다. 수많은 생민의 평화와 진보와 행복을 사랑하는 자는 어디까지나 이것들에 반대해야 마땅하다. 청일전쟁의 결과가 우리 국민들에게 얼마나 많은 고통과 부패를 주었는지를 아는 자는 어디까지나 이것에 반대해야 한다.

더구나 전쟁이 발발하기 직전에 그의 『평민신문』은 <우리는 절대로 전

쟁을 인정하지 못한다>(1월 17일호)는 제목 하에 "때는 왔다. 진리를 위해, 정의를 위해, 천하만생의 이익을 위해 전쟁방지를 규탄해야 할 때가 왔다"고 하여 전쟁이 목전에 당도했음을, 그래서 반전에 나서야함을 긴박하게 알린다. 그러나 발발 직후인 2월 14일(제14호)에는 <병사를 보낸다>는 제목의 기사를 제1면에 실어 병사들의 무모한 죽음에로의 징용을 다음과 같이 한탄하고 있었다.

"가거라 종군병사들이여, 우리는 제군들이 가는 길을 막을 도리가 없다. 제군들은 지금 사람을 죽이지 않기 위해서 가는 것이다. 그렇지 않다면 사람들한테 죽임을 당하지 않기 위해서 가는 것이다. 우리는 안다. 이는 진정으로 그대들이 원해서 가는 것이 아니라는 것을 … 불쌍한 제군들에게는 사상의 자유 같은 건 없나니."

그러면서도 같은 지면에 실린 <전쟁의 결과>에서는 "전쟁에 미친 자들이여, 잠시 냉수 한잔을 정수리에 붓고 잘 생각해보라. 이번 러일전쟁은 당신에게 과연 무엇을 가져다 줄 것인지를"이라고 하여 전쟁예찬론자들을 격렬히 비난하고 있다. 심지어 개전 한달이 지나면서 전쟁이 확대되자 『평민신문』은 <러시아 사회당에게 주는 각서>를 통해 공통의 적인 양국의 군국주의자들에게 서로 협력하여 싸우자는 메시지를 전하기까지 했다.

그러나 러일전쟁을 규탄하며 반전 평화운동을 전개하는 코오토쿠 슈우스이의 열정이 가장 잘 반영된 사건은 무엇보다도 그가 런던 타임즈에 실린 <그대들이여 회개하라>는 톨스토이의 러일전쟁론을 사흘밤을 새워가며 번역한 뒤 『평민신문』에 게재한 일이었다. 그것은 전쟁불가피론에 대한 국내의 압도적인 여론이 지닌 의미의 해체와 탈구축(deconstruction)을 위해 그가 총과 맞서 펜(pen)으로 싸운 일련의 반전데모(쟁탈전) 가운데 가장 큰 파장을 불러온 경우였을 것이기 때문이다.

3) 니시다 기타로의 反국수주의적 일본주의

1905년 가을 1년여에 걸친 대동아 지배권의 쟁취를 위한 또 한번의 전쟁놀이가 끝났다고 해서 파괴적 충동에 사로잡힌 리비도의 흥분이 가라앉은 것은 아니다. 또한 그 엄청난 배설의 카타르시스로 인해서 성욕화된 새디즘이 순화된 것도 아니다. 일본의 역사는 오히려 그 반대로 진행되고 있었다. 더 큰 전쟁놀이에 탐닉하면서 광희(狂戲)로 빠져가는 충동과 흥분이 반세기나 지속되었기 때문이다. 시간이 지날수록 제국의 덫에 걸린 군국주의자들의 전쟁욕망은 안으로 그 의미를 더욱 견고하게 구축해가고 있었다. 예를 들어 <대동아공영권>을 구체화하려는 육군수뇌부의 제국에의 야망, 즉 지상의 영토구축에 못지 않는 광신적 국체론의 의미구축이 그것이다.

니시다 기타로에 의하면 국가의 본질은 역사적 세계의 틀을 만들기 위한 형성작용에 있으며, 가치형성적이고 이성적이며 윤리적인 국가가 되는데 있다. 이를 위해 국가는 우선 역사적 세계의 형성을 위한 세계사적 사명을 담당하지 않으면 안된다. 그러나 20세기의 벽두부터 일본이 지향해온 길은 그렇지 않았다. 대부분의 메이지인들은 오직 황실에 대한 존숭의 念에만 깊이 빠져 황실중심의 국체를 떠나 일본을 생각하려 하지 않았다. 니시다에 의하면 황실을 主로 삼아 일본을 주체화하는 것은 황도(皇道)의 패권화에 지나지 않는다. 그것은 황도를 제국주의화하는 것일 뿐이다. 이제까지 일본이 추구해온 것이 바로 이러한 제국주의가 아닌가. 일본정신의 진수도 "物에 있어서나 事에 있어서나 하나(一)가 되는 것"이었다. 이른바 모순적 자기동일로서의 황실중심주의였다.[9] 니시다는 1905년 1월 5일 일본이 러일전쟁의 최대 격전지였던 여순고지를 함락하고 축제에 빠지자 그날 밤에 쓴 일기에서 "오늘밤 축하의 제등행렬을 한다고 하지만 수많은 희생과 앞길의 요원함을 미처 생각하지도 않고 그런 바보 같은 소란

---

9) 『西田幾多郎 全集』第十二卷, 岩波書店, 346쪽.

을 피우다니 인심이란 부박(浮薄)한 것이로다"라고 한탄하고 있다. 그는 1932년 11월 죽마고우인 야마모토 료키치(山本良吉)에게 보낸 편지에서도 "우리나라의 황실이 반동적인 사상세력과 결부되는 것은 더없이 위험한 것이라 생각합니다"라고 적어 황도(皇道)의 패권화를 위해 전쟁만을 일삼아온 군국주의자들을 비난하고 있다. 더구나 여순함락으로 광희(狂喜)에 찬 축제를 벌이던 날로부터 꼭 40년이 지난 패전 직전의 3월 어느날, 그가 친구에게 보낸 편지에서 "우리나라의 현상에 대해서는 … 불행하게도 우리가 예견했던 그대로가 되었습니다. … 민족의 자신감을 무력에 두었던 것이 근본적인 잘못이 아닐까 싶습니다" (서간 2147)라고 하여 반세기간의 전쟁이 역사의 <요원한 앞날>에 대한 우려를 현실로 바꾸었다는 회한(悔恨)을 기록하고 있다.

니시다는 세계적 자각의 시대에 이제까지 일본이 사로잡혀온 제국욕망과 전쟁중독에서 벗어나야 한다고 주장한다. 해탈의 고행으로 정신적 전상(戰傷), 즉 트라우마(trauma)의 치료가 필요하다는 것이다. 그러나 그는 일본이 무엇보다도 먼저 제국주의 시대의 마감을 알리기를 거듭 요구한다. 그에 의하면, 각국은 저마다의 지리적 조건과 역사적 전통에 따라 세계로 열려진 특수적 세계를 형성해야 하기 때문이다. 전인류를 포함한 진정한 세계평화를 실현하기 위해서는 세계사적 사명을 자각한 제민족과 국민이 각자 개성에 따라 스스로 구성하는 특수적 세계를 통해 하나의 <세계적 세계>와 결합해야 한다. 그가 강조하는 <각자 자기에 即하면서 자기를 넘어>라는 세계 신질서의 원리도 각국가와 민족이 각자의 문화적 전통에 기초하여 어디까지나 고유의 역사적 생명을 존중하는 입장에서 이문화(異文化)와의 연결을 시도하는 것이다.

니시다에 의하면, 하나의 민족국가를 중심으로 한 제국주의적 이념은 이제 과거의 것에 지나지 않는다. 오늘의 세계는 세계사적 자각의 세계사적 시대에 들어섰기 때문이다.[10] 19세기가 국가적 자각의 국가주의 시대, 즉 제국주의 시대였다면 오늘날은 전 세계가 하나의 세계적 공간으로 되었다. 오늘의 시대는 세계적 자각의 세계사적 시대라는 것이다. 제국주의적 국가주의가 구축해온 국체의 의미를 탈구축(해체)하여 세계적 세계로 거듭나야 하는 시대이다. 그러므로 가치의 규준도 세계사적 시야에서 생각하지 않으면 안된다. 이를 위해 니시다가 제기하는 것이 곧 <세계 신질서의 원리>이다.

이것은 대동아공영권이라는 제국에의 환상을 쫓아 전쟁만을 치러온 군부를 공격하고 거기에 부화뇌동해온 편협한 일본주의자들, 또는 황도주의자들을 비판하기 위해 니시다가 제기한 <의미의 쟁탈전>이다. 새로운 역사적 방향으로의 전환을 위해 전쟁의 주체인 군부와 국수주의적 일본주의자들이 매달려온 광신적 국체론에 대하여 니시다가 벌였던 <해석의 쟁탈전>이기도 하다.

Ⅳ. 끝나지 않은 러일전쟁

러일전쟁, 그것은 끝날 수 없는 역사적 <의미의 쟁탈전>이다. 군국주의의 총부리와 반전의 펜(pen)들이 벌인 일본에서의 <의미의 쟁탈전>은 이미 끝난지 오래지만 한국과 중국의 강토를 유린하며 실험했던 그 예비세계대전(pre-world war)에 대하여 일본과 벌이는 의미의 쟁탈전은 한국 뿐만 아니라 중국과 러시아의 역사 속에서는 아직도 끝나지 않았다.

20세기가 끝나가는 1999년 일본의『문예춘추』가 지식인 200명에게 "20세기에 쓰여진 책 가운데 후세에 남길 작품이 어떤 것일까"를 묻는 설문조사에서 첫 번째 것은 시바 료타로(司馬遼太郎)의『언덕위의 구름』(坂の上の雲)이었다. 이것은 60인의 지식인에게 "무엇이 일본을 다시 보게 하는 가장 좋은 역사서인가?"를 묻는 지난해 4월호의 질문에서도 마찬가지였

---

10)『全集』第十卷, 337쪽.

다. 이 책은 어떤 특정 인물을 주인공으로 한 작품이 아니라 메이지 시대의 인물열전이자 그 시대의 정치·외교·전쟁을 주제로 한 국가론이다. 그러나 이즈음에 이 책이 특히 주목받는 이유는 러일전쟁의 하일라이트인 여순 203고지의 공방전에다 최대의 클라이막스를 설정했기 때문일 것이다.[11]

그러나 우리를 더욱 주목하게 하는 것은 러일전쟁, 특히 여순공방전이 갖는 의미에 대한 시바 료타로의 해석이라기 보다 그의 책『언덕위의 구름』이 지금 왜 일본의 지성에게 하일라이트가 되느냐이다. 더구나 2006년이 되면 이 책의 의미는 클라이막스에 도달할 것이다. 국영방송 NHK TV가 1회에 75분짜리 20회로 드라마의 방영을 특별기획하고 있기 때문이다. 이 때쯤이면 100여년선 한반도와 중국의 전장에서 끝난 러일전쟁은 일본의 안방에서, 그리고 일본인의 가슴 속에서 재연되어 클라이막스를 맞게 될 것이다.

이렇듯 역사 속에서 끝나지 않은 러일전쟁에 대한 의미의 쟁탈전은 러시아에서도 마찬가지이다. 예를 들면, 러일전쟁 100주년을 재평가하기 위하여 2004년 3월 15일자 모스코브스키 콤소몰레츠(Moskovski Komsomolec)에 러시아의 사학자 마크 데이치(Mark Deich)가 <러일전쟁, 실패인가 승리인가?>와 같이 던진 제목이 이미 의미의 쟁탈전을 암시하고 있기 때문이다. 레닌과 볼쉐비키, 그리고 스탈린 이후 소련 공산당 이데올로기가 허락하지 않았던 질문이 이제야 터져나온 것이다. 물론 그는 '러시아는 패하지 않았다'는 주장으로 역사속에다 의미의 전장(戰場)을 다시 펼친다.

우선 일본이 요구한 전쟁배상금 $470,000을 거부한 전권대사 비테(Witte)의 대답—"헌납은 승리하지 못한 나라가 한다. 러시아는 그런 국가가 아니다. 헌납은 원수를 피할 수 없을 때 하는 것이다. 그러나 러시아 안에는 원수가 없다"—이 그 증거라는 것이다. 또한 150일 동안 계속된 여순

---

11) 福井雄三, 『坂の上の雲』に描かれなかった戰爭の現實', 『中央公論』, 2004年 2月号, 特輯 日露戰爭100年と司馬遼太郎, 62~63쪽.

요새의 전투에서 러시아의 사상자가 17,000여명인데 비해 일본의 사상자는 110,000이었다는 사실도 러시아가 패하지 않았다는 증거라고 그는 주장한다. 더구나 그가 강조하려는 것은 전쟁의 원인이 되었던 동청(東淸)철도를 러시아는 일본에게 내주지 않았다는 사실이다. 러시아가 1903년까지 6년동안 중국과 한반도까지 2500km 길이로 건설한 이 철도는 일본의 생각처럼 극동을 지배하기 위한 군사로(軍事路)가 아니라 오늘날 극동러시아의 경제발전이 입증하듯 통상로(通商路)였다는 것이다. 100년이 지난 지금 이 길따라 석유를 공급받기 위해 러시아에 애원하고 있는 일본은 데이치의 주장에 어떻게 대답하려할까?

완전한 해독기(解毒期)로서 부족한 한세기, 이처럼 의미의 쟁탈전은 끝나지 않았다. 단지 전장(戰場)을 역사속으로 옮겨놓았을 뿐이다.

결 론

결론에 이르기까지 이 책의 논지는 '일본사상사란 무엇인가'에 보다 '일본사상사를 어떻게 볼 것인가'에 초점이 맞춰졌다. 그렇게 하기 위해 이 책은 습합(習合)을 일본사상사에 대한 인식소(episteme)로 삼았다. 일본 사상사를 관통하는 신도사에 대한 이해도 도교·불교·유교·기독교 등 과의 습합을 인식소로 하지 않을 수 없기 때문이다. 예를 들어 신불습합이 나 신유습합의 경우가 그러하다. 그런가 하면 습합은 일본사상사에 대한 인식방법이기도 하다. 습합이 곧 문화융합(cultural metamorphosis)의 한가지 방법이기 때문이다. 오규 소라이(荻生徂徠)는 습합의 완성을 위한 방법으 로 습숙(習熟)을 요구할 정도였다. 그에게 습합은 인식소라기보다 결정적 인 인식방법이었다.

한마디로 말해 이 책은 '습합사로 본 일본사상사'다. 특히 일본이라는 <곽>(廓)의 밖에서, 그리고 그것을 임계각(臨界角)으로 하여 그 안팎에서 이뤄지는 사상들의 습합·반습합·역습합의 역사를 대상화했다. 일본이 라는 곽(廓)이 지닌 지리적 한계성으로 인해 습합이 불가피했다면 그것의 초과가 반습합을 초래하기도 했다. 그런가 하면 습합의 장기지속에서 체 질화된 경계인식은 역사를 오락게임으로 착각하면서 역습합이라는 치명 적 오만을 표출하게 했다. 결국 패전의 댓가로 그 운명을 교환해야 했던 인격신 천황(裕仁)에 대한 절박한 구명(救命)운동, 즉 국체호지(國体護持) 는 습합의 유산이 되고 말았다.

그러면 습합에서 역습합에 이르기까지, 원시신도에서 제2차 세계대전의 패전에 이르기까지 일본사상사를 형성하는 습합의 특징은 무엇일까?

첫째, 습합은 파토스(pathos)적이다.

카마타 토우지(鎌田東二)에 의하면 신신습합(神神習合)이라는 일본사상의 특성을 길러낸 근저에는 로고스와 파토스가 자리잡고 있다. 신신습합은 그가 일본사상의 특성을 신불습합을 확장하여 규정한 새로운 개념이다. 이것은 그가 일본사상을 신관의 습합과 복합의 역사로 파악한 데서 비롯된 것이다.[1] 더구나 그는 로고스와 파토스가 그러한 습합의 토대를 이루고 있다고 하여 일본사상을 이러한 두 요소의 결정체로 간주한다. 미키 키요시(三木 淸)가 인간연구의 단서를 주체와 환경간의 매개가 되는 합리와 비합리, 로고스와 파토스의 통일적 행위에서 찾으려 했던 이유와도 다르지 않다.

그러나 일본사상사를 형성해온 습합은 로고스적이기 보다 파토스적이다. 원시에서 현대까지 '야만에서 문명에로', 그리고 '자연에서 문화에로'의 문화변용(acculturation)을 실현시킨 것은 일본인의 로고스라기 보다 습합적 파토스였다. 고립무이의 곽(廓)으로 인해 문화적 처녀인구집단일 수밖에 없었던 원시사회와 습관성 각성제와도 같은 고급문화와의 해후, 그리고 그것의 중독은 로고스보다 파토스의 체질화를 가져왔기 때문이다. 일찍이 미우라 바이엔(三浦梅園)은 이를 가리켜 반드시 버려야 할 습벽(習癖)이라고 비난하지만 오늘날 오리쿠치 시노부(折口信夫)는 이미 무의식의 근저에 자리잡고 있는 일종의 '국민적 습벽'이라고 표현한다. 츠지 히데노리(逵日出典)도 습합은 일본인의 심리적 토대가 되었다고 하여 일본인의 성향을 습합지심, 즉 습심(習心)이라는 파토스로 규정한다.

---

1) 鎌田東二, 『神と仏の精神史—神神習合論序說』, 春秋社, 2000, 3～4쪽.

둘째, 습합은 모방적(mimesis)이다.

일본사상은 독창적인가 모방적인가? 수많은 이들이 신국 일본의 독존성과 일본사상의 독창성을 강조한다. 미우라 바이엔의 사상에 대한 유가와 히데키(湯川秀樹)의 찬사를 비롯하여 니시다 기타로에 대한 교토학파나 그 아류들의 평가 또한 그러하다. 대부분의 일본사상가에 대한 평가적 발언에서 독창이나 창견을 찾기는 쉬워도 모방이나 유사를 발견하기는 쉽지 않다. 특히 그들은 새로운 습합의 패러다임이 등장할 때마다 독창과 창견을 더욱 강조한다. 그러나 그것은 사실과 다르다. 그것은 내용에서의 독창과 창견이라기 보다 대개가 습합방식의 독창이거나 새로운 습합의 등장이었다. 이렇게 보면 미우라 바이엔의 사상을 가리켜 '선천적으로 독창성의 유전자를 결여한 모방민족의 지적 습합성을 유감없이 발휘한 또하나의 실례였다'[2]는 다카하시 마사야스(高橋正和)의 솔직한 평가는 보기 드물고 값진 고백이 아닐 수 없다. 특히 '선천적으로 독창성의 유전자를 결여한 모방민족'이라는 일본인의 성향에 대한 자기평가야말로 더욱 그러하다. '일본사상사를 어떻게 볼 것인가'에 대한 원천적 해답이 거기에 있기 때문이다.

셋째, 습합은 칵테일현상(cocktail phenomenon)이다.

후나야마 신이치(船山信一)는 일본의 근대철학 100년을 가리켜 '세계철학의 박람회장'이라고 표현한다. 일본의 전통사상이 인도나 중국의 전통사상을 비롯하여 서양철학과 대립항쟁할 때도 있지만 공존화합하고 있기 때문이라는 것이다.[3] 그러나 공존과 화합은 습합이 아니다. 그것은 병존이지 습합이 아니기 때문이다. 이처럼 후나야마 신이치는 근대의 특징을 습합이 아닌 공존과 화합으로 보려했다. 물론 일본의 근대사상사 속에는

---

2) 高橋正和, 「三浦梅園」『江戸の思想家たち(II)』, 1979, 研究社, 38쪽.
3) 船山信一, '日本の近代哲學の發展形式', 『現代日本の哲學』, 西谷啓治 編, 雄渾社, 1967, 56쪽.

공존도 있고 화합도 없지 않다. 그러나 근대사상의 절정인 니시다 기타로의『선의 연구』를 공존화합만으로 설명할 수 있을까? 니시다에 이르기까지 많은 관념론자들이 기울인 노력은 일본의 전통사상과 서양철학의 습합이었지 화합이 아니다. 심지어 우치무라 간조는 기독교의 진리가 일본의 전통사상에 수육화(incarnation)되었다고 주장한다. 이미 코야스 노부쿠니(子安宣邦)도 히라다 아츠타네의 습합신도의 형성을 가리켜 신도적 세계상의 '수육화'라고 표현한 바 있다. 이들은 습합이라는 문화융합을 적극적으로 강조하기 위해 수육화(受肉化)라는 개념까지 동원하려 했던 것이다.

그 밖에 습합의 의미가 문화적 융합현상에 있음을 강조하려는 비유적 개념들도 적지 않다. 야나기다 쿠니오(柳田國男)의 '고드름'이나 야스모토 비덴(安本美典)의 '도가니'(坩堝), 그리고 레비-스트로스의 람비키(rambiki)를 비롯하여 많은 이들이 '용광로'나 '소지'(沼地)까지도 그 예로서 열거한다. 따지고 보면 이것들은 모두 원료가 칵테일되는 곳이다. 그들은 일본을 이러한 문화적 칵테일통(cocktail shaker)으로 규정한다. 실제로 오자와 사부로(小澤三郎)도 이미 메이지 시대의 문화적 특징을 가리켜 '보수와 진보의 칵테일'이라고 평한 바 있다. 그러나 칵테일현상은 그 시대만의 특징이 아니다. 일본사상사를 일관하는 습합현상은 그 때마다 재료를 달리하는 일종의 칵테일현상과 다를 바 없기 때문이다. 심지어 유학생들에게 서구인과의 잡혼을 강조한 메이지유신의 초대 문부대신 모리 아리노리(森 有礼)의 서구화·문명화 정책이나 우등한 인종과의 잡혼을 통한 인종개량을 주장한 다카하시 요시오(高橋義雄)의『일본인종개량론』(1884)도 이러한 칵테일의식이 빚어낸 인종칵테일현상이었다.

넷째, 습합은 이중구조(duplex structure)다.

미키 키요시(三木 淸)가 말하는「기기신화」(記紀神話) 이래의 이른 바 '천황제 절대주의'(Kaiserlicher Absolutismus)나 천황제 이데올로기에서 자유로왔던 일본사상은 얼마나될까? 천황교나 황도지상주의 또는 호교론이나 국체호지론은 오늘날까지 일본사상사에 드리워진 억압기제였기 때문이다. 그러므로 외래사상과의 습합도 그 안에서 이뤄지거나 그것을 위해 이뤄지기 일쑤였다.

습합은 본래 시대마다 대상을 달리하므로 단절적일 수 밖에 없었다. 이에 반해 천손강림·만세일손의 인격신이자 현인신인 천황을 절대불변의 존재로 간주하는 호교론은 연속적이었다. 다시 말해 호교론이나 국체호지론이 일본사상사를 관통하는 연속적 통시태(diachronie)였다면 그 때마다 새로운 외래사상과 융합하여 생겨난 습합사상은 불연속적 공시태(synchronie)였다. 그러므로 습합의 역사는 언제나 통시태와 공시태의 이중구조 속에서 만들어졌다. 그것은 지층의 생성과 같이 단절적·중층적·공시적으로 결정되어왔다. 그러나 거기에서도 그 때마다 줄곧(통시적으로) 보이지 않는 손의 작용을 피하기는 쉬운 일이 아니었다. 습합이나 반습합, 또는 역습합처럼 특정한 습합유형에 따르거나 그것에 반발하는, 그리고 그것을 타자에 대한 지배수단으로 삼는 특정 공시태들(idiosynchronies)이 만세일손의 통시태를 구성하는 요소로서 코드화되어온 것도 그 때문이었다.

또한 (달리 표현하자면) 일본사상사를 구축해온 습합은 중심과 주변의 이중구조이기도 하다. 일본사상사의 저변에, 그리고 그 중심에는 언제나 호교론이나 국체호지론이 자리잡고 있기 때문이다. 천황에 대한 호교론을 중심이나 그 기저로 하여 황민(皇民)의 사상들이 늘 그 주변이나 표층을 이뤄왔다. 중심과 주변의 이중구조, 즉 주변이 중심에 종속되는 이중구조로서 사상사를 구축해왔다. 그러므로 습합도 역시 이러한 이중구조 속에서 진행되어왔다. 신신습합과 같이 중심부에서만 이뤄지는 내재적 습합이 있는가 하면 신불습합처럼 주변에서 이뤄지는 분유적 습합도 있다. 또한 모토오리 노리나가(本居宣長)의 황도론처럼 주변마저 중심에로 통합하여 단일구조화하려는 반습합의 전형도 있다.

그러나 그러한 이중구조의 해체론마저도 습합에 대한 반작용이므로 습합의 또 다른 산물임에 틀림없다. 이렇게 보면 습합은 이미 일본인의 신내

의식(身內意識)이 된지 오래다. 그것이 일본사상사의 유전자형(génotype)이
되어왔다는 사실을 부인하기 어려운 이유도 거기에 있다.

結 論

　結論に至るまで、本書の論旨は「日本思想とは何か」よりも、「日本思想史をどう見るか」に焦点を合わせてきた。そのために、本書は「習合」を日本思想史に對する認識素(episteme)とした。日本思想史を貫通する神道史に對する理解も、道教・仏教・儒教・キリスト教などとの習合を認識素としないわけにはいかなかったからである。たとえば、神仏習合や神儒習合の場合がそれである。かと思えば、習合は日本思想史に對する認識方法でもある。習合とは、すなわち文化融合(cultural　metamorphosis)の一つの方法だからである。荻生徂徠は、習合の完成のための方法として習熟を要求するほどであった。彼にとって習合は、認識素であるより、決定的な認識方法であった。

　ひとことで言って、本書は「習合史でみる日本思想」である。特に、日本という<廓>の外から、そしてそれを臨界角として、その内外で成立する諸思想の習合・反習合・逆習合の歴史を對象化した。日本という<廓>がもつ地理的限界性によって習合が不可避だったとすれば、その超過が反習合を招きもした。かと思えば、習合の長期的な持續によって體質化した境界認識は、歴史をゲームと錯覺した、逆習合という致命的傲慢を表出させもした。結局、敗戰という代価とその運命を取り替えねばならなかった人格神裕仁に對する、切迫した救命運動、すなわち國体護持は、習合の遺産となってしまった。

　だとすれば、習合から逆習合に至るまで、原始神道から第二次世界大戰

の敗戦に至るまで、日本思想史を形成する習合の特徴とは何だろうか？

第一に、習合はパトス(pathos)である

鎌田東二によれば、神神習合という日本思想史の特徴を培った根底には、ロゴスとパトスが位置している。神神習合とは、彼が日本思想史の特徴を神仏習合を擴張して規定した新しい概念である。これは、彼が日本思想を神觀の習合と複合の歴史ととらえたことによるものである。さらに彼は、ロゴスとパトスがこうした習合の土台をなしているとして、日本思想をこの二つの要素の結晶体ととらえた。三木清が、人間研究の端緒を主体と環境の間の媒介となる合理と非合理、ロゴスとパトスの統一的行爲に求めた理由と異ならない。

しかし、日本思想史を形成してきた習合は、ロゴス的というよりはパトス的である。原始から現代まで「野蛮から文明へと」そして「自然から文明へと」の文化変容(acculturation)を實現させたものは、日本人のロゴスというよりは、習合的パトスであった。孤立した＜廓(クルワ)＞によって文化的處女人口集団たらざるを得なかった原始社會と、習慣性の覺醒劑のごとき高級文化との邂逅、そしてその中毒は、ロゴスよりパトスの體質化をもたらしたからである。夙に三浦梅園はこれを指して、必ず捨てるべき習癖であると非難したが、今日の折口信夫は、既に無意識の根底に位置している一種の「国民的習癖」であると表現した。逵日出典も、習合は日本人の心理的土台となったと述べ、日本人の性向を習合之心、すなわち習心というパトスによって規定した。

第二に、習合は模倣的(mimesis)である

日本思想は獨創的か模倣的か？　數多くの人々が、神國日本の獨尊性と日

本思想の獨創性を強調する。三浦梅園の思想に對する湯川秀樹の贊辭をは
じめとして、西田幾多郎に對する京都學派の評価もまたそうである。大部分
の日本思想家に對して評価する發言から、獨創や創見といった言葉を見つ
けることはたやすいが、模倣や類似といった言葉を發見するのは簡單ではな
い。特に、彼らは新しい習合のパラダイムが登場するたびに、獨創と創見を
いっそう強調する。しかし、それは事實とは異なる。それは内容における獨
創や創見というよりは、大部分が習合方式の獨創や新しい習合の登場であ
った。こうしてみると、三浦梅園の思想を指して「先天的に獨創性の遺伝子
を欠如した模倣民族の知的習合性を遺憾なく發揮した、もう一つの實例で
あった」という高橋正和の率直な評価は、まれに見る貴重な告白であるとい
わざるを得ない。特に「先天的に獨創性の遺伝子を欠如した模倣民族」という日
本人の性向に對する自己評価こそは、なおのことそうである。なぜなら、「日
本思想史をどう見るか」に對する根源的回答がそこにあるからである。

　第三に、習合はカクテル現象(cocktail phenomenon)である

　船山信一は、日本の近代哲學百年を指して「世界哲學の博覽會場」であ
ると表現した。日本の伝統思想が、インドや中國の伝統思想をはじめ西洋
哲學と、對立抗爭したこともあったとはいえ、共存和合していたからだとい
うのである。しかし、共存と和合は習合とは違う。それは並存であって習合
ではないからである。このように、船山信一は近代の特徴を、習合ではなく
共存と和合ととらえた。もちろん、日本の近代思想史の中には共存もあり、
和合もなくはない。しかし、近代思想の絶頂である西田幾多郎の『善の研
究』を共存和合だけで説明できるだろうか？　西田に至るまでの多くの觀念
論者たちが傾けた努力は、日本の伝統思想と西洋哲學の習合であって、和
合ではない。甚だしくは内村鑑三は、キリスト教の眞理が日本思想に受肉

化(incarnation)したと主張する。すでに子安宣邦も、平田篤胤の習合神道の形成を指して、神道的世界像の「受肉化」と表現したことがある。これらは、習合という文化融合を積極的に強調するために受肉化という概念まで動員したのである。

その他に、習合の意味が文化的融合現象にあることを強調する比喩的概念も少なくない。柳田國男の「つらら」や安本美典の「坩堝」、レヴィ=ストロースのランビキ(rambiki)をはじめ、多くの人々が「溶鉱爐」「沼地」までもそのたとえとして動員した。率直に言えば、これらはすべて原料がカクテルされるものである。それらは、日本をこうした文化的シェーカーと規定する。實際、小澤三郎もすでに明治時代の文化的特徴を指して「保守と進歩のカクテル」であると評したことがある。しかし、カクテル現象はその時代だけの特徴ではない。日本思想史を一貫する習合現象は、その時その時ごとに材料を殊にする一種のカクテル現象に他ならないからである。極端な例としては留學生たちに西洋人との雜婚を勧めた明治維新の初代文部大臣森有礼の西歐化・文明化策や、優等な人種との雜婚による人種改良を主張した、高橋義雄の『日本人種改良論』(1884年)も、このようなカクテル意識が醸し出した人種カクテル現象であった。

　第四に、習合は二重構造(duplex structure)である

　三木清言うところの、「記紀神話」をはじめとする所謂「天皇制絶對主義」や、天皇制イデオロギーから自由であった日本思想はどれほどあるだろうか? というのも、天皇教や皇道至上主義、あるいは護教論や國体護持論は、今日まで日本思想史に覆いかぶさる抑壓だったからである。それゆえ、外來思想との習合もこの中で成立したり、これのために成立するのが普通であった。

習合は本來、時代ごとに對象を殊にするので、断絶的たらざるを得なかった。これに反して天孫降臨・万世一系の人格神であり現人神である天皇

は、絶對不変の存在とみなす護教論は連續的であった。言い換えれば、護
教論や國体護持論が日本思想史を貫く連續的通時態(diachronie)であったとす
れば、その時ごとに新しい外來思想と融合して生じる習合思想は、不連續
的な共時態(synchronie)であった。それゆえ、習合の歴史は常に通時態と共時
態の二重構造のなかで作られてきた。それは地層の生成のように斷絶的・重
層的・共時的に決定されてきた。しかしそこに、その時代ごとに持續的な(通
時的に)見えざる手が作用するのを避けるのは、容易なことではなかった。習
合や反習合、あるいは逆習合といった特定の習合類型に從ったり、それに反
發し、そしてそれを、他者に對する支配集団とする特定の諸共時態(idiosynch
ronies)が、万世一系の通時態を構成する要素として構成されてきたのもその
ためであった。

　また(別な表現をすれば)日本思想史を構築してきた習合は、中心と周辺の
二重構造でもある。日本思想史の底辺に、そしてその中心には、常に護教
論や國体護持論が位置しているからである。天皇に對する護教論を中心や
その基底として、皇民の思想が常にその周辺や表層に成立してきた。それゆ
え、習合もやはりこうした二重構造の中で進行してきた。神神習合といった
中心部でのみ成立する內在的習合があるかと思えば、神仏習合のように周
辺で成立する分有的習合もある。また、本居宣長の皇道論のように、周辺
まで中心へと統合し、單一構造化しようとする反習合の典型もある。

　しかし、こうした二重構造の解体論さえも習合に對する反作用であるの
で、また別種の習合の産物に他ならない。こうしてみると習合はすでに、日
本人の身内意識となって久しい。これが日本思想史の遺伝子形(génotype)に
なってきたという事實を否定し難い理由もここにある。

<부록>

[坂の上の雲]と[坂の下の沼]

― 일본현대사를 해독한다―

Ⅰ. 역사해석의 두가지 패턴

역사과정의 패턴을 어떻게 볼 것인가에 따라 역사에 대한 철학적 성찰, 즉 역사해석의 패턴이 달라진다. 모든 철학적 내용의 차이를 <관점의 차이>로 간주하듯이 역사의 과정을 어떻게 보느냐에 따라, 즉 역사해석의 관점에 따라 역사에 대한 이해도 달라진다. 다시 말해 인류역사의 진행과행을 반복적으로 보느냐, 아니면 진보적으로 보느냐 하는 역사적 관점에 따라 서로 다른 두가지 패턴의 역사해석이 가능해진다. 전자를 가리켜 순환사관이라고 한다면 후자는 진보사관이라고 불린다.

순환사관은 고대 그리스의 피타고라스학파의 영혼윤회(Transmigration of Soul) 사상으로 대표되는 올페우스교의 내세순환론적 신앙에서 비롯된 역사관이다. 시간의 무한성을 전제로 하여 영원히 회귀한다는 믿음은 인간의 순간적인 전율(불행)과 환희(행복)도 무한히 반복하고 회귀한다고 믿는다. 또한 이런 점에서 인간의 삶은 살만한 가치가 있다는 것이다. 이런 역사관 속에서는 어떠한 절망적·비관적 상황에서도 희미하게나마 소생의희망을 갖게 되듯이 이것은 흔히 인간의 흥망성쇠가 역사 속에서 反復된다는 믿음에서 비롯된 나선형의 원환적 역사관, 나아가 내세적 역사관이 기도 하다. 이런 점에서 순환사관은 격세유전현상(隔世遺傳現象)—한 생 물의 체질이나 형질이 1대 또는 수대를 걸러서 다시 나타나는 유전현상— 에 의한 역사의 반복적 순환을 주장하는 역사법칙주의(Historicism)의 역사 관이다. 또한 이것은 <실패는 성공의 어머니이듯이 성공도 실패의 원인 이 된다>와 같이 인과적 연쇄의 역사관이라는 점에서 다분히 동양적 역 사관이기도 하다.

이에 반해 <진보사관>은 인간 사회의 낙관적 진보를 확신하는 일직선 적 역사관이다. 『신국』에로 무한히 지향하려는 아우구스티누스의 초세속 적인 기독교적 역사관이나 볼테르, 스펜서의 낙관적 · 진화론적 진보에 기 초한 서양 근대의 계몽주의적 역사관, 그리고 과학적 지식의 누적적 · 점 진적 진보에 의한 과학지상주의를 주장하는 과학의 역사관 등이 모두 인 간 사회를 낙관적 진보의 과정으로 파악한다는 점에서 서양적 역사관의 성격이 짙다.

그러면 20세기 100년을 보낸 日本의 지성은 지금 왜 백년의 역사를 돌 이켜 그리워하기도 하고 반성하기도 하며 거기에서 미래를 발견하려 하는 가? 거기에는 무엇보다도 서세동점과 서구 제국주의의 소용돌이가 가장 심했던 지난 100년간 일본이 겪어온 역사적 영욕의 자취가 대비적으로 반 복되어온 격세유전 현상[1]으로서 뚜렷하게 남아 있다고 믿기 때문이다. 그 리고 그들은 일본의 그러한 역사가 지금도 이어지고 있을 뿐만 아니라 앞 으로도 그렇게 전개될 수 있다고 믿기 때문이다.

아래의 도표에서도 보듯이 20세기 일본의 역사적 굴곡, 즉 순환적 역사

---

1) 天谷直弘는 메이지 이래 일본의 역사를 두 개의 시점, 즉 1868에서 1920년 전후까지와 1945년에서 1971~1973년까지를 「坂の上の雲」의 시대라고 부르 고 1920년 전후에서 1945년까지 25년간을 「坂の下の沼」의 시대라고 부른다. 그러므로 상이한 이 기간을 가리켜 그는 역사의 大斷層線이라고 부른다. 『「坂の上の雲」と「坂の下の沼」』, 通商産業調査會, 1985, 244~245쪽.

의 시작은 1904년 2월 8일에 시작하여 이듬해 10월 16일에 일본의 승리로 끝난 러일전쟁이다. 일본의 지성인들은 이 때부터 일본의 현대사가 시바 료타로(司馬遼太郞)가 말하는 「언덕 위의 구름」(坂の上の雲)이라는 환희의 시대와 아마야 나오히로(天谷直弘)가 말하는 「언덕 아래의 늪」(坂の下の 沼)이라는 비감의 시대를 뫼비우스의 띠처럼 반복적으로 거듭하여 맞이해 왔다고 믿고 있다.

<도표>

1904~1920년 전후	1920년 전후~1945년	1945-1971~3년	1973~2000년	2003~?
坂の上の雲	坂の下の沼	坂の上の雲	坂の下の沼	坂の上の雲

II. 현대사의 두 단층선

20세기가 끝나가는 1999년 『문예춘추』(文藝春秋)가 지식인 200명에게 "20세기에 쓰여진 책 가운데 후세에 남길 작품이 어떤 것일까"를 묻는 설문조사에서 첫 번째 것은 시바 료타로(司馬遼太郞)의 『언덕위의 구름』(坂 の上の雲, 전8권)이었다. 『문예춘추』가 2003년 4월 또다시 60인의 지식인에게 "무엇이 일본을 다시 보게 하는 가장 좋은 역사서인가?"를 묻는 질문에서도 마찬가지였다. 나카소네 야스히로(中曾根康弘) 전수상을 비롯하여 와타나베 츠네오(渡辺恒雄) 요미우리신문 주필 및 사장, 평론가 에사카 아키라(江坂 彰)와 1931년부터 45년까지 계속된 중일전쟁을 '15년전쟁'이라고 명명한 츠루미 슌스케(鶴見俊輔) 등 가장 많은 사람들이 이 책을 추천한 것이다.

추천사유에 대해서도 츠루미 슌스케는 일본역사가 언덕길에 오르면서도 어째서 내리막길을 맞이하곤 했는지를 이 책이 가르쳐주기 때문이라고

하는가 하면, 이케이 마사루(池井 優)교수(靑山學院大學)는 일본역사의 중
흥기였던 메이지시대의 젊은 군상을 통해 러일전쟁에 이르는 당시의 시대
적 배경이나 일본인의 의식을 잘 묘사하고 있기 때문이라고 한다. 그런가
하면 에사카 아키라도 이 책이야말로 소설 형식으로 된 메이지일본의 제
일가는 역사서로서 읽을수록 용기가 솟아나는 대단한 작품이므로 오늘의
필독서라고 평가한다.[2]

　이 책은 어떤 특정 인물을 주인공으로 한 작품이 아니라 메이지 시대의
인물열전이자 러일전쟁을 주제로 한 그 시대의 정치·외교에 관한 문학적
국가론이다. 그러면 100년전에 승리한 전쟁을 드라마로 엮어낸 이 책이
특히 요즘 다시 주목받는 이유는 무엇일까? 그것은 무엇보다도 이 책이
승전의 환희를 '언덕 위의 구름'에 비유한 러일전쟁의 하이라이트—1905
년 1월 5일 함락되기까지 13만명의 희생자를 내며 150일간이나 공방전이
계속되었던 여순(旅順) 203고지에서의 승리—에다 메이지역사의 클라이막
스를 설정했기 때문이다.[3]

---

2) 『文藝春秋』, 2003년 4월호, 262～283쪽.
3) 福井雄三, 『坂の上の雲』に描かれなかった戰爭の現實', 『中央公論』, 2004年, 2
　　月号, 特輯 日露戰爭100年と司馬遼太郎, 62～63쪽.
　　1902년 일영동맹의 배수진을 치고 1904년 2월 4일 개전을 결정한 일본은
　　이틀 뒤 드디어 러시아와의 국교 단절을 선언한다. 일본은 이미 이날 새벽
　　2시 30분 도고 헤이하치로(東鄕平八郎) 중장이 이끄는 60여척의 정로군(征
　　露軍) 함대를 사세보(佐世保) 군항으로부터 인천을 향해 비밀리에 출발시킴
　　으로써 전쟁을 시작한 것이나 다름 없다. 2월 9일 한국임시파견대가 한반
　　도 전역을 장악한 일본은 2월 10일 드디어 러시아에 선전포고한다. 2월 8
　　일 일본군이 인천항과 여순항에서 러시아 함대의 주력함 3척을 격파했지만
　　본격적인 전쟁을 돌입한 것은 5월 17일 압록강 도하작전에 이어서 요동반
　　도 상륙작전을 시작하면서부터였다.
　　톨스토이가 전쟁에 광분하고 있는 러시아와 일본의 전쟁당사자들에게 기독
　　교적 평화주의 입장에서 전쟁의 중단을 호소한 것도 이 무렵이었다. 그가
　　쓴 <그대들이여 회개하라>(爾曹悔改めよ)가 바로 그것이다. 톨스토이는 이
　　글에서 러일전쟁을 계기로 무엇보다도 전쟁의 죄악과 그 참담한 현실을 설

그러나 돌이켜 보면 일본의 현대사에서 전쟁으로 인한 영욕의 격세유전 현상은 이미 1895년 승리한 청일전쟁에서부터 시작된 것이나 다름없다. 특히 1945년 태평양전쟁에서 패할 때까지 반세기동안 일본은 2년에 한번 정도로 전쟁놀이에 탐닉하면서 「坂の上の雲」(양지·환희)의 시대와「坂の下の沼」(음지·비감)의 시대를 반복적으로 거듭해왔기 때문이다. 일본의 현대사에도 전쟁은 아마야 나오히로의 말대로 역사적 매듭과 같은 대단층선을 만들어온 것이다.

1. 첫 번째 단층선

메이지 40년(1907) 4월에 발표된 이른바 「제국국방방침」(帝國國防方針)이라는 「일본제국의 국방방침」(日本帝國ノ國防方針), 또는 「제국군의 용병강령」(帝國軍ノ用兵綱領)은 러일전쟁의 승리로 막말 이래 최대의 과제였던 국가적 독립을 달성한 일본이 나아가 '제국의 건설'이라는 국가의 새로운 진로와 목표를 실현하기 위해 결정한 국방정책의 기본방침이었다. 그러므로 그것은 20세기초 일본의 현대사를 가르는 첫 번째 단층선의 출

득하려 했다. 이를 위해 그는 전쟁을 일으킨 장본인들, 선동자들, 전쟁으로 이득을 챙기는 자들, 전쟁으로 권세를 얻는 자들, 틈틈이 전쟁을 노리는 야심가들, 전쟁을 본업으로 삼는 군인들 모두를 비난하고 있다(<그대들이여 회개하라>(爾曹悔改めよ: 이 글은 톨스토이가 5월 2일, 13일, 21일 세 번에 걸쳐 쓴 것을 6월 27일 <런던 타임즈>가 게재한 것이다. 일본에 이 글이 소개된 것은 'トルストイ翁の日露戰爭論'이라는 제목으로 전문이 번역 게재된 주간 『平民新聞』 8월 7일 제39호에 의해서였다. 이 신문은 톨스토이의 초상화를 곁들여 12장으로 이루어진 장문의 기사를 8면 중에서 5면 반을 할애하여 게재했다. 사회주의자 코우토쿠 슈우스이(幸德秋水)가 『아사히 신문』의 스기무라 소진칸(杉村楚人冠)에게 빌려 사카이 토시히코(堺利彦)와 함께 3일 동안 밤을 세워가며 번역 소개한 이 글에서 톨스토이는 평화주의와 박애주의의 입장에서 전쟁의 죄악과 참담함을 설파하면서 러시아와 일본의 전쟁 당사자들을 맹렬히 비난하고 있다).

발점이기도하다. 왜냐하면 그것의 총론격인 제1항에서 「제국국방방침」은
이미 「개국진취의 국시」(開國進取ノ國是)→「제국시정의 대방침」(帝國施政
ノ大方針)→「제국의 국방」(帝國ノ國防)으로 이어지는 논리에 따라 전쟁을
통한 대륙의 이권 유지와 확장을 국방의 지상목표로 삼고 있기 때문이다.

대륙제국으로 발전하기 위한 국방정책, 즉 대륙정책은 한마디로 말해
'공격국방'[4]이었다. 특히 러일전쟁 이후의 대륙정책은 육군의 대륙정책이
라고 해도 과언이 아니다. 중국정책과 만주경영정책으로 압축되는 이러한
대륙정책의 중심에 자리잡은 세력이 육군이었다는 점에서 더욱 그러하다.
제국건설의 시나리오인 「제국국방방침」 자체가 메이지 39년 육군원수 야
마가타 아리토모(山縣有朋)와 육군참모본부의 타나카 기이치(田中義一) 중좌
에 의해 만들어졌기 때문이나. 러일전쟁에서 터득한 전략을 교훈삼아 대
륙정책의 작성을 야마가타로부터 의뢰받아 만든 타나카의 「수감잡록」(隨
感雜錄)[5] 초안은 수정·보완의 과정을 거쳐 이듬해 4월 4일 천황의 재가
를 받음으로써 제국건설의 대방침이자 제국의 국시로 탄생한 것이다.

사실상 육군이 주도하는 제국건설을 위한 일본의 대륙책략은 「제국국
방방침」이 확정되기 이전부터 시작되었다. 일본은 1904년에 일으킨 러일
전쟁을 이듬해에 끝냈다고 하지만 1905년 11월 17일 승전을 계기로 제2차
일한협약(乙巳勒約)을 무력으로 강제하고, 1907년에는 육군을 19개 사단

---

4) 대륙제국을 건설하려는 육군의 국방정책을 '공격국방'이라고 부르는 이유
　는 당시 해군에 의해 제창된 守勢國防論이나 島帝國論을 전면 부정함으로
　써 국방정책의 주도권을 장악하기 위한 공격적 대안이었기 때문이다. 北岡
　伸一, 『日本陸軍と大陸政策, 1906~1918』, 東京大學出版會, 1978, 13쪽.

5) 메이지 39년 8월 31일 제국국방방침의 제정을 주장하고 있는 「隨感雜錄」을
　읽은 육군대신 테라우치 마사타케(寺內正毅)는 그 내용에 크게 공감한다.
　그 해 10월 야마가타 아리토모는 이 「田中私案」, 즉 「隨感雜錄」을 일부 수
　정하여 제국국방방침(일명, 山縣私案)을 작성했다. 결국 이 방침은 12월 20
　일 참모총장과 軍令部長의 승인과 이듬해 2월 1일 수상의 심의를 거친 뒤
　천황에게 제출되었다. 앞의 책, 9쪽 참조.

으로 증강시키며 7월 24일 고종황제의 강제퇴위와 더불어 한일협약(丁未條約)을, 급기야 1910년 8월 22일에는 한일병합조약을 강제로 체결했다. 그 해에 일본은 대만마저도 제2의 식민지로 삼으며 미니전쟁에서의 전승 쾌감과 전쟁최면이 깊어지는 가운데 더 큰 전쟁에의 욕망속으로 빠져들고 있었다. 1914년에서 1918년까지 일본은 독일과 제1차 세계대전에 참전하기에 이른 것이다.

1918년은 일본이 동아시아의 대륙에서도 전쟁의 깃발을 북진에로 다시 올린 해이기도 하다. 4월 5일 육군 상륙부대가 블라디보스톡에 상륙작전을 개시하면서 일만 이천명의 일본군의 시베리아 정벌이 시작되었다. 어느 때보다도 역사의 중흥기를 맞아 상승하고 있는 메이지·다이쇼제국(明治·大正帝國)의 기상을 상징하는 「언덕 위의 구름」으로 러시아의 심장부인 시베리아를 뒤덮기 위해 일본육군은 공격국방을 감행한 것이다. 황국신민군(皇國臣民軍)은 드디어 백색지대에로 황색감염(黃色感染)을 기도하며 출병한 것이다. 이처럼 소국 일본은 더 이상 대국에 대한 강박관념이나 광장공포증으로 주춤대지 않았다. 황색컴플렉스나 백색공포증으로 주눅 들어 있지도 않았다.

2. 두 번째 단층선

그러나 러일전쟁의 승리 이후 대륙제국을 건설하기 위해 벌려온 일련의 전쟁이 일본의 역사를 「언덕 위의 구름」에 올려놓은 것만은 아니다. 모든 중독의 징후가 그렇듯이 전쟁의 중독증도 어느 새 일본 역사의 진로를 「언덕 아래의 늪」으로 끌고 들어가고 있었다. 1927년 장개석이 이끄는 중국국민 정부군의 북상을 막기 위해 5월 28일부터 일본관동군은 산동성에로 진출하는가 하면, 이듬해 6월에도 중국 군벌로서 봉천파의 수령인 장작림(張作霖)이 북경에 군정부를 수립하자 코우모토 다이사쿠(河本大作) 대좌의 음모를 통해 그를 폭살시켰다.

1931년 9월 18일 일본관동군이 심양 북부의 유조호(柳條湖)에서 남만주철도의 폭파를 시작으로 만주사변을 일으켜 만주일대를 점령하자 국제연맹은 일본군의 만주철수를 가결했다. 그러나 일본 정부는 이를 무시하고 이듬해 1월에 상해사변을 일으키면서 괴뢰정부인 만주국을 세웠다. 결국 1933년 일본은 국제연맹까지 탈퇴하고 중국침략을 더욱 확대해나갔다. 1936년 국민당과 중국공산당이 내전의 중단을 합의하자 일본군은 이듬해 만주에서 남하하면서 중일전쟁으로 전장을 확대해 나갔다. 선전포고도 없이 사변을 확대한 이른바 중국과의 <15년 전쟁>[6]이 시작된 것이다.

한편 일본은 전쟁을 동아시아에서만 전개한 것이 아니다. 히틀러가 정권을 잡은 지 3년 뒤인 1936년 독일·이탈리아와 함께 삼국 방공(防共)협정을 맺음으로써 전쟁중독증은 일본을 치명적인 늪(沼)으로 빠져들게 했다. 1939년 9월 독일이 먼저 폴란드의 침공으로 제2차 세계대전을 시작하자 2년 뒤(1941년 12월 8일) 일본도 진주만을 기습공격한 후 미국과 영국에 선전포고하면서 태평양전쟁에 돌입했기 때문이다. 이처럼 러일전쟁의 승리로 자각증세를 잃기 시작한 일본의 전쟁중독증과 광기는 중일전쟁·제2차대전·태평양전쟁[7]에서 동시적으로 발작하면서 치명적 절정에로 치

---

6) '15년 전쟁'이라는 용어는 1956년 鶴見俊輔가 『戰時期日本の精神史―1931~1945年』(岩波書店)에서 처음으로 사용했다. 1931년 滿洲사변을 시작으로 上海사변, 日支사변, 대동아전쟁이 연이어 일어났지만 그것들은 각각의 개별적인 전쟁이 아니라 상호 내적 연관을 지닌 채 15년동안 계속된 일련의 전쟁이었기 때문이다. 즉 만주사변의 연장선상에서 華北分離工作이 개입하여 중일전쟁이 일어났고, 중일전쟁의 연장선상에서 제2차 세계대전과 태평양전쟁이 일어났다. 만주사변의 산물인 만주국을 해소해야할지의 여부가 미일교섭의 최대쟁점이었기 때문에 만주사변과 태평양전쟁은 직접적인 연관관계를 가진 전쟁이었다. 이처럼 중국에 대한 일본의 무력침략은 15년간 간단없이 계속되었기 때문에 鶴見俊輔는 이를 <15년 전쟁>이라고 부른 것이다. 江口圭一, 『十五年戰爭小史』, 青木書店, 1986, 3~4쪽 참조.

7) 일본은 당시 이러한 일련의 광기의 전쟁들을 가리켜 <대동아전쟁>이라고 불렀다. 전쟁의 규모로 보아 제2차대전이나 태평양전쟁이 중일전쟁 이상이

닫고 있었다. 일본은 스스로 만들어온 「언덕 아래의 늪」, 즉 역사의 치명적인 늪 속에서 카미가제(神風)의 기적을 기다려야 했고 세계의 평화도 일본의 패전으로 그 광기가 잠재워질 때까지 반세기를 기다려야 했다.

III. 「언덕 위의 구름」(坂の上の雲)의 시대

「언덕 위의 구름」의 시대란 한마디로 말해 <역사적 발흥기>이다. 시바 료타로는 일본역사에서 메이지시대를 역사적 발흥기로 지목하지만 그 가운데서도 특히 러일전쟁의 승리를 그 절정으로 간주하고 이 때를 「언덕 위의 구름」으로 상징한다.

1. 첫 번째 역사적 발흥기

아마야 나오히로는 일본의 현대사에서 첫 번째 역사적 발흥기를 메이지유신이 시작되던 1868년부터 제1차 세계대전이 끝나던 1920년까지로 간주한다. 아마야 나오히로도 이 때를 시바 료타로의 용어를 빌려 「坂の上の雲」의 시대라고 표현한다. 그에 의하면, 미국의 동인도함대 사령관 페리제독이 이끌고 온 쿠로부네(黑船)의 입항으로부터 시작된 서구문명에 의한 쇼크는 막번체제의 붕괴로 이어졌고 결국 문호개방형 사회시스템을

었음에도 이것들을 통칭하여 <大東亞>전쟁이라고 불렀던 것은 일본 제국의 야망이 실제로는 대동아공영권의 실현에 있었음을 암시한다. 그러나 대동아 제국건설의 욕망은 화이질서(華夷秩序)에의 도전을 위해 고의적・의도적 충돌을 시도한 청일전쟁에서 극명해졌다. 더구나 한일병합과 대만의 식민지화로 중화질서는 해체와 동시에 제국의 대동아질서로 대체되기 시작했다. 그것은 다름 아닌 일본식 오리엔탈리즘(Japanese orientalism)의 서막이었다. 여기에 결정적인 지렛대가 되었던 것이 바로 한반도의 쟁탈전인 러일전쟁인 셈이다.

출현시켰다. 이 기간에 정치적으로는 신분붕괴와 지배층의 일신, 그리고 신국가의 탄생 등이 이뤄졌는가 하면, 경제적으로는 구미경제의 고도성장과 국내 산업생산의 공업화가 시작되었다. 사회적으로는 막번체제의 붕괴와 탈피를 완료한 해방감과 더불어 사회적 기회균등에 의한 국민적 목표의 출현이 가능해졌다.[8] 문화적으로도 서구문화의 광범위한 유입과 습합에 따른 문화융합이 거의 모든 분야에 걸쳐 활발하게 진행되었다.

이러한 변화의 속도는 20세기를 넘어서면서 더욱 빨라졌다. 1901년 1월 1일 0시를 기해 게이오대학(慶應義塾)의 새강당에서 열린 '20세기 송영회'는 그것을 알리는 기념비적 이벤트였다. 우선 새 강당벽에 걸려 있는 1815년 나폴레옹이 워터루전투에서 패퇴할 때의 모습, 모래시계가 회중시계에게 자리를 빼앗기는 모습, 1853년 미국의 페리제독이 이끌고 우라가(浦賀)항에 들어온 군함에 대항하는 모습, 청일전쟁의 삼국간섭과 러시아황제의 대관식 광경, 등 19세기를 상징하는 여러 사건들을 그린 풍자화에 대한 비평회가 열렸다. 이어서 한 노인이 등장하여 낡은 옷과 모자를 벗어던지며 19세를 상징하는 사건들을 그린 깃발을 들고 무대 뒤로 도망치듯 사라졌다. 마지막으로는 한 어린이가 머리에 20이라는 숫자가 새겨진 모자를 쓴 채 20세기의 희망을 상징하는 목봉을 들고 등장하는 포퍼먼스가 수시간 동안 진행되면서 일본의 20세기는 그렇게 시작했다.

20세기의 시간이 지날수록 대륙 각국으로부터 탈취한 이권의 수혜자가 된 일본인의 삶의 형태는 서구모방의 경연장으로 바뀌어 가고 있었다. 1910년들어 가정마다 피아노의 구입이 유행하더니 1913년에는 전화가입자도 110만을 돌파할 정도가 되었다. 제1차세계대전이 일어나던 1914년에도 일본에서는 망토차림이 대유행했고 스키인구도 급증했다. 20세기 들어 첫 번째로 올라선 신세기 언덕의 정점인 1920년에는 서구의 자본주의 사회가 겪어온 변화의 역정과 징후들이 일본사회에서도 그대로 노정되었다.

---

8) 天谷直弘, 앞의 책, 246~247쪽.

그 해 3월 여성의 사회적 지위향상를 상징하는 신부인협회가 발족하면서 여성전문잡지인 『여성동맹』(女性同盟)이 창간되었다. 또한 5월 2일 도쿄 우에노(上野)공원에서는 처음으로 일만여명의 노동자가 참여한 May Day (노동절)행사가 거행되었는가 하면, 12월 8일에 사카이 토시히코(堺利彦)가 주도하는 일본사회주의동맹이 결성되기도 했다.

러일전쟁에 승리한 일본은 밖으로 전쟁중독이 더욱 깊어가는 만큼 안으로도 전통의 해체와 서구와의 습합에 박차를 가하고 있었다. 「언덕 위의 구름」이 마치 손에 잡힐듯한 형국이었다. 특히 이러한 역사적 발흥기에 러일전쟁에서의 승리는 일본인에게 안으로는 팔굉일우의 소명의식과 제국이라는 대국환상에 사로잡히게 하는 대신 밖으로는 백색공포증(Caucasian-phobia)에서 일거에 벗어날 수 있는 계기가 되었을 뿐만 아니라 나아가 백색공격증(Caucasian-sadism)으로써 체질(유전형질)의 변화까지 가져오게 했다.

2. 두 번째 역사적 발흥기

일본의 현대사에서 두 번째의 역사적 발흥기─「언덕 위의 구름」의 시대─는 1945년 패전 이후부터 1964년 도쿄올림픽을 통해 전후회복의 자신감과 성장의 탄력을 얻음으로써 발전의 기틀이 마련되었던 1973년 무렵까지이다.

이른바 트랜지스터의 발명과 더불어 SONY의 기적으로 상징되던 이 기간은 일본이 메이지유신 초기와 마찬가지로 서양의 지식·제도·기술·기계 등을 대량으로 도입하여 세계화를 위한 새로운 도약을 준비하던 20세기 '양혼양재(洋魂洋才)'의 시기였다. 1964년 올림픽을 개최하면서 이미 OECD(경제협력개발기구)에 가입한 일본은 1967년 그들이 '제2의 쿠로부네'의 도래라고 부르는 OECD로부터의 '자본거래의 자유화에 관한 규약'의 준수명령에 따라 자본자유화를 실시함으로써 '온실경제'에서 벗어나는

가 하면 규모나 기술에서 세계 제일의 조선대국으로 탈바꿈하고 있었다. 또한 이 때는 세계경제도 고도성장을 지속했을 뿐만 아니라 미국이 주도하는 GATT와 IMF 체제의 확립, 그리고 미일안보조약의 체결로 일본에게도 경제발전에 유리한 국제환경이 조성되던 시기였다.

일본은 이 시기가 두 번째 맞이하는 「언덕 위의 구름」의 시대임을 국내외에 과시하기 위해 1972년 2월 제11회 동계올림픽을 삿포로에서 개최하기도 했다. 그것은 35개 참가국을 비롯하여 전세계에 일본을 삿포로의 스키슬로프가 아닌 천상(高天原)의 황조신(皇祖神) 아마테라스 오오미카미(天照大神)가 천손강림한 언덕 위의 구름에로 다시 한번 올려놓는 빅이벤트였던 것이다.

Ⅳ. 「언덕 아래의 늪」(坂の下の沼)의 시대

「언덕 아래의 늪」의 시대란 일종의 역사적 침체기를 말한다. 이 때는 역사의 늪(沼)이라고 부를 만큼 음지의 시대를 가리킨다. 아마야 나오히로는 이 때를 시바 료타로가 말하는 「언덕 위의 구름」에 대비시켜 「언덕 아래의 늪」의 시대라고 부른다. 하지만 이러한 시대적 특징도 20세기의 일본역사에서는 단발적이 아니라 간헐적·반복적 현상이었다. 생물학적 열성형질이 代를 건너 간헐유전(間歇遺傳)되듯이 일본의 현대사에서도 퇴락의 격세유전 현상은 반복되고 있기 때문이다.

1. 첫 번째 「언덕 아래의 늪」의 시대

아마야 나오히로에 의하면, 일본현대사에서 1920년 전후부터 1945년 패전에 이르기까지의 기간이 가장 대표적인 「언덕 아래의 늪」의 시대였다. 러일전쟁과 제1차 세계대전의 승리, 제1차 대전중 전쟁경기의 호황으로 인한 산업발전과 국민생활의 향상, 세계 3대 해운국으로 부상한 국제적 지위, 등에서 반사적으로 파생된 국민들의 심리적 이완과 가치관의 다원화가 초래한 국민적 목표의 분열이 곧 국력의 쇠퇴로 이어졌기 때문이다.

겉으로는 1935년 「국체명징」(國體明徵)을 만장일치로 결의하거나 만몽(滿蒙)의 생명선 방위와 대동아공영권의 건설을 위해 멸사봉공(滅私奉公)을 부르짖으면서도 속으로는 개인의 심리적 평안과 휴식을 통한 사생활의 안정, 그리고 서구문명에의 권태와 전통에로의 회귀를 우선시하는 이기적 개인주의를 지향함으로써 국민의식 속에서는 이율배반적 가치관이 팽배해져갔다.

사회적으로도 자본주의와 자유민주주의의 신장에 따른 노동운동의 활성화9)와 소비자 의식의 상승, 1926년 금융공황에 따른 패닉현상, 1933년 국제연맹탈퇴와 반영·반미감정의 대두, 反합리주의적 파시즘의 만연, 공산당의 등장, 1937년 일본군의 난징(南京)대학살, 1939년 제2차 세계대전과 1941년 대동아전쟁의 개전 등, 일련의 미증유(未曾有)의 사건들로 인한 국민의 심리적 동요가 일어나는가 하면 국민적 목표의 상실과 새로운 목표의 부재현상까지 나타났다. 여기에 계속되는 전쟁과 세계적 규모의 대불황에 따른 빈곤층의 증가는 사회적 긴장을 더욱 고조시키는 촉매가 되기도 했다.

결국 일본의 현대사는 러일전쟁의 승리를 상징하는 「언덕 위의 구름」에는 비할 수 없을 만큼 깊은 「언덕 아래의 늪」, 즉 최악의 늪지대로 치닫고 있었다. 1945년 8월 6일 오전 8시 15분, 그리고 8월 9일 오전 11시 2분, 일본은 두 번씩이나 죽음의 늪 속으로 빠져들어야 했던 것이다.

---

9) 1920년 2월 5일 관영 八幡製鐵所에서 1만 3천명의 직공이 파업하여 4백여 명이 구속되는 사건이 일어났다. 또한 5월 2일에는 1만여명의 노동자들이 참여한 일본 최초의 May Day행사가 열리기도 했다.

2. 두 번째 「언덕 아래의 늪」의 시대

일본의 현대사는 격세유전법칙을 실험이라도 하듯이 「언덕 아래의 늪」의 시대를 반복하고 있다. 1973년부터 30년간이나 계속되어온 경기침체의 터널끝이 보이기 시작한 2003년까지가 치명적이지는 않지만 장기지속의 두 번째의 늪지대였기 때문이다. 1972년까지만 해도 지표상 세계 제2위의 경제대국이라는 국제적 위상의 힘으로 오키나와 반환과 일중국교회복 등 국가적 숙원을 이룩함으로써 적어도 겉으로 보이는 일본의 모습은 그 위로 구름이 피어오르는 양지의 언덕같이 보였다.

그러나 속으로는 첫 번째 「언덕 아래의 늪」의 시대와 같이 기적적인 고도성장이 가져온 번영으로 인한 국민의 심리적 이완이 이미 소리없이 진행되고 있었다. 1971년 여성들의 핫팬츠 패션과 영화 <남자는 괴로워>(男はつらいよ)의 대유행은 서로 무관하지 않은 당시의 사회심리의 반영물들이다. 또한 이듬해에도 남녀간 통정(通情)의 풍조를 사회적으로 노출시켜버린 "정을 통하기"(情を通じ)가 유행어가 된 것이나 유행가 "여자의 길"(女のみち)과 마피아의 세계를 그린 영화 <대부>(God Father)가 대히트한 것, 그리고 경마붐이 일어나 한 레이스에 드디어 100억엔을 돌파한 사실은 당시의 국민정서와 사회심리의 행방을 알려주는 가늠자였다.

그러나 전후의 일본을 또다시 「언덕 아래의 늪」으로 빠뜨린 결정적인 계기는 1973년 10월에 기습한 제1차 오일쇼크와 그에 따른 세계적 경제불황이었다. 더구나 날이 갈수록 심해지는 일본수출품에 대한 배격운동의 격화와 선진국의 시장보호주의 무역정책은 일본경제를 설상가상의 애로에로 몰고 갔다. 국내에서도 反정부·反기업의 감정이 증대되면서 기업의 활력저하와 궁핍화[10]가 고조됨으로써 사회적 신지대사의 정체현상을 초

---

10) 예를 들면, 오일쇼크의 충격으로 인해 1976년 한 해만해도 三菱의 사업규모의 대폭축소나 伊藤忠商事와 安宅産業의 업무제휴, 安宅産業의 사원 900

래했다. 경제의 bubble(거품) 현상과 사회심리의 버블화은 분리될 수 없다는 사실을 입증이라도 하듯이 한편에서는 건전한 문화생활을 부르짖으면서도 다른 한편에서는 포르노가 범람하여 일본사회를 거대한 포르노그래피(pornography)로 만들어갔다. 계속되는 경제불황에 따른 경제적 불안감이 사회심리의 공황화와 일탈화를 가져온 것이다.

<늪으로의 행로>는 경제상황만이 아니었다. 정치행로는 더욱 험난했다. 고질화된 일본의 금권정치구조에도 균열이 보이기 시작했다. 1974년 『문예춘추』11월호가 발표한 「타나카 가쿠에이연구—그 인맥과 금맥」(田中角榮研究—その人脈と金脈)이 바로 그것이다. 결국 1976년 미의회 상원 외교위원회 다국적기업 소위원회에서 이른바 <로히드社 뇌물사건>이 밝혀지면서 그 해 7월 27일 금권정치의 상징인물인 다나카 수상이 체포되는 전후 최대의 정치스캔들이 폭로된 것이다. 이로써 일본의 금권정치는 그 구조가 얼마나 견고한 것이었는지를 알리는 최고의 파발음을 내면서 균열의 길을 걷기 시작했다.

전체적인 정치환경을 개선하기 위해서는 제도권 정치환경의 건강지수가 불량할수록 非제도권에 의한 건강한 정치적 수혈이 필요하지만 그렇지 못한 일본의 정치환경이 일본정치를 늪에서 구해내지 못하고 있다. 1970년대에 일본정치를 조롱하듯 등장한 일본적군파의 反정치행태도 불량한 기성정치인(기득권자)에 대한 프로테스트였다. 또한 그것은 포르노의 범람으로 극도로 이완된 일본사회를 긴장시키는 사회적 충격요법이기도 했다. 그러나 그것들은 불량한 사회시스템 내에서 흔히 일어날 수 있는 사회적 짝짓기(sex of social mechanismes) 현상의 일환이기도 하다.

명의 감원, 동양펄프의 도산 등 산업계의 동요가 두드러졌다.

V. 뫼비우스적 역사와 신주들의 역사게임

그러나 뫼비우스의 띠는 열리지 않는다. 일본의 역사를 옥죄는 띠는 더욱 그러하다. 팔굉일우(八紘一宇)의 이데올로기와 광장공포증(agoraphobia), 아틀라스 콤플렉스와 고소공포증(acrophobia), 야하라카(和)를 앞세운 '국제국가 일본'과 일본역사의 자폐선(folium), 공염불과 같은 나카소네 야스히로의 공서(共棲)의 노래와 일본인의 정서적 자폐증(autism)이 언제나 일본의 역사를 감싸고 돌기 때문이다.

메이지제국의 건설을 위해 선택한 아시아맹주론과 탈아시아주의로서 아시아주의는 소국 일본의 역사가 뫼비우스의 띠와 같은 인과적 연쇄고리 속에서 시도한 자기 인플레(ego-inflation)의 두 모습에 지나지 않는다. 1945년 8월에 두 차례에 걸쳐 당한 참혹한 원폭체험에도 불구하고 피폭망령을 조롱하듯 원폭 수백개 분량의 플루토늄을 저장하는 것도 일본역사의 저변에서 동시에 작용하고 있는 피학성(masochism)과 가학성(sadism)이라는 역사적 야누스현상일뿐이다.

일본역사를 옥죄는 이러한 이율배반적 양면성은 20세기를 통해 더욱 체질화되어왔다. 패전 40년, 쇼와천황 즉위 60년을 기하여 국가의 정체성을 재정비하려는 새로운 국가관의 정립운동에서도 두 얼굴의 화상대비(contrast)가 뚜렷하기 때문이다. 예를 들어, 1985년 7월 27일「새로운 일본의 주체성 – 전후정치를 총결산하고 '국제국가' 일본으로」라는 역사적 구호를 내걸고 열린 자민당의 가루이자와(輕井澤) 세미나에서 나카소네 수상은 국제국가로의 변신을 외치면서도 신국가주의에로의 역사적 모티브를 천황신화에서 찾기 위하여 일본인의 복고주의적 노스탤쟈를 자극한다. 다시 말해 712년 겐메이(元明)천황이 천황신화인『고사기』를 완성함으로써 국가의 새로운 정체성을 확보하려 했듯이 나카소네도 쇼와천황 즉위 60년을 맞이하여 천황중심의 가족국가로서의 정체성을 다시 한번 강조하려 했다.

그 이듬해인 1986년 2월 『문예춘추』에서 「세계문명의 흐름과 일본의 역할—쇼와 61년을 맞이하여」라는 제목으로 우메하라 다케시(梅原 猛)와 가진 대담에서도 나카소네는 "자민당 30년의 성과는 오오야시마(大八洲)를 보살펴주신 선조들의 보살핌 덕분이며, 또한 태평양전쟁때 돌아가신 260만 혼령들이 보살펴주셨기 때문"이라고 하여 미래국가로 지향하는 일본의 원동력과 에너지를 과거의 야마토 타마시이(大和魂)에서 찾으려 했다. 결국 그는 일본의 신국가주의의 요체마저도 전전(戰前)의 국가주의를 미화하는 천황제 이데올로기의 부활에서 찾고 있었다.

그러면 일본의 역사는 왜 이처럼 뫼비우스의 띠를 풀어버리려 하지 않는가? 그것은 한마디로 말해 천황을 황조신 아마테라스 오오미카미(天照大神)의 영원한 후손이라고 굳게 믿으려는 일본인들의 인격신 신앙 때문이다. 천손강림한 황조신의 후예가 일본의 역사와 국토를 경영한다는 역사신앙, 즉 결정론적 역사관과 신적 이성이 일본의 역사를 지배한다는 인격신의 의지결정론이 언제나 일본인의 역사적 잠재의식으로 자리잡고 있기 때문이다.

특히 20세기 일본 정치인들의 경우는 더욱 그러하다. 카미가제(神風)의 신통력을 주문한 도고 헤이하치로(東鄉平八郎)을 비롯한 제국주의의 영웅들은 물론이고 나카소네에서 고이즈미에 이르기까지 신국(神國) 일본을 통치해온 신관(神官)들, 또는 거대신사 일본을 지켜온 20세기 칸누시(神主)들의 역사게임 속에는 언제나 이러한 역사의식과 정치기술이 깃들여 있다. 지금도 칸누시 고이즈미는 신국이 평안한 나라, 야스쿠니(靖國)가 되어달라고 나라무당(國巫)이 되어 260만개 매듭(=고)의 고풀이를 하며 넋굿놀이(씻김굿)를 한다. 과거에도 그랬듯이 칸누시들은 꼭두각시놀이를 멈추지 않는다.

VI. 초혼곡으로서의 「언덕 위의 구름」

러일전쟁 승리 100주년에 즈음하여 <러일전쟁 100년과 시바 료타로>라는 제목의 2004년 2월 『중앙공론』(中央公論) 특집호는 "100년전 메이지 일본은 무엇을 했는가?" 그리고 지금 일본인은 『언덕 위의 구름』(坂の上の雲)이라는 작품을 통해서 "세계의 무명국가 메이지 일본을 당시의 일본인들이 어떻게 세계적인 국가로 만들었는지? 과연 일본인의 가능성이란 무엇인지?"를 100년전의 향수와 더불어 되새기고 있다.

이렇듯 러일전쟁 100주년을 맞이한 일본은 지금 「언덕 위의 구름」의 시대, 즉 세 번째의 역사적 발흥기를 고대하고 있다. 21세기로 넘어서면서 일본이 밀레니엄 증후군에서 벗어나기 위해 정치·경제·군사 등 모든 분야에서 전방위적·총체적으로 분발하고 있는 이유도 거기에 있다. 바로 100년전 20세기에 들어선 일본은 150일간 계속된 여순공방전에서의 승리를 통해 「언덕 위의 구름」에 올라보았듯이 지금의 일본이 그러하다. 그 때의 「언덕 위의 구름」을 지렛대로 삼아 일본을 다시 한번 세계의 구름 위로 들어올리려고 NHK가 <'06 초혼제>를 준비하는 이유도 거기에 있다. 따지고 보면 100년 전의 러일전쟁은 일찍이 미국의 페리제독의 함대가 안겨준 <서쪽으로부터의 충격>에서 비롯된 반작용이기도 하다. 그것은 일본의 옥시덴탈리즘(Japanese occidentalism) 속에 잠재해 있던 아틀라스 콤플렉스, 즉 역습합(逆褶合)의 강박관념이 '제국에의 욕망'으로 광기화된 군국주의를 고무시켜 초래한 결과일 수 있기 때문이다.

그러나 또다시 밀려온 밀레니엄 증후군(內的 강박관념)과 새로 생겨난 아틀라스 콤플렉스—중국대륙의 위안(元)화 쇼크인 <동쪽으로부터의 충격>—로서 되살아난 화이질서(華夷秩序)에 대한 경계심(외적 강박관념)은 100년전보다 더 큰 힘의 지렛대를 갈구하게 했다. 화이질서에 대한 100년 전의 경계심이 그것에 대한 도전(1894년의 청일전쟁)을 초래했듯이 지금 그것으로부터의 역도전(또는 역습합)과 그 힘의 초과는 일본을 100년전보다 더 큰 경계심과 불안감 속으로 몰아넣고 있기 때문이다. 그러므로 지금 일본의 지성이 시바 료타로의 『언덕 위의 구름』를 "일본을 다시 보게 하는 가장 좋은 역사서"로서, 즉 야마토 타마시이(大和魂)를 다시 부르는 초혼곡(招魂曲)으로서 지목하기에 주저하지 않는 이유, 그 때보다 더 높은 「언덕 위의 구름」의 기적을 염원하는 이유도 거기에 있다.

더구나 2006년이 되면 「언덕 위의 구름」에 오르려는 일본인의 기분은 클라이막스에 도달할 것이다. 국영TV NHK가 1회에 75분짜리 20회로 드라마 「坂の上の雲」의 방영을 특별기획하고 있기 때문이다. 이 때쯤이면 100년전 한반도와 중국의 전장에서 끝난 러일전쟁은 일본의 안방에서, 그리고 일본인의 가슴 속에서 재연되어 클라이막스를 맞게 될 것이다. 그 때를 기다리며 지금 일본은 100년전 여순 203고지 위에 드리워졌던 구름, 『언덕 위의 구름』의 향수 속에 이미 빠져들었다. 지금 일본인들은 그 언덕 위의 구름을 타고 다시 한번 세계 위로 비상하고 싶어한다. 그들은 「언덕 위의 구름」이라는 양기의 국운이 다시 한번 세계의 하늘을 역습합할 격세유전 현상을 고대하고 있는 것이다. 100년전 러일전쟁의 승리로 얻게된 격세의 유전형질은 1945년 패전의 늪 속으로 가라앉은지 오랜만에 또다시 활단층이 되어 분출하려 한다.

Ⅶ. 마을굿의 부활을 고대하며

일본은 지금 '21세기 재수굿판'을 차리는 중이다. NHK도 열두거리 재수굿 가운데 가장 큰 굿거리인 '대감거리'를 준비하는 중이다. 많이 바치면 바칠수록 많은 재수를 돌려준다는 대감신의 신격을 기대하며, "높은 산에 날리듯 / 얕은 산에 재날리듯 / 재수사망 섬겨주마"와 같은 초혼곡(巫歌)도 준비하고 있다. 일본은 전쟁사에서 최고의 승리감을 맛보게 한 100

년전의 전쟁귀신들을 대감신으로 다시 부르려고 초혼제를 준비하고 있다.

그러면 지리적 임계상태(the critical state)에서 언제나 지리적·정치적·역사적 한계압력을 받아온 한반도의 역사가 요란한 재수굿 '대감거리'로 인해 받아야 할 미래의 압력은 어느 정도일까? "굿이나 보고 떡이나 먹는다"는 방관과 초탈이 허용되지 않는 한 공동운명체로서의 의식을 튼튼하게 다지고 긍지를 높히게 하는 사회적 장치였던 마을굿, 그래서 더욱 일제의 탄압을 피할 수 없었고, 그 때문에 사라져야 했던 마을굿을 이제라도 되살려야 할 판이다.

〈참고 문헌〉

1. 전집

『古事記』, 日本思想大系 1, 岩波書店.

『聖德太子集』, 日本思想大系 2, 岩波書店.

『伊藤仁齋』, 日本思想大系 33, 岩波書店.

『荻生徂徠』, 日本思想大系 36, 岩波書店.

『本居宣長』, 日本思想大系 40, 岩波書店.

『三浦梅園』, 日本思想大系 41, 岩波書店.

『平田篤胤』, 日本思想大系 50, 岩波書店.

『日本書紀』, 日本の名著 1, 中央公論社.

『聖德太子』, 日本の名著 2, 中央公論社.

『最澄·空海』, 日本の名著 3, 中央公論社.

『伊藤仁齋』, 日本の名著 13, 中央公論社.

『荻生徂徠』, 日本の名著 16, 中央公論社.

『三浦梅園』, 日本の名著 20, 中央公論社.

『本居宣長』, 日本の名著 21, 中央公論社.

『平田篤胤』, 日本の名著 24, 中央公論社.

『福澤諭吉』, 日本の名著 33, 中央公論社.

『西周』, 日本の名著 34, 中央公論社.

『中江兆民』, 日本の名著 36, 中央公論社.

『內村鑑三』, 日本の名著 38, 中央公論社.

『本居宣長全集』, 筑摩書房,

『平田篤胤全集』, 平田學會, 1911.

『西周哲學著作集』, 岩波書店, 1933.

『西周全集』, 宗高書房, 1981.

『西田幾多郎全集』, 岩波書店, 1966.

『三木淸全集』, 岩波書店, 1967.

『三枝博音著作集』, 中央公論社, 1972.

『和辻哲郎全集』, 岩波書店, 1963.

『柳田國男集』, 筑摩書房, 1969.

『講座 神道』, 全三卷, 櫻楓社, 1991.

『佛敎の思想』, 全十二卷, 角川書店, 1970.

2. 단행본

淸原貞雄, 『明治時代思想史』, 大鐙閣, 1921.

三枝博音, 『三浦梅園の哲學』, 第一書房, 1931.

_____, 『梅原哲學入門』, 第一書房, 1933.

麻生義輝, 『近世日本哲學史』, 宗高書店, 1942.

桑木嚴翼, 『明治の哲學界』, 中央公論社, 1943.

西田長男, 『神道史の硏究』, 雄山閣, 1943.

_____, 『日本宗敎思想史の硏究』, 理想社, 1956.

村岡典嗣, 『日本思想史硏究』全四卷, 岩波書店, 1949.

船山信一, 『日本の觀念論者』, 英宝社, 1951.

_____, 『明治哲學史硏究』, ミネルヴァ書房, 1959.

丸山眞男, 『日本政治思想史硏究』, 東京大學出版會, 1952.

三枝博音 編, 『三浦梅園集』, 岩波書店, 1953.

松村武雄, 『日本神話の硏究』第一, 二, 三卷, 培風館, 1955.

開國百年記念文化事業會編, 『明治文化史』4, 洋洋社, 1955.

村山修一, 『神仏習合思潮』, 平樂寺書店, 1957.

_____, 『本地垂迹』, 吉川弘文館, 1974.

_____, 『習合思想史論考』, 塙書房, 1987.

_____, 『變貌する神と仏たち』, 人文書院, 1990.

西谷啓治 編, 『現代日本の哲學』, 雄渾社, 1957.

村岡典嗣, 『宣長と篤胤』, 創文社, 1957.

金子武藏, 『日本における西洋近代思想の受容』, 弘文堂, 1959.

吉岡義豊, 『道敎と仏敎』1~, 國書刊行会, 1959.

宮西一積, 『近代思想の日本的展開』, 福村書店, 1960.

山田宗睦, 『日本型思想の原像』, 三一書房, 1961.

小澤三郎, 『內村鑑三不敬事件』, 新教出版社, 1961.

土肥昭夫, 『內村鑑三』, 日本基督教団出版部, 1962.

石田一良, 『日本思想史槪論』, 吉川弘文館, 1963.

＿＿＿＿, 『神道思想集』, 筑摩書房, 1970.

＿＿＿＿, 『カミと日本文化』, ぺりかん社, 1983.

津田左右吉, 『日本の神道』, 岩波書店, 1964.

色川大吉, 『明治精神史』, 黃河書房, 1964.

＿＿＿＿, 『明治の文化』, 岩波書店, 1970.

奈良本辰也, 『近世日本思想史研究』, 河出書房, 1965.

桑原武夫 編, 『中江兆民の研究』, 岩波書店, 1966.

今中寬司, 『徂徠學の基礎的研究』, 吉川弘文館, 1966.

宮川透, 『近代日本の哲學』, 勁草書房, 1966.

神道宗敎學會 編, 『神道の根本問題』, 1966.

杉本 勳 編, 『科學史』, 山川出版社, 1967.

大久保利謙 編, 『明治啓蒙思想集』, 筑摩書房, 1967.

田原嗣郎, 『德川思想史研究』, 未來社, 1967.

吉井 巖, 『天皇の系譜と神話』 I, II, III, 塙書房, 1967.

吉田精一・下村富士男, 『和魂洋才』 「日本文學の歷史」 第十卷, 1968.

稻作史研究會, 『稻の日本史』 上, 下, 筑摩書房, 1969.

小野川秀美, 『淸末政治思想研究』, みすず書房, 1969.

永田廣志, 『日本唯物論史』, 法政大學出版局, 1969.

三木正太郎, 『平田篤胤の研究』, 神道史學會, 1969.

岩波講座, 『哲學』 XVIII, 「日本の哲學」, 1969.

松永昌三, 『中江兆民の思想』, 青木書店, 1970.

三品彰英, 『日本神話論』, 三品彰英論文集第一卷, 平凡社, 1970.

＿＿＿＿, 『國家神話の諸問題』, 三品彰英論文集第二卷, 平凡社, 1970.

＿＿＿＿, 『神話と文化史』, 三品彰英論文集第三卷, 平凡社, 1970.

＿＿＿＿, 『日鮮神話傳說の研究』, 三品彰英論文集第四卷, 平凡社, 1970.

大林太良, 『日本神話の起源』, 角川書店, 1973.

_____, 『日本神話の構造』, 弘文堂, 1975

_____, 『日本神話の比較研究』, 法政大學出版局, 1974.

_____, 『稻作の神話』, 弘文堂, 1973.

_____, 『神話の系譜』, 靑土社, 1986.

日本文化研究資料刊行會, 『日本神話』, 有精堂, 1970.

佐々木高明, 『稻作以前』, 日本放送出版協會, 1971.

_____, 『日本文化の多層構造』, 小學館, 1997.

直木孝次郎, 『神話と歷史』, 吉川弘文館, 1971.

高橋正和, 『三浦梅園の思想』, ぺりかん社, 1971.

平川祐弘, 『和魂洋才の系譜』, 河出書房, 1971.

高橋磧一, 『洋學思想史論』, 新日本出版社, 1972.

會田雄次, 『日本人の意識構造』, 講談社, 1972.

林 幹彌, 『太子信仰』, 評論社, 1972.

石塚尊俊, 『鐵と鍛冶』, 光明社, 1972.

宮地正人, 『日露戰後政治史の研究』, 東京大學出版會, 1973.

植手通有, 『日本近代思想の形成』, 岩波書店, 1974.

吉川幸次郎, 『本居宣長集』, 筑摩書房, 1969.

_____, 『仁齋・徂徠・宣長』, 岩波書店, 1975.

吉田敦彦, 『日本神話の源流』, 講談社, 1976.

肥後和男, 『神話と歷史の間』, 大明堂, 1976.

講座日本の神話 8, 『日本神話と氏族』, 有精堂, 1977.

講座日本の神話 9, 『日本神話と朝鮮』, 有精堂, 1977.

講座日本の神話 11, 『日本神話の比較研究』, 有精堂, 1977.

笠原一男 編, 『日本宗敎史』I, II, 山川出版社, 1977.

西鄉信綱, 『稻作と國家』, 平凡社, 1977.

櫻井德太郎, 『日本宗敎の複合的構造』, 弘文堂, 1978.

栗原朋信, 『上代日本對外關係の硏究』, 吉川弘文館, 1978.

北岡伸一, 『日本陸軍と大陸政策』, 東京大學出版會, 1978.

田口正治, 『三浦梅園の研究』, 創文社, 1978.

福永光司・上田正昭・上山春平,『道教と古代の天皇制』,德間書店, 1978.

宮地直一,『八幡宮の研究』, 理想社, 1956.

中野幡能,『八幡信仰史の研究』, 吉川弘文館, 1967.

_____,『八幡信仰』, 塙書房, 1985.

_____,『宇佐宮』, 吉川弘文館, 1985.

田村圓澄,『古代朝鮮佛敎と日本佛敎』, 吉川弘文館, 1980.

_____,『日本佛敎史』全五卷, 法藏館, 1982.

_____,『日本古代の宗教と思想』, 山喜房仏書林, 1987.

岡倉天心,『東洋の理想』, ぺりかん社, 1980.

西田正好,『神と仏の對話』, 工作舍, 1980.

本鄉隆盛・深谷克己,『近世思想論』, 有斐閣, 1981.

守本順一郎,『德川政治思想史研究』, 未來社, 1981.

日本倫理學會,『思想史の意義と方法』, 以文社, 1982.

山崎 宏・木村英一・酒井忠夫,『道敎』全三卷, 平河出版社, 1983.

直江廣治,『稻荷信仰』, 雄山閣, 1983.

R. N. ベラ著, 堀一郎・池田昭譯,『日本近代化と宗敎倫理』, 未來社, 1983.

相良 亨,『武士の思想』, ぺりかん社, 1984.

平石直昭,『荻生徂徠年譜考』, 平凡社, 1984.

安蘇谷 正彥,『神道思想の形成』, ぺりかん社, 1985.

逵 日出典,『神佛習合』, 臨川書店, 1986.

神野志隆光,『古事記の世界觀』, 吉川弘文館, 1986.

米原 謙,『日本近代思想と中江兆民』, 新評論, 1986.

石田瑞麿,『日本仏教思想研究』I, Ⅱ, 法藏館, 1986.

福永光司,『道敎思想史研究』, 岩波書店, 1987.

_____,『馬の文化と船の文化』, 人文書院, 1996.

加藤仁平,『和魂漢才說』, 汲古書院, 1987.

蓮沼啓介,『西周に於ける哲學の成立』, 有斐閣, 1987.

門脇禎二・直木孝次郎,『古代日本の豪族』, 學生社, 1987.

松田智弘,『古代日本道教受容史研究』, 人間生態學談話會, 1988.

橋本万太郎,『言語類型地理論』, 弘文堂, 1988.

權又根,『古代日本文化と朝鮮渡來人』, 雄山閣, 1988.

小山慧子,『日本人の見出した元神』, ぺりかん社, 1988.

坂本太郎,『古事記と日本書紀』, 吉川弘文館, 1988.

小笠原 春夫,『國儒論爭の研究』, ぺりかん社, 1988.

守屋俊彦,『記紀神話論考』, 雄山閣, 1989.

平野仁啓,『古代日本精神史への視座』, 未來社, 1989.

大山公淳,『神佛交涉史』, 東方出版, 1989.

柳川啓一,『宗教學とは何か』, 法藏館, 1989.

小泉 仰,『西周と歐米思想との出會い』, 三嶺書房, 1989.

平野孝國,『神道世界の構造』, ぺりかん社, 1989.

赤松啓介,『天皇制起源神話の研究』, 明石書店, 1989.

沼田次郎,『洋學』, 吉川弘文館, 1989.

源 了圓,『德川合理思想の系譜』, 中央公論社, 1970.

_____,『江戶後期 比較文化研究』, ぺりかん社, 1990.

_____,『德川思想小史』, 中公新書, 1993.

木村時夫,『日本文化の傳統と變容』, 成文堂, 1990.

菅田正昭,『古神道の系譜』, 太陽出版, 1990.

ヘルマン・オームス,『德川イデオロギー』, ぺりかん社, 1990.

子安宣邦,『宣長と篤胤の世界』, 中央公論社, 1977.

_____,『「事件」としての徂徠學』, 青土社, 1990.

_____,『方法としての江戶』, ぺりかん社, 2000.

_____,『平田篤胤の世界』, ぺりかん社, 2001.

田原嗣郎,『徂徠學の世界』, 東京大學出版會, 1991.

菅野覺明,『本居宣長』, ぺりかん社, 1991.

白山芳太郎,『北畠親房の研究』, ぺりかん社, 1991.

河村 望,『古事記を讀む』, 人間の科學社, 1991.

渡部眞弓,『神道と日本佛教』, ぺりかん社, 1991.

京都府京都文化博物館 編,『古代豪族と朝鮮』, 1991.

高島元洋,『山崎闇齋』, ぺりかん社, 1992.

末木文美士,『日本佛敎史』, 新潮社, 1992.

_____,『平安初期仏教思想の研究』, 春秋社, 1995.

_____,『日本仏教思想史論考』, 大藏出版, 1998.

_____,『鎌倉佛敎形成論』, 法藏館, 1998.

國分直一,『日本文化の古層』, 第一書房, 1992.

朝岡康二,『日本の鐵器文化』, 慶友社, 1993.

大和岩雄,『日本にあった朝鮮王國』, 白水社, 1993.

三崎良周編,『日本・中國仏教思想とその展開』, 山喜房仏書林, 1993.

野口武彦,『江戶思想史の地形』, ぺりかん社, 1993.

_____,『荻生徂徠』, 中央公論社, 1993.

家永三郎,『歷史家のみた日本文化』, 雄山閣, 1983.

_____,『日本思想史學の方法』, 名著刊行會, 1993.

坂野潤治,『大正政變』, ミネルヴァ書房, 1994.

古屋哲夫,『近代日本のアジア認識』, 京都大學人文科學研究所, 1994.

西村道一 編,『古學の思想』, ぺりかん社, 1994.

赤松常弘,『三木淸』, ミネルヴァ書房, 1994.

孝本 貢(外),『日本における民衆と宗敎』, 雄山閣, 1994.

小島康敬,『徂徠學と反徂徠』, ぺりかん社, 1994.

埴原和郎,『日本人の起源』, 朝日新聞社, 1994.

_____,『日本人の成り立ち』, 人文書院, 1995.

山折哲雄,『日本の神』1-3, 平凡社, 1995.

大貫惠美子,『コメの人類學』, 岩波書店, 1995.

渡部忠世 編,『アジア稻作文化の展開』, 小學館, 1995.

山折哲雄,『日本宗敎文化の構造と祖型』, 靑土社, 1995.

江上波夫,『日本民族の源流』, 講談社, 1995.

井手勝美,『キリシタン思想史研究序說』, ぺりかん社, 1995.

曾根正人,『神々と奈良佛敎』, 雄山閣, 1995.

富坂キリスト敎センター,『近代天皇制の形成とキリスト敎』, 新敎出版社, 1996.

阿滿利麿,『日本人はなぜ無宗敎なのか』, 筑摩書房, 1996.

古川 治,『中江藤樹の總合的研究』, ぺりかん社, 1996.

菅原信海,『日本思想と神仏習合』, 春秋社, 1996.

玉懸博之,『日本思想史』, ぺりかん社, 1997.

金谷 治, 『批判主義的學問觀の形成』, 平河出版社, 1997.

上田正昭,『古代の日本と渡來の文化』, 學生社, 1997.

高坂史郎,『近代という躓き』, ナカニシヤ出版, 1997.

岩崎允胤,『日本近世思想史序說』上, 下, 新日本出版社, 1997.

上山春平,『日本の思想』, 岩波書店, 1998.

東より子,『宣長神學の構造』, ぺりかん社, 1998.

德丸一守,『神佛習合』, 文藝社, 1998.

藤田省三,『天皇制國家の支配原理』, みすず書房, 1998.

岡崎正道,『異端と反逆の思想史』, ぺりかん社, 1999.

井上滿郎,『古代の日本と渡來人』, 明石書店, 1999.

小島瓔禮,『太陽と稻の神殿』, 白水社, 1999.

松本健一, 『「日本のアジア主義」精讀』, 岩波書店, 2000.

澤井啓一,『<記号>としての儒學』, 光芒社, 2000.

鎌田東二,『神と仏の精神史—神神習合論序說』, 春秋社, 2000.

奧野正男,『鐵の古代史』, 1, 2. 3, 白水社, 2000.

下川玲子,『北畠親房の儒學』, ぺりかん社, 2001.

石田一良,『思想史』I, II, 山川出版社, 2001.

中村愼一,『稻の考古學』, 同成社, 2002.

B. フランク, 仏蘭久淳子訣,『日本仏教曼茶羅』, 藤原書店, 2002.

村上佳儀,『鐵と銅の歷史』, 雄山閣, 2002.

前田 勉,『近世日本の儒學と兵學』, ぺりかん社, 1996.

_____,『近世神道と國學』, ぺりかん社, 2002.

中村春作,『江戶儒教と近代の「知」』, ぺりかん社, 2002.

黑住 眞,『近世日本社會と儒教』, ぺりかん社, 2003.

板橋勇仁,『西田哲學の論理と方法』, 法政大學出版局, 2004.

大橋良介 編,『京都學派の思想』, 人文書院, 2004.

西周研究會 編,『西周と日本の近代』, ぺりかん社, 2005.

塩野和夫 編,『神と近代日本』, 九州大學出版會, 2005.

方以智,『東西均』, 中華書局, 1962.

_____,『物理小識』「四庫全書」子部十.

游藝,『天經或問』「四庫全書」.

Robert N. Bellah, *Tokugawa Religion*, Beacon Press, 1957.

Ruth Benedict, *Patterns of Culture*, Houghton Mifflin Co. 1934.

Sir Macfarlane Burnet, *Natural History of Infectious Disease*, Cambridge University Press, 1962.

George Dumézil, *Mythe et épopée I, L'idéologie des trois fonctions dansles epopees des peuples indo-européens*, Gallimard, 1968.

Thomas R. H. Havens, *Nishi Amane and Modern Japanese Thought*, Princeton University Press, 1970.

Samir Amim, Eurocentrism, Monthly Review, press, 1989.

Frederic. Jameson, *Postmodernism, or the cultural logic of late capitalism*, Duke University Press, 1991.

Arno Karlen, *Man and Microbes*, Simon & Schuster, 1995.

B. Malinowski, *Myth in primitive psychology*, Negro University Press, 1971.

Kosaka Masaki, *Japanese Thought in the Meiji Era*, vol.Ⅸ, Pan-Pacific Press, 1958.

Lewis H. Morgan, *Ancient Society*, University of Arizona Press, 1985.

Gino K. Piovesana, *Recent Japanese Philosophical Thought 1862 ~1962*, Enderle Bookstore, 1962.

Edward W. Said, *Orientalism*, Vintage Books, 1978.

_____, *Culture and Imperialism*, Vintage Books, 1993.

Claude Lévi-Strauss, *Anthropologie Structurale*, Plon, 1958.

_____, *Le cru et le cuit*, Plon, 1964.

Leslie A. White, *The Science of Culture*, Grove Press, 1949.

金烈圭,『韓國의 神話』, 一潮閣, 1977.

尹永水,『姉本人麻呂研究』, 景仁文化社, 2001.

車柱環,『韓國道敎思想硏究』, 서울대학교출판부, 1978

3. 논문

井上哲次郎,「敎育と宗敎の衝突」『敎育時論』第 279-280号, 開發社, 1891. 1.

內村鑑三,「井上哲次郎君に呈する公開狀」『敎育時論』第 285号, 1891, 3.

肥後和男,「八幡神について」『日本神話硏究』, 河出書房, 1939.

宮川 透,「日本における「フィロソフィア」の受容」『創立十五周年記念論集』 II, 東京大學東洋文化硏究所, 1956.

佐志 傳,「八幡信仰の起源について」『史學』第三十卷 第二號 三田史學會, 1957.

田中勝藏,「八幡信仰の源流」『學藝紀要』第八卷, 德島大學, 1958.

竹園賢子,「八幡神と佛敎と習合」『宗敎硏究』第159卷, 1959.

村山敏治, 「西周の思想に對する徂徠學の影響」 『京都學芸大學紀要』 第25号, 1964.

井上 薫,「大佛造營と宇佐八幡神との關係」『奈良朝佛敎史の硏究』, 吉川弘文館, 1966.

小川晴久, 「方以智の自然哲學とその構造」『學習院高等科 硏究紀要』第四号, 1969.

中野幡能,「八幡信仰の展開」『悠久』第三卷, 1970.

_____,「八幡神と彌勒神」『宗敎硏究』第255卷, 1983.

「古代日本と佛敎の傳來」『歷史公論』, 雄山閣, 1976, 6.

鶴岡靜夫,「知識と知識寺」『歷史公論』, 雄山閣, 1976年 6月号

「神話」上,下,『講座 日本文學』, 解釋と鑑賞別冊, 至文堂, 1977.

五郞丸 延,「三浦梅園の天文自然觀(一)」『梅園硏究』第3号, 梅園硏究會, 1978.

_____,「三浦梅園の天文自然觀(二)」『梅園硏究』第3号, 梅園硏究會, 1978.

源 了圓,「中國・朝鮮・日本の實學の比較」『東アジアの思想と文化』, 韓國硏究院, 1980.

「日本の稻作の起源」『歷史公論』, 雄山閣, 1982, 1.

「古代天皇家はどこから來たか」『歷史讀本』, 新人物往來社, 1984, 6.

「神話の思想史」『國文學』, 學燈社, 1994, 5.

「神々の變貌」『解釋と鑑賞』, 至文堂, 1995, 12.

柳田國男,「炭燒小五郞が事」『全集』第三卷, 筑摩書房, 1997.

黑板勝美,「我が上代における道家思想及び道敎について」『道敎の傳播と古代國家』, 雄山閣, 1997.

「古代に見る御靈と神佛習合」『解釋と鑑賞』, 至文堂, 1998, 3.

「古代に見る御靈と神佛習合」『解釋と鑑賞』, 至文堂, 1998, 3.

찾아보기

〈인명편〉

다

라

〈용어편〉

사

아

차

이 광 래(李光來)

고려대학교 철학과 및 대학원 졸업(철학박사)
일본텐리(天理)대학 객원교수
현재, 강원대학교 철학과 및 중국 랴오닝(遼寧)대학 철학원 교수
      한국일본사상사학회 회장

저 서

『우리사상 100년』, 현암사, 2001(공저)
『東亞近代哲學的意義』, 沈陽出版社, 2002(공저)
『東アジアと哲學』, ナカニシヤ出版, 2003(공저)
『한국의 서양사상수용사』, 열린책들, 2003

일본사상사연구

정가 : 37,000원

2005년 11월 20일   초판 인쇄
2005년 11월 30일   초판 발행
         저   자 : 이 광 래
         발 행 인 : 한 정 희
         발 행 처 : 경인문화사
         편   집 : 김 경 주
              서울특별시 마포구 마포동 324 - 3
              전화 : 718 - 4831~2, 팩스 : 703 - 9711
              이메일 : kyunginp@chollian.net
              홈페이지 : http://www.kyunginp.co.kr
         등록번호 : 제10 - 18호(1973. 11. 8)

ISBN : 89-499-3044-X 93150
* 파본 및 훼손된 책은 교환해 드립니다.